大　波

（上）

李劼人　著

泰山出版社·济南·

图书在版编目（CIP）数据

大波 / 李劼人著. -- 济南 ： 泰山出版社，2024.
7. --（中国近现代名家中长篇小说精选）. -- ISBN
978-7-5519-0845-0

Ⅰ. Ⅰ247.5

中国国家版本馆CIP数据核字第2024QF6283号

DABO

大 波

责任编辑 池 骋
装帧设计 路渊源

出版发行 泰山出版社
　　　　　社　　　址　济南市泺源大街2号　邮编　250014
　　　　　电　　　话　综 合 部（0531）82023579　82022566
　　　　　　　　　　　出版业务部（0531）82025510　82020455
　　　　　网　　　址　www.tscbs.com
　　　　　电子信箱　tscbs@sohu.com
印　　刷 山东通达印刷有限公司
成品尺寸 165 mm×240 mm　16开
印　　张 63.5
字　　数 1006千字
版　　次 2024年7月第1版
印　　次 2024年7月第1次印刷
标准书号 ISBN 978-7-5519-0845-0
定　　价 99.00元

凡　例

一、本书收录了作者的经典中长篇小说，主要展现了作者的思想情感、审美旨趣与价值观念，以及当时的时代风貌等。

二、将作品改为简体横排，以符合现代阅读习惯。原文存在标点不明、段落不分等不便于阅读之处，编者酌情予以调整。

三、作品尽量依照原作，保持原作风格及其时代韵味，同时根据需要，对原文进行了适当的删减和订正。

四、对有些当时惯用的文字，如"的""地""得""作""做""哪""那""化钱""记帐"等，仍多遵照旧用。

目 录

第一部

第一章　在蜀通轮船上

一

蜀通轮船正顶着长江洪流，一尺一寸地挣扎而上。浑黄的水是那么湍急，丢一件浮得起的东西下去，等不得你看清楚，早就被水带到你看不见的远处去了。

机器仓、煤仓占了轮船本身一多半。机器的轰隆声特别大，火仓里的煤铲随时都在嚓嚓嚓地响。这条一年来专门行驶川江的轮船是特别设计制造的，和宜昌以下所有轮船不同地方，除了机器大、马力大而外，比如船尾的螺旋推进器，就有两部。舵也一样，主舵外还有两张比较小一点的辅舵。

轮船具备了这种非凡力量，才能够同那一泻千里、连屋大的石头都能冲走的激流争个进退。它那刀刃般的尖船头斫进直冲下来的大浪，把浪劈成两片，让它怒吼着从船舷溜到船尾，汇合上被推进器搅将起来像野兽打滚的浪花，吵吵闹闹，一翻一滚，分向两边悬崖脚下碰去。

轮船本身只容得下为它工作的人员，即从那个英国籍船主起，一直到洗船板的宁波籍水手。一百多位旅客，则全部挤在用钢绳绞绑在轮船左舷的另一艘比轮船还大、还长、还高，木头构造、铁皮包裹的两层仓船中间。

仓船的空间虽然尽量利用了，但头等客人到底在船头仓面上有一间不大的餐室。其中，摆有两张小小的方桌，十六张小小的骨牌凳。使人感到新奇而不同于一般餐室的，除了雪白、浅绿两种油漆色彩外，还由于靠壁一具完全不是中国人家所有的食具橱，和食具橱上方所悬的一面金漆框子的玻砖镜。

名字叫餐室，其实除了每天三餐外，客人们几乎是不离开它的。两张小方桌也不空，除了用来吃饭外，还供给八个至十个旅客打麻雀牌。打麻雀牌的虽然额定每桌四个人，顶多还容许两个挨着轮子做梦的人，但这是一种流行的赌博，比什么纸牌都大方，比牌九、红黑宝又艺术些，但凡号称上等社会的人，无论男女老少，全爱好它，一张牌桌旁边，总有几个看打牌的人和爱出主意的人。

头等旅客当中始终不打牌，偶尔在旁边看看也不感生兴趣的，只有两个人，一个就是周宏道。

周宏道自从轮船开离宜昌以后，就有时松松地穿着一件条纹和服，站在仓船上挨近船头的栏杆边，眺望着两岸壁立入江的山峡，一面赞叹着山水雄奇，一面说道："在这样地方来开山凿洞，修建一条铁路，真不容易呀！"

有些崖壁，从下望上去，好像连放脚的地方都没有。但看得见竟然有那么多光着上身、露出红得发黑的皮肤的人，趴在上面打石头，轮船经过时，不少人放下手上的东西，冲着轮船喊些什么。江风很大，把喊声吹得断断续续，没法听清楚。

"不是吗？所以连詹天佑总工程师都说工程太难了。"宜昌铁路局一位办笔墨事情的尹希贤委员回答说。

"我们在东京时就料想到这种难工了。我们一直主张先修重庆到成都的铁路，就因为东大路平坦得多，费不了好多时候，钱也花得少些，股东们早一天看见铁路火车，再叫出钱也容易啦。"

尹委员抱着一根水烟袋。由于风大，吹不燃纸捻，只好把纸捻的火头凑在烟斗上，勉强咂了两袋；一面注意挖着烟丝道："这是老话了。……如其材料好运的话……我们也赞成的……李总理就说过，哪个不想先从容易地方着手呢？"

"有了轮船，还不好运材料吗？"

"轮船是去年才有的，就是这条蜀通。……你看，小得像什么！哪能同宜昌以下那些大轮船比！……内行人说，不中用，铁路上的材料不是钢便是铁，又大又重，这种轮船运不了。"

水面上迎着轮船驶下五六只大木船。只一只好像是专门载人的四仓茅篷船，一听见蜀通的汽哨，它们都掉了舵，让出水经的中心。同时看得出木船上人们的脸色是那么惊异，那么紧张。上水木船，几乎随时看得见。一溜串一溜串地傍着崖脚在走。——无例外地都凭着一条细竹纤，许多精赤条条的人在仅能容足的小径上，挽着竹纤的另一头，非常吃力地把它拉着走。

周宏道把那些上下水的木船瞥了一眼。想起前几年同苏星煌、尤铁民到日本去留学时，从成都到宜昌就是乘的木船。在重庆换的，还是一只挺大的盐船，舵工桡夫，说起来都比普通客货船强。但是在崆岭峡三珠石遇着风暴时候，几乎出了大事，精干的舵工首先面色如土，不住念着救苦救难观世音菩萨。不图数年之后的今天，川江里才仅仅有了一只用机器行动、不怕风险、不怕水险的蜀通轮船，不由浩然长叹一声：

"二十世纪维新时代，我们川江还有这么多的木船在行驶，怎不叫东西洋文明国家笑我们是顽固守旧的老大帝国哩！要是这条川汉铁路赶快修起了……"

啪！肩头上着人一拍。同时一个半川腔半京腔，听起来不大顺耳的声音，几乎是喊着在说："怎么！宏道老兄又在拟具什么地方自治条陈吗？"

当然这是老朋友葛寰中啦。还一定是和了三番下来做梦，才这么高兴。

其实葛寰中并非此刻因为和了三番才高兴，他自从涪州卸任，过班知府，到北京引见，在吏部——也就是两个月之后新官制颁布、改名的民政部，领到执照；并花了一笔不小的钻营费，钻得一封振贝子的八行，盘算回川之后，就不署缺，也可得到一桩阔差事。他近年以来，官运亨通，无往不利，倒是随时随地都在兴高采烈。也由于兴高采烈，所以他在汉口张美之巷泰安栈房里一头碰见多年不见面的周宏道，才忘记自己业经是四品黄堂加捐了二品顶戴的大人。而周宏道呢，虽然从日本留学回来，经邵明叔聘为绅班法政学堂教习，说起来是清品，但到底是一个没发变的教书匠。是别人，不过一揖之后，立谈数语，问问近况，借个故拱手告别，以后碰见了，点点头，也算尽了情谊。但他葛寰中，就不这样势利。依然像在成都、像在东京碰头时候一样，一揖之后，便拉着手说个不了；不但拉去吃了两次馆子，还坚约结伴同行；还拨了一名跟班服侍他，给他打洗脸水，打被盖卷，提衣箱，提网篮，一路上使周宏道减少许多麻烦。

葛寰中只管脱略，只管不拘形迹，只管不拿官架子，但是也只有周宏道把他当成一个平常朋友，不是喊他寰中，就是称他老葛；其他的人，到底懂得一些官场规矩，尤其是县丞前程的尹希贤尹委员。

尹委员回头看见是葛寰中在说话，连忙弹下两手，把水烟袋尽量向屁股后面藏去。同时，侧过半边身子，在没有血华而又瘦削的脸上摆出一副笑容道："太尊请站这里。又风凉，又好看风景。"

"都说三峡风景好，我却看腻了。……那里是什么？……哦！工人们！

是在修铁路吗？"

"是的，是在修铁路，修铁路路基。"

"真是险工呀！"

"是的，太尊明鉴。"

"我在宜昌听见你们李总理说，路基打了不到一百里，钱已用了几百万两。若是打到夔府，现在筹集的一千几百万两便光了。将来铺铁路，买火车，用钱的地方尚多，这钱又从哪里来呢？"

尹委员官职太小，他怎配答应这种问题。好在葛太尊并不一定要他回答，他已经向他的老朋友周宏道说开了。

"我在北京时，几位同乡京官要递公呈，特特来找我出个名字。我当时颇费踌躇：若是为我个人名誉计，倒乐得出个名字。因为领衔反对盛杏荪铁路国有政策的，恰就是前年奏参庆亲王的四海传名御史荣县翰林赵尧生。这人又是我的老上司周孝怀的老师，要讲渊源，认他做太老师也该的。然而从国家的体统上着想：盛杏荪是邮传部大臣，也就是旧官制的各部尚书中的一位。外面各省的总督、巡抚，转到京官，便是尚书、侍郎，也就是新官制的大臣、副大臣。赵尧生以御史资格，揭参他，反对他，都可以。为什么呢？因为御史就是言官，品级虽然不高，外放出来大也不过道台，寻常只是知府。可是我这个出钱捐的过班候补知府，既无言责，而竟出名反对部大臣，那成什么体统呢？这是一。那时，我已想到：川汉铁路自从光绪二十九年锡清弼制军奏准划归商办，光绪三十年又奏准随粮附加亩捐作为路款以来，好容易才筹集了一千四五百万两，距离七千万两的额子，还很远很远。路程呢，三千里，从宜昌直到成都。现在开工两年，路基尚未打到一百里，离夔府尚有五百多里。若只打到夔府，岂不还得五年多？再加上打隧道，架过山桥，直至铺铁路，走火车，有人说，起码也要九年。九年是从前估计修通全路三千里的时间，而今只这六百里的险工，便要九年。国家现正奋起图存之际，列强也正鹰瞵虎视之时，九年之久，不知要起多少变化，三年已经嫌多，何况九年！……"

他的大跟班张录已经从他头等舱房里，把真正吕宋出产的雪茄烟，连同一枚真蜜蜡烟嘴，一并给他找了来。雪茄烟头是切去了的，只等他拿过去，再就张录手上划燃的瑞典保险洋火一咂就成。

另一个小跟班何喜接踵走来。手上洋瓷茶盘内是两杯由北京带出来的香片茶。

他等周宏道取了一杯后，把嘴一努道："送给尹委员。另给我倒一杯来。也睁开眼睛瞧瞧啦，不管是几个人，总只两杯茶，是谁教你的？"

尹委员已经恭恭敬敬取茶在手，犹然谦逊着说："大人请，大人请，卑职不大喝茶的！"

"老兄又在开玩笑了！"葛寰中像是被人搔着痒处似的呵呵大笑道，"我已再三说过，我们并无上司僚属干系，况且你老兄的差事又在湖北省，隔省更是不相管辖，为什么还闹这种称呼！"

他又向着周宏道笑说："宏道，我们十几年的相知，你总明白我这个人，虽然在官场中混了这么久，我就是没有这些官场习气，有些人背后说我太不拿身份。老顽固们还更骂我是维新派，是亦步亦趋在学周孝怀周观察。只有你们的老朋友郝又三这位年轻人的话说得对，他说我葛寰中到底是读书种子，所以出污泥而不染。但他也说到我的毛病，就只名士气太重了点。……哈！哈！这年轻人，倒有一点眼力！"

两个人因就谈到郝又三，谈到他的父亲，当了四川省咨议局议员的郝达三，谈到郝达三的大小姐郝香芸的丈夫苏星煌。关于郝家情形，周宏道因为听过了两次，不感新奇。至于苏星煌，他只晓得他当了资政院议员。因就问葛寰中这次在北京可曾会见过。

"岂只会见。他们夫妇还请我在他们舍饭寺胡同家里，吃了一顿绝好的四川菜饭哩！一样宫保鸡丁，一样豆瓣鲢鱼，还是香芸亲自动手做的。我从前只晓得这位贤侄女虽是女学生，针黹尚好，得过我们郝大嫂的传授。但还料不到能够做菜，而且做得那样好法！无怪你的这位老朋友苏星煌时常当着人自夸妻命好。哈！哈！妻命倒好，只怕我们苏兄的耳朵要出毛病！……"

"耳朵出毛病？"周宏道惊异地问。

"炘朵，不就是毛病吗？"

这下，连尹希贤委员都笑出声来。当着太尊大人大笑出声，在尹委员还不习惯。连忙一手执茶杯，一手仍撇在背后提着水烟袋，趁太尊不注意，轻轻几步便溜回舱房去了。

"我们不要笑炘耳朵。当今在政治舞台上活跃的人，有几个的耳朵不炘？苏星煌的耳朵要能早点炐的话，我相信他的前程更会远大一些。这征兆，我从他夫妇争论到铁路国有政策上就看出了。"

"怎么争论的？这倒要听听。唉！中国到底有进步，连一个不出闺房的妇女也懂得国家大事，日本的妇女还没这样文明哩！"

何喜又拿着洋瓷盘来把两只空茶杯收了去。并说："张大爷请示，今天开午饭，除了带的路菜，还要不要添菜？"

"船上厨房能够添菜吗？"

"张大爷问过了，说就只没有小菜和虾子，要添呢，有鸡，有肉，有咸鱼。"

"那么，添一样鸡，一样咸鱼。怎么做法，凭厨子去，只要好吃。……还有，开饭时，多摆一份碗筷，请尹委员一道吃，先去打个招呼吧！"

而后浓浓喷了口青烟，才接着说："这不是文明，也不算进步，只能说是我们的国粹。难道你忘记了前头的慈禧太后，当今的隆裕太后，不都是垂帘听政的女主吗？"

"上有女主，下必有女臣。我国官场中间，并未听见有巾帼而冠服者，这又如何以说之呢？"

"你真是书呆子呀！女臣女官怎么没有，只是不露面罢咧。然而提携于怀抱之间，操纵于床笫之上，说起来不露面比露面的还强，也就是我说的要登政治舞台活跃的人，耳朵必炐的道理！也就因为我们中国女主当政，余风所及，许多妇女委实也懂得国家大事。即以郝香芸来说，你听她对盛杏荪和载泽、泽公爷所主张的借款政策是抱的怎么样的见解！……"

眼睛笑成了三角形，白白的四方脸上一下子露出了许多平常不大看得出的皱纹，上唇上剪短的墨黑八字须不唯簇挤成为一个又粗又大的"一"字，而且这个"一"字还是活动的。看来，葛寰中对苏夫人郝香芸女士的话，是感到了无穷兴趣的。

"她说，借外债并不是什么坏事。翻过来说，还是一桩救亡图存的妙策。她说，借外债来修铁路，开煤铁矿，振兴实业，办学堂，练陆海军，做这些有益事情固然值得赞成，即使借来胡花乱用，今天修花园，明天造宫苑，都比不借的好。只要外国人肯借给我们，我们就应该放开手地借。我们怕的，倒只是那些强国们一旦聪明起来，一个钱不肯借，那就糟了。趁着而今强国们还不太聪明，我们如其办得到每月向英、法、德、俄、美、奥、意、日八大强国借一笔大款，我们中国不但可永免瓜分之祸，甚至还富强起来，超英、法、德、俄、美、奥、意、日而上之，也不是办不到的事。"

周宏道听得出神，不由收敛起脸上的微笑，道："真是奇论，一定有借债救国的道理的。"

"当然有啰！说出来很简单。她有一个比喻说，从前成都有一家洋广杂货铺，本钱不大，生意也坏，欠了一屁股两肋巴的债。到了某年的除夕，在出天方之前，坐了一铺子债主，都逼着掌柜要钱。掌柜是个老好人，最初还只是作揖磕头，要求大家宽限到明年端午节。后来，被逼不过，端出一碗合好了鸦片烟的烧酒，慷慨激昂地向债主们表白：他的生意做坏了，并不是他存心不良，而是由于水客骗了账，徒弟伙计弄了手脚所致。而今呢，货光了，钱完了，他对不住大家，只好当着众人，服下这碗毒药，下一世变牛变马，挨家挨户来还债。不过遗下的父母妻子，老的老了，小的还小，无以为生，债主们总得打个主意，叫他们活下去才对。当然，债主们都有一个算盘，怎么能让他去寻死？因而不仅不再逼他要钱，大家还商量着再借出一笔像样的本钱给他，后来的话，不必细讲了。她就凭了这个实例来说明我们中国如其广借外债，越借得多，债权国为了它们的利益，它们总不会要中国灭亡的。不过这外债却不能只向一个强国去借，必须向八强借。甚至于像比利时、荷兰、西班牙、葡萄牙这些二等强国，只要他们肯借给我们，我们都应该借。她说，这不叫债多不愁，实在是鬼多了便害不死人……"

这一下，周宏道的眼睛也不能不变成三角形了，虽然他的眼睛生来就比葛寰中的小，而且是单眼皮。不特此也，还忘形地拍着巴掌，把两只宽博的衣袖在江风中扇动得像两只老鹰翅膀。同时，摇晃着一颗光头赞叹道："好绝了！好绝了！这种不同凡响的清词妙论，真可打一百分！"

"你赞成她的命意吗？"

"当然赞成！并且五体投地地赞成！不过……不过这种话作为闲谈可也，设若在公共场合讲演起来……嗯！似乎有点不便吧？"

"哈！哈！正和你的话相反，我倒非常惋惜郝大小姐没有在公共场合讲演，或是写成文章投到报上去登载。不然的话，湖南藩台这个缺，即令她丈夫还没资格承当，也断乎不会落在郑孝胥的头上！……"

"葛太尊！葛太尊！该你当庄了。请来收你的梦钱！"一片声从餐室里传出。

另一个声音："嚯！这场梦做得好啦！光梦钱就得了九块六！"

二

"拟具地方自治条陈"是葛寰中一句开玩笑的话。但邵明叔在东京聘请周宏道和董修武两人时，的确说清楚过，要董修武教财政学，要周宏道教地方自治。董修武学的是财政。只管说课本是日本课本，材料是西洋材料，但学理是共通的，只要懂得了共通学理，那就很容易加入一些中国方面的东西，改成中国财政学讲义。唯有地方自治一门，便不同啦。在日本学堂里，还没有列为专门课程，因此也没有成套的讲义。在中国，更是从古以来，没听过什么叫地方自治。中国书上只说过治法治人，颠倒过来，勉强可以说作法治人治。但是邵明叔说，地方自治在目前中国已是一种必须推行的新政。以四川而言，好多州县都已奉到布政司札子，叫从速设立地方自治局。局是设立了，粉底黑字的吊牌也挂上了，委员、司事、稽查、文书、各员工，应聘的已由地方官用照会从绅粮中聘定了，应雇用的，也由委员把一些私人安置下来了，万事齐备，就只不晓得该办些什么事。绅班法政学堂应该来解决这个悬案，开这一门课程。课程是崭新的，教习也应该是崭新的。中国的新政既是一切从日本整套整套地搬过来，那么，从日本留学生中来物色教习，更属事理之当然。不过那么多在日本学法政的同乡，愿教这门课程的偏偏没有人。恰逢周宏道把日本料理吃伤了，想及时回四川来捞件事情干，又经董修武他们几个人的怂恿，他遂慨然承当来教这门又时兴又紧要的课程。

既是承诺得很强勉，心里因就存了一个疙瘩，偏偏董修武又要在上海勾留，叫他一个人先回川，没人作个商量，不晓得这门又时兴又紧要的课程，到底从什么地方下手，心里疙瘩越来越大。在汉口，偶尔和葛寰中谈到这上头。葛寰中毫不思索地随口便给他指出了一条捷径："这有什么为难地方！只把你所晓得的何者叫地方，何者叫自治，大约你那些法政书上总不少吧？搜罗搜罗，先写一篇包罗万象的绪言。而后尽量把日本各地方实施的章程条例，一章一节一款一目，不厌其详地抄他一本，岂不就编成一部空前绝后的讲义了？""不加一些中国材料吗？""何必哩！既曰新政，就用不着中国的那些腐败材料了。告诉你，我几年前在成都教警察学堂，后来在巡警教练所上讲堂时，便是这样干的。我那时比你老火得多。因为我在日本才住了几个月，连帽辫子都没剪过，当然不懂日本语文。所凭的仅只薄薄一本翻译东西，得亏在日本看了些，凑合起来，居然言之成理。你是老留学，真资格，又有那么多日文书，还怕不一鸣惊人吗？"

对！就这么办！周宏道在离汉口之前，就翻出一些教科书，一面参考，一面编著。到宜昌等蜀通轮船时，便拿出几章向葛寰中请教。葛寰中皱起眉头，看了遍道："当然可以。"但一转瞬，又笑了起来说："据我看，还是改写一下的好。不然，人家会说这不是讲义，倒像拟具备呈的地方自治条陈。"

就由于"地方自治条陈"这句玩笑话，害得周宏道一上蜀通仓船便取出墨盒白纸，埋头改写起他的讲义。只在休息脑筋时，才走到前头栏杆边来欣赏一下江山胜景。

下午，五月间已经灼人的太阳，由于河道弯环，时时射进舱房，时时晃着眼睛，周宏道正觉烦躁写不下去，碰巧尹希贤从房门边伸头向里面看了一眼。

"周先生当真在草拟条陈，好热心！"

"不是条陈，"周宏道一面收拾笔墨和洋装书，"是讲义，准备上讲堂用的。……现在不写了，请坐，请坐。"

舱房太窄逼，两张铺位外，仅一张小几，两张小独凳。

"写讲义，那是顶费脑筋的事，兄弟我进过传习所……"

话就这样开了头。周先生是学界中人，并且态度谦和，样子又那么浑厚，尹委员也就随便起来。说话的声音放大了，说话的内容广泛了。尹委员是在宜昌铁路局办笔墨事情的，当然啰，思不出其位，说不到几句，自然而然川汉铁路收归国有的经过，便滔滔滚滚从他舌头上流了出来。

"头一道上谕也是由成都总公司转来。不晓得什么缘故，反而落在第二道上谕之后。所以我们李总理开头只是有点诧异。向我们说，邮传部奏请把川汉、粤汉两条铁路都划为干线，干线由国家所有，由国家拿钱来修。现在国家正穷得不得开交，光是每年的庚子赔款，已很不容易拿出来，年年都在交涉延期，却不知又哪来的钱修铁路。第二天……硬是第二天，四月初六日的头一道上谕转到了。这一下，李总理才恍然大悟，原来邮传部和度支部老早就向英、美、德、法四国银行交涉了一千万英镑，并向日本横滨银行交涉了一千万日元的大借款。有了钱，才把两条铁路收回去，由国家来修。李总理焦愁起来了。他向我们说，宜夔路已经开工这么久了，局内局外连打路基的石工在内，差不多十多万人。现在不要我们商办的川汉铁路公司来修，别的不说，只这十几二十万员工，怎么安顿？邮传部光说铁路收归国有，由国家拿钱来修，却又没说明白，目前已经动了工，像我们这段宜夔路，到底该怎样办？是停工不修，等部里派人来办了移交后再修呢，还是仍由我们继续修下去，直到办移交时再停工？……这已经使人作难了。李总理还又想到，我们局里招聘了那么多工程师、副工程师，还有由唐山、成都的铁道学堂，远至上海的南洋公学调来的大批学生，在工程上搞的搞测量，搞的搞绘图，若其铁路真由国家来修，那没话说，这班人都有用场，当然留下。然而怕的就是外国人来修。李总理叹息说，外国人一来，面目一定全非！首先就有他们的办法，他们的人员。那些工人和局内局外一些小员司，或者可以原班留下。但工程上的工程师，局内外知县班子以上的人员，恐就所留无几！即使留下，那也必须处处仰外国人的鼻息！若能像目前海关和邮政局的情形，还不算坏，设若像京奉铁路，那便糟了！据李总理推敲起来，既然铁路经费是向外国银行借，数目又那么大，拿我国借款成例来说，要是没有加倍的抵押，像我们目前这样的穷国，那班抱着算盘睡觉，成日在钱孔中间打滚的外国商人们，肯一下就借出那么大的几笔款子来吗？抵押准定有的。以什么东西做抵押，外国人才乐意接受呢？京奉路便是前例。李总理说，从前的沪杭甬也一样。那便是川汉铁路的路权和沿线两畔一百里以内的矿藏开垦权了。这些权利的丧失还在其次，目前最重要的，仍是这十几二十万员工的安置要紧。如其人心不稳，其中品类又那么杂，万一发生点什么事情，这个罪名到底该谁来担？宜昌府和东湖县吗？还是我们宜昌川汉铁路局？看来，两方面都说不脱。宜昌府东湖县是地方官，他们有地方安宁与否的干系。我们铁路局虽是居于客位，但我们员工人数，比宜昌人口多几倍，地方安宁与否，全要看我们的人心如何。如其工程上出了事情，地方又怎能安宁？何况宜昌本来就是商埠，就是五方杂处的所在，教堂又多，洋行又多，洋人也不少。所以地方安宁与否，又牵连到了华洋交涉。宜昌又是外国兵船围驻码头，上上下下全是英国公司、日本公司的轮船，一旦出了事，不说外国兵船立刻可以开火，就外国兵也可朝发夕至。李总理说的话真对，他说，我们是极弱国家，我们现在还敢无端来惹是非吗？设若动了交涉，我同宜昌府和东湖县还有宜昌镇台，不用说丢官丢命，就是宜昌百姓和我们局上工程上的凡百员工，没一个人脱得了干系！……唉！周先生，你莫以为目前官好做，事好办，不说府县镇台这些正印官员，和我们李总理这位传胪出身，四品京堂，他们是一天到晚忧愁得茶不思，饭不想。就我这个区区小委员，因为办的是笔墨上的事，李总理有什么机要公事交办，不能不向我们文牍上几位同寅把事情首尾、事情利害说清楚，我们比全局同人都知道得多些，并且早些，所以也是好几夜睡不着觉！唉！铁路国有政策，上谕上倒说得头头是道，就只不明白下情，害死人啦！"

周宏道拿手把额脑一拍道："哦！原来关系这么大啊！我在上海虽然听见几位同乡人在说：'这下好啰，川汉铁路划归国家来修，大约要不了三五年，我们就可以从汉口乘火车一直回到成都了！'却不想还没开幕就发生了这么多困难！得亏你现在告诉我，也使我增长一回知识。但这些事为什么在汉口时，反而不晓得呢？"

他撑起一双单眼皮小眼睛，视而无睹地回想在汉口遇见些什么人，谈过些什么话，到底说到铁路事情没有。恍恍惚惚记得从没听见有人说到。或者有人不经意地说了两句，而他那时正以全副精神在思考他课程上的事情，及至着手抄书编纂讲义，那更是充耳无闻了。

"现在你们铁路局是怎么一个情形？人心不是已经惶惶了吗？"

"还不！我刚才说的那些事情，局外人和工程上的人全不知道。就局内，也只少数，很少数几个人才晓得。李总理再三吩咐过我们，不准泄漏一言半语。我们也知道干系太大，怎么敢随便向人说呢？"

"你现在不是对我说了，还说得那么详细？就不怕你们李总理知道吗？"

"是，是……然而……"尹委员登时感到一种局促。他没有想到看样子并不像葛太尊那么锋利的周先生，居然会挑起眼来。他之所以要把事情经过，原原本本向一个生人讲出来的意思，仅只想表白一下，他虽是一个区区小委员，因为参与了机要，他的地位便比一般知县班子以上的同寅都高，总理之外，大约就要数他了。他上蜀通仓船以来，举眼一看，凡坐头等舱位的，哪怕就是那几个做生意的人，一问起来，都是大商豪贾，和官场来往的无非是观察太尊之流；连那个天顺祥二管事，本身便捐有一个二府同知职衔。只有一个学界朋友周宏道，既无功名，可以和各界拉平，而又和易近人，看来世故尚浅，很可以向他倾吐一番，以显示自己重要。他此刻当然不能用真情实话来挽救自己了，只好结结讷讷旋想旋说：

"然而……是这样，首先你周先生不是外人。……不是，不是。我说错了！是外人！……是局外人！知不知道这件事，全无干系。难道你周先生还能跑回宜昌，把这番紧要言语散布出去吗？不能的！……再而……再而呢，我推测得到，这件事在宜昌以外地方，哪个不知道？一定知道。你想嘛，我们局里的文电，大多由成都总公司转来，全成都应当早知道了。你不信，后天到了重庆，你周先生只要长起耳朵一打听……"

三

蜀通和它所带的仓船在万县城对岸陈家坝水流较为缓慢的地方下锚泊稳之时，太阳已经西下。虽在晴天，而又当阴历五月，天气却那么凉爽。有人说，今年有闰六月，现在的五月等于常年的四月，还不是热的时候。轮船吃水较深，陈家坝没有码头——从宜昌起直到重庆，只有木船码头，没有轮船码头。停船地方距岸尚有十几丈远，傍晚时江风习习，当然更不觉热。

葛寰中穿好了一件玉色接绸衫，外罩一件一裹圆的深蓝实地纱袍子，系上玉扣丝板带。袍子的款式裁缝得很好，腰肢上扎了两道宽褶，一下子就显得细腰之下摆衩撒开，很像一把刚收起的统伞，所以这种袍子又叫作一口钟。上身还罩了件小巧精致的元青铁线纱马褂，脚上一双在北京买的，薄粉底双梁青缎官靴，手上拿着一柄檀香骨子折扇，一面写的字，一面画的画，不消说皆出自戴纱帽的名家手笔。

周宏道看他打扮齐楚，像是要走了的样子，才说："怎么，不戴上缨帽吗？"

"不！"他指着头上那顶，也是在北京买的纱瓜皮帽道，"本来不是正经拜会，只戴小帽，这叫作便装。若像在宜昌那样打扮，头上缨帽翎顶，腰上是忠孝带、槟榔荷包、眼镜盒、表褂裤、扇插子等全套行头，那叫行装。穿行装便须按品级坐四人轿。现在去拜会老陆，一则是老同寅，用不着以官礼相见；再则我已经过了班，他还是知县，到底我比他大，若以官场体统而论，该他来禀见我，我怎能穿起品级行装去拜会他呢？还有，我之要拜会老陆，是临时想起，事前没有打电报通知他，此刻也来不及先派人拿名帖去。那么，从这里坐划子到那边码头，可想而知，码头上只有应差的小轿可坐。若我穿了品级行装去，请想，戴着单眼花翎、粉红顶子的大员坐着一乘对班小轿，抬到万县衙门。这，不但失了我的官体，也叫老陆难过，还疑心我有意和他下不去哩。我并非闹官派，这中间确有分寸，稍不留心，便会弄出笑话来的。"

周宏道笑道："啧！啧！啧！中国的官，要能把这种心思用在事业上，岂不比专讲排场的好！"

"谁用心思来！不过多少年的习惯，已经成为自然了。告诉你，自从庚子年后，许多制度业经日趋简易，就拿现在的衣服说，从内面的汗衣直到外面的马褂，都已带上了高领。二十年前嘛，衣服是不作兴带高领的，像我们做官的人，即使便衣，也必在袍子上另外披一件领架，带一条品蓝缎子做的硬圆领子。不然，就不成为体统。……"

张录在舱房门口说："划子已经雇好了。"

"好！就走！趁着黄昏，还不须打火把。"

周宏道随着走到外面一看，果如天顺祥二管事在吃饭时所说：仓船四周全系满了小船。略为数了一下，总有二十只左右，往来于万县城的大小划子还在外。

小船上已经灯火辉煌，并且热闹得像赶场一样。仓船和蜀通轮船上的人，除了坐划子过万县城去的外，好像都倾倒在小船上。有去吃酒的，吃茶的，吃面点的。也有去买茶食和零碎东西的。依然有载着年轻姑娘，一个短衣男子弹着三弦，另一个短衣男子在向吃酒、吃茶客人嘶哑喊道："听唱不？一百钱两折！"同时拿一把大折扇递过去的所谓花船。周宏道在去日本那年，木船经过万县、夔府，也曾买过唱。他知道扇子上写的是曲子名字。并且记得他自己点了折《哭五更》，说是要唱全呢，须作为两折。唱的那个姑娘还年轻，问年纪，说是十五岁，其实不止，大约有二十多岁；铅粉搽了一脸，两颊上的胭脂红得像血，巴在铅粉上，又像两块膏药；毕竟由于年轻，看起来觉得娟秀，如其不是包的青纱帕，穿的蓝布衫，而梳上高髻，穿上和服，实在比他那个东京贷家女儿春田花子还动人一些。那时，曾问过名字，可惜记不清楚了，不知是张幺妹还是何幺妹。那时，也曾捏手捏脚问过她：肯不肯过档？回说："人家只卖口不卖身的。"其实是在开玩笑，她哪会看不出来呢？一个道貌岸然的苏星煌，已够令人生畏，何况旁边还坐了个凶神恶煞的尤铁民。

"太阳出来一点儿红，学生奴的哥，哎唉哟！……"一只花船上唱起来了。

他大吃一惊，嘶哑的声音，不圆熟的调门，岂不就是几年前唱《哭五更》的那个自称才十五岁的姑娘？他正想奔到下仓觋面去看个清楚，别一只花船上恰也唱了起来：

"一呀杯子酒，想起奴情人！……"

完全一样！嘶哑的声音，不圆熟的调门，几乎没有差别！想来人只管不同，一批过了，一批顶上，既然声音调门老一样，那么，你问年纪，还不永远是才十五岁？你看打扮，还不永远是铅粉壳上再巴两块红膏药？虽然你也找得着张幺妹、何幺妹，万县码头只这么大，每天晚上到花船上来卖唱的，总不过几十人，姓张姓何的当然不少，幺妹更几乎是个通名，但是当年的那个幺妹，安知不早已改了行？不早已嫁了人？说不定已经儿女绕膝了。即令你无意间找着真是她这个人，仅只多年前开了一句玩笑，你记得她，她每夜要同多少过路客伙开玩笑，难道你给过她什么特别好处，她能死记住你这个平平常常的过客？何况你这时穿了身和服，连帽瓣子都没有，活像一个东洋人，你敢去胡闹？

是呀！他，周宏道，不只服装异众，而且在蜀通的仓船上，谁不晓得他是学界中人，四川省绅班法政学堂教习？教习者，人师也！人师是应该行端表正的，不比在日本是个学生。虽然现在已是维新时代，过上海时，听人说过，学界中人也有叫条子、吃花酒的。但那是上海。上海风气开通得早，据说四川还是十几年前那种闭塞样子。老顽固还很多，女学生走在街上看见有趣事情，不当心开口笑一笑，立刻就谣言蜂起。在这种不开通、不文明的地方，身当人师的人，哪敢不慎独？

啊！真果是独！全个仓船，至少也可以说是仓船的上层，简直只有他一个人！几个巨商豪贾和几个有顶戴的人，都雇着三片桨的划子过万县城去了。天顺祥二管事也放下身份，穿了身花洋布汗衣裤，打扮得像平常人样，怂恿尹希贤也脱去长衫，学他的样子把一条发辫盘在额脑上；两个人鬼鬼祟祟地就溜上小船。看样子，两个家伙绝不是去干什么好事的。因为那只小船不卖茶，不卖酒，不卖别样东西，也没有胡琴三弦音声，篷底下有仓门，门上悬有布帘，而且两个人钻进篷底不久，那船便悄悄密密向陈家坝岸边荡去。夜色很黑，不知是放乎中流呢，还是藏舟芦底？

周宏道忽然想到尹希贤说过："目前鸦片烟只管在严禁，但大家都是老瘾，哪能一时戒得干净？尤其在四川，到处都有办法可想，只要掩得过耳目，也就可以了！"

"原来两个瘾哥是想办法去了！"他笑了笑。

回到舱房，从网篮里把洋蜡取出，划洋火点燃。烛光一下就照见摊在小几上的讲义稿子。是改写的一章，葛寰中看过说："满用得。只是日本式的文句微嫌多了点。"但又接着说："不要再改，必这样，也才显得你的资格老。那些二四先生们有意模仿，还没这样天然哩。并且将来也可使那班老爷学生们相信这些话绝非你的杜撰，确确实实是日本人说的，即令有些不对，他们也不敢哼一声的。"

这更给了他勇气。便一屁股坐下，拔出笔，展开纸，翻出日文书。又专心致志，东一段西一段地抄写起来。

抄得如此专心，以致葛寰中沉重的脚步走进舱房，才使他警觉过来。

"回来得早啦！"

"并不早。城里已快打二更锣了。"

舱房真小，四个人挤在一处，简直不能回旋。

"何喜把洗脸水舀到餐室去。宏道，我们到餐室去坐一会，让他们好收拾。"他由张录帮着，从头到脚换了一身，脱下的衣帽丢满了两张铺，地上还摆了几篓子东西，大概是陆知县送的。

"等我点一支洋蜡去。"

"用不着，有灯。是洋油灯，很亮。"

餐室里果已点了一盏样子很别致的保险灯。大约因为客人们已有回船来的，茶房才点上了。

葛寰中稀里呼噜洗过脸，光穿一件纺绸汗衣，咂着雪茄烟笑道："城里气候真不同。尤其是在老陆的签押房，不住出毛毛汗。因为老陆怕风，三面的窗子全关上了，我又不便叫人打开，受累之极！"

原来陆知县在成都勉强戒脱烟瘾之后，身体越来越坏。宝丰票号大管事是山西太谷县人，便介绍给他一样大补药，是太谷特产，叫龟龄集。据说有吉林野参，有关东鹿茸，而最珍贵的，唯有山西省才有的叫万年碧血。这药，口口相传是古战场地下沉淀凝结成块的人血。这药，既补气血，又补元阳，为鸦片烟瘾戒后培养身体的圣药。票号朋友真不骗人，陆知县才照仿单服了两天，不但鸦片烟戒后最可怕的遗精病症一下子治好；同时精神焕发，食欲顿开，光在早晨起床后，便非复一碗燕窝可以顶事，而晚间就寝前，还得吃一碗家乡特制点心煮饵块和一汤碗嫩鸡汤。不想接署万县县缺以来，情形就变了。首先容易感染伤风，其次是咳嗽，咳到咽喉发紧，咳到喘气。一个高明医生说，父母大老爷身体过于虚弱，加以公务繁剧，气血两亏，仍宜重用补药。另一个高明医生却以为既有外感，理宜暂停补药，龟龄集尤不可常服，常服则阳亢，阳气外浮，真阴内亏，恐怕还会引起其他病症。两位医生的话都有道理，听谁的是呢？经太太、姨太太、大少爷、大少奶奶、大舅老爷、二舅老爷，还有什么姑老爷、姑少爷、表老爷、表少爷一伙最有关系的好人，商量又商量，还是听信头一位高明医生的话为是。因为陆知县身体虚弱，公务繁剧，尽人而知，并非设想。因此，龟龄集加倍服用，参芪术水药，天王补心丸丸药，也不断给陆知县灌下去。灌得陆知县寝不安席，食不甘味，天气越热，越是畏风怯冷。甚至像葛寰中这样亲密同寅，现又正在风头上的老朋友，路过县城，纡尊降贵来拜会主人，无论为公为私，当主人的难道不该欢天喜地来迎入内室？难道不该欢天喜地叫官厨房赶办一台夜宵，叫小厨房精备几色小菜，把家乡的重升酒拿出，缓斟低酌，借以谈心到三更时分，亲送上船，握手依依而别？就由于病体难支，精神疲惫，主人只好再三道歉，客人也因禁不住毛毛汗出得不止，只好再三安慰而后坐上陆知县大轿，由陆知县的门稿大爷、签稿二爷，率领一伙壮班差役，排成对子，火把灯笼送到码头。本来还要替主人直送上船，并派两只红船到蜀通旁边来巡更守夜的，是葛寰中再三不答应，几乎生了气说："你们一定要这样干，那是替你们贵上大老爷得罪了我。回去问问你们贵上大老爷，就知道我历来讨厌这些臭排场的。"这才免了。

葛寰中连连摇头说道："看这位寅翁的病况，只怕等不及我回省禀到，这万县就要迎接新官了。"接着又叹了一声："我们这位寅翁的官运，也实在欠亨！说起他来，不仅和王采臣是同乡，并且是乡试同年。他大挑到四川的时候，王采臣也以知县外放。到而今差不多近二十年，他差缺虽未断过，到底还是一个知县。而王采臣哩，居然闹到护理四川总督。新学家不信命运，然而遇着这样的事，除了命运，又有什么好说呢？"

从窗户间已听不见河下那些嘶哑而不圆熟的女歌声。大约二更锣真个响过，花船都已开到县城那岸。卖酒卖茶的船一定还在，因为回到仓船上的旅客还不多，偶尔尚传来了几声五魁八马。

葛寰中把烟灰弹了弹，又站起来走了两步，接着说道："听老陆讲起来，王采臣的运气也不算佳！才摸着总督的关防，还没摸热，就碰着了铁路国有政策。……嗨！宏道，正要告诉你，成都的绅士们已经闹起来了！……老陆得到省信说，带头闹起的是咨议局议绅们，其次是川汉铁路公司董事局的绅董，和一班铁路公司驻省股东代表等，借口说收回川汉铁路，是违反了先皇帝的谕旨。又说，照法律讲，这种大事不经资政院会议，不经咨议局同意，是不生效的。……宏道，你是专门学法政的，依你看呢？"

"现在还不能判断，因为收回商办铁路，把铁路作为国有政策的上谕，我没看见，只凭尹委员说了个大概，也不清楚……"

"啊！说到尹希贤这人倒还能干。老半天没见他，哪里去了？找他来问问宜昌铁路局情形。有些话，李瑶琴不肯说，他当僚属的人，不用避忌，准可以说的。……何喜！去找尹委员！"

"不用找！找也找不着。我看见他同天顺祥那位仁兄坐小船走了。"周宏道迟疑了一下，才又笑着说道："要回来的。或许还有一会儿。……请你说下去，成都那面，闹得厉害不？"

"就是闹得厉害啰！老陆说，已经开过几场会，每场都是几百人。甚至成群结队步行到南院上，要求王采臣不要奉旨查账。又要求王采臣出面奏参盛宣怀、端方……"

"端方？这人好像还有名望，也是个新派，怎么牵连到铁路国有上去了？"

"我也是才晓得的，端午桥放了川汉、粤汉铁路督办大臣了。我在京时，听见他拿出几十万元在钻门路，我以为他想开复总督缺哩。恰巧赵次珊调任东三省总督，让出了四川总督的缺，要逐鹿，正是时候。却未料到他才钻得了这么一个差使！当然，盛杏荪要借重他，也有之，这人委实是个新派。从前五大臣奉旨出洋考察宪政，被革命党吴樾在北京车站一颗炸弹，人没炸着，五大臣的名声却炸出来了。端午桥便是其中之一。他以新派起家，做到直隶总督，却也以新派出拐，把总督弄丢了不算，还几乎弄到斫头。"

"哦！是了，想起来了，就是前年的事。日本报纸上大登而特登过的。某家新闻还特别作了篇时评，指名批评隆裕太后顽固专制，没有丝毫新脑筋。批评说，在慈禧太后光绪皇帝出殡的仪仗跟前派人照个相，本是文明国家的寻常事，就以专制帝国的俄罗斯来说，像举行这种大典时，岂独听凭臣民照相，甚至还准许翻印在新闻纸上，或者翻印成为画幅，让大家买去作为纪念品。为何正在效法东西洋文明君宪的大清国政府却还这等顽固，而把这种文明举措，认为是对君上的大不敬，仍然牢抱着中国数千年腐败透顶、不值文明人之一笑的制度，来加人以不赦之罪？直隶总督端方幸为满洲亲贵，方得仅仅被处以撤职永不叙用。像这样专制守旧的措施，怎不叫文明国人为之齿冷？批评得很毒辣，却也深深博得了几千中国留学生的称赞，认为像这样事情，真个太不文明。不仅专制守旧，简直是野蛮人也干不出的。端方虽丢了官，反而得了好名声……"

葛寰中眨着眼睛，从保险灯光中，看得出他对端方的故事，好像别有见解似的。周宏道只好把未说完的话忍在喉咙里，张着一张大口待他说。

"日本人的话，对固然对，"葛寰中果然接着话头说了起来，"但也不尽对。因为我们中国毕竟还是君主专制政体，人君至尊无上，你无故冒犯了宸严，当然就蒙了大不敬的重罪。日本人只晓得菲薄别国的不对，他们却忘记了日本宪法就明明载着：日本天皇神圣不可侵犯。我们且不理落这些，即以端午桥派人照相一事来说，我们不妨承认在奉安大典中间，派人照几张相，是文明举动。但端午桥身为直隶总督，又到过欧洲考察过，难道不知道在人君面前照相，是中国历来所无？中国人君的御容，管他在生或死后，你不得到俞允，怎么可以随便拍照？无论如何说法，端午桥在派人照相之前，应该顾到中国的体统，必先具折奏明方对。即使具奏不及，也应该请内大臣面奏明白，这样，才叫作识大体。端午桥之所以弄到不识大体，大约就在过于趋新！……而今，起复了，偏偏开张不利，尚没出京便遭到我们四川人——

不，只能说是成都绅士的反对，这还不是命运攸关吗？"

"依你看，成都绅士为什么要反对？"

"那还不明白吗？即是说，这种大事，为什么事前不拿来同我们商量一下？既然不先商量，便不许你独行独断，我们就要反对。这道理，多浅显。总而言之，自从咨议局开办以来，绅权是大大伸张了，国家的事，地方的事，无大无小，都要过问的。"

"那么，也只是闹一闹就完了。"

"当然啰！"葛寰中斩钉截铁地说。同时，从何喜手上接过一支已经只剩半截的雪茄烟，一面呷，一面接着道："也有点奇怪。为什么老陆已接到省信好几天，我在宜昌还没听见李瑶琴谈起？你在尹委员口里，可曾听说成都开会的事情没有？……也没有！……嗯！说不定风潮已是过去了。本来，四川人也是只有五分钟热度的，也是一盘散沙的，何况外债已经借定，中国政府可以失信于人民，怎能失信于外国呢？"

第二章　保路同志会成立了

一

楚用、王文炳和另一个同学彭家骐到底来迟了一步，才走入纯阳观的南口，人众已拥挤起来。

彭家骐矮一点，身体却壮，气力也大，在学堂里顶拳头，比腕劲，是十条好汉中的第二条。当下便挺身上前，并向两人说："随定我来！"

人多，看来各色各样的人都有；学生和做手艺的年轻人，好像更要多些。都朝一个方向在走，一条不很宽的三倒拐街变成了人的河流。

彭家骐领头，口里喊着："得罪一下！得罪一下！"两膀不客气地把在前头缓步而行的人使劲推向两边，他常看坝坝戏，挤惯台口，懂得在人流中找路的妙窍。楚用、王文炳也是十条好汉中的，虽然气力小点，倒也跟得上。

但是一到岳府街的铁路公司，还在三倒拐街的北口，人流就堵住了。前面是岳府的影壁。岳公爷府第自从捐出来作为川汉铁路公司，内部改修了一下，而一道又厚又宽又高的砖砌影壁，还原封保存。影壁内七八丈见方的空地也站满了人。

影壁东西的街面也窄。由西头来的人比由东头来的多。彭家骐三人觑了个便，从三倒拐北口奋力挤出，转到影壁之东的岳府街上，再改正方向，斜斜地直向铁路公司大门拥去。

人是那样多，全都拥在大门跟前，简直像戏场。

看看离大门只有丈把远了，人拥得像堵墙，若不拼命，这墙是很难穿过。彭家骐身上的蓝布长衫业已皱成一团，肩头和拖着一条粗发辫的背心全是汗。

他无目的地骂了一声道："妈哟！这哪儿像是开会！"

楚用也满面大汗，说道："不进去了，这么挤法，真要命！"

王文炳拿手巾把额头一抹，又把朝下坠的近视眼镜向上扶了扶，喘着气道："不挤进去，不行！"

楚用道："外面都这么挤，里头一定插不下脚了！"

一派狼嚎似的声音忽然从大门内的深处传出来。

"又有人在哭！……好多人在哭呀！……为啥又要哭？……出了啥子事吧？……"

人墙登时活动起来。很多人都在向后退，有一些竟车转了身，大抵是街坊上伙着挤来看热闹的本分人。

大门口有几个穿长衫的人，忽从人头上涌出半身，大概站在什么高处，挥着两手，张开口，连连向那些拥挤着又想前进又想后退的人众嘶声叫喊："都请进去……进去嘛！……进去啰！……成立保路同志会……保路同志会！……热心人都该参加！……该参加……都是热心人！……开会了。……听啰！……听啰！……罗梓青先生、刘声元先生正在演说……大家都哭啦……大家都感动得哭啦！……莫要都挤在门口！……挤在门口，听不见的……听不见的！……里面有空场……有空场……有空地方……都进去嘛……请参加……保路同志会！……热心的同胞们！……莫光挤在门口哟！……"

王文炳、彭家骐乘势拿肩头撞开人墙，一面嚷着："进去嘛！……进去嘛！"

人墙果然崩塌了。十几二十个小伙子，也有几个带了年纪的人，都踉踉跄跄跨过大门的高门槛，一涌而入。连那两个站在门槛上打招呼的斯文人，也被裹入人群，随波逐流地滚进二门，一直滚到哭声已住的大议事厅的阶沿上。

楚用跟着挤进去时，议事厅四周空地几乎都是人了。二门口还有人在往里挤。王文炳、彭家骐已不知挤往何处。

会场就设在议事厅上，据王文炳说，以前开留省股东会时，坐满了也才三四百人。楚用寻思今天大约多坐了不止一倍。他从挤在前面的人缝中看进去，黑压压一大片。果然好些人都在抹眼睛，还有蒙着脸在唏嘘的。

讲演台上那个说话的人，被柱头和站在板凳上的听众遮住了，看不见。但听起来声音很苍老，并且稍为远一点，又正像才号哭过，声带有些嘶，更听不十分清楚。

"……路亡了！省亡了！国亡了！……牛马不如……还活得出来

吗？……老年人……要死的。……年轻娃儿家，日子长啰！……看看这些小国民……痛心呀！痛心呀！……呜！呜！……”

会场上又有应声而哭的声音。

忽然一片孩子声音："蒙老先生六十多岁的人，还这么爱我们娃儿，怕我们当亡国奴，我们硬要争气！……我们要保路！要反对盛宣怀！反对端方！要摄政王下上谕取消借款条约！要他把路权收回来，仍然交给我们！……若是他不肯，我们都不想活了！……我们娃儿也要成立同志会，我黄学典首先发起！……"

立刻一片巴掌声，比放鞭炮还响。

又是演说，又是号哭，又是巴掌，还夹杂一些咳嗽吐痰和大喊："赞成！……赞成！……"

嘈杂了好一会，一些声音在大喊："雅静点！……罗梓青先生要讲话了，雅静点！"

果然是他的声音。楚用曾经到咨议局去旁听过，已经能够辨别他那略为带痰的语调：

"我们四川省的保路同志会现在宣布成立！……"

又是一大阵巴掌，又是一大阵"赞成"。

"秩序！……秩序！……雅静点！……雅静点！"四下里都在喊，反而把罗梓青的话压了下去。

从挤在前面的人的口里传过来才晓得他说的是，光是在成都成立同志会还不行，因为争路是全四川人的事情，如其全四川七千万同胞都懂得路存省存、路亡省亡的道理，自然都会起来反对盛、端二人欺君卖国。现在的办法，就是要多请一些人到各府州县去讲演，把各处志士都唤醒起来，成立保路同志协会。这样，一呼众应，力量更大，不怕盛宣怀、端方再专横，不怕英、美、德、法四国银行团再凶狠，他们一定会知所畏惧，一定会让步废约的了。

会场里十分嘈杂，忽然又拍起巴掌来。

"各位同胞！各位同胞！……"

简直听不见了。

砰！……清脆的一响。

"啊！流血了！……满手的血！……"

会场里的人大半都站了起来。场外的人也更朝演说台那角落潮涌去。

几个维持秩序的警察和一些职事人员拼命地摇着两手，一面大喊："没啥看头！是朱云石先生把茶碗打破了，划了手指头，出了一些血，已经包扎去了，没啥看头！请注意秩序！同胞们，秩序！……秩序！……"

已经成了出房的蜜蜂，噪林的乌鸦，就叫十个罗梓青亲自出来，也把这秩序恢复不了。

一阵铃声。

"散会啦！……散会啦！"

"签名！请签一个名字，愿意入会的！……入会签名在这里，已经签过的不必再签。……不取会费，只请签名！……莫拥挤！有四本簿子，都一样！"

"愿意参加文牍部的同胞，在这里签名！请把地址写上。"

"愿意参加讲演部的同胞，在这里签名！请把地址县纲都写上。"

"入会签名诸君，务请把住址和县纲填上，以后选出评议员时，好通知！……入会诸君注意！……"

还有呼朋唤友打招呼的声音。

"到制台衙门请愿的先生们，请留步！没有带公服靴帽的，请赶快叫人去取来！……"

"轿子莫打进来！你们把空轿子打到南院门口等着，请愿的老爷们全要步行去的！"

二

楚用在入会签名处站了好一会儿，才在第三本簿子跟前抢到一管毛笔。但前头一个穿绸衫，拿折扇，约莫四十年纪的人，一条指头粗细的发辫歪搭在肩头上，躬着腰俯在簿子上，还在写。

轮到楚用，刚要下笔，倒使他惊异起来。原来前头那人把剩余的三页白纸全写满了，而且都是单名，而且都是狂草，仔细辨认，好像是赵龙、钱虎、孙彪、李豹一类《施公案》《彭公案》上面的名字。

"这搞的啥名堂！"

那人已经走了几步，回头把楚用一睃。楚用也才把他看清楚了：一张没血华的削骨脸，短嘴唇上略为有些胡子，看样子很像他们的监督屠致平，就只眼睛没那么凶恶；躬腰驼背，看得出是个有鸦片烟瘾的人。

"啥名堂？签名嘛！"

"为啥写了这么多？"

"亲戚朋友都托我签一个，难道不应该？"

楚用冒了火，满脸发烧，但又找不出话来问他。

后面几个人却在催他："快写啰！尽看些啥？"

"写？哪有地方写？几张纸都着他一个人写完了！"

七八个人挤拢来，把簿子细细看后，才叫了起来："这要的啥子把戏？……他龟儿，哪有这么多朋友亲戚？……叫他龟儿说清楚！……不准他龟儿走！……"

其实人已不见了。

楚用气愤愤地把笔一丢。才一转身，便同郝又三打了个照面。

"是楚君吗？为何生这么大的气？"因为在黄澜生家会过面，注过意，所以只上了两次博物课，就记住了姓名。

楚用连忙鞠了一躬。正正经经地把适才的事说了个大概。

"真正岂有此理！遇着这种人，只有一法，把他抓给会场警察，请问他写这些名字是真是假！……"

"是呀！为啥我刚才没想到呢？等我找他去！"

"算了吧，他还等着你去找吗？你一个人来的吗？我好像看见你的几个同班的也在这里。"

"我们同班来了两个。一个叫王文炳，一个叫彭家骐。"

"哦！王文炳！……"郝又三猛然想起就是在讲堂上一定要他把还原焰和结晶体讲个道理的那人。

"他们在哪里？我找他们去！"

"刚才还看见他们在文牍部签名处签名，此刻不好找。莫着急，最好在二门口等着，一会儿请愿的队伍一走，人少了，便好找了。"

"要是他们也到制台衙门请愿去呢？"

郝又三笑了笑道："没那么容易吧？恐怕他们还没资格参加哩！"

"你，先生要去吗？"

"我吗？"郝又三略为犹豫了一下道，"我没有功名，也还没有担任啥子职事。……我也没有资格！……不过我代表家严，他是咨议局议员，又是郫县租股股东代表……我还是不打算去。第一，穿着公服靴帽在街上走，我没有这个习惯……第二……"

好多人都纷纷跑出来，一面高声大气喊着："走啦！……上院啦！……闲人让开一点！……警士呢？打个招呼嘛！……"

接着缓缓走出的，是一大群气派十足的绅士们。穿公服的确实不少，但也有只穿一双薄底青缎官靴，戴一顶有品级顶子的红缨纬帽或玉草帽，而一裹圆的蓝绸长袍上，仅套了件对门襟、大袖口的铁线纱马褂的。

几个警察走在前头开路。领头的是一个胡须发辫都白了的八十多岁老者，两个跟班模样的人把他搀扶着。楚用认得是曾经当过书院山长，据说是全中国行辈最高、资格最老的翰林院编修伍崧生。其次一小半认得，是罗梓青、刘声元、江渭北、池汝谦，好些都是咨议局议员兼租股股东。也有彭兰村、曾笃斋一些铁路公司方面的人员。还有学界方面的，如叶秉诚、林山腴、王又新等人，他都认得。只有几个人，郝又三在悄悄介绍，比如起初在蜀报上写文章赞成铁路国有、只求民款有着，后来又拼命反对铁路国有、主张废约保路、西顾报上几乎每天有他的激烈文章、铁路公司开会几乎每次有他激烈演说的邓慕鲁。又如今天在会场上哭得最多、口口声声要拼老命、胡子发辫也花白了、现任成都府学教授老师的蒙功甫。——啊！黄学典所说的蒙老先生，就是他吗！——打破茶碗，流过血的朱云石，他也认清楚了：原来是一个二十多岁的翩翩少年，长袍马褂裁剪得很有款式，右手包上了缩在袖管中，长缨玉草凉帽上是五品级的水晶顶子——戴水晶顶子的极多。也有三品亮蓝顶子，四品暗蓝顶子，甚至有二品粉红顶子加花翎的。也有少数七品镀金顶子。却没有六品白石顶子，倒稀奇！——也有商会方面的人员，如廖用之，如樊孔周。这些，楚用都不注意了。

连跟随服侍的工役、跟班、警察、小职员等，不过百把人。因为走得太慢，走了好一会才全部走出了大门。

后面又是潮涌的人。大约都是没资格的，只管穿着各种各色长衫，偏没有一件马褂，也没有一顶纬帽和玉草凉帽。但声势却大，也热闹，一路吵着嚷着："走啦！我们也上院去啦！"把站在两旁专看热闹的人都裹去了不少。

有好几个人向郝又三打着招呼道："你怎么不去呢，老同学？……放弃权利吗？"

楚用认得其中一个就是被他们这一班轰走过的数学教习，高等学堂才毕业的刘攻虔，还是昂着头，鼻梁上跨一副钢边近视眼镜，看人是从眼镜边上把眼光垂射下来的怪模样。还有一个，也是又瘦又高的身材，一件长衫还比较整齐，面熟得很，却不晓得他的姓名。还有一个，又矮又胖，却是气哼哼的。

"有你们就够了，还差我一个吗？……"郝又三笑着打过招呼。又低声向楚用道，"认得吗？……"

"刘攻虔嘛，也教过我们。那两个只是面熟……"

"原来你在这里！"后面一个声音在说，同时重重一掌拍打在肩头上。

"啊！彭家骐、王文炳，来来，给你们特别介绍……"

"要你特别介绍？我早就看清楚了，是郝先生。"王文炳说话时，向郝又三把头勾了一下，代替了鞠躬。彭家骐连头都没有勾，只嘻开大口笑了笑。

王文炳跟着向郝又三笑道："郝先生，可听见今天会场上的怪话没有？……有人说，保路同志会今天成立，很不利，有鬼！……"

"是的，我也听见说。说是阎罗王都来了，当然有鬼。却也巧极了，刚才还碰见他们。"

三个人都笑了。楚用莫名其妙地把他们张望着。

郝又三笑道："正要告诉你，同刘攻虔一道走着的，一个叫罗一士，高的那个。矮的，叫阎一士。凑起来，你想想看是什么？"

"啊！阎罗王！……哈！哈！真个太巧合了！……"

三

走到华兴街，郝又三说是有事要回家，先叫了一顶过街小轿坐着走了。

楚用提议到宜春茶楼去吃茶，吃了茶顺便到锦江春吃两碗炸酱面过午。这提议登时就被接受。

他们刚从劝业场后场门侧一道扶梯上楼，打从怀园茶社窗前过时，忽听见茶社内有人在叫："文炳！文炳！"

王文炳一看，认得两个同乡人：一个是高等学堂学生程洪钧，另一个是才上省不久的郭焕文。招呼他的，正是郭焕文。

"好极了，都是熟人。我们就在这里吃茶吧，一样的。"

楚用、彭家骐和程洪钧倒见过两面，对郭焕文，还待王文炳旋介绍。

大家都渴了，端起一碗滚烫的毛尖，旋吹旋喝。

程洪钧先向王文炳说道："你晓得不，焕文的事情发生了变化？"

"怎么的？倒是新闻。"

"焕文，你自己说吧。"

三十二岁的郭焕文，要不是同乡熟人晓得他的出身根底，任何一个人都会以为他活过四十年的了。身体那么瘦小屠弱，露在卷起的白布汗衣袖口外的两臂，简直是一层油皮包骨头。脸上皮肤更其憔悴枯燥，眉毛稀得几乎看不见，两眼烦恼不安地滴溜转，没有瞬息沉思的样子。乱蓬蓬一条发辫，好像好多天没梳过。剃得太高，几乎高到脑顶的短头发，也有六七分长了。

他习惯地把右脚蹲在凳子上坐着，右臂弯过来抱着小腿；手呢，不停地把放在桌上一叠当十铜圆摆开又收起，收起又摆开。

他瞅了王文炳一眼，又摇了摇头，才叹息道："咳！只怪运气不好，偏偏碰上了了这个怪物，有啥可说！"

"说嘛！到底是怎样的变化？"

他又掉向楚用、彭家骐道："郭先生是我们资阳县崇文街的神童。我们县里人谁不晓得他十八岁就在仁寿县教私馆，二十五岁考上秀才，二十七岁就在小学堂当起教习来了。他这次是我们县里保送来进法官养成所的，当然啰，将来……"

郭焕文把一叠铜圆很响地在桌面上一顿道："眼前就是灾难，还说啥子将来！这也和四川铁路一样！说真话，今天在铁路公司看见周秃子，我一下就想起了：盛宣怀、端方那伙卖国奸臣，该不会是周秃子支使的吧？不然的话，你们想想看，盛宣怀、端方都在北京，北京离四川多远！他们好好地做官，怎么会想到卖起四川的铁路来？四川的事情，只有他周秃子最清楚，不是他暗通消息，从中勾结，还有谁？……你们说，还有谁？……"

王文炳不由把程洪钧看着，很想问问他，郭焕文说这话是什么意思。程洪钧却向他眨眨眼，摇摇头。

"……你默倒周秃子做不出这些事吗？他能害我，就一定能够害全川的人，害全国的人！我听见那个姓刘的在和那个啥子罗纶争着要当交涉部长，两个人哭闹说，我先去死！我先去死！我差点跳起来说，你们都不要死。死，并不稀奇。你们身边坐着的那个怪物，才该死。你们只要杀死他一个人，啥都没事了。但是我没叫出来，我怕人家说我公报私仇。……"

王文炳搔着头发道："这是怎么弄起的？"

程洪钧在桌下踢了他一脚，拿手指把自己的太阳穴指着，又蹙着眉头道："这里的毛病，你还没看出来吗？"

郭焕文油黑的脸上已泛出红晕。虽然眼睛已溜到他两个同乡人的脸上，好像没有察觉什么，依然冲着楚用在说："你这位先生是知道我，明白我的。我一辈子只管穷，是个安分守己的读书人，县里保送我来进法官养成所，也只是为了我这人还有出息，还能当个忠臣救国！他们何尝料得到江桌台会走？周秃子这怪物会署理桌台？又何尝料得到周秃子是个大奸臣？忠奸不两容，所以周秃子刚一接事，就想出法子来害我。他害了我，正好遂他勾结盛宣怀、端方出卖四川铁路。我那会儿在铁路公司真想登台演说一番。可惜这位同乡程先生把我拦住，刚散会，又把我拉走了！……"

王文炳很着急地伸手把他肩头拍了拍道："郭先生，你到底受了周孝怀啥刺激？说嘛！"

"嘿，嘿，你倒尊敬他，还在称他的表字孝怀。你为啥不叫他周善培？为啥不叫他周秃子？告诉你，他现在不是劝业道，已升了官，是四川提法使，是桌台了！……"

还是程洪钧接过口去，才把事情说明。

原来在前任桌台江毓昌手上，开办了一所法官养成所，曾札饬全省州县保送人员，预备一年之后，培养成一批司法人才，以备改良司法之用，不想全川一百多州县，一下子就保送来省一千多人。江桌台很高兴，认为是自己推行新政、改良司法的一件功劳。不想引起一班在成都拼命开办法政学堂的人们的嫉视，他们的舆论是："江毓昌这么搞法，是存心要我们的学堂关门，哪里是推行新政，简直是阻碍新政了！"办法政学堂的人大半和咨议局议员通声气，甚至本人就是议员，因在咨议局提出了一篇弹劾文章说："各州县滥送刁劣痞棍，提法使滥予全行收录，环顾将来，遗患无穷。"请四川总督迅饬提法使严行甄别。但是江毓昌知道他们弹劾的由来，偏置之不理，法官养成所还是开办起来。到了最近五月半间，江毓昌告老去任，劝业道周善培升置了提法使。他和咨议局许多议员都有交情，尤其称为莫逆的是议长蒲殿俊、副议长罗纶、萧湘，以及一些到过日本学过法政的人。当然，他为了讨好议员，遂旧案重翻，接印不到几天，就手谕法官养成所停办，所有学员都须经他亲自试验，以资甄别。这一下，可就把众人骇坏啦！

彭家骐嗑着五香瓜子道："有啥稀奇，试验就试验，甄别就甄别。"

郭焕文一双满含恐怖的眼睛定定地瞪着他道："你哪里晓得那是骗人的话呀！他只存心害我罢咧！要不，他为啥一到所里，就叫人把大门关上，点起名来？我晓得他的把戏，点名就是淘汰。所以我才赶忙从大门旁边的一个缺口爬进去。我为啥要这样不顾行止呢？自然大而为了国家，小而为了家庭。我是一介穷儒，君子固穷，但家里一个拙荆、一个弱女，却要饥而食、寒而衣哟。我此次保送来省，只为拙荆弱女留了三个月缴用，苟被淘汰，更何颜以见江东父老？我之不得不爬进去者，此也。然而你看那怪物高坐堂皇，不唯不察余之忠诚，反而呵呵大笑，当着众人讥讽我钻狗洞。还说啥子官尚没有到手，先就学会了钻狗洞，像这样的人，也配来充当法官吗？我向他禀明下情，他也不理。我亲眼见他在我名字上打了一个叉。我晓得他到所来，就专为了这个叉。叉是啥意思？你该明白：就是淘汰呀！还说试验就试验，甄别就甄别哩！"

王文炳方才恍然他这位同乡果因刺激过深，神经受了影响。遂问程洪钧，法官养成所甄别试验在哪一天？

"还早，听说在本月底，算来还有八九天。我曾劝过他，莫疑心过重。听说那天点名接见，爬缺口进去的，并不止他一人，周臬台那些尖酸刻薄的话，也并非对他一人而发。周臬台也是能文之士，只要试验时文章做得好，这些小节他倒未必注意。如今正是闭门准备，磨砺以需的时候，文炳，你说我的话对不对？"

"对极啦，我绝对赞成！"

他遂告诉楚用、彭家骐，不同他们去锦江春，他要同程洪钧陪送郭焕文到东御河街他们同乡伙租的寓所去了。

但是一直告别了要下扶梯之际，那个郭焕文还在语无伦次地发牢骚。一件洗得快白了的葛布长衫，由王文炳代他搭在手臂上。

四

保路同志会成立的第三天是星期六。

星期六，也只有在学堂里才特别感到重要；第一，这天只有半天课，第二，有些学堂还要打牙祭。

只有王文炳、楚用、彭家骐他们所住的这个中学不同：不打牙祭，课虽只有半天，但每星期六下午要作一篇国文。

国文教习总是准在下午一点钟就到讲堂，出了题，坐守在讲台上看自己的书。早交卷的学生早走，迟的也只有两小时的时限；三点钟一打，教习便要收卷了。笔下迟的也可到夜里补交到教习宿舍去，但计算分数要打一个八折。

他们第三班的国文教习郑旋翁是八股文入的学、补的廪。八股废后，改习策论，在崇庆州原籍，算是一个名家。所以出的题目，倒不怎别致，而且每次二题，一论一记，任选其一。文思充沛的，洋洋洒洒涂抹上千把字，他不怪你太长，而且称道你气魄雄伟，批语一定是：丈八蛇矛左右盘，十荡十决莫敢前。如其文思涩滞，好容易才挤出百把字的，他也不嫌你过短，而且称道你简洁洗练，批语若非一句"老僧寸铁能杀人"，定是一句"少许胜人多许"。

楚用他们七八个年纪比较大些的学生——也都在二十岁左右，英语、数学、物理、化学等虽则中平，作起国文来，却都快。就连绰号鸡公的罗启先，也能在一点半钟之内，不打草稿，写出一二百字，还相当地通得下去。只管每次总免不了几个别字，被郑旋翁用朱笔打着挺粗的杠子。他每次必争论一番，说郑旋翁不解"古字多通用"，还一定要翻着尊经书院刻版的汉四史做证，到底不为大家所谅，除了鸡公绰号外，还得了个"古字通"的诨名。

楚用几个人早都交卷完毕，在理发室找待诏梳了发辫，在盥洗处洗了脸，一面到寝室换衣服，一面便商量如何利用六天以来剩下的这几小时。

一个第四班的渠县同学来约他去逛少城公园，他拒绝了，说："把时间消磨在丛林茂草中去，岂不可惜了。"

另一个身材也相当高大，满脸红疙瘩的学生，叫陆学绅的，也说："星期六下午，少城公园连一个女人的影子都没有；倒是星期天，还多多少少有几个女学生可看。"

彭家骐挥着一把广东来的粗蒲葵扇，盛气凌人地喝道："色鬼！"

"鄙人！"陆学绅也喊着他的绰号叫道，"鄙人懂得啥！食色性也，何况只是看看，君子好色而不淫……"

另一个叫乔北溟的学生笑着说道："光只看看，倒不要紧，别再碰着林英文的老婆才好！"

他说的是才不很久的故事。

那时，几乎每天下午黄昏以前，只要不是雨天，当一众学生课毕，例得到校门外延伸至城墙脚下的那片大操场里来跑跳活动时，总有一个二十多岁、五短身材、穿着时髦衣裙的体面女人，从街头步入操场，大大方方地打人丛中穿过，走到城墙脚下，而后由斜坡步上宽广高峻的城墙，凭着雉堞眺望一会。

有时，这女人身边还随有一个四五十岁的日本老妇。她们一面走，一面说着日本话。一次，陆学绅看得情不自禁，从操场门口便紧紧跟着她，同半路迎上来的十多个浑小子，一直跟上城墙斜坡。陆学绅抢到前头，才打算趁女人拿眼打量他的机会，说几句什么淡话时，不提防脚下一滑，一个仰跌，竟像足球样横颠竖倒滚到半坡。那女人同别几个在城墙顶上的学生都惊呼起来。及至陆学绅抓住草根，重新爬上来时，她竟嫣然一笑，打着很有韵味的南方官话问道："唉！没跌坏哪里吗？……可惜一件衣裳，扯破了！……下回莫再跟着我跑了！……我还不是一个普通中国女人？没什么看的。……我们林先生晓得，一定要生气，一定要告诉你们监督的！"

大家才知道她是福建人林英文的老婆，是混血儿，那个日本老妇，就是她的生母。大家既震惊她的美，又震惊她那大方态度和伶俐口齿，很调皮的学生都默无一言地恭敬听着，陆学绅更窘到万分。从此一看见她走来，老远就躲开了，生怕再遭她当众奚落。

陆学绅瞟了乔北溟一眼道："难道你就没有受过人家的作难？别光找话讥讽我。挖起根来，还不是和楚襄王一样的色大胆小！"

楚用笑道："你两个狗打架罢咧，又怎么牵上了我？你几时发现我色大胆小来过？拿得出凭据来吗？"

罗鸡公也就是古字通，猛一拳头打在放菜油灯盏的桌子上，尖声尖气地吼道："一群没见过世面的小子！女人嘛！又不是世间稀有的宝贝，也值得这样胡扯！依我说，还是照上星期六一样，看戏去！"

乔北溟道："又看可园吗？"

古字通道："不，可园的京班，只有那几个角色，也听厌了，倒是悦来茶园三庆会的川班，老角色也多，新角色也好，杨素兰的《大劈棺》，刘文玉、周名超的《柴市节》，李翠香的《三巧挂画》，邓少怀、康子林的《放裴》，蒋润堂的《飞龙寺》，还有游泽芳的《痴儿配》，小群芳的《花仙剑》，这才是高尚娱乐啊，好不安逸！"

"自然安逸，"乔北溟笑道，"大锣大鼓大铙钹，再加上喜煞冤家的《骂媒》，包管把耳膜震破，从此听不见泸州妹儿的枕边言、衾内语，那才叫安逸哩！"

罗启先原来是泸州人，去年年假回家才完了婚，据说是他的姑表妹，也才十八岁，从他带在身边的相片上看来，胖胖的还下得去。

众人都轰笑起来。古字通也大笑道："有理！有理！"

一个小胖子叫林同九的学生，另出了一个主意说："我也不赞成看戏。管你川班、京班，高尚娱乐、低尚娱乐，你们算，正座五角，拿八个人来计，五八四块，这数目可以留到明天在枕江楼大吃一顿，鸡鸭鱼肉虾样样齐全，还要喝他妈的斤把大曲酒，岂不比把耳朵震聋了更安逸？"

古字通哈哈笑道："我们商量的是今天下午的事情，哪个和你打明天的主意？"

"那么，"林小胖子又扳着指头计算道，"我们每人只出两角半钱，这比戏园副座的票价还少半角钱。我们先去劝业场吃碗茶，可以看很多女人，地方热闹，当然比少城公园好。然后到新玉沙街清音灯影戏园听几折李少文、贾培之唱的好戏，锣鼓敲打得不厉害，座场又宽敞，可以不担心耳朵。然后再回到锦江桥广兴隆消个夜，酒菜面三开，又可醉饱，又不会吃坏肚子。每人二角半，算起来有多没少，岂不把你们所说的几项要头全都包括了？"

大家都喊赞成。并取笑说："小胖子到底是成都儿，又是生意人，莫怪小九九算盘打得这么精通！"

楚用道："二角半钱我出。吃茶、看灯影都来，就只不吃广兴隆。"

陆学绅拍着巴掌道："更赞成！……我晓得他是有地方消夜的。……说不定还早请了外宿假哩。"

五

那夜楚用果然在他表叔黄澜生家消夜，也在黄家留宿。可是运气不好，这个夜消得太不乐意。表婶带着儿女恰在这天回了娘家，临走时，没有料到他来，未曾吩咐厨子老张预备消夜的酒菜。及至他看完灯影，同众人走到盐市口，毅然告别，兴冲冲奔到西御街，走进黄家小客厅坐下时，一看，上房黑魆魆地没有一点灯光。女仆何嫂端茶出来，才告诉他，连黄澜生也带着跟班罗升到龙家去了。他本要立刻转身，再跑两条街赶到广兴隆去的，何嫂却不让他走，说是："老爷不久就要回来，晓得了，我们会挨骂的。时候还早，皇城坝正热闹，我叫老张去买点现成菜，打几两大曲酒，再端两碗牛肉面，不就消了夜了？你已经满头大汗，快脱了衫子息一息，我打洗脸水去。"

本来又热又累，黄家庭院不小，有花、有树、有竹、有假山。街道清静，庭院更幽雅，东向的小客厅收拾得又干净，广东藤躺椅当然比硬木凳舒服，一坐定，真也不想走了。

洗脸后并不多久，不过才咽完一支地球牌纸烟，厨子老张已经提着菜篮回来。

何嫂还特别点来一盏洋油保险灯，把整个客厅和半个庭院照得雪亮。

菜却不好吃，卤牛肚死咸，卤牛筋梆硬，一小盘烧鸭子除了皮就是骨头，还有一小盘白斩鸡，却又淡而没味，并且香油又淋多了。面呢，大约由于老张催得急，好像还有点儿生。大曲酒尤其难喝，反而不如陈色酒还没有那么燥辣。

但是违不过何嫂的殷勤劝进，老张也在旁边连连抱歉说："教门小馆做的东西，真不合味，只好将就了。可惜时候太晏，啥也买不出来，在湖广馆那些街道嘛，半夜三更我还能够显点手艺呢。"他只好故作欢欣，把菜和面销缴了一半，酒却只喝了不到一两。

夜消得不乐意，觉也没有睡好。

黄澜生回来，二更打过许久了。一看见他，便高兴地喊叫起来："来得好！我正愁今夜会寂寞恨更长哩！"

问知他已消过了夜，便叫跟着轿子跑回来的罗升，赶快烧开水，泡香片茶来。

"等我抹个澡，换身衣裤，就出来陪你。"

一面又叫何嫂把客厅右手客房里的床帐席被清理好："两星期没用过，难免没有灰尘和耗子屎。"一面又叫何嫂把保险灯拿走，另换一只有玻璃风罩的洋蜡台来："洋灯的光太强，看着就使人要出汗，又招飞虫。"

楚用早已感到今夜的睡眠准定会成问题。往回有表婶在一旁催促，不到三更，黄澜生就叫了安置，回到上房去了。他们官绅人家，睡惯了懒觉，鸡叫上床，还说不晏。他、楚用生长在新津县，虽非农家，却也有田舍遗风，自幼是更响睡觉，天亮起床；学堂的作息也差不多，顶害怕就是熬夜。所以每次请外宿假，到黄家来宿一夜两夜，心里总是又高兴，又不高兴。往回有表婶在家，当然不同，今夜……

今夜，只好强打精神听他表叔唱独角戏了。

但是却不然，黄澜生今夜才是和他在唱对口曲子。

黄澜生一开始就问到前几天成立保路同志会的情形，并且问得那么详细，听得那么专心，以致他、楚用不知不觉说得起劲，把那天在铁路公司所闻所见，像说评书样说了出来。

"……也真奇怪啦！一个人哭，竟会惹起那么多人哭！平时，人家说，只有小娃儿才这样：逗他笑就笑，逗他哭就哭，成年人有了知识，除非自己动了感情，是不容易被人惹哭惹笑的，但是那天……"

"你亲眼看见几百人都当真在哭吗？"

"硬是亲眼看见。有些老头儿的眼泪还一直流下来挂在胡子上。几百人虽不都在哭，抹眼睛、擤鼻涕的却多。"

"你和王文炳他们，不是也哭了？"

"王文炳、彭家骐哭过没有，不晓得，没有问过他们。我呢，心里却酸得不好过，设若再有人哭……"

他笑了，想起那时的心情，真像变成小娃儿了。遂从藤椅上站起来，把放在中间小圆桌上的地球牌纸烟又摸了一支。

黄澜生把吃水烟用的纸捻递给他，一面说道："真个连老头儿都在伤心痛哭的话。嗯！我看，大清朝的江山的确有点摇动啦！一个孟姜女尚能把万里长城哭垮，你想……"

"孟姜女哭垮长城，恐怕是假的吧？"

"也未见得全然是假，古人说过'精诚所至，金石为开'，只要大家真正动了感情，横下心肠，啥事不可为呢？"

"但是有一点，我至今还想不通。那天开会时候，哭并不是假哭，吵吵嚷嚷好像也是真的，当其朱山把茶碗打破，指头划出血来时，好多人都激动得不能自制，连我在会场外头听见了，也忍不住生了气。但是一到散会，还没离开会场，却啥子事都没有了，摆龙门阵的，说空话的，这里也在嘻嘻哈哈，那里也在嘻嘻哈哈……"

他忽然想起那个签名的事，又补述了一番。

"……我想那家伙，一定也流过眼泪，一定也喊叫过誓死反对，你看他临到签名入会，却做出那样的鬼把戏。"

黄澜生把水烟袋放下，又自己斟了一杯热茶，喝了两口道："也不可以专朝坏处着想，说不定他还是好意哩。"

"好意？"

"自然啰，人多势壮嘛！你想，那天到会的，每人都只写一个名字，即使一个不漏，照你说，顶多六七百人罢了，或者还不到这个数目。说起来，成都省二十几万人口，好多法团，好多上流社会的人呀，锣鼓喧天成立一个保路同志大会，头一天入学的才几百人，叫人听了，岂不寒伧？设若你们签名的都学他，不说多，一个人写十个名字，不是一下子就是几千人了？宣扬出来，声色也要壮大些。可惜你那阵炮毛了一点，没有平心静气和他谈谈，依我揣想，他一定有用意，还一定是好意哩。"

"哦！我倒没有想到这一层。我们年轻人，实在不及表叔的阅历深，世故人情熟啰！"

"快别这么说，"黄澜生把茶杯放下，顺手摆了两摆道，"人是活到老，学到老。比如那天郝又三、田伯行在我这里吃便饭时，说到王护院俯顺民情，不但答应去请愿的人代奏，还答应大家专折力争。我不是同郝又三都认为王采臣真心实意为了四川吗？独有田伯行不相信，说了一长篇。我当时没同他

争论，心里到底有点怪他。不料今天在龙家和敝襟兄孙雅堂一谈之下，才明
白王采臣之出此，原来果不出田伯行所料，是有内情的。你说我人情世故熟
吗？看来，田伯行就比我行，只管他岁数和我相差无几。大约读过诗书，下
过科场，做过八股的老酸，心里毕竟细些吧？"

六

　　孙雅堂原来是个当刑名师爷的，也曾进过两年绅班法政学堂，官场当中
认识的人不少。最近他的东家由青神县调署彭县大缺，很感激他办理公事得
力，不但托他办了移交回省，一同到彭县接事，并且在新换的关聘上，每月
还给他添了二十两银子的聘金。他回省不多两天，碰见一个正在藩台衙门当
什么红差事的老朋友，这朋友甚至可以说是升署布政使尹良的心腹人，而尹
良的前任，恰就是护理四川总督，前两月才有上谕令他和川滇边务大臣赵尔
丰对调的王人文。

　　据那朋友说，王人文在护理总督之初，自以为论资格、论地位，是应该
署理而不止于护理的。既然护理了，说起来下一步即令不是署理总督，总可
升署某一省的巡抚，只管巡抚比起总督要低一级，到底算是一省之长，比司
道就强多了。并且听说，调任东三省总督赵尔巽临走之时，又曾答应过他，
趁朝命未下，一定为他设法搞干，还口头担过保，无论如何，不至于使他回
原任的。

　　及至朝命下来，那朋友转述尹良的话道："赵次珊并没有骗他，果然是升
了官。川滇边务大臣是钦差缺，拿官阶论，当然比藩、臬高，何况又是赵季
和的原路子——赵季和就是在锡清弼去时，由四川藩台护理总督。及至赵次
珊由奉天将军升任四川总督，赵季和改任川滇边务大臣，两弟兄接交边疆重
臣的关防，在咱们大清朝，真算稀有的盛典！这次，论理，朝廷在钦命赵次
珊去东三省之际，就应当明谕赵季和署理，再来一个弟兄交代，岂不更成为
熙朝佳话？王采臣在这中间插一脚，又叫他去接赵季和的事情，可见朝廷是
器重他的，只要好生巴结两年，督抚一定可靠。咱们主子对汉大臣，并不像
外间坏人所传，有什么别意。却想不到王采臣不唯辜负了朝廷恩典，反而心
怀怨望。据我知道，他自从得到廷寄那天起，见人就发牢骚，不是说边疆繁
重，非庸才所能胜任，就是说垂老投荒，是仕宦难堪下场。所以……"

　　那朋友说："惺吾因此对采臣深致不满。及至铁路事情发生，惺吾曾经劝过采臣：四川人民向来驯谨，就拿常年捐输一件事说，本是从前国家平定匪乱时候，国帑空虚，临时取之于民的办法。别省早已停办的了，四川人民依然按年输将，并未发过半句不平之言。这次之所以违抗上谕，显然并非人民本心，乃是一伙年轻喜事之徒，倚仗咨议局议绅地位，故意要挟朝廷，暗中却由于铁路公司一班劣绅侵蚀路款过多，害怕邮传部、度支部查账，乐得鼓动风潮，借此抵赖。只要我们地方官不怕事，拿出严重手段来一对付，包管就没人敢出头反对的。无奈采臣性情既已仁懦，而又心怀不满，不但不听善言，反而故意放纵。比如第一次是五月初一日，几十个绅士到院上请愿，他接见了，立刻答应代奏，口吻间已经露出不少对朝廷的诽谤言语，但还不敢直斥摄政王爷，尚只归罪于盛大臣、端大臣他们误国。第二次就在最近五月二十一日这天，啥子叫保路同志会哟，明明是些不逞之徒，冒充代表民意的绅士，听说几百人再拥到院上请愿，口口声声说盛、端两大臣签订的借款合同，是卖国卖省的条约，要挟朝廷废约，要挟朝廷收回国有成命，要挟朝廷恢复先朝特旨，铁路仍归商办。这简直是造反啦！然而采臣呢，更岂有此理了，他也好像是四川人了，他居然站在桌子上演说起来，丝毫不顾体统，使那班狂徒越发嚣张，越发得意。这样搞下去，四川的绅士将来还能驾驭吗？四川的事情，从此棘手。这都由于采臣之一点不满之念所致……"

　　那朋友还说出尹良的见解，引了一句《左传》上的话："不去庆父，鲁难未已。"

　　楚用不由大为诧异，把两道又粗又黑的眉毛撑了起来道："当真会有这些曲曲折折的事情吗？"

　　黄澜生笑着，又将水烟袋抓到手上。

　　罗升来冲第三道鲜开水。看得出这跟班的瞌睡已上了眼皮，但是主人没有吩咐他去睡，他当手下人的是没有自由去睡的。这是规矩，主人不觉得不对，罗升也不觉得不对。

　　黄澜生旋吹烟蒂，旋笑说："足见你们学生们真太老诚了！"顿了一下又道："也无足怪。我虽比你大二十几岁，也未见得便好聪明。比如说吧，我在今天以前，也还认为王采帅是真心实意在为四川人民的权利哩。……现在我倒疑心起那几位大脑壳来了。他们附和着王采帅，成天同绅士们搅在一起，口口声声喊着民意呀！民情呀！民气呀！到底是真心实意吗？或者是耍的把戏呢？……照道理讲，孙雅堂的话说得不错。他说，既做了朝廷的命官，那就应该心存君国，只要圣旨下来，叫做啥就做啥，叫怎么做就怎么做；如其不愿意奉诏，也只有一条路，就是挂冠而去。……但是现在那些大脑壳却怪了，一面在做官，一面又在反对朝廷。……说他们糊涂吗？却个个精明强干。要不然，也不会几年里就攀得那么高。不糊涂哩，为啥"连食人之禄，忠人之事"这点道理又好像都不明白呢？……今天同孙雅堂研究了一番，他说是油滑取巧，时髦派头……又叫脚踩两只船。……老侄，依你看呢？"

楚用只好张眼将他望着。

一会儿之后，还是黄澜生点头磕脑地自己答说："依我看，倒还不止油滑取巧。因为油滑取巧，我懂得。我从前在发审局当差时，就看得多，那不过面面周到，面面都要讨好。……他们现在却只讨好的一面，绅士的这一面。……但这一面，并不能使他们升官发财呀！……油滑取巧，脚踩两只船，为的是升官发财。这种妙窍，谁又不知呢？……明知不是升官发财的路子，大脑壳们偏要去走，所以我猜他们还一定有别的打算。可惜葛寰中目前尚没有回到成都，他的阅历更多，学问也好，问问他，可就明白了。并且在这种潮流中，我们这些半官半绅的人，该拿个什么宗旨才对，他也顶清楚。"

"葛寰中是啥子人？以前还没听表叔说过。"

"他也同我一样，是半官半绅的人。不过他原籍是浙江绍兴。他祖父游幕到四川，他父亲是大幕，由幕而宦，人情世故通达得很。他父亲十几年前才去世。葛寰中虽只是一个候补州县，就因为家学渊源，又曾到东洋考察过，又得过几趟出省的差事，又署过几次缺，手面很宽裕。去年秋天过班知府，今春到京引见，说不定一回来就要得缺的了。他是我们这一伙客籍人员中的诸葛亮，连你们那个教习郝又三的父亲郝达三都非常钦佩他的。"

第三章　事情是怎么搞出来的

一

下午三点钟已敲过了。从云隙间时不时漏下来的太阳，已斜斜地射到小客厅对面的那座假山顶上。假山不高，也不大，也不厚，刚好把背后的风火墙遮着。远远看去，比如说站在小客厅的檐阶上，或是从过厅耳门进来的那道短游廊上看去，仿佛是一道天然的青郁郁屏风。屏风脚下有一片弯弯曲曲、小得可怜的金鱼池。但你循着小方砖铺成的、从桂树、紫薇树和几株怪柳的树根下走到金鱼池边仔细一看，你方看得出：啊！原来在藤萝苔藓之中，那假山还那么玲珑呀！上下左右不仅有孔、有穴、有窍，而且还有洞。假使你身体不十分魁梧，尽可以从北洞口侧身而入，稍稍转一个弯，摸着窄得仅能容脚的石阶级登上去，不过十步，你便到了山顶。向庭院这面没什么看头。靠北是一排五开间、明一柱的上房；迎面是小客厅，是客房，是游廊；院子中间绿荫一片；靠南是过厅背后的花格子门窗。但你掉转身，抚着风火墙的墙头，朝外面一看，你的眼界可就宽啦！一大片菜园地，前面齐街，后面齐金河，尽向西边才有几株老榆树，几间半草半瓦房子，一口水井，井上立了一个桔槔架。不言而喻，那几间房子是种菜人住的，桔槔是用来灌园的，这面假山脚下金鱼池的水，就是从菜畦间一条小沟穿墙根流入，又穿墙根流出。

黄澜生对他公馆里这座假山，感到无比骄傲。他于每一个来拜候的生客，必要引到过厅以内的庭院，指着假山说："这是我们江南大名士顾子远的手笔呀！你别看它只是用灌县石头堆起的，如其胸中没有丘壑的人，哪能堆得如此玲珑剔透？有人说，大抵是从苏州狮子林脱胎来的。"但对于晓得根柢的人如葛寰中，如郝达三，他便不这样说了。他的话是："匠人堆砌时，自然是马长卿在指挥。不过若非凭了先严所藏的一幅顾子远亲手打的稿本，马长卿是没有这种能耐的。"

他的太太龙二小姐的意见却不与他尽同。首先，就嫌风火墙不够高，常说："要是遇着飞贼从菜园那面一爬上墙头，这假山正好做他的垫脚石，倒不如把假山拆了，成成器器地修一列厢房。一则可以防贼，二则四合头院子也才成个格局。"

黄太太的意见过于讲实际，就连他们家那个来自田间的表侄楚用也不能附和她。楚用说："四合头房子自然严密些。我们新津的房子不管城内的城外的，都是四合头。不过也有一点不好，就是不通气。若要修造一个像表婶家这样花园般的房子，莫说没有人想得到，就想到了，也不敢修。为啥呢？怕别人议论他不合老规矩。就说不怕，也因为看得少、听得少，心里没稿本，也修不好。像我外公侯保斋闹了多年，要学成都公馆派头，在厢房侧面修一个花园。地方有的是，比墙外那片菜园地还大得多。却不晓得该怎么去修法。当中挖一个大坑，有丈把两丈深，说是池塘。挖起来的土，东堆一堆、西堆一堆，说是假山。不特难看死了，现在大坑变成了臭水坑，水变绿了，上面盖满浮萍，水里全是变蚊子的筋斗虫。假山哩，很像埋死人的坟堆。外公自己也皱起眉头说，为啥别人修个花园，就像个花园；别的那些大花园，像小福建营龚家花园，东珠市巷的李家花园，不说了，就像黄家——说的就是表婶表叔这里，那点小景致，只一座假山、一片小金鱼池，就多么雅致！看起来，多好！为啥我这个花园，便弄来不成名堂？外公说了多回，还要上省来耍几天，专门来看看各家花园。我倒不晓得成都有好多花园，外公却清楚，他说成都的大公馆几乎没一家没有花园。并说有大有小，各个不同。他顶喜欢的还是表婶表叔这里。他说，又是花园，又是住房，这比另一些花园只管好，住房干巴巴的，又是一个好样子。如其表婶改修成四合头厢房，却叫外公来学啥呢？"

黄太太不由呵呵一笑，照习惯叫着他的表字说："子才上省几年，人变得不老实，嘴也学滑了。你默倒我当真那么俗气，连这点玩意都不懂吗？从前我们龙家老房子里的花园，并不算小，比南门三巷子刘家花园还大、还好，也有石假山，也有荷花池……还要告诉你，要是你表叔听我的话，把墙外那片菜园地收回来，再找马麻子布置一下，倒真正像个花园。比起现在夜里防盗贼，早晚闻粪臭，还更好哩！"

"为啥表叔不听表婶的话呢？"他故意把眼睛挤眨道，"岂不是反了常吗？"

"你这个年轻小伙儿，公然说起你表叔的俏皮话来了！……"

这天下午三点钟刚敲过，黄澜生又连忙把那件家常穿的湘云纱马褂从衣架上取下，一面向绸衫上套，一面走到穿衣镜前整理衣领衣袖，这是第三次打扮。

罗升汗流满脸地抱着皮护书进来。

"都催请过了吗？"他没有转身，向着镜子里面照见的罗升在问。

"都催请了两遍。只郝大老爷还在铁路公司没回家，只好过一会儿再去催请。"

"嗯！……其实不用再催了。我晓得郝大老爷有要紧事。有时间，他自会来的。你此刻就同何嫂先把桌椅摆好。……自然，就在这外面套间安席。是便饭，用不着去调动大花厅。……小圆桌也可以。那就不必摆椅子。如其扇面凳不够，把书房里的圆凳添两张也要得的。"

又回头向庭院里扫了一眼。的确打扫得清爽。方砖引路上的些少一点青苔，早教看门老头刮剥得无踪无影。云隙间时不时漏下的太阳，已斜斜地射到对面那座假山顶上。垂柳中的懒蝉，仍不住声在叫。

他又急匆匆地从上房山花档头过道上，转到后天井的厨房。

几个下手萧萧闲闲地在摆龙门阵。有两个人还各自叼着一根猴儿头叶子烟杆。小王也提前蹲坐在一张小方桌上，用着一只汤杯喝允丰正仿绍酒。

黄澜生先走到他跟前一看。

"怎么一盘泡菜就下起酒来了？为什么不拣自己喜欢吃的，弄一两样来吃呢？"

小王连忙站起来，一面把挽在手肘上的白布汗衣袖朝下拉，一面嘻开口说："道谢黄老爷的好酒！说句作孽话，油荤实在吃厌了。太太赏的这盘泡菜，好得很，在别家真没吃过！"

"一切都准备好了吗？"

几乎全厨房的人都在回答："全好了！只等客来出菜！"

但黄澜生仍然背着手，弓着腰，把一张长案板上摆满了的菜盘菜碗一样一样地检视了一遍。中点是羊肉臊子烩撕耳面，虽是他特别点的，但他注意的还是那一个大筲箕盛着的河虾，揭开盖在上面一张打湿了的新白布巾，露出一筲箕头角狰狞，须眉奋张，全身黑亮，差不多一样大小的河虾。拿指头触了下，就有十多只蹦跳到案板上来。

"噢！果然还是鲜活的！"

小王笑道："不是嘛！幸而没有听从黄老爷的吩咐。要是用水养着，早就焉了，泛白了。"

"呃！我又算增长了一番见识。"

"可是就这样干晾着也不经久，如其再一个钟头不挤出来，这样菜总会减色的。"

"快了，请的是下午一点，现在三点钟，照规矩该来了。这样吧，把头菜鱼翅上后，接着就上火爆虾仁。"

"那么，三塌菇呢？这也是一样时令菜呀！"

"那只好挪一挪了。……嗨！还没问你，今天的虾仁，用点什么佐料？——一味的清炒，也吃腻啦！"

"早已想到得变个样儿啰。"小王的瘦削脸上已露出一种自负的得色，"我是这样打算的：在虾仁里揉一点南糟豆腐乳水和胡椒末，别的啥都不用，热油一爆就起锅。黄老爷，你看怎么样？"

黄澜生凝神一想，不由拿手在小王的膀膊上一拍道："还有什么说头，自然鲜美绝伦呀！……呃！呃！想得妙！想得妙！像你这样能够用心思，若是做了官，还了得？"

惹得全厨房的人都笑了起来。中间一个年纪较大的说："我们的小掌柜不已是光禄寺大夫了？还做啥子官哟！"

小王已是中年人了，也感到脸上有些发烧。只好说："黄老爷真会挖苦人！"

"一点不挖苦。"黄澜生一本正经地说，"你们没读过经书，自然不知道。经书上说得有，古时有个大圣人叫伊尹，以割烹要汤。什么叫割烹呢？割烹就是烹调，就是俗话说的会做菜，会弄饮食。汤是汤王，也是古时一个大圣人，是商朝头一个开国皇帝。这句经书统起来讲，是伊尹因为会弄饮食，汤王才把他找了去。找去做什么呢？并非叫他当光禄寺大夫，却是请他去做宰相，治理国家大事。经书上载了，因而便成了典故，后世写文章的人一说到宰相，每每引用这个典故。除此之外……"

"爹爹！客来了！"他的那个已满六岁的女儿婉姑儿老远喊着跑来。

"爹爹！客来了！妈妈叫你进去说句话！"他的那个快要满八岁的儿子振

邦撵在婉姑儿后面喊着跑来。

"噢！听见了！"黄澜生赶快转身走出厨房，"是哪些客？……葛伯伯来没来？"

厨房里也活动起来。小王提高嗓门在吩咐："炒炉，岚炭加旺！……手法干净！……都来挤虾仁！"

十六岁的丫头菊花在上房倒座厅檐阶边回答说："罗二爷说，才来三位：是郝大少爷，田先生，还有一位昨天也在郝家吃饭的洋人，叫周先生的。"

"妹妹，你听，有洋人。走！我们看洋人去！"振邦抓住婉姑儿的手腕，正待跑。

"邦娃子敢走！你的小字还有两行没写完！进来！"他的妈妈隔着卧房后间的后窗在喊。声音虽不及他爹爹的宏大，但清脆当中却有斩有杀。

振邦立刻嘟起了嘴。瞅着他爹爹道："人家跟爹爹出去看一眼，就进来嘛！"

"我才不去哩！洋人，多吓人的。妈妈去，我才去。"

黄澜生一手挽着女儿，一手拉着儿子，旋向倒座厅走，旋说："并不是真洋人，不吓人的，也没啥看头！邦娃子快到书房去把字写完，不准潦草！待会儿，葛伯伯来了，妈妈出去时，都出去。"

及至把子女交给菊花带走，才掀开门帘跨进卧房。

太太正换好了一双鞋口上绽须子的文明鞋。是昨天才赶成的。本来是平底，却自出心裁在后跟上薄薄加了一层笋壳盖板，说是这样更合脚些。当下走了几步，正低着头在细心地看。

"我仔细想来，还是不出去的好。"太太的眼睛并未离开鞋子。

黄澜生略为有点诧异，定睛把她望着。

团团一张脸蛋儿，淡淡敷了一层南粉。颧骨略显的两颊，也轻轻晕了一点胭脂。和前几天那种浓妆艳抹的时下打扮比起来，确是淡雅多了！额脑上的拱刘海还是那么齐着纤细而弯曲的眉毛高高拱起。叫人看去，仿佛那高广部分乃是真的额脑，而非假的短发。两只银杏形的眼睛黑白分明，本来就已呼灵的了，现在叫拱刘海一陪衬，顾盼之间更觉得眼波欲流。口虽不算小，上唇也稍厚一点儿，可是口辅微凹，配上两个浅浅酒窝，反而有点挑动人。嘴唇上也搽了一点点红，很淡，谁也看不出来是人工装饰的。

而且新式的爱斯发髻梳得那么艺术，低低地拖在有四个密扣、几乎上齐耳根的月白纺绸衫子的高领上。大约为了防备头发油垢弄脏了高领，又在高领上面特别蒙了片巴掌大一块三角形翠蓝丝线编花的衬巾。纺绸衫很薄，隐约显出衬在内面的水红洋纱汗衣和青色鸡皮绉裙子。而且不常戴的红宝石耳坠也戴上了，用银丝把茉莉花和夜来香签成一只飞鸟模样的压发也斜斜插在鬓边了。

这样着意的打扮，明明为了要在嘉宾面前一显女主人的标格。怎么临到见客时，会忽然说是不想出去，岂非有意和老爷为难吗？

"我真个不打算出去。"

"为什么呢？"

"尽是男客，平日又都没见过面，中间插个女主人，多不方便呀！"

"难道你还害羞吗？"

"这才笑话！当了妈妈的人，又在自己家里，还害羞？只怕有了我，他们反而拘束起来，不方便呀。"

"原来是为了我们。"黄澜生呵呵大笑道，"这倒不必！告诉你，要你出去同席，还是寰中提说起来，周宏道首先赞成。老周不必说了，日本风气自古就比中国开通，男女在一块起居，他早已习惯。寰中呢，因为谈到北京朋友，无论请吃饭、请听戏，有了男主人，便有女主人，请男客，必请女客。他说，我们四川太闭塞了，太守旧了，北京已经这样开通，我们为啥不学北京呢？你想，他这样在说，还有什么拘束？"

"怎会提说要我出去同席？难道郝家没有女主人，只你家才有？"

"嘿！就因为寰中这么讲，大家都拍掌赞成。田伯行、周宏道立刻提说，要请达三太太出来开一开风气。田伯行并且说，他们家早就开通的了，郝香芸没有出阁以前，便同他会见过。却不晓得什么缘故，一请再讲，达三太太一直不肯出来。老说占着手在。"

"哼！占着手在！"黄太太把嘴一披，抢着说道，"生成是个小老婆出身的，见过啥子世面！那么，大少奶奶应该出来啦！"

"说是回娘家去了。"

"一定是借口话。"

"倒不是的。说是娘家妈生病，连三个儿女都带走了。因此寰中才闹着说，明天在我家吃饭，一定要你出去同席。"

"你自然乐得答应。所以红不说，白不说，直到今天早晨，才吩咐一声：'嗨！你也出去陪陪客嘛！'"她笑了笑接着说道，"我也是人，我不是人家的就口馍馍，我今天偏不出去！"

"偏不出去，为什么打扮得这么局面？"

"这也叫局面！那么，把这身鬼皮换了就是！"当真就举手去解胸前的纽扣。

黄澜生着了急，连忙抓住她那一双白面包子似的手，拿出平时声口哀求说："太太！好太太！千万别生气！不管怎样，今天非赏个脸不可！"

"怪啦！怎会说到赏脸的话？唔！莫非你向人家夸过啥子口？写过啥子包票吗？"

"并非夸口，只因寰中说，你的太太该不会也三礼九叩请不出来吧？我说，绝不至此，我太太向来开通，平日有客来了，我太太无有不见；甚至我不在家，她也可以代会的。"

"这才打胡乱说！就说我开通，还没有开通到这步田地呀！"

"不然，是到了这步田地的。比如孙雅堂、楚子才这些人来了，你不就是这样吗？并且还同孙雅堂到少城公园去吃过馆子哩！"

"噢！这更不成话！孙大哥、楚子才一个是至亲，一个是小辈。一个是自幼就在一处，并且孙大哥还算是我的发蒙老师，我读的《女儿经》，便是他教的。楚子才哩，从认亲戚起，来往了两三年，也是到去年年底，我才见了他的。听你口气说来，好像有点怪我不该这样放荡，是不是？"

"更说远了。绝不是！绝不是！我再告诉你，昨天不止我说你开通，连郝又三都极力称赞你又开通，又文明。就因为他那天也在少城公园永聚餐馆请客，说，看见你同着一个男子一处吃酒，态度大方而自然。本来不晓得是你，后来，看见菊花带着婉姑儿从外面进来。婉姑儿一路喊你妈妈，喊孙雅堂大姨爹。他才知道是你。所以他也向寰中说，黄太太不是寻常妇女，断乎是要出来的！"

黄太太这才真心地开口一笑。一排白得放宝光的齿尖，全露了出来。

恰这时，罗升又进来回说："葛大人到了！"

<h1 style="text-align:center">二</h1>

小王这天在黄公馆做鱼翅便饭，也高兴，也不高兴。

一走入黄公馆，就被有礼貌地接待到小客厅坐下。也像真正客人一样，由底下人送上一只银白铜水烟袋，抽的是老爷太太才抽得的，品质极为优良的福建烟丝。同时还送上一只江西上等瓷茶碗，配着点锡茶船，一望而知是道光时候的东西，才那么大方古雅。老爷说是特为他而设的龙井茶。果然不错，色、香、味三者都比自己买的好。当然啰，老爷原籍江苏，这些服用东西，多半是亲戚家门直接从下江寄来的。老爷还亲自陪着谈天说地，讲古论今，不特把自己看作一个亲密朋友，还很内行地和自己研究一些南北口味、时新蔬菜，要怎么样做才出色，要怎么样做才翻新。这样优待，已经令人高兴了。比及跨进厨房，才指挥着下手按照主人开下的有顶批旁注的菜单动手准备时，罗二爷就奉命把新开坛的缸面酒送来。是专门为了请客而买的陈年允丰正仿绍酒。这一点，更见老爷能够体谅下情，晓得自己所好的恰也是这一杯，特别是这种好黄酒。尤其令人感动的，太太也居然体谅到常被油烟熏着的人，最喜欢吃的是茶泡饭，是家常泡菜，特别叫何大娘送到厨房来作为下饭下酒的，恰就是太太亲手弄的，连坛子都放在围房土地上，说是只用来开上饭的泡菜。这样优待，更其令人高兴了。何况才值十二元一席的鱼翅便饭，而临走时，还另外拿给自己两块钱的赏钱，并且不叫赏钱，怕自己嫌名称不好听，怄气，改名为特别奖金。——啊！真高兴！

主人这样优待自己，看重自己，所为何来？不消说，是希望自己拿出本事，好好生生做几样可以适口、可以充肠的菜，给主客们享受。主客们真能享受，那就是知音。只要是知音，就不优待也罢，自己到底是做这一行手艺的人，名声要紧！为了弄明白这一点，光看碗底是否现了青花，还不够；必须亲耳听一听桌子上的筷子羹匙碰着盘子与碗的声音，到底是一种什么阵仗；以及筷子羹匙停响之后，主客们的夸奖恰不恰当。往回嘛，不用说，菜一端出，先就听见一片"好"。尤其有郝大老爷在座，放下筷子还一定要说："小王今天用了心的，真真对得住主人！"黄老爷也从不故意谦逊说："菜做得不见好，请原谅！"就连这样的话也不说："马马虎虎的，也还可以。"硬是不客气地称赞自己又聪明，又有本事。即使偶尔不慎，味道稍为差错一点儿，也能得到原谅。但今天为什么大不相同了？是自己没有用心吗？绝不是！今天听见太太要出去陪客，还格外注了意的。那么，为什么菜既不一扫而光，而做得那么精致的东西，也没有听见主客们喊一声好？若在别的不大熟悉的人家，他尽可以一怒之下，把锅铲汤勺丢给二把手，颠转屁股便走了的。而这里却是黄公馆，是自己因以发迹的地方之一，又怎好乱发脾气？问了几次端菜出去的老张：席面上到底说些啥？老张说："还不是啥子盛宣怀啦！端方啦！除了这些新闻，还有啥子话好说！"连老张都不自在，难道小王还高兴！

岂止小王！老实说，连太太也是又高兴，又不高兴。

太太高兴的，是被老爷说服之后，偕同老爷一齐来到小客厅，才逐一被介绍，才对客人牵着衣袖、拂着万福时，头一个葛寰中就大声地喧闹起来："啊哟！我们的黄大嫂，真果名不虚传，真果天仙化人！……不是当面恭维的话，前两年敝内和小女就向我夸奖过了，说……"

周宏道也抢着说："我虽是初面，但是昨天从又三老弟口中，就知道黄大嫂是成都女界中一个最为开通的太太。今天一见，使我恍惚又回到东京了。"

田老兄摸着新近才蓄起的两片尚未十分成形的八字须，笑道："老周的话，真是比喻不伦！难道日本妇女就强得过黄大嫂吗？而且黄大嫂值得恭维的地方，岂止是开通而已哉！要说开通，现在女学生满街跑，可谓开通之极。但是，在我眼睛里，就没看见一个有黄大嫂这样风度的。"

葛寰中一面在和黄太太应酬，回答着："敝内小女都好，谢问！谢问！"一面也在回头取笑周宏道："看来，宏道这位老童子，将来免不得仍会回到日本招驸马去的！其实日本女人也有她的好处，第一就是对人恭敬有礼，随便给你递样东西，也跪在地上……"

田老兄哈哈笑道："按照葛太尊的口气，好像不胜欣羡。然则葛太太之阃威凛凛，从可知矣！"

虽然还有一个郝又三没有开口，但是黄太太在眼角眉梢间，却随时都感觉到他那含着微笑的眼光，很像两支可以射穿七札的利箭样，没有一瞬时不透进自己的肌肤，比起那天在少城公园永聚餐馆时，似乎还更放肆。黄太太虽然自幼便时常听见自己母亲对人夸口说，我的三个女儿，只有二姑娘真像一个花骨朵儿,看哪个有福气的男人来消受我的二姑娘!长大了,在出阁前,但凡亲戚看见了,也无一个不称赞龙二小姐是个美人胎子。说头是头,脚是脚。反而出嫁给黄澜生填房以后,这些好听的话一句也听不见了。又不好意思去问人:"我还好看吗?"久而久之,自己渐渐相信:生了儿女,当了妈妈,管了家务,劳了精神,自己准定有了变化。即不变丑,一定今不如昔。偶尔向自己丈夫试探着开个玩笑说:"我快三十岁的人,老了!照你们官宦家规矩,我替你讨个姨太太,好吗?"回答也只是:"莫胡说!我们黄家就没有这规矩!"现在一下子着人这么捧到云端里,尤其着郝又三这样不客气地盯视,她真有点高兴得不能自持,很想向黄澜生开怀大笑说:"噢!看呀!你好福气呀!享受着我这个花骨朵这么几年,你为啥不哼一声!"

但是以她作为重心的气氛突然一下就更变了。

倒还不只由于两个孩子飞跑出来。孩子出来,其实还增加了她的光辉。大家喜爱孩子,夸奖孩子,都说孩子像妈妈的多。这等于直接在凑合她。

使黄太太最不高兴的,是上席不久,大家举起酒杯向男女主人道了谢,正热热闹闹要回敬女主人的酒时,郝达三同另外一个比较生一点的客姗姗而来。郝达三老气横秋,见了比他年纪小的人,不管男的女的,一概是眼角瞅人。原来生性如此,早已听葛太太母女说过。甚至连他的二女香荃也曾向黄太太议论她的父亲光得罪人,说她的同学就由于讨厌他的态度,很难到她家里去走动。今天。因为儿子也在席上,他连眼角也不向黄太太瞅一眼了。另一个生客,是江津县举人高从龙,曾在云南署过两次县缺,据说受不了云南的瘴气,告病回川,钻到铁路公司当了一名文案老夫子。笔下不错,能诗能文,公事也熟。就只为人拘谨,拘谨到口不多言,耳不多听,眼更不多看。因为郝达三昨天请客有他,黄澜生邀请的是原席,今天下的请帖,打的知单,当然有他。人比较生,自难怪他像木偶一样连筷子几乎都不举,要不每次黄澜生特特向他打着招呼的话。

但也怪啰,像这样的木偶人,一谈到眼面前的铁路事情,他也居然张起口来!

大概由于葛寰中照例向郝达三问了句:"达三哥,今天的会议有些什么重要事情?"于是气氛猛然一变,从此谈话的重心就不再是黄太太,木偶人也才这样参加了发言。

郝达三放下杯筷道："我把你前天所说的那段北京秘闻，告诉了大家了。"

"唉！这怎么使得！达三哥，你这个人也太直率了。我不是说过，这是此中人语的秘闻，不可为外人道的吗？"

但葛寰中的神气安静而和悦，并没有真正责怪人的样子。

"放心！我并没有提说你的姓名。我借口说是星煌来信说的。其实小女香芸信中，确曾提及，只不过没有你说得那么详尽罢了。"

北京秘闻？而又被郝达三特为拿到铁路公司重要会上去说，一定有价值。所以和川汉铁路没有丝毫关系的田老兄田伯行，以及现在还在专心致志准备地方自治这门课程讲义的周宏道，也大为发生了兴趣。连男主人在内，都一齐要求郝达三把在会上说过的重说一遍。

郝达三却掉过头去对高从龙说道："从龙兄也同着开过会，记性也好些，不妨讲一讲。"

木偶人还是眼皮也不抬一下地连连拱手让道："还是达翁讲的好。兄弟陪场在侧，诸多不悉，将来记述时，还待达翁指教哩。"

他的头更低垂下去，两肩耸得更高，又瘦又长的脸上摆一条酒糟鼻子，活像一个猴狲。黄太太用眼角挂了他两眼，寻思："还说是摸过印把子，坐过大堂的县大老爷啊！为啥样子这么卑鄙？……看来，澜生还有一些骨气。……唉！一桌人到底要算葛大哥强，官也大，气宇也轩昂。……脸上一点皱纹没有，谁能信他有四十四五岁的人？好像比葛大嫂还年轻些！……"

这时郝达三已不疾不徐地讲了起来。一面接过老跟班高贵送上的广东鲨鱼皮壳水烟袋，偶尔抽一袋。

"也算不得什么秘闻。只是现在才传到我们这里。北京方面若不闹到尽人皆知，怎么会被寰中老弟晓得呢？……好啰！好啰！就作为是你的独得之秘，那也只是使我们多多清楚一点儿这事情的源流罢了！……据说，这次川汉、粤汉铁路收归国有，才是这样搞起来的……"

其实追溯起来，还应该从庚子年、也就是清朝光绪二十六年、公历的一九〇〇年说起才对。

庚子年八国联军攻进北京。中国的绿营、满洲的八旗，因为武器不利、士气不振，跟随着组织不健全、领导无方法的义和团、红灯照溃败之后，当时号称排外顽固派头脑的慈禧太后赶紧挟着光绪皇帝由直隶、山西，逃跑到西安住了一个时期。等到第二年辛丑，由大学士李鸿章、庆亲王奕劻和各国订立了辱国条约十二条，并允许分期赔偿各国兵费纹银四百五十万万两。大队洋兵撤去，只在东交民巷驻了少数队伍。经过一段时期，北京秩序已经恢复，而后慈禧太后又才挟着光绪皇帝派头十足地回到紫禁城内重振她的威权。不过所受的这次打击却不轻，和四十年前，即咸丰十年、公历一八六〇年，英法两国联军攻进北京，火烧圆明园的那次打击比起来，起码也证明了慈禧太后的脑子的确被敲炸了，胆也吓破了。她原先那么憎恨厌恶洋人，现在竟变得异样地恭顺，异样地谄媚起来。只求洋人能够帮助她把江山稳定，容许她仍然压在四万万同胞头上，她对于洋人的需要，不但有求必应，甚至还供过于求。这样，洋人乐得有一个听话的大管家。这样，她也假装成一个维新图存的女主，许多新政，比如粤汉、川汉两条重要铁路，也居然得到她用光绪皇帝的名义批准了两广总督岑春煊、两湖总督张之洞、四川总督锡良的奏请，由人民自己筹款建筑。因为开始筹款的对象是商人，所以叫商办。

但是政治并没有丝毫改进的气息，政体还是君主专制。军机处和六部堂官的名额虽然奉行着祖宗定下的制度，满汉各占一半，其实实际权柄谁不知操在一伙亲贵和太监手上？亲贵的头子是庆亲王奕劻，太监的头子是总管李莲英。而一日万机的慈禧太后哩，除了巴结洋人，请什么公使夫人、教会师母吃洋点心，请什么美国女士画像，表示她确在趋新之外，便长年累月住在颐和园里，以颐养天和。同时因为要恢复庚子年被洋人把深宫禁苑里的许多蓄积起来的珍宝抢得罄尽缘故，便公然伸出手来向京内京外官吏们要钱。谁报效得多，谁的官就升得快、升得大，并且容许取偿于人民的钱也格外多。当然啰，草上之风必偃，这一偃就把中国偃成了一个公开贪污的罪恶渊薮，经历半个多世纪，到人民取得了政权以后，才把这历史积垢洗涤干净。

当时的中国号称东亚病夫。分析起来，一丝不错。内症哩，五痨七伤，外感哩，风寒暑湿还兼跌打损伤。但人民偏要生活，也不服输。他们说，我们自古以来就没过过这样倒死不活的日子！以前嘛，风调雨顺，国泰民安，别的不说，就是讨口叫化也容易过日子，一天随便也可讨上三餐饱饭，两文制钱到鸡毛店去睡一宿安逸觉。一年四季，只要不是诸事不宜的黑道日，哪条街，哪个乡场，哪处村庄，不办几件红白喜事？到时候，走到大门口说几句好听话，立刻鸡鸭鱼肉便大盆大盆端出来吃；虽说是剩八碗，到底算油大呀！遇着贤惠主人家，还有几斗碗土老酒或者壶把烧刀子喝哩。自从庚子年洋人打败了义和团、红灯照，打败了马军门的甘肃回兵，世道就变啦。洋人越来越多，越来越歪，不管是我们的什么东西，看上了就要，不给哩不行。依我们的脾气嘛，还是照从前打教堂样，大家破住拿几条人命抵住，打他一个落花流水，想来洋人们也才有点畏惧。可是如今又不同啰，皇帝家怕洋人，官家怕洋人，吃粮的、当公事的全怕洋人。从前读书人和城里绅粮们还替我们说几句公道话，也肯出头给我们撑一下腰杆，自从开了洋学堂，读书人也不像从前读四书五经的样子，也跟着西太后、李鸿章那班怕洋人的人学坏了。口头是胡说八道，把一些洋人夸得天上有、地下无；又夸洋人富，又夸洋人强。洋人富吗？要是富，那又为什么要来中国做生意？专门赚我们的钱？不要他们做生意，还带起洋丘八儿来抢？强吗？要不是依仗着几尊开花炮，几条火轮船，叫他们光用刀矛来和我们拼吧！那，才看得出哪个当真强，哪个当真弱！总而言之，现在这种倒死不活的日子，都是洋人搞成的。

当然，比较开通的知识分子，看法与说法既和一般人民不同，自己中间也发生出分歧。一派是激进而富有革命性的，认为中国之所以积弱，诚然由于列强的侵凌，而列强之侵凌，却又由于清朝政府的昏庸顽固。清朝从满洲入关主政，本不算黄帝子孙，当然不会希望以汉人为主体的中国富强起来。所以我们要救亡图存，简单不过的方法，只有学一七八九年法兰西大革命和比较晚近的希腊革命。法兰西革命，推翻专制，建立共和；希腊革命，撵走异族，独立自主。说起来真太切合中国目前的情形了。因此，自庚子以后，排满自主便成为革命志士的目的。到了后来，孙中山汇集各型各类革命派别而为一个统一的同盟会时，便精练出十六字的口号为"驱除鞑虏，恢复中华，建立民国，平均地权"。后两句，懂得的人不算多，不过有了前两句，也足够给不安本分的小伙子们指出一个努力的方向。

也有主张缓进的温和改良派。他们害怕法兰西大革命时候的恐怖情况。借口说中国情形不同，流血的革命来不得，那会太伤元气，甚至引起列强瓜分。他们认为像一八六一年意大利和平统一的办法很好，既合乎孔孟的"大一统""定于一"的道理，而又轻轻松松地跻于富强。他们最向往的是意大利三杰中的加富尔，其次是加里波的，最后才齿及于共和派的玛志尼。他们梦想着要把光绪皇帝推为一八六一年的意大利国王爱麦虞限第二。但大权却掌握在慈禧太后手上，他们只好把慈禧太后派为当时英国的女主维多利亚。可惜的是这位东方维多利亚偏偏把戊戌政变的仇恨死记在心，不管他们说得多么天花乱坠，一直到死，依然把他们当作激烈的革命党在看待。说是"宁可亡给外人，断不能亡给这班家奴！"

既是把外人当作了靠山，把亡国当作了归宿，所以在朝廷上下最为活动的，便是洋务派了。洋务派并不完全是维新派，只管也在提倡实业，开办学堂，但是并没有一定的宗旨，也不一定为了国家人民。只是说东洋有这样，我们该有，西洋有那样，我们该有；而且还随时胆战心惊地说，外国人说的要这样才对，谁能不这样呢？因此，外国乐意说，中国似乎应该是个君主立宪国。中国不应该闹到革命，革命流血，太不人道，也不文明，连我们都厌恶这样做。所以在庚子之后第五年上，才有旨派载泽、徐世昌、戴鸿慈、端方、绍英五个满汉大臣出洋考察宪政的创举；在第六年上，才有宣示预备立宪的奇闻；在第八年上，慈禧太后、光绪皇帝快要先后病死时，才有庆亲王奕劻把拟了三年之久的宪法大纲二十三条进呈御览的表演。到了宣统元年，也就是庚子以后的第九年，政治舞台上换了几个主角，看来好像有点更新气象。两年不到，公然上谕各省设立咨议局，公然上谕北京创办资政院，公然上谕立宪预备期限为九年。从进度上说，当然比前八年快些，但是从作风上研究，还不是和过去的主角一样，表面上一套，骨子里又是一套？说穿了，依然是敷衍场面，依然在努力图"亡"。

对于清朝政府的做法，外国人是满意的。国内呢，只有洋务派最赞成了。所以在宣统二年末，各省咨议局各举代表若干人齐集北京，向摄政王请愿把预备立宪的年限缩短到三年或者五年，没有结果；又在宣统三年，即历史上可资纪念的辛亥年阴历三月二十九日，震撼全国的、比任何一次还惨烈的、由革命党领袖之一黄克强所指挥的广州革命，围攻总督衙门不克而失败后，清朝政府急遽实施的新官制，借口说不守常规，破格用人，在新增旧有的十三个部府的大臣中，竟安置了八个满族，而八个满族中，属于皇室系统的又是五个；其中很多是什么也不大懂的青年贵族，只有庆亲王奕劻一个，年岁极高，七十以上了，但又是出名的昏庸老朽，见钱眼开的家伙。情况如此，改良派、立宪派也都感到丧气。

尽管全国人心日益不安，尽管革命党的势力像野火样，四面八方都在冒着浓烟或竟现出了火星，尽管改良派、立宪派的调子越打越低，已有从加富尔转向玛志尼的趋势，但是一班亲贵们和洋务派仍然兴高采烈，因才发生了葛寰中在北京所听见的那些秘闻。

<h2 style="text-align:center">三</h2>

"……据说，这次川汉、粤汉铁路收归国有，才是这样搞起来的。……"

要简单说呢，也真简单，只一句话：不过由于载泽和奕劻的争权罢了。设若要比郝达三所复述的稍加详细，那么，应该这样说了：载泽和奕劻所争的，并不是什么了不起的大权，而仅只是说起来尚觉新鲜的名与位。因为名义上提得很响亮的责任内阁总理，其实不过军机处领队大臣的化身。如何叫责任？这责任如何负法？两个人岂有不知道是骗人的一句话？但由于是新官制，而内阁总理又是第一任，说起来好听些。奕劻现当着军机处领队大臣，不说行辈高、年龄大、资格老、事务熟、阅历深，光是那种对外也恭顺，对上也恭顺，就使得隆裕太后喜欢他，摄政王喜欢他，各国派驻北京的公使也都喜欢他。要是他蝉联下去，当了责任内阁总理，谁也可以放心，包管不会由于名称改变而发生什么新的麻烦。即使奕劻果真要照他平日所说，待新官制颁下，即日告老引退，以让贤路，已是势有不可。何况他那言语还是照例官腔。事实上，奕劻是出了名的不倒翁！

其他亲贵只要当上大臣，都还安分，依然听的听小叫天，玩的玩杨翠喜，各有各的嗜好，互不相妨。其中只有载泽一人，自以为不同凡响。他出过洋，见过世面，懂得洋务。他不甘于只当一个比以前户部范围还为狭小的度支部大臣，即使没有实际责任可负，而这第一任内阁总理总要当的。听说内里头倒无所谓，认为反正是自家人，还有什么不可以的？倒是奕劻却回奏一句："只怕年轻一点，各国公使要是不赞成呢？"

话传到载泽耳里，虽然满怀不自在，仔细一想，确有至理。知道要战胜奕劻，唯一的办法就是要得到外力支持。如其外国公使能向上头示个意说："泽公爷到底比庆亲王能干。"那么，还怕内里不答应吗？对！想法确不错！可是自己没有站在外交部门，从何能同外国人联络？并且能够一联络就联络上？并且能够一联络就博得外国人的好感？

当然，泽公爷是有谋臣密友的，泽公爷是洋务派，他的谋臣密友也是洋务派。其中头一个，就是专门和洋人打交道而起家，而出身，而为清朝政府所倚重的邮传部大臣盛宣怀；第二个，就是被撤职永不叙用的端方；第三个，是以书法和宋派诗著名，曾经做到四品京堂，在广西龙州办过新政练过新兵，和安南的法国人办过交涉，抱负不凡，官运却不见佳的郑孝胥。

盛宣怀首先说："要取得外国朋友的欢心和帮助，最好就是向他们借钱，在抵押上多给他们一点好处。从此，他们就信任你，把你当成好朋友看待，将来若有别样交涉，也好办了。"

端方接着说："杏荪的话是经验之谈。我从前在两湖任上，曾问过张文襄公，外国人那么狡黠，何独于公而诚信有余？香涛掀髯笑说，'我岂有他术哉，要能投其所好而已！'杏荪就是用的这个术。"

郑孝胥说："说到张文襄公，我想起了一条线索，是光绪三十四年底，他调任大学士之前，曾向英、法、德、美四国银行商借英国金镑六百万镑。到他内调大学士以后，听说还签订了一张草约。好像有人反对，便放下了。我想，现在设若要借款，这倒是一条好线索，就不必另辟门径了。"

盛宣怀是知道这件事的。张之洞要借这笔款，原本为了要把川汉、粤汉两条铁路在湖北、湖南两省境内的工程加速修成。这两条路，虽曾由三个总督奏准商办，而几年之内两湖集资太少，远不能比广东、四川，他着了急，才不再和两广总督、四川总督商量，竟自单独出奏，改由官办，并且派人向四国银行商借这笔大款。他盛宣怀现在身任邮传部大臣，铁路归他管，款子正好归他借。不过他并不太热心这项借款。原因是，这项草约自宣统元年六月签订那天起，两湖绅士和前后任的湖南巡抚便坚决反对。一面两湖京官在张之洞未死之前，还联名参过他卖国。使得清朝政府不能不再下诏旨，取消官办，仍归商办了。

载泽因而摇着头说："有人反对，就不必办啦！"

端方也说："何况有湖南人！"

独有郑孝胥大不谓然说："湖南人，亦犹人也，有何可畏！只要略施权术，其实还可以为我之用哩。目前最堪注目的，并不在湖南，而倒还在北京。北京为政令所出，也为舆论所出的地方。尤其现在，资政院开办了，各省横议之士都荟萃于此；加以去年请愿之后，各省咨议局议员代表，尚都麇集未散。这班人虽然不像革命党人暴乱，可是眼光短浅，毫无主意，却并无不同。这班人谈到改良、维新，都无异言，但一听见借款，那就惶惶然了。设若公爷和杏公真有以借款来作联络之意的话，我倒要敬献一策……"

据说，不久之后，郑孝胥便亲自出头，在西直门外三贝子花园召集了一个旅京名流爱国大会，公开演说他那有名的借款救国论。演说之后，还在资政院宪政派议员所办的宪政报上，作了几篇文章，反复说明他的卓见，并且盛气凌人地骂那班訾议他的人："非愚即妄！"

郝达三深深嘘了一袋福建烟丝，又眯起两眼一笑道："所以才把我那位乘龙娇客惹毛了，和他在宪政报上打起笔墨官司来！"

从他那发自衷情的微笑和称自己女婿为乘龙娇客的开玩笑的口吻看来，他是赞成苏星煌的反驳文章的。因此，他叙说到郑孝胥由于鼓吹借款救国有功，等到以考定币制，振兴实业，推广铁路为理由，向英、法、德、美四国银行借得英国金镑一千万镑，又向日本横滨银行借得日元一千万元，便外放湖南藩台一件事情时候，不禁对着葛寰中叹了一声道："老弟的见解不错，像这样尊贤用能，实在是亡国之道！"

他的儿子郝又三皱起一双浓黑的眉头说："也是怪事！像郑孝胥，像端方这些人，平素都是有名望的文人学士，听说学问都很好，为何一涉及做官，便如此无耻！"

田老兄呵呵大笑道："真是书呆子话！做官还做官，这和学问有啥相干？……我们莫忙论这些。我请教一句话，既然泽公爷和老盛尚都顾虑着官民反对，为啥还是要走这条路？听郝老伯谈来，他们原先不过翻着张文襄的旧案。那么，所要借的款，也只英、法、德、美的六百万镑而已，为啥现在又借了日本的一千万元？"

葛寰中把手上扇着的名家书画的折扇猛一下折叠起来，在圆桌边上一拍，道："幸而问到我！是别的人嘛，未必便知底蕴！原来是这么样的。……但我得讲一句公道话，郑方伯的借款救国论，虽然有可訾议之处，却也有一些道理；我们就事论事，倒不可一概抹杀。譬如日本横滨银行的一千万元，委实是日本自己找上门来，并非泽盛二公先开的口。听说，泽盛二公本不打算借的，认为四国的借款实在够了，多借来没用处，利息又那么高。但日本公使不答应，说，这不行！你们得照条约行事，断不能只向西洋各国借了款，而不借我国的！至于有用没有，我不管，反正要借哩，东西洋应该平均待遇，不借哩，都不要借！……"

"从没听说过的事情！"黄澜生不由插嘴说道，"现在竟有估着拿钱借给我们的！"

他太太好像听起劲了，拿眼把他一睖道："听葛二哥说嘛！"

"其实也就是这些了。澜翁用不着诧异，别人肯借钱给我们，从好的方面说，因为我们信用昭著，别人才不怕我们倒账……现在，再来答复伯行老兄所提的头一个疑问。就是泽盛二公既都有所顾虑，为何还是旧案重翻，不但把在两湖境内的川汉、粤汉两段收归官办，并且还定出政策，把这两条路都作为干线，收归国有？这很容易解答，一句话：利令智昏罢了。"

"九五回扣，还有许多人分，这利也不算大。"郝又三这么样说。

他父亲道："算来也有几十万两，不为不大。"

葛寰中笑道："你们贤乔梓，真可谓识其小了！你们怎么只着眼在这区区回扣上？我回来后，看见借款合同全文。我略为研究一下，才知道盛杏荪为人真是老猾，表面上借款是为了给泽公爷结交外人，里子上却是他自家受了实惠。你们只看合同上不是明明载着铁路所需轨道及其附件，全由邮传部奏明，应由汉阳铁厂自行制造供用吗？这一下，这个朝不保夕的汉阳铁厂，岂不就生意兴隆起来？我们的盛大臣正是汉阳铁厂大老板！所以我直到近来，才恍然大悟盛杏荪为何悍然不顾，竟自不和老庆商量一下，甘愿得罪老庆，在内阁成立前一天赶紧单独出奏，把铁路国有定为政策。原来是为了自家有好处！……如此研究起来，达三哥，我倒要劝你们不要太激烈了。这铁路国有政策，牵涉私人的利害，是反对不了的，盛杏荪哪能轻易让步呢？"

"非反对到底不可！以前借款合同尚未寄到时，我们还只是为了要查我们的账，哪些承认，哪些不承认，把官派上海总理施典章经手放倒了账的三百万两，也说为我们民办公司办理不善的弊端之一，也要从一千多万两的总额中剔除，不承认，使我们睁着眼睛吃亏，所以我们才专一反对查账。近来研究了借款合同，更弄清楚了。本来从宜昌到夔府六百里一段，并不在张文襄旧案范围以内，却把汉阳到荆门州这一段也是六百里长的路作为支线划掉不算，把我们正在动工、已经用了四百多万两巨款、已经打出百把里路基的工程，指为是干线，拿去抵偿那一段。明明一条从宜昌到成都的川汉铁路，为啥只宜夔一段六百里险工算作干线收归国有，而夔府以上又作为支线，说是也可民办，也可国有呢？首先干线支线的界说不明，任凭邮传部的方便，要怎么划就怎么划，上欺朝廷不说了，他眼睛里哪还有我们四川官吏、四川绅士？难道还不应该反对吗？……"

郝达三自从当了咨议局议员，也学会了发议论。近两个月来，由于身体不大好，没有天天到局上同大家碰头。但他是铁路公司租股股东驻省代表之一，为了铁路事件，倒时常到铁路公司或者铁道学堂和蒲伯英、罗梓青、邓慕鲁、程伯皋、叶秉诚、江三乘、彭兰村、王又新这一伙人聚在一处，商量吵闹。在早，许多弄得不甚清楚的地方，经大家一说再说，又看了些文件，当然也就耳熟能详。只要一起了头，他居然能够滔滔滚滚，一口气说上好几分钟。如其不因为咳嗽气喘——其实是鸦片烟瘾没有戒脱，他早已参加了保路同志会的讲演部当部长去了。

"……再就法律手续说，更应该反对！……"

葛寰中把折扇一挥道："不必谈法律了。我们中国还不是法治国家……"

"不然！按照鄙见，正因为不是法治国家，倒必须谈谈法律。"周宏道举手把领带结子捏了捏，挺着腰身，很神气地正待有所发挥。

田老兄一个人在享受那一盘口蘑烧老豆腐，当下便停下筷子笑道："老周是三句话不离本行。我说，等你的门生遍及中国的时候，再谈法治好了。"

葛寰中仍然对着郝达三说道："你们现在确也难以罢手了。我一回来就忙于应酬，各大衙门只是照例禀了到，还没有机会去禀见。仅仅到周臬司公馆去请了一次安，因为是旧日僚属，又蒙提拔过，倒承接见了。我看满花厅都是客，都有公事私事要谈，只好随便谈谈北京消息就告退。来不及细谈你们的事情。就这样我已听出了周大人的口气，他也很不满意泽盛二公。说北京到底距四川太远，地方情形不熟，当然不免隔阂。现在闹开了，倒好，或者可以把隔阂消除，大家将来办起事情也不至于上下交攻了。看来，四川官场中确有人在附和你们。不过我要问一声，你们最终的目的是什么？"

"最终的目的？"郝达三迟疑起来。

鱼翅便饭已上到最后下饭的鸡豆花汤。四小盘家常泡菜也端上桌来，红的、黄的、绿的、藕合的，各色齐备，都是用指爪掐成一小块一小块的，为了避免铁腥气，不用刀切。

男主人照例有一番抱歉话："今天大家受饿了！说得多，吃喝都少。好不好我们大家干三杯吃饭？"

四

下了席，女主人有礼貌地一一告了失陪，先退入上房。客人们也从套间的穿衣镜两侧绕进小客厅。散坐在几张楠木藤心有扶手的矮椅上，腰背一伸，好舒适。老实说，一半也由于女主人不在，少了一些拘束的缘故。

周宏道从一个小皮夹中抽出一根用竹子削成的牙签来剔牙缝。葛寰中忙把雪茄烟从唇角取开，向周宏道伸过手去道："你带有这东西吗？好绝了！送一根给我。恰恰我的雕毛管牙签忘记带在身边。"

他剔着牙缝向众人说道："我说，日本这种剔牙齿的习惯比中国好，我们真应该学。"

田老兄五岳朝天地仰在一张躺椅上，眼睛瞅着葛寰中满含嘲讽地说："葛太尊可谓日本迷矣！据我所闻，太尊未去日本考察之前，似乎每饭之后，也必漱口刷牙。何以知之？于太尊之有漱口折盂，之有银制牙杖二者而知之！"

"啊！哈哈！老兄指教得不错。可是老兄但知其一，未知其二。我夸奖日本人有这种习惯，意思是说在日本普通都在剔牙。中国人自古以来，固然也剔牙，不过不见得很普通。中国书籍上有没有记载我不敢说，我的书没有老兄读得多。以目前举例而言，足见就不普通。何也？你数一数我们这几个人中，连老兄就没有这习惯。"

众人都笑了，甚至高从龙也启了齿。

黄澜生连忙说："这怪我当主人的不周到！外国道地牙签，我买得有的。"

他一面叫罗升到上房去取牙签，一面又解释说："因为从前没有这个规矩，当着人剔牙齿，大家还认为不恭敬哩。"

葛寰中道："从前没有而现在作兴的事情，多啰！大者如煌煌圣旨，不遵从硬就可以不遵从，甚至还有人当成游戏文章，批注涂抹，登在报上……"

郝又三道："世伯说的是……"

"当然，就是西顾日报上那篇太不成话的东西。记得是我回来的第三天吧，小女特特翻给我看。她倒非常赞赏这篇东西。说是批得好，不批她还不大看得出有许多漏洞。我当时告诉她，上谕是不能当成文章看的。照那样吹毛求疵地批注，漫道是时下的上谕、官书，就是汉唐许多大手笔的诏诰，也无一篇无毛病。……老侄，难道你知道这是什么人批的？"

"也不很清楚。却因那篇恭注上谕写得很是辛辣，许多人都在说好。我注意看下面署的名，只一个彪字。那时，周紫庭先生荐我到一个中学去教博物课。我班上有一个年纪大一点的学生，很调皮，名字叫王文炳。同事们说他笔下还好，也是一个外县的租股股东。平日就喜欢写些东西送到报馆去登，连上海的民立报、神州日报他都在投稿。我疑心那篇文章说不定是他写的。及至上月成立同志会那天，见他在文牍部签名，写着"彪然"二字。我想，那个"彪"字，莫非就是此人？本想找他问个明白……"

黄澜生接口说道："用不着问，就是他。我那舍表侄楚用，是他同学，亲口告诉我的。"

郝达三唤着葛寰中说："老弟，你起初问我的那句话，我想好了。"

"嗯！"

"我们的目的，拿目前形势来说是想做到朝廷收回成命，废除借款合同。此外，好像就没有了。"

葛寰中喷了一口雪茄烟的烟子，笑道："这还用你老哥说，只要翻开你们的几种报纸一看，哪篇文章不是这么说的？我认为，这不是你们骨子里的目的，这只能说是喊价还价时候冒喊一声的价钱。到底你们要等到朝廷让步到何等程度，你们方认为满意，方能罢手，也就是说方不反对了？"

郝达三一方面从纸捻筒旁边抽出一根很细的马尾刷子，打扫着水烟袋，一面迟迟疑疑地说道："好像从没有谈到这上面？……不过……"他把烟袋向坐在右手边的高从龙递过去时，接着说："从龙兄是每天到公司的。伯英、梓青他们有时还要请教到你。你可听见他们说过，到啥子程度我们可以罢手？"

高从龙自从女主人告退，已没那么眼观鼻、鼻观心的样子。但是接水烟袋时，仍然恭敬得像猴子偷桃似的。同时，谦逊着说："不敢，不敢，蒲先生、罗先生他们也只偶尔垂询一点公事，这种军国大计，是不会问道于盲的。"

"唉！从龙兄太谨慎了！其实今天都是至交好友，用不着那么戒备。何况寰中老弟，我们要他帮助的地方正多，我们这面的办法，倒是应该尽量告诉他……"

世故深沉的高从龙居然被说得颧骨上罩了一点儿微红。连忙嘻开海口，露出一排残缺不完的黄牙齿，笑道："达翁责备得极是！兄弟平生短处，就是谨慎过余。……不过，说到葛太尊所要知道的这件事，达翁却应曲予我以原宥，圣人有言曰，知之为知之，不知为不知，兄弟若果知道，何敢故作不知？若果不知，又何敢强以为知？……"

郝又三好像有点不耐烦的模样，抢着说道："算啦，高先生！公司里我也常去，我就曾看见蒲先生、罗先生和你在房间里谈过话，谈得那么小声，连我站在门帘外也听不清楚。像这样密谈，能说只是垂询一点公事吗？……本来也是公事，家严要请高先生说给葛世伯听的，想也就是公事，原勿须高先生说什么私房话呀！"

高从龙瘦脸颊上泛出的红晕并不加深，也并不扩展。态度还是恭敬谨饬。大约有半分钟的沉思，感到大家的眼睛并未从他身上移开，方眨了眨老花眼，吞吞吐吐地说道："又三先生说得对，有几次，蒲、罗、彭、邓几位先生确曾在我那间公事房里商量过一些事情。因为与兄弟我无关，也不是什么公事，兄弟我从未插过口。就是旁听，也未留过心，还是听之渺渺。现在恍惚能记忆的，大概是……"

他又专心致志地抽起福建烟丝来。又经过了大约半分钟，才把他毫未留心听来的话，说了个大略。也只是大家都已晓得的怎样利用暑假期间，各学堂学生回家机会，斟酌县纲远近，每人津贴一笔路费，叫他们回县去联络本县法团士绅，成立同志协会，宣讲川汉铁路和四川人的关系。路存省存，路亡省亡，大家都要起来力争废约，如其全省一百几十州县都有了同志会，这声势可就不小。仅只一桩尚未为大家所知的，就是一面把特别股东大会拖到闰六月来召开。时间长点，可以等股东们来得多一些，并且在这期间也看一看朝廷方面到底让步不让步。

"……大概我所知的，就止这些，挂一漏万，自所难免。……不过，仍然要恳请诸公向他人传述时，千万不要说是兄弟说的！"

他还站起来，抱着水烟袋向大家高高拱了一次手。

田老兄哈哈大笑，正打算说什么，但已被葛寰中抢先了。

葛寰中说话时，脸上也有笑容。可是谁都看得出，那是一种瞧不起人的冷笑。

他说："高兄毕竟算是泄漏天机了，要是蒲、罗、彭、邓诸公知道，这如何是好！……兄弟我回省不久，耳朵也不算长，当事诸公也还未曾拜见。但是我对你们这回的举措，似乎比你高兄还知道得多些。或者是兄弟我索性如此，总爱强不知以为知吧？达三哥要不要听我放言一番？"

"欢迎！欢迎！"几个人都喊叫起来。

周宏道还掉过头去向田老兄慎重说道："寰中先生真是语言科的高才！讲起话来，不特爽朗明快，而且鞭辟入里。我在回川的旅途中，就承教甚多。假使寰中先生不要做官而去当律师的话……"

黄澜生也忍不住插嘴说道："原来你不晓得，他在我辈客籍中，早就有诸葛亮之名的了！"

"你们一定要打岔，那我只好不说了。"葛寰中故意做得要生气的样子，并且从座椅上霍地站了起来。

等大家停了口，他才昂着头在小客厅的水磨方砖地上一面走来走去，一面朗朗地说道："我知道你们这一次的举动，就没有一个最终目的，也说不上有什么方略。只是随波逐流，连水经都没有看清楚。据我所闻，还得亏有个蒲伯英在其中发踪指示，有个罗梓青在其中运筹帷幄，如其不然，即使有王护院那样的靠山，恐怕你们也只像萤火虫一样，亮一下就完了。我没有回到成都以前，也是这样看法。因为在早只听见你们反对查账，你们的初心，似乎还赞成把川汉铁路收归国有哩！……"

他看见郝达三眉头一撑，好像要反驳他的样子，忙把右手一摆，道："达三哥以为我乱说吗？不然，不然，有文为证。那就是蜀报上大字登出的《川路今后处分议》是也。作此议者何人耶？邓孝可是也。也就是今天在你们当中反对铁路国有最为出力的一个人。蜀报是你们咨议局的喉舌，上面的文章当然是你们的公意。我在重庆时，纽元白太尊就认为四川这回事情，若不是咨议局出头，光是铁路公司一班人，是断乎闹不起来的。他也说，咨议局的初意不坏，就介绍这篇文章给我看。所以我才敢说，你们原先并不反对铁路国有。你们喉舌上的言论，你总看见过的？"

郝达三脸上有种迷蒙神气，向他儿子问道："我记不得了，真有这篇文章吗？"

倒是那个自称谨慎的高从龙连连点头道:"有的,有的。我记得是登在四月下旬印行的那一期蜀报上。邓先生笔墨犀利得很,兄弟我拜读了两次……"

他的话忽然又流利起来。葛寰中不客气地把它截住了:

"你们赞成国有,依照《川路今后处分议》看来,你们只想度支部、邮传部把全部路款退还给你们,你们好拿来办实业。却不想朝廷派了端午桥为铁路督办大臣,端大臣不说退款的话,颠过来还要接收铁路公司,还要核实查账。达三哥,我知道你们铁路公司是一本糊涂账。……不忙打岔我,等我畅所欲言!这里既没有外人,高仁兄更是守口如瓶的君子。……哈,哈!别笑,别笑!……我说,账是查不得的,大家都有点不清不楚的地方,当然要反对了。但是光反对查账,不是充分理由,恰好借款合同传来,那些条文是经不住研究的,丧权地方太多,那倒不止你起先所说拿宜夔段去抵偿汉荆段,还有监督用款啰,还有三峡险工非用美国工程师不可啰。所以你们便抓住题目做文章,从反对查账,一转而反对国有,反对借款,喊起废约图存这些新名词来……"

"嗨!未免太刻薄人了!"郝达三真有点忍受不住的样子,"我们光明正大,为国为民的行为,简直被你说得一钱不值!凭我一个人的良心说,就不是这样!"

田老兄摇摇头道:"我赞成寰中先生的高论,我也赞成郝老伯的不平。唯其郝老伯是正人君子,所以不平。但是孟夫子说的,君子可欺以其方。郝老伯其为人所欺欤?"

郝又三并不同意田老兄的见解,但他又愿多听一些葛寰中语中有刺的话,遂说:"世伯只管说下去好了!"

葛寰中笑道:"达三哥觉得我的话不大好听吗?良药苦口利于病,忠言逆耳利于行,要我将来能够帮忙的话,我就不能不把你们的病根指出。我说,就由于你们没有最终目的,所以你们的办法才这样摇摆不定。因此才招来了盛杏荪、端午桥二公的轻视,认为四川人易与。但是也由于办法摇摆不定,你们忽又成立了保路同志会。以我揣想起来,这又出乎盛端二公意料之外了。我要说句真话,这一个杀着,你们或许下得对。不过追根究底,如其盛端二公不把广东、湖南、湖北、四川来一个同罪而异罚的话,我相信你们还一定没想到这一手。"

他停下来喝新泡上来的龙井茶时,郝达三不由点头说道:"对!这番话确乎说到了我们的病根！从龙兄，你看是吗？"

周宏道也正问田老兄，怎么叫作同罪而异罚。

郝又三笑道："你恰恰问到了好人，他是事不关己不劳心的。"

"那么，你是清楚的了？"周宏道转向他说道。

"晓得一些，不如家严清楚。"

"又胡说了！那两天，我正躺在床上，还是你代表我到公司去的，怎又朝我身上推？"

黄澜生眯起眼睛说道："这是又三的孝道。在你跟前，他怎好占先呢？我看，还是又三说吧！——真是新闻哟！同志会闹了这么久了，我还没有想到它是怎样搞起来的！"

葛寰中也催着郝又三快说。他要印证一下，前两天从他老上司周孝怀那里听来的话，到底确实到什么程度。

"邮传部和督办大臣的电文记不得了，那就不说它。而且光凭打到公司的部电，也看不出啥子不同地方。还是由上海、宜昌的快信寄来，大家才全盘明白：盛端两人耍的手段，真真可恶。他们大概认为广东人华侨多，接近洋人；大商大贾也多，财政上有势力；前几年盛宣怀经手借过一笔美国路款，遭广东人反对掉了；他们晓得广东人不好惹。说不定也有鉴于今年三月二十九那次革命的声势太大，生怕再引起广东人的愤怒，于他们不利。所以这次才经广东人稍一反对，他们就赶快宣布把粤汉路上广东省境内的商股，报多少，退多少。这是对付广东人的不同办法。湖南方面的路款呢，大概也因为湖南人素来强悍，不怕事；又是出产革命党的地方；在京的湖南京官也得力；巡抚杨文鼎似乎也比我们四川这位王采臣护院资格老，腿肚硬些。所以他们只管假传圣旨把杨巡抚也申斥了一顿，到底还是害怕湖南咨议局的再接再厉，拼死力争。他们对付办法是，民股哩照退，商股哩换发国家股票，即日起认息。虽然不比广东优厚，湖南人也不算吃亏。至于湖北，一则由于股款本来不多，听说一大半还是官股，所以一律改发国家股票了事。再则京汉路本来就是官办的，大家也看惯了。三则两湖总督瑞澂又是旗人，和端方至好，拿官的势力压制下来，谁还敢出头说话？唯独对付我们四川，那就迥然不同。一直到现在，始终不说清楚我们这一千四五百万两的人民血汗银子，到底退还给我们吗？还是退一部分，其余换发国家股票呢？或者就仿效湖北办法，全部换发国家股票？总之，一句话，要查账。说我们股本不实，账据不清，层层经手人都有贪污嫌疑。甚至如家严说的，连施典章放账放倒了的三百万两，也说是公司用人不慎，度支、邮传二部不能吃这个亏。他们真真可恶已极，硬不认为施典章是前任四川总督委派的经理！他们对付四川的办法，就是夺了四川人的路权，还要吞没四川人的路款，事同一律，而对付各异，其原因就由于四川人历来善良懦弱，害怕官府压制。所以他们才不把四川人放在眼里，才把四川总督看得比湖南巡抚还低！因为杨文鼎虽受了一次申斥，到底还给湖南人一点好处。我们这位王采臣哩，听说真可怜，出一回奏，遭一回申斥，要不是我们把同志会成立起来给他撑住腰子的话，怕不早叫他滚蛋，用不着再让他等到赵尔丰从川边出来接印了！"

郝又三说得很动感情。脸也红了，筋也涨了，一额脑汗珠，由高贵打了两次热水脸帕来揩了，还依旧在冒。

葛寰中旋点头旋说道："对！又三讲得很清楚。所以我说，盛端二公过于轻视四川人，认为四川人易与。这一回碰着你们同志会，一定出乎他们意料之外。但是我要请教你们，下一步的办法呢？"

郝达三慨然说道："还有啥子说的，反对到底！"

"我莫问你，前天你把我说的话告诉他们后，他们有什么打算不？"

"唉！是呀！我应告诉你啊！……是这样的，我刚说完，伯英头一个就精神起来了。他说：'真忘记了，为啥我们不利用老庆和老泽的不和，在老庆这面来做点功夫呢？'大家研究一阵，认为老庆虽然把总理争到了手，但也算输了。第一件，铁路国有政策的上谕，恰就在内阁成立的第二天下的，并不经内阁会议、出奏、副署这些法定手续，这无异给了一块糖后，跟着就是一个结实耳光。第二件尤其厉害，就是这次大借款的回扣，他好像一个也得不到。老庆是贪财无餍的家伙，一文钱也要眼红的，何况到底还是一笔大数。无怪他就任之后，便一直装病请假。因此，大家赞成伯英的提议，决定要派一个得力的代表到北京去，会同留在北京的副议长萧秋恕和御史赵尧生等一班京官，结结实实在中枢地方和老盛老端干一下。为了不要多树敌人，仍然不攻击到泽公爷，并且还要走走他的门路，使他晓然当了老盛的傀儡是值不得的。……这样做，你看可以吗？"

说到这里，已是黄昏时候。一群群乌鸦呱哑呱哑叫着，从天空飞过。大家准备要散了。葛寰中打着响亮的哈哈说道："自从我由北京起身，除了在汉口没人同我谈说铁路以外，无论在何处，无论会见何人，开口闭口老是铁路事情，真使人厌烦！你们还有什么可听的新闻没有？说几件来解解烦啦！"

黄澜生笑道："不关铁路而也在成都盛极一时的，仍然只有灯影戏。"

"哦！我还忘了澜翁的癖好。其实我也喜欢灯影戏的，可惜近来更不容易看了！——近来有新角色没有？"

"有的，如像唱花脸的贾培之，唱旦角的李少文，那真少有。恐怕大戏班上那些唱丝弦的角色，都要退让三舍哩。"

"咦！有如此其高明吗？大戏班新近出了些什么好角，比如只说三庆会吧。"

郝达三已经打了两次呵欠，忽然又精神起来，向他儿子道："把杨素兰的事情告诉他。这倒是值得一谈的！"

"杨素兰的事？难道又有什么藩台大人为他丢官吗？也老啰！大约比我小不了好多。"

郝又三笑道："不是这些。家严要我告诉世伯的，是他捐田的事。……是的，他把毕生积蓄在遂宁购置的田产六十亩，一下捐给同志会去了。"

"哦！有这等事，可了不得！……你们同志会也收捐款吗？"

郝达三道："不，铁路公司董事局拨得有款子，并不向外募捐。杨素兰捐的田产，已经把红契退还给他。不过他的义举，确乎感动人，真可为之宣扬宣扬。——又三，你们筹办的保路同志会报告，为啥不做点文章？好像西顾报、白话报、启智画报都没登载，是啥道理？你明天到公司去问问。"

"不用问，编辑部已经托我找人写文章。罗一士他们正在写，有社论，有诗文，准备集到一大批，各报一齐披露，影响要大得多。同志会报告上，当然有的。只一件，就是杨素兰写来的那封信，太糟，不知道找哪个代的笔。这么一个举世皆知的风流人物，又做了这么一件不同寻常的事情，若不把原信登出，大家一定疑为是同志会捏造的。但要登哩……咳！……"

葛寰中道："这样吧，你去把他的原信拿来我看看。或许我这抛荒已久的四六，还可强勉代他敷衍一篇。不过话说在前，文章未必好，却不能说是我写的。官箴要紧，我刚刚禀到，不要害我坐冷板凳啊！"

小客厅里笑声未已，大厅上的四人大轿、三人大轿、两人抬的对班小轿，早就准备好了。

第四章　茶　话

一

黄澜生最后立等着周宏道也坐上了从街口轿铺里雇来的对班小轿，待两个相当有年纪的轿夫熟练地把轿竿挽到肩头上时，照例向着轿子拱了拱手。周宏道忘记了自己穿的是西服，头上戴的是东洋草帽，也慌慌张张在轿子里高拱起两手。还学着田老兄他们说过的应酬话道："谢宴！谢宴！请回步！请回步！"

黄公馆请客不算稀奇事，至少逢年过节，给自己和太太做小生日，给死去的先人做冥寿，一次摆席到四五桌的时候，也有的。此外，春秋佳日，或是给至亲好友饯行接风，叫小王或老蓝精精致致做一桌便饭或小席面，快乐个半天，那更常有了。但是像今天这样的应酬，既不打牌，又不划拳闹酒，自始至终光谈国家大事，好像近年来还是头一次。

他转身走进耳门，已经够疲劳了，还兴致勃勃地老远就唤着他的婉姑儿："我的噪山雀儿哩！快来给爹爹换鞋子！"

噪山雀儿在上房里高声答应："妈妈说，你进书房来嘛！……楚表哥在这儿啰！"

书房就是堂屋西面的那间正房，和堂屋东面的卧房一样大小。因为把前后间的隔板换成楠木雕空花的落地幛，显得比卧房更大。一律紫檀家具，都是老太爷手上从广东买运来的，又宽又大，又笨又重，可是用起来还舒适。一家人除了吃饭睡觉，长时间都爱在这里团聚。当然，靠裙板也有两具装着玻璃门的大书柜。因为不要人能够一眼看出内容的贫乏，玻璃门里面才深深垂着一幅湖色薄绸。

黄澜生坐在一张藤心美人榻上，一面伸脚让他女儿给他拔脱青缎薄底靴，一面向坐在对面的楚用说："早晓得你今天下午没有上课，昨天真应该听你表婶的话，给你送封信来了。"

楚用有意思地把坐在斜对面的黄太太看了眼，才说："昨天也不晓得今天就要试验。直到今天早晨，教务长挂牌通知，答应我们要求，提前试验，提前放暑假。今天一天，就试验了三门，上午是代数、三角，下午是英文，主要功课几乎一下就试验完了。那么扎实，就得了表叔的信，也不能来替表叔陪客。"

"为啥子要要求提前放暑假？……哈！乖女儿，鞋子拿错了！"

菊花说："该是哈？我说你拿错了，还不信哩。"

"没有错。"婉姑儿翘起上唇争道，"爹爹脱了靴子，就要穿缎鞋的。"

振邦回头便向卧房跑了去道："爹爹要穿皮拖鞋。我拿去！"

"不要你拿！"婉姑儿也追了去。

"菊花快点跟去，不准两个又角逆。"黄太太一面抽水烟，一面吩咐。

"有一些同学要回去搞同志会，有一些看见别的学堂都提前放了暑假……"

果不其然，婉姑儿一下子就在卧房里号啕大哭起来。同时，菊花在叫喊："放手嘛，少爷！我要告你的！"振邦也在喊叫："偏不放，是我先拿到的！"

"太太去看看。"他接过水烟袋时，又笑嘻嘻地好像带了点恳求的神气望着他太太眼睛说道，"小娃儿家，唬吓一下就是了，莫动手就打。"

黄太太很不自在地回身就走，一面说："已经着你惯失得啥子人都不怕了，还叫莫打！……"

一直听见太太的文明鞋底从堂屋的方砖地上响到卧房的接脚石边时，他方掉向楚用摇了摇头，轻声说道："你表婶门门都好，就只母慈稍稍薄弱一点。"

楚用居然不客气地又像开玩笑又像批判他似的，说道："这不能全怪表婶。如其也像表叔那么慈爱法，小人儿没一点怕惧，那也不见得很好。"

"那么，你是赞成动辄就打小娃儿的了？"

"不，我并不赞成动辄就打。我的意思，是父亲应该管得严一点，母亲才能慈爱一些。"

"还不是父严母慈的腐败调子啊！……"

只听见黄太太一声吆喝。接着是振邦小脚在地板上奔跑，和菊花大脚跟着走向后院的声音。

他好像放下了心。等到太太牵着婉姑儿把皮拖鞋拿来换上，又拉过婉姑儿，用手巾给她揩干了眼泪。一场小风波平息，才又谈到今天请客的情形。

太太接着就发表了意见说："可惜了今天一桌好菜！小王倒是用了功夫的，就着郝大哥、葛二哥他们摆谈国家大事去了，害得大家简直顾不上吃菜吃酒。酒也糟蹋了，菜也糟蹋了。早晓得这样，倒是叫老张随便做一桌家常便饭，也应酬了。"

"那又不然！你以为他们吃得少，就不注意酒菜的好歹吗？这伙人的脾气，我清楚，如其拿出家常便饭去款待他们，不怄气才怪哩！除非是你亲自下厨，那又不同了。"

"怪话！难道我还赶得上小王吗？"

"不能这样比。有些家常菜，小王就不及你。比如那样口蘑烧老豆腐，不管他材料用得怎么丰富，首先他就不会用文火，更不会用砂锅。假若今天这样菜是你做出来的话，你看，会让田伯行一个人霸住吃吗？"

一句话就把黄太太说高兴了。

"你看表叔这张嘴哟！……"

楚用也嘻开大口笑道："表叔并没说错呀？"

于是又理起葛寰中、郝达三他们在席面上说的一些话。

黄太太说："葛二哥看来好像有一肚皮经纶，总在议论人家这不合适，那不逗榫，到底该怎么做才对呢？煞果还是没说出一个所以然来。"

"似乎说过吧？你退席之后，大家在小客厅里讲得更多，你没有听见。"

"我听见了的。你默倒我退了席，就连耳朵都带走了吗？"

婉姑儿忽然从他怀抱里昂起头来道："我看见的，妈妈在那儿听墙根儿！"

"不准胡说！"爹爹一下子马起脸来，其实谁也看得出是故意做的。

"这才好哩！连我也说起来了！"

爹爹正在解释："记着，像何嫂、菊花、罗升、老张这些底下人，偷偷摸摸在房子外边听主人家说话才叫听墙根儿，是要不得的。看见了，就该来告诉我和妈妈骂他们。如其我和妈妈在房子外听人家说话，是应该的，那不叫听墙根儿，那叫……"

"叫啥子？"婉姑儿很认真地问。

妈妈带着笑骂道："讨厌！小娃儿听大人说就是啦，偏爱插嘴，把大人要说的话都岔开了。"

黄澜生像是得了救兵似的，赶快抓住话头说道："正是啰，听我问你楚表哥的话。……你们学堂放了暑假，你不是也要赶回去吗？"

楚用皱起眉头，望着他表婶说道："就是为这件事，所以才来找表婶商量的。"

"又说找我商量！这些事，应该找你表叔才对。你表叔，男子汉，开口天下闭口国家，多高明！就拿今天席面上来说吧，再三再四要我女主人出去陪客。我默倒有些啥子话要跟我谈论呢，我倒准备了一肚皮的《千字文》《三字经》。哪晓得几句虚应酬之后，别个一说到铁路呀，同志呀，又是啥子内阁呀，邮传呀，好像我一窍不通似的。大家说得好不热闹，把我一个人丢在旁边装傻子，从开头到煞果，没一个人理睬我。本来哟，我们女人家再说开通，再说文明，到底是三绺梳头，两截穿衣的人，一说到天下呀国家呀这些事情，女人家就是多余的了。我今天倒很失悔，听了你表叔的话，出去当了半天多余的人。你还来找我商量，岂不故意为难我吗？"

"牢骚真多！"黄澜生笑了笑。

"牢骚！这才不是牢骚哩！你们男子汉真不是个好东西，口头只管说男女平等，尊重女权，其实心里问不得。只拿今天那个姓高的来说，你看，他一看见我，就好像看见一件啥子脏东西一样，多看一眼生怕把眼睛打脏了。哼！我猜他心里，何尝把我看作一位太太，一定疑心是你们叫来陪酒的啥子婊子舍物……"

"未免言重了！……"

"……所以，才那么样的不屑！……你别光说我脾气古怪，也得想想你们那时的模样，多令人难受哟。说句天理良心话，得亏是我，才忍受到了终席。要是把葛二嫂掉来，或者把我幺妹叫来代替我，你们就晓得女人当中还是有厉害的，不见得都像我这样又老实，又驯良，又受得住你们的歧视！"

"啊哟！我还是头一次听见表婶的高论哩！但是我从来就没敢存过歧视表婶的心。……表叔可以替我做证。……该是真的嘛，表叔？……我说的是真心话，所以今天才特别来向表婶请教……"

"年纪轻轻的人，学些油腔滑调，我才不喜欢哩！"其实她已笑得合不拢口。

"闹了半天请教，到底是什么大事？"

黄太太道："他说同志会有人找他去谈了一回话，给了他几十块钱，要他回到新津为同志会做点事。"

"也寻常嘛。据郝又三说，多少学生都受了委托，回县里去宣讲同志会。你大概也是为的这事吧？"

楚用焦眉愁眼地道："光是宣传同志会那又好办了。我们县里那些法团绅粮，和爸爸都通气。……他们还要我去说动外公出来办民团，开码头，这就不容易啦！"

黄澜生沉吟了一下道："果然不大容易。我知道你外公已经收手了好几年，正在家里享清福，你怎能说得动他？何况你还是一个小小辈。"

"就是啰。我向程伯皋程先生说过了，他总叫我勉力为之。我又找王文炳代我去推托，还遭王文炳骂我一顿是凉血动物。表叔，你看我该怎么办，答应呢，还是不答应？"

"嗯！……太太，你看子才该不该答应？若照郝达三他们今天说的话研究起来，倒也应该勉力为之的。为啥呢？……"

黄太太很直爽地说："我已劝他不要答应，答应了办不到，不是丢人吗？……"

"那么，就老实别答应好了。"

黄太太笑道："这还待你说！人家想到的，是如果不答应，只好托个故暂时不要回新津去才对。但是，子才学堂放了假，又不能住。我叫他就搬在我们家来。小客厅后面那间客房，横竖是留给他的。就住个十天半月，等同志会另外找到了人，他再回去。你看，这主意对不对？"

"很对！很对！太太想到的，全对！那么，明天就搬来好了。"

"你又着急昏了。人家还有三天才试验完，怎好就搬来？现在费你的心给他想一想，托个啥子故呢？"

二

顾天成现在到城里来了。一年当中他进城是有次数的，每次都要耽搁几天才走。这一次，因为地方公推他出来办民团，他大为高兴，事先进城来要几天，他说："以后当起公事来了，就没得空啦！"进城碰着闹同志会，他听了一回演说，心热了，找着老婆邓幺姑的在一家洋广杂货铺当二师的哥哥邓乾元介绍，会见了同志会会长罗梓青，自告奋勇，也要在两路口成立一个同志协会。罗梓青又问知他是个不常做礼拜的耶稣教徒，便狠狠地夸奖了他一番。并说，办同志会要注意地方秩序，尤其要注意保护外国人，不许地方上坏人借故生风。因而说到若要团防办得有力量，必须要有军火才行。他听说只能找得出十几支明火枪时，不觉摇着他那肥胖的大头说："不行啦！总得设法弄几支硬火！"因此，他、顾天成，更有理由再耽搁两天。

这天，在幺伯顾辉堂家吃了早饭。无事可做，要打纸牌，续弦的顾二少娘偏不得空；幺伯呢，从老婆死后，越发沉浸在鸦片烟的云雾里去了，白昼不管寒暑，照例躲在一间极其隐秘的小房间里过日子的。打算还是拉着顾天相再陪他看半天戏，顾天相偏又为了在成都县审判厅，控告土桥一家佃户拖欠租谷三年未清一案，今天开庭，他是原告，不能不去。

一个人看戏不起劲。虽然新出台的几个小旦，像油菜苔、白牡丹这些角色，都不下于邓少怀，值得看。若在十年前，叫他去挤戏场，洗干澡，绝对没话说；何况还在戏园子里，舒舒服服坐在椅子上，端着茶碗，旋吃旋看？到底年岁大了些，今非昔比了，总觉得有个伴儿的好。于是便跑到东大街来找他舅子邓乾元。

邓乾元刚在本街公所议完事回来。正一只手挥着一张连史纸印的保路同志会报告，向铺子上的伙计徒弟们讲说四街联合成立保路同志会的情形。

"罗先生硬是说得对。我们做生意的人，岂特是商界的一分子，也是国民一分子，大家都闹着爱国，我们为啥不爱？爱国，就该保川；保川，就该保路；保路，就该成立同志会。所以，我们今天……"

一眼看见顾天成走来，忙打招呼，一面叫徒弟倒茶递水烟，一面咧起嘴巴笑道："还没走吗？……我们四街联合同志会成立，大家公推我出来当副会长，带搞宣传干事，我正在练习宣传哩。"

"好得很！我打算明后天回去，一下就把团防和同志会都办起来。团防哩，历来就有，再办起来大家都懂。同志会哩，我也学会了一些，吆喝一声，大家拍阵巴掌，在团防局门口贴他妈一张同志会条子就完啦。只有一桩讨厌事，罗先生说，要宣传。他妈哟！这就考倒了我！……你也搞宣传，那就好得很，讲点来听，等我学个乖。"

邓乾元把手上那张报告当成扇子，扇着自己的脸说道："你倒精灵，向我学乖，我又向哪个学呢？"

"你守在城里，天天和同志会打交道，不管啥道理你捡也捡够了。"

"唉！我的老哥，你说得轻松！其实哩，我们还不是隔行如隔山？你就没想到，但凡这些大事，自古以来我们做生意的哪里挨得上边。这回，得亏是蒲先生、罗先生他们一伙读书人出来，不分彼此，因才有了我们的份。每回开会，都要下帖子招呼我们去，去了，平起平坐，你哥子我兄弟讲得多亲热。人心是肉做的嘛，人家这样对你好，你怎能不听人家的话呢？好在搞同志会又不花本钱，大家伙在一起，你说你的，我说我的，总而言之就是那一套。至于一定要说出一番道理，骂哪个装舅子的才懂得！"

几个伙计徒弟都哄笑起来。一个和邓乾元同师的伙计笑说道："难道你不是顾三贡爷的舅子吗？何必再装！"

又一阵哄笑。

邓乾元把手上那张报告一扬道："若果只是为了宣传，那也容易。他们说，西顾报、通俗报、白话报，还有我们商会办的商务日报，每天都登有不少文章，要啥有啥。我因为不大看得懂，没有买过。只这份报告——保路同志会报告，每天一张，只卖一个小钱。钱是小事，写的文章很浅，读过《三字经》的人都看得懂。登的东西真多，你看，还有杨素兰捐田的新闻。"

"不稀奇，我进城那天，就在茶铺里听见说了。"

"要稀奇的吗？也有，这就是。……你看，一个啥子叫郭烈士的人跳井死了。"

几个伙计徒弟都应声喊说："真是稀奇事！"

顾天成还是无动于衷地说："有啥稀奇？现在世道，哪一天不有几个抹喉跳井的人？"

"光是跳井，自然不算稀奇。郭烈士却是为的爱国呀。你看，报告上不是登得明明白白说，他只是因为气不过盛宣怀这个卖国奸臣，才跳了井的。"

顾天成把那张报告接过来，依着邓乾元指着的地方看去，果然有这么几句：

"郭君闻盛宣怀卖路事，愤极大病。二十八夜，出大厅哭且呼曰：吾辈今处亡国时代，幸我蜀同志诸君具热忱，力争破约保路！但恐龙头蛇尾，吾当先死，以坚诸同志之志！"

他把眼睛鼓着，正待说什么。那几个伙计徒弟因为早经听人念过，又曾细细研究过，都纷纷议论起来。有个长挑身材，一脸细白麻子的伙计，公然这样说："我原本不留心这些啥子爱国爱川的事情的。我们生意人嘛，只晓得做生意才是本等。时下，看了郭烈士，我的想法就变了。别个连命都舍得，我们为啥连句好听的话也不肯说呢？所以时下我倒全体赞成邓二师出头来当副会长，并且轧实展个劲，把我们商界搞起来，大家都喊保路废约，怕他龟儿盛宣怀不让位吗？"

邓乾元一本正经地说："哎！又一个热心分子！真的，我们四街联合同志会今天能够成立，真个得亏郭烈士跳了井。如其不然，光靠罗先生他们的嘴巴，那咋行！天成哥，你要搞宣传，我劝你买一份同志会报告，顶你十张嘴巴还有多。"

"妈哟！那就买他一份！……我们场上，没邮政局，信都寄不到，同志会报告买了，怎么捎去呢？"

真不好办，大家都替他想不出办法来。

后来，还是他想到了："又是团防局，又是同志会，哪有不用几名团丁跑公事？每天派个把人来买报告，来回几十里路，也不算远。记得我从前打早跑进城来看蒋春兰的整本戏，哪天不是擦着关城门才一趟子，还不是等不到三更就拢了。"

他于是谈到今天无事可做，一个人孤单单的。要再去找姜牧师哩，又害怕被拉着说《圣经》，还要商量在乡场上办福音堂的事。想看戏哩，没个伴。到第一楼去吃蒸馏水茶哩，也没意思。

邓乾元道："老实话，你这回进城来，我因忙着别的事，还没陪你耍过。今天恰有空，我陪你转乐群公园去。——就在西门外草堂寺旁边，把庙产划出一百亩来，大家集股新修的。我们号上也认了一股，响铛铛五十块龙洋。因为我们大掌柜也是赞成人。大家说，走马街马长兴的马麻子举人很内行，就拜托他打样监修。听说挖了好大片池塘，比他双孝祠的荷舫大十几倍。也有茶馆，也有酒馆，还有卖点心的，办得很热闹。游人不少，就只我还没去过。"

顾天成猛把大腿一拍道："嗨！你不提起，我倒忘了。我这回进城，大戏、灯影戏倒看得安逸。劝业场天天都在跑，就只两个地方没去。一个是新化街，倒不是我假绷正经，实在由于鼓不起劲，他妈的，要是前十年嘛，哈，哈！……还有个地方，那便是少城公园。老早就听人说，玉将军花了上千数的银子特为修出那个大花园，亭台楼阁，青枝绿叶，说起来硬像他妈的一幅西湖景。……大哥，与其顶着火辣辣太阳奔草堂寺，不如走近一点，进满城去。"

"也好。我们先在少城公园吃碗茶，然后到南门大桥旁边枕江楼去喝一杯，权当给你饯个行。"

从西御街西口，步入满城小东门的那一道不算高也不算大的城门洞时，顾天成不由大大惊异起来。首先是那座破破烂烂早就要倾倒的城楼，业已油漆彩画得焕然一新；楼檐下还悬了一块新做的蓝底金字大匾，四个大字是"既丽且崇"。迎面长伸出去的那条喇嘛胡同土道，不但在街牌上改写着"祠堂街"这个名字，土道两畔许多浓密挺拔的老树大树也全不见了。那地方，变成两排只在乡场上才看得见的、又矮又小的铺房，有酒铺，有烧腊铺，有茶铺，有杂货铺，还有一家茶食铺子，双开间门面，金字招牌是苏州老稻香村。

"咦！变啰！"顾天成不管身边有人没人，竟忘形地叫喊起来。

再走过去。那不是关帝庙吗？那不是荷花池塘吗？那不是流水汤汤的金河吗？虽然着一道矮矮的土墙圈了进去，形势还在。何况对面文昌祠门外的那座耸起几丈高的魁星阁，还依然如旧。原来今天的少城公园，就是庚子年闹义和拳、红灯照，杀大毛子、二毛子的时候，他顾天成为了要报仇雪恨，正正糊里糊涂奉了耶稣教，每日心惊胆战，莫计奈何，时常躲进满城来睡野觉的地方！掐指一算："啊也！十二年了！"难怪从前看不见脚迹的所在，眼前到处是人，从前只有乔木野草的地方，眼前竟出现了许多高高低低疏疏落落的屋宇了！

在公园门外空地上，正修起一个戏园。还没有开张唱戏，招牌已用石灰在门额上塑出了，是万春茶园。

"成都省又多了一个戏园子，连悦来茶园、可园一共算来，有三个园子啦，真热闹！"

到公园门口，看见邓乾元拿出四个当十铜圆买了两张门票。顾天成又觉稀奇道："怎么，游公园还要花钱吗？"

"正是要卖票哩。大人每张二十文，未成人的小娃儿十文。玉将军说，这笔钱是拿来养活那些没有口粮的穷苦旗人的。满巴儿因此不再撒豪闹事，大城的汉人也才放心大胆地来了。"

"一天要好多人来买票，才可以养活那些穷满巴儿？"

"到底有好多人，那只有卖门票的才明白。不过我每回来，总见有百把两百人，好几家茶铺都坐满了。平扯下来，一天怕不有三几百人。"

"那么，通共算成二百五十个大人票。二二得四，二五得一十，一天五吊钱，十天五十吊，三五一百五十吊，一个月一百五十吊，十个月一千五百吊，外加三百吊，啊也！一年一千八百吊，合成银圆，足足二千一百多元，拿在崇义桥买大市米，三十二斤老秤一斗的，正好买三百担！……嗨！积少成多，硬是一笔数目！他妈的，才花了千把两银子的本钱，一年里头，连本带利都捞了回去，这生意真干得呀！"

邓乾元点着头笑道："要不看见利息来得大，哪个瘟舅子肯花钱去开办乐群公园。"

两个人已经绕过朱藤架，从一片茂盛的夹竹桃地里来到静观楼前浓荫四合的古柏丛中。稍外几步，还有十几株老榆树，长得奇形怪状，看样子，百多年是有了的。

顾天成当下把一件染过两水、身分还很厚实的嘉定大绸长衫脱下来，搭在左手臂上，又把一柄足有尺二长的老式黑纸杭扇撒开扇着，道："邓大哥，这里比大城凉爽多了。"

邓乾元也正扇着一把时兴小折扇，小得只有巴掌大。点头说道："何消说哩。大城里就找不出一个地方有这么多、这么大的树子。"

"有的，我昨天还跑到文殊院的林盘里去过，那里的树子比这里就多，就大。"

"哪有这些亭台楼阁呢？又哪有这些河流池塘呢？"

不错，真没有，虽然文殊院林盘比这个少城公园大。

顾天成举眼四面一看，在静观楼南面不远，一个孤单单的过厅，叫沧浪亭。再南面，又一座楼，是夹泥壁假洋式楼，全部涂成砖灰颜色，连同楼上的栏杆也是的。两座楼遥遥相望，都在卖茶，并且每张茶桌上都有人。北面靠金河岸边盖了一排瓦顶平房，又像水榭，又像长廊，额子偏偏是养心轩。金河之北隔一道堤，就是荷花池塘了，被一道土墙拦进来，显得池塘也小了，也没有什么意思了。只管有满池荷花，却没法走到池边去。唯有关帝庙侧面花园的真正水榭，临着荷花池一排飞栏椅，倒是个好地方。但那里做了满城警察分署，和公园是隔开了的。在养心轩的下游，正对关帝庙花园的金河南岸边，还当真有一座船房，样子很不好看。此外，还有一座茅草盖顶的亭，还有一座倒大不小的院落，一正两厢，一道拢门，很像财神庙。

邓乾元道："天成哥，你看这园子盖造得怎么样？"

"唔！还好！只是……我说不出来……他妈的总觉得有点不如从前在这里睡野觉时有趣。"

"那咋能比呢？而今到底有歇脚地方了，也有茶铺，也有餐馆。"

"也有餐馆？"

"那不是聚丰园？有名的南馆，还卖大餐哩，就在那院子里。"

顾天成抬头把那财神庙一看，青砖门枋上，果然用朱红石灰塑了三个不大不小的字：聚丰园。"啊！是餐馆！那我们何必去枕江楼呢？"寻思着，又估量了一下，断定他舅子不肯花太多的钱来当东道的。他很想尝尝大餐味道，他也愿意花钱的。可是邓乾元早已说过给他钱行，而今翻过来要他作客，就杀了他，也不甘心输这个面子。"唉！到底是成都儿的脾气呀！"

他们在园里缓缓兜了一个圈子，来到那真正船房跟前。邓乾元指着那砖石砌的尖锐船头和盘在石桩上的一条手腕粗细的生铁链，慎重其事地道："硬是一只火轮船啦！去年中秋，我在宜昌看见我们川河头一只火轮船蜀通，并不比这大多少，样式也差不多。……看！那楼顶还有桅杆，还有烟筒！……"

岂只有桅杆，有烟筒，甚至楼房正面还悬了一块小匾额，绿底粉字，题着"长风万里"。

船房的楼上楼下也在卖茶，并且看见有人在吃面条，在吃包子，一定还兼带着卖点心。

两个人正在商量要不要就在这里喝茶，忽然听见背后不远处有人说话。

"好恶俗的东西，真煞风景！我每回看见，总不免要打几个恶心。"

"为啥不模仿中国的楼船，偏要模仿洋船？又不像。我看见过洋船照片，楼顶是平的，还有铁栏杆，怎么会是两披水的人字顶，而且盖上了瓦！不晓得是哪个人的手笔？"

"自然是那位胸无点墨的满巴儿了。"

"那便不要见怪了。听说颐和园里就造有一只石头轮船，主子做得，奴才正好学得。"

邓乾元觉得这些话越说越不中听，故意侧过身去拿眼睛一瞅，原来是几个年轻学生。再一看，中间一个身材横短、鼻梁上挂一副镍边近视眼镜的人很是面熟。仔细想了想，记起了，原来最近几天常在铁路公司碰过头的姓王的学生。

姓王的学生也看见他两人，便带笑走来道："是邓管事吗？"

彼此招呼之后，那学生又向顾天成说道："这位可是顾团总？……我在同志会总务部看见你。……我叫王文炳，我也是股东代表。"

又把同路来的三个人做了介绍。一个是他中学同班的彭家骐；一个年纪最大，差不多有二十六七岁的，是高等学堂学生程洪钧；一个年纪轻一点，看来也有二十三四岁了，是通省师范学堂学生汪子宜，这人身材又高又瘦，也戴了副近视眼镜，嘴角下挂，脸上不带一点和气样子，大约说主子奴才那两句话的便是他。

四个学生正待回身走了，顾天成两手一拦道："既然幸遇，让兄弟我开一次茶钱吧！兄弟我是乡巴佬，字墨不深沉，罗先生盼咐兄弟我回去成立同志会，正不晓得咋个搞法哩！"

邓乾元也帮着代邀了两句。六个人遂转到养心轩，在靠里面的竹栏杆侧才找到了一张矮方桌，几把矮竹椅。茶钱还是邓乾元抢着先付了。

三

汪子宜端着茶碗，一面喝茶，一面向王文炳问道："你或者清楚，后天大会要不要来宾演说？"

"你又准备大声疾呼，把革命种子再播一次吗？"是程洪钧在反问。

王文炳搔着头皮道："我也不清楚，只听说，是欢送刘声元代表到北京请愿。……"

彭家骐抢着说："不只是欢送他一个人，还有到广东、到湖北的代表哩。"

"现在欢送代表，必然要邀人演说了。"

彭家骐也问他："你当真还要演说革命流血吗？不怕人家再干涉你？"

"现在言论自由！天赋人权！谁敢干涉我！"汪子宜几乎在喊叫。

程洪钧把四面看了看，才说："显你声气大吗？别个听见了。像啥？"

彭家骐笑道："让他喊吧！叫唤的麻雀儿，没有四两肉的。我也看见过真正的革命党，人家就不叫喊，只是埋着脑壳闷干！"

汪子宜晓得他说的是他族中的一个人，遂眈了他两眼，把嘴嘟了起来。

王文炳因为喝了热茶，摸出手巾揩着额上的汗珠道："要演说也可以，只怕没有那么多空时候。听说，还要追悼郭焕文……"

邓乾元忙说："啊！可就是郭烈士？今天报上已登载出来了。"

汪子宜大睁着眼睛问道："郭焕文死了吗？"汪子宜也是资阳县人，认得郭焕文，因为气味不投合，近半月来又忙着温习课本，要在暑假试验中抢个最优等，连民立报、神州日报都少看，自然不晓得同乡人的事情。

程洪钧道："不死，不惨死，也不足称为烈士了！今天的报，你没看过吗？……可惜了，这倒是你正好使用的好材料。……愿意听吗？叫王文炳告诉你。今天报上的消息和后天的追悼会，都是他奔走出来的。"

原来郭焕文自从回到东御河街寓所，神经病越发厉害，不管白天黑夜，老是找着同住的同乡人说话。说的也就是那一套：盛宣怀是卖国的奸臣啰，周善培是卖川的奸臣啰，两个奸臣勾结起来，就只了害他、郭焕文一个人啰。甚至联系到他县里保送他来进法官养成所，都是周善培早已安排好了的计策，不然的话，为什么他刚来成都，周善培便突然升署了提法使，盛宣怀也突然出卖了川汉铁路？再说碰巧，也不会巧到这样！起初，同乡人还在给他解释，劝他不要乱起疑心，多做一点准备，到二十九日那天好一同去考试。甄别上了，当然好，不上呢，大家也一定替他想办法，或者仍然回县去教小学，或者就在成都住法政学堂。目前的私立法政学堂多得数不清，差不多和六七年前的公立小学一样，只要肯去报名缴费，随时随刻都可进去，混一个毕业资格到手，将来还不是一样可以做法官、当律师？至不济，回到县里也可挤进一个什么法团去当一个什么董，什么员的。但是凭同乡们说破了嘴，他总是听不入耳。几天之后，大家也不耐烦再说再劝，让他一个人去说了又哭，哭了又说；甚至由于大家专心一志准备各人的功名大事去了，更没一个人想到找个医生给他诊治一下。星期天，王文炳、程洪钧曾抽空来看过他一回，也商量不出一个什么好办法。

到五月二十八日，郭焕文已经是两三天没吃过东西，两三夜没上床睡过觉，两只鼓出眼眶外的眼球红得像家兔的眼睛，并且神光散漫，只管在看人，好像已经把人认不清了。因为第二天就是考试日子，周提法使的这次考试，据说得到咨议局议长蒲伯英的赞成，很为认真，只要稍有差错，一个法官前程便有除脱之虞。功名要紧，前程要紧，因此在这么紧要关头的前夕，大家自更要凝精聚神，磨砺以需的了。偏偏郭焕文在这一夜闹得格外厉害，从黄昏起，差不多把每个同乡的房间都跑遍了，口里不断吵着："大祸已经临头了，你们还要活下去吗？唉！可恨已极！朝廷上一个盛宣怀，四川省一个周善培，国也卖了，省也亡了，还说啥子铁路！……没一个人活得了，你们为啥还不感觉？真是怪事！……唉！完了，完了，只有死！死了才快活！……哈，哈，到那时节，凭你周秃子再歪，你能把我吃得了？……吃不了的！好不快活，啊，哈哈！……"

大家不理睬他。有几个人还咒骂着把他推出去，将房门紧紧关上。郭焕文遂独自一人在那间宽敞的大厅上闹一会，哭一会，说一会，笑一会。一直闹到三更以后，才不再听见他的声音。

第二天清晨，大家起来忙着吃早饭，吃了饭又忙着到法官养成所去考试，都没有看见郭焕文。认为他闹了几天几夜，定然疲倦睡熟了。没有人敢去看他，生怕把他搅醒了，再闹。

下午，大家考罢回寓，依然没见郭焕文的踪影。有人也疑心出了什么事故。但又认为他或者出街去了，或者因为他疯疯癫癫闯了什么乱子，着警察挡到局里去了。夜里，大家还商量一会儿，要是明天再不回来，只好分头出去寻找了。

不料第二天，就是六月初一这天，绝早，给大家做饭的伙房老安到侧院井里去取水，竹竿挽着水桶放下去时，怎么，桶底碰着的不是水，却是一件东西。弯着腰，趴在井栏上向下一看，朦朦胧胧不大看得清楚，只见乌黑一团。再用长竹竿一拄，啊也！才是一个人，拱在水面上的是人的背！

老安一叫喊："有人跳了井啰！"

大家立刻警觉："不是那个疯子，才怪哩！"

王文炳在学堂里得到消息，跑到东御河街，郭焕文的尸体已被打捞起来，摆在大厅内一张门板上。在水里泡了一天两夜，简直不成形了。大厅上全是人，全是人声，有左邻右舍，有房主庄老爷，有街坊上的街正，有警察局的巡员，更有资阳县的同乡人。

大众研究、讨论、查询的结果，一致断定郭焕文的跳井，委系出于自杀而非被人谋害。自杀根源，由于久病之后，神经失常所致。只要不是凶杀命案，巡员和街正自然脱了干系。巡员当场填发了死亡证，并慎重地说："天气太热了，死人该早点棺殓。三天之内，若不运走，便该抬上官山埋葬，这是局里订的章程。"街正和房主并做了有力证明。

有一两个在甄别考试中自己觉得没有把握的同乡人，在大家忙着凑钱买衣衾棺材时，忽然有所主张地说："郭焕文这条命债，准定是周秃子拉的。这倒不能含含糊糊地抹稀泥。为啥这样说呢？你们想嘛，若不是周秃子无中生有要闹一个甄别考试，郭焕文何至于弄到昏头昏脑误了点名时刻。若不是周秃子在他翻爬墙缺时，说出那样不成体统的刻薄话，郭焕文也不至于一下子就着急疯了。如此看来，我们怎能让郭焕文白死。我们最好成群结队去找周秃子算账。"

另几个人考虑到这笔账怎么算呢？郭焕文自己并没说过是周枭台逼他去死，也没写过一篇含有这样口气的东西，找不出证据，光凭旁边人的揣测在法律上站不住脚的。虽说无诬不成词，要赖他也未尝不可，但是结果如何呢？难道叫周枭台给郭焕文当孝子吗？抑或叫周枭台自行检举，丢了纱帽不戴？何况周枭台现正官运亨通，百凡如意时候，拿这种不容易动公愤的案子去攀他，不但攀不倒他，要是他动了怒，还出一手来，谁招架得住？

"那么，郭焕文硬是白死了！"

王文炳灵机一动，又想了想，才说："不会吧？我想这么来一下，既要使郭焕文死得有价值，又可以把周善培捎上，就说他横施压制，郭焕文因为不能伸志爱国，所以才赍志殉路。而今正当风潮汹涌时节，这件事一传开去，哪个不怜惜郭焕文？哪个不憎恨周善培？一旦造成舆论，我们也算给郭焕文报了仇了，我们也不至于遭到啥子祸患。"

大家一致赞成。王文炳不及亲视含殓，便被众人催着向铁路公司跑去。

但是王文炳划的策，却被几位记事主任和编辑主任拿去同会长罗梓青磋商之下，仅只采用了一半。就是全称肯定了郭焕文的神经失常，完全由于五月二十一那天，他来参加保路同志会成立时候，听了演说，看见朱云石的手指划破流血，大受感动，加之体弱久病，自知爱国无力，所以才用自杀来鼓励大家，力争破约保路，不达目的不止。

至于后半段之不被采纳，解释是："周大人正在扶持我们，我们怎好得罪他呢？"

王文炳晓得办不到，自然不便坚持，结果还答应照编辑主任的意思，替郭焕文写一篇遗嘱；并答应找同乡人多写几篇哀悼文章。

罗先生说："这事情比杨素兰捐田产还能怂动人心。我们要好好地表扬一番。光是几篇文章在报上登几天，不够，不够，我们要热烈地给他开个追悼大会，叫全川同胞都能闻风兴起，郭烈士庶几死而瞑目！"

这时候，王文炳告诉汪子宜的话，当然不是这样有底有面。有些渲染了一下，有些便为死者讳了。他不是有意要欺诳同乡，因为还有邓乾元、顾天成两个生人在座，他是一片好心，生怕损害了他们对于同志会宣传的信心啊！

程洪钧懂得王文炳的用意，等他说完，还从而为之修饰充实了一番。把报上登出的那篇冠冕堂皇的遗嘱，硬说成是棺殓了死人之后两天，才在他床上的草荐底下找了出来。

王文炳一面喝茶，一面向程洪钧说："你答应写的郭焕文传，明天可能交卷不？"

"写是写起了，却不怎么好，也太短，看起来有点像王安石的《读孟尝君传》。打算改长一点，但又没有好多事迹可叙。"

"老汪也写一篇，好不好？"

"赞扬郭焕文吗？赞扬他死得好，如你所说的死得有价值吗？"汪子宜还咬着牙齿，从牙缝中挤出了一句，"我才不呢，莫找我！"

程洪钧瞅着他道："难道不可以借这个题目写一篇激烈文章吗？"

"题目就不是啥子好题目，无论如何说法，总之是自杀，是轻于鸿毛的死，这能引申出啥子好意义，我不写！"

彭家骐笑说："你们真是老火呀！你们难道还不明白他的宗旨吗？他根本

就不赞成同志会的。"

顾天成、邓乾元吃了许久的闷茶，老早便想插嘴说几句话了。这下子有了机会，两个人不约而同地一齐说道："哎！不赞成同志会？……"

邓乾元的脑筋毕竟灵活一些，还接着说了下去："莫非同志会办得不对头？或者……"

这倒出乎汪子宜的意外。因为一走进养心轩，他已把这两个人估量定了：一个是土粮户，一个是生意人，都是无知识的愚民。愚民是不足与言天下事的，自然更不懂啥子叫革命真谛，若是同这般人讲论道理，不唯拴住太阳讲不清，还会犯孔夫子的戒律：不可与言而与之言，失言也。因此，他只用眼珠在眼镜后面转了转，仍然面向彭家骐说话。

"你了解我的宗旨，我不赞成同志会，是瞧不起他们这伙人光晓得喊大人饶命，光晓得痛哭流涕。现在除了取激烈手段，那班东西能好好生生地让你吗？"

顾天成懵懵懂懂地问道："啥子叫激烈手段？"

"嘿，嘿，流血！"汪子宜头也不掉一下地说了两个字。

又一个学生模样的年轻人，又高又壮，一只手拿了把广东蒲葵扇遮着太阳影子，正从静观楼那面走来。彭家骐霍地站起来喊道："楚用！楚用！到这里来！"

楚用满脸是笑地旋走来旋说："王文炳才在这里吃茶！……啊！还是你们一伙！"

介绍之后，堂倌泡上茶来，又冲了一遍开水。

楚用接着说："把我好找！跑到铁路公司，说你没去。跑到东御河街，说你还在学堂没搬去。跑到学堂，只剩一个小工高金山还在，说你和彭家骐一道出来，多半转公园来了。"

程洪钧道："算你运气好。要不是我把老汪抓来，在半边桥和他两个碰见时，他两个已到皇城去了。"

王文炳道："我以为你回新津去了呢？原来还没走？"

彭家骐把鼻子一耸，笑道："表叔家里住安逸了，吃得好，喝得好，又可以睡懒觉，看骚书，还想回去？"

"打胡乱说！"楚用红着脸，扇着扇子说道："设若不是接到家里来信，叫给姐姐办一些要紧妆奁，我前天就走了。你想嘛，天理人情，在省里住了半年，还有不想家的？哪像你二十里远近，随时一伸脚就回去了。"

"哦！原来要当舅老倌，坐上八位了！这义务该尽的。好在还没讨老婆。你看罗启先便不同啦，试验刚完，连半天都不留。"

王文炳道："这却冤枉了鸡公。是我催他走的。因为总务部的二十块钱路费一发下，文牍部就限了他的期，十天里头就得把同志会搞起来。你算一算，由省城到泸州，光走路便要七天，不立刻走，行吗？"

楚用偏过头去，凑着王文炳耳边说道："有件要紧事同你商量。我们出去谈一谈。"

两个人便起身告辞。

彭家骐说："我也要回簇桥去了。隔几天再进城来找你们。"

程洪钧、汪子宜也说，要到资属中学去找人。

邓乾元本想邀约大家都去枕江楼大吃一台的，不知怎么又忘记了。及至众人都走了才想起。

四

黄家距离少城公园不过一条长街，两个年轻人的脚步都快，这时节街上行人正少，没咂完一支纸烟，已来到大门外。

王文炳靠在门枋外面的右边一只石狮子上，舒了一口气道："可以说了吧？到底是啥子要紧事，这么秘密。"

"已经到了，就进去坐下细谈，不好吗？"

王文炳走在前头。刚从大厅耳门进去，就迎面看见婉姑儿笑着闹着，从庭院的小径飞跑到大厅后面檐阶上，一转身，又跑到短廊边，翻爬过尺许高的卍字栏杆，一下扑在楚用身上，喊道："快抱我起来，哥哥拿刀杀我了！"

一眨眼的时间，振邦果然两手挥舞着两把尺许长、贴着锡箔的木刀——还是楚用今年在年假时，给他在城守科甲巷买的，也从石山旁边循着花径追了过来。口里吆喝着："死丫头向哪里逃跑！……本大王杀死你！……"

王文炳跨出卍字栏杆，弓着腰，两臂一伸拦住他，道："看在我面上，饶了你妹妹吧！"

楚用也笑说："老邦太不对，光欺负小妹妹。"

菊花从上房的山花过道上走来道："邦少爷不听话，太太说，拉进去打屁股。哦！客来了！"

王文炳站了起来道："来过几回的了，还算客吗？"

"怎么不是？连楚表少爷也是客哩！"

振邦仰着脸，把两只大眼睛一挤道："是客，是客，是棒客！"

都笑了。

菊花呸了一口道："就这么胡说！看我告不告诉太太！"

婉姑儿从楚用手臂上挣下，一抹头便朝上房跑去，还一路喊着："我去告他！我去告他！"

振邦鼓起眼睛，装作不怕的样子："不怕你告。"

顺手一木刀，啪！打在菊花的大腿上。

"哎哟！你还打人！"

"哪个叫你说是要告我哩！"

王文炳连忙把他两只手腕抓住道："这就不文明了。现在小学生都要学大国民的举动才对。打人骂人，要不得的。"

何嫂已从上房走来，手上一面卤漆茶盘，托着两只五彩瓷茶杯。一面递茶给王文炳、楚用，一面马起一张宽皮大脸向菊花说道："太太问你，为啥不把邦少爷弄进去，等他在客面前没规没矩的。"

"弄进去？他还打人哩！"菊花嘟起嘴地抱怨。

"我偏不进去，哪个敢拉我？"振邦刚抡起他的双刀，已着何嫂、菊花一边一个抓住两臂，连刀带人，半拖半攘地架了进去。

两个人都笑着走进小客厅。

楚用把茶杯向中间小圆桌上一放道："抓进去后，定有一顿好打的。男娃儿到底要烦些。"

"他们的家庭教育很严吗？"

"跟普通人家差不多。不过有点异样，当父亲的太慈了，管娃儿的事全靠妈妈。"

"你的这位表婶娘，好像是个精明强干的女人？"

楚用擦燃洋火，一面呷纸烟，一面说："倒还不止于精明强干……"

"一个女人，精明强干也够了。还不止，那么……"

楚用只是笑，两边脸皮慢慢红晕起来，嘘了两口烟，才嗫嗫嚅嚅地说道："不是那样的。……我说，女人家值得凑合的地方，不止是精明强干，还有……呃！……若仅只精明强干的话，那又不像女人家了。……所以说……"

"所以说女人家值得凑合的地方，还应当人才美貌、性情温柔、言谈有趣、体态风流。对不对？"

王文炳看见楚用的窘态，更是大声笑道："你把我从公园找来，原来只是为了研究女人啦！"

"绝对不是的，"楚用急得摇着一双大手道，"听我说……"

楚用有个堂外公，是南河一带赫赫有名的袍哥大爷侯保斋。虽然岁数已大，收手退休，但是从新津直到邛州、蒲江、大邑、彭山、眉州的各处码头，只要一提到他，还无人不知，无人不跷起大拇指来称赞一声："侯大爷吗？对的！"

楚用在学堂里常常谈到他这位豪杰外公。有时还把他夸张得好似及时雨宋公明。同志会决定要向各府州县去扩展声光时，王文炳无意之间向干事会和几个负责人说到了南路的侯保斋，以及楚用和他的关系。有一天，王文炳受命找着楚用到同志会去谈了一阵，当天下午，他便被正式委托回新津去发动同志协会，同时洽商侯保斋出山来领头号召。除照例路费外，并发给联络手续费三十元。

楚用向王文炳说的是，他原本安排放了暑假走的，想不到在那天便接到父亲专人带了封信并一笔款子来，叫他会同黄家表婶给姐姐赶办一批妆奁。姐姐原订出阁的佳期大概提前了。因此，每天不能不劳烦表婶，陪着他走劝业场，走暑袜街，走东大街，走半边街，走大科甲巷。别的现成东西都好置办，只需他和表婶同意了就行。唯有照家里开来尺寸定做的衣裳，那就颇打麻烦了。比如选料子，选颜色，选花样，他就不懂；这上面还又有本省货色，下路货色，甚至东洋货色，西洋货色等等的区别，只好由表婶一个人去费心思。表婶是有家务的，虽然热心帮忙，也得要她方便，几天来，还有好多料子没买；买好了，才请裁缝来做。目前高手裁缝也不好找，常在黄家来做活路的那两个人又忙病了，到底什么时候才能把这几套嫁时衣做好，简直没把握。

这么样的牵累着，他怎能走呢？

"难道就不能先跑回去一趟，把你外公那里的头接洽好了，再回省来？新津并不算远，一百二十里，起个早，这么长的天气，跑拢才下午哩。"

楚用很是为难地说："要是能够抽身，还待你讲！眼前料子没买齐，表婶就不让走。她说，我只管外行，到底是舍间的负责人，不在一路，她便做不了主。……唉！女人家的脾气真难将就！……麻烦死了，真想丢下不管！"

"空话少说，你的意思到底怎么样呢？"

"我想请你代我转达一下，好不好另外找个人去。委托书和钱也请你一总代缴了吧。"

"你同程伯皋他们谈过没有？"

"去了两趟，没找着人。碰见郝又三先生，他不赞成。"

"我也不赞成。你只想想，目前是啥子时候？又是啥子情况？联络侯保斋这桩事，经干事会通过的，岂能儿戏？你负的啥子责任？怎么可以中途变卦？"

楚用把第二支纸烟点燃，深深嘘了两口；仰着头把口一张，一个烟圈便颤悠悠地扬到空中。吐到第五个圈。

王文炳把眼镜向鼻梁上耸了耸，很不自在地说："莫光搞这些无聊举动！说嘛！是不是可以抽空回去一趟？"

"老实说吧，即使我回去，也不中用，我外公脾气不好，差不多的人和他说话，不到三句就得挨训。像我这下了两代的小辈，更没资格和他攀谈……"

他又抽起纸烟来。王文炳口已张开，但又忍住了，让他说下去。

"还有哩，外公老了，时常都在闹病，就是家里事情，他已不耐烦过问。像保路同志会和他毫不相干的事，责任又这么大，要说动他出山，真得一个角色，我却不行。"

"那么，罗先生、程先生、彭先生他们当面委托你时，为啥又不把这些困难说清，等到事情定了局，大家等着你的好消息，你才来这么一手。你现在倒说得出口，我这介绍人却没法启齿。唉！我真不明白你到底为了啥？"

楚用的脸又绯红了，头也越发勾了下去。但他仍然在分辩："那时候，大家说得那么展劲，似乎有点不容易推脱的样子，自然只好答应下来。那时若果就走，事情未必办得好，不过不会有现在这番话罢了。因为一时走不动，才有心思把前前后后一思量，因而才感觉到那时候答应得确是太冒失了些。……好在现在还不算迟……"

猛然听见耳门一响，一阵靴声接着从短廊上走来。两个人连忙半抬屁股，从玻璃窗上望去。原来黄澜生从他当差事的地方下班回府。罗升汗流浃背地拿着护书、皮衣包、水烟袋、洗脸盆等物，跟在后面。

黄澜生走到小客厅门前，掀开湘妃竹帘朝里一看，便一声哈哈，走了进来。打了招呼后，接着说道："好热的天气！"

一面脱纱马褂，一面向窗子外面吆喝："洗脸水！茶！水烟袋，拿家里那根干净的！便衣！便鞋！"

及至把右手大指上套着的那只碧绿透水的玉扳指取下，从而再挥起朝扇时，又慨然说道："还是你们当学生的好。过年时有年假，天热了有暑假。唯有我们做官人，没一天空闲。天气越热，事情越多。就像我们局子，在平时本来是个冷衙门，而今为了赵制军快出来接印，总办说不定有更动，照例的移交公事不能不准备。这一下，要告个假休息几天，也不能了。"

"噢！赵尔丰要出来了！大约在啥时候，就这六月内吗？"王文炳很注意地问。

"听说本月内由打箭炉起马。到底啥时候抵省，还不能定。"

"从打箭炉到成都，有几天路程？"

"我没走过。但我听长差说，从打箭炉到雅州府，八天；雅州府到这里，四天。这是按官站走的路程。不过制台出来，便不同了。有急事，他可以六天跑拢，在军情紧急的时候，逐站换马，快马加鞭，四天尽够了。如其每一处都要寻风问俗，考察考察吏治，那么，一个月也不算慢。总之前站到了双流，虽然只有四十里远近，你还是不晓得他今天到，明天到，后天到。所以官场中有一句话：督抚巡边，鸡犬难安。督就是总督，抚是巡抚。幸而我们四川特别，只有总督，没有巡抚。不然的话……"

洗脸水、茶、干净水烟袋、便衣、便鞋出来；纱马褂、纱瓜皮帽、纱袍子、丝板带、青缎靴、眼镜盒子、表裆裤、鼻烟壶、玉扳指进去。时间：一刻钟。人员：何嫂、罗升、菊花，连同婉姑儿、振邦——他今天是例外，被抓进去，只挨了一顿骂。一个小小的候补知县，由当差局所回到家庭的日常行动，就这么费事。大官至于督抚，大事至于出巡，怎么不鸡犬难安呢？

而后谈到正经事上来。

王文炳刚刚说到楚用推辞不能回家一趟，还没有议论楚用的对与不对，黄澜生又说了起来。

"我的原意也赞成子才抽空走一趟的。本来嘛，受人之托，忠人之事。继而，因为内人说他令姐嫁妆也是一件重要事。女儿家终身大事啊，怎会不重要呢？又是他楚家的事，他能丢下不管吗？抽空走一趟不要紧，怕的是并非两三天就可了结。我同子才研究过，内人也是这个意思。就是同志会委托他的事，最好另外找一个得力的人去，免得他公私两误。"

楚用脸色一舒，王文炳倒蹙起眉头来了。

"难就难在这里，急切中哪里去找这样一个人呢？假使找得到一个稍为合适的，或者比老楚差一点的未尝不可。但是我就想不到能有这样一个人。"

黄澜生微微一笑，又把楚用看了眼，方点着头道："我倒想起了一个很合适的人。这人，当过武官，又通皮，人是能干的，岁数有三十好几了。在江湖上跑过，想来和子才的外公侯保斋一定认识。若果办交涉，在行得很。这人恰正赋着闲，只要把给子才的路费、联络费全交给他，叫他立时立刻走，满做得到。哈，哈，子才，你就没有想到这个人吗？"

楚用从坐着的藤心躺椅上一跳而起，并拿手掌把额脑一拍，道："该死，该死，为啥我就没有想到这个人！……老王，这下可对啦，这个人比我行得多。要是他去的话，包管三言两语就可把外公说动的。"

"凭你同澜生先生说得再好，我还是做不了主。最好等我先和他会一面，再介绍到干事会，让干事会同罗先生他们去裁夺吧。……这人姓啥？叫啥名字？"

两个人几乎同时在回答："他姓吴，叫吴凤梧。"

五

吴凤梧之到黄家，就是今天早晨的事。

黄家看门老头子认识他的。这时他身上虽只穿了件洗得泛白的蓝洋布长衫，脚上一双青绒薄皮底鞋，不唯皮底张了口，并且鞋尖也开了花。头上短发约有七八分长，一条长辫像一条大毛虫。额脑显得很窄，一张粗糙脸形显得又瘦又长。看门老头反倒又亲切又有礼貌地，连忙将他引到小客厅中矮炕床前坐下。一面垂着两手笑道："老爷大概还没起来，吴老爷，你宽坐一下，我叫罗二爷他们禀上去。……吴老爷，你是前年高升的吧？……嘿，嘿，吴老爷，你还是原来的样子，所以我一看就认得。……不，不，并不很瘦，只是风尘色重些。想来路上也很辛苦。"

就由于他们高声大气一问一答，把楚用搅醒了。以为是来找他的人，翻身爬起，趿着鞋奔出客房。才是一个生人，是一个高一头，窄一臂，黑黄肤色，骨骼挺壮的汉子；看年纪，约莫三十四五岁的光景。

这汉子一见楚用走出，唰地由矮炕床上站起来，挺着腰板，站得笔端，两只大脚天然摆成一个外八字。

看门老头笑嘻嘻地说道："楚表少爷起来啰。这是吴老爷，请你陪一陪，我上去找菊花大姐去。"

吴老爷冲着楚表少爷就是一长揖，两只衣袖几乎触着了地。

"久仰，久仰。……兄弟贱姓吴，口天吴。草字凤梧，凤凰的凤，梧桐的梧。……兄弟和黄澜翁是多年知交。……现在嘛，算是在川滇边务大臣赵大人那里当差，昨天才由关外回省。老哥尊姓楚，是楚霸王的楚字吗？那是大姓呀！敢问尊章是哪两个字？……哦！子才！……是的，清楚了，孔夫子的子，三才者的才。……高雅！高雅！现在高就在哪里？……什么？读中学堂？好极了！兄弟早前就说过，做官该做文官，读书该读文学堂。像老哥这盛年就读到中学，毕了业，不是廪贡，也是秀才；若是叙官，不是知县，也是县丞。羡慕！羡慕！……"

像这样的应酬话，在楚用算是第一次入耳。他高兴已极，赶忙转身进去，把双刀牌纸烟取出，连一盒很珍贵的黑头安全洋火，一并递了过去。

这时，振邦和婉姑儿正一路笑着闹着撺到小客厅。一下看见吴凤梧，振邦还认得，立刻规规矩矩站住，喊了声："吴大叔！"还叉开裤裆请了个安。

吴凤梧也像对待成年朋友似的，赶快站起来还了个安。满脸是笑地说："不敢当呀！真是个好子弟，恭而有礼。……嘿！长高一头了！……已经开蒙读书了吗？噢！已经发笔学字啦，了不起！了不起！……可怜吴大叔运气不好，这次又是空手回省，没给你捎点玩意儿回来，说起来，真不好意思……"随即把夹在指头上的纸烟狠狠吸了两口，仔细地颠过来放在炕儿上，然后撩起长衫，蹲在地上，一伸手将婉姑儿搅了过去，道："婉姑儿更长得乖好了。……妈妈好吗？……是不是跟着哥哥在读书？现前的风气，小姑娘还是作兴读书的。"

振邦跳起脚地笑说："妈妈教她读唐诗，读了一年，头本都没读完。爹爹说，不要她读书，明年打发她去捡狗屎。"

婉姑儿在吴凤梧手臂中不住地扭着头上两个丫角说："嗯！他乱说，我前天就把头本读完了。……爹爹吃饭时候说的是你。儿娃子家，才捡狗屎嘛！妈妈说，就要教我写字哩。……妈妈说的，邦娃子爱逃学，字又写得不好，二天拿去当警察兵。"

"哈，哈，当警察兵！……我当警察兵，就拿你去当监视户。"

吴凤梧哈哈笑道："不成话了！"

楚用也笑叱道："振邦不许胡说，这是说不得的怪话。"

黄澜生只穿了身条纹洋纱汗衣裤便走了出来。还未掀竹帘，就说："邦娃子又在这里胡闹些啥？"

吴凤梧急忙站起，把衣摆抖伸，彼此一揖到地。一面说："小娃儿的口，原来没高没低，倒也没说啥。"

婉姑儿已经扑过去，抱住她父亲的膝头道："哥哥说，要拿我去当……"

振邦一抹头就跑出小客厅去了。

楚用连忙挽住婉姑儿的小手道："来！我还有张洋画儿，多好看！"一直把她挽进客房去了。

罗升正好用茶盘端了两碗刚泡好的龙井茶出来。

"去跟老张说。早饭添两样菜。就摆在外面套间好了。"

黄澜生又掉头向吴凤梧说道："来得这么早，大概没吃早饭吧？……那就不用客气啰。……我简直不晓得你回来了，是几时到省的？"

吴凤梧仍然嘘着那半支烟道："昨夜才到。说不得，运气坏透啦！……丢了差事不说，还把执照追了去。……仗恃老朋友交情，才敢空手来看你。……还要同你商量商量。"

黄澜生捧着水烟袋，很留神地看了他几眼道："大概行李都丢了吧？"

"何消说哩！撤差的消息一传下，我明白老赵的脾气，若不赶快滚，下文就不大妙。因此，来不及收拾行李，只向一位同事伍管带手上借了两块龙洋，一口气就溜了。不瞒老朋友说，一过雅州府，包包就空啰。从百丈驿到邛州的一站，只吃了四块玉麦馍馍。幸而在邛州碰见一个同学，告帮了一块龙洋，才算盘缠到了省。昨夜拢到舍下，身上还剩一百钱。"

"到底为了啥子事情，弄得这样凄惨法？"

"事情说起来并不要紧。因是我部下一个头目，赌运不亨，输慌了，跑去向一个陕西茶商借了十几嘴藏洋。据那头目说，本不认得那老陕的，但有人作中，也写了纸的。这中间，作兴有点估借情形，想来并不怎么严重，横顺才十几二十嘴藏洋，合成龙洋不过四五块钱的交易。照理，那老陕应该先来找我，我虽说代理管带不算久，到底是一营之长呀。那老陕仗恃和边务大臣衙门有干系，竟自一声不响递了张密禀。不但指名告了头目存心磕诈，还告了我一个平日不加约束，临事知情故纵。唉！老朋友，你还不清楚边上的规矩。如其对待蛮家嘛，倒不用顾虑，啥子犯法的事都可以干。即使错杀块把人，不过打几十军棍，插一回耳箭，示众三天下台。但是对待汉商，尤其是老陕们，却要小心，那是丝毫不容干犯的。我出关不久，自然还是个新毛猴，这种规矩可摸清了。所以近两月来，经常告诫弟兄伙：小心点啦！眼见大人升了总督部堂，我们都辛苦过，都效过力，说不定要调我们入关，跟随大人到花花世界去乐他几天的了。……哪晓得这件背时事情偏就出在我的部下！日他蛮娘！原来那犯事头目才是他妈的一个兵油子。在关外搞久了，手搞滑了，输得五心不做主，连青红皂白都分辨不清了！……唉！老朋友，你说，这不是运气是啥子呢？"

婉姑儿喜喜欢欢从客房跳出来，手里举着两张附在纸烟盒里的洋画，要她父亲看。黄澜生同她周旋了一会儿，把她打发走后，才向吴凤梧问道："后来呢？"

楚用在漱口洗脸之前，又敬了他一支纸烟。

"这是本月十七的事，"吴凤梧哑着纸烟说，"吃午饭时，一支令箭把我扎了去。风声很不好，都说大人正在生气骂人。我一听，坏事！这个吃饭的家具担心保不牢！……幸而托老朋友的福庇，恰逢那天老赵公事忙，由傅师爷代审。先同老陕对质，又把犯事头目一拷询，才弄明白我并非同谋，也不知情。煞果，犯事头目办了个降一等枪毙。我哩，说是驭下无方，才力不胜，暂时追缴执照，撤去差事，静候大人发落。……撤差我不怕，到底我队官底缺还在。但是日他蛮娘，追了执照，别处求不到事，静候发落，即是说下文有些不妙了。我一想，还是三十六计，溜他娘的为妙。……及至跑过雅州府，才感觉得溜也不妙。不溜不输，一溜倒拐了，老赵晓得，一定认定了我有毛病，所以才畏罪潜逃。……现在呢，关外回去不了，军界事情找不到，成了个上不沾天，下不落地，真正要成一条光棍！莫计奈何，想了一夜，只好来找老朋友做个商量！"

黄澜生把水烟蒂吹了后，一面用铜夹挟烟丝，一面沉吟着说道："也好，这两年你也辛苦了。我听人说，老赵那个人刻薄寡恩，长处下去也不是办法。既然回来，趁此休息休息，何必忙着找事？"

吴凤梧一下就蹙眉愁眼得几乎要哭了道："黄哥，黄老爷，你咋个这么样说！你是便家，有田产，有房屋，有现金，收租吃饭，拿息穿衣，做事不做事倒不在乎。我们光棍一条，四张口向着你要饭吃，挣一天吃一天，有得挣有得吃。黄哥，多年的老朋友，你哥子还不晓得我的事情？……"

结果，还是吃了早饭后，由黄澜生赠送几块钱，才高高兴兴走了。

黄澜生从而又向王文炳把这个吴凤梧夸奖了一番。说他在投考速成学堂之前，也曾下过小考，虽没有入学，文章却能作。说他去川边之前，就曾在粮子上混过，在关外两年，粮子上的情形当然更熟，并且说巡防营的风气，还是旧绿营的风气，从队长到火夫，十之七八都是袍哥，不通皮，站不住脚，吴凤梧当然通皮。像这样全才，就打着灯笼也不容易找得啊！

王文炳似信似疑地道："今天能不能会他一面？最好是今天能会一面，谈一番，我再去找人，就比较稳妥些。"

"他住家倒不远，就在陕西街三圣巷，进巷口左手第七家一间小铺面内。前年我去找过他，今早没听他说搬家，当然还在那里。不过他这人是个没脚蟹，不见得成天在家；何况昨夜才回来，一定会亲戚、找朋友去了。"

楚用道："既晓得住处，我同老王去走一趟。会不着，就留个字条，约他明天早晨等我们。"

"我听内人说，你们今天下午不是还要到劝业场去买鹿蒿玻璃厂的啥子花瓶吗？"黄澜生把眼睛挤了挤。

楚用会意地笑了笑道："今天又不啦！表婶说，改到明天去，将就到马裕隆看下路料子。"

于是两人告辞出来，又向西头走去。

天上还是白蒙蒙地像遮了一张大幕。不过这幕很稀，不但阳光漏得下来，好像还加强了阳光的热力，一到没有荫蔽的街上，使人觉得好似钻进了烤鸭子的烤炉；薄皮底鞋踏在石板上，也有点踩在烙锅块的鏊子上的味道。因为东西御街摆得正南正北，只要是晴天，从早到晚是由东晒到西的。

王文炳叹息道："要是成都全城街道都像东大街、总府街、劝业场那样，一到热天全搭上过街凉篷，岂不文明！"

楚用把自己的广东蒲葵扇递过去道："热吗？拿去遮一遮脑顶。"

"不济事。"

"总比净晒好些。"

"唉！不搭凉篷，就多栽些树也好。"

"那岂不要学满城了？"

"你这人真无见识，何必一定拿满城来做榜样？以前教博物的须藤不是说过，他们日本的许多名城便无一处不是浓荫夹道吗？他还说，街市上炭气很重，若是多栽些常绿树，对人也卫生。须藤的学问确实要高明些，他能把教的东西说出实用，使人听起来很生兴会。如其也像现在这位郝又三，上了讲堂只是翻开书本念下去的话，那我早就让监学去打缺席了！"

"郝先生对时务却很熟。"

"就因为他还是个维新分子，笔下也好，才没轰他。"

"前两天听黄表叔说起来，他在同志会里面还很重要哩。"

这时已经走到半边桥。街面很窄，又是南北向，强烈的光影被西面的满城城墙和一些零星房子遮着，到底热得好些。

王文炳在阴凉处停下来看着楚用道："黄澜生的话，可靠吗？"

"怎不可靠！他同郝家又是客籍同乡，又是世交，郝先生又常到他家来往，当然知道底实的。"

"难怪！我好几次碰见他在铁路公司。打听了下，他并无职务，却又见他常和蒲先生、罗先生在一处咬耳朵。原来才是个幕中人啊！这倒不可轻视之了。"

两个人又走起来。

陕西街的三圣巷是容易找的。第一，巷口外一座三圣庙，虽然不大，却突出到街边上，非常触眼。第二，巷子不宽也不深，但住的人可不少，又矮又窄的木架泥壁房子，对面排列，密得像蜂房；十有八家都在拉簧子，深处还有两家大车缲房，等不到走进巷口，就已听得见木车轴的咯嚓咯嚓，和皮条拉着簧子长柄的呼噜呼噜；还有提着生丝把子的人匆匆走进去，挽着熟丝把子的人匆匆走出来；就是过路人行经巷口时，谁也要睖一两眼的。

走进巷口，嗨！真好看呀！窄窄一线天空，像哪家办大喜事样，全挂满了各色各式的彩旗！——哦！并非彩旗，原来是几十根竹竿上晒的衣裳裤子！一定是住户们从外面领来洗的，不然，不会那么多。而且几家铺面外的檐阶上，还放有三四只大木盆，一些大娘大嫂还正在一面摆龙门阵，一面哗哗地搓洗。彩旗下面，也不算宽的巷道，是儿童乐园。不可计数的娃儿，都赤着上身在那里跑跳吵闹。还不会走路的小娃儿，简直就像裸虫，在泥地上爬！

楚用上下一看道："想不到成都还有这样的地方，今天倒开了眼了！"

"真是少所见，多所怪，不如这里的地方还多哩！你以为成都住家人户都像你黄表叔家那样吗？……留心数一数，好像就是这里了。"

一间同型的小铺面，两扇木板门关得没一丝缝，在这热闹环境当中，显得非常寂寞。

楚用迟迟疑疑地说："数目倒对，左手第七家，为啥关着门？难道没人在吗？"

两个人把门拍了几下，又同声高喊着吴凤梧！吴先生！

门后一个苍老的女人声音回说："出去了，不在家。"

果不出黄澜生所料。再问："到哪里去了？"回说："不晓得。""什么时候回来？""不晓得。""那么，有笔墨没有？留个条子给他吧！""没有。"

再问时，连声气都没有了。

两个人互看一眼，只好退出巷口，商量着回到黄家写封信，叫罗升送来的好呢，还是就近找家杂货铺买张信纸写了，给他塞进门缝去的好？

楚用不经意朝东头一看，忽然高兴起来道："那不就是他回来了？"

吴凤梧已是剃了头发，脸上虽还带着风尘颜色，看起来已没早晨那么萎琐。彼此介绍之后，他首先说："我们到茶铺里去喝碗茶吧！"

楚用到底老实些，忙说："何必呢，转身就到你府上，我们坐谈一下就要走的。"

王文炳大一岁多，比较有世故，知道那女人坚拒不肯开门，一定有许多不容外人看见的地方。不等吴凤梧开口，便道："吴先生说得对，吃碗茶慢慢摆谈好些。汪家拐石花馆是我们常去的地方，又清静，又凉快。"

吃茶中间，王文炳只是说，听见黄澜生讲到吴管带才从关外回来，他很想打听一下赵尔丰对保路同志会是什么态度，以便他们同志会好定对付方针。王文炳说得非常恳切，吴凤梧竟信以为真了。

他敞开衣领，抽着楚用递去的双刀牌纸烟，老老实实地说道："关外闭塞得很，内地消息是不容易传进去的。自然，边务大臣的文报房有电报，有文书，他们又不同啦。我们呢，要是没有川帮、陕帮的号信，那简直就像坐在黑漆桶子里了。比如说，啥子叫铁路？铁路中啥子用？北京的大员为啥要卖给洋人？我们四川人又为啥要争它？大概各商号的号信上没提到，我们在打箭炉就从没听见有人说。或者也有人偶尔说一下，到底事不干己不留心，听了也当成耳边风。……我还是到了邛州，碰见押送军装回打箭炉去的老同学摆起来，才晓得成都在闹保路同志会，闹了一两个月，闹得轰轰烈烈。……自然，赵大人怎能拿我们来作比呢？他是海外天子，耳目长得很……"

装水烟的矮子老远就拐了过来。晓得学生是不吃水烟的，把一根两尺来长的黄铜烟嘴只朝吴凤梧肩头上敲着。

"瞎了眼吗？难道我有两张嘴，一张吃纸烟，一张吃水烟不成？"

矮子睬了他一眼道："总爷，怎么还是这么毛法？"

"你晓得我是吃粮子饭的？"吴凤梧奇怪起来。

"两年前就认得你了。两年前你就是这么毛法，不开口骂人好像过不得日子似的！"

恰逢靠街有人喊水烟，矮子才悻悻然拐了过去，口里还叽里咕噜地没停歇。

王文炳笑道："莫管他，还是请你接着讲下去好了。"

吴凤梧也笑了起来道："记起来了。这矮子原来在皇城坝吟啸楼茶铺装烟，难怪认得我。……好！我就说。……老赵耳目很长，有时不等文报房禀报，内里的许多事他已晓得。……要问咋个晓得？那我可不清楚。一则，我从巴塘调出不久，辕门里人缘不大熟，多少话还不便打探。二则，没有公事也不愿进辕门，因是有点害怕碰见他。……他吗？胡子花白了，老了些。可是身体还那么敦笃，两只眼睛还那么有杀气，如其对直瞪着你，不怕你胆子再大，都会出冷汗。"

楚用笑道："说得比老虎还歪。"

吴凤梧把纸烟蒂一丢，端起茶碗咕噜几口："硬是比老虎还歪！老虎，只要我手上有家伙，我就敢整它。这个杀人不眨眼的屠户，你敢整他吗？只有你等着他整你！"

王文炳敲着桌子道："这些空话且不要理落。我只问你，他对我们保路事情，你当真不晓得他抱的什么态度吗？"

"当真不晓得。你想嘛，我们离得他有多远！一个小小的代理管带，敢同他摆龙门阵，谈讲国家大事吗？即使被传去问话，行礼后，挺着胸脯立正。他说啥，就专心听啥，他问到了，只能拣要紧的话高声亮嗓答应一句两句。像你们保路同志会莫说不晓得，就晓得了，他不说，你敢去问他吗？除非是傅师爷。那又不同啰，是他的军师。"

"傅师爷又是谁呢？"楚用问。

"叙永厅的副榜傅华封呀，赫赫有名的。"

王文炳接着追问道："你们既是晓得他升了总督，那么，他啥时候出来接事，是怎样的安排，你们总该晓得。"

"也不完全晓得。只听说本月内起马。确实日子没布告。粮子在调动了，大约有五个营要先开拔。"

"要带五营人出来？"

"不多嘛，才一千四五百人，恐怕还是头队哩。"

王文炳把眼镜取下，一面用手巾擦着，一面说道："千多人的队伍，还说不多！这是啥子用意？"

楚用道："也不过摆摆威风罢咧！他还敢违反民意吗？"

吴凤梧把新剃的头皮搔了搔，迟迟疑疑地说："民意？我们在关外就没听见这句话。老赵懂不懂，不敢定。但是他这人，是靠打夷人打蛮家升官的，他只晓得杀人。"

楚用问道："你看见他杀过人没有？"

"岂止看见过一次两次，多得记不清！……只有小戴挨刀那回，真凄惨，偏偏遇着一个没学满师的宰把手，一连八刀才把脑壳斫下来。日他蛮娘哟！至今一闭眼，那惨相还在眼面前。"

他试着把眼一闭。果不其然，一个多玲珑、多妖娆的年轻小跟班，五花大绑绑出辕门，青宁绸镶滚云头边的军衣下面还露出水红里衣；又白又嫩的小脸蛋，已惨变得更其白，白得像石灰；平时多逗人爱的一双极其呼灵的眼睛也呆滞得像死鱼眼睛；柔丝般的头发刷了胶清，在脑顶上挽了个大抓髻，露出羊脂玉似的一段项脖。双膝一点地，那宰把手的钢刀一挥，咔嚓！白嫩可爱的地方，猛然冒出一道鲜红血口，刀锋斫在颈骨上，痛得小跟班啊呀连天地呼娘喊老子。

楚用又不懂了："小戴？是个啥样的人？摆来听听，倒有趣。"

吴凤梧把卷起的衣袖拉下来揩了揩眼睛，顺便把脸上的油汗也抹了一转，才道："小戴吗？那是老赵顶宠爱的一个从北京带出来的小跟班。娃儿生得很标致，在成都那班唱小旦、当相公的娃娃当中我还没看见过。大家都晓得他是老赵的外宠，平日在老赵跟前说一是一，说二是二的。因为打稻城喇嘛寺……"

王文炳插嘴问道："可就是乡城？"

"不是的，乡城大些，稻城就只一个喇嘛寺，小得多。不过打稻城的仗火，倒很扎实。这也由于仗火太打久了，弟兄伙不曾好生休息过，都拖疲了；蛮家哩，却打滑了；喇嘛寺又修得坚固，真是他娘的一个大碉堡。打了两个月，一直打不下来。若是别一个统兵大帅，一定要另想方法了。或是扯长围断它的粮道，或是派人劝降用下缓兵之计。可是老赵便有这样狠，这样犟。他偏要硬攻硬打。先前限期，不行，后来悬赏，也不行。队伍开出去，不是放阵空枪就收队便是在阵地上公然聚赌，烧鸦片烟。幸而蛮家疑心我们设的诱敌之计，才没冲出喇嘛寺来捡我们的魆头。一句话说完，士气颓丧已极，不赶快想方子，全营一定会崩的。果然，老赵的方法来了。一天，还没出队，营里就闹震了，说大人派了个督战官来督队攻城，限两天把喇嘛寺攻下，不要活人，只要首级，但凡寺里东西，一概作为奖赏。并说，督战官等于大人亲临，他的权柄大得很，连队官他都可以临阵斩首。弟兄伙听见这消息，都不很相信督战官就有这么大的本事，都想看看督战官到底是哪个。大家提起精神等到督战官一露面……日他蛮娘！才是小戴！才是一个小跟班！弟兄伙一下都毛了。若不是官长们都在阵上弹压，几乎闹了个卷堂大散。自然啰，军令重如山，叫打总得打。不过那两天打得更不成名堂，离喇嘛寺还有一两里远，弟兄伙便蹲下了，任凭官长们喊破喉咙，没一个肯上前半步；官长们的马刀、马棒也失了效，不敢在弟兄伙眼面前晃一下。只等督战官一来，便一个啊吹，跑得精光。有些还嘻哈打笑，唱起《小寡妇上坟》来，故意彩儿小戴，把个小戴搞得一张粉脸红了又白，白了又红。……两天限满，小戴实在没法，只好跑回大营缴令。这下，正好碰上，小戴的命便如此送掉。当天下午，另派出两名能征惯战、全军闻名的督战官，仍然限期两天，若不把稻城攻下，叫大家把脑壳提回来缴令。消息一传来，连弟兄伙都骇坏了。晓得大人一横心，便不认人的，小戴都忍心斫头，还说别的人？不到半天，喇嘛寺果就拿下了。"

故事不大好听。说故事的人沉默下来，听故事的人也觉得有点不大自在。

楚用瞅了王文炳一眼道："赵屠户如此蛮横专制，出来后，同志会的事情恐怕有点棘手。"

"哼！蛮横专制。那在川边可以，外面是文明地方，邓孝可的文章不是说过，立宪政体之下是不容专制的！我看他也不敢，何况时代不同，现在民智已经开明了！"

吴凤梧连忙附和道："王先生的话一点不错。川边是个黑暗地方，怎能比得外面。我听说，自从去年咨议局成立以来，制台就小多了。咨议局开会，喊制台去讲话，制台站着说，议员们坐着听，制台讲得不对，议员们还可当面骂他。所以，前一些时候上谕下来，老赵升了总督，有人去给他叩喜，他曾说过，啥子喜哟！而今老人婆那么多，这有名无实的总督有啥做头！那时，没有同志会，他说的老人婆大概就指的咨议局议员们。可见他还是懂得外面的天下，并不能由他独霸为王的。"

王文炳又把桌子一敲道："咨议局才一个，我们的同志会包括各法团，而且遍地都是。民气已这样蓬勃，民心已这样一致，民意已这样坚决，我们反对的是盛宣怀，不是赵尔丰；我们力争的是铁路，不是四川。依我揣测，赵尔丰到底是老官场，他已经明白今天的制台不好做，他就不会来压制我们人民的！”

吴凤梧也挺起胸脯，好像十分有把握地说道：“一定不会！老赵这个人，莫看他外面那样又横又犟，他还是会见风转舵的。我听见有人摆过，丁未年捉拿革命党人时，他就没有杀一个人。他只敢杀夷人，杀蛮家，遇着比他歪的，他一样会软。”

王文炳哈哈笑道：“我们要晓得的，正是他这种态度。吴管带，你真有见识，我准定介绍你。”

“啥？你先生说的？”吴凤梧直到这时候，还没弄清楚这两个年轻人找他谈了许久，到底为了啥。

第五章　欢送会

一

不管闰月不闰月，自从入夏以来，成都天气就这么变幻无常：一连几天阴雨，有钱人穿各种夹衣，软面的不对了，换硬面的；穷人们只好披上唯一无二的破棉袄。一连几天大太阳，穷人们热了，可以打起赤膊到处走；有钱人讲礼貌，就是躲在家里也得穿一件带领子的背心，穷人们笑他们活受罪。

南校场开欢送会的头一晚，暴热得像三伏天，有经验的老人说，天气不正，担心明天有雨。

可不是？上半夜天上还是密密麻麻的星宿儿，三更过后，乌云慢慢展开，半空中好像蒙了一层厚棉被，没一丝光，没一丝风，停滞的热空气闷得人像在甑子里。没瞌睡的人不住手地挥扇，说起来是为了取凉，其实是驱蚊子。天越闷热，蚊子越凶。

黄家庭院有那么多树木，白昼倒很好，绿茵茵的一片，满眼凉意。可是蚊子也比铺方砖、铺石板、没一根草的地方多；越到夜深，越像潮水一样，不但嗡嗡得令人心烦，还从四方八面来叮人。

振邦和婉姑儿到底是小娃儿，瞌睡多，不怕热，等不到打二更，刚洗了澡，就叫何嫂伴着进东耳房去睡了。三更吃了夜宵，伙房老张也睡了。看门老头因为经常咳嗽，虽说瞌睡不多，到关锁大门后，还是觉得躺在竹席上要舒服些。其余的人像罗升，像三名抬轿的大班，由于白天脚不停趾地在运动，到应该休息的时候，不客气，一挨枕头便打起鼾来，热与蚊子全然不在意下。

菊花还是一个未成年的小丫头，白昼那么累法，要服侍太太老爷，要经佑少爷小姐，何嫂老张有时还要使唤她跑东跑西，她也应该去打鼾了，既然热和蚊子也不在她意下。但她偏不能和成年人比，太太老爷不上床后，她是不能摸到卧房后间去打地铺。而且小姐少爷一起，何嫂就得来打醒她。每天早晨总是强勉坐起来，好久好久两眼涩得睁不开，蚊子有时凶得把脸叮肿了，也不觉得。

太疲乏了，到熬不住的时候，还不是要打瞌睡？比如这时节，在上房堂屋外面的屏风旁边，她拿着一把纸壳扇在给太太有一扇没一扇地吆蚊子、打凉，不知怎么竟会一骨碌从坐着的矮竹凳上又第三次滚到地上。

太太一下又骂了起来："背时瞌睡真多呀！坐都坐不稳了。那么，还是站着扇。我肯信多一会儿就熬不住。"

老爷笑着说："年轻娃娃到底比不上我们大人熬得。……不过他们这般人本事也大，手上做着事也睡得着。就像罗升，有天清早，蹲在檐阶边涮水烟袋，我在茅房大解，亲眼看见他正动着手，眼睛一闭，好像就睡着了。要不是我吆喝一声，也会学菊花这样滚到稀泥里去的。"

楚用伸了个懒腰道："本来也夜深了。"

黄澜生把水烟袋顺手放在一张临时安设的茶几上。本待进卧房去看他那怀表时，书房里那具老挂钟突然响了两下。

"原来两点钟了！一会儿便天亮啦！怎还这样热？"

太太笑道："那钟，比你的表更快。子才，可还记得有一天，我们去看悦来的午场，一听打了十二点，把我忙得不开交，赶快喊轿子坐了去。比及上楼坐下，还没开台。一问，原来才十一点半，机器局也才放下工哨。"

一回头，从堂屋神主面前所点的一盏菜油玻璃灯光中，看见菊花摇摇晃晃地站在那里，硬是睁不开眼睛的样子。不由又冒了火："死女子，当真被瞌睡虫钻进脑壳去了么！不睡觉，该不会死嘛！"

黄澜生挥着扇子道："何必同她认真呢？要睡，就滚去打开铺睡，莫这样神不守舍地站在这里，反而讨厌。"

楚用也说："对！放她去睡了吧！"并且从竹圈椅上站起来，乘势把菊花向堂屋里推走道："走，走，太太准许了。"

黄太太不由笑了起来："你俩叔侄真会做好人！……嗨！当真就走了么！拿几根纸捻子来，我要吃烟！"

"我给表婶拿来不是一样吗？"

"那如何使得！……唉！太不对啦！又是学生，又是上人，咋个服侍起我来？"黄太太笑着抬起身来，接过楚用双手递去的水烟袋和一根点燃的纸捻。

"我在家里，哪样事不做？到了表叔府上，才把我养娇了。我倒愿意表婶表叔有啥使用我的地方，只管说。就是笨重活路，只要我做得下的，我绝不做假。"

"啊哟！倒看你不出喃！"黄太太又故意开了句玩笑："要是长住我家，我倒不必再买丫头了！"

"还想买丫头？难道不晓得人口买卖已经禁止了？"

"他禁他的，我买我的，只要人家有钱。"

"不然啦，太太。这个禁令，不比十年戒绝鸦片烟那个禁令，戒鸦片烟，只是我们中国的事情，能戒固然好，不戒，他们列强更有生意可做。至于买卖人口，却是列强提出，我们中国签了约的，如其违约，便要受外国人的干涉。所以从朝廷起，对这个禁令就不比对别的禁令，硬是要点到奉行，如其犯了，绝不容情的。"

黄太太伸手把站在跟前的楚用一推，哈哈笑道："听你表叔的官腔！……告诉你黄大老爷，人贩子已经领了几个鬼女子来看过了，因为太小，顶大的一个才十岁，我难得劳神，才没有买成。"

"唉！还有人贩子在卖丫头？"黄澜生大为诧异。

"岂止卖丫头！如其你答应要小老婆的话，我有本事一天给你买十个！哈哈！不过……要好的却不会有！"

她笑得非常放肆。两排碎玉般的牙齿完全露出，眼睛也挤成了缝。楚用从微弱的玻璃灯光中定睛看着她，几乎忘记这是他的长亲，而且是八年以长的长亲。

黄澜生也接着笑说："照你这样说来，禁止人口买卖，又是官样文章了！……"

话头一转，又说到当前的局势。

黄澜生道："说句天理良心话，我以前对于铁路国有政策，还不大清楚，想来既是经过部议、经过奏准，总不是啥子了不起的坏事。那时，看见绅士们起来反对，王采帅又答应代奏力争，周枭台那么精干的大员也几乎和咨议局、铁路公司那班先生一鼻孔出气，我还想不大通，还赞成孙雅堂的议论。认为做官的人总该心存君国，为啥上谕颁发了，还要反对？后来到处听听，又把报上的文章看一看，比如近来连天驳斥借款合同的那些文章，差不多都很精辟，研究起来，使人感到盛大臣的办法当真不妥得很；加以葛寰中把北京政界秘闻一谈，那更明白了，朝廷上那样乱法，今天才信誓旦旦地颁布一条新令，过一夜，明天就失了效，自己说的话，自己不认账，怎能叫人心服？……"

他沉默了一下。这时，花盆里种的含香梅又一阵阵放出醉香。

"不过，像保路同志会这样闹法，我也不大赞成。我觉得，反对也好，力争也好，有道理大家规规矩矩地拿出来讲，为啥要兴师动众，闹得这样文王不安，武王不宁的？"

黄太太把水烟袋递与老爷，重新用蒲扇挥着蚊子。说道："你这话又不对了。光是规规矩矩地讲理，人家不听呢？"

"说起来只有闹的好！但是这样闹下去，朝廷还是一步不让；官场消息说，王采帅遭了几次严旨申斥，已经不像上月那样起劲；尹藩台一天一通电报打去北京，不晓得说的啥。这局面难道就这样永远拖下去不成？不会吧？看光景，赵季帅来了之后，一定要变的。"

太太问道："变好呢？变坏？"

楚用不等他表叔开口，已经插嘴说道："据王文炳估量，赵尔丰就来了，也不能违反民意的。"

黄澜生把头摆了几摆，几乎把盘在脑顶上的发辫摆了下来："就人论事，不比做文章。你这个同学，笔下虽好，到底还说不上世故，他这估量，作不得数的。"

"葛二哥又是怎样看法？"

"这几天我们局里正忙，还没时间去找他。"

"管它变好变坏，是同志会的事，与我们啥相干！"

"不要说没相干。你记得去年春初，天上出现扫把星的光景不？最初几夜，那尾巴还不算长，时间也短，后来，简直光芒经天了，那阵仗真可怕！"

"哈哈！越扯越远，扯到天文上去了。"

"太太，你不懂，天文人事是息息相通的。你只想想，你活了二十九岁，你看过那样的扫把星没有？我比你大十几岁，我记得很清楚，我就没有看见过。恰恰去年出现了扫把星，恰恰今年就不清静。在前两月，我还以为应在广州那场叛乱，而今看来，嗯！但愿不要应在成都才好啊！"

楚用迟迟疑疑地说："我们学堂里那些教科学的教习说法却不同……"

黄澜生截住他的话道："我也听见说过，一般讲西洋学问的人都不信，其实他们何尝真懂天文，你看……"

他坐端正了，正待抒发他的特见，黄太太已从座椅上站了起来说道："你安心熬个通夜不睡吗？"

"啥话！原本你不想睡，我们才强打精神来陪你。而今反责备起我们来了，岂有……此……理！"于是一个呵欠："啊也！果然熬不住了。……大家请睡吧！"

二

第二天清早，楚用正躺在竹席上好睡。王文炳走来撩开蚊帐，把他喊醒了。

"快起来，一大早晨了，还在睡懒觉！"

"啥子事，叫我起来？"

"咦！忘了吗？前天不是约好了，到南校场去？我特特跑来找你哩！"

知道推不脱，他只好起来，用陈茶漱了一下口，将就洗脸盆里的冷水潦潦草草洗了脸。连招呼都来不及向罗升或何嫂打一个，汗腻腻地披上蓝洋布长衫，揣上纸烟，挟了把新买的黑绸洋伞，便随着王文炳向半边桥走去。

天上遥远地方，已经隐隐约约响起了几声闷雷。仍然同昨夜一样，没一丝风，只是在清晨，燠热稍为好一点。才走过半边桥，那条拖在脑后的粗发辫业经巴住了背心。

楚用把天上没有缝隙的乌云一看道："在这样天气里开会，不怕大家淋雨吗？"

"怕淋雨？那就算不得角色！何况不一定有雨。"

"眼看就要下来了，还说没有！"

他们并未把脚步放缓。从陕西街向汪家拐走的人，一群又一群，好像都未注意到要下雨。

来到了南校场。那年开全省学界运动大会时，足容七八千人的操场坝，差不多有上千的人了。

今天会场的布置也别致：场中心搭了一个有篷高台，东西南北四角。也各搭有一个台，比中心那台小一些，也一样挂有素彩，设有蒙上白布的大餐桌。上千的人嘈嘈杂杂地散在高台四周，不知说些什么。高台上已经有了许多人。

"为啥搭五个台子？"

王文炳道："一个台上讲话，站远了的人听不见。这里不像三义庙、江南馆那些戏场，四面有遮栏。干事会才研究出这个办法：中心高台只作发号施令、奏军乐、设灵位的地方，演说就到四个小台上，这一来，随便你站在哪里都听得见。"

人渐渐来得更多。一些有经验的人都离开坝子，从斜土坡爬上城墙。还嫌三四丈高的城基不够高，更攀上拦腰高的女墙上面去站着。

王文炳推着楚用道："你的个子高大些，使把劲儿，我们挤到高台上去。罗梓青先生、别的三个部长、一些干事、董事、代表们都在台上，我听他们说过。"

"去做啥？我们并没有特别职务，仅只普普通通一个会员，一个股东。"

"不然！正因为我们不能把自己看成是个普通人，所以我们须得挤上台去。"

"我不去！"

"为啥？"

"程伯皋是部长，当然在那里，若是问到为啥不回新津，难得说话。"

"噢！是这样！告诉你，吴凤梧这个人，我已介绍给他们，他们认为可以。说不定开完会就要找他去。……哈！说着曹操，曹操就到。看！那不是他？……"

吴凤梧也看见了他们。还隔十丈远，就嘻开一张海口在跟他们打招呼。看见王文炳拿手招他过去，他横着身子就往前撞，毫不经意地一脚踩在一个身躯肥短的老头儿的脚背上。

"哎哟喂！我的脚呀！……嗨！你这人慌啥子，走路也不带眼睛！"

这是一个六十多岁的老年人。肥敦敦的肩头上，披了件铜钱厚家机布的对襟汗衣，没有领子的老样式。一条花白小发辫盘在半秃的脑顶上。上唇剃得精光，看不见一点儿胡子茬儿，脸颊上又红又黄的皱皮肤越显得沉甸甸地弹在嘴角两边。一双老年人应有的水泡眼，此刻睁得圆彪彪的。酒糟鼻尖和过宽的鼻胆上沁出很多汗珠。

一望而知是个手艺人。

"得罪，得罪，没看见，请不要多心！"这几句应该有的话本已到了吴凤梧口边。也因此，才吞回肚去，还故意睖起两眼，凶神恶煞地把另外几句话喷在老头儿的脸上："好狗不当路嘛！哪个叫你老家伙倒呆不痴地待在这里！不踩你，踩狗！"

老头儿已经冒了火的，这下更像泼上一盆油。立即把手上一把又大又重的雨伞，向吴凤梧光头上敲去；一面痰吼吼地叫道："你才是狗！老子就打你这条瞎眼狗！"

"要动手吗？老狗日的！……算你遇着了好人！明年今天是你死忌！……"

他刚咬紧牙巴，伸手把老头儿的通红而又臃肿汗湿的咽喉封住时，两只膀子上，忽然吃人重重一拍。同时，听见王文炳的声音在耳边喊道："文明会场，不许动粗的！"

楚用也拖住他手臂道："怎么动起手来了！不对！不对！"

"我先出手吗？"吴凤梧红着脸向四周看热闹的喊说："谁没看见那老狗日的拿伞打我！你们看，包都打起来啦！"他故意用手把额脑揉着。

老头儿喘着气，也斗着在吵："他骂得我好！……大家看见的，踩了我，还骂我！……好个横人，哪像吃油盐长大的！"

若非王文炳、楚用横身插在中间，一面劝解，一面说理，两个人还不知道要吵多久。同时，幸亏吴凤梧有顾忌，让老头儿略为占了一点上风。看热闹的人也在仗义执言，把两方面都刷了一些石灰。使两方面都有了面子，能够下台。其实，真正解纷的还是雨。

一阵闷雷过去，接着是风，接着就是大点的雨。雨一来就猛，就密。大群的人一下就像掐了头的苍蝇，嗡一声，乱了阵。有的在叫喊，有的在哗笑，有的一面骂脏话，一面在跑。有的不跑，只争先恐后朝台子下面钻。这倒比攀上台子去的还妥当。台上篾篷，在大雨时节会漏，在台子的木板底下，只需把鞋袜一脱，裤管一撩上小腿，平安得很。

楚用的黑绸伞带好了。但是遮上两个人，也只能保得头发不湿，肩头和背心是顾全不了的。而且绸面不太厚，雨过猛了，毕竟有点溅，实在不及老头儿的那把又大又结实的油纸雨伞顶事。

老头儿这时，业已心平气和，汗也收了，脖子也不粗了。把双老家公布鞋撇在裤带上，赤脚打着雨伞，萧萧闲闲地走到中心高台前来。台上，不消说也和那四个台子一样，挤满了人，一看都是穿长衫的，躲在台下的人更多。撑着洋伞、雨伞，也有戴斗笠，戴宽檐帽的，多在高台四周荡来荡去，不肯走。估量一下，差不多有百十人。

雷越响，风越急，雨越大，躲雨的人好像越发看准了是白雨，不会久。

果然，半点多钟过去，雷走远了，风也弱了，雨并没有停住，仅只雨点子稀了些，也小了些。乌云倒成了阵，看得出一团一团地像疯狂的狮子，在半空中，在变灰白的云底子上翻滚。

高台下面的草地上，雨水不是在地面上流，是在朝泥巴里钻。晴久了，草根泥巴都很渴，一场白雨，刚够它们喝个饱。赤脚踩在潮湿的草地上，倒舒服。打伞的、戴斗笠的、戴草帽的人都渐渐涌过来成了一大堆。

雨势更微小了。人堆中间忽然冒起一片不耐烦的声音："开会嘛！开会嘛！……咋还不开？快晌午了！还等啥子？……"

高台上穿长衫的人转来转去，忽又挤到一处，好像商量什么。

一个又矮又瘦的人忽然跑到台口边，仰头把天上看了会儿，说道："似乎不会住！"因向台下喊道："顺延一天，好吗？"

众人还没答话，老头儿的苍老而又带痰的声音吼了起来："我才不赞成！……"

接着是乱嘈嘈的："不赞成！不赞成！""安心来开会的，怕雨吗？""开啰！开啰！雨快住了，打不湿你们的！""雨嘛，又不是刀，怕个卵！""不赞成！……快点开啰！"

台上也有人声，大讲小说的，只是听不见。一会儿，那个又矮又瘦的人又站在台口上，挥着双手喊说："服从多数！……决定继续开会！……同胞们！……"

台下一阵巴掌，以为他要演说了，他却扯过身去，向着台上说："那么，摇铃！……军乐队预备！……"原来他才是司仪。

乌云不住向西南方展开，微微吹起北风，雨更小了。

叮当！——叮当！叮当！——叮当！从操场坝的四周，渐渐到街上，渐渐到城墙上，到处都是铜铃在响。

高台的右边排了一个小小的军乐队，铜管乐器加上大小鼓，也威威武武地奏了起来。

场面一下就改观了。挤在高台上穿长衫的人纷纷下来，不怕打湿鞋袜，竟自冒着小雨，从潮润的草地上分散到四个小台上去。一部分人也居然加入到台下人堆中。

台下人堆，更由于在台子底下的人都又钻了出来的缘故，也增加到几百人的光景。

铜铃还在响，军乐还在奏，人还有来的。

老头儿这时恰又同楚用走到一处，是在靠西边的那个台子跟前十来丈远处。那里的人更不多。

"你这位先生贵姓呢？"老头儿瞟了他几眼，忍不住这样开了口："还有同你在一块的那位戴眼镜的？你们好像都是念书的学生？……莫怪我说，念书人到底懂道理，再也不像那个横人。我倒不晓得他是干啥的，硬没遇合过，欺负了人，他好像还在理！……刚才不是你们拉劝，我硬想把老命同他拼了。"

楚用笑道："过了的事，说它做啥！"随即把自己和王文炳的姓名告诉了他，并问他的姓名。

"贱姓傅。招牌上叫傅隆盛。盐市口开伞铺的。"

楚用把他那把业已收了起来倒提在手上的大雨伞看了一下道："难怪我说你的伞这么好，原来是自己做的。"

傅隆盛一下就笑逐颜开，把开了缺口的、黄中带黑的牙齿也露了出来道："你先生倒是识货的。不是夸口的话，从盐市口到皮房街，那么多的伞铺，论生意，都差不多，论到货色，哼哼！隆盛号的，倒要一些人比咧！为啥这样说呢？就因为敝号的货色，材料是材料，功夫是功夫，门门认真，个挑个打。价钱虽贵一点，但是对得住买主。所以敝号生意，二十多年来，细水长流，买主多是老买主。再不像别家短命生意，买主上一回门，永远不回头。"

他并且把楚用的洋伞要过去。撑开，扭个车轮转，收拢，手法非常老练。递回后，才摇了摇头道："我劝你先生还是买一把本地伞好。本地做的洋布伞，多结实！你看，外国东西，洋盘货，中看不中用，拿在手上轻飘飘的。衣子太薄，不说遮雨不行，恐怕连太阳都遮不住……"

"哦！找了半天，你先生才在这里！王先生呢？"

原来是吴凤梧。手上只一把蒲葵扇，不但蓝布长衫是干的，连脚下一双新置项下的厚皮底青布朝元鞋，好像也不太湿。他的本事真大。

傅隆盛登时咕嘟着嘴，两只水泡眼也鼓了起来。

楚用生怕他俩又要争吵，连忙说："要开会了，秩序要紧啦！王文炳在中间台子上，他正要找你。最好赶快去，免错过了，误事。"他想借此把吴凤梧支开，可是吴凤梧偏偏不走。

四个小台上同时吹起口哨：哔儿！——哔儿！还没有吹完，中间高台上的军乐又奏起来：军乐没奏完，铜铃又在叮当！——叮当！真像要开会的样子。

果不其然，四个台前都有巴掌声，四个台上都有人在演说。

楚用向西台上一望，道："噢！这台上是邓孝可先生。"

吴凤梧、傅隆盛几乎是一齐在说："哦！邓孝可！"

中等身材，尖嘴尖脸的邓孝可，穿了件细白麻布长衫，站在大餐桌前头的台口上，指手画脚在说。声音不大，地方又敞，稍远一点，只能零零落落抓住这样几句"……郭烈士死矣！……郭烈士竟死矣！……郭烈士胡为而死？……川汉铁路……国有政策……盛宣怀……端方……卖国条约……路不能保则川亡！……则国亡！……郭烈士以死为殉。……郭烈士精神……郭烈士何尝死！……郭烈士永存！……郭烈士……郭烈士……"

傅隆盛向楚用问道："原本说是欢送啥子代表嘛，咋个又搞出一个郭烈士来？"

"高台跟前不是贴了张泥金纸，写着郭树清烈士追悼会吗？"

"哦！追悼会！……北边台上那个演说的大胖子是哪个？"

"是罗梓青先生。"

两个人又几乎是一齐在说："唉！就是他！"

两个人又几乎是一齐移动脚步，在向北边台子跟前走去。楚用只好跟着他们，为的是不要他们扰乱秩序；这时节，会场里的人毕竟没有下雨以前多，而又那么肃静，要是吵闹起来，会惹起众怒的。

北边台上的演说，已若断若续传来了。

"……郭烈士是为了国家，为了四川人民，为了……先我们而殉路的烈士！我们这些后死者，若是……同胞们！请想一想！……怎么对得住郭烈士，又怎么……四川人民！同胞们！死，并不足畏，但是……死得有价值……光荣……名垂万古！……万众一心……只要能够保路废约，那么，同胞们！……郭烈士便瞑目了！……与其当亡国奴，勿宁死！……同胞们！我们要誓死力争，不达目的……"

吴凤梧轻声地，好像在向自己说："都说他会哭，十回演说九回哭，今天正好哭，为啥又不哭呢？"

已有几个人扯过头来注视他。倒是站在他身旁的傅隆盛并没听见，因为他正全神贯注着罗梓青那张一开一阖的嘴，和那并不十分响亮而又微微颤动的声音。

楚用正要说什么，忽然一个人又在哭、又在叫的嘶哑声音，从远处传过来。拿眼睛一寻找，原来在南边台子上。

几个人在互相询问："是哪个？是哪个？……"

一个眼力极好的人，扯过头去凝神一看道："哦！像是总务部部长彭兰村！"

立刻有人接着说道："包管是他，我听出了他的声音。"

"也难说，"又一个人插嘴，"程伯皋的声音，就差不多。"

"那才不同哩！程伯皋是下川东的调门，开口么子，闭口么子，很容易分辨。彭兰村是南路腔口，我听熟了。"

"那么，王又新也是双流人，敢莫是王又新在演说？他这个人也是爱哭的。"

楚用忽然省悟道："那面是南方，南方台子上恰是彭兰村在报告。你们没看见中间军乐台前巴的那张布告，不是明明写着：东台由讲演部长程伯皋报告，西台由文牍部长邓慕鲁——就是邓孝可报告，北台由交涉部长罗梓青报告，南台……对！一点不错是彭兰村，他是总务部长……"

话头立刻被吴凤梧接了过去："嗨！难怪大家都说今天的会重要。原来讲话的人都是部长。部长的资格多高呀！"

有人正待驳他，忽然四方八面又是口哨：哔儿！——哔儿！——哔儿！

大家一注意，才看见北台上作报告的交涉部长、同志会会长罗梓青，已经不在台口，而是在大餐桌后面，正拿着一叠纸和几个像是办事员模样的人在说什么。原来楚用他们几个人说话去了，没听见报告完毕时，还拍了几下巴掌。

哨子还没吹完，接着是中间高台的军乐；军乐还没奏完，接着是叮当——叮当的铜铃；铜铃还没停止，那个又矮又瘦的司仪又跑到高台台口上，大声吆喝起来："礼毕！……说错了，说错了，是追悼会礼毕。……咳！各位同胞注意！……咳咳！……现在由各部部长报告本会半个月以来进行的状况。……咳！……雅静！大家雅静！……各就原位，莫走动，莫走动！"

又是一样场面。

罗梓青手上拿着一大叠十行纸，仍然走到北台台口，像在咨议局演说台上说话时的样子，慢条斯理地说道："本会从五月二十一日成立以来……"

他报告了在省城开了多少次演说会，各街各界成立了多少同志协会。报名加入同志会的，约莫有多少万数人，一直到今天，还不断地有人来报名。又报告派出去的联络员、交涉员、讲演员共是多少人，在各州县、各乡镇前后成立的同志协会有多少处。"不但本省重庆、顺庆、泸州、嘉定这些大地方都成立了同志协会，就连北京、上海、汉口有四川同乡会的地方，也都成立了。我们还推举出多少位代表到省外去。今天要欢送的只有三位，其余几位早已走了。同胞们！今天要欢送的三位代表当中，受了本会严重托付特别到北京去叩阍请愿的，是刘声元先生！……"

台子下面一下就活动起来：巴掌拍得噼噼啪啪，还有很多声音在喊："欢送代表！欢送刘先生！……欢送！……"

罗梓青把捏在手上的一叠纸连连挥动着，叫道："同胞们注意！欢送会随后才开，现在是报告会。今天是三个会呀！最后才是欢送会！……同胞们！现在我再报告……"

接着他报告了半个多月来，因为同志会的活动而发生的一些效果："人心奋激若此，足使宵小破胆。有跳井自杀来勉励会众的；有破指流血来表示决心的；有五天工夫赶了一千一百多里长路来赴会的；有六十多岁的老教官甘愿为会亡身的；有十三岁的女孩子誓死愿随代表赴汤蹈火去叩阍的；有几岁的小娃娃把买糕饼钱积攒起来，交给会员的；有丢官不做来帮助会内办事的；有把半生唱戏蓄积所买的田产捐为会费的；有原本是客籍，入会后声请改为本地籍的；还有美国传教士，也亲自来会问询有没有要他出力帮忙的事情。……总而言之，众志业已成城，只要大家坚持不懈，哪有感动不了圣明，废除不了条约，争回不了路权的道理？”

又是一阵巴掌，又是一阵喧嚷。

喧嚷并不是一阵，而是一阵过了又是一阵。

罗梓青现在报告到一篇细账，从某月某日起，发了多少封信。意思想要大家知道同志会的声光到底有多么大，同志会的关系到底有多么广阔。不过在台子下面的听众已经不耐烦起来，有百十个人的声音竟自从零乱的喧嚷当中，参参差差组合成为一种差不多的同义语言，射向台口，射向最负人望的罗梓青。

“莫再报告这些细账啰！报了一长篇，有啥意思！……还是讲点大道理吧！……讲点本会宗旨！……讲点我们该咋个做！……还要讲点新闻，讲点报上没有的新闻哟！……”

要他抛开账目的报告来做这些题外文章，那倒搔着罗梓青的痒处。他有好几天没在三义庙这些地方痛哭流涕演说了，想来也有点技痒，正当他握着那叠厚纸若有所感地眨着眼睛时，台子下面潮动得更凶。

他把右手向前一伸，声音一沉，刚说两句：“我们要严守秩序同胞们！……”

其他三个台子上已不先不后吹起了哨子：哗儿！——哗儿！

三

哗儿——哗儿的哨子没吹完，中间高台上又是军乐；军乐没奏完，又是叮当——叮当的铜铃；铜铃还在摇，那个又矮又瘦的司仪再一次跑到高台台口……

最后的欢送会开始。

雨早已住了。乌云也散尽了。天上是白蒙蒙一片无厚无薄的云幕。太阳看不见，太阳的热，已渐渐从云幕中透下。操场坝的雨水已无踪影，仅只细弱的铁线草上还余有一些潮气。

首先到北面台子上来向大众告别的，正是大众最熟悉的刘声元刘藜青。

刘声元是万县人，他是咨议局议员，也是川汉铁路公司股东，也是争路权的急先锋，还是保路同志会主要负责人。五月二十一日保路同志会在铁路

112

公司成立那天，因为交涉部长是代表同志会对外交涉的负责人，责任重大，往往被人认为比会长还重要；若是出了事，首先遭擒拿的就是交涉部长，会长倒还在其次。大家事先本已商定，这一席是由西充人咨议局副议长罗纶罗梓青来担任。不想临到宣布各部部长名单时，他刘声元忽然违背了决议，竟自从人丛中跳起来，声言他愿意来担任这个危难担子。他的理由是，罗梓青的资格比他高，人望比他重，才能比他强，气魄比他大，应该下来执掌大旗，做一个全军总帅；委实不应该舍其大者、要者，而来充当这个披坚执锐，冲锋陷阵的偏裨之将。他刘声元哩，自问百不如人，就只性情拙直，不畏难，不怕死，来干这桩有九死而无一生的职务，非常合宜。"无论如何，这一席非让我担任不可！"但是罗纶又怎好相让呢？假如说，事先没有估计到这一席又重要又危险，那么，当着上千人的面前，倒还可以不争。刘声元虽然也是举人出身，和罗纶一样，可是讲起话来，尤其在感情激动时候，那便不及罗纶之能舌底翻澜了。刘声元争不赢，只好急得号啕大哭。罗纶没法下台，便陪着哭。蒙裁成老教官和铁道学堂监督王又新都是哀乐无端的文人，本待起身劝解，不由也哭了。那一天铁路公司的哭声，便是这样开了端。

刘声元这个汉子，从那天起，性情也就越发暴躁，时时都在吵闹："与其这样钩心斗角，不如拼了的好！"

恰这几天四川争路运动正遭逢到重重难关。王人文遭了几次严旨申斥，并从尹良那里得知朝廷并无转圜之意，心想二十多年的宦途，难道竟为四川人而断送了么！川滇边务大臣一职，虽然不及督抚光辉，到底是个回旋之处，不如混两年再看形势。作了这样计较的人，当然气就衰了，对于成都绅士的请求，当然能推脱的就推脱；不能哩，也只好暂时敷衍，留待赵尔丰来坐蜡。当头儿的人是这个态度，下面的僚属又谁不要看看风色？听说赵季帅有起马消息，那就更得静以待之。这样一来，地方官吏不可靠了。在北京一部分有名望的四川官员，一则接受了载泽、盛宣怀、端方、郑孝胥等人的引诱，觉得国有政策未尝不好，借款修路，更可保险早日修成。一则也觉得川汉铁路把持在不多几个在籍绅士手上，路款收支，毛病很多，自己远在北京，无从染指，似这样，不如连锅端走，大家吃不成，还公道一些。何况附和了载泽、盛宣怀，对于自己前程，还有说不出的好处。因此，像甘大璋、宋育仁、施愚这班在平日颇负乡望的名流，不但在同乡会上公然反对在籍绅士们的争路运动；尤其丑诋保路同志会是造乱机关，还进一步联名具呈度支、邮传两部，说四川人民的公意，都愿把历年所积路款，一概附入国家公股，只求股款有着，铁路速成。至于那班反对国有政策的人，无非各有私图，并不足代表全川人民的公意，全川人民的公意，只有他们这二三十个四川京官才能代表。只管也有部分四川京官和川籍资政院议员如赵尧生、苏星煌等人出头来声明说，甘大璋等捏造民意，不足为据。可是裂痕毕竟形成，一条不大不小的发辫毕竟着盛宣怀、端方抓在手上。还有一桩更为重要的变化，那便是宜昌公司总理李稷勋的转变。李稷勋当初之不赞成川汉铁路收归国有，本已和成都绅士们的见解不同。他只焦虑到工程这么大，从工程师到打石头的工人这么多，每天银钱进出不少，不说不能停顿，就只差错些儿，也可弄出大事。他负了工程重责，而款项的调拨和机械的购置，一方面却操在成都总公司之手，一方面又要取决于上海公司的冷暖。他在没有弄明白度支、邮传两部真正目的之前，他只有催促成都方面赶快打定主意，反对收归国有，以免人心不安，影响工程，影响到社会安宁。可以说，在争路之初，李稷勋出的力量倒很大。成都方面也把他倚为长城，希望拿他这两年在宜昌做出的成绩，用来抵制盛宣怀的借口。到借款合同公布，宜昌到夔府六百里划入干线，三峡险工，载明要聘请美国工程人员来负全责，李稷勋的反对态度更是激烈万分。但就在这时节，度支、邮传两部竟自越过成都总公司的职权范围，直接打电报给李稷勋，叫他亲自到北京去作商量。据闻，商量之下，李稷勋放了心。首先是不管局势变化如何，宜昌的工程不停顿，人员不更动，总理还是他，只是把管辖权由川汉铁路公司手上转移到川汉、粤汉铁路督办大臣端方手上。以后的款项不由成都总公司拨付，而是由度支、邮传两部经过督办大臣拨付，虽然在四国银行正式付款以前，所用的还是川汉铁路公司调存在上海、汉口、宜昌的中外银行中的款子。至于器材机械的购运，督办大臣更能做主的了。李稷勋一放心，对于成都方面争路人们说来，就等于是长城已垮。任凭在成都方面怎么骂他是汉奸，怎样威吓说要撤他的职，要开除他的川籍，要挖他的祖坟，也和对付甘大璋、宋育仁、施愚等人一样，终于还是把人家没奈何，反而表明了成都方面黔驴之技，除了乱叫乱踢一阵，还有什么能耐？再而盛宣怀、端方的分化策略也生了效。广东、湖北两省早已默尔而歇，大家已经知道，到最近，连发起反对运动的湖南咨议局，也不发言了。这自然一半由于邮传部的部令，严饬四省电报局，尤其四川电报局，除了商电官电而外，但凡有关路事电报，一概不准收发，也有原因。可是如其没有大变化，就凭邮政，也不会毫没消息。看来，四川的争路运动不仅要由四川一省来担当，还进一步要由成都一隅来承应。唉！这已是重重难关，这已经要费无穷力量来打破它！盛宣怀岂有看不明白之理？所以他越发抱定宗旨，一定要贯彻他手订的国家政策。他知道在朝廷上，除了载泽一派，其他的亲贵无一个不恨他，在庆亲王奕劻这个不倒翁的眼睛中，他更是一颗铁钉。设若没有外国财团为了自己利益来支持他的话，他是早就应该滚蛋。目前这笔大借款的成功，正足证明他的重要。如其因为四川一省少数绅士反对而就萎缩下来，而就对外失信，那他还能做什么官？还能借什么款？还能办什么实业？还能当什么经纪？有这样的利害冲突，他对于四川一省少数绅士，便不能不想出各种方法，把这些人压制下去。好在有个得力帮手端方，自以为熟悉川人情性，又有个得力的包探尹良，随时报告成都方面令人喜闻的消息。到最近，他看出时机已快成熟，便与载泽商量，一方面电促赵尔丰从速到成都接事，用严重手段直接去对付那些少数绅士；一方面叫端方赶快到武昌去与瑞澂洽商，带领一标人马进驻宜昌，增强李稷勋的倚赖，并对四川人表示一下，若再执迷不悟，仍旧顽抗，便要用枪炮来对付了；再一方面针对同志会的呼吁，绝对认真查账，查账以后，再议办法。盛宣怀和端方始终认为对付四川争路运动，只有林黛玉的两句话最好：不是东风压倒西风，便是西风压倒东风；既然半步不能退让，因就不再思考另外的办法。

这重重难关还像无数的无形魔爪，从四面八方移动过来，凡是要害地方，都有着它抓住、着它撕成片片的可能。到那时候，岂不什么都完了？但是这时，又千万退让不得。一退让，也便什么都完了！

蒲伯英、罗纶、刘声元、邓孝可、叶秉承、王又新、程伯皋一班人虽然坐在成都，耳目闭塞，因为肯用心思，到底看出了一些征兆。正好，郝达三把苏星煌的来信交与大家之后，又把葛寰中带回来的种种消息，详细向大家谈了一番。

蒲伯英登时一拳打在桌上道："得之矣！"因就决定了对策。

对策之一是，多派一些代表出去，把四川争路真相告诉大家。同时请求两湖广东的咨议局和地方各法团起而声援，不要使四川陷于孤掌难鸣。"须知川人之争，实民权与专制之争，川人不幸而失败，行见专制淫威泛滥国内，则所身受其殃者，岂独川人而已哉！"这是叶秉承起草，准备交代表们带去亲致两湖广东咨议局的公函上的几句话。至于到北京去的代表，那就不只是带一封公函了。他的责任极大，他须会同咨议局留京副议长萧湘萧秋恕，把四川人争路宗旨广为传播；他须把赞成争路的在京同乡联合起来，成立一个强有力的保路同志协会，来抵制卖川求荣的甘大璋等；他须设法打通庆亲王和其他不满盛宣怀的亲贵的门路，运动这班较有力量的大人物出来，主持正义，裁制盛宣怀卖国行为，修正他的国有政策和借款合同。更重要的，是他必须设法向摄政王请愿，陈明四川人的公意，只在反对盛宣怀，并不是反对大清朝廷；反对盛宣怀，也只反对他妄改先皇诏旨，不顾法律手续，欺君罔上，媚外营私。总而言之，到北京去的代表是很不容易担任，因为北京正是载泽、盛宣怀、端方等人的窝巢，他们的势力多大，连庆亲王尚气愤得请了病假，现在要以一二个四川代表的力量，将他斗倒——姑且认为果能如愿以偿的话，那真不知道要冒多大危险，要流多少血汗！至于请愿失败的情形，虽有人想到，却都不愿说出来。

到广州、到长沙、到武昌等处去的代表，很容易便推定了。推到去北京的代表时，大家都把眼睛看着刘声元。

"这还用说吗？我去！……假使有人再同我争，我先就同他拼了！"

刘声元的声名就有这么大。当他刚在北面台子上被介绍和大家见面，台下虽只几百人，可那巴掌声音倒像有千把人在拍。同时，一片人声滔滔滚滚，滚到南，滚到北，滚到西，到处都是："欢送！……欢送！……欢送刘代表！……欢送我们的刘代表！……"

傅隆盛兴奋得忘了形，连连用手肘拐着站在身边的人说："看啰！这简直是个铁打的汉子！"等到别人要问他是什么意思时，他又翘起一个溜圆肚皮，挤到前面人堆中去了。并且把雨伞挟在腋下，两只手举到耳边做成两个招子，安心把刘代表吐出的每一个字音，毫不遗漏地全招到他那有点重听的耳朵里。

只有吴凤梧一个人有点莫名其妙。他不懂得傅隆盛为什么会这样。想问楚用，楚用也张着大口看出了神。

刘声元蹙起眉头，眉心皱纹结成团；油黑脸上，堆满忧郁。先向台下深深鞠了一躬，舒了口气之后才说："今天来和诸君告别……不是小别，是永别！……"

话说得又迟钝，又直率，又平淡，可是噼噼啪啪的巴掌还是很响亮。

"我到北京去……呃！我到北京去……本会派我去……没什么……请愿……"

就这样，还是有人拍着巴掌大喊："欢送！……欢送！……"

他仰着头，又舒了口气："朝廷不答应我们要求……我不回来了！"

他没有哭，人堆中有人哭，声音不大，只唏呀嘘的。却没有人拍巴掌。

"鄙人的生死没啥……希望诸君坚持到底……坚持……到底！……"

他的声音越来越低沉，越来越微弱。

"还希望守秩序！……要严守秩序！……莫要暴动！莫要取破坏手段！……诸君……要学文明国大国民哟！……"

他说不下去了，舒了口气，又一鞠躬。刚抬头，便见台下面一个头发花白，身躯肥矮，没长胡须的老头儿，噙着两泡眼泪，双手捧着一把雨伞，向他一面作揖，一面唠叨："噢！感激你！……噢！感激你！"

立刻学着傅隆盛这样做的，有几个人，都是戴草帽的乡下人，有的说："难为你啰！……难为你啰！"也有这样说的："你不要死，我们听你的话。盼望你太太平平顶着圣旨回来才好哟！"

刘声元走下北台，转往别一个台上告别时，在别个台上告了别的其他两个代表，又轮番来到北台。

吴凤梧这时恰与傅隆盛和解了。

当傅隆盛刚刚作罢揖，肩头忽然着人拍了一下，道："傅掌柜才是一个好心人呀！"

回头一看，就是那个踩了脚还骂人的横家伙。

楚用已在旁边笑道："来来，傅掌柜，我给你介绍。这位是带过巡防营的吴管带，起先是无心得罪了你……"

吴凤梧不等说完，就接过去道："骂哪个龟儿才有心得罪人！先前硬不晓得你是这样一个好心人。"

"噢！吴管带……相骂没好口呀！……没啥说头，晏会儿街口上吃茶，算我的。"

"不！非算我的不可！"

恰恰王文炳偕同顾天成和他伯父顾辉堂第二个儿子，就是曾经做过钱县丞女婿而今在汪九曲家祠私立法政学堂读书的顾天相，一同走来，说道："吴管带还在这里？那就免我到三圣巷去找你啦！你的事情说好了，还不只是一个部长点了头，连会长问清你的履历后，也赞成你赶快到新津去。已经发的费用由老楚转给你，委托书由我去办。事情就按照昨天说过的那些话去做，先找老楚的父亲介绍一下也可以。"

王文炳随即有意无意地笑了笑说："你真算碰上机会，比这位顾团总的事情，就顺手多了！"

"咹！是顾团总？久仰，久仰。请教贵处是……哦！那地方我去过，也不算十分小。尊章是哪两个字？……天，天地元黄的天，成都府的成，高雅，高雅。……我来介绍一下，这位是兄弟我才结交的好朋友傅隆盛傅掌柜，商界里头顶刮刮的热心人！"

他们便这样在会场中间一应一酬，直到告别礼毕，军乐大奏，中间高台上那个又矮又瘦的司仪——原来是商会总理廖用之，走到台口，大声宣告散会。

好几百人全朝傍街的木栅大门涌去。

天上的云幕越薄，太阳影子笼罩下来，又热烘烘地。

四

吴凤梧这一天说不出的高兴。万没想到回来才两天，便得了差事！——他把同志会当作一道衙门，把委托他到新津去联络侯保斋大爷当作差事，把委托书当作札子，把王文炳、楚用两个中学生当作官高一职的同寅。当王文炳和楚用与他分手时说："那么，说定了。委托书和钱准定今夜送到你家里。你赶今下午收拾收拾，明天一早走。罗先生说过，事情不能再拖了。"他感激得简直说不出话。

傅隆盛在分手时说："吴管带你好像没有雨伞？"

"何消说哩！要有，也不会钻到台子底下躲雨去了。"

"吴管带要上路，伞是应该备办一把，天有不测风云的……我送你一把大雨伞，道地加工货色，又可遮太阳，又可遮雨……嗯！又重又长，打捶时也用得上。"他笑了。

吴管带当然也笑了："这样好法，还有啥说的。不过不好叫你破费，你我初交，我照价打个九折付钱。"

"不要见外，吴管带。说清楚，我并非故意舔你屁股，因你上路是为了同志会的事，你看，人家刘先生连命都舍得，难道我就蚀不起一把伞？"傅隆盛马起脸说得很认真。

"不然的话，我手上这把伞就好送给你的。因是伞把上刻有我的名字，又旧了，不好送人。务必请你今天下午路过盐市口，到敝号上来一头。我包管挑一把顶好的新伞送你。要来哟！这是我的一点诚心！"

吴凤梧直到傅隆盛转身后还在说："多谢！多谢！一定给你四海扬名，包在兄弟我身上。"

顾天成邀约他到枕江楼去吃一杯。说是彼此一见如故，目前又一同在同志会做事，也算三生有幸。他明天也要回去办团，还有一些事情请教，一个小东道不算什么，聊表敬意！聊表敬意！

他当然不能推辞，只好说两句应该说的抱歉话，便一同朝着文庙前街，再沿上莲池边，插向南门走去。

枕江楼是前年重修南门大桥——一般叫作万里桥时才趁热闹开张的一家小饭铺。地点选得还好，恰处在大桥上流的岸边，临着锦江江水，砌了一道短短的石堤。堤上简简单单修了一排仅蔽风雨的瓦顶平房。平房尽头处，也就在石堤尖端，盖了一间圆形草亭。石堤得亏比大桥低，向下流头望去，靠岸第二孔石拱桥洞恰似它的大门。大门外景致甚好：天竺寺的后围墙，墙外临河小路，路边的大黄桷树，树脚下的石磺，石磺上面的水波，那么远法，看来真像画面。只是近处岸边一座积得山样的垃圾堆，成天都有一些穷妇女穷小孩蹲在上面刨渣滓，找东西，不免有点煞风景。毕竟因为地当桥洞，又在水流湍激之处，无论何时，好像总有一股凉风拂人，在天气热时，这地方的确是一个乘凉饮酒的雅座。而且上流头也是一大片鹅卵石坝，坝上河岸边一排斫折不死的老杨树，树下是个卖鱼虾的小码头，好吃嘴的客人每每亲自去买了鱼虾，烦厨房大师傅趁活做出来，非常好吃。这一切都合上了成都人

119

的口味。于是它便从一个普通小饭铺摇身一变，变成一家馆厨派而兼家常味的、别具风格的中等南堂馆子。座头幽雅，又有天然景致，更兼价廉物美，首先来照顾它的是南门一带生意人，就不办会酒，也常来打平伙。其次的常客是学生们。到学生们作了常客，才悬上招牌，不知是哪位雅人给它取了这个切合实景而又带有诗意的名字：枕江楼。虽然这时还只有楼之名，而无楼之实。

枕江楼只有五个座头，寒冬数九还好，从初春赶青羊宫的日子起，它这里就生意兴隆。如其在下午两三点钟来，包你不能够随来随坐，人少也绝不能独霸一个座头，不让后客来镶一下的。

这天，顾天成三人来时，刚从大桥这头走进一间柴炭铺子的过道，再下几级石阶，踏上枕江楼的石堤，就听见全排平房里全是高声大嗓、划掌闹酒、谈家常话、讲生意经的声气。从没有糊纸的菱形窗格中看过去，只见盘着发辫的头，精赤条条的背脊和膀膊，原来正逢上座时候。

吴凤梧站在石级上说："好生意！"

顾天相说："我的估计没错吧？依我说，还是到北新街的精记去。不然，就总府街的崧记也好。"

顾天成前天来吃过这里的醋熘五柳鱼和醉鲜虾。觉得精记、崧记都只有蒸菜、炖菜，没变化。光是吃饭倒方便，泡菜都不差。但这里……隔着木栏杆，看见厨房正在炸鱼，炉火好旺，岚炭火焰从耳锅边冒起来好几寸高。四五个人站在菜案边挤虾仁。另一个厨子从炉子上一个挺大砂罐里，热漉漉地舀了一中碗黄焖鸡，把旁边耳锅里刚焯好了的三塌菇盖上两汤杓，递给身旁一个堂倌道："亭子上的。"堂倌打从身边过时，啊！好香！顾天成决心不打退堂鼓。

"喂！找个座头。只有三个人，镶一镶都使得。"

"来嘛！亭子上只有两个客伙，镶得下。"

草亭被平房遮住，在石堤这端看不见，及至转过平房，果然亭内一张足容八个人坐的圆桌，只有两个人在那里静悄悄地浅斟低酌。

顾天成走在前头，刚靠近圆桌，还没待堂倌打招呼，两人当中一个穿官纱汗衣背向里边坐着的人，猛一掉过头来。

"唉！才是郝家大老少！"

因为他们在几年前有过一场买坟园田土的纠葛，所以到最近，无意中在铁路公司碰头时，由邓乾元一介绍，彼此都记起了对方的来历和往事；两个人反而熟悉起来，谈得有劲，真像多年朋友。

郝又三当下绯红着脸站了起来道："是顾三贡爷。……怎么，也来吃馆子？"

堂倌满脸是笑，一面安条凳，一面说："都是熟买主，这就好啰！我添杯筷去。……是是，菜牌子跟着拿来。"

顾天成向他堂弟和吴凤梧介绍了郝又三。恭维话说了一大堆。郝又三更尴尬起来，坐下也不好，不坐下也不好。

"这位是贵友吗？既然幸会，介绍一下吧！"顾天成并未察觉什么，还是那样热情要好的样子。

"这是我两年多没见面，今天才重新碰头的小朋友，王念玉老弟。"

不像介绍，却像在解释。

王念玉满不在乎地抬起身向着众人笑道："幸会，幸会。都请坐嘛！真的，我才从自流井盐号上回来没几天。又三哥特别招呼我吃杯酒，跟我接风。"

顾天成是老内行，自然一看就明白这个标致少年是干什么的。

顾天相是个胎里红，从前只读过私塾，继而娶了钱县丞大小姐，生活圈子也只是从自己的土财主家，扩展到老婆的小官场家。近几年，由于和走马街范兴和绸缎铺开了亲，继室范淑娴是读过懿行女子学堂的女学生，人不漂亮，却很能干。嫌丈夫是个绣花枕头，用尽软硬手段，不惜和公婆吵闹赌气，在老人婆未死之前，才算把顾天相逼上了路，到汪九曲家祠私立法政学堂读通学。虽然有了学友往来，生活圈子更扯大了，但是不懂人情，不通世故，还是和以前差不多。所以此时看见王念玉，只觉得这个美秀的、约莫十七八岁的少年，为何打扮得这样奇怪：脑后只管拖了一条油光水滑的松三把发辫，当额却留了一道长刘海，很像时下的女学生和一些官家小姐，只是没把刘海梳下来，拱贴在那羊脂玉似的额头上。这时，脱去长衫，只穿一件米黄色葛纱背心，敞着二寸来高、滚了一道玉蓝绫边的高领，也不该是男子穿的。露在外面的一段项脖和两条膀臂的样子，想一想，好像只有前房死去的老婆钱大小姐才有这样细腻的肌理，亭匀的骨骼。而且态度又那么随便大方，乍一见面，他就能那么有说有笑，说起话来并不粗鲁，有时抛几句文，连自己也不知出处。这到底是什么人？不像官宦人家的子弟，又不像绸缎铺、洋广杂货铺的徒弟，自然更不像念书的学生。为什么又同一个当教习的人在一块？还称哥道弟如此亲热？顾天相也有点怀疑：莫非是吃相公饭的娈子娃娃？也不很像。那班钻茶铺、钻客店、钻私烟馆的娈子娃娃，他看见过，哪里有王念玉文秀？却比他妖艳。

顾天成虽是粗心人，到底也看出了郝又三的不安。心里好笑："这算啥哟！难道害怕我剪他的辫子吗？唉！目前顾三爷归了正，有管头了，还敢在外头乱来吗？"

郝又三留心顾氏弟兄似乎并不见怪他如此一个正经人，又是学界先生，怎么会有如此荒唐行为。他因此认为顾氏弟兄大约并没看出王念玉的破绽吧？他心里安稳下来，神色也渐渐自然了，话也说得伸抖了。大家讲到南校场欢送情形，他不胜慨然说道："听说今天刘蘩青先生告别时神情，真有点易水悲歌的样子，可惜我有事没去参加。我晓得刘先生是个硬汉子，做起事来，认真得连铁钉都咬得断。但是依我看，他这回到北京去却不适宜。我听人说来，北京的政界腐败得很，无论做什么，非钱不行；尤其要去请见那些大位，王爷也罢，贝勒也罢，若果不把门包递够，连名帖都传不进去的。像刘先生那样直道而行的人，恐怕要失败。不过拿同志会里各位负责先生来说，眼前除了他去，又还找不出比他更妥当的人。蒲先生、罗先生倒对，但不能走，眼前同志会正在过经过脉时候，一天也离不了他们。其次邓慕鲁先生也还可以，但又要和叶秉承先生到新津去迎接赵制台，这也是一桩重要事情。因为……"

顾天成把手一伸，正待插嘴说什么，却被王念玉抢先说了起来："罢哟！又是天下大事，又是同志会来了啰！"他还抿嘴一笑："真的，同志会成了一股风，连自流井都吹去了。你们没见那些在盐巴堆里喂大的牛屎公爷，平日除了抽鸦片烟，打斗十四，玩姑娘外，晓得天有好高？地有好厚？米是啥子树上生的？银子是哪处地下冒出来的？今天也讲起铁路来了，也要搞啥子同志会了，真焦人！我看不惯了，才离开盐号跑回来，不想躲鬼躲到城隍庙。前天刚才进大门，就碰见上房孙家请客，轿厅上好多大班，你一言，我一语，全说的是同志会。连家严那位口不妄言，言必称先王的古董，也开口保路，闭口废约起来，我两只耳朵都塞满了！只说今天同郝哥子躲在这里喝一杯，谈谈风月啦，谈谈这两年来成都的什么趣事啦，偏偏你们又说起了天下大事，又说起了同志会！我求你们换个题目，莫再谈这些讨厌事情，好不好？"

说得大家笑了起来。恰好堂倌来上菜，是顾天成要的醋熘五柳鱼。

鱼吃到要翻身了，顾天成放下筷子，把斟满了眉州宏谊号仿绍酒的大酒盅端起来，才察觉出玲珑透顶的吴管带，自介绍之后，便一直不大说话，并且吃得也少，喝得也少。

原来吴凤梧一见王念玉，几乎骇了一跳。如其不经郝又三介绍，如其不是王念玉一口道地成都腔，他简直要怀疑是小戴复生了。

坐下来，恰又和王念玉正对面。再仔细一看，方判辨出这个王念玉不同于小戴的地方，原来还很多：鼻梁没有那么轮；上唇比小戴的短，也比小戴的薄；脸蛋儿要圆些，颧骨没有小戴的那么高；眉毛更细，更弯；尤其是眼神，小戴虽也是白果型的眼睛，虽也是双层眼皮，虽也水汪汪地黑白分明，可是多多少少有点刚强气概，大约本底子既是北方人，又在赵大人身边久了，说得起话，仗恃自己有权有势，到处高人一等，敢于横起眼睛看人的缘故吧？这些不同地方，也得留了心才分辨得出。如其不然，起码也会把两人当作一母所生的兄弟。小戴年龄大点，自然不及这小兄弟嫩气，也不及这小兄弟文雅。

他定了定神，方才察觉王念玉和郝又三原来是个老皮绊，并察觉郝又三起初那段时间里局促不安的神情。心里寻思："这为了啥？光明正大带个要子娃娃吃酒，有啥不好意思？难道这娃娃还长相不好，举止下流，把公爷丑了吗？"再一想："不对！莫非这娃娃有啥不妥当处，生怕人家给戳穿了，没面子？"

到底因为他和郝又三还刚见面，尚摸不够郝又三是哪一路人，哪一路脾气，只好暂时装得老老实实，眼不乱瞬，口不乱开，只顾尖起耳朵去捉拿人家的话，再从话中去摸底细。

待到醋熘鱼翻身时，凭了他好多年的经验，把这几个新认识的人都审察得差不多了，顾天成才说了句："吴管带然何这样客气！"他便在一个哈哈后，说道："我客气？你哥子才客气！别的不谈，光这管带前管带后，就整得我受不住。"吃菜喝酒后，又接着说道："何况管带又是除脱了的。就不除脱，也值不得挂在口上。哪个不晓得文官张张嘴，武官跑断腿。比如我们关外，管带队官满天飞，拿绿营官阶来说，不是守备，也是都司。可是随便见着一个师爷，管他有功名没功名，只要是个穿方襟马褂的，便得立正举手。虽不像从前跪半条腿请安，但也够下等了，其余的，就不用再说。……兄弟我草字凤梧，凤凰的凤，梧桐的梧。哥子们瞧得起，称呼一声草字，亲热点，喊声老吴，那就承情不浅。"

王念玉挤着一双俊俏眼睛笑道："既这样，我就老实不客气，称呼你吴哥子了。吴哥子，你们巡防营里，可有一个叫黄邦昌的人？"

"巡防营多啦。光拿我晓得的说，雷、马、屏、峨有夷务巡防营，松、理、茂、汶和上川南有边务巡防营，下川南、下川东和川北还有盐务巡防营；打箭炉以外的，是属于川滇边务大臣的巡防营，又有点不同，和新军差不多。你老弟问的这人，若在川边巡防营里头，倒打听得出。不过也要看是管带吗，是队官？……我想你老弟问的这人，总不会比队官小吧？"

"好像也是啥子管带一等的。"王念玉似乎不很热心地说，"我有好几年不晓得他的信息，到底在哪处巡防营？是不是还在当军官？我都不大清楚了。"

郝又三忽然想起伍平这个人。前年回来接家眷时，不是说升了队官。要朝川边开吗？因就问吴凤梧可晓得这个人。

"你问他，他恰是我的好朋友。是行伍出身，虽然两眼墨黑，认不得几个字，打仗却行。立了很多功劳，已经是管带了。我出来时，他正在打箭炉。……唉！说起来，他给我帮的忙可大咧！若不得亏他那两块龙洋的话……"

郝又三很是高兴，正打算问到他那旧日的小学生伍安生，算起来怕不有十五岁了；正打算问到他那旧日的情人伍大嫂，别来两年多，脸上的雀斑说不定连脂粉都掩不住了。不想吴凤梧恰又说起他为什么缘故，着赵尔丰把差撤了，把执照追去，害得自己不能不唱一折《林冲夜奔》。他谈得太好，不但把郝又三的思路岔开，并引动了大家对赵尔丰的议论。

首先就是顾天成，他说道："提起赵屠户，真是我们四川人命中的恶煞。有人说，他这一出来，四川人注定了要遭殃。"

郝又三问他为何这样说。

"因为有人说，今年是辛亥年，亥属猪，猪落在屠户手上，还有不开杀戒的？"

他的堂弟向来不大说话，更不会发议论。只是凡他堂兄在畅谈时候，总要反驳两句，惹得他堂兄不舒服。这已成了习惯。此刻不禁笑道："三哥奉了洋教，连祖宗神主都不要的人，就只爱迷信。"

"我这话是迷信吗？你晓得是哪个说的？"顾天成竟自不像往次那样毛焦火辣的样子，倒奇怪了。"告诉你，就是你家二少娘范淑娴说的！……专爱剥人家疮壳壳的人，今天可剥在自己身上来了。啊！哈哈！"

两弟兄一开玩笑，桌面上更其热闹。

王念玉忽然拿手把郝又三肩头一按道："又三哥，我问你一句话。我在自流井，听见一个牛屎公爷说，今年春天，周秃子因为在花会上请客，不知为了什么缘故，遭咨议局参了一折，说是几乎把道台都丢了，有没有这回事？"

顾天成接着说："是呀！我们场上也传遍过，说是周道台着咨议局整惨了，站不住脚，朝东三省跑了。但这回上省来，却听说他又升了臬台。并且说他还和同志会打得火热，随时都在请同志会的人吃饭，商量事情，还到同志会演说过。我也不晓得这是咋个搞的。"

郝又三笑了起来道："我明白了你们说的话。原来你们说的周道台，是前任巡警道周肇祥，并不是现署臬台、前任劝业道的周孝怀。大概周孝怀当警察总办出了名，大家太恨他，恰恰周肇祥也姓周，所以弄出这样一种误会。或者有些人明明晓得是两个人，故意搞成一个人，说起来使大家听了安逸，也未可知。不过自流井传说的咨议局出折子参人，这就胡说了。咨议局只是一个官办议会，对于本省官员，它只能弹劾，还只能向制台弹劾，它哪有用奏折向北京参人的大权？你说的那个牛屎公爷，大概是不读书的，所以才乱用字眼。"

"牛屎公爷读书？除非公鸡生蛋！"王念玉仍然理着原来话头问道："你再说说周道台——就是你说的那个周道台，怎么会遭咨议局弹劾呢？"

"你不是说他在花会上请客吗？就因为他是赵制台——调任东三省总督的那个赵制台的红人，从一个候补道台一下就署理巡警道，得意浑了，请客那天，忘记了是国忌日，是哪一个皇后的死忌。本来不要紧，大家都记不得了，听说连制台衙门的仪门上都没有摆设忌日牌。但是被花会特刊当作新闻载出，也不过只想开个小玩笑罢咧。不料这位周肇祥才认了真，立刻就叫花会上的警察把报馆封了，还要办人。惹得报馆在聚丰园把他那天开的菜单找到，用石印模印出来送到咨议局，咨议局才据以弹劾了他一案。这种事，在官场里头太平常了，怎么倒四远流传起来？你们要看官场笑话，现在新出版的一部白话小说，叫《官场现形记》的，那上面确实载了官场多少丑事。不过作这小说的人，大约闻见还不很广，比如我们这里彭县经征局局长唐豫桐太太田小姐的风流故事，那小说上便没有……"

几个人都要听这风流故事。

原来赵尔巽在调往东三省时候，手下有四个红人，都是他认为极有才干，将来可以留为他兄弟赵尔丰接任之后用的。其中一个周肇祥，在他未走前，被咨议局弹劾了，走后，只好奏调到东三省去候补。又一个，就是在丁未年捉拿革命党最为出力的华阳县知县王棪，已经连捐带保爬到了候补道，被安置在督练公所掌管新军。又一个是候补道杨嘉绅，原来的差事是官班法政学堂监督。因他专能仰体宪意，策划一些如何整人害人事情，在四个候补道当中，最为了不起的一人。所以被破格保举，奏署由四川盐茶道升格，改为四川盐运使这个官。末了一个，是营务处总办，又正署理着空头衔的松潘镇总兵的田征葵。所谓风流田小姐，便是他的小姐。田小姐是赵尔巽的太太孟夫人的干女儿，同时也是赵尔丰的太太李夫人的干女儿。她有两个干妈，都爱她。她又有两个干哥哥，也都爱她，一个是赵尔巽的儿子赵老四，一个是赵尔丰的儿子赵老九，这四个人，都是四川官场里头不露面而又掌握大权的人。照理，田小姐得了这四个人的爱宠，也够了。却不然，她还爱上了赵老四的一个小跟班，又爱上了赵老九的一个外宠，当时成都有名的旦角刘文玉。这一来，把个四川总督衙门搞得不成名堂。恰好唐豫桐捐了个知县指分到四川来，不知道和孟夫人是什么姻缘，暂时落脚在南打金街、赵尔巽来川时住过的一所公馆里，就便谒见了孟夫人。孟夫人看见他又年轻、又俊朗，为了要使制台衙门恢复一下它的庄严面貌，遂把田征葵召去，叫他把唐豫桐招为女婿，这是宪太太的主张，是干妈的主张，而干哥哥都赞成，当丈人的没话说，当丈夫的更是喜出望外。以田小姐的身价，只下嫁给一个光杆候补知县，这如何可以？那时，继任巡警道的徐樾正当着全省经征总局的总办。

孟夫人便吩咐下去，要他立委唐豫桐充任成都华阳两首县的经征局局长，表示干女婿到底与众不同。徐槭却作难起来。如其这话出自次帅面谕，他很可以顶回去说："候补人员正多，轮不到差缺的也不少，唐令新来，尚无资望，骤然委以首县大局，岂不惹人非议？"但他能顶回孟夫人的吩咐吗？后来不晓得费了好多唇舌，又走了四少爷的路子，才把唐豫桐这家伙委到彭县去当经征局局长。据说这里陋规所入比成华还多，距省又只百把里，也便于田小姐随时来往。这样才使田小姐首肯，当然孟夫人也才答应了。

王念玉又问郝又三："这个田小姐，你可看见过？这样风流人物，想来不是王嫱，也是西施了。"

"我没有看见过，只是听大家这样摆谈。其实，这样的事，还是不算稀奇，只要你肯同官场往来，随时都可听得见的。什么风流小姐啦！风流太太啦！风流姨太太啦！倒都不见得尽是美人。美人也不一定这样风流。本来天地间美人就少。"

吴凤梧不住点头道："郝先生的话不错，我生平就没看见过啥子叫美人儿。倒是男子当中，生得好的却多。不是我当面恭维，你面前这位王老弟，我看，在妇女里头就少找。"

"嗨！说到我头上来了，岂有此理！"其实王念玉很是得意，满面是笑地说，"等我罚你两杯！"

顾天成早站起来把酒壶抢到手上，按着壶盖说道："要说罚酒，我看除了郝大老少和王兄弟外，我们三个人都该罚。我说，罚酒免了，等我来敬一杯吧。普遍敬，都要喝，王兄弟更要喝……"

"为啥要你敬？"郝又三也站起来，要去抢酒壶。

"话说明白，今天这一台，由我请。……莫同我争，郝大老少。你不晓得，我有事奉托吴哥，这一台，是作为定钱的。……请吧！我先干为敬了！"

吴凤梧把酒盅放下后，笑道："话说在前，天成兄。东西一定弄得到手，但必须等我由新津回来后，再找门路。日子的长短，可不能定。"

王念玉笑道："顾哥子要买田房吗？"

"莫挖苦我只晓得买田买房。其实，这几年已不买了。我托吴哥买的，是团上用得着的几支硬火。真可惜，和他哥子遇合太晚，他明天便要去新津为同志会干事，不然的话……"

郝又三道："新津去干事？"他定睛看着吴凤梧。

"是的，有个王文炳先生，告诉我说，罗先生还有哪几位先生委我去联络侯保斋大爷，叫我明天就走。"

"见过罗先生他们没有？……依我想，应该见一见。我晓得邓孝可、叶秉承两位先生都要去那里，你又从赵尔丰跟前出来，或者他们有话要问你。若能一道走，更好些。"

"本来应该去请示的，但王先生没说介绍我去，这咋个搞呢？"

"那么，我帮忙好了。明天上午……嗯！对的！就明天上午，吃过早饭，你先到铁路公司去等一等，我明天一定去的。"

吴凤梧到这时才恍然，这个公爷原来并不单纯，他还能够和会长部长们商量事情，看来，定然比王文炳的资格还高啰。于是赶忙离座，顾不得重穿长衫，只是把卷起的汗衣袖子抖下来，扣上衣纽，恭恭敬敬冲着郝又三一揖到地，一面说道："多承大力帮助，我这里先道谢了！"

郝又三连忙捉住他双手道："这算什么！小事，小事。……现在请把伍平的近况告诉我。他也是我的一位朋友。他的家眷也在打箭炉吗？"

王念玉抿着嘴笑道："我早晓得你憋不住了。"

郝又三似乎要生气的样子，两眼瞪着他道："莫胡闹！难道不该问吗？"

"好朋友嘛，咋个不该问？连我也要问哩！"

第六章　流　风

一

好几天没下雨，仅随时有点微风。火红的太阳从早晨爬上高空，一直没有闪过。天空蓝得像染房里的靛缸。偶尔有几朵看起来又薄又轻的白云在上面飘过去，又飘过来。

地上是一片青油油的禾苗，一眼望去，望不到尽头。

晴正的天气热虽热，还热得清爽。

楚用的蓝洋布长衫没披在肩头，却散散乱乱地搭在左手臂上。右手撑着一把洋伞。正低头循着大路右边一条红砂石板路向前走。

名字叫大路，其实只有四五尺宽，除去右边铺了一行石板，其余是土路。土路的特征是，下雨稀泥浆，天晴香灰缸。幸而有一条窄窄的红砂石板路，在天晴或下雨的时候，还可让穿着白布袜青呢鞋的脚在上面走。

下午快一点钟的时候，是大路上最为清静的时候。在早晚几乎没有间隙的轿子、挑子、叽咕车，这时候，都不及摇着项下大铃铛和串铃、驮着米口袋，被几个乡下人吆着进城去的黄牛和溜溜马多。

城里人都相信轿行的计算，说出南门到武侯祠有五里路。其实走起来，连三里都不到。过了南门大桥——也就是万里桥，向右手一拐，是不很长的西巷子，近年来修了些高大街房，警察局制订的街牌便给改了个名字，叫染靛街。出染靛街西口向左，是一条很不像样的街，一多半是烂草房，一少半是偏偏倒倒的矮瓦房，住的是穷人，经营的是鸡毛店。这街更短，不过一两百步便是一道石拱小桥，街名叫凉水井，或许多年前有口井，现在没有了。过石拱桥向左，是劝业道近年才开办的农事试验场。其中很培植了些新品种的蔬菜花草，还有几头费了大事由外国运回做种的美利奴羊。以前还容许游人进去参观，近来换了场长，大加整顿，四周筑了土围墙，大门装上洋式厚木板门扉，门外砖柱上还威武地悬出两块虎头粉牌，写着碗口大的黑字：农场重地，闲人免进。从此，连左近的农民都不能进去，只有坐大轿的官员来，才喊得开门，一年当中官员们也难得来。过石拱桥稍稍向右弯出去，便是通到上川南、下川南去的大路。大路很是弯曲，绕过两个乱坟坡，一下就是无边无际的田亩。同时，一带红墙，墙内郁郁苍苍的丛林山一样耸立在眼面前的，便是武侯祠了。

武侯祠只有在正月初三到初五这三天最热闹。城里游人几乎牵成线地从南门走来。溜溜马不驮米口袋了，被一些十几岁的穿新衣裳的小哥们用钱雇来骑着，拼命在土路上来往跑。马蹄把干土蹦蹦起来，就像一条丈把高的灰蒙蒙的悬空尘带，人、轿、叽咕车都在尘带下挤走。庙子里情形倒不这样混乱，有身份的官、绅、商、贾多半在大花园的游廊过厅上吃茶看山茶花。善男信女们是到处在向塑像磕头礼拜，尤其要向诸葛孔明求一匹签，希望得他一点暗示，看看今年行事的运气还好吗，姑娘们的婚姻大事如何，奶奶们的肚子里是不是一个贵子。有许愿的，也有还愿的，几十个道士的一年生活费，全靠诸葛先生的神机妙算。大殿下面甬道两边，是打闹年锣鼓的队伍集合地方，几乎每天总有几十伙队伍，有成年人组成的，但多数是小哥们组成，彼此斗着打，看谁的花样打得翻新，打得利落。小哥们的火气大，成年人的功夫再深也得让一手，不然就要打架，还得受听众的批评，说不懂规矩。娃儿们不管这些，总是一进山门，就向遍地里摆设的临时摊头跑去，吃了凉面，又吃豆花，应景的小春卷、炒花生、红甘蔗、牧马山的窖藏地瓜；吃了这样，又吃那样，还要掷骰子、转糖饼。有些娃儿玩一天，把挂挂钱使完了，还没进过二门。

本来是昭烈庙，志书上是这么说的，山门的匾额是这么题的，正殿上的塑像也是刘备、关羽、张飞，两庑上塑的，不用说全是蜀汉时代有名的文臣武将，但凡看过《三国演义》的人，看一眼都认识；一句话说完，设如你的游踪只到正殿，你真不懂得明明是纪念刘备的昭烈庙，怎么会叫作武侯祠？但是你一转过正殿就知道了。后殿神龛内的庄严塑像是诸葛亮，花格殿门外面和楹柱上悬的联对所咏叹的是诸葛亮，殿内墙壁上嵌的若干块石碑当中，最为人所熟悉的，又有杜甫那首"丞相祠堂何处寻，锦官城外柏森森"的七言律诗，凭这首诗，就确定了这里不是昭烈庙而是诸葛亮的祠堂。话虽如此，但东边墙外一个大坟包仍然是刘备的坟墓惠陵，而诸葛亮的坟墓，到底还远在陕西沔县的定军山中。

武侯祠的庙宇和林盘，同北门外的昭觉寺比起来，小多了；就连北门内的文殊院，也远远不如。可是它的结构布置，又另具一种风格：一进二门，笔端一条又宽又高的、用砖石砌起的甬道，配着崇宏的正殿，配着宽敞的两庑，配着甬道两边地坝内若干株大柏树，那气象就给人一种又潇洒又肃穆的感觉；转过正殿，几步石阶下去，通过一道不长的引廊，便是更雄伟更庄严的后殿；殿的两隅是飞檐流丹的钟鼓楼；引廊之西，隔一块院坝和几株大树，是一排一明两暗的船房，靠西的飞栏椅外，是一片不大不小、有暗沟与外面小溪相通的荷花池；绕池是游廊，是水榭，是不能登临的琴阁，是用作覆盖大石碑的小轩；隔池塘与船房正对的土墙上，有一道小门，过去可以通到惠陵的小寝殿，不必绕过道士的仓房再由正门进去。就这一片占地不多的去处，由于高高低低几步石阶，由于曲曲折折几道回栏，由于疏疏朗朗几丛花木和那高峻谨严的殿角檐牙掩映起来，不管你是何等样人，一到这里，都愿意在船房上摆设着的老式八仙方桌跟前坐下来，喝一碗道士卖给你的毛茶，而不愿再到南头的大花园去了。

但是楚用来到船房一看，巧得很，所有方桌都被人占了；还不像是吃一碗茶便走的普通游人，而是安了心来乘凉、来消闲的一班上了年纪的生意人和手艺人；多披着布汗衣，叼着叶子烟杆，有打纸牌的，有下象棋的，也有带着活路在那里做的。人不少，却不像一般茶铺那么闹嚷，摆龙门阵的人都轻言细语。

今天是黄太太请女客，连她娘家的姊妹，足有两桌。楚用很高兴，从早起来，帮着大家收拾这，收拾那，连假山洞里的青苔都用花刀刮得一干二净，生怕哪个小脚女客不谨慎会滑跌。他极力想在女客跟前逞出一点能耐，并不是对女客有什么希冀，他知道今天来的女客有葛太太，有郝太太，还有某些不常听说的太太，当然也有小姐，有葛小姐，有郝家二小姐，年龄较大的，据说是表婶的待字闺中的妹妹龙三小姐。他这样殷勤，只是想表示一下，但凡是表婶的事情，他都有兴趣罢了。

将近正午时候，厨子的酒席担子已进了门，两个娃儿和表婶都换了新衣裳，表婶甚至系上了绣花裙。他洗了手，正含着纸烟在房里换衣服。一件细白麻布长衫已从衣箱里取出，表婶恰好笑吟吟地走到房门边来。

"今天在哪儿去耍一天呢？"

"到哪里去耍?"他很不了然这句问话的意思。

"哦!你还不晓得成都规矩。请女客是不请男客作陪的,除非是自己家里的小辈子,那才不用告回避,你看,连你表叔今天都不回来了。"

"表婶,你为啥不早点告诉我呢?"他装得毫不在意地把细白麻布衫仍然放回箱里,从衣钩上抓下蓝洋布长衫,朝肩头一披。

"我默倒你晓得哩。你到底打算往哪儿去?"黄太太是很关心的样子。

"今天王文炳他们本来约我去逛草堂寺的乐群公园。"他沉吟了一下,只好这样撒谎说,"那么,我就老实晏点回来。"

"为啥要晏点回来呢?女客们就作兴打牌,也散得早,二更以前便走完了。"黄太太敏锐的眼光把他看了几眼后,又向他解释,"我本来要留你在家的。一想,于你还是不方便。因为小客厅要摆牌桌子,难道把你像围女样在房里关一天吗?外面大花厅倒隔得开,你一个人坐在那里,也没有意思。"

她又笑着说:"真是哟!现在处处都在闹开通,闹男女平等。我看在学堂里,在街上,在少城公园,倒差不多。戏园子里还分得那么严,我们这些人家更不行。要是对老规矩差一点儿,大家的怪话就说开了。光我一个人倒不怕,就只你表叔嘛,口头只管说得好,偏他的顾虑就多。"

楚用虽然心里不高兴,也不得不顺着她的话头说道:"老规矩该遵守。多谢表婶替我想得周到。其实叫我和那些人生面不熟的女客过一天,我还搞不惯哩!"

他离开黄家,并没去找王文炳,这时节,你知道他在哪里?逛乐群公园只是一句应付的话。那么,找谁去哟?他在成都只有这几个有往来的同学。除了黄家,更无亲戚,也没有别的朋友。成都这么大个城市,二十多万人口,这时,在他心目中好像比他故乡还狭小,还寂寞。他顶着火红的太阳,信步在街上走着时,真有点失悔。他为啥不伙着同学们同乡们去争路?去搞同志会?就说搞这些没意思,他又为啥不回家去,同姐姐、妹妹、弟弟摆谈摆谈学堂生活和成都的一些新闻,并且看望一下妈妈爸爸好不好?为啥要借故住在黄家?住在黄家,又有什么好处?

"什么好处?难道真像彭家骐所讥诮的:吃得好,住得好,又有人服侍,又可睡懒觉吗?唉!这太小看人了!那么,为啥子?使人留恋的到底是啥?"

他再朝心底下一搜索,不由很烦躁地红起脸来,把头连连摇了几下:"不见得就为了这坏想头？这是天理人情国法都不容许的坏想头呀！怎能让它作为理由？而且你只看她今天说话：老规矩不能差一点儿的。连请客的老规矩都差不得一点儿，还怕人家说怪话，哪还能说到其他上面？……唉！这样的话，为啥不早些天说哩？偏要那样有意无意地逗人，真可恶！……还是回家的好，眼不看，心不烦。对！回家！绝对回家！明天就走！"

脚一跺，把心思收住，抬头看去："啊！怎么走到满城来了！"

满城里只有一个去处，就是少城公园。去过好多回了，没什么意思。别一些胡同倒真正幽雅清凉，但你能脚不停趾地走一个整下午吗？那么，看大戏，看灯影，时候又不对头。怎么混这无聊的半天哩？不如老实到乐群公园去跑一趟。记得那还在刚刚完工时候，曾同罗鸡公他们去过。百把亩稻田当中挖一个大泥塘，大半塘浑水，挖塘的泥土高高低低堆了一地，说是假山，连一根青草都没有，比保子山的乱坟堆还难看；也种了些花树竹子，都还没定根；站在池心亭上四面一瞭望，除三几处油漆得大红大绿的木架泥壁房子外，其余就是新筑的黄土墙了。那时觉得连少城公园尚远远不如，现在又过几个月，或许有点不同了。管他的，为了找个清静地方散淡散淡，跑去喝碗茶，也对。

出了南门，已经向柳阴街走去。红火大太阳从薄薄的伞衣上烘下来，烘得满头是汗，背心上拖着一条粗发辫，更热。忽然一计较：恁热天气，何犯着朝乐群公园跑！这里到青羊宫足有四里多，过去还有三里上下，来回跑十多里，只为了吃碗茶，还要多花二十个钱的公园门票，那不如就到青羊宫、二仙庵这些地方去坐坐罢了。但一下又想到更近的武侯祠。那也是不常去的地方，虽然每年来省回新津都要打从它山门外经过。它的荷花池里，也和杜甫草堂的荷花池里一样，有大红鱼，有大乌龟。一下又想到成都儿的一句俏皮话，又叫作连把子话："到武侯祠草堂寺去看乌龟吃茶。"这可以顿一顿，把看乌龟念成一句，吃茶念成一句，自然没什么坏意思，如其一气念下去，那意思就变成吃茶的是乌龟。"哈哈！成都儿就是有这些鬼聪明！"

但他来到船房却没有空桌子。有一张桌上只坐了两个手艺人，都戴着牛角边老光眼镜在做活路，有两方空着，本可以镶着坐一下。他又不愿意。遂朝水榭那畔走去，口里一面叽咕："今天时辰不利吧？跑了这么多路，连碗茶都弄不到口。好吧，老子就不吃！"

走出水榭，跨进那道便门，两面矮土墙，中间闪出一条五尺来宽、弯环如半月的土道。两面墙外的慈竹全有几丈高，竹梢交合拢来，成了一个绵长的竹洞。仰头望不见天空，火红太阳被浓密竹叶挡着，仅能从不多一些缝隙间筛下不多一些活动光点。许多竹叶还映成一种像翠玉似的模样，连空气几乎都染绿了。

景色异样，还非常凉快。没有风，飘拂到身上、脸上、鼻端上来的，是一阵阵清气。

"想不到有这么一个好地方。看来，今天的时辰还是不算坏。"

其实还是坏。他才站了不到两分钟，本想把两边白粉墙面上着一些游人们用墨、用桴炭、用土红、甚至用碎瓦尖胡乱涂抹出来的什么诗呀词呀，以及古古怪怪的图呀画呀之类细看一番，还不曾看出名堂，顿时觉得手腕、手指、耳朵、脸颊、项脖，凡是暴露在外面的肌肤，一下奇痒奇痛起来。啊！才是被成团的蠛蚊袭击了！也才恍然大悟，为什么这样一个好地方没有人来布席睡觉，甚至没人来坐？

用伞来驱逐，不行；用蒲扇来驱逐，好一点，但是顾得东就顾不到西。弄得楚用毛焦火辣，遂抓起长衫，抖开来向四面八方扑打去，果然有效。不过不能停手，一停手，那成团的小东西又围攻上来。这是一场战争。楚用越是应战，越是沉不住气，后来竟像发狂似的，一面挥舞着长衫，一面用脚踵向后退走，以军事术语说，叫作背进，其实就是败下阵来。

"你们看哟！那是做啥的？……嘻嘻！……哈哈！……"是几个女子的声音。

楚用一转面，恰对着三个脑后拖着短发辫，额前打着长刘海，身上穿着白洋纱衫子的年轻女子，都看着他在笑。他登时觉得两耳发烧，慌慌张张四面一看，原来已背进到惠陵前面那间很像过厅的小寝殿的石阶跟前。要是不经人一喊，再半步，就会栽倒在甬道上。

楚用低下头去，很腆腼地拖着长衫，正待转身，忽又一个年轻小伙子过来喊道："原来是楚襄王！为啥走路都不好生点，又在退，又在舞。"

才是小胖子林同九。漂漂亮亮地穿了件湖色春罗长衫，脚下是雪白洋袜子，花缎下路鞋。相形之下，自己越发像个乡巴佬。匆匆打个招呼，还是要走。

小胖子笑道："何必走呢？既然幸会，我就给你们介绍一下好啦。来来来，这一位是范淑娟女士……"

楚用手脚无所措的，脸又通红了。对着那个约莫十八九岁、在三个女子当中身材算是顶高的范淑娟，真不晓得该怎么行礼，是作揖，还是鞠躬呢？

好像故意要窘他似的，小胖子咯咯地笑道："楚襄王向来绷他开通，绷他见过阵仗，为啥不和范女士行个新式礼，拉一拉手？……嗨！告诉你，范女士是懿行女子学堂的学生，和舍妹、舍表妹同学。不特文明开通，国文也很好，是她们学堂里出色的高才生。"

范淑娟真了不起，脸上没一点羞涩样子，还嘻开一张微嫌上唇过短的嘴，把粉红色的牙龈全露出来，向着比她几乎高到半个头的楚用说道："二天送几篇国文来，帮我指点指点。我晓得你们贵学堂的国文程度都高。"

林同九向楚用把眼睛一挤道："看人家多大方！楚襄王，你又拿啥来向人家求教呢？"

接着又介绍了他的妹妹林同英。说是才满十六岁，真不像。胖胖壮壮的，一张圆脸，细眉小眼，和她哥哥一模一样。矮一些，白一些，也爱笑，没有范淑娟大方。他哥介绍时，羞得把脸藏在她表姐杜暖云的背后。等到楚用向杜暖云深深低下头去，才又伸出眼睛来看她哥哥的这个同学。

在最初一阵拘束后，到底因为有了和表姊相处半年的经验，楚用才消失了从前那种在女人跟前过分的羞怯；渐渐稳住心神，来回答林同九的问话：

"唉！我就是还没回新津去哩！也要回去了。不是明天，定是后天。……没有的事！老实说，不是我不热心爱国，因为……怎么说哩？……我在同志会确实写过名字，但没有担任啥子职务。当然，我就不像王文炳那么热心了。……王文炳吗？他担任啥职务我一直不清楚，他自己说很忙，好像总务部也有他，文牍部也有他，讲演部也有他，交涉部也有他，大概是他自己说的能者多劳吧！你是不是要找他？"

"我才不找他哩！一个多月的暑假，已经过了一多半的时间，简直没有伸伸抖抖地要上两天，还去找些无干得失的事情来打麻烦吗？"

楚用不由笑道："这话幸而在我跟前说……"

"就在王文炳他们跟前，我一样要说，顶多骂我是凉血动物罢了。其实，据我看，光在会场上喊一阵反对，未见得就能保得住路权。盛宣怀既得了摄政王的宠信，又有洋人撑腰，只一些四川耗子躲在洞里叫唤，你吓得倒他吗？我屁都不信！"

楚用对这回风潮的见解，本和林同九差不多。但是经林同九这样毫无忌讳地说出，他又觉得不对。正想找理由驳他两句，偏偏那个范淑娟好像故意似的，把悬在殿柱上一副黑漆金字木刻抱联，朗朗地念道："一坏土，尚巍然！问他铜雀荒台，何处是漳河疑冢？三足鼎，今安在？对此石麟古道，令人想汉代官仪！……"不但念，还喊着小胖子问道，"同九哥，这真是崇实撰的楹联吗？你说好不好？"

"岂止我一个说好，许多大名公都作过定评的。自然不是崇将军撰的，谁也知道是他的幕友，江南名士顾复初顾子远，又号道穆，又号潜叟代笔的。你莫光欣赏联语，你再看看这笔字，写得何等好法。"

原来林同九家虽也和范淑娟家一样，开着一间不大不小的绸缎铺，他父亲却是一个累举不第的老秀才，对写字、作画、撞诗钟、打灯谜、撰对联这些小道，都很精通；并且又熟悉成都掌故，尤其成都三学中的掌故；平日在家，酒后茶余滔滔不绝的，就是这些，他的儿女们耳濡目染，说到这些上头，并不外行。

"同九哥这样凑合对文作得好，到底好处在哪里哟？"

"楚襄王，你来回答这个问题。"

"人家问的是你。"

"叫范女士自家说，问的是哪个，是你，还是我？虽说提着我的名字，用意却在考你，这叫作声东击西。"

大家都笑了。

范淑娟似乎有点不好意思地说："同九哥就是这张利口讨厌！不管生人熟人，总爱说笑。说真话，我硬是在问你。"

林同英接着说道："哥哥晓得的。他前天帮爸爸抄集成都名胜楹联，每一副对子的典故，爸爸都有注解，还跟他讲过哩。"

杜暖云比林同英大三岁，有她胖，有她白，也有她那么矮。当下也说："我就不曾听见姑爹讲过这副对子，所以九表哥才着雷打慌了朝树子上支！"

又是一阵笑。

林同九把发辫上搭的丝绦子从腋下拉过来，在手指上甩着圆圈道："尽在这儿斗嘴，没得意思，吃茶去吧。"

楚用道："船房里的方桌都遭人占了。我才从那里走来不多久。"

"真是天生乡巴佬说的话！到武侯祠来吃茶，还到那些卖茶地方去受挤花钱吗？"

"那你有啥子办法吗？"

"自然有的！找着当家道士，打个招呼。他自然而然会把我们请到大花园里的抱膝独吟轩，恭而敬之泡上顶好的青城茅亭茶请我们喝，摆出专门用香油做的素点心请我们吃。休息吃喝够了，把嘴一抹就走，分文不花，才算角色。"

又是他妹妹把秘密揭穿了，说："是呀！这里的当家道士会写字，时常到我们家去和爸爸研究，爸爸也时常拿笔、拿墨、拿纸送他。上月还送过他一部啥子帖，说是中华书局才影印出来的。所以哥哥认得他。我们来了，他要招待的。"

林同九笑了起来道："这个鬼丫头，专门抽我的底火！以后再不带你出来了！"

二

这是从来没有的事。

堂屋后间格外接出一段檐口，把浅浅半间房子变成一间宽绰光亮的倒座厅——完全按照郝达三家那个格式改建，而格外多装了两垛花格玻璃窗的饭厅，平常吃饭方桌上菜饭都已齐备，黄澜生一家正待举箸时候，菊花才回来说："楚表少爷说，他不吃饭。脑壳痛，还要多睡一会儿。"

黄家同郝家一样也是那个老规矩：食不言，寝不语。万不得已在吃饭时候必要开腔的话，那也只是说些风花雪月无干得失的事情。所以到大家都快吃完了，黄澜生一面喝汤，才一面说道："子才近两天像有什么心事吧？夜间摆起龙门阵来，很少搭白；消夜时，吃酒也不起劲。昨夜我留心看了看他的神态，颇有些郁郁。太太，你觉得不？"

黄太太只点了点头，等两个孩子下了桌子，由何嫂带往耳房去洗脸，自己也漱了口，接过菊花绞好的热水洗面巾，擦着嘴唇和手指时，才又说："怎不觉得？还待你问吗？"

"那么，为了啥子？"

"想必是在这里住厌烦了，想家。"

"想家？回去就是啰！并不是我们要挽留，是他自己害怕牵涉到同志会去，才托词不走的。"

"那我就不晓得了。我不是人家肚里的蛔虫。"

"你该问问他。"

"人家自己不说，我怎好问？"

黄澜生也洗过脸，站起来，跟着太太走进卧房的后间。这是太太梳洗打扮和偶尔拈针穿线做活路的地方。老爷有时也放着书房不起坐，而到这里来同两个娃儿作戏玩。现在是太太坐在梳洗台子跟前的大理石面方凳上，老爷坐在对面不远一张有扶手的太师椅上，各抱一只广东制造的鲨鱼壳黄铜水烟袋，专心致志抽着饭后消食水烟。

最后，还是老爷吹了烟蒂，旋用铜夹子挟烟丝旋说："我说，太太，你还是该问个明白。子才固然是二十一二岁人，不比小孩，但他毕竟是亲戚，又是晚辈。既然住在我们家，我们就有照管之责。万一有个三病两痛，我们怎么向他娘老子交代呢？"

黄太太笑着，把包在口里的浓浓一股青白色烟子直向老爷脸上喷去道："你这个人呀，说你老好！你真老好！精精壮壮的一个小伙儿，几天不舒服，也不会就倒床。何况人家害的还只是心病。心病须将心药医。我早已清楚了，用不着再问。"

"心病？是什么心病？"黄澜生眨着眼睛问道。

"那就老实告诉你，人家怄了我的气了！"黄太太还抿着嘴皮一笑。

"哎！这是怎么闹起的？我看你待他并不错，客客气气，亲亲热热，还有啥子气可怄？"

"你不晓得，原来我请女客那天……"

黄太太把那天情形大约说了一遍，然后道："我看他走得很强勉。本来叫他早点回来，我还特为他留了两样菜，意思就是要安慰他一下，再细细给他讲一讲成都的风气，有些地方就是那么闭塞；岂但他们外州县人想不通，连我也还不舒服。可是你看见的，那一夜他就没回来。第二天下午，你快下局子了，他才回来。就从那时起，马起一张脸，蹙起一双眉头，不问他，没一句话交代；问着他，也吞吞吐吐地只说在一个同学家里耍。拿那天以前比起来，简直变成两个人。说真话，以前，子才多巴适我的，样子也至诚，就不说是我的儿子，也真像是个同胞共乳的亲弟弟。现在哩，离皮离骨的。有你在跟前还好，到底有说有笑。如其他回来早点，只我一个人时，再也不像以前那样特特找着我说这样讲那样了。就是我到小客厅找着他，他也有心躲我，不是人躲着不见我，是同我对着面，也把眼睛看到别的地方。这样子，不是怄了我的气，故意摆脸子给我看，还有啥呢？你叫我问他。你想想，我又咋好问呢？难道叫我给他磕头赔礼，讨他的喜欢不成？哼！也太过分了吧！不管怎样，我总之是长亲啊！"

黄澜生还眨着眼睛想了一会儿，不以为然地摇摇头道："太太，我看你用心太专，这一箭不免射冒了靶了。你颠倒来想一下嘛，如其子才果真怄了你的气，他为啥不趁此回家呢？他为啥要留在这里同你赌气？他也不犯着要摆脸子来得罪你。我看子才这人，还不那么糊涂。就说夜里摆龙门阵、消夜时，他对你仍旧恭敬而亲切，你说他怎么怎么不对，那是你心有成见的缘故，也是新学家说的戴上了颜色眼镜，所视便无正色了。我说他有心事，是在他不经意时候，从他眉宇神态中看出来的。你说他不拿眼睛看你，依我揣测，并不是他对你有何不了然，而是他有什么不可告人地方，怕你从他眼睛里看出来……"

"嘻嘻！……哈哈！我就这么能干！那我可以改行看相了！"

"你不信吗？孟子说过，'胸中正则眸子了焉，胸中不正则眸子眊焉。'我在发审局当过差事，有过历练，真的，一个人做了坏事，最瞒不过人的就是眼睛。"

太太又一口烟喷在老爷脸上，笑道："你看看我的眼睛。做过坏事没有？"

"嗨！你就是这样打岔我的话！……你做了坏事，用不着看你眼睛，从你嘴巴里就晓得了。……好了，好了，我们说正经话吧。你说子才几乎天天都在他同学家里玩耍，甚至一夜不归。你可曾问过他同学姓什么？家里是做什么的？有老人没有？以前并无来往，而今为何一下来往得这样亲密？而且还不是来往，是往而不来。我疑心子才所说的同学，是不是确有其人？纵令真有这么一个同学，该不会闹些啥子不可告人的外务吧？太太，你看我这一箭该不会也冒过了靶了吧？”

黄太太的笑容渐渐收敛起来。从她低头吃烟的样子看来，知道她承认了老爷的箭是射中了靶，说不定还射中靶上的红心哩。

黄澜生更有劲地说道：“二十一二岁的小伙子，又无人情世故，正好务外时候。如其同学们都能像王文炳那样正派子弟，那又好啰。学堂里是良莠不齐的，有好人，就有坏人，有正人君子，就有下流痞子，甚至还有谋反叛逆的革命党人。革命党现在各学堂都没有了，丁未年那一次，算是连根拔尽，倒不去管他。可虑的，便是那些下流痞子。这类东西一沾染上手，嫖、赌、嚼、摇、鸦片烟，哪一件不可把人拉下浑水？嚼、摇、鸦片烟为患还小，并且可以防范，可以戒除。唯有嫖、赌这两样，那就贻害无穷。子才如其不住在我们家，我们用不着操心，成龙成蛇是他楚家的子弟。不过既住在我们家里，我们就应该照管了，你说对不对？”

“你也未免过虑。”太太还有点信不过的意思，“就说嫖、赌，没有钱，行不行呢？子才就是没有多余的钱。我还问过他要不要钱，他说不要。看起来，那两件事，嗯！只怕未必？”

“不能这样说。你不知道天地间偏有这种人，他安心勾引人家子弟下水之先，并不要你拿出多少现钱，等你钻进圈套着了迷的时候，然后扎实整你一下，不把人整得血流不止，不松手的。这叫先撒窝子后钩鱼。坏人的手段狠毒不过的。”

“你是过来人，无怪这样清楚！”太太又开起玩笑来了。

罗升在倒座厅门外咳嗽了一声。

“什么事？”

“局上有人来说，饶大人今天要到局，请老爷即刻去。”

“好吧，叫大班提轿子伺候。”

菊花不等呼唤，已将官靴提来，顺手把水烟袋收了去，连洗脸铜盆，连洋葛巾一齐递与罗升。

太太亲自服侍老爷穿铁线纱马褂时，说：“你不是说饶凤藻要调了吗？为啥还又下局子来？”

“调是准调，听说调督辕民政科参事。这是一个新设的幕僚差事，权很大。今天下局，一定是来检点移交事宜的。"

"他走了，下一个总办是哪个？"

"还没消息。候补道这么多，总有一个来的。"

"你的差事该不会脱吧？"

"很难说。目前州县班子的候补人员一大群，像我这样有产业，不愁吃饭、穿衣、住房子的，并不多，看我几年来差事没脱过手，有几个不眼红？现在头脑更换，正是机会，钻营的自然有人，不过我倒不恋栈。一则月间几十两银子的薪水真不够我应酬开销；二则葛寰中已经在替我搞干，一任经征局长下来，是很可观的。仅只一点，听说成都府属十六州县的局子，早已人满为患，腿肚子都大，比如唐豫桐这样的人就很多，我挤不赢。葛寰中说，越是偏远地方，越容易，像酉阳、秀山……"

"算了吧，莫再说了。酉、秀、黔、彭都在山垭垭里，那么远，去充军倒好！"

"自然啰！酉、秀、黔、彭太远一点。葛寰中说，也不是我辈去的地方。听他口气，下川南和小川北都只几百里路程，不算远也不算近的州县，或者可以。"

黄太太仍然摇着头道："就有三天路程，我还是不跟你走的，我从没出过门。不过我晓得，在家千日好，出门一时难。我不像大姐，甘愿当丈夫的烟荷包，连贵州省那样远的地方，也不怕辛苦，跟着丈夫跋山涉水。我就不相信，当婆娘的难道当真就一年半载离不开男人了吗？总之，话说在前，不管你将来的局长在哪一县去当，近也好，远也好，我一定留在成都，替你照顾门户，管教儿女的。我决计不走！"

黄澜生笑道："局长还在未定之天，太太先就辞差不干。这官，还有啥做头！好吧，等我再去同葛寰中从长计较一下。"

黄澜生走后，振邦也由何嫂送往同街一家私塾上学去了。婉姑儿在耳房里，由菊花伴着，拿几块碎绸子学着给洋娃娃做衣裳。

黄太太照着镜子，略为收拾。心里一面想着，老爷果真当了局长，譬如地方并不远，就在下川南的嘉定府那几县，一水之便，上路并不坐轿，并不早行夜宿，而且一路上又可观山玩水，雇一个好手艺厨子随着，还可做鲜鱼吃，这又走不走呢？但是举眼把房间内外一看，陈设得这么整齐，收拾得这么漂亮，叫把这些丢了，到一个陌生地方，别说起居行动没有家里方便舒适，就平常要找个熟人摆谈下子，也不容易呀！作客的苦况，她大姐说得多了。何况要丢下这所公馆走开，心里也不好受！一下，又想到楚用。适才老爷揣测的那些，自己确乎没有想到。这小伙子虽然不像一些世家子弟聪俊，可也不像一些世家子弟轻浮。乡下人也有乡下人的可取处，那就是诚恳朴实。半年来，这小伙子常在身边周旋，仔细想一想，还找不出什么大毛病。如其真像老爷所料，被下流痞子勾引下水，未免可惜了。老爷只叫问清楚，没说到问清楚之后如何办。想来，也只是切实告诫一番，把他送回新津罢了。但这也不是办法呀！送回新津，难道就不要他再来进学堂了吗？难道从此就不许他再到这里来走动了吗？都办不到的！告诫哩，要是迷了窍的人，哪怕你就口里说得流血，他也只会当成苋菜水。那么，怎么办？黄太太因而想起她那个死去的哥哥。听母亲说起来，也是在十九二十岁时，在外面胡乱嫖赌，简直没法管得住，后来由孙雅堂孙大哥做主，把嫂嫂接过门来，果然一下子就拴住了野心，就归了正。看起来，还是该对症发药啊！但是这药呢？

"三妹子今年不是已经二十二岁了！比子才大几个月，也算相当。把她说给子才，他家没有话说，去年他老子便曾拜托过我们；妈也不会有话说的，只要我作了硬保；就只澜生这个人有点迂执，一定会说行辈不同，怎好匹配？其实亲戚已经是瓜葛亲了，就在亲戚中间，这样的例并不少，孙大哥的堂嫂，清起来还高两辈哩！"

黄太太想到这里，很是得意。再把楚用和他的三妹混同着一思考，脑子里立刻出现了一对新夫妇。男的好像略为有点傻气，女的是一脸的狡猾样子。"女的强点，男的正该弱点，这才配合得起。大姐懦弱，正好配一个精明强悍的孙大哥……"

她决定去找这个小伙子。假使黄澜生所料不差，她当然要照她设想的去做。即令黄澜生料错了的话，她也要把这头亲事提说出来。为啥子？"为了把这小伙子拴住！"

小客厅里阒无人影。再朝通客房的门上一看，天蓝哔叽门帘纹风不动地垂着。

"咦！还在睡！这小伙儿莫非当真病了？"

把门帘撩起，花格子门扉原来大开着，房里也没人。床上的蚊帐门已经高高地分挂在帐钩上；猩猩红呢面夹铺盖已折叠整齐，摆在凉席上。再看衣钩上挂着的长衫和洋伞都不在。显然人起来后，并非上茅房或到后院去洗脸漱口，而确实上街走了。

黄太太赶快走进房间，再把放在后窗台下，也就是放在单人架子床旁边的条桌上一看，果然，经常和人在一处的钱包、纸烟、洋火，俱已无踪无影。桌上地上到处都是纸烟灰、纸烟头、洋火梗。

一下就生了气，黄太太不由大声喊了出来："嗨！真是哟！也太自由自在了！我这儿是客栈吗？就是客栈咧，出去进来也该给掌柜娘打个招呼呀！……"

恰恰何嫂回来，拿着扫帚、鸡毛掸帚、小水桶和抹布走到小客厅，一面挂门帘，一面应声说道："那倒莫怪人家楚表少爷！我头一道进来收灯盏的时候，人家刚起来。才穿鞋，就问表姊呢？我说正在吃饭，你去还赶得上。人家说，昨夜不晓得啥缘故，老半晚睡不着，清早一睡，就头痛，胃口上也有点翻，不想吃饭。劳烦我跟表姊表叔说一声，他剃头发去了。说是老毛病，在学堂里总是找剃头匠通通头发，再周身搬打下子就好了。是我进去忘记说了，跟手你们吃完饭，我又去经佑两个小人子，一直就没记起人家说的话。人家原本打了招呼的，只怪我没有替人家传到。"

何嫂旋打扫旋说，黄太太也便旋听旋气散。到末了，何嫂快要打扫完毕，黄太太才笑着说："像你这样旋说旋忘的记性，以后还不知要误多少事哩！幸而这里只我们两个人，楚表少爷该不晓得我在骂他吧？不过也难说，你们这些人的嘴！……"

"好啊！太太，你莫一竿子把人打尽了！我就不是那种吊起下巴乱说话的人！我帮了十几二十年的人，连到你这里，算是帮过七家了，我从没有遭主人家说过我口不稳，爱翻是非。就因为我晓得人家说话，哪里没有一点轻重，有的说得，有的说不得。太太，像菊花和灶房里老张这两个人，你倒要留心。张大爷呢，越老越糊涂，平时嘴喳喳的，听见啥子，就说啥子，凭你再骂他，也更改不了。菊花呢，也学得一张寡嘴，有的说，没的道，好比那天……"

黄太太连忙止住她的话头说："我晓得了，不要你再来指教我。打扫完了，快点去把衣裳洗起来吧！"

看着何嫂放下门帘走后，黄太太才冷笑一声，自言自语道："好人！就只她的嘴最不稳，就只她最爱翻是非，得亏我晓得她的脾气……这是啥？"

黄太太正待转身，忽然看见枕头角下塞了一件东西。她不禁伸手拉出来一看，一张大白纸包成一个扁平的纸包，皱得像老太婆的脸。大概包好了又打开，打开了又包好的次数过多，同时又经枕头压过的缘故。纸包不大，并且是软的，一面寻思："是啥子好东西包在里面？"一面就放在桌上去拆。没粘糨糊，很容易拆，只是拆一层纸，又一层纸，外面是白对方纸，里面是白洋纸，是蜡光纸，是花纸。最后显示出来包在里面的，并不是什么稀奇东西，才是一张普普通通的抽纱编花白洋纱手巾。

黄太太起初还只是笑了笑，心想："好傻哟！一张手巾嘛！也值得这么珍重！"但是展开一看，心里就犯起疑来。原来是一张女人用的小手巾，并且不是新的，甚至还染有几团红色，很像是嘴唇上的胭脂。

"噢！这小伙儿硬是有了外务啦！这不是那些啥子坏女人、烂婆娘送的。难道还……"

说不下去了，并且立刻感到脸颊上顿然有点发烧。同时不自觉地把右手手背堵在口上，好像要把刚才低声骂出的那些不好听的字眼给挡回喉咙里去似的。因为她看见手巾角上有一小朵用蓝丝线扎的兰花。这是她的手巾呀！兰是她的名字。她姊妹三人，大姐叫梅君，她行二叫兰君，三妹叫竹君，因此她们用的东西，从手巾到裹脚布，都用各人名字打下记号：一朵梅花，一朵兰花，一片竹叶。这已成了习惯。

再下细一看，并且记起了这手巾是七八天以前才失落的。那天，是楚用特特邀约她到悦来戏园看京戏。演戏当中，楚用在男宾堂座内写了一张字条，叫服务的幼童送到女宾楼座上给她。蚕豆大的楷字，写得一笔不苟：请她不要吃点心，散戏后他在梓潼桥西街女宾出口处等她，一同到劝业场前场门口去吃水饺。因为她从楼栏边向着楚用微笑点头，表示同意，还引起堂座中好多男宾的注目；并引起服务女宾的一个老妈子的误会，故意来献殷勤，问她要不要给楚用送个纪念东西去；甚至引经据典地讲出某知府大人的姨太太、某知县大老爷的小姐、某女学堂的几个女学生都是在这里搭上了男朋友，都是她同某一个幼童传书递柬送纪念品的。黄太太当时又好气又好笑，还故意给那老妈子开个玩笑，凑着她耳朵说："那个小伙儿早就是我的朋友了，我们的交情正酽哩！等我要厌烦了，二天要另找新朋友时，再请你拉皮条，只要服侍得这些太太们喜欢，锭把银子的赏号不在乎的！"还逗得那坏东西连屁股上都是笑。吃水饺时候，她曾悄悄地把这故事告诉过楚用。他笑得满脸通红。现在回想起来，这手巾就是那时掉的。"那儿团红颜色，有点油渍，不是从我嘴上揩下的红油吗？"

她一扭腰身就在床边上坐下来，把手巾握在手上想道："一条脏手巾，偷了来不为出奇，还像宝贝样用这些好纸包着，塞在枕头底下，这是啥子意思？"

这是黄太太自己欺骗自己的想法！难道她真果不晓得楚用怀的是啥子意思吗？这，也有她的理由。她从自己的经验，从许多大小传子书上所讲，她认定女人从十四岁到二十岁，算是一朵花，这时节，才应该风流放荡，才应该得到男子的迷恋，和享受男子的奉承。过此到二十八岁，算是花已盛开，只有一些狂蜂浪蝶，偶来照顾，如其女人本身还存什么妄念，那就该鄙薄了。二十八岁以后，更不必说，没有出嫁的，称为老姑娘，不但嫁人无望，就想胡行乱为，除了老头子外谁还愿意招揽？嫁了人的，大家都称为子孙婆婆，换句话说，只应该给丈夫生男育女，管理家务，平平静静、本本分分做一个内助。当了贤内助而尚要像二十岁以前那样来荒唐，这岂止要招人议论，自己想起来也会害臊的啊。

黄太太今年将近三十岁，已经当了十年的官太太，有儿有女，在乡党和同寅中间，谁不恭维她是一个又能干又正派的女人？她仗恃这一点，有时便不免有些不羁地方，别人以为她在卖弄什么，其实她是出于无心。比如在悦来戏园那段故事，她为什么要告诉楚用？只不过以为是谈笑资料，只不过要证实老绅士们訾议成都风俗败坏，由于周孝怀之开办娼厂唱场确乎不是冤枉他的话。她那天不但告诉了楚用，还告诉过黄澜生。黄澜生听后倒一笑置之，并不认为稀奇；楚用这个年轻小伙子，却花了心，动了邪念，居然把她使用过的手巾偷来当宝贝！

"这小伙儿真是一个没有开过眼的乡巴佬儿，连我这个老娘子也看上了。唉！早晓得这样，那天实在不该把那笑话告诉他。说不定这乡巴佬儿还以为我心里已经有了他，故意捏造一番话来逗他哩。"

既然形迹已露，这事怎么下台哟？

黄太太反反复复想了好一会儿，不理会是不行的，闹开来也不好，严厉地责备一顿吧，会伤人家的心。不管怎样，人家总归是好心肠。若是不教训几句，又不免宽纵了他。只有这样：轻言细语来讲道理，又要把人家说得心服口服，又不要伤人家的感情，何况"还要替三妹子撮合哩！……噢！太难了！莫非这一回又是命中注定的？"

黄太太猛一抬头，糟糕！这个该挨板子的小伙子不知什么时候，竟自轻手轻脚地溜了进来。洋布长衫已经脱下，提在手上，头发果然剃得光光生生，发辫也梳得油光水滑。但是青春焕发的脸上，却红一块，白一块，牙巴咬着，额上青筋暴起，从眼里流露出来的，更是一种又羞愧、又恐惧、又惊惶、又粗暴的复杂神情。显然他已看见她手上握着的东西了。他这样子，要出事！是的，要出事的！……

三

字示用儿知悉，光阴迅速，日月如梭，放假以来，不觉二旬有余。我与汝母汝姐，汝妹汝弟，天天望汝回来，家庭聚首，吾儿然何留恋锦城，乐而忘返？日前有吴凤梧管带来县，带回汝之安禀，始知汝已移住黄表叔府上，我与汝母方才放心；并知汝加入保路同志会，为国为川，我极高兴。现在县中亦已成立同志会，大家公举我为文牍部长，汝之外公也慨然出山，担任会长。有许多要事，因汝在省熟知，极想与汝商量，兹特写信催汝火速回县一行，不得迟延！若汝三日不回，我只好来省……

楚用眉头打着结，把刚由邮差送到的一封家信念与表婶听后，便走到美人榻前，紧紧挨着黄太太坐下。同时把两张土纸信笺向她膝头上一摊道："你看，糟不糟糕，偏这时候催我回去！"

黄太太把头一扭，恰好和他面对面地对着。眼睛眯成了缝，嘴唇微微翘起，在唇角上挂出一种又高兴又狡猾的笑意。说道："我看，并没啥子糟糕的。叫你回去，就回去好了。说起来，原应该早些回去嘛，哪个叫你赖在这里，舍不得走？"

"就是舍不得你！"

"舍不得？你能跟我一辈子吗？莫再说那些傻话。好儿子，你娘是历练过来的，这些傻话听得多了。你是才出林的笋子，嫩得很哩！好好听我说，还是回去的好，赶快走，莫要三心二意！"

楚用急得连眉梢都红了，一面折叠着信笺，一面气哼哼地说："真可恶！我们才打了交情，你就这样推搡我，你把我的情爱看成了臭狗屎了吗？"

"咳！骂起我来了？"黄太太还是在笑，不过两眼已经大大张开，自然而然流露出一种冷冰冰的光芒。

楚用赶快分辩说："我怎敢骂你。是我有点着急，把话说错了，我的意思是……"

"不要花言巧语。你还老实，骗婆娘诳婊子的话莫那么容易就学得会的。我们打开窗子说亮话，我也晓得你这个小伙儿才接近了女人，自然有些吃不够的意思。不过也该明白，我到底不是你的老婆，也不是你包得了的坏女人，我们的情好只能逢场作戏，不唯不能随心所欲，连命都不要了的样子，就在平日还应该更加抑制，这样下去，一则细水长流，在热的时候，大家也才感得十分有趣；二则也才不致胆大妄为，在人面前露出马脚。我叫你赶快回去，是推搡你吗？难道我是没良心的人，才同你情好了两天，就不要你了？我不是那样下贱女人，光图你的青春年少，巴不得一下子就把你吞在肚里，扯过背又记不起你这个人了。不是的，我为我打算，也为你打算。设若这个时候我留你不要走，你自然高兴。但你想想，三天过后你老子真个来了，追究起你不回去的原因，你拿啥子话来搪塞？你敢说舍不得表婶这一句话吗？那时，你老子要生疑心，你表叔难道又不生疑心？你莫把你表叔当成一个没出息的老好人，要是晓得这顶绿帽子是你送给他的，哼！你看吧！……"

她又眯上眼睛笑了起来。并且把手放在他肩头上一摇，道："设若你是他的上司，能够给他一点好处，那他倒巴不得你同我好！……我们不要说得那么深沉，总之，我叫你回去，并不是坏心肠，这一层你该明白了吧？"

楚用从肩头上拿下她那只柔若无骨的手，紧紧握在自己又大又粗、又热又汗的掌中，诚恳地说道："是的，好婶娘，你为我好的意思，我怎么不懂！走，只好走啰！但是，咳！……不怕就只十天半个月的分离，叫我如何舍得？"

"又来了。我问你一句,你舍不得的,是我这个人哩?还只是我的身体?"

楚用想了想,仍然不懂她的语意,只好问:"你说的是……"

"譬如说,前两天被你估逼着答应和你情好的,是另一个女人,不是我。你今天心里舍不得的,是你黄家表姊哩?还是那个同你睡过的女人?"

楚用也笑道:"这何消问?舍不得的,当然是你这个乖乖姊娘!难道还有另一个人?"

"唉!你真个不懂我的话哩?还是假装不懂?我再问你一句,在同我情好以前那几天,你硬是在你同学家里看他老子画画写字,硬是除了这个外,便没有另外的人,也没有另外的事吗?你平日对字画一窍不通,我们家到处都有字画,从没见你留过心。我打赌,挂在客房里的那幅张船山写的单条,你就背不出。若我说了冤枉话,你立刻背出来,我让你亲一百下。……背不出来吗?不要脸红!要你脸红的话,就来了!……那么,你那同学家里必有一个什么人,必有一桩什么事,使你着了迷,因此,你才舍不得冲回新津去。看人家老子画画写字,全是假话。老实告诉我,使你着迷的,到底是啥?"

楚用果然满脸通红。并且颇为尴尬地笑也不好,不笑也不好,只是垂下眼皮,低下额脑。

黄太太从他掌握中抽出手来,用两根指头端起他的下巴,笑吟吟逼着他的脸道:"怎么?说着心病了吗?你表叔教过我看相,说是一个人的心事,全可从眼睛里看出来。我今天倒要试一试。把眼睛抬起来,看着我!……不准躲闪!……啊!果然,我看出了!好儿子,你同学家里原来有一个女人!……唔!还是个年轻女人。……唔!说不定还是一个梳帽根儿的女子。好儿子,你着了迷的,就是这女子。你瞒得我好!你还骗我说,活了二十二岁,除了我,没有爱上别一个女人。说是除了我还没和别一个女人勾搭过,我相信,说是除了我没有爱上别一个女人,那就诓不着我了!……不准分辩!等我再看一下这女人是谁?……唔!好像是你同学的姐儿妹子?说不定是姑姑?是嫂嫂?……"

楚用忍不住大笑起来,仍然把她的那只手紧紧捏着道:"好姊娘,莫捣鬼了!老实告诉你,林同九的妹妹还是个没长成人的黄毛丫头,同我谈过话、研究过一篇文章的,是他妹妹的一个同学和他的表妹……"

"哦!还是一箭双雕啊!"不等他说下去,她抢着说,"难怪不冲回新津去，连我家也可回不可回的了。说真话，设若那天你发疯的时候，我偏不肯答应你，一直到眼前，你还是你，我还是我，我们仍然是规规矩矩的一个表姊一个表俤，试问，你这时候还舍不舍得走？若说舍不得，我敢说必不是因为我。我是太太，我是有儿有女的妈妈，我是三十岁的老娘子，我是一个啥都认真、啥都看得明白的泼辣女人。人家哩，又是女学生，又会研究文章，顶吃香的是又年轻，想来都是二十岁以下，花骨朵儿样、掐得出水的、又标致、又嫩气的美人，性情一定又很温柔。何况左拥右抱，一来就是两个？何况现在打了朋友，不几天就可男婚女嫁，一个娥皇，一个女英，白头偕老，子孙满堂？……"

"让我说两句，好不好？"楚用蹙起眉头，很着急的样子。

"不，等我说完了，你再说。……现在说舍不得我，很明白只是眼馋肚子饿。好儿子，你这些鬼八卦骗不了我的，我在男女关系上，过的桥也比你走的路长。所以我说，你舍不得的，何尝是你喊的乖乖表婶娘，只是一个普普通通的、叫你挨过边的女人。设若这女人不是我，是你同学家那两个年轻妖精，好儿子，那你才当真舍不得走！……这不是冤枉话，设若你在同学家早得了手，早挨着了那两个女子的边，恐怕那天也不会发疯……唉！简直不会再回我这里来的了！好儿子，天理良心，我们的情好只算是逢场作戏。我并不懊悔这两天和你过了一些糊涂时间。我也不故意说，是你估逼我，是你勾引我；我也不贪图你的青春年少，要把你连皮带骨地捏在手心里不放。可是你也不要贪恋我，更不要诳骗我。留点余味在口里，有时吮一吮，倒有趣得多。现在只一句话要嘱咐你，不管你将来怎样，对我是真心是假意，我们的事，总不应该当成龙门阵摆。设若要摆，也不应该提名道姓。我不怕人家笑话，我本来不想立贞节牌坊。只是你表叔晓得了，却不会答应你，将来邦娃子长大了，说不定还会杀死你的，我是为你的好啊！"

黄太太越说越激动，越说越凄凉，说到后来，几乎语不成词。楚用定眼看着她，心里只觉得突突地跳个不住。等她住了口，不由感叹一声道："好婶娘，你心思真细！不过也太弯曲了！像这样无中生有地想事情，你自己要吃亏的！……"

"无中生有？怎么说是无中生有呢？"黄太太倒诧异起来。

"不是无中生有吗？例如你猜想的那两个年轻女子，你以为她们都是美人吗？唉！说穿来你真不相信，确确实实像你平日说的，立起来像冬瓜，横起来像葫芦。你以为她们有学问吗？却不晓得两天里头拟了一篇女界同胞上保路同志会书，一会儿骈几句，一会儿散几句，转不过气的地方，又夹一些白话，简直不成一篇东西，连你平日看的《再生缘》《来生福》那些唱本都不如。真的，无论从哪一点上讲起来，连你一根脚指头都比不上，怎么会疑心我舍不得她们？我可以赌个血淋淋的咒，我舍不得的硬只是你！要说我着迷，那么，我迷的也只是你！你自己不知道，你才算是一个真正的美人！你自己说你年纪大了点，其实有好多十七八岁的女学生，能有你这样嫩面吗？如其我不着了迷，我那天敢那么大的胆量吗？但是那天也得亏你发现了我的秘密，我才横了心，破住你骂我，你打我，你撵我，我这藏了两三年的爱情，必定要表示的……"

黄太太早已眉花眼笑地说道："你扯谎了！你在我家来走动才半年工夫，难道没有和我见面以前就爱起来了？"

"你记不得啦，爸爸带我上省考插班那年，不是先来你这里，拜会过你和表叔？我是见你头一面，就爱上了。"

"唉！你这个坏东西！我想起来了，那时你还没有现在高大，一个怪难看的苕果儿相貌。想不到竟这样坏法！"

"这不怪我，只怪你生得太逗人爱了。"

两个人挤得更拢。楚用慢慢把一只手伸去，搂着她那浑圆的肩头。

"妈妈！楚表哥！……有客来了！"婉姑儿一面跑，一面喊。

楚用霍地站起来，向书桌边抢过去，还没坐好，婉姑儿已经跑进书房。

"有客……找你的！他问我你走了没有，我说，你没有走。"

"唉！小姑娘，你太诚实了。怎不说我已经走了呢？……是哪个人，你可认得？"

"我认得，来过两回的。"

菊花已经跟着进来说："是那个姓彭的。说是才由簇桥进城。"

"哦！是彭家骐。他进来了吗？"

"我请他在大花厅里等。"菊花接着问，"泡茶吗？倒便茶？"

黄太太微有一点不乐意的样子说："倒便茶！……千万莫让进来，也莫邀邀约约地出去。你简直就说明天一早走，我这里有些什么事情要交代。早点送了客进来，我还有话说。你表叔大约快下局了。信，放在桌上，等他回来好看。"

大花厅在穿堂东头，仅只后窗临着庭院，从磨花大玻璃窗上看出去，可以看见假山树影，其实没有花。房间颇大，靠后窗一张挺大木炕，炕上是紫檀嵌鱼骨花条几，几上是大花瓶和双鱼吉罄架，几下凭中又是一张紫檀镶大理石面的炕桌，炕桌两边各放一只又长又大、四方形的贵州红漆皮纸炕枕。靠壁两溜花梨木大八仙椅，前窗台下品排安了两张也是花梨木的大八仙桌。家具和地板都是光的，大宴会时，才有炕裙、椅披、桌围、地毡。一边壁上是八幅何子贞写的字屏，一边壁上是八幅郑板桥画的兰竹。

彭家骐被楚用走来让到大木炕上坐下，觉得不甚对头。只有挺起胸脯，用屁股尖沾在炕床边，一只手臂才能架在炕桌上，脚也才能放在踏凳上。如其朝里面坐进去一点，倒略为自如，但又空落落地手和脚都没个交代。

他一下跳了起来道："莫拿这些臭排场来方我！我不是官，我就升不来炕！"

跑到东边一张八仙椅上坐下，把鞋子摔脱一只，把脚蹲在椅子边，笑道："嗨！虽是自在些，到底不如里面那地方舒适。"

"里头是小客厅。……今天不便邀你进去坐，因为有客。"

"当面说谎！"彭家骐一面把麻布长衫脱去，一面呵呵大笑道："我才问过那小姑娘和看门大爷，都说没有客。"

楚用独自坐在木炕边，红着脸分辩说："当真有客，他们不晓得，是女客。"

菊花端茶出来。

楚用赶过去接茶，顺便向菊花挤个眼睛，回头说道："你不信，只管问她。小客厅里该是有女客哈？"

菊花毫不迟疑地接口说道："有的，是太太的妹妹龙家三姑娘，还有余家表小姐，还有……"

"有客也罢，无客也罢，你们就让我进去，我也不进去。我只顺路来这里问探一下，看你走没走。"

一杯茶不够吃，把主人名下的一杯也端去喝了。

"你们真小气，茶也不给人喝够。在我们簇桥嘛，不说斟茶是用的大茶碗，有时连茶壶也提出来，喝多少有多少。"

菊花笑道："我们也有大锡茶壶，我去提来。"

"莫叫太太骂你胡闹。只是找个大茶盅倒满一盅来也可以了。"

"楚用居然学秀气了。我问你，你为啥还不回新津去？"

"你怎么断定我没有回去过？"楚用一面取出纸烟来慢慢哑燃。

"那么，回去过。几时又上省来的？"

"百把里路，算得啥！今天来，明天回去，后天又来，常有的事，还不是和你一样，哪个去记日子哟？"

"倒是啰！你们县中的同志会可热闹吗？"

"那还消说！我只告诉你两件事，你就晓得了。第一，是我的外公侯保斋已着我说动了心，答应出山来当同志会会长。侯保斋，南河一带的舵把子，声望赫赫，哪个不知，谁人不晓，只要他的片子一飞，嚯！这一面邛、蒲、大，那一面眉、彭、丹、青，要多少哥弟，有多少哥弟；文哩，成立几十个同志会，武哩，起个几百堂家伙，全不费吹灰之力，只要罗先生他们打个招呼，我外公的上服一拿出去，要怎样就怎样，谅他盛宣怀、端方有多大本事，不把他们吓跑，那才笑人哩！……"

彭家骐没等他说完，已眉飞色舞地拿起巴掌把大腿拍得山响，说："着着着！有了侯保斋，南路的同志会就有了靠山了。老楚，你这个功劳不小，我一定在功劳簿上给你打上一百分！"

楚用哈哈笑道："罢哟！功劳簿又不是国文卷子，要你在上头打分数！"

彭家骐也哈哈笑道："怪话！难道你当真看见过功劳簿？"

两个年轻人便这样海阔天空地大说大笑，忘记了这是黄公馆的大花厅，简直就认作他们学堂的自习室和寝室。楚用尤其忘形。最近几天的爱情生活使他尝味了人生的乐趣，也使他尝味了人生的苦趣。已经抽到第三支纸烟，忽然听见二门一响，接着是轿夫的脚步声和招呼声。原来黄澜生已经下局回家。

楚用一下记起了表婶嘱咐的话，心里很是烦恼。看了看彭家骐，正谈到他们簇桥的舵把子，浑名叫黑骡子的，是如何如何的了得，年纪又轻，今年不过三十多岁，武艺又好，一把南阳刀耍得泼风似的，几十人近不到身边；虽然是义字号的龙头大爷，赶不上仁字号的龙头大爷侯保斋的声望，但是纵横几十里，连三岁娃儿也晓得黑骡子这个人的。看光景，光是什么黑骡子、白骡子就可以谈上半个钟头；倘再从黑骡子引申到老骡子、母骡子、小骡子，"我的天！恐怕吃了午饭，还须消夜哩！漫道我奉陪不下，就她也会下逐客令了！……"

他只好趁着彭家骐横起手臂用汗衣袖去揩口沫时，猛然蹙起眉头，叹了声道："你今天才进城吗？我已来了两天，明天一早就得回去！不过家父托黄表叔的事，如其办妥了的话，倒应该早一点走。你看今天赶到黄水河去过夜，来得及不？"

"要这样着急，是啥子要紧事吗？"

"当然啰！"

按照他们同学间的习惯，彭家骐应该追问下去到底是什么要紧事，不管这事和他有关无关。楚用正在心里盘算拿什么话来搪塞的好。难道又是姐姐出阁的事吗？似乎不大对头，不如编造一点爸爸因了什么，吃人在成都府衙门告了一状，所以赶来拜托黄表叔在官场疏通，这倒关联得起。

他已准备了这样说下去的，不料彭家骐这天却反了常规，不但不追问，而且还站起来穿他脱下的麻布长衫。

"要走吗？"楚用心里很高兴，脸上还是做着苦相。

"有几点钟了？"

"若照黄表叔每天下局的时候说来，大约三点半钟是有了。"

"那么，非赶快走不可！我和人约定了三点钟会面，只说在这里耽搁一下就走的，偏偏一摆谈就把时间忘了。也要怪你，为啥不提醒我一句？"

"你怪得太没道理。我怎么晓得你和人有约会？"反而是楚用追问起来，"和哪个人约会？为了啥事？"

彭家骐也是前所未有的、做得很神秘的样子笑道："事情嘛，自然严重已极，不能走漏一点风声，我绝不能告诉你。不过我可以说一点影子，你自己去揣想好了。那就是比目前反对盛宣怀，反对端方，反对李稷勋的争路风潮还严重，如其事情搞成功，国也救了，川也救了，铁路哩不必说也不会丧失。……嘿嘿！事情就有这么严重，你去揣想吧！"

"由你嘴里说出比争路风潮还严重的事，怕不是革命吗？"

"好家伙！算你聪明。"

"我晓得了，你约会的人一定是汪子宜他们。"

"为啥是汪子宜这伙人？告诉你，在成都的革命党多的是，倒不一定全在学界中间。我今天约会的人，恰就不是学界中的人，你无论如何也猜不到的。"

楚用笑道："你已经说出了一点影子来，何不再说一点呢？"

"不能！……等待成功之后，再告诉你。那时，你的什么表叔表伯定然不再是官了，也不怕你这个楚襄王的嘴不稳。"

"哦！连我都不相信了，好同学！"

彭家骐老老实实地点了点头道："也斯！奥儿来特！你有你的秘密，我也有我的秘密，我不问你，你为啥要问我？"

这两句临别之言，很像一根锋利的铁针，一直刺进楚用的心房，使他脸上颜色陡变。很想拉住彭家骐问个明白，他到底有什么为彭家骐所怀疑的地方？是彭家骐亲眼看出的吗？是彭家骐亲耳听见的吗？但是他又没胆量去拉住彭家骐，生恐彭家骐说出什么更不好听的话。他暗暗一寻思："我有啥不可告人的秘密，除了最近几天在这里发生的事情？难道这种只有两个人才知道的事情，会从空气中飞遍全城吗？绝不会！那么，彭家骐为啥到煞果又会说出那两句不明不白的话？以彭家骐为人，说话向来不含糊。但以他为人，若果当真晓得了什么，也不会忍到煞果才这么含糊说两句。或者是羌无故实，随便说的吧？唉！真是哟！为人莫作亏心事，半夜敲门心不惊……"

第七章　有了一点消息

一

　　彭家骐进城来，本是给他族兄彭家珍送行的。他不知从哪里打听到彭家珍要悄悄离开成都到一处远地方去，这地方说不定就是广州，更远一点是日本，近一点是上海。去干什么？传话的人没告诉他，凭他平日从这位族兄的言谈和他的行动联想起来，猜出他这一次出去，绝不只是为了躲避凤凰山新军营里清查革命党的风色，一定要干一件什么大的、使人震惊的事情的。因为只是为了躲避，根本用不着出省，听说凤凰山新军营清查革命党的事情已经平息。

　　不晓得是他果因误了约会的时间？抑或是他托人带的口信没有带到？等他走到骡马市他族兄寓所，才见门是倒锁着的。同一个大杂院的人家都是门户各别，互不照管，就要问问左右邻居，别人未必能清楚告诉他彭家珍在什么时候出的门，什么时候可以回来，甚至彭家珍是不是已经远行了。他们的行止向无定准，也向不预先告诉人，左邻右舍何从晓得？

　　彭家骐翻身走出大杂院的大门。被偏西的太阳晒得全身是汗。心想到哪里去歇一下脚？一算，东御河街王文炳与他同乡们伙佃的那寓所最近。

　　"管他在不在，找王文炳去！"

　　真是出乎彭家骐意料以外，王文炳不但在寓所里，并且还打着赤膊在一张铺有竹席的床上睡得正好。彭家骐还未跨进房门，就听见很响的呼噜呼噜的鼾声。一看，三张窄窄的行架床上，只一张是空的。蚊帐都未放下，认得在靠里一张床上睡的是他们资阳同乡，法官养成所甄别考试幸而取中，仍然进了养成所的姜化龙。这人是胖子，打鼾声的是他。王文炳睡在靠外一张床上，也和姜化龙一样，仰着脸，手脚张开，像摆了一个大字。

　　彭家骐故意把一双大脚使劲在尘土积了几分厚的地板上扎实蹬了几下。蹬得全房间像遭了地震似的，三张床连同中间摆的一张大方桌、一张笔杆立背高椅、两条板凳都一齐动摇起来，同时声音和灰尘也充满空间。

王文炳一翻身坐在床上。取了眼镜的近视眼挤成一条缝，张张惶惶地把彭家骐瞅着道："是谁？……有啥消息吗？"

彭家骐笑着喊道："好没出息的人，白日清光睡大觉！还不起来？赵尔丰进城来了，要封闭你们的铁路公司啦！"

王文炳伸手把搭在蚊帐里面一根短竹竿上的湿毛巾拉下。一面揩他头上脸上的汗，一面眯着眼睛说道："是你跑进城来啰！说真话，赵尔丰的前站过了双流没有？"

白麻布长衫脱了。因为这间房子有点挂西，被烈火般的太阳斜斜烘照着，确乎比院坝里还热，彭家骐把白洋布汗衣也脱下。把发辫盘在头上，挥着大蒲扇："好热！我说，与其脱光了睡觉，不如找个凉快点的茶铺去吃茶！……"

王文炳已趿着鞋子走到方桌前，把眼镜摸来戴上。指着桌上一叠写满了草字的通行纸道："你看，要写的东西这么多，还有空去吃茶？"

"没空吃茶，偏偏有空睡觉！……姜胖公，怎么，难道睡死了？我才相信，这样闹法，还没有醒！"

"哪个睡着了！"姜化龙依然满身是汗地躺着，大脚裤管拉在胯子上，露出两条柱头般的肥腿。闭着两眼，噘着嘴巴道，"坐久了，躺一躺舒服一点罢咧！"

王文炳把桌上一把大瓷壶提起来，嘴对嘴咕嘟咕嘟喝了几口冷茶，把嘴一抹道："也该起来了！快点把那篇东西改完，我好一齐交到主任编辑那里去。"又向彭家骐问道，"赵尔丰的前站，是不是已到了双流？"

"双流在簌桥那头二十里，我从簌桥这头来的，我咋晓得？你天天在跑铁路公司，又在跑报馆，还来问我！"

"你不晓得在省城就是得不到确实消息啰！这几天更乱，一会儿说到了，甚至有人说亲眼看见赵尔丰同着尹良、周善培一路进的城，一会儿又说还没有过新津，到底不明白这家伙弄的啥子玄虚，说是六月半以前定来接事，现在快到六月底，转瞬便闰六月了。"

"你们为啥要这么盼望他来？我就不懂了。"

"你当然不懂！……"

姜化龙睁开眼睛，一面扇着扇子，一面痰呵呵地笑道："我懂。他们只是打算等他一来，就给他一个下马威，叫赵屠户服服帖帖也像王人文样，着他们提起帽根儿来要东就东，要西就西。"

彭家骐向王文炳道："当真吗？"

"倒不完全这样。顶重要的是老赵这家伙对我们争路事件，到底持的啥子态度，是赞成，是反对？我们至今还不甚弄得清楚，就这点使人为难。"

"我上回进城来，不是听说邓慕鲁、叶秉诚两人要到雅州府去接他？他两个总和赵屠户会过面，谈过话，难道还摸不清他的态度？"

王文炳把眼镜向鼻梁上一耸，摇了摇头道："就因为没有接着。两个人只在新津住了几天便回来了。说是打了几次电报去，都没有回电。不晓得老赵到底从打箭炉启程了没有，启了程又在啥地方住下了，啥子时候才能到雅州府，简直探听不到一点消息，老待在新津不是办法，只好回来。而且不但他们两人打去的电报如同石沉大海，就连同路去的周善培打去的电报，也杳无回音。因为这样，大家才有点不安起来。"

姜化龙坐在床边上打着哈欠道："我说，这中间就是周秃子在作怪。"

王文炳道："又来了，你们这些固执成见的人。"

"我们固执成见？这是舆论呀！"

彭家骐道："管它是成见，是舆论，到底是怎么一回事？姜胖公姑妄言之，也是新闻啰。"

"大家都这么在说，邓、叶两个人本来还要前进，本来要到雅州府去等候，就是周秃子不让他们去，叫他们只住在新津听候回音。但是周秃子本人哩，却朝前头跑了。到现在还没回来。他一定先去接着老赵，当面讨好，故意把邓、叶两人撇在后头的。"

彭家骐道："老王，你总听见邓、叶两人说过，是不是这样？"

"就是没机会和他们两人会见哩。但是从旁的几位先生说话中听来，他们两人留在新津，倒不见得是周公的主意。并且周公是负责去当介绍人的，他为啥要把他们两人留下来，不叫和赵制台会面？情理上也说不通。"

彭家骐笑道："都说得对。依我的愚见，对这些没把握的事少作议论。我的肚子饿了，想来你们的肚子未见得不饿。我们打个啥主意？这倒是眼面前的要紧事！"

王文炳道："只好等老安回来，催他摆晚饭。"

"来者是客。难道连精记便饭都不请我吃一顿？"

"身边只剩下百把文钱，怎敢请你？"

"那么，我请。走！姜胖公快穿衣裳！"

"莫找我，我今天不能道谢你。"

彭家骐很觉诧异，自从与姜化龙认识以来，拒绝别人邀请，尤其是去精记饭铺吃香糟肉、樱桃肉、粉蒸肉、蜜风肉的这上头，还是第一次。

王文炳穿衣裳时也说："为啥不去呢？"

"你这人真老火！难道吃午饭时，就没见我寡吃炒蕹菜、焖南瓜，一碗炒肉片我连筷子都没下过吗？"

"我倒没留心到这上头。这是为了啥？忌油吗？你又没害病。"

"唉！今天二十九，是我吃观音斋的日子。"

彭家骐张口大笑起来，笑声大得几乎连街上都听得见。一面指着姜化龙道："还这样腐败！这样迷信！……三六九吃素！……亏你……亏你……哈哈哈！……"

姜化龙很庄严地半睁起一双胖得有点像浮肿的眼睛道："有啥好笑！我只是吃素，又不烧香磕头，也算不得迷信。"

"你还在讲新学！"

"讲新学是为了功名，吃素是为敬菩萨，这有啥妨碍？难道你们讲了新学，连自己的祖宗都不敬了，那不成了吃洋教的教徒了吗？"

王文炳笑道："胖公是专门讲弯弯道理的，莫惹他，我们走吧！"

一走入岳府街街口，王文炳主张不妨到铁路公司去看看有什么新闻没有。王文炳在路上已告诉过彭家骐，这几天是公司最忙乱时候。一则是特别股东大会的股东代表已纷纷来省，大家一到，总要先来公司找公司里的负责人，找董事局的负责人，找保路同志会的负责人，问问目前情形，也要谈谈外州县的情形，这已经够繁忙了。二则新任四川总督赵尔丰说不定一两天内便要到省接事，就由于不明悉赵尔丰的态度，一班搞争路运动的人，都不能不四面探听，随时商量应该采取一种什么样的对付手段；大家都有意见，大家都有主张，一天当中铁路公司只见人进人出，这里在大说小讲，那里在研究讨论，把文牍部一些写文章的人都搅得只好躲在自己家里去用心思。

彭家骐道："既这样繁忙，不进去也罢。"

"哪里有过门不入之理？"

"说不定又有啥子事情勾留住，不如吃了饭，把肚子装饱后再去。"

正这时，吴凤梧从二门上急匆匆地走出来。

"啊！是王先生吗？幸遇，幸遇。我刚问清楚贵寓在东御河街，正要来会你。这位是？……"

介绍之后，又是一番久仰久仰，高雅高雅。

王文炳道："吴先生才回省吗？我们里面去谈吧。"

"用不着进去。我找了一大转，并没找到一个人。"

王文炳诧异道："没找到一个人，莫非公司全空了吗？"

吴凤梧笑道："不是的，人还是那么多，只是罗先生、程先生、邓先生他们，一个人都不在。"

"到哪里去了？"

"都不晓得。有说到别处开会去了，有说有人请吃饭去了。"

"你有话要说吗？"

"怎么没有？一是新津的事，那还不算顶要紧。一是老赵就在近几天里准定到省，他一路接见了哪些人，说了些啥子话，我都探得了一些影子，特为回来向罗先生他们报告一下的。"

"既这样，今天必得找着他们一个人才行啊！"

王文炳想了一想，向彭家骐问道："董事局董事主任彭兰村，你们可是一家？"

"也算同宗。他是双流县彭家场的，我是华阳县的，大祠堂同，小祠堂就不同。你问这作啥？"

"我想同你把吴管带带到他家去走一趟。"

"那却不行。我们从没有过来往。我不认得他，他更不认得我。"

吴凤梧道："倒不用去找彭先生，公司里人说，他好几天都没有到过公司，不是病了，就是走了，到他家也找不着。我的意思是，回家去把饭吃了，到咨议局找罗先生去，我和他熟一些，也好说话。"

彭家骐道："我们正要到北新街精记饭铺去吃饭，不如一块去，何必回去吃呢？"

吴凤梧满脸是笑说："不啊！这咋个使得，初次见面，除非是我来当东。"

王文炳伸手把他的膀膊一拉道："莫做假！今天是小彭诚心请客，你不吃他，他反而会怄气的。"

这时，正是精记饭铺上客的时候，双开间的铺子内，没一张空桌。而且只能坐四个人的小圆桌上，都是五六个人，甚至有挤上八个人的。

彭家骐每回进城，不是在福兴街竹林小餐吃早饭，便是在精记饭铺吃午饭。他是粮户，又是独子，他的荷包比任何同学的荷包饱满，他也比任何同学好吃。他是熟客，摸得着门径，当下便引着二人从后面厨房的一道便门，转到隔壁一家门道内的过厅上来。这个只有熟客才能找到的比较隐秘地方，摆了三张方桌，也只有一张桌子尚可挤下他们三个人。

吴凤梧摇头叹道："成都的饮食行道真做得！上次那个顾团总请在枕江楼喝酒，也是生意兴隆得很，要不是碰着那个姓郝的先生只两个人的话，几乎分不出座头给我们了。"

精记的菜，鸡鸭肉只有十多样，都是早已做好分零馏在大蒸笼里，或整罐煨在栲炭炉子上，顾客要时，立刻折在点锡碗内端来。火候到家，供应又快。尤其出色的是掌柜家乡郫县的泡菜和胡豆瓣。本来也可吃酒，但顾客们总不愿意多占时间，每每菜来饭到，举筷就吃。堂口只管热闹，反而没有别的酒饭店那么烦嚣。

彭家骐、王文炳两个少年好像安心要和这个吃饭有名的吴管带比赛一番似的，一坐下来，顾不上脱衣服，便按照读私塾时老师所指授的读书方法：眼到、口到、心到而外，还加了一个手到。结果，虽然占了优势，即是说两个少年各吃了四碗半雪白的大米饭，比吴凤梧多了半碗，可是三份菜、一份汤，连同三碟泡菜，却都让他一个人打扫得光光生生，同时头上身上的汗也让他出得多些。

及至放下碗筷，大家端着一杯凉水漱口时，王文炳方记了起来，问道："你刚才说在枕江楼碰见的郝先生，可是郝又三，那个三十来岁的教书先生？"

吴凤梧正接过堂倌递去的热面巾，用力地揩着脸和脖子，只是点了点头。

"你晓得他的住处吗？"

"我去过，离这里不很远。"

"小彭，我想我们先去找一下郝又三。"

"为啥去找他？"彭家骐莫名其妙地问。

"嗯！自然有道理的。我听楚用说过，他的老子和蒲伯英、罗梓青是一伙人，他又代表着他老子在同志会开会，虽然不出头露面，势力可不小。你莫把他看成只是普普通通的一个教老者。"

吴凤梧听见楚用名字，不由把大腿一拍道："说到这位楚君，我还给他带了一个口信。他父亲再三托我，叫他不管怎样，都得回家去一趟……"

彭家骐惊异道："怎么？楚用还没回去过？为啥今天诳我说，才从新津上省两天？还说他外公侯保斋也出山了，是他的功劳！"

吴凤梧笑道："侯保斋真个是答应出山，那天成立同志协会，他还到会上演说了一场。但却不是楚君的功劳。"

"楚用这家伙真坏啦！"

王文炳道："还说不上坏，只是太懒了。准定黄家的日子过得太安逸。我看，要他不懒，只有一法，给黄澜生说清楚，把他撵出来，最好是撵回新津去。"

吴凤梧笑道："这话我倒可以给我们的澜生兄说到。不过撵不撵，澜生兄却做不了主。他这个人别的都好，就只耳朵有点粑。如其太太要留客，澜生兄连鼻子都不敢哼的。"

"黄家阃威有这么凶吗？"王文炳也笑了起来道，"他那太太，我没有看见过，听说又能干又体面，你们是老朋友，一定知道。"

"他那太太吗？岂但我知道，但凡在成都住久了的老家，很少有人不知道龙家二姑娘的。我的拙荆，理起来和龙家有点瓜葛亲，只是多年没有来往。还是澜生兄续娶这位太太，因为朋友交情去黄家吃喜酒时候，才见了面。我在那时，就一宝押定了，我们这位老兄的耳朵，非粑不可。为啥？就因为龙二姑娘名不虚传，足可承继母德。模样儿不算怎么十全十美，可是一生了气，两道眉毛一撑，两只眼睛一瞪，那可要人受！……"

彭家骐道："这算啥，一个泼妇罢咧！"

"不能这样说。泼妇是只能叫人讨厌，我们这位黄大嫂却不然，她一生了气，凭你啥子金刚天王都会低眉下拜的。"

王文炳道："难道你也领过教吗？"

"自然啰！头一次就在她当新娘那天，大家邀约着去闹新房……"

堂官报账上来：三菜一汤，三百二十文；白饭三份，三十六文；泡菜三碟，六文；一共三百六十二文，洗脸水一盆随给。彭家骐在肚兜里摸出四十个当十铜圆，向桌上一放，只说了声："收钱去！"起身便走。

吴凤梧看了他两眼道："为啥多给出三十八文钱！"

"往回的小账，还不止此！"彭家骐满不在乎的样子。

吴凤梧走了几步，还在摇头叹说："你们这伙学生哥！……真是哟！从没见过吃饭也要给小账。……成都的规矩，着你们搞坏了！"

二

走到大什字口，彭家骐说他仍然要去找他的族兄彭家珍，不打算同他们到郝又三家去，遂向两人告了别。

王文炳因为街上轿子和行人往来不断，没法同吴凤梧说话，心里又急于要听听他带来的消息，只好催着吴凤梧快走。一面问道："快到了吗？……还有好远？……"

当真不远。大门口却有一群大班，有披着汗衣站在檐阶边看街景、谈闲话的；有打着赤膊蹲踞在砖面地上打纸牌的；二门大大地开着，从外面看得见大厅上放有一排三人大轿，也还有些大班在那里站的站，坐的坐。

吴凤梧放缓了脚步道："看样子，好像在请客，不便进去打扰主人吧？"

王文炳道："有啥不便？我们只是找郝又三谈一谈，谈完就走的。"

但是看门张老汉却按照老规矩，不肯给他们进去禀报。老是摇着须发业已斑白的头道："老爷脾气不好，席还没散，怎能再会客哟？我不敢进去禀告。你二位还是明天来的合适。"

"我已说清了，并不要会你们老爷，是会郝又三的，是你家少爷吧？我们有话同他谈。"王文炳很不舒服地大声说。

几个大班也围了过来看他们说话。

张老汉越发轮动一双瞧不起人的眼睛，气吁吁地说道："会少爷也不行，少爷在陪客，都是一些显客们，不好抽空得罪的！"

"是些啥子显客，便这么重要，连抽一个空都不可以？"仍然是王文炳在问。

"是葛大人，新委机器局会办葛大人！是咨议局蒲大人，罗大人！是颜翰林颜大人！还有咨议局张大老爷，还有……"

吴凤梧不由向王文炳笑道："原来都在这里，那倒太巧啦！……这更要劳烦你进去通传一声了。倒不一定要会你家主人，你只说有个姓吴的——口天吴，才从新津回来，有要紧事要面禀，不管是蒲大人、罗大人，随便请一位出来都可以。"

张老汉还是那个老脾气，吃得软吃不得硬的，当下也和蔼了一些，但还拿着眼睛在估量这两个人。

一个大班插嘴说道："我说，你这位看门大爷就进去回一声吧！我认得他们二位，都在同志会里时常走动的人。"

吴凤梧更满脸是笑地说："着啊！我就是为了同志会的要紧事，才来找罗大人他的，想来还有邓大人吧？"

张老汉也换了一副笑脸道："两位为啥不早说是同志会？请到大厅上等一等，我立刻找高二爷去。"

吴凤梧一面跟着张老汉在走，一面回头悄悄向王文炳说道："郝家是干什么的？排场很不小！"

"老头子是咨议局议员，本来是个官。在我们四川做官的人家，都刮够了地皮，当然乐得闹这些臭派。你那位老朋友黄澜生，不也一样吗？"

"那倒是的。一代做官为宦，三代睡着吃饭。这算他们的命好，生来胎里红！"

"老兄怎这样说？啥子命好不命好，假使铁路争不回来，国家被列强瓜分了去，彼此都是亡国奴，有啥分别？"

"我说有分别。同样到世上变人，他们做了官，有了钱，到底高房大屋、呼奴使婢，享受够了，当了亡国奴，吃点苦也值得。只我们这些人，从老祖宗推着叽咕车来填四川，几代人全没过上一两天伸抖日子，往后还要吃苦，那才不值哩！"

"你也这么抱怨？无论如何，你大小还不是个官？……"

郝又三急急忙忙从侧门走出，很熟悉的样子，向吴凤梧说道："才回来吗？好极啦！请进去！……王君不是外人，也一道进去好了。"

一掀开书房的湘妃竹帘，罗梓青已经站在当地，一件白麻布长衫像是才穿上的，右衩上的两个纽子还未扣上。

"禀告会长，部下在新津已探得了些赵大帅的消息。"吴凤梧好容易才摸着椅子，把屁股安下去，经罗梓青一问，又立刻站起来，挺着胸脯朗朗地喊出这样一句。

罗梓青登时张大了眼睛，微微显出了一点惊奇样子说："哦！老兄原来要谈的是这桩事！那么，稍等一下，我再去找几位朋友过来。"

郝又三道："我过去请。请哪几位呢？"

"蒲伯英先生，张表方先生，彭兰村先生，他们三位就可以。"

大概三个人也和罗梓青一样的心情，只听见郝又三的脚步才响到对面客厅，这里罗梓青才和吴凤梧、王文炳应酬了两句，便听见几个人的步履声音一直响了过来。

蒲伯英头一个进来，一眼看见站在左边的王文炳，便说："这位我认得，好像在……"

罗梓青指着吴凤梧道："要面谈重要消息的，是这位吴管带。原从川边出来，会上请他到新津去办事，今天晌午才赶回省来的。……我来介绍，王文炳君是会上的编辑，又是干事。……这位是……"

刚介绍完，等不得让座，这个仅只穿了一身纺绸汗衣裤，手上捏一把折扇，个子不高，脸色黑黄的蒲伯英，便开始问起吴凤梧带来的消息。

吴凤梧晓得蒲伯英是咨议局议长，连四川制台都能平起平坐，当然位分很高。又听说罗梓青会长尚在他之下，因此，他报告时，更是站得笔直，声音清亮，语言简洁，比在赵大帅跟前答话时还有劲。

据他禀告：赵尔丰还没有由打箭炉起身时，先就派了他的儿子赵老九和他的侄子赵老四到成都来了。比及起身，走到清溪县，赶由成都去迎接他的尹藩台尹良，就在这里迎着了，谈了一天，尹藩台破站先回了省。到荥经县，赶去迎接的是松潘镇总兵、调充全省营务处总办、候补道田征葵，督练公所兵备处总办、候补道王梭，也是禀见之后，谈了一天，先行回省。到雅州府迎着的是周臬台周善培，也是禀见后先回了省。前天到邛州赶去迎接的，是赵四少大人、赵九少大人。现在赶到新津去的，还有不少的大官。估计赵大帅今天可到新津，若是按站起马，明天定到。但是想来在新津说不定要留住一下，先头队伍巡防军一营，昨天才过新津，今天可以到省。

吴凤梧像背书样，一句赶一句背完之后，矮而有点胖的彭兰村接着问道："就是这些吗？""禀告部长，就是这些！"蒲伯英把折扇举起，向大家一比，很像在咨议局议长台子上禁止别人发言的样子。大家果也听他指挥，就不说话。

他沉思了有一分钟的时间，才举起他那光芒乍乍的眼睛，看着笔直站在跟前的吴凤梧道："难为你给我们打听到这么多重要消息。我再问你，这些消息你是从什么地方得到的？可不可靠？"

"禀告议长，消息是可靠的，就是率领先头队伍的那个伍管带亲口告诉我的。"

郝又三一震惊，不由冲口问道："可就是伍平？"

"禀告大少爷，正是他！"

蒲伯英一下掉头把郝又三看了眼道："老侄台，你认得巡防队伍上的人吗？"

郝又三绯红着脸，点了点头。蒲伯英并不注意，仍然问起吴凤梧的话来。

"伍管带大概随同赵大帅一道出来的。既然晓得一路去迎接他的人，他多少总听见一些话吧？"

"禀告议长，各位大人和赵大帅谈些什么，伍管带不晓得。伍管带从赵大帅身边一位保镖的张麻子口里，倒听见赵大帅和两位少大人谈了些话。好不好让部下转禀一番？"

身材高大，蓄有两撇黑八字须，一张长方脸上很少笑容的张表方，接着说道："那就好哇！这样吧，吴管带，我们都是爱……爱国同胞，请你莫这么客气，就是说莫这么讲官派。我……我说，我们坐下来慢……慢慢讲，莫再……再闹什么禀告啰，部下啰。是同胞，就是朋……朋友啦！"

蒲伯英也才笑道："当真的，我倒忘记了！请坐下，好说话。"

同时高贵把旋泡的两碗茶送了进来。

吴凤梧坐下后，再拿眼睛把几个人细细一看，觉得同平时在大帅辕门内看见的那些戴大帽穿官靴的大人老爷，确乎有些异样。首先，就使人不感到拘束，虽然刚刚见面，说起话来仿佛都像老朋友。他因此也才松了一股劲，把他从伍平那里听来的话，组织一下，说了起来。

据说，两位少大人曾经说到省城会见王护院，交了带去的信，王护院叫他们转达说："现在四川的绅士已经不像从前。自有咨议局以来，绅士们都抬了头了，稍有不合，他们便要起来争论的。季帅接事后，倒要好生对付。"当下，赵大帅只冷笑了一下说："这就是王采臣懦弱的地方。四川也有正派绅士吗？我从前也曾从藩司护理过制军，也曾遭遇过逆党造乱，就没见有什么正派绅士出来主张过正义。那时只有胡雨岚这人还像一个绅士，但也算不得正派绅士。他只知道劝我不要杀人，不要听王寅伯的话兴大狱，他就不知道杀以止杀的道理。我不相信才离开四川三年，就平白地钻出这么些绅士。告诉你们，尹惺吾到清溪县来，已经把省城的风潮对我禀明。惺吾的话很对，今天四川的风潮，都由一班咨议局年轻喜事的新进借故生风，煽动起来，其中就没有一个配称正派绅士的人。设若不是王采臣沽名钓誉，曲予优容的话，目前的风潮怎会闹到不能收拾？王寅伯后来也是这样说法。只有周孝怀稍稍有点立异，听他口气，仿佛王采臣之附和那般新进，实是出于不得已的光景。我真不懂有什么不得已。王采臣服官数十年，颇有阅历，难道还不明了四川人的脾气？四川人的脾气是服硬不服软的。从前诸葛亮治蜀以严，死后千多年，四川人至今还心服口服。刘璋治蜀宽大，但四川人哪一个不骂他昏庸误事？我看王采臣今天讨好这班新进，明天就会被这班新进骂得一钱不值。尹惺吾劝我不可再蹈王采臣的覆辙，劝我拿出辣手来，把那班轻浮躁进的好事之徒严重对付一下，这风潮自可平息。你们看他这办法还可以不？……"

看得出连王文炳在内，六个听众都被这番话刺中了。蒲伯英、罗梓青、张表方三个人只是沉着脸，你看我一眼，我看你一眼。彭兰村皱眉低头，不知在想什么。郝又三仰起脸，望着天花板。王文炳不住地用手去摸眼镜，时而把它取下来擦一擦，时而又戴上，并且红涨着脖子，好像有话要说，但是把蒲、罗他们一看，又嘟起嘴不开腔了。

吴凤梧知道他这一趟回来功劳不小，心里很是高兴。想了想，又接着说了下去。当然，也和刚才所说的一样，只算是伍平草创，他加以润色。后来他告诉别人时便曾说："叫伍平亲口说来，一定会使人听不出头绪来的。"他还夸口说，"兄弟别无他长，论到口才，在我们同事中间，不数第一，也数第二。"

他说，据伍平说起来，赵大帅还向两位少大人议论过大家所说的民气。大概也因为九少大人转达王护院的话时，说到四川民气蓬勃，如果一味压制，恐怕于事未便。赵大帅立刻就生了气，站起来，冲着九少大人的白中带青的瘦脸吼说："民气？什么东西叫民气？民气值几个钱一斤？如其真有什么民气的话，那也不在四川！丁未年逆党造乱时候，就有人说过民气，还说过民意啦，民心啦，以及一些民什么。足见这些新名词，都是逆党们从日本那里窃取来的。我说，像民气这些东西，如果真有的话，也在日本。日本是东方富强国家，又是君主立宪政体，应该有所谓民气。我们中国是老大帝国，积弱已极，正值上下一心，兢兢图存时候，怎还闹得民气！比如这次铁路收归国有，本是圣朝良策，既可以谋交通便利，又减免了川人负担，稍有天良的人，只应该感谢天恩优渥了。怎么还敢出头反对？捏造些路亡国亡的邪说来摇惑视听？若把这种胡行妄为叫作民气，倒不如任其拉起反旗，还名正言顺。说到底，伸张民气，就是鼓动一些顽民起来造反。王采臣是将要去位的人，要好劣绅新进，可以说出这些糊涂话。我要替君上分忧，就不能这样乱来了……"

又是一阵沉静。

郝又三忍不住干咳了两声道："看起来……"

张表方猛地站起，把八字须一抹，瞪着眼，大声说道："这……这都在意料中。我适才不已讲过吗？赵制台这……这个人，不比王……护院宽厚，何况还有……有那一些腐败官吏在中间作祟。……我们也不用怕。我们有七千万四川同胞作后盾。……他不承认民气，待到民愤难平时候，他自然会承认，我们现在……"

蒲伯英也站起来说道："我们还是过那边去谈吧！……梓青留下来，和吴君、王君去商量你们的正经会务。不过吴君要说的重要消息，可曾说完？"

吴凤梧又笔直地站起来回答道："没有了！"

蒲伯英三个人再穿过院坝，跨进那间大客厅去时，便饭的席面已经收了。

郝达三迎着笑问道："今天这顿便饭真没有吃好，改日再专诚奉邀。"

彭兰村道："很不错了。咄嗟之间能够做得这样可吃，也只有你府上才行。别人我不知道，我哩，倒吃得非常之饱。"

蒲伯英拿眼四下一看道："雍礼呢？这位太史公哪里去了？"

葛寰中叼着雪茄烟道："走了一会儿。他老太爷打发人来说，有要紧事，叫他立刻回去。你们那面的客也走了吗？"

郝达三看着三人问道："说是有重要消息，到底是啥子消息，可不可以听听？"

张表方随着众人坐了下来道："正是同葛太尊所研究的一样。请伯英讲吧。"

蒲伯英屈着一只腿坐在炕床的上手，一面抽着主人递去的水烟，一面向葛寰中说道："是的，这个姓吴的所报告的赵季和态度，正和你吃饭时所推测的大致相同。一则他在川边几年，不了解外面时局的变化；二则是受了尹惺吾等先入之盲，越发不明白我们这次反对盛宣怀，反对端方，并不是像革命党样是在反对朝廷，反对政府。我们其实还是爱戴朝廷的好臣子，我们只是不忍看见朝廷为权奸蒙蔽，把重要的路矿拱手让与外人，使瓜分之祸接踵而至。即使不至亡国，然而照现在朝廷的施为，亦足以引起革命党的造乱口实，更足以引起四万万国民的离心离德。到那时候，大家必然同归于尽。可惜这种道理，匹夫匹妇都晓得，而身居高位的疆吏偏不明白。我们好不容易才把王采臣说通了，而今又来一个冥顽不灵的赵季和。这却如何是好！寰翁，你是开明的一派，官场情形比我们通晓，你看今后我们该怎样办？"

葛寰中还正沉吟着没有开口。

张表方又高声说了起来："依我的鄙见，就不管他赵季和对我们怎样，我们还是照……照起先商量的那么办，就是说一方面由私人先去禀见他，借……借贺喜为名，把道理先对他讲……讲清楚；一方面从速召开股东特别大会，请他亲临会场，看一看真正的民气是不是四川也是有的。……而后，我们再根据法律，来说明白我们争路原是奉行先朝德宗景皇帝的诏旨，并没有违犯国家法律，倒是现在把铁路收归国有政策，不先交由资政院和咨议局议决，那……那才是违背法律，破坏法律的行为。这样违背法律的诏旨，我们宁死也不能遵从的……"

接着他还说了一篇大道理，听的人都非常赞同，认为他的理由充足，很可以说服赵尔丰。

这时，罗梓青也别过吴凤梧、王文炳，走过这面。蒲伯英把张表方的话大略告诉了一遍，问道："你看如何？"

"当然，为今之计，义无反顾，管它前途有多么危险，只好埋着头向前冲了。现在，我们就商定一下，赵季和来后，谁先去会他。真可惜，上个月邓慕鲁、叶秉诚两人不曾一直迎接上去，那确是一个关键，设若赶在尹惺吾等之前，同他切实谈一谈，我看，他的态度断不会像目前所闻的这样顽固。起码，他对我们真意所在，是知道的。寰翁，我说句不客气的话，邓、叶两人之留住新津，以及等不得就回来，该不是这位周孝怀搞的什么诡计吧？"

"决然不是的！"葛寰中登时不仅容色端肃得就像面对着他的这位恩上司，同时还从所坐的太师椅上挺起腰板，俨如坐在臬台衙门的官厅里一样，提起喉咙朗朗说道，"决然不是的！周大人为人磊落光明，表里如一，这已为诸公所知，不用说了。就以这回争路事情说吧，能够不顾自己前程，拿出全副力量来支拄诸公的，在目前官场中恐也难找第二个吧？周大人现在已经由劝业道升署陈臬，官不算小。如其他也像郑孝胥那样，稍稍附加一下朝廷上的权贵，他是很可以升到巡抚的。然而他不肯这样做，他还不顾同寅的指责，不管上司的疑忌，甚至没有想到将来得罪权贵，丢官罢职的那些后果，这是为的什么？难道周大人是傻子吗？是糊涂虫吗？唉！不是的！周大人还是同诸公一样，不光是一个朝廷的好命官，而且还是一个忠君爱国的维新人物。他曾经向我说过，朝廷既有图存求治诚意，几年来举办了多少新政，还准备把专制政体改为君主立宪，那么，我辈臣子便应该仰体圣意，多多做一些福国利民的事情，远之取法欧美，近之取法日本，日新又新，唯精唯一，庶几九年之后，宪政公布，纵然做不到既富且强，但也一定可以屹立东亚，不再招致瓜分之祸了。因此，对于这次盛大臣向四国借款，把铁路收归国有，他不但不赞成，说起来还很痛心。他认为像这样搞下去，内则必会激起民愤，大失全国喁喁望治之心，外则列强正在环伺，这一来恰好授与觊觎之机，内外交攻，上下相逼，国家前途，还有什么希望？所以他对于诸公仗义执言，奋起力争，因为合乎他的忠君爱国宗旨，他因此一开头就不计利害地替诸公行了多少方便。那时候我还没有回省，自然举不出例子，但诸公一定比我清楚。总之。周大人并不是翻手为云、覆手为雨的小人，也不是只顾自己升官、不计国家兴亡的官蠹，更不是两面讨好、敷衍应付的巧宦。罗先生所疑，兄弟我敢代周大人申辩说，决非事实！"

罗梓青挥着扇子笑道："我只是一句笑话，寰翁倒认真了。"

"是非所在，是不能含糊的。"

张表方道："葛太尊倒也应该为周大人申辩。不过只向我们说，却不中……中用，我们根本就相信周大人并非普……普……普通官吏，但……但是外间谣言不少，甚至还……还说，到清溪县去欢迎赵大帅的，就是周臬台……"

蒲伯英将水烟袋放下，从炕床上一跃而起："这些道路之言，不说它也罢。我们还是书归正传，商量一下这次临时股东大会会长、副会长，到底谁来担任合适些。商定后，将来好在筹备会上提出，免得到那时愿意担任的不适宜，适宜的又要东推西推……"

郝又三把吴凤梧、王文炳送走后，刚好进来，一直走到罗梓青跟前低低说道："吴管带说，设若伍管带来省，罗先生要不要会他一面？"

"到那时再看吧。我想，你既是认得伍管带，不妨先去问问他，看吴管带所说的话确不确实；再则，除此之外，看还有别的什么消息没有。"

"……我再说一句，这次股东会会长、副会长不比寻常，既是要和朝廷抗争，就一定要物色一个有声望的人，至低限度，北京方面认为是正派的人出来担任。副会长哩，也要一个有才能、有名声的人。他除了为会众心服外，还要能够和地方大吏短兵相接。大家想想看，眼面前哪几个人合适？"

郝达三道："这何待说，会长，你就合适。"

"不行！我已是议长，不能再兼会长。"

彭兰村道："我也是这个意思。如其伯英兼任了，谁又代表民意？你们想，咨议局两位副议长，现在萧秋恕在北京，梓青又兼了同志会会长。伯英怎么再兼得？我的意思，先把股东会的副会长商定，正会长再想人吧。"

蒲伯英说："副会长，请表方担任了吧，他最合适了！"

"莫找我！莫……莫找我！……你们难道不知道我……我向来口吃，说起话来结结巴巴……那怎么好！"

罗梓青道："毫不要紧。你虽然口吃，但说话有斤两。"

彭兰村也说："我赞成表方来担任。这回这个副会长责任重大，差不多的人是不能胜任的。又要有才能，又要有气魄，顶要紧的在乎不畏难，说话还在其次。"

郝达三道："说话也重要。表方不是不会讲演，也长于争论，口吃并不相干。我看不要再研究了。寰中意思怎样？"

"我没有资格参加意见。"

郝达三抢着说道："怎说没有资格？汉州、新都你还是有田有地的。"

"那也只算一个租股股东，普普通通的，又不是什么代表。"

彭兰村插嘴道："不然！只要是股东，就有资格。若从现在提倡的官绅联合会说来，你又是官，又是绅，资格还有多哩！"

蒲伯英道："不能这样说。只要是四川人，便有资格。葛寰翁虽然用浙江原籍在四川做官，但是生长在四川，祖若父的坟墓在四川，只这一点，已够资格。何况还有田舍，而又赞成我们的宗旨，又襄助我们的所为。周法使是我辈一流人，因为是行政官，不能不略划界限。葛寰翁也是我辈一流人，恰好不是行政官，那又何分彼此？仅只为了嫌疑，不便把尊名拿出来罢了。因此，我说，葛寰翁倘有高见，是很可以发表的。要不然，那就见外了，还能说是我辈一流人吗？"

葛寰中把剩余的雪茄烟蒂向瓷痰盂里一掷，端起茶碗喝了两口，又从衣袋中捞出一张日本洋纱手巾，把新近又蓄起的很像日本中将汤广告上那员中将嘴上的八字须抹了抹，而后笑道："蒲先生真正妙语若环，无怪周大人每一提说到蒲先生，简直钦佩得五体投地。蒲先生既要兄弟发表一点意见，那么，兄弟就说，以张表方先生来担任股东会副会长，那是再好没有。正会长哩，照蒲先生的说法，兄弟提出两个人来，看大家意思怎样。一个是伍崧生，一个是才离开此处不久的颜雍耆。两个人都是翰林院编修，都是侍讲学士，在北京都有清望。尤其是伍翰林，夙德耆年，几乎继踵吾川李西沤李老夫子，可算川中大绅。兄弟此次回川，一路上听人说起伍翰林两次领衔通电反对盛大臣，大家为之振奋，都有长厚者亦为之之感。不过听说伍翰林并非股东代表，这一点倒要斟酌了。颜翰林也不错，不特职任清华，而且究心经术，何况又是世家。听说他的太翁伯勤先生从前在河南做官时，和赵季帅谊属同寅，并且有过来往。两个人资格都高，而颜翰林恰又是股东代表，又和赵季帅世谊，似乎更为合适。兄弟另外还有点意见，就是这次争路事情，固然有报章在登载，诸公又时时在演说，知道这事情的人虽多，然而知其然而不知其所以然的仍然不少。就拿兄弟来说吧，我从北京起身，就微闻国有政策，川中有人反对。其后到汉口，到宜昌，听说群情愤激，已经成立了保路会了。及到重庆，知道得更多更详。但是大家的宗旨如何？目的如何？事情的关系如何？不反对可不可以？若是赞成，又有怎样的后果？尤其是这事情的由来。说真话，我初回到成都，很有点莫名其妙。连我都不知诸公所为应不应该。直到禀见过周大人，又同许多朋友研究谈论，慢慢才把这件事的全貌弄清楚了。兄弟我且如此，其他的人可想而知，所以兄弟意见，好不好由诸公及时写篇浅近通俗的文字，广泛散布出来，趁着要开股东会，趁着赵季帅来省之时，叫大家知道事情全貌，或者对于诸公所为有所裨益吧。"

蒲伯英首先就拍了两下巴掌道："好极了！葛寰翁后半段的话，我绝端赞成。那么，梓青来写一写。"

"我正忙，哪有时候来写。邓慕鲁、叶秉诚、王又新都是能手，再不然就找高从龙写，也可以。"

彭兰村道："我不赞成找高从龙写。此公写公事倒内行，这种东西却不行。"

郝达三道："我也不赞成找邓慕鲁写。他那倒新不旧，新名词用得太多的文章，真不好懂。"

张表方道："我说，与其找别人写，不……不如就找眼前的郝又三写，他……他……"

"怎么提出我来？我又怎么写得出？"郝又三确乎有点不敢承当。

罗梓青点了点头道："对的，表方提出他来，不为无见，他最近写的几篇东西很精辟。我想，这样好了，又三，你不要推辞，我们来合作。今夜，我先同邓慕鲁谈一谈，他的文章虽黑，思想却敏锐。等我们谈出一个条理之后，你明天来，我口述，你只动笔，这样可好？"

这事说好之后，又才说到正会长。大家意思，伍崧生到底年纪太大，不好劳烦他，还是决定了找颜雍耆来担任。

<h1 style="text-align:center">三</h1>

大家走时，已经掌灯时候。这天虽说是咄嗟之间的一顿便饭，却也把郝公馆闹了个人仰马翻。客走之后，郝达三从轿厅走回上房，气喘吁吁，两只腿觉到有千斤之重，好容易跨进卧房门，满头沁着豆大的汗，来不及脱去那件旧绸衫，便往铺有香牛皮的凉榻上一躺，连连呻唤道："快点拿出来！……快点！……真要命！……"

十八岁的丫头春英正好在房间里的保险洋灯光下折二小姐香荃的衣裙。晓得老爷的急需，来不及去找专管这件事的李嫂，便赶快去开连三柜的抽屉。

老爷呻唤的声音越发微弱。但还提得起劲来骂人："死东西，当真糊涂了！哪里还放在抽屉里？……快点，快点……在……在大衣柜的柜仓里……唉！蠢极了！还去关柜门做啥哟！……洋火！洋火！"

鸦片烟盘摆在老爷身边，烟灯也迅速点燃。但是老爷手颤，一根钢签在一只嵌花银盒内搅了好一阵，始终把那乌黑的、稠得像胶清的鸦片烟膏，裹不上签子。

老爷叹息了一声。拿眼睛把春英瞅着，同时把嘴一努道："烧！"

"我不会烧。"春英定睛盯着老爷，脸上摆出一种可怜他的样子，忽然念头一转道，"我试试看。"

接过钢签，挑了一点烟膏，在烟灯火尾上一烤，这烟膏立刻就发泡了；从那发泡的地方猛然射出一股香气。她高兴了，又拿这东西在银盒内一蘸，这下可就蘸得很多，三番两次，烤成了一个指拇大的泡。而后拿起一块小小的长方玉石，就着烟灯，把钢签尖上挑着的那个泡，在玉石上两搓、两揉、两卷，一枚不成名堂的烟泡居然烧成。

"烧倒烧好了，我上不来烟斗。"春英正自为难。

"春英！你跑到哪儿去了？我的算学本子呢？"是香荃的呼声，一面从后间房里喊着走来。

"快来，二小姐！老爷烟瘾发豆了！……"

香荃虽也十八岁，可是比起春英来几乎高出一个脑顶。因为腰身又长又细，虽然比春英壮一些，却还显得苗条。头上乌金似的头发，打了长长一条辫子，像男子样拖在颈脖上，所不同的是，男子发际周遭都要剃光，而女学生是满头头发。当年的女学生的资格限定了要未出嫁的女子，出嫁必须退学，所以女学生都不打拱刘海，而蓄着长鬓角；并且脸颊上、项脖上的汗毛也必须到出嫁那天，上头时候才剪光，因此，那时的女学生也不作兴搽铅粉、抹胭脂。

香荃开始进女学堂，比她姐姐香芸早，时间比她姐姐香芸长，也知道爱好，也知道打扮，却不像香芸在学堂时只管素净简朴，一回家就浓妆艳抹。不，香荃回家，仅只偶尔穿一两身有颜色的衣裳罢了。

这时，才洗了澡，发辫挽成一个大髻，用大妈遗留下来的一支包金贴翠凤头钗绾在脑顶上。光脚趿了双皮拖鞋，原是郝又三穿得半旧了，她要来的。一条青绸裤子、裤管又大又短，露出两股小腿，比光脚还白。上身是一件新缝的对门襟、罗汉领、短袖口的花洋纱汗衣。就这样，从后间跑来。手上还拿着她姐姐曾经用过的一块石板。

"该死，你敢烧烟！我要告诉娘母！"

自从刘姨太太扶了正后，媳妇和女儿应该改称呼，应该喊妈。但是都不好意思改口。刘姨太太很不高兴，老头子更不答应，首先逼着女儿要她改口，说："你是亲生女，连你都不改口，你哥哥嫂嫂还能改吗？若不改口，就不算是我的孝顺女儿了！"而后，香荃才自己创了一个新名称：在喊惯了的娘字之下，再加一个母字。她刚刚学到《诗经》，老师讲过母字古音读弥，今天广东嘉应州客家叫母亲作阿奶，阿奶即阿母，母音一转入六麻韵，遂变成今天大家所叫的妈字。她根据老师所讲，向她父亲申明："叫娘母，比光叫一声妈还亲热，还尊重。因为娘也是妈，母也是妈，叫一声等于叫两声。"哥哥嫂嫂当然立刻响应。刘姨太太只求改了口，也喜欢了。

"我愿意烧吗？你看老爷成了啥子模样！快来，把这个烟泡帮我按上斗子去！"

郝家在几年前为了填补春兰、春秀（前者提拔做了三老爷郝尊三的姨太太，后者同高升逃走了）的缺额，而新买的三个小丫头现在都长大了。十八岁的春桃拨给大小姐香芸作了陪奁使女，跟随大小姐去了北京。小一岁的春喜仍在少奶奶跟前听使唤，其实是作了六岁大的心官的小保姆，而把带领心官的何奶妈挪来领带才出世八个月的孙小姐小婉。陈奶妈还是带领着四岁大的华官。吴嫂更老了些，还硬朗，专洗几个上人们的衣服，兼带服侍少奶奶。李嫂利落些，除了服侍太太外，带着照顾老爷的烟家具。就中只春英最幸运，专门照管香荃一个人。自从去年香荃改读通学以来，她更成为陪小姐攻书的侣伴，除了到学堂不能跟随以外，两个同年女子几乎是寸步不离。春英也学会了读书写字，也学会了手工编织，甚至香荃的好些算学题，还要她代做；就在家里，香荃也没有把她当作丫头，春英也习惯了，觉得她和香荃好像生来就平等，仅只在太太跟前，稍稍保存了一点分际。

因此，香荃才赶快跑去蹲下，一面帮着春英拿烟枪，上斗子，一面看她父亲不但汗出不止，并且呵欠连天，鼻涕眼泪满脸纵横，的确是烟瘾发蔸了的样子。及至把一枚不成名堂的烟泡对付着嘘完之后，脸上颜色似乎稍好一点，但仍闭着眼睛比了个手式，叫赶快再烧。

春英说："二小姐，赶快去请你娘母来才搞得好。靠我们两个，老爷过不了瘾的。"

"娘母在哪儿呢？"

"在厨房里经佑骆师洗细瓷碗盏，这阵儿恐已收拾好了。"

门帘钩一响，接着是太太的声音："哪个人在找我？"

"啊！娘母来了！"两个人如释重负地站起来，不等太太坐下，春英便拿着折好的衣裳，同香荃溜开了。

太太对老爷什么都好，唯有吃鸦片烟一层，一直是厌恶的。不过到老爷烟瘾发豆时，她又心软了，仍然拿出十分体贴的情意来给老爷烧灯盏窝过瘾。

郝达三烟瘾将次过足，一看太太的眼色，晓得照例的唠叨又要像阵雨似的迸发。他赶快抢先说道："想不到今天这顿便饭，居然做得很不错，只是把你累了，也亏你搞得快。几个人临时说起到我家来吃顿便饭，好借我这里清清静静商量一些重要事，是伯英提出来的。你想，我怎好推辞呢？"

太太果然眉花眼笑地说道："你们倒是临时动一下嘴，没来头，却不想少奶奶回娘家去了，厨房里差一把手，你们都是吃刁巧的老爷，骆师只能买，只能切，炖的煨的来不及，尽是炒哩，又会挖苦人是红锅饭馆……"

"谁说过这样的挖苦话？家常菜，本来就是炒炒熬熬的。"

"谁说过？有一次，大少爷的几个朋友来了，摆得高兴，留着吃饭，也是临时说起。少奶奶找我商量做啥子菜？那天，家里连罐头都没一筒，只好做了几样炒菜，也有一样油炸锅巴底的堂响滑肉片，少奶奶还很高兴说，娘母肚里记的菜真不少。哪晓得那个田伯行，拿筷子把桌上的菜碗一点，便笑了起来说，我们今天倒像进了红锅饭馆。当时把少奶奶气得啥样，几乎同大少爷吵了起来。"

郝达三坐了起来道："田伯行向来不说正经话，何况是我们的常客，自然要遇事开开玩笑。这也值得生气？少奶奶的脾气未免太大了点！"

"哼！你才晓得你这位少奶奶的脾气大吗？……"

郝达三明白这一理下去，不好听的话更多了，连忙打岔道："你说到又三，客走后怎不见他进来？喊人去把他叫来，我有话问他。"

郝又三也走了。高贵说："客走后，不到一袋叶子烟的时候，大少爷便穿上长衫走了。"

"是不是到叶姑太太家去了？"

"不晓得。"

第八章　短兵相接

一

川汉铁路公司董事局正主任董事彭兰村打起他一贯向学生讲书的声调，一板三眼地把开会词说完之后，疾速掉过身去，对着官员座那方面，把手一拱，高声喝道："请督部堂赵大公祖演说！"

全会议厅六百多座位上的眼睛，一下子都大张起来；六百多座位上的耳朵，也都竖立起来；扇子也停止了摇动，只有一些老年人的咳嗽声没法完全平息。

官员座上今天也齐扑扑地坐满了正印官，从布政使尹良起一直到成都县史九龙，平日从不会在铁路公司看见的人，今天都长袍短褂、穿靴顶帽地露了脸。

昨天一场暴雨，今天大晴，到底是盛暑时候——闰六月十一日，还是不算凉快。

盛暑时候，官场照例免穿袍褂。但今天赵尔丰仍然在纱花衣上面套了件青纱大褂，仍然悬着朝珠；纬帽官靴、红顶花翎，那更不要说了。从冠戴穿着上便表示出他对头一天开会的特别股东大会是很重视的。

长方形的脸比起三年前确实苍老一些，八字胡须也越发花白，只有一双圆彪彪眼睛还不像六十岁老人，顾盼起来，真像吴凤梧所说，有一股杀气。

当他从座椅上站起，几步迈至台口，步履还显得轻健。

两只马蹄袖向下一弹，也未鞠躬，也未点头，只拿眼睛向会场里一扫，便阴沉沉地说起话来：

"今天开会……"

直到闰六月初八日，赵尔丰才到达成都。全城文武官员齐集武侯祠迎接着，威威风风簇拥到制台衙门。当天就接印，当天就传见全城文武官员，虽说仪式简单，已把旧日的繁文缛节免除了不少；只由戈什哈把要传见的人依着官阶品级，排成次序，用手本引到大花厅，三揖之后，各个应酬几句，端茶送客，可是也费了不少时候。

进入签押房，刚刚把公服脱去，执帖跟班又递上一大叠手本。

赵尔丰斜着眼睛一看，梅红全柬上写的蝇头小楷，原来都是督院内的幕僚们。比如农工商科参事候补道楼黎然、法科参事候选同知徐瑁、学科参事即用知县孙镠这一些，都是历任四川总督衙门内的文案师爷、刑名师爷。从锡良任四川总督时候，就由幕而宦，充当起督院幕僚差事，而且是目下官场中有名望的人物，算来还是老属员，应该接见的。何况其中尚有二哥赵尔巽特别赏识，认为才堪大用的度支科参事候补道俞大鸿、陆军科参事候补道李克昌、新调民政科参事候补道饶风藻几个人，正打算重加倚俾的，怎么可以不接见？好在是签押房私见，可以不穿公服，遂吩咐出去："请各位大人大老爷便服进来！"

两天都在会客，两天也都谈到当前铁路事情。就官场中间的意见看来，就不像在路途中所闻那么简单，原来还是很庞杂。以前认为四川绅士容易对付，并且认为胡雨岚已死，哪里还有像他那样的硬人？不料在初十日接见了铁路公司总理曾笃斋、董事局正主任董事彭兰村后，才恍然三年以来，世道变得真凶，以前大家所讥诮的川耗子，看来真个变成川蛮子了！那么，在路途中和侄儿老四、儿子老九等所商定的办法，恐怕得另行订定。

据彭兰村会见他以后向蒲伯英他们讲起来，还有点抱怨曾笃斋的言谈未免太软弱哩。

他们那天去禀见，具有两个目的，一是探探他的态度到底怎样，二是要求他在头一次股东会开会时一定要莅会演说。

作揖之后，两个人先给他贺了荣任之喜。彭兰村接着满面含笑说："说到川汉铁路，四川人民实在万分感激大帅的恩德，所以四川人民盼望大帅出来，确有大旱之望云霓的样子。"

"这是如何说起的？"赵尔丰倒有点诧异。

"噢！大帅难道忘怀了？川汉铁路公司董事局原是大帅上次护院时开办的呀！自从有了董事局，公司的庶事才算有了条理，也才没有再像施典章那样独断独行把铁路款子放给私家银号，一倒几百万两的事情。尤其是前年排除众议，采纳了李稷勋京卿的主张，决定先修宜渝一段，从险工着手。如今居然打出路基一百多里，川汉铁路观成有望。四川人民把这些归功于董事局，都晓得董事局是大帅开办，董事局章程又是大帅手订，饮水思源，怎么不感激大帅恩德？"

赵尔丰不由翘起须尖开颜一笑道："不错，开办铁路公司董事局，我确实劳了一点神。四川人能记得这件事，那就好啰！……"

开端还好，彼此都有意暂不触及争路本身。彭兰村乘势说明特别股东会开会，商定议事规则，并选举正副会长，一定要请他去演说。赵尔丰说道："我在关外就听说股东们在省城开会，大概从四月中旬起的吧？算来五月、六月、闰六月，到目前一百多天了，日子不为不久，为何还议不出个结果？现在又开起特别股东会来。我先要问一问，这是什么缘故？"

彭兰村还是带着笑说："大帅有所不知。按照先皇帝——德宗景皇帝钦定的商律，但凡公司财产有所变更，股权有所转移，都非经过全体股东会议通过不可。三个月来固然开了几次会，但都是驻省股东未经董事局正式召集，自行集合的临时股东会，它不能代表全体股东的意思，只管听听事情经过，却不能议决重大事情。所以按照商律，先皇帝——德宗景皇帝钦定的商律，董事局才在五月间决定召开一个特别股东会。特别股东会就是常年股东大会以外特别召开的。它的职权等于全体股东大会，但凡公司财产的变更，股东权利的转移……"

"不用多说了。我再问，特别股东会为什么又不早日开会，一直拖到现在才开？"

"大帅明鉴，职绅们何尝不想早点开，但是来不及呀！一则是四川地面辽阔，东西南北动辄一二千里，公文来往，就不稽迟，也要个把月时间。再则，股东那么多，哪能人人来省，必须推举代表。代表如何推出，代表名额、代表资格应如何规定，这已经要往返磋商了，而且股东们对所会议的事情有何意见，有何主张，还须分头开会议出一个纲要，交与代表，这又要一些时日。因此，董事局在五月正式发文，到现在闰六月十一日开会，算来也才两个多月，并不太久。"

赵尔丰有点不大耐烦的样子，本不打算在这里说的话，竟自忍不住了：

"开股东会是一事，朝廷叫公司交路又是一事，你们尽可以交了路再开会，也可以一面交路，一面开会。这样做，岂不公私两便？朝廷也不再责备你们。你们偏偏拒不奉诏，一味推到召开股东会来解决，未免说不过去吧？"

"不然！路权之交出与否，就是钦定商律上所说的公司财产变更、股东权利转移，那只能等股东大会开了才能决定。公司和董事局没有这种权力。要是不经过股东会决定，而公司和董事局竟自代庖做了主，就算违犯钦定商律，职绅们担不起这种干系！"

"这些都是推口话，我明白全非你们的真意。你可知道我也是川汉铁路股东的一分子吗？我是买过几股股票的。凭我股东资格来说，我就赞成你们赶快交路。因为你们到底算是替朝廷办事的人员，心目中绝不能只有股东，便无朝廷。何况股东也是朝廷臣子，朝廷既能把铁路交与臣子们去修，朝廷也就可以把铁路收回去。我想股东中识大体、明大义的人一定不少，你们只需把朝廷俯念川民疾苦的道理讲明，股东哪有执意不从之理？并且凡事有经有权，你们徒知守经而不解达权，贻误国家大事，不能说就没有干系。"

一篇弯弯道理，说得彭兰村毛焦火辣，正思索如何驳回他几句，不想赵尔丰却误会了，以为已把这个有点桀骜不驯的老酸说服。一时高兴，遂顺口把咨议局、同志会一班绅士不客气地批评了几句，说这班人有点近于不安本分，无故生非。

彭兰村等他刚住口便忙说道："大帅不能这样说！四川绅士之反对铁路收归国有，只因四川人民吃亏太大。四川人民节衣缩食，累积到一千多万两纹银用来修路，是一件不容易的事。现在朝廷红不说、白不说，只逼着人民把路交出，并不说一句偿还这笔款子的话，这行为，何异乎强盗之抢人！……"

"哎！什么话？你敢毁谤朝廷是强盗吗？"赵尔丰登时马下脸来，大有借故开花之势。

曾笃斋年龄大些，做过州县，又做过京官，摸得够大人先生们的脾气。因才接着说道："彭绅怎敢毁谤朝廷，那是他一时不检，失了言。我知道彭绅要说的，只是邮传部盛大臣一人而已，这倒要仰祈宪台大公祖加以明察！……"

接着曾笃斋便委委婉婉说了下去。说的是：皇上现在还很年幼，国家大事除了摄政王总揽其成外，还必须各部大臣公忠体国，各尽厥职。这样，才能把国政理好；这样，也才能使皇基永固，天命长存。但是盛大臣主持路政，却没有想到这上头。这里有六句话，恰好道出盛大臣的所行所为，那就是："私而忘公，无中生有，一意孤行，不察舆情，蒙蔽圣聪，败坏法纪。"这样下去，当然只能为朝廷敛怨了。现在四川人不满意盛大臣的，倒不完全在铁路国有政策，激烈反对他的，也不纯粹是情同卖国的借款条约。质而言之，只缘对待不公而来。因为同样是人民出钱修的路，既然都收归国有了，为啥在对待民股上又有分歧？广东、湖南的民股全部偿还，湖北、四川的民股却不偿还。湖北路款三百多万两，民股不过三分之一，即令分文不还，人民吃亏不大。四川路款一千五六百万两，十九以上是租股，既是说十九以上的钱，都是四川人民的血汗钱。其中已有几百万两花在三峡险工上，路基业经打出一百多里，一旦路被收去，钱哩，也无着落。这样不公道的对待，四川人民怎能心悦诚服！若不群起呼吁，那倒反而不美了！古人有言：人穷则呼天，天道渺茫，呼之未必能应。又言：人穷则呼父母，父母伊迩，难道能够忍心坐视，不一援手吗？老公祖服官于四川已久，恩泽早及下民，现又荣任封疆，四川人正有所怙恃，伏望老公祖爱民如子，垂怜是幸！

赵尔丰的脸色也才开朗起来，微笑说："这才是话呀！王采臣移交过来的往复文电，我已看了，盛大臣、端大臣以前曾有电报论到退还股款。看来，邮传部、度支部对于川款不是不退，仅仅是办法尚未商定。这点，老兄倒可转告股东们，叫大家只管放心，我一定要为四川人说话的。"

彭兰村虽然事后訾议曾笃斋的话说得没骨气，可在当时听见赵尔丰末后几句话，还很为高兴，临到告辞，尚说了句："十一日开会，务恳大帅驾临公司！"

二

"今天开会，要商议的是议事规则，是选举正副会长，这自然要紧。但是对于开会目的和其宗旨，也不能不细加研究……四川人创办这条川汉铁路也有些年头了。钱用得很多，光是从宜昌以上的一段路基，听说就花了四百多万两；再加上施典章放倒的三百万两，就几乎占去几年来筹集款项的一半。钱花了这么多，还得不到一点效果，这是什么原因？……自然，公司办理不善是有之的，而最大原因，还是我国工程人才不足；其次，也由于我省财力薄弱……"

赵尔丰说到这里，便反反复复把四川人的担负说了一番。他的意思很明显，四川人太贫穷，若要一口气把七千万两银子的路款筹足，那是太不容易。路款筹集不起，已有的款转瞬用光，那么，以后将何以为继？他又把铁路工程的重要性说了几句，而后说：

"朝廷在深思熟虑之余，一则为了减少川民的担负，二则不欲铁路工程因款绌停顿，所以才有向外人借款筑路之举。至于国有民有一层，在我看来，并无轩轾，倒用不着去争。所可虑的，仅只路修成后，是否如彭董事刚才说的被外人所有耳。所以我的意思，对于盛大臣签订的借款条约，研究之可也，倒不必一定破之废之。因为破约废约，不仅关乎国家外交信誉，势难办到，即使如愿以偿，而这笔修路巨款，又从何而出？吾川业已民穷财尽，岂忍再来敲骨汲髓？兹事体大，实应慎重研究！……"

接着，赵尔丰又说，他在关外时，传闻异词，甚至有说成都因为争路风潮，已起暴动。他当时就不相信，他在四川多年，知道川绅大都忠君爱国，断不致有犯上作乱的举动。今天到会，亲见会场秩序井井，果符素愿，所以他很欣然。

最后，落到本题，他的话是："万一这条铁路朝廷真个俞允仍归川人自修，我看这对川人倒是不利的。何也？筹款太困难了！如其川人有款修路，克期修成，朝廷何必借款？为今之计，徒喊保路废约，未免不智，重要之点，在于筹款。有钱修路，路自可保，不言废约，而约自废。股东大会已开，大家务必平心静气多加研究。本督部堂也是股东一分子，虽然不能常常到会，但是有见到处定当对众宣布的。"

他的话说完，全场仍是一片肃静，没有人嘈杂，却也没有人拍掌。

蒲伯英用手肘把坐在身旁的罗梓青一拐，低低说道："起来驳他几句！要不……"

已经有人跑上演说台去了，是阎一士，还没有开口，就啪的一巴掌打在桌子上。

"……他为啥要去演说？不行！这态度就不行！"蒲伯英很是着急地推着罗梓青，"还是你去！……"

阎一士没有说上几句就结束了。大概说得并不好，下面也没有人拍掌。罗梓青刚要站起来，不想又被一个人占了先，是罗一士。

罗一士一上台，会场里就有点不安静了，连官员座中也看得出有好些人在笑。藩台尹良坐在赵尔丰的身后，只见他躬着腰背，凑在赵尔丰的耳边叽喳了几句，赵尔丰也不由嘻开了嘴，并且向着刚下台的阎一士和刚上台的罗一士，眯着眼睛看来看去。

蒲伯英很是生气。回头一看，彭兰村正向叶秉诚在咬耳朵。听得见他说的是："尹惺吾包管又要讥讽我们今天会场里有鬼，阎罗王又出现了……"

"谁叫他两个去演说的？"蒲伯英气愤愤地问。

"谁叫他？还不是他们自己发了疯。他们把今天的会，也看作平常一样的会了。"

叶秉诚的叫子似的声音没法打得很低，幸而会场里说话的人多，也没人注意到他说的"想出风头罢咧！……"

阎一士虽然态度毛一点，说的话虽不好，但他到底还说出了争路废约是四川人的公意。罗一士态度好些，因为声音小一点，又看见大家都在交头接耳地指点他，有一些慌张，话更说得没有章法。末了，无疾而终地一溜就下了台。

罗梓青赶快站起来。但是张表方又已抢上台去。

蒲伯英连忙把罗梓青一拉道："他去说，更好。我们准备给他助助威！"

倒不必要蒲伯英打招呼。张表方声音本来宏大，今天准备了一下，说得慢些，既不结巴，反而显得字字清楚，句句有力。他一开口便已把全会场的注意力抓住了。

张表方站在铺有白布的条桌左方，斜对面正是官员座位，他的眼睛是看着会众的，从头至尾没有向那方瞬过。他右手按在条桌边缘上，说道："适才赵大帅演说，大致是这样讲的，朝廷因为川人筹款困难，担负太重，故所以才借外债来修铁路。……今天只要川人筹得出款子来修川路，那么，路便保住了，就不必再说废约了。赵大帅的话，我们股东很明白，也很感激。……但是对赵大帅的话，我们股东还是有不尽了解的地方。譬如说，只要川人能够筹款来修川路，路自可保，约自可废，叫我们不必再谈废约。我们股东现在试问哟，所谓川路，它的界限起讫，究竟如何？川人所修的路，据光绪二十九年奏准的，本自宜昌起首，直到成都的。……现在上谕所要收归国有的路，也只是指的宜昌以下，在湖北境内的那一段。何以盛宣怀签订条约时候，偏偏把湖北境内襄阳的六百里路划为支路，把我们夔府以下几百里路凭空抢去，抵偿与四国银行？……所谓川人筹款来修川路，如其只修夔府到成都的路，这能算是以前奏准归川人修筑的完全一条川路吗？如其要依照原有川路来修，那么，从夔府下至宜昌一段，恰被盛宣怀盗卖与四国银行去了，条约上订得明白。既要保路，安得不说废约！……"

一下子全会场都拍起掌来，很像事前约好了似的。

蒲伯英很是高兴，掉头一看，郝达三、邓慕鲁、王又新一伙人，都不住地在点头。

"又说，因民间筹款困难，故借外债来修铁路。这回为了把铁路收归国有，才借外债，又为了借债到手，才订定一种用人用钱查账核实各种权柄悉归外人的条约。……在朝廷那一面，不可说是没有深虑苦心。……停止租股而借外债，似乎是深恤民艰了，但是我们试问哟，朝廷于租股之外，取于四川百姓的，比如常年捐输，比如肉厘酒捐，比如油捐糖捐，还有许许多多的捐，年年都有加无已，何以又不恤民艰呢？……"

这一阵掌声拍得更响，几乎连屋顶的瓦都震动了。其实张表方的话，还有好几句：

"何以独于租股一项，便恤起民艰来了？……"

问得更精辟，所以光这一句，也叫屋上的瓦又几乎震动了一次。

张表方似乎也觉得说到这上头，还必须用力驳他一下，放松了便没意义，所以又反复了两句：

"明明是夺取我们四川百姓的权利，反而说是体恤我们四川百姓的艰难，其谁欺，欺天乎！……"

又是一阵拍掌。

蒲伯英悄悄向罗梓青说道："驳得对。只是太辣了一点，恐怕有人受不住吧？"

果然，赵尔丰的脸色已经青了又白，白了又青。只见藩台尹良又躬着腰背，凑着赵尔丰的耳边在打叽喳。当然是火上加油的话，赵尔丰的花白胡子所以才翘了起来。臬台周善培只是皱眉毛，也有点不以为然的样子。

张表方又做起泛论来了。他说："说到把修路的用人用钱查账核实之权悉交外人这方策，记得我曾听见某几个巨公说过一番话。他说，今天要办新政，一定得借外债。为什么呢？因为中国官绅大都私而忘公，对于公款，不是侵蚀了，就是虚糜了。借了外债，就好把用人用钱查账核实之权悉交外人，庶乎可免侵蚀虚糜诸弊端。不料今天果然实行了这番话！……我们中国官绅中，诚然有很多侵蚀虚糜的坏品行。但我们试问哟，十室之邑，必有忠信，朝廷操用人大权，为何不求贤用能，而反贿赂公行，以煽贪风？……"

虽是泛论，也有所指。并且大家都知道某巨公乃是提的端方和郑孝胥。这次向四国银行借款，把张之洞的旧案重翻，郑孝胥与端方的功劳都大，所以郑孝胥才以开缺道员一下就补授了湖南藩台，端方以被参总督也得以开复钦命为川汉、粤汉铁路督办大臣。葛寰中从北京得来的珍闻，早已由郝达三、黄澜生等人给他传遍了，官绅两界几乎无人不知。因此也拍了一阵巴掌。

接着还补充了一句："今乃不信中国人而笃信起外国人来了！……"

也为好一阵拍掌把话打断。

张表方又第三次换了一个姿态，那就是左手弯在背后，右手向前平伸出来，以便于他脸带微笑，说出一个比喻：

"譬如这里有一块肉，因为防备老鼠偷吃，却找了一头老虎来看守。请问，这块肉还有没有存在的理由？……"

这是非常浅显而又非常确切的比喻。无怪全会场中不但掌声四起，并且还引起了一阵笑声。

蒲伯英留神一看，连官员座中也有人在笑；是捂着嘴的微笑，是皮笑肉不笑的很勉强的笑。赵尔丰的脸却始终阴沉着，好像无动于衷的样子。藩台尹良还是时时躬着腰背，在他耳边打叽喳。

张表方不等掌声全歇，把手臂一挥，又慨然说道："像这样失败的条约，尚叫我们不说，假使到明年我们股东不幸而变成朝鲜人，像朝鲜和日本所订立的那种条约，我们大家也可以贪生忍辱不要说吗？……"

他的声音是那么凄凉，而所引的又恰是那时候东亚国际间的悲剧，使得中国人触目惊心的一种亡国悲剧。因此，他的话才一落脚，便引起了一派号啕大哭。老年人哭得更凶。八十多岁的伍崧生，是咸丰末年、在北京做翰林院编修时，亲眼看见过英、法联军打劫北京城，火烧圆明园的惨景的，更其同情朝鲜人的不幸，更其害怕及身成为亡国奴，虽然他的眼泪已枯，只能干号，但他号得更为悲痛；别人是旋哭旋拍掌，他坐在头一排，没有拍掌，却把一双穿着方头厚底老式青缎靴的脚，连连在砖面地上顿着。

张表方自己没有哭，只眉心中间打了一个大结，两手也不住摸着八字须，等着会场平静了，继续说道："至于说川人筹款困难一层，这句话尤其不对。像湖北路款，竭尽湖北人力量，几年以来仅仅筹了一百万两，这才叫作困难。我们四川股款，在同样岁月里，却筹了一千五六百万两，十倍于湖北还有多，安能说是困难？……何况我们四川人并不是没有钱，并不是不出钱。请……请用一件普通事来……来说明：我们四川各府厅州县百姓，一有词讼，要和人打官司，便是顶穷的人家也要花费三四十串或六七十串钱不等。官吏之明罚暗受，少哩，几百两，多哩，总在千两左右，百姓们一文不能少。这种事情，统全川计之，一天当中不知有多少件，还说我们川人没钱！还说我们川人不出钱！……"

又一次几乎使屋瓦震动的拍掌。

"总之，我们四川筹款并不困难，只要朝廷拿出至诚之心来待百姓，只要……"

又被掌声打断。

"一班官吏不再搭克人民……"

当然要博得掌声的了。

"只要我们公司的总理举得其人……"

这一阵更热烈的掌声，把在场的现任总理曾笃斋拍得很是难过。

"信用能立……"

这一句话不应该拍掌的，大概大家已搞成习性，觉得上一句已拍了掌，这下一句似乎也该拍一下。

"那么，莫说现在的七千万两款子，即使加倍再筹个七千万两，也没有筹不到的！……"

这是为四川人争面子的话，当然会从都用巴掌声来表示赞成。

激越的感情好像略为平复。张表方回复到最初那个姿态，一手扶着条桌边缘，慢慢说道："但是现在又有人在这么说，川人能够筹款，川人能不能够保定不再倒款？……我说，这话也没有见识！这回政府要估迫收我们的路，固然拿着倒款一事作为我们的罪名，殊不知川路倒款，乃由于总理不得人。……总理如其由我们股东公推的，对于倒款，我们股东当然任咎。但是倒款的总理施典章，却由四川总督奏派的，责有攸归，安得归罪于我们川人？……"

大家觉得真该拍掌，因为这是划清是非界限的重要关节。虽然奏派施典章作公司第一任总理的是锡良，但倒账事情却在赵尔丰护理总督时候，把这件事情说清，也算把赵尔丰间接责备了一顿。因此，蒲伯英连连点头，还用手把罗梓青一拍，轻轻说道："对得很！表方真能讲话！"

张表方正深入一层在说："并且倒款的害处，和盛宣怀签订丧失国权的借款条约害处，比较起来，看是哪一方面的害处重大！……今以倒款之罪加诸川人，那么，丧失国权之罪又是谁呢？……"

热烈拍掌声中有好多人都喊出了："卖国贼盛宣怀！"好像在回答他那句问话似的。

"总而言之，我们股东只知道路当保，约当废，纵使将来不幸路款再遭亏倒，我们四川股东宁肯咬着牙巴再吃一次倒账大亏，也断……断……断断不能附和卖国邮传部、卖国奴才盛宣怀，来吃亡国人民的苦！……"

张表方说得须眉奋张，满头大汗。全会场也一样地大喊大叫，又在拍掌，又在顿脚。一片"卖国奴盛宣怀！"的声音，使得故示深沉的赵尔丰又变了一次脸色。散在会场外面的几十个高一头、窄一臂、背枪挎刀的亲兵，都一齐挤到窗户跟前来看动静。

张表方想了想，似乎要说的话已说得差不多了，遂又着两手，说出最后一番话来：

"我们四川股东，我们四川人民，你们对赵大帅的话听懂了没有？……古人说过，哀莫大于心死，又说过，陈叔宝全无心肝。假使四川股东心都死了，或者都没有心肝，那么，尽可以回家去左顾孺人，右弄稚子……享家庭幸福啰！就莫来开会！……假使四川股东还未心死，还有心肝的话，那么，我们大家就一定要同心协力地争！……争！……争！我们一定要大声疾呼保路呀！……废约呀！"

张表方走下台子许久，全会场还在拍掌，还在狂呼，一直延长到罗梓青上台去宣布投票选举正副会长，会场里面的掌声喊声，犹像没有熄尽的爆竹一样。

三

这一天会后，大家很是高兴，许多人都在说："这下好啰，赵尔丰的神光着我们张副会长给退干净了，从此以后，哪个再敢来干涉我们保路！"

就连素有智多星之称的蒲伯英，也不住叭着叶子烟杆笑道："表方真不愧是吾党健儿，这几下耳光确实打得清脆利落。旗开得胜，以后的阵势就好放胆摆了。"

倒是比较站在旁观地位上的葛寰中有一些不同的看法。他特为这件事来到郝达三家里，说了一番不大中听的话。

他说："你们以为张表方那一场争吵，果就把赵季帅吓着了吗？要是这样设想，你们未免把赵季帅太小视了。依我的愚见，表方那一场争吵，不唯没有把季帅吓着，反而引起了他的愤怒。你可设身处地想一想，至不济，他到底是一位总督部堂，到底是皇上钦差他来管辖四川全省官民的大员，你们开会，他来演说，不拿一点官架子，这不比王采臣还强些吗？你们总在恭维王采臣平易近人，尊重舆情，但我回到四川就未听见人说他曾到过你们的会场上。赵季帅接事不过三几天，你们开头一次会他就来了，足见他看重你们，存心和你们要好。这样子，即使在演说时候有些话不妥当，你们也该听着就完啦，为什么那样不计利害地和他顶撞？我听说全场股东还打起伙地给表方呐喊助威，闹得不成名堂，几乎使季帅下不了台。这简直是存心辗皮的举动。用这来对待平常人，已不免有伤忠厚，请想，用这来对待一位手操生死大权的总督部堂，岂不是自惹烦恼？真是何苦哩！"

说完之后，他还叹息了一声。

郝达三平日对于葛寰中的言论很是信从，一直就认为葛寰中有学问，有见识，有世故，有阅历，无论讲什么，都比自己高明。今天却不同了。在听葛寰中说话时，虽然也捧着水烟袋，跷着二郎腿，诚心诚意在听，但是眼睛里却时时闪出一丝笑意。很明显，他对葛寰中的说法也有了他不同的意见。

当然，葛寰中也看了出来。在他重新叭着雪茄烟时，才笑了笑道："老哥，我的话是不是有点刺耳？……我也明白你一定要说：赵季帅的演说扎实了一些，好像要你们莫再吆喝保路废约，好像赵季帅同盛、端两位大臣已在一鼻孔出气，若是不给他顶转去，你们股东岂不迹近退让？岂不把几个月来闹得天乌地暗的前功都捐弃了？岂不被天下人耻笑你们虎头蛇尾，遇着仁懦的王采臣，你们硬得像石头，遇着刚强的赵季和，你们就变做了糍粑？你们之所以要给他顶转去，实有你们不得已的苦衷。唉！若果是这样想法，那简直是意气用事了！那简直是不计事功的意气用事！"

"何以见得是不计事功？"

"老哥，你是明知故问吗？抑或和伯英、梓青、慕鲁他们一样，真是聪明一世糊涂一时呢？古人说的，小不忍则乱大谋。这道理你总该知道吧！如其那天你们能忍耐一下……即使认为有些地方非申明不可，等散了会后，在休息室里去说，不是一样吗？即使忍不住要当场申诉，那也该说得委婉一点，使人受得了，也不该像表方那样，砖头瓦块把人打得嘴青面黑。你们只求快意于一时，却不知季帅的脾气也是吃软不吃硬的。如其真个翻了脸，闹到官绅背驰，这于你们保路前途，又有什么好处？"

郝达三也才沉吟着道："你的话倒也不错，只是船已下了滩了！"

"还可以转圜不？"

郝达三摇着头道："难！"

确实不容易转圜。形势已经造成，当然会演变成为后几天的情形：

闰六月十三日——就是张表方和赵尔丰斗口的第三天，特别股东大会继续开会，票选全省各府各厅审查员的这天，赵尔丰便借故没有来。那天，恰恰接到李稷勋由宜昌转来闰六月初九日端方打与李稷勋的一通谩骂四川绅士的电。电文中有这么几句："蜀中近状嚣张，股东开会，闻颇有地方喜事之人，参与鼓煽。其实，公正绅董并不谓然。此举非徒妨害大局，抑且不利川人。"又说，"已有严旨交川督，除股东开会外，如有借他项名目聚众开会事情，即行禁止。倘敢违抗，即将倡首之人严拿惩办。"当然，端方的意思：股东可以开会，却不许有什么异议；而且保路同志会更不许存在，提倡办保路同志会的人，都该拿办。股东当然要大吵大闹。据说，吵闹得连主持会议的会长颜楷也没有办法。结果，由重庆来的股东代表朱叔痴临场把端方痛骂了一顿，又照样拟了一通回骂如仪的电文，经会众通过，请在场的劝业道胡嗣芬、巡警道徐樾送到督院，回说赵大帅答应代转出去，才散了会。

闰六月十四日，是正式大会之期。要会议川汉铁路收归国有的事件。这是特别股东大会召开的主要议题。大家的态度，即是说股东们奉不奉诏，遵不遵旨，都要在这一天切切实实表示出来。遵奉诏旨的办法怎样？能不能听从邮传、度支两部的部令，静候查账核实，把现款附入国家股额，将来只是领取像昭信股票一样有名无实的息金？抑或有什么修改？如其不遵奉诏旨，那么，不用说了，几个月以来的运动早已说明。不过到底取什么方针呢？是一味硬到底，还是有点商量的余地？固然，在十一日那天，由于副会长张澜的顶撞，现出了一些征兆，不过据熟悉四川人情性而在这次风潮中又和咨议局议绅更其接近的署理提法使周善培推测起来，似乎也只是很少数人在附和张澜；说是大多数人都想着适可而止，像公司总理曾培在院上那天所说，只要股款有着，他们便可收帆转舵。赵尔丰为了顾全国家威信与自己面子，曾和侄儿老四、儿子老九、幕僚中一班可与商量大事的人，甚至连有智囊绰号、也是二哥极为赏识的盐运使杨嘉绅，都叫到签押房，仔细研究之后，因才故示宽大，又统率起全城正印文官，来到会场。本意要趁机再讲一讲违抗诏旨的害处，以及如何商量一个可以收场的好处的，却没有料到议题才由会长颜楷一宣布，全会场登时就变成了黄蜂窝：有骂的，有说的，有吵的，有嚷的，甚至有拍桌打掌又哭又叫的。其中闹得顶凶的，仔细考察起来，倒不是前天和他斗口的那一伙咨议局议绅，却另是一班从外地来的股东代表们。有一个，几乎把声音都叫哑了的，就是那个什么朱叔痴。看起来，真是一群暴乱分子，何尝有一丁点善良绅士的气度啊！赵尔丰正自失悔不该再到这样地方来时，据说，全会场已经把朱叔痴所提出的议案付了表决。议案是三点：第一，质问邮传部；第二，吁恳总督代奏誓遵先皇帝谕旨，四川境内的川汉铁路仍归商办；第三，从速提回存在上海、宜昌各处的款子。并且据说群情愤激，赵尔丰也撑不住了，只好答应代奏才脱了身的。

闰六月十五日继续开大会时，赵尔丰遂不再来了。不唯从此不再和会众见面，而且拒绝代奏，即是说，明白表示所见不同，也从这天开的端。

闰六月十五日这天会议，的确是个重要关节。赵尔丰之不再去，除了怕像头一天当场打麻烦外，确也有一点报复十一日受气的仇恨。不然，为什么他在开会之前，把一通刚收到的、尚未证实的邮传部电报，急急忙忙地不经商量就送与颜楷，叫他当场公布？当然啰，像这样一通电报——就是饬令川汉铁路宜昌公司总理李稷勋，把所有存在四川省外的，四川人民所筹集的，尚有七百多万两纹银路款全部接收，继续修路的部令。这和头一天议决案的第三点正好针锋相对。也正好说明，官民两方闹斗了几个月，到目前，才都看清楚了事情的要点，还是在钱。谁先下手把钱抓住，谁就有力量。股东会迟了一步，怎能不算是一个非常打击？据说，赵尔丰采纳了杨嘉绅、饶凤藻等共同研究好的这一撒手锏后，算定股东会吵闹哭骂之余，必然要来找他代奏揭参。到此，他便要摆点样子给那班东西看了。

果不其然，还没到正午十二点钟，派去监督会场的劝业道胡嗣芬、巡警道徐樾的手本，就由戈什哈传到执帖二爷手上来了。赵尔丰摸着胡子微微一笑，便向那执帖跟班说道："去给胡、徐两位大人说，要说的话我大概知道了。天气正热，请两位大人回府去休息个把时辰，吃了午点，再到我这儿来，我有话说。"

接着他又吩咐另一个跟班打电话，问一问提法使周大人是否还在臬台衙门，请他在下午一点钟后来，有话商量。

赵尔丰布置之后，身心颇觉泰然。靠在紫檀藤心太师椅上，居然有点朦胧，直到那个十八岁的来龙丫头端着凉点心走来，他才清醒了。

制台衙门是如此悠闲，如此静谧，正可对照铁路公司那种尴尬情形：一个并不算怎么宏敞的会场挤了六百多人，盛暑时节，够热够闷了吧？而且又从早晨八点钟后就开了会，太阳越晒越大，一直晒到下午两点钟，一阵阵像蒸笼内的热气从屋顶上、从窗户上直逼进来，逼得人不仅头昏脑涨，眼睛也花了，耳朵也鸣了，如其能走动走动，找个凉快地方，把长袍短褂解开，让汗气发挥发挥也好呀！但是两位道台大人走了这一会儿，原说立即回来回话，众人当时义愤填膺，又都喊出了口说："若果赵大帅不答应代奏揭参，我们就死也不离开会场一步！"君子一言既出，驷马难追，当然再热再闷，而且还有点饿了，也应当忍住。还应当端坐在各人的座位上，连话也不多说——其实是不想说，一开口更烦恼。

一直到下午两点快一刻钟的时候，老年人已经靠着硬木椅背睡够了一觉，年轻一些的人也已等得心焦意乱，才听见二门上一阵人夫轿子吆喝而来的声音。大家精神一振，连忙从窗户上望去，果然是胡嗣芬、徐樾回来了。但奇怪的是，走在两个道台前头的，还有一个很熟悉的官员——周孝怀。

官员们刚进会场，不及和会长副会长周旋，便登台宣布说，赵大帅实在碍难为诸君代奏。

　　忍热忍饿等了两三点钟，而结果是不答应，会场的愤激情形，那是可以想得出。几个老年人的火性好像比年轻人还大，都站了起来吵说："他不答应代奏么！那么，我们就一同上院去，跪着哀求，看他答不答应？"

　　这中间就有那个八十多岁、常常倚老卖老的伍崧生翰林。

　　周孝怀连忙挥着两手说道："老先生！老先生！众位股东先生！少安毋躁，听我一言奉告，好不好？……"

　　两个会长和蒲伯英、罗梓青一干人，也帮着摇手出声气说："大家雅静一点，听周大人说几句！……"

　　周孝怀拿眼睛把会场一扫，立刻感到今天确实不比往常。每一张汗脸上都摆出一种不好惹的神气，心里先就有几分怯。寻思：赵季和特特要他同着胡、徐二人前来，原来是有预见的。看起来，今天这个差使并不是什么好当的差使。要是栽了筋斗，岂不落得叫人笑话？

　　他毕竟能够镇定。想了想，还是使出他急脉缓受的手段来：

　　"唉！众位先生，赵季帅还不是和大家一样，对于邮传部这种不待股东大会决议，就越权提取路款，也非常愤慨的。因为邮传部之越权，眼目中固然没有我们四川股东，然而事前并未和地方官吏商洽一下，他的眼目中更没有负一省之责的大臣。……赵季帅说来，像这样可有可无的四川总督，他实在不愿再负虚名而受实害的了。赵季帅决意要辞官告退！……"

　　他再把会场扫一眼，所有的汗脸上依然是那样气愤愤地，简直找不到一丁点他所希冀的惊愕神情。

　　他怔了怔，才待再说几句动人的话，不料那个成都府学老教官蒙裁成已经叫喊起来：

　　"赵大帅既然要辞官告退，那么，他正好无所顾忌！他正好为我们代奏出去！而且揭参盛宣怀欺君罔上，卖国压民呀！"

　　"对呀！蒙老先生的话真对！"一片声音喊了起来，"我们一定要求他揭参盛宣怀！要求他代奏！……"

　　中间还有人在这样喊叫："赵大帅辞官不辞官，我们不管，我们只求还我们的路权！还我们的路款！……"

　　周孝怀这时也满脸是汗，又挥着两手说道："众位先生，少安毋躁！……赵大人说过，辞官告退容易，要他代奏揭参，却不能够。……听我说完嘛！

众位何必如此性急呢？……因为揭参一个人，必得想一想，拜折出去，能否生效？如其无效，不如不参。何况这等大事，也断非立时立刻便可决定。孔夫子也说过，再思可也……"

"那么，要想多久？"众声嘈杂中，有人这样在提问。

"不久，不久，两三天的光景。难道短短的两三天，众位都不能等待吗？"

大家仿佛静了一静。

朱叔痴一下跳到台上大声喊道："诸君，也听我说两句！……周大人劝我们宽待两三天，我说，只要能够做到把路权路款还给我们股东，莫说两三天，就叫我们等候二三十天，我们股东也可等待。现在，我要请问周大人，还有胡大人、徐大人，你们有什么方法，能够担保把路权路款原封原样还给我们股东？如其你们不能担保，我说，不如恳求赵大帅发驾到这里来，向我们股东当面交代，岂不比你们间接传话好得多！"

全场都拍起巴掌来，闹得比适才还厉害。

一伙老头子又参参差差站起来吼道："他不会来的！还是照我们说的，我们几百人都到院上去跪着哀求好了！"

胡嗣芬、徐樾二人赶快分别走到会长和伍崧生几个老年人跟前去打拱劝告说："到院上去，使不得。……再作商量！……再作商量！……"

周孝怀也有些心慌，一面寻思"要栽筋斗"，一面就半耍赖半求情地说道："众位先生，安静，安静。姑且看在我周善培的份儿上，莫恁地着急。……想我周善培自从在四川开办警察，最近几年又承乏商务局、劝业道，多多少少也为四川做了一些事情。比如川江水上交通，何等不便，我才定制了蜀通轮船。大家晓得，为了这条蜀通，我曾冒过多少险，费过多少力！又如四川蚕桑，要不是我提倡改良，把湖州的桑秧运来，把日本的蚕种买来，这几年的丝业，能够如此蓬勃吗？……"

他本来还要表白一些成绩的，因为看见大家的脸色似乎有点不对，尤其一伙老头子的缺齿脱牙的嘴唇都在动弹了，他才连忙掉转话头，书归正传地说："一言蔽之，我对四川总有点小补吧？那么，看在人情上，你们就不能答应我稍缓两三天吗？……"

他的话还没有落脚，会场里早就一片不大好听的声音，像煮稀粥样，沸沸腾腾地爆响起来：

"好啰！好啰！你周大人对我们四川功德无量，别的不说，光是娟、厂、唱、场，就够你名垂千古啦！不过今天的事情，是关乎四川全省七千万人的生死，那倒不能拿来和你周大人一个人的德政混为一谈。而且你周大人一个人的功劳，也抵偿不得我们全省七千万人的损失啊！假使你周大人还想使我们四川人永远记住你的丰功伟绩，那么，便请你周大人同我们一道来保路。川路一天存在，你周大人的功德就一天不会泯灭，不然的话，哼！……"

吵吵闹闹了好一会儿，太阳已经偏西，大家实在又疲倦、又渴、又饿了，因才答应仍由周善培、胡嗣芬、徐樾三人，再去恭请赵大帅发驾到会场上来当面交代。

三个人坐轿走后，会长遂说："看来还有些时候。大家都饿了，又不能散会，公司没有开火食，从外面买饭也来不及了，怎么办？"

彭兰村道："只好将就了，叫人去买一些鸡蛋糕和锅块来吧！"

老年人牙齿不行，胃口不好，只能吃鸡蛋糕。年轻一点的人倒很喜欢白面锅块。有几个平日讲究口腹的人，如像郝达三，一面勉强咬着干锅块，一面在想："要是有一碟家常胡豆瓣来蘸着吃，倒不坏！"

下半天的时间过得好像快一些。大家在会场上的情绪，也没有在吃鸡蛋糕和锅块之前那么高亢。蒲伯英、罗梓青、邓慕鲁、张表方、颜雍耆、彭兰村几个人便挤到一处，商量今天这个局面应该如何结束。

颜雍耆蹙着两眉说："到这时候，赵季和还不来，似乎不会来的了。"

蒲伯英道："断乎不会来的。起初周孝怀来转圜时，就不应该再坚持要赵季和来，这一下，倒弄僵了。"

彭兰村说："那时，若果伯英或者梓青出来提一提就好啰！我们那时，真没想到会闹僵。"

邓慕鲁道："也还不十分僵……"

蒲伯英问道："何以见之？"

"赵季和不来，周、胡、徐三人总要来回信。他们还是害怕我们拥到院上去，他们脱不了责任。等他们来回信，再看情况。要是赵季和答应代奏，就不说揭参的话，在我们说来，也算要求得遂。那时，大家起来安顿安顿，雍耆就宣布散会，拟稿。这样结束，满下得去了……"

颜雍耆赶快说道："设若赵季和仍然不答应哩？这怎么下台？依我看，十之九是不答应的。"

张表方说道："有啥……啥难下台！我们就老……老……实实拥到院……院上去，看……看他……"

蒲伯英打断他的话路道："那就更僵了，不能这样搞啊。君子见机而为，到不得已时，梓青该站出来说几句话，不能再让朱叔痴去鼓动了。我看今天会场上，要没有他，是很能掌握，绝不至于弄成这种僵局。"

几个人回想了一下，果然感到今天会场是朱叔痴几个人在那里操纵。大家又重新作了一次商量，决计及时把会场气氛转变一下，绝不允许再由朱叔痴把持。不然的话，将来定会闹糟的。

因此，到黄昏时候，只有徐樾一个人匆匆回来，宣称："赵大帅刚刚拜会将军、都统回院，实在累坏了，不能来。最好请大家散了吧，明天见面时再议。"

众人正气势汹汹吵着要上院去时，罗梓青果就挺身而出，极力劝说去了没有好处。设若赵大帅仍旧拒不接见，难道几百人都睡在土地上吗？"我们争路争款固然要紧，我们也该顾到一班老年股东，一整天没休息，一整天没吃饭，这已经难堪了，怎能还要他们去受累？这件事本来是大事，今天办不了，明天后天还是可以办，倒也不一定就限死在今天办妥。总之，只要我们一心一德，坚持下去，倒不怕他盛宣怀不让步。赵大帅是维护我们绅士的，他之所以不立刻答应，说不定也有他的苦衷。我们如其好好和他商量，他怎能不俯允我们所请？如其我们大家都去了，即令他能接见我们，试想人多嘴杂，又怎能把我们要说的话说得伸抖？不如大家姑且散会，稍停一宵，到明天再请赵大帅来商量。好在赵大帅已经答应了明天来。"

"不行！不行！我们不散会！""妈哟！闹他妈的一整天，就这么松松活活叫我们走开吗！""我们才不散会哩！到底哪个搞起的嘛！没名没堂，个老子硬不走！"

只管有不多一些股东坚持着不肯散，坚持着要立时立刻一齐到制台衙门去请愿，坚持着要把会开个通宵，开到明天，等赵尔丰来答应了大家的要求再说下文。但也有多数的人不愿意这样做。他们挥着各种各样的扇子，睁着饥疲不堪的眼睛，有的沉默着不说一句话，有的说："还是明天再议的好，今天也闹够了。何况天也快黑啦，夜不成公事！"差不多一半的人，连同一些老年人在内，都站了起来要走。

朱叔痴还在大声叫喊说："大家当真不能坚持到底吗？那不真正只有五分钟的热度了！唉！同胞们，我们莫要上当呀！劝我们散会的人，是别有用心的凉血动物！……"

登时就有几个声音很粗鲁地叫道："你才是凉血动物！你不吃饭睡觉，你就一个人留下来开会！"

但也有更多的声音吵着说："劝我们让步，本来不对嘛！你们还显得有理，是不是？"

大家都在吵，会场里已听不清楚会长颜楷站在台子上说些什么。只是一片声喊道："对，对，我们就赞成你们八个人代表我们上院去！……那么，散会！散会！明天再来！"

第九章 这才叫作风潮

一

特别股东会虽然天天都把铁路公司的会场占去，可是保路同志会的运动还是没有停止。不但没有停止，似乎因为股东会开得有声有色，它也水涨船高地更为发皇起来。

保路同志会到这个时候，四川全省一百四十二州县中，十之六七的州县，不但城内都成立了保路同志协会，把一班稍有名望、身家、地位的绅粮，以及科举时代提过考篮的老酸，以及目前在洋式学堂读洋式书、号称学界先生的人们，全都招揽进去，随时都在登台演说保路废约、爱国爱川，也一样在大喊："誓死反对卖国贼盛宣怀！反对卖国奴才端方！誓死遵奉德宗景皇帝铁路商办诏旨！……不达目的，绝不甘休！……"就在许多乡场上，也出现了保路同志协会的招牌。

成都城内的保路同志协会更不消说，各条街有各条街的，各一界又有各一界的。一界当中，又分了许多支派。比如商界，总商会有了商会的保路同志协会，而其下还又成立了洋广杂货帮的保路同志协会，干菜帮的保路同志协会，灯彩行的保路同志协会，响器行的保路同志协会。前一晌有人开玩笑说："瞎子、聋子、哑巴这些残废人，戏娃子、叫化子这些下等人，总不会成立什么保路同志会了吧？"但是到闰六月下旬，报纸上还不是出现了优伶保路同志协会、乞丐保路同志协会、洋琴清音会保路同志协会、聋哑人保路同志协会？不仅有了组织名称，还同样发表了声讨卖国贼、披露各人爱国爱川血忱的文章。

学界也一样，除了四川省教育会的保路同志协会外，也有高等学堂的保路同志协会、铁道学堂的保路同志协会、体育学堂的保路同志协会和五世同堂、红石柱、汪九曲家祠、数不清的私立法政学堂的保路同志协会。当然，许多中学堂、小学堂、讲习所，也各自成立了它们的保路同志协会。

这中间就有王文炳、楚用、彭家骐、林同九他们的学堂。

楚用原说赶在闰六月中旬，学堂开学以前，就上省来的。不想开学了十二天，他才在黄昏时候赶进了南门。那时，从大桥直到瓮城门洞，已经拥挤起来。行人、轿子、挑担、驮马像潮水一样，一边向城内涌，一边也向城外涌。南门不比东门特殊，东门有成例，总要三梆之后，继之点完一支牛油蜡烛，到初更鼓快敲动时才关。南北两门却都是不等擦黑就打头梆，接连二梆三梆一响，铁皮包的两扇门扉便慢慢阖严。若是迟一步，休想进城。

挤进南门，楚用心里一宽。缓缓走过文庙前街的街口，才猛然想起：他向学堂写信请假的日期，不是今天就届满了？若是逾期不去报名没到，按照屠监督手订的规则，是要记大过的。立刻，他的脑子里就现出了那一张配着胡子焦黄、眼睛朝下斜的削骨脸。

他迟疑了一下，把肩头上斜挂着的包袱耸了耸，用蒲扇把发热的脸扇了几下，才待向文庙前街举步时，脑子里忽又另外闪映出一张脸来。那脸，圆圆的，颧骨稍稍有点突，上唇稍稍有点翘，鼻梁稍稍有点塌。但是脸颊上有两个浅浅的酒窝，额头下有两弯细细的眉毛，尤其在眉毛下面，配上了一双略像三棱型的眼睛。那眼啊，还藏有两枚乌珠似的瞳仁，并且是浸在清水中间的乌珠，并且是滴溜转的乌珠；它能放光，它能说话，它还能笑哩！他就为了它才害了病，一回家就病倒了。大家认为他的病是读书用功过度，是中了暑热，是在省城搞保路运动积劳所致。

也得亏有这场病，他才躲脱了外公侯保斋和吴凤梧商量好了的、生死要他在县中保路同志协会担任的事情。

这张脸和这双使人迷惘的眼睛，半个月来，几乎随时都在脑里出现。他就是为它而来的，这时怎能因为屠致平的规则而延迟去亲近它的时间？

他决计先到黄家来。

看门老头首先告诉他，黄澜生正在会客，"老爷这一向忙得很。从院上一回家，客就来了。每天，总要在二更过后，才得清静。"

老头还得意地笑道："老爷这样红法，恐怕不久就要升官了。"

楚用倒不注意表叔的近况，只是问："太太在家吗？"

"在的，在的，好几天没有出过门了。你对直进去好啰！你总要住几天才进学堂吧？你还好吗？瘦了些。你没坐轿子来吗？真太省俭了！……"

像看门老头这些啰唆话，黄家每个人在看见他时总要重复一遍，就连表婶也不免。不过表婶说话的神情多少有些不同。虽然堂屋里已经有了暮色，神主前悬的一盏琉璃灯并不很亮，他毕竟感觉到那一双笑吟吟倾注在他脸上身上的眼光，真像温汤似的，使得全身汗毛孔都感染到一种说不出的快乐。

他四面一看，菊花、何嫂正舀洗脸水、泡茶去了，两个孩子也刚刚走开。好机会！他连忙抓住表婶的双手，说道："唉！我这场病啰，说起来……"

她连忙摔脱一只手，按在他的肩头上道："莫再说了，我懂得你的意思。我只问你，为啥不写封信来？我默倒你怄了我的气，从此就不理睬我了哩！"

"怄气？我会怄你的气吗？真是怪话！唉！好表婶……"

"那么，为啥不写信呢？"

"还说写信哩！……"

振邦的小皮鞋敲在方砖上的声音已飞快响到堂屋门外，他还一面喊说："楚表哥，爹爹请你到小客厅去说话！"

黄太太稍微退开一步，也大声说："着啥子急！洗了脸，吃了茶，再去！"

"表叔忙得很吗？说是要升官了？"

"一定又是那个死老头子说的。真是没开眼的老东西！你表叔不过调了个督院上的内差，多晓得一点消息，每天来的客多一些罢咧！连印把子还没摸过，咋说得上升官晋级！"

"若是什么官场中的显客，那就等我洗了澡，穿件长衫再出去。"

振邦跳起脚地哈哈笑道："不是别的客，不是别的客，是我们外婆家的新客。"

"你外婆家的新客？"

黄太太道："邦娃子的耳朵硬是装不住话的！所以人家说，商量事情时，不准娃儿在旁边听。看你妹妹，比你小，倒比你懂事，比你口紧，吩咐了不要乱说，她就不说。"

振邦鼓起大眼，嘟起嘴巴道："你谄她不说！……"

"表婶，到底是怎么回事？"

黄太太抿着嘴皮一笑道："你晓得周宏道这个人不？"

振邦又插嘴说道："就是他，这个假洋人，我们幺娘的男人。"

黄太太假作嗔怒道："邦娃子，我真要敲你几下哩！有理说，没理道，啥子男人不男人都说出了！……莫听他胡说，其实才由澜生做红，前几天两方看过相片，同了意，大约今天来商量下聘。你想，聘礼尚没有下，晓得事情成功不成功，怎就新客、男人的乱讲起来？幺娘晓得了，才不撕破你的嘴哩！"

这是黄太太故意说的客气话。周宏道看见过黄太太，听说龙竹君幺姑娘比她兰君姐姐还高大，还能干，经黄澜生请出田老兄向他一提说，他几乎立时立刻就同了意。甚至还要按照他所说的日本的习俗，打算第二天便到龙家去登门求婚，第三天便下聘，第四天便邀约聘妻逛公园、吃馆子；如其新房布置得及，第五天似乎就可举行文明结婚大典了。倒是龙老太太不答应，她说："文明结婚也有文明结婚的礼节呀，不能说留洋学生就连这些过场都不要了！"什么过场呢？龙老太太说不出，只是说："哪能这样急，这样潦草？女儿家终身大事，慎重点才对！"龙老太太慎重点的用意，只不过要慢慢地把一切手续办周到，对她的幺女，却从未想到去征求一下意见。这倒不仅龙老太太的旧脑筋为然，便是号称维新而开通的黄澜生夫妇，也一直没向他们的幺妹提说一言半语。

周宏道今天约着田老兄过来，确是为了商量下聘的事。楚用出去相见时，似乎已经把正经事谈好了。

黄澜生给他们介绍之后，紧接着就问起吴凤梧来："这个人真有意思！前几天听说回省来过一趟，郝达三那里他都去过，偏偏就没来找我。"

他又自己解释道："倒也不怪他，他一定晓得我每天在院上的时候太多，下了院，应酬又不少，要来找我，忒不容易。他大概也忙得很，在新津搞些什么，你总晓得一些？"

楚用刚刚把自己一回家就害病的经过，大略说了几句，还没说到外公侯保斋和吴凤梧是怎样在部署活动时，黄澜生好像并不安心要听似的，又掉头向着田老兄、周宏道，讲起他在制台衙门内的见闻去了。

据他说起来，督院幕僚中间也是意见分歧。当他尚没有调差以前，已经传闻其中的人员分了三派。一派是新政派，这派的人大抵是江浙方面搞刑名、搞钱谷出身的由幕而宦的人员。他们对施行新政非常卖力，平日和地方绅士颇有来往，地方绅士提出的意见，他们有时也能趁机上达，并且还能注意到一般百姓的疾苦。这派人的人数并不多，平日又爱搞点笔墨，下了院，总是几个人挤在一处喝酒作诗，自以为名士而兼好官。他们瞧不起旧政派，说旧政派是宦蠹，是腐败官僚。旧政派也瞧不起他们，骂他们是认贼为父的康梁余孽，是不明白经国大义的假维新党。旧政派人数较多，大抵是多年老宦，一半是捐班出身，一半是由佐杂班子一步一步爬起来的。这班人虽然笔下不大好，作不来什么诗词歌赋和什么策论驳议，但他们公事却很熟，又能体会宪台意思，揣摩宪台性情，宪台有所咨询，他们回答起来，就比前一派圆融周到，能够博得宪台夸奖。就是拟点公事稿，也四平八稳，比前一派那些专尚辞藻不讲例案的东西得体。两派人虽然尚未闹到水火不相容，可是自从赵季和接事以后，对于旧政派倚俾重一点，当然啰，旧政派的人好像翻了身，瞻顾举止不免略高，于是两派人便渐渐闹起了意见，平日在各人科里各办各事，还看不出裂痕，要是有什么会议，你不指责我眼睛，我便要訾议你鼻子，看起来可就令人难安了。

田老兄把蓝片托力克眼镜撑了撑，很庄重地问道："所言两派，已闻命矣，敢问第三派呢？"

黄澜生笑道："那何用说！介乎两派之间，中道而行，不偏不倚的，便是第三派的特色。"

周宏道穿了件花格子洋薄绸衬衫，挥着巴掌大的东洋折扇，说道："那么，也算是孔夫子的中庸之道了。"

田老兄呵呵大笑说："说得好听，其实是墙头上的冬瓜，两边倒的冬瓜派。"

停了一停，他又问黄澜生道："澜生先生自居于哪一派呢？"

黄澜生笑说："我吗？……"一面伸手把水烟袋抓到手上。楚用正在抽纸烟，连忙把一根有煤头的纸捻在火上接燃，递了过去。

周宏道老老实实地点着头道："澜生兄新学很好，又喜欢讲论时务，而且文采风流，当然是新政派了。"

"莫挖苦我！我懂得啥子新学！我们那位葛寰中太尊比我行多了，他还不敢自居于新政派哩。"

田老兄又笑道："然则，澜生先生定是一个冬瓜派了。"

"其实我还列不上派。因为是新进人员，而又官卑职小，平日只跟着饶凤藻饶大人的屁股转的。说到饶大人，他倒是旧政派，目前在幕僚当中，不算第一号红人，也算得上第二号红人。每天都要被传到签押房去商量一些密件，下来后，总要和我们两三个旧人谈谈。所以我虽是不列派的一个人员，也没资格参加会议，可是晓得的内情倒比那些参事大人还多。"

周宏道说道："说到这上头，我倒要请教一下了。据你看，赵季和对于目前铁路股东会议，到底持的什么政策？"

"哈，哈，你也问到这上头来了？你又不是股东。哦！莫非你加入保路同志会了吗？"

"还不曾哩，但也在迟早之间。因为董特生说，这是一种潮流，也是一种生存竞争，要是不合乎潮流，将来会被淘汰的。他回来不多几天就加入了。"

田老兄问道："董修武回来了吗？久闻其名，我倒要找他一下。他是不是同你住在一处？"

"不，他暂时住在皇城坝的教育陈列馆里。也在四处找房子……"

黄澜生插嘴问道："也是日本留学生吗？"

"是的，也是邵明叔先生聘回来教绅班法政的。"

黄澜生忽然正正经经地说道："那，你可以转告这位董先生，叫他在行动上检点一些的好！"

连田老兄都惊奇起来问："为啥子？"

"因为最近路广钟曾有密禀说，四川就由于争路风潮，人心不安，革党匪徒多有潜踪回省，图谋趁机起事的端倪。又说，凡新由日本回来的，十之九都是乱党，请饬属严加防范，如有形迹可疑，即予拿办不贷。宏道兄，连你都应该谨慎一些。依我说，还是不要急切合乎潮流的好哟！"

楚用到这时候才有机会插嘴问道："表叔说的路广钟，可就是前年南校场运动会里，叫警察用刺刀把成都府中学堂学生戳伤的那个人？"

田老兄用眼角把楚用一抹，道："前年的运动会，有你吗？"

"有啰，我还参加过障碍竞走……"

田老兄已经掉向黄澜生说道："这人不是在邛州任上吗？"

"早已年满回省，过班知府了。现在的差使是巡警道署警务公所提调兼总稽核又兼巡警教练所总办。因为嫖小旦的关系，巴结上了赵老九，又巴结上了赵老四。本来是幕外人员，所以也得以参加密勿，随时进出季帅的签押房。看样子，比饶凤藻饶大人还红些哩。"

田老兄把一颗快要亮顶的大头连连摇着叹道："那么，老赵的政策还用问吗？有这些人在身边当军师，还能做出什么好事？澜生先生，像这些消息，你可曾告诉过又三的尊翁？他们正同老赵交锋，是应该研究的。"

"他们从不问到这些。他们每天来问的，老是北京有什么电报拍来？季帅有什么电报拍去？其实我又不完全知道。我已说过，我只是跟着饶大人的屁股在转啊！"

田老兄道："我看，这回风潮，四川人恐怕要失败。为啥呢？因为聪明人都变糊涂了，机警人都变迟钝了，谨小慎微的人都变得心粗气浮了，而且都没有一点远见。"

黄澜生也有点慨然道："还不是莫奈何了！这叫作骑虎不能下背。却也有气数存焉，去年春初的彗星，我实在担心得很！……"

二

楚用一早起来，使他感到稀奇的，就是头也不昏了，心也不烦了，周身也不酸软了。并且不知为了什么，随时都想笑。

洗漱后换好衣裳，把带来的龙洋数了数：学费五元，食宿费二十元，书籍费五元，剩余不过十多元。哪能够一学期的零用？何况已说过星期天要请表姊和振邦兄妹去看戏、逛劝业场、吃馆子，就要花好几元，以后的用处，更是算不到的！

"爸爸嘛，一个天生的老牛筋！啥子都好，就只拿出钱来便心疼。管他的，二天写信去要。不给嘛，家庭革命！……"

家庭革命，这是多么厉害的一个名词！但这时在楚用口里，却只当作一句玩笑话在咕噜。他高兴的时候，也和烦恼的时候一样，有点口不择言的。

走到学堂门口，他方突然想起屠监督的严厉规则。他昨天没赶来报名、没到、没缴费，他这记过的处罚，一定免不了。他确实有点失悔，倒并不怕记过，或是别的什么，他只感到记过的公告牌悬挂出来，在众目睽睽之下，面子上有点下不去。

他就怀着这种不安宁的心情走到稽查室。

房间是空空洞洞，一把鸡毛帚丢在净无纤尘的方桌上。显然，有洁癖的秦稽查才出去了。

转到稽查室隔壁的庶务室。

也没人。一本收费的三联簿还没阖上。

正自莫名其妙，忽然看见专在学生寝室听使唤的小工高金山，提着一桶热水打从院子里经过。

"嗨！高金山！怎么一个人都不见？"

"噢！你才到么！……都在梯级讲堂上开会。"

"连秦稽查、鲁庶务都去了吗？"

"岂止！……连屠监督都去了……"

"啥子会，这么重要？"

高金山已走入一条过道，来不及回答。

楚用迟迟疑疑转过后院，隔着一大片槐荫满地的空坝，已听见靠南的那一大间专门用来教理化的梯级讲堂内，人声嘈杂，果然是在开会。走近几步，果然听得出有一种又苍老、又干涩，并且还微带结巴的声音在大说小讲：

"……诸君！诸君！总得许我毕其辞嘛！……"

当真是绰号端公的屠致平屠监督在讲话吗？为什么把一年多以来常用的诸生这个名称，换成了诸君？而且还使出那么谦卑的口吻——容我毕其辞？据楚用回忆起来，除非在聘请他当监督的那位高等学堂总理周紫庭的跟前，他不会有这样的口吻。

使楚用惊异的还有哩：

"……鄙人也是爱国一分子。鄙人一向就在研究平等、自由的真谛。……鄙人并非干涉诸君……自然，自然，诸君是主人翁。……诸君有成立这个会的权利。不过诸君也有义务……义务……自治的义务。……鄙人别无要求……只要求诸君能尽自治的义务……"

"莫再大放厥词了！好不好？"超越众声的一声尖叫。所得出是罗鸡公又叫古字通本名罗启先的叫声。

但是端公还在说。

这下是众乐齐奏了："你的话我们全明白了，守秩序嘛！守规则嘛！……我们会自治的！……我们中间没有革命党，你放心！……就要革命，也革不到你头上，你放心！……自然，自然，别个学堂的会解散了，我们的会也要解散的！……话说完了吧？请出去！请你们都出去！……是我们学生的事，我们硬就主人翁，不要你管！……"

最后是林同九的成都腔："龟儿！好不识相哟！"

端公诚惶诚恐的样子，带着三个监学、一个教务、一个稽查、一个庶务，从讲堂门口跨出。弯着脊梁，垂着头脑，急匆匆向他的监督室那面走了去。

楚用待这一伙人走远了，才加速步伐，奔进理化讲堂。

乔北溟年纪顶大，像是众人公推他主持会议，他正站在讲台后面，板着面孔继续说道："……为啥我们学堂的保路同志协会迟到今天才宣告成立呢？我已说过几层理由了。我现在还要加入两层：第一层，由于大家不热心……"

全讲堂一百多人又都吵闹起来。

彭家骐跳着脚地说道："你凭了啥敢说我们不热心？你说！你说！"

"我说，要是热心，为啥还没有正式放暑假大家都跑回县里去了？"

又是罗鸡公的尖叫声音："我们为啥要急急忙忙赶回去？你晓不晓得？"

"也该把会成立了再走，不算迟啦！"

"那时，你为啥不发起呢？"

陆学绅站起来摇着两只又大又瘦的手，叫道："吵个卵！让他说下去不好吗？难道说句谦逊话，都受不得了！"

乔北溟抓住这个空隙，连忙放大声音喊道："第二层，就是由于监督的压制！……"

"对！……对！……乔北溟说得对！……要不是他龟儿压制我们，一些在省里的人咋个不先搞起来呢？"

乔北溟又胡乱扯了几句，便道："我们学堂的保路同志会成立了。现在，我们选举会长。"

有了会，当然要选一个会长，还要选一个副会长。今天为了时间关系，一次连选，用的无记名投票法，得票最多的为正会长，次多的为副会长。经乔北溟一说明，大家喊声"赞成！"便各个取出铅笔，将空白课本撕下一页，一裁就是好几张选票。

楚用未在事前联络，不晓得该写谁的名字。便掉过头去看同座谭志和写的。

学堂里有事举代表、举会长，照例，但凡爱说话、爱调皮、和监督监学起过冲突、遭过记过、扣例假的，都有资格。因此，开票结果，黑板上大写着：王文炳四十三票，陆学绅三十七票，谭志和二十一票，楚用十八票，罗启先十一票，彭家骐十一票，林同九五票。没有一张废票。

大家不约而同地欢呼道："正会长王文炳！"

但王文炳并未在学堂里。他本来就忙，最近几天更忙。虽然缴了学费、食宿费，虽然学堂已经开课好几天，尚没有经常看见他。据说，他不在铁道学堂的股东招待处，便在铁路公司。

众人又大声唤道："副会长陆学绅！……就职，就职。"

陆学绅，就是著名的色鬼，每天要梳一次发辫，而鬈曲的微带黄色的头发老梳不光生；一额脑、一脸颊的红疙瘩，越掐越凶。当下笑嘻嘻地从人丛中走上讲台，深深向众人鞠了一躬，又伸手把头发摸了摸，掐着红疙瘩说道："鄙人才疏学浅，谬承诸君爱戴，选为本学堂保路同志协会副会长。照规矩，应该等正会长王文炳君回来，共同研究之后，才能择期就职的。但是又承诸君督促，莫计奈何，只好先行就职。鄙人……"

许多人都呵呵大笑起来，也还有人拍了几下巴掌。但都异口同声吵道："不要这些臭调子！……只说你现在打算办些啥子事。快点，快点！……简单明了地少说几句，说完了，散会，我们好吃饭。"

陆学绅仍是掐着脸上红疙瘩，笑容满脸地说道："成立同志会是大事，会长就职也是大事，不演说几句，不成名堂。既然诸君赞成不必演说，那我就长言短语吧。我宣布……咳！……目前顶要紧的一件事，请诸君举出一位文牍，赶今天下午就须拟好一份宣言、一份通告、一份章程，并须用迅速手段去刊刻一个戳记，以便在今天擦黑以前正式报到同志会去备案。其次……其次，听说今天下午三点钟铁路公司要召开股东会同志会两会联合临时大会，有极其重大事情报告。本会应该遣派几个代表前去参加。本会今夜开第一次正式大会，大家都须出席，听代表报告……"

"要举几个代表呢？"七嘴八舌在问。

"随诸君公意嘛，一个不为少，三个不为多。"

嘈杂了一会，一致举出了谭志和担任文牍，楚用、乔北溟、林同九三人

205

担任代表。

谭志和跳了出来道:"我不能担任文牍!请大家另举!我的国文程度不及楚用,我和他对调一下!"

大家已经纷纷站起来,齐声喊说:"不更变!不更变!……散会,散会,我们要吃饭啦!"

毕竟等到陆学绅正式宣布散会,大家才夺门而出,像浪潮似的,直向食堂涌去。楚用本想趁机溜去缴了费便走的,但他却没有抗拒潮流的本事。

食堂规模还是六个人一桌,下方不坐人,用来安放小饭甑和锡茶壶。桌上还是铺着白台布,各人面前还是放有一方白饭巾。可是都变了样。饭甑已经不是黄澄澄的,茶壶也不复亮得发出银子的光色,台布、饭巾不但斑点污黑,还出现了许多窟窿和脱了线的补丁。

这种变化,其实自去年下半年屠致平接任第四任监督以来就开始了。在他以前的三任监督,起居饮食都和学生在一道。往往监督来到食堂,还不一定坐在为他特设的座位上,由监督随意选个位子,和学生对调。在举筷动匙之前,还要做一度普遍检查:看看菜肴,看看吃饭家什,看看大小甑子。只要有一星半点不洁净,比如菜里有一根头发啦,饭里有颗耗子屎啦,不待学生陈述,监督先就吆喝起来。包厨师傅当面看明白之后,下一顿定要多添一样可口的菜作为惩罚。以此,那几年一时风行的学生闹食堂的风潮,这个学堂便没有。

屠致平接事那一天,认为这是不好的办法,并未说明理由,便手谕庶务:将管理人员的伙食由学生食堂分出另开;监督的一份,更其特别,要单独送到监督室内去;出的钱一样,菜饭不但比学生吃的好,就比其他管理人员吃的,也好到不止一倍。当然啰,凡物不得其平则鸣,不到一个月光景,这学堂从来不曾有过的闹食堂风潮便爆发了。屠致平大怒,立即悬牌斥退为首的七人,并记了十几二十人的大过。虽把风潮镇压下去,但食堂的清洁和秩序,也就从此坍台。

对于使用台布饭巾,他也认为太新式、太奢华,他说:"吾国自有精神文明,何必亦趋亦步,效法西欧?……恶衣菲食,古人所尚。……每餐四簋,已为上馔,诸生果腹是求可也,食外无益之物,其议罢之!"这是在镇压风潮之后,十五日清晨,率领诸生到礼堂上,对着先师孔子和当今皇帝万岁万岁万万岁的神牌，行了三跪九叩首大礼后，屠致平补服顶戴，——他以举人出身加捐了一个内阁中书头衔——从怀中摸出一张草稿，打起调子，这样念出的。

何以又不即罢之呢？恰因那天提学使刘嘉琛亲自到学堂来查学，正逢午饭时候，刘提学特意到食堂上看了看。对菜饭没说什么，对台布饭巾倒大为称许说："这办法很好！一方面合乎卫生，一方面可以养成学生爱好清洁的美德！"可惜刘提学只来了这一次，台布饭巾虽幸而保全，到底经不住屠监督的精神文明的蹂躏。

但是屠监督也带给食堂许多好处。首先，是可以添私菜。本来年轻小伙子，谁不喜欢吃好的？并且来自东南西北，各有各的嗜好，做大锅菜的厨师不管手艺如何高明，总难做出四方不同的风味。从前有监督监学在一处，要求的只是卫生吃饱，而今食堂是学生的世界，卫生不卫生不是唯一条件，荷包宽舒的人，尽可以在开饭一点钟之前，向厨房打个招呼："给我特别做一碗盐煎肉片，多放点豆瓣酱！"同桌的当然可以共享；下一顿，也当然要回敬一碗"回锅肉"或者"麻婆豆腐"。其次，是毫无拘束。不但可以随便约人同坐，以便于打平伙，甚至还可以不讲礼貌，吃得高兴时，大呼小叫之外，还可以解衣磅礴，不管别人的眼睛如何难受。

楚用吃饭时，同陆学绅、彭家骐、林同九几个人一桌，便趁机说道："老陆，同你商量一桩事，答不答应？"

"啥事？先说来听听，看在巫山神女面上，能答应的，绝对答应。"

"今天下午到铁路公司去的代表，有乔北溟和林小胖子两个人，也够了，我打算不去。"

"为啥？"

"我本来请了病假，昨天带病赶来，轿子抬到舍亲家里，足足养息了一夜，吃了一剂药，今天才强勉支持了来。如其再累半天，恐怕病要翻。"他说话之时，故意装得精神不够的样子，甚至连端饭碗的手都有点颤。

林同九抢着说道："我首先就不答应。都是大家举出来的，你一个人装病不去，好颠头的事！"

彭家骐也道："铁路公司，你比他们两个都熟些，怎好说不去的话！……"

陆学绅把第三碗饭添好了，才说："又走得，又吃得，也不算大病。许你夜里开会报告之后，再回黄家去吃药。现在端公着我们打垮了，学堂大门随我们进出，秦稽查也不要我们的请假条子了。"

"其实我还没报到缴费哩。"

林同九道："那么，更好了。你就读通学，同我一样，只在这儿搭一顿午饭，要来就来，要去就去，多自由！"

三

四个讲堂，已有三个讲堂在上课了，就只第三班别致，学生都到齐了，都坐在各人的座位上了，教习还没有来。

学生们坐不住，有几个爱玩的小伙子便跑到院坝里练习足球，也有三四个在拍毛毽，把正在上课的学生都勾引动了，有好几人溜出讲堂来参加。

楚用遂问同座的雷清士道："这样闹法，不怕监学来干涉吗？"

"哼！干涉？他们敢！告诉你，这学期连讲堂缺席都不打了。"

"怎么一下子这样松了？"

"晓得是怎的！有人说，端公在暑假中间肯到铁路公司去，看见大家都在反对专制，他大概有点害怕了。"

"是王文炳说的吗？"

"不是，是郝博物说的。"

"郝又三来上过课了吗？"

"上星期五才来过。其实正经教科书没念上半页，一点半钟的时间都在摆谈争路风潮。也为了他的怂恿，所以我们的同志会才能够在今天成立。"

"哦！原来如此。……他是怎么怂恿的？"

"也说不上怎么怂恿，就是叫我们不必再有啥子顾虑。他说，这学期的办学人都和上学期不同了，对于学生的要求，他们不敢再压制的。临到下讲堂时，还说，有啥子事情，如其监督不答应，还可以去找教育会，或者同志会解决。他说，学生们才是学堂的主人翁，叫我们不要放弃主人翁的资格。"

"咦！看不出那么个温文尔雅的人，也会说出这样的激烈话。……那么，我们今天倒应该告诉他一声，说我们学堂的同志会成立了。"

"当然啰！所以陆学绅已经在稽查室门口等着，就是要在上讲堂之前……"

但是陆学绅却独自一人慌慌张张走来，手里拿着一封信。还没有走进讲堂，便大声吆喝起来："郝博物有信，罢课啦！……罢课啦……"

登时全个讲堂都闹动了。

陆学绅已经高高站在讲台上，念着那封信道："启者，股东会顷已议决：政府信奸逼民，人民呼吁无门，只好全川农人罢耕，商人罢市，工人罢业，学堂罢课，以资抵制！鄙人系股东一分子，自应遵守决议，不再前来上课！希即转告第三班学生，勿候！并希代向致平监督达意！此致……"

"啊嗬！罢课啦！"几乎像喊号子似的，从三十多张嘴里迸出了这一声。

陆学绅还在喊叫道："还有油印单子哩，要不要念？"

已经没人理睬，正都由两道门中，一面吵闹，一面朝外面跑。

这一下，正在上课的三个讲堂也空了。

陆学绅立刻找着楚用、乔北溟、林同九，说道："光是罢课倒没什么。我们哪一年不罢一两回课？可是罢耕、罢业、罢市，那就厉害了，我看这中间一定有原因。你们好不好提前到铁路公司，找着王文炳问一问。将就商量一下，罢课之后，我们应该做些啥。"

林同九道："难道你就不去吗？"

"我怎么好走！一份通告、一份宣言、一份章程，你们想想看，像谭志和笔下那么迟钝，能一个人搞得出来吗？"

林同九道："我先说清楚，楚用、乔北溟先走一步去铁路公司，我要回家看一看，随后才能去。"

楚用首先反对说："不行！吃饭时候，你说我检颠头，现在你先检起颠头来了。"

小胖子把小眼睛鼓得像两枚小铃铛道："你真是一个长在梦中的楚襄王！我起先说你检颠头，因为你完全不想去。而今，愚下并非完全不想去，只是回去看看我们的铺子关了门不曾。如其没有关门，我好叫他们赶快罢市。这还不是为了同志会的事！"

乔北溟做了好人道："走，走，让他耍点小狡猾好了。总而言之，成都儿的脾气……"

他们走到铁路公司，不过才一点多钟，大门内外已经人声鼎沸。楚用模模糊糊记得文牍部的地方，认定王文炳一定在那里，遂领着乔北溟，从人丛中挤向东侧院去。

东侧院人也不少。虽然不至像院子外面那样潮来潮去，但要在乱嘈嘈的人堆中间去寻找一个熟人，还是不很容易。他们却碰上了机缘，正在东张西望时，忽然看见郝又三穿着长衫，急急忙忙打从外面进来。

乔北溟不是第三班学生，没上过博物课，因为肯在教员休息室走动，倒认得郝又三。他忙把楚用一拉说："那不是你们的博物教习吗？"

郝又三已经走拢了。遂向楚用说道："接到我的信没有？"

"我们已经罢了课。"

乔北溟接着说："我们上午还成立了同志协会。通告写好就送来备案，还得请先生你维持哩。"

"用不着说！……你们可是来找王文炳君的？"

"他已被举为我们同志会的正会长，我们是被举来参加今天下午开会的代表，当然要找他。"

楚用向前走了半步，低声说道："郝先生，你当然更能晓得罢课的事是怎么搞出来的？"

"晓得一些罢了。"郝又三眉头一皱道，"你们问王文炳君，他一连几夜都住在公司，前前后后的情形，一定比我知道得多。"

"他现在在哪里？"

"你们到顶右手边那间房里去看，那就是他临时下榻的地方。"

郝又三说他还有紧要事情找人说话，不能陪他们同去，遂分手向中间的过厅那面急急地走了去。

一间不很大的房间，安了两张帆布小床，还安了两张小签押桌，一张洗脸架，四个骨牌凳。人到里面，只能侧着身子走，一不小心，不撞翻家具，必碰伤孤拐。

一张帆布床上躺着一人，原来正是王文炳。是疲倦到了万分，连那副深度近视眼镜尚挂在脸上。

乔北溟把他摇醒时，还睁开眼睛呆了好一会儿，才勉强坐起来，连连打着哈欠道："是你两个！……啊！楚用几时上的省？"

他们把学堂里的事情一一告诉他后，他伸了一个懒腰，摇摇头道："我哪还有时间来当正会长！你们可晓得，昨夜我就搞了一个整夜，一直搞到今天吃午饭，把油印东西分发后，才来补瞌睡。从此以后，事情更多，更分不了身了！……"

于是他就说起了这两天股东会和同志会的情形。

特别股东会虽然连天都在开会，开得也热烈。但是从会务上来看，依然和前几天情形一样。即是说，不但没有进步，还因为赵尔丰从闰六月十四日第二次来出过席，以后便不再来，许多事得不到他当面点头。任凭股东说上几箩筐话，总之得不到一点结果。派去谒见他的代表，他倒并不拒绝，也并不故意摆架子叫代表坐冷板凳，而确确是随到随见。不过对于代表说的话，总要反驳批评，总不认为代表的意见完全对。有时，还要和代表争论得面红筋涨，老以为他的意思才是正当的。争论到最激烈时，还会忘乎其形地说一些不应该说的话。

例如有一次，股东会会长颜楷同他父亲颜缉祜号伯勤的说到股东会和赵尔丰冲突，官绅两方弄到不能协作，心里很是烦恼。他父亲劝他说："季和与我，从前在河南一同坐过官厅，我们有过交往。我知道他人是好人，就只气性刚强一些。这种人，不宜事事和他争执，必须以情动之。我看，最好你得去看看他，作为给他道贺，以子侄之礼相见。不要一开口就谈公事，先从两家私谊谈起，慢慢引到今天争路的事情；还只宜敷陈利害，让他自己去审断曲直。如此，或许可以弥补一二。"颜楷一想，倒是一个要着。来不及再和蒲殿俊、罗纶、张澜等人商量，遂遵从父亲指导，不顾盛暑期间免穿补褂免挂朝珠的成例，仍然全身披挂，乘坐蓝呢四人大轿，带上两名跟班，直到制台衙门。满心要凭三寸不烂之舌，把这头犟牛说得俯首帖耳。并又恃恃自己是翰林院编修、侍讲学士的清华头衔，在北京时未尝无名，赵尔丰即使有什么成见，为了敷衍世谊，哪有不买账之理。

但他没有料到，从二堂侧面普通花厅被请到五福堂去时，罗梓青、张表方两人也恰在这天下午去谒见赵尔丰。

张表方这人，又是那样直戆，没有说上几句淡话，一下子就议论到盛宣怀和四国银行团所订立的合同不合法定手续。赵尔丰道："这合同的草底是张文襄公在两湖总督任上定的，盛杏荪不过率由旧章而已，怎能一口咬定它不合法呢？""大帅，你把张文襄公创定的草稿，就认为是天经地义了吗？你要知道，张文襄公在生时，资政院、咨议局都还没有，川汉、粤汉两条铁路也还未正名商办。现在一部商律既然经先皇帝颁布，两路商办又经先皇帝朱笔批准，资政院、咨议局这些民意机关又经奉旨设立；借款合同首先不通过责任内阁商议，其次不交资政院审查，有关各省之处也不提交各该省的咨议局核议，而就由度支、邮传二部单独入奏，此后，竟以部令施行。照我们看来，盛宣怀这种行径，岂特不合法，并且是目无君上，目无宪政。这样，还不反对，就是蒙蔽圣聪，就是自甘居于破坏大法。目前民智开通，这是欺骗不了人的！"

赵尔丰被顶撞得正自满怀大怒，也忘记了叫跟班拿公服来穿上，也忘记了即刻请颜太史升珠免褂。并且彼此行礼之后，光请颜太史升炕送茶，也没有注意颜太史进五福堂时，连一柄折扇都照礼节递与了随在身后的跟班。他只顾和张表方、罗梓青争辩合同之合法不合法去了，全然没把这位自视甚高的年轻世侄颜太史放在眼下。

颜楷固然有修养，也固然想遵循庭训从中当个调人，不知怎么，竟自忍耐不住，大着嗓子喊了声："来！"

跟班应声而入。颜楷遂示意叫跟班帮着，把朝珠取下，把纱袍褂脱去，也和赵尔丰此刻的装束一样，只戴着纬帽，登着缎靴，身上一件一裹圆的绸衫，把条宝石扣带系在腰上。还顺手把跟班手上拿着的那柄七股钗折扇取去，毫无礼貌地连连扇着，并且大声说道："好热的天气！俗话说的，暑日无君子，老世叔原谅原谅！"

赵尔丰越发不高兴，认为颜楷这个晚辈，好像存了心要在罗纶、张澜跟前，给他下不去似的。因而对他们说的话，不管道理如何，那便一概驳回，甚至说出这样的话："你们再这样任性乖张，不知底止，哼！我看……"

颜楷也毫不相让地扇着扇子道："有什么了不起？流血罢了！血，本是人所流的，四川人难道还怕流血吗？"

据说，赵尔丰当时脸都气青了，只好端茶送客。

其后，对代表的态度虽是和蔼了些，但对代表的要求却不免有些故意为难。尤其要求他代奏，一篇文稿，总要股东代表和周善培、胡嗣芬、徐樾等来回跑上多次，使得文案老手高从龙重起若干次草稿，几乎把肚子挖空，才勉勉强强凑合成一篇能得赵大帅首肯的东西。

赵尔丰难于协作，派到北京和武昌、长沙、广州等地去的代表，音信杳无。自然，电报打不回来，是想得到的；代表们没有得手，也在意料之中。

一班发动这次风潮的人早已感到形势不妙，估计盛宣怀、端方断乎不会让步，他们不但得君之专，还有列强为之撑腰，守在朝廷之上的亲贵像庆亲王奕劻，尚奈何他们不得，区区一般僻在西陲的小绅士，怎能把他们扳得倒？许多在京京官早已趋炎附势拆了台，连宜昌重镇李稷勋也离心离德，只图私便起来。为今之计，倒莫若依从官场意旨，把历来所坚持的保路废约方针，修改成为索还路款一项。尹良、杨嘉绅在官绅联合会上，已曾正式表达过："若是只朝保款这条路上做，赵季帅可以担保，协同绅士们向邮传部和铁路督办大臣方面力争。"并且说，"盛大臣对筹还川民路款一层，已有电报说是可以商量，这确是一个适可而止的机会。"

一班在最初发起这个运动的人，本来想适可而止了，曾笃斋、彭兰村、叶秉诚、王又新等人也都在话前话后露出一些口风；罗梓青甚至要求邓慕鲁写一篇文章来转移一下风气，邓慕鲁说："除非你和伯英、表方能在大众面前试做一场类似的演说，看大众能不能容纳？要是大众不再吵闹，不再骂你们，那么，这文章我一定写。"

罗梓青不住揩着头面上的油汗叹道："现在群情如此激烈，还有我们说话的地位吗？"

情形真是那样，除非不开会，除非不向大众讲话，大家还可以摆谈下子这事该怎样办才对，该怎样办才可以转圜。但是当着大众，这些可作商量的话，是难于出口的。大众要听的，全是那些已经听惯的保路呀！废约呀！而今，更因李稷勋之倒向盛宣怀、端方那一面，大众愿听的，是怎么样像骂甘大璋、骂宋育仁般，来骂李稷勋；是怎么样行使股东和公司职权来撤换李稷勋；是怎么样想个方法来抵制盛宣怀、端方的破坏。要是话说软一点，包定被轰下台。朱叔痴也说："今天的人民已经变成一座火山！在这种熊熊烈焰之前，谁来要狡猾，谁就会遭殃。除非你能决天河之水，你休想把它扑灭！"

四

王文炳说到罢市罢课这事上："……就是因为李稷勋的事情而来……"

股东会议决，一面撤换李稷勋，一面去电盛宣怀、端方，声明在路事未得解决之前，现有川路存款七百余万两，绝对不允许再调宜昌使用，除非等股东会派去的新总理从李稷勋手上把工程接收之后。

但是在赵尔丰移送给公司的北京来电，恰恰相反。一道由内阁发下的上谕，说是"奉旨，盛宣怀奏沥陈川路情形一折，所有请饬四川总督转饬李稷勋仍驻宜昌暂管路事，督办大臣未接收以前，勿许离工。并责成该督遵照前旨，迅速会同端方，将所有股款分别查明细数，实力奉行，俾得按照所拟办法，早日决定等语。均著照所拟办理！……"一封是抄示两湖总督瑞澂与铁路督办大臣端方在武昌会同电奏川事的节略。原文是这样的："川汉铁路自奉旨收归国有，川人即思反抗。迨前护督王人文代奏，奉旨严斥，始渐帖然。嗣经瑞澂因宜昌夫役数万人，诚恐未接收以前，谣诼纷纭，怀疑生事，与邮传部及端方往返电商，仍留李稷勋暂行经理，以免停工生事，工项仍就川款开支，俟接收后一并核议，由邮传部照会李稷勋在案。此因顾全路事，绥靖地方起见，非别有私意于其间。乃川人计无所逞，辄指专擅害公，妄议辞退总理，要求代奏。传播到宜，人心惶惑，于地方治安，大有影响。虽经电饬地方官晓谕弹压，能否不致滋事，尚难逆料。查川省集会倡议之人，类皆少年喜事，并非公正绅董，询之蜀人，众口金同。非请明降谕旨，派李稷勋仍留办路，并责成川督懔遵迭次谕旨，严重对付，不足以遏乱萌而靖地方。瑞澂等不敢避谗畏谤，谨披沥直陈。"

这简直是一封挑战书了。据说，就是赵尔丰那样不懂民情的人，当他接到这两道电文时，也颇为踌躇起来，还特别把一班能够给他出主意的人员以及老四、老九召集到签押房，商量了一次，该不该把原电转与铁路公司和股东会去。不主张送去的人较多，后来据黄澜生说，连饶凤藻也在不主张之列。但因为公司一连给宜昌打了几次电报，质问李稷勋为何不遵命离职。到闰六月二十八日，李稷勋复电说，他之所以不奉命离职，自有原由。并且反问公司，难道连阁寄的电报都没有看见？那么，可向总督赵季帅处请教一下，再说好了。

于是公司和股东会连忙派代表到制台衙门，指名要这封阁寄电报。既然不能隐瞒，赵尔丰便将电报交与代表，不是一封，而且是两封。这一来使一班负责的人，无论是公司的，是董事局的，是股东会的，是同志会的，全都吃了一惊。他们虽已料到朝廷上必有这一着，即是说，不会向他们示弱，不会允许他们行使钦定商律所规定的权利。但是绝未料到盛宣怀奏饬令地方官严重对付，而摄政王居然拟旨准如所请。看来，朝廷上直到现在，还是丝毫没有转圜的意思，刘声元、萧湘、赵熙等人的行动，简直是如石投水。还使他们在吃惊之余更加愤怒的，是瑞澂、端方的那封会奏的节略，既骂他们为少年喜事之徒，还骂他们是并非公正绅董。

张表方登时桌上一巴掌，叫道："那就只好拿……拿……拿出我们的最……最后手段来了！"

颜雍耆毕竟温和一些，沉吟着道："再商量商量的好。"

罗梓青的眉头一直是打着结的，瞅着众人道："最后手段未尝不可用，只怕这一拳再落空了，又怎么搞呢？"

蒲伯英把叶子烟杆在空中画了一个大圈子道："落空不落空还在其次，只问打出之后，收得回来不？"

彭兰村咳嗽一声道："当然可以收得回来的，只要我们能够自主。"

曾笃斋连连摇头道："未必然吧？"

邓慕鲁立刻表示同意他的话道："拿眼前情势来看，已有这种倾向了。换言之，一发之后，必然收不回的。"

叶秉诚把近视眼镜取下来，拿手巾擦着，一面用他那半嘶半哑的声音提议说："这不是小事，的确该三思而后行。……唷，唷！……依我愚见……唷，唷！……暂时压一下，莫忙交到会上……"

程伯皋摇头道："只怕压不住。不如这样好了，等明天开会时，还是把电报宣布出来，要是没人提到最后手段，我们就莫提；有人提出，也看附和的人多不多，要是人不多，我们再来讲解一番，商量别的对付手段。你们看如何？"

据王文炳说，虽然是秘密会商，而且是内瓢子会商，但因为坛子口封得住，人口封不住的缘故，到夜里，全公司的人先就晓得了。晓得北京有严重的电报打来，切饬赵制台从严办理，实行压制，说不定要解散我们的会，把我们撵走！……

因此，到第二天，即闰六月二十九日，开审察会时，会长刚一摇铃宣布开会，朱叔痴首先起立问道："会长，听说赵制台有电报交来，是一道很紧急、很严重的上谕。关系太大，请会长报告。"

颜雍耆的脸色一下就刷白了。好一会儿，才慢慢说道："是有一道上谕。倒没什么，只在饬令李稷勋仍驻宜昌，继续主持兴工。"当即叫文案师爷高从龙把档卷取来，将头一封电报捧着，恭恭敬敬地念了一遍。

听众已经哗闹起来："安心同我们四川百姓作对吗？""哪里还像实行宪政的政府，这样蔑视民意！""只听一二权奸的话，不把七千万人民放在眼里，简直专制到注！"

罗一士又站起来问："会长，听说还有一封内阁抄寄的啥子节略，为啥不一齐宣布？……"

"要宣布！要宣布！不过请大家不要躁急，我们还是平心静气来商量，才是要紧的办法！"

颜雍着交代后，又把第二封电报展开，急急忙忙地念了一遍。

王文炳说："会长还没有完全念完，会场里就闹动了。大家的感情激动起来，啥子怪话都骂出了口。王又新这位爱哭的先生，跑到台上说，'川汉铁路是德宗景皇帝批准商办的，摄政王爷和当今皇上大约为权奸蒙蔽，因才如此擅改先皇诏旨。现在唯一办法，便是把景皇帝的诏旨恭录出来，人手一份，朝夕焚香哀读，一以表示我们争路，是正当行为，并非少年喜事；二以表示我们确是公正绅董，念念不忘天恩祖德。'王先生的话只是太软弱一点，其实也有道理，若不是遭汪子宜一闹……"

楚用抢着问道："是哪个汪子宜？"

"还有哪个？就是我们同乡，在通省师范读书的那位仁兄！"

"他也是股东代表吗？"

"股东倒是一个小股东，还没有代表资格。不晓得在哪里搞了份代理代表证书，也就有资格参加会议。这家伙素有同盟会分子嫌疑，徐子休先生留心考察过几次，没有抓住把柄，不然的话……"

乔北溟插口说道："不说这些了，你只说他怎么闹法。"

"还不能光说闹，诚如罗梓青先生说的，简直算是在火药库里点大炮。啥子农人罢耕，工人罢业，商人罢市，学生罢课这一溜串的最后手段，都是他一番演说喊出来的。你们想，在那样场合中间，汪子宜的主张，还有不被大家赞成的吗？"

王文炳接着又说，及至罗先生、邓先生起来演说，已经没人听了。众口同声地喊叫："会长，召集全体股东代表大会，通过汪代表的议案！"

会长迟迟疑疑地说："今天晏了，如何来得及？"

"那么，明天！"

"闰六月是小建，明天便是七月初一。大会章程：逢一休息。若是临时召开大会，岂不破坏了章程？"

呼喊的声音更大："国都要亡了……钦定的东西都破坏了……四川都难保了……还顾啥章程！还要休息个啥！……明天开会通过！……明天一定要开会！……"

王文炳叹了一声道："枉自昨夜熬个通夜，早晓得今天股东会是那种情况，倒是睡个饱觉还罢了！"

"却没问你，为啥闹到熬通夜？"

"还不是想事先多多疏通，希望大家留点余地，不要当真为汪子宜所煽动，一下就闹到四罢。这是当夜罗梓青、彭兰村，还有蒲伯英几位先生，把我们叫去商量的——也有郝又三在内。我们奉命分头活动，每人去劝说一两个到十来个人。罗梓青先生亲自去劝说朱叔痴，郝又三去劝说罗一士、阎一士，我被派去劝说汪子宜。……这家伙真淘气，也真会说话。起初讲一些空话，啥子言谕自由啰，不许他人干涉啰。后来慢慢讲起道理，看不出，天下大事他比我还弄得清楚。听他口气，完全是同盟会分子，问到他，又赌咒说不是。一直谈到三更过，我还是把他驳倒了，答应我今天不再演说。我喊开学堂门出来，又朝铁道学堂跑了一趟，然后去向罗先生回话。据说，朱叔痴也答应不再提议四罢，比及回来，已经天亮。"

乔北溟道："你们既然疏通过了，为啥今天股东会还是通过了四罢呢？"

王文炳又叹了一口气道："平日口头在说风潮风潮，其实如何叫风潮，还不十分了然，今天在会场上一看，完全明白。大家坐在一堂，你一言，我一语，三下两下，人的话就变成了一股风。风一起，人的感情就潮动了。风是越来越大，潮是越动越高。于是潮头一卷，不但前功尽弃，并且连自己也不知不觉随波逐流起来。你们没看见，当要通过罢市罢课的时候，到底把罢耕罢业剔除了，由四罢变为二罢，我们还是不无微劳的。就连昨夜商量过的先生们，也忘记了顾虑，争着举起手来。"

楚用从衣袋里摸出第三支纸烟。把洋火梗一丢，问道："已经决定罢市罢课了，为啥这时候还要开会？"

"你不知道，两个会是两个性质，上午开的是股东大会，下午开的是保路同志会临时大会。"

"想来还是通过罢市罢课，没别的事吧？"

"自然，自然。因为只有股东会通过，不经同志会通过，据大家研究说，是于法不合的。所以才发了两种通告。"

楚用说："那么，只要回学堂去有材料报告，就用不着去挤了。就这样，我已有点撑不住。唉！害了场病，到底不同啦！"

到此，王文炳才注了意，仔细把他一看道："果然瘦了些！……原来你两个才是来参加同志会的。我以为专门派来欢迎我回去就职哩！"

楚用也笑道："好大个会长，配这些先生们来欢迎！……"

一阵惊天动地的人声，像炸雷样，从隔墙滚来。而且一阵儿过了又是一阵。

乔北溟不由从所坐的骨牌凳上一跳而起道："开会了？"

王文炳点了点头道："是的，开会了。"

"老楚，我们还是该去参加一下的好。"

"有林小胖子参加也够啰，何必都要去。"

"你相信那个成都儿能来吗？我敢打赌他是不会来的。"

"那么，你一个人去挤吧。今晚报告，你就报告后一段好了。"

"也好，散会以后，各奔前程，我就不再来找你了。"

乔北溟走后，楚用正向王文炳摆谈他回家不久怎样一下就病倒的情形时，竹门帘一动，一颗头发花白、溜圆肥胖的脑袋，伸进来看了看，接着一种痰駒駒的声音说道："王先生在哩！……哦！楚先生也在这儿！"

两个学生连忙起身招呼道："傅掌柜，里面坐！……傅掌柜真热心，硬是有会必到。……今天可是受挤了！……"

"挤到注了！"傅隆盛把一件揉得像盐菜般的蓝麻布汗衣抖了抖，又拉了拉道，"从没有遇合过这样挤法！"

"你们街上罢了市没有？"

"我们盐市口一带罢得顶早了，油印通告一送到，我首先就关铺板。这时节，会上一通过，恐怕全城的铺子都关了。"

楚用问道："会开完了吗？"

"也快了。当罢市一通过，人都乱跑乱窜起来，秩序坏得很，再开下去也没人听了。唯愿今夜的会，莫再这样乱才好。"

两个学生一齐问："今夜还有会？"

"罗先生刚才宣布，今夜九点钟再开个会。只要各街同志会的会长和街正来参加，还邀请有全城官员。说是商量维持街面秩序办法。我想，这倒应该。若照今下午会场样子来说，真要不得！"

第十章　第一个浪头

一

就在七月初一日这天下午，顾天成恰又进城来了。

刚到北门草市街，就听见两边铺子上铺板关铺门的声音，噼里啪啦，响成一片。一班师哥喜笑颜开地在比赛。

"还没断黑，就不做生意了，这是咋个搞的？唉！现在世道真不同啦，隔不几天又要出个新花样。"

再留心一看，不对。硬不是平日关铺子过夜的模样。很多人都站在铺子外面，和左邻右舍在大说小讲，脸上神气也不大安定，不是平日空了找人摆龙门阵、谈家常的模样。在街面上的来往行人也那样惊惊张张。

一乘对班小轿从对面抬来。上下轿帘和两侧窗帷遮得严严密密。正走得有劲，忽被站在铺子外面看街景的几个师哥，也还有几个当伙计的人在内，齐声吆喝道："妈哟！别个生意都关了，你们还在抬轿子！……不准走！跟老子们放下来！"

轿夫也倔强，一面走，一面也大声回答："怎么的？别个抬的女轿子嘛！"

竟自有三四个小伙子赶到街心，把前后轿竿抓住，吼道："硬不准走！老子们说过的！……妈哟！真是旱骡子变的，听不懂人话吗？"

轿子放在街心，一大群人围上去。轿子里钻出个年轻女人，好像是哪家门道内的奶奶，不是下等人，当然也不是上等人，满脸脂粉掩不住那种又惶恐、又愤怒的神色，手上牵了个大约四岁不到的男娃娃。

抓轿竿的人在吵，轿夫在吵，坐轿子的女客也在吵，吵作一团。看热闹的人没吵，但那片又在笑又在发议论的声气，却比吵还高，比吵还凶。

北门上出名的高个儿警察陈长子来了，老远就看见他那顶遮阳帽。

陈长子也有一把气力，一面把看热闹的人朝两边推攘，一面气势汹汹地吼叫："让我看！让我看！又出了啥子岔子了？……轿子为啥不抬走，放在街心，妨害交通？……啊！这不对，同志会并没说过不准抬轿嘛！简直是胡闹！……再胡闹，我要抓人到局上去啦！……嗨！赶快抬去，看哪个敢阻拦！……太不成名堂了！难道叫坤道人家牵起娃儿走路吗？……"

轿子抬走了。陈长子却被围困垓心，着大家指着鼻子骂得分辩不清。

"咦！到底为了啥，这么乱？连警察都耍不起威风来了？"

顾天成寻思着走有半条街，又是一堆人在吵闹。大约又为了交通吧？他不再停留，加紧脚步绕过人堆。但偶然清楚传来的，却是这样的话："你掌柜也是哟！一不拗众嘛！大家都关了门，你一家不关也不好啰！""有啥不好？关不关铺子是我的自由。官府不干涉，哪个敢干涉！""众人就敢干涉你！你不关铺子，是不是安心想当亡国奴？""龟儿的横不依理！不怕有警察局跟他撑住，抓出来，捶球他一顿，看他龟儿关不关？""关了算啰！……难道安心犯众怒吗？……断黑时，你横顺要关的……算啰！……"

他想找一个人问一问。留心一看，走路的人慌慌张张在赶路；不走路的人有的在说话，有的摆出一脸不自在的样子。

走到街角一家茶铺跟前。茶铺当然关了，一个装水烟的老汉恰巧站在铺门外。

顾天成站下来吃水烟。一面嘘，一面问道："今天为啥连茶铺都关了？"

"罢市嘛！"

"罢市？"顾天成吃了一惊，"怎么一下闹到罢起市来！"

"同志会打的传单，说官逼民反，大家活不出来了！……"

"啥时候罢市的？"

"大约有一顿饭的时候。"

"全城都罢了吗？"

"你看嘛，大家好齐心啰，说关门，就关门。"

"警察副爷不是在干涉吗？"

"龟儿们，顶可恶了！街上事情，他们管完了！连屙屎屙尿，都要遭他们干涉。自然啰，他们是不安逸大家罢市的。今天，他龟儿们也背时啰，等他龟儿们跑来跑去干叫唤，大家齐了心，不理睬，他龟儿们还不是没有抓拿了！他龟儿们……"

一个年轻警察正从街边走过。

"硬是踩倒趴！……"装水烟的老汉把这句话说得格外响亮。

那警察回转头来把老汉瞅了眼，仍旧东张西望着走了。

顾天成哈哈笑了几声，从裹肚兜里摸了一个当十铜圆递去，老汉找补了七个小制钱。

这一下，迈开大步。街上也还有轿子，但和平日比起来少得多了。不久，他便来到大墙后街。

原本不是一条热闹街，除十多家门道外，都是一些单间铺子，有做鸟笼卖的，有做神主牌位和神龛卖的，有做各式各样花瓶座子卖的。铺子也就是作坊。每家铺子没有空人，掌柜带着匠人、徒弟，一样的从早做到晚，活路忙时，也一样的要做到三更。掌柜因为要做买卖，有时得放下活路去跑市场。匠人在活路松动时候，有资格到茶铺去找朋友，摆谈下子龙门阵。徒弟却不行，除了正经手艺外，什么事情都得做。要帮师娘烧火煮饭，要带领师弟和跑街买油盐酱醋，买姜葱蒜，要给师傅装叶子烟；买主上门，还要学着做生意，学着漫天叫价，学着欺骗老实一点的买主，学着打小九九算盘；要做要学的事情多得很，过年过节也没有空闲机会。

今天，街上热闹起来了。铺子全关了，铺子里面又黑又闷热，连徒弟都空着手跑到街上来了，连向来不大抛头露面的掌柜娘也带着娃娃走出铺子了。满街是人，也就满街是人声。

铺子里的人全走出铺子，门道内的人也自然而然地全走出门道。

顾天成还没走到幺伯家，老远就看见二兄弟顾天相的续弦老婆范淑娴，带着男女小孩、丫头、仆妇一大群人，站在大门外面和邻居们指手画脚地讲论着什么。走拢一看，更奇怪了，连好多年不曾出过房门，生怕和生人见面的幺伯顾辉堂，也衔着一根猴儿头长叶子烟杆，光脚靸一双破缎鞋，坐在高门槛上。

他还没有打招呼，就被大人小孩围着了，都在告诉他城里罢市事情，又都在问他北门那头是什么光景。

幺伯拍着门槛，叫他并排坐下道："你们乡下还平静吗？现在城里真是住不得了，二天，我还是要搬回郫县老大那里去住……"

他二媳妇范淑娴，比顾天相大三岁，因为接连生娩了三个儿女，脸上显得越发枯黄，眼角边还牵了几条鱼尾纹。她生怕别人说她老了，又为了要遮盖鼻子两边越来越多的雀斑，每天梳洗之后，总要像出门做客似的，脂浓粉腻打扮起来。同时又防备别人会讥笑她女学生出身的人，也这样妖娆。因此，和人见面，总是睖起一双单眼皮眼睛，凶神恶煞般死盯着别人的脸，一直要审视清楚了别人确无恶意，纵有，也不敢披露，而后她的眼神才能复原，虽不怎么像她妹妹范淑娟那样娇媚宜人，到底也不怎么像她公公说的那样骇人。

这时她眼光又是那样骇人地短住她公公的话头说道："又来了，总爱说这些话！城里有啥住不得？当真是兵荒马乱的时候？"

她眼睛一下又柔和了，并且还带着笑容，掉向顾天成说道："三哥，你还不晓得，阿爸他老人家硬是有点老糊涂了。自从争路事情一发生，他就老是在说，不得了！要出事！也不管人家闹的啥子，是啥子事情，一天到晚，饭塞饱了，把这东西……"同时把右手的食指、中指、无名指屈着，把拇指和小指翘起，在嘴边一比，"把这东西抽够了，就在人耳朵边吵呀吵呀，啥子蓝大顺、李短褡褡啰，啥子余蛮子、红灯教啰，好像人家闹同志会，就是招兵买马，就要造反；好像赵制台一来，就要开红山屠城。……说起来，又气人，又笑人。你二兄弟嘴巴又笨，劝不转他。我说哩，一开口，他就骂人年轻不懂事。他老了，他才见多识广！人家全城二三十万人都不怕死，就他一个老东西怕得很！三天以来，天天闹着要到郫县大哥那里去。不听人劝，那么，就走嘛！我破住背一个恶名声，喊乘轿子送你走就完啦！我也不怕呀，凭郫县大哥骂去！……以前就骂过了，骂我不孝顺，骂我把老人婆逼死，今后总又骂我把老人公逼走好啰！……"

顾辉堂把叶子烟杆在土地上顿着道："不吵了吧！街上又不是自家屋头。我不过一句淡话，又没毁你半个字。……老三，我们进去坐，好摆龙门阵。"

顾天成才待说什么，范淑娴又说了起来："三哥莫忙进去。阿爸、他老人家，好不容易才着我像说春样，把他劝到大门前来亲眼看看，到底罢市是个啥样子。免省得听见一说罢市，又骇得要命。……现在，你总亲眼看见了，罢市也就这样，大家关上铺子不做生意，该不会把人骇死吧！……"

范淑娴习惯了说起话来旁若无人。想不到话还没落脚，左右几家做神主牌位同车车铺的匠人们便慢慢围了过来。其中一个三十多岁的麻子，把发辫向头上一盘，冲着范淑娴叫道："顾二少娘，你在骂哪个？我们今天罢市，是同志会打的传单，是为了保路爱国，我们并不想骇死哪个舅子！你在骂哪个？"

登时又是好些声音："叫她拿话来说！""叫她口头放干净些，莫再叽叽歪歪的！晓得她是母老虎，妈哟！也只在她顾家屋里撒豪罢咧！""说清楚，我们要骇死哪一个？""我们不该罢市吗？她是不是要干涉我们！"

虽然只有十多张口，都在喊叫，好像早有商量，安心要惹事的样子，阵容倒也整齐，声势居然浩大。孩子们首先骇着了，都睁大眼睛，躲在大人身后，死命撩着大人的衣襟腰带不放松。范淑娴回身对着众人，起初好像要发气，接着只是把嘴角一瘪，稍为有点惊惶的神气，说道："这才怪啰！我又没说你们……"

顾辉堂倒很是沉着，连忙站起来，对大家先是一个长揖，而后嘻开一张缺牙少齿的嘴巴，笑道："高邻们，千万不要多心！我这媳妇的脾气大家相处这么几年，难道还不明白吗？她是有口无心的直爽人！……她咋敢说高邻们？她只在抱怨我，抱怨我这个死老头儿……自然，说话不小心，无意得罪了高邻们。……范女，赶快过来跟大家认个错吧……"

可是范淑娴早已抱起最小一个儿子，冲进二门去了。

"哎！你们看她还发气哩！……出来！出来！……拉稀的，不算好角色！……"

顾辉堂更其低声下气，拦住众人道："莫同她妇女家一样见识，凡事看在我的老脸上。高邻们，只怪我这个老不死的把下一辈惯坏了。……大家让一手，等小儿回来，代她赔罪就是啰！……小儿也在办同志会，是他们学堂的同志会。大家都晓得，我们一家向来安分守己的过日子，从不敢得罪人的。我这媳妇……唉！高邻们……"

要是当年脾气，顾天成哪能不挺身而出，为幺伯家争一口气？他现在却不这样了，反而趁着大家争吵得热闹，从人丛中挤出，向太平街这头一溜。

天气已经断黑，街上警察灯已经点燃。街上的人越发多了。才到太平街口，就听见许多人都在说："走嘛，铁路公司要开会了。""没有你我的份，不犯着去洗汗澡，还是转街去的好。""莫这样说，罢市是大家的事，听听他们各街同志会是咋个议的。""有啥议头！罢市就罢市，不还我们的路，老子们硬不做生意。"

二

顾天成运气很好，居然在黑压压的人堆中碰见了邓乾元，并且凭了邓乾元手上一张通告，两个人都挤进了二门。

会场上已经有不少的人。但邓乾元把银壳子怀表摸出一看道："早哩，还有半点钟。走！我们先去找王文炳先生问一问今夜开会的宗旨。"

"我不去。"

"为啥不去？"

"好容易才挤进来，又要挤出去；跑到铁道学堂，屁股没坐稳，又要跑回来。"

"哪个舅子要你挤，要你跑路！就在这后边院子里，他搬进来好久了。"

当他们揭开竹帘，跨进王文炳的住房，却见王文炳盘起发辫，俯在签押桌上，和另外一个年轻人正商量着在写一张什么东西。盐市口开伞铺的傅隆盛老头子嘴里叼着一根叶子烟杆，坐在另一张骨牌凳上，摇头摆脑地说道："对啰！这样一来，才显得出我们罢市是有来头的，杂种们总不能栽诬我们要造反嘛！"

"你们好忙！"邓乾元打了个招呼。

傅隆盛用手把映到脸上的洋油灯光一遮，朝着顾天成叫道："哟！顾团总也来了！你们乡坝里头也接到了通告吗？好快呀！"

王文炳只向他们点了点头，仍对那写字的年轻人说道："罗先生说，今天晚上一定要印完。算一算，好几万份，探源公司一家恐怕来不及？"

那年轻人也站了起来道："当然来不及。还是老办法，探源公司和昌福公司各家印一半。"

"但是探源公司是义务。"

那年轻人道："昌福公司更应该尽点义务了。我先去找樊孔周办交涉。"

等那年轻人拿着一张纸走后，邓乾元才问："傅掌柜刚才称赞的对啰对啰，是啥子事？"

王文炳把桌上一张信笺递过去道："看嘛，就是这东西。"

顾天成也凑过头去。

一张信笺，当中一行大字，半真半草写着"德宗景皇帝牌位"。两边各一行小字，也半真半草"庶政公诸舆论""铁路准归商办"。

顾天成道："这拿来作啥子用？"

傅隆盛抢着说道："用处大啰！你明天只要把这张印好的东西朝门枋上一巴，随便他啥子歪人，都不敢估逼你开门做生意了。所以我说，罗先生他们读过书的人，硬想得好。"

邓乾元故意做出一种惊诧的样子道："嘿！有这样凶吗？那不是比王道灵的符还凶了！"

王文炳正正经经地说道："倒不是说着玩的，因为它是先皇牌位，哪个还敢反对？另一方面，也表明我们争路罢市好像是奉过圣旨一样。"

傅隆盛把抽剩的叶子烟蒂，从烟斗中挖出，向窗外一丢，一面向王文炳说："我好像没听见你交代过用黄纸印？"

王文炳笑道："已把你的意思批写在底子上了。"

"那就好啦！本来，皇帝家的事情，设若使上一种别的颜色纸，便不恭敬了。我还想了些好办法……"

一阵巴掌声音传了过来。

"开会了，快走！"

"我还没问清楚，今天晚上的会为了啥？"

"何必问呢？到会场上自然就会明白。"

他们来到会场，全城行政官员也穿戴得齐齐整整，从西花厅出来进了会场。

罗梓青站在演说台上，正报告到他们几个代表在下午到制台衙门禀见赵尔丰，赵尔丰对于罢市罢课发表过些什么意见。

"赵大帅说得好，他说我们这次争路，幸而举动文明，三个多月没有一点轨外行为，王护院几次出奏，他几次出奏，都特别提到这一层。只管屡奉朝旨，叫他严重对付，他说，大家既然没有闹乱子，他又为啥要取压制手段呢？……"

罗梓青等待官员们坐好了，看看会场很是沉静，便接着说道："赵大帅说，如其我们长远都能这个样子，没有轨外行为，大家商商量量，一切文明，赵大帅说，我们官民一定可以合作到底，不管将来事情结果怎样，我们总可落一个宪政国家文明大国民的好名誉。但是……但是，今天我们议决罢市罢课，这就不文明了。王护院和他向朝廷担过保的话，岂不形同蒙蔽？因此，赵大帅的意思……咳！……还是期望我们把股东会和同志会的议决自行取消！……"

会场中间登时就不宁静起来。不过此刻的会是有限制的会，是巡警道出首召集的会，首先是人数不多，全会场仅有三百多人，在热呼呼的一派保险洋灯光下，你看我，我看你，好像都是认得清楚的面孔；其次是坐在会场里的，几乎十人中间，就有八个是中年以上的人，性情不像青年人那么暴躁，而且不是街正，便是各街、各业的同志协会会长，全是有名有姓，上了台盘的君子，即使有一肚皮的话也不好冲口而出！何况还有那么多官，从藩台一直到成都、华阳两县知县，都郑重其事地坐在那里？大家虽是不甚宁静，可也只能看见有些人在交头接耳，有些人的嘴唇在动弹罢了。

罗梓青遂把话头一转道："我们的罢市罢课，是我们抵制盛宣怀，抵制端方，抵制李稷勋这一班出卖国家、出卖四川的权奸们最有效的利器，我们使用这利器，委实是被逼到无地容身了。……当然，我们的利器才拿出来，不到一天光景，哪能没名没堂就自行取消的道理？当时，我们就回明赵大帅说，我们虽然罢了市，但我们还是能够维持秩序，绝对不失我们文明大国民的资格的。……所以临时召集各位开会，就是要各位回去，赶快向各行、各业、各街、各巷的同胞，把这中间的利害讲清楚，罢市只管罢市，举动仍然要文明，出不得事情！……赵大帅说过，只要我们担保不出事、不暴动，他绝对不来干涉。并且说，一定照从前一样的官民合作到底。"

他反反复复讲了好一会儿，最后说："各位注意，周大人还要演说。"

大家一听周大人要演说，不消特别介绍，果都凝精聚神起来。

周孝怀也和一众官员一样，只在开禊袍上系了一条扣带。因为还在免珠免褂期间，表示品级高低，仅凭纬帽顶上的顶子的颜色。当他走上演说台时，顾天成不由拿手肘把邓乾元一拐，低低问道："就是他吗？并不见得怎么威武嘛！……"

果然，以他那五短身材，又黄又瘦一张脸，又翘又尖一张嘴，真配不上他那赫赫的声名。

他今夜演说的态度比起半个月以前在股东大会上，更为雍容，更为潇洒一些。

他一开口，就顺着罗梓青刚才说话的口气道："不是我故意要替四川人吹嘘，四川人这回争路，真是文明已极！就拿东西洋许多立宪国家来说，哪里有三四个月之久，官民都能这样协合无间的？并且三四个月，大家只管在会场上吵吵闹闹，可是市面上并未骚然；戏园子里还不是锣鼓喧天地在唱戏？茶坊酒肆的生意还不是一天比一天好？大家吵闹之后，一出会场，还不是你哥子、我兄弟、你不吃、我怄气地亲亲热热？三四个月没一点暴动痕迹，三四个月秩序井然，如其不因我们四川人都受过良好的自治教育，恐怕未必有此！……"

他的话真个使人受听，就连傅隆盛那个对他素有成见的老头子，也笑嘻嘻地不住点头，表示赞成。

他接着就单刀直入说到罢市："一罢市，情形就不同啦！我们都把铺子关上，不做生意，不做手艺。铺子里坐不住，只好到街上来走动。你出来，我出来，动辄一大堆。人心又是浮动的，不晓得做些啥事才好。这时节，大家最要留心了，因为这时节最容易发生口角打架的情弊。平日口角打架还不要紧，这时节都是闲人，有一点芝麻大的事，立刻可以围上一大堆人，人多嘴杂，难免不会生出是非。而且在平日，遇见这些事，警察还可干涉；现在罢了市，大家都在气头上，警察干涉，一定会引起误会，甚至还可以发生意外哩！……"

顾天成立刻又向邓乾元低低说道："说得对，我一进城，就碰上了几起。"

邓乾元也低低回说："我们街上还不是一样？有个警察兵几乎挨了一顿哩。"

周孝怀已经提出了他的维持治安办法来了："所以我说，眼面前最好的办法，应该由各街都公举一个在本街有声望而又明白事理的人出来，帮助街正，随时劝告本街住户人家，诸凡小心，不但不要动辄口角打架，就是摆谈龙门阵，也不要大声武气，惊动四邻。万一发生了口角打架，先由这两个街正出面劝解，警察哩，不忙干涉，只宜在旁边遣散看热闹的闲人。除非两个街正弄到无法劝解的时候，警察才能持正干涉。你们想一想，我这办法可对吗？"

接着一阵热烈巴掌声音，算是把这夜的会结束了。

邓乾元走出会场，才问他妹夫，还是到他幺伯顾辉堂家去过夜吗？

"不，就在你铺子上睡一夜炕床吧！"

傅隆盛走过来，把一张印有黑字的白纸，递给邓乾元道："刚散发的，我替你接了一张。"

顾天成道："先皇牌位吗？印得好快！"

"不是的。你们看嘛，我的老光眼镜不在身上，到那边有灯光地方，念一遍我听。"

邓乾元就着灯光，把纸展开，是四号字排印的，油墨还未十分干。他逐字逐字地念道："今天，我们省城父老子弟，因为宜昌来电，报告盛宣怀蒙奏皇上，用李稷勋为钦派总理，硬夺川款修路，义愤所激，不幸至于罢市。但我川众，人人负有维持秩序之义务，今千万祷祝数事：（一）勿在街上聚群！（二）勿暴动！（三）不得打教堂！（四）不得侮辱官府！（五）油盐柴米一切饮食照常发卖！能守秩序，便是国民；无理暴动，便是野蛮；父勉其子，兄勉其弟，紧记这几句话！"

三

铁路公司散会的时候，也是楚用急急忙忙奔回黄家，喊看门老头给他开大门时候。

看门老头隔着门扉问了好一会儿，确实听清楚是楚用的声音，才答应了声，也才听得见他笨手笨脚地慢慢透开牛尾锁，慢慢取下铁链，慢慢抽脱门闩，最后慢慢把一扇门扉打开了尺把宽一道口子。

楚用从他拿着的一只菜油灯壶的光亮中，看着他问道："今天晚上为啥这么早就上闩上锁了。"

"老爷吩咐的，说是罢了市，怕歹人乱闯，没打二更就上了锁了。"

"难道没想着我要回来吗？"

真是没有，黄澜生亲自秉着有风罩的洋蜡台，站在上房屏风边，看见他走近时，也这样说："原来是子才！我就说啰，这时候怎么还有客来？……恰好，正在消夜，快来，快来。"

到底是秋夜了，已不像伏天那么热，跑了一段路，竟自没有出汗。走进灯光雪亮的倒座厅，也用不着再脱长衫。手上的蒲扇还放不下，不是为了扇凉，只是为了吆蚊子。

黄太太身体丰腴，怕热，这时还是一件白洋纱汗衣，仅只把高领扣上了。正端着一碗挂面在吃。向楚用笑道："今天消夜，只好吃挂面，说是罢了市，连切面都不卖了。你们学堂还在上课吗？"

"下午上了一堂课。我们连一堂都没上，郝又三先生就带信来说罢课了。"

黄澜生问："街上秩序还好吗？"

黄太太问："为啥不早点回来？"

楚用先把学堂情形略略说了一番，才说到被众人推举为代表。

黄太太仍是笑吟吟地说道："那不是天天都要跑同志会啦？可见你命中注定还是躲不脱的！"

楚用也笑了笑道："当代表到底不同一点。我们一共三个代表，今天林同九就耍了狡猾，临场规避。大众不答应，把我们排了班，一天只轮一个人去。明天就该林同九，后天该乔北溟，初四才轮到我。所以……"

黄澜生问："整个下午你都在街上，街上情形到底如何？"

黄太太问："那么，你可以不忙着搬进学堂去了？"

黄澜生几乎有点生气的样子，拿手把他太太肩头轻轻一拍道："唉！偏要打岔！让他回答我两句，使得不？"

"你这才怪呀！"黄太太把碗筷向桌上一放，眼睛一泛，嘴巴一嘟，声音还没有变，但也稍为响亮了一些，说道，"你这才怪呀！为啥不亲自上街去看一看？啥都清楚了！我倒有胆子，又不要我出大门，总是向别人打听。其实，我敢打包本说，街上并没有出啥子事情，也不过像过年样，家家户户把铺板关上完啰！就只一样，我觉得不对。饮食行道小卖小买，也把铺子关了不做生意，这到底害哪个？这不是害自己！比如今天晚上，我们买不到切面，那我就吃挂面。但是他就少做三斤切面的生意，少赚三斤切面的钱。如其老是这样，我们拼着几年不吃切面，他这生意也就完啦！看来，罢市真没有好处，凭他们说得天花乱坠，我不赞成！"

黄澜生又是点头，又是拍掌说："太太的见解透辟极了！只是起初当着孙雅堂，为啥又要赞成罢市？"

黄太太抿着嘴皮一笑，同时那双乌黑眼珠朝两个男人脸上一溜，说道："你还没摸着我的脾气呀！真是的，说起来上十年的夫妇，儿女都有了！……子才，看你表叔，到底是装傻，还是真太老实了？怎么连我这个专在熟人跟前打拗卦的脾气，他竟自没有摸清楚！"

黄澜生还是老老实实地说道："太太倒莫见怪，我这个人素来脱略，岂只你那打拗卦的脾气我未摸清楚，其实没有摸清楚的地方，还很多很多。"

"真的吗？"

"既然是夫妇，也可以说是老夫妇了，还何必去费心思，彼此摸底实？不摸，是这样过日子，摸清楚了，也是这样过日子。"

黄太太的乌珠眼睛又溜滚起来："还有一层，摸清楚了，说不定要怄气，倒不如糊涂一点的好。"

她和楚用的眼光不期而遇碰了一下，两个人都隐隐地笑了笑。

何嫂把老爷太太的水烟袋都递了来，说两个孩子睡得很好。

楚用问道："怎么不见罗二爷呢？"

"就因为罗升也病了，三个大班病倒了两个，所以澜生今天才请了假，一直没有出过门。"

"哦！难怪表叔急于要问街上情形。其实没有啥子了不起的地方，铺子关了，街上的闲人多一些罢咧！倒是我这时候跑回来，觉得还有点骇人……"

黄澜生惊了一下，黄太太把纸捻吹燃，也忘记凑到烟袋上去，都一齐问："咋个骇人？"

"咋个不骇人？街上清清静静，没一点人影，也没一点人声。警察灯好像清油快点干了，倒明不暗。我从半边桥走过时，少城公园的树影子真像一些蓬头散发的鬼怪，从矮墙头上扑下来。池塘里的癞蛤蟆，啥子怪声都叫出来了。把我骇得一身汗毛倒竖。我只好放开腿一趟，跑到大门外，心还在跳。"

黄太太喷了一口青烟道："这么大个小伙儿，还怕鬼！"

黄澜生道："如此说来，罢市也并不可怕啊！"

"我看，没有啥子可怕处，也和往年学堂罢课一样。"

"那么，官场中间，何以一说到罢市罢课，就谈虎色变呢？太太，你可记得孙雅堂初进门时，嘴唇都是白的？"

"那也只有孙大哥才这样。我晓得他历来就胆小如鼠。"

"这不怪他，他从藩台衙门来的。我想官场里这样害怕，一定有他们的道理。只可恨两个大班都病倒了，轿铺里又喊不到掸手，不然的话，我到院上去走一趟，什么都明白了。……哦！还有哩，明天上午一定得出门。王采臣明早启行，我们就不到牛市口叩送，也得到他公馆里去递个手本，葛寰中昨天就写了信来了。"

黄太太说："两个大班都说是发痧，王世仁开的药方分量很重，明天一定爬得起来的。倒是罗升那个痨病框框，恐怕不是十天半月的事。依我说，不如把他开销了，另自找个精壮点的。"

"只要大班能抬轿就行了。罗升哩，让他多躺几天，用了十多年的人，暂时莫忙说开销的话。"

"你才仁慈哩！"

"不是仁慈，太太，你不晓得，现在世道一天不同一天，人心越来越浇薄，像罗升那样底下人，还是不大好找哩。"

就这时候，又听见隐隐约约有人叫开门。

黄澜生道："当真还有人来吗？"

原来是院上交巡捕的私函。告诉他督宪手谕：全院幕僚明日上午齐集五福堂，有要公商讨，不准不到。

黄澜生把通知一挥道："真糟糕！又要送行，又要会商要公，到底搞哪桩的好？"

楚用插嘴道："院上会商，恐怕更要紧些。"

"会商当然要紧。不过就我的身份说起来，又不然啦。我们那一科，有饶大人参加就够了，我们这些跟着饶大人屁股转的，陪场而已，有时远远站着，连话都听不清楚，难道还有什么意见可以陈诉？倒是去给王大人送行有意思些。不管他进京朝见后下文如何，以目前情形说，总是卸任人员。葛寰中说得好，我们当下属的人，不要光是捧红，应该多多烧点冷灶。从前太平世道，三十年河东，三十年河西，日子很长，得罪一两个大人物，没多大关系。现在世变日亟，大人物升降沉浮快得很，要做官，一定得多烧冷灶。葛寰中昨天特特写信叫我去送行，就是为了这缘故，我怎么好丢了不去哩？"

他太太说道："那么，就决计去烧冷灶好了。"

但他又把头摆了两摆，抱着水烟袋沉吟道："不行，还决计不了哩！你想，今天罢市是一件多大的事。成都是四川的省会，成都罢了市，风声一播，一百多州县，哪一处不受影响？孙雅堂所以明天要赶回彭县，就是由尹藩台当面嘱咐，叫他回去协助他的东家加紧防范。刚才我们只就成都这一个地方着眼，觉得关了铺子不做生意，是商民们自己找亏吃，似乎没有关系，可是想到一百多州县都响应起来，各地的生意完全停顿，这关系就大啰！官场里之所以谈虎色变，大概看到了这一点。赵大人定明天上午举行会商，当然就是为了罢市，也当然要在会商上商量出一个解决方法。我们这些官卑职小、敬陪末座的人员，固然不配大人物的垂青。不过全督院大小幕僚，能够跨进五福堂门坎的人数并不很多。大家随时见面，彼此都喊得出姓名。要是不到，用不着点名，只一眼，便可清查出来。赵大人作兴不注意，同寅们一定要说闲话。一定要说，某某人为啥不来替宪台分分忧？为啥不把一得之愚贡献出来，听凭宪台的采择？如其再一打听到我之不去，原来为了烧冷灶，那么，恭喜恭喜，撤了我的差使，还要落一个脚踩两只船、不安本分的罪名，虽不丢官，这条冷板凳却够我坐了！"

黄太太笑了起来道："亏你想得周到！那么，又不必去烧冷灶了。真是哟！天地间哪有两全其美的事呀？我看你这样犹豫，今天晚上是不打算好生睡觉了……"

那一夜黄斓生的确没有睡好。但是次日绝早，葛寰中信来，才知道王人文行期已改。信上并且告诉他，王采臣正因为保路同志会要在七月初二这一天，来一个欢送大会，据闻预备的万民伞就有几十把，还组织了上万人的香花队，上百人的音乐队，安心要向他表示一下好感。王采臣早已感到同志会的用意，只是想借他作为一个榜样来激刺赵季和。可是凭他二十几年的官场经验，他揣想得到，这样做，对他的前程只能发生坏影响，而无好结果。因为赵季和刻下对四川绅民的作风，并不像他那样千依百顺，而赵季和的二哥赵次珊虽然远任东三省总督，但对他老弟在四川的行为，是非常关心，是能够左右的。赵次珊对王采臣感情本已不好，本已怀疑四川争路风潮是他有意造来使他老弟为难，而今临行之时，再被四川绅士这样一打扮，那么，好得很，赵氏弟兄当然更会坐实他和四川绅士是同一鼻孔出气。万一四川将来出了什么事故，他这支使的罪名，无论如何不会洗清。赵次珊只要向朝廷吹一口气，他的前程便会除脱。所以在闰六月底，他已在百般推辞，不要四川绅士害他。恰好，昨天罢了市，他更有所借口，说是得到京信，叫他缓期去京，他现在不走了。

黄澜生这才专心专意吃了早点，叫菊花把水烟袋、洗脸盆等，一一交与大班；照常把两个孩子喊到身边，说了一些浑话；等太太睡起，到后间梳头洗脸的时候，方穿戴整齐，坐上三人大轿上院去了。

四

黄太太的头发梳好了，脸也洗好了，正对着镜子轻敷南粉。淡匀胭脂的时候，听见一阵脚步声，轻轻地从堂屋走进卧房，停了一下，便从那张满铺满架、比大架子床小不了好多的合欢床的档头，直向后房走来。但是走到隔门跟前，脚步声又停住了。

她用不着猜，已经明白那是什么人的脚步，并且明白那脚步为什么要放得这样轻的用意。

"过来嘛！"

登时从千秋镜的玻璃面上，看见湖色鹅蛋绒的门帘一启，楚用走了进来。

"你一个人吗？"

她向镜里笑道："何嫂立刻就要来的。才起来吗？现在也学着睡懒觉了。"

楚用站在她的身后，一面摸纸烟，一面很是丧气地蹙起眉头叹道："你哪里晓得？昨夜几乎一夜没睡！"

"为啥呢？年轻小伙儿正是睡不够的时候。"

"咳！你真会装疯！昨天清早是怎么说的？"

她又抿嘴笑道："但是昨天罢了市，谁料得到呢？"

楚用使劲把纸烟咂了两口，满脸不自在地说道："你真是会扯！"

"不是扯，是真话。你表叔说过，罢市是多么大的一桩事，人心惶惶的，连吃饭都吃不好，还有心肠想到别的事情上？"

"那么，你又为啥有心有肠来梳妆打扮？"

"怪话！"她不由把脸一沉，回转身，定定地望着他那青春焕发只是还未十分健康的脸道，"告诉你，要我不打扮、不爱好嘛，除非到了兵荒马乱的时候！"

她又扯过身去，拈起一段软心铅笔，对着镜子，用心用意描画着她那两条很像初三四夜新月一样的眉毛。一面唠唠叨叨地说道："真是没有见过世面，也少读诗书的人！咋个会当着一个女人的面，叫人家莫打扮，莫爱好！也不想想，一个女人弄到不想打扮，那女人还是一个什么女人？那一定老得不堪，丑得像鬼。其实哩，女人老了，更要打扮，从前慈禧太后六十多岁的人，每天擦脂抹粉不算，还要戴大朵鲜花哩。只有乡坝头那些捞柴老婆子才不爱打扮。也莫怪，那种人就想打扮，也无从打扮起。本底子就是丑怪，不打扮还本色，遇合着古董客，还能出一笔买价。若是打扮起来，我的妈，不把人骇死，才是怪事。难道我没有看见过吗？赶青羊宫的时候，那些抹一张加官壳脸、涂两块死红膏药、一片帽条子扎在一撮玉麦须上、拿一根红甘蔗当拐棍的乡坝婆娘，我看得太多。像那样的女人，倒应该劝劝她莫打扮……"

楚用当然懂得她这些有刺的言语，都不是白说的，都是有所指的。他很想顶她几句，他不敢，想笑一笑把她的话混开，又不能。非常不好过地站在那里，仰着头去数自己嘴里吐出的烟圈。

何嫂进来取洗脸盆，振邦跟着跑了进来。一眼看见楚用，便过去拉着他的汗衣襟道："昨天你说请妈妈同我们看戏，转劝业场，吃锦江春，今天就去嘛！二天你搬进学堂去了，又去不成。"

"唉！你还不晓得罢了市了？"

"莫撩你表哥，人家正在不安逸哩！"

她收拾停妥，已经站起来要到卧房去换衣服了，才又瞅着楚用一笑道："你的记性还不错，立刻就使用起我的话来。这句话，恐怕你永世都忘记不了！"

楚用连忙分辩说："你又多心了，我说的是真话。昨天在铁路公司，亲耳听见王文炳说，罢市要罢得彻底，连戏园都要停演，你不信，叫人去打听一下看。"

差不多整一个上午，两个人就这样时而好说，说得嘻哈打笑，情投意合；时而为了一句话，女的又翻了脸，男的又赌起气来，闹得两个孩子都躲到石山洞里，由菊花带着办姑姑筵去了。

到下午，楚用实在受不住那种忽晴忽雨、又甜又辣的滋味，心想，与其这样被人家拘在身边寻开心，弄得自己满心不舒服，不如老实丢冷她一下，到学堂里去住几天的好。他在小客厅里徘徊了很久，最后才下了决心道："破住不理睬我好了！这样没下梢、光吃苦的爱情，我不干了！"

他把换洗衣服、洗脸东西打成一个小包，偷偷摸摸躲开大家眼睛，闪出大门，低着头走了好长一段路，还不住在心里叹说："我真背时，为啥会遇合着这样一个古怪婆娘，那么标致，又那么武辣！早晓得同婆娘家打交道这样苦头多，甜头少，倒不如光是看看小说，胡乱空想一阵儿，还有趣！……"

"嗨！楚襄王哪儿去？"

原来是林同九，穿着一身漂白洋布操衣裤，脚下是一双擦得又黑又亮的下路皮鞋，是去年就见他上了脚的，头上一顶平顶硬边草帽，戴得端端正正。

"我进学堂去。你呢？"

"学堂里就只陆学绅、乔北溟、谭志和几个人在那里搞东西。都走了，空空洞洞的，去做啥？走，陪大爷到铁路公司去。顺便在三倒拐王包子处吃点心，算我的。"

"你个成都儿，专爱做空头人情！我不去。"

"你龟儿不是好人，今天安心请你吃点心，会说我是空头人情。"

"罢了市才请人吃点心，不是空头人情，是啥？"

"啊！原来如此。但是，你看哪处的茶铺和吃食店没开张呢？"

楚用才注了意：街口上那家茶铺的铺板虽还上着，却不像昨天下午上得那样严密，应该上五块板子的地方，只上了三块，或者只上两块。铺门是开一扇，关一扇。铺子里面坐满了吃茶的人，而且比平常还坐得满。茶铺隔壁一家素面馆，也一样。楚用再注意一看，两家的铺门上都贴了一张尺把高、三寸来宽的黄纸条，当中一行指头大的黑字：德宗景皇帝牌位。两边的字小一点，好像是印的。

"这是咋个搞起的？"楚用惊诧地问。

林同九一张又圆又胖的脸笑起来硬像泥塑的弥勒佛，把他左膀一拍道："走吧！路上告诉你。"

"我这包东西呢？"

"回到你亲戚家去放下不好吗？我们横顺要从那里过的。"

"不，我们走陕西街、梨花街绕出去。"

"为啥要舍近求远呢？"

楚用走了几步，快走到半边桥时，才红着脸说："我们黄表叔家有客，闹得很，我才躲了出来的。"

林同九诧异地看了他一眼道："是啥样的客，要躲他？"

"以后告诉你吧。你怎么昨天借故溜走了？乔北溟骂了你好久，你可晓得？"

"你也说我溜走？"林同九把眼睛挤眨，倒笑不笑地道，"真是岂有此理！我问你，昨夜你和乔北溟向大家报告时，晓不晓得同志会的特别通告？……不晓得吗？那你们的报告有啥子价值！无怪我今天一去补报，大家的巴掌拍肿了不算，还恭维我比你们两个行多了。为啥子？就因为我得到了同志会的特别通告。"

"是啥子特别通告？可是王文炳交给你的？"

"是王文炳交的，又没有价值了。告诉你，是我亲自在铁路公司取得的。"

"莫乱冲壳子，你昨天就没到铁路公司去过。"

"没去过？"林同九一面从衣袋里摸出一张叠成方形的纸，向楚用眼前一扬道，"这是啥？"

原来就是昨夜赶印出来顾天成业已看见过的那张通告。

"哦！难怪吃食店和茶铺都半开门了。为啥昨天下午我们在王文炳那里，还没听见说呢？"

街上还是像昨天那样，人来人往。有一点不大同的，是人们脸上的表情，已没有昨天下午刚闹着罢市时那么激动；来往的轿子，也比昨天多了些，但是吵嘴骂架的事还是有。当他们走到西顺城街时，正碰见傅隆盛拄着一根又粗又长的叶子烟杆，后跟一群街坊上的热心人，吵着说着从一家悬有大夫第匾额的黑漆公馆中走出来。

楚用同傅隆盛对了面。看见他眉毛倒竖，水泡眼睁得圆彪彪的，鼻孔里呼着粗气，很像那天在南校场送别会上和吴凤梧争吵的架势一样。遂向他问道："傅掌柜一定又和人家吵了嘴来的？"

他把叶子烟杆的铜烟斗向石板地上一敲道："楚先生，你是知书识理的学生。你说，像这样的官宦人家，怎不叫人生气？唉！依得老子的脾气……"

跟在他身后的一个也像做小生意的中年人短住他的话道："算啰，算啰，别个已经认了错也就罢了。别个到底是做官的，哪能同我们生意人拉平呢？"

老头子翻身冲着那人吼道："就是你们拉了稀咧！依得老子的脾气，硬要叫他磕个头，赔个礼。平日他们势要大，惹不起他们，好杂种！今天把柄落在老子们手上，就这样轻易放松了他们，真是想不过！"

楚用道："闹了半天，到底为了啥？可是别人又踩了你的痛脚？"

老头子好像也想及南校场的事情，不由咧开大嘴笑道："踩脚倒是小事，你看这个……"

他伸手把左右几家铺门一指，又回过身去，指着那两扇业已在他走出后即便紧紧阖上，并且两扇门扉上都彩画有比生人还高还大的秦军胡帅的黑漆大门道："看见了吗？难道是小事吗。"

原来才为了供奉先皇牌位的事！

据傅隆盛细讲起来，这家大夫第公馆是西顺城街靠南这头有名的贾公馆。老太爷做过好几任实缺州县，地皮刮得不少。老太爷在病死之前，就搬出大捧的银子，给四个儿子都捐了官。三个指分在外省，只一个幺老爷指分在四川，现做着自流井盐大使。成都公馆里虽只住着老太太，可是孙儿孙女一大堆。大孙儿听说也捐了一个什么官，留在家里管家务，进进出出是蓝呢四轿，后面还要带上两个大跟班。公馆很大，有花园、有菜园、有学堂。里面的人好像住在另外一个国度中，不但所谓上人们，不管是成年人，不管是娃娃，从来没有跨出过三门和街坊上的邻舍见过面；所谓下人们，不管是跟班二爷，不管是老婆子、奶姆，也从来没有跨出过二门，和左近的掌柜娘、婆婆、奶奶打过招呼。看门大爷是一个倒死不活的瘟老头，有七十多岁，是贾老太爷的长随，一辈子在衙门里生活，把平民百姓全看成犯人，在老爷跟前他是小的，在犯人跟前他可是大的了；他是贾公馆和街坊中间的长城，贾公馆的内情不能外达，街坊的外情不能内达，也得亏他这座长城。街上一些公益事，例如每年三月间的清明醮，七月间的盂兰会，以及顶顶重要的瘟火二醮，街上顶穷的住户也得在首事拿来的捐簿上，写上制钱十文二十文，每每捐簿一递到贾公馆，总越不过长城，贾公馆当然一毛不拔。自从警察开办，各街设议事公所，本街一些应兴应革的事，比如淘修官沟，换补街面上破烂石板等等，但凭打更匠一传锣，大家都得按时前去商量出钱，锣声和打更匠也越不过长城，贾公馆当然不予理会。若干年来，街坊们已把贾公馆看成一头癞狗，又讨厌它，又害怕它。傅隆盛还更憎恨它。

这天绝早，街正接到同志会发去的先皇牌位，并有一封通告说，必须每家把它供奉在门首显著地方。大家不约而同都必恭且敬地粘贴在铺板上。有的在下面安一张高茶几，几上摆着香炉蜡台，有的钉上一只生铁打的香烛架。都说，早晚焚香礼拜，初一十五再点蜡叩头。

傅隆盛最赞成这主意，在铁路公司已经表示过。他说："这才像个罢市的样子。光是关了门不做生意，哪个怕你？只要大家齐心，把先皇牌位供上十天半月，还怕没人理睬？"

同时，他心里还在打另一个好主意。

因此，到他在半开门的耗子洞茶铺把例茶喝够，走到街上，本想到铁路公司去一趟。举眼看见各家各户都将先皇牌位供起了，心头很是高兴，逢人便说："对啰！大家一齐心，啥事干不出来！……"

一个街坊恰从西顺城街走来，立刻把嘴角往下一咧道："莫那样说，贾家公馆就没有供先皇牌位。妈的，他们一家就不齐心！"

"当真吗？该不是田街正没送去吧？"

"送是送去了，那个死老汉也接受了，就是不供！妈的，他家特别，你把他们恨得住吗？"

傅隆盛的怒火登时把软绵绵的项脖烧得通红，什么都不计较了，一路走，一路吼道："那好！我们去质问他！他敢破坏我们的公议吗？咦也！山高遮不住太阳嘛，他家再有势要，难道连先皇都不供了吗？这不比平常事情，去质问他，叫他拿话来说！"

走到贾公馆门口，他的身后已跟来有二十多个街坊。大家捏着拳头，瞪着眼睛，个个人的发辫都已盘在头上，就不叫喊，那威风已足把长城轰垮。何况长城此刻恰未在大门内，一张用得通红的高脚竹椅孤单单地摆在那里。大门敞着，傅隆盛带头，大喊一声，就冲了进去。冲进二门，冲进三门，一直冲到两边密密麻麻在红漆木架上摆满了高脚官衔木牌的轿厅上，才被一大群满脸惊惶的男女下人，拼死命地拦住。

七嘴八舌问道："你们无缘无故跑进来做啥？这是公馆嘛，也不先打一个招呼！"

"不跟你们说，把你们的正经主人家喊出来！"

一个小管事和一个教读先生也慌慌张张跑出来，问街坊有什么事，要找贾家的人。

"不跟你们说，把你们的正经主人家喊出来，我们问他！"

傅隆盛挥着叶子烟，横跳一尺，竖跳八寸地吼道："我们都是街坊！我们都是同志会！我们来问你们的主人家，他们做官为宦，是做哪个皇帝的官宦？算不算皇帝驾下的臣子？他们眼睛里没有皇帝，他们还能管平民百姓吗？……"

"呃！……呃！你大爷话说重了。到底是怎么一回事啊！"教读先生不住打着拱问。

"装糊涂吗？跟你们送来的先皇牌位，你们为啥不供在门口？……"

"啊！才是为的这个！"三十几岁、业已蓄着两撇黑八字须、穿着一件实地纱衫子的大孙少爷，从屏门后面走了出来，不自然的笑容底下露出一种又嗔怒又厌烦的神气，故意昂起脖子，撑起一双老鼠眼睛，望着众人的脑顶，还把声音压得沉沉地道，"我默倒是什么谋反叛逆不得了的事哩！……呃！你们也应该先弄清楚了再闹啊！……呃！为的是德宗景皇帝的灵位吗？……来！带他们到中堂里去看一看！……"

几个跟班好像得了势了，都冲着街坊们喊叫："走嘛！"

街坊们也好像泄了气的皮人都勾着项脖，没一个人开腔，也没一个人真想到中堂去察看。

还是傅隆盛老练些，能够随机应变。他登即迈前一步，紧逼着孙少爷的那张苍白寡骨脸吼道："你搞清楚，我们都是街坊！我们都是同志会！我们都是当公事的！制台衙门都去过，大官大府都见过，你这臭派头看得多，轰不倒的！……"

孙少爷虽还巍然不动，但已看得出小眼睛挤眨，眼神不像刚才那么稳定，颧骨上也微微显出一点红晕。

"……你不把先皇牌位供在门口，我们就问得着！同志会没叫你供在堂屋里！你为啥不遵从公议？仗恃你家是做官的，就不算是街坊上的百姓吗？就不服从公议吗？你们平日就太特别了！……"

孙少爷昂在半天云里的头渐渐低垂下来，嘴唇颤动了几下，像要说什么又忍住了。

傅隆盛越发气盛。乘势把贾公馆平日许多不对的地方，全都搬了出来。

并且一面说，还一面问街坊们："对不对？"

"对的，一点不假！"街坊们又重新振作起来。

"既是这样，我们难逢难遇见了你孙少爷的金面，尽在你公馆里吵闹，是我们不对。走！我们到街公所讲去！若是我们输了理，甘愿给你孙少爷挂红赔礼！"

教读先生又赶快出头来排难解纷，一面向众人说好话，一面把这种种都归罪于看门老头一人身上。

孙少爷顺着教读先生的话头，也向众人表明，许多事委实是误于看门老头之手。"比方说嘛，他今天晨早把德宗景皇帝的灵位送进来时，真的，并没禀明应该供在大门口。我们想着是德宗景皇帝托灵之位，怎不应该恭恭敬敬供奉在祖先神案上呢？告诉各位，我们岂但供奉起来，我们全家大小，连我们七十八岁的祖母，还都赶着沐浴更衣，礼拜了三次。早晓得供在门口，我们还不至于这样寅畏哩！真的，我们用了这样一个没中对的老头子，误事不小。不过他是我家一个有过功劳的老家人，又没法不养活他，别事不能做，自然只好叫他看门了。"

还没有等到孙少爷引过自责，仅只听他把看门老头骂了几句，街坊们似乎便认为满意了，又七嘴八舌说道："好啰！好啰！话明气散，倒把你们吵闹了！"

所以傅隆盛随众走到街上，还满肚皮不自在，骂众人拉稀。

楚用道："这种讨厌的人家，轻轻放过了，不扎实整他一下，确实可惜。"

傅隆盛狡猾地转着昏花的眼睛一笑道："要整他，也有方法。你看，不是明天，就是后天，起码叫他杂种坐不成轿子。"

第十一章　激　荡

一

彭家骐把笔向桌上一掷，气愤愤地站起来叫道："这样的东西，我抄不下去了！"

楚用嘴里含着纸烟，从窗台边回过身来，很诧异地问道："怎么的，文字不通吗？"

"真是狗屁！"

"不会吧？老王刚才不是还很恭维说，文章作得好，面面俱到，又不失自己的脚步，又提出了转圜方法？"

"滚他妈的，啥子好方法，只不过是退堂鼓罢咧！"

"我还没看，你就接着抄去了，等我看了，再下批评。你的眼力向来不高，我不信他们那些高手搞出的东西会是狗屁，会使你抄不下去的。"

楚用把纸烟蒂丢在地板上，拿脚踩熄。走去坐在签押桌前，把那散乱放在桌上的十行稿纸一看道："呔！抄得不少啰！你的笔迹几乎同老王写得差不多了。"

"是我有意摹仿他的。……把纸烟给我一支。"

楚用一面摸纸烟，一面瞅着稿纸道："应该从哪一页看起？这么多！"

"前头的我也没看过，我是从这一页这地方接着抄起的，大概就是正文了，你就从这里看起吧。"

楚用遂从他指的那一行念道："窃查省城罢市以来，各街严守秩序，比户泣奉景皇帝灵主，只有哀号，而无暴动。外像极为肃穆，然而悲愤愁惨，郁结甚深，再延时日，变且莫测。股东等固无安辑地方之责，而川路股本由散碎集缀而来，七千万人皆在股东之数，此种觖望之举，万心齐决，必至不可收拾，非少数人所能劝譬，默念前途，实堪股栗！股东等为大局危虑，无暇烦渎。总之，据商律之规定，当立宪之时代，无论此次借款修路，其利害当否如何，商民只能严守法律，服从资政院咨议局之决议，不能服从邮传部违法之命令。……"

楚用放下稿纸说道："对的嘛，文章并没做错。前几天报上登载股东会记事录，好多人不是都已说过，铁路事件须从法律解决？"

"你看下去再说啊！我并没批评法律解决不对！"

楚用于是又接着念道："唯愿皇上俯念民依，仰承先朝钦颁法律，将四川川汉铁路照常暂归商办，一切议事用人，勿任邮传部妄加干涉；并一面将借款修路事件，分别饬交资政院咨议局详议。……"

"依我看，也只暂归商办那个'暂'字不大妥，这和前一向高喊入云的收回国有成命，铁路准归商办的意思比较起来，确实软得多。不过也说不到怎么不对。"

彭家骐正学楚用吐着烟圈，一面说道："好说！为啥要说软话呢？那就表示我们不坚决，那就表示我们四川人不行！你看后面几句话，还更放屁哩！"

后面的文章是："果使策非过举，院局皆表同情，则议策悉据法律，非唯邮传部私擅专断可比，股东虽被损失，固应俯帖顺受。"

彭家骐把拳头向桌子上一敲道："如何？是不是打的退堂鼓？是不是放的狗屁？既然啥子损失都愿俯首帖耳地顺受了，那么，又何必要罢市？要罢课？就连保路同志会也闹得无聊！一句话，这样求怜告哀的做法，我反对！"

"莫忙吵闹，下面一定还有转语的。……你怎么不接着抄下去？"

"等老王回来自己去抄，我没心情再写这些狗屁东西。"

楚用已经从另一页纸上念道："'否则院局章程，可由部臣任意破坏，即国家一切法律，不能责人民以独从！……'这两句就转得好！简直……等我念完了再说。'……罢市已成，无方开解，旷日持久，祸福难料。股东等实不能为众人负责，即刀锯鼎镬尽加于股东等，亦必无效于全局之糜烂！……'这也说得对，本来，股东是不该负责的。'……今省城罢市，已逾三日……'看来，这呈文是今天才做好递去的。'……外邑风声，亦复不知所届，情危势迫，死所未……'"

彭家骐又从所坐的骨牌凳上一跃而起道："这一句也不通！'未卜'的是哪个人的'死所'呢？是股东，是人民？"

"小彭今天公然当起国文教习来了。"楚用不由一笑道,"莫要打岔,快念完了。'……唯有恳予据情代奏,请将四川川汉铁路此时仍由商办,候旨饬交资政院咨议局议决,再定接收办法,以服众心而维宪政。为此,具呈。伏乞督部堂核准电奏施行。须至呈者!'"

王文炳高高兴兴手上挥着几张也是公文稿纸,掀帘进来。

"彭家骐抄完了吗?老赵代奏出去的稿子,刚由一个戈什哈飞马送来,正好接着抄下去,今天就要拿去付印。"

楚用从签押桌边挤出来,把位子让与王文炳,一面说:"小彭不抄了。他今天的国文程度比郑旋翁还高。他说,他不屑于再抄这些狗屁东西,还是你自己来抄吧。"

"当面造谣,楚用不是好人!我并非批评呈文的文章,我只是不高兴为啥要说那些炕话!"

他又把他的意思重说一遍,还是那样气吽吽地。

王文炳隐隐含笑的眼睛,从近视眼镜的玻璃片后瞟了他两眼,颇有意思地问道:"据你的高见,股东会这篇呈文应该如何作呢?"

"何必要做?根本就不理睬!"

"但政府干涉起来了,也不理睬吗?"

王文炳才要去摸笔杆,又停了下来,仍向彭家骐说道:"小彭,你没有办过事,所以还没有办事的经验。告诉你,自从罢市罢课那一个时候起,赵尔丰他们和我们这面好繁忙。别的不说,光是会议,就不晓得开过好多场。你站在事外,只图一条枪杀到底,痛快倒痛快,但你就没有想到,我们罢市罢课只不过是一种手段。最初还只打算在口头上说说而已,没有料到大家一下就当了真。既当了真,难道不赶快想个结束办法吗?怎么结束呢?那只好找个转圜的路子,又要卸得了责任,又要不失脚步,而且还要揣度一下地方官吏能够同情,拿到北京去,那一面能够下台,面面都要顾全,谈何容易!告诉你,莫看这篇呈文写得不好,其实磨过好多人的脑筋。凭我晓得,我们这面就经过五六次手,拿到院上去,又斟酌了两次而后才定了稿。你从字面上看,自然觉得有些话炕了点,可是你从字里行间去着眼,你就晓得这篇呈文实在作得高明。只要朝廷一批准,我们争路的事就算大功告成。这一下,股东会可以散会,同志会可以结束,罢市罢课当然也就不必长拖下去了！……"

王文炳又从签押桌上把刚才带进来的公文稿纸抓起来，挥了两挥道："你再看了老赵的这篇奏稿，你更会明了，现在官绅两方的意见又已一致。为啥又能从分歧搞到一致呢？这却得亏罢市罢课，官绅两方利害相同，连天大会、小会、公会、私会，彼此披肝沥胆，无话不说，因而才把畛域化去。所以今天曾笃斋引了一句古话说，'祸兮福所倚'，大家都觉得他引对了。"

彭家骐昂头坐在骨牌凳上，仍然无动于衷的样子。

楚用伸手把稿纸接来道："呈文稿是我念的，这篇东西还是等我来念。'……北京、内阁、王爷中堂钧鉴，顷据铁路股东会会长颜楷、副会长张澜、暨全体股东等，为邮传部违法借款修路，危变不测，非依法交议，无以服众心而维宪政，恳予据情电奏事。……'"

王文炳道："这里完全装的我们的呈文，不用再念了，从后面'等情据此'念起好了。"

"我念的呈文是从后半起的，前面这一段，还没念过。"

"那么，彭家骐也没看过前一段了。无怪他批评话说炮啦。好啰！把前一段念一念，等他听听。"

"'窃维四川川汉铁路，经邮传部定策，收归国有，股东等特别开集总会，痛矢天良，反复研究，实系万不可行！一则募借外债，未经资政院议决，废止本省权利，未经本省咨议局议决，有违先朝庶政公诸舆论之意；二则合同失败，举全路用人购料理财之权，悉受制于外人；三则驻宜总理李稷勋，不商股东，竟以商款交部，显悖历上谕。综此诸多不合，碍难承认。乃正在研究，忽闻邮传部戾拂舆情，竟以专擅害公、为股东总会所请撤销更换之李稷勋，奏请钦命总理宜昌路事，故意蔑法欺天，置全川出资办路之人于无可容足之地。本月初一日电文宣布，遂激成罢市之举。虽经各行政官吏及股东等竭诚开导，而执理其坚，义不苟让。股东等既须熟筹路事，又惧四川大局危险，神智瞀亡，莫知所措！窃查省城罢市以来……'从这里起，都念过了。"

王文炳笑嘻嘻地说道："小彭，听清楚没有？这一段斥责盛宣怀，该不算炮话吧！"

"也有毛病。为啥不把盛宣怀的名字拿出来？比起以前那几次王人文代奏出去的，口气也就炽多了！还有，行政官吏竭诚开导那两句，也是假话。"

楚用道："这却是闭着眼睛说瞎话了！初二那天，我同林同九到这里来时，打从劝业场经过，亲眼看见成都府知府于宗潼和成都、华阳两县知县都在那里，挨家挨户劝人开门。府官县官，莫非不算是行政官吏吗？"

王文炳接着也说："文章也有体裁呀，专门对付邮传部的，当然要指名盛宣怀，并且还要痛骂他。以前请求代奏的东西，主要在揭参他，在抵制他，今天这呈文并不是的，主要在争取依法解决。前一段不过追叙一下事因罢咧，又何必仍然来那一手呢？如其照你所说，这还算是高手吗？"

若在平日，王文炳还要讥诮他两句哩。因为他们都知道彭家骐的短处，作国文只管快，就是不能辨题；一部《唐宋八大家文钞》，他读得最熟的，只是韩愈的《送李愿归盘谷序》一篇，无论什么题，他做出来总之是那一套。

楚用已经翻到"等情据此"，便道："我念啦！'……伏查川路自奉改归国有之命，历经前护督王人文及尔丰反复开解，舆情终对借款合同各怀疑虑。此次因请代奏撤换宜昌总理李稷勋，邮部复奏改钦派，群情于是大激，致有初一日罢市罢课之事。尔丰日集绅民，竭力开导，而群疑已结，终非空言所能解释；绅商学界、大小妇孺，均来辕迭次要求。现已罢市四日，虽尚保守秩序，未见暴动，而万众哀愤，祸机四伏。近日复有不纳赋税杂捐，扣抵股息之说……'"

彭家骐猛然叫了起来道："着呀！这才叫话！我早就想到这一层，西洋历史不是说过，不出代议士，不纳赋税？在外国行之有效的利器，我们何以不用？"

楚用也说："果然是个杀着。不过这一说，会上好像还没听过。是哪个人说起的？"

"这一来，那就会闹成革命了，因此大家都不敢出头提倡。是哪个人先说出来，却也不清楚。现在暂时不谈，你再念下去。"

楚用把桌上瓷茶壶抓起，对着壶嘴咕噜了几口，方接着念道："近日复有不纳赋税杂捐，扣抵股息之说，若不速筹解决，是以一路事发其难，而全局蒙其害！川省伏莽本多，财政素窘，影响所及，尤难收拾！该会股东此次所陈，系为法律上之请求。现在民气甚固，事机危迫万状，应恳请圣明俯鉴民隐，曲顾大局，准予暂归商办，将借款修路一事，俟资政院开会时，提交议决；九月为期至近……"

彭家骐把手一挥道："莫忙！这句话我还不大明白，怎么说'九月为期至近'？"

王文炳道："资政院开会时期定在九月间，现在是七月，相距不过两个多月，怎不'为期至近'呢？这有啥不明白的？"

"哦！那就是了。我疑心还有九个月哩。"

"对啰！所以下面才说'与其目前迫令交路，激生意外，似可待交院议，从容数月，未妨路政'。"

彭家骐又要说什么话的样子。

楚用忙说："莫打岔了，只有一页光景，念完了再说吧。'……人心一失，不可复收，玉昆等……'啊！怎么又扯到玉昆的名字上来？"

楚用自己打岔了。赶快翻过稿纸一看，末尾落名，才是四川将军玉昆、总督赵尔丰、副都统奎焕、提督田振邦、署布政使尹良、提学使刘嘉琛、署提法使周善培、署盐运使杨嘉绅、巡警道徐樾、署劝业道胡嗣芬一溜串。

"怎么会叫玉昆来领衔呢？他和奎焕都是只管驻防旗人的武官嘛，地方上的事，和他们啥相干？"

王文炳道："既是全省文武联名出奏，他的地位最高，怎不推他领衔？我倒没想到这次出奏，居然动了全部人马。可见这事情在他们眼睛里并不轻巧。"

彭家骐道："我懂得。玉昆领衔，还有一种原因，他是旗人。"

王文炳道："赵尔丰还不是旗人？"

楚用诧异地问道："他也是旗人？还没听说旗人有姓赵的，赵是汉人的姓。"

"是汉军旗人。本来是汉人，在明末时候投降了满洲，编入八旗的。"

彭家骐把嘴一瘪道："奴才的奴才！"

王文炳向楚用说道："不多几行了吧？快点念，念完了我好抄。"

"'玉昆等共负地方之责，同处艰危之局，劝解无效，防制无从。窃维停收租股，已广皇仁，忍以勘定之劳，重伤元气？事势至今，不敢不冒死渎奏。伏望宸断，迅将此次电奏，发交内阁国务各大臣从速会议，宣示办法，不胜迫切待命之至。谨请代奏……'念完了，拿去抄！老王，依你看，这奏折所提的办法，会不会得到批准？"

王文炳一面清理稿纸，一面点头说道："当然会批准！你看，老赵的话，说得多明白'从容数月，未妨路政'。意思就是拖两个多月，把案子提交到资政院和咨议局，眼前的风潮，自然就平息了。股东会的呈文，也是这个意思，不过没有如此明显。"

楚用道："资政院和咨议局如其不同情、不议决呢？"

"那是法律问题，也只是邮传部和议会的问题，与我们股东会无关了。闹得好，闹得不好，我们通无责任。"

彭家骐问道："同志会呢，还要不要？"

"我已经说过，股东会散了会，争路事件静候法律解决，还要啥子保路同志会！"

"如其人民不答应，硬要把保路同志会维持下去呢？"

"哪个来维持？又怎样维持？罗梓青先生他们不再出头负责，董事局不再拨款，几家报馆一关门，没有人鼓吹，铁路公司不借会场，连会都开不起来……"

"你们硬是这样干的吗？"

王文炳毫不经意地笑道："几个月来，闹得天乌地暗。事情越闹越大，但也越闹越糟。从前大家还一心一德，负责人在上面一号召，大家便群起响应，真有点决诸东方则东流，决诸西方则西流的架势。但是到近来却不然了。不仅人多嘴杂，意见还很多。若果能通商量，都朝一条路上走，也罢了。然而又不是这样，会场上争得互不相下，私下里也说不拢一块。因此，负责人一天到晚，弄得头昏脑涨。前几天，更老火！老赵刚刚接事，着张老表在会场上一顿教训，老赵对绅士们便积怨在心，遇事总责备罗先生他们和他私人为难，要罗先生他们负责把风潮压平。而下面哩，一天一天地离心离德，不听招呼，看看缺口要捏得合拢了，偏就有人出来把缺口开得更大。这样上下交谪，谁还不想早点抽身？我没有负责任，说不上吃苦。可是我旁观者清，实在代他们不值！不说别的，你们看郝又三父子，先就见机而作，很少到公司来了。形势日非，大家心情越搞越冷，这样的集会有啥用处，早点垮杆，免得发生意外！"

彭家骐很不平地说道："对你们有好处，就叫大家来为你们撑腰，没好处，就叫大家滚开，没那么容易！我首先不赞成！连你们今天得意之作的呈文，我都反对！"

他气冲冲地站起来对楚用道："走！我们到精记吃饭去！偏不要王文炳这个坏家伙！"

王文炳笑道："我有包饭吃，也不稀罕你请我。只是老楚，三点钟的会很要紧，说不定要决议开市开课，你不要迟到啊！"

二

下午三点钟的会，主要参加会议的是各街街正，是各街同志协会负责人，是各行业、各学校、各界的同志协会会长和代表，也有股东和代理股东，甚至有志愿参加的人。会的声势很大，出入会场的人很多。天气还是那么热，是秋老虎咬人时候，人的心也还是那么热，却说不出是什么老虎在咬人了。

光看会场情形，即证实了王文炳所说是要紧的会。同时再看从大门直到二门院子内那么多人夫轿马，也知道官员们都来了。因为没有鹦鹉绿呢带锡宝顶的八人大轿和挎腰刀、穿行装的戈什哈，知道制台没有来。

会议的要紧，王文炳固然料到了，但会议结果，却大大出乎王文炳所预言的是决议开市开课，颠转来说，倒是加强了罢市罢课。

其实会议当中并没人支使，也没有一个人像彭家骐那样赤裸裸地挺身而出，喊不赞成，喊反对。

楚用记得很清楚，大家进会场时，都红着脸皮，挥着扇子，说的讲的都是街上罢市、学堂罢课情形。你说一番，我讲一番，大家显得很满意，并不断地互相鼓励说："这样就好！这样就好！这样齐心下去，怕他狗日盛宣怀、端方不投降？"

他也记得很清楚，官员们入了座，邓孝可就起来主持开会。他先讲了一番罢市罢课以来，大家能够保守秩序的公德，夸奖大家不愧是立宪文明国的大国民。虽是一些陈言滥语，听的人倒也没有表示不愿听的模样。接着，他就说到罢市罢课的目的。他的话已和从前所说的不大同，他不再提说收回国有成命，废除借款合同，他只说是为了争取合法手续。他说："我们的目光要放大些，要看远些，我们要为国家富强前途设想。只要于国有益，我们为啥不可以牺牲小己的利益？假使我们只顾小己的目前的利益，即使于国无损，外省人说起来，还是要讥讽我们是鼠目寸光。我们四川人不是早就有了川耗子的坏名声了吗？"听的人似乎也还能够容纳。接着，他便说到国家富强，其道多端，但是顶重要的还在树立法轨。他原是在日本学法政的，他的话更花哨了，用的词汇更丰富了。听话的人只有时间去招架那些新名词，自然没有时间来寻绎它们的涵义。最后，他才陡转直下，说明地方官吏和四川人民一致，他们已经联合出奏。"他们都是爱民如子的好官，今后我们一定要听他们的招呼，这才是官民合作的要义！"等到尹良拿着电奏稿子走上演说台时，大家的头脑还在麻木状态中。因此，会场倒出奇地安静起来，连咳嗽声音都没有。

尹良是个向来不说正经话的人，又矮又胖的身材，又圆又红的脸庞，两撇剪得很短的黑八字须时常在嘴上颤动，一看，就使人要笑。他这时双手捧着公文稿纸，脸上戴着老光眼镜，先朝下面看了一会儿，咳了两声，并不作什么交代，就打起他的京腔，逐字逐句把那通联名奏稿念了起来，不唯声调铿锵，还有板有眼。

楚用当下寻思："真念得好！"一面拿眼去看会场，有些人听得入神，有些人却垂着头好像没有听，还有些人在交头接耳说个不停，大约也没有注意听。

楚用身边坐的是一个五十上下年纪、很像街正身份的人，也正昂着头在东张西望。

楚用挨着他的耳朵悄悄问道："大爷，你听得懂，听不懂？"

"懂个球！"他侧过头来，接着说道："老爷们都爱抛文。说起话来就像念文章。刚才邓先生的话，就把我们考倒了，幸而还听懂了些。这位尹藩台念的，简直把我们关在门外了。你像是学堂里念书的，你该听得懂吧？他念的那文章，到底冲了些啥子壳子？"

楚用本想炫耀一下他不但懂，而且还很懂。但一转念，在这等人面前炫耀，有什么价值？遂也笑了笑道："还不是同你一样，只觉念得好听，到底说的啥，还是要等报上印出来了，慢慢看下去，才十分懂得。"

那位大爷不由轻微叹了声道："到底比我们行，还看得懂嘛！"

这时，尹良已经摇头摆尾念到等情据此以下。

那位大爷忽有所感地向楚用说道："参加过大大小小几十场会，我现在才有些明白，这中间还是有种道理的。我说出来，你看对不对。……我说，老爷先生们要我们这些平民百姓出来替他们打啊伙的时候，他们向我们说的话真好听。说得浅显，说得清楚，不抛文，不咬字眼，还要打多少比方，叫人一听就懂。像我们这些少读诗书的手艺人，大道理我们并不是不晓得，老实说，白米吃了几囤子，光凭耳朵眼睛，也见识得不少。常言道得好，王法不离人情。王法就深沉了，说到底，还不是为了孝悌忠信，穿衣吃饭？只要不去闹文雅，讲字眼，一出口，我们全懂。我们一懂得，话就好说啦！要我们咋个，我们就咋个。所以同志会搞起来不久，我们在三义庙听了罗先生几场演说，我们心就热了，也办起了同志会，也爱起国来，也才晓得铁路是我们的，死也不能白让盛宣怀出卖给洋人。这是说前一向的话。后来，不晓得咋个搞的，老爷先生们好像不要我们打啊伙了，向我们说的话，就变啦！……我说变，不是说他们咋个变，就只道理讲得太深，使人听不明白的字眼太多。要问哩，不好意思问，要看哩，程度太低，也讲不得。比如刚才邓先生说了那半天，好像还是叫我们要齐心，罢市就罢到底，如今官民都一条心了，还怕个球！可是听起来总叫人气闷。也不敢打包本说邓先生是不是这个意思。……尹藩台念的文章，更不要讲了。他们做官人，原本就不要我们听懂他们说的啥，除了向我们要钱。……我疑心老爷们为啥前后说话不同，一定有个啥道理吧？我是随便乱说的，倒作不得准！……"

尹良已把文稿念完。大概为了是第一次登上这演说台，不能不说点自己的话，因才满面笑容地说："你们看哟！我们今天可不算是做了一台满汉全席了吗？而且还是文武全才哩！……"

会场里当然发出了一些笑声。

"同胞们，我们这台满汉全席也是花了本钱才做出来的。你们若是赞成，那我就得向你们讨个赏，你们肯吗？"

会场里却沉静了，好几百对眼睛定定地望着他，都有点莫名其妙。

"我并不要你们掏腰包，我只求你们赏个脸……"

他故意挤眉眨眼，做了逼逗人笑的面孔说："别再罢市罢课了！"

会场里一下就叫嚷起来："咳！要我们开市么！""嗯！好松活的话！""没名没堂的就叫我们开市！""刚才说过官民一致嘛，怎么就说到开市开课了？"

尹良那副存心逗人发笑的丑脸，也一下就紧绷起来，还原他又怯懦、又狡猾的面目。他抹着额脑上的汗珠，很想再说几句有趣的话，把气氛调和一下。可是呆呆站在那里，老半天找不着话头。

周善培赶快走到他身边叽咕了两句。他点点头，才狼狈地退了下去。

周善培把手一挥，会场重又安定下来。

"刚才尹大人向各位念的那篇联名奏稿，就是根据股东会呈文，我们特别向朝廷建议的。邓先生说的官民一致，就是说的股东会和各位股东愿意把这件铁路案子，请先交到代表民意的机关去研究议决；如其认为可以了，大家没话说，一定接收，就吃点亏也不妨。要是不可以的话，哪怕就是当今皇帝亲笔颁发的上谕，人民也是未便奉诏的。邓先生所阐发的法轨、法制的道理，也在这里。赵大帅和我们把股东会呈文反复研究之后，都觉得各位股东这种从法律着眼的建议，实在坚强有力，也符合目前预备立宪政体的精神。所以我们同情了股东会的意见，代奏出去，还格外加了些话，请求朝廷务必批准这样办。我们还恐只是我们行政官的建议，难免不为少数不明目前四川情形的主政大员怀疑我们畏难，怀疑我们讨好四川人民，怀疑我们危言耸听，因由我先到将军、都统那里去征求他们的意见，不想话才说完，将军就慨然签了名字，允许领衔，这就叫作官民一致。……"

这种深入而浅出的话，大家当然都懂了。于是一阵巴掌拍得噼噼啪啪，四下里还发出了一些满意的笑声。甚至有人悄悄地说："他到底会说话，比那个尹三花脸行多了。"

"我还可以告诉大家一个消息，大概尹大人也打算说，却忘记说了。就是赵大帅在发奏电时，曾慨然说：'川人为了这条铁路，也太吃苦了，我们为了川人的权利，也尽了心了，若是这种合情合理的办法，朝廷犹然不准的话，我们只好全体挂冠了！'各位当然懂得，挂冠就是把官职交还朝廷，我们决心全体辞职以报川人！……"

这又博得了全场欢呼。

"我们这样做法，可说对得住川人，对得住各位了吧？各位总可相信我们断没有为自己打算而叫各位上当的意思吧？那么，你们尽可以心安理得，静候朝廷批准。固然在朝廷批准之前，还是应该争；不争，说不定不会批准，你们要争，我们也要争。就在批准之后，不免还是要争；不争，就表示不出民意，代表民意的机关就没有力量，要想把借款合同修改一下，也会有顾虑的，那时你们要争，我们也要争。但是各位，争也有争的方法，像以前你们那样开会演说，奔走号呼的争，就很好！若像现在罢了市，大家连生意都不做了，抄起手来争，就不见得好。这样的争法，只有自己吃亏的。所以我要奉劝各位，争哩，只管争，不如开了市来争的好！……"

也像对付尹藩台样，一听到说开市，声浪登时就汹涌起来，不容许他再说下去。

但他却比尹良坚强，也仗恃他几年来从开办警察时起，和人民建立起来的关系，并且相信他在四川开创过一些新政实业，人民歌颂过他，多多少少也会听他几句话。他竟自面不改色地，不管吵闹得多凶，仍然大声喊说："各位何必任性哩！凡事总要三思！……就不三思，也该学孔夫子的再思！……你们罢了市争，有啥好处？说穿了，只有自己吃亏，却害不倒人！……开了市争，对你们的好处就大啰！……"

闹的声音更大了。

邓孝可又走上演说台，连连摇着两手叫道："秩序！秩序！大家有话，请一个一个到台上来说，何必吵闹呢？"

"我们就要这样说，我们搞不来你们那一套！"

"大家也该听听周大人的劝呀！他的话说得多好！罢了市争，只有我们自己吃亏的……"

几个像是学生代表的人便一齐站起来，大声说道："你起先教我们为了国家，不惜牺牲小己利益。又说，光顾眼前利益，就叫鼠目寸光。怎么这时节，倒又劝起我们不要自己吃亏？你的话，到底哪一句对？你说！你说！"

会场里更是一片声："不达到争路目的，誓不开市！誓不开课！""这时要逼迫我们开市开课的，是盛宣怀、端方的奴才！走狗！""不管你们说得天花乱坠，老子们的市罢定了！"

这样的会，是没法再开下去了。

官员们先溜，主持会议的先生们后溜。

不等摇铃宣布散会，会场几乎空了。

三

楚用满身大汗跑回学堂，刚进大门，传事室一个老传事就唤住他道："楚用，有信！"

他接信到手，才待问是哪儿送来的？一看，信封的左下方写了三个草字：黄宅缄。黄宅是黄表叔家，草体字又那么熟练，当然是黄表叔写的了。

黄表叔忙得那样，在家里是不大亲笔砚的，公然写了信来，用不着猜，一定是被太太所逼迫而后为之的。黄表叔的信，岂不就等于是她的信？楚用的心跳动了。不晓得信里说的什么，是凶？是吉？又有点害怕。

赶快拆开信封，只一张花笺纸，而且是不多几行字。虽然写得不像《十七贴》那样草法，但也费了很大的劲才辨认清楚，是这么样的："子才贤阮如面，内人今日归宁，为与岳母商榷舍姨妹聘定事，约有一二日耽搁，子女丫头皆随去。秋夜庭院，不胜静寂，拟嘱老张备时蔬数色，温陈酿一尊，与贤阮促膝一叙，用涤尘嚣，如何？""澜顿首"之下是"即刻"二字。

"啊！又要我去陪他混时光！"

不晓得怎么就生了大气，牙巴一咬，一张很精致的进化纸厂花笺，一把就捏成了团。

老传事瞅了他一眼道："送信的人说，要回信哩。"

"啥！要回信？"把信封翻来一看，左上角果然批有四个字：立候回云。还打了四个浓圈。

"信是啥时候送来的？"

"早啰！大约三点过钟，一个轿夫送来。本要等你写回信的，我说你走了。他问啥时候回来？我说现在学生自由得很，出学堂门又不交假条，又不打招呼，我怎晓得他啥时候才高兴回来？他说，那么等他回来，叫他务必赶快写封回信去。又说，老爷等着在。不过，我要告诉你，你的回信，今天传事室没人送。两个小工，都被你们同志会差遣走了。你们同志会的事真多！我看两个小工哪里够你们使用，不如禀明监督，再添两个。"

老传事和秦稽查一样，都是学堂的开国元勋，都是已经亡故的高等学堂总理胡雨岚的亲戚。学堂监督换了四任，好多职员都更换了；只有老传事、秦稽查，还有一个专管油印讲义的小职员，稳如泰山。管油印讲义这人之未被更换，倒不是倚赖背后势力，而的确由于他蜡纸写得好，油墨调得好，他自己夸口说，学务公所便找过他，若非屠致平苦苦挽留，并添了两块钱月薪，他早朝高枝儿上飞了。仗恃他有专门手艺，他的脾气也和老传事、秦稽查他们一样的大，只在监督跟前还讲点规矩，对于学生，就不一定有礼貌了。

楚用对于老传事的唠叨，根本就未作理会，他向自习室走时，心里只是想到怎样回黄澜生的信。本来，借此转回黄家，趁表姊不在，免得追究前天之不告而行，少撒一些谎话，少惹一些闲气，固然是个机会。可是也就由于她不在，觉得光为了陪伴表叔一个人说空话，又有什么意思？

"如其这信是她借故叫表叔写来喊我去，那才好哩！"

自习室清清静静，只罗启先一个人伏在后窗侧一张书桌上，拿着笔在写什么。

"古字通，只你一个人吗？他们呢？"

罗启先抬头瞅了他一眼，仍然伏在桌上写他的东西。

"嗨！哑了吗？"楚用一直走过去道，"写些啥？写得这么专心！"

罗启先两手一齐掩在纸上，瞪着眼睛道："不准乱看！各人有各人的秘密。"

"算啰！你的秘密，不说我也晓得，总是又给老婆写些麻筋麻肉的话罢了！"他已看出铺在桌上的是一张信纸。

"家书抵万金，晓得不？怎么说是麻筋麻肉的话，你才岂有呀岂有！"

楚用心里一动，便向书桌侧一张凳上坐下，笑着说道："罗启先，我们正正经经来研究一下，并非开玩笑的话，先交代明白。我问你，你对你的老婆，为啥这么亲热，隔不几天，又是厚厚一封信？"

"问得稀奇。就因为她是我的老婆，所以亲热。"

"如其你这表妹不嫁给你做老婆，你对她还会不会这么亲热？"

古字通咧开嘴刚要笑，看见楚用满脸认真的样子，遂收敛笑意想了想道："或许不会吧？"

"怎么不会？"

"这用不着研究。一来是，平日就难得在一块；二来是，偶尔碰头，也没像成为夫妇样，谈过啥子体己话，要亲热也无从亲热起。"

"假使你的表妹不是你老婆，而被你偷偷摸摸搞上了手，你对她，是不是像现在一样亲热？"

"更问得稀奇！你为啥会想到这上头？难道你有啥子打算吗？"

"本来说清楚了，作为研究，你又讨过老婆的，在男女事情上有了经验，所以才问你……"

他不由又红起面孔笑道："也可说是有打算。研究一下，还是像你一样讨老婆好呢？还是像陆学绅一样，专在外面乱搞的好？"

"这样吗？依我设想起来，偷上手的野老婆，未必有明媒正娶的家老婆好。"

"为啥子？"

"这还待细讲么，自家的老婆，就是自家的人了，就可以由随自家的心意，要咋个便咋个。高兴时亲热亲热，她可以欢喜到心花怒放，不高兴的时候，她也会体贴人，不但不敢惹你，还兢兢业业随时留心你的脸色。若果有个一病二痛，更不要说了，除了自己家的老婆，任何人也不会那样成日成夜地服侍你。而且随你发脾气，随你虐待，即令她把眼睛哭肿了，也只有忍受……"

"莫再说了，这是家常情况，几乎每家的夫妇都是这样，用不着研究。"

"那么，你想研究的是……"

"我想研究的，只是男女间的感情。……感情这个名词，或者不大对，我们直截了当地说它爱情吧。……男女间的爱情，到底成为夫妇的好呢？还是在夫妇以外的好？"

罗鸡公尖声地大笑起来道："嗳！原来你是这个主意！莫再同我研究了，我现在还只晓得正经夫妇间的爱情，等我以后偷了野老婆，有了经验，再告诉你……"

陆学绅匆匆奔进自习室来，一见楚用便叫道："啊！你才在这里冲壳子！也不来报告一下今天下午开会的情形。"

"今天夜里不开会了吗？"

"怎么不开！昨天夜里没开成，若再不开，我看我们这个同志会简直要垮杆，大家都是五分钟热度，真正急死人啦！"

"既然决定要开，那么，等我写封回信再来找你。"

陆学绅拉开自己书桌抽屉，找什么东西。楚用也到自己书桌上，打开铜墨盒，随便抽了张白纸，就写了起来。

谭志和手上拿了几封信跑来，向陆学绅说道："这几封信，又叫哪个送呢？"

"叫传事室小工送。"

楚用道："我晓得，两个小工都着你们叫走了，老头正在抱怨哩。"

陆学绅把找到的钥匙在手上摇着道："就叫那老头跑一趟，皇城里并不算远。"

谭志和道："你有本事，你去叫他……"

楚用站了起来，旋盖墨盒旋说："何必去惹麻烦！我正安排叫高金山送这封信到黄家去，就叫他一道去吧。"

"那是要额外给酒钱的。"

"几十个钱不算什么，我一总给了就是。"

罗启先道："沾个光！叫他顺路把我这封信送到南门大街邮政局去。"

给一点酒钱，叫寝室小工高金山送信、买东西，是经常有的事，大家也喜欢这样做。因为高金山年轻、麻利，又认识字，又不大赚钱。往常到寝室小工房把事情一交代，高金山总是起身就走，不和人说第二句话。但是今天，高金山却摇着头道："我不去！"几个人都诧异起来。

高金山接着说道："你们还不晓得吗？监督亲自吩咐过的，寝室小工，只准在寝室听使唤，不准无故走出学堂大门，尤其不准给你们买东西、送信。说是越俎代庖。犯了，一定开销，毫不容情。"

陆学绅首先就骂了起来："放他妈的狗屁！现在压不住我们，却来压制小工！不要睬他端公的，他敢开销你，我们给你肘住！"

谭志和也气愤愤地道："对！我们给你肘住！"

高金山仍然摇着头道："不好。你们不能一年到头都住在学堂里。屠监督整你们不容易，整我这样一个小工，倒不费吹灰之力的。屠监督这个人，又是记死仇的，你们莫把他看轻了。"

楚用一下想起罗升的病来，遂道："高金山，我给你打个主意，根本就不要再当小工，另外找个地方去帮工，活路也轻巧些，工钱也要多些。"

高金山迟迟疑疑地看着他，一双聪明清朗的眼睛里蕴蓄着疑问。

"我有个很熟悉的地方，眼前正想请个当跟班的。……你当过跟班二爷没有？……当过，那就好啰，应该做些啥子事情，你当然晓得。工钱我不知道，大约总不会比小工少。"

"是哪个地方？"高金山好像有点活动了。

"就是此刻请你送信去的西御街黄家。你认得字的，看这信封上写的。"

"啊！黄澜生黄大老爷家！"

"你认得吗？那更好了。他的罗升病倒了，正打算另外请人哩。"

"是他那里，我就不打算去。"

陆学绅插口道："你们帮人的，还有啥选择吗？"

"不该选择吗？我又不是饿着肚子，非立刻帮人不可的。你们当学生的人晓得啥？请人的要选择人，不合适的人不会要，帮人的人还不是一样，不合适的不帮！"

谭志和连连点头道："对极了！良禽择木而栖，忠臣非主不事，古人……"

陆学绅呵呵笑道："老谭又要抛文了。我看高金山的国文程度就比你高。……这样好了，高金山，现在还莫忙研究帮哪一家好。只请你这时候抽空帮我们跑一跑。若是端公不开销你，就不必辞工，真个开销了，我们完全负责，给你另外找事情做。成都省这么大，要帮人，难道只有那个黄家？不帮人，难道就不好做别的事……"

这样一说，高金山才大着胆子承应去冒一次险。这次得的酒钱比任何一次也多。

四

罢市几天，街面上的情形又在变了。大家在一阵惊惶、愤激之后，已渐渐感到了一些不便。

头一种不便，是饮食方面。

成都那时将近有三十万人口，在城墙圈子内的，约占六分之五。这么多人用的水，几乎全由井里的水供给。成都平原，地下水非常丰盛，一般掘井到八市尺便见水了。掘得深的，不过一丈到一丈四尺。百把人，只要一口浅井，随你如何使用，如何浪费，它总不会枯竭。但它也只能供你作为洗濯使用，因为它含的卤质和其他有害健康的杂质很多，强勉用来煮饭烹菜，已经不大卫生，若用来泡茶或当白开水喝，更不行。所以当时每条街上兼卖热水和开水的茶铺，都要在纱灯上用红黑相间的宋体字标明是河水香茶。河水，就是围绕成都城的那条锦江的水。每天有几百上千数的挑水夫，用一条扁担两只木桶，从城门洞出来，下到河边，全凭肩头把河水运进城，运到各官署、各公馆、尤其是各家茶铺去，供全城人的饮用。设若一天这几百上千数的挑水夫不工作的话，那情形当然不妙。

罢市的第二天，茶铺和一些小饮食铺虽然都逐渐开了半边门来做生意，到底吃的是井水，大家都感到不对头。有些人首先提出异议说："罢市只是不开铺子做生意，河水可是要喝的。若是把水火都断绝了，岂不先害了自己！"如此有理由的话，就是主张罢市要彻底的傅隆盛也点了头，还帮着鼓励一班挑水夫到锦江边去挑水，他说："罢市是我们商界的事情，你们靠卖气力吃饭的人，莫伙着同我们一块儿闹！"

河水进了城，因而粪便也才出了城。过几天，街头巷尾有了小菜担子，也有了卖鸡鸭鱼蛋的担子。不久，一班卖凉粉，卖蒸蒸糕、马蹄糕，卖莜面、合脂，卖麦芽糖的这些打着竹梆，打着铁片，敞开喉咙以广招徕的小贩，也照常出现。甚至有些做手艺的行道也逐渐恢复了各人各行的工作，仅只下掉几块铺板，可以通光通气，铺门还是没有开。

傅隆盛起初颇不以这样作法为然，连天在本街公所会议时，还訾议人家不热心，不顾公益。后来，是伙计王师闲不惯，并不和掌柜商量，竟自带着徒弟小四，也把铺板下掉两块，在铺子里面做起活路来。

傅老头回来看见，很觉不安地说道："我正在说人家不对，你们反倒抽起我的底火来了，这咋个使得！"

王师把他睖了两眼，仍然做着自己活路。

"王师，放下吧！多耍几天，我又不扣你工钱的。"

"莫同我说圣谕，我要不来！"

"唉！一条犟牛！人家要骂我破坏罢市的！"

"人家骂你，没骂我。老绵州的一批定货，难道不交吗？"

是呀！定钱都用了，怎能失信呢？再一看，隔壁和对门几家伞铺，都一样躲在铺板后面做得正起劲，伙计做，徒弟做，连当掌柜的都盘起发辫在做。傅隆盛一转念："好吧！只要我自己不动手，也就行了！"

这一来，街面闲人少了一大半，生活没有多大改变，只是不开铺子罢了。大家能够忍耐，罢市的形势倒稳固了。设若没有第二种不便事情发生，官场不会恐慌，罗梓青他们说不定也不会采用更积极的方法来劝大家开市的。

第二种不便，是行的方面。老实说，只是给了坐轿子的人一种不方便，对于步行阶层的人，倒没有什么。

这种专门给予坐轿人的不方便处，在别条街是怎么作兴起来，无从查考。但是就西顺城街而言，却是傅隆盛的杰作。

傅隆盛在罢市那天，初初看见王文炳他们在商量印刷德宗景皇帝神位时候，心里就动了一下，寻思："供奉皇帝的神主牌，可不能随便啦！"但要怎么办才不随便？才能表示崇敬？他尚没有想到。

及至干涉了贾公馆，因为街坊们拉了稀，没有眼见贾孙少爷磕头，心血一潮，登时就联想到供奉皇帝神主牌的事上。夜里，特特叫打更匠传锣，把街坊上一些热心人聚集街公所里。他首先站在当地说道："我今天满街看了一下，先皇神主牌大家倒都巴在门口了，有的很好，还设了香案。本来嘛，皇帝的圣讳，只管说是印在黄表纸上，不是用泥金写的，到底是皇帝的圣讳嘛，我们咋个不该看重些？若是把它亵渎了，我们就算犯了罪，以后铁路争不回来，我们的罪更大！我看，若要家家户户都在牌位下面设香案，就做不到。檐阶深的，铺面宽展一点的，已经不好了，拦着路，阻碍交通。我看，不如简直公众出点钱……不多，不多！一家几个钱便够了！找个像样地方，成成器器搭一个小台子，我们恭恭敬敬写一张大些的牌位供在台上，再设一张大些的香案，挂上耳帐、桌围，每天一早一晚，轮派一个人去烧香、磕头。这一来，我们就不必家家户户设香案，岂不是又成了敬意，又省了大事？我的这个主张，你们可赞成？"

当然赞成。不过议论到台子搭在哪里，也稍稍起了一点争执。

田街正是老好人，摸着胡子说道："何必费事去搭台子？不如就把神主牌供在这公所里好了！"

傅隆盛摇摇头说："不对！在屋子里显不出来。"

"那么，搭个台子在街口上。"好些人都这样说。

傅隆盛好像想起了什么，把粗叶子烟杆在土地上抂着说道："我说，与其把台子搭在街口上，不如就搭在往年办清醮会搭灯影戏台的那地方，又堂皇，又不阻碍交通。"

原来那就是贾公馆的大门口。因为大半条街的铺房和门道，在若干年中，把屋檐和檐阶一步一步向街心侵占以来，街面越变越窄，贾公馆的大门由于没有随着左邻右舍推进，遂格外形成了好几平方丈的一块小坝子；街上每有什么举动，除了打醮时候酬神的灯影戏台要搭在这儿，再如前十几年间，一次红喜事的皇会，一次白喜事的国丧，所搭的彩台和丧台也在这儿。既有成例，当然一提到贾公馆的大门口，大家怎不大喊赞成？

地点议定了，新的问题便是台子怎么搭？照众人的意思，当然还是侧在大门口，把出入路给人家让出。傅隆盛又瞪起水泡眼，提出了不同的看法，他说："不对，这回事不比往回，台上供着先皇神主牌，就比如先皇驾到。若是把台子侧着搭，那不是叫先皇给他驾下臣子去看门吗？先皇变成看门头，莫说我们心里不安，就他贾家也会把衣禄折尽，这样搭法，不对！"

"怎样搭，才对呢？"

"应该横着他们的大门搭。还可将就他们那片长伸出来的门楼子作顶盖，我们少花点工料，大家也少出几个钱。"

就是那天说过拉稀话的那个街坊，立即抢着说道："依我说，连搭台子的钱也应该叫他贾家一家人出，为啥呢？……"

众人不等他解释，便都欢然赞成："对！这不比清醮会。他们做了皇帝的官，难道不该报效几个钱吗？"

田街正又把胡子摸了摸道："你们想得倒好。我先交代，我可不好去说。"

"不要你，我们公举傅掌柜去说。"

"大家一齐去，也显得出是全街的公意。"

老头还特别嘱咐了句："莫再拉稀了！"

这一次，贾大孙少爷更圆融了，满口承应，而且还表示，连台上的陈设，比如神案、神座、桌围、椅披、香炉、蜡台、吉磬、花瓶等等，全由贾家供应。只要求街坊轮流派一个人在台上看守，免得贼娃子偷东西，尤其在夜间关了大门之后。

先皇台子一搭起，贾家人的进出首先受了限制。即是说，不管男女老幼，要出门只能把轿子提到街边来上轿，回来时候也得在街边下轿，男的屈了尊，女的也得抛头露面；主人如此，来拜会主人的客人也如此。街坊们看见，心头好不舒畅，很佩服傅隆盛老头儿会想方法。

大概人同此心，心同此理的缘故，西顺城街的先皇台子搭立时候，全城好多街道都同样搭起了一些先皇台。大多数都是拦街搭下，有一些比较高，对班小轿只要轿夫一下腰，尚可勉强通过。有一些似乎有意搭得极低，不管什么类型轿子，只好到台下肩，过台之后再上肩。因为供的是皇帝神主牌，又是百姓公意，警察不敢干涉，管你是官是绅，也只好不动声色地忍耐下去。一天两天还可以，日子一久，台子越搭越多，官绅们来往更其频繁，使得他们随时随地都在下轿上轿，感到非常地不方便。

就因为这种不便，甚至影响到周宏道的婚姻大事。

五

楚用才跨进过厅的耳门，才走到有卍字栏杆的短廊上，就听见小客厅的套间内男男女女的声音闹成一片。他的脚步一下就放慢了。

菊花手上提着一把赛银锡酒壶从山花过道上出来，立刻就高声叫道："楚表少爷回来啦！"

楚用向她招了招手，正待问她是不是在请客。

黄太太已经掀开竹丝帘，满面是笑地向他说道："快请进来，我们才动筷子哩！"

"有客吗？我就不进来啦！"

"没有客，又不写信请你回来啰！"

她又把乌珠似的眼睛一溜，很有意思地点了点头道："到学堂去了几天，就生疏起来了，真笑人！"

黄澜生也隔着窗子在打招呼说："位子给你留下的，快来！快来！"

客人都站了起来。他只认得周宏道，仍整整齐齐穿了身洋装。黄澜生身边是振邦、婉姑儿。他的座位恰在表婶和周宏道之间，落座之前，由表叔作了番介绍：一个胖胖的中年男子是孙雅堂，一个瘦瘦的中年女人是孙师奶奶龙梅君，一个二十几岁的女子便是周宏道的聘妻龙幺姑娘竹君了。

周宏道举起斟满的酒杯向楚用说道："楚君后来，先饮三杯。"

楚用端起酒杯，红着脸，才待向黄澜生道谢。

"错了！今天是我这位周襟弟请客，主人是他，不是我。"

黄太太也笑道："桌上都是亲戚，宏道就不能见外叫他做楚君。他号子才。理起来，还是你表侄哩。子才，你也该改口了，以后不能再称周先生。……"

周宏道摇着头道："二姐莫这样说，先生是通称，就是亲戚，也称呼得的。"

孙雅堂道："我同子才老侄还是初面，不过从我们这位二妹口中，倒早晓得你是一位品行端正、志趣高远的青年，拿时下新名词来说，正是中国的主人翁，我先敬一杯，干！"

酒就这样喝开了。

楚用也自居于小辈，凡是长亲名下，他都敬了酒。孙师奶奶说是量浅，喝了一口。龙幺姑娘到底有点害羞，起初只是笑着摇摇头，不肯端酒杯，经黄太太支使楚用捧着酒杯，走到她身边立候，这才同楚用对饮了。

酒好，是黄澜生亲自开了条子叫大班到允丰正去买的陈年仿绍缸面酒。菜也好，是黄太太亲自把小王叫来当面吩咐的菜单。吃喝中间，周宏道忽然看着龙幺姑娘说道："今天真应该把妈妈她老人家请来的。如其你那会儿多说两句，她老人家一定会答应的。"

龙幺姑娘只是拿着一张小手巾捂在嘴上笑。

她的大姐说道："就是幺妹来，妈妈已经不高兴了。前天，我同雅堂拿着周妹夫的请帖，去向她道喜的时候，她一开口就骂了个满堂红。说我们简直目中无人，连老祖老宗传下来的规矩，一点都不顾。骂周妹夫新得出奇，骂黄妹夫和二妹子伙着洋人造反。把我骂急了，我才顶绷了她几句说：你骂人，也该有个边款呀！我同雅堂才从彭县回来两天，我怎么晓得你们在省城搞的啥子事情？你要守老规矩，为啥要接收人家的聘定？为啥又让人家周妹夫第二天就上门走动？为啥又答应人家周妹夫免掉报期过礼这些要求？你既然事前都答应了一切从新从简，现在又想不通了骂人。那你不如老打老实把聘定退还给人家，一口气把这桩婚事吹了就是！……"

孙雅堂接着笑道："果然，丈母确乎没有料到大姐会那样顶撞她。要不是我从中转圜，丈母真会着她顶撞得哭了。"

"是你？"他的师奶奶瞅着他把嘴一瘪道，"你只晓得估着我不要再开腔！口口声声说，丈母是老人，让她骂几句。你，我晓得刑名师爷的派头：救大不救小，救生不救死，救富不救贫……"

大家哄笑起来，连两个小孩都张嘴大笑。

黄澜生道："丈母跟前的话，也只有她们姊妹们才说得通。比如宏道这次提出的种种革新办法，若非内人去做说客，半软半硬代为做了些主，哼！我看，就今天这次破格的宴会，三姑娘也未必能够参加？"

黄太太笑道："也未必是我一个人的力量。"

孙雅堂瞥了三姑娘一眼道："我明白。只是丈母前天已对我们说过，今天一定同三妹来的，为啥又变了卦？"

龙竹君第一次开了口："妈妈衣裳都换好了，因为听说街上的先皇台搭得更密，轿子随时都要提下来，妈妈嫌麻烦；又害怕回家时候，天黑了，街上不清静……"她停了停，又低垂眼睛，抿着嘴皮一笑道："妈妈历来胆小，人家偏生说得街面上是怎样不安定，先皇台今天又添了多少，轿子怎样不好走；人家还主张妈妈同我走路来。你们想嘛，妈妈那双小脚，哪能走上三四条街？所以，凭我再说，妈妈还是决计不来了。"

黄太太哈哈笑道："啊！原来宏道才是一个戳锅漏哩！这就怪不得妈妈和幺妹了！"

周宏道满脸绯红地只好跟着大家笑起来。

黄澜生慨然说道："说到这先皇台子当真要不得。顶混账的，是越挨近几道大衙门的街道上，越多。我们每天进出几次督院，总要上下好几回轿子。坐轿的人固然受窘，抬轿的人又何尝不老火呢？我不知道这是怎么兴起来的？"

孙雅堂也道："确乎要不得。前天我到藩台衙门，正碰见尹藩台在花厅上发气，也是为了这先皇台子。后来我问那个朋友，'既然藩台都生了气，为啥不加以干涉？'你们猜那朋友如何说？他说：'当今之世，连制台都做不了主，遑论藩台！'自然啰，自从争路风潮发生以来，官权是一天比一天弱了，民权是一天比一天伸张了，依我看，循此以往，非要闹出绝大乱子不可。彭县这回的乱子，不就由于民权伸张而起的吗？"

孙师奶奶一听见丈夫说到七月初七日那天彭县事情，立刻接过话去，又第二次向她妹妹妹夫叙说起那天情形："你们看呀！真吓死人！只听见县衙门口人声吆喝得就像山洪暴发了一样。我正在房间里做活路，起初疑心萧曹庙里的戏唱到刘十四打叉，戏场出了事。接着就听见洋枪声音响了一阵儿。枪声不很大，可那枪子在天空中飞起来，尖得刺耳。前几年我跟着雅堂在赤水县衙门听见过打土匪的枪声，当时我还疑心定是棒客扑进了城。因为前一向就听说海窝子那一带不清静，铜矿局的委员都躲进了城。我连忙跨出我们的院子门，跑到安大老爷的上房，就碰见唐局长慌里慌张也朝上房跑，口里不住喊，'快关侧门！百姓杀进来了！'又喊，'复堂仁兄救命呀！赶快把堂勇调出来抵住！百姓造反，把我的局子都打了，我的太太也着他们抢走了！'"

大家虽然听过了一回，但听到彭县经征局局长唐豫桐喊称太太着人抢走，仍然感到无穷的兴趣，男的女的又都笑了起来。只有婉姑儿把筷子一丢，倒在她妈怀里道："我害怕！"振邦不害怕，但也不笑，睁起一双大眼，定定瞅着他大姨妈的嘴巴。同时一张上唇略翘的嘴动弹着，好像在说："说嘛！说嘛！"

楚用跟着大家笑了一阵后，遂侧过头去，悄声问她表姊，是怎么一回事？

黄澜生听见了，便说："你还不知道吗？是这样的，让我告诉你。彭县有个风俗，每年七月初七这天，要在萧曹庙办一次土地会，照例要唱几天大戏。今年的戏班，是由省城搬去的。又因为目前省城罢市，戏园停止唱戏，很多角色都跑到彭县去了。因此，彭县今年的土地会办得更热闹……"

挤在会场里看戏的人多极了，不光是县城里的人，距县城百十里地方的人都来了，流品复杂，本来容易出事的。不想彭县经征局局长唐豫桐的太太，就是成都出了名、有两个干妈、有两个干哥哥、还不安分、把一个制台衙门搅成一塘混水的田小姐，偏要在中间去卖弄风流。初七那天，她打扮得格外花俏，坐到戏场看台上去看戏。看戏也罢了，还故意在看台上扭来扭去，做出许多怪模样。大概她注意的，也只是戏台上某一个唱小旦的角色。但戏场里一些不懂事的小伙子却一下闹开了，说看台上那个卖风流的女人，是成都新来的监视户。二三十个小伙子都朝着台上扑去，口口声声要拉她去陪酒烧鸦片烟。向不怕事的田小姐也骇着了，连忙带着丫头、老婆子、小跟班，跑回经征局。戏场也乱了，上千数的人也跟着那班天不怕地不怕的小伙子，向经征局涌去。还一面吼叫："把那个监视户抓出来！"唐豫桐带起几个局丁，拿着九子枪堵住局门弹压。弹压不住，唐豫桐猛然记起他岳父田征葵时常说的话："四川人是蛮子，服硬不服软的。"于是他就叫局丁开枪。八支枪都只开了一火，打伤了一些百姓，却着挤在前头的人把枪抓住了。百姓们都激怒起来，一声喊，冲进经征局。当然，见人就打，见东西就抢，抢不走的打得稀烂。唐豫桐便从后门向安知县的上房跑去搬救兵，说百姓造了反，把他太太抢走了。

楚用问道："这位唐太太，真个被百姓抢走了吗？"

孙师奶奶把嘴一瘪道："这个不要脸的妖精，若果真着抢走了，我同雅堂还能太太平平地回到省城来吗？田莽子不立刻把知县衙门里的人全抓来关起吗？即使田莽子没这大权柄，他也能够怂恿赵制台干的。"

黄太太道："大姐这话不对。作兴田莽子要见怪，也不会怪到全县衙门内的人呀。"

孙雅堂接着说道："二妹，你不晓得经征局今年设立时，找不到合适房子，把县衙门大堂西边的一院借去作了局所。它的前头是萧曹庙，后头就是知县的三堂和签押房。那天，百姓们打了经征局，却有分寸，并未波及知县这边一草一木。不说事后田大人疑心这中间有文章，就在当时，因为安复堂谨慎，不曾听唐豫桐的胡说八道，只叫把侧门关上，没有调集堂勇去弹压，还被唐豫桐红口白牙齿诬枉说他勾结同志会，反对新政，借故生风哩。"

周宏道叹息了一声道："像这样的官场，确实如董特生所说，简直是一个粪坑，要清除起来，太费事了！"

酒菜吃到差不多的时候，楚用一直没有看见罗升出来，在小客厅伺候的，只有何嫂、菊花，连厨子老张都帮着在上菜。他遂向黄太太说道："罗二爷病还没好吗？我倒替表叔找着一个合适的跟班。起初他不肯来，后来答应了，却又害怕表叔不愿意请他，又害怕在这里碰见郝家的人有些不便。"

黄太太、黄澜生都问是什么人。

"是我们学堂里的一个小工，叫高金山。人很精灵，又认得字，只有二十多岁。他自己说，多年前帮过郝家，不晓得为了啥子事，着郝家开销了。他说表叔一定认得他。"

"帮过郝家，姓高的？……郝家现用的那个老底下人就姓高，叫高贵。"

"是啰，他说高贵是他的叔叔。"

"那么，一定是高升了。……不错，我认得这个人，记得几年前，他还是个半大娃娃，聪聪俊俊的。哼！真个是他，我倒不好用得。即使用了，郝达三也要怪我，说不定还会惹一些是非出来。"

他太太莫名其妙地问他为什么？

"你当然不晓得。高升几岁上就在郝家当书童，后来作了郝达三的小跟班。郝家待他很好。但他长大了，却把郝家一个丫头拐逃了。这种没良心的底下人，能够使吗？"

周宏道说道："拐逃人口，还是犯法的事情。照法律说起来，应该追究前由，查明所拐人口下落如何，要是卖了的话，二罪归一，那……"

楚用连忙说道："我听他说过，他有一个女人，还有两个娃娃。或者这女人就是拐逃的郝家丫头。唉！真是画虎画皮难画骨，知人知面不知心！表叔不说，我还不晓得高金山这么坏法！等我回到学堂，还要追问他哩。"

黄太太正在抚摸婉姑儿头发，便顺手在膀膊上拍了他一下道："莫那样炮毛，听着风，就是雨！若说多年前拐了人家一个丫头，就要不得，就犯了法，那么，眼面前彭县这件事情，又咋个说哩？依我的看法，我便要说高升这个人还算有良心的，不能说他怎么坏，为啥子？因为他还害怕碰见郝家的人。你们刚才说的那个唐豫桐，才不是个好东西，自己老婆惹出风波，自己又胡乱开枪打人，别个卫护了他，并且派人把他老婆找回送到省城，又抓了那么多人丢班房，又勒逼彭县人赔偿他的东西，你们说他还红口白牙齿地咬人一口，把一盆火朝别人头上端去。嗨！宏道，你动辄讲法律，讲一下像唐豫桐这东西，算不算犯法？"

周宏道满脸通红，大概自从合行社受过尤铁民当面驳斥以后，这还是第一回吧！他的聘妻龙幺姑娘只是抿着嘴笑。孙师奶奶瞟了她二妹一眼，不说什么。孙雅堂不住地点头道："好久不闻二妹高论，还是当年路见不平，拔刀相助的脾气！"

黄澜生脸上很尴尬地说："内人就是这个火爆性。"

只有楚用非常高兴，觉得表婶毕竟不是一个寻常人。不由暗暗伸手到她大腿上捏了一把。

黄太太还是平常态度，端起酒杯，向周宏道笑道："宏道妹夫，你今天是主人啊，怎倒自己做起客来！幺妹，为啥也不豪爽了？来，来，我们干一杯！"

她一脚踢在楚用孤拐上。楚用也才定了神，连忙把酒杯高高举起。

第十二章　轩然大波

一

在黄澜生家把彭县百姓怒打经征局一件事情，当作龙门阵在摆。但是在制台衙门二堂以内，却正因为这事，酝酿着一种极大的变化。

唐豫桐的太太田小姐从彭县一回省，就撩着她老子、营务处总办田征葵，生死要她老子立刻调动大军，到彭县去杀一些人给她雪耻报仇。依照田征葵一个人的脾气，这事本可办到。但他还算想了一想："目前保路风潮这等严重，省城又罢了市，绅权民气正在嚣张的时候，若是不借个大题目，老头子不见得会答应？若要老头子答应，光靠他一个人去说，似乎不行吧？"于是就支使女儿到制台衙门来找干妈和两个干哥哥，添盐搭醋，硬把打经征局说成是彭县百姓有意识的造反。

田小姐这样哭诉，唐豫桐飞禀报省，还把彭县知县安复堂栽诬了一笔，说百姓无端打劫经征局，知县安令坐视不理，致令全局被毁，丁役且有伤亡，看来，显系安令心怀不满，勾结劣绅地痞出此下策。

赵尔丰太太李夫人当然吵着说要严办一些人。四少大人因为和安复堂友好，又受了藩台尹良的托付；同时得到彭县密禀和安复堂的私函，对于事情原委，大体清楚；明知是干妹妹的不对，但也主张要严办一些人。四少大人于是遂同田征葵、王楼几个人商量了一条移尸磕诈的妙计，简直就认定打毁彭县经征局的行为，完全出于彭县保路同志协会干的，而从中支使的，不消说，就是省城的保路同志总会和铁路公司里一班主持闹风潮的人了。这样，既可开脱安知县，又可借此把同志会、股东会等人的气焰压一压。若果能够出手拿办几个人，说不定保路风潮还可因而平息，罢市罢课的问题，也就连带解决了。

赵尔丰召集一班心腹谋士来研讨了一下。杨嘉绅赞成用严重手段来对付，认为督办大臣端方拍来的指示方策的密电，确有奉行的必要。四川绅民这种不可理喻的要挟，若不即刻采用严重手段，一定会演成危难局面，到那时，就更不容易收拾。但他不赞成拿彭县事情作为发端："彭县到底只是一个县治，与省城相距在百里之外。若说同志会有什么不轨行动，为何不在省会发端呢？何况经征局在县衙门内，经征局被捣毁了，县衙门却安然无恙，同志会既要作乱，为何反而保全了行政衙门？其次，是事情业已敉平了几天，出手的人已经捉获，安令已有通禀递省，如令旧案重翻，似乎也不妥当。"

赵尔丰也因布置尚未就绪，顶重要的就是还有八营巡防兵没有调齐，因此，他便点了点头。

田征葵这人绰号莽子，是不大会用思想的。当下就悻悻然地说道："照你说，那不是一定要等到他们真个动起手来，我们才能下手吗？"

杨嘉绅狡狯地微微一笑道："按道理，应该如此。"

"怎知道他们什么时候动手？要是拖上一年半载，我们也得等吗？"

"要不到那么久吧？"

果然，罢市到十二天上，形势就陡然加剧起来。

罢了十二天市，绅士们——尤其是铁路公司、股东会一班负责任的绅士们反而着起急来，天天打听北京方面有没有回文。电报局总办也是一个半官半绅的四川人胡嵘，他因为参加了争路运动，在五月下旬就被邮传部撤了职。却因局里职员一致拒绝新局长接事，所以他和局务仍然藕断丝连。据报务员向他密禀说，近来由北京、由武昌、甚至由奉天拍致赵制台的，完全是密码电，内阁的官电却没有。没有内阁官电，即是说北京对于成都的罢市，是不在意下的。对于全城文武满汉官员代奏出去的那篇自行转圜以求从速了结的呈文，也无意采纳的。那么，这怎么办？许多人忧愁得睡不好觉。但是当着人还必须说一些硬话，若其不然，就平日的至好朋友也会声色俱厉地责备你不应该到中途来泄气。

七月十二日下午，又是开代表会的日期。官员们到齐了，都在西花厅里休息。一班负责绅士在陪着闲谈。罗纶满面愁容地向着提法使周善培说道："孝怀先生，我们以朋友私交来谈一谈当前事情，好吗？"

"好的。我也晓得你们现在是骑虎难下了。不过总要想个方子，先把市开了才好呀。"

罗纶搓着两手道："我们就是想不出方子啰！"

周善培向四下一看，官员中除巡警道徐樾、劝业道胡嗣芬不多几人外，布政使尹良、盐运使杨嘉绅都没来。遂沉吟了一下，把眼珠一转道："你们以前不是拟议过，如其罢了市，尚不足以耸动朝廷，仿佛还要提倡一件什么？"

四川商会前任总理，现在当着一个大规模的印刷公司——昌福公司经理的樊孔周到底年轻一些，便从旁接口道："我记得，似乎是邓慕鲁先生提出的，把常年捐输拿来扣抵股息，不再缴库。"

商会总理廖用之虽然是个矮子，毕竟不像一般人所说有心计，也接着说道："不只这一件，还说过，连地丁钱粮、杂捐厘金一概不上。各县收了的，暂由各县保管，不必再运省库。非等路事圆满解决，人民不再缴纳分文。据说，西洋立宪文明国争民权时，就是这样干过。"

周善培很有意思地笑了笑道："在官言官，我当然不赞成你们使出这个撒手锏。但是虚晃一下，作为一个花招，把大家的注意力引到别一方面，只求能够开市，不要当了真，倒未尝不可来一下的。梓青，你们斟酌吧。"

一间相当宽阔的花厅，一下便寂静起来。好多人都在沉思，有些人虽在说话，却也是喊喊嚓嚓的耳语。

樊孔周向罗梓青摇了摇头道："罢捐罢税，关系太大了点吧？"

"当然啰，要不是有绝大关系，也转移不了众人的目光。现在的人心，已经像一头没笼头的野马，你没有缰绳在手上，你就没有本事去驾驭它。"

"这能算缰绳吗？"樊孔周脸上很是黯淡。

"不算缰绳，也算一把草料。只求它不要拖着我们跑下悬崖陡坎，只求它因了草料能够回头走入平川，我们再想方子。"

"难道就没有其他办法吗？"

周孝怀已经在向他们询问："商量好了不曾？"

罗梓青皱着眉头道："只好这样了！不过总得有人来提个头。我看，孝怀先生，今天的会，得请你先演说。"

"这怎么可以！"

"今天的会目的原在劝他们开市开课，你们官员不先演说，我们怎好开口？"

徐樾、胡嗣芬、提学使刘嘉琛、成都府知府于宗潼也都说，百姓都钦佩他，肯听他的话，上次众人要到院上去请愿，要不是他出来说话，谁挡得了？今天叫众人开市，当然他得演说。何况转移目的的话，只要他提到口边，并不要他主张，这还有什么顾虑？并且是大家公推他的。

他一高兴，也就忘记了赵尔丰、尹良、杨嘉绅这班人对他的怀疑和不满，遂道："那么，我来提个头，等我演说之后，梓青，你就来谈以田赋扣抵年息。你是股东代表，又是咨议局副议长，你来说这一层最为妥当。至于说罢捐罢税，我们以为叫孔周来谈。他是商界中的人，捐税和他们有切身利害，他一定谈得鞭辟入里，你们看怎样？"

他认为罗梓青是他朋友，樊孔周是他学生，此刻又是他们来求他，他这样支配了，难道还不对？并且看见大家都点了头，他遂满有把握地偕同众人，等时间一到，走入会场。

今天的会场气氛也和往次一样，只是代表要多些，天气闷热，扇子也要多些。

周孝怀走上讲台，不紧不慢地开口说道："各位，算到现在，罢市已经十二天啦！这十二天的日子真不好过哟！我说不好过，并不光指的是天气不好，大家心头烦恼。我是说这十二天，大家把铺门关着不做生意，进项没有，但是饭总要吃。既然吃不到利，只好吃本了，今天吃一点，明天吃一点，你们都是做生意的商界朋友，难道没有一张算盘在心上？你们一定算得出，这十二天吃掉了多少本钱。做生意的人闹到坐吃本钱，这日子自然是不好过的……"

会场的人有一多半垂下了头。显然，他这开场白已触到大家的心病。

"明晓得罢市是不好过的事，是痛苦的事，大家为啥还坚持了十二天，至今还没有松劲的样子？自然，大家的目的，只为了抵制邮传部，只为了要借以感动朝廷、感动政府，希望政府能够采纳大家的意思，把争执了几个月的借款合同先交给资政院和咨议局去审议。但是政府远在北京，离成都几千里，它没有亲眼看见这种痛苦的情形，它仿佛就不大感动；我们文武官员电奏出去，已一个星期多了，到今天还未接到答复；政府这样从容不迫，这样不明了四川人的迫切希望，可以证明，罢市似乎并不是一件可以感动政府的武器。大家以前的想法，依我看来，是错了！……"

会场里虽没有巴掌响声，但看得出大家的脸色是承认他的说话说对了。

"大家忍受了十二天还能维持秩序，这真了不起，连外国人都在凑合。……"

他这句话是有根据的。

罢市到第八天上，驻在成都的英国总领事曾特意去拜会周善培。开头谈到罢市情形，英国总领事很是恭维成都秩序良好，他说："我们英国也常有罢市的事。但不过三天，秩序就难维持了。"接着便假作不知地问到为什么要罢市？周善培把争路事件大略告诉他一番，着重说到借款合同订得太苛太刻，四川人民坚决反对。英国总领事说，果因借款合同订得不好，那是可以由英国公使出头，调停修改。因为中国政府只是向银行借款，并非通过四国政府，外交官员是可以从中设法的。他请周善培通知铁路公司，把哪一些不能同意的地方提出来，交他打电到北京英国公使。周善培认为英国总领事既自愿帮忙，事情定有转机了。登时通知铁路公司，连夜连晚就签出了十条应该修改的地方，并译成英文，在七月初十日，周善培就用公函把这份译件送去英国总领事馆。第二天，接到回信说："接准来函，立将铁路公司签驳各条，摘要电知本国驻京公使，请为转告铁路公司同人，一礼拜内当有答复。希望公司同人转告成都人民，安心暂待，勿过忧虑。"周善培在七月十一日特为到制台衙门，把这事经过，当面告诉了赵尔丰；还建议再一次同将军、都统、提督联函打一通电报到内阁，把英总领事征求民意、致电公使一事、特别提出，希望内阁早作决定。赵尔丰和众人本来希望早一天开市的，当然都允许了再打一次联名电报。

不过他这时在会上仅只把英国总领事对罢市以来，秩序还能维持的一番话，重复了一遍后，接着说："大家忍受了十二天，到底是不容易的。设若再罢下去，大家本钱吃光，不好过的日子那就长啰！到那时候，哪个还能担保市面上的秩序不乱呢？请大家仔细想一想，罢市这种武器既然使了无效，为了感动政府，是不是应当改换一种武器呢？"

他住了口。会场上也异常沉静起来，似乎连扇子挥动的声音都没有了。

他两眼望着罗梓青和樊孔周，两个人还在你推我，我推你，好像谁也不愿意先开口。

像今天会场里这样一种安静气氛，几乎是从五月二十一日以来，还是第一次。一班官员都愉快地换上了一番笑容，几个人在悄悄说："周法宪真有口才！看光景，众人已被他说服了，只要罗梓青加一把劲儿，大概明天可以希望开市了。"

巡警道徐樾才正这样心里估计，忽然看见一个身体不高，削骨脸上带着一层鸦片烟容色的中年人，由会场走上讲台，从周善培的身后，绕到他的身旁，像影子似的，弹着一双掩过手背的长袖，规规矩矩同他站在一排。这人一下就开了口，声音不大，可是每一个字都传遍了会场。

他说："各位同胞，铁路没有了，四川也没有了！铁路争不回来，我们不开市！"

登时全会场响应起来：

"对！铁路争不回来，我们不开市！……""对！我们罢市为了啥？好顸头的事，就开市了！……"

那个削骨脸刚上台时，楚用怔了一下，及至他溜下台后，才想了起来道："啊！这烟鬼，同志会成立那天，签名捣乱的就是他！"

正待起身去找那个削骨脸，樊孔周已登上了演说台。

"同胞们……"

会场里已没有以前沉静了。

"刚才周大人说的调一种武器。这武器……就是股东会曾经议决过的办法！……"

他有点发慌，忘记在花厅里约好的：他只应该说罢捐罢税。他却把派给罗梓青去说的拿田赋来抵扣股息一层，首先提了出来，还很用力地讲了好几分钟。周孝怀、罗梓青都很着急，但也只好呆瞪着他。

"……第二，那种从嘉庆年间，因为打白莲教匪就兴起来的常年捐输，已经一百年有多，别的省份是教匪打平就豁免的了，唯独我们四川人还年年在出钱；并且那额子年年增加，已经加到比正经田赋还大。像这种额外捐输，我们就不应该再缴纳！……"

他说得那么强硬，当然全会场都喊起赞成来。第三，是通告各县，叫大家即日起，不要再买卖田地房屋，断绝各县经征来源。第四，是从今年起，无论政府向外借多少债，我们四川人决不负担一文、半文。

"……各位同胞，只要我们把这四种办法·实行，你们想，凭政府有多大力量，他们还能压制我们吗？这武器岂不比罢市更厉害吗？同胞们……"

会场里已经是一片人声。

罗纶走上演说台，才说了几句："各位同胞，既是赞成调换一种武器，来抵制盛宣怀，来感动政府，那我们就很可以放下头一种武器不要再用啦！……"

一片怒吼的声音："难道要我们开市吗？……不！我们死也不开市！……两种武器为啥不可以同时都用呢？我们决议：如其铁路争不回来，我们不做生意！不读书！不纳钱粮！不交捐税！就这样，不多说了！叫我们开市的，便是汉奸，老子们打死他！……"

官员们绅士们脸都白了。有些人顿着脚地叹息说："更搞糟了！"

二

更搞糟的事还有哩！那就是在第二天的股东会上，忽然发现了一种用四号铅字印在连史纸上的《川人自保商榷书》。

《川人自保商榷书》的开头是这样的："中国现在时局，只得亡羊补牢，死中求生，万无侥幸挽救之理。凡扼要之军港、商埠、矿产、关税、边地、轮船、铁道、邮便与制造军械、用人行政、一切国本民命所关之大本，早为政府立约擅让给与外人。并将各行省暗认割分，已定界划：如江苏、江西、安徽、湖北、湖南、四川六省，与英国立约，不得让与他国；福建、浙江两省，与日本立约，不得让与他国；广东、广西、云南、贵州四省，与法国立约，不得让与他国；山东一省，与德国立约，不得让与他国，自日俄战争和议以来，又与英国立约，不得让与他国。西藏、满洲三省，则为日俄暗分；俄又侵略蒙古、新疆，将由新疆侵入甘肃、陕西；德又将侵山西、河南，以卫山东。其余直隶，虽为京城所在，日本将由奉天入关，以行侵据。尤可怖者，日于旅顺口，俄于西伯利亚，德于胶州湾，英于威海卫及香港，法于广州湾及安南，早已作为战争中国之根据地：立炮台，造营房，泊兵船，制造枪炮弹丸，驻扎将校兵卒，危机四伏，一触即发。政府至此，应如何奋发淬厉，亟图挽救；反多贿赂公行，日以卖国为事，而对于人民，犹不许国民军成立，及制造军械听其自保。推其原因，政府深恐人民一强，即为彼附骨之蛆，似非与中国人民同归于尽不止！外人既握中国之死命，而不实行瓜分者，非其仁爱，亦非力有不能；一则欧美各国内势未均，一则中国土地广漠、人民众多，非得深入内地，侵据铁路、财政各权，扼我咽喉，吸我精髓，则犹有烦兵折矢之劳，而或瓜分未均，反启欧美各国自相争战。以政府之疑虑难解，致外人之侵略无穷，遂将五千年古国，沉沦于九渊之下！然四川东连两湖，西连卫、藏，南连云、贵，北连陕、甘，夔门、剑阁，古称天险，铁路轮船，尚未大通，以比各行省，外人插足尚浅，势力亦薄。且土地五十万六千方里，人口有七千万，气候温和，物产无所不有，即比之日本，犹不及四川远甚。今因政府夺路劫款，转送外人，激动我七千万同胞幡然醒悟，两月以来，团结力、坚忍力、秩序力，中外鲜见，殊觉人心未死，尚有可为。及是时间，急就天然之利，辅以人事，一心一力，共图自保，竭尽赤忱，协助政府，政府当必曲谅，悉去疑虑，与人民共挽时局之危，措皇基于万世之安！谨将自保条件，分列于后，愿我七千万同胞，及仁人志士，付诸议会，讨论一是，指定方针，或得万一之幸！"

在这篇文理颇有问题的说明后面，平列了甲、乙、丙、丁四项具体办法：

（甲）现在自保条件：

（一）保护官长。由各厅州县城议事会通告镇乡议事会，集议：选定精壮子弟，多至百名，少至六十名，作为旧时团丁，分季轮操，常川驻守官署官局，以便保护。

（二）维持治安。现在全川罢市。万一不幸，乱民趁机肆扰，应由保路同志会会同咨议局协议，既经议决认为乱民，必先晓以大义，如其不从，乃兴大兵弹压，迫令解散，但须不行杀戮，残害同胞。

（三）一律开市、开课、开工。罢市、罢课、罢工，不过表明川人同志，其实损害甚大。故须斟酌时势，约同一律开市、开课、开工，断不可前后参差，使秩序不能始终一致。

（四）经收租税。由各厅州县城议事会通告镇乡议事会，集议：即由城董事会代收钱粮津捐与各项厘税，妥为存储，以备支拨。

（乙）将来自保条件：

（一）应请购屯钢铁，及炮兵工厂与机器厂（仍改造枪炮），昼夜加工，制造枪炮。说明：现今国于世界，莫不以铁血图存。即如日本，既战胜强俄，又恐惹起日、美及中、日战争，其东西两京炮兵工厂，遂日夜加工，如临战争。中国时局危迫万状，而炮兵工厂力至薄弱，必须日夜加工，以备外患。

（二）炼铁厂。

（三）硫酸工厂。

（四）机械铁工厂。

（五）制材工厂。

（六）酒精工厂。

（七）水电。说明：炼铁厂与机械铁工厂、制材工厂为制造枪炮之本，而百种机械工业赖之。硫酸与酒精工厂为制造弹丸之本，而百种化学工业赖之。机械与化学工业均赖电以造其精绝，且尤利用于战争。电之大源，出于倾斜澎湃之水力，四川则无地不宜，东西列强所谓富国强兵之大本，要不外是。

（八）练国民军。

（九）设国民军炮兵工厂（附设炮兵讲习及试验所）。说明：国以民为本，现今世界各国，非民尽为兵，莫不置国与民于危亡。而民兵之本，尤在炮兵工厂与炮兵制造额之应足支配国民军一倍以上。而炮兵之改良进步，尤在国民之自为讲习及试验。且外患日迫，虽有旧办之炮兵工厂，亦必有所不及。故应由国民补助之。（各外国临战之时，凡国民之铁工厂皆制造枪炮，以为补助。）

（十）铁路。说明：铁路务在先修成渝，辅以川轮，使四川交通略便，以免开门揖盗之虞。宜夔一段，则宜量势渐图。至于铁路所需材料，为四川富有，取之无穷，如铁轨、木枕、石炭等，既办炼铁制材两厂，即可渐次不购于外，而人工尤以四川为最廉，甚则或可以工代赈。

（十一）轮船。

（十二）边险地方建筑炮台。说明：四川虽是天险，非得人力辅之，大筑炮台，终不可恃。

（十三）实业及教育。说明：实业及教育，尤为自保根本，应集各业同志协议，速定改良进行方针，使人民一致趋向。但农工商矿各业，门类繁多，应择急要，晓示大纲及浅近办法，使人人知其利之所在。至各种教科书，应设局自行编纂，不待政府颁发。

（十四）优给军人饷需。说明：军人舍身家性命以保其身家性命，并保国民之身家性命，其饷需太薄，非所以处现今时局，应由国民筹出饷需，增给军人。

（十五）优待军警两界同胞之家属。说明：军警两界同胞所以保卫国民，凡其家庭人口，应由各厅州县城镇乡议事会按季查编，存于议事会。至其家庭有丧葬及困难之事，应由团邻知照议事会，特别致吊，及筹议辅助扶持。如军警两界同胞对于国民万一有摧残之举，即由议事会议决究诘其家庭。

（丙）筹备自保经费：

（一）停办捐输。

（二）停止协饷。（对于西藏则宜酌拨）

（三）议拨税契入款。

（四）节减办事人员薪水。

（五）视自保应用之经费，核计人口地权，分别贫富负担，或有五千元之选民酌量负担，按照增加。说明：以四川土地之广，人口之众，物产之饶，倘人人知危亡在即，身家不保，则财政虽窘，而每年停止不应用之款项，并详查财政上一切陋规，然后责人民以担负。一面振兴实业，一面协约不买外来不甚急要之货物材料，则筹措二千万之常年经费，举办以上自保诸务必不太难。（四川共计七千万人，若以四千万人计之，每年每人担负银五钱，即可筹出每年之常年经费银二千万两。由此推之，持之十年，岂唯川汉，即修川藏，亦或有余矣。）

（丁）除去自保障碍。说明：自保所以御外侮而卫身家性命起见，实出于万不得已。凡自保条件中，即经川人多数议决认可，如有卖国官绅从中阻挠，即应以义侠赴之，誓不两立于天地之间！

以上各种条件，时势有迁，人事有异，未必恰适。然国之所以存，民之所以保，皇家之所以万世，其大端要不外此，愿为川人先事商榷，而励行之！

这篇印刷品一散布到股东会会场，大家便说开了。有的人赞成它的说法："硬对！中国刻下真个像要被列强瓜分了。朝廷哩，只晓得压制我们百姓，天天向我们要钱，却天天把中国零敲碎打地拍卖给外国人。长此下去，不多久大家都成了亡国奴，连高丽都不如了！为今之计，真的，我们除了自保，还有啥子生路好走！"

但也有反对的人说："照它所说的那种自保办法，岂不要四川独立为国吗？这咋个使得！"

大家虽然议论纷纷，但并不重视它。

王文炳拿了一张去请教郝又三的见解。郝又三淡淡地笑了笑道："近来言论自由，可说发达极了！像这类的印刷品，哪天不接到几种，还有更激烈的手抄东西，你可看见过？"

很多人都和郝又三的见解一样，即是说，对这种叫四川人起来自保的建议，并不感生兴趣。好一些自以为是文章高手的先生们还逐句逐字地讥笑它文字写得不通，他们指出那两句"即比之日本，犹不及四川远甚"说："这样不通的句子，要是我的学生写出来，我简直要打他四十个手板。"

其中，只有罗纶一个人却大为吃惊说："在这个时候，正是人心浮动到极点，来散发这种东西，不能把它视为寻常的印刷品。写这个东西的人，定然别有用意的，我们怎能专从文字上去研究？我们只要看它甲项第一条，表面上说是保护官长。但不用亲兵、堂勇、正经军队，而指定要用各乡团丁，那不是说，要把亲民的官长完全监视起来？其余如像总揽兵权、财政，制造军火，发达交通，自己编纂教科书，更其显而易见是要独立自主的样子。若果照它所拟条款实行，我们何必还要向政府争路？何必还要要求政府循法守信？我们不如直截了当拉起反旗好了！"

他当时遂叫全公司的人赶紧查问这份商榷书是谁拿来散发的？

查遍了，也查不出名堂。大家都说是一个普通人的样子，在大门外散发的。

郝又三咂着纸烟，悠悠然说道："算了吧！据我看，并没多大关系。我已留心考察了一遍，许多人看过也就丢了。作兴就明了其间的用意，也没有人去理睬。不管它，自然就烟消云散的了。"

罗纶想了一想，道理不错，遂不再追究。

股东会的人谁也没有料到这篇商榷书印得仿佛不少，散发它的人真也似乎别有用意，他拿了上千份表散在铁路公司、铁道学堂、各个法团、各个学堂之外，还每道衙门也都散了几份去。在铁路公司虽然只如一池春水，微动涟漪，但当天下午七点钟、已近黄昏时候，藩台衙门的花厅内却热烘烘地吵闹起来。

这是第二天，孙雅堂在黄澜生家吃午饭时，当作一种谈资，转述出来的。

三

阴历七月十四日是黄澜生家的中元祀祖烧袱子的一天。

中元祀祖，在当时的四川习俗中，是一件家庭大事，它的意义好像比清明、冬至的扫墓、送寒衣还重要。因为这缘故，楚用已经三天未去学堂，一直留在黄家帮着撕钱纸，写袱子。

成都的钱纸，由于铁戳子打得很认真，不但钱印紧密，每一叠上的钱印还是打穿了的。要烧它，使得细心而耐烦地撕开。撕破了还不好，据说，烧化了是破钱，鬼不要。每每十斤一捆的钱纸，必须用相当多的人，撕相当多的时候。从前忌讳女人撕钱纸，说女人是阴人，与鬼同类，经手的钱纸，烧化仍是钱纸，变不成钱，骗不了鬼；甚至说女人身上不干净，经手的钱纸有秽气，即使烧化了成钱，鬼也嫌脏。

自从维新之后，越到近年，破除迷信、提倡女权的学说越得势。黄澜生对于烧钱纸骗鬼，已经有了怀疑，但他又说："不信鬼神可也，祭祀自己祖宗，是儒家慎终追远的道理，说不上迷信。今天烧钱纸，即是古人化帛，只能说是一种礼节。"既然只算一种礼节，他就不像从前那等考究：首先，在每次祭祀祖宗的时候，便不一定要买上几捆钱纸来，使大家撕得头昏脑涨；其次，黄太太、婉姑儿、菊花、何嫂等人要来插手帮忙，他也能够尊重女权，再不像从前那样有所忌讳。

中元祭祀祖宗还另有一种礼节。那便是焚化的纸钱，不能用撕开来就烧的散钱纸，必须把钱纸撕开，又数出同等数目，叠成若干叠，每一叠还必须用纸铺里专卖的一种印有花纹格式的纸张包好，用糨糊粘好，这样，才叫一封袱子；而后还必须端肃容仪，用小楷字在袱纸封面上按格式填写清楚：敬献清故奉政大夫祖考□□公冥收，裔孙黄迥沐手具。还有祖妣名下的，还有考与妣名下的，都要一封一封地写。比如敬献祖考名下袱子一百封，祖妣名下一百封，考与妣名下各八十封，那就得恭书三百六十封。再加上几个旁支亲属的男女，每年的袱子，总在四百封以上，小楷字数在一万字以上，这对不经常写字的人说来，真是一项不轻巧的工作。往年当然只有黄澜生一个人来做了，今年偏偏公事很紧，一天假也不能请。到七月十二日，楚用在学堂做了报告回来消夜，黄太太提议请楚用代笔。黄澜生很是高兴，为了敬事起见，还给他作了三个长揖。并且点上洋灯，流着汗，坐在书房内的书案前，先写了几张范纸，再三嘱咐不要写破笔字，不要写行草，怕的是祖宗有灵，要怪后代儿孙心不诚，意不敬。

祭祖宗在下午三点钟，烧袱子在擦黑的时候，这也是成都的习俗。今年虽然罢了市，但是从七月十一日起，每条街，仍然有不少人家祭祖宗、烧袱子。各处寺庙里的和尚也仍然在做盂兰会。仅只没有唱戏。

黄家为了主人的方便，祭祖移到下午五点钟。上供的八盘菜肴，照例由女主人亲自下厨烹制。直到六点钟，三献三奠，男女主人盛妆黼黻，连振邦、婉姑儿都打扮齐整，叩头送神之后，大家换了便衣，方把菜肴撤到倒座厅内，共享福余。

家祭本不请客。但楚用是常客，而又帮过大忙，上供时还磕过头，当然例外。孙雅堂哩，因为不知道黄家在今天祭祖，更未料到今天这么晏才吃午饭，他无意碰上了，当然也是例外。

孙雅堂刚一端酒杯，便问黄澜生："制台衙门可有啥子特别消息？"

"今天倒没有。只是最近两天，我们科的饶大人被调到内里办事，很难到科里来。我几次进去禀公事、送稿，都见他忙着在写东西。隔不远是季帅的签押房。只见尹惺吾、田梦卿、杨彦如、王寅伯，还有别一两位大人，进进出出也和平日有点不同。哦！想起来了，在签押房进出，并且听说近两天更和四少大人亲密得出奇的，还有路子善这位宝贝太尊。我晓得的就是这些了，你天天都在跑藩台衙门，你的贵友又是幕中人，或者你有啥子特别消息吧？"

"正因为得了些特别消息，所以才想和你印证一下，不道你的耳目才这样短！"

黄澜生咧开嘴皮一笑道："莫这样夸口！如其你不为了你东家的事情钻到藩台衙门的签押房，你的耳目也未必长。"

黄太太不知为了什么，这次却站在她丈夫这面来了，说道："真的，把你们两个调换一下，恐怕孙大哥还赶不上澜生哩。不过，就这样，我已经觉得太麻烦。最近五六天客来得才稀疏了些，前一向，你没看见，澜生刚一回家，客就来了，几乎连晌午饭都没有畅畅神神吃一顿。耳目若果再长一点，那只好不睡觉了。"

黄澜生接着说道："却也怪，连郝家父子也好几天没来了。夜里有空，我倒想去看看他们。……话又打岔了，且说说你的特别消息。是不是尹惺吾又在抽王采帅的底火？不然，就是在骂蒲伯英、罗梓青这班人！"

"王采臣既然微服而行，拿日子算来，恐已走过广元，要到陕西境内了，尹惺吾为啥还要抽他的底火？对同志会那班人，这回倒不只是骂，还几乎要动他们的手了。"

"咦！真是特别消息啦！快说，快说。"

"且不要忙，我先问你，有一种《川人自保商榷书》，可看见过？"

黄澜生正自沉吟，他又掉头去问楚用："你总看见的？听说学堂里也散了去。"

"他几天都在我们这里帮忙，一直没有回学堂，他咋个看得见？"黄太太抢着代楚用回答了，并说，"澜生一定没看见。不然的话，他昨天夜里就告诉我们了。到底是怎样的，你一直说下去不好吗？何必这样一吞一吐呢？"

"哈，哈，二妹就是这样性急。那么，我告诉你们。……"

据说：在昨天下午七点钟的时候，尹藩台用电话邀约的重要官员到齐之后，他来不及寒暄如谊，便从手边拿起那份接到不久的《川人自保商榷书》，向着大家扬了扬，瞪起眼睛，翘起两撇不算长的乌黑八字须，说道："这个传单，想来大家都看过了。好家伙！简直元神毕露了！他们一开始闹争路，我就曾说过，四川人是坏透了顶的东西，闹争路是借口话，暗地里定藏有别的文章。那时，大家不信我的话。今天，有了证据，总该明白了！……你们看，他们要抓财政，抓兵权，要自己办实业，自己开兵工厂，自己办教育。一句话说完，就是要造反！要割地自雄！……这且不说。他们还要派团丁把我们连衙门连人都看管起来！……我们都是朝廷钦命官吏，难道我们就不想个法子，听这班狂徒把我们看管起来吗？"

大家都瞪目相视，也有垂着头沉吟的。

还是他的气愤话："怎么样？这样束手待毙，总不对呀！大家别再认为他们是虚声恫喝了，这些无法无天的东西，什么事都做得出的！"

又沉默了一会儿，提学使刘嘉琛才轻言细语说了两句："这自保商榷书，还不确知是什么人散发的，先得调查一下的好。"

尹良一下就叫唤起来道："何须调查！除了那班鼓动争路风潮，鼓动罢市罢课的人，还有何人胆敢有此异图？大凡谋反叛逆的歹徒，起初都还胆怯，纵有奸谋，也还不敢当众昌言；及至官吏姑息纵容，羽翼已成，自然就无所顾忌。大家应该记得从前长毛贼在广西金田起事，不就是这样吗？我看，闹同志会那班人现在已经得意忘形了。及此不图，我们的身家性命都不能保了。他们要练兵练团来整治我们，我们也就应该先下手为强！"

他遂掉头向着陆军第十七镇统制官朱庆澜问道："今后全要你这个掌兵权的人来负责，来保护我们文官！你的兵，到底怎样？能不能打仗？凭你一句话，我们再来定办法。"

朱庆澜虽然生就那么一大堆，毕竟宦海沉浮已久而又是文职出身，对于事情的利害，不管怎么说，也比尹良高明。当下便皱紧眉头，背着双手，在花厅里踱起方步。

全花厅的官员都沉默而紧张地等着他的答话。并且一大部分人都知道，尹良召集有陆军统制官并有参谋处总办吴璧华这两个手握兵权的人来参加的会议，当然早打好了主意，只要朱庆澜说是全镇陆军一万多人都可靠，看起来，便要用兵无疑。用官兵来打纯良百姓，四川是有过前例的。光绪元年东乡县百姓因为抗缴苛捐杂税，被官兵洗剿的大案，虽然已是三十七年前的事情，但在四川人的记忆中，还新得像昨天一样。那时，统兵大员是在湘军里立过汗马功劳、升到四川提督的李有恒，就因服从了当时护理总督、也是一个满洲八旗出身的人、叫文格的调遣，大打出手，冤枉杀了好几千人，后来事情闹大了，闹到北京，不可收拾，清朝的太后、皇帝才派出两次钦差来查办。结果，把提督李有恒斫了头，才把民愤稍稍平复。但是主张用兵的文格，仅只得了个革职留任。朱庆澜这时的头脑当中，是不是想到了李有恒与文格之同罪异罚？是不是害怕钻进尹良的圈套？是不是看清了现在是宣统三年，不比光绪元年的时代？他在事后自己没有说过，或许他来四川的年岁不久，还不晓得有这个前例。总之，事情的利害，他是深思熟虑到了。所以在踌躇了好一会儿后，他才站在当地，一字一句、结结实实地说道："今天的新军不比绿营。我听他们的议论，似都赞成争路。看样子，叫他们去打土匪，他们一定服从，如果叫他们去打同志会，恐怕指挥不动。"

"唉！这不完了吗？"尹良好像吹涨的皮人一下泄了气，把两只手一摊。

花厅里又鸦雀无声了。

一会儿之后，巡警道徐樾才说道："确实应该想个办法，把这风潮平息了才好。若再这样罢市下去，要不了几天，城内城外的秩序一定维持不了。听说彭县业已出了乱子，新繁、温江都有不稳情形，光靠省城这点巡警力量，是不行的。"

尹良也显得有些焦灼起来，搓着两手道："怎么办？大家多想几个方法嘛！"

周善培迟迟疑疑地说道："我有个主意，看使得不？"

"有主意就好，大家商量嘛！"

"我想，事到而今，只有请政府让步，事情才有转机，如其不然，谁也没法挽回。"

"如何让步？"

"大家想想，这次风潮怎么闹到罢市？还不是为了邮传部奏请钦命李稷勋为宜昌路工总理，四川人不服，认为他们越是请愿，朝廷倒越是和他们作对。如今只是再由我们地方官吏联名出奏，说明原委，老老实实请朝廷把钦派李稷勋为宜昌路工总理的成命收回，顺一顺人民的请求，大家就可开市了。"

一部分人不说话，但从神色上看得出来是赞成的。

尹良道："除此之外，还有更好一点的主意没有？"

大家讲了起来。朱庆澜、吴璧华两个都没资格出名字的人，倒乐得帮助周善培。都说："原来罢市才为了钦派李稷勋当总理一件事，这和反对国有铁路政策就大相径庭了。奏请收回成命，并不有损朝廷威信。我们看，倒是可以办的。"

尹良只好点头说："既然如此，那就烦孝怀把稿拟出来，我们一齐上院去面禀季帅好了。"

据说，稿子不长，只有三几百字，最重要是末后几句话："事机已到万分危急，务望三日内复电俞允。三日不复，只好矫旨为之。但求大局得以义安，臣等不辞死罪！"

大家没有话说，只有尹良摇着头道："真不成话！真不成话！"

但也只得先打了一个电话到督院去说："司道们有重要事情面禀，即刻上院来，务望大帅赐见。"

这时是十点半钟，赵尔丰已经睡了。到底天气还热，容易起来，也容易穿戴。

尹良赶在前头，一见面就气急败坏地说："大帅看见《川人自保商榷书》没有？"

众人从灯光中间看见他很为安详地摸着花白胡子笑道："看见了。也不过在罢市之外，又添一桩捣乱方法罢咧！全是一些浑话，不必管他的。"

这一来倒把大家说怔了。

还是尹良首先表示了惊诧的神态，大睁着两眼道："怎么？大人的意思是……"

赵尔丰点了点头道："嗯！我的意思，就是目前让他们暂时闹去。"

他又向众人问道："听说你们会商了许久，有什么结果吗？"

大家依次把会议情形谈了一番，并把周善培所拟的电奏稿子恭恭敬敬递了过去。

据说，他就着灯光仔仔细细地把这三百多字的稿子看了好一会儿，又指着"矫旨办理"几个字说道："这句话是不可以随便说的，你们斟酌过了没有？"

周善培赶紧引古证今把这"矫旨"的利害说了一番。

赵尔丰只随随便便地点头说道："好吧！现在夜深了，等明早拍发出去。"

孙雅堂接着说道："尹惺吾昨夜回到衙门，已经十一点半过钟。今天吃过早饭，据我那个朋友说，他就到院上去了。临行时，叫我那朋友四处打电话，通知各位官绅说，今天没有事情，每天的例会不开了。我那朋友问他，昨天商定的联衔电奏，是不是今天拍发了？他喜笑颜开地说，季帅已有绝妙办法，可以把闹了几个月的风潮彻头彻尾地平息下去。他这时上院，就是去商量这件事。我本打算明天回彭县去的，敝东连天来信催我回去，说应办公事已经积压得不少了。但我那朋友偏要留我再耽搁几天，说，不如等到争路风潮平息了再走。依他估计，今天制台衙门里一定有什么重要消息。因为尹惺吾对于最近几天挨近各大宪衙门的先皇台子越搭越多，越搭越矮，害得他出行一回，不知要上下轿子好多次，他每天出衙门前，总要发一顿脾气，骂一通王八羔子。今天也不同啦！门稿大爷进来禀称，挨近藩台衙门的福兴街口，今天一早又新搭了一座先皇台。他却哈哈大笑着说，让他们搭吧！尽管搭！看他们搭得上几天！这样看来，这风潮似乎真可平息。所以我特别跑来问你一声。"

黄太太首先说道："阿弥陀佛！也平息得了！这么多天来，闹得人心惶惶，别的不说，把幺妹的姻亲大事都几乎耽误了。"

黄澜生也觉欣然道："衙门里只管听不到消息，我相信雅堂的那个朋友所说断非虚语。大概那通联衔电奏打出去后，定有好结果的。"

楚用插嘴道："这倒亏了那张《川人自保商榷书》。可惜我没有看见，明天等我到铁路公司去打听一下，到底是哪个人搞的？内容说些啥？"

四

秋老虎过完了，还是威风凛凛，咬得人在竹席上老是流汗，睡不着觉。

天才蒙蒙亮，傅隆盛老头就翻身起了床，去摸他那生牛皮做的装叶子烟的盒子。

他那二十年来白首相依的老婆闭着眼睛咕哝道："早嘛！就起来了？"

"热得睡不得，不如起来吃竿烟。……你说今年的年成该怪嘛！今天七月十五日，加上闰月，足抵平常年成的中秋节啦，还通夜地热！"

一阵纸壳扇子哗啦哗啦地响。

"妈哟！秋蚊子嘴有骨头，叮得人生痛！"

接着窸窸窣窣一根红头洋火划燃。一股刺鼻的硫磺气味从绿黄色火头上进出，透进印花蓝麻布的蚊帐。

傅掌柜娘连打两个喷嚏，也只好睁大眼睛，翻身坐起。因为晴了好多天，到处干燥，房间里又放了许多引火东西：纸啦，竹签啦，光油啦，老头子笨手笨脚的，若是把没有熄灭的洋火随便一丢，那还了得！她从不反对老头子吃叶子烟，却从来反对老头子在房间里擦洋火。

"为啥不到外头铺面上去吃？"

"出去吵人吗？"

"难道我不是人，就该受你的吵？"

"今天十五，又是中元日子，莫要大清早晨就找着我鬼吵！"

"咳！鬼？……晓得是个大日子，下床就抬快！……老糊涂了！若是今天出了啥子事，你担当？我担当？"

老头子被问着了，连忙噘起嘴巴，来不及把鞋后跟拔上，便几步走进铺面。伙计王师已经起来，正在卷草席和棉被。

掌柜问道："昨夜开了几回铺门，是你吗？"

"唔！"王师照例点了点头。

掌柜因为刚才抬了快，心里有个疙瘩，遂故意开了个玩笑说："莫非昨天吃供饭，多捡了两筷子回锅肉？嘿嘿！明天的牙祭不打了吧！本来，这一向买肉也艰难，省一顿，算一顿。"

王师毫不理会掌柜的玩笑。把草席和棉被抱到角落里安顿妥当后，方搔着头皮道："我开门出去，并不是上茅房，我是去看过队伍。"

"过队伍？"叶子烟杆一下就离开了傅隆盛的略略有些胡子碴儿的嘴。

"硬是过队伍。过了一伙，又是一伙。"

"啥子队伍？该不是换班的警察兵？"

"那才不是哩！头上打的包头，脚下草鞋，肩头还扛着洋枪，好多哟！"

徒弟小四从地铺上翘起一颗乱发蓬蓬的脑袋搭话说："我问了田街正，说是巡防兵。"

"你也去看了？为啥我就没听见一点响动？"

傅隆盛想了想，遂趁着王师开门出去——这一回当真去上茅房，他也走到街上来。

街上很清静，只有一些担尿水和大粪的挑子急忙走着。每担粪桶虽都加了木盖，——也是几年以前周善培兴办警察时候才兴起的善政之一，可也只能把洋溢的臭气遏制得不那么厉害罢了。

田街正也叼着一根长叶子烟杆，打从空荡荡的街上走来。

"傅掌柜早啰！走！耗子洞吃茶去。"

"正打算问你一件事。说是昨夜街上过了很多巡防兵……"

傅隆盛的话没落脚，田街正已接过口去说道："你才晓得么！我从我的老表那里——他在南门一巷子开机房，听说前天夜里就特别开了两次城门，开进了好几百人，也是巡防兵。"

他向街的两头一看，还是除了一些挑粪尿出城的担子，便是一些挑河水进城的担子，连卖小菜的尚没有上街。他好像解除了顾虑，把声音略为放低

286

一点，继续说道："那些巡防兵，再也不像警察兵和新军那样驯善。光看样子，就野得很。一个个横眉劣眼，仿佛连亲生娘老子都认不得的光景。傅掌柜，你说，赵制台把这些莽家伙从川边调到成都省来，是啥意思？"

傅隆盛不假思索地把叶子烟杆向石板上一敲道："还有啥别的意思？不过想估逼我们开门做生意罢咧！"

"若果只是叫我们开市，那也罢了。"

"怎么叫罢了？莫非你就饿不得了吗？饿不得，去吃天主教嘛！"

"我倒饿得。你就没想到好多手艺人户，挣一天吃一天，本钱哩，只有那么一撮，吃光了咋办？"

傅隆盛不说什么。默了一下，遂问："昨天夜里你看见巡防兵是向哪一头开走的？"

"是向皮房街那头开走。"

"是不是才开进城来的？"

"这就不晓得啦！听说好多热闹街口都驻扎了一些，你要看，试着到街口上转一转。"

傅隆盛果然听话，连早茶都牺牲了，挂着叶子烟杆，便向皮房街那头走去。

皮房街口和平常一样，只有一个警察在站岗。他遂按照平日到铁路公司去的那条走惯了的路线，向东一拐，走入提督街，刚到大什字，果然看见暑袜街北口随随便便站有一二十个巡防兵。一色青布包头，身上是不很整齐的黄土布军装，两只脚肚打的是灰布裹缠，光脚板登着麻耳草鞋。光这装束，就显得和新军与警察不同。新军与警察全是遮阳帽、细斜纹布制服、黄皮鞋、黄皮腰带、有肩章、有领章，虽也雄赳赳的，可是看起来总觉得文质彬彬。而且平日看见的新军，不过腰带上悬一柄插在鞘子里的短刺刀。只有最近才时常看见的宪兵，拖着一柄长刀，说是指挥刀，又叫东洋刀，配着长勒马靴和靴跟上钉的刺马锥，的确威武。但是也不像这些巡防兵，手上提一支沉甸甸的、使用旧了的九子洋枪，腰间系的不是皮带，是布做的子弹带，小指粗的黄铜药筒和半寸长的灰黑铅弹头，排得密密地插在子弹带里。一个身材又横又矮的巡防兵，不知是为了练习还是为了骇人。斜靠在一家铺板上，把九子枪横挺着，右手握住机柄的圆球，哗啦一声把机柄拉开，从子弹带里迅速取出一枚子弹，使劲按入枪膛，又嗒的一声推上机柄；并且把枪平举起来，枪托抵在右肩胛上，偏着头，眯着一只眼睛，做了个瞄准姿势。那枪尖先还向着行人不多的暑袜北街那头，渐渐就移到几个站着看热闹的闲人的头上，并且移到傅隆盛的眼睛跟前——因为老头子站得太近了。

眼光一接触到那个小小的、冷冰冰的乌黑圆管，老头子满身汗毛都森立起来。他不害怕那个巡防兵安心打死他，他只担心那个不知天有多高、地有多厚的浑小子开玩笑地把手指一搐。——他早就听说过，九子枪的子弹打中人，是进口小，不过小指大个眼，出口却比饭碗还大。那么，要是从额头上打进去，啊也！还了得！恰好别几个巡防兵一面叫住那个端枪瞄准的浑小子："快把子弹退出来，莫太使伴了！"一面挥手叫闲人走开，说是"当真走火了，只有你们背时的"。

傅隆盛赶快向南头一溜，走过大清银行，门外也站有几个巡防兵，同样野里野气的。

老头子这大半天都不自在，心里总不能平静。一会儿想到巡防兵，一会儿想到田街正问他的话。他暗自思量，如其巡防兵端着九子枪来叫开市，到底开不开呢？不开嘛，那些莽东西能够像警察兵那样听你的话吗？能够像知府知县那样由你不理睬就算了吗？能够像对付周大人那样拿些歪话把他顶回去吗？那个冷冰冰的乌黑小铁管在眼睛跟前晃来晃去，好不使人难受！即使他蒙着胆子不怕，他那连看见蛇和老鼠都会骇得打抖的老婆，能不主张开市吗？那么，开市就开市，这又怎么使得！不经众人商议停妥，不经同志会通知，一旦开了市，要是对于争路有损，自然不好；就不，只是少数人开了市，被人问起来，颜面上又如何下得去？

"唉！妈哟！真把老子难住了！"

想要到铁路公司去探探消息，鼓不起劲；想要到茶铺去听听舆论，"大家若还逼着我拿主张，我又咋个说呢？"

因此，直到下午三点过钟，老婆已将午饭端出，正待坐上方桌去摸筷子，他还躲在没有把铺板上严的柜房里，哼声叹气地做着活路。

就这时！——硬就是这时！后来据傅隆盛说，他至死也记得，他放下活路，才待去洗次手，猛然听见街上一阵人声，和脚板、鞋底打在石板街面上的噼噼叭叭的跑动响声；一抬头，从铺板空隙中间，看见成群的人——差不多都是一些光穿一件布汗衣，甚至一件布背心和半截布裤的年轻小伙子，发辫盘在头上，手里拿着黄纸条——想也不用想，瞥上一眼，就明白那是先皇牌位。

"出了啥子祸事吗？"虽然人声嘈杂，听不清楚吵些什么，也是想都不用想，登即感到准定是出了什么祸事。一撒手，也只披着那件又旧又脏的汗衣，连那根向不离手的叶子烟杆也不及拿，就向铺子外头跑走了。掌柜娘放下饭钵，跟踪追出来看时，傅隆盛大约已向过路人众问清了到底出了什么祸事，正气急败坏地向铺板上撕取那张早晚烧香、今天还特别点了一对红油蜡烛、磕头敬奉的先皇牌位。

他这时还来得及对他老婆说道："哦！我才明白了，赵屠户调来这么多巡防兵，原是为的逮蒲先生、罗先生他们！我要去救他们！"

他老婆正待问他一个仔细，他已羼入人群，两手高高捧着先皇牌位走了。

傅掌柜娘原就没有去推测她丈夫此去的后果如何。只因亲眼看见从跟前奔走过去的人众，都红涨着脸，头上青筋暴起，眼里噙着一股凶气，口里一递一声在喊："兄弟伙……上院去！……蒲先生、罗先生着赵屠户关起了！……大家上院去救他们……赶快啰！……赶快啰！……"她本能地害怕起来。掉头向那个呆站在身边的徒弟吼道："小四，快跟着师傅去！人这么多法，挤不动，就拉他回来！"

她踮起脚尖，还看见她的丈夫到底由于岁数大了，身躯胖了，不能像别的一般年轻人跑得快，一颗头发花白的脑袋犹然在八九丈远的地方蠕动。小四却像兔子似的，一射便不见人影了。

要不是她生气地抱怨说："掌柜已经变成没笼头的马了，你也要跑！都跑了，我看这批定货哪天才交得出去！"伙计王师还不曾回身走上檐阶，跨进铺门，嘟起嘴去摸碗筷。

傅隆盛气呼呼地夹在人众中，急急忙忙把西东大街跑完。由暑袜南街奔来的一伙人，对直向青石桥北街冲去。他原本要由城守东大街、走马街那路线走的，不知怎么一下也被卷着向南转了弯。走过青石桥北街，再转东，是学台衙门所在的学道街。这条街，一大半是书铺，比起青石桥北街的书铺还多。自从维新以来，有了一些卖新书的，比如二酉山房、点石斋等。但势力最大、声名最著的，还是那些占书铺。这些书铺，除了水客贩来的南北著籍外，自己还能刻版，并且刻得很精，比如志古堂，就是其中的表表者。除了书铺，就是卖笔墨砚台，卖碑帖纸张的铺子，一言蔽之，斯文一脉。

　　街道是斯文街道，行业是斯文行业，其中的人当然也是斯文人。斯文人不会做粗事，不屑做笨事，也不敢做冒险的事。因此，拿着先皇牌位、不顾一切、跑得汗流浃背去救蒲先生、罗先生那些粗人，只管潮水般从青石桥北街、学道街一阵一阵地涌过，而这两条街的人只管也有了一点兴奋，但都站在街侧看热闹，却不见有好多人投到这人潮中来。

　　一出学道街的东口，是和臬台衙门正对的走马街。这时，正见一队人数不多的新军横着新式五子快枪，好像拿的抵门杠，挡住很多人众，不要他们前去。人众拼着气力向前涌，一面挥着先皇牌位，一面齐声大喊："把蒲先生、罗先生放出来！……把蒲先生、罗先生放出来！……"

　　新军到底人少力弱，看样子似乎也不安心来阻拦人众，等到学道街这股潮水冲来时，新军已一步一步退到督院街的西口；再一退，就是西辕门；再一退，就是总督衙门的头门；再一退便是仪门了。

　　傅隆盛才被人众卷进西辕门，觉得有人拉了他一把。掉头一看，是小四。

　　"你跑来做啥？"

　　"师娘叫我跟你来，挤不动时，把你拉回去。"

　　"放你妈的狗臭屁！你管得了我？"

　　这时，天色忽然阴暗下来，薄薄的乌云渐渐布满天空，天气在变了。

　　傅隆盛随着人众挤进西辕门。一片大坝子，已经站满了人。两边鼓吹台和石狮子的左近，成列的兵都挺着上了刺刀的洋枪，好像有新军，也有巡防兵。但是人众还是朝内面在涌，一面齐声大喊："把蒲先生、罗先生放出来啊！……把蒲先生、罗先生放出来！……"

　　傅隆盛在呐喊，小四也跟着在呐喊。

　　仪门口仿佛有几个军官在向人众说什么。人众只顾着齐声大喊，没有人听。就听，也听不清楚。

　　人众一面喊，一面朝里头涌，一下，就冲过军官和成列的队伍，几百人涌进了仪门。有傅隆盛，当然也有小四。

　　仪门以内，宽敞多了。两边两溜房子，是吏、户、礼、兵、刑、工六房书办执管档卷的所在，檐阶上全站着巡防兵，人数比辕门、头门、仪门那几处都多。迎面大堂，堂上堂下也都是兵。人众涌到这里，似乎都感觉地方不同了，一切不顾的勇气似乎也受到一种限制，大家脚步只管还在向前移动，可是已没有在仪门外那样轻快；彼此之间，都有点让道而行的情形。这样一来，傅隆盛和小四反倒从顶后列挤到前面去了。

"把蒲先生、罗先生放出来！……把蒲先生、罗先生放出来！……"

人众已经走到距离大堂只有几丈远的地方。大堂上除了队伍外，还看得清楚有很多穿靴顶帽、花衣补褂的官员，说不定就有赵尔丰在内。

有几个官员站在堂口上高声在说："不准走进来！……你们有什么话，推举几个代表上来申诉！……"

前头一些人听见了。但是谁也不认得谁，代表当然无法推。而且几百人中，像傅隆盛这样时常参加过什么会议，懂得什么叫代表，大概也没有第二个人。平日都是靠做手艺吃饭，或者是靠卖气力吃饭，当代表使用口舌，他们从没有想到过。他们呆住了。在后面的人莫名其妙，依然把黄纸印的先皇牌位高高举在头上，有一声没一声地喊着："把蒲先生、罗先生放出来！……把蒲先生、罗先生放出来！……"小四甚至连呐喊都忘了，他也和许多人一样，两只眼睛只忙着四下浏览，心里想的是："做大官的人真阔气！房子就有这么高！这么大！"

后来，据傅隆盛的记忆：大约就在他挤到大堂台阶下面半袋叶子烟的时候，适才发呆的一班小伙子忽然又鼓起勇气，不约而同地把先皇牌位高高捧着，一涌就上了台阶。就这时，大堂上也嘈杂起来，仿佛许多声音恶狠狠地在吼叫："赶快滚下去！不准上前半步！"

其中最使傅隆盛听得清楚，记得牢固的，是："田大人吩咐，再不退去，就开枪打！"后来才弄清楚了，田大人就是田征葵。

这一吼声之后，傅隆盛亲眼看见无数的冷冰冰的乌黑小圆管，立即平伸起来，笔直地对着高捧先皇牌位、口里还在呐喊放人的那班小伙子。

傅隆盛满身汗毛森立，来不及向大家打招呼，自然而然就弯下腰去。

"砰！""砰！""嗤儿！"历历落落从大堂上响起。

"砰！""砰！""嗤儿！"宜门外、头门外也开了枪。

小伙子们最初是呆住了，动也不动，很像没有闻过火药气息的一群跳麻雀。及至看见倒下了两个人，才直觉地感到那人是被洋枪打死了，才直觉地感到怕死，才直觉地感到逃生。于是退潮似的，全都扑扑跌跌地回头便跑。

死是那样地可怕！死把人们的喉咙都扼紧了，扑扑跌跌朝外头跑的人，几乎都是撑起一双失神落智的眼睛，面无血华，张着嘴喊不出一点声音。一霎时，大堂下面的坝子就空了。除了二十多具还在流血、半死半活的尸首外，到处都是破鞋、草鞋，和黄纸印的先皇牌位。

仪门外、头门外的枪声放得更密、更震耳。噤不出声的人群，有一部分打算朝东辕门和南打金街奔跑。猛抬头，一股夹着浓黑烟子的火焰恰就在南打金街腾空而起。同时，那一带也砰呀砰地打了起来。

傅隆盛记得，他挽着小四奔出仪门的时候，只觉子弹不住在脑顶上，在耳朵边飞。正在跟前跑跳的三个小伙子当中，一个穿蓝麻布背心的，猛然朝前一栽，不动了。他从那人身上跨过，亲眼看见那人两肋都在出血，他的腿一软。后面的人撞将上来，撞了他一个狗吃屎。小四抢着来挽他，恰一颗子弹从小四肩头上擦过，打进那人背心去了。

傅隆盛本能地咕哝了两句："替死鬼！替死鬼！"反而不很怕了，反而镇静下来，紧紧挽住小四，弯着腰，随同人群，从从容容涌出西辕门。水池跟前恰又倒下了一个还不到二十岁的精壮小伙子。

他像梦游似的，挽着小四，走到走马街时，听见北头臬台衙门那带，也有枪声。他恍恍惚惚避到新半边街，才听见有人说话。

还是一堆一堆的人，还是打着半边赤膊的年轻小伙子们，手里拿着先皇牌位，挤了半条街。有几个人在呐喊："救蒲先生！救罗先生！"但都不敢冲出街口，那里，正凶神恶煞似的站了几个巡防兵。

傅隆盛走到人堆中，听见人说："是哪里起了火？该不是制台衙门里吧？好近哟！"

他无意识地掉头一望，火好像不很大，但把黑云四布的天幕烘托得格外阴沉，格外使人害怕。

有人忽然惊叫一声："咦！这娃儿肩头上有血！"

又一个人也惊叫道："带了伤了！亏他还走得动！"

傅隆盛一怔，才回过神来。小四被人一说，才痛得哭叫起来。

不晓得伤有多重？血还在流。小四便蹲下去哭，就是"火烧火辣地痛"。傅隆盛慌了，忘记自己老迈，连忙把小四拉来驮在背上。急急走过老半边街，走过青石桥，走过卧龙桥，走过锦江桥，向盐市口奔来。沿途是那样地乱：有拿着先皇牌位，向他来处跑的，一路喊着："快去救蒲先生、罗先生呀！"有失魂落魄向他去处跑的，也一路喊着："制台衙门开了红山啦！打死了一坝子的人！"

还没有到盐市口，王师已惊惊惶惶地迎了上来，叫道："唉！你回来啦！……小四咋个的？"

他喘着气，一直把小四背到铺门前。他的掌柜娘已汪地哭了起来道："我的天公呀！"

"哭啥子！小四带了伤，赶快到铜人堂请陶老师来收水，先把血止住要紧！"

铜人堂就在西顺城街上，陶老师是有名的外科医生。不过陶老师也有些怪脾气，上门找他，即使半夜三更，他总是有求必应；若是请他出诊，那他纵然空闲，也要让病家像油锅上的蚂蚁，苦熬三顿饭的时间。因此，掌柜娘只好噙着一泡眼泪，亲自去请他。她已安了心，要是陶老师不立刻发驾，她便要放泼撒蛮，闹他个五神不安，六神不宁。

今天像是什么都反了常，半袋叶子烟没咂完，陶老师居然赶在傅掌柜娘的前头跑来。戴上老光眼镜，把小四伤处一审察，立刻断定是擦伤。"伤皮没伤肉，伤肉没伤骨；即使伤骨，也不在要紧地方。"当下要了一品碗清水，戟着右手的中指食指，半闭着眼睛，口里喃喃念着咒语，一面用指头在水面上画了一道只他一个人才明白的符篆。然后，含水一口，向小四的伤口喷去；从香炉中抓了把香灰，按在伤口上；跟着拿起掌柜的洗干净了而难得使用的青布裹缠，密密层层给他包扎好了。说要忌风，临时在柜房里安了张门板铺，几个人小小心心扶他睡下，还给他盖上一床棉被。问他现在痛得如何？他诚诚恳恳地回说："不大痛了，觉得有些麻。"

这时候，掌柜娘才有条有理地诉说起她在铺子里，先只听见远远地响了一阵砰呀砰的怪声音，问王师是什么响声？他也说不出。正自猜疑，就看见满街人跑，还一面吼叫说："制台衙门开了枪了！把跑去救蒲先生、罗先生的百姓，打死了一大坝！巡防兵追来了！快关铺子呀！"一些半开门的铺子，登时上铺板，关铺门，大家骇得不得了。她和王师把铺子关严之后，坐下来想一想，才想起他们师徒两人。"那真急死人啦！生怕你们也遭了劫，我就哭了起来。王师又不敢上街。过了一会儿，不见巡防兵杀来。我们开了铺门，还有拿着先皇牌位跑的。正要叫王师来找你们，好些地方又有枪声，我们只好躲进铺子。直到街上跑的人多了，王师才蒙着胆子来找你们。……阿弥陀佛！得亏菩萨保佑，你们回来了！小四到底带了伤！……咋个的，你这里也有血？"

"！也有血？"傅隆盛浑身寒颤起来。

陶老师又忙把老光眼镜戴上，就着他背上一审察，拿湿帕子把血痕一抹道："是染的，不是伤。如其这里伤了，还了得！傅掌柜，我倒要奉劝你两句，六十多岁的人了，有些地方，实在不犯着跑去。这回争路风潮，说真话，你未免太热心了。其实与你啥相干？我刚才听说，今天逮进制台衙门去的人不少，连颜翰林都逮了，倒不止蒲先生、罗先生两个人。我看今年是个大劫年，不晓得要死多少人！不然的话，今天是中元节，鬼门关打开了，偏就开了杀戒！……"

傅隆盛颓然向立背高椅上一坐，叹了声道："我总算死里逃生了！"

左邻右舍同田街正都挤进铺子来，问他在制台衙门的经过。他惨白着脸，只是摇头。

陶老师说："他累了，让他养足了神再说吧。"

大　波

（下）

李劼人　著

泰山出版社·济南·

第三部

第一章　意　外

一

为了婚姻问题，黄太太对楚用鼓了两天的心劲，害得这位精明练达的龙二姑奶奶兰君，平生第一次感到了心上的创痛。

楚用遵从表姊吩咐，按着这个时候回来。果然黄澜生尚在制台衙门没有公退（制台衙门里乱糟糟的，他们当幕僚的人早已无公可办。有些人员辞了职不来，有些人员不辞职也不来，纵然来，不是两日一头，便是三日一次。独有他，不管天晴下雨，还是按照习惯，每天都要到办公地方，百无聊赖地坐上半天。他太太劝他莫去，他说："横顺在家也是闲坐，不如进去，或许探得一点消息，早作搬家的准备。"），振邦尚在私塾没有放学，婉姑跟着何嫂、菊花在倒座厅外阶沿上学做针线活路。一所大庭院，秋光朗朗，花木萧疏，静极了，只时不时听得见石砌隙间几声蟋蟀叫。

楚用还很孱弱，走了几条街，就喊累了。顺躺在他的床上，连套在夹袍上的蓝洋布面衫都来不及脱。才修过面，梳过发辫，看起来，瘦虽瘦，还光彩。此刻面向床外，一双深陷在眼窝里的眼睛全神贯注地看着坐在对面一张笔杆椅上的黄太太，几乎一秒钟都未能移开。他的眼睛是铁，黄太太就是磁石！

笔杆椅与床有相当距离，黄太太若无其事地端坐在椅上。

前面通小客厅的夹门帘高高挂在铜钩上，后面临走道的格子窗用一根细竹竿向外大大撑开。这样，不管是什么人，不管从带有栏杆的短廊上走来，从小客厅窗外走来，或是远远地打从后院、打从正房的山花档头走来，都可一眼望见这间小客房里有人没人，或者人在做什么。当然喽，从客房里，特别从黄太太坐的地方，更无须等到脚步声响，已可将来的人、去的人分辨得一清二楚。

黄太太在这样清爽的气氛中，在这样寂静的时刻内，在这样像警察局的哨楼境地上，她舒了一口气，不再担心有什么人蓦地闯将进来。她的名誉，她的威望，十足保了险！但她还是非常谨慎，不肯丝毫放松。每当楚用一蓄势打算翻身起来，她立即用那随时在变样的眼神把他制住，并且严肃地低声吩咐，硬像吩咐她亲生儿子似的说："不许动！"

　　她脸上挂着笑。但是从她那肌肉紧张的嘴角偶尔掣动一下的样子，从她那弯幽幽的细眉偶尔紧蹙一处的样子，从她那两片翡翠耳坠摇摇不停的样子，更从她那确似十根春葱的手指在鬓边、在肩头、在身上不住摸来摸去的样子看来，她的笑是装出来的。她心里不惟不想笑，反而比猫儿抓的还难过。

　　她慢慢地、差不多是一字一顿地、瞅着躺在床上的这个又憨又痴的大娃娃说道："别再同我装疯使傻啦，跟我说句真心实意话！……你到底咋个打算的，对你家里来的那封信？"

　　"还提它做啥？昨天我不是对天赌过咒了？你不信，我再赌一个血淋淋的伤心咒跟你看！……"他左肘撑着卧单，右手一摔，真个有一跃而起之势。

　　又是一声："不许动！"那么斩钉切铁，比前几次严厉多了，已不是妈妈在吩咐儿子，简直是女主人在吩咐奴仆。

　　"没出息的人才动辄赌咒，也只有没出息的人才爱听人家赌咒。"

　　楚用摇摇头，叹了口气。依然躺在枕头上，咕哝道："那么，我只好把心挖出来给人家看了！"

　　"怪话，把心挖出来？"还用她那上唇略厚、但动弹起来很逗人爱的嘴唇，使劲朝下一瘪说，"就挖出来，也只是血骨淋当的一块死肉，有啥看头！"

　　"叫我咋个表白呢？"

　　"我只要你吐一句真心实意的话。"

　　"唉！闹了两天，还是这一句。好嘛，听我说，我亲亲热热的表婶娘，我这个人虽是父母所生，可是同你相处之后，从顶至踵，连皮带骨……说扎实点，连身上十万八千根汗毛，无一样不交跟你了，无一样不归你所有了。我和你，我亲亲热热的表婶娘，不拘怎样，漫道这一辈子我们两个分离不开，就是来生来世，也永在一处，同甘共苦，休想分离得开……"

不等说完，她已抿嘴笑道："少说几句！这些麻筋麻肉的话，你表婶娘的耳朵早听铹了！"她又正颜厉色说道："再问你一句，你这一辈子当真不讨老婆了吗？"

楚用不开腔，只认真地连点了几个头。

"安心打一辈子单身汉吗？"

"有了你，我咋会是单身汉？"

"又是怪话。我是别人的正经老婆，并不是你的正经老婆。"她忽然眉头一斗，眯眼笑了起来道，"说句不要脸的话，就算老婆，也是上不得台盘的野老婆呀！"

"有啥分别哩，只求能够一辈子不和你分开。"

"唉！好儿子，有分别的。第一，我们只能够偷偷摸摸，不能够正大光明地亲热，你想到不曾？"

"我觉得，就这样已经心满意足了。我不希望正大光明。"

"还有。我不能为你楚家生男育女，传宗接代。"

"嘿嘿，生男育女，传宗接代！我根本就没有这种腐败想头！"

"还有……"她本想提出他们年龄相差几乎八岁多，几年之后，她老了、丑了，他还能像现在一样爱她，还能守住她不想到别人？那时他正年富力强、雄心勃勃时候。这是她最为痛心，最不愿想及的事情。并且顾虑到说出来，当真使他动了念，因风倒帆地离开了她，岂不是她自扳石头自砸脚？这怎么使得呢？想了想，遂转过话头说道，"就算你真心诚意要同我相处下去，不讨老婆。可是你咋个打发你家里那封信呢？"

楚用从枕头上坐起来，理直气壮地道："那还不容易！回封信去，就说，现在不是时候，我还年轻……"

"就不对。你已经快满二十二岁了，依得你们外州县的规矩，十八岁讨老婆，已经迟了，二十二岁还说年轻，瓜娃子都晓得你在说假话。"

"现在是维新时代，各人有各人的自由，先前那些规矩已经卡不住人了。"楚用摇摆着上身，又增加了两种理由：一是现在世道这样乱法，天天都在打仗，天天都有家破人亡的危险，大家愁都愁不完，怎还讲到室家之好？即令不顾旁人议论，但是想起来心里到底难安！这尚是把娶亲一事暂时推缓的说法，不见得很好。另一种理由是，他将来是要在社会上做事的，虽然做什么事，到什么地方去做事，现在还不能肯定，可是他敢赌咒（又赌咒，真是没出息的人啊），绝对不回新津老守家园！那么，赶在这时节娶一头亲事在家里，有何好处？接着还牛头不对马嘴地抛了两句文："男儿志在四方，妻子适足为累耳！"

"这样冠冕堂皇的话，总对付得了吧？"

"只怕你的娘老子就听不来这些冠冕堂皇的话。你的娘，我没见过，不好议论她。你的老子，我看见过，并不是啥子老实家伙，比你精灵得多。听了这些话，包管一猜就着，是一些借口话。嗯！我想来，他还会猜到，这娃娃不知在成都省搞些啥名堂，多半看上了啥子女人，所以才不愿意同你们那般乡坝里的黄毛姑娘成亲。"

楚用安安稳稳地坐在床边上，一面向身旁条桌上拿纸烟，一面微笑说："等他猜去好啰！我爹还不是什么老顽固。总之，我不回去，看他们把我怎样搞法。牛不吃水强按头？……不行！不行！"

二

对于楚用的话，黄太太不由不信。她心里是这样估量的：楚用仍然是一个没有世故的大娃娃，若是在她面前耍手段，难免不落在她眼里，断不会自始至终他的态度都能这么坦率自然。其次，楚用又是一个初尝爱情滋味的雏儿，凭她的经验，她领会得到，这小伙儿正热得昏天黑地时候，只要她肯说："我想尝尝你的肝子是啥味道！"他真可以闷声不响，立刻去找刀子。为了爱情，连命都舍得的年轻人，怎还会忍心来欺骗她？回头把楚用昨天接信时候的举动再一思量，即使黄太太要故意不肯相信，也不可能。

信是他父亲写来的。叫他不要迟疑，即向学堂请假十天，回家给姐姐送嫁，同时也给他行冠礼。喜事办完，再转学堂毕业，决不妨碍他的功名大事。

信上告诉他，他妈已为他定好了一头亲事，是彭山县青龙场姚保正的一个房份中侄女。姚楚两家原是瓜葛亲，理起来，行辈相当，姑娘今年十九岁，算是他的表妹。

因为前些时，同志军纠合青龙场的民团，与进攻的陆军在场外打了几仗，死过一些人。大家害怕陆军要剿场。这姑娘跟着婆婆特特逃到新津县她姨妈家来躲避。说新津地方大，又有侯保斋打招呼，可以保险。住的地方就在楚家隔邻，姚姑娘时常到楚家来耍，和楚用的母亲、姐姐、妹妹全说得拢。楚太婆喜欢这个大姑娘。大姑娘身体长得结实敦笃，性情又和顺；特别投合楚太婆心眼的，是手脚麻利，气力不小，粗细活路都来得。

楚太婆想到大女儿不久就要出阁（喜期是半年前选定，由男家报过期，只有天垮下来，才有改期可能），家务事一大堆，骤然去掉一个得力帮手，多么令人焦愁。偏自己心口痛的老毛病又越发越勤，一发起来，只能睡在床上呻唤，不但不能处理家务事，还要占一个人来服侍她。楚用的妹妹哩，还小，才十六岁，接不上手。一个幺儿更小，正要人照料。恰巧姚姑娘自己投了来，真是天作之合！

尚在新津战争紧张时候，全城人心也正惶惶不安，楚太婆已向楚大爷提说，要把姚家这个大姑娘永远留在自己身边，给自己分分劳。楚大爷莫名其妙地问她怎么样留法。她老老实实说，只有讨过来给老大做媳妇。

楚大爷生气地吼道："亏你想得宽！"

及至侯保斋、周鸿勋退走，新津局势暂时平靖，朱统制进城，同志会无形消灭，但是四川事情越来越糟。楚大爷半露脸半埋头在三费局与家庭之间，不晓得大局面与小局面将要变到什么田地，牵连不牵连到自己？一天到晚都像睡在火炕上，心里正自毛焦火辣不好过。楚太婆又好几次噜苏到讨媳妇的事情，因为大女儿的婚期越来越近了。

楚大爷不耐烦听下去，总是吼她道："你慌啥？儿子都没有慌！"

起初，楚太婆是默尔而歇；到后来，看见不坚持不行，因才愤慨起来，抱怨道："要等儿子慌了才讨媳妇。这道理，我就没听说过！我说，若不趁时候讨个得力媳妇来帮我，二天大女儿出嫁后，这一大堆家屋里事，我一个老娘子咋累得下来！哪个不晓得我这一身病都是累起来的？我的菩萨呀！只你一个人不晓得！……你总默倒我还年轻，支撑得住。真是哟，比方牛马咧，替你苦了这么多年……累到这步田地，你也该发点慈悲，等它歇歇气嘛！……我，莫非连牛马都不如了！……"

她说得不但咽咽哽哽，还把妇女们看家本事使了出来——拉起补了许多疤的蓝布围裙的角，揩那夺眶而出的老泪。

这样一来，楚大爷果然缓和了。不过仍然游移不决地说："就要讨媳妇，也该先跟老大讲清楚，看他肯不肯。"

"没听说过！父母给儿子讨媳妇，还要问儿子肯不肯。难道父母就做不得主？"

"没听说过？前街方九爷家，不是媳妇接过门，儿子不拜堂，拼死拼活要退亲，打了半年官司，还没有了结？"

"方家事情不能拿来打比。哪个不晓得新娘子又麻，又怪，又是一对萝卜花眼睛？方家儿子那么俊个子弟，咋会愿意呢？姚家这个哩，你看见过，胖墩墩的，白生生的，我都看得上眼，老大一定不会嫌弃。老大的脾气我清楚！"

"你莫太任性了！若是将来老大打起麻烦来，我承担你承担？"

楚太婆几乎拍着胸膛说："我承担！"

但是楚大爷一直摇头沉吟，不作决定。

隔了几天，楚太婆又半软、半硬，半威胁、半哀求哭诉了一场。大女儿也打了两次边帮鼓。楚大爷方叹了口气道："我想，这样也可以，把那姚家女儿认作干女，留在你身边，不是也好给你分劳吗？"

"不好！"楚太婆睁起哭红了的眼睛道，"自己的亲生女养成了人，还要送跟人家去使用，干女儿又咋能留得一辈子？煞果依然替别人家白劳神，还要陪一副嫁妆，我才不干哩！"

"那么，小接过来呢？"

"与其小接，不如拜堂圆房大接过来，稳当些。"

"时间太迫了，那些手续咋个办？"

"我不懂你抛的文。"

"我说，比方求八字、合八字、请媒、求婚、下聘定、择婚期、报婚期、过嫁妆、收拾新房这些手续，半个月的时间，实在来不及。苟简一些，我倒没意思。可是家门亲戚中间，却有闲话说了。所以我说，不如在大女儿出阁那天，将就好日子，小接过门，岂不人已两便？"

"哈！我正待说，将就大女儿出嫁那天，现成日子，现成冰媒，现成道喜的客，现存酒席，喊他两个先拜了堂，拜了天地祖宗，跟我二老磕了头，再打发大女儿出阁，喊老大送了嫁，赶回来圆房，这多么方便！你时常骂我老古板，不通方。我看，你现在倒是真正的老古板。你讲的那一大堆啥子手啦脚呀，太平年成，倒是要的。可是眼面前，不比太平年成，诸凡百事，就该随方就圆。我只图把媳妇接过门，有个得力人使用，亲戚家门的闲话，我半句也不管。他们爱说，等他们说，我肯信他们能把我的正大光明拿花轿抬过门的媳妇，说成是偷来的，说成是别人家的媳妇，不是我的媳妇！老汉，莫再三心二意了，你只依我写封信去，把老大喊回来就是。你就说是我的主意。老大向来孝顺我，他接到信，一定会赶回来。也应该早几天回来。别的不说，一身新衣裳，倒得给他两个新人赶一赶！"

楚大爷见她说了那么多，又说得那么流利，倒诧异起来。楚太婆平日说话，好比钝锯子锯木头，尽管使足气力，她老是落不下好多木屑。今天之能这样，可以说，这些话，在她脑子里已不知翻腾了多少遍，一旦触机而发，譬若涌泉，当然就汩汩然一泻无余。

楚大爷为她的热情所感，想了想，她所说的，都在理。老大向来听她的话，或者她果然摸得够他的脾气。因就点头说道："好嘛，我明天就写信。"但他走了两步，又突然掉向楚太婆道："莫忙！姚家那面提都没提。你只管打了如意算盘，不晓得人家心下如何。若是人家不答应呢？……"

楚太婆摇起僵硬的两手，得意扬扬笑道："不会有的事！不会有的事！姚婆婆已经当面答应过了。姚婆婆多喜欢地说：'幺姑儿命好，才嫁到你们家！'她向我说，这个女娃子自从她的后娘进了门，她就遭孽了：穿不成片，吃不成顿，一天到黑地做，没有歇过气。她后娘若是不图她当得一个长年使，早已撵她出门了。姚婆婆说，只要我家不计较嫁妆，她后娘倒巴不得趁此打发她出门。只要我们找个人到青龙场去说一声，她后娘没话谈，她老子更没话谈。现在你去写信。我跟手就约隔壁王大奶奶同到她姨妈家去下草定，取八字。老实跟你讲，啥子事我早都安排好了，连新娘子身上衣裳的尺寸，我都量过，光等请胡裁缝来下刀剪……"

但是楚大爷信上并没描写到这些细节，仅仅告诉他，他妈已为他定好了一头亲事，是彭山县青龙场姚保正的一个房份中的侄女，以两家亲谊论，行辈相当。姑娘今年十九岁，人才下得去，性情和顺。叫他无论如何，向学校请十天假，即刻回家，"以便于九月二十五日，汝姐于归之日，为汝加冠。……"

三

就在昨天下午五点钟后，楚用上完了当天第八堂课。由于学堂牌告，他们这一班提前一年毕业。所有课程，都得加劲赶。连星期六在内，每天全是八堂课，上午八点到正午十二点四堂课，下午一点到五点四堂课。但是全上不全上，学生有绝对自由，监学先生并不到讲堂上来查缺席，而教习先生也放弃了点名责任。好些调皮学生，当然包括这个身体尚未康复的楚用，便充分利用了这种自由，但凡自己看得走的功课，例如中外史地和郝又三所教的博物，只偶尔去敷衍一堂二堂。他们集中精力对付的，是几何、代数、英语、英文法。因此，尽管说每天有八堂功课，好像很扎实，而实际上，他们一天至多上五堂，有时少到两堂。大有空余时间供给他们去做正经的事：温习功课；或者去做非正经的事：闲聊与骛外。几周之前，笼罩在他们心头的那种猜疑与恐惧，已淡烟暮霭般消灭于无形。本来下了决心，要移住学堂，背城借一的楚用，依旧安安稳稳住宿在黄家客房，每天到学堂去读通学。夹着书包回来，刚走到侧门内的短廊，便看见才别了几小时的表婶，站在堂屋门外花格子屏风跟前，向他招手道："到这儿来！……到你表叔书房里来！有件东西给你看！"

"啥子东西？"来不及放下书包，就奔到上房阶沿。

黄太太走进书房。楚用急忙跟进书房。

把书包放在打抹得不见纤尘的紫檀书案上。一转身，表婶拿了一件东西在他鼻子跟前一晃道："就是这个。"

"信？"

"还是挂双号的信。邮差才送来不久。"

"是给我的吗？"

"你家里寄来的，不给你，给我？"

"好表婶，快点给我！双挂号信，恐怕有重要事情。"

"我也是这样想的。所以没有代拆，像往回一样。"

信一到手，黄太太正给他在书案抽屉里找那把周宏道送的、日本人特别制来作为拆信用的象牙起子，只听见嗤一声，楚用已把粘着红纸签条的信封撕开。

黄太太将抽屉关严，一扭腰身坐在书案前扶手椅上。仰起头，注意盯着楚用的脸色，问道："是啥子事？"

楚用只是皱眉摇头道："笑话，笑话。"

"嗯！双挂号信寄笑话？不会吧？"

"连影子都不晓得！"

"到底是啥子事嘛？"

"你看！"楚用气势汹汹地把信摊到她面前书案上，"叫我回去赶姐姐出嫁那天，拜堂成亲！"

"拜堂成亲？跟哪个？跟你姐姐？"黄太太觉得脑袋有点晕。

"岂有此理！大概是烧热病发作了，才这样打胡乱说！"说的时候，楚用还横眉劣眼，样子很为难看。

"你在骂我？"

"骂我的妈！亏她想得出来，要我替她讨个媳妇！哎，信在这里，你看嘛！气人！气人！"

她抓起信纸。手有点抖，眼光似乎有点蒙眬。连忙摄了一下神，一个字一个字把信念完——得亏楚大爷的字不潦草，也不太文雅，除了"加冠"这个词儿。但她已经理会到加冠就是拜堂成亲——不由也狞笑了一声，咬着嘴皮向楚用说道："好呀！这是你的大喜事，该给你道喜才是。咳！人逢喜事精神爽，为啥你颠转那样地不自在？"

"咦！表姊，你说些啥话哟！"

黄太太冷冷地泛起两眼道："啥话？好话嘛！你妈给你定了个嫩婆娘，多好！赶快回去成亲。等不到明年这几天，吃你家的红蛋。你妈更会喜欢得睡不着觉哩。"

楚用连连踢脚道："你还要怄我！"

"难道我说拐了不成？"

"唉！好表姊，你把我当成一个啥子人在看待哟！你以为我能够舍掉我们的爱情去跟一个素不相识的女子成亲吗？你以为我当真就听了我爹我妈的话，当真就变了心，当真就辜负了你对我的种种好处了吗？唉！假使你这样想的话……"

她抢着说道:"我硬要这样想。人嘛,年轻力壮的,哪个不想到婚姻大事?我们的勾当,原本是逢场作戏,我早就跟你说过,认不得真的。啥子情呀爱哟的,我压根儿就不要听,听了叫我肉麻。我还是旧脑筋,骂我不开通也好,骂我老顽固也好,我总觉得正正经经讨个老婆,是人伦大道。我劝你,还是赶快回去的好。切莫三心二意,误了佳期。说到我对你的好处,啥好处?我挖空心思,也想不出一星半点啥子好处。把你教坏了,教下流了,倒是有之。就我一个人说,我却太不值得,太划算不过。别的不说,光这几个月,气也把我气够了,急也把我急够了,你不在跟前,我倒心安理得,你一到跟前,我就提心吊胆,生怕有人觉察,把我这张脸放到哪里去。现在,借此一刀两断,你赶快离开我,等我一个人清清静静过几天太平日子,养养我的心,这硬是求之不得的事。所以我劝你回去成亲,全然是我的好意,并非同你赌气,为了你,也为了我。这下,你该明白了吧?"

他面红筋涨地叫道:"当然明白!除非是死人,才不明白你这些反话!……"

"叫唤些啥!你怕娃儿们不晓得你回来了?你怕丫头老婆子不来听我们的墙根儿吗?"

楚用搓着一双汗湿的手道:"急死人!你完全不肯相信我对你的爱情!"

"你这样说吗?好吧,我们就打开窗子说亮话。你对我的爱情,我倒有些信。令我不能信的,是你那张嘴。你那张嘴,有时真会说出些甜言蜜语,哄得倒人。就只在紧要关头上,不说一句真心实意话。莫打岔我,听我说完!哼!七月十五那天,是个啥日子,你表叔那么一个海阔天空、只知有己的人,尚不顾生死,要奔回家来看看。只有你,公然不辞而去。你后来解释说,留在省里,怕你们监督下黄手,又怕连累我们。啊哟哟!这倒承了你的照应!其实,我晓得,你不过要去闹革命……革命事大,爱情事小,你回来说一声,我并不会阻拦你。可你事前事后,都不说一句真心实意话。这也罢了。后来在顾家养伤,为啥就不写封信寄回来?……对!你又有理由——邮政局不收信,专人哩,又没人敢走。但是人家顾奶奶,一个坤道人家,怎又敢上省来了呢?高金山难道吃了豹子心肝熊的胆?怎又平平安安把你接了回来呢?总而言之,你做的一些事哟!哪一桩,哪一件,想到了我?一直到现在,你在新繁时候,为啥不写信的道理,你尚不肯说一句真心实意话,目前这事,这么重大,你不平心静气同我好说,光是假装发一阵气,就打算把我哄过去，呃！未免把你表婶娘看得太没世故了！"

"我晓得表婶世故深沉！我现在啥也不能说了，我赌咒！"

叮咚！楚用一下就跪在地板上。隔着玻璃窗，伸出右手食指，向那夕晖犹明的天空，一面指指点点，一面像做戏似的说道："天啦！天啦！你鉴察我！若我姓楚的说了半句诳话，哄了我表婶娘……我姓楚的不得好死！"

"你造死！有人来了！"

楚用慌忙站起来一望，果见黄澜生进了侧门。罗升跟着进来，两个人站在短廊上说什么话。

黄太太把楚用家信折好，递与他。一面示意叫他坐在对面美人榻上，把书包拿在手上假装找课本，一面低声说道："不忙把这事说出来。大家好生想一想。明天下午早点回来，我们再商量。"

楚用尚没有完全平静下来，黄太太脸颊上的酒窝业已露出，光这一点，这小伙子就非输不可！

四

在床上翻腾了一夜，想了又想，觉得这样做也对，那样做也好，但是都不免有毛病。黄太太不由在心里感叹道："平日议论别人做起事来拖泥带水，没斩杀，没决断。不想利害临头，自己也一样地顾虑多端。若是有个人帮忙出点主意，这多好啊！"于是想到大姐夫孙雅堂。这人，当师爷出身，专门替东家开条、打主意，办过多少疑难事情，如其找他谋划谋划，当然会想出一个两全其美的方法。就是睡在身边这个老实人，在官场中混了十多年，又当过承审员，现在还在办公事，只要他肯用心思，多少有点帮助。但是这种事，如何能向他们两人谈呢？

忍耐到第二天。这时候，黄太太布置了一番，觉得可以同楚用细述衷肠了，才下定决心："不要把这小伙儿逼凶了！兔子逼紧了，还会咬人，把小伙儿逼翻了山，反而会出事……罢，罢，罢！绳子放宽点也好！"

因此，用的方法，虽然还是那样声东击西，令人莫测，可是语气和态度，那就大异于昨。楚用也才不像昨天下午那样心情紧张，也才能够有条有理来表白他的心曲。

等到楚用坚决表示不肯回家成亲，说出："……总之，我不回去，看他们把我怎样搞法。牛不吃水强按头？不行！不行！"她灵机一动，觉得这样做法倒还好些。于是不假思索、眉开眼笑地说道："到底不好哟！哪有二十出头的男子汉，不讨老婆，还在打单身汉的？何况你筋强力壮，又没有啥子毛病。不讨老婆，说不过理去，人家也会起疑心。听我说，好儿子，亲还是应该娶的。"

她这样来了一个一百八十度的大转弯，确把楚用惊呆了。首先引起他疑问是："她是啥子意思？敢莫耍耍另一套试探手段吗？"他捉摸不住。只好把纸烟含在嘴皮上，连连摇头道："我不……我不！"

"你默倒我又在说反话吗？"

他把她那一如清水、亮得像两颗宝石的眼睛，切实审测了一下，才慢慢说："不像是反话。"

"那么，为啥不听我的话呢？光说'我不，我不'能够叫人不议论吗？"

"表婶娘，你不晓得，现在三十几岁、四十几岁打单身汉的人，并不稀罕，也没有人会议论。我们学堂里有个教习先生，逢人就说他抱的独身主义。并且讲得头头是道。据他讲，要把学问操好，只有抱独身主义。"

黄太太把嘴一瘪道："见他妈的鬼！庙子里的和尚，不是个个都成了饱学先生了？……不说这些狗屁话了。我想，你起初说的那些不回去成亲的道理，你娘老子必定不会相信。若是你老子赶上省来估逼你呢？"

"那我就来一个家庭革命！成都府中学堂国文教习吴又陵，不是闹过家庭革命？这就是个例子。"

不错，一年前，在成都确实有过这件轰动教育界，轰动官场，轰动上等社会（用后来的名词说，应该叫作封建阶级社会）的大事。尽管吴又陵与他父亲冲突，出于不得不尔的一种家庭事故，尽管经官审断，其输理是他父亲。但在当时社会上，对于这事，却出现了两种看法：一种是，父亲到底是父亲。父亲干出了非理非法的怪事，儿子按照孝道，只能捏着鼻子，跑到无人之处去"号泣于旻天"，怎能容许儿子与父亲公然扭打，把父亲的鼻血打出，以致父亲告了忤逆，还在公堂之上揭发父亲丑恶，使父亲出乖服输？持这种看法的，大抵是饱读圣贤书，嗟叹江河日下，欲以孔孟（后来还添了一个王阳明。据说，日本之致富强，变法维新固然是主要原因，而另一主要原因，便是良知良能的王学讲得好）之道来挽救人心，来维持礼教的人们。例如当时在学界负盛望、身任教育总会会长、功名是举人、到日本考察过、在各学堂专讲修身一课的徐炯，便曾闻而大怒，对于父亲，置而不论，对于当儿子的，则被斥责为狗彘不如。恰逢吴又陵为了辩白是非，又油印了一篇文词悱恻的家庭苦趣，散发到各学堂。这下，吴又陵又犯了家丑不可外扬罪。徐炯遂运用他的权力，特别召开了一次教育会，申讨这个"投畀豺虎，豺虎不食，投畀有北，有北不受"的名教罪人。虽然也有人支持吴又陵，而结果是多数举手，通过会长的提议——将这罪人，逐出教育界，说是士林耻与为伍！但是另一种看法，恰恰相反。他们一致责备的，是鼻子被打出血的父亲，都说："这哪里是人！亏他还忝为廪生，简直是他妈的个禽兽！处置这种人，最好交社会裁判，起码也得宣他一个名誉死刑！"说到当儿子的，也有分歧，温和点的人说："到底不该动手打得鼻子出血。这一点，未免野蛮。"感情容易激动、只论真理不管其他的青年学生们，却不讲价钱，赞成吴又陵完全对。"遇野蛮，则以野蛮对付之！"家庭苦趣得到人人传诵。徐大会长的声望反而一落千丈。

但是黄太太摇头说道："闹家庭革命？你不配！喊声你老子不给钱，又叫你表叔不许收揽你，不许接济你，你能像吴又陵样，告到官前，官断几十亩良田美地给你吗？不能！那时，上不粘天，下不落地，我又不能出头打救你，看你这家庭革命怎样闹！"

"那好表婶，你放心。不说未来的话，就在目前，假使大家都来估逼我，你看我敢不敢跑到同志军那里去？"

"你这娃娃安心造反了！"黄太太真个打从心尖上笑了起来。

她勾着项脖，把一幅小手巾翻来覆去地看。楚用明白她在用心思，换了一支纸烟咂燃，也把她凝视着。好久没有这样看过她，越看，心里越喜欢，越觉得离开她去和另一个女子相处，不特没有理由，简直像犯了罪。

正打算与表婶商量如何来写这封拒婚的、带有革命性的回信，不料黄太太抬起头，正正经经叫着他的表字吩咐道："子才，你决定明天请假回新津去！"

楚用兀地从床边跳起来，伸手到她梳着鬌头的额角上摸了摸。

她本能地略微把头偏了偏，惊异道："你要做啥？"

"我试试你，是不是在发烧热？"

"莫胡闹！坐好，听我说！"她认认真真地、脸上不带一丝笑容说道，"你决定明天就请假回去。顺从父母的调摆，到日子，规规矩矩同那姓姚的女娃子拜堂，夜晚上床成亲。不过要紧紧记住我的话！第一，我们的事情，不准向你女人泄漏一个字。若是泄漏了，我要同你拼命！第二，成亲几天之后，不管你家里如何设法挽留，你必须赶快上省来。"顿了顿，她问楚用道，"煞果两件事，你做得到不？若是有把握做得到，你就只管回去。"

楚用犹然不大相信地说："你当真存心要我回去吗？"

她定睛瞧着他，没一点表示。

楚用用指甲把头皮搔了搔，沉吟着自问道："这是怎样想起来的？真令人不懂了！"

黄太太已经起身走到小客厅门前，高声叫菊花拿水烟袋来。接着仍然坐到笔杆椅上，微笑道："容易懂的，好儿子。我从四面八方想起，若是照你那牛脾气拗下去，事情一定会下不了台，一定会闹大，一定会使人猜疑我在中间捣鬼。若果把我牵连进去，那我还有啥子脸面活人？我为你这样一个娃娃，出脱我一辈子，我自然不值；你口口声声说是为爱情，若是弄到这步田地，你难道不失悔？到头来，大家都没有好处。一定要朝死路上走，不是痰迷了心窍吗？眼面前，既要使你的事情不出岔子，又要使我们的事情不露形迹，我想来，没有别的方法，只有你听我的话回去成亲。事情就是这样，不许你再找话说……唉！好劳神哟！若我以前不招鬼迷，错走一步，你的事与我何干？值得我这样用心！"

楚用想了想说道："表婶，我已说过，你譬如就是我的命运之神，无论你怎样安排，我只有服从。你既然要我回去，我不反对，明天决定拿信到学堂去请假。不过我的亲亲热热的表婶娘，这事到底和我们大有关系，你好不好再多多想一想，这样搞下去，没有啥子后患吧？"

"后患吗？有的。除非把我嘱咐你的那两桩事忘在九霄云里。"

他几乎又要赌咒了，连忙说："不会忘记！不会忘记！"

"但愿如此……这样搞一下，也好。试一试你这娃娃，看你对我，到底情长不情长？爱真不爱真？"

五

孙雅堂随着高金山走进大厅耳门，黄澜生业已迎到短廊上，映着高金山手上掌着的那盏鱼烛风灯灯光，忙不迭地问道："雅堂兄，这时候光临，莫非有什么事？"

"别没的，适才得了一桩新闻，特来奉告。"

"只是一桩新闻？"

"却不是普通新闻，是一桩值得我们研究的新闻。"

"那么，我们在小客厅坐谈好了。高金山先把洋灯点燃。"

"二妹睡了吗？"

"我们就枕尚早，她正在经佑小儿女上床。"

不料黄太太已经走到小客厅门前，接口说道："孙大哥来啦！为啥不早一步来消夜？我们那个看门老头耳朵不行，累你在门外好等。"

"我消了夜就坐轿子走来，不想府上大门恁早就关了。"他笑了笑道，"关防也忒严密了些。其实看门老头儿早应了声，因为要拿钥匙开锁，锁开了要解链子，链子解了要下门闩，然后才说得到开门。所以才在大门外等了半袋烟之久。"

黄太太举眼把她丈夫一眍道："都是我们老爷的过场嘛！我说过多少回，世道荒荒，我们这条街又背静，断黑关大门，也使得。只是不忙上锁上闩，难免没人进出，不方便。比方楚子才前一晌学堂里功课很紧，有时回来晏一点，也是打门打户，也是要在外面等半天……"

不等说完，孙雅堂朝门帘低垂的客房一眜道："今天，此君也还没回来？"

黄澜生接着说道："昨天请假回新津去了。雅堂，你说这些青年人浑不浑？也不管今时何时，也不管功课耽搁得耽搁不得，一听到要娶亲了，考虑也不考虑一下，伸脚就走。是真孟夫子说的，知好色则慕少艾……"

"你这句文抛得不切题，应当说，丈夫生而愿为之有室……"

黄太太插嘴说："这咋个能怪子才？只能怪他那不懂事的父母，想媳妇想慌了，生怕女儿出嫁了没人使，事前毫不向儿子说一声，啥子都备办好了，连喜期都择定了，才写信来叫儿子回去。像这样事情，若是儿子不回去，两个老糊涂虫能够善罢好休吗？"

"我的意思是，子才应该想一想。最好，写信回去，说明种种情形，要求老人把喜期推缓一下。至少推到年底，那时，业已毕了，时局或许也有了清明气象，然后再办喜事不迟。然而子才就没这样想，一股劲地只是慌着走。"

"你这时才来弹驳人啊！人家告诉你的时候，为啥你又一力赞成，连说父母之命不可违？给人家道了喜，还估着我立刻封了十块银圆送跟人家，生怕第二天早晨送，都会误了人家行程。这时节又来议论人家不对，岂不成了过后兴兵？"

孙雅堂接过高金山端出来的盖碗茶，旋喝茶，旋笑道："二妹，你不知道澜生襟弟当僚属当久了，搞惯了这一套：当面逢迎。然而他能背面议论人，总算不错，证明他那涵养功夫还未达到炉火纯青，也证明他的胆子还大。"

大家都在笑，黄澜生也伙着笑道："这些无干得失的话，不提也罢。雅堂，谈谈你的秘闻如何？"

"好！我说。不过得先问你，杨维这个人，你知不知道？"接着又补充一句，"即大家称为丁未年成都六君子的那个杨维。"

黄澜生正拿着水烟袋，顺手把纸捻在空中画了一个圆圈道："怎不知道！你难道记不得光绪三十三年，办理这案子时候，我正当着成都府发审局的差事吗？王寅伯那时署理华阳县。他就因为破获这个要案，连保带捐，才不两年便爬到候补道。今天能够充当督练公所兵备处总办，为老赵所倚任的渊源，也在于此。那时，赵次帅未到，这位赵季帅正以四川藩台护院哩。"

"知道这些就好。而今我要告诉你的，正是这个办为永远监禁罪名的革命党，忽然走起红运来了。你猜是怎么样的？"

"莫非遭逢什么皇恩大赦？"

"皇恩大赦，何得谓之秘闻？你不是维新党，我又何用才一听见，便跑起奉告？不是，不是，再猜，再猜！"

"到底是咋个的吗？"倒令黄太太急了，插嘴说道，"孙大哥也是哟！爽爽快快告诉人家不好？偏爱卖这些机关，你们当绍兴师爷的，就是这些地方讨人嫌！"

"嗝！二姑奶奶发威了！莫着急，听我细说端详……"

就是这天下午，华阳县知县史九龙正在上房，由三个姨太太陪伴着打麻雀牌的时候（说起来，华阳、成都两县，都在省会内，称为两首县，一天到晚，要处理公事，要坐堂审案；一天到晚，要伺候上司；应该忙得席不暇暖，食不知味才是。但这是过去的情形。自从开办警察，省城治安另有人负责，两首县的事少了一些。自从司法独立，民刑诉讼划归地方审判厅，两首县的事又少一些。自从经征局成立，两首县不管粮赋；三费局成立，两首县不管支应；事情益发轻减。自从各衙门安装了电话，上司有所吩咐，只要接过传话筒一听便知，无须乎像过去那样，不舍昼夜地奔波，这已经不可与过去同日而论了。加以自从争路风潮以来，尽管雷霆电火，轰隆过去，轰隆过来，但是两首县衙门头上，好似都安有避雷针，过去全成都忙得不可开交的两个人，现在反而成为全成都闲得莫可奈何的两个官儿。因此之故，这个华阳县知县史九龙，方能于饮酒、栽花，玩姨太太〔据说他有七个姨太太，尚不满足，准备再讨两个，凑成符合他尊讳九龙的这个九字〕之余，每天必须姨太太陪着，打十二圈乃至十六圈二四银角子小麻雀，谓之看竹，〔因为麻雀牌是骨面竹背，而且竹的分量还占多半〕来消遣永日），忽然一个亲信小跟班进来报称：管监狱的高老爷便衣禀见，已经在花厅外了。

史九龙手上的牌太好了！红中暗嵌，白板暗嵌，幺条碰上了；现在是九条与绿发字对碰。如其绿发字碰和了，简直了不起！不管怎么算，都是三百和满贯。像这样一做便成，并且不为三个妖精所察觉的好牌，真是难逢难遇！他全副精神都贯注到牌上去了。正自目不旁瞬、心不外驰的时节，什么高老爷、矮老爷，丝毫没有钻进耳里。若在平日，这个俊俏小跟班早经见机退出，万分诚恳地告诉高老爷："请高老爷改日再来吧！敝上正在办理一件要紧公事，实在分不出身来。"但今天，这跟班岂特不退出去，还提高嗓门吆喝道："回老爷，高老爷来禀见，为的是兵备处总办王大人亲身来到监狱，看老爷过不过去伺候一下！"

史九龙扑地把牌朝桌上一推，跳起来骂道："王八羔子，为什么不一进来就禀告！哎哟！哎哟！我的马褂，我的扣带，我的纬帽。快一点！丫头子一个不在跟前，都死在别处去了！要急死人！要急死人！"

等不得再照镜子，就向花厅跑去。

高老爷青衣小帽迎了上来。

"是王大人到监里来了？"

"回堂翁的话，正是这样。"

"来提要犯吗？"

高老爷焦眉愁眼地道："这话很不好说。所以卑职特特赶过来请示堂翁，看怎么应付方好！"

原来王棪一到监狱，对直就来到典狱官（其实就是华阳县典史，今年才改的名称。官改小了，衙门也撤销了，虽然支领的月薪比原来的年俸多）的公事房。昂着头，眼睛望着顶篷，大声吩咐道："快去把杨先生给我请出来！"

高典狱毕恭且敬站在一旁，故意问道："大人要会的，是哪一位姓杨的？"

"嗯！你是什么人？"

"卑职是典狱官。"

"那么，为何连杨维杨先生都待问呢？"

"哦！是犯人杨维！"

"快去给我请来！"

这时，几个跟来的随从，不由典狱官做主，早把公事房的桌椅调摆齐楚；并从提盒内取出四只精致的银火碗，都用盖子盖着，不知里面盛的什么，想来，必是王大人小厨房精心结馔的好菜。此外，是两副象牙筷和银杯碟——真正只有两副！看样子，王大人移樽就教，安心是不要人作陪的。

果然，王棪溜了他一眼，接着说道："你有公事，就自便吧，我这里有人伺候。"

这一下确把高老爷惹冒火了。心里颇颇打算骂出来："我是伺候你的人吗？"也想打起官腔来拒绝王棪这种目中无人的行动。他几乎要这样说："杨维是谋反叛逆，朝廷钦定为永远监禁的罪犯。就是亲属，也须呈请本典狱批示之后，方能按期探监。但也应当最派得力狱卒，从旁监视，以免发生意外。虽然你王大人官比我大得多，但也只能管你的兵备处，我这典狱，在你事权范围之外，你不能算是我的顶头上司，你就管不着我。因此，你到我这里来，便得遵守章程，诸事不经我点头，就不许你这样随便。你这样随便，不特破坏章程，而且侮辱本典狱人格，法政学堂讲义上讲得明白，法律之前人人平等，你王大人凭什么资格，可以蔑视法律！"但是眼见王棪那种神气，好似不容易与他说理。高老爷审度一下，只好唯唯而退，一面打发管狱员去叫杨维，一面就怀着一肚皮不平之气，跑到华阳县衙门来找堂翁拿主意，如何应付这个蛮横的王大人！

史九龙站着听他细说之后，不由又气又笑——因为打搅了他一场难逢难遇的好牌，没有和下来，当然生气；笑的是，这个初出茅庐的乡坝佬，何事不可为，挑葱卖蒜，大小也是职业，却偏偏要来做官！但也只好强忍下去，故意轻言细语问道："王大人真是胡闹。依你老兄意思，要兄弟我怎样办呢？莫非要兄弟坐堂签差，去把王大人抓来，办他一个知法犯法，打三十大板，取保开释不成？"

"不……不是的。"高典狱已经觉察自己找错了人，颇为局蹐地这样说。

"那么，敢是要兄弟发一道通禀，向各道上司衙门，详他一个交通匪类，有玷官箴，来为老兄出气？"

"也不是。"高老爷的脸红得像喝了三杯烧酒。

史九龙脸色一沉，不客气地哼了声道："既然都不是，那你慌里慌张跑来找我干什么？你发了疯？"

高老爷吓慌了，脸色由红转白，由白转青，又是作揖，又是请安道："堂翁息怒！实是卑职糊涂，一时油蒙心窍，惊动了堂翁！唉唉！卑职错了，还求堂翁格外包涵！"

史九龙到底是个老宦场，看见高老爷那种觳觫样子，遂也不为已甚，淡淡说道："算了吧，我倒没有什么。只是要奉劝老兄一声，设若老兄不甘于长远当一名典狱官，那么，像王大人这种能收能放、能上能下、能刚能柔、能进能退的本领，倒应该好生揣摩揣摩……你现在唯一补过之处，就是等王大人走后，立刻去把杨先生请到你房间里安置，茶水一切，当心点……听说杨先生鸦片烟瘾不小，可是真的？那么，我再奉劝你，从今以后，不但杨先生的鸦片烟毋庸计较，就是他的行动也不要过问了。嘿嘿，我若是与你易地而处的话，老兄……"

一番话，听得高老爷越发糊涂！

六

黄澜生同他的太太都不禁呵呵大笑起来。

黄太太咳了两声嗽道:"官场中硬有像高典狱这样不懂事的迂夫子吗?可是孙大哥,你咋会晓得这么详细?该不是故意编出来的?"

黄澜生抽着水烟道:"不然!官场中确乎有这样的人,尤其多的,是法律界中那伙才出山的新毛猴。不过,我想,雅堂今夜特为来摆谈的,主旨恐怕不在于这位姓高的朋友,而是在王寅伯之移樽就教。这种突如其来的举动,很不寻常,明明白白这中间定有什么文章存焉。雅堂兄,你的尊见可是这样?"

"不这样,我如何把高泳涵刚一送走,便来找你研究呢?"

黄太太问道:"高泳涵?敢莫就是高典狱?他咋会找到你呢?"

"他与我在法政学堂同过学。人很老实,书却读得好,所有讲义,没有人比他背得熟。就只不通世故,不谙人情。因我平日肯指点他,他遇有不了然地方,总要找我请教。今天吃了两回碰,想不通,所以又跑来找我诉苦,并要我替他下个决断,看史九龙指示的那番话,是陷害他的,还是真心为他的好?因此无话不谈,也才使我知道王寅伯同杨维早就拉上了交情,杨维以鸦片烟来消磨壮志,而今吃成一副大瘾,还是王寅伯劝导之力哩。"

"王寅伯同杨维拉上交情这一节,倒要听听。"黄澜生深感兴会地说。

孙雅堂又喝了两口才给他掺上鲜开水的滚茶,把嘴一抹道:"据这位书呆子说,他接事不久,就发觉杨维这个罪犯,起居服食,一切都与其他罪犯不同。当然,拿新名词说,杨维是政治犯,不同于那些杀人放火、打家劫舍的刑事犯,照章程所定,理应优待。然而优待得也出了格。别的不说,吃鸦片烟一事,总不容许。这位高公,是新官上任三把火,除了把烟灯、烟枪,连同一罐云土烟膏,立予搜出没收外,还跳进跳出,闹着要查究是什么人偷运入狱,是什么人狱外支应。他的眼力甚好,看出杨维那张颜色不正的瘦脸,那双萎靡无神的眼睛,知道杨维的烟瘾既不小,也非新近染上的。他这样吵闹时,杨维只是冷笑说:'你这家伙敢在太岁头上动土,胆子倒也不小。你要查究,好吧,你尽管去查究。但是鸦片烟得恭恭敬敬送还老子。如其不然，老子动起手来，要你好看。老子是道道地地的革命党，连你们那个载沣小儿和溥仪小儿的命，我要革就革，何况你这芝麻大个东西。'我们这位高仁兄就有这种好处，招了杨维一轰，他反而沉静下来，能用心思。连忙关上房门，把几个老资格管狱员叫来一问，才知道杨维的鸦片烟，通了天的。据说，最初，杨维拒绝不吃，每天只是写字读书，脾气很暴躁，动辄骂人，甚至摔东西，撂板凳。后来王寅伯派了几次亲信劝告说，鸦片烟可以养性宁神，收敛心志，他若上了瘾，于他只有好处。当然，还说了一些什么话，为众人所不知的。于是这个壮士，才皈依佛法，吃起鸦片烟来，好的是，不久便上了瘾。禁烟局支应的云土，劲仗真扎实！啊哈哈！"

黄太太也笑道："孙大哥摆得有趣！只是煞果那句'禁烟局支应云土'，一定是你生编的了。"

"二姑奶奶，你可不能随口诬人。你既晓得我是绍兴师爷，你便应该知道我的口也与我的笔一样，无例无案、无凭无据，是不能乱来的。我们从当帽盖子起，便要受此夹磨，要不然，永远不能出师。"

黄澜生挥着右手道："这些且莫谈。使我奇怪的，便是王寅伯与杨维怎会拉上了交情，而且交情还这么厚？丁未年的事情，我亲目所睹。破案逮人，全是王寅伯一个人搞出来的，主张把这几个人立地正法的，也以王寅伯最为激烈。他想借人血染红他的顶子，无怪其然。若不亏了成绵龙茂道贺纶夔、成都府高增爵两位大人力争，至少至少，杨维、黄方这两个人的脑壳，是会被王寅伯斫掉的。会审那天，我也在座，光看王寅伯那张杀气腾腾的脸，我就为这两个人捏把汗。像这样的冤家对头照道理讲来，杨维纵非王寅伯的深仇，但王寅伯却是杨维的宿怨，即使王寅伯悔悟前非，要讨好卖乖于杨维，而杨维却怎会不念旧恶，居然结交于王寅伯？我甘认阅历太浅，不能了解此中玄妙！"他又摇头重复一句，"实实不能了解此中玄妙！"

"岂但结交，结的并非朋友间的平等之交，还是有尊卑上下的交哩！那位高泳涵高傻子曾经偷偷检查过他们来往几次信。信上倒没说什么大有关系的话，却查明了王寅伯信上，称的是莘友仁弟，自称侍生；杨维信上，有时称寅伯尊师，有时简直称为寅师，自己称的，不是门生，就是及门。你看，杨维还甘于下礼向王寅伯求学问哩。嘿嘿，老弟，你岂不更难了解此中玄妙了吗？"

黄澜生又点头又摇头道:"诚如尊论,我委实不解。"

"其实有何难解?在王寅伯这面,大约受了他太翁指点,既不能致人于死命,便只有赶快转圜,与人释仇解憾。这是古人化干戈为玉帛的用意。不过古人用之于邦国,而王寅伯乃妙用于私人之间,这是容易懂的。至于杨维这面哩,本身陷入缧绁,生死由人,亲戚故旧,无从援手;别的不说,光是应付狱卒需索,他就没有办法。忽然一个操他生死大权的人,不惜纤尊降贵,同他纳交;听说判定罪名之前,王寅伯就把他招待在花厅里,吃的小锅饭,如果此说不虚,可见王寅伯钓鱼的窝子,撒得很早。如此日浸月润,莫说杨维是个皮包骨头肉的人,即令是铜头铁臂的怪物,也乘不住这种九蒸九炼,而不化为绕指柔。到了这步田地,当然,只有感恩之情,哪还有解不开的仇恨?没有投到膝前称义父,只是拜在门下称师尊,看来,杨维还算是有骨气的。老弟,你说我解释得可对?"

这下,连黄太太都拍掌称赞起来。

黄澜生还在沉吟说:"但是王寅伯今天公然移樽就教,不仅不畏人言,还那样理直气壮的,恐怕不能拿你刚才所说的那些解嫌释怨的理由来衡量吧?这其间必有进一步的文章存焉!"

"必然有的,所以特来找你研究研究。"

两个人都静默起来。一个喝茶,一个吃水烟。

黄太太也在用心思。忽然长睫毛闪动几下,首先开口道:"这是王寅伯在烧冷灶呀!"

她丈夫接着说道:"不是冷灶,大概灶已烧热了。"

黄太太道:"若说是热灶,那么,这个革命党一定要出狱了。"

孙雅堂把手上的盖碗茶向茶几上一顿道:"着!二妹一言破的,这位杨先生绝对出狱!若非毫无影响,王大人那样油滑的老宦,岂有不怕这消息传到老赵耳里去?"

黄太太紧接着说:"是不是赵尔丰已经点过头?说不定竟是赵尔丰支使他这样做的?"

她丈夫笑道:"这又是太太想翻了山的话。"

"不,并没有翻山。你们想嘛,杨维是革命党,办了永远监禁,这时候,能够出狱,除非皇恩大赦。不然的话,必定是赵尔丰特意要放他出来。"

想了想，不等别人开口，接着又说了句，"嗯！我看还不光是放出来哩……"

孙雅堂连连点头道："有道理，有道理。如其光是释放出来，没有远大前程，即是说不被抬举起来成为一个要角，王寅伯也用不着这样去巴结了。澜生，你所猜想的别有文章，恐即在此吧？"

"那倒不是的。我并且要问你们，杨维果有出狱之望，不管是朝廷大赦，或如你们所猜度是赵季帅的意思。但是，这却为了什么呢？甚至于说到还要抬举——抬举一个谋反叛逆的革命党，这更是匪夷所思——难道果如外面谣传，同志军的势力越来越大，川南、川北各地革命党又乘机崛起，攻占不少城池。赵季和确已困守孤城，束手无策，因而把杨维抬举出来，作为一面招妖幡，好把同志军、革命党都招在老赵这面，免得再反对他？是不是这样的呢？"

他的太太颇以为然地道："是这样的嘛。"

孙雅堂却摇头说道："我看，不是吧？革命党的骚扰，我没有看到公事，不明白确实情形。至于同志军，因为我们筹防局随时派有探子出去，尽管外面谣言把孙泽沛、吴二大王、侯国治、张瓜瓜这些人说得多凶，其实据我们得到的回报看，并不见得如何了不起。仅仅由于被他们裹胁的人一天比一天多，各地团防不知利害，或者也因为受了胁迫的缘故，多愿为之虚张声势，乃至愿为之耳目，所以传扬起来，就觉得同志军硬像成为不可扑灭的燎原之势。如其赵季和真个要用兵力来敉平的话，我敢说，要不上十天半月，这些大王都会烟消云散的。嘉定府的情况，不就是这样？当其罗八千岁、胡痰两股合龙，进占府城时候，声势多大。同志军号称三万多人，并且据报，还有川、滇两省边境上的许多悍匪、哥老、烟贩、盐枭等羼杂其间，看来，真要成为气候了。那时，朱敦五带了六营巡防，截堵在下游，叶荃带了一标新编陆军，从马边杀出，只一仗，不仅把嘉定府城克复，还把罗、胡二人撵入深山丛菁，拖走的余匪不足千人。以此为例，当前赵季和的力量并不弱，在他手上有那么几标精锐陆军，有十一营久经战阵的巡防，现又经我们筹防局代募了新兵五营，正在操练，他若安心剿办，孙、吴、侯、张那些麻雀队伍，哪是他的敌手？无论如何，都说不上要借重杨维来做招妖幡的。"

"所以我才不能同意你和内人所猜度的：王寅伯之笼络杨维，是老赵授意，甚至猜到老赵要抬举这个革命党。"

"那又不然！现在赵季和的枪法乱得很，不知道是他故意耍花枪，抑或由于心无主见。总而言之，他近来好些举措，都难以常理测之。比如新津打下之后，他既不乘胜猛追，又不及时肃清温、郫、崇、灌、双这五县地面，反而装出一副菩萨面孔，出示招安，在告示上说了多少软话。无论何人都知道，这是一种示弱，不惟无济于事，只能助长同志军气焰。这一层，难道以他的阅历，还不明白？但他为什么却要这样做呢？再如七月十五为他逮去的十三个人。那时说来，都是首要，都可按律处以不赦之罪，机关法团提出质问，被他驳斥了，还挨了一顿臭骂；绅士们恳求移交大理院审讯，也被他回绝了，说是于法无据，于势不可。但是，不到两个月，他却阴一个、阳一个，竟自释放了九个。说他释放的人，只是为了争路，而非谋叛首要。然则，颜雍耆明明是股东会长，与张表方同科，张表方既非首要，何以素负清誉、乡党称为善人的颜雍耆，反而会图谋不轨？现在并没有人再向他做什么请求，倒是他自己忽然声称，他自始就准备把这案子移交大理院凭公审断。这不仅前言不符后语，抑且迹近自打嘴巴。诸如此类，都可证明此公之不易捉摸。因此，我才推想到王寅伯在这种时期，敢于气而派焉地跑到监狱里去，同一个革命党把酒言欢，若非有大力者在暗中支使，他哪有这么大的胆量？这个所谓有大力者，在目前说起来，除了赵季和，还能有谁？而今天的赵季和，恰又可以神戳鬼戳搞出这些怪事来的。现在我们要研究的，只在赵季和为什么要来这么一手？"

　　黄澜生皱眉叹道："这却不容易研究啦！"

　　他太太笑了起来，说道："不研究也罢。无影无踪的事比猜灯谜还老火！"

　　孙雅堂道："真的，澜生，这一晌，院上竟没有什么令人注意的消息吗？"

　　"有当然有，只是我们幕僚处毫无所闻。朋友们有的辞了差，有的请了假，有的不辞差不请假就是不来。例如我们科参事饶凤藻饶观察，一连几天看不见人影，你从何处去打听消息？"

　　"啊也！竟有此事！"孙雅堂不由两手一拍，"老弟台，这不就是足以令人注意的消息吗？"

　　黄澜生举眼把孙雅堂看了看，没有说什么。

　　"你想嘛，你们的饶观察，是赵季和的何如人？是赵季和身边的荷包！赵季和有四个槟榔荷包：一个是田征葵，一个是王桢，一个是余大鸿，一个便是你们科参事饶凤藻。四个槟榔荷包，老赵每天都要放在手上掏几遍，一个不掏到，他都过不得日子。而今一个荷包几日不见人影……嗨！难道不是一种非常变故？为赵季和设想，该如何烦恼！"

黄澜生微笑道："田、王、余、饶果是老赵身边四位红道台。但也并不如老哥所言，是不可一日或离的槟榔荷包。我再告诉你，余大鸿余观察就已听说奉到札子，委派到重庆去统领川东一道的巡防，已在准备一切，不日便要启程。如其真是槟榔荷包，这个人怎又外调呢？"

"把余大鸿朝重庆调，也不是小事啊！你算，几天里头，四个心腹——就不说他们是顺气、销饱胀的槟榔荷包吧。除了田莽子，三个人都有不寻常的表现：一个笼络革命党，一个不见人影，一个奉委外调。嗯！看来，大局面不免有什么变动吧？"

黄澜生点头道："我也有点疑心。就只想不出怎样变，所以没说出来。"

黄太太又插嘴说道："怎样变？既不是同志军要扑城，该不是端方到重庆后搞了些啥子名堂？"

她丈夫首先否定她的推论："这个，我却敢说，端大臣不会搞什么名堂的。按照官场向例，他查办川事，必先到省城来同现任总督商量后，才能拿主意。诚然，我晓得有几个绅士，悄悄出省，赶去欢迎他，主旨就在控告老赵。可是端午桥这个人，何等油滑，何等玲珑，他能不与老赵说妥，就有什么举动，那不是安心得罪老赵？老赵资格尽管不及他的高，但东三省的赵次珊，却不是他惹得起的，而且朝廷之上，老赵也有几个靠山哩。所以自从端午桥奉旨来川，大家早就看穿，朝廷使他来，不过要他设法居间，一面顾全老赵威信，一面也敷衍一下民情，因为两面抹稀泥，倒是端午桥的拿手戏。说他还未到省就搞出什么名堂，使得大局发生变动，这是太太不明白官场情形的想头。"

他太太眉头一竖，正待给他一个反击。忽听大门门扉又是一阵砰呀訇的被人打得鼓响声音。同时，还隐隐约约听得见有人粗声大气在门外喊说什么。

"时候不早了，还有客来……我倒要告辞了。澜生，不管我们猜得对不对，总而言之，局面越来越不好，彼此留点意，倘有所闻，互相通知一声，倒要紧。"

"何必就走哩！设若来的是熟朋友，我们还可以研究一下的……"

高金山进来报说，喊门的是吴凤梧吴管带。

"哈！是他！"黄澜生一跃而起道，"这个人在新津搞过同志会。不晓得从哪里回省？一定有些新闻可听。倒是熟人，不过与我们路子有些不同。"

"那我先走一步。"

黄太太也站起来说："这个人流里流气，一见面就说钱，我也不爱见他，等澜生一个人同他去缠吧！"

七

吴凤梧一揖之后，果然说起钱来。但他这一回，并非要借钱，是说："多承老哥厚爱，上月赐借的十块钱，真把舍下大小都打救了！我确实打定主意，等我回省后，立即当铺盖，卖罩子，如数奉还，以表白我这一次说话作数，毫不虚假……"

黄澜生一面让座，一面阻拦道："区区之数，何足挂齿。"

"不是这么说法。大丈夫一言既出，驷马难追。有道是，有借有还，再借不难。这次借钱，不比往回，兄弟我既是有言在先，刻下回了省，怎好不说还钱的话呢？"

黄澜生推辞说："也不在忙上呀。"

"是的，是的。老哥既然不等着用，那么，容兄弟缓一口气，等到一笔生意做好再还吧。"

"什么生意？你改了行吗？"

吴凤梧接过主人递来的水烟袋，一口气呵得烟哨呼噜呼噜直响，两道极浓青烟由鼻孔喷薄而出。摇头摆脑地赞叹道："好劲仗的烟！这不是你平常抽的福烟啊。"

"福烟早已断庄，买不出。我和内人都改吃这个双金兰烟，劲仗确实很大。我们本来想改吃纸烟的，因为也是外来货，害怕刚刚吃惯，又断了庄，那才老火哩。"

"依我看，纸烟不会断庄的。"

"你怎么晓得呢？"

"嘿嘿，老哥，你又懵懂一时啦！纸烟是洋货，洋人在做，洋人在运，洋人在批发。洋人做生意，不像我们中国人，只要他开辟出一个商场，那就死也不丢手。比方这回，我从新津跑出来，打由彭山、仁寿地方，兜了一个大圈子。经过好多大小场镇，拜过好多码头，吃吃喝喝、玩玩耍耍，知道好多东西确实因为有人阻运，或者没人肯运，吊缺了。可是有两项东西，哪怕小得像三家店，也是有的。其中之一，就是纸烟……另一项嘛，是鸦片烟。尽管说鸦片烟是土产，不是外来货，但它到底沾了一个洋字，所以它就比其他土产神气得多了，嘿嘿！"

及至吴凤梧随着黄澜生的问话，把新津打仗情形，把侯保斋、周鸿勋分头退走情形，把他自己在路上所目睹的同志军和各地团防安心要与赵尔丰拼到底的情形，大致谈了一番，话头转到他回省之后何以为生，才接住前一项时主人所问的话道："并未改行。我依然是四棒棒加一棒棒，五（武）棒棒。并且这项生意，与我本行有关，如其改了行，便无生意可做了。"说完，还故意眯起眼睛笑了笑，装出一副神秘样子。

黄澜生也笑道："这样说来，你这生意，定非什么寻常生意喽。"

"当然，当然。"

"有没有危险？"

"不会做的人，难免不遇邪。像我这种老油子，那倒泰山石敢当！"

"要不要本钱呢？若是不凑手的话，我还可以……"

"承情，承情。我这生意，是不需要本钱的，克实说来，只能算是经纪而已。"

"到底是什么生意哟？"

吴凤梧举眼四下一看，小客厅里洋灯点得雪亮，除主人外，没有第二个人；朝窗外望去，庭院里也只有秋虫鸣声，黑魆魆地看不见半个人影。他方抑住嗓子，凑近黄澜生耳畔说道："你我交情非外，想来不会向外张扬的。告诉你，这不是正当生意……给人经手买卖枪支子弹。"

黄澜生不由吓了一跳道："这是犯法的事情呀！"

"是犯法事情。不过刻下犯法事情太多，大家都在干，都干得起劲，也便不算犯法。就说犯法，谁又肯来干涉呢？况且这些东西，并不是我卖，也不是我买，我只是从中介绍，得点正正当当的手续费。没有我，这生意总归要做，法是犯定了，那我又何必假绷正经，看着钱在地上，不蛐一下腰杆呢？"

黄澜生笑道："经你这一说，好像又是一种寻常买卖，人人都可以做的。"

"也不对。如其你不在军营里，不经管这些东西，不懂得耍手脚的妙窍，你能不能卖？敢不敢卖？又如你不在这时节正大光明地同官兵打仗，你怎么舍得拿出白花花的大捧银子，来买这些惹是生非的凶器呢？即使要买，那也不过偶尔买支把两支这个，"他把两手一比，使人懂得是枪，"买几颗到二十颗这个。"他又把小指头竖起摇了摇，使人懂得是子弹。"当然不会像刻下，有好多，买好多。尤其这个东西，"他的小指头又高高翘起，"啪一声，便丢一颗。你老哥没玩过这把戏，想也想不到，一上战阵，要啪好多声哟。但是要买这些东西，也得有门路；如其找不到门路，尽管你把银子堆成山，却是枉然。所以说，买卖虽然不算怎么特别，有人卖，也有人买。但也不是人人都可以做，如其没有我这样有资格的人来当经纪的话。"末了，吴凤梧还扬扬得意地昂着头道："找我这样有资格的人，不是冲壳子，确实不容易哩！"

"那你尽可以在招牌上大书特书：本号独一无二，顾客务必认清，免遭欺骗！"

主客都大笑起来。吃烟的吃烟，喝茶的喝茶。

"你的买主想必是有的了？"

"当然，当然，多得是。凡我走过的场镇，拜过的码头，碰过头的统领、队长、团总、团正，数不清的人。有几个着急慌了的汉子，听说我能够弄到一些硬家伙——新式的，叫硬家伙；旧式的，如像独子后鞈、劈耳子，只叫家伙——便拿出老白锭、龙洋，朝我手上塞。说是作为定钱，无论如何要我收下。你想，我怎么好收哩。如其弄不到那么多，分配不到那些人的头上……"

"你有把握能够找到卖主吗？"黄澜生不等他说完，便急急地问。

"这还待问吗？要不是有把握，敢乱冲壳子？在平日，不免有些困难。大宗的、成趸的、容易耍手脚的，都在库里，发出来的，都编了号，造了册。记得在争路风潮时候，我从打箭炉出来不久，有个姓顾的新繁团总……"

"可叫顾天成？"

"就是此人。你认得他？"

"我不认得。我知道这个人。你讲下去，歇会儿再摆这个人。"

"是的。顾天成就托我代他找几支硬家伙。很费了我些手脚，才替他找到一支四瓣火——连家伙都说不上。不过他已经高兴，说是到底比明火枪强——但刻下正在打仗，情形就不同啦。只要上过战阵的军队，军械军需见啥都有些损耗，在造册上报时，耍点手脚，非常容易。就是在搬运器械时候，也一样可以捞点外快。子弹不说了，弄好多，有好多，价钱不贵，转手时油水很大。硬家伙也不难，价钱，却要看卖主的心重到啥子程度。可是刻下该它们行运，再贵也有买主，略微吃点小亏的，仅只当介绍的人捞不到好多油水罢咧！"

黄澜生摇着头道："看来，这班卖东西的人未免太蠢！难道就没想到，人家把东西买去，车转来打的，却是谁呀？"

"未必便打中他。"

"万一打中呢？"

"只怪运气不好。其实也值得，到底得过一笔外快！何况他们根本就不曾打过硬仗，也从未想到打硬仗。不打硬仗，除非中埋伏，比如向阳场、三渡水那样，才会死那么多人。"

"新津打得那么凶，那么久，莫非死的人不多吗？"

"就是不多喽！约莫估计，陆军那面，死的伤的一共似乎不到一百人，真正阵亡的更少。反而是同志军——我说的同志军，并不包括周鸿勋的一营巡防。他的人很会打仗，比陆军内行，死伤也不大。只有那伙邛、蒲、大、崇、新、灌一带的哥老，和各县开去的团防，死的很多。每一次战阵，丢翻的有好几十，带花的数不清。打总算来，死得起码有五百，伤的总在一千以上，幸而陆军一直没有打过硬仗，如其不然，同志军这面，还不晓得要死多少，伤多少哩！"

"我正待请问你，同志军既然如此脆弱，器械又不行，打起仗来又死伤甚重，但是何以打到现在，反而觉得它的势力越大？你可晓得，前不久居然闹到武侯祠抢炮，土桥劫场，连孙泽沛的告示都巴到城门洞？并且把成都省团团围住，油盐柴米等物，但凡从稍远地方运来的东西，全被阻断，省城派了几次巡警水警去清道，都不见效，这是什么道理？"

吴凤梧想了想道："要我说出什么道理，我还没有这本事。凭我见过的，光说打仗，有些地方，我便想不透。比如我们从前在打箭炉外打蛮子，说起来，蛮子就是不怕死的。可是一群人中，你打翻他上十个，他就非跑不可了。刻下的同志军，看样子，并不比蛮子凶，一个二个，傻头傻脑的。但是，只要你一招呼去打赵尔丰，他们立刻就变得勇不可当：挺起梭镖，埋头便冲，不管前后左右的弟兄打翻了多少，他非冲上去捞到一点本钱，绝不回头。最使我想不透的是，一次吃了亏，你教他莫那么傻，打仗有打仗的妙窍，上了阵，要找掩护，尤其使刀矛的人，不要老早朝前冲，枉自当人家的枪靶。怪的是，你讲时，他点头；一上阵地，又一切不顾了，一点不怕了。这并不是少数人如此，几乎愿意来打仗的都如此。像这样的人，已使人难于打点，何况陆军一根笋又不安心打硬仗。我想，同志军之所以像块生铁，尽管随时随地着官兵打得火星四溅，可它反而越硬了的缘故，说不定就在这个傻字上头？”

“不错。你说的傻，就是古人所说如饮狂药的那种药性了。”

“我还想到一层，是同志军与团防人数极多，随便一招呼，千百成群地来，要多少，有多少，再死再伤，从没有人撤过火。加以不要薪饷，有饭吃就行。因为这样义气，纵然有点轨外行动，百姓们都不讲出来，把它包涵了，还处处卫护他们。官兵这面正正相反。为数既少，死一个，就不容易补上。多招一排人，要多费好多饷银。其他的困难尚多，不用说了。顶老火的，是得不到百姓们的欢心。尽管你吃茶给茶钱，吃饭给饭钱，可是百姓们总是冷冰冰地避开你。随你问啥子，不拿真话告诉你。要是你稍微带点过，恭喜发财，包管你走不倒路。这情形，不说你们住在省城内的老爷们不晓得，我若不是兜了一个大圈子，到处采风问俗，连我这个在浑水荡里打过滚的人，也摸不够底实哩！”

黄澜生叹息道：“这些都不管它了。我再请问你一句，同志军会不会按进城来？”

“很难说哩！如其他们懂得一点军事学，股头不要分得那么多，不把所有军队全当成赵制台的死党……哼！他们是会搞成功的。”

二更锣声响了好一会，吴凤梧方起身告辞，主人非常抱歉，说没有留他消夜。其实还是吃了一品碗醪糟蛋花。

第二章 端方来了

一

从将近百丈高的、又峭拔、又险峻的老君洞山巅俯瞰下去，建筑在一块大盘石上的重庆城，硬像处在锅底，一条浩浩荡荡、先是由西流向东、继而随着曲折的山谷、变成由北流向南的长江，和一条水量比较小一点、这时恰是由西向东流下来、合流到长江里的嘉陵江，从三面萦绕着这座石盘城，把它构成一种像鹦哥嘴样子的半岛。朝天门恰在它的嘴尖上，这里也是两江合流地方。

正因为两江环绕，四山合抱，本底子又是一大块从西北向东南倾斜的石岩，空气不大流动，城里找不出一株大树，更多地方，连一苗草都没有；夏季，便特别热，成为长江上游有名的热城之一。而盛暑后，雾又特别多，轻绡似的横抹在山腰，在城头，在水面的薄雾，经常有，不稀奇；就是浓得化不开，整半日整半日地使人用尽目力，依然只能看到几尺远的日子，一月之中，也有几天。每当雾罩漫天，什么都是白茫茫一片的时候，河下的船只，全都停泊在两江四岸的码头上，连渡江小划子都不敢去冒险。这时，你纵有火烧眉毛的急事，不多心，也得请你耐耐烦烦静待雾散了再赶路！

而这一天——辛亥年八月二十二日，却出了奇迹！正是多雾的季节，多雾的地方，偏这一天，晴空万里，日暖风和。由重庆城望到对岸老君洞，几乎连悬在峭壁上的石梯，都数得出；从老君洞看下来，更不消说，万家烟火的一座石盘城，哪是大街，哪是小巷，哪是庙宇，哪是官衙，甚至从朝天门到菜园坝各码头上，有若干船要开了，有若干船正来停泊，都历历在目。比看自己巴掌上的纹路还清楚。好多人颇为称奇地说："老己，你说怪不怪？偏偏端方今天到，偏偏天气就这么好，莫非这个满巴儿，该他到我们四川来摆几天阔气不成？"

说阔气，真阔气，光看今天朝天门的打扮，就迥非往年迎接新任四川总督岑春煊可比。从朝天门城门洞一直下到河边码头，不只是数不清的大红宫灯、大红绣花彩幛，头顶上还密不通风地张了一道红绸天幔，一班人称之为漫天过海。人在下面行走，被太阳光一烘，个个都变成喜气盈溢的善财童子了。

　　而且接官彩棚搭了两座。一座在城门洞内——几乎就在城墙上，因为只有那里才找得出一片不大的、比较平坦的地方；一座在码头的石级尽处，简单就设在狭小的卵石碛坝上；从这里伸出三道挺宽跳板，联系着作为临时囤船的一堆扎得很结实的木筏。

　　彩棚内都照规矩设有接圣旨的香案。钦差大人一进彩棚，应当紧绷着脸，像僵尸般直挺挺站在香案侧。资格够得上问圣安的文武官员，应当“祭神如神在”似的，恭恭敬敬对着空香案下跪三次，磕九个头，由领头一个官员做出猫儿声气问：“皇上圣躬安好？”钦差应当答说：“圣躬安！起去！”而后官员们才起身与钦差相见，问候钦差沿途安好，献茶，献酒，献果点。钦差应当一概屏绝，拱手登轿。这是知府衙门礼房书办在预呈的仪注单上写明的。因为重庆是山城，码头甚高、甚长，不知钦差的意思，是下了蜀通轮船便行此礼吗？抑或要上了码头才行此礼？为了将就钦差的方便，搭盖两个彩棚，这也是向来所无。

　　在蜀通轮船可能到达的前三小时——据昨夜接到长寿县的电报说，本日清晨有雾，蜀通启碇甚晚，预计只能上驶八十八里，泊宿黑石滩上下。次日水程止九十里，如无雾，亭午可达，云云。因此，在上午九点钟左右，全城文武官员，同一班有身份、有职务、与官场素有往来的绅士，都穿靴戴帽、朝珠补褂，齐铺铺聚集到朝天门城门洞的彩棚中来。

　　川东道道台朱有基，是这时候重庆正印官员当中官阶最高的一员。官阶高，架子就大，而朱有基这人，又是一个按部就班、诸事不忙的老宦，经重庆府知府纽传善催请了三次，方于十一点半钟左右，坐着四人大轿，全堂执事（仅只把开锣、喝道、响乌梢鞭这一些过分腐败的东西，从新豁免了。其余如小队子、顶马、统伞之外加的红日罩等，则因体统攸关，保存下来。这些便称为全堂执事）拱卫着，徐徐而来。虽然他来得顶晚了，但也及时。

　　朱有基看见香案上陈设的古铜香炉（确确实实是宣德炉。是纽传善特别物色来的两个。因为端方是出了名的古董客，不能不投其所好），业已香馥馥地把檀木签子焚起来，便问随侍在身边的纽传善："敢是快到了？"

只管纽传善的官并不小，与他相去不过一阶，但朱有基仍然把他看得不在意下。因此，他问话时，既不提起精神，搭上一个称呼，也不想把声气稍微放大点，多用几个字，把句子构造得更完整。

纽传善晓得他这位上司的脾气，倒也不多心，依旧弹着两只马蹄袖，规规矩矩答说："快了！"

外面一片声音喊了起来："到啦！到啦！大佛沱那头已经冒起黑烟来了！"

朱有基的一双蒙眬欲睡的丹凤眼，猛一下撑了开来，放大嗓子喊道："元白，我们到码头下面去恭迓端大人好啰！"

纽传善道："大人不忙。大佛沱上来，尚有五里。轮船虽快，但是连抛锚靠头，也得刻把钟，乃至半点钟。等卑职先下去照料，大人还可以在这里安坐一会。"

"不！该早点下去，恭敬些！"朱有基的态度，无匹坚决。

江水虽然还未大落，朝天门石梯仍足有百多级，有几段极为陡峻，坐轿子下这样的坡，不是舒服事情。但是有什么办法呢？既然做了官，便没有走路的权利，孔夫子不是说过"以吾从大夫之后，不可徒行"吗？何况全身披挂，足下还是一双厚底方头官靴。朱大人、纽大人只好"如临深渊"般坐在宽舒大轿内，被几个雄赳赳大班抬了下去。

朝天门本是一个热闹码头。它下面是一个洄水沱，水深而渟滀，不像其他各码头的水势湍激。好多大货船都要在这里来停泊，来上下货物。这个码头，运货上下的力夫特别多，码头上下用楠竹为材料的捆绑房子也特别多，为了船户和桡夫、纤夫们的方便，专门向他们做小买卖的人也特别多，专门使他们掏尽腰包、希图得点小便宜、小快乐的名堂也特别多。这个码头，只有深更半夜短时间稍微清静，其余时间，几乎充满了吵吵闹闹的人声。当然，搬运力夫肩头上扛着几百斤重，要攀登一二百级石梯，若不一步一嗨哟，若不把拄杖的包铁在石头上重重地拄一下，那是不行的。在船上干活的人都习惯于用大嗓子说话，不这样，就压不下喧阗的风声水声；你懂得这一点，你便不会惊异他们何以一开口，就像和人吵嘴似的，项脖上、额脑上的青筋一条条鼓起来，忘记了这是朝天门码头，街巷这么窄，人这么挤，听话的人就站在他跟前，或者同他一条板凳坐着？这个码头，更多的是挑水夫。重庆城不能打井，吃的水，用的水，全靠挑水夫用两只木桶、一条扁担，从河下挑上去。虽然城门多，码头多，挑水夫不一定都集中到朝天门。可是专走朝天门来挑水的，还是不少。每一担水，在行经石梯时候，总不免有点泼洒。因此，朝天门的石梯，也同样的成天都像下过雨，很难找到巴掌大一片干燥地方。

但是这些，今天全没有了。找不到一个搬运力夫，当然就没有了嗨哟；找不到一个桡夫、纤夫和船户，当然就没有了大嗓子；找不到一个做小买卖的贩子，当然就没有了各式各样的叫卖，和各式各样的响器；尤其是找不到一个挑水夫，当然全部石梯不仅打扫得干干净净没有一点渣滓，并且都干燥得不见一点水迹。

朝天门码头并不因此便杳无人迹，人还是很多。首先多的是兵。从城门洞一直到河下，二合二面全站满了队伍。下一段的队伍，是端方带来的湖北新军，是前几天用了上百号大木船，从宜昌赶运前来的陆军第十六协三十一标的前队和他指调的三十二标一营的两个队。好几百人，个个梢长大汉，一律黄咔叽军装，黄帆布军鞋，黄呢绑腿，黄牛皮腰带，发辫全挽在脑顶上，用黄咔叽军帽盖得巴巴适适，很像天然没有发辫的东洋兵；手上拿的武器也是四川尚未常见的日本造的五子钢枪。上一段的队伍，是重庆府知府兼管的一营巡防军；是新近才成立的一队城防营；是重庆警察总署直辖的几个武装巡警队；无论从精神上看，从仪表上看，都不及湖北新军远甚。

河下傍着码头停泊的那些数不清的货船，也在头一天，由水道警察奉命，一律赶走。挺宽一条河岸，只一字儿排开了三十米只水道警察的巡船。

其次多的是官轿。每一位大人，有一乘轿，每一位老爷，也有一乘轿。大人坐的是四轿，但大抵是四抬四扶，每乘轿，是八个大班。老爷坐的是三丁拐，也并非只限三个人抬，经常是五个大班抽换着抬，名称叫作五抽心；多的，却可多到三班，即说，九个大班抬；如像巴县知县段荣嘉的拱竿三丁拐，为了比任何人的轿子快，以便他到处露脸，到处搭话，不得不使用九名精壮轿夫。因此，更多的是轿夫。轿夫之外，随侍在大人、老爷身边，作这样、作那样的跟班也多。而朱有基、纽传善为了体制关系，还要带上若干名不离前后的小队子。巴县知县段荣嘉不配有亲兵，但也带了十几二十名差役堂勇。

今天朝天门码头还是很热闹的！

嗡……嗡嗡——嗡……嗡嗡！蜀通轮船上的汽笛拉响，雄壮的回声响彻到四面八方。

系在机器轮船左边、比机器船还长、还大、还高的客舱船的桅杆上，飘扬着一幅丈多长的白布官衔旗。旗上是宋体字，用红黑油漆相间着写的。字数只有七个，字体也大，太远了不大看得清楚。

刚由广东巡警道任上、奉到端方密电、特特趱程赶回重庆原籍来的李湛阳（他是川、滇、黔三省独一无二可与山西票号抗衡的一家银号，招牌叫作天顺祥的小老板），在翎顶辉煌的人丛中，摸着漆黑八字胡子，凑在涪州翰林施纪云耳边说道："太史公，你可曾看见午帅的官衔旗子？"

施纪云眯起昏花老眼，对着渐由迎面驶来的轮船，注视了一会儿，说道："旗子倒早看见了。上面的字……"不由把头几摆，"近年来我这眼睛越发不济事了！写的什么？老兄的目力好，定然看得清楚。"

轮船又拉了两声长哨，快要掉头，官衔旗暂时静止了一下。

李湛阳笑道："太史公，看清楚了吧？"

"哦！原来只这七个字：钦差查办大臣端。"

李湛阳道："正因为只这七个字，所以鄙人要请教你这位见多识广的太史公——午帅何以不把他那侍郎衔川汉粤汉铁路督办大臣的全官衔拿出来？难道有什么不便吗？"

施纪云把花白须尖拈着想了想。其时，轮船已打了慢车，去岸越近，客舱船上人来人往，连鼻子眼睛都可分辨。下一层全是兵，是端方的卫队，是他指调的湖北陆军三十二标一营的一个队，是由他的学生、湖北将弁学堂出身、现任一营管带、四川人董作泉亲自率领着。上层舱房里，当然是他的亲信、幕僚、随员等人，都未露面，只几个穿马褂、戴红缨帽的大跟班在栏杆边走动。

施纪云哼了一声道："当然有不便处！而且午帅是来查办川事，并非来修铁路，若是拿出全官衔来，岂不……"

不等他说下去，岸上、城墙上的接官铁铳，业已轰咚……轰咚！震耳欲聋地响了九声。新军队中的洋号洋鼓，也咚咚砰……咚咚砰，滴滴答……滴滴答，极力吹打起来。列在石梯上和城墙上的本地队伍，也张开肺部，一齐吆喝了三声："迎接大人！"一霎时，映山映水全是声音。真当得起既空前，也绝后！

蜀通停泊停妥，这群翎顶辉煌的官员绅士，正待跨上跳板去递手本。忽见客舱船上层，一个穿行装的武职官员，站在船头栏杆边，大声向岸上吆喝道："大人传话，请各位大人留步，不必上船！回头在行台见吧！"

啊！好大的派头！

"难道连请圣安的仪注都不兴了吗？"大家闷闷的，只好在心里这样打叽喳。

二

重庆东水门内城墙边有一条偏僻街道。街上江南馆、禹王宫占地相当宽广。房屋建筑高大结实。还有几片在这山城很不容易找到的平坦院坝。现在，因为这两处都作为钦差大臣行台，不但两处房屋全修理得金碧辉煌，把两个会馆变成一道很像样子的衙门。门外临时搭起两座鼓吹台，吹鼓手衣冠齐楚地守在台上，钦差一出一入，三声炮响，鼓乐齐鸣；即在平日，早、午、晚也要吹打三次。鼓吹台侧，还竖起两根双斗桅杆，钦差在行台时，两面姓字大旗迎风招展；钦差出了行台，大旗降下，光看旗的升降，便知道钦差在与不在。而且这条偏僻街道也变了样，变成从朝至暮轿马不绝的冲繁要道。

街上嘈杂，江南馆最后一进院子倒还幽静。

挺大的四方峡石面成的院坝，打扫得异常干净。一列八大盆秋兰，极其名贵，据说是从浮图关李家花园抬来的。夏天搭盖的篾篷没拆，秋阳虽烈，院子里却很凉爽。正面五大间明一柱房子，中间的槅扇门与两边的窗棂，本来雕工精致，现更油彩一新。槅扇门与窗棂，都嵌上了玻璃，还悬着湖色薄绸。

中间堂屋现在改为内客厅，同时也是议事厅。靠后壁安了张旧式的红豆木炕床，依着格式，在嵌大理石面的炕桌两侧，铺了两张虎皮褥子，摆了两只八寸见方、二尺来长的红缎炕枕。炕床后端还有一条长几。几上当中一只大自鸣钟，居然走得很准；两边两只古铜吉磬，翠色斑斓；再两头是两只江西瓷帽筒。左右壁下各安了四把旧式太师椅，各安了两张旧式雕花茶几，与炕床一样，都是红豆木做的。椅披、椅垫和几裙，一色大红缎子绣五彩花。完完全全是一派旧式客厅的布置。但当地却摆了一张当时所谓的大餐桌，铺的漂白洋布，四面直垂到地。桌上并无陈设，绕桌安了十二把漆成猪肝色的、样式极为笨拙的立背椅。这又是一种流行的新式议事厅布置。两种布置，非常不调和。因为时兴如此，谁也没法去改它。槅扇门上垂着一幅猩猩红呢夹板门帘，当然是旧式。檐阶边一座雕云蝠的红豆木屏风，也是旧式。内面两侧壁上，在应当悬挂字屏、画屏地方，现在横着挂了两面道道地地的西洋穿衣镜。镜面很大，大得可以使坐在上端主持会议的钦差，只须眼睛一溜，便能够把坐在两侧议事的人当面和背后都看得明白。以防不虞吗？或另有用意？没人知道。是端方派来打头站的随员吩咐办差的巴县知县，必须照这样布置。想来，钦差大人曾经为了考察宪政跑过西洋，准是一种新式派头吧？

这时节，这间中西合璧（也可说是中学为体、西学为用的学说的具体表现）的房间里，空落落地没一个人，人正在堂屋上首作为钦差签押房的那间正房内。

端方袍儿、褂儿、靴儿，穿得齐齐楚楚，就只没戴大帽。脑顶头发脱得差不多，以致才梳的一条发辫，虽然依旧乌黑，但他自己也知道比前两年细多了。

他背剪着两手，还在房间里踱来踱去。房间和堂屋一样深。窄一些，紫檀家具摆得不少，留来容他踱方步的空间不太多。不几步，踱到后窗下，把外面一垛高高的防火砖墙瞥一眼。转一个身，不几步，便又踱到紫檀签押桌前了。

他那圆而红润的脸上，两天来所笼罩的一种忧郁之色，这时显得更浓了些。两道淡得几乎看不清楚的眉毛，在眉心中间蹙成一个八字。平时那么灵活、那么能够使人心安、使人胆怯的眼睛，也变得呆滞了；微微浮起的眼囊似乎更为肿胀，也比往常更带一些青色。而且好几分钟时间，一直垂视着那双青缎的单梁、长勒、厚底、方头靴尖；偶尔抬起来，把放在帽筒上的一顶大红珊瑚顶戴、并在翡翠翎管中插了一支花翎的大帽瞥一眼，也不大注意的样子。最后，眼光依然落到坐在签押桌侧的他的五弟端锦身上。

端锦是他最相信、最能谈论心腹事情的胞弟。现在以三品衔、河南省候补知府的资历，充当着他的随员。这人的模样有些像他的四哥，即是说，也是一张圆盘大脸，也是两道淡得几乎看不清楚的眉毛，也是一双又灵活又狡狯的眼睛。只是比他哥年轻，嘴唇上还没有他哥那不多几茎带黄色的胡子；两颊光光，也还不像他哥老早就把颊髯蓄起了。身材也比较瘦弱，尤其是两只手，又白净又纤细，简直不似他哥那双肥厚的大手，也不像一个四十多岁的男子的手。

"连沙市、宜昌的电报都不通了。"端锦把右臂搁在签押桌上，指头中间夹着由电报局退回来的几张密码电报纸——是上白宣纸印成朱丝格、又宽又大、专为钦差大臣特制的电报纸。不必用关防，光凭这种特用纸，电报局就应随到随发的了——一面拿眼睛盯住他哥道："局面恐怕有了大变动？"

"嗯！"端方停了步，也瞅着他五弟点了点头，"何消说哩，革命党准定是上蹿了。"

端锦打了一个寒噤，觉得背心麻了一股。连忙说道："那么，天下真个要大乱了？"

"那倒不免。"

"朝廷该不至于……"

"绝不至于有什么，咱们大清朝的国运还长哩！"

"不错，长毛造反，占了那么多省份，还着朝廷打平息了。"端锦顿了一顿，又问，"对我们来说，有没有关系？"

"有啊，而且很大！"端方接着叹了声道，"唉！我这两天心头不痛快的就在这上面……"

"是不是担心我们带来的那些鄂军？"

"还在其次……其实我已有了防备，在武昌克服之前，不漏一点消息出去，就不怕有什么意外发生。我目前最不放心的，只在内边许我的后命，该不会因为忙于湖北用兵而便搁置下来，或者竟自变了卦？"

"不会吧！"

"你怎么敢说不会？"

"咱们的孝敬不是早就送过了？"

"唉！你这个笨伯！你只想一想，岑三爷为什么到了武昌就不能西上？难道岑三爷便没一点孝敬吗？"

624

"好不好打个电报给继先侄儿，叫他去催一催泽公爷和盛杏荪呢？"

"偏偏宜昌、沙市的电报又不通了！"端方把手一摊，接着说道，"连这封这么重要的奏电还待设法哩！"

端锦把眼睛掉向窗外一望道："是啊，管译员何以还不见来？"

三

恰巧，房门上的绣花门帘一动，端方的心腹译电员管荡之急匆匆地跨进房来。

"大人有什么吩咐吗？"是一种南方人的京腔。

虽然穿着一身行装，但从衣服的款式和头上那顶长缨玉草帽胎看来，一望而知，是带有不少洋场气的。白白生生一张瓜子脸，一天不知要搽上几遍香脂。只管随同钦差大人由宜昌起早，翻山越岭，避开天险三峡，打从施南、利川地界，走了十三天陆路，来到夔州府，才坐上木船，改由水路西上；就连成天坐在大轿里、从未用脚走过半里山地的端大人，尚不免被晓风烈日染上一层赭色；其他随行人员更其个个风尘满面；唯独这个候选同知管荡之，不知用的什么妙法，竟能保持着他那白净皮肤，俊俏面孔，既不见半点汗腻，更不着一星尘垢。如其不是一双近得很厉害的近视眼，随时挂一副深度的金丝托力克眼镜在鼻梁上（也得亏端大人到过泰西，看见过洋人即使在庙堂之上，也能公然戴眼镜，回国后，才革除陋习，准许属员有眼疾的，可以在上司面前不取眼镜。不然的话，这个管同知只好杖而后行了），很可使人疑心是端大人特特从京城带来的一名什么班的相公。不过，即令管荡之眼睛不近视，面孔再加几分俊，身段再添几分俏，还是没人疑心到此。因为谁也知道端大人别号陶斋，他的癖嗜，除做官之外，确只在于玩古董：玩秦砖汉瓦，玩商彝周鼎，玩端溪砚石，玩魏碑晋帖，玩宋版书籍，玩宋元字画。他这次到四川，便带来不少端砚、碑帖和宋元人的手卷。

端方这才展眉舒眼、从从容容走到签押桌前、一张铺有五彩栽绒垫的靠臂椅上坐下，瞅着这个心腹译电员问道："宜昌电路不通，是什么时候的事情？"

"刚才到电报局查过。据局里员司说，昨夜起就不通了。"

"我这封紧要奏电怎么办呢？"

"卑职也在局子里查清楚了。现在由重庆到京城，还有两条线路可通……"

没等说完，端锦就从旁插了上来，并且是厉声在说："好呀！还有两条线路！那他们为什么不就把这拍发出去，却退了回来？真是一群混账王八蛋！"

他哥连忙瞪了他一眼道："莫乱骂人，老五！"随即掉向呆在旁边的管荡之："你说下去。"

"是……是。"管荡之毕恭且敬地说道，"这两条线路，一条是国外海底电线，由安南国直通天津。虽然径捷，可是拍发密码官电，得先与外国局子交涉一下；另一条是国内线，由云南转广西，再转广东，再转江西，而后从南京转出去。这圈子兜大了不说，若遇线路拥挤，免不得稽迟误事。局里员司不晓得大人意思选取哪条线路，不敢擅专，所以……"

又是端锦在插嘴："他们就该打个禀帖来呀。"

"他们正在写禀帖。是我们的差官不耐烦等，先走了。"

端方道："似这样，更不能嗔怪局员们啦……荡之，我想从安南海底电线拍发了吧。不过，你去斟酌斟酌，这封电报，你应当明白，关系极为重大。拍往京城，快固然需要，稳妥也需要。"

才把译电员打发走，听见院子里又是一阵靴声——有扑扑作响的官靴声，也有橐橐作响的皮靴声。

两人从湖色绸窗帘的缝隙间望出去，看见全身戎装的卫队长、鄂军三十二标一营管带董作泉，陪着两个长袍大褂、头戴品级官帽的人，从前面穿堂走进来。一个亮蓝帽顶、拖有一支蓝翎的精瘦老年人，是安徽省候补知府、涪州翰林施纪云。是他从宜昌起身时，特电涪州，约到重庆来代为联络四川绅士的幕宾。在施纪云身边走着的，是一个约莫四十年纪、肥头大耳、壮壮实实、业已蓄着两撇黑须的人，帽顶是淡红宝石，脑后拖了匹花翎。

他向端锦低声说道："他们来了。"

端锦也低声问道："那个二品顶戴的，可就是李湛阳？"

"是他。"端方一面自己从帽筒上把大帽取来戴上。

"并不见得如何精悍嘛。"

"正因为不那么精悍，所以才约他来带兵。何况是个银号老板，在青黄不接时，还可给我垫一垫。"

"嘿嘿，将来款子多了，也有地方放了，免得再遭票号老西的盘剥啦！"

两个大跟班，一个打起夹板门帘让客，一个进签押房来禀报。

端方坐在铺着漂白洋布的大餐桌下方，笑容可掬地对着坐在右手边的李湛阳说道："觐枫兄，回到重庆久了吗？"

"不久，"说起来，李湛阳算是端方的旧属。现在虽然做到广东巡警道，官不为小，但对于端方，还是保持着下属分际，有问才答，并且不敢多说，"还不到十天。"

"也算很快了。"

"大人电召，敢不星夜骏奔！"

"坚白倚界老兄正殷，这次，怎么这等慷慨，便答应老兄离任呢？"

李湛阳微微笑着说道："是职道耍了一点狡狯，未向张坚帅明言是大人电召，而是托词老母多病，暂行请假省亲，单身离穗，眷属并未同行，所以张坚帅竟相信了。"顿了顿，他又正正经经说道，"虽曰托词，其实家慈确因年老多病，屡函职道归省。今之得以回来，仍由于大人电召之赐，职道实实感激不尽！"

端方呵呵笑道："觐枫兄把话说颠倒了。这是老太太的力量，我何功焉！不过，觐枫兄能孝于亲，当然就能造福乡里，这儿城防营的事情，一定要仰仗大力的。"他又转向坐在左边的施纪云道："鹤翁，是不是已经代我致过意来？"

施纪云表字鹤初，点了点头，才待说什么，李湛阳就抢着谦逊了一番，无非是下材庸劣，不堪委以军旅之事。还说什么假期只有三个月，诚恐期满之时，两广总督张鸣歧定会力促回任，那时行住两非，本人既多为难，而又辜负宪眷等等，一些官场中应该说的门面话。

但是端方不听他的这些话，却告诉他，其所以找他回来，正因为他能够给他帮忙。开始，也说了一些门面话。末了，微微露了一点口风，说朝廷差遣他到四川来，不止于查办而已，说不定还有后命。因此，他不能不事先有所布置。至于三个月后，"觐枫兄，你又何必回任广东？我知道你报部的籍贯，是用你的原籍云南。将来，我奏调你在四川做官，至少还你一个实缺巡警道，把老太太接去成都就养，岂不公私都便了？"

他居然把藏在心里的话，毫无顾忌地吐露出来。

四

其实他不吐露，大家原也明白他的来意的。

端方自从花了四十万银圆（一说是四十万两纹银）运动费，钻了个侍郎衔川汉粤汉铁路督办大臣到手。当时，大家就知道他的目的，何尝在办铁路，不过是以铁路督办大臣作为桥梁，想恢复到三年前官阶——总督部堂。两湖总督想不到手，忖度了一下，自己确非瑞澂的敌手。一个时期，他差不多抛弃了初愿，真打算老老实实干几年铁路督办再看机会。哪晓得天公弄人，正当他在武昌平湖门外看好一片地方，准备兴建督办大臣衙门时候，偏偏四川出了事，偏偏又遭逢一个蠢汉赵尔丰有时听他摆布，有时又不听，把一桩顺手生意弄得糟不可言。起初被四川人指着鼻子骂得狗血喷头，心里不免有点懊恼。恨王人文，恨赵尔丰，更恨四川人。继而听见朝廷有派人入川查办消息，他又动了念头。寻思不如趁此把瑞澂挤往四川去查办，顺水推舟运动他调任四川总督，腾出的两湖总督，当然就归他所有了。至于赵尔丰哩，那好办，看在他哥赵尔巽的面上，给他搞个巡抚缺，倒合乎他的资格。他自以为如此一安顿，既合天理，也顺人情。还在瑞澂与赵尔巽商量联名保奏岑春煊之前，他已悄悄打电到京，四处运动。事情被瑞澂发觉后，很不客气地同他吵了一场。还见人就骂端老四阴险小人，不够朋友。瑞澂虽然大事糊涂，小处并不糊涂，对于自己私利，更其思考得周到。知道端方这个鬼，要是不送个花盘，光是吵骂一顿，始终是要作祟的。与其作消极的防备，不如将计就计，"以其人之道还治其人之身"，彰明较著保举他去四川查办，把这祸害掀出去，掀到烈火地狱中去。烧死了，消却心头恶恨；烧不死，也使他受点作难。至少，一年半载不会遭他暗算。

为了要使这个恶客不再推三阻四，甘心前去，瑞澂还殷殷勤勤同他密商一番：第一步，他以查办川事的头衔离开武昌；第二步，再以会办川事的名义离开宜昌。等他到达成都，即下特旨，钦命他署理四川总督。这个圈套，本是他为瑞澂而设的，现在被瑞澂拿着反而向自己头上套，按照道理说，端方既是不比瑞澂老实，瑞澂且不甘心伸着脖子受套，他端方怎会伸出脖子来呢？

但是端方毕竟伸出了脖子。

原因之一，是他与瑞澂处境不同。瑞澂已经安安稳稳骑在一匹高头大马上，叫他无端另去找马，当然势有不可。而端方却正彷徨歧路，拼命在找马骑，听说千里马就在前头，只须他跑一趟，便可抓住马缰。这种诱惑，他岂能拒绝？

原因之二，瑞澂在内边的力量委实大过于他。瑞澂同他密谈的三步办法，早得了内边许可，来往电报，可为凭证，并说，钦差查办之旨，不日即下。势逼处此，不奉诏不可，奉了诏，或许博得瑞澂谅解，凭借他帮忙，第三步办法，不愁不能实现。虽属推想，也算一种诱惑，他又岂能拒绝？

他也顾虑到："四川事情，是由四川人反对铁路国有，反对四国借款修路而起。他们开会演说，骂我是卖国贼，我已经成为四川人的冤家对头了，我如何还能去查而办之？瑞莘儒运动我去，无非要我丢丑而已！"

他猛然想到四川保路同志会派来的代表朱山，似乎尚在武昌。他连忙把幕宾刘师培（在《民报》上写文章、与章太炎齐名的革命党人刘光汉。自被端方花钱收买过来，为他捐了一个四品京堂头衔，一直充当着端方的入幕之宾，经常替端方查查书，考考古，勾结勾结一些文采斐然、不顾行止的名士。名曰幕宾，其实清客；名曰清客，其实就是俗称的篾片）找来一问，果不其然。这个曾经在同志会上打破茶碗、指头流血的激烈少年，一到武昌，便留了下来，每日和刘师培，和端方的总文案夏寿田，谈诗论文，饮酒看花，好不兴会淋漓。

当夜，端方便与这个风度翩翩的年轻人亲切地谈了一会儿。

"你们四川争路风潮，其症结究在什么地方？"

"一在查账核实，二在民款无着。"

"设若既不查账，而又退还股款呢？"

"民情自安，风潮自歇。"

"还反不反对国有？反不反对借款合同呢？"

"当不会有。"

"日前赵季帅拘捕议绅一事，可知道吗？"

"略有所闻，不得其详。"

"是否即因路事而然？"

"以理测之，必因路事。"

"朝廷差我去川查办，足下以为如何？"

朱山连忙做出一种不胜惊喜样子，高拱两手道："此国家之福，川民之幸也！山敢代表七千万父老昆弟、诸姑姊妹，高呼欢迎！

欢迎！"

端方也不由拈须微笑道："果如足下所言，庶几不负使命。"

端方因而决计伸出脖子去钻瑞澂的圈套。朱山因而得为端方的文案之一员而随之西上。

不过为了虚张声势，并为了万一之备，他接受了瑞澂建议，指调湖北陆军三十二标一营士兵，作为卫队，来保护他，并保护所带的二十多名随员，并保护所带的上百件的行李和古董。为什么他偏偏指调这一营呢？因为他知道，这一营是湖北陆军中间练得最好，服从性最强，而这营的管带叫董作泉，是他的学生，是湖北将弁学堂出身，是四川人的缘故。

他于辛亥年七月十九日登上楚裕兵轮，由武昌鼓轮西上。走了五天，于七月二十三日抵达宜昌。

不想到了宜昌，与川汉铁路驻宜昌总理、传胪出身、四品京堂、四川人李稷勋一谈之下，方知道七月十五日赵尔丰诱捕蒲殿俊、罗纶、颜楷、张澜等十三名士绅，不尽为了路事，还说为了众人要造反。已经引起四川百姓愤怒，几万民团围攻省城，军民交哄，死人如麻。四川事情，被蠢汉赵尔丰搞得如火燎原，不可收拾了！

"这样看来，我岂能睁起双眼跳岩？"他一连几封电报打到京城，自称能不足以驭众，才不足以应变，吁请另简大员，入川剿办。他的退堂鼓打得很响。几乎有不俟君命，便将率领原班人马，打道回鄂的样子。

但是不能由他了。首先，瑞澂便不能容他回到武昌。因此，瑞澂一面与赵尔巽电商，决定联名奏请加派岑春煊入川会办，一面竟严词阻止他，叫他务必静待后命。并告诉他，就由于他徘徊瞻望，迟迟不进，所以才不得不奏保岑春煊去四川会办，原来商量的第二步办法之所以变更，其责任完全在他。

同时北京方面也在催促他。并饬令瑞澂给他加派劲旅，以便他率领入川，迅解成都之围，而后会同赵尔丰，剿平川乱。瑞澂来电也说，已令湖北陆军第十六协协统邓成拔、第三十一标标统曾广大，统率一标精兵，分乘几只兵轮，星夜西上，归他调遣。如此层层逼迫，当然有进无退了。

不过使端方最后下决心，定期八月初一日取道施南、利川地界，从陆路入川（因为湖北所有兵轮，马力不大，都不能驶上三峡。而在川江唯一行驶的蜀通轮船，偏又在忠州地面搁了浅，不能及时出险。这时，秋汛尚大，三峡中水流湍激，木船行水，不但危险异常，而且也稽延时日。考虑再三，才决定他本人和十几个随员，和几十挑古玩字画，带领少数卫队起旱；其余人员、行李、军队、军需，全用木船，凭几千名纤夫拉上去），还是得亏他那在外务部当参事的儿子继先的一封密电。电文相当长，由老五端锦亲自译出。大意是，内边对于岑春煊入川会办一事，所见尚有分歧。庆亲王奕劻非常不满意岑春煊一个大钱未孝敬，就咬得这块肥肉。疑心也和铁路国有政策一样，又是载泽、盛宣怀二人得了钱，捣的鬼。已有风声漏出，岑春煊若再像从前一样，目中无人，那么，叫他在黄鹤楼住到过年好了。至于四川总督一缺，则决定易人，不管赵尔丰将来能否把川乱敉平，内边都认为人地不宜。现在就看他这位爸爸能不能赶在岑三爷前头进入四川，如其能够，而对敉平川乱又稍有把握，那么，四川总督这个肥缺，十有八九不怕人来争夺了。望他爸爸从速决定行止，勿再游移误事。

而且果然，比及八月十三日，由四川巫山县山路到达夔州府，接到瑞澂电报说，岑春煊已抵武昌，因对川事意见与内阁不合，一时尚难启节，请他不必待岑会商，只管兼程前进，勿失机会。

妙哉！妙哉！一则曰意见不合，再则曰勿失机会。可见继先的电告既有根据，而瑞莘儒亦确未中变原议，尽可放心了。现在剩下来的问题，就只有如何来戡定川乱这一点小事了。

五

在端方看来，光是戡定川乱，委实不算如何棘手的一桩大事。他在宜昌时候，曾与熟悉川情的李稷勋切实研讨过。并将几个出川不久、正在宜昌小作勾留、即将东去上海的大商，找到行台细细问过一番。虽然还未能把川事真相弄得十分明白，但凭他几十年做官经验，到底模模糊糊瞧出一点端倪。所谓民匪蜂起，围攻省城，悯不畏死，诛不胜诛，大抵都是赵尔丰故意做的文章。他向老五端锦笑说："除非真正讲革命，讲排满的乱党分子，才可以说悯不畏死。但这类人，全中国能有好多？今年三月广州之役，死的和关起来的，也差不多了。我不信四川的民匪都是革党分子。只要将士用命，认真剿办，斫掉一些脑袋，哪里有剿不平息之理？何况四川人畏威而不怀德，三国时候，诸葛武侯治蜀以严，民到于今思之，岂不是个好例？除此之外，还找得出什么更好的定蜀方策来呢？"因此，端方最初思考的，只在如何用兵这一点。还仗恃他带来的湖北陆军，比北洋的新兵精练，远非见敌辄溃的川勇可比；而所用的器械，更是道道地地的洋货！

但是中秋那天，上百数的精壮纤夫把他所坐的柏木四舱官船，从夔州府拉到万县，尚未登上出险后迅即开来接他的蜀通轮船时，他的定川方策，又作了修改。兵还是要用，不过用兵之外，搭了一个收买人心。配合起来，叫作剿抚兼施。

何以直到此时，他方想到收买人心这个抚字上头？原因是，到了万县，他才碰上了由成都、由重庆间关来迎的、自称各界代表的绅士们。特别是由成都而来的、绅班法政学堂监督、举人出身的邵从恩，他把四川的事情谈得稀松。据邵从恩的见解，川事搞得如此糜烂，完完全全由于赵尔丰七月十五日假传圣旨，擅捕议绅，因而引起百姓愤懑所致。以后种种，根源于此。而赵尔丰刚愎自用，怙恶饰非，不惜把所有救援蒲、罗诸绅的良民，一概目之为匪。为今之计，只须把尚未释放的绅士，礼遣回家，把民怨甚深的官吏，严办几个，而后裁减一些捐税（他举了一个例，如在成都每月发行一次的签捐彩票），革除一些秕政（他也举了一个例，如在成都开设的戏园和集中娼妓的新化街），则民心自安，民情自定。人民安定，匪徒无所假托。这时，临之以威，抚之以惠，川事不迎刃而解者，未之有也！

端方又和颜悦色把其他几人问询一番。虽然所说都大而无当，有两点却是一致，那就是把民望所归的绅士释放了，把民怨甚深的官吏参办了，四川乱事甚至可以传檄而定。

"好轻松！"端方心里好笑。并且诧异，为什么这班人竟自挂口不提争路事情呢？难道这班人已经晓得他的政策了吗？也诧异为什么这班人既然怨毒赵尔丰至于极点，却又不彰明较著地请求揭参他，仅只笼笼统统提出一个民怨甚深的官吏？对于铁路事件，他不好自己去挑弄，他只装得很殷切地查问应予严惩的，究是哪些官吏？以及他们的劣迹？

但是结果，众人也只指名提出了周善培、田征葵、王棪、饶凤藻等几个人，始终没有人提到赵尔丰。仿佛赵尔丰倒是一个不太坏的总督，只要把这几个小官吏（其实都不算小，不过都够不上戎首资格罢了）搞掉，赵尔丰还是可以安于其位似的。这却把端方惹气了，不由心里骂道："一群糊涂蛋！事到而今，难道尚不明白我的来意？难道还疑心我会做出官官相卫的蠢事来吗？"

只管不满意这般各界代表绅士，他毕竟采纳了他们一部分意见。

不过这时节，因为施纪云在座，这个人只能算半个心腹，有些重大关节尚不能预先使他晓得，所以他才这样向李湛阳说道："重庆是川东重镇，下临夔、巫，上扼叙、泸，向北又控制着梁、垫，形势重要已极。当此全川纷扰之际，若没有重兵屯驻，那是不行的。然而兄弟所带鄂军不多，到齐之后，只能全部随我到川西去剿匪。川东这方面的秩序，只好靠觐枫兄大力来维持。既为桑梓尽了义务，也解除了我后顾之忧。因此，兄弟意思，城防营暂时招足一千名，由兄弟这里拨去新式快枪三百支，作为训练之用。等到头一批训练成熟，再谋扩展。这样办，觐枫兄，你看还可以吗？"

李湛阳曾经在广东统带过巡防，督练过新兵，有一些军事知识。当下想了想道："城防营，顾名思义，那只能担任重庆城防。大人说，用来维持川东秩序，并为大人后卫，这不但不在城防范围内，抑且千人力量也嫌单薄。这一点，得请大人明察。"

"那么，你们川东地方平日赖以维持秩序的是什么？"

施纪云接口道："主要是巡防营。闻之，重庆一府是三营，夔州一府是三营，最近重庆还增募了一营。"

端方遂掉头向站在旁边的董作泉问道："海南，你可知道？"

董作泉挺胸凹肚站得笔端。脸上绷得没一丝皱纹，两眼盯着他的上司道："禀大帅，标下不知道。"

"咦，不知道？"端方登时放下脸来。

"因为标下担任的，只在大帅身边听候差遣。"

"不然，海南。"端方还是颇为不悦地说，"若只是在我身边听差，那是任何人皆可以。我之所以特别指调你，因为你是四川人，当能为我多多考察一些外面事情，最重要的，就是目前四川军事的部署。然而你却不知道！唉……"

董作泉当下连头发根子都红透了。随侍大帅将近一个月，吃这样的碰，还是第一回哩。

还是施纪云这个老头替他解了纷。因为施纪云回籍已久，经常过问地方公事，对于巡防军的部署，当然熟悉。据他说，从宣统元年以来，四川巡防，计有中路、副中路、前路、后路、左路、右路六个军。每军设一统领，下辖六营。宁远一府，因为情形特殊，添设了副左路、副右路两军，但每军只三营（他不知道这六营巡防，已由朱庆澜呈准陆军部，指派教练官叶荃前去，将其改编为陆军十七镇步兵三十三协六十六标。目前从宁远府开出，正在嘉定府会同朱敦五统率的一路巡防，与同志军罗八千岁、胡痰等你死我活地作战哩）。此外驻在川南、川北盐场地方的，有盐务巡防五营，驻在打箭炉以外、归边务大臣管辖的，有川边新防军八营，都是特别队伍，不能随便调遣。现在驻在川西和上下川南四路巡防二十四营，已由赵尔丰调集，正与同志军作战。川北一路的情形，不大清楚。川东一路，则三营分驻夔州府各州县，由夔州府知府兼任这三营的分统；三营分驻重庆府各州县，由重庆府知府兼任分统，增募的一营，也归重庆府管辖。"大概情形，就是如此了。"

端方连连向他拱手道："好极了！足见鹤翁是留心地方庶政的。"他又掉向李湛阳，把眉头一皱说："如此看来，川东七营巡防，是徒有其名了。为今之计，只有把分散在各州县的营头，调集到几个地方，加以训练。兄弟在德国考察过陆军，深知军队之良否，端在平日训练认真与否，若要认真训练，那就非集于一处不可。我看这件事，最好是老兄一并承担下去好啦！"

李湛阳也把眉头一皱道："这怎么可以？"

"怎么不可以？"

"大人委派职道的，只是重庆城防。城防的范围……"

"哦！我明白。那就委你老兄充当川东一路巡防军统领，兼重庆城防总办，如何？"

但是李湛阳两眼看着施纪云，并不立即谢委。

施纪云微微笑道："这事，午帅似乎还得斟酌一下。"

"何以呢？"

"我想来，觐枫的意思，似乎要请午帅先向赵季和电商一下的好吧？"

"正是如此。因为委派巡防军统领，到底是总督部堂的权限。"

端方不由呵呵笑道："不错，不错，是我性急了一点。那么，目前就烦觐枫专任城防一职。不过将来保卫川东的重任，总要重劳你老兄的。"

然后施纪云又谈到今天在总商会召开的官绅商学各界会议，问端方要不要莅临演说。

他又笑了起来道："演说嘛，兄弟倒有一日之长。不过而今在你们爱国爱乡的四川人面前，我却是小巫了，还是藏拙的好。鹤翁，你代表我去一趟吧。"

"午帅且欲藏拙，老朽何敢上场，不如另委一个人去。"

"什么人呢？我这里大多是外省朋友，这种场合，不甚适宜。"

"朱云石如何？"

"太嫩了，哪里赶得上鹤翁的老练！"

"老朽到底不会说话。"

"何必说话。凭他们如何商议，鹤翁总之拍掌赞成。我想，办商团，办民团，用以自保，只要他们愿意掏腰包，有何不可？我不像纽元白那样多疑多虑。其实疑虑，终属枉然。今天的舆情所至，你有好大本领，能够逆而阻之？兄弟此次来川，所抱宗旨，质言之，只有两句，就是圣人说的'民之所好好之，民之所恶恶之'，希望二位出去逢人便讲。知道兄弟宗旨的人越多，兄弟办起事来则窒碍越少。鹤翁今天到商会去，不妨就把兄弟宗旨，传播一番，好吗？"

两个客人正待恭维他，他已回头告诉董作泉，说要委派他当钦差大臣行台营务处提调，以便他有资格去干办听候差遣以外的紧要事情。

这不但使董作泉惊讶得不知所措。想不到一袋叶子烟之前，他才吃了那么大一个碰，而今又忽而突之被提拔得这么高。就是两个客人也不免心头寻思："端午桥总是爱耍这些把戏！"

等到摸茶碗送客，端方对李湛阳说："觐枫留一步，我还有点事同你商量。"

六

这时，签押房里只有两人，连随时在身边伺候的小跟班都被遣开了。虽然从穿堂外面时有传来的嘈杂声音，但也妨碍不着两人的言谈。

端方换穿了一身便装，更显得矮了些，胖了些。他把总文案所起草的一本奏折底稿，从签押桌抽屉中取出，翻了一翻，递与坐在对面的李湛阳道："你看看，这样办法，我可对得住你们四川人了？"

李湛阳连忙接过这叠端方亲笔涂改之后，画过行，盖过私章的奏稿。翻看头一行："奏为官吏不法，殃民致乱，谨据实纠参，请旨定夺，以平民愤，而利事机，恭折仰祈圣鉴事。"

"啊！大人动了参折了！"李湛阳定睛看着端方，一脸又惊又喜的神色。

端方将着几茎倒黄不黑的胡须，故作深沉地感慨说："本来不想参人的，然而四川局面搞得这样糟法，若不参掉几个人来给百姓们出出气，真不容易转圜。我从万县起，就同朋友们旦夕商量了几回。有人以为把蒲、罗几人释放了也就够啦，也就可以收拾人心啦，可以不必多得罪人。也有朋友这样说，不得罪人不行。还嫌我不如岑云阶的手辣。岑云阶曾经一折子把广西省的巡抚、藩台、臬台三顶纱帽都参掉，而我现在才参了一个提法司。"

"是周孝怀吗？"李湛阳稍微有点吃惊道，"此人是岑云帅一手提拔起来的，在四川开办警政，开办实业，一向有能吏之称的。听说这次对于赵季和的举措，他倒没有附和。"

"不然！这个人狡狯已极，最长于见风使帆，他虽没有附和赵季和，他却是王采臣的军师，若非他从中煽动，你们四川的争路风潮，如何闹到这么大？你可知道，王采臣反对国有政策，丑诋盛杏荪误国殃民的奏折，便是此人的手笔？"端方说到这上头，不觉牙龈都咬紧了。顿了顿，又叹了声道，"小人枉自为小人！他以为反对国有政策，便可讨好于川人，殊不知川绅向我控诉到他，无不以祸首目之。你说他是能吏吗？我也周咨博访过一下，其为人也，小有才。但凡一个人为政不识大体，专从小处落墨，以之贾怨则可也，以之逞能，那就不大对头。觐枫，你是在宦海中浮沉过来，当能明白我这番话，并不是完全在驳你啊！"

当其李湛阳唯唯称是之后，面不改色地把奏稿一行一行看下去时，端方忽又含着微笑，和和气气地说道："觐枫，你毕竟是个有阅历的人。你细看看，真有不妥当地方，尽管提出来，咱们还是可以商量。"

"实实不敢当。大人笔下，没有错的。"

"那又不然。即以笔墨论，做奏折也有讲究。近人笔记，不是载过这么一件公案？说，有某省巡抚，被人纠参，朱批交刑部议处。部里员司都知堂官和这巡抚有宿怨，怕他投井下石。遂公议了八个字回奏。八个字是：事出有因，查无实据。想来，堂官断不能借以生事了。哪知圣旨下来，却非常严厉，这巡抚竟遭到锁押来京。于是员司们为之骇然，都去请教堂官，是否根据公议的处分回奏？堂官说，就是根据你们的公议八个大字回奏的。及至问到是怎样的？堂官说，你们公议的，岂非查无实据，事出有因吗？本等是可以脱罪的两句话，仅仅颠倒了一下，便可杀人。可见奏折文字，确应好生研究。我这奏折诚然没有这样的活套话，可是弦外之音，不知道看得出吗？"

李湛阳已经看完，便忙说道："大可看出！大可看出！大人尽管所参的只是周善培、田征葵、王棪、饶凤藻等数人，但此数人者，皆助桀为恶之徒，不足以当罪魁。这班人且须严究不贷，则为之上者，怎能置身事外呢？这是龟玉毁于椟中，是谁之过的笔法，妙绝了！妙绝了！依职道看来，赵季和这顶纱帽，准会丢掉，大人的后命，定不在远的。"

端方忽又摇头叹道："也不可以看得太准，事情尚在未定之天哩！"

"是如何的？职道倒不解了。"

"因为事出非常，所谋不能全由人耳！"看见李湛阳神色茫然，他遂两肘靠在签押桌上，把头凑过去，特别放低声气说道，"最近省外与京城的消息，你们真未有所闻吗？"

李湛阳把头两摇。

"那么，我告诉你……只能告诉你一个人……觐枫，大局不好啊！革命党在武昌起事，已经成为气候了！"

"是哪天的事？"李湛阳嘴角上的肌肉微微颤抖了几下。

"八月十九夜发生的。我十九日船抵涪州，接到瑞莘帅的急电，尚说破获革党机关，首要二人业已讯明正法，叫我勿听谣言。不想二十日到长寿县，叫人到电报局拍电，就说武昌电报不通。登即拍电到沙市查问，回电说情形不明。到了这里，接到宜昌电告，方知八月十九夜，革党在武昌起事，声称独立，并将汉口、汉阳都占据了。"

李湛阳冲口而出道："或许不太要紧。若以今年三月广州事变来说……"

"不能相提并论！广州革党围攻督署，张坚白未离广州一步。有了他的镇静，又得力你们同乡李直绳调动水师，立向革党进剿。所以革党之势虽猛，到底不旋踵而灭。但这次武昌却不然，事情真相，虽尚不能尽晓，可是确实消息说，事变刚起，瑞莘儒便逃跑了。"

"嗯！"李湛阳只能在鼻孔里哼了这么一声。

"因此，革党才愈猖狂起来，居然声言独立。随后沙市来电报称，革党居然成立了什么军政府，号召各省响应。"

"怪啦！难道武昌没有兵吗？"

"兵是有的，尽管瑞莘儒调了若干营头布置在沙市、荆门州、岳州和郧阳一带。即使不然，他的卫队也还不少。"

"那么，革党如何在一夜之间就能成事，并使得瑞莘帅窃负而逃？嗯！莫非由于革党勾结，驻军和卫队都变了吗？"

端方把桌子一敲道："我也是这样在着想。要不然，瑞莘儒再无能，怎会事变一起，便逃跑了，而且还不知逃往何所？堂堂总督部堂，说起来也太丢人了。"

李湛阳皱起双眉道："若果是兵变，事情确有点淘气。"

"就是喽！苟如戊申秋操，安徽那回兵变，瞬息便被扑灭，那就好啦。设若旷日持久，首先，于我便有不利。"

"这个，职道又不能索解了。"

"这有什么难解呢？可以意想得到，彼时朝廷对于川事，将不会重于鄂事耳！"

说到这上头，李湛阳是局外人，没有患失患得心肠，看法确比端方清楚。当下遂宽慰端方道："依职道愚见，倒觉得鄂事愈亟，朝廷将更重视川事。何也？四川居于湖北上游。只要四川安定，便可向下游用兵。而且练兵筹饷，四川都比他省容易。同治年间，朝廷特任骆文忠公督川，便是前例。现在四川情形，正与蓝大顺、李短搭搭窜扰相同，设若湖北乱事旷日持久，那么，大人处境恰好就是骆文忠公了。所以职道预测，四川易督一事，或许比鄂事未起之前，还要快些哩。"

端方想了一想，不由双眉全舒道："有道理！觐枫，你的学问大有进步，今后诸事都要叨教了。哈哈，有道理！"

但是他又摇了摇头道："岑三爷该不会乘此跑来四川吧？要是他来，这纱帽准定是他戴上了！"

"大人接沙市电报，报过岑云帅的行踪没有？"

"昨天以前，沙市电报只说下游无轮开到，武昌情形不明。"

"那么，岑云帅一定没有西上。今天的电报呢？"

"哦！我没告诉你吗？宜昌、沙市电报，从今天起都不通了。"

"如此，职道敢给大人道喜，骆文忠公大人是当定了！现在，只请问大人所带的鄂军是否都已入川？"

"都入了川境。只因上水木船走得太慢，大约还待十天左右，才可齐集重庆。"

"职道有两句过虑的话，不知大人要不要听？"

"好说！你的话，我怎会不听？请讲吧。"

"武昌事情，若果由于兵变，大人所带鄂军，是不是该提防一下？这是职道过虑之处，或许……"

端方已经点头说道："虑得是。我适才提拔董海南作我行台营务处提调，是有用意的，至少，他能管理我带来的全部鄂军。一会儿，我还要当面吩咐他：但凡从省外来的函电，无论是协统邓成拔的，标统曾广大的，或是下及伙夫长班的，一概得先经营务处检查后发出。这便是提防办法之一。还有其他一些办法……"

一语未完，小跟班进来禀称译电员管老爷来了。

管荡之手上握着一封译好的电报，好像并未打听一下，急匆匆撩开门帘，便往里走。及至发现有生人在座，才又放下门帘，退出房门去。

"荡之进来！"端方急忙唤了一声。并用眼睛向他手上一瞥，问道，"是什么地方打来的？"

"京里的。由安南线路转来的。"电报仍然握在手上。

"拿来！"

才一着眼，他就向李湛阳说道："是盛大臣复我前天的去电。"匆匆看完，脸上是一种惊讶不定但又微带慰安的神气道："觐枫，不出我们所料，武昌果然是兵变了。盛杏荪说，黎元洪为帅。黎元洪是陆军里一个标统，他挂了帅，当然是兵变无疑……不过，这是个老实人，怎么会造起反来？他又不是革命党？这就未免奇怪了！盛大臣又说，咨议局为政府。也是令人莫名其妙的。是政府在咨议局呢？抑或是咨议局的议绅出头成立政府？如其是议绅出头成立政府，那么，革命党人呢？难道武昌事变，并非革党发动的？然而也不对。若无革党从中鼓动，兵又如何能变？何况瑞莘儒十八日的电尚说破获了革党机关……总之，武昌的事，看来并非光是革党，其中有军队，又有绅士……"

李湛阳道："盛大臣电上，没有提到朝廷对此事的处理？"

"提到了。说萨镇冰带的兵轮已经开了炮，这必是海军部、军咨府下了令。又说，陆军部大臣荫昌已亲率北洋练兵两镇南下平乱。还说，朝廷即将起复袁世凯督楚……"

"起复袁慰帅督楚，瑞莘帅不是完了吗？"

"光是革职，恐怕还完不了哩！"接着，端方转向管荡之问道，"我的奏电，发出去了没有？"

"遵照大人吩咐，由安南线路发去的。"

端方重又把北京来电看了遍。待管荡之走后，遂把电纸两头折合，只留中间一段，指给李湛阳看道："你看这几句。我们刚才研讨的，居然中了的了。"

那一段电文是："众见，蜀事实难于鄂，缘匪势散漫，而兵行又濡滞故也。公所带鄂军，望倍饷拊循，勿令生心溃散。岑云帅已返沪，朝意将令督蜀，病辞不受，可见不能来矣。蜀事仍将责成我公，日内即决。袁慰帅请援湘军、淮军旧例，招勇二十四营，意在间接招安，高于直接，言者皆趑之。公于蜀匪，可否斟酌情形，一面招抚，一面募勇？多一勇，即少一匪也。"

端方说道："湖北事情，已不算十分严重。荫午楼、袁慰亭既皆南下督师，区区一黎元洪，何足为祸？岑云阶跑回上海，如何还肯西上？看来，四川这个重担，只好让我来担了！"

他心里高兴，面上还是装出一种为难样子。

接着，遂切切实实同李湛阳商谈起城防营的招募办法。同时，也研究了些如何联络绅士，如何收揽民心的办法。

第三章　如此英雄，如此好汉

一

吴凤梧重重地把一双毛竹筷朝桌上一拌。横起眼睛，凶得像要吃人似的，盯着他老婆吼叫道："妈哟！搞些啥名堂！闹了一早晨，还是只有一块臭豆腐乳，就把老子打发了！"

他老婆，一个本本分分、比他只小一岁的中年妇人。父亲是个丝经纪，死了，母亲跟着二女婿生活。二女婿在天涯石北街开了家小酱园，等于是师傅太和号的一家小小分销店。利润不大，一家人勉勉强强过得去。

这妇人，由于右眼有缺陷，脚又包得不好，是一双倒大不小的黄瓜脚；自从二十岁，凭媒人一张嘴，嫁与这个光棍吴凤梧，便常常感到配不上他那一表人才，生怕光棍翻身后要嫌弃她。尤其当她生育的五个孩子当中，两个过不了痘麻关，一个害七天风，都死了，更加重她的伤感和危惧；尽管丈夫没有指着鼻子骂她，可是察觉到丈夫的脾气委实越来越不好。为了买活丈夫的心，并为了赎自己罪过，她哩，便越发地恭顺，越发地巴结，把丈夫看得像一尊神，把自己看得比一个花钱买到手的丫头还不如。丈夫面有笑容，她通体都感到舒适，像洗了一个澡；丈夫生了气，她全身汗毛都会倒竖起来。

当下，遂怯生生地回答说："该怪大女子嘛！昨天喊了一下午，喊她抽个空，到石牛寺菜园去找章伯伯，想方子分点新鲜小菜回来做跟爸爸吃，偏不去！"

十四岁的大女子不懂得妈妈借她做挡箭牌，却老老实实分辩道："你啥子时候喊我去找章伯伯？你只喊人家跟外婆送东西去。还说送拢了就回来。好远啰！一个来回，把人家的脚都走痛了！"

"送的啥？"吴凤梧立刻追问起来，"又把啥子东西跟死老婆子送去了？"

经母亲惊惊惶惶的眼光一射，大女子才恍然悟到自己又犯了错误。她记起昨天走之前，母亲是怎样嘱咐，叫不要让父亲晓得。为了要弥补错误，大女子连连说道："没有送东西，硬没有送东西，妈只叫我去看外婆好了些没有！"也不顾两片脸颊红得像灌了血的猪肺。

"还敢哄我！"

当母亲的只好说："其实没送啥子，只你带回来的一盒芝麻糕。"

"一盒芝麻糕，一盒芝麻糕，亏你好意思说！我通共带回来两盒，连黄家都没送，你却大方得很！呔！我问你，你那死老婆子有啥子功劳，该吃我的芝麻糕？你说！你说！"

几巴掌打在桌子上，打得桌面像鼓响。得亏是一张结实柏木桌，倒乘得住他的手劲。

他老婆知道这是故意的迁怒，是不准人申辩的，要辩也辩不清。不如避之一刻大吉，也是往日应用过、可以把雷霆火炮时间比较缩短一些的灵方。因就默默地站起来，走到隔壁睡觉房间里，坐在床边上，捂着嘴巴暗哭。

四岁不到的幺娃子，到这时节，才觉得情形有点不对。鼓起眼睛把满脸凶相的爸爸一看，撑开一张包满饭颗的阔嘴——和他父亲一模一样的嘴，哇一声号哭起来。

当父亲的正在找事生事，遂向儿子把巴掌一扬道："哭！你妈的，也学会了，动不动就哭……再哭，老子一巴掌打死你！"

想不到小娃娃不受恫吓，反而哭得更凶。两只胖小脚还在桌子下面乱蹴乱蹬。

大女子急忙抱起弟弟，朝后面灶房里走。一面诓着弟弟："灶房里有蛐蛐。我们去逮蛐蛐……我的先人，不要哭了嘛……"

人都走开了，再吵再闹也没有劲。拿眼朝桌上一瞥，青花土盘子里一块灰蓝色的豆腐乳，挟开了一牙，露出暗黄颜色心子，证明这确是陈年货色。据老婆报道，是半月前，老丈母来看大女和外孙儿女，特特带来的。不消说，这是太和号胡掌柜家颇有名气的东西，不但不臭，而且味道极为鲜美，只须一小块，足可下三碗饭。老婆说，那时节，啥子小菜都买不出，各家酱园里的泡菜腌菜全卖空了，他们三母子吃了几天盐水饭，都没捞动一筷子这豆腐乳。晓得这是不容易找到的东西，居心囤着等他回来消受。前两天他确实旋吃旋称赞。称赞这个江西老表做生意认真，无论是豆豉、豆腐干、豆腐乳、泡菜、老酒、酱油、醋，都比棉花街卓家广益号高一个码子。而且几十年来，没一样东西走过样，所以太和号该发财。他也顺便批评了襟弟几句，说这个人不像他师傅胡太和，没有把全副心肠放在生意上，所以他那酱园永远不会发达。对他老丈母这种等于雪里送炭的情谊，他就没有齿及。大概因为老丈母送东西的用意，并非为的他，而是为的她那大女，她那外孙女、外孙儿。他是搭在数内的一个人。不骂她死老婆子几句就够了，为什么还要给她道谢？不过也得亏想到这上头，才不便再把一盒芝麻糕拿来做题目，而只是叹息了声，依然扯回到发脾气的起因上：

"就是龙肝凤髓江瑶柱咧，天天吃，顿顿吃，也会伤胃的。晓得老子今天又要出门，晓得老子哪天才得回来？一个人累死累活地挣钱养活一家人，临到走，不说见不到一点儿油荤，连新鲜小菜都没得吃。唉……闹了一早晨，上桌子一端碗，妈哟！还是一块豆腐乳……"

本来想忍口气，把剩下的半碗饭，将就豆腐乳吃了吧。

幺娃子大概没有逮着蛐蛐，或者把蛐蛐糟蹋够了，撩着姐姐说："我要吃饭，我要吃豆腐乳下饭。"

大女子很懂事地轻声说："饭冷了，吃了肚皮痛。等爸爸走后，我热了跟你吃。"

大女子说得对，屈着指头试了试，四只碗里的饭都冰冷了。

大女子要等他走了才热饭。老婆像躲煞样，大概不喊不出来。喊，岂不输了气？"妈哟，老子街上吃帽儿头去！"最后把豆腐乳瞥了眼，便特别放重脚步，踏得三合土地皮一片响，冲进睡觉的房间里，也不瞅睬他那擤着鼻涕，业已把一只好眼睛揩得通红，正打算起身相迎的老婆；只从柜桌上抓起那顶青绒瓜皮帽，朝脑顶上歪歪地一扣，并从房门背后找出那把晴雨两用、是傅隆盛特意送给他的蓝布大伞，夹在腋下，仍然装得要吃人的样子，走去拔开铺面门的门闩。

门一开，几个同巷子住的邻居大娘已经拥在门外。他深知这伙唯恐天下不乱的婆娘，只须进门去三言两语，他那本来不懂得怄气的老婆，准定会抱着肚皮哭三天三夜。

他一翻身把铺面门扇使劲带拢，先表示一个不欢迎，而后恶狠狠地大声嘶叫道："我们今天并没有吵嘴角逆，只是摆家常时候，彼此顶绷了几句。没事，没事，不劳你们去费唇舌。"

他本已走了两步，不放心，还回头加上两句警告："若还不听招呼的话，二天我回来，莫怪我上门得罪人！"

全三圣巷只有他的资格高，边防新军队官代理过管带，也只有他的名声孬，都知道他是个毛脸货，惹毛了，硬是翻脸不认娘老子。但是被他气得脸上青红不定的大娘们，偏不肯输这口气，等他走得相当远，快出巷口时，就像麻雀噪林似的，一齐破声烂嗓子吵了起来："咦！好歪哟！简直像条没教招的狗……请，还把这些人请不来哩。骂哪个不胎孩的，才愿意踂你这道牢门……你默倒老娘们会来劝你那偏花儿婆娘？你才在做梦……怕你家打死人，杀死人，有老娘们屁相干！老娘们只是来看看把地下打脏了没有……太横了！显其他做了芝麻大个武官，就这样熏人！像你这样的官，老娘们倒还没卡上眼角……"

骂得那样大声，不能说吴凤梧没听见。骂得那样扎实，不能说吴凤梧不发毛。

"龟儿婆娘们，好泼蛮！总有一天，叫老子医治得没一个敢回口的！"
只好装作没听见，几步跟出三圣巷口。

二

肚子没吃饱，到底不是事儿。本打算到横陕西街找家小饭铺吃碗素菜帽儿头的。回头一想，才想起目前成都，打仓米吃的人那么多，柴和炭贵了几倍，尚不好买，小本营生的饭铺，哪里找得出？倒是大南馆大餐馆，比如聚丰园、一品香，听说还开着堂在。但是以吴凤梧的经济而言，他还没有资格到这些地方去吃便饭。

怎么办呢？转回去吃豆腐乳下饭吗？不成话。空着肚子跑几十里吗？当然不对劲。猛然想起今天东门外五里远处牛市口赶场。但凡赶场日子，再不济事的乡镇，红锅饭铺，都要开张，因为这天场上，总会杀几头肥猪来供应吃得起肉的人。牛市口是附城大场，那更不必说了。一想到红锅饭铺，吴凤梧立即联想到炒腰花、炒肝片、冬菜肉丝、盐煎生肉这些只有红锅饭铺才能做得美的东西。他是跑惯滥滩的人，熟知弄这些东西，乡镇上的红锅饭铺还优于成都省的红锅饭铺。火同样旺，锅同样辣，但在炒菜起锅时，乡镇上的红锅饭铺所淋的明油，却比成都省的红锅饭铺舍得。原因是乡镇上的猪油，不但与猪肉同价，而且买猪肉的人多，买猪油的人少。同一理由，腰花、肝片的分量也多得多。

回省几天，只在黄澜生家吃过一碗蛋花。一想到肉，特别想到猪油，不知口里怎么会这样馋！

决计赶出东门去。为了节省时间，他不走东大街，却选择一些他认为比较直捷的偏僻街巷。

走到一条行人寥寥的僻街，走到一个冷秋泊淡的大门道跟前，忽然听见背后一声吆喝：“撞背！”他连忙向门道的阶沿上一让。一乘小轿也正擦着街边放下。前头轿夫把脚帘取开，一个穿着小袖马褂的少年，低头弓腰从轿内走出。后面轿夫将轿竿往上一提，少年左手夹一只黑皮书包，右手提起呢夹袍的衣衩，跨过和地面成为四十五度的轿竿。一抬头，恰好与吴凤梧打了个非常逼近的照面。

“咦！你是……吴管带？”

“原来是又三先生……幸遇！幸遇！”

郝又三拿钱打发了轿夫。把放在对襟马褂内袋里的金壳怀表摸出一看道：“还有一刻钟的时间。我们里面坐一会儿，好谈话。”并把右手一摊，让吴凤梧先举步。

吴凤梧这才注意到门枋上除了一副很旧的朱红漆木刻对联外，还挂有一块又长又大的吊脚牌，粉白底上，黑大圆光一行字是：私立红布街法政学堂。也才注意到两边墙壁上另有两块长方木牌。也是粉底黑字，每个字上还加了一道溜圆的红圈，一边是学堂重地，一边是闲人免进。

“哦！又三先生在这里教书……你也忙，我也忙，嘿嘿！还有个闲人免进，我不进去了。”

“闲人免进，不过是官样文章，你怎么认起真来？走吧，歇口气也好。你是几时回省的？”

“回省不多两天。本打算踮府来亲候的，就是不得空。你请进去好了，改日再找你吃茶。”

但是郝又三不放他走，偏要他大略讲一讲他的行踪。

“这怎么是三言两语讲得完的？何况我此刻还要赶着出东门。”

"出东门？那你就别忙。我昨天才从葛世伯葛寰中那里听说，东门启闭时间目前又改过了。每天从上午十点到下午二点，只开四个钟头。现在不过八点，距开城还有两点钟，去了也只好等。"

这真把吴凤梧难住了。他这人，只管光棍出身，带过队伍，跑过码头，什么苦都吃得，什么困难都熬得，就只一件，要是耽搁了吃饭，不但心慌，甚至说话都没有精神。

他不由做出满脸苦相道："这才要命哩！我默倒赶到牛市口去吃早饭，唉！还要扎扎实实饿两点钟……"

"你还没吃早饭？"

郝又三也踌躇起来。当然他是不能够只顾自己上课的事了。他必须请吴凤梧吃顿早饭，才对得住朋友。但是在这时候来解决吃饭问题，却不是一桩容易事。他知道，青石桥的荣盛饭铺，提督街的长春饭铺，福兴街的竹林小餐，以及北新街的精记，总府街的愉园，无论这些老号头、新号头，一两个月来全都关了门。大南堂大餐馆哩，那又必须在下午三点钟左右才做生意。想了想，倒是自己家里方便。

"那么，到舍间去吃顿小菜饭好了。该不嫌简慢吗？"

像郝又三这样人家，只管说是小菜饭，但是可以断定，至少总有一点油荤，比如说炒鸡蛋啦、鸡哈豆腐啦总有，总比只摆一块臭豆腐乳的好。吴凤梧当然还要谦逊几句："这咋个使得哩！"同时，也感到有点不便地方："我咋好一个人去要饭吃？你府上的人我都不曾拜见过。"

郝又三把他膀膊一拉道："我陪你回去，一路上也好听听你的故事。"

"你不教书吗？"

"我的课是可以缺的，不要紧。谈谈你从新津退出以后的行踪吧。"

"那就得从我到新津找侯大爷谈起，才有首尾。"

"前一段的事我完全晓得，不用谈了。"

"咦！你怎么会晓得？"

"伍管带的太太告诉我的……"

一提到伍大嫂，郝又三才猛然想起，与其邀约吴凤梧到自己家去吃小菜饭，不如邀约他到伍家去的好。因为伍平前天从新都回来，特特为他家里人带来两只活鸡、五十枚鸡蛋、十多斤黄牛肉、整十斤大膘鲜猪肉，整治了许

多菜，昨天请他去痛痛快快吃了一顿。同席还请了对门王家。王老头道谢不
来，只王太婆同她儿子王念玉来了。郝又三知道红烧猪肉、清炖牛肉剩得相
当多，伍大嫂曾经取笑说："好久不见大油荤，觉得肚子瘪得不开交，大家一
说到吃肉，口头都在流清口水。如今满盘满碗的肉，偏偏又都腻住了。你们
看，灶房里还有那么多，再两天也销缴不完。幸而天气在冷了，还留得，若
在热天，那才糟哩！"现在约一个朋友去吃早饭，伍家当然没话说。何况这朋
友还是他家熟人，他们以前尚通过财的。

郝又三遂笑着向吴凤梧说道："我想约你到另外一家去吃一顿油大饭，你
可愿意？"

"有油大？除非是屠头，才说不愿去。你说是哪家？"

"就是伍平伍管带家。"

"噢！是他家！"吴凤梧不由把自己的脖子一拍，又用脚在街面的石板上
重重一顿道，"该死，该死，我这两天为啥就没想到他？"跟着他又自加原谅，
"即使想到了也枉然！听说他这一营人并不在省城，是不是还扎在双流？"

"早已调到新都去了。"

"那么，今天吃了饭先到新都去跑一趟。"

"用不着。他今天还在家里没走哩。"

"他家住在哪条街？"

"南打金街。"

吴凤梧站住脚把街牌一看道："从义学巷钻出去，再走两条东大街倒拐，
近一些。"

三

伍安生又伸手来接他的空碗。吴凤梧连忙把右手竹筷按在左手饭碗口
上，并习惯地双手向左肩头一举道："老佺，难为你，吃饱了。"

伍安生满脸调皮神气，笑说："再添一碗嘛！"

坐在旁边高竹椅上抽水烟的伍大嫂也笑着说道："要吃饱啊，莫作假！"

吴凤梧放下空饭碗，拿调羹旋朝碗里舀牛肉汤，旋笑说："我还作假吗？
既然摸了筷子端了碗，不道谢也道了谢的，为啥不吃饱呢？我平常一顿饭也
不过四碗……"

一只脚踏着堂屋门限，半边屁股坐在方凳上的王念玉，笑眯着一双豆角眼，露出一排细白牙齿道："那么，吴哥今天就作了假，我数着你才吃了三碗。来来来，我再敬你一碗，作为借花献佛，好吗？"说着，就做了个要站起来的样子。

吴凤梧喝着汤道："老弟莫使俙，吃饭不比喝酒。这顿饭虽说是三碗，你不晓得安生这老侄很不老实，每碗饭都着他压得死紧，拨松了，怕还不止四碗哩！"他又把桌上放的几碗肉瞥了一眼，用嘴一指道："你看，主人家的肉也遭我销缴得不少呀！"

王念玉立刻挑眼道："哎！你还吃了主人家的肉？"

吴凤梧连忙向伍平夫妇道歉说："莫多心，我说了连靶子话了！真的，像你家这台油大，我是好久没见过面了。多谢，多谢，我简直变成了齐景公！"

伍大嫂说："再喝碗热汤好不好？"随即命儿子把盛牛肉汤的海碗拿到灶房去，叫阿婆把沙罐里的滚汤换一碗来。

郝又三抽着纸烟，向吴凤梧说道："吃饱了，我们到第一楼吃茶去。那里清静，谈话方便些。"

吴凤梧问伍平能不能同去。伍平点头说可以，因叫那个小护兵皮猴到营务处守着，若处里有什么呼唤，赶快到第一楼找他。

又问到王念玉。这个标致小伙子把脸一扬道："叫我陪你们耍，我倒愿意。叫我坐在旁边听你们讲那些打屁不粘大胯的话，我却没有那么好的耐性。"

吴凤梧握住他一只小手道："走吧，老弟。我们讲的话，不见得都是不中听的屁话，说不定也有几句风花雪月的话哩。赏个脸，陪我们坐个点把钟，并不使你吃啥子亏的。"

"不，改日陪你们，今天我懒得走。"

郝又三问他为什么不走？他只偏着脑袋笑。

伍大嫂站在旁边，嘻着嘴唇笑道："哎呀！你们这些当哥子的也是哟！人家不跟你们走，自然有人家的为难处嘛！"

"有啥子为难地方，说出来，看能不能找人帮忙搭手？"吴凤梧表示热心，竟自慷慨激昂地把胸膛一拍道，"姓吴的虽说是你老弟新交，大忙帮不了，小忙总可以搭一手的。"

他特别把郝又三瞅了眼。郝又三倒理会不理会地在同伍安生讲什么。

伍平接着微微一笑道："我说，这个小忙，你吴哥子就搭不了手。"

王念玉故意咳了声，向伍平递了个眼色。

"算喽！这有啥不可以说的？告诉你，是别个一位老朋友才从自流井逃难上省，早约好了，叫别个此刻去会面。你想，别个陪你新相知的好，还是去找旧相知的妙？为难就在这里。"

吴凤梧顺手把王念玉肩头一拍："原来是这样的。君子不夺人之所爱，何况我还算不得新相知，当然不便拉你走了！"

"你爱听伍哥子瞎说。啥子老朋友？啥子旧相知？我还没有同人家拉平的资格！这是我前两年在自流井盐场上学生意时的东家。人家是道台大人，有钱有势。因为初次上省，人地生疏，晓得我闲着没事，因才打发管家来招呼我去陪伴几天。把这几天过了，只要你们找我，我随时都可奉陪。今天因为时间抵了号，没法分身，对不住，吴哥，可不要多心哟！"

吴凤梧不是笨人，当然听得出王念玉这番话并非对他一个人讲说的。不便再纠缠下去，因就道了谢，告了别，夹起蓝布伞，拉着伍平先走一步。

两个人放慢脚步，一边谈谈说说，差不多把一条漫长的北打金街走完了，郝又三方夹着黑皮书包，气喘面红地追上来。

走进第一楼茶铺门，几乎每张桌上都是人，几乎每个角落都充满了人声。

伍平说："并不清静嘛！"

郝又三说："楼上去看。"

楼上果然另是一个场面：靠后稀稀落落安的十张蒙着白台布的麻将牌桌上，仅三张桌有人，而且一共不过七八个人，都轻言细语在摆谈各人的事情。最前面靠着玻璃窗安的三张也蒙有白台布，并摆有花瓶的大餐桌，所有新式立背餐椅都闲着没人坐。

伍平才待选一张麻将牌桌坐下，吴凤梧已把他拉向中间一张大餐桌去道："走！那儿坐。同又三先生一道到第一楼来吃茶，是不能让他省这几角茶钱的。"

伍平光着两眼问道："难道座位还有高低不成？"

"若是没有高低，那么舒服的位子怎能没一个人去坐？"

三个人刚刚拉开餐椅坐下，一个干净利落的堂倌便端着一个茶盘，从楼下飞奔上来，一直走到大餐桌前。一面把三把洋瓷小茶壶，和三只也是洋瓷的有把茶杯，分送到各人面前，一面笑容可掬地向郝又三打招呼道："老师好久不来吃茶了。"

伍平问道："茶钱是多少？"一边就去衣襟袋里摸钱。

吴凤梧用手肘把他一拐道："这里是又三先生的码头，茶钱你我都开不了，我们不要做过场。"

堂倌也说："老师招呼过的，是老师的客伙，我们不好收茶钱。"

郝又三已将一枚当五角的银圆递到堂倌手上，问道："这一晌生意还好吗？"

"楼下还好。"一面数着从怀里抓出的一把当十铜圆，"就只楼上清淡些。"把数好的折合两角的十六枚铜圆放在郝又三面前，并且问道，"要不要点心……不要。那么，盐花生米？白瓜子……好的，各装一盘来。水烟袋呢……福烟早已断庄，只有本城水烟和绵烟。"

吴凤梧道："有叶子烟没有？"

"有烟杆，却没有叶子烟。"

郝又三道："算啦，我这里有纸烟。"

堂倌走后，伍平不禁把头一摇道："我这个土生土长的成都人，竟不晓得成都有这样茶铺，这样贵的茶！"

吴凤梧抓起一把白瓜子，旋嗑旋笑道："难道你连对门劝业场楼上的宜春茶楼都没去过吗？"

"就是没去过。上次回来接家眷，带老婆娃娃上了一回南馆，看了一回戏，觉得花钱太多。我们从血盆里抓来的卖命钱，那样出脱，不犯着，便什么地方都不打算去了。这次哩，你哥子晓得的，一开拢，连气都未歇够，就说要打仗，有事没事都得守在营里。那时，大帅的军令好严，你敢差错一分半分？除非不要这个吃饭家伙。"

郝又三把斟到杯里的香片茶喝了口道："我正待问你们，你们可晓得老赵目前为什么会这样软弱起来，甚至连你们巡防军的军纪都不像从前那样认真了？"

伍平嚼着花生米道："我不是说过？大帅这个人疑心极重，他受了陆军的作难，默倒我们也跟陆军一样，又因为周鸿勋掉头，对我们更生了二心，不把我们当成亲生儿子看待，所以才放松了我们的。"

"我说，就不完全是这样。"郝又三笑着把头两摆。

吴凤梧依然嗑着白瓜子道："是的，我也觉得不会这么撇脱。我虽不像伍哥那样，跟着老赵跑凉山，跑川边，可是我明白老赵这个人，只能坐顺水船不能坐逆水船的。当他坐顺水船时，嗯！真神气，大将军八面威风！做啥都是一抹不梗手。可是一坐到逆水船，那便猫儿攒蹄了，章法乱得不成名堂。我从他打稻城那回事上，就看穿了这个人禁不住风浪。"

"空话！"伍平顶了他一句。回头向郝又三说道："你说吧。你总有啥子凭据。"

"什么凭据也没有，只是听到了一些新闻。"

"啥子新闻？是不是这两天谣言说的湖北在闹啥子革命？"

"湖北闹革命，似乎不完全是谣言。不过这离四川还远，尚影响不到老赵。我说的新闻，是端方已经到了重庆……"

吴凤梧接过他递去的纸烟、洋火，呵呵笑道："这算啥新闻哟！我一回省，就在茶铺里听见了。"

伍平也道："当真不算新闻。"

"但是你们知道端方为什么而来？"

两个听话的人几乎同时回说："查办川事嘛！"

吴凤梧还继续说道："所以四川人该背时，派了两个查办大臣，一个得民心的岑宫保偏不来，一个同老赵一鼻孔出气，把我们四川搞得家破人亡的端方偏来了！"

"照你这样说法，我要讲的，还算什么新闻呢？"

"啊！你的新闻原来还没有讲？"两个人都笑了。

郝又三掉头把靠后边三张方桌瞥了眼，觉得那几个吃茶的人并未注意到他们说话。不过他仍然压低声音，把他昨夜在邵从恩家听到的一番话，大略告诉了他们。说，端方在万县接见了四川几个正派绅士，对于四川的情形已经完全明了。因此，他到重庆之后不久，便向邵从恩等人表示，他到四川来，诚心要为四川人做两件好事，请邵从恩等人代他告诉给父老兄弟。说，第一件，在他奉到查办川事谕旨，还未从宜昌动身时，已经办了的，那便是川汉铁路由宜昌到夔府的六百里，他已电商邮传部，主张仍然划归川人自办；即令办不到，而川人所筹的路款，他担保不使有分毫损失。第二件，对于目前乱事，他决定以和平手段来处理，不但不用兵，并且首先，要奏准朝廷，将蒲殿俊、罗纶几位至今犹蒙冤屈的绅士释放回家；其次，还要参办一些民怨甚深的官吏；再次，还要废除一些捐税。停办一些稗政，来使民休息。

"你们想一想，端方这样一搞，老赵还有什么希望，他怎不心灰意冷呢？"

伍平听话时候，黑黧黧的麻脸上已露出一种心神不安的神色。到此，竟叹了一声说："郝先生你说，照端大臣这样搞法，好还是不好？"

"怎么不好？当然好！蒲先生、罗先生得救了，四川不再打仗了，铁路也保住了，更好的是老赵也垮台了。"

吴凤梧也有一些不尽同意的样子，摇着头道："这一铺缆子同志军哩，怎么收拾？"

伍平道："这些那些与我无关，不必说了。我只操心端大臣掌了权后，我们巡防军就喊背时倒灶。"

郝又三定睛看着他那一双红丝永远退不干净的眼睛道："你的意思我不懂。"

"有啥不懂？因为我们这十多营巡防队伍，大家都认为是赵大帅的贴心豆瓣。这回打同志军和民团，我们硬是卖过些气力。端大臣把赵大帅搞垮后，岂能放心我们？若是不放心，你想，他该咋个办？我们要不背时倒灶，那才有鬼哩！"

吴凤梧不等郝又三开口，已经点头说道："伍哥虑倒是。不过有这种顾虑的，并不只你们巡防，我前天碰见芮克刚芮排长，据他说，陆军方面，大家也是很不安定的。"

"这就怪啦！陆军的声名历来比我们巡防好，随便咋个说，这把刀总不会斫到他们头上啊。"

"你咋个晓得哩！据说，这把刀早已在他们头上晃来晃去，要是贵州、云南、湖北、湖南、陕西几省军队早一天调齐，他们早一天就会缴械遣散的。他们听见说，不管制台衙门是哪个人进去管事，总之，四川队伍将来完全要换成客籍人。他们说，前不久招募的五营新兵，就彰明较著只收客籍人，并且还限定要到四川不多年，还能说家乡话的人。像我们这些原籍湖广省麻城县孝感乡、满口四川口音的人，根本就不准报名。我不曾到招募处打探过，不晓得这话是真是假……既然不假，可见他们听来的话便不是谣言。所以芮克刚他们这些下级军官才打定主意，到时候，不等这刀斫下来，他们便安排一哄而散，各奔前程。有的回家去务农，有的改行做生意。这个芮仁兄是安排做生意的一个。"

伍平蹙起眉头叹道："他们陆军军官到底比我们行。我们若是垮杆下来，除了讨口叫化，还能做啥？"

郝又三安慰他道："这都是过火的说法，不足信的。老赵之不信任四川军队，倒是情理之中的事。至说端方来后，也会把四川军队全部遣散，我看不至于有的。因为他已向绅士们表示过要用和平手段来处理川事。用和平手段，就是不再打仗，不再打仗，对于四川军队就无所谓信任与不信任。说到你们巡防军。不错，在打仗上头，你们带过一些过。但是要说你们几千人都是老赵的党羽，那也不对。老赵是总督部堂，大权在握，但凡在他下面受过他驱使的，哪个不可以说是他的党羽？若果都该遭整，岂止你们巡防军，恐怕满城的文武官员，甚至连保安警察，都跑不脱。可是自古以来，就没有听见有这种不分轻重，一体治罪的例子。我们就以蒲先生、罗先生的事情来打比。你们想，谋反叛逆，是好大的罪名？但是老赵那么居心叵测。也只把蒲先生、罗先生本人逮了去，并未连累到他们的家属。纵然把股东会封了，同志会封了，也未逮过一个股东，和一个普通的同志会会员。这样看来，端方这个人即令比老赵毒辣，那也不会搞到你们头上。固然，他表示过要参办一些官。可是我敢担保说，那些官都不会很小。伍管带，说句不多心的话，你的官阶，实实在在还够不上他参办哩。我看，你只管放宽心，莫这样杞人忧天，隔几天，还是搞些鸡鸭鱼肉回来，请我们再打一回牙祭好喽！"

两个人又不禁笑了起来。

伍平把几颗盐花生米朝嘴里一塞，慨然说道："常言道得好，死生有命，富贵在天。从前藩台衙门扯谎坝摆命摊的胡铁嘴给我算过一张八字，说我这个人，不会发大财，可也不会饿饭。十多年都是这样过的，将来想也不会差得太远。命生就了，把脑壳想空也无益。管他娘的，做一天和尚撞一天钟吧！"

吴凤梧瞅着他道："将来的事，不去操心倒应该。只我刚才同你商量的事……"

"不用再提了！本来我就说过不便给你哥子帮这个忙。现在听了郝先生的新闻，我更没胆子做了。吴哥，万分对不住，求你哥子包涵这遭！将来碰有机会，只要你哥子吩咐一声，兄弟一定点到奉行，决不推诿！"说罢，还捏着拳头，拱了两拱。

"那么，我只好仍然到龙泉驿去跑一趟了。"吴凤梧随即问郝又三，"又三先生，请看看你的表。"

郝又三把表一看道："快来十一点……你去龙泉驿做什么？"

伍平道："他去找陆军卫戍部里的芮排长……"

但吴凤梧业已抢过话头问道："你们二位呢？"

"我要到营务处去勾当一些事。"

"我要去沟头巷拜会尹硕权，商量营救他舅子颜雍耆的办法。"

"尹硕权可就是长汉子尹昌衡？"

"你认识他吗？"

"这样一位军界名人，我怎么不认识？你自然同他很熟悉的？"

"不见得很熟，只是在颜家见过几面，倒还说得投机。这个人气概不错，却不晓得是一位名人。"

"你是隔了行的。隔行如隔山，不怪你不晓得。可惜我今天不能同你去和他周旋一下。求你言谈之间，代我致个意。又三先生，这不是说着玩的，切记不要忘了！我的名字叫吴桐，就是梧桐的桐。"他还颇为怅然说，"偏偏今天身上没带名片，偏偏遇见这个好机缘！"

郝又三笑道："倒少看见你吴管带这样婆婆妈妈的！尹昌衡不过一个兵备处会办、代理陆军小学堂总办罢了，有什么了不起地方，值得这样去巴结他！"

说到陆军小学堂总办，伍平才想起儿子的事。也顺便拜托郝又三当面问问，陆军小学堂是不是要补考几名学生？

四

还在光绪三十一年时候，清朝决定裁废旧制绿营军队，要各省仿效北洋、南洋办法，训练一种新式的国防陆军。四川省分派了三个镇。后来虽然核减为两个镇，到底因为一时之间，找不到那么多受过新式教育的军官。这时的四川总督锡良，为了钦遵朝旨，遂想了个寄练办法。他与直隶省总督兼北洋大臣商妥，每年由四川拨付纹钱八十万两，劳烦北洋大臣代在直隶地方招募训练陆军一镇（实际只完成一协）；四川本省，则尽现有的受过新式教育的速成武备学堂学生，编成一个混成协，说是待到军官人才足够时，再将这第三十三混成协扩充为第十七镇。

到宣统元年，即是说在光绪三十一年的后四年，在辛亥年的前二年，四川陆军应该扩充成镇了。这时四川总督是赵尔巽，对于这一镇的人员配置，他本已与他的幕僚、心腹商定，并已出了奏，报了陆军部。比如十七镇统制官，他已保举了新任三十三混成协协统、候补道、他所亲信的东三省人朱庆澜升任。统制官之下的两个步兵协协统，协统之下的三个步兵标（本应该是四个标，就因为人才不够，暂时编了三个。其余一个，延到辛亥年，才派云南人叶荃，就宁远府六个巡防营编成。并且一编成标，便从马边开到嘉定府，和同志军罗子舟、胡重义大战一场，把嘉定府城夺回。但是不久，叶荃宣布反正独立，这标人不服，便又向下游溃散。所以在辛亥年被赵尔丰抓在手上，用在川西抵挡同志军的，始终只有步兵三个标），一个骑兵标，一个炮兵标的各标标统，也都内定了。而所有大员，大都是从北洋、湖北调来。赵尔巽耳朵里听见有人发出抱怨说："为什么用四川的钱，练四川的兵，除了少数下级军官外，但凡中上级军官，全没有一个四川人？但是外省开办军事学堂、培养军事人才时候，四川不是同样也开办了速成武备学堂、将弁学堂、陆军小学堂等等？有些学堂的教习，还不是和外省一样，聘的日本教官？此外，我们四川也和外省一样，送过好些学生到日本的士官、振武、东斌各个军事学堂去留过学，也曾被外省聘去练过兵，办过军事学堂，当过教习。可见四川当前并不是找不到可以充任中上级军官人才的。然则十七镇里为什么就没有一个四川籍的中上级军官呢？若说不是赵次帅存心歧视四川人，别的道理，实在找不出啊！"

但是老奸巨猾的赵尔巽不喜欢别人说他歧视四川人。他辩解说："你们以为几年之间，只要在军事学堂毕业出来，就算人才吗？不是的。人才必须从阅历和锻炼中而来。由学堂出身的人，没有经过锻炼，更说不上有什么阅历，怎么能说这就是人才？而且就知道他确是人才？"

但他也不得不在形式上召开一次会议，把他这种独到见解，向四川绅士，向一班有资格配和他平起平坐的人做一番交代。这也是预备立宪时代风气所趋，不能不有这种举措。否则，人家又要议论你在独断独行，还要加你一个专制名声！

这次被他请去在制台衙门五福堂谈话的一群人中，就有这个新近才由广西省回到四川的尹昌衡。他是日本士官学堂第六期毕业，在广西省充当过新军教练官，资格倒够，不过也仅只够而已矣。

当八字须相当长、身材相当瘦小的赵尔巽，由一群身穿缺襟袍、腰佩鲨鱼皮鞘长刀、翎顶辉煌的戈什哈，簇拥着踱进五福堂时候，头一眼便看见这个身材比任何人都高、两腿比任何人都长、穿了身崭新笔挺军装的汉子。仪容很为可观，若非军帽后面拖了一条油光水滑粗发辫，几乎要误认为西洋来的一员青年军官。当然，稍一注目，也会知其不然。因为脸皮到底是黄的，眼珠到底是黑的，眉毛虽粗而不浓，眼眶虽大而不凹，鼻子虽直而不高，鼻端以下更不对头，西洋军官即令年纪很轻，而嘴唇上总有两撇胡子，不管它是什么颜色。

"唔！这小子是谁？"赵尔巽一面寻思，一面把手本清出一比对，才知是尹昌衡，看样子二十多岁，"一个才出山的新毛猴儿啊！"仅仅一任教练官，当然说不上阅历，也便不去注意他了。

赵尔巽徐徐谈了番四川应该按期成立陆军第十七镇的重要意义。无非是强国之要，在乎强兵，强兵之要，在乎精练，这些时髦言论，末了才归到人才一点上。赵尔巽说起话来，语调很低。这是官场规矩：官越大，举止越应迟钝，美其名曰安详；语音越应细小，美其名曰从容，其实就是拿派头，就是要人专心专意地来将就他。当他正在嗟叹四川军事人才奇缺，不能不借才于外时，想不到便是这个新毛猴儿，尚未等他语音完全落脚，猛地从末座上站起，带马刺的长�靿靴跟啪一声，端端正正站得像尊石像；提起嗓子，俨如喊操似的喊道："禀大帅，四川是有军事人才的！"

整个五福堂都为之震惊。人人都诧异："好大胆呀，这个小伙子！"

倒是赵尔巽毫不在乎。只是一双倒眯不眯的猫儿眼睛里射出两缕令人莫测的闪光，同时垂在唇角两边、稀疏得几乎可数的胡须微微动弹了两下。并且略含笑意地瞅着尹昌衡问道："依你看，谁是四川的军事人才呢？"

他万万没有料到这个莽家伙，才这样回答他，并且喉咙大得使宏敞的五福堂发出了回声："昌衡就是人才！"接着补充了一句，"周道刚也是一个人才！"（周道刚也是日本士官学堂毕业的，还早尹昌衡四期。这时，正充当着陆军小学堂总办职务。）

尹昌衡是不是人才？是不是四川的人才？是不是四川的军事人才？一直没有人敢出包票。不过他能在那个时候，当着一个可富贵人、可贫贱人的一省权威面前，毫无怯畏地一鸣惊人，到底亏了他。别的不说，光是这点自吹自擂的胆量，就不寻常。那时在座的人尽管訾议他是个浑蛋，是个妄人，但一班屈居下僚的川籍军官，却是不还价钱地佩服他，认为只有他这人，才替四川军人伸了腰，争回了一点面子。从此之后，他隐隐约约便成为川籍军官的领袖之一。

促使他成为领袖缘由的，还有一桩如下所述的事情。

赵尔巽对在他手上成立的陆军第十七镇，确很注意。据他所闻，军官的军事知识都颇丰富，而由各州县选送前来的士兵，不但身家清白，毫无嗜好，而且一多半还读过私塾，一小半也认识字，训练起来，颇易见效。因此，有一天，朱庆澜为了一件什么公事面禀后，才待告退，他忽然表示，打算看看新兵操练情形。朱庆澜立即禀说："恰好两营步兵、一营炮兵，正在东校场操练。教练官是新近由外省调来、尚有阅历的几名日本士官学堂毕业优等生：姜登选、叶荃、方声涛等。次帅要阅操，此时便可发驾。"

"你不先事准备一下吗？"

"用不着。"

这已令赵尔巽大喜，认为朱庆澜平日办事认真，所以才敢于不做准备。及至登上东校场的将台，他更其满意。士兵们操得那样好法，不管队形如何变化，随着教练官的指挥，真如身之使臂，臂之使指。炮兵也精彩，动作敏捷利落，而又十分整齐；可惜的是，没有实弹打靶，不知道测量学学得如何！

赵尔巽连连点头说："操场的操练还不错，可以举办一次野操了。"

他既盼咐下来，十七镇遂决定于这年（宣统二年即十七镇扩充成镇的第二年，辛亥的前一年）秋季，在北门外凤凰山营地外，举行一次对峙演习。三十三协出一标人，由协统陈德麟任红旗指挥官，三十四协出一标人，由协统施承志任白旗指挥官，特种兵分别配齐。审判官哩，赵尔巽特别指派六十五标教练官尹昌衡来充任。

这时，有资格来充任审判官的人不少，为什么会派到尹昌衡头上呢？大家揣测，不外下列几种原因：一是尹昌衡在五福堂会议时发过狂言，赵尔巽记住了他，怀疑他是不是只生了一张说大话的嘴，抑或真有一点实学？指派他来审判，就是考试他的用意；二是十七镇中上级军官，委实外省人占了十分之九还多，今天红白旗指挥官都是外省人，设若再派一个外省人来当审判官，不管裁判结果如何，难免不使四川人说闲话，派尹昌衡便是为了堵住四川人的嘴；三是赵尔巽绝对信任他用的外省军官都是有才能的，川籍军官之不平，只能说是由于畛域私见，今天演习场上的指挥，正好表示赵大帅用人唯才，用人唯公，指派尹昌衡来审判，只须他道出几种优点，直接使川籍军官没话说，间接也无异使尹昌衡自打一个耳光，从而明白大帅为人并非易与，"好小子，别太狂妄了！"

到演习完毕，参加和观操的队伍都齐集到审判台下，两个指挥官扬扬得意地站在队伍最前头。两个人的体格一般的魁梧其伟，当其发号施令，指挥若定之际，说不出威风凛凛，全场几千人都觉得北洋训练出来的角色，毕竟不错，这一次裁判下来，包管是个双红了！

但是等到尹昌衡一开口，才完全不是那么一回事。他本着日本士官学堂里的课本，和在日本联队实习时亲身所得的体验，对袁世凯在小站教出的老粗，当然看不上眼。他居然毫不留情，但是非常中肯地把两个人批评得全无是处，使得两个看起来像蒋门神一般的大汉，红着项脖，抬不起头。尽管赵尔巽坐在台上，恨煞了这个不知高低的小子，可是把他莫计奈何，因为他并非存有私见，吹毛求疵，经他一指点，即使是十足外行的人，也会明白两个指挥官确乎是两只饭桶。

这一来，当然全军大惊。尹昌衡的声名更大，威望更高，外籍军官对他如何，不知道，川籍军官却在无形之中把他当成一个模范人物。又因为周道刚为人世故多一点，说话不及他坦率，胆子当然更没有他大，有些人便宁可来找尹昌衡发牢骚，希望得到他一些支持或指点，虽然每每毫无所获地败兴而去。

五

非常清静、从早到晚看不见几个行人的沟头巷里的另一条死巷子，有一家不大引人注目的小独院。临街一道丈把高的防火砖墙。矮矮的大门进去是二门。二门门扉上，用金泥涂画的五个展翅而飞的大蝙蝠，和被蝙蝠包围在当中的一个图案画的大圆寿字（一般称之为五福捧寿，是一种吉祥象征），虽然旧了，金泥也和门扉上的推光黑漆一样，不特黯淡，有些地方已经剥落，露出打底子的磁灰。可是门道内外打扫得干干净净，没一点渣滓。

从二门的拐门望进去，靠防火砖墙是一间敞厅，大概是用来搁轿子的地方。与敞厅相对是三间正房，又矮又小，檐阶也浅，堂屋门外仅仅放得下一张凳子。

不大一块院坝，没一棵树。也得亏没有树，若是种上一棵枝叶密茂的大树，院坝里准定不会像目前这样阳光朗照的。

一个五十多岁、样子很为精悍的老太婆，正带着一个老妈子在院坝里晒衣裳。

她身上那件滚青布驼肩的二蓝竹布罩衫，并不比身边老妈子身上的毛蓝布夹袄新；两只大袖高高挽在手肘上，露在外面的手臂，也不比老妈子的手臂白细，倒比她的结实。

"咯喂呀！看你婊子养的洗的啥子衣裳哟！"她抖开一件男人穿的漂白洋布汗褂，正待穿上一头搭在厢房檐口上的竹竿。一眼看见犹然留在衣领上的垢腻痕，连忙翻出来，送到那中年老妈子的鼻子底下，提起有点嘶声的喉咙叫道："简直是哄人，脏甲甲还原封原样在上头！"

那个头发带黄、塌鼻梁、翘嘴唇的老妈子，带着不自然的笑容争辩道："太婆，莫那么说。这件汗褂，我硬是破着气力在洗，搓了又刷，刷了又搓。你没看见，退油丹都使了两坨！"

"咋个还这样脏呢？"

"我啷个晓得？只怪你儿子体子太壮，尽出油汗，穿两天的汗褂，比别人穿十天还要脏。"

"你龟儿婆娘就只生了一张嘴！"老太婆听见儿子身体健壮，似乎心上喜欢，虽然还在吼叫，可是打皱的嘴角上已露出一丝笑意，"把这件汗褂提出来，等会儿我亲手洗跟你看。我才不信洗不干净！"

"你试试嘛，太婆，"老妈子不肯示弱，"你真个洗得看不见一点甲甲，我认输三个锅块。"

"当真？我说，你婊子养的这十个钱输定了！我洗了几十年的衣裳，啥子脏东西我都遇合过，啥子脏甲甲我洗不脱？你默倒我像那些经不起富贵的人，儿子做了官，自己先就娇嫩起来？"

田老兄把大门一指，向郝又三说道："就是这里。要不是碰见我，到明天你还找不到哩。"

两个人刚走到拐门子跟前，听见老太婆和老妈子在讲话。田老兄笑道："告诉你，这就是尹老太太。"

"好泼辣的一个老太婆！"

"所以大家才尊之为尹寡母。"

"你说尹老太爷不是还在教私馆吗？"

"是啦，前两天我还同他吃过茶来。"

"那么，何以会叫他的老婆为寡母呢？"

田老兄摇头播脑地说道："大概有二说焉……"

尹老太婆掉头朝二门一望，粗声粗气问道："是哪个在那里说话？"

"是我。老太太，"田老兄先跨进拐门子，"尹公在家吗？"

"你贵姓？"

"我姓田。上半年到府上来过，还向老太爷借过书的。"

尹老太太迟迟疑疑地说道："老头子今天到文昌会议事去了，不在家。"

"我们不找老太爷，是专诚拜会硕权总办的。"

"他还没有回来。"

田老兄回头向郝又三道："怎么办？还没回来。"

尹老太太高声问道："你们找我儿子，有啥子事吗？"

郝又三把头从门框上伸进去答应说："是硕权先生约我这时候来府，说是有点要紧事面商。我姓郝。"

"那么，请你们到堂屋里坐着等他，"老太婆脸色声口都变得温和起来，"他也快回来了。"

田老兄不打算留下来。说周宏道约打小麻将（这是他新近才学会的一种玩艺。也因为才学会，兴致浓得很，几乎每天都要找人打八圈，才吃得下饭），去迟了，怕人家等得不耐烦。但是郝又三不让他走。说周宏道今天也约得有他，他不去，三缺一，这牌还是打不成。好在时间还早，不过才十二点多钟，等尹昌衡回来，把话说完一道去，岂不好？

这时，院坝里晒衣裳的工作，已经完成。三竹竿各式各色衣裳，斜架在厢房与正房的角上。从薄云层中筛下的淡淡的秋阳，照个正着。尹老太婆只向走进来的客人让了一声，便与那个中年老妈子抬起一只大木盆，往屋后走去。

郝又三在穿过院坝时候，偶尔向厢房的高高撑开的方格窗口一望。一个年纪很轻的女人，满脸脂粉搽得又红又白，也正伸着项脖朝外观望。彼此眼光一斗，那女人赶快垂下头去，做她正在做的针黹。

堂屋也不大。靠后壁一张高脚条几代替了一般人家应有的神案。壁上应挂某某堂上高曾祖考妣神榜地方，悬了一幅裱褙成轴的朱砂笺纸，一笔九成宫碑体的字，写着天地君亲师位。一个三方亮的神主匣摆在条几上。其余是应有尽有的香炉、蜡台、香筒、磬，据说尹家供奉了多年的一轴鱼篮观世音画像和一轴文武二财神画像，都是尹昌衡由广西回来，闹着破除迷信，老太婆拗他不过，方取消了。

当中一张八仙方桌，两壁各两把立背高椅，各一张茶几，都是时兴家具。样式小巧，但是漆水不好，看光景也不经事。

两边壁上也悬有一些字画。郝又三来不及浏览，便凑着田老兄耳朵说道："厢房里的那个年轻女人，可就是尹硕权的妹妹？"

"不见得。他的妹妹仿佛要本色些，恐怕是他最近才搞的小老婆。"田老兄也把声音压低到只有郝又三才听得见。

"这未免怪了！大老婆还没过门，就先讨了小，颜伯勤不说话吗？"

"有什么话可说呢？自家女儿还没有成年，未婚女婿来一回，叹息一回说，小姐永远这么小，小生将要变成老生了，这如何是好哟……假使你是颜老太爷，请问你如何来安慰你这个心急如焚的未馆甥？还不是只好睁只眼闭只眼，让他讨个小老婆进门。这总比在外面胡搞堂得好。况且……"

尹老太婆急匆匆走进堂屋。两个人连忙从椅上站起。

"请坐！"

她走入上手房间。听见她开立柜，听见她拿褙裢，听见她数小钱。然后放下褙裢，关好柜门，再出到堂屋，才向客人说："我叫马嫂去跟你们泡茶。"

两个人一齐说："不用费事，老太太……"

但她已经走到堂屋门外，向那一手提竹篮（竹篮里放了两只空茶碗），一手提锡茶壶的中年老妈子交代说："先到瘟祖庙称茶叶。就是老太爷天天吃的那种茶……对！茉莉花茶。就请茶叶铺伙计抓两撮在这碗里……多少，他们卖茶叶的人晓得的。这是称茶叶的钱，检好，莫又掉了。回来在九龙巷牌坊茶铺泡茶，倒开水……要记牢，泡茶要鲜开水。倒回来的开水，也要手壶里烧开了的，不要瓮子锅里的……真是哟！开水也涨了价！两个钱不倒，就添一个钱嘛！这是泡茶、倒开水的钱。检好，莫搞错了。"

拐子门一响，进来一个穿军装的小伙子，约莫十七八岁。想是走得太快，进了门，还在呼呀呼呀地出大气。

马嫂首先喊了起来："沈彪回来了，叫他泡茶去！"

尹老太婆道："咋个你先跑回来？总办呢？"

沈彪取下军帽扇着道："总办到颜家去了，不得回来……"

"屋头有客等他哩！他不晓得吗？他约了人家来的。"

"就为了这个，总办才打发我跑回来。说若是有个郝先生来了……"

郝又三、田老兄遂一齐走到门外。

"我就姓郝。"

"是郝先生，"沈彪连忙把军帽戴好，站得规规矩矩，行了个举手礼，"总办刚刚要走，接到颜老太爷的信，说有要紧事，请总办赶快去面谈。总办才打发我跑步回来，请郝先生不要等他。总办说，以后再当面跟郝先生道歉。"

这样，客人当然不等喝茶便告辞走了。

为尹老太婆省三个小钱，不算什么，为马嫂减去一番麻烦，倒是一件功德。

六

两个人生怕来晏了，一下轿子，郝又三把轿钱一总付了，拉着田老兄，三脚两步，踱进花园门。

刚刚转过石假山，周宏道穿着一身和服，趿着一双拖鞋，光头光脑地从上面花格子门内迎了出来，笑道："我以为你们也不来了哩！"

"我本可以早来的，被又三抓住，在尹长子家坐了一会儿，耽搁了，累你们久等，对不住！"

"早迟都无所谓，"一面伸手向侧边客室里让，"今天这场牌，恐怕要黄。"

客室内的麻将牌桌子已经斜斜地摆在当地，桌面上紧紧蒙了张白台布，一只崭新的装着麻将牌的楠木匣放在桌心，显然还没有一个人来。

"为什么没人来？"

"老柳病了，董特生走了，都是临时写信来通知的，你们说糟不糟？"

田老兄稍微有点怅然道："好在我们这里已有三个人，再凑一只脚，不就行了吗？"

郝又三连连摇头道："我这个打瘟牌的，不能算一只脚。"

周宏道说道："你总比黄澜生襟兄行些。"

"真的，你为何不去把黄澜生找来？又三说他自己打瘟牌，其实我们都差不多，搭上黄澜生倒合适，免得遭个一捆三。"

"早已打发安清平请去了，并且请了内人的二姐。因为今天好不容易，托人又托人，在龙王庙杀房里分了两斤猪肉，还分了一个猪肚，自己宰了一只鸡，内人亲自下厨操作。你们若是不来，我们两个人怎消受得完？也可惜了。所以才决计去请黄襟兄一家人。"

田老兄笑道："好口福！我以为今天又是二十七样菜待客哩！"

郝又三诧异道："二十七样菜待客，还了得！"

"这是田老兄挖苦我的话。那天，他们几个人来我这里打牌，恰逢是个干枯日子，不但弄不到油荤，连小菜也找不到。只好把上顿剩下的韭菜炒豆腐干、韭菜炒酸盐菜端出来，外加一样凉拌韭黄。他当时就挖苦我：好阔呀！咄嗟之间就扮出了二十七样菜……"

郝又三呵呵笑道:"原来是三韭(九)二十七……莫怪他,倒不是田老兄的杜撰,他还是有所本的。"

田老兄正正经经说道:"凑合你的话,怎么说是挖苦你?若是换在我家,哼!虽也可拿出三样菜,然而只能是豆芽瓣、豆芽杆、豆芽须。要赶上你,还不能哩……"

大家因而谈到目前省城里日常生活越来越困难的情形。光是买不出鸡鸭鱼肉与蔬菜还不要紧,最是油盐柴米,也渐渐产生了恐慌。关于油盐柴米这些有之则生,无之则不得了的东西,三家当中,周宏道一家,由于组成家庭不久,两个新人沉迷在新婚幸福中,本来没有心思想到开门几件大事上头。得亏丈母娘龙老太太想得周到,早为他们置办了够吃三个月的米,够烧三个月的柴,油盐酱醋、花椒辣子也成趸地买了些。虽然三家都还不像一般小家人户,一天到晚,都在为了吃喝焦心。毕竟这是关乎全省城二三十万人的大事,大家都在谈说,业已成为风气,不由你不想到。果真搞到大多数人家烧锅不燎灶的时候,少数还可以过日子的人家,是不是真能太太平平地过日子?因此之故,就连向来是饭来张口、衣来伸手的郝又三,以及从前尚略知稼穑艰难,近几年来早已忘记了借钱、当衣裳,过了今天不知明天的田老兄,一提到这种大事,都自然而然关起心来。

田老兄慨然说道:"我之所以不敢十分恭维同志军这班人,便在这些地方。你们反对赵尔丰可以,本来赵尔丰这家伙虐民以逞,不是一个好东西,该反对。但是为了反对赵尔丰,不惜把全省城所赖以为活的油盐柴米都阻断了,使大多数人陷于断炊绝境,却是为何呢?他们这班人也不想想,这样搞下去,到底何害于赵尔丰?你便阻运一年半载,难道赵尔丰还会害怕,还会退让不成?看起来,同志军里头毕竟缺少一些明白事理的读书人。要是有几个读书人给他们掌鹅毛扇,像这样的蠢事必不会有的。"

郝又三道:"确实是蠢事。不过端方也快来了,他来后,这僵局总会打开的。"

周宏道说道:"董特生说的,和你的话刚好相反。他说,目前四川事情,漫道端方这种旗人不能解决,就是岑春煊来了,也属枉然。若要解决,那只有一条路,就是革命。"

田老兄把眼镜在鼻梁上一耸,倒笑不笑地说:"董修武大概是个同盟会的人吧？他倒说得好，革命！他何以不革命？”

"说不定他今天出省，就是去闹革命。因为前几天在学堂的休息室里，他曾神秘地向我露过一些口风说，荣县、威远、富顺、自流井一带，同盟会的人都起了事，占了好几个县份。我当时以为他顺口说说罢咧。今天接到他的信说，有要事出省。想来，多半向那些地方去了。不然，他出省到哪里去呢？"

郝又三点头说道："是的，你说的那些地方，确有同盟会人在闹革命。我晓得，有些牛屎公爷都逃难上省来了。"

田老兄道："我说董修武这些人，既然有本领闹革命，就该在成都这样省会地方来闹，为何要跑到荣县、自流井去？在那些外州县，即令闹成了，又何能解决四川的事情？我对他们革命党，真也有些不解。丁未年，四川尚是平平静静的时候，尤铁民他们忽然要在省会来丢炸弹。才几十个人，连手枪都没有一支，就想夺取成都。结果，杨维等六个人被逮去丢了监狱，我同又三为了救尤铁民，还担过血海干系。今年保路风潮起来后，我起初尚疑心有革命党人在中间划策设计。后来一考察，不但没有革命党，甚至像有些同盟会的人，比如在重庆的杨沧白、张列五等，听说还不大赞成同志会这样的运动。尤其现在，四川闹得这样糟，成都省会人心这样不安，按照道理说，确是一个很好革命时机，但是再也看不见杨维、黄方、尤铁民这类人，而董修武却要跑到外州县去闹革命。亏他大言不惭地说，解决四川事情，只有革命。哎！其谁欺？欺天乎？"

周宏道接着道："并且听说武昌方面已经闹起来了。"

郝又三道："但是据邵明叔先生告诉我，恐怕也会像三月间广州事情一样，不会闹成的。"

田老兄道："邵明叔何以知之？"

"说是端方当面告诉他的。"

就这时候，一阵脚步声响，黄澜生猛地跨进门来，并且神色很为激动地说道："重要消息！重要消息！"

三个人一齐起身迎着，一齐问他是什么重要消息。

"待我缓口气再讲……有便茶吗？先赐我一杯，口渴极啦……我刚刚回家，你的安清平便来了，我也急于要同你们谈谈，所以连医生都不等了，就朝你这里跑。"

"等医生？二姐病了吗？"

"不是她，是振邦……哦！内人给你夫妇道谢，她实在不能来，要在家里等王履和。"

田老兄大声叫喊起来："澜生先生，还是书归正传吧！"

"对！你们可知道四川总督已经换了人？"

郝又三笑道："新任当然是端方啰！"

"你怎么先知道？"

田老兄道："又三其实是推测而然，你老兄在衙门里得的，才算确实可靠。除此之外，还有什么重要消息？"

"重要消息多喽！"

周宏道插嘴问道："有没有武昌闹独立的事？"

"岂止武昌……我今天特意跑到督练公所去，本打算找王寅伯问一下，周法司呈文上所引的一些话，确不确实。想不到碰见参谋处吴璧华总办正同一个朋友在他公事房里讲说，声音很大，我在窗子外面，并未注意也听得清清楚楚。说是湖南也响应了，江西也响应了，江苏好像也有事。刚说到贵州来电，云南……因为有人走过来，我不便尽站在那里，只好走开。想来云南也一定独立了……"

田老兄向郝又三说道："看来，邵明叔竟受了端方的哄骗！"

"也不算哄骗，因为那是半个月以前的话。"郝又三跟着问黄澜生，"刚才你说周法司呈文，是怎么一回事？"

"嘿，嘿，说起周法司这篇呈文，才真正重要。如其不因他散发了这篇文章，我所说的那一些重要消息，不知道还要在黑漆桶里埋藏多少日子哩！"他说时，伸手到靴靿里摸了摸，立即叫喊起来，"糟糕！这东西塞到哪里去了？"

高金山恰好给他送水烟袋进来。

"高金山，可看见周大人铅印的那篇呈文？"

"老爷亲手检在护书里不是吗？"

"快点把护书拿来！"

"护书同洗脸盆都交跟菊花收进去了，只是把水烟袋带了来。老爷要，等我回去拿来。"

田老兄道："先说周孝怀的呈文，到底是上给哪一位大头的呈文？"

"是上给端午帅辩冤的……"

郝又三道："莫非周孝怀也遭参了？我听说要遭参的，大概都是老赵的亲信，和七月十五日案件有关系的一些人，如像田莽子、路小脚等等。"

"有老田，却无路广钟。遭参官的一共只四个人。周法司、王寅伯的考语，是轻躁喜事、变诈无常，结怨绅商、声名素劣。我们科的参事饶观察的考语，是资轻望浅、舆论不孚。说起来，三个人都和七月十五日的案件没有关系，有关系的，只老田一个人。他的考语是贪功妄举、擅毙平民，所以处分也比较重些，即行革职之外，还带了个发往巴藏、责令戴罪图功的尾巴，这等于从前发往军台效力一样。处分最轻的，是饶观察，仅只以同知降补，以昭炯戒九个字……上谕寄到好久，被赵季和压了下来，所以前几天饶观察不再到衙门看公事，王寅伯跑到华阳县监狱去亲候杨维，我还同舍亲孙雅堂胡乱猜了一阵。若非今天因为周法司散发辩冤呈文，这些有关东西，哪能就发出来？就这样，日行派办处仍然给了各科一道通谕，切嘱大家不可泄漏，倘或不遵，查出定予严惩不贷……"

周宏道笑道："但是老哥现在就没有遵守。"

郝又三不让他打岔，紧接着问道："关于蒲先生、罗先生，有消息没有？"

"有的，上谕叫即予释放。端午帅的六言韵示也寄到了……韵示嘛，那倒记得，是这样的：'蒲、罗诸人释放，王、周四人参办，尔等哀命请求，天恩各如尔愿。良民各自回家，匪徒从速解散，非持枪刀抗拒，官军决不剿办。'"

郝又三不禁把田老兄膀膊一拍道："老兄，难怪颜伯勤把尹昌衡找去说话，大概这消息他已打听到了。"接着，他又慨然说道，"如此看来，四川局面似乎等不到端方来省，就会朝好的一面转了。我相信，只要端方的告示一张贴，蒲先生等一释放，老赵垮台在即，同志军没有打仗的目的，当然不再阻运油盐柴米，至低限度，省城人民是得了救了……嘿，嘿，澜生先生，你这消息传得真好，待会儿吃酒时候，先敬三杯！"

七

　　黄澜生一面翻检高金山拿来的护书，一面向众人说道："诸公切莫高兴过早，且先请你们看看这篇稿子——是我找熟人在日行派办处要了点手段抄得的。你们看后，自会明白四川局面岂但没有朝好的一面转，依我的鄙见，嗯！……"

　　郝又三把他递来的两张公事稿纸接过手，田老兄、周宏道便都凑过头来。

　　稿纸上头一行，写着"致内阁请代奏电"。电文抄得相当潦草，好在字体尚大，看起来不太吃力。

　　（衔略）窃川绅蒲殿俊、罗纶等，藉路倡乱情形，及查获各项证据，均经电陈在案。当该逆绅等就擒之际，尔丰即面责以负国误川之罪，均各情虚无词。其时，事机危迫，本可立正典刑；第以案情重大，宜求详审。且虑迹近仓皇，转滋疑虑。是以一面拘留，即一面电奏，俟军事稍定，请旨办理。嗣复以交大理院判决为请者，盖急则不能不拿，既拿，则必须明正其罪，方足以昭信谳而服人心。既不敢姑息以养奸，亦不敢操切以从事也！唯彼党肆为谣诼，意图淆乱是非。前闻端大臣抵渝，即有人在行辕递呈，称逆绅被拿冤抑。尔丰方谓事理具存，该大臣必不致遽信浮言。乃近见渝中报纸，谓该大臣已奏请将该逆绅等一概释放，实堪骇异！

　　田老兄不等看下去，便已摇头说道："光看这段冒头子，老赵意思已经很明白，他是不奉诏，不放人的。"

　　郝又三皱着眉头道："似乎还安心要与端方较量一下的样子。"

　　周宏道道："或者他这电报在上谕未下前打出去的，所以他才说近见渝中报载。"

　　黄澜生原本端起一碗热茶在喝，不由扑哧一声，把茶喷了一衣襟。连忙放下茶碗笑道："宏道姻弟原来还是一个书呆子！要是他不说看见报纸登载，他又怎能把日子腾挪得开，假装不曾奉到上谕？而且这篇文章也就无从下笔了！办公事的妙窍，就要在这些地方下功夫。所谓实者虚之，虚者实之是也……你们看下去，便知道我的话一点也没错……"

三个人因又看了下去。

查自尔丰到任之初，即迭接端大臣嘱令严办之电。此时，该逆绅等尚为路事争执，初无不法行为；势力之厚，团体之坚，虽谨愿之人，亦为所惑，若无真确罪状，即用严猛手段，溃乱固所必至，而人民之大惑不解，必较今日为尤甚。及经该大臣以因循贻误等语，严词电劾，犹不能轻相附和，仍再三电致该大臣，恳其设法转圜路事，以防激变。迨罢市以后，该逆绅等叛迹渐张，抗粮、抗捐，业已实行；外人派兵干涉之警信，京渝均有电告。又探悉该逆绅等定于七月十六日起事。始不得已，遵旨拿获。而一昼夜间，即有扑署围城之暴动，阴谋勾结，不问可知。先后所获叛据，尤属情伪昭然，无可遁饰。尔丰际兹危局，诚知首要就拘，反动立起，祸变所及，牵动全省，而他日必有以尔丰为戎首者。当未经拿获以前，曾历次电奏，仰邀圣鉴。特以祸在眉睫，不能不排百难以救地方。前之不拿，因其无罪而宽之；后之必拿，因其罪著而执之。耿耿此心，盖始终无非为保国卫民起见。否则，违道干誉，尽可取悦于一时，又岂肯以一身当大难之冲，致为彼党所嫉视哉！端大臣近尚在渝，于此案前后情形，未加详审；亦不一电会商，而遽请将该逆绅等释放。揆其用意，殆以首要一释，乱事或可速了，亦系一时权宜之计。唯事理自有是非，法律期无枉纵，若竟不究虚实，旋拿旋释，不徒有伤政体，抑亦无此办法。且川省此次匪乱虽甚披猖，而始终尚未获大逞者，固赖我军士苦战之力；亦因首要见擒，无渠魁为之统率指挥，其势散而不聚，即有凶谋，尚无远略；故一经攻击，立即溃散，势不能与官军力抗。设竟如该大臣所请，该逆绅等一旦放归，势必纠合徒党，与群匪联为一气。聚虎狼之众，而复济以鬼蜮之谋，兵力有限，贼智多方，恐从此匪势益横。况鄂乱未已，川、楚毗连，内外勾结，川岂尚为国有？是名为弭乱，而实则以乱济乱，其贻患何堪设想！尔丰深维利害，日处艰危困苦之中，实不敢缄默不言，重益祸衅。矧现在匪势稍弱，人心亦渐知悔祸，即迭接川路股东代表及正绅等来辕呈恳，亦第以速了此案，或交大理院判决为言，并无要求释放该逆绅等之语。是此数人之释否，固非舆情所系属；但使奏交法庭审讯，按其情罪分别惩处，人民自无异议，又何必依违迁就，致堕国家刑律之大防？尔丰与该绅等素无恩怨，此次遵旨拿获，实迫于势之不容已，更无一毫苛求之心。第念国纪不可不伸，事实不可不察，而目前川乱未平，尤未可再张其焰。应请圣明主持于上，即将此案饬交大理院判决，先行宣示天下；一俟军事大定，即将人犯卷宗，一并解京审讯，俾黑白不致混淆，祸机无由增剧，实为川省大局之幸！迫切上陈，谨请代奏。

三个人抬起头来，心上都像压了一块千斤重的石头。

田老兄叹了一声道："老赵这样深闭固拒，未免太失众望了！"

周宏道接着说道："看看船要拢岸了，又着他这一篇……"

郝又三把稿子向桌上放下道："我不解他仗恃的什么，竟敢连上谕都不理睬了？"

黄澜生已经把一叠手折形式的东西递给郝又三道："请看，这就是周法司的辩冤书。"

"好长！怕不有好几千字？"

田老兄道："此公的文字向以短小精悍著称。这篇，看样子，总有四五千字。写这么长的东西，足见此公动了真感情了。澜生先生，你于这篇文章，当然推敲过了。请你先把它的主旨谈一谈，歇会儿我们再细细看吧。"

"主旨嘛，很简单。就是说，四川的事情，无论是前一段的路事，后一段的乱事，都是端午帅一人师心自用搞出来的。五月二十一日同志会之成立，是由于他一封不允许筹还路款的电报所致；七月初一日罢市，是由于他拒绝川人撤换宜昌总理李稷勋所致；七月十五日赵季和拘捕川绅，使路事变为乱事，大局糜烂，不可收拾，也由于他一面奏参赵季帅办事不力，讨好川民，一面又连电赵季帅，叫赵季帅勿再姑息养奸，必须严重对付，赵季帅被迫无奈，因而才一反以前力主和平所致。这一段，占的篇幅不多，可是把端午帅说成了川事祸首……”

郝又三插嘴说道：“对的！追究原因，端方与盛宣怀当然是罪魁祸首。不过周孝怀把赵尔丰的罪恶都代他推卸了，却不对。七月十五前前后后的经过，我至今记忆犹新，老赵要翻脸生事，我们早已料定，说他完全出于被端方所迫，这怎么说得过去？光这一点，我就可以批评周孝怀的文章作得不得法。”

“这不能怪周法司。他要不这么说，赵季帅如何能允许他把这呈文交官报书局印了上万份，除在省城散发外，连好多州县都寄了去，附省一些乡镇，还专人去张贴呢？”

田老兄也道：“就是为了辩难，文章倒不能不如此做。只是这一段，作为责备端方可也，作为对自身辩冤，似乎不大合适。听听他后面是怎么说的。我想，他说到自身的是非，一定很锋利，很尖刻。若不如此，那就不是老周的手笔了。”

“后面的篇幅，完全是为他自己洗刷，把端午帅为何要奏参他，以及端午帅安他的考语，层层驳诘，确实很锋利，很尖刻。主要点在说他自从路事初起，他与王护院便一根笋主张和平。就是后来赵季帅接了事，他也无时无事不力主和平，并且因此才得罪了人民，才引起人民的街谈巷议。七月十五日的事，他毫未过问，以后种种，更没有他。以此，他实在不知道他何以会被参丢官？他极力分辩说……”

黄澜生随即从郝又三手上，把那一叠印刷品取去。一面翻检，一面说道：“最好看他这几句原文……对，就是这几句。我念跟你们听……‘节下今日而采推本之论，以王护督宪为不应过持和平，姑息误事，以署司为不应赞成，则署司服输，且可代王护督宪服输。若以为酿乱，则署司已先不敢服输；若以署司为预于七月十五之事，采及街巷无赖主谋定计之谣传，则尤日月有时而灭，此心万难曲服！’……这三层，是辩他根本无罪。下面就辩得扎实，并带着回了端午帅一手：‘盖虽闾巷小人细故，将科以几等之罚，犹必审情得实，公开审判，不服，犹许依法上诉。署司不肖，忝列监司，虽节下绌于事势，不惮掩置一切变乱之原，参劾数人，以为释嫌平愤之计，然是非所在，岂节下今日始知众怒难犯，尚能翻然改图，署司向以恤民为心，乃忍妄自菲薄耶？’……”

周宏道摇头说道："我听不懂，这几句搅扰得太厉害，请再念一遍。"

　　田老兄道："听不懂，歇一会儿看了就懂。我说，这几句虽然有点辣，其实还不够味道。"

　　"那么，我便专检辣味重的几句念吧，……'嗟乎！使署司稍知见好于绅民，安得复有谣言？节下亦安所撖拾以为加罪之资料哉？不顾大局，见好一面，已为绝无廉耻心肝之人。若两面见好，任为反复，署司非不为，但恨无此才耳！'……够味了吗？不过这还是隐言讽刺哩。我记得有几处简直是反唇相讥，锋芒毕露。比如他分辩端午帅骂他贪功，就说：'至于贪功，则署司既未预议，难居坐论之功；司法复非领兵，亦无勋绩可树。且凡贪功之心，恒本于委过。必求其实，则节下始之坚持严重主义，以求铁路政策之必行，已又劾赵督宪以求祸乱之苟定。若是者庶几近之。署司未尝无树功之才，特不忍存委过之心耳！'还有：'苟参署司真可以谢川人，节下身肩大局，本有因时转移变化之权，署司何敢复以是非得失置念。唯时局糜烂至今，上下相疑已久，苟求补救之方，唯当坦然推诚与川人相见。如或稍参权术，诚恐一疑未释，一疑复结。川乱群知以节下始，群望以节下终。乱始于不平，非持平即无以终乱。'……"

　　郝又三把右手一挥道："够了！不劳再念了！总而言之，周孝怀这篇文章，与其名为辩冤书，无宁说是申讨端方的檄文。我疑心他是奉了老赵之命写的，不然，他为什么处处为老赵辩护？而老赵也容许他四处散发？这样一来，老赵算又树了一个敌人。四川局势本已够乱了，今后加上赵、端冲突，假使再弄到兵戎相见，哎，哎，那日子更不好过了！你们说，是不是？"

　　周宏道说道："也好，要这样才革得起命来。"

　　田老兄瞅着他道："他也有了革命思想？"

　　"我没有这种危险思想，不过重复一句董特生的口头禅……"

　　安清平出来说道："太太叫我来问老爷，菜已弄好了，先打牌吗？先吃饭？"

　　郝又三道："光吃饭吗？"

　　"有酒。是眉州宏谊号仿绍酒……进去跟太太说，杯筷摆好了就热酒。"

第四章　在汇为洪流的道路上

一

龙泉驿今天不是赶场日子，街上不很热闹。但是茶坊酒店并不冷淡，穿黄咔叽衣裤的新军仍然自由自在地一伙进去，一伙出来。

新近由兵备处札委的东路卫成部，是九月初一日才从成都开到龙泉驿场上驻扎。辖有步兵三排，骑兵一排，工兵一排，辎重兵一排，官兵一共虽只二百三十多人，但加上长夫、勤务、马夫等一百多人，队伍不算小；场上三个庙宇驻满了，还分出一个步兵排驻在高升官站的外两厢。司令魏楚藩和排长夏之时都驻在过厅内东官房。

太阳偏西时候，魏楚藩房间里的临时军官会议还在进行。

说是会议，几乎是魏楚藩一个人在唱独角戏。他习惯于在上司跟前只听不说，在下属跟前只说不听。他认为人的见识本领，自古以来就是与官阶大小成正比例，官越大，见识本领也越大。即令上司讲的话有时听起来好像不大对头，但你只管服从；就错了，你也没有责任。他以此律己，也以此责人。因此，他每每召集下属会议，总是要求别人少说话。比如这时节，步兵第三排排长芮克刚才开头报告驻扎在火神庙与瘟祖庙两个地方的队伍，也同样有些像要闹事的兆头。他魏楚藩也同对待骑兵排长隋世杰一样，很不耐烦地把一只又厚又大同熊掌差不多的手，向空中一挥，又握成拳头，重重地落在身旁的茶几上，还故意把一双浓眉在印堂地方打个大结，还把两只够大的眼眶撑得圆彪彪的，使得两枚平日业已突出的眼珠子更加难看地将瞳仁四围的白睛完全露在外面。噘起嘴唇，沙声沙气吼道："莫再讲啦！我完全晓得了！"

魏楚藩身材高大，黄呢军服穿得极为熨帖。没戴军帽，一条梳得光光的乌黑发辫从脑后拖到臀部，辫梢倒拉上来卡在牛皮腰带里。脚上是一双齐膝盖的熟牛皮制造、带有马刺的马靴，有力地踏在地板上。模样确实威武，确实像一个令出如山的司令！赵尔丰与王棪之赏识他，提拔他，除了他的耿耿忠心外，一半也由于他的仪表。

他霍地从坐椅上站将起来，背负着双手，眯着眼，勾着头，在这间不大、光摆了些坐具、作为会客和办公事的房间里来回走了两转。满是尘土与疲印的地板本就衬垫得不大结实，被他有力的马靴一踏，全房间的坐具都动摇起来。

"总而言之，军人的第一要义就是服从命令。若不服从命令，就失掉了军人资格。记得……"

骑兵排长隋世杰拿眼瞟着坐在对面的夏之时，不禁口角一动，几乎笑了出来。

夏之时呆着脸丝毫没有表现。只是用手肘把坐在身边的工兵排长贾雄搒了下。

其余三个排长和几个督队官都各有一个会心的动作。

他们完全明白，魏楚藩这一演说，非到太阳落坡不能结束，看来，今天这个紧急会议又是一场空！但是，弟兄伙的行动已经越来越自由，若不及时商量一个办法，只怕随时都会出事。

约莫有一袋叶子烟时候，魏楚藩长篇演说的冒头子刚好讲完，步兵第二排排长宋振亚绯红着面皮，乘机站起，皮鞋后跟啪的一碰，扬声叫道："禀告司令！"

这种太不寻常的打岔，使魏楚藩吃了一惊。眉毛头又打了个结，眼珠再一度分外突出，巍然站在宋振亚跟前，虽然没有泰山压卵之势，但在对比之下，这个年轻排长确确实实显得十分猥琐。

"有话说吗？"听得出沙哑声音之中，颇颇含有几分不自在的意思，"是什么要紧话，等不得我把话说完？"

宋振亚想是安了心。眼睛里毫无怯意，挺胸凹肚，居然有万夫不当之勇。只是脸上越红，上至鬓角，下迄项脖，全似涂了一层朱砂。

"怎么又不说了？"

工兵排长贾雄接着站起说道："我代表宋排长说……"

又是一个不懂事的年轻小伙子！魏楚藩车过身去。

"你能代表他？"

"能！因是他那一排的兵士和我这一排的兵士一样，到今天，已经不大招呼得住了……"

魏楚藩几乎是拉开嗓门在叫喊："我完全晓得！"

贾雄、宋振亚，搭上骑兵排长隋世杰，三个人差不多同时在说："那么，怎么办呢？"

"好办！把我的话告诉士兵们，叫他们保持军人资格，严守秩序，绝对服从，不准听谣言，不准妄动！"

"这样的话，我们早说过了，就是不生效。"

"既是如此，你们下去清查。凡是居心不良的分子，一律关禁闭，毫不宽恕！"

"人数很多，禁闭关不完。"

"那么，叫他们缴械，押回省城，交军法局重办！"魏楚藩又把他那只熊掌似的手向空中一挥，做了个断然姿态。

隋世杰又向夏之时使了个眼色。夏之时慢慢站起来，向魏楚藩说道："司令的话，若是直接跟兵士讲一讲，比起各位排长间接讲的，恐怕有效得多。"

几个排长一齐附和说："当然有效得多！"

魏楚藩眈了夏之时几眼。夏之时那张寡骨脸上，和平日一样，没有什么异态，仅只比起平日更为青白一些。一双三角眼依然有神无气，老似不曾睡够样子。被司令凶狠眈着，沉重的眼皮越发垂了下来。

魏楚藩回头望着那个一直未曾启过齿的辎重兵排长丁扬武，说道："你赞不赞成他们讲的？"

"赞成！"丁扬武比一众排长年纪都大，约莫有三十二三岁，并且是魏司令的老同事，要不是魏司令提升得快，两个人几乎拜了把子。在东路卫戍部中，资格没有夏之时高：夏之时是自费住过日本东斌学堂，而丁扬武，却是速成武备学堂毕业；但是丁扬武年纪大，更事多，判断点事情，比夏之时还踏实。魏司令几乎把他当作了心腹。因此，他进一步建议说："事不宜迟，迟恐生变，请司令即刻下令召集各排士兵，跟他们切实讲一讲。"

"你忙什么？也得等我想一想！"他又掉头从撑开的方格窗子的窗口上，

朝上官房望了望道，"这时，想林教练官已经洗漱好了。他今天才出省，必定见过赵大帅。同他谈一谈，可以得到一些确实消息。到时候，我就更好向士兵们演说了。"

二

吴凤梧昨天傍晚来到龙泉驿，落脚在一个不管伙食的干号站房里。当夜就找着芮克刚。为了避人耳目，芮克刚换上一身普通衣服，特别把他邀约到下场口一家比较冷落的小茶铺，并且选了一个为菜油瓦灯的微弱光线仅能照及的座落。

两个人交头接耳，把声音压得比飞绕在身前身后的蚊子叫声还低，谈到更锣响了以后，酽毛茶变成了白开水，吃茶的人都走光了，芮克刚方欠身而起道："等我先走一步，随后你再回站房。"

"明天啥时候会面？"

"没平仄。"

"我还是到瘟祖庙找你吗？"

"不！不！千万不要再来！这两天，大家都在疑神疑鬼的时候，尤其弟兄伙，把我们盯得很紧。我劝你切不可找他们谈说什么，不惟没好处，反而会惹出一些意外事情。顶好就在站房里等着，有机会，我来找你也容易找得到。"

因此，到第二天早晨，全站房旅客都已走光，通红太阳从屋檐边下降到永远糊不严密的白纸窗格，幺师掀开房门进来收拾别两张床上的铺盖，吴凤梧才伸了个懒腰，强勉下床。他原本懂得流差站房的规矩，但他在扣夹衫纽扣时，偏故意说道："铺盖留一床，今天晚上，我还要来歇哩。"

幺师一面叠铺盖，一面说："到歇的时候，你客伙在柜上写了号，再抱铺盖。"

这就说明了，在白昼，客伙是不容许使用这地方。流差站房不同于官商站房，除了不管伙食茶水，这也是一种。

吴凤梧系好腰带，提起蓝布大伞，仍然跑到昨夜吃茶的那家小茶铺，借木盆洗了脸，吃了茶，并且就在左近一家专门招揽推车挑担人们去打尖的豆花饭铺，吃了一个半帽儿头，一碗豆花，两碟咸菜，虽然不见油荤，总算吃饱了。

　　盘算在晌午饭之前，芮克刚准定不会找他。既然不便到场街上去溜达，一个人又没个落脚地方，怎么来消磨这长昼呢？难道又去吃茶不成？"嘿，嘿，岂不灌成水葫芦了！"

　　迟疑了一下，遂决定："不如上山去看看。几年不走龙泉山，看它的样子有变没变！"

　　一出场口，便是一条弯弯曲曲向山上伸去的石梯路。路面砌的石板有五尺来长，一脚多宽，每一级有的三寸多高，有的四寸多高，高度不大，从山上走下来不撑脚，从山下走上去一点不吃力。爬到头一个山坡不远，石梯刚要转弯地方，闪出一片土坪，足有一二亩大小。靠山岩那畔，建有一座小庙，门额上三个涂金大字，是土地祠。傍路一株大黄桷树，树身盘屈臃肿，四个人都合抱不拢。树根一部分露在地面，高高拱起，成为天然条凳。树干不很高，从根到顶不过二丈多，可是它的横枝槎丫，极似一把大伞，几乎把整个土坪都遮住了。

　　黄桷树据说就是福建的榕树，不知什么时候移植到四川来的。移植之后，由于气候土壤的不同，木质变得硬了，丫枝不再柔垂至地，不特有了另一个名字，而且也与桤树一样，成为四川的一种特产。这树的木质既松，木理又很乱，做不得一切材料，甚至不能当柴烧。不过也有它的特点：其一，枝干横生，叶大而密，栽在茶亭、渡口和一些腰店上，对于行旅是一把天然大伞，能够避雨不用说了，特别是在炎天暑日，走得汗流浃背时候，一下走到黄桷树下，登时令人感到清气扑面，两腋凉生；其二，它的树根散布很远，而又非常之多，若是栽在沙石夹杂地方，它的根便像无数条大大小小的蛇，穿来穿去，在极大程度上造成一只有生机的笿，把容易被雨水冲失的沙石泥土，全牢牢地揽在笿内，因而可以保护堤岸。由于它有这两个特点，只管不成材料，而人们却非常喜爱它。在川东、川南和川西部分天气较暖的地方，无怪乎但凡道傍水际，随处都有几十年甚至上百年的大黄桷树。

　　石梯路沿着时大时小、流水淙淙的溪壑转了几转，道路越朝上趋。丘壑越觉深邃。斫不完、锄不尽的灌木杂草，还是很茂盛地一丛丛、一片片生长在山坡上。向阳一面的山坡，多年来就开辟成为干田。干田，一般人叫作土，是完全靠天吃饭的一种山田，所以又叫望天田。天不下雨，它就顶着

干，干得黄土开冰，眼看种下的杂粮庄稼干得成了索索，长片叶子焦枯到点
火便燃，只管几丈或者十几丈之下有溪水，但是没法弄上来浇一浇；暴雨多
几场，庄稼又会被雨水冲刷得东倒西歪，有些过陡地方，更是连庄稼影子都
全冲得看不见。人们不服输，纵说这些地方十年九不收，但是总有一年风调
雨顺。庄稼不但年年种，甚至还把坡地越开越多，说的是多中捞摸。因此，
整个龙泉山，纵深三十里，横阔几百里，在昔到处是林木蔚然，若干年来，
但凡向阳山坡都已变成望天田，只剩背阴山坡还稀稀落落有些树木，而且都
是只能斫下当柴卖的青棡、马尾松、麻栗、夜合之类的杂木。

　　吴凤梧爬到比较高的一处。回头一看，土地祠被山嘴遮住，只看见那
棵大黄桷树浑圆的树冠。因为有里把路距离，又是从上看下去，大黄桷树已
失去它那遮天蔽日的雄姿，变为一个像用杂草搭就的不很大的窝棚。四周一
看，山坡田里的迟玉麦都已收割。安排种小麦和豆子的土，有的已挖出了，
有的还遍地是玉麦桩。

　　吴凤梧想到要不是鸦片烟禁种的话，这里一定要播种罂粟。龙泉山也是
一个盛产鸦片烟的地方，两年之前，每到坝上油菜花黄得像金子时候，龙泉
山满坡的罂粟花也正五彩缤纷，好看极了。

　　天气异常晴明。头顶上一片蓝天。红火大太阳直晒下来。山很静，只
远处山凹里传来一阵叮笃叮笃的响声，都是打石场上在打石料。龙泉山的红
沙石，石质粗疏，比起灌县的础石、青神县平羌峡的青石差远了。但是龙泉
山距成都省会太近，只有短短五十里，又是可以使用独轮大车的平路，石工
便宜，运脚便宜，成都省人算盘一打，与其到远处去运比较优等的础石、青
石，不如用这里的红沙石划算。成都省城一年四季消耗不少的用来铺街面、
做沟盖的大石板。龙泉山上的打石场越开越多，越打越兴旺。不过都是小本
营生，每个打石场很少有养活上二十个石工的，而石工们从幼打到老，也很
少弄到丰衣足食，与那些用独轮大车为他们把石料推送到成都省的力夫一
样，他们应该得的血汗钱，一多半都被那伙拿出本钱来开铺子的掌柜和开石
场的主家合法合理地夺去了。

　　龙泉山禁种鸦片烟和石工们在打石场上遭受剥削，这两种极其重大的事
情，当然不是吴凤梧要深思的。目前萦绕在他脑际的，仅只是在哪里找个
歇脚地方，避一避尚有炎威的秋阳，顺便找袋烟抽，不管是水烟或者是叶

子烟。

左近几个山坡看不见一处人家。极目向东面山峦层出外望去，在遥远的一个垭口下面，似乎有个窝棚。并且叮咚叮咚的打石头的声音正好从那里传出。

"唔！找那些黄泥巴脚杆去冲壳子，倒可混他半天！"

但是从这面山坡绕到那面垭口，却不是容易的事，不但中间隔了两道涧沟，并且连捞茅草的羊肠小径都寻找不出。仔细观察一番，似乎只有两条路走得过去：一条是泥路，比较捷些，须得从这个高坡笔直降到一道涧底，而后又笔直爬上另一个陡坡，再越过一道涧沟；虽然泥路被灌木丛掩蔽了，估计是可以通过去的。这样的泥路，在惯走山路的人看来，实在算不了一回事，甚至还可背上一二百斤的东西，摔脚摔手地走。吴凤梧在清溪县、荥经县那些地方看得多了，山还比这里的陡，路还比这里的险，背东西的还是一些大脚板妇女！不过要吴凤梧自己去走，他心里却这样在忖度："又不打仗抢功劳，何犯着去练腿劲！若是一打滑跌着哪里，那才黑天冤枉哩！"

只好选取另一条路。

另一条路要远一些，还须循着石梯大道，回头走过土地祠，再二三十丈，有一条岔道顺沟边绕去，虽然也是泥路，可是比那条捷径平多了，也宽多了。显然是开了打石场才特为运石料而辟出的道路。

"权当游山玩水，多走里把两里路倒不在乎，只要找得到烟抽！"

想不到刚刚转下坡嘴，突然发现三个人从土地祠大门的高台阶上一步一步走下来。有一个戴眼镜、身躯矮小的小伙子，手上拈着一支纸烟，一缕灰白烟子恰从嘴巴里喷出。

吴凤梧瞅着那股散入空中的烟子，心里寻思道："是干啥子的？……"

三

三个人一边说话，一边慢慢地向石梯路走下去。

吴凤梧吃了一惊。紧走几步，赶到大黄桷树下，再注意一看，毫不含糊地认清了那个抽纸烟、戴眼镜的小伙子，原来就是曾经介绍他参加保路同志会，并介绍他同罗梓青会长见面的王文炳。走在两个人前头的那个穿军服的人，也看清了，就是昨天黄昏时候在芮克刚房间里见过一面的夏之时排长。

才打算呼唤王文炳，忽然听见夏之时高声说道："我先走一步！……"

完全与昨夜芮克刚在小茶铺里说的是一样的话，一样的调子！

"哈！难道王文炳也是来找生意做的吗？"转念一想，"不对。苗从地发，树向枝分，这些学生哥没有尝过穿衣吃饭的苦楚，如何会想到做生意找钱？何况干这种买卖枪支子弹营生的，并不普通，除了我……"他又摇摇头，"但是他却认得夏之时……有话不在场上说，为什么也要这样鬼鬼祟祟？当然，这其间是有文章的！"

他深深懂得戳破别人秘密，是一桩讨人嫌的事。但是有什么办法呢？抑制好奇念头，吴凤梧倒还能够；抑制抽烟的馋欲，他的本领就差了。

他还是游移了一会儿，几乎等到看不清夏之时的背影，才下定决心，大步大步地攒向前去，下坡路又趁脚，转一个小弯，立刻便来到王文炳的身后。

"咦！前面走的那位仁兄，好像是王先生吧？"他假装才看见了王文炳，等到王文炳回过头来，"果不其然，硬是你王先生喽！嘿，嘿，万想不到会在这个地方碰见你！我一回省就访问先生你，居心要把新津的事情跟你摆谈摆谈……"

王文炳非常热情地握着他一只汗手笑道："新津事情，周鸿勋统领老早跟我讲过了。他很夸奖你，说你吴管带帮了他的大忙……"

"老周现在在哪里？"

吴凤梧并没忘记他追上前来的目的。因此，不等王文炳回答，便笑着说道："王先生，把你的纸烟送一支给我。唉！说起来真糟糕，山泉铺场上，叶子烟、水烟都有卖的，就只找不到纸烟……多谢！多谢……"

"你是从山泉铺来的？"

吴凤梧把点燃的纸烟狠狠嘘了一口，用两根指头拈着，才点头说道："是啦，去找一个亲戚……你先生怎么会在这里？是从成都省来的吗？"

"非也！我是从东路来的。再说确切点，是从川南来的，从川南的自流井来的。"

"自流井……"吴凤梧似乎不便深问，把纸烟接连嘘了两口。

"周鸿勋也在那里。告诉你，我们正在同自流井的盐务巡防军打仗。我到这里，是特为搬兵求将来的。"

同王文炳站在一处的那人，连忙用手肘把王文炳拐了一下。

王文炳呵呵笑道："不相干！这位吴管带，虽不是革命党，却是赵尔丰的冤家对头，并且在新津带过同志军，同赵尔丰的军队打过仗来。我还打算约他一同去自流井哩……来，来，我跟你们介绍一下：这位是褚啸天褚先生，不折不扣的革命党人，他是打从重庆而来……"

未经介绍之前，吴凤梧早已把这个不折不扣的革命党人看清楚了。（这是吴凤梧比任何人都行的地方：他要观察一个人，只须不经意地一瞬就够了。更特别的是，从此，这个人在他脑子里便生了根，纵隔三年五载，只要有人提到这人姓名，他立即说得出他的形相，或者提到形相，他立即说得出他的姓名。）身材比王文炳高大。黑黔黔一张长方脸型，高鼻子，暴眼睛，大颧骨，方牙腮，立眉毛，垮嘴角。气象粗鲁，只管身穿一件灰斜纹布夹衫，上面还罩了件撒开高领的青洋缎背心，但是模样并不斯文，一望而知，是在武学堂磨练过来的。

人生面不熟，自然不便去盘问人家的底细。因此，在几句久仰久仰、幸会幸会的应酬话之后，吴凤梧遂邀约两人到场上去吃茶。

王文炳尚在未置可否，又是那个不折不扣的革命党人褚啸天先开了口道："老王，你忘了我们还要赶几十里路哩！"

"你二位要到哪里去？"

"到成都省。"

"那么，还早，吃碗茶耽搁不了多少时候。"

王文炳摇了摇戴着青绒瓜皮帽的头道："不！我们的行李早已收拾好，轿子也雇定了，不能再耽搁。我现在只问你一句话，你是不是今天也回省？"

"这里也有我一家亲戚，我要去找他要两天……"

"那便约个日子，我到你府上去找你。"

"还是我找你的好。"

"可是我还没有想到到了成都省在什么地方落脚。"略一思索，王文炳又道，"这样吧，西御街黄澜生先生那里，我准定要去的。你到他那里找楚用一探听，包管晓得我的住处。"

"楚先生嘛，他回新津讨亲去了，你到黄府找不着他的。"

王文炳的眼睛在玻璃片后两转，然后问道："难道他不再回省了么？"

"这个，却不知道。"

"不管楚用回不回省，总之，我住定之后，势必要到黄家走一趟。希望你一回省，就去他家问探，越快越好。因为我并不安心在省里久住，顶多住十天……嗯！恐怕十天都住不上。"

吴凤梧笑道："这样急吗？"

"怎能不急？军情大事，一日数变，你是打过仗的，当然明白。"

"你还没有把自流井的军情告诉我。"

"当然要告诉你。不过现在来不及了，到省城再细讲吧……"

他们快要进场口了。

"令亲住在场上吗？"

"不！他家就在左近，大约有一二里路。"吴凤梧猛然想到他撒的那句诳话。连忙收住脚步，随便指着场口外一条向坝上通去的小路道，"我要从这里走了。"并把大雨伞夹在腋下，挪出手来把拳手一抱，"恕愚下不再奉陪！就此短别，祝你二位早到早休息！"

临到要分手了，王文炳忽然用巴掌把他那特别突出的大额脑啪地拍了一下道："你看我这脑子啊！为什么就忘记问你一声……"

"啥子事，要问我的？"倒使吴凤梧惊诧起来。

"你同场上驻扎的新军熟不熟悉？换言之，有认识的人没有？"

"你问这个，有啥子打算吗？"

"呃……"

场口上恰恰走出几个徒手兵，牵着几匹光背瘦马到路旁涧沟里去吃水。一方面，那个不折不扣的革命党人禇啸天又连连催促快走。王文炳不再说什么，只把一只还剩有几支强盗牌纸烟的硬纸盒子，从衣袋里搜出，递与吴凤梧道："送跟你。"

吴凤梧赶忙接到手上，一面朝怀里揣，一面笑逐颜开地说："你不留两支自己抽吗？"

四

西下的太阳看看就要碰着坝上几个院子周遭高耸入云的楠木林的顶上了。推载石板石条石磉磴、在成都牛市口交了货、打转身回来的一些叽咕叽咕响彻四野的空车，也三三两两从尘土飞扬的大路上越走越近场口了。街上人家有的才在安排晚炊，有的快要摸碗筷，满场街道遥闲荡、毫无纪律的新兵暂时也稀少了些。

洪发站的管账先生从嘴上拿开叶子烟杆，理着长垂在颏下的花白胡须，叹了声道："生意好啥子哟！见天只有稀稀落落十几个客号，进的账，光敷缴缠都不大够，再拖下去，我看只好关门大吉！"

一个中年幺师抄着手，斜靠在柜台边，接着说："见天十几号客伙，还是中秋节过后才慢慢有了的事情。中秋节前那些天，才叫惨哩！别的不说，我们几个当幺师的，惨得连剃头发的毛钱都没得一个！"

吴凤梧跷着二郎腿，坐在一张糊了不少泥甲的黑漆高椅上，把纸烟灰弹了弹，笑道："说得那么惨！"

"骂哪个杂种才说白话！你客伙难道不晓得我们当幺师的只有饭吃，每月进账，全靠客伙的酒钱吗？"

管账先生颇为支持幺师的话，一面叭叶子烟，一面点头磕脑说："硬是真的！那时节，从山顶上的山泉铺一直到大面铺那头，不是同志军按过去，便是巡防兵、新军按过来，闹得路断人稀，几个场期都是空场。我们开站房的，哪里还会有生意？我在这家站房管了三十多年账，就没有遇合过那种凄凉日月。本来嘛，龙泉驿一个咽喉之地，每天来来去去有多少行人！从前年成，一年里头总有这么几天，场上的站房，不管是开锅开灶、供茶供水的官商行台，不管是像我们这样的流差站房，哪一家不闹到满号？更其在鸦片烟没有禁种，山上烟土出产最兴旺那几年，每逢新土上市，那种热闹简直说不完。自然，人无千日好，花无百日红，随后这些年，再也休想有那繁盛日子！不过也没遇合过像中秋以前，那种路断人稀的凄凉景象！"

管账先生停了停，忽然生起气来，大声说道："路断人稀，生意不好做，倒在其次。闹红灯教的那两年，也曾有过一个时候，生意很冷淡。可是那时候，却没有啥子店号捐，一天八十个钱，管你有没有生意。总之，五天缴四百钱，一个也不能少，差一天，罚一百钱；差两天，加倍处罚，这叫啥子名堂哟！"

吴凤梧问道："你们场上也在收店号捐？是什么人在收？"

"警察局嘛！"老头子气哼哼地说，"这就是官府说的新政！你默倒他们光收店号捐么？不……不……名堂还多哩！"老头子顺手把放在柜台上的一本又大又厚、盖有红戳记的号簿，重重拍了拍道："还兴了这个！投宿的客伙姓甚名谁，好大年纪，哪里人民，做啥子事的，哪来哪去，同行几人，都要一一写明，只差把别个的祖宗三代写上。关了店门，几爷子跑来查号，把客伙从铺盖里喊起来，像审犯人一样，打别个麻烦，这且不说。事后，还故意挑剔号簿上哪些没写对。比方说，问到一个客伙姓名叫张大心，我当然就写上张大心。查号后，说我写错了，客伙姓的不是弓长张，是立早章，也不叫大心，叫达兴。本来音同字不同，只怪客伙自己没有交代清楚。作兴写错，也是小事嘛！但是他们横生枝节，偏偏咬定是我有心舞弊，把我骂一顿不出奇，还动辄要罚。像这样的事，硬是说不完。从前，龙泉驿巡检老爷管事时候，哪里有这些事情？自从巡检裁撤，派了警察来，我们这里就不成世道了！"

吴凤梧问道："你把警察说得那么凶，咋个昨夜他们没来查号，今天街上又不见他们半个人影呢？"

那个靠在柜台边的幺师连忙插嘴道："他们还敢来，当真不怕灌屎吗？"

"咋个又不敢了呢？"

幺师噘起长嘴巴道："新军副爷在这里，他们只好当缩头乌龟。若敢伸出头来，新军副爷就要抓住灌屎。"

管账老头子叭出几口呛人的浓烟，气平了下去，接着解释道："这是前两天的事。卫戍部的新军，忽而突之地从吃了午饭，就没有收队。有的坐茶铺，有的钻到人家屋里找人摆龙门阵。几个军官沿街吹哨子，打招呼，硬没有人理睬。有人害怕起来，说新军自由了，不受管束，担心要出事。因为我们这里的警察，向来管得宽，连人家屙屎屙尿、吃饭睡觉的事，他们都要管。因就有人去向警察说，有两个新军钻到贺寡母家里去了，怕不是好事，请他们去干涉一下。杂种东西！仗恃他们平日欺压平民百姓的威风，也不想一想新军是做啥子事的。何况这时节连他们的顶头排长都招呼不住，你几个警察无关得失地跑去干涉，咋个不出事呢？起初还是口角，末后就打了起来。警察一共才十来个人，怎禁得七八十个锭子，再加上板凳脚、青杠柴？从贺寡母家，一直打到巡检衙门。杂种东西！没一个不遭打得嘴青面肿，趴在地上又磕头，又喊老子求饶。并且赌了咒说，从此不再惹是生非，如其犯了，听凭新军抓去灌屎。场上人怕出人命案，婆婆大娘都跑去劝解，新军才罢了手。杂种东西！挨了这一顿，当然是近来学得乌龟法，得缩头时且缩头了！"

幺师满脸是笑说："好不安逸哟！看见那伙歪人趴在地下喊老子，哭流扒涕地告饶时，心里硬像喝了一碗凉水似的安逸！"

管账先生却摇头叹道："安逸倒安逸。但是，《增广》书上说的，爽口食多偏作病，快心事过恐生殃。只怕新军散伙走了后，杂种们免不得要在我们平民百姓身上来捞本钱。那时，才叫哑子吃黄连，有苦说不出哩！"

吴凤梧连忙问："你们晓得新军要散伙吗？"

幺师说："全场人都晓得，岂止我们！"

管账老头子说："更其是近两天来，新军越发没人管了，成天在场街上闯。逢人便讲，赵制台把八省的巡防兵都调进四川来了。并非为的打同志军，只是要缴他们新军的械。他们怎能睁起眼睛吃亏？与其等到受外省巡防兵的脏气，不如各自先散了伙，还体面些。"

"弟兄伙硬是这么说的吗？"

老头子继续说道："口头说散伙，怕也不容易。听说军官们都不答应，更其是卫戍司令魏大人，前几天就打了禀帖上省。有人说，赵制台大发虎威，决定委人来清查。查出为首倡议的，立地军前正法，打和声的，插耳箭游街，一个也不宽贷。刚才高升官站的伙计来说，有个兵备处的林大人，带了几名护兵，坐着大轿下来，落在他们站里上官房。林大人还没洗完脸，魏大人就去请安拜会。两个人立即关上房门开会议。幺师进去请示晚饭开啥子菜，着护兵挡在门外，说两位大人在商量机密大事，不管何人，连窗根边都不准挨近。看来，这位林大人准定是被委来查事的……"

吴凤梧一跃而起，问道："果有一个林大人来了吗？"

"是高升站伙计说的嘛。"

吴凤梧不再说什么，把纸烟蒂一丢，拔脚往站房门外就走。

幺师大声问道："客伙，你不写号吗？"

"转来再写。"

幺师掉头向管账老头子说道："这个人是哪一条路上的？你看。"

"我看嘛，"老头子摸着长须，沉吟半会道，"流里流气的样子，多半是跑滩匠。"

"我看，却不大像。为啥呢？衣裳穿得还周整，可是连磬棰包袱都没一个，光拖了把雨伞……哦！好慌张，雨伞都忘记了，也不交代一声……老大爷，还是给他收检好。这种客伙，连一根针都舍不得丢的。"

吴凤梧奔出洪发站，一心要把一个什么林大人已经来到龙泉驿的消息，赶快去告诉芮克刚。管账先生所说弟兄伙不安稳的情形，既然和他闻于芮克刚的话相符，那么，林大人与魏楚藩关上房门商量机密，定然不会是假。设若芮克刚他们不知道这事，还是那样瞻前虑后地犹豫不决，待到魏楚藩计定，真个斫下几颗脑袋，弟兄伙一害怕，谁还敢再闹散伙？这样一来，一条枪、一颗子弹都无法弄走。他这一趟，岂不白白地掏了腰包？白白地费了心计？莫非命中注定，硬要他到自流井，再跟周鸿勋他们去卖命才算他的前程不成？自与王文炳分手，这半天，他脑子不止翻腾一百遍，即令命中注定，非走那条路不可，他也要同命拗一拗，实在拗不过了，到时候再说！

到了街上，他不由一愣："咋个的？一个弟兄伙的影子没有，都到哪里去了？"

四面一望，太阳落入西边天际的云层，已是黄昏时候。场外暮霭四合。懒蝉子、纺织娘的晚唱会，开得很起劲。还流连不忍南去的燕子，穿梭般在澄碧得和秋水差不多的天空，在矮矮的已带夜色的屋檐边飞来飞去，几只老燕已经伏在檐下窝里，啾啾叽叽，似乎叫那些小东西休息得了。街中间做老鹰叼鸡儿的娃娃们，跳呀闹呀，比那些混在小燕子丛中，闪着小肉翅，找飞虫，找蚊子吃的夜蝙蝠还活泼。

大人们大多聚在上了铺板的门外谈家常，摆龙门阵。几头长毛黄狗懒洋洋地在人脚边溜达。

"是队伍吃晚饭的时候啦！"

走到瘟祖庙，正待迈步前进。"咦！不对，布了岗位了！"岂止布了岗位，而且是双岗。两对面像石人似的站岗兵士，除了手上快枪、腰间刺刀、水壶之外，每个人的身上还斜挂十字地捎了两带子弹，背上并且背着牛皮囊。照那时的规矩说，是行军作战的全副装备。

十几二十个闲人站在对街屋檐下，好似看西湖景一般，倒憨不痴地朝庙里呆望。

吴凤梧估计了一下。假装是过路人，放慢脚步，擦着岗位走了过去。虽然已经看得分明：庙里空坝上，正有一大群全武装队伍整整齐齐、面朝内、背向外地站在那里，大殿台阶上也正有一个高身材汉子，两手比画着在说什么。但是到底有几丈远的距离，而暮色也越来越深，无法看清楚说话的人，也无法听清楚说的什么。

走过庙门十多步，他狐疑起来，心想："在开演说呢？还是在训话？"不管是前者或后者，总之全武装列队，倒很特别！他猛然想到林大人身上，"该不是这个人在搞啥子鬼名堂？唔！多半是的。不然的话，就算魏楚藩要集合队伍训话，也不会有这样严重的场面。"想到这上头，他更要把庙里情形弄个清楚。

就这一瞬间，瘟祖庙里突地迸发出一片呼啸，是上百数人放开喉咙的呼啸，声浪大得惊人，仿佛乍响的春雷，又有点像新津河岸上放出的开花炮；并且很清楚地听得出呼喊的是："赞成！赞成！全体赞成！"

"赞成啥？难道事情变到这步田地，大家竟赞成把为首倡议的人立地正法，随声附和的人插耳箭游街不成？……"

接着人声嘈杂，好些角落都在吹口哨。

吴凤梧回身便走，自言自语说："离远点的好！"

五

面街石板被几十双有力的脚踹踏得噔噔噔乱响。

一小队提枪在手的全武装步兵从迷迷蒙蒙的夜色中冲了过去。

每个人的脸色是那样难看。

在前头闪避不及的行人，一掌，被攘得老远。狗，一脚头，汪汪汪朝人家屋里窜。

队伍过后，人们也跟着跑。莫名其妙地互问着："啥子事呀？出了啥子事呀……"

高升官站门前拥挤了那么多人，甚至有老太婆，有中年大娘，顶多的是十岁上下的小娃娃。站房大门没有关闭，可是已经有全武装兵把守，横起眼睛看人，连檐阶边都不准挨拢。

人堆里头有人在问："那队新军副爷奔进去，搞些啥名堂？"

也有人在答说："想必是关饷银。"

"今天九月十五。作兴半月关一回，也该明天呀。"

"你在跟别个当账房师爷吗？难道早一天，迟一天，都不行？"

"随你咋说，硬不像是关饷银。"

"为啥呢？"

"你不记得初二那天发饷，只是排起队子点名应声，并没有看见这样刀刀枪枪活像打仗一般。"

"那么，你说他们到里头去，干些啥事呢？"

"我若是晓得，还跟你舅子一样，在这里猜灯谜吗？"

站在旁边听人说话的吴凤梧，喉咙痒得活像有蚂蚁在爬，好几次都想插嘴表白一下他的真知灼见：他认定里面多半在清查那些为首倡议和随声附和的人们；或者已经清查出来，正在审讯。他之所以有点迟疑，是还没有把瘟祖庙的场面和这里联系得起，因为只有一位林大人，断不能忽而在瘟祖庙训话，又忽而在高升站审案。要说林大人才由瘟祖庙回来，可是那一小队武装兵气势汹汹地奔过之际，他曾看见，只管在夜影里未能把所有人的面目服色看清，但像林大人那种与众不同的大官，怎么会混在普通步兵中间看不出来？

就这时，一种震耳欲聋的枪声：砰砰砰砰……从高升站里面爆响起来。

"啊哟！打起来啦！"挤在门外猜灯谜的人，先是呆了呆，接着噼里啪啦像雪崩样，大人娃娃跑了个干净。

吴凤梧没有吓跑。但他非常惊疑，猜不透这枪声的原由。"莫非立地正法，就在高升站里把犯人枪毙了？……怎么会呢？再说军法厉害，即令赵大帅亲自问案，到行刑时，也应明讯口供，叠成文卷，而后才绑赴刑场……并且也不会打了这么多枪？唔！我向来料事都有几成，这回，该不会走了样？……"

好像答复他这句话似的，好几个地方都响起枪声。而且骑兵的马蹄也在石板地上跑震了。口哨之外，还有嘹亮的军号，不知在什么高处，滴答！滴滴答！吹出紧急集合号音。一刹那，人喊马嘶，鸡鸣犬吠，还陆续打了几十枪。

"变啰！"吴凤梧非常惊喜地喊了声。

已经完全进入夜晚。碧油油的天空上，星光不怎么繁。月亮被龙泉山挡住，仅仅照明了半个平原。场街上并不很暗，仍然像在黄昏时候。人家的门户全关完了。龙泉驿场上的居民尚未经过这种事变，枪声一响，大家都躲进屋里。有些顶着铺盖睡在床上，有些直接蹲在灶房的柴堆背后，只有胆大包天的人才敢扒着门缝张望。

看来兵是哗变了，吴凤梧的生意大有希望。但是若不趁机会找着芮克刚，这群满天飞的鸽子，却如何逗得到手呢？

"对！找芮克刚要紧！"

又一小队队伍急急忙忙打从身边走过。除了沉重的脚步和喘息外，还听得见刺刀鞘和水壶碰击的声音。微光中看见走在小队后面的一个人，很像芮克刚。

吴凤梧跳过去冒叫了声："芮排长！"

果然是他。

芮克刚停了一下，嘻起嘴巴说道："你可晓得我们拉起了革命旗，敲响了自由钟？"

"哎！革命旗？……"

"一点不错，魏楚藩不肯革命，弟兄伙已经把他枪毙了。我们公推林绍泉林教练官当我们的总指挥。队伍已经集合了，立刻就要开拔，你横顺没事，跟我们一起走吧！"

"走往哪里去？"

"刻下还不晓得。总之，税捐局打了，警察局打了，死伤一大坝，不赶快走不行。今天夜里，必须要赶到简州。"

因为吴凤梧还在犹豫。

"你这家伙太没出息了！光明正大的革命道路，还有啥子迟疑的！"芮克刚看见队伍已进了高升站，连忙压低声气，急急忙忙地说，"林绍泉腿上挨了一枪才答应当总指挥。有些人心里也还是活甩甩的。有啥子话，路上商量，跟着走，有好处……"没等说完。就朝高升站跑了。

六

在灰扑扑的倒明不暗的夜色中，百多条牵藤火把，加上无数只军用折叠亮纱灯笼，从土地祠大黄桷树底，蜿蜒到龙泉山的高丘曲涧之间。刚从潜藏地方纷纷跑到场外来看夜行军的人们，忘记了不久前所遭遇的恐怖，齐声叹赏说:"好景致!元宵夜的龙灯还没有这么好看哩!"

从石板桥越过一道深谷。接着是一条约莫一里上下、相当险峻的石梯路。到这里,灯笼火把更其参差起来。担行李、担军需的长夫们,倒还首尾相接,走得很匀称。兵士们却看各人的腿劲,腿劲好的,一味向上冲;腿劲差的,紧三步,慢五步,越走越喘气,越喘气越掉后。

芮克刚胆子小,眼睛又有点蒙,才走得十多级,便翻身下马,把马缰交给马夫,叫把空马牵到上面较平坦处去等。自己招呼着吴凤梧,随在长夫后面,一步一停地走。

吴凤梧为了走路方便,把夹袄的前后摆都提起来卡在腰带上。行走之际,看见前后的人隔得稍远,因就悄悄问道:"既然是夏之时、隋世杰几个人煽动起来,为啥你们不就公推夏之时当总指挥,却偏偏要推林绍泉?何况林绍泉又是过路客人,与你们毫不相干。我想了老半天,实实不懂你们要的啥子把戏!"

"不难懂啊!因为林绍泉到底是协里的教练官,又在督练公所听差,资格比我们这一伙都高。"

"嘿,嘿,闹革命还讲资格吗?我听人讲过,闹革命连皇帝的命都要革哩!"

"我们并没想到这些。只凭夏之时说,革了命,军队里的秩序仍然照旧,不能破坏。我们原本商量好了,要叫魏楚藩当总指挥的。他娘的老顽固,不受抬举!不等宋振亚把话讲完,他就跳起脚骂开了。煞果,弟兄伙毛了,只好送他到阎王那里当忠臣。林绍泉到这时还在向弟兄伙卖狗皮膏药,劝弟兄伙不要听信谣言,各自归队,他担保到内江接到端大臣时候,一定为大家说好话,不使队里一个人受责罚。直到弟兄伙开枪,把他大腿打了个对穿对过的大洞,他才住了口。隋世杰主张不管他,等他自去理落的,偏偏夏之时不肯,再三说,魏楚藩既然死了,林绍泉的资格更高,我们只好推他当总指挥。隋世杰、贾雄都没话说,这事当然通过了。"

"弟兄伙答应吗?"

"弟兄伙全是听夏、隋两个人的话,咋说咋好,岂当有不答应之理?"

"林绍泉难道也答应了?"

"敢不答应!你默倒他当真不怕死吗?"

"我看你们这尊在尿缸里泡过的菩萨，未必灵验！"

在梯路猛地向东一转，冷清清一个溜圆月轮恰从垭口中爬上来。一派清光洒下，仿佛把四周山峦都浸在水里。不过光度还不够强，稍远地方尚有些朦胧。

吴凤梧昂头把月光一看道："好天气！今夜这九十里路程，算是天老爷帮了忙！到了简州，还走不走？"

"恐怕要走。离省并不远，赵大帅得了信，岂有不发追兵急追的？"

"朝哪里走呢？"

"看夏之时的主意。"

"咋个不说看总指挥的主意呢？"

芮克刚哼着鼻子笑了声："你想想看，总指挥会出主意不会？即使出了主意，你愿不愿服从？正如你说的，在尿缸里泡过的菩萨，谁还肯向它磕头礼拜？"

"那么，何必要这个有名无实的总指挥呢？"

"我们这些人怎么知道？你去问夏之时、隋世杰他们。"

"正想问你，这两个人是不是革命党人？"

"现在当然是啰，平日在队伍里却看不出。就是一句激烈话也没听见他们说过，并且没有看见同别的人来往……"

"没有看见同别的人来往？"吴凤梧不由格格笑了起来。接着就把今天上午他在土地祠无意中碰见的那件事摆谈出来道，"王文炳在同志会里干过事，并且是罗会长的红人，自然是革命党人无疑。那个褚啸天，就不特别介绍，光看样子便是一个革命党人。夏之时和他们那么亲密，若说平日没有来往，那才见鬼哩……哈！说到这里，我又想起了，王文炳、褚啸天两个人恰恰今天在这里露面，你们的弟兄伙恰恰今夜拉起了革命旗，敲响了自由钟，这其间，该不是……"

不等吴凤梧说完，芮克刚已把他的肩膊重重地捶了一下道："吴哥，这下我才恍然了，为什么老夏他们到今天忽然胆大起来？原来有人在背后打气啊！"

吴凤梧哈哈一笑，也学着他的口吻道："芮哥，这下我也恍然了，你们急行军的目的地，十分之九是在川南，准定要由资州转富顺县，到自流井去的。"

"你如何晓得？"

"告诉你，因为王文炳说过，他到这里是为了搬兵求将。当时听了没注意，现在想来，自然是求你们这些将，因为那里正在打仗呀！"

还要打仗吗？原说闹革命就是为了不再替人卖命打仗……哼，哼，还要打仗……"

他们已经把这段陡坡上完。芮克刚的马夫正牵着那匹小花马在几株老榆树下等着。

月亮升到半天，月色更其清明。遥望前前后后的灯笼火把，几乎熄灭了一大半。

七

吴凤梧接过一碗旋从铜瓢中倾出的滚热的醪糟，拿调羹捞了下，糯米糍粑果然不少。尝了一口，味道也甜。遂说："对！照样再来一碗。糍粑老实多加一些。"

走了一个通宵，没有歇过一口气，累算不得太累，只是未曾提防到会夜行军，吃晚饭时，没有多吃一口；并且太阳刚偏西就吃了，以致黎明以前，距离简州还有一长段路，他的肚子便饿得咕咕叫。看见有些兵士一路走，一路嘴里在嚼东西。趁着照得如同白昼的月光，留心一侦察，有几个好像啃的是白面锅块，有的拿在手上的似乎是芝麻饼、云片糕之类的点心。都吃得那么香，活像故意在向他示威。他非常生气，咽着清口水，冲到芮克刚身边，把他踏着马镫的腿杆拍了拍道："有句话，要向你谈。"

"啥子要紧话哟！一会儿再讲不好吗？"

比及芮克刚从马背上俯下半截身子，脑壳几乎挨着马鬃，问他要说什么话时，他又感到有些话实在不便出口。他能责怪革命的弟兄伙不应该旋走路旋吃东西吗？他脑子一动，毕竟找到另外几句确是该说的话。

"我想，到了简州，我还是离开你们远一点的好！现在商量一下，免得临时来不及。"

"非常赞成！我也想到这上头，你这时候露面，很不方便。因为到了简州，还不晓得起不起冲突……"

"咋会说到起冲突？"

"我没向你说过吗？嗯！不错，我忘记说了。简州驻有一个支队，是孙和浦孙队官在指挥。有一个步兵排，一个炮兵排，如其孙和浦那面尚没有得到龙泉驿消息，趁着拂晓，我们开进他的驻地，给他个防而不备，那便没话说。孙和浦若不同我们一道，就缴他的械，把人押走。怕的是消息漏了过去，或者赵大帅打了电报去，孙和浦有了准备，两下的话说不好，当然要以兵戎相见啦。"

"煞果，还是会叫他缴械的！"

"这么有把握吗？"

"咋个不哩！你们足足六个大排，他才两个排嘛！"

"他有一个炮兵排，炮弹也充足。"

"几门啥子炮？"

"一门过山炮，两尊小磅炮。"

"那算啥，步兵一个冲锋！"

"可是，老哥，"芮克刚把马一勒，凑着吴凤梧耳朵，悄悄说道，"我们的军心并不稳固，交不得锋的！"

"一碰便垮，那才是你我的运气哩！"

因此，过了石桥井，明月看看要坠入西方云层，东边天际还没有显现鱼肚白色。这时，吴凤梧和芮克刚密谈几句，趁着四下昏黑，闪到道旁一所在雪白墙上写着"东池"两个大字的茅房里，一半真尿，一半假尿，直溺到听不见队伍的行动声，而四野的犬吠更其此起彼应，他方走出茅房。

一出石桥井，右边是矮矮山丘。竹、木、人家全灰蒙蒙的一片，看不十分清楚。可是已经听得见叽叽喳喳有人在说话。一定是队伍经过，把人吵醒，习惯早起的人也就不再赖在床上。左边是静静的沱江，水流舒徐，江面宽到半里上下。阵阵晓风从江上吹来，身上顿时起了鸡皮疙瘩。吴凤梧打了个寒噤，觉得肚子在解溲后更饿了，饿得几乎瘪了。他把腰带收了一下，循着时上时下、忽宽忽窄的江边山路，向前直奔，一心想快快赶到简州，先找东西吃个饱。

黎明时节走进城门。城门大启，街道上看不见几个行人。走了半条街，方碰见十来个背包捎伞、腰缠褡裢、头戴大草帽的上路旅客，一路说话，一路挨肩走过。西街快走完了，不见一家铺子开门，也没有一乘轿子、一根挑子向西门走的。

肚子饿得难过，看光景，在这时候找东西吃，还太早了点！

"嗨！谢天谢地，前头不正有个卖东西的担子吗？"

但是奔到跟前一看，才是卖醪糟的。

"这只能暖肚皮，清汤寡水的……"

一眼看见放碗与调羹的平盘上有三块糯米糍粑重叠放在那里。

"好！有这顶事儿的东西，还差不多。"

卖醪糟的老汉叭嗒叭嗒拉着风箱催火，给他煮第二碗加重糍粑的醪糟时，吴凤梧把手上空碗放下，方有了心思问道："才不久有一大队新军走过，你可看见？"

"咋没有看见？真是饥荒哟，有好多副爷要照顾我一碗醪糟，都着同路的人拉走了！"

"打哪条街走的？"

"北街。他们打头走的人尽都在问原先开到这里的一队人马驻扎在哪里？还是我告诉他们，在北街长发站。嘿，嘿，不是夸口的话，要不碰见我，够他们找哩！"

"你又怎么晓得的？"

"我怎么不晓得？我家就住在离长发站不远的一根巷子里。我屋里人同隔壁邻居几家大娘都在长发站领衣裳洗。自从这队新军副爷开来，天天都有衣裳洗，我屋里人天天都要跑几趟……"

火太旺，醪糟开滚得几乎漫到铜瓢外面。

吴凤梧拿调羹舀着醪糟糍粑之际，心里忽然起了个念头。定睛把老头子审度了一下：约莫五十岁光景，脸上很善静，一双随时含笑、却不算呼灵的眼睛。最稀奇的是嘴唇上的胡子，并不像一般人的八字胡垂在口辅两边，也不像社会上才在流行的翘胡子，把胡子尖理来向上翘。而是一顺风地歪在右边。不久，他就看出了这是什么道理。原来老头子揩鼻涕也同小娃儿们一样，老是用他那打了许多补丁的青布短袄袖子，顺手在鼻子底下一揩，久而久之，胡子自然要揩成一顺风了。

"你大爷贵姓？"他装得不在意地问。

"贱姓先……先后的先，不是针线的线。"

"你这姓倒少有。"

"是啊，我们眉州才有。你老师走过眉州，便晓得有个地名叫线滩。其实就是贱姓先字。我们姓先的，那里顶多了。"

"你好像念过书的？"

"就是没吃过墨水啰，所以漂流浪荡了半辈子，现时还是在这里做小生意糊口……"

一个四十来岁的女人，旧布补巴衣服上系了一条脏围腰，拐着一双黄瓜脚，从南街上急急忙忙走来，把一只编得很精致的竹丝提盒，囊一声放在平盘上，敞开喉咙叫道："我默倒今天又赶不上你哩！哎哟喂！把我跑了这一趟！两个龟儿子旋兴起的，一清早还在铺盖窝里，就吵着要吃先大爷的醪糟蛋。嘿，嘿，我就不晓得你老先的醪糟蛋有啥吃头？吃了要登仙吗？"

提盒盖一揭开，两个半大的细瓷碗，每个碗里，一枚挺大的生鸡蛋。

先大爷一面舀醪糟，一面拉风箱催火，还一面格格地笑道："硬是对的。我老先的醪糟，天下驰名。你们少少真个见天照顾我几碗，虽不会登仙，可是，包管明目清心，读起书来过目成诵，再也不会挨老师的界方……"

两个人说得热闹。接着来吃醪糟的人前后有了好几个，和两个人都熟悉，都加入了说笑圈子。

这时节，已有开铺门的，已有披着衣服出到门外尚在打呵欠的。

听不见北街那一头的人声，更不要说枪声、炮声，孙和浦支队当然着了个防而不备，被吃掉了。

八

芮克刚随着还不到四十岁的先大娘走进门时，吴凤梧正坐在一个土坯砌的灶火门前矮凳上，一面把成束的树丫、茅草朝灶肚里塞，一面与在灶上忙碌着淘米的先大爷说什么。

芮克刚笑道："吴哥，你这家伙真有一手！怎么才到这里，就找到这样一个落脚地方？"他把正在下米到热水锅里的先大爷看了眼道，"走！吃茶去，街上茶铺已开了。"

"你们今天……"

"大概不走了吧。"

吴凤梧站了起来道:"与其吃茶,不如找家饭铺吃饭去。两碗醪糟实在不济事儿。"

先大爷插嘴道:"东街口的赖兴顺饭铺就好,是简州城天字第一号饭铺。慢说蒸菜蒸得稀巴烂淡,炒点红锅菜嘛,硬是要得,味道又好,分量又旺儿!"

饿肚子的人当然不能再忍着馋涎听下去。吴凤梧来不及给先家夫妇说一句道劳话,拉起芮克刚就出了这家矮得几乎碰着头顶的小房子。

他们进的饭铺,却不是兴顺号黑漆金字招牌的大饭铺。因为吴凤梧估计,这顿早饭决计不能让芮克刚当东,从将来利益着想,无论如何,得请人家吃顿便饭才对。要吴凤梧挖腰包做主人,他当然得从钱上面加以考虑。但是这想法不能说出,他的借口话,却说兴顺号的排场,看来好似包席馆子兼南堂,好倒很好,只是两个人不合适。菜一定是大盘大碗端上来,叫多了,吃不完,糟蹋;叫少了,不成名堂。尤其不方便的,是时间耽搁必然太久,反而不若小一点的饭铺,侍候周到,菜又做得快,同样酒饭便宜,吃得还舒服一些。(他绝对未提到价钱也相应些的话!)

因此,他们走进一家刚刚搭好炉灶、尚没有顾客上门的中等饭铺。吴凤梧亲自到灶头上交代了两样炒菜,还要了一样辣子鱼,说是下了酒后,再烧汤泡饭。酒是资阳陈色,当然不比成都大曲酒醇,可是比小曲烧酒好。

他们就这样边饮酒边吃菜边摆谈起来。

吴凤梧首先问道:"为啥今天不走了呢?是不是孙和浦的两排人还有问题?"

"不是。孙和浦本人就愿意革命,弟兄伙更没话说,夏之时才演说了几句,一百八十多人全都举手赞成。今天不走,一则是弟兄伙走了一个通宵,都累了;二则,昨天是事起仓猝,说走便走,好多地方都没有预备,比如路上给养这一层,就没想到;三则,林绍泉那一伤,说轻不轻,说重不重,昨夜拖了一夜,只管用轿子抬着走,可是今天也得找外科跟他医治一下。根据这三种情形,最不济,今天也得花费大半天工夫。并且还有极为严重的一种情形,夏之时同隋世杰他们尚得好生商议一番才能决定,也是要费些时间的。他们本来约我吃了早饭参加会商,我表示不管他们如何决定,我总之举手赞成。恰好那个大娘找着我，一说你在等我谈话，我便托故溜走……其实，要我们参加会商，不过是个过场，他们既已决定了，哪个还好说不赞成？昨天就是这样，丁扬武才说句事情很严重，好不好多商量次把，周到一些，免得后来打失悔。隋世杰立即鼓起一双牛卵子眼睛，说丁扬武意见太多，存心反对他们多数。昨天那种大事，都是那么样不容人说话，今天，我们又何用自讨没趣？我决定不参加他们的会。安排把这顿早饭吃了，回去睡他娘的一觉，倒还要紧得多！"

吴凤梧喝了口酒，拿起筷子旋捡菜，旋笑说："光发牢骚，中啥子用哩……不过，到底是一种什么重大情形，要开会来商量？"

"就是决定朝哪里走。"

"是不是决定朝自流井走？"

"今早听他们同孙和浦讲起来，你猜得不错，他们硬是要拖到自流井，帮助一个什么革命党人叫曹笃的打盐务巡防。就是打了仗，就在川南独立，光明正大组织起啥子革命政府来……"

吴凤梧满脸得意样子，不等芮克刚说完，把桌子一敲道："如何？这些人的话，该是百发百中，同北打金街的彩票铺一样吗？"

芮克刚哈哈笑道："你也只猜中了一半。拿百发中彩票铺来比，你倒比它行多了！"

"我不懂你说的猜中一半是啥子意思？"

"因为他们现在改变了，不再去自流井了。"

"哦！"

"据孙和浦昨天从一家卖内江蜜饯、资州芽菜的杂货铺掌柜那里，得到确实消息说，端大臣带的鄂军前队，足有一营之众，已经开到资州。端大臣亲自带领的一标大队伍，随后就到。鄂军是全国有名的陆军，端大臣带的，又是其中最精锐的一标。不讲这些，光拿人数来比，我们差得也太远，龙泉驿卫戍部混合兵种六个排，仅仅二百三十几人，加上孙和浦步炮两排一百八十多人，总共不足四百二十人；只有骑兵一排，过山炮一门——两尊磅炮太小，算不得什么。这如何敌得过一标一营的湖北精兵？所以夏之时听了，首先便说，过不了资州，我们便无法转往自流井。这怎么好呢？我们只好另外找路走。吃了早饭会商的，就是看走哪一条路。"

吴凤梧沉吟了一下道:"形势不好,前有阻拦,后头不免还有追兵。这倒是个机会,你为啥不可以提倡散伙呢?"

芮克刚端着酒杯,掉头瞅着正在煎鱼的灶头,老半天不开口。

吴凤梧看了他两眼,说道:"错过此渡无好舟。趁着他们还没决定走哪条路的时候,正好下药……"

"你默倒他们当真要等会商之后,才决定走哪条路吗?"

"噢!莫非他们已经决定了?"

"可不是?所以我才说开会商量,不过是做一个过场!告诉你,他们决定了要到川北去。这倒是夏之时出的主意。他说川北有个什么姓曾的革命党人,也在川北拉起了革命旗,敲响了自由钟,并且已经占领了邻水、大竹、渠县、营山、岳池、广安州好多地方,正在招兵买马,势力很大……"

头上缠着一个白布大包头的堂倌端鱼上来。右手拇指深深抠在盘子里头,红通通的热油浸着半个指头。吴凤梧盯着他,本想教训他几句,恐怕打断芮克刚的话,只是将就竹筷重重地在他手背上敲了下。堂倌"嗬嗬"两声,连忙把指头跷起来。几乎把一半红油倒在桌上。堂倌慌了,把搭在肩头上的一张黑垢油腻布巾扯到手上,要来揩桌子。吴凤梧倏地把他手腕捉住,向后一攘,大声吃喝道:"算了!难为你莫再出拐了好不好?哼!用着你这样的堂倌,难怪生意清淡!……"

活像要证明他没有说对,接连就进来十多个买主,分坐三张方桌,这边在喊幺师,那边在喊跑堂的,顿时堂口热闹起来,本来不大有精神的堂倌也顿时满身是劲儿,答应"就来啦"的声音,完全不像适才那样懒洋洋、仿佛瞌睡还在喉咙中间的一般。

吴凤梧拿筷子把鱼的脊肉一拨,向芮克刚道:"好鲜嫩的鱼!这么大,这么肥,成都省不容易吃得到。请!趁热!"

不多久,将近八寸长的那尾鲤鱼便在盘子里翻了身。

而后,吴凤梧方放下筷子,重摸酒杯,向芮克刚轻声道:"说下去嘛!"

芮克刚的脸上已经有了酒意,把酒杯蒙在巴掌底下,不让吴凤梧再斟,道:"不行!我历来只有三杯的量,这阵又是空肚子,再半杯,就要醉。"等吴凤梧将酒壶——是一只上了釉的瓦壶收回,才把眉头一皱道:"没有啥子说的了,老夏既拿出主张,大家当然决计向川北走啰!何况那里既没有巡防,也没有外省兵，去了不打仗，哪个不愿意？"

"这样说来，鼓吹散伙，似乎还不是时候喽！"

"我刚才想了想，硬不好措辞。"

"可是如何取道呢？这条路我没走过。"

"我也没走过。大约老夏他们有人走过。听说，从这里过河，由遂宁地方抄小路去。"

吴凤梧想了想，又问："你自己的意思呢？一直跟他们走吗？还是……"

"我已经向你讲过了。"

"我想来，跑远了再倒拐，越不好搞。头一件，人地生疏；第二件，距离做生意地方远了，难以找买主。依我说……"

芮克刚接过堂倌递来的帽儿头，一面拿筷子把堆尖的饭朝下面压，一面含含糊糊说道："光是我一个人倒拐很容易。比方说，今天我就可以藏起来不跟他们跑……"

吴凤梧也拿起筷子扒饭，很快就去了小半碗。这时，紧挨着他们的两张方桌都坐上了人。并且由于芮克刚穿的是军服，大家老是把眼睛向这边射，只要这边说话，大家也尖起耳朵在听。他们不便再说下去，等加了豆腐丁、加了佐料烧好的鱼汤端上来时，便一心一意吃起饭来。

差不多要放筷子时，芮克刚才低声向吴凤梧说道："我看这样好了。你老老实实就在这里住几天等着我。我看三几天内，总有法子可想。无论如何，我转来找你。我横顺要回成都省的。"

吴凤梧起初光着眼睛把芮克刚盯着，随后才点头说道："也好！同你一路躲躲闪闪地走着，实在不便。若是能够同弟兄伙深谈一番也还罢了，可是你又有那些顾虑，倒是少走些路，两来有益。那么，一言为定啦，我一定在这里听候佳音！"

九

宋振亚还在睡得吹噗打鼾，觉得有人在肩头上拍了下。顿时惊醒了，却还有些迷糊，问道："是哪个？"

"天亮了，快起来收拾！"站在床前叫他的，正是同一房间睡觉的夏之时。施家坝的站房都不大，一间客房，顶大的安三张床。他们这间，只安了两张床。不但从头到脚已经穿戴齐楚，而且一些随带在身边的用动东西，也收拾得归归——，只等勤务兵拿去上担子。时刻不离身的指挥刀，也已挂在腰带扣上。看样子，立刻就要起马登程，连早饭都顾不得吃的样子。

宋振亚翻身坐起，旋穿衣服，旋打着呵欠问道："昨两天跑了一百八十里，今天不休息一下吗？"

"休息不得！"夏之时说话时，已经跨到房门边，从一条宽板凳上抓起一个粗瓷茶碗。揭起碗盖，喝了口陈茶，咕嘟嘟漱了几下，一口喷到地上，把跟前一片已经踩上了千脚泥的三合土地，吐得湿漉漉的。然后用巴掌把嘴皮一抹道："固然弟兄伙确实跑累了，但是怎么能在这里住脚？提防由省城撵来的追兵，倒在其次，顶使人操心的还是……"

宋振亚是一个还不满二十四岁的年轻人。虽然生得浓眉暴眼，一张海口，但脸皮很薄，和人说起话来，两眼总不敢盯住说话的人。性情却很急躁，容易同人闹意见，几句话不合适，眉毛就红了，脖子就粗了。在同事中间，最不投合的是芮克刚，批评他是笑面虎。顶佩服的是夏之时，说他像个老大哥。平日吃茶吃酒，有芮克刚一块，到会钞时，他不大热心搜荷包，要是同着夏之时，就一手拿出两块龙洋，也不在乎。

当龙泉驿东路卫戍部军心不安时候，他首先闹闹嚷嚷，说是不能等着被人宰割。他赞成一哄而散，把枪支缴还给魏楚藩司令，让他一个人去保护赵尔丰。曾经遭魏楚藩严厉地申斥过，并没封住他的口。继后听见夏之时漏出湖北革命党在武昌拉起了革命旗，敲响了自由钟的消息，他不等征询他的意见，便通红着脸，眉飞色舞地吼叫道："我们为什么不也革他妈的一场命？横顺弟兄们已经不听招呼，领起他们闹革命，倒还是一条路！"

真的，若不得亏有宋振亚这个毫无顾虑的年轻人在内里鼓吹、穿逗，光是靠王文炳、褚啸天的游说，夏之时未必鼓得起胆量，下得了决心，九月十五夜龙泉驿那场非凡举动，恐怕不会来得那么快，并且那么顺利吧？

他也有不满夏之时的地方。那便是几个人秘密商量革命之后，推什么人出来做头脑？包括芮克刚在内，都说："老夏，他哥子就好！"但是夏之时偏生不答应。再三再四推脱说，他只是一个排长，资格不够，必须要找一个官阶高的人来当总指挥，才能服众。工兵排长贾雄问他打算找哪一个？夏之时说："不如就找魏楚藩司令来担任。"

“对！我举手赞成！”辎重兵排长丁扬武赶忙站起来说。

“我反对！”宋振亚也站了起来，“魏楚藩哪里有一丁点儿革命气？他是王楱的奴才，哪个不晓得？”

骑兵排长隋世杰也表示怀疑说：“他未必答应。”

丁扬武依然坚持他的见解道：“给他好生说，他可以答应的。宋排长说他是王楱的奴才，我要替他辩白一句；说他没有革命头脑，倒是真的，说他是奴才，不免冤枉人了……”

“我冤枉他吗？”宋振亚脸红得像关二爷，鼓起眼睛，正待理落下去。

夏之时发气道：“闹个卵！还没有革命，我们自伙里头就三心二意起来，革了命后，大家自由了，还能讲什么军纪？我主张要找一个资格高的人来当革命军的总指挥，就因为革命之后，只管讲自由，讲平等，但是军纪必须维持。你们若是不赞成我的话，你们就别闹革命！”

接着他还东拉西扯讲了一番革命目的，革命手段。几乎把在日本听来的一些话头，全搬了出来。众人听得虽不十分懂，到底佩服他见多识广，对革命确有研究。大家没有话说，同意他找个资格高的军官来当总指挥。

因此。待到魏楚藩被兵士开枪打死后，大家又才听了夏之时的话，一致推戴林绍泉出来统率全军。大家心里谁也知道，林绍泉之答应与他们一道革命，实在出于勉强，只能把他当作一个草把人，利用他的资格，全军的行动仍然要取决于夏之时。当其在简州城内合并孙和浦一个支队时候，站在弟兄们面前演说的便是夏之时；林绍泉哩，只是默无一言躺在床上，由一个外科医生给他在左腿上敷药。

就在这个时候，大家为了兵士们情绪不好，抱怨说：“啥子叫革命哟！就只要我们跑路。一昼夜工夫，跑了一百八十里，脚都跑蹀了，还要跑，安心把我们拖垮不成？”并且为了一班当公事的人前来查问：他们到底是哪处的队伍？是路过此地？还是要驻扎此地？怎样安抚兵士，怎样回答乡约保正，遂也一齐挤到夏之时房间里来，要他拿主意。

宋振亚已经穿着齐整，首先说道：“夏哥，我看休息一天的好。我们有马骑的人，都喊受不住，何况靠两只脚跑路的人。并且借此开个演说会，把我们的宗旨再给大家讲讲，或者大家心里更起劲些。”

隋世杰也是这样见解。夏之时眨眨眼睛道：“也好！我们到过厅上去，把人约齐了，再研究一下。"

军官们都到齐了。一点数，还差三个人。一个是步兵第二排排长芮克刚，一个是辎重兵排长丁扬武，还有一个是孙和浦支队里的炮兵见习排长姓王的。叫勤务兵分头去找。找遍住宿站房，不见踪影，找遍场里场外，也不见踪影。孙和浦首先起了疑心说："该不是逃跑了？我那个王排长就是一个不大可靠的家伙！"

宋振亚一拳头打在一张八仙桌面上，横起眼睛叫道："有芮克刚在内，包管逃跑了！没说头，我们立刻追！逮回来，就地正法！"

但是被勤务兵扶出来坐在一张竹圈椅上的总指挥林绍泉，却冷冷地说道："逮回来就地正法！这叫什么话？大家不是明明白白说过，参加不参加革命，全凭各人的自由，逮回来正法，岂不侵犯了别人的自由权吗？"

宋振亚只是急得说："不是这样讲法！"但又说不出道理。不过众人都在反对林绍泉。夏之时也冒了火，大声吆喝道："这是违犯军纪的行为，非重办一下不可！不然的话，大家效尤起来，还了得！"

隋世杰说："倒是先派两个人去接替芮克刚、丁扬武的缺额要紧。同时，把弟兄们集合起来，清查一下，看看光是他们三个人开了小差呢？还勾引得有弟兄们？"

贾雄也说："对的，夏哥也好借此跟大家演说一番……"

孙和浦说："并且当众宣布这三个人的名誉死刑，以示惩戒！"

"怎么叫作名誉死刑？"宋振亚表示怀疑。

夏之时接口说："我懂得，就是说，在名誉上判处他三个人的死刑。"

"光是名誉判处死刑，"宋振亚把嘴角深深一瘪道，"干犯得到他们什么？"

孙和浦道："不然！名誉者，第二生命也。名誉宣布了死刑，就等于一个人死了一半了。"

贾雄也道："对的，人生在世，活的就是名誉啊！"

集合号音已经嘹亮地吹了起来。在晴朗的清晨，在浅浅的丘陵地带，这种从弯曲铜管中迸发出来的凄厉音调，使人听了非常振奋。比及各排点名之后，发现逃走的除军官三人外，尚带走了五名步兵，两名辎重兵。并带走九子步枪七支，马枪二支，子弹六百余发。

这样一来，就连主张休息一天的宋振亚也变了计，对着满脸忧郁的夏之时说道："你哥子说得对，硬是松不得劲。一松劲，还会发生一些想不到的蹊跷事哩。我看，等你演说后，立刻收拾走路的好！"

十

童家坝不算大场。场街只有短短的一条。这天，是赶场日子，场上的小买小卖相当热闹。但是等到夏之时他们这支小小的革命队伍开拢时候，场已散得差不多了。这里距离乐至县城还有三十里。太阳才偏西，走得非常疲劳的队伍——尤其是那班肩头上担着七八十斤重担子、又不准前后参差自由行走的长夫们，一歇下来，有的找着茶铺酒店的板凳安下屁股，有的就蹲踞在人家的檐阶边，连说话的气力都没有了。就是拿着竹疙篼做的水烟棒在抽烟的，也那样有神无气，硬似六月炎天里被正午太阳晒蔫了的稻苗一样。

兵士们却是另外一种神情。从头到脚尽管蒙着一层尘土，眼光里尽管带着一些倦意，可是他们知道，由成都省赶来的几队追兵，已经过了简州，只要耽延一天半日，难免不被追上；无论如何，必须一口气再跑三十里，进入乐至县城，有一道城墙保护，就是和追兵拼一下，也才有工事可凭。他们都是各县征送的新兵，入伍不算很久，操场上的操练倒还可以，说到打仗，都没有经历过，军官们这样向他们说（其实军官们也都没有打过仗。听说追兵是两营人，一部分是骑兵，大家立刻感到，真个要打起来，乐至县城比起毫无防御的童家坝，对他们当然有利一些），他们岂有不相信的？因此，大家只喝了一些水略解口渴，就振作精神，吆喝长夫们："把各人挑子摸着！"

"还要走吗？"长夫们懒洋洋地说，没一个肯抬屁股。

"不走，赖在这里等人家来逮你们？"

"肚子都饿瘪了，哪来气力走路哟！"

"赶到乐至县城吃饱饭，上头说的，还要跟大家打顿牙祭哩！"

长夫们的眼睛一下都睁开了。并且发出喜悦的亮光。互相打着招呼："嗨！听见没有？司务长说的，到乐至县打牙祭去。老己，把烟棒收拾起来！把各自的扁担摸着！"

但是闹了一顿饭之久，队伍不特没有动身，反而听说要改走小路，绕道到放生铺去宿营。为什么要改道？为什么不去较大的县城，而要去一个比童家坝还不如的小场镇？长夫们不知道，兵士们乃至司务长们也不知道。

提出改道计划的是隋世杰，他的理由是，乐至县驻扎的一个支队，虽然只有两队人，但是没有摸清他们的底细，要是彼此说岔了，冲突起来，人家是主，我们人生地不熟，尽管我们人数多一些，有一门过山炮，也未必一下就能把人家解决；万一打到难解难分，后面大队追兵又赶到了，遭一个内外夹攻，怎么办？

怎么办？有名无实的总指挥林绍泉不声不响地坐在一张唯一无二的雕花立背高椅上。（他腿上的枪伤好得多了，只是还不能走。）大家不向他要主意，他也乐得冷眼旁观。

怎么办？名义还没确定，而实际掌握全军命运的夏之时，只是背负着手，紧皱双眉在那个小天井里踱方步。

岑寂了好半晌，还是夏之时先开了腔。他踱到当地摆的一张方桌跟前，从中间拿起一只土饭碗，把半碗凉茶凑在口边，咕噜噜一气喝完。把空碗重重地朝桌上一顿道："没得别的好办法，只有冲过去，我们有四百多人，也不躲瓢！"

大家都不以为然，但又不能反驳他。结果，隋世杰方抬起沉思的头，提出改从小路绕过乐至县城的办法。

孙和浦插嘴道："这条路隋哥熟悉。不过得考虑一下，要是乐至县的队伍也从小路上来断我们呢？"

宋振亚尖声尖气叫道："怎能想得那么周到！他们人少，我们人多，我们不找他们冲突，谅他们也不敢来断我们！"

"断也不怕！"夏之时把拳头在斜阳光线中挥舞了几下，表示出一种大无畏的精神，"他们没有城墙的掩护，光靠火力，他们是不行的。"

正这时候，一个穿着绿布背心、胸前胸后各绽一块品碗大的圆形白洋布、布上用红颜色写了一个邮字的汉子，担着一根轻轻巧巧的担子，从饭铺门外一直走到天井跟前；找到一张空桌子，把担子架在板凳上，大刺刺地坐在桌子上方。一面取下头上的白布包巾揩脸上油汗，一面向那个拿着竹筷朝他走去的幺师大声说道："前一场我交代的东西，该搞到了？"

"搞到了，搞到了。"老年的幺师连胡子尖上都挂着笑，"硬是白莲藕；硬是从天池分来的。搞是搞到了，就只淘了不少的神。"幺师放下筷子，还用两手撑着桌边，继续说道："因是不是时节，养藕的都说要蓄种，不肯分。我说，人家尤大爷特为找来做药吃，啥子宝贝东西，就看得这么珍贵！话说了一箩筐，才分到了两斤。"

"两斤，太多了吧？"邮差尤大爷的宽皮大脸上全是笑。

"不多，不多，打皮去节，就丢掉了半斤，连汤带肉，顶多舀两斗碗没气出了。"

"下了好多肉？"

"照你交代的，老秤一斤。今场，许老二的肉也割得好。我说，是尤大爷炖药的肉，瘦不得，也肥不得。许老二说，既这样，二刀腿子就好。从齐场时候起，掌柜娘就跟你用沙罐煨起了。默倒你来吃晌午饭的。不谙你今天偏晏到这时节才来，是县里有耽搁吗？"

"就是啰！"尤大爷把白布包巾依然缠在头上。解下两只小腿上的蓝布裹缠，使劲地抖，抖得像黄烟的尘土朝天井里扑，几乎扑到四方桌上几只盛茶水的土碗里。宋振亚、贾雄和另外几个军官佐，对于尤大爷大模大样、旁若无人的态度，早不舒服。这一来，他们都冒了火。宋振亚跳起来要发作，隋世杰连忙向他做个手势，叫别动。因为尤大爷正叙说他在县里耽延的原因："邮袋原来装好了，正待打蜡印。想不到驻扎在总爷衙门里的队伍打发人来吩咐说，邮袋晏一步发放，他们有一封要紧公事要趁快班寄到省城去。哪晓得等了三四顿饭之久，局长亲自跑去催了一趟，才把那封啥子要紧公事催来。"

老年幺师笑道："原说你们跟洋大人办事，啥事都有一个格格，就是雷打在脑壳上，他不能走撂一丝一毫。怎么今天又一下改变了呢？"

尤大爷不好意思地摇了摇头道："这只怪乐至县的邮政局长嘛！是我吗……"

宋振亚已和另一个见习排长走了过来，凶神恶煞地向他吆喝道："你是乐至县的邮差吗？"

"不是，"尤大爷略为有点胆怯，"我是遂宁局的快班。"他一眼看见贾雄等人来拿架在板凳上的邮袋，"动不得！那是遂宁局打了蜡印的！"

"那么，你自己来动手，把乐至县的信全给我们取出来！"

"总爷，我是快班邮差，不是局员，我不敢捞动……"

宋振亚手一扬，一个耳光很响亮地打在尤大爷的宽皮大脸上。一面叱骂道："放屁的话！"

"总爷，你打人……"

"不听吩咐，还要捶你的军棍！"宋振亚几乎连眼白都红了。

隋世杰拦住宋振亚，一面正正经经地向尤大爷说道："告诉你，我们是省城下来的军队，奉有上头的公事，叫我们沿途检查邮信。简州的邮信我们都检查了，正要去乐至县检查。既然你担子上有乐至县的邮信，我们碰见了，怎么不要检查一番？这下，你该明白了？该不再同我们横跋顺跳了？"

尤大爷摸着尚在隐隐作痛的左脸道："早像你总爷这么说一声，我们当邮差的人敢不点到奉行？话不说清楚，伸手就打人……"

"打拐了吗……"

隋世杰又忙打岔道："莫斗嘴了！一个耳巴子，算不了什么。横顺有鲜藕炖肉，既清火，又补脾，多吃一碗，算愚下的！"接过邮差从邮袋里清出的一叠信，随向呆站在旁边的幺师笑道："还不去把藕炖肉跟尤大爷端来，难道要等掌柜娘子把肉在沙罐里煨化不成？"临到车身到天井时候，隋世杰还把那位一脸尴尬的邮差瞄了眼："慢慢吃吧，我们把信检查完了，自会还你，你放心！"

十几个人都围着方桌来做检查工作。其实别的信他们全没有动，光只抽出那件厚白洋纸做的、特别宽大的军用信封。隋世杰用身上带的小刀，把下面封口轻轻启开，抽出一张用红格子印就的格式洋纸（他们看惯了，是当时官办的进化造纸厂东洋工程师造的机器公文纸），匆匆看了一眼，就递给夏之时道："你看，是向朱统制求援的公事。"

果然，在写得端正恭楷的一通军情禀报中，除了前后一些废话外，说的是川北地方匪情严重，并有革党从中煽动，人心惶惶。遂宁驻有防军一营，尚能截堵；唯有小川北地区辽阔，防军独少，仅只乐至县一个支队，士兵三百余人，实不足防患未然。前已飞禀辕门，请再委派一个支队，备足骑炮兵种，来乐支援。现在大川北匪情蔓延，人心不安已极，待援之情，无异饥者求食。倘所委队伍已在途中，则望其速至。否则伏恳我帅暂将留驻简州队伍飞调来乐，另委省军填驻简州，亦是一法云云。

夏之时用眼光把众人一扫，徐徐说道："看来，乐至的队伍还不晓得我们的行踪。我们绕道过去，是绝对不会惊动他们的了。"

宋振亚兴奋地说："与其躲避他们，不如打他们一个措手不及，把这个支队解决了，免得有后顾之忧！"

孙和浦摇头道："用武力解决，总不大好吧？"

夏之时道："依我说，还是莫惹事的好！"

一班年纪比较轻一些的军官却都赞成宋振亚的主张，而不以夏之时的畏事为然。

夏之时有点生气，噘起嘴唇道："你们光晓得捡颐头，也不想想，别个还是有三百多人，又有骑兵，并且又集中驻扎一处，只要他们把营门一关，我们就不容易攻进去，怎么能说是措手不及？……"

孙和浦插口道："即使把人家打下来了，我们的损失也一定不小。我们眼前的情况是，军心没有固定，我们的去向还未分明，只要稍受损失，我们都是经受不住的。所以，我赞成夏哥的主意，别个还不晓得我们行踪，我们就不必去惹别个。不过我的意思是，既是绕道，那就不应该在放生铺宿营，不如来个夜行军，简直绕到前头去，找个有险可据地方休息。只不晓得前头哪个地方好？隋哥熟悉这一路情形，你想想，哪个地方比较好些？"

隋世杰道："当然是分水岭比较好喽……"

夏之时立即毅然决然地在四方桌上拍了一巴掌，叫道："就此议决，全体通过了，我们全军绕道到分水岭宿营……"

他的话还未完全落在句点上，一个不太高的声音忽然插了进来："哼！你们的军事学，好像都没有毕业啊！……"

众人吃了一惊，循声望去，只见难得开腔的总指挥林绍泉正自点头磕脑地说道："……明明摆着一个非常有利于奇袭的棋子，你们为什么不走？用古人的话说，便叫作天予不取……难保没有后灾的……"

他不但脸上挂着令人看了不舒服的讥笑，就在声音里，也带着令人听了不高兴的味道。众人心里都在暗骂："天上有个九头鸟，地上有个湖北佬！不晓得他又要搞什么鬼把戏啦！"

但是隋世杰附在夏之时耳边叽喳了两句，夏之时连忙点了几下头，正正经经说道："对！总指挥一定有高明计策，我们绝对服从！"

两个人当下走到林绍泉跟前，低声密语了一会。

夏之时伸起腰来，眉飞色舞道："这一着，真是好棋……我们准定依计而行。不过，这个先锋队很重要，叫哪个担任呢？"

隋世杰胸膛一挺道："我担任！"

林绍泉声音略为提高一点说："最好把骑兵作为先锋队带去！"

夏之时接着就叫书记官写命令：命令工兵、辎重兵押着所有辎重长夫，随后出发；命令孙和浦率领步兵、炮兵，在骑兵之后即行出发。三十里急行军，限在黄昏时候，一定要进入乐至县城。

"啊！进入乐至县城！好的，我们完全接受命令！"军官们高兴，兵士们高兴，长夫们更高兴。

集合号吹响了。才换了铁掌的马蹄在场街上蹴踏起来了。

夏之时亲自把仍然用信胶粘好的军用信封夹在其余作为检查过的信内，用原有绳子扎好。并且亲自走出天井，交还给那个邮差尤大爷道："全部检查过了。你点点数，该是没有使你为难吧！"

尤大爷虽是挨了一记结实耳光，食量还是那么好，两斗碗白莲藕炖肉连汤喝干净，另外还销缴了一个帽儿头的火米饭和一碗素炒藤藤菜。当下心满意足地向夏之时点了点头道："说哪里话哟！像你总爷这么通情达理，难道还会整我的冤枉不成？"

<h1 style="text-align:center">十一</h1>

夏之时他们用了林绍泉的计策，冒充省城援军，不但不费吹灰之力走进乐至县城，还出乎意料之外，也是不费吹灰之力地把三百三十多名的一个混合编制的支队吃掉，顿然之间，使这支拉起革命旗、敲响自由钟的队伍，由原来的二百三十多人，增加到将近八百人，差不多可以编足两营；而且步马炮工辎五个兵种齐全，看来，比从后追来的追兵力量还强大。夏之时不由笑逐颜开地向他的亲密同事说道："这下，我们不再害怕龙光追上来了！"

"你的意思是……"孙和浦假装不懂。

宋振亚抢着说道："夏哥的意思我明白，不过说是龙管带所带的追兵才四个队，如果他追上了，我们就摆开阵势同他打一仗。"

孙和浦掉头问夏之时："你哥子可就是这个意思……但是说到打，我不赞成！"

"你又不赞成！"

隋世杰插了进来道："我也不赞成。"

"你也不赞成？"夏之时有点诧异。自从在龙泉驿密谋革命起，隋世杰还没有这样表示过他的态度。

隋世杰道："不过我不赞成的用意，与孙哥不同，他只顾虑在有损失……"

"不完全是这点，"孙和浦连忙解释说，"我还顾虑到乐至这支队伍加入到我们这边很勉强，真个同龙管带的追兵碰上了，变不变过去，谁也没把握。"

一路之上难得说话的贾雄，这时也开了口了，他说："我看，这倒不只是乐至队伍有这种可虑，就是孙哥的部下，就是我们龙泉驿的弟兄，也有一些人还是活摇活动的哩。"

夏之时一下变了脸色道："硬还有这些人吗？"

宋振亚立即跳了起来道："我去清查！"

隋世杰把他一掌推回原座位上，生气道："别炮毛！"

夏之时叹了声道："这都由于大家不听我的话！要是听了我的话，在我一场演说之后，就叫弟兄伙全把帽根儿剪掉，个个剃成和尚头，看他们还能不能再变回去？"

隋世杰摇头说道："也还不是根本办法！"

"什么才是根本办法？"大家都在问。

"那就是要快点把我们的目的地决定下来。我们既然宣布排满革命了，我们总应该有个目的地。我们现在天天跑路，天天躲避追兵，吃不成顿，睡不成觉，又得不到休息，又不敢打仗，拖都拖垮了，革个卵的命！弟兄伙心里不安定，光叫人家剪帽根儿，剃光头，那咋行呢？"

孙和浦拍着巴掌道："是啦！是啦！隋哥的话，正是我想说的。还有哩，叫弟兄们多跑几天路也行，依我看来，除了如隋哥所说把目的地确定之外，也得想方法筹发弟兄们几串钱的饷银才对。"

夏之时皱起眉头把隋世杰瞅着道："你说目的地吗？这正是一桩绞脑汁的事啰！既然遂宁扎着大队巡防军，不容易冲过去，当然要走些弯路绕过去了。"

"那么，你还是要想到广安州去？"

"或者是顺庆府。总之，必需要走到大川北，同那里的革命党队伍会合起来，才能商量第二步办法。"

孙和浦道："既是确定要去顺庆府，那我们就该取道走东安县、定远县，何以我们却向安岳县走呢？岂不把方向走反了，无怪弟兄们抱怨说我们在当流寇！"

夏之时泛起眼睛说道："等他们去抱怨好了！都没有进过外国学堂，知道什么叫军事学。我请教你们，前有守敌，后有追兵，若不采取纡回行军方策，我们能够达到目的地吗？"

当然不能的。因此，他们从乐至县走到分水岭，第二天本应该向安居镇行进，由于打听到遂宁县驻扎着两营刚调集的巡防军，估量是个劲敌；又打听到从省城出发的追兵，有一营一队之众，由管带龙光率领，跟踪前进，已经到达乐至县；若是按照预定路线行走，至多只要一天工夫，准定会被夹击在遂宁地面。夏之时来不及与众人会议，只私下与林绍泉商量了一下（大约林绍泉也为了本身安全的缘故吧），临出发时，才忽然下令叫全军改道向南，即说向没有一个驻军的安岳县走；并且又是一个急行军，沿路不停，非赶出八十里，不准歇脚！

及至在一个小场上停下，夏之时喝了勤务兵端来的开水，估计了一下自己的力量，因而才舒了口气，面有喜色说："这下，我们不再害怕龙光追上来了！"

他们歇脚地方是一个由什么庙改成的小学堂。已经下课了，空落落的监学室里，只有一个穿蓝布长衫的年轻人，伏在一张半新不旧的长条桌上写什么。他们一涌而进，各自找椅子板凳坐下，没有招呼那个年轻人。那个年轻人仅仅诧异地望了他们一眼，也不起身向他们打招呼。

直到这个时候，那个年轻人忽然从条桌后方站出来，大声说道："哟！你们才是革命党呀！"

大家吃了一惊，一齐朝他转过头去。

"我的老师也是革命党！"年轻人有点慌张，感到自己确实冒失了一点。

夏之时定了定神，问道："你的老师是谁？"

"是王孟兰，是我们安岳县的绅粮……"

夏之时点了点头道："唔！我听见说过。他也到过日本，大约也加入过同盟会吧？"

"对，对，对！"年轻人高兴得两只手不知道放在哪里好，"他是同盟会员！……你们来得巧极啦！你们是王老师请来的……是不是？……不是，不是，我说错了，你们是要到大川北去的……不过，你们却来得巧极啦！"

隋世杰朝椅背一靠，哈哈笑道："什么巧事情，把你高兴得这般模样？"

夏之时也笑着站起来让座道："把凳子拖过来坐下说吧？"

"不坐，不坐。我要趁天没黑赶进城去报信给王老师，说你们大队伍来了。这下，他可以反正了！"

"你王老师要闹反正？"

"怎么不呢？他已经闹了好久，就是县大老爷不肯。王老师手下虽有一些团丁，但没有枪炮，县大老爷不怕他，他也把县大老爷没计奈何……而今有了你们开去，县大老爷敢不答应？再不答应，就斫他的脑壳！"

年轻人哈哈笑着，正待举步。

"别忙，别忙，你先告诉我们，从这里到县城，还有好远？"

"不远，翻过两个垭口就到了，只三里多一点。"

孙和浦笑道："算了吧！我懂得你们这一带人说话的腔口的。三里倒还有限，只那多一点却够走啦！难为你莫骗我们，说句天理良心话，到底有好多里？"

年轻人好像为难样子，用手搔着乱鸡窝似的长头发，默计了一会，才道："确实里数不知道，走快点，约莫要费三顿饭的工夫，当然不止三里多一点！"

年轻人话一说完，生怕再耽搁他的宝贵时间，连头都不点一下，一转身便飞奔出了这间空落落的房间。

隋世杰瞅着他的背影笑道："真是个恍家伙！连我们的姓名都不问一声，就跑了！"

孙和浦也笑道："莫光笑别个恍，我们又何尝想到请问别个的姓甚名谁呢？"

"哦！果然！"

都不由大笑起来。

十二

　　一下山坡，就是安岳县城。虽然不是什么大去处，可是从山坡顶上望去，还不是万瓦鳞鳞，铺了一大片？四下里也还有些与树梢齐高的崇楼杰阁。靠城南那面的黄琉璃瓦顶，当然是文庙无疑。北门这面的大庙宇，若非真武官，定是瘟祖庙。城中心那一片有大树有旗杆的地方，不言而喻，是知县衙门了。

　　天色将近黄昏。四围像起伏无定的大波大涛的浅山，已蒙上了一片灰蒙蒙的暮霭。城里人家屋顶上飘出的，则是做晚饭的炊烟。

　　等到夏之时策马走上山坡，前头队伍尚没有进城，骑兵步兵都拥在城门外干涸的城壕边。

　　宋振亚打着他的短脚青马跑到跟前吵道："是怎么搞的？城门关得死紧，喊破喉咙也没人理睬！"

　　另一个见习排长也飞马跑来报说，城门楼上有人答话，说是县大老爷不准我们进城。

　　夏之时把眼睛一瞪，很生气地说："真混蛋！再叫不开城门，我们就攻进去！"

　　一班又饥、又渴、又疲惫的兵士都巴不得赶快找个方便地方解决问题。听说要攻进城去，都兴高采烈起来。有的即刻拉开枪栓，把子弹按上红槽。可是举眼一看，二丈来高的砖石砌的城墙，并不比皮包骨头的肉人，一枪可以送命的快火，似乎还奈何不得这种冥顽不灵的东西。

　　有些人已经喊开了："叫工兵来架云梯！"

　　有些人喊说："叫炮兵拿过山炮来轰它几炮！"

　　工兵即刻找林盘斫竹子，斫树子。

　　炮兵从牲口背上下炮筒，下炮座。

　　长夫们把担子放在山坡脚下，聚坐在草地上，抽着叶子烟，水烟棒看热闹。

　　一派史无前例的战争气氛，霎时间弥漫在山城一角。别的不说，光是那人喊马嘶的阵仗就不平常。看光景，等不到擦黑，那上千户的安岳县城里的人家——那些人家中的男女老少业已不知死所地惊吓得在城里等候着——都将受一次万难描绘的炮火的洗礼了！若不得亏那个自称王孟兰的学生及时从城里跑来，老远就向站在一株黄桷树荫下的夏之时摇着双手呼喊："莫开火！莫开火！王老师叫我跟你们带口信来了！"

夏之时先就气哼哼地喝问道："你那王老师干些什么！却让县大老爷把我们关在城外！"

年轻人一面喘气揩汗，一面分辩说："那怎么能怪王老师？只怪那个狗日的顽固派，硬不听王老师的话！"

"不听话，难道就让他不听话？"

宋振亚红着脖子从旁插嘴道："好嘛！等我们打几炮进城去，看他听不听话？"

年轻人更其急得跳脚道："这怎么使得！这怎么使得！我们全城人的性命啊！"

夏之时不由笑了起来道："你那王老师也太老好了！叫人把城门打开，等我们队伍进了城，什么事不好办，何必一定要那个顽固派点头呢？"

"对啦！等我去跟他讲！"年轻人回身便走。

城门恰在这时候打开。打头走出一个又高又瘦、戴一副金丝边近视眼镜、蓄一部络腮大胡子的中年人。一出城门，就使劲拍着巴掌，一面大声叫道："欢迎！欢迎……欢迎革命军……"

后面跟着五六个有穿马褂、有穿背心的，样子都像场面上的绅粮，也都模仿着打头那人的举动，笑容满脸地旋拍巴掌，旋有节奏地吆喝："欢迎！欢迎啰……欢迎革命军……"

年轻人指着那个打头走的胡子叫道："哈！王老师来了……"

夏之时同着几个军官急忙奔下山坡，迎了上去。

"你就是王孟兰王先生吗？我……"

兵士们早已兴奋地从四面八方把他们围了个大栲栳圈。也学着他——王孟兰和那几个绅粮的样子，拍得巴掌一片响，也乱嘈嘈地吆喝着："欢迎啰……欢迎啰……"

王孟兰立刻回转身去，抱着拳头朝四周拱了一圈。并且收敛起脸上笑容，非常严肃地把近视眼镜端正了一端正，尽量放开喉咙大喊了声："同胞们！"

没有等到人声完全安静，王孟兰便一句紧接一句演说起来。他先恭维革命军驱逐鞑虏、光复汉室、涤荡腥秽、还我河山，这一些为兵士们几天以来早从夏之时口中听熟了的话头。幸而说得不多，接着便说："敝县刻下已经宣布反正！鄙人为县中绅士推举，义不容辞担任了敝县的司令！"周此，才特别亲来欢迎同胞们进城驻扎。

"好喽！进城去喽……走，走，进城啦……弟兄们，走啰！"

没有等到整队，人、马、辎重、行李担子都向城门涌去。人丛中间还有一顶三人软抬的大轿，抬的是左腿受了枪伤的总指挥林绍泉。

这时，城头上的千子响爆竹也噼里啪啦一串接一串地放起来。

十三

"原来老兄也是同盟会会员！没说头，这几千串钱的军饷，包在我兄弟身上。即使经征局款项凑不够，其他地方可以想法子的。不过今天夜里诸事还没有头绪，筹齐全数，恐怕要在明天去了。"王孟兰说。

夏之时道："只要你王先生答应了，便好。我们放出话去明天发饷，弟兄们心里就会安定的。"他忽然想起一桩事，立即掉向隋世杰说，"老隋，你看可不可以在按名发饷时候，就叫弟兄伙把帽根儿剪掉？一边剪帽根儿，一边给钱，这样，大家总没有话讲了。"

隋世杰笑了起来道："很对！若不剪帽根儿，就不给钱，要钱，就得牺牲帽根儿，这确实是个好计策。"他又沉吟了一下，"我看，叫弟兄们剪帽根儿，倒还容易，只是我们总指挥头上那条豚尾，难道能让他特别保留吗？"

宋振亚叫道："弟兄伙也不答应呀！非强迫他先剪掉不可！"

"但是夏哥答应过他保留的呢？"隋世杰拿眼把夏之时瞟了一下，"难就难在这里，为了夏哥的信实，说话作数，我们就不好出以强迫手段。但是让他把条帽根儿拖在背心上，漫道弟兄们要讲空话，就叫别的人看起来，也不懂得我们是怎么搞的——全军都剪了帽根儿，唯独在全军之上的一位总指挥偏不同？"

这时，在县衙门隔墙的县议事会里，已经坐满了绅商学各界和几个法团的首事人。大家都心神不定地等着挺身出来担任本县司令的王孟兰去向他们演说：什么叫独立？什么叫反正？反正独立之后，本县的事如何办？还纳不纳粮？还上不上税？还做不做生意？还兴不兴打官司？还分不分上下等级？还办不办学，读不读书？最重要的是，从这个时候起，大家该怎样过日子？

那个年轻人已经朝这间陈设得极为简陋的花厅跑过两次。每次，只喊了句："先生，那边人齐了……"就着王孟兰把大须子一吹，不让他说下去，并且吩咐他，叫茶房再来沏一次茶水，"我把话讲完了就来。"

这时，他本已站起来要走了，但转一个身，又理着胡子向夏之时正正经经说道："你莫怪我管到你们的事情。假使我没弄清楚你也加入过同盟会，我倒不便说得了。"

"对的，都是革命党人，还分什么彼此？有见到地方，尽管赐教好喽。"

"既这样，我就说，你们把一个志不同、道不合的人推出来当总指挥，我实在不了解这对你们有什么好处？据你们讲起来，十足成为你们一个累赘而已！不错，以前你们以为这个人资格高、官阶大，推他出来，大家心服。如今不说别的，就以剪帽根儿这件事情来看，那便和你们的想法完全相反。那么，怎样来解决这个难题呢？照这位尊驾说的，出以强迫手段，强迫他也把豚尾割去，表示不再当满族奴才。这当然可以。至于夏兄答应过他什么，那只要夏兄不出头去强迫，便不算夏兄失信……不忙！我的意思，并不止于强迫他剪帽根儿而已，依我的愚见，倒不如因为他不肯剪帽根儿，就宣布他的罪状，说他不愿意排满革命，重则斫他的脑壳，轻则撤掉他的总指挥。换言之，一刀斩断这个赘疣，对于你们，岂不省却多少顾虑？……"

宋振亚先就跳起来拍着巴掌叫道："赞成！赞成……"

方桌上两盏麻油灯的灯焰随着他的手风，闪了好几下。

"……我还赞成把这家伙除销后，就推举夏哥担任总指挥……"

"莫胡闹！"夏之时很生气地吆喝道，"你一个人赞成，就作得了准吗？"

王孟兰很为惶惑地站起来说道："呃，呃，莫非我把话说差了？"

夏之时连忙转过脸色道："王兄莫多心，我并没生你的气，我只怪宋排长太没有阅历，这种大事，怎能由我们三几个人就决定了！并且我也绝对不赞成流血！"他又掉向隋世杰说，"要除销林绍泉，除非先除销我！"

隋世杰微笑道："我也不赞成宋排长那种激烈话。林绍泉到底是我们公推过的总指挥，撤他的职——当然要召集所有的军官佐来把话说通才对——那是可以的。动辄就除销一个总指挥，以后，哪个还敢来担任这一角呢？……"

"对呀！对呀！"夏之时不由眉宇之间全含笑意说，"不过，说到推我出来担任总指挥，嘿，嘿，那却要请大家好生磋商了。我觉得，我的资格毕竟不大够。"

王孟兰了解到自己的话并未说差。遂把金丝眼镜取下，用手巾将镜片擦了擦，重新戴好道："那么，我又要发表意见了。第一，夏兄担任革命军的总指挥，最适宜了。你又是日本留学生，又是同盟会员，论资格，比那个姓林的就高。而且据你们讲来，龙泉驿反正，你又是发起人；一路之上，指挥进退的是你，出面演说的是你，和人办交涉的全是你；目前推举你担任总指挥，不过是实至而名归之，假使你一再推辞，那就不免有失众望……"

宋振亚禁不住又大拍起巴掌道："说得好！你们教书人真有口才！"

隋世杰连忙用手掌遮住麻油灯盏笑道："慢点！慢点！莫把灯弄熄了！"接着又问王孟兰，"你的第二呢？"

"那就是你们各位的官称了。我听见你们互相称呼，这个叫排长，那个叫队官，你们革命军好像还是满朝军队的样子，并没有什么不同。依我的愚见，既革了命，一切都该维新，但凡专制朝廷流传下来的名字，都该废除，代以一种维新名字。比如管理一县事情的官，从明朝以来就叫知县。一称知县，人就想到是专制时代的官。反正之后，若是再用专制时代的名字叫知县，那如何使得？我在重庆时，就同杨沧白、谢慧生、朱叔痴各位盟友研究过。只管各人说法不同，然而都觉得必须另取一个名称，才能一新耳目。我最初想到不如叫作司命，有人说不好，灶神菩萨就叫东厨司命。因此，我才将其改为司令……"

"哦！这下我才明白了，你老兄这个司令，原来不同于我们军界的司令！"夏之时转向隋世杰说道，"王先生的话有道理。我们的官称确实应该改一改，不然，真个不大像革命军了。"

"对！我也想过。并且借此把队伍改编一下也好……"

这是夏之时他们进入安岳县，吃饭之后，在知县衙门花厅中，几个亲密朋友商定的两桩大事。但是若果不因下面一件事情发生，使得他们不急于觅路开拔，纵然来得及更换总指挥，也来不及改编队伍、变易军官名称的。

夏之时他们还没有进入安岳县城，龙光所率领的追兵已经赶到分水岭宿营。

追兵比革命军跑得快，也比革命军累得凶，赶到童家坝，已经怨声载道说："这样追法，只怕没把别个追上，先把自己拖垮歇台！"到了乐至县，兵士们简直不打算再走，一个二个都说，脚板底擦破了，小腿也僵硬了。并且听说乐至县驻军一个支队三百多人完全加入革命军，大家一计算，叛变的队伍，几乎多于他们追兵一倍。一般下级军官遂也说起话来："上头的军令，叫我们把叛军追回去。若不听命，就围缴他们的枪械；弟兄们就地遣散，军官们押解回省治罪。刻下，人家比我们多，真个冲突起来，被围住缴械的，恐怕不是人家吧？"

但是管带龙光不管这些那些，仍然下令叫追！龙管带向来治军严厉，说出口的话从不更改，大家没奈何，只好皮搭嘴歪地再拖一段不大好走的山坡路程。一到分水岭，无论是兵士还是军官，都坚决表示，若再强迫他们前进一里路，他们就非闹事不可。这样，龙光才考虑起另一种办法。

他登即叫号兵吹号，把队伍集合起来，先安慰了大家几句，然后正正经经说道："现在叛军与我军的距离只有一站路了。如其遵奉上头委派给我军的差使，那我军应当不顾疲劳，再鼓一把劲，赓即追上前去……"

本来肃静无哗的队伍一下就叽叽喳喳起来。

龙光假装没有看见（虽然月亮升起来还早，到底也模模糊糊看得见的），只是提高嗓门继续说道："但是我军追拢了，又怎么办呢？……叛军沿途裹胁，实力已在千人以上，军火弹药也很充足。并且他们叛变，又是有宗旨的……即使我军追上了，大家想想，比我军人数多、实力强的叛军，能不能毫无抵抗听从我军命令，改变宗旨，跟随我军回省呢？"

"不能啊！"有多数声音回答了。

"既然不能，那我军为了遵奉上头委派的差使，只好同叛军开火……你们愿不愿意同叛军开火？"

"不愿意！"几乎是全队伍在回答。

"不愿意同叛军开火，就是违反上头命令，是要受军法裁判的，重则监禁，轻则扣饷，你们明白吗？"

又是一阵叽叽喳喳，却没有像刚才两次那样明确回答。察觉得出因为很多人还没想到这上头。

龙光接着说道："如其大家不甘心同叛军拼个你死我活，把宝贵的热血洒在这个地方，那就准备回去受军法裁判！否则，今夜只能休息四点钟，必须追向安岳，明天正午以前，准定可以同叛军见面了……"

"我们要回去！""我们不能自伙子打自伙子！"还有许多听不清楚的吼声。几百人都在发表意见，简直不像平日训练有素的军队。

龙管带把声音提高到快要嘶哑的程度，叫了声："立正！"

全队立即鸦雀无声，又恢复了肃静。

"我命令，我军今夜在分水岭宿营！明天休息一天，后天起营回省……解散！"

但是龙光在解散队伍后，还是在自带的牛油蜡烛光下，急匆匆写了一封口气强硬的私函，劝告夏之时从速自行遣散，不要误认本军未予穷追，是本军赞成他的革命宗旨。这信，交由一众军官看后，便叫随在身边的勤务头目，选骑一匹快马，即刻登程，驰交与夏之时。

勤务头目把信揣好，刚要转身，龙管带又把他唤到身边，和颜悦色地问道："如其夏排长看了信，问到本队为什么不追了，你打算如何回答？"

"当然回他个不晓得……其实，也真正不晓得。"

"我向队伍演说时候，你不在我身边吗？"

"在的，就在管带的背后。"

"那么，你怎说不晓得？"

"啊！"

"尽管告诉夏排长！并且告诉他，省里听见他们在龙泉驿变动的消息，都吃惊得不得了。选派本队来追赶他们之时，朱统制官特别把我招呼到公馆里，再三嘱咐我，无论如何，我这四队人必须带回去，不能再有损失……至于本队为什么要这样一步不停地急追他们呢？你也可以老实告诉他吧，说我的意思，就是不容他们在中途停顿……现在哩，大约已出了危险境界……好啰！尽你晓得的都可以说……限你明天黄昏前后赶回分水岭！我们后天决定开拔回省！去吧！"

十四

整整一个通夜，王孟兰不但没有闭过眼睛，甚至没有闭过嘴巴。知县官是个老顽固，不肯投降革命党，要当宣统皇帝的忠臣。但他并不投井、上吊、服毒、抹喉，却趁着王孟兰和几个维新绅士开城迎接革命军时候，带着太太、姨太太、少爷、小姐，以及几个官亲，把经征局收存的一些现银和知县的铜印、局长的木戳记（当然还有他本人的细软东西），由二十名堂勇保护着，浩浩荡荡从南门逃走，及至发觉，已无踪迹可寻。司令要接管县政，没人出头交代，只好把没有逃走、但已吓得手足无所措的几个师爷找来。先是善言开导，讲了一篇种族革命的大道理（当然是根据同盟会的《民报》上的文章）。看见师爷们什么都不懂的样子，他很是生气，本想把这般像顽石一样的东西骂一顿，赶走。但是一想，除了这般东西，却叫谁来办公事？比如目前应该出一张在反正后的安民告示，自己就搞不来；亲密朋友中，有会做律诗和绝句的诗人，有会做策论和四六的文士，可是要叫他们来拟一张合乎公事体裁的安民韵示，那就不在行了。王孟兰略为沉思，只好改变声口说道：“所谓反正，不过是一种新名词，其实官还是官，幕友还是幕友，绅士还是绅士，平民百姓还是平民百姓。一切照旧，只不过把知县改称为司令，不再由藩台札委外省人来充当，而由本地方绅士出来担任而已！现在当务之急，就是要烦老夫子拟一张安民韵示稿。”说着，便向一个弓腰驼背、蓄着两撇八字长胡的刑名师爷拱了拱手，“而且今夜就要写好过印，以便明天一早张贴出去。”

老夫子完全听懂了司令的话，脸色一舒。但是忽又惊叹了一声道：“东翁说是过印，然而印呢？”

“啊！印？”王孟兰愤愤然把大胡子向两边一分道，“没有印，就不过印！”

“然而不然，”老夫子抖着膝头道，“印者，信也。故谓之印信。告示上不盖印，将何以取信于民耶？”

“那么，没有印，难道就不能出告示了？……”

在王孟兰身边一刻不离的王诚——即与夏之时他们初次接头，口口声声称王孟兰为王老师而不名的那个年轻人——也插嘴说道：“难道就不做官了？岂有此理！”

刑名老夫子仍然眯起眼睛，摇头摆脑道：“告示而不过印，似乎还无先例。”

王孟兰又忍不住了，大声叫道：“现在正当革命时代，什么都该维新，即使有先例，也是腐败的先例……"

王诚又接着说道："何况王老师今天反正，就找不出先例！"

一个中年的钱谷师爷出头转圜说："其实也有办法。把别个衙门的印，比方说典狱官的印吧，借用一下，只须朱笔师爷在过朱时候，用朱笔标写借印二字，也是可以的。"

王诚又接口说道："那不如找刻字匠另刻一个木印还方便些！"

钱谷师爷连忙表示赞成说："好绝了！总之，将来要另发新印的！"

大家赞成了，接着就商讨到印上的文字和字体。字体还是花篆好些，当然不能再加上半边满文。而文字哩，师爷们都说，既然是革命维新，那就必须把官称与官的姓名都刻上，全文是：安岳县司令王休之印。

王孟兰本已点了头。但想了想，觉得把他的大名刻上，很像私章。便说："有官称有姓就够了，用不着再把名字刻出来。"提起笔，在议事会用的公函纸上，黑大圆光地写了七个字：安岳县司令王印。转手交与朱笔师爷拿去写成花篆。

光是为了这两件事——出告示和刊刻一个木头印，就一直搞到半夜。接着，便是最为重要的一桩大事，为革命军队筹集几千串钱的军饷。

这事与师爷们无关，师爷们告退了。

在月色朦胧的院坝里，四下无人，钱谷师爷附着刑名师爷的耳朵道："敬翁，看这光景，我们明天还是卷铺盖逃走的好。"

敬翁摇头叹道："今天没走成，明天走也迟了，一动不如一静，且看一下再说吧。"

"但是将来我们却背了个从逆名声。"

"你我当幕友的，有奶便是娘，倒说不上从逆从顺。只是这位东家，既没有官场阅历，又不好好向我们请教，不晓得以后还要闹出好多笑话。"

"光闹笑话，倒在其次，眼面前这一关，看他黄脚黄手的怎么闯？"

"你说的是……"

"就是要为开进来的队伍筹集几千串钱的事呀！"

敬翁站住脚想了想，笑道："闯不过，一定又要找我们问计……那时，老兄，千万要稳住，莫再像起先前那样，他一吹胡子，你的主意就出来了！"

但是师爷们的期待却落了空。王孟兰知道经征局上千两现银虽被知县官卷走，但他知道铁路股东会、商会和三费局几个地方，还积有成数的纹银和银圆。当前问题不在款项的有无，而在把纹银、银圆全数变成铜圆与制钱。因为军需官说过，每一个弟兄只发三串钱，纹银当然不好斫得太零碎，银圆因为各地行市有高低，也不便折合。唯有铜圆与制钱，既逗硬，而三串钱放在一处一大堆，看起来打眼，使起来也经事。

开始，王孟兰和大家研究了一个更次，若是把纹银与银圆在街市上换成钱，至少非赶两个场不可。但是革命军能不能住上两个场期呢？据夏之时说来，绝对不能，至多只休息一天，说不定明天中午就要向南开拔。这笔钱必须在早饭前后送去才济事，不然，他们宁可不要。商量又商量，末了，由商会会董出了个主意，才算把这难题解决。他的主意是，城里几百家大大小小的铺户，哪一家没有几串钱做周转？多的可能在百串以上。还有一般富裕绅粮，固然存老白锭的不少，其中也有专门积存制钱的。据他知道，吕财神家的地窖里，所积存的制钱就数不清。因为吕财神的爷爷经过兵荒马乱，传下一条经验，说是："抢走你十锭银子并不费事，抢走你一百二十串散钱，不特要占强盗好几个人的气力，光是把散钱用麻绳串起来，也要占他们好多时候。"几十年来，吕财神家从未遭过大盗照顾，大概就由于他家谨遵祖训：田多房子少，钱多银子少，值钱的金珠玉器当然没有，便是不值钱的书籍字画也没有的缘故。不过要吕财神的钱出窖，光拿纹银去调换还不行，必须答应他九七扣之外，每两银子再少换几十个钱，使他每两银子赚得上一百钱的油水，或者他可以开窖。但是数钱和串钱，也很麻烦。哪里有许多麻绳？哪里有许多可靠的人？大家觉得，不如找做生意的商家和一些中等绅粮来做这笔交易，倒还爽快。同时别人收了银子，便可把钱直接送给革命军，这一来，少两次周转，时间上划算，也少雇用若干名力夫，开支上也划算。

红粉色日影快要照着院坝里两株大梧桐树杪，人来回报银子换钱的事办妥当了。安民的六言韵示也核了稿，誊了正，过了印（当然是新刻的木印），标了朱，向四城门与十字街头张贴去了。人散尽了。一间宽敞大房间里，大餐桌上摆满了茶壶、茶杯、笔墨、砚台，还有几只大算盘和无数张写坏了的印有红格的纸。地板上布满了鞋底泥、痰痕和一摊一摊的茶脚子。空间则是弥漫着和晓雾，几乎相似的叶子烟。

王孟兰站起来，大大伸了个懒腰。回头一看，王诚摊开四肢靠在一把木圈椅上，睡熟得雷都打不醒。

"唉！到底是年轻人，经不得累！"

但自己也止不住连打了两个呵欠。

十五

王孟兰在他住宿的小院里（他的老家仍在永清场，虽然他当了本县高等小学堂监督、议事会议长，还一直是一条光棍哩）洗过冷水澡，做过体操，一点倦意没有了。杂役端上冷稀饭，稀里呼噜吃了后，便急匆匆朝隔墙的县衙门跑来。

一进头门，就看见驻扎在这里的一个大队的兵士分成了无数小堆，每一堆有两三个会用剃头刀的人，正在给那些尚未改装的人剃发辫。

已经被剃成光头的人，不一定都像他在事前所估计的那样感到轻松愉快。其中就有一个满脸雀斑的矮子，哭丧着脸抱怨道："把帽根儿留着，有啥不得了！硬说不剃掉帽根儿，就不算汉人。我说。剃掉帽根儿，倒十足算个和尚。妈哟！二天回家去，只好找尼姑睡觉了！"

旁边一个人问他："那你为啥又肯把帽根儿剃掉呢？"

"唉！你晓得个卵，这叫作一不拗众嘛！"

另一个身体很壮的汉子，把军帽向光头上一磕道："说得好听，一不拗众，还不是同老子一样，只为了那三串钱！"

甚至还有哭的。

王孟兰走上二堂，便见台阶边一个兵，把一幅白布铺在地上，正将一把湿漉漉的长头发理得周周正正，一边用白布包裹，一边伤心得满眼流泪。

别两个兵抱着膀膊站在柱头边，很同情地把这流泪的人瞅着。还有一个兵蹲在他身边劝道："有啥哭头！把它裹起来带在身边，不是一样的？"因为哭的人还在咽哽，"尽哭就没意思了。当兵的人，连帽根儿都舍不了，不是落得人家笑话？"

王孟兰摇摇头，心里很不舒服，正打算向这些兵士演说一番发辫与满清的关系，以及讲革命为什么便该割去豚尾的道理。但是没等到他开口，一个勤务兵已经来到他身边说道："王司令已过来啦，我们总指挥正叫我去请你哩。"

"你们总指挥？我同他没有交情，为什么要请我去？"

勤务兵呵呵笑道："并不是那个林绍泉呀！林绍泉还是当他的教练官。从今天清早起，大众脱另公举了一位总指挥，就是……"

"啊！我晓得，就是夏之时夏排长！"

王孟兰一脚跨进花厅门，冲向站在八仙方桌旁边的、军服穿得整整齐齐的夏之时，一揖到地，一面笑道："给你道喜呀！大家推举你当了总指挥啰！"

又伸出手去，要同他再来一个新式握手礼。这才看清楚夏之时手上正拿着一张写满字的洋信笺。

"当总指挥算不得什么喜。你老兄看这篇信，嘿嘿，才真正可喜哩！"

"谁的信？"王孟兰接过信笺，先看落尾的名字，"龙光……莫非就是你昨夜说的，带着四队人马跟踪追赶你们的那个龙管带？这个人的信，一定有关系……哦！劝你们自行遣散，不要妄想窜到川南投入四面包围的罗网……有意思！有意思……他还叫你们莫误会他停止不追，是赞成你们革命宗旨！"他不由掀着大胡子放声笑道："这是此地无银三十两，隔墙阿二未曾偷的笔法！啊！哈哈！果然是一件可喜的事！"

坐在高椅上的隋世杰插嘴道："还有口信哩。"

"口信？"

夏之时点头笑道："就是那个送信人顺便捎来的口信。"

"怎么说的？"

夏之时一面让他坐，一面将他与勤务头目的问答，细细说了一遍。

"好得很嘛！"王孟兰拿巴掌把自己的大腿直拍道，"这等于说，现在没有危险了，我回省去啦，你只管驻扎下来吧……我看龙管带这人，恐怕也富有革命性的？"

"有人说他也参加过同盟会。"

"你们没有联络吗？"

"在省城的盟友，全是一盘散沙，反而不如你们在外州县的有联络。"

"那你们现在决定留在这里了！"

夏之时眉头一蹙道："我们商量了一下，就是决定不下来，所以才请你来宰个子。你的人事宽，联络广，消息也比我们灵通。我们在龙泉驿的时候，耳目已经闭塞。自从离开龙泉驿，八天以来，天天忙着跑路，天天心思都用在对付上，直到乐至县会着许知县，由于他的弟弟是盟友，他本人还开通，才老老实实告诉我一点消息。但也无非是武昌独立，好多省响应，北伐军打到河南，都是我在龙泉驿已经听见过的。只有一点重要消息是，川北三营巡防军调集在遂宁县、潼川府一线；陕西省的大军开到保宁府，正向顺庆府杀来；川北的革命党并无一兵一卒，只有几百没有新式武器的民团和同志军，那个领头的人又是一个老酸，已经搞得没办法；去了，不特难于施展，恐怕还站不住脚。因此，我们才改变方向，不北上而南下，原意是，想由这里插内江县，仍然转到川南，找曹叔实、方潮珍，还有一个周鸿勋统领，去合伙的……"

王孟兰闪着布满红丝的近视眼道："当然不能再去了！"

"就是啰！现在南不能南，北不能北，难道当真留驻在你们这里不成？"

"不行！我们这里不适于你们留驻。一则，地方偏僻，不是通都大邑，你们的革命事业无从发达；二则，我们这里税收有限，人民不算富足，也供养不起你们的队伍。"

"我们也想到这上头，"夏之时很为难地搓着两手道，"这真叫行住两难了！所以才要向你这位诸葛亮请教！"

王孟兰捻着胡子笑道："诸葛亮的本领我尚不曾操到。不过在你们彷徨无路之际，我以盟友之谊，倒不能不绞尽脑汁，为你们想点办法而已！"

三国时代的军师诸葛亮在绞脑汁之际，想来并不像王孟兰这样：一会儿勾着头，背负着两手，在这间宽敞的花厅里走来，走过去；一会儿又坐到椅子上，定着两眼，把右手指甲，依次地放在牙齿缝里啃。

他在绞脑汁，大家当然都沉默下来，未便打搅他。

直到夏之时亲自把勤务兵才送进来的盖碗茶，端到他跟前，他方回过神来，用手在方桌边上敲了敲，得意扬扬地叫道："着！着！着！这样才对……你们当然是走的好！"

"那还待你老兄绞脑汁！"夏之时笑了起来，"不过形势显然，南、北、西三方都不利……"

"东方大吉大利！莫忙……应该说是东南方才对。"

"东南，什么地方？"

"重庆！点不差，重庆！重庆！我说，我们应该到重庆去！……"

不等别人问询，他滔滔不绝地就讲起重庆的好处：重庆是四川水陆交通的枢纽，又是四川唯一无二的大商埠。它操纵着全川财货的命脉，它的一呼一吸，影响很大。至低限度，长江上游的泸州、叙府，下游的夔府，北面的合州，合州以上几条河流，无一不是随它的呼吸而呼吸。以形胜言，重庆实在比成都重要，尽管成都是省会，是政令之所出的地方。何况省会现已糜烂了，更不足道。

"所以只要你把重庆占据了，头天宣布独立反正，第二天起码就有小半个四川起来响应。而且一水之便，同湖北、湖南两省的革命力量，也可以飞快联络起来。然后招兵买马，屯粮积草，重庆地方有的是钱，有的是人，我敢断言，要不了几天，革命队伍便可成立几镇；那时，分兵四出，四川是可以传檄而定的。"

夏之时反而淡淡地笑了笑道："说得撇脱！好像重庆是一座空城，只须我们几百人就把它占据了，就成功了大事！"

"不！你还不了然重庆情形，听我告诉你。"王孟兰非常严肃地说道，"重庆并非空城，我们的盟友，特别是下川东一带的盟友，聚集在重庆的多极了。并且已经有了安排，我离开重庆时候，就知道新成立的城防营里，我们的人便不少，有当兵的，也有当军官的。就是重庆商会成立的商队，也有我们的人，警察总队也有我们的人，一言蔽之，我们的人真如水银泻地，无孔不入。甚至于连端方带来的鄂军，我们重庆机关部都派盟友同他们联络好了，只要重庆一宣布反正，鄂军立刻举事，立刻归到我们这面。鄂军，你总该知道，那是天下无敌的新军。端方带来的，又是其中最精锐的一部分，将来我们北伐之时，他们都愿当先行，打头阵。这些都是千真万确的情形，都是张列五亲口向我说的，我不骗你！"

"既这样，重庆机关部为什么不就独立反正，却待我们去呢？"夏之时越发怀疑了。就是坐在旁边的隋世杰、孙和浦、贾雄、宋振亚一些人，也都疑心王孟兰的话不免在冲壳子。

王孟兰从夏之时的态度上，也察觉到这些人对他所说的话不大相信。他心里很不舒服，也感到有些委屈。他借着喝茶的空隙，又绞了一下脑汁。灵机一转，遂放下茶碗笑道："我打个比喻，你们就会明白的。现在的重庆，比方是个火药库。但是没有引线，它纵有千万斤的破坏能力，到底自己不会爆发。你虽然只有几百人，可是恰好充当这个引线作用，只要你这根引线一接上……"

夏之时连忙接口道："轰一声，火药库便爆发了，是不是？"他赓即回头向隋世杰几个人点头说道，"王先生之言有理！我们决定休息三天，向重庆方面开拔。不管是不是去充当引线，总之，摆在我们跟面前的，也只有这一条独路了！"

王孟兰非常高兴地站起来说道："决定了！那我先发一封密信给重庆机关部，好使他们准备。"

夏之时也站起来说道："信却不能交邮政……"

"当然！这等重要的信，非专人送去不可。就打发我的学生王诚去。"

第五章　重庆在反正前后

一

黄澜生一跨进小客厅门限，便欢然高叫道："欢迎！欢迎！足下是几时到省的？"

才待作揖，看见王文炳从藤心椅上站起，向他伸出右手，他赶忙用两手抓住，边摇边说："真正久违了！足下一晌就未在省吗？一定在外府州县奔走。人还好吗？"

一阵礼貌上的亲热寒暄，真像是久别重逢的老朋友。其实黄澜生之认识这个中学生，为时并不久，前后也只几面。

王文炳问道："澜生先生可晓得楚用什么时候方能回省？"

"嘿，嘿，这却难说了！他走的时候，说是不等请假期满，就将回省。但是，婚姻大事……照新名词讲来，叫度蜜月。嘿，嘿，蜜者甜也，正在甜蜜蜜的日子里……"

菊花送盖碗茶出来。

"高金山哩，怎不叫他端出来？"

"老爷不是打发他进满城喊罗二爷去了？"

"高金山？"王文炳接着问道，"是另一个人，还是我们学堂里的那个小工？"

"正是你们学堂里的小工。"

"怎么会转到府上来的？"

"因为小价罗升病了，急切不能起床，我正打算多用一个底下人。恰好，你们屠监督把高金山开销了。"

"犯了什么过失吗？"

"不知道。据高金山说，只是由于你们屠监督的脾气越来越大，一句话答应得不对头，莫说小工……"

不等他说完，王文炳已经气哼哼地挺起腰板；并在镍边眼镜后面，把一双眼睛鼓得圆彪彪地大声叫喊道："屠致平还敢这样专制霸道？呃！岂有此理……呃！可惜不多几天，我又要出省。不然的话，我硬要约集同学，扎实收拾他一下。"

他一面从衣袋里摸出一盒强盗牌纸烟。抽出一支，拈在指头上。

黄澜生一边把自己手上的纸捻吹燃，递过去，一面问道："怎么说，你不跟子才他们毕业吗？"

王文炳满不在乎地淡淡一笑道："毕业！毕业不过挣个资格而已！眼见革命已快成功，革命成功，另是一个世界，这样一个区区腐败资格，要来做啥？何况我目下正在奔走革命，革命事大，也无暇计及这个资格。"

楚用虽比王文炳大一岁多，但在黄澜生眼中、心中，始终把他看作一个大孩子，顶多是初初成人的一个没有世故的青年。唯独对王文炳，从第一面起，黄澜生不知是何缘故，一下就重视了他。认为这不是一个寻常中学生。这个人有学问、有世故，前途变化莫测。因此，每每与楚用谈到他的同学，总叫楚用要多亲近王文炳，要以王文炳为模范，学他少年老成的样子。及至听楚用说起王文炳在学堂里，不特是他们这一班的头儿，甚至全学堂的同学都拱服他；不特学生们这样，甚至教习先生对他也要客气三分。也就因为这些，他才成为屠致平的眼中钉、肉里刺，只管不舒服，却又拔不掉他。黄澜生于是更为敬重王文炳，把他拉平，把他抬高，认为确是一个值得纳交的朋友。

当下，肃然起敬道："哦！足下原来奔走的是革命！我还以为足下光是在奔走同志会哩！"

"澜生先生说得对。我是从七月十五那天，打铁路公司翻墙逃走后，遂变更宗旨。觉得光凭口舌笔墨，是奈何不得盛宣怀、端方、李稷勋、赵尔丰等人，强权世界，安有公理可言？除了采取激烈手段，实在别无他法。恰巧，路上碰见几个要到荣、威、自、贡一带去作革命运动的同盟会朋友，一谈之下，彼此契合，因此，我才投身于革命潮流……"

"嘿，嘿，潮流，硬是潮流！所以像楚子才那样淳谨的人，也居然能为革命而流血！"

王文炳非常惊异地问道："楚用为革命而流血？"

"是啊！你还不晓得吗？"

黄澜生于是将楚用参加学生军，在犀浦打仗受伤一事，尽其所知，叙说一遍。

王文炳不由慨然说道："不料楚用这家伙居然着了先鞭，我才说上省来加以说辞，拉他去革命的……但是，为什么又在这紧要时候，却跑回去讨老婆？岂不自行消磨了英雄志趣？唉！楚用就是这样一个没宗旨的人！"

黄澜生不想再在楚用身上发议论（因为他的内心并不赞成楚用搞革命，还批评过楚用为革命而流血；楚用回新津娶亲，他又怂恿过），遂有意把话头引开道："我莫问你，你们在省外闹革命，可也知道方今天下已经大乱起来？"

王文炳呵呵笑道："岂有不知之理！只怕有些新闻，你们在省城的，还未必知道。澜生先生，这倒并非说是你们耳目不周，实因你们的耳目已被赵尔丰完全蒙蔽了。"

"也不尽然，"黄澜生摇着头极力否定道，"我们这里还是有许多消息的。比如说，革党在武昌举事啦，好几个省份都已起而响应啦，端午帅已到重庆啦，虽然不见有公文发布，然而口口相传，老少皆知。不过谣言也重得很，一天一个样，只要你肯听，包你两只耳朵不得空。上个月的谣言是，同志军要按城，说得多凶，几乎连日子、时候都安下了。现在哩。又变喽，说的是……"

罗升在门外咳嗽了一声。不等主人问询，便掀开门帘进来。弹着两只长袖，微带喘息说："老爷唤我吗？"

黄澜生登时就沉下脸色，摆出威权莫上的样子，吆喝道："一定要叫人来请，你才回来！哼……"

但是罗升却侃侃说道："老爷说过，要等奎先生的回信嘛！"

"回信呢？"

"就是等到高金山来叫我的时候，还没有回信。"

"你就这样没转变，难道不能自己去打听一下？"

"打听过了……"

"怎么样？是不是旗兵都出了队？是不是奎都统亲自坐镇在小东门的城楼上？是不是几处城门楼上都架了大炮？是不是满城里的汉人都着撵走了……"

黄澜生的口硬似刚刚斫断杩槎的都江堰，滔滔滚滚的语流，连标点符号都来不及加一个，直向面色犹然苍白，身体犹然孱弱的罗升冲击下来。虽然没把他冲倒，却也把他冲得昏头昡脑，岔开一张大口，不晓得回答哪一句话的好。

"……唉！怎么样？一件事情都没打听到吗？……呃！呃……真是你妈个饭桶！"

他很生气地吹着手上的纸捻（纸捻也同他调起皮来，老吹不燃），几乎忘记了身边还坐有一个远客。

王文炳眯着眼睛笑道："澜生先生，何以会问到这些话？还这样迫不及待？"

"啊！足下还不知道吗？这几天，全城都传遍了，连制台衙门的人都在这样说，摄政王把东三省的八旗满兵几十万名全调进了山海关，赵次帅挂了天下兵马大元帅的印；第一着，先把北京的汉人杀完……"

王文炳大笑道："真是无稽之谈！"

"我最初也认为是无稽之谈。继而仔细一寻思，却也在情理之中。何也？因为说到革命，就连带着排满，听说武昌反正的当晚，便拿旗人开的刀。荆州的驻防旗人几乎是斩尽杀绝。汉人排满，满人当然要排汉。北京城的消息或许不可靠，然而荆州与武昌的事情，难道尽属子虚？……"

"因此，成都驻防旗人才先下手为强，不等革命，遂动手排起汉来。可是这样的，澜生先生？"

黄澜生吃吃疑疑地摇了摇头道："说这话的人不少，甚至连我们朋友，向有诸葛公之称的葛寰中，也以为事有必至，理有固然，劝我把在满城租佃的房子，赶快退了的为便。"

"原来澜生先生打算迁居满城？"

罗升忽然搋起嘴来道："正要回老爷。肃大嫂找到我，眼泪婆娑地求我哀恳老爷太太施恩到底，别退她的房子。肃大嫂说，若是老爷太太不再租她的房子，她和她的儿子只有穷死、饿死。因为从七月起，将军就再没发过他们额外户的济贫口粮。得亏老爷太太租了她的房子，她们娘儿母子才算得了生路。她有钱吃药，病也渐渐脱体。肃大嫂说，啥子旗人排汉人，啥子不准汉人再进满城，都是流氓痞子造的谣言，安心整他们旗下人的冤枉的。肃大嫂说，他们旗人离开了汉人，咋能生活哟，拿她自己打比，她那几间破房子，要不是老爷太太的恩典，他们旗下人能够租吗？肃大嫂说……"

黄澜生截住他的话头道："我并没说过要退她的房子。莫非高金山漏了什么话？"

"不是的。肃大嫂求我在前。她打了转身，高金山才去。"

"那么，此话从何说起的呢？"

"我也问过她。肃大嫂说，因为听见好儿处搬住进去的老太太、姑太太、姨太太、大人、老爷们，都信了谣言，在退房子。有些人连招呼都不打，连大门都不锁，就各自走了。所以她才特为跑来找到我，说那些话全是谣言，求老爷太太莫信。"

"当真全是谣言吗？我刚才问的那些……"

"是的，正要回老爷。各条胡同里，还是那样清静，并未见有旗兵逡巡。别的城门楼上，没去看过，不晓得有炮没炮。我们这条西御街小东门城楼上，还是跟前些日子一样，只驻扎了不多几个旗兵，不说没有炮，连枪都没拿，全是空手。看样子，都统大人好像也没在城楼上……啊！还有一件事要回老爷。我送信到奎家时，奎先生不在，他家老太太特为把我叫到堂屋里头，向我说，他们听见好些人说，有一大伙革命党已经赶在钦差端大人前头进了城，联络好凤凰山的新军，正估逼赵制台响应湖北省的革命党，扯起反旗来反对皇上。还说，若是赵制台不答应，他们便要杀进满城去，杀个鸡犬不留，叫赵制台来担这血海干系。奎老太太说，她晓得这多半是谣言。不过她想来，无风不起浪，说不定大城里头，真有革命党在图谋起事。她说，奎先生在学界里头，听不到啥子真消息。想来，老爷在制台衙门当差，耳目要长些，若有啥子风吹草动，千祈老爷给他们一个信，她同她的儿子好早打主意。"

"妙！妙……这才叫谣言满天飞！"黄澜生用拿着纸捻的手向罗升一挥道，"进去，把这些话给太太说一遍……等着我，不忙走，歇会儿，我还有话吩咐你。"

等到罗升退出小客厅，他才转面对王文炳叹了一声道："我看大清朝的国运已经走到尽头处，就不革命，这江山也会易主的！最近省城尚发生一件极关紧要的事情，绝不是适才所说的那些什么无稽之谈可以比拟，你们在外府州县闹革命，恐怕未必知道底细吧？"

"还有为我所不知道的要紧事？"王文炳颇为注意地说道，"倒要请教。"

"当然要奉告。那便是赵季帅与端大臣之间的龃龉，已经到了白热化的程度……"

王文炳一跃而起道："对！对！我这次上省的目的，正为打听他们两个人是如何的钩心斗角。澜生先生既知其详，请你赶快谈一谈。"

高金山一头走了进来，不及与王文炳打招呼，径直向他主人报告："郝大少爷来了。"

接着，郝又三掀开门帘，大声唤道："澜生先生，澜生先生，我特来奉访，事情大有转机……"举眼看见王文炳站在当地，遂伸过手去笑说："原来是你这位王先生……我就说啰，能到这个地方来起居的，断非什么生客。"

黄澜生等到他们彼此问好落座之后，才忙问："所谓大有转机，莫非赵季帅松了口了？"

"嘿，嘿，倒还不只松口哩……"

二

这几天，赵尔丰反而沉静了许多，已不像前几天动辄发脾气，动辄骂人。

一班保护他的人，从草上飞张麻子起，都放了心，认为"不管世道再怎么变，咱们大帅福气大，是摔不下去的"。

但是在他身边和贴身服侍他的人，却提心在口。

李夫人悄悄问大丫头来龙："大人昨夜睡得好吗？"

来龙紧皱起一双浓眉，摇头叹道："又跟前夜一样，随时都听见他在翻腾。"

"今天的早点呢？"

"一汤碗燕窝都没吃完。"

李夫人非常焦心道："像这样吃不成吃，睡不成睡，如何好呢？"

不错，如何好呢？何况老头子已经是满六十岁的人了，何况交卸四川总督之后，还要返回打箭炉外冰天雪地，去吃酥油糌粑，去与蛮家周旋！

八月二十三日实授岑春煊为四川总督的上谕，是打在赵尔丰头上的第一棒——梆！多么沉重的一棒啊！得亏下文是"在岑春煊未到任前，仍以赵尔丰署理，俟岑春煊到后，再行交代"。所以他发了一阵脾气之后，希望犹存。革党在武昌起义，无异给他保了险。他料定岑三爷既已逃回上海，那就只好在上海养疴，要来四川接事，起码得等到长江通行。"然而长江通行，岂是易事！"赵尔丰是大清朝的边疆大臣，当然不希望革党成功。不过就私人利害计，革党暂时猖獗，倒也是"心焉窃喜"的。克实说来，这一棒固然不轻，还不算致命打击。

九月初三日北京资政院复会。头一桩议案，就是奏劾盛宣怀违法侵权，激生变乱。而奇怪的是，这次朝廷也太听话了，并不经过什么各部会议、内阁会议、御前会议等等照例的拖延手续，而竟在资政院纠参的同一天，便下了上谕说："铁路国有，本系朝廷体恤商民政策。乃盛宣怀不能仰承德意，办理诸多不善。盛宣怀受国厚恩，竟敢违法行私，贻误大局，实属辜恩溺职。邮传部大臣盛宣怀着即行革职，永不叙用。"不特轻易地罢免了盛宣怀，而且同一上谕还说："内阁总理大臣庆亲王奕劻、协理大臣大学士那桐、徐世昌，于盛宣怀蒙混具奏时，率行署名，亦有不合。着交该衙门议处。"这对赵尔丰说来，虽非直接的一棒，也算间接的一棒，敲在头上，不是——梆！而是——啵！因为第一，四川乱事始于争路风潮，即发源于盛宣怀一意孤行的国有政策，这不用讲了。他赵尔丰之能在今日巍然不动，尽管反对他的人滔滔皆是。固然他二哥、东三省总督赵尔巽为力不小，而在内里，却全靠盛宣怀的支持维护。现在冰山忽倒，他再投靠谁呢？第二，那就是朝廷俯顺舆情俯顺得太快，翻遍大清各朝实录，从未发现这种例子。推想起来，必因时局日非，情势益紧，朝廷为了收拾已去人心，所以才不能再拘文法，才来了个"有求必应"。那么，外间流言说的革党北上大军，已沿京汉铁路攻至京郊，北洋劲旅不败即变，是真的了。设若朝廷真个倾覆，或者天命犹存，仅只像咸丰帝之北狩热河，慈禧太后、光绪帝之西狩西安（在赵尔丰的信念中，当然只能有后者，而不能有前者的），总之，对他都是不利的。尤其使他不安的一件事，就是证明华北地方既然不靖，则他在奉天同直隶所暗地招募的三千子弟兵，怎能迅速开来？

然而更沉重的一棒，打得赵尔丰两只眼里火星迸发的，是端方揭参他的那通电奏。虽然朝廷旨意尚未处分到他，但是田征葵、王棪、饶凤藻，这两个股肱、一个心腹，撤职的撤职，降职的降职，这不仅是打了梅香、丑了姑娘；而且准定是杀狗在前，伤人在后。以前希冀端方查办其名，或许由于利害相同（他更多地相信端方是川事祸首，四川人之恨端方，必百倍于恨自己），必能与他通力合作，来应付四川这些民匪。他也听说有几个成都和重庆的绅士迎到万县，当然对他有些不满控诉。他并不放在心上，认为这位查办大臣，必定要按照成例，有什么举动，总得先与他商量，而后拿主意。谁知道端方比他狡猾，一方面敷衍他，不要紧的事每天都有电报同他商量，甚至派随员来省当面禀商。而另一方面，却本着他在宜昌启程时和端锦等几个心腹商定的既定计划，一入川境，便拉拢绅士，到重庆后，竟自来了这么一手。不消说，端方用意表明：他不是来查办川事，而是来夺取他赵尔丰的高位的！所以当他顶住这一棒时，他是暴跳如雷，脾气大得不得了，逢人必骂端老四不是东西；甚至当着尹良也这样骂。看得出，他是借那个老四在骂这个老四；同时，要这个老四将他的意思传与那个老四。

　　恰好，那个受了冤枉而确实不能算作赵党的周善培，服不下这口气，先写了一个禀帖给赵尔丰，力说自从路事发生，他周善培一贯主张和平解决，七月十五日的事情，他并未预闻。但听说端方在重庆采集谣言，竟以他为主谋，要奏参他，他说："时势至此，一官无足惜。唯是非所关，去留有道。"要求赵尔丰"将七月十五日之事，究由宪台独断？抑由何人告密、主谋？电知端大臣，俾免误听"。接着他的那一篇几千字长的"上端大臣书"，就做好了。先将底稿拿去请示。赵尔丰一读一叹，虽然假意劝了劝："老兄何苦来哩，是非自有公论！"结果，还是默许他拿到官报书局，用四号铅字印了十万份，派出四十个人，专送到一百四十二州县去张贴。并且隔不了几天，赵尔丰自己也想到确有与端方辩一下的必要。同时，也向朝廷表示"他得力的人，没有得到他的同意，还不容许任意宰割"。其次，无异间接告诉端方："你的权力还不配支配我！"再其次，是要他的手下人切不可灰心丧气，"凡事有我，只要与我贴紧，即今天垮下来，也有我这个高汉子撑住。你们在我骈幪之下，不会吃什么亏的！"他趁着意料中的处分未下，赶先发出了这样一封"致内阁"的电报：

第五章　重庆在反正前后

尔丰待罪川疆，不幸因路事发现逆谋，乱端既开，遂致滋蔓。两月以来，拊循激厉，幸将士效忠，兵卒用命，勉为朝廷守此岩疆，尚无陨越。旬日之间，迭闻湘、赣不靖，昨接黔抚电，又知滇告独立，噩耗频传，方深悲愤！不意督办铁路大臣端方，诡谲反复，希图见好于川人，谬信讹言，罔究事实，不恤将士竭忠救乱之诚，妄徇川民偏私要挟之见，罗织参办将领司道多人，释放倡乱首要各犯。未幸朝旨，已一面将奏稿传示绅民，一面大张晓谕。风声所播，已定之人心，又复骚动；各将领尤人人自危，兵卒亦皆解体；佥谓是非倒置，功罪不明，我辈虽愿效忠，亦将无由上达。密谋偶语，情形叵测。本月十六日，竟有派驻龙泉驿陆军一队，忽尔叛变。尔丰已飞饬该军将领，迅往招抚。唯事变至此，以后情形如何？实非尔丰智虑所能逆料，亦非尔丰才力所能戡定。传闻宜昌革党已上窜夔府，端方即日将带所部鄂军，退驻省垣。外闻传言，欲纠众欢迎端方为名，即行要求，立将蒲、罗诸人释放。是何变局？尚不可知。唯有仰恳天恩，迅催岑春煊刻日启程，并派大兵随后继进；将尔丰历次电请交大理院办法宣示。如再迟误，有不堪设想之势！至于端方奉命督办川路，始则徜徉鄂省，唯日电迫尔丰严压川民，又电劝骈诛首要。及至督兵入蜀，是时省城附近各州县匪徒蜂起，亟盼援兵，迭奉谕旨，饬其迅速来省，与尔丰和衷商办，尔丰亦复一再电催；乃端方不肯由小川北路进省筹商，迂道改赴重庆，逗留月余；及闻武汉、宜昌失陷，已无退路，仓皇失措，遂不顾国家利害，唯计一己安危，倒行逆施，莫此为甚！川事为之一误再误，不可收拾。端方到省之日，即将为川人独立之时，尔丰临难，唯知尽忠，不得不迫切预陈，以求圣明鉴察！再川省军事，自端方遥居重庆，不肯来省会同协商，尔丰每有咨商调遣，辄被掣抑，一军两帅，已觉无所适从。营务处总办田征葵，现为统兵大员，两月以来，勤劳王事，其部下亦无妄杀要功情事。况各省事变纷呈，皆由军队内变。今川省军队既未赏功，而练兵之官先行查办，实足以寒军心而长匪胆。应恳天恩，迅赐昭雪；温谕勉慰陆防备军；并将川省军事，准予岑春煊未到任以前，责成尔丰一人专办，庶可任事一日，勉尽一日之忧。是否有当，伏候圣裁！

谨请代奏。

赵尔丰会同老四、老九，以及几个心腹，拟具好这封强硬的、迹近要挟的电报。满以为朝廷正当风雨飘摇之际，为了安定西陲，必会将就他几分；至少，不再听任端方干涉他的事权了。

他绝对没有料到，最后而致命的一棒，到底当头打下。这一棒把赵尔丰打闷了，却也把他打醒了。

九月十六日上谕："命督办川汉、粤汉铁路大臣、候补侍郎端方，于岑春煊未到任前，暂行署理四川总督，赵尔丰毋庸署理。钦此，钦遵！"

这封电谕，赵尔丰始终没有录交收发室发表。不过也无须乎他发表，端方毕竟循着东大路向成都而来了！

三

端方于九月十五日离开重庆向成都出发。九月十五日——即夏之时他们在龙泉驿拉起革命旗、敲响自由钟的同一天。不过端方是上午离开重庆，夏之时等是傍晚起义；端方由东向西，夏之时由西向东；前者走的是东大路，而且是按着官站徐徐而进；后者走的是小川北路，不但无官站可按，而且还故意纡回在岗陵溪谷之间。端方走过永川县，方从成都方向接到紧急情报说，卫戍在龙泉驿的一个支队叛变。查其形迹，似有窜扰东大路，"以阻行旌"之势。希迅饬前队开到资州截堵，以备不虞。

端方鉴于武昌反正主要由于陆军叛变。并且是不多几营陆军，而竟引起了长江几省的独立。所以对于龙泉驿起事，他比赵尔丰更为重视。除了飞令走在前头的一营，兼程赶到资州截堵外，并沿途张贴告示，通札有关府厅州县，悬挂赏格：活捉夏之时叛弁来辕者，赏纹银三千两；斩其首级来辕，验明属实者，赏纹银一千两。

端方绝对没有料到夏之时这支革命军，只几天工夫，竟从三百多人膨胀到八百多人（若连非战斗人员计算，足有一千四百多人）；而且待端方统着大军，浩浩荡荡，于九月二十二日行抵资州之时，夏之时等正得了安岳王孟兰的帮助，最后决定，要杀向他重要的后卫重庆去当导火线。

端方认为他在重庆的布置是稳妥的。后队的鄂军已逐渐由夔府、万县、忠州、涪州集中到重庆，虽然队伍不大，但比起这个地方任何实力都强。地方上的兵力哩，添募的巡防一营，以及川东警察总队、水上巡警等，都掌握在重庆知府纽传善手上。这人，不似川东道道员朱有基那样懦弱，而是非常干练、精明，有了这个人，地方上是不会出事的。何况新成立的城防营，又是他特别从广东调来的、最为相信的李湛阳在训练统率。重庆商会所组织的商队和重庆绅士所组织的民团，用来维持地方秩序，防范土匪奸宄，都还可靠。算来算去，这地方纵无泰山之安，确有磐石之固，要说革命党会在这里生事，那简直难于想象！

固然，重庆也有保路同志会，在端方来到之前，也闹得起劲。但自武昌革命发生，保路性质已然转变；接着盛宣怀丢官，国有政策，无形消灭。从九月初旬以后，同志会名义虽尚存在，已没人注意；举凡开会演说，拍桌打掌这些慷慨激昂举动，当然都成为陈迹。因此，端方初初听见资政院参倒了盛宣怀，心里很是吃紧，生怕影响他的前程；继而看见这把刀并未朝他头上斫下，他不特放宽了心，并且由于铁路事件不再有人提起，使他少费许多唇舌，少用许多心机，他反而感到一种无可形容的轻松愉快。何况，同志会里一班正派而有力的绅士，他都曾招呼来面谈过。比如，听说在成都临时股东会上闹得最为激烈的股东代表朱之洪这个人，自从在万县见面，倾谈之下，他觉得朱之洪的态度，就从激烈而转为温和。到重庆再一次见面，更变了，对之不但恭敬有加，而且表示，只要他能俯顺舆情，采及刍荛，今后的同志会，还将改变宗旨。如何改变？朱代表虽未明言，但据川绅施纪云揣测，大有转而拥戴他，为他羽翼的可能。唉，唉！这更是"塞翁失马"，为始料所不及的事啦！

绅士方面，联络得很好。商界这面，更不消说，因为李湛阳本人，就是重庆商界里最有力量的天顺祥银号的老板。

最爱闹事的学界哩，端方也放心。因为由重庆知府纽传善禀称，这里只有府中学堂里几个喜事少年可疑。府中学堂监督杨庶勘号沧白这个人，是一个不大过问地方公事的秀才。虽说是个新派，又深通洋务，又懂英文，曾经在叙永厅中学堂当过监督，又在成都什么中学堂教过英文，好像都有过一点嫌疑。不过自从去年担任本府中学堂监督以来，尚属驯谨，并未看出什么劣迹。只是最近两月，风闻该学堂时常有人聚会，深夜不散，出入品类，也甚复杂。他曾派人侦查过几次，仅只查出该学堂监学张培爵和几个教员有聚众密谈行迹。但是有一次，杨庶勘似乎觉察有人在调查他们，他竟自跑到知府衙门来质问纽传善。纽传善描绘他们那次的问答如次：

杨庶勘："昨夜三更时分，鄙人由学堂公毕返舍，亲见有三个人跟踪不舍。鄙人今天调查清楚，据说，是太尊派的侦查人员，在敝学堂门外已经盘旋多夜。此事是否属实？敢请明告。"

纽传善："有这一回事。"

杨庶勘："那么，请问太尊，却是为何呢？"

纽传善："风闻学堂里藏有复杂分子，经常密聚；当此时局不稳之际，理应查一查。"

杨庶勘："太尊意思，是否以为敝学堂里藏有革命党人？所谓复杂分子，盖革命党之代名词耳。"

纽传善："诚如贵监督所云。"

杨庶勘："若然，太尊将鄙人收监究办好啰！"

纽传善："贵监督何出此言？"

杨庶勘："因为敝学堂并无革命党溷迹其中。太尊疑有，只有鄙人足以当之……曾记宣统元年，成都举办全省学界运动会，学警冲突，以致学生流血。鄙人偕同已故的刘士志先生晋谒赵次帅，为学生申理。彼时，赵次帅便疑鄙人是革命党人。既然注名在案，鄙人何必推辞……"

因此，纽传善才敢于向端方断言："学界当中，大体上没有什么可注意的。"

并且他的幕僚刘师培也告诉端方："杨庶勘是一个纯粹文人。听说会做文章，会做诗，会写字，也会办学。却不知道是否加入过同盟会？因为在东京时，并不知有此人。至于平日言论激烈，不过时代趋向，无足为虑的。"

就是新纳入幕中的同志会代表朱山也说："成都方面，但凡学界中知名之士，几无一人不参加保路同志会，几无一人不在风潮汹涌时候，投身潮流，或是慷慨陈词，或是痛哭流涕，或是撰写诗文；至不济，也要在呈文或通告末尾，搭上一个名字，表示是爱国爱川的一分子。唯独重庆这面的同志会，绅商各界参加的很踊跃，学界参加的，学生多而先生少。至于办学的人，如领袖群伦的杨沧白这个人，就自始至终连名字都不肯出。如此看来，杨沧白——还不止杨沧白一人为然——对于国家大事，非常冷淡，似乎还置身事外，如秦越人之视肥瘠。这样无大志的人，徒负虚名，产生不到作用，应当不予重视！"

情形是这样地好，端方当然放心启程。

但是后来事实表明，杨庶勘岂但是革命党人，而且是同盟会四川支部的一个负责人。争路事起，他确实表现得很冷淡，外间许多人议论他，说他壮志消沉了。他的盟友们也很怀疑他，问他为什么会这样？起初，他只笑笑。其后，同志会闹得风起云涌，参加的人越来越多，一班同盟会的同志都认为民气开张，是一个很好利用的时机。他才拈着纸烟——他的纸烟瘾很大，几乎随时都有一支燃着的纸烟拈在手上，以致右手的食指与中指都被烟子熏黄，一排门齿也被熏焦了，说道："时机倒是时机，但是若仍跟着立宪派屁股转，光是闹一阵废约保路，到底不是根本之图。"

"怎么办呢？"几个地位高、资格老的盟友问。其中就有重庆教育会会长、川东师范学堂监学，在桂香阁办了一个两等小学堂和一个女子学堂，自任两个学堂监督的朱之洪；就有巴县中学堂监督、朱之洪的兄弟朱蕴章；就有光绪三十三年在成都图谋革命不成，逃到陕西开办实业社，今年潜回重庆，即隐身在桂香阁女子学堂教国文，废去谢愚守这个被通缉的名字，改名谢持号慧生的这个人；就有川东师范学堂监督杨霖；就有在府中学堂当监学的张培爵；就有在府中学堂当教员的黄圣祥、向楚这些人。

"最好是利用奋发的民气，将革命思想注入大家脑海，把风潮老实搞大一些，即使达到了争路目的，大家还是要闹，不休止地闹。一方面，我们必须悄声匿迹，暗地里联络同志，极力准备，等到事机成熟，而后揭橥革命，推倒满清，建立民国，实现中山先生的伟大抱负。"

大家一齐说："对！尊论甚属有理！"

因此，等到朱之洪在成都股东会播下革命种子，跑回重庆，他们在重庆的机关部里，便着手组织起来。他们除了飞函各府厅州县，邀约各地方负责任、有力量的盟友，齐集重庆，商量大计外，他们还分了一下工作：杨庶勘担任决疑定计，筹划财政，延揽同志，并和地方官吏周旋；张培爵担任的是交通、联络，征集武器，运输武器，规划发难时候纲要，并且指导各地同志的行动；朱之洪是铁路股东代表，便担任联络官绅，交通主客军队，往来各地，以通广声息；文字上的工作，交与向楚等几个教国文的先生；谢持不便露面，只好帮助杨庶勘统筹全局。

上下川东的革命党人（绅、商、学各界以及哥老会的大爷都有），都前前后后来到重庆。安岳县的王孟兰也来了。只有隆昌县的曾省斋不来。但是他却提出一个建议，非常重要。他写的回信上说："诸公雄才大略，发难定然有成，重庆地当冲要，影响亦必甚大。唯是发难必须倚赖民兵，而民兵多系仓猝召募之众，纵有利器，恐难敌清廷训练之师。区区之意，以为重庆暂勿发难，而令诸同志分赴外县，同时揭竿起义，既足以张大声威，又足以牵制清兵，分其势而杀其力。俟重庆空虚无备，而后振臂一呼，庶几费力小而成功大……"

曾省斋不只在书面上说说而已，他本身首先实行起来。他纠集了百十人一个队伍，凭借几支明火枪和一些刀叉梭镖，就趁垫江县不备，夺取了县城，获得了不少洋枪现款。一月之间，纵横川北两府数县，不但牵制住上十营的巡防军、盐防军和小部分陆军，而且在十月初一日，还在广安州召开了民众大会，组成蜀北军政府，被举为当时四川境内第一个都督。

杨庶勘等采纳了曾省斋的建议，分遣盟友各回原籍举事（果然，在重庆独立之前，下川东，尤其沿长江的州县，大都起了义，并且都组织起了民兵，都组织起了政府，都接受了重庆同盟会机关部的命令和指示）。一方面，朱之洪、张培爵他们还趁李湛阳招募城防营，商会招募商队，城内外招募团练，把盟友、学生和比较接近的人，尽量介绍进去，高的当到中队长，至不济，也要抓个上士。学生队伍也非常隐秘地组织起来。学生队伍名叫敢死军，武器是自己用铁壳和化学药品制造的、据说威力大得惊人的炸弹，因此又叫作炸弹队。

他们的机关部设在炮台街重庆府中学堂监学室。但是他们秘密集会的地方却不在这里，而在距中学堂不远的一条更僻静的街道上和在通远门旁边、打枪坝后面的桂香阁。所以老奸巨猾的纽传善只管疑心府中学堂里有不轨之徒，聚而密谋，只管派遣侦探在学堂四周窥伺，到底查不出什么行迹，遭杨庶勘一番硬顶，也只好罢了。

但是在端方未离开重庆之前，他们虽然派遣几个加入过同盟会的学生，用各种方法，和鄂军中间少数几个革命党人联络上了。一则由于革命的系统不同，二则由于彼此境地不同，都不敢深说，并且不敢把关系扯得过宽。因此，重庆机关部的人多所顾虑，不敢大肆活动。一直等到端方走后，听见云南、贵州两省都已独立，人心非常不安，于是杨庶勘才向张培爵说道："列五，看来时机已到，你的部署如何？是不是可以发动了？"

比他年纪轻，比他精力旺，比他兴趣好，甚至比他身材高大（其实也只是一个中等身材）的张培爵，搓着两手，嘻着笑脸说道："正待告诉沧白先生。安岳县的王休——就是那个大胡子表字孟兰的，打发他一个学生兼程赶来报称，有一个我们的盟友，统率了一支革命大军，正由安岳取道向重庆来，大约不多几天便到达。我的意思，等到这支人马到达，联络好了，再谋发动不迟。"

"这个盟友叫什么？"

"据说叫夏之时，进过日本东斌学堂。"

"嗯！"

四

长江各省纷纷独立，谣传北方几省也不稳。邻近四川的云南、贵州，据闻也前后反正。重庆人心不安，绅商界尤其惶恐，趁着端方没离开，一递一递地跑去见端方，要他拿主意。

端方老是态度悠然，拈着颊髯微笑道："不要紧啊！无论乱党如何猖獗，纵然半个中国都独立了，我敢断言，乱党还是会被扑灭的……"

他的理由，倒不像有些腐败头脑所说的"天命未漓，国运永麻"，而是当时一班洋务派的通见，认为列强是不允许中国革命的。洋务派引的例证是，打倒太平天国军队的，是英、美、法各国帮助清朝训练的常胜军的力量，而扑灭不可一世的义和团、红灯教邪匪，更是八国联军的功劳。但是列强为什么要帮助清朝，消灭革命？洋务派只能说，因为太平天国、义和团（当然也包括现在孙逸仙所倡导的革命党，和国内一些秘密的革命团体在内）都是反对洋人的缘故。但是端方到东西洋去考察过宪政，不仅住过道道地地的洋房，吃过道道地地的大菜，还亲眼看过、亲耳听过道道地地的外洋社会上的情伪，他自以为所见较高。他的见解是，东西洋列强都是文明国家，文明国家的人民最赞成的是人道主义，最反对的是野蛮流血；而革命恰恰要流血，恰恰是野蛮行为，所以文明国家的人民都反对革命。其次，现在的中国，已经不是闭关时代可比。闭关时代，不说别的，就是造反作乱，尚可自由自主。而今哩，中国大陆已为列强划为各自的势力圈，每一处地方的安危定乱，无一不与列强的利益有关。列强要在中国经营商务，办理实业，乃至开矿筑路，都是不能容许暴乱分子来破坏，甚至扰乱秩序。现在革党暴动，即令朝廷能够宽容，暂时得逞，但是到了损害列强利益时，他们岂能袖手旁观，而不出头干涉吗？对于庚子年义和团的往事，应该从这上头去研究，对于目前革党骚扰，更应该从这上头去着眼。何况革命排满，乱杀无辜，争城以战，血流漂杵，还是一种最不人道的举动。

端方说这番话，并不是光为了安定人心，的确也出于他的信念。他并且仗恃手下有四营精练的鄂军，可以为之效命。使他唯一关心的事情，就是把重庆这个后卫布置妥帖之后，率兵到成都，把四川总督的关防抓到手上。那时，做骆文忠公也得，不做骆文忠公也得。

但是，到他启程西上以后，时世日非，谣言日盛，就是最为信服他说话的绅商两界人士，也因为重庆四周和沿江各州县纷纷起义反正，而朱有基、纽传善这班擅作威福的官吏，不特毫无办法，还一天几次电报打到成都，向赵尔丰辞职，恳求"迅委能员，肩兹重任，以遏乱萌，而靖地方"！因此，都恐慌起来。

这人对那人说："事到而今，身家性命要紧！走又不能走，躲又无处躲，怎么办呢？"

那人向这人说："有啥办法！只好求菩萨保佑。我看，万寿宫的罗天大醮，还是早点打的好。"

"你这是迷信。革命党人讲维新，要打破迷信，神道奈何他们不得。"

"那么，只求革命党快点起事，重庆反了正，就天下太平了。"

"你希望革命吗？听说革命要流血，要闹到杀人如麻！"

"杀人当然有的。或者也只杀那些做官为宦、不肯投降的人。你我收租吃饭，将本求利，平日安分守己，革命党人来了，赶先挂顺民旗，要银子献银子，要东西献东西，这样百依百顺，难道革命党真是张献忠不成？"

"果然如你所说，能够保全身家，顾得了性命，我也希望早点反正。不过，听说革命党都是红头发、绿眼睛，翻了脸连娘老子都不认，恐怕比张献忠还凶。所以才有人说，革命党像洪水！像猛兽！"

"如此说来，那还是早打罗天大醮，求菩萨保佑的好啰……"

到九月二十九日，消息传来，有一支上万人的革命大军，从东安县乘船，循着涪江顺流而下，不日就要抵达重庆！简直天降祸害！没有人能够吃得下饭，睡得稳觉，多数人是由于恐惧，少数人是由于喜欢。也有一部分人不恐惧，不喜欢，莫名其妙，例如一般耳目不够长的小市民，和一般目不识丁、只看别人嘴巴扭的、专凭自己手艺与气力吃饭的人。这类人就不少。

第二天是九月三十日，重庆城的绅商两界的恐慌，以那个时候的语汇言之，就是"达到极点"。同时，同盟会机关部和一班富有革命性的学生，又都欢天喜地，那情况，用那时的语汇来说，就叫作"达于沸点"。

"达于沸点"的这部分人当然不舍昼夜地在做准备；并且也已商量定了反正之后，如何组织，某些人担任某项工作，某项工作应如何进行。但这是破天荒的第一次，除了代替黄龙旗的十八个小圆圈围绕一个大圆圈的国旗由一个盟友把样式从上海秘密带来，有所依据外，即如政府名称，就众议纷纭；后来虽确定为"中华民国军政府蜀军都督府"，还是有些人咬文嚼字地訾议说："不好吧？一个名称里头，就有两个军字，两个府字。"因而有的人攒眉蹙眼说："那就把军政府三字删掉，只用中华民国蜀军都督府也行。"但有人挥拳攘臂不同意说："军政府三个字万不能删！这是同盟会总部确定，而且《民报》上也使用过的。要删，只能删都督府三字。"可是"中华民国军政府蜀军"又不成词。研究了几天几夜，结果，一字未删，一字未改。到底妥当不妥当？谁也不敢肯定。即此一端，可以推想创业确是不容易啊！

"达到极点"的那部分人却糟糕透顶！他们连日麇集在陕西街重庆总商会内，你说过去，我讲过来，话说了几箩筐，不但没有说出一个所以然，反而越说越乱。他们也有一个共同目的，就是使重庆丝毫不受革命潮流的冲击；要找一个方法，能够把这个山城弄来同外面无论什么地方隔开，永远维持像目前的情势。大家叹息道："听说汉口的英国租界就好。隔一条不到五丈宽的歆生路，管你革命党不革命党，都不许过界。尽管这边在闹革命，在杀人，在抢人，在奸淫妇女；可那边，依然歌舞升平，金吾不禁，做生意的仍旧打开铺子做生意，搞工厂的仍旧放汽哨上工、放汽哨下工。我们重庆，怎么能一下变成外国人的租界，那便好啰！"因此，有人深为感慨上年所划的日本租界，为什么不让人家划在重庆城内，却偏偏主张划在南岸下游王家沱？

没法把重庆一下变成租界，也没法打一道上齐三十三天、下抵十八层地狱的大围墙，把重庆包围起来。那么，逼到眼面前的这一关，总得要过。到十月初一日，终于被他们想出两种办法：一是硬着头皮去与已经走到江北黄桷树、正在舍舟登岸的革命大军办交涉，送他们一笔像样的款子（有人主张送十万元。有人说少了，不行，加十万，凑成二十万元。最后有人主张慷慨一点，只求兵不进城，大家不受损失，再加一倍，送四十万元也不为多），要求夏之时改道他去，不要进城来"骚扰"。一是知道潮流之来，只可顺应，而不能逆阻。顺应了，尚可于中取利；逆阻之，将会倒灶背时。他们因而研究出，与其听外人钻进来闹独立，不若就找自己人出头闹反正。自己人同心同德，无论如何总会听自己人的话，顾盼自己人的。而且这样一来，也可应付外来人了，既可以使夏之时没有理由不改道他去，也可堵死别一些革命党再来生事的漏洞。虽然这些想法没人公开讲出，但大家一听到"开端"，不期然而然也便料到"结果"。因此，大家遂热烈拍掌大呼："好绝了！好绝了！用不着再研究，我们一致赞成，就这么办！"

但找谁去与夏之时办交涉？绅商两界的人，平日同官府周旋，在什么境地中，取什么态度，在什么时间里，说什么话，他们都熟习，而且掌握得住分寸；对于军界，已经感到生疏，何况夏之时这支队伍，更不同于一般军界；这次交涉，也不同于平日的周旋。举眼一看，只有专门讲维新的学界中人，可以克当此任，而参加会议的朱之洪更其合适。

有些人略一思索，就推举了朱之洪当代表。有些人还逗了一下耳朵，才喊出赞成。学界中不论是否同盟会分子，当然早一致认为再好也没有了。

朱之洪抓住机会，一面摆出义不容辞的样子，一面却也提出了退步。他正颜厉色问大家："承蒙各位推举兄弟当绅商学各界联合会的代表，去与外来队伍办理交涉。兄弟不才，当然要竭尽绵薄，把交涉办好，以副各位盛意。不过有话在先，设或外来队伍不一定是革命军，而果如有人说的是同志军，那么，阻止他们不要进城，送他们一些钱，请他们向别处去，兄弟倒有把握。万一这支队伍不是同志军，而真是革命军，他们不要钱，不要别的什么，坚决要进城来，兄弟无法阻止，那又怎么办呢？"

众人好似没有想到这一层，一下都呆住了。学界中的人纷纷接上说："那就欢迎他们进城嘛！"

"不行！不行！……万万不行！"很多人反对。

朱之洪笑道："既不欢迎，又不能阻止，这交涉就不好办了。兄弟是不是可以不去？"

"怎能不去？非先生你去不可！非先生你去不可啊！"

"那么……"

于是几个可以负责任的人挺起胸膛，非常认真地说："朱先生，你只管代表去，到那时候，我们再商量好啰！"

办交涉的人决定后，接着来的就是找什么人出头来闹反正。这是一个非常重要的角色，要有资格，要有地位，特别重要的还要是自己人！有人提出杨沧白。但立刻被几张嘴巴顶了回去说："那咋个对啊！这个担子，不是他们学界老酸们担得起的！"

不知是谁提出了李湛阳。

哗一下，整个会场都喧闹开了。声音嘈杂得使糊在窗棂上的粉对方纸，都战战作响。几个主持会议的人呆住了，颇为骇然，不知道出了什么乱子。再注意一听，原来闹嚷的，才是："这不就好了嘛！李道台能出来，还有啥说的！——他是我们自己人，又有钱，又有势，现又担任着城防，不找他，还找哪个？"

其中还有一个专做出入口生意的大老板卫胖子，更是嘻开阔大的、上下唇都很肥厚的嘴巴，挥起两手大叫道："听我说！听我说……李大人还是端大臣的红人，如其将来革党打败，端大臣或是什么统兵大员带起官兵杀回来的时候……嘿，嘿……那时节，那时节，我们颠过屁股，取消反正，也好说话呀……"

虽然没有人公开出头来附和卫胖子，可是好多人都你瞅着我、我瞄着你，发出一种会心微笑。

也有人提出异议，不主张找李湛阳，说他是油滑的巧宦，不配革命。但说这话的人，大概是学界中的斯文一派，声势不大，没有被大绅粮、大老板们瞅睬，只好默尔而息。

一阵声震四壁的巴掌，作为全体通过。当时就推出三个代表，赶到李湛阳公馆去劝驾。

在一间光线不足，但是设备尚相当华丽，在中国式的木炕桌椅之间，居然摆了几件由上海运来的弹簧软椅和沙发之类的家具的大客厅中，李湛阳和三个代表见了面。

不等送茶，不等代表陈述来意，甚至不等寒暄，李湛阳先就惊惊张张地向三个人说道："各位先生可知道不？刻下革命党人遍布城内外，听说都已安排就绪，只待外军一到，即行宣布独立，情势已经迫在眼面前了！"

三个代表也来不及就座，几乎一齐在发话："所以各界联合会才及时召开……"

"有结果吗？"

一个代表赶快说："有。"

另一个代表接上说："因此推举我们来……"

第三个代表抢着说："要求你李大人出来担任什么叫作都督的这个官位。"

李湛阳蹙起眉头，连连挥手道："这怎么使得！这怎么使得！首先，我还有老母在堂，我又不是革命党人……"

"哎！对啰！正因为你李大人不是革命党，大家才要求你李大人出来，大家也才放心。"第二个代表说时，不但笑容可掬，还作揖打拱。

第一个代表是学界，跟着说道："希望观察垂念桑梓，挺身而出，抱牺牲小己精神，为父老昆弟造福，观察不出，如地方何！"几乎每一句都加了一个感叹符号。

"你李大人手上有兵，难道还压不住那些革命党吗？"这是第三个商界代表说的话，说得那么理直气壮。

李湛阳摊着两手，做了个莫可奈何的样子，慨叹道："各位先生难道真不晓得我那城防营业已被革命党人运动过去，变成他们的武力了？再告诉你们，连警察总队，连永道巡警，连巡防军，也完全变向革命党那面。适才纽元白纽太尊跑来向我说，他简直没有料到重庆革命党的手段会如此玄妙，不知什么时候，竟把他手下的军警勾通；他现在不特对军警指挥不灵，反而感到行动都不大自由。他问我，下一步如何自处？我答复他，只有等到革命党宣布反正时候，他同朱道台、段知县一班有守土之责的官员，赶快缴印投降。我说，好在学界人士不比那些只晓得丢炸弹、耍手枪的暴烈分子。何况乎平日你与他们都有往来，人熟了，他们绝对不会不顾一点香火之情的……"

没等他说完，那个商界代表很为惊讶地打岔道："莫忙，莫忙，你大人说学界人士不比那些暴烈分子，这话，是怎么说起的？"

"怎么？你们连什么人在重庆搞革命、闹独立，都不晓得吗？"

那个学界代表微笑道："不然！他们晓得的。只是好多人都不相信杨沧白先生、张列五先生能够承担这个重任！"

李湛阳立即转向那两个代表，正正经经说道："这就不对啰！学界先生们既能号召革命，怎会担不起反正重任？"

两个代表都沉默着不说什么。

"说到兄弟我，我大小算是清朝一个臣子，也吃过十几年朝廷俸禄，即使朝廷糟到不可名状，我是不能背叛它的……革命二字，我实在不忍出口！然而学界中人便不同啦。他们无官守、无言责，和朝廷没有密切关系。他们为了爱国主义，为了救亡图存，不能不提倡革命，以应潮流……而今时机成熟，各省独立，我们重庆的学界先生们起而响应，更是事理当然。不管将来如何，总之，革命、独立、反正，另外成立政府，维持地方秩序，这些重担，都只能由学界先生们来负。漫道我李湛阳有老母在堂，不应当出来捡人家的落地桃子；我还以为，除了学界先生而外，其他无论何界的人也都不宜去妄参末议……"

那个学界代表插嘴说道："那也不然！天下兴亡，匹夫有责，革命事大，任何同胞都应参加的。"

大家还劝驾了一回。

李湛阳态度很是坚定。最后竟是这样说道："革命，我一根笋就不赞成。既不赞成，当然不便参加。然而事到而今，我也不反对。我已经给城防营的军官下了命令，叫他们把士兵约束好，等到反正时候，全部服从新政府指挥。我现在对于革命别无要求，只希望学界先生们在担起责任后，一本以前爱国主义，好好生生把国家整顿好，尤其把地方秩序维持好，真正做到拨乱反正，庶民乐业，使我们这般前朝遗民，能够优游林下，这便足之够矣！"

李湛阳说到这里，不知为了什么，竟自凄惶满脸，汪然泪下起来。

五

第二天，是辛亥年十月初二日。用公历计之，是一九一一年十一月二十二日。重庆正式宣布独立，也即是当时流行的名词叫反正了！

天才亮，东方天际并无红霞影子，反而一抹阴云，好像万山之外，又涌起了几层峰峦。不了解重庆天候的人，认为今天必又是个细雨迷蒙的天气。不然，就是一个浓得化不开的大雾天。然而停泊在上下码头的一些大小木船，却都推篷解缆，持篙驾橹，热热闹闹地开了头。熟悉气象的艄公们全说，今天天气好，没有雾，没有雨，说不定到下午还有半天小太阳哩！

这时节，重庆城的生活资料，不似成都那样缺乏，上下流的交通，也不因各府厅州县的起义而阻塞，就是载运货物的大木船，也同样可以顺流而下，打广到湖北的沙市，也同样可以把应时的洋广杂货、匹头洋纱，满船满载地逆流拉进来。重庆城一般市民，尽管处在时代潮流中，对于时局的关注，便不似成都市民那样切。这几天，重庆局面如此不安定，大有"山雨欲来风满楼"之势，他们也感到一些不安，不过在白昼还能坦坦荡荡地做着本等事情，到夜里还能放心睡大觉。

这天，清晨开门出来，却也使他们大吃一惊。尤其是住在下半城最为热闹的，如陕西街、道门口、簧庙街、一牌坊、二牌坊、三牌坊、段牌坊，一直到鼓楼一带街道上的人。

他们看见满街的兵。全是服装齐整，带上各式各样武器，一整队走过去，还没走完，一整队又走过来。虽然样子严肃，可都眉开眼笑，不同于想象中的凶神恶煞。最稀奇就是每个兵的右手臂上，都缠了一幅白布——啊！一幅崭新白布缠在手臂上！是什么意思？

并且也看清了这些兵，并不是不认识的从外面来的兵，而就是一向驻扎在重庆的川东道直辖的炮兵营，重庆府知府添募的川东巡防军，一向在河边船上的水道巡警，一向在街道上巡逻的警察总队。还有咔叽布军装、黄牛皮腰带、挎着五子快枪，和端方所带的鄂军相仿的城防营，还有服装很不一致，甚至穿着普通短打，头上不是军帽，而是缠一条青纱帕或是青布，挎在肩头上的除了生锈的旧枪，并且有关刀、矛子、羊角叉的团练，还有服装也还整齐，就只挎着武器的少、攥着空手的多的商会办的商勇。总之，不管是哪一类队伍，每一个人手臂上都缠有一幅新崭崭的白布，这到底是为了啥？

他们还看见一小队、约莫二十多个穿学生装的青年。年纪总不过二十上下，细条身材，清秀面容，虽然斯文一派，但看那雄赳赳、气昂昂的样子，似乎每一个都赛过拼命三郎石秀。他们身上没带枪刀之类的武器。可是每个人的右手都高高擎着一枚用手巾包裹、有拳头大小、其形浑圆的家伙。——后来才晓得那便是学生们自己制造的，据说威力大得吓人，只须丢出一枚，便可毁掉半条街的炸弹！有的人竟自吐着舌头说："阿也！早晓得是那个东西，格老子还敢跟着去看热闹吗？"——打头还有一个带队的汉子，穿着短打，不习惯地死捏着一柄极为沉重的旧式手枪。他们全队保护着一个也穿了一身学生装、年纪不到三十岁、中等身材、眉目英俊的人，直向朝天观府城议会走去。

许多人都逗着耳朵在说："看啰！看啰！就是他！府中学堂监学张列五张先生……带着炸弹队到城会去，敢莫他就是革命党的头子……嗨！这才是草帽子底下看不出人才哩！"

城会的会场不很大，才二百来人，把内内外外的地方都填满了。

今天在会场中的，大约学界最多。大部分穿的学生装，其次是洋服，也有穿军装的，几乎与到会的军界中人没什分别。军界中人全没带肩章，连帽子上表示军阶的金线绦都摘去了。鄂军代表田智亮在会场，就没有人看得出他仅只是个上士阶级。而且这班人的发辫全剪了，有的在脑后留一撮白鹤尾巴，有的简直剃成一个和尚头。

张培爵一到会场，仍像平日一样，满脸带笑地见人打招呼。今天更特别些，点了头之后，还一定要伸出细白而有力的右手，和人结结实实握个满手，不管你是哪一界的人，只要他的手臂够得到。同他握过手的人感觉得到，他这种表示，毕竟有些差别存诸其间。比如同学界、军界人握手，他的手指亲切而热情；同一班绅界、商界人（这些人，还是和昨天一样长袍短褂，只是绝大多数已把发辫剪了；有几个老头子，为了谨慎起见，不肯一下就变成反叛，把一条"王道不绝如缕"的小发辫盘在脑顶上，用一顶特大瓜皮帽一磕，也就遮过了别人的眼睛）握手，那就只能说是一种形式。但是这些人已经知道，顷刻之间，这位向不知名的中学堂监学先生，便将成为新政府执掌大权的人物，据说新名称叫都督。拿官阶说来，在重庆，当然比川东道道台还要大，在四川全省，似乎也不比总督部堂小。"呋！能同这样大的新官握手，还了得！虽说革了命，大家都平等了，可是普通人能挨得上边吗？他亲自把手伸过来，漫道是同它把握，就叭地打在脸巴上，也是荣耀的呀！"

还没有走到当中摆的一张铺着白布的大餐桌前，杨庶勘、朱之洪、谢持几个人，同着十多个穿军装的青年，从侧面一间小房间急匆匆走来。

杨庶勘仍然是那件古铜色花缎夹袍，上面什么也没套。头上一顶青缎瓜皮帽，仰在脑后；脚下却是一双考究的下路黑皮鞋；白白净净的脸上，挂一副金丝近视眼镜；右手指上拈着一支刚咂燃的三炮台纸烟。

"列五，预定的时间已到了。但纽元白一直没来！"

"朱有基呢？"

朱之洪接口道："躲了。不过川东道印已交来。"他接着张口笑了笑，"朱有基这人一向昏庸腐败，谁也没把他瞧上眼。其实他不躲，谁还耐烦去找他？倒是纽传善这家伙，真狡猾……"

张培爵收起笑容道："的确狡猾！昨天讲好了的，今晨到这里来交印投诚，这时节还没人影！"

谢持摸着蓄起不久的虾米胡道："巴县知县段荣嘉也没来哩。"

杨庶勘把纸烟从嘴上取开道："豺狼当道，安问狐狸？……我看这光景，要等他们自己走来是不成的……"

谢持把右手举起一挥道："沧白说得对，这些奴才，就是刀架在颈项上，还要耍手段……"

死捏着一柄旧式手枪，表现得非常猛勇的周国琛，在旁边吆喝道："等我带几个人去把他们抓来好啦！"

朱之洪连忙摇手道："慢着！慢着！他们身边还有几十个亲兵哩！不如打发人去晓以利害，叫他们好好地来，免致冲突流血的为是。"

杨庶勘点头说道："我赞成叔痴的话。但是叫谁去呢？"

朱之洪道："当然我去！"

周国琛道："我陪朱先生去。"

朱之洪把手摇着道："又不是去赴鸿门宴……"

杨庶勘道："你留下，有用你的地方。"

"……对！等他来了，再显你老周的威风好啰！"

张培爵把眉头一皱道："朱先生，你总不能一个人去吧？"

"当然！我顺路找李覲枫同我一道去。有李覲枫在场，他们准可放心来的。"

朱之洪一走，这里就急急部署起来。川东道的铜印装在印盒里，放在大餐桌当中。有人主张把它先切了角。但多数人却说，等重庆府和巴县的两颗铜印交来，再一并当众切角。

两幅一丈见方的新旗也交叉挂在堂口上——那是两幅黄色素缎，在正中由一个姓余的女教习用黑丝线绣了一个钵子大的大圆圈，绕着大圆圈的周遭，也用黑丝线绣了十八个茶碗大小圆圈。

就是那个做出入口生意的卫胖子，悄悄问一个麻子老绅士道："这就叫国旗吗？"

麻子老绅士叭着那支紫竹身、玉石嘴的叶子烟杆，"嗯"了声，不说什么。

卫胖子偏着大脑壳（发辫倒也剪掉。但留下的头发，还足够弹到背心，要是搭上假发，仍然可以打一条油光水滑的长发辫哩），数着旗上的小圆圈道："十八个！为啥要画十八个？呃！哦……十八省哟！中国十八行省。老太爷你说是吗？"

"嗯！"麻子老绅士依然叭着叶子烟。

卫胖子又眯起眼睛，把旗子打量了一番，咕哝道："太素净了！说句天理良心话，革命国旗硬没有黄龙旗打眼。"

麻子老绅士眼皮都不抬一下，也不再"嗯"，便走开了。

已经把发辫剪掉、穿了一身便衣的李湛阳，陪着脸色苍白、手足无措的纽传善、段荣嘉跨进会场时候，奉命到通远门外去迎接革命大军的朱之洪，恰也打着马，向高峙在山坡上的通远门走来。同着他一道的，是一个四川高等学堂学生张颐。这个少年是杨庶勘的学生，在叙永厅读中学时候，便同一些同学参加了同盟会。朱之洪到成都来开临时股东会，就彼此商量过，要利用同志会争路民气来进行革命运动。到七月十五日以后，同志军风起云涌，一般在成都学界中的革命党人，大都潜身出省到川南、川东奔走联络。张颐到了重庆，报告了荣县、威远县、富顺县一带革命运动情形。接着被派到夔府侦察鄂军动态，及时与鄂军后队里面几个革命党人接上了头，带回一封嘱令前队党员，相机起事的密函。刚回重庆，又被派到川南去走了一趟。这时节，伴着朱之洪出通远门迎接夏之时，他是说不出的满身是劲。本来是个五短身材，但是爬坡上坎，走得比马还快，虽然免不了要张开口喘大气。

通远门的两扇厚城门仍然关锁得严严密密。一班守城的川东巡防兵，尚不晓得下半城的事情，手臂上既没有缠白布，也不听朱之洪的招呼。

那个样子粗鲁的什长，两手叉腰，横身拦在城门当中，凶声恶气地说道："少说些，我听不懂！我是纽大人派来的，要开城门，除非有纽大人的手谕。没有纽大人的手谕，管你啥子人，格老子就是不开！"

张颐冒了火，项脖子一下又粗又红起来。

朱之洪气喘吁吁地说道："莫吵闹……莫跟他吵闹……也怪我想得……不周到，没曾叫纽元白……写张字条带来……"

"等我赶回去找他写。"

"来不及了。昨天我与夏之时约过，如其我不及时去迎接他们，就表示城内还有问题，说不定事情尚有反复，他们便安排攻城。炮火一响，事情就不好办了。现在是急于去迎接他们要紧，时间是一分钟也耽搁不得的。"

"那么，怎么出城去呢？"张颐把什长睖了眼："你听见了没有？"

那什长搓着两手，做出很为难的样子说："城门委实打不开。说真话，倒不一定要纽大人的手谕，要的是钥匙。钥匙在衙门里，你们不拿钥匙来，叫我怎么开这把大铁锁？"

事实如此。但是朱之洪非赶紧出城不可，怎么办呢？还是守城的巡防兵出了一个主意，那便是在城墙外面搭一架长梯，从城上翻爬出去。据说，许多人都是这样出城的（当然，寻常人便非花钱不行，这话不便说，只好不说）。而且有现成梯子，几个兵从城脚边抬来，斜斜地架在城墙外面，不但长短合适，而且梯子的头还高出城墙将近一尺。

朱之洪连忙把长袍的下摆提起，卡在腰带上，巴着梯头往城外一看，不过丈把高。感到是容易下去的。而且城外山坡上的丝茅草有八九寸长，虽未转黄，已着行人踩倒，很似铺了一条厚地毡，即令有什么不测摔跌下去，想来，也不会伤着什么致命地方。

他刚要跨上雉堞，张颐已伸手挽住他手臂道："三先生别忙，让我代表你去！"

"不！等我去！"朱之洪摇摇头道，"我亲自与夏之时约过，不去不好。何况此去欢迎的，除了他私人外，还有一个副都督哩。"

张颐睁起两眼问道："还有一个副都督？"

"是啊！我们已经商量停当，军政府里，我们推举列五出来担任正都督，推举他夏之时担任副都督。我此刻去，重要是将列五的亲笔信交给他，要他答应了，好一同进城去宣布就职……"

"就是如此，也得我代表三先生你去！"

"为啥呢？"

张颐用手向城外高高低低的丘陵一挥道："三先生你翻城出去了，可是马呢？现在一眼望去，不见夏军踪影……或者他们还在浮图关。这样远，三先生你能走吗？"

"顾不得了！"朱之洪翻出雉堞，理着梯级，一步一步直往下爬。

恰在这时，城门跟前忽然人声鼎沸。起初尚听得清楚，是一个人呼叫开城门，一个人答应没钥匙；接着就是一个人叱骂，一个人回骂，几十个人吆喝；最后便是一片嘈杂，人声之外，尚有一种又清脆、又结实的打击——叮咚！叮咚！

张颐慌忙从城墙上奔下来一看，原来是一大群体育学堂学生军，由朱之洪的兄弟朱蕴章统率着，也为了出城去迎接革命大军。虽然学生军手上没有枪刀，可是都持有可以当武器用的棍棒哑铃。而且体育学生们大都高一头，窄一臂，气象威猛，把十来个巡防兵逼在城门两侧，手上的九子快枪也被夺去；有几个人正用铁哑铃在敲打门上的铁锁——叮咚！叮咚！

张颐刚刚奔拢，铁锁也刚刚打落，城门也刚刚打开。

他挽着马缰，向众人高叫道："诸位同志，让我先出去！"

"为啥要让你？你有啥子权力？你特别些吗？……"

"是张君！好的，让你先走一步！"朱蕴章认得他。

张颐牵马奔下高坡，看见朱之洪垂着头，颓然坐在路旁一块大石包上。

不等张颐问询，朱之洪先就摇头叹息道："只好请你代劳了！"并伸手从怀里把个大信封取出，递了过去说，"这就是列五的亲笔信。一定要当面交与夏之时！一定要他答应！一定要他整队进城就职！事情非常重大。假使夏之时怀有别意，不答应，我们今天城内的部署便非从头来过不可了。唉！我若是不熬几个通夜，今天不多跑几趟路，此刻不头昏目眩、四肢乏力的话，我真该亲自去的！"

"三先生你尽管放心，这桩事诚然重大，我相信还能办好。"

六

待到夏之时同张颐率领着军容整齐的全队，并辔进入重庆时候，全城人家都悬出了白旗。

上半城坡高路陡，梯坎极多，是住宅区。一到小什字，属于下半城范围，那便热闹了。不但房屋修得密，修得挤，也修得高大结实。货栈、旅馆在这里，会馆、庙宇、机关、衙门也在这里。大小商店更不必说，从朝天门起，沿着比较平坦的一条长达数里的街道（当然分成很多小段落，取了很多的街名），二合二面，全是推光黑漆门面，悬着金字招牌，货物堆得满满实实的什么行，什么号。

街道窄得只能容三顶大轿并排而行。幸而两面都是没有楼的平房，淡淡的秋阳尚能普照到从各家檐口斜撑出来的白旗。

旗子悬得多极了。每一户人家，每一间铺面，用长竹竿撑出来的，不是一面旗，几乎都是两面旗。忽而突之，居然把几千年的专制政体推翻，又忽而突之，居然把二百六十七年的异族统治摆脱。为了表示心情的喜悦，为了表示赞成这种不流血的革命，同时也为了庆贺蜀军都督府的成立，大家争着多悬一面旗，倒也在情理之中。

在街上走的人也多。几乎全山城的人，除了病人，除了行动不得的老年人，就是吃奶的小娃娃，也被当妈妈的抱着揽着，走出了平日颇难走出的庭院，或者内阃；即使不去游街，也要坐在门前看别人游街；并且嘻哈打笑地指点那些服色依旧，只是剪了发辫的男子们，捂着嘴向女伴议论说："和尚不像和尚，道士不像道士，怪难看！"

游街从清晨就开始了。

一种是有组织的，由重庆城防营游击队开始，到夏之时的队伍进城，算是达到了高峰。

夏之时的队伍，除了专门担任运输的长夫和炊爨兵不计，他的战斗人员足在八百人以上，包括步、马、炮、工、辎五个兵种。步兵数量最大，在安岳县改编时，足足编了四个大队；其次多的是骑兵，编了一个大队；其余各编一个中队。今天整队进城，从上半城走到下半城，又从下半城回转到上半城，弟兄们虽然奔波了上千里程途，仅只在安岳县休息三天，在从东安县到江北厅的船上休息了三天。今天依然跋涉了不少路程，但在重庆街上踏着正步时候，却一直精神饱满，兴致蓬勃，在悠扬的军号间隙，还放开嗓子，唱了几首不合时宜的军歌。

夏之时没有去游街，一走过上半城，他就离开了队伍，偕同在龙泉驿一道起义的同事（包括了官还原职的林绍泉。这人的腿伤，差不多全好了，已能骑马，仅只走起路来稍稍有点瘸），跟随张颐，直向刚由巡警总署改为的蜀军都督府而来。

蜀军都督府刚刚成立，说不上有头绪，进进出出的人不少，都是生面孔；也不知道各人应当做些什么事。

夏之时等跨进一间像是办公事的大房间。一群人正站在一张挺大的签押桌侧，七嘴八舌地不知说些什么，看见这班穿军装的人，方好奇地住了嘴，向两侧一闪。

张培爵笑容可掬地从一张太师椅上站起来，不等坐在旁边的朱之洪和站在当地的张颐介绍，早迈开健步，对直走到夏之时跟前，伸出手去道："亮功兄，你们来得正是时候，欢迎！欢迎！"

接着，他便转向闪在两边的十来个穿长袍、也有穿洋装、穿短打的人介绍："同志们，这位就是到我们蜀军都督府来担任副都督的夏亮功先生。他是军界同志。在日本军事学堂毕业，对于军事深有研究。又是同盟会盟友，奔走革命有年。我说，从目前起，我们蜀军都督府的军务方面事情，便由夏副都督一力主持，同志们想来一定赞成……"

连分坐在四下里的人，都一齐站起来，一边拍巴掌，一边高呼赞成。

夏之时红涨了脸皮，环顾着众人，显得很为踧踖不安的样子。

隋世杰凑着他耳根说道："发表几句演说！"

"嗯！没有什么说的。"他低声回答，"都是比我们高明得多的学界先生们……"

恰好，杨庶勘、谢持、向楚、李湛阳一伙人走了进来。他们后面还跟进两人，原来是在城会写了誓约书，当众把发辫剪掉，表示投降的纽传善、段荣嘉。这一伙人登即把整个房间的注意力都吸引了过去。

巴县知县段荣嘉，还是平常那种木讷样子，弹着两只马蹄袖，恭恭敬敬站在房门边，仅只脸上颜色有些灰黯。

唯有平日狡猾得像狐狸、高傲得像骆驼的重庆府知府纽传善，简直好似换了一个人。刚一进门，就把头上戴的一顶青缎瓜皮帽抓在手上（众人简直不明白他这种举动，以为他在表白发辫确实剪了，并未像有些人把它挽个髻子，暗藏在帽里的缘故。只有深通洋务的杨庶勘，晓得他在学洋人行脱帽礼），"鞠躬如也"地对着散站在房里的人，不知道鞠了多少躬，口里还不住地说："恭喜！恭喜！"

有几个人似乎居心要同他过不去的一般，彼此咬了一下耳朵，一个姓周的，遂挺身向张培爵吼叫道："都督！我们重庆独立，真个就不流一点儿血吗？我主张至少也得搞块把顽固官吏来开刀祭旗，才显得我们独立，硬是从革命中来，并不同于儿戏啊！"

这对纽传善无异是个晴天霹雳，使他怕死的战栗，再一度从心窝里发出，传遍全身。他连忙扑到杨庶勘身边，紧缩着项脖，抓住杨庶勘的衣袖，嘶嗄着叫道："杨先生……唉！杨先生！你不是担保……担保过……我生命……的安……安全吗？"他平日的伶牙俐齿全不见了，而且比起在城会被人剪发辫时候，更像一头牵到杀房的驴子，甚至连眼神都变得呆滞起来。

杨庶勘静静地嘘了两口纸烟，似笑非笑地说道："是啊！我担过保，不但在城会会场，就在游街时候，从没人损及你纽太尊一根毫毛。足见我姓杨的说话，硬是作数。但是……"他把近视眼睛越过金丝镜片，向张培爵瞟了眼，"但是这里是都督府。在这里做主的，是都督。我和谢先生，只是都督的高等顾问，我们无权来决定一个人的生死。该怎么办，请都督裁夺。"杨庶勘知道张培爵不会杀降的，不过有意要他行使一下他的权力，好使纽传善对于新政府既畏威，又怀德。

怕死的纽传善回头望着张培爵哀告道："张都督，你们是讲和平主义的……总……总不至于……"

张培爵似也懂得这意思，但却举眼瞅着夏之时，点点头道："在这个时候，该不该杀人流血？我想，到底是军界的事。请夏副都督来决定一下，如何？"

"阿也！我尚投有拜印接事，就派我来当宰把手吗？他们存的啥心肠哟！"夏之时寻思着，看那个纽传善，业已面色如土，全身打抖，两只手把杨庶勘的衣袖挽得死紧。

他回头去看他的同事。隋世杰、贾雄、宋振亚、孙和浦几个人，全无表示，看不出他们是赞成杀人？还是反对杀人？

这时，林绍泉开了腔。他非常轻声地说："革命已经成功了，就不该再有野蛮举动……"

夏之时因才面对张培爵，正正经经说道："我看，还是不流血的好……"

第六章　举棋不定

一

郝又三急遽地把右手一扬道:"还不只是松口哩! 老实说吧, 赵季和这回硬是来了个'然而'大转弯。"

黄澜生正在嘘水烟, 随口问道:"是怎么样的一个'然而'呢?"

王文炳眯起眼睛笑道:"有语病。"

"哎……哎! 说错了! 我的意思是问……"

"澜生先生的意思, 我懂。所谓大转弯, 是赵季和放出话来, 蒲、罗、颜、邓四位先生他都可以释放……"郝又三连忙向黄澜生做了个手势, 叫他莫动,"但是有条件。据说, 条件不符合, 他还是不放人的。"

坐在对面的一主一客几乎齐声在问:"啥子条件?"

"说起来倒简单, 除了总商会自己提的九家连环铺保外, 还要周紫庭、邵明叔两位先生亲笔写一张保证书, 保证四位先生出来后, 不反对他……"

"理所当然!"黄澜生把头直点。

"还要保证现在同他打仗的人民, 都得听他招抚, 或是由他收编成军, 或是各自散归乡里, 卖刀买犊。一句话说完, 要四川人民从今以后都须服从他, 不能再与他为难。"

王文炳猛地从座椅上站起来, 奋激地叫道:"好轻巧的事……"

黄澜生问道:"这番话是哪个传出来的? 该不又是某某人的拟议之词吧?"

"决非拟议之词! 是周孝怀特特把葛世伯招呼去, 亲口叫他出来同大家商量的。"

"也可研究,"黄澜生沉吟着说道,"衙门里的人都在说, 周大人自从把提法司辞了后, 就没有进过季帅的签押房, 季帅也没有特别传见过他。看来, 周大人与季帅之间, 似乎……"

王文炳插嘴道："可是省外一直传说周善培始终是赵尔丰的谋臣策士哩。"

"不，不，不。这完全是道路之言，不足为凭的。你只看，被端大臣奏参的几个人，除了我们科的参事饶观察请了几天病假，经季帅抚慰一番，依然到差办事外，他如田梦卿、王寅伯二公，连这点过场都不做一下。独有周大人，辞呈一上，立地批准。别的不说，光就这一点而言，便可以证明，周大人不但不算是赵季帅的什么谋臣策士，甚至看得出两人之间，似还不免有些难言之隐哩……"

黄澜生忽有所悟地用巴掌把自己额脑一拍道："唉！我这个人哟！……把自己要说的话，不晓得岔到哪里去了？"

其他两人都不由笑了起来。

"对！我想起来了。我要说的是，赵季帅为人，一向刚愎自用，但凡他认定作对头的事——自然，我们旁观者看来，并不对头，可是他就不知道转圜。比如蒲、罗几位先生，既然端大臣业经奏准开释，并且张贴出告示，连省城都已传遍。能够见机的人，早该因风转舵了。谁也没有想到，赵季帅才那样咬住铁钉不放口。现在说他忽然来了个大转弯，已属可疑，何况又三说，是周大人传的话……"

郝又三没等他说完，忙道："但是澜生先生，你尚未听见下文哩！"

"有下文？"

"当然！第一，你刚才所致疑的这些，据葛世伯讲来，周孝怀也曾说到。不过他说老赵这个人，表面看来好似刚愎自用，其实并非刚愎，而是一个没有主见的人。谁的话说得好听，他就听谁的话。七月十五以前，专听尹惺吾的话，十五以后，专听杨彦如的话。至于赵老四、赵老九这两个浑蛋，更是言听计从。其所以演变到现在，事情越搞越僵，正因为没人肯向他进言。叫他上当的人，当然乐得看他去坠崖；平日不为他信任的人，这时更无法说话。赵季和已成一个孤家寡人，光靠老四、老九两个浑蛋，怎么想得到因利乘便、见机而作呢？"

郝又三刚住口，王文炳便大为称赞道："周善培这番话，真可谓入木三分！我们一向也认为赵尔丰为人只是刚愎自用，现经他这样一解剖，原来赵尔丰才是一个笨东西！"

黄澜生摇头说道："未免把赵季帅太小视了！我以为，他能从一个州县班子爬到总督部堂，总还有他的长处的……不过，我们现在暂置勿论。我想知道的，他现在这个'然而'大转弯，既非出自某某人的拟议，到底从何而然？"

"当然由于有人劝告。"

"你不是说，周大人讲过，没人肯说话了吗？"

"可是，偏就有这种好心人。"

"是哪个？"

"据说是督练公所里一位姓吴的……"

"哦！可是参谋处总办吴钟镕号璧华的？"

"好像是这个人。"

"那么，这事便不虚假。"黄澜生兴奋地说道，"你们不晓得，全制台衙门的幕僚，只有他这个人能够跟赵季帅唱顶板，打拗卦；因为他是京城军咨府直接委派的差事，总督只能调遣他，不能进退他。他平日不大去签押房，偶尔去一趟，季帅总要留吃一顿点心；并且还一定要礼送到檐阶边。如其真个是他劝告，季帅无有不听的。"他忽又迟疑了一下，定睛瞅着郝又三道："你还没说清楚。周大人找葛寰中去讲的这番话，到底是哪个人托他的？我想来，断乎不是赵季帅本人。"

"当然不是。据说就是这个吴璧华。"

"也可研究。吴大人为什么不直接找颜老太爷的那个末馆甥尹长子，却要找周大人传话？"

王文炳又插嘴道："用不着再研究了。想来，因为周善培更与绅界接近些罢了。"

黄澜生道："道理也对。那么，蒲伯英等也算灾难满了！"

"嗯！未必哩，"郝又三摇头说道，"因为周紫庭、邵明叔两先生都不肯写那张保证书。"

"哦！"

"莫怪两位先生不写。本来责任太重。光是担保蒲先生他们出来后不反对他，据说，可以办得到。但要他两位担保四川人民皈依佛法地听其招抚，周紫庭先生先就把脑壳摆得像一面拨浪鼓……当然啰，周先生既未参加过同志会，与同志军的人更无关系……"

王文炳的近视眼在厚玻璃片后眨了几下，微笑道："即使与同志军有关系的人，也不行！"

"自然，还有革命党，还有同盟会。目前情势，已经不是光反对赵季和一个人，大家的目的是在排满革命，是在反正独立，这点，周紫庭先生也看到了。所以周先生说，赵季和提出这种条件，无异一个人在落水灭顶之时，随手乱抓，纵然是一苗细草，只要被他抓住，他是至死不放的。我们说不上明哲保身。可是要我们无缘无故与之同溺，那又何必哩！"

黄澜生叹了口气说："如此说来，伯英他们永无出狱之望了。季帅这个大转弯，等于是口惠而实不至！"

"那又不然。周先生说，这到底是个转机，到底看得出赵季和业已搞到走投无路，所以才听了吴璧华的劝。其所以指名要我们担保，除了要拖我们下水外，也还有点敷衍面子的意思。事已至此，我们纵然不将就他，他迟早还是会放人的。"

黄澜生连连点头道："周先生做过京官，看道理毕竟比别人高深些。邵明叔如何说呢？这个人的世故也不浅。"

"邵先生认为放人不放人，现在已不能由赵季和做主。邵先生很是生气说，以前那么劝他，他不听，现在自己出来转圜——邵先生不相信是由吴璧华的劝告。可见他也明白了，要是现在不赶快做好人，等到端午桥到省，看他又怎么办。所以邵先生才用八个字来批评赵季和：其犟如牛，其蠢如猪！"

连说话的人在内，三个人都哈哈大笑起来。

这时，听得见轿厅上的耳门咯吱一响。接着高金山进来说："王履和王老师来了。"

"请到堂屋里坐，我跟着就来。"

郝又三起身道："怎么？你的少君还没全愈吗？"

王文炳也跟着起身道："我还不知道府上有病人……"

"多承问候，小儿是出疹子，已经出齐，过了关了。明天你在家吗？我来找你。"又转向王文炳说道，"如其足下一时不走，希望随时来舍谈谈。算来，子才也快回省了……"

二

婉姑儿尚不曾走到堂屋门外的屏风跟前，早就尖声尖气、活像吹口哨似的高叫起来："妈妈！——爹爹！——哥哥好了吗？"

"小声点！"赶走在她身后的龙幺姑娘——即是婉姑儿称呼为幺娘的周太太——连忙打招呼。其实她的声音并不比婉姑儿的小，不过还秀气。

但是振邦已在左手正房里喊了起来："妹妹回来啦！快进来，我还在忌风！"

接着是黄太太的声音，一面严厉地申斥她的儿子："袜子没穿，光脚就跳下了床。"一面在逗骂她的女儿："慌得来，连安都请不好了……"

龙竹君掀开门帘，朝里问道："振邦当真好了吗？"

黄太太道："那边书房里坐，这里乱糟糟的……"

晓得她二姐的脾气向来是这样：不梳头，不施脂粉，绝不见生人；房间不收拾得一光二净，也绝不许人进去。龙竹君只好远远地把振邦望了望，问了两句应该问的话，便同着黄太太，走到对面那间书房来。

黄太太一面叫刚刚提着婉姑儿小衣包进来、尚未喘过大气的菊花，拿烟泡茶；一面向她三妹致歉说："无缘无故把你打搅了几天。早晓得邦娃子出的是疹子，不惹人，我也不急着把婉姑儿送到你那里去了。"

"打搅啥子！连肉都割不到，几天的粗茶淡饭，便把客待承了。"

"嘿，嘿，你这个当姨妈的才客气哟！锭子大个小女子，黄毛还没褪尽，便说她是客！这几天，想把你烦够啦，宏道没说闲话吧？"

提到周宏道名字，龙竹君的眼睛里倏地闪了一下很不寻常的光辉，胭脂抹得特别浓艳的两颊，也堆上了不可遏制的笑意。很显然，这个已经结婚了一个月又二十几天的新娘子，依然在温馨的生活中，只要一接触"那个人"的名字，心坎上就会发生一种乐劲的。

黄太太瞟了她一眼，不由抿嘴笑道："我想到你们只有一张新床。床尽管宽大，夹一个小女娃娃在中间，到底不大方便。何况……"

"嗳哟！二姐也是哟！"龙幺姑娘启颜笑着说，"有啥子不方便的地方？"她又拿手巾把嘴一揞，"人家同他早就各睡一头，各盖各的铺盖了。你不信，你问婉姑儿嘛。"

"对！你们两个都是正经人，一个是男柳下惠，一个是女柳下惠！"黄太太忽然用指头轻轻把她幺妹的肚子一点道："我早就要拷问你这个正经人……从实供来！肚子里的货，已经有几个月了？"

龙竹君坐在藤心紫檀框的美人榻上，两手捧着脸只是笑。而且有意地把腰肢蜎着，不让她二姐再看见那微微凸起的肚腹。

"你这个鬼东西，既有胆子做怪事，为啥又要瞒诳人？既要瞒诳人，为啥又只瞒我这个当冰媒的？并且开张鸿发这么久了，还不跟我说实话，你这鬼东西，真胆大！要做怪事，也该事前跟这些有经验的老姐子讨讨教呀！万一周宏道是个坏人，捡了你的颠头之后，不要你这个人呢？看你咋个得了……"

黄太太越是声势汹汹地骂得扎实，龙竹君越是笑得伸不起腰。

"……还笑哩，真是个傻女子！"

接着，她便挨着她幺妹坐下，一手搂着她那浑圆的腰肢，一手摸着她那发烧的脸蛋，把嘴凑在她耳边，喊喊喳喳不知道说了些什么。龙幺姑娘有时笑，有时点头，有时掉头把她二姐瞅两眼，也喊喊喳喳回答了些不知是什么话。

何嫂顿着她那双黄瓜脚，像春糠似的（这是她的女主人常常骂她的话）走进书房，问黄太太鳆鱼罐头放在什么地方，说是伙房老张要。当然，在给女主人说话前，按照规矩，向龙家幺姑奶奶先请一个安。黄太太起身道："罐头在我后房间立柜里头。等我拿钥匙去开锁。不过告诉老张，不忙开，等老爷他们回来后，再开……宏道妹夫能不能先一步来？"

龙竹君把衣裳的高领提了提，笑道："不晓得。他同黄大哥一道走时，只是叫我带着婉姑儿坐轿子先来。"

"你就在这里坐一下。我过去，顺便经佑邦娃子吃一道药。"

"既是好了，还吃药？"

"嗯！要吃。虽说疹子没有麻子那样扎实，善后药却不可少。本来，王履和只叫吃两服，是我主张多吃一服的好。"

黄太太带着何嫂出去后，龙竹君起身去端茶碗，顺眼看见书案上放了一封信，是土纸信封，中间粘的红纸签。

龙竹君虽未进过女子学堂，但在哥哥、姐姐教导下，不但能够念得完《天雨花》《再生缘》《安邦志》《定国志》《凤凰山》这些大传子书，甚至后来连二姐夫借给的《新小说》《小说林》《海上繁华梦》都能看，并且还感得到书中趣味。因此，拿起信封，毫不费力地便念了出来：内要言，邮递成都省垣皇城坝侧西御街第二十七号黄公馆，确交黄大老爷台甫澜生升启。本省新津县楚寄。"哦！是那个楚家小伙子写的信！"

本来已经把信封放下了。无意间发现封口已拆开，里面的信笺微微露出一点头。因就顺手把信笺抽出，一共两张，是普普通通的印有红格子的八行信笺。信笺上的胡豆大的字，写得比信封上的字更工楷，简直像哥哥从前练习写卷格纸似的，一笔不苟。起头是开双行写道："表叔表婶两位大人尊前赐览。敬禀者……"

原来并不似大姐夫他们所写的那种只讲对仗不知说些什么，老是前四字后六字的尺牍体裁的信，而是像哥哥时常写回来的家书一样，用的完全是口头话，就是当前所谓的白话——比传子书还容易了解的白话。因此把两张信笺看完，她已懂得信上说的什么。

其实信上并没说什么，只是告诉表叔表婶，他已经在某一天送嫁了姐姐之后，娶了亲了。接着就说父母都叫他特别给表叔表婶道谢，多谢两位尊长的厚赐。接着就说他心心念念都想奔回成都省来，赶习功课，以便完成毕业考试。他的宗旨是，学业为重，室家为轻。所以他只管在新津娶亲，其实他的一颗心，仍然留在省城，并没有带回家去。若不是父母严命，他本打算娶亲的第二天，便赶回省城来的。就由于父母的严命和亲戚家门等的纠缠，他已无行动自由，似乎非满假之后，他很难于回省。因此，他才这样说："不知者，以为侄新婚之中，是何等欢喜。知之者，必定明白侄自离省，便愁上眉梢，娶亲之后，反而增加了侄之苦痛。"这几句话的字写得格外大，非常触眼。

龙幺姑娘一面折叠信笺，一面微笑摆头。

黄太太从后间落地帐外走进来，看见她正将信笺插回到信封内，便笑道："那是楚子才写的信，上午才接到的。你看过了？写得还清楚，并没抛文架武的，是不是？"

"他是回家去结婚的？"

"嗯！"

"咋会说离开省城，就愁上眉梢？又说，结了婚后，还更苦痛起来？"

"唉！你不晓得！子才这门亲事，是他娘老子主张的，他本人并不愿意。要不是我苦口相劝，他定会同他老子闹翻哩！"

龙竹君仍然摆头微笑说："已经结了婚，还说不喜欢，还说苦痛，我才不信。"

"你自然不信。因为你同宏道是美满姻缘。况且结婚之前，便见了面，便有往来，"黄太太更把嘴角一翘，做出一种皮笑肉不笑的样子，接着说，"便先行交易了，哈哈！"

龙竹君眉骨一撑道："又来了，硬是哟……老实告诉你说吧，二姐，我同他做那件事时，我心里并不愿意，一多半是他勾引，一小半是他逼迫。硬是在结婚之后，我才定了心。要说我们婚姻怎样美满，也不见得。不过觉得结婚是桩大事，从此以后，我是他的人，我有了依靠罢了。所以虽找不到像传子书、小说书上讲说的那种快活味道，但也想不出像楚家小伙子说的那种烦恼情形。凭我看来，结婚总之是喜事。楚家小伙子说的，绝不是啥子真心话。你看，他把后来那几句的字还写得格外大，我觉得是故意做作，居心要骗你的！"

黄太太的笑容慢慢收敛起来。沉吟了一下，但又打了个哈哈道："你个鬼女子，才嫁了人，就学得这样坏！楚子才为了啥子要骗我？我同他讨老婆这件事有啥子相干？……呃！你看清楚，他这封信并非跟我一个人写的，还有我家老爷。说他居心骗人那受骗的是黄澜生，并非我龙家二姑奶奶……"

三

桌上一瓷盘由客人周宏道建议，用洋芥末、芝麻酱拌和的鳗鱼片，主人（当然指的是男主人）不但不停筷子地捡，还不住口地旋吃旋称赞说："好极了！好极了！比起吃清汤鳗鱼，算是'更上一层楼'！吃了许久的日本罐头鳗鱼，以为在原汤里加点小白菜，就别致了。不图还有这种更好做法！嘿，嘿，想不到我们宏道襟弟，也是一个讲究口腹之徒啊！"

坐在对面的周太太不由捂着口（为了掩饰笑起来嘴唇多得过大的毛病，由于妈妈的指教，自幼便学会了这种用小手巾捂嘴的动作）笑道："多承二姐夫夸奖！人家就只不晓得啥子叫辣子鸡丁？啥子叫宫保鸡丁？"

全桌人都大笑起来。

周宏道红着脸皮笑道："幺妹子真可恶，随处都在抽我的底火！"

黄澜生摇着筷子，大大喝了一口允丰正仿绍酒，咳嗽了两声道："不能分辨这两种菜的，多哩！倒不怪宏道老弟一人。我说，有许多人还不知道宫保鸡丁的出处哩。"

他太太立即说道："我们就不晓得！可是对不住！我们不特分辨得出这两样菜，我们还会做哩！"

"像你们龙家姊妹的，能有几人呢？"黄澜生不敢与他太太交锋，等众人住了笑，连忙换个话头说道，"宏道，今天这个岔子，真是出得稀奇。恐怕诸葛亮的神机妙算，也断乎算不到此啊！"

周宏道正把最后一片鲩鱼捡在嘴里。遂咀嚼着说道："本来在情理之中的一件小事，说清楚了，尽可释疑的。我却不解赵季和何以何此胆怯，竟把蚂蚁看成了大象？"

"也可以说，遭蛇咬一口，见绳子都害怕了。"

"这叫作神经过敏！"

黄澜生又喝了一口酒，把嘴皮抹了抹道："然而不是季帅的本意。蒲祖庚不是说过是老四、老九两个糊涂虫强迫老头子干的？"

周宏道把他那带醉的单眼皮眼睛眨着说道："唔！即令如此，然而从法律的场合来说，责任还是在赵尔丰！"

黄太太问道："你们说些啥？没头没脑的！"

"就是今天下午发生的事情……难道我没告诉你吗？"

"你还有时间跟我说话！一进门就是儿啦女啰，闹不熨帖。尤其是女，活像别离了一年半载似的，把个闹山鹊喊得连真的闹山鹊都会吓飞……"

"我没吓飞！"是婉姑儿的哨子般的声音，"就只爹爹的短胡子，把人家的脸墩儿锥得飞疼！"

众人循声望去，两个娃娃都站在倒座厅通卧房后半间的门边，婉姑儿半边身在湘妃色夹布门帘之外，振邦只露出头发蓬乱的脑壳。两个娃娃都笑嘻了。

黄太太一声断喝："邦娃子在造死呀，站在过道风头上！"

两个娃娃好似受惊的耗子，一下便飞跑回卧房，只听见嘻嘻哈哈的笑声，和滴滴橐橐的跑步声。

大家笑了一阵。黄太太才接着打断的话绪，向她老爷说道："讲嘛！是咋个的？"

原来由总督衙门督练公所参谋处总办吴钟镕和周善培二人的牵线，官绅双方商量妥当，不再要商会的连环铺保，只需高等学堂总理周凤翔、川汉铁路总公司总理曾培作为绅商学各界代表，亲到五福堂，当面保证：从七月十五日被拘在来喜轩中的四川咨议局正议长蒲殿俊、咨议局副议长四川保路同志会会长罗纶、川汉铁路四川股东临时大会会长颜楷、咨议局《蜀报》编辑邓孝可等，恩释出外后，绝对与官方合作，敉平川乱，以靖地方而安黎庶。

绅班法政学堂监督邵从恩虽然一度拒绝不肯写保证书，但也答应陪同周凤翔、曾培到五福堂去做个旁证。听说，愿意去做旁证的，还有四川总商会总理廖治，前任协理、现在只充任商董的樊起洪。听说，前前后后释放出来不许出省的几个首要，比如咨议局议员川汉铁路四川股东临时大会副会长张澜、前任电报局总办胡嵘、铁道学堂监督王铭新、咨议局议员江叙伦、叶茂林、成都府学教授蒙裁成、川汉铁路总公司董事局正主任彭葇等，也表示愿到五福堂去一趟。只有那个挺身自首硬说《川人自保商权书》是他做的，想减轻罗纶等人罪过却被林小胖子丑诋为抓屎糊脸的阎一士，虽也从巡警道衙门释出，虽也可以算在首要之列，到底由于只是一个未毕业的高等学堂学生，没资格同这些大官大绅周旋于几席之间，所以去五福堂的一伙人中没听说有他。

虽然去五福堂的人无文献可证，是否这些人都去了？或者除这些人外，还有没有别一些有名绅士？如被称为"天下翰林皆后辈，蜀中名士半门生"的伍崧生老学士，他这个人自从反对铁路国有，头一批到制台衙门向护理总督印信的王人文请愿起，每次大会他都出过席，每次请愿他都带过头，每次通电乃至与赵尔丰文战时候，他都领过衔的。但这次去五福堂的名单中，便没把他列上。什么缘故无从考察，只好阙疑了。

一言蔽之，五福堂的会开得热闹，绅方有若干人，官方也有若干人；也有了结果，绅方代表极其恭敬而又极其得体地说了一番好听的话，赵尔丰也一改旧日的那种懔然不可亲近的面目，摆出一种极其和蔼、极其诚恳的模样，允许在明天决然礼请蒲先生、罗先生、邓先生和他的世侄颜翰林出署。而且为了表明决心，还立刻吩咐卫队长诨名草上飞的张麻子，把驻扎在来喜轩四周、以资保护的卫兵撤去；烦周凤翔、曾培二位代表亲去来喜轩察看察看，诸位先生是否在受优待。

消息一传出，各家家属、各家亲友，其欢喜情形，简直描写不尽。这里只举颜楷一家作个代表好了。

颜缉祜号伯勤，是一个老宦，在河南做知县时，便与曾经做到四川总督的锡良和现在这个赵尔丰，称为同寅；自从由广西告老回川，只管不问世事，论资历却够老了。何况儿子是少年翰林，女婿是少年军官。人家恭维他福气好，他谦逊说："是祖宗的阴骘所致！"论人情世故，他也够深了。没有熟读过《宋元学案》，自以为身心性命之学不让古人；尤其讲到动心忍性这些名堂，他的确有一手。譬如当他儿子颜楷，于七月十五日被总督的武巡捕，用强力礼请去制台衙门，一去不返；接着杀人消息传来，一家人都吓哭了。他偏能够瞑目独坐，默念《太上感应篇》，不错一字。直到黄昏以后，制台衙门派员来取被褥衣服，报道翰林无恙，仅仅优待在来喜轩中，暂时不得归省。一家人转悲为喜。而他乃能够瞑目独坐，不闻不问，只是不再默念《太上感应篇》罢了。这样一个人，谁也想不到，有人来报说，他那拘留了两个月又九天的翰林儿子，在明天下午，可以被释回家了。他竟不能够再去瞑目独坐，而是乐得张开大口，阖不拢来。还不住地抹着眼泪道："唉！也有今天……唉！也有今天……"并且不再去默念《太上感应篇》，而是叫媳妇张氏，红通通地点上几对大蜡烛。他穿上品级袍褂靴帽，全家男女也都按品级穿上礼服。由他率领着，向天神、地祇、历代祖宗位前，恭恭敬敬地三跪九叩首，以答谢天神、地祇、历代祖宗的暗中保佑！

这把戏刚做完，道喜的亲戚朋友已经接踵而至。两进房屋的一所大公馆，到处都见笑脸，到处都闻欢声。

张亲家从女儿手上接过玉石嘴的长叶子烟杆，一面喷着刺鼻青烟，一面向颜老太爷说道："亲家，雍着明天出来，你安排怎样去接他？"

颜老太爷拈着花白须尖说道："没有什么安排。只是叫家人把空轿押去，把袍褂带去，好让他衣冠齐楚回来，跟天地祖宗叩头，向北阙遥谢皇恩。"

"还要谢恩？"

"要的。因为不是皇上施恩降谕，赵季和何所据而放人？"

"外间不是盛传摄政王已带起宣统皇帝逃回东三省老家去了？"

"或许是谣言。目前到处闹独立，人心惶惶，什么谣言都有！"

"这个且不管它。我说，雍耆这两个多月，虽说坐的不是牢狱，但制台衙门的来喜轩，到底也算是一所班房。住了那么多天，纵然不遇恶煞，却也难免晦气。他出来时候，还是应该依照历来的风俗，跟他冲一下喜的为是。亲家，你说对不对？"

"如何冲喜呢？这个风俗，我倒不知道。嘿，嘿，亲家，莫要见怪！因为舍下历代清德，从未同人打过官司，也从没有子弟遭过横逆；当然啰！我在省外做了这些年的官，也只是坐堂问案，给百姓们理诉讼，自己没进过牢狱，坐过班房，更没有这种阅历。到底如何冲喜法？委实要请亲家见教！"

张亲家咂着叶子烟，沉思了一下，方道："这样罢，我们多去一些人接他。你府上人手少，等我出头，多多邀约几家亲朋好友，街坊地邻都该邀齐。一则把事情打响，二则也关府上的体面。雍耆的蓝呢四人轿上，应该挂两道红彩……红彩和火爆……对！火爆一定要。一则报喜，二则驱邪，本应拿到制台衙门大堂上去放才对……自然，自然，那是不方便的，恐防赵制台也不准。我们只好等他轿子出到辕门时，再放……自然，自然，火爆也不多放，在辕门外，两串千子响是必要的。然后，出街口再放两串，等到轿子走进你们这条街口，再放两串。最好，就从街口一直放到府上大厅……红彩和火爆，都应该由我们亲友、街坊、地邻打伙送……不行，不行，不能要你亲家花一个钱。设若你亲家一定要回情，那便待到雍耆贤婿敬祖谢恩之后，跟大家作个揖，道劳道谢，再留众人吃盏清茶，吃些甜点心，也就够之极矣！"

颜老太爷表示完全同意。张亲家立即着手安排。所以到次日下午三点钟前后，光是颜府的亲朋好友、街坊地邻、人夫轿马，拥挤在制台衙门头门外，便有一大堆，数一数，足在百人以上。加上其他三家的人夫轿马、亲朋好友，以及一班闻风而至，只是为了凑热闹、看稀奇的闲人，这人堆便越来越大。人一多了，不免就有嘈杂。而且这时守在衙门内外的巡防兵，也比七月十五那天驯善多了，任凭嘈杂声气多大，多高，他们老是笑嘻嘻地看着，并不打算干涉。

谁也没料到，就由于头门外聚集了这么多人，远远看去，颇有点像七月十五人众刚来请愿时候光景。张麻子亲自跑到大堂上瞧了眼，回头就去禀报给九少大人。九少大人赶紧找到哥哥四少大人商量。然后，一齐来到老头子跟前，张牙舞爪地说："聚集那么多人，怎能查考得清都是各首要（只管赵尔丰本人已经改了口，只管在头一两天已饬令兼署巡警道于宗潼派出许多警察，把满街张贴的那些有刺人字句的告示全撕了、洗了，但是两个少大人却一直未变宗旨，大有"天不变，道亦不变"之势）的家属？万一把首要放了，这班匪徒无所顾忌，竟自扑进衙门来，咱们衙门里只有这两营人，如何抵挡得住？我们看，这四名首要，还是不要放的好。"

赵尔丰颓然坐在太师椅上，默不作声，只是举着一双忧深愁重的眼睛，把两个宝贝望着。

赵老九叫道："爸！我说，吴钟镕的话恐怕有些不对头！在目前来放人，岂不有意叫咱们认输吗？"

他的爸摇着头——头发更其花白的头，长叹了一声道："已经输到底了，不认输又如何呢？"看见两个宝贝嘴巴一动，他忙举手挥了挥道："听我说！目前形势咄咄逼人，即使吴璧华不来劝我，这四个人还是要放的。我现在倒要多谢吴璧华提醒了我。今天放人已经嫌晚了点，你们还要阻我。不是要我一误再误，误到噬脐莫及而后已吗？"

老四马起脸道："万不想你老人家反而抱怨起我们来了……"

老九抢过话头道："爸！你莫灰心，有我哥儿俩在你身边，又有田梦卿和王寅伯，总会把这局面扭转过来。只须设法把端四爷顶住，不让他来省——我想，余大鸿已启程去川东，过资州时，定可把话传到的，省城保管无虞。现在，话回过来说，这四名首要纵使非放不可，但今天下午也断不可放！爸！你老人家应当再听我们一回劝啊！"

"何以今天断不可放？倒要听听你的理由。"

"因为衙门外聚集那么多人——据说不下好几百人，就不说别有图谋，也情同要挟，和七月十五日相似了。若在这时放人，咱们不惟示弱，也太丢面子。过了今天放，一则压一压这班东西的气焰，再则也表示一下，放不放人，仍然要由你老人家做主，你老人家的权柄并没有下移呀！"

因此，来喜轩中的羁囚，本来把铺盖卷都打好了，忽然张麻子来说："衙门外闲杂人等聚集了不少。大帅深恐大人老爷们出去受惊，只好恳留大人老爷们多住一天。待外面秩序完全安定了，再礼送大人老爷们回府。"

但是内宅门外的人并不详知这些根由，只说是赵尔丰无端变了卦，怀疑其中定又发生了什么文章。

四

黄太太问她的老爷："你们咋个晓得这么清楚？莫非你们跑进内宅门去过不成？"

黄澜生一面泡汤扒饭，一面用筷子比画着笑道："噢！进制台的内宅门去，谈何容易！现在连那位宝贝太尊路广钟都得不到这种优待，像我区区一个州县班子的小幕僚，哪里会有这种资格？"

龙竹君插嘴说道："啊哟！黄大哥说得那么深沉！一个制台嘛，他总没有皇帝大。现在皇帝还着人吆跑了。皇宫内院想必变得跟你们隔墙的菜园子门一样，啥子人都可以随便进出的了。一道制台的内宅门，那算啥子哟！"

周宏道眯眼瞧着他的这位新娘子，还不住地点头。

黄澜生哈哈大笑道："幺妹以前是最沉静的一个人，想不到经我们这位宏道襟弟个多月的磋磨，一下便伶牙俐齿起来。宏道襟弟真不愧是个教育大家……"

不等他的话说完，他的太太已经哼哼地冷笑了两声道："倒是哟！我们龙家女子，出嫁前，都是笨嘴笨舌的，只会啖饭。出嫁后，得亏你们先生老爷们的教诲，才学会了说话。不过我们还是说得不好，往往一开口就得罪了人。有些时候，把人得罪了还不觉得。说起来，自然由于我们生得蠢，可是一半也怪先生老爷们太瘟，常言说得好：师高弟子强嘛……"

她幺妹连忙接口道："我们周先生就说过，中国女子教育没有日本好，日本女子程度硬要高些。"

"……那还消说！我们亲眼看见的。你们结婚那天，那个日本婆子张细小露多能干！多会说！所以葛大哥才指名要她出来代表我们中国女界致词。可惜人家才行结婚礼，晓得人家有没有生育？她就咋个经佑幼儿呀，咋个教育幼儿呀，说了一长篇打屁不粘大胯的话……啊呀呀，这程度才高哩……"

周宏道窘得连耳根都红了，只是尴尬地念着："幺妹子！幺妹子！"

黄澜生泰然笑道："久矣夫，不曾听见太太的高论了！"

已经擦黑了。高金山突然出现在通往堂屋的门限边，假咳了一声。

"什么事？"黄澜生立即正颜厉色地问。

"督院上的蒲老爷来了。"

"有什么要紧事吗？"

"没有。说是顺路过来拜会一下，歇一歇脚。"

"是生客，请到大花厅升炕！把洋灯点燃拿去！泡茶！"

倒座厅里饭已吃完，主客相让着仍旧到书房里起居。书房里的菜油灯盏已点亮了。

周宏道用自己带的竹牙签一面剔牙缝，一面说道："就是这位武巡捕蒲祖庚向我们讲的。他说：'今天不放人了，没有热闹可看，二位请回府吧。'当时，全幕僚处恐只有我们先晓得……呸！呸！呸！我们从督练公所出来……呸！……看见辕门内还聚集着一堆人没散……咳！人夫轿马的确不少，还有两抬盒的火爆……咳呸！大约大堂里头的话尚没有传出。"

黄太太从菊花捧来的卤漆茶盘里，把末一杯热茶取到手上，问道："这个武巡捕，咋又晓得那么详细？"

"据说，四少大人吩咐他打电话给周孝怀，他又在内宅门进出，当然清楚。"

龙竹君道："黄大哥刚才说得内宅门那么森严，咋个一个武巡捕又能够进出？"

她二姐道："你不晓得，武巡捕虽说是个武官，可是身份并不高，跟在制台身边传话跑腿，和跟班差不多的。"

接着，话头又搭在颜楷的岳父张亲家搞的这种冲喜的故事上。三个人都批评他实在做得过分了一些，无怪赵老九等人不高兴。

黄太太总结一句说："这叫作欢喜老鸹打破蛋！"

半小时后，黄澜生送走了蒲祖庚进来。

黄太太迎着问道："这个人打哪里来？平日并无来往，怎说要进来歇脚？"

黄澜生笑道："歇脚是借口话，真意是在夸耀他今天一桩很不寻常的遭遇。当然联络情感，烧烧冷灶，也是有之的。"

"他从制台衙门来的吗？"

"不！他是进满城给将军送信去的。据说，是赵季和一封亲笔信，很重

要，特别派到他。现在回督院去，顺路拜会一下。不过从他口中听来，天下
大事委实有些不妙……"

原来蒲祖庚当送信专使，这次已是第三次。前两次，都是在差官房里吃
一杯便茶，等差官把批了字的回片交下，便算差事办竣。独今天不同了。差
官捧信上去后，不久就满面是笑地跑下来说，将军在花园船房里要面见他。
他非常惊异地跟差官走进花园。嚯！真是名符其实的一所好花园：有假山，
有池塘，有高台，有圆亭；树木又多又古老。他记得一株古老玉兰树，从三
堂旁边伸来，越过两重屋脊，弯曲盘结在船房檐口。根干有好粗？不知道。
光看树梢头的丫枝，就比他膀膊还大。他早听说将军衙门里的古木很多，有
一些是清朝初年的，有一些更古，不知古到什么年代，眼面前这株玉兰，想来
便有好几百年！

船房很陈旧，不惟金漆业已剥落，栏杆和嵌了玻璃的雕花窗棂，都有了
残缺。不过从四周看来，却颇雅致，比起藩台衙门花园里的船房，不知好到
哪里去了！（制台衙门的花园原也不错，因为开办新政，就割出来修建了许
多房舍，幕僚处就是其中之一。到蒲祖庚当差时候，已经有名无实了，所以
他才未拿制台衙门的花园来作比拟。）

将军玉昆年龄并不大，看来不到五十岁。可是又黄又瘦，两撇八字须垂
在下巴两边，和闰六月到制台衙门来回拜大帅时那种肥头胖耳、白净无须的
模样，简直是两个人。不过神气还安详，举止还从容，不像大帅有时是火神
菩萨，有时是丧门吊客，总之使人望而生畏，那就有所不同了。

当他跪一只腿打千子时，将军居然站起来，打拱笑道："免了吧！免了
吧！"并且要他坐在对面那张铺有红哔叽垫子的交椅上，说："坐了好说话。"

一个比芝麻差不多远的小官，居然同头品大官平起平坐起来。何况这位
头品大官，还是最为讲究尊卑礼节的旗下人，在平常日子，错了一步，都得
挨训、撤差，甚至摘去翎顶，在辕门罚跪。然而今天竟自拉平了，仿佛这颗
芝麻顿然变得跟西瓜一样。"这是啷个搞起的？"这个大邑县人、武举出身、
官阶爬到守备的蒲祖庚，几乎糊涂得连东南西北都分辨不出了。

当然，开始蒲祖庚还是不敢就座。弹着两只袖管，连连称说："小的不
敢！小的不敢！"经不住将军再三邀请，似乎不就座，大有对不住人之势。而
后他才再打一个千谢座，而后他才挺起腰板，只拿屁股尖挨着那交椅的边。

（这坐法，是他在制台花厅上，伺候大帅传见那些府厅州县班子人员时，看熟了，学会了的。）

不仅让了座，而且还送了茶（硬是旋泡的盖碗茶，并非便茶）；而且还一定不让他再称呼大人、小的，说："朝廷早有谕旨，在官厅中，只可以官职相称；在私下里，尔汝相称。什么大人、小的这些陈腐称谓，理应废止勿用。何况目前又将步入平等时代，官职有高低，人则无大小。"说到这里，将军更诙谐地笑道："以汉仗言，像你这样的大个儿，才配称大人，我比你瘦小，我才应该称小人哩，你说对不对？哈哈……哈哈……"

将军尽管这样洒脱，这样亲热，几乎像对待一个换了庚帖的老朋友似的在同他周旋。但蒲祖庚仍然不敢放肆。半个钟头之久，那种危坐的姿态丝毫没有懈意；还一直眼观鼻，鼻观心，任凭将军说什么，他总是"喳！……喳！……"地答应着。由于他矜持过了头，反而没把将军说的话听清楚。及至告辞出到差官房，那个差官头儿绞了一把热水葛巾递给他揩脸上的汗，同时笑着说："玉帅托你老哥的事情，可别忘了呀！"他才恍恍惚惚觉得玉昆将军确曾讲过一些什么满人汉人原本都是黄帝子孙，完全是一家弟兄，为什么要你踢我一脚，我揍你一拳呢？又说什么外面那些传说，都是匪人捏造的谣言，居心挑拨；他已经三令五申，不准他部下的旗兵擅出营门一步；甚至连二五八的操期都取消了。将军似乎叫他把这些话多多讲跟人听。后来说到来喜轩里那几位先生快出来时，将军确曾慨叹了一番说，早应该礼请人家回家的。因而嘱咐蒲祖庚代他问候蒲先生、罗先生、邓先生，尤其是颜翰林。并且说："我本来要亲去给他们道喜的。因为有些不便，也不好专派我这里人去，恰巧有你这个人来了……"

黄澜生接着向大家说道："照玉将军这种纡尊降贵、极力拉拢的举动看来，革命党打到京城，摄政王逃回老家，并不全是谣言。说不定清朝江山，硬是要被革命党夺去。革命党头子孙文，难道真要位登九五，戴几天平天冠吗？"

周宏道摇头道："孙逸仙不会做皇帝的……"

他太太一口接过说："我也是这个意思。起先我就跟二姐摆谈过。二姐，该是哈？"

黄太太点头道："是的，幺妹说过。"

黄澜生、周宏道都诧异地问是怎么说的。

"幺妹她说，这个孙什么人，因为他不姓朱嘛！"

周宏道呵呵笑道："幺姑娘的意思，我明白。她以为清朝江山，得自明朝崇祯皇帝，明朝皇帝姓朱。现在清朝垮了台，它的江山该由明朝后人来坐，别的人就不行。可是这样的？是这样，我就要说……幺妹子不要生气呀！……我要说，我给你买的那本《中国历史教科书》，毕竟应该翻一翻。虽然不及什么弹词、不及什么小说好看，但是却可增长一些学识，免得……"

龙竹君早已噘起厚嘴唇说道："你挖苦我没有学识吗？告诉你，我并不晓得明朝皇帝到底姓猪哩姓狗，我只是听见孙大哥同妈妈说过……这话早啰，是宣统即位那个时候吧，孙大哥向妈妈说：'丈母，你老人家该记得？清朝才得天下时候，是一个摄政王、一个皇太后带一个娃娃皇帝，现在又是一个摄政王、一个皇太后带一个娃娃皇帝。照循环道理讲来，清朝气数恐怕要走完啦！'妈妈拍起巴掌说：'巴不得它的气数快点完。可怜崇祯皇帝，吊死煤山，好惨哟！你留心打听一下，看看造反的人里头有没有姓朱的，若是姓朱的出来了，那就好啰！'这番话大家都忘记了。今天同二姐摆到这上头，我才忽然想起。孙大哥的话既已十验八九，那么，到金銮宝殿上去登基的人，咋个不是姓朱的人呢？我的话该没错吧？红不说白不说就教训人……"

周宏道连忙说道："原来如此！的确是我的不对，没有先请教幺妹子何所据而云然……"

黄澜生只顾点头磕脑叹说："我也和孙雅堂议论过这种巧合。当时只觉奇怪。谁也没料到，不过三年光景，江山果然易主！可见改朝换代，天意是早定了的。"他顿了顿，又向周宏道问道："你老弟说孙文不做皇帝，却是什么意思？难道真如丈母所说，要找个姓朱的来恢复明朝的统绪不成？"

"非也！非也！我说孙逸仙不做皇帝，因为他要废除专制政体，实行共和政体。孙逸仙曾经宣言过，革命之后，要建立一个民国，实行像法兰西那样的共和，立法、行政、司法三权鼎立，成立上下议院，由议院选举一个人出来当伯理玺天德……"

黄太太抢着问道："当啥子？百里奚？……怎会搞出一个古人名字来了！"

她老爷笑道："你听差了，是伯理玺天德五个字音。我记得几种新书上都提到过这名字，翻成中国字的意思是大统领。"

周宏道说道："是大总统，不是大统领。"

龙竹君把一只新的金壳怀表摸出来看了看，说道："时候晏了，改天再来讲这些改朝换代的事，好不好？"

黄太太遂也高声问道："轿子喊来了没有？"

高金山、何嫂都在窗外应声说，早已喊到，连灯笼里的蜡烛都点好了。

临到要走时候，周宏道重又拜托黄澜生，一定代他找两听日本鳆鱼。

"我明天就去托邓乾元。我也还要买几听。这种珍品，一定到得不多，不趁早买几听，以后便难买到了。"

黄太太道："怪啰说是路途不通，连柴炭都运不来，咋个这种海味，又能运来呢？"

周宏道说："从上海到宜昌，是外国轮船。从宜昌到重庆，现在也有轮船。从重庆来省城，有大帮麻乡约。当然，只要能够在上海买到的东西，都能运来！"

黄太太道："轮船，我晓得没人敢挡。但是这个麻乡约呢？一个麻子乡约，便有恁大本事，连同志大王都不挡他？"

"二姐，不是麻子乡约，是多少年前，一个姓麻的乡约。他起初帮人顺带点东西。后来就组织起号头，专门代人运这运那。因而便成为全省信帮，又叫作大帮。从此以后，它有自己的运力，又有通袍哥大爷的夫头，随你再烦地方，它都保险通得过。我回来的时候，有几箱子洋书，自己不爱带，我就找到麻乡约。只是打了个招呼说，我到省城便要用的，请他们早点发放。果然，我到省的第四天，麻乡约便把我的书箱挑到。我后来一打听，才晓得麻乡约神通广大，只要是他号上的挑杠，就是火焰山也过得去。像这种海味罐头，何消说；再贵重的东西，他也会平平安安跟你运到的！"

黄太太不由长叹一声道："我看，等不到几天，我们的柴米油盐，都要请麻乡约来帮忙了！"

第七章　垂死时候的钩心斗角

一

郝又三下了课回来，在自己卧房里换衣服。春喜人太矮——她比同时卖到郝公馆来当丫头的春英小一岁，今年虽已十七岁，却比春英和二小姐香荃都要矮半个头还有多。只是肌肉发达，骨骼粗大，有一把气力，这又不是秀里秀气、不能做半点粗笨活路的春英所能企及，更不要说连扫帚都拿不来的女学生香荃了——把一件米色滚青缎窄边的旧呢长袍提在手上，一定要站上踏脚板，或者跪在方凳上，才够得到大少爷的肩膊，才能够给他披好，才不致使大少爷生气骂人！

但是仍被大少爷不舒服地睖一眼，问："少奶奶呢？"

"领着孙小姐、二孙少爷在花园里。经佑吴大娘、何奶妈收拾三老爷的房间。"

想起来了，原来三叔郝尊三有信报告哥哥说，他在资州的事务粗了，闻说道路已畅通无阻，他不日即将带着姨太太和小女返省；请家里人为他把所住的房屋收拾收拾。既曰不日，当然就是三几天的事。当家管事的太太，恰因与二小姐香荃生气，心口痛了两天。尽管听了老爷劝告，吃了两小口裹有沉香末的鸦片烟，也只是暂时好一点，等到鸦片烟性一过，仍然不能支持。因此，许多事情都落到叶文婉的肩头上。也因此，叶文婉便难如平日那样清闲，但凡经佑大少爷换衣服，拿东拿西，乃至篦头发，梳发辫这些事，只好叫春喜兼任。偏偏大少爷不喜欢春喜，任凭她如何尽心巴结，总觉得她太蠢，不及春英伶俐。但少奶奶心里雪亮，晓得真原因所在，并非春喜太蠢，春英伶俐，而是春喜生得丑陋，春英则与跟着高升逃走的春秀（这时，大家都已知道高升便是高金山，春秀便是高大姐。不过在少奶奶的脑子里，还一时不能把那些前尘旧影完全抹杀，偶一提起，仍免不了是"高升拐走

777

了春秀"。除非这一代的人全死光，否则，这污痕是无法摆脱干净的）差不多，虽不怎么标致，却很受看的缘故。自从少奶奶自以为察觉到真正原因，她对两个丫头，便取了两样态度。倘若春英有什么事来找大少爷，比如国文上一个什么典故不晓得出处，历史上一个人名的字音不晓得该如何念等等，少奶奶总勾留在旁边，不特半步不离，还睁着两只丹凤眼，查看两个人的眼神脸色有没有什么可疑的破绽。有时还故意要设些障碍，使这个中年男子和那个芳年及时的少女，不敢逾越；而对春喜哩，由于放心信任，态度遂非常和蔼。在大少爷发气骂人时，总笑劝说："你也是哟！人之儿女，己之儿女嘛！有啥不对地方，好生说就是了，何苦凶声恶气地把别人的祖先八代都骂翻了！亏你还在当先生，教学生，讲新学，讲人道，叫别人晓得，不批评你吗？"幸而郝又三在家庭中间，还不是那种偷鸡摸狗的花花公子。对于春英，并不完全如他少奶奶暗地里疑心的耗子带连夹棒——起下了打猫儿的心肠。所以每当叶文婉一劝解，他倒老老实实接受了。心里尚颇为赞许少奶奶学问有进境。因而，有时春喜服侍得不合意，本要骂几句的，一想到少奶奶的忠告，也只哼两声，瞟一眼，算了！

刚把一件旧的枣红摹本缎的大襟半臂，从春喜手上接来，套在呢夹袍上。听见郝达三在前面窗根下问道："又三才回来吗？"

他应了一声。来不及把豌豆大的空花黄铜纽子扣好，连忙从堂屋里走到前檐阶沿上。

"你晓不晓得朱云石回省来了？"

"不晓得。爹听见哪个人说的？"

"曾笃斋、彭兰村两位，今天来会我，打算借我们这里，邀他来吃顿便饭。"

郝又三沉默了一下道："似乎不大好吧。"

"有啥不好？"郝达三把吹燃的纸捻都忘记凑到烟哨上去，"哦！敢是因为你娘母心口痛，不能经佑客？那不要紧，仅仅一桌客，我已打发高贵叫荐芳园小王去了，无须自己做。光只烟酒茶水，媳妇子可以照料的。"

"并不为此！我觉得朱山这人，值不得同他周旋。"

"这是什么意思？"

"爹莫非不晓得他是同志会委托出省的代表吗？但是他却跑到铁路督办

大臣端方的幕府中去了。唉！这种有奶便是娘的假志士，早为人所不齿，我们还要招待他！"

郝达三那张瘦得只有二指宽并带青色的脸上，立即摆出一种怫然不悦的神气，吃吃说道："这……这……这是啥子话……此一时，彼一时……你只知其一，不知其二……你可晓得他此次回省，具的是什么目的？抱的是什么宗旨？咳，咳……不等闲啊！不然的话，曾、彭二公何以要借我们这里邀约他，还一定托我叫小王来伺候？……"

经父亲这样一讲，郝又三方感到事情并不单纯，其间尚有文章，细心的人应该问个明白之后，再斟酌是非，却怎么一下子便意气用事起来？因又想起去世的母亲便曾评判过他："嫩姜没有老姜辣。"四年过去了，他尽管经历不少事务，看来，处事为人的学问，到底还赶不上父亲的脚后跟。他觉得脸上有些发烧。刚才那种理直气壮的样子，突然就消失了，一颗头低垂着，想不出该说几句什么话。

郝达三看见儿子服了输，也不再说话。两父子默然相对了一会，只听见水烟袋的哨子嗡儿嗡儿地响。

最后，还是当父亲的开了腔："告诉你，朱云石回省，是奉有使命的，是端午桥特为派他来的。不过很秘密，许多人都不知道。他尤其避忌的，是政界中人。为了不露声色，不要被赵季和打探得到，所以曾笃斋、彭兰村都不好在自己家里同他深谈。认为我在争路风潮中难得露面，和官场里的人也没有来往，我这里不大为人注意，而又比较清静，没有什么闲杂人。因才与我商量，借我们这里请一桌客。表面上是我在请客，其实哩……"

儿子连连点头道："我懂得了。只不晓得朱云石奉的是什么使命？你老人家可曾问过他二位？"

"问过的。他们都口紧，不大肯说。后来只彭兰村吞吞吐吐露出了一点口风，说是有关四川大局。究竟是怎么样的有关？他说，等明午人到齐了，朱云石自然会说给大家听的。"

郝又三搔着头皮沉吟道："该不会是易督的事吧，黄澜生说制台衙门里已经发生一种流言，有上谕传来，四川总督钦命叫端方署理，赵季和仍然回到川滇边务大臣原任。老赵把上谕压下，可是大家都已看出一些征兆来了。"

他父亲不以为然道："易督固然与四川大局有关，但这只是端、赵二人的事，那他又何必要找成都这班绅士呢？"

"明午这一桌，到底请的哪些人？爹总该晓得？"

"只晓得一些，有邵明叔，有周紫庭，有颜雍耆，有张表方。除此以外，尚有哪些人，他们还未商定。"

"唔！这样看来，确乎大有关系！"

二

端方统着大队人马，沿着东大路，浩浩荡荡直指成都而进。

他是督办大臣，钦差大臣，而且是"即署"四川总督部堂。在清朝统制行将结束的这个时候，他的夙愿算是达到了。他应该喜欢！应该开胸畅怀地喜欢！他在重庆一切部署齐楚，初初坐着四扶四抬的八人大轿，走上前几个官站之际，情绪确实很好。每到一个尖站打尖，都要邀约几个具有一些新旧学问、能做诗文、能通外务，而又能够谈天说地的幕僚，比如总文案夏寿田、文案刘师培、朱山等，到特别为他设备得相当华丽舒适的地方，一面饮食，一面"纵横三万里，上下五千年"地谈论一些可以娱情而又无干得失的废话。到了宿站，除了接见当地官绅，免不了要打起官腔垂询一些民情物态和地方秩序。之后，仍然是那几个名士，外搭一些干练随员，便围拢来欣赏他随带在身边的什么汉刻拓片啦，宋画真迹啦，以及《老残游记》作者刘铁云的新发现殷墟甲骨啦，当时还不大为人注重的从敦煌石室漏出来的唐人写经啦。这个风雅大员，他来四川的目的，除做总督而外，还有一个，便是要在四川搜集一些古董。他从前做陕西巡抚，因为稍不审慎，接收了属员伪造的八匹汉砖，闹过一次大笑话。现在他知道四川地方的汉代遗物很不少，除几处稀有的汉阙必须墨拓，至于汉砖，那便尽可随意掘发，据为己有了。他对于宋朝的苏轼，也颇感兴趣。他已收藏有宋刊本《东坡全集》，宋拓成都西楼《东坡书帖》十多卷。他向朋友说，苏东坡是四川人，他的墨迹，遗留在四川一定很多。虽说由宋至今，四川兵燹频仍，文物被毁不少，然而未必片纸俱无；只要大力访求，还是找得到的。他对他的这种行为，不仅认为风雅之至，同时还认为于四川也有好处，这是因为他影响所及，足以启发四川人"好古敏求"之风。所以他曾对幕僚们慨然太息：历代的四川督，功名之士多；只有同治、光绪之交，那个安徽人吴棠，在成都创立尊经书院，大刻其书，使四川人知道读书好学，因而文风丕变，名士辈出，真乃继承了汉文帝时蜀守文翁余绪！言外之意，是说他将来的政绩，起码也可比肩吴棠，说不定还可超而上之哩！

但是一过荣昌县，接连接到重庆转来的一些密电，他的兴致便骤然低落，态度也由潇洒而转为急躁，脸上时露忧郁，口中也时吐太息，端方竟自变成另一个患得患失的俗吏了！

形势日非，到处都在闹独立；武昌也一直没有克复佳音；而使他感到惊异的，更其是泰西列强并未出头干涉，甚至连东邻日本，也未听见有何种响动。看来，他的预料，十有七八是靠不住的了。他与夏寿田、刘师培几个自号懂洋务的人研究起来，都只感到奇怪，却说不出为什么会这样。

九月二十二日到了资州。行台设在东街原来的考棚内。这地方宽敞，而资州知州朱岳宾又是一个能干老吏，很会办差，还不等钦差的滚单传到，他早就亲自督率工役，彻头彻尾、彻里彻外，不仅把行台打扮得焕然一新，并且把预备驻扎队伍的城隍庙、禹王宫、万寿宫、天上宫，以及远在北门外的东岳庙这些地方，都布置得很周到。

朱岳宾晓得端大臣隶籍满洲八旗，对于饮食一门，向来考究。只管滚单上吩咐不要办支应，朱知州懂得那不过是句照例官话，若你信以为真，你就得倒霉。因此，自从九月二十二日接到钦差那一天起，他仍然每天支应燕菜烧烤席一桌、鱼翅席四桌、海参席二十九桌。好在资州这地方是大去处，官场应酬多，绅士粮户们对于饮食起居并不模糊，这里的厨官师的手艺，虽不及省城的关正兴，但也有他们的特点，为山东派厨师所不及的地方。朱知州打听到端大人尚能下箸，他放了心。不过尚觉歉然的，便是行台内，除了壁子上点缀几帧时下名家的字画，如前年才告老卸任的资州教官、南溪名士包弼臣的水墨竹石，和他那别有风致的行书；以及资州本地画家杨朝政的浅绛山水外，更无什么古董玩器以供钦差大臣的赏鉴。他又打听到端大人有个怪脾气，无论公事再忙，每天都要为人写几副对联，或者几张单条。但凡下属拿笺纸去敬求墨宝，不但有求必应，即令伺候有不周到地方，他也会格外宽恕。朱知州为了博得钦差大人的青睐，遂也找到一家姓郭的绅士，把他家旧藏的一筒宣纸，裁了一堂屏条，亲自送到行台，"求大人法书，使卑职蓬荜生辉，卑职实实感激无尽！"

只能怪朱岳宾的运气不好。端方自到资州，心绪便乱得像一团麻，他早没有临池挥洒的雅兴；直到十月初七日，朱知州送去的屏条，犹然四幅白纸，还不晓得落到什么人手上，派了什么用场。

端方原来的安排是，到资州后，待大队伍休息几天，把派去下川南同黔军会合，清剿那一带同志军的一个营打发走后，即便启节西上的。却因为大局骤变，北京电报已有三天没接到，他有点发慌，遂将几个更为亲密的幕僚和随员召集到房间里来商量，是按照原定计划再勾留几天，还是不等分兵就走？

所有的人几乎无二致地主张他就走。尤其是上个月曾经奉命先去成都走过一趟的湖北省候补道刘景沂和云南临安府知府弼良二人，主张得更为急切。

刘景沂说："资州地方固然不小。可是比之成都，那便差远了。一则，成都是省会，陆军十七镇大部分拱卫着省垣，午帅接印后，军权到手，不特可以指挥陆军，就连现在调集在成都的十几营巡防，也应服从午帅调遣。那时，再加上我们随带的一标一营精兵，起码也可肃清川西、川南和川东上游。纵令天下多事，午帅也大可以为朝廷保住这片干净土，徐谋恢复的了；再则，资州这地方是通衢大道，四面受敌。现在民匪遍地，异常猖獗，我们所带鄂军，虽说精悍，到底主客异势，人地生疏；而午帅现在尚只是一位查办大臣，这不惟在调动地方军队上不甚得心应手，即在招抚民匪事务上也难敷诚取信。设若午帅赶到成都，接印以后，名正而言顺，情形当然不同了。"

弼良是四川布政使尹良的兄弟。尹良一直充当着端方的坐地侦探，自从铁路风潮起后，他与端方就密电往来不绝。以前，赵尔丰利用他，尚听他的话，有事也肯同他商量。自从端方奏参了赵尔丰，逐步逐步要取而代之，使赵尔丰恍然上当之时起，尹良顿然就变成赵尔丰的眼中钉，要是赵尔丰那时没有顾忌，尹良虽不致有性命之忧，却也难免要丢纱帽。尹良深知这种利害，所以才借弼良的口，极力劝诱端方迅速到成都去。因此，弼良敦促端方西上的理由，比刘景沂说的简单，但颇具体。他说，赵尔丰坚拒不释放蒲、罗等人，更为激起川人愤怒。但在他淫威压制之下，川人又把他莫计奈何。要是午帅一到成都，即将这些人提出释放，这些人都是民望所归的，彼时，午帅所收得的，当然不只是这几人之心，而是全川绅民之心。人心既得，凡百所求，那便不用操心了。弼良所传的尹良这番话，恰恰打中了端方心窝。他遂决定利用这个时机，赶上成都去收买人心，"真的，人心是无价之宝，若果收买到手，岂特四川乱事不平自平，或许当真继承了骆秉璋的勋业，也未可知哩！"

但是就在此际，余大鸿来了，只一席话，又使端方变了计。

三

余大鸿是奉了赵尔丰札委，要他到重庆去统率川东两路巡防军，并改组水道警察，成立川江水师的。

余大鸿本是赵尔丰心腹之一，也算是赵尔丰的传声器，当时所称为"喉舌"，后世所称为"代言人"这一类家伙。因为七月十五日以后，成都几家民办报纸如《西顾报》《进化白话报》《通俗画报》，以及咨议局的半月刊《蜀报》，全被巡警道奉宪命查封；商会办的《商务报》虽未被查封，却自行停了刊。这时，只有官报书局出的一种日报叫《成都日报》的，照常印行，并且增加版面，把赵尔丰出的一些文言或白话告示，翻来覆去用大字刊出。那些告示，大都是惹人生气的，贴在墙壁上没人看，刊在《成都日报》上大抵也没人看。于是官报书局总办余大鸿便别出心裁，另外匿名印行了一种日报，取名《正俗白话报》。用的白洋纸，好油墨，定价极低；不登告示，不登辕门抄；采访的新闻和偶尔一两篇评论，初初看来，倒还真实、公道。公然有了读者，每天发行一二百份，销售不完的不过五六十份。但是不多久，狐狸尾巴露出来了。他在新闻上，不称同志军是匪，却巧妙地报道某处县城失守时，烧了好多房子，杀死了好多平民百姓，绘声绘影地写出来，使人看后，自然而然要对同志军发生一种反感；而写到官兵，几乎个个都是品德很高的读书君子，甚至他们打枪时候都在流眼泪。在评论上他也用了一种手法，比如对赵尔丰，有时也轻轻批判两句，但接着便来个"然而"；还问读者，除了不得已非这么做外，你们能有别的什么好办法呢？诚然，百多个读者不见得都会受他的蛊惑。但堕其术中，减轻了对赵尔丰仇恨的，也有人在，例如学界中的田老兄便是其中之一。田老兄有时竟自向人说："这些新闻不见得全是捏造的吧？"或者说："这些言论不见得全无道理吧？"

余大鸿有这种混淆黑白、偷天换日的本领，当然更为赵尔丰倚重了。恰这时，宜昌修铁路的工人响应革命起义，川江吃紧，滇湘等省纷纷独立，重庆发生恐慌。川东道道员朱有基、重庆府知府纽传善联翩电省辞职。赵尔丰既决心要与端方斗一斗，不甘心把川东这道门户完全交与端方去控制。因就札委余大鸿，以候补道资格，迅赴重庆去抓住水陆军柄。一方面支持朱有基、纽传善；一方面当他的守门犬；还有一层，便是阻断端方的退路。

　　余大鸿又是端方从前的属员，并曾递过门生帖子，"好文讥刺"这点小狡狯，据说就是端方传予的衣钵。今日路过资州，听说恩师宪台在此驻节，以人情言，当然要来禀见请安。（何况赵四少大人还暗示过，叫他漏点风声哩！）

　　两个人都换了便衣，真像老师弟似的，脱略形迹地谈起心来。

　　余大鸿很亲切地连连点头道："师宪所论极是！只要袁蔚帅督师南下，武昌定可克服。彼时京师无故，自佳；即令有故，皇上但能微服巡狩，国脉仍可续存的。门生拙见也是如此，"他又露齿一笑说，"不过不如师宪之精辟耳！"

　　端方拈着颊髯叹道："也只是推测之论，不知将来的趋向到底如何！"

　　沉默了一会，端方便告诉余大鸿，说他决定不日西上。并告诉他，已奉到上谕，钦命他署理四川总督，为了谨慎起见，所以未接事前，还是用查办大臣的头衔，感到好一些。

　　余大鸿假装才知道这件事，连忙站起来，一连三个长揖（本应该破例跪拜的。一则是便衣，可以免去俗套；二则也不敢劳动师宪还礼）道喜之后，便问师宪是否决心要与赵季和以兵戎相见？

　　端方大吃一惊。橐一声，手上一只古月轩内画京料鼻烟壶竟自失落在地。幸好地板上铺的是栽绒地毯，不然的话，这只价值数百两纹银的玩艺，早已粉身碎骨！

　　"老弟，快说……"端方亲自把鼻烟壶捡起来，当一个小跟班奔到身边，他一挥手，把小跟班重新打发出去后，又向余大鸿问道，"胡为说到兵戎相见？"

　　余大鸿满脸惶惑的样子，嗫嗫嚅嚅地说道："难道师宪尚不知道吗？"
　　他的师宪也惶惑起来，只是摇头。

　　然后，这个旧属门生把座椅尽量挪到师宪跟前。并且把声音极力压低到差不多只容许他们两人才能听见的程度，说道："门生听见说，赵季帅已经下了决心，认为朝廷要他回任川边，是一种乱命……"

　　"他敢认为是乱命？"

　　"不特此也！他尚以为不知是谁何捏造的伪命……"

　　"简直目无君上了！"

　　"他说，朝廷既已失政，这种廷寄，哪能有效？若师宪一定要到成都，也可以，除非师宪轻车简从，不要再谈朝命。设若师宪仍旧拥众而西，那他已经布置齐楚；他有陆军一镇、巡防军十一营……"

　　"安心要和我打一仗了，是不是？"

　　余大鸿默然垂下头去。

　　端方满脸泛赤，牙龈骨咬得咕咕作响，似乎要大发雷霆了。但结果只是冷笑两声，道："这太可笑了，赵季和为人，何以粗疏至此……我们现在姑且不论朝命应否遵奉。只就目前情形而论，我与赵季和恰似同处一条破舟，而又当风雨飘摇、洪涛汹涌之际，我二人正宜互相扶持，共渡时艰，才是道理……然而，他却生了异心，不惟不引我为助，反而与我为敌起来……唉……唉！未免糊涂了吧？哼！也罢！我就暂不进省，先派一个人去对他把利害讲清，他既怎地恋栈，我仍然当我的查办大臣好了。如此，他该可以放心让我进省了？"

　　余大鸿本来不想说什么。他知道"两姑之间难为妇"的道理。更其在这种场合，稍不谨慎，便有惹火烧身的危险。何况时局如此险恶，前途又那样黑暗！但在师宪定睛注视之下，要不开腔，也不可能。他寻思了下，才点头说道："师宪所宣极是，派一个人——最好是多派一两人，先行上省走一趟，确乎妥当一些。"

　　及至余大鸿告辞走后，端方把他五弟端锦与夏寿田叫来，把这消息告诉二人时，却须眉奋张、怒气勃勃地说："赵老四混账已极！他要和我比武，难道我还怯畏他不成？"

　　夏寿田看见他发了真气，不好开口，拿眼向端锦示了一下意。端锦立即顺着他哥的意思，也把赵尔丰骂了个狗血淋头。而后才转过口吻说道："不过据我看来，赵四爷纵然糊涂透顶，也不会在这时候，还要与哥争夺权位。

余道所说的话，到底几成可靠，也得研究研究。"

"用不着研究！余道不说，我已知道赵老四与我势不两立。你们没有看见过周善培丑诋我的那篇呈文吗？很明白，文章倒是周善培作的，然而要不是赵老四出了主意，加以鼓舞，周善培敢那样放肆？竟自不顾虑到我接事后予以难堪？可见赵老四居心仇视我，并不自今日始。而今只是由于天下多事，朝廷力所不及，他才明目张胆，以兵力拒我！"

因为生气的缘故，感到周身烦躁。把青缎瓜皮帽揭下，满脑额都是微汗。善于体贴大人冷暖的小跟班，不待呼唤，早将一张热水毛巾送上。

端方一面揩脸，一面向坐在高椅上的端锦与夏寿田说道："现在倒要请你们为我研究一下。不为别的，只是对于赵老四，我应当取一种什么手段来对付他？"

仍然是端老五先开口道："依我的见解，不如就按照哥曾向余道说过的那样办法，派几个人先上省去，向赵四爷疏解一番的为妙。"

"这怎么成！"端方把那熊掌般的肥手拍着桌面叫道，"我向余大鸿说的，只是敷衍他的话呀！倘若当真这样做的话，岂非等于向赵老四递降表！那我以后还能在四川立脚吗？"

夏寿田问道："午帅的意思，莫非真要用武？"

端方气哼哼地泛起两只眼囊略为有点浮肿的细眼睛，不作一声。

"这却要望午帅多加研究一番了！目前赵季和虽说处境不利，但他手上仍然握有重兵；即令陆军不大听他调遣，闻之，那十几营犷悍的巡防军却是他的死党。设若真个交起锋来，我们的力量已觉过分单薄。何况午帅旌节入川不久，诚信尚未敷于四方，大股匪徒因受同志会蛊惑，仇恨午帅，甚于仇恨赵季和。今天董提调报称，风闻威远、富顺等地的土匪与同志军，大有进扰我军之势。万一赵季和与之勾结，使其乘我之暇，蹈我之隙，则我四面皆敌，进退失踞。那时，试问午帅将何以自处？所以说到用兵上面，委实应当多多研究，不可孟浪……咳，咳，不可孟浪！"

端方当下仍然不作一声，似乎接受了总文案的忠告。但是到夜里，还是把随在身边的陆军第十六协协统邓成拔、三十一标标统曾广大、以及原任三十二标一营管带、到重庆后忽然提拔为营务处提调的董作泉三个人，叫到他房间里，非常细致、非常深刻地谈了一两小时。等到第二天，他才当真下了手谕，说要暂时驻节资州，以便指挥；叫随行文武官兵勤加职守，勿得懈惰！同时，又饬令朱岳宾减少支应，以节物力；严查奸宄，以杜谣言。更厉害的是，所有州城官商旅店、流差站房、茶坊酒肆、居民住户，都须连环具保，不得妄留一名外来形迹可疑之人！

他这办法，无异于宣布戒严。大家以为他在防范侧面的同志军和土匪。稍知内情的，也只认为在防范当面的赵尔丰。只有很少数的人，才知道除了二者之外，更主要的在防范他自己身边的湖北陆军。他从邓成拔、曾广大两人口中，了然到他所带的鄂军，精锐确实精锐，军风两纪很好，就只有些不大可靠。当提到要这般军队舍死忘生去为他端大人打仗时，邓成拔首先沉吟着说他没把握。他坦白地申明，对于普通士兵的情况，他无法知道；一班下级军官，在他跟前，循规蹈矩，唯唯诺诺，他们心头想些什么，他还是无法知道。他老实朝曾广大身上一推道："曾标统比较与那班人接近一些，那班人是否能为午帅效力？曾标统可以禀报！"

曾广大对于兵士与下级军官的思想情况，虽不比他顶头上司邓协统知道得多好多，深好多。但他与手下人见面时候经常一些，即令谈话范围未能扩大到思想领域，到底由于肯接触，谈起话来，比较随便的缘故，不知不觉之间，的确被他摸到了一些边。

于是他把胸脯一挺，不假思索地道："兵士们可以为大人效犬马之劳的，首先要求大人加赏他们一个月的月饷……"

端方欣然微笑道："这有何难！只要保我到成都，头天到，第二天便可加发恩饷二月。"

"部下尚有未尽之言……其次，是要求大人准许他们在一两个月内全部撤回湖北……"

端方脸色立刻变得阴沉起来，把手一摇，止住曾广大的话头。同时掉向董作泉问道："湖北的消息，他们晓得了吗？"

董作泉伺候大人久了，朝夕相见，无话不谈，态度已不似从前那样拘束，而是自然得多。因即带着微笑说："大概不会吧？自从离开重庆，由湖北寄来的信，已经很少；偶尔有一些，经检查内容，也只谈的是家常琐事。我们商量了一下，恐怕有什么暗号藏在字里行间，不易查出。为了秉承大人意旨，防患未然起见，所有来信，全予销毁，无一字漏出。并且到达这里之后，又加紧了营规，除了结队出操，士兵不许一个人擅出营门；早午晚三次点名，只许睡在病房里和关禁闭的，才免予应点外，其余的人不许不到。这样加紧管理着，外面的谣言，大概无法传入的了。"

"然则，他们何以会想到撤回湖北去呢？"端方垂着头寻思了一下，又问曾广大，"这两种要求，是什么人提出的？"

"是部下与几个管带闲谈时，他们有这样的口吻。"

"啊！原来是管带们的私见，不见得是兵丁们的公意吧？"

董作泉不经意地把头摆了摆。端方看见了，便问："你的意思是……"

"我看，倒不完全是管带们的私见。因为士兵们出来久了，在路途上的时间又多，难得接获故乡音信，想回去看看，倒是人情，或者没有什么别的用意。"

端方当下又换了一种话头，要他们去查明一下，要是开往成都时候，万一与赵尔丰的川军冲突起来，他们能不能为他把川军打败，把赵尔丰捉住，治他一个"违抗君命之罪"。

不用查，邓成拔、曾广大不约而同地齐说："请大人明鉴！兵士们都不愿意打仗！"

"不愿意打仗？"端方吃了一惊，"他们可明白为什么随我入川？"

"这是早已宣布过，是为了保护大人！"

"保护我，就不打仗吗？"端方的脸色难看极了。

两个雄赳赳汉子很像庙门口的哼哈二将，看起来还可以，就只一百个不开腔。

等到把二人打发走后，端方才向董作泉发作道："哪里是兵丁们不愿意打仗？明明是他两个不为我出力！吃粮当兵，打仗就是本等，何至于说到不愿意打仗？……"

及至端方的气稍稍平静下来，董作泉才慢慢说道："大人倒不要光是责怪他两个。他两个为了自己前程，巴不得为大人效劳到底。现在，他们之所以东推西推，实实因为他两个已经查觉士兵们不大听从指挥，如其强勉士兵们去与人开火，他们难免不首受其祸，那时，连大人都有未便的缘故。"

"照你这样说来，军心已是动摇了！"端方只觉满脑袋都在冒冷汗，"这怎么好？"

"大人不必过虑。只要驻在资州不动，照目前这样加紧防范着，是不会出事的。若是一开动，和外界接触，那……"

四

想不到才几天工夫，局面就变得如此地糟！

京城电报不通，证实云南确已独立。云南独立了，贵州岂能例外？看来河山变色，已成定局；传说的摄政王爷逃出山海关外，隆裕皇太后自缢殉国，宣统皇帝不知流亡何所，大约也不全是谣言。唉！前不数日，他端方尚是权势赫赫的一员钦差大臣，尚雄心勃勃想作骆文忠公第二。而现在，不仅顿然变为一个恓恓惶惶的孤臣，甚至还四顾茫茫不知如何逃死！

"寻根究底，都是赵老四害我！"端方颓然半瘫在一张宽大的太师椅上，神气索寞地向众人叹息道，"万万没有料到我这样一个淡泊宁静、胞与为怀的人，会为宵小所乘，陷于绝境。我现在心绪很乱，想不出一个自处之方。"他把那只刻不离手的鼻烟壶重新揣在怀里。举眼把坐在四周、脸色都无光彩的幕僚和随员们，看了遍，继续说道："很不幸的是，诸君被我牵累，遭此疾凶。苟能牺牲我一人，而为诸君造福，固所愿也，但不知诸君尚有自救之方否乎？"

他这样一说，众人怎会不被他打动？何况患难相同，只要救得了他，也救得了自己。因此，平日不大用心，只晓得遵命办事的一些人们，现在都成了诸葛亮，你三言、我四语地发出议论，并献了许多计策。

其中似乎可以采用的，一是退回重庆去，据以自保，看形势变化如何，再作将来之计。

但是立刻有人提出异议说："这个不好吧？重庆看起来，仿佛是一个险要之处，二江交汇，四山回合，可是坏也坏在这上头。因为它是水陆交通要枢，攻易而守难，假如要据守，非有重兵不可。我们现在兵力单薄，守是说不上。并且听说午帅启节之后，地方情形很坏，朱道纽守有辞职之说，不良士绅有蠢动之势，最近几天，更不知变成何等模样。我们退回去，岂非自投罗网？恐防比在此地还要危险数倍。重庆是不能退回去的！"

二是带着队伍，从川北取道陕西，到达汉中，再定行止。那时，武昌若已克服，则沿汉水而下，京师若还无恙，则越陕洛而上。总之，迅速离开这个四塞之邦的四川，那便"海阔随鱼跃，天高任鸟飞"了。

然而不以为然的人却不少。有的担心道路迂长，既险且阻，不知走得通走不通。有的担心华北已经在闹事，陕西未必安定（他们不知道陕西早已独立，西安驻防旗人还遭了一次浩劫。因为彼时川陕间尚无电报，西北方面许多重大消息，尚未传入川境），要是贸贸然走去，说不定比去重庆还更危险。邓成拔、曾广大两人尤其不赞成。他们非常肯定说："只怕走不到汉中府，军队就会哗变的。"

三是不顾一切，依然奔向成都。因为从重庆到资州，系按官站走，走了八天；从资州到成都，仅仅三百八十三里，按站走，也只四天，破站走，不过三天，若是急行军，两天多一点也办得到。只要冲到成都，赵尔丰未必敢动手。献计的人还补充一层据说是尹良也以为满可行得通的办法，那便是说，成都尚有驻防旗兵好几千人，统于将军玉昆之手；玉昆与副都统奎焕一直与赵尔丰不侔，又一直颇得民心，"我们到了成都，立刻与玉昆联合，互相掎角。赵尔丰纵有不轨之心，也绝对不敢动了。只要把赵尔丰制服了，我们据守着这个省会'任他风波险，稳坐钓鱼台'这样一来，岂特解了我们目前困厄，即于未来也有很大好处。"

不待邓成拔、曾广大、董作泉三个人提出异议，端方本人早便闭目蹙眉叹道："设若军心尚固，听从指挥，我何以还迟徊不进，向诸君问计？……唉！为我个人计，我倒想依照余大鸿劝我的话，轻车简从，离军到成都去，面与赵季和一谈，只要我表明不再觊觎他的总督高位，或者他可以一席之地容我苟安的……"

不等他说完，若干张口都发起言来。嘈嘈杂杂，虽然不甚听得十分清晰，但大意不外乎不赞成他这样辱身求全。有的说，离开了军队，等于是蛟龙失水；有的说，轻去成都，无异于虎落平原。末后，夏寿田止住了众人，轻声细语说道："午帅的话，当然是不得已而出之的下策。然而，派人去向赵季和疏解，晓以合则两利俱存，争则两败俱伤的道理，我以为仍是可以试一试。赵季和若听信了，只要我们能够平安率队到成都，那时，再想别的办法来对付他。"夏寿田用眼把众人瞬了瞬，"这是极其机密的话，不管什么人，只许听在心头，却不许泄漏一字的……对付的方法之一，比如刚才有人说的联合玉将军互为掎角，就很可采用。而且当兹革命排满潮流汹涌之际，玉将军为了自保，岂止会欢迎这么做；进一步尚会与我们同生共死，相依为命。那时节，除了对付赵季和恢恢有余外，并且还可依赖旗兵，以防范我们身边军队的异图，是之谓一箭而双雕落，午帅以为可乎不可？"

当下好些人都觉得这个九头鸟的确有他的一手。遂都高喊："妙计！妙计……"端方也不由摸着颊须，舒眉微哂道："你这条连环好计，何以不早说出来，也免我两夜不能成眠？"

"我也是两夜里辗转反侧，方想到的。"夏寿田得意地这样答说。其实他辗转反侧两夜，并未想到这条妙计，而是当前大家磋商研讨时候，他才偶然触了机。他只是不肯老实说出来罢咧！

端方忽又脸色一沉道："计倒是好计，万一赵老四不肯与我和解，即使口头和解而仍不容我率队去成都，那又如何对付呢？"

夏寿田一时也抓耳搔腮，答应不出。

骨瘦如柴，两颊下削，脸色青白得很像一个老烟瘾的刘师培，微微咳嗽了两声。众人知道他要献计了，也知道他一向能够用心，几次谈论时势，都比许多人高明，端大人也最喜欢听。大家连忙静了下来，要听他这次的高见。一则也因为他说话的调子很低，坐得又离太师椅远一点，要不这样，大人听不清楚，会生气的。

但是这次刘师培的声音偏又响亮，并且话说得简短，不似平日那样旁征博引般冗长。他说，他曾与朱山研讨过，不管北京的传说是谣言或是实闻，看来，革命独立已成目前不可遏制的潮流。成都绅士固然不是革命党人，但也不失为识时务的俊杰，若说他们不想顺应潮流，乘势造成一个局面，未免把他们看得太笨。现在他们之所以尚无动静，当然由于赵尔丰压制所致。设若这时候午帅派人阴与联络，许可他们若是欢迎午帅去到成都，午帅立即会同他们，宣布独立，新政府中，决定安插一些人，他们一定满意。这样一来，绅民欢欣鼓舞，即令赵尔丰要压制，也压制不住；要阻挡，也阻挡不了。因为时势所趋，他纵有大兵，也会无能为力。何况他依赖的士兵，还是川民子弟，子弟哪里有不听兄父之言？而川绅则是士兵父兄。比如龙泉驿的士兵，便已戕杀官长，高喊革命，这就是一个显明例子啊！"迨到午帅宣布独立，获得人心，赵氏只好拱手相让，玉昆亦必举军相从，彼时午帅或进或退，都绰绰然有余裕，岂不大有愈于困处一隅，或颠沛道路乎？"

端方尚正思索，到过成都住了几天的刘景沂，以及不仅到过成都，并与署理四川布政使尹良密切商谈，比较知道一些成都情况的尹良的兄弟弼良，齐扑扑站了起来（大家说话都脱略形迹地随便坐着。独他两个会不约而同站了起来，大概太兴奋了吧），同时说："刘文案的话说得太好了，望午帅不要犹豫，即刻采纳施行的为是！"

但端方还是向别一些人问道："你们看，可以这样办吗？"

当然可以！在这时候，谁还能说不可以呢？

讨论结果，端方遂分派了两批人出发到成都，分头进行幕僚们所献的计策。一批四个人，是端锦、夏寿田、管荡之、董作泉，带了几挑古董字画去谒见赵尔丰疏解。疏解要点，是端方亲笔写在一封信上，不尽之处，再由端锦、夏寿田面陈。这四人稍后一步走。而前去联络绅士的一批三个人，却先走了一步，只稍带了一些无款识的端溪砚台，和几部宋拓的极其精美的碑帖，以代替有形迹的信函。这三个人，就是刘师培、朱山、弼良。

五

这个时候，成都局势也正急转直下。蒲殿俊、罗纶、颜楷、邓孝可这四个首要，果在九月二十四日的正午，衣冠齐楚地由来喜轩被邀请到五福堂。

五福堂这天，也热闹非凡。除了周紫庭、邵明叔、徐子休、曾笃斋、廖治、樊孔周，以及许多有声望的绅士之外，甚至年将八十，久不抛头露脸的伍崧生老翰林，也穿着马褂，拄着拐杖，被请到了。正印官员在场的，有布政使尹良，有新被委派接署提法使的龙绂瑞，有恳辞不得、只好暂时留任的提学使刘嘉琛，有盐运使杨嘉绅，有劝业道胡嗣芬，有兼署巡警道于宗潼，同时他又是成都府知府。武官方面，只有才从新津赶回来的提督田振邦。驻防军方面，也只有副都统奎焕到了。将军玉昆说是有病不能来。有人说，玉昆之病是托词，实际是七月十五逮捕人的时候，没他，现在释放人的时候，他又何必来凑热闹？又一说，从七月十五以后，玉昆与赵尔丰意见不合，并曾密函庆亲王奕劻，弹劾过赵尔丰专断无君；两个人从不见面，甚至电话都不通；只有赵尔丰时不时送封亲笔信去，而玉昆却从未回过信；今天当然不会来为赵尔丰捧场！

一句话说完，五福堂内，官绅济济，言笑晏晏；大约为了暂时不破坏大家的好心情，似乎都有默契，彼此笑脸相对之际，只是谈一些无干得失的空话。尤其是尹良，一句话一个哈哈，不是在这个人面前讲嫖经，就是在那个人身畔论赌法；并且拿出他预先画好的（就只没有裱褙装潢，想是来不及了！）一幅幅水墨山水，都已落了双款，四个首要，各人奉赠一幅，口头打着哈哈说："不成六法，见笑，见笑！兄弟自己有一帧行乐图，迟日送请指正，并求法书一题哩！"

原定程序是，赵尔丰还得同蒲、罗、颜、邓四位先生当面谈一谈，由四人表白决心帮助他收拾这个残局；而后再由周紫庭、曾笃斋从旁保证；而后便大摆筵席，作为结束前嫌、重联旧好的象征。

但是大家伫候了差不多两个小时，赵尔丰才遣人传出话来说："大人因为有紧要事情，不能出来亲送四位大人老爷的大驾，请四位大人老爷深加原谅！明天，大人设有便酌，务请四位大人老爷赏光！"

大家一怔，都明白这倒不是赵尔丰拿架子，实实因为当着众人太难说话的缘故。

当天夜里，一班曾经在来喜轩作过羁囚，以及一班与时局有关系的绅士们，大约有二十多人，都聚集在纯化街咨议局议长住的地方。他们应蒲殿俊、罗纶之邀而来。彼此见面，除了应有的一番慰安庆幸话外，一开口便说到省外的革命风潮，说到省内的糜烂局面，不约而同，都要问他们："今后怎么搞呢？"

比在七月十五被捕以前尤为白胖一些的罗纶，嘿嘿笑道："大家商量嘛！"

风采如故、意气还是那么风发的蒲殿俊，噙着一根长叶子烟杆道："没别的，先给大家吃一颗定心丸要紧！"

几个人同声问道："什么定心丸？"

罗纶解释道："是这样的。我同伯英还在来喜轩里，就曾研究了一下，想到四川的乱事，起因于争路，促成于七月十五我与诸公被捕。父老兄弟流血牺牲，奔走号呼，何莫为了这两件事情？现在盛宣怀罢免，国有政策无形取消，是争路目的已达；我们平安释回，又被礼为上宾，是赴救之志亦遂。设若把这两件大事陈诉于父老兄弟，父老兄弟一定心焉喜之；而后再同赵季和商量一个减捐税、除苛政的办法，克日施行，用以答报父老兄弟。这样，庶几可以把危如累卵的四川，挽救于万一。伯英说的定心丸，便是这篇普告全川父老兄弟的文章。特邀公等共同商量，首先看这样办，可以吗不可以？"

众口齐说："好得很嘛！怎么不可以？"

只有周紫庭沉吟了一下说："办法固未尽善，不过除此也别无收拾之方。姑试为之，未尝不可。"

当下居然惹起好些人批评周紫庭不应该怀疑。甚至有人愤然说："蒲罗两位先生身系全川人民重望，他们遭了意外，人民既然舍生忘死来救他们；而今他们得救了，说人民会不听他们招呼，这简直不可思议了！"

周紫庭还是那样好脾气，仅仅摸着八字须笑道："我不过多一点顾虑而已，并无别的意思。不过这篇文章不大好措辞，不知对赵季和有没有非难地方？"

有人直率答道："当然有！"

邵明叔摇头道："不好吧？"

"有啥不好？是非不可不明！"

蒲伯英微微笑道："目前还不是明是非的时候。"

"那么，这文章如何下笔呢？"

罗梓青道："我已托人拟了一篇底稿，"说时，便从条桌抽屉中取出一张通行长信笺来，"请大家斟酌，斟酌。"

众人争着要先看。徐子休主张找一个人高声念出来，免得传观耽搁时候。王又新道："让我来念。但是有言在先，请诸公不要打岔我。如其打岔了，我就念不下去。我念文章向来就有点口吃的毛病。"

王又新所念的文章是：

全川父老兄弟公鉴：近因乱事日亟，民不堪命，赵督帅蒿目时艰，为大局起见，与在省官绅协商，请蒲罗诸先生共图挽救之法，以期官绅一气，开诚布公，保地方之治安，拯生民于涂炭！现蒲罗诸先生等，已于二十四日，一体礼请出署。我全川父老兄弟关怀此事久矣，用特飞函奉闻；并请广为传播，俾众周知。所有因争路肇事之处，更应详为开谕，劝其解散。现赵、端两帅悯念地方糜烂，均极痛心，如能和平就抚，决不轻戮一人，亦断不追究既往，天日在上，某某等亦当同负其责！公等肇事之初，本为捍卫桑梓，保护善良，而同胞转因此受无穷之苦，富者破家，贫者丧命，流离颠沛，惨不忍闻，仁人义士亦必有所不忍；窃愿力为挽救，不负初心！至铁路事件，现已有正当办法，决不为外人所有。其他善后抚恤各事宜，蒲、罗诸先生既出，即当官绅协定，迅速施行。顾瞻四方，无任涕泣！某某等叩。

王又新刚念完，许多人都赞可道："要得！只能这样含含糊糊地说了！"

更有人下了一个批语说："此之谓羚羊挂角，无迹可寻。不过总觉得案牍气重了点。"

周紫庭又沉吟着说道："也还可以。只是后面两句说，其他善后抚恤事宜，即当官绅协定。这是有关系的话，似乎不能由我们单方面许愿吧？"

蒲伯英把叶子烟杆放下，并把桌上洋灯的灯芯稍微扭了下，使得房间里更为亮了些。一面回答说："紫庭先生虑得极是。我们研究好后，准备明天带进制台衙门，再交赵季和斟酌。得了他的同意，还应把协定各款，商量出一个轮廓。看是先发这篇文告吗？或者与协定同时发？我们并不拿主张，一切由赵季和去决定。如其他认为这样不妥，或者就不发表这篇文章，也由他。至说这东西案牍气重一点，因为就旁的人立言，不得不尔。缓一两天，等我亲自动手，搞一篇像样子的有血有泪东西，用我们十一人的名义发出去，作为一个交代。"

"对！对！应该如此！应该如此！"周紫庭感到很满意。

邵明叔问道："到底哪些人列名呢？"

"何用说！除受枉的诸先生外，都该列名。"

"领衔的人呢？"

"当然还是伍崧生老先生啊！"

一班绅士在吃咨议局为蒲罗正副议长备办的压惊酒席时，大家都非常高兴，连最谨慎的周紫庭都这样想："只要赵尔丰同意，把这篇文告发出，四川乱事，纵不即刻敉平，总可有个转机。只求四川能够恢复到争路风潮以前，任凭中国再乱，我们这个四塞之邦，也能保其无虞，而免遭受革命之厄的了！"

两天之后，文告果然发出。尤其在成都，几乎每条街都贴了一张在极

其打眼的地方。看的人也多。可是出乎官绅们意料之外，百姓们的反应却
不大好。

比如盐市口傅隆盛这个伞铺掌柜，看了这张木刻大字公告，听了通文墨
的人讲解一遍之后，他一走进耗子洞茶铺，便高声大嗓子向熟人们吼叫道：
"妈哟！好头的事！闹到这步田地，人死了一铺缆子，还说他狗日的是好
人！还要叫我们听他狗日的招抚！还担保他狗日的不治我们的罪！你们说，
天地间有这样的道理不？"

当然，向来与傅隆盛一鼻孔出气的人，都同他一样的意思：蒲先生、罗
先生只管放出来了，赵屠户还是该反对！"他狗日的拉的命债太多了，我
们宁可欢迎那个端满巴儿，也不容他杂种再蹲在我们脑壳上！"

六

席散之后，葛寰中看见刘师培、朱山、弼良分别邀约周凤翔、邵从恩、
曾培几个人，有的到对厢书斋，有的到花园，说是去欣赏宋拓碑帖——左右
不过那几本什么云麾李思训碑啦、化度寺碑啦、澄清堂帖啦、真绛帖啦等
等，都早已看过了，纵说纸墨光丽，逸趣横生，也值不得这样欣赏！何况那
个刘师培，尽管大家恭维他学问好，听说他写的字连小学生都不如。可见看
碑帖是虚，其实是别有图谋的。他本是"闯酒候光"的"不速之客"，别人有
事，应当回避他，他自己也应当知趣点，走开为妙！

于是揩脸漱口之后，吩咐何喜叫大班提轿子，向彭兰村道谢而去。

差不多走了三条街，葛寰中猛然想起，他的旧上司周善培一自被参辞脱
提法司，他还没有去亲候请安。知道的人，自会原谅他公忙。但在一般人
眼里，那就难免要怀疑他势利。此刻恰恰有空，为了不叫人批评，遂命大
班改道去周公馆。

周公馆的确有异于往昔！首先，大门外便看不见一乘轿子。不特没有
绿呢蓝呢等大轿，就连轿铺里的黑油篾篷小轿也没有。走进花厅，也有一
种冷清清的气象，墙壁上的字画，坐具上的披垫，全收了。

周善培一身便衣出来，态度很是潇洒。让座后，不等葛寰中开口，先
就一个哈哈笑道："你来得好！我这两天很清闲，正打算找老朋友来谈谈。
不过我们得先来个约定。第一，不许说慰安话；第二，不许说奉承话。要晓

得，端午桥参了我，倒给了我一个难得机会，使我在这吃紧关头上，得以洗清满身积垢，还我本来面目；至少，可以叫四川人明白我姓周的，纵有对不住国家地方，却万分对得住四川人；目前或许还有些误会，将来是非总会大明的。到那时，再烦老朋友作个见证，当前，倒不要你们为我抱不平，这是一。"他送了茶，接过跟班递去的水烟袋，并且让葛寰中把雪茄烟哂燃，接着说道："其次，我要说的，凡百维新，官场恶习，实在也该洗刷洗刷。何况我现在已经是无官一身轻了。我们彼此称谓，不宜再用那些恶俗名词，什么大人啦！卑职啦！宪台啦！属下啦！听起来，实实令人肉麻！我们最好是兄弟以待。夫子曰，四海之内，皆兄弟也。新名词叫作同胞。若说尔汝相呼还不习惯，那就叙一叙齿吧，你似乎长我几岁……然则，你是老兄，我是老弟，既合于古，也通于今，端午桥闻之，也不会说我怪癖的！你说对么，老兄？"说完了，还带了两个哈哈。

葛寰中开始倒怔住了。继而想了想，遂启齿笑道："门生却不便与先生拉平呀！"

"怎么又门生先生起来？你拜过我的门吗？"

"难道先生竟忘记了？门生不仅递过帖，磕过头，还参拜过太师母与师母来的。"

"哦……果有此事。然而'人之患，在好为人师'。我当时何为那样愦愦……也好，我们打个折扣吧，你只管以先生呼我，却不许自称门生。"

"这怎么可以？"

"都以我字相称，有何不可！"

果然，不拘礼数，两个人谈得更其自如了。谈到当前时势之糟，两人见解完全相同，都认为革命党之所以如此得势，并非革命党本身有什么了不起的地方，大都由于朝廷自己造成。亲贵争权，政以贿成，且不说了，"如其早点效法德日，改为君主立宪政体，俾天下俊杰，各在其位，各舒其志，革命党的邪说，是不会动摇人心的！"及至谈到四川局面，两人的见解便略有不同。葛寰中还是他的老看法，以为四川乱源，固然源于争路风潮，而弄到不可收拾之境，还是因为赵尔丰之无定见。

周善培摇头叹道："你是局外人，又在事后论人，无怪要对赵季帅多所指摘。其实，赵季帅何能负责，他只是代人受过而已！我问你，我的那篇上端午桥的长文，可看见过？”

“熟读过几遍，先生的文章……”

“我不与你论文。我只是说，看了我的那篇东西，你就应该明白四川之乱，孰实为之，而孰令致之了……”接着便把文章中质问端方的三层，自己背诵起来。越背诵，声音越高，显然已抑制不住他那满怀愤懑之气。

“你看，他既玩弄了赵季帅，到头来，反把一切罪责，卸在赵季帅身上。尤其可恨的是，无中生有，把我拉在中间，想置我于死地，以报我代王采帅执笔，奏劾他与盛杏荪误国的宿憾……真是，找遍中外古今，也找不出像他这样的小人来！”

在这个情况下，葛寰中只好违约，既慰安了一番，又奉承了一番，还颇颇扼腕地为之抱了一番不平。

“然而小人枉自为小人！我的那篇长文传播之后，不管是同志会、同志军、哥老会、革命军，都完全了然川乱的罪魁祸首，到底是谁。因而，对于赵季帅不惟有恕词，抑且悯其当人傀儡。听说，现在已有数万之众，把端老四围在资州，要和他算账；端老四业经弄到走投无路了！”

周善培称心乐意地笑了笑。又抽了一袋水烟，问道：“日来，你可有关于端午桥方面的消息没有？”

“有的。适才在一个至好家里，正遇见几个由资州来省的人……”

“什么人？由资州来，一定是端午桥方面的人啦！”

“大概是的。”葛寰中遂从头叙说，他之去郝家，本有一点小事。不意跨进客厅，恰遇着曾笃斋、彭兰村借郝家地方请客。是时，正上大菜，大家邀他入席，他推托不了，只好做了个临时陪客，除郝家父子外，是周紫庭、邵明叔、张表方、颜雍耆数人。正客中间，只有一个朱云石是见过面的。其余二人，却是初会，“经郝达三介绍，方知一个顾长而瘦的，是鼎鼎大名的刘申叔……”

“刘申叔，何人也？”

“据说，就是曾在《民报》上写过文章，学问很好的刘光汉，又名刘师培的这个人。”

“哦！我晓得这个人，是个有文无行、不甘寂寞的民党。他早已在端午桥幕中当清客。此人不足道。不过这时来省，也是有文章的。还有一个，又

798

是什么样人？”

“是京师旗人、云南临安府知府弼……”

“弼良！这是尹良的兄弟呀！”周善培霍地站起，一步便跳跃到葛寰中身边。举止那么轻捷，完全失去了那种大员们的雍容仪态；并且不像是已过三十年纪的中年人，满脸急遽地问道，“他们说些什么话……告诉我！重要之至！重要之至！咳！弼良又偷偷上省来了！两弟兄又不知要捣些什么鬼！”

葛寰中也站起来回答说：“席间只谈了些空话，丝毫没有涉及时势，无论是省外的，还是省内的。此外，就只观赏过几册宋拓碑帖……”

“是郝议员家的东西吗？”

“不是。郝家父子向不考究临池的。想来，是端午桥的东西，因为签条上都题有陶斋珍藏……先生怀疑这些人来省，其中定有文章，我也有此同感。因为刚散席，客人便与陪客挤眉弄眼，相率走到对面厢房去了。说是研究碑帖，当然，那是托词，只不过要回避我这个生人罢咧。而且这一席应酬也怪，主要客人与陪客之不伦类不说了，只论曾彭二人，为什么要借郝家地方请客？难道请到他们自己家里便不成吗？……”

“你的意思呢？”

“那何消说，不过为了避人耳目。”

“其中究竟，惜乎你不问一问郝议员。”

“问也不中用，他们不会说的。因为我入席之后，就察觉郝家父子都有一种踟蹰不安的神气。”

“这更值得研究了……”

周善培背负着两手，在光光的地板上踱了两个圈子，忽然把脚一顿道：“无二无疑，决然耍的是这种把戏！”随即站在葛寰中跟前，睖起一双微凸的金鱼眼珠，咬牙切齿说道，“总之，我不能让端老四的诡计得逞。此人如果上了省，我周善培还能不遭其毒手之理？我与端老四已经势不两立了！”

葛寰中心里一震，想不到他偶然捎来的这点消息，会发生这么重大的影响。他不禁问道：“先生打算怎样办？”

“现在还说不定，首先要打听清楚这几个人来省的目的究竟是什么，”顿了一下，“我找吴璧华商量商量。我看，要破端老四的诡计，还是要仰仗赵季帅。好在季帅与端老四，也是道士的发髻，挽紧得不容易解开的了。”

七

几天当中，把这个高等学堂总理周紫庭麻烦得不住叹气。

他是一个世故极深，而又最为谨小慎微的好好先生。自谓平生没有祸害过人，没有做过半星恶事；也未帮助过人，未做过一桩好事。现在行年已过知命，正是颐养天和时候，怎么还能牺牲素抱，来搞一些于己无益、于人也未必有好处的事情？因此，当争路风潮汹涌澎湃之际，连八十老翁伍崧生翰林都不免扶杖褰裳，逐逐于诸少年之后，号呼奔走，既愤且悱；而他从头至尾，仅仅参加过一次，不但没有发过言，而且没有动过容。当然，七月十五以后，他更游心物外，一尘不染；就在暑假当中，他也每日必到高等学堂，邀约二三知心好友，在深深的竹园静院里，饮酒、品茶、作无情对、敲诗钟，以遣永日。

这样一个世事洞明、超以象外的先生，何以那一天，会被人拉到郝达三家来，惹了一身是非呢？说起来也在情理之中。约他的人只是告诉他，刘申叔带来端陶斋收藏的几本宋拓，不特精妙绝伦，还是海内孤本，不可不一饱眼福；而刘申叔又邃于经史典故，也是浊世中一个难得的佳士，不可不与之一谈。两者俱投上了心眼，你怎能怪他不欣焉命驾呢？

当他的学生周善培青衣小帽，坐了乘轿铺里的对班小轿，到南大街他的公馆来晋谒老师时，他不等学生拜揖完毕，便皱起眉头笑道："你来，是不是要请教我那天共刘申叔、朱云石、弼焕然三人，谈过些什么话吗？"

周善培那么伶俐的一个人，也不禁惊呼起来道："先生真果圣智如神了！"

"不奇怪啊！假如事不关己，你这个丢了纱帽的大员，怎会暮叩柴扉，下顾到我老朽呢？"

一阵哈哈大笑。让座，送茶，递烟袋。

"这两天我心里憋得好慌。你不来，我也待找你了。孝怀，你得当心！假使端陶斋所谋苟遂的话，于你是不利的！你今天来找我，莫非已听见什么风声了？诗云：'鼓钟于宫，声闻于外。'古人阅历之言，一点没错啊！"

学生懂得先生的脾气，说话与作文一样，在点题之前，一定要用若干闲笔动荡，谓之蓄势。并常引"将军欲以巧胜人，盘马弯弓故不发"这两句诗，以为是作文妙诀。因此，当他方正盘马尚未弯弓之时，你千记不要打岔。如其不然，他那支箭，就更不容易发出来了。

果然，在周善培耐心静聆之下，周紫庭才缓慢而老实地告诉他，刘师培等之来，原是奉端方差遣，游说成都绅士："现在各省都独立了，四川何以尚无动静？这自然是因为赵季和不愿意。赵季和之不愿意把政权交出，让四川独立，一半固然出于他贪恋权位，一半也由于他平日暴戾恣睢，多行不义，招来七千万川人怨毒，生恐政权交出后，大家欲得而甘心之。但独立已成为当前潮流，违反潮流，必有后灾。川人若不及时摆脱赵季和压制，而顺应潮流，则未来灾祸，准会落在川人头上。那时，赵季和固难幸存，而川人亦必与之同归于尽了。今为川人计，只有从速欢迎端陶斋来省，共谋抵制赵季和，即时拥戴端陶斋独立。如此，四川便可出水火而登衽席矣！"

这个高等学堂总理记性真好，他仅仅心烦意乱地听了一遍，居然能够撮其大要，把三个人的话组合成一篇首尾具备的短章，而且不掺杂自己一毫意见。只是说完后，补充了一段："端陶斋兵力虽嫌少薄，但他们说，都是鄂军精锐，器械亦甚犀利，万一冲突起来，川军实非其敌。所以他们深望川绅一面派出代表前去资州欢迎，一面切告川军，勿再服从赵季和乱命。假使赵季和要依赖武力以抗前旌，就叫士卒们倒戈归顺；无论官兵，一体晋级倍赏。他们说，川绅无异川军父兄，父兄有命，子弟安得不听？苟能如此，四川定可不流血而跻于升平，固官民之幸也，而川绅造福之功，亦伟矣哉！"周紫庭还滑稽地把脑袋在空气中画了一个圆圈，笑道："嘿，嘿，伟矣哉！伟矣哉！"

周善培却不笑。并且有意地问道："先生意见如何呢？"

"什么意见？"

"就是说，对这班人所提，是许之呢？还是拒之？"

"我以何理由要许之？难道我还不知道端陶斋为人吗？此公惯伎是过河拆桥；进一步，是罪归于人、功归于己的！"

"其他几位呢？"

"你以为曾笃斋、颜雍耆辈都不如我高明么？邵明叔倒敷衍了几句说，事情太大了，必须多约几个有力量、有声望的大绅商量，光只我们几个人，是难于为力的。总而言之，统而言之，端陶斋决心要来成都，一计不成，二计必生。他果然来了，四川之独立不独立，倒在其次，孝怀，我却为你担忧。你那篇文章，痛快固然痛快，但太予端陶斋以难堪，你若落在他手上，后果是不堪设想的。我急于想把这场遇合告知你，就是要你早为之计……"

先生且这样关心，弟子为了本身利害，岂有不早为计之理？周善培一坐上对班小轿，便直接去找吴钟镕商量。

又一个黄昏时候，周紫庭正待出去找朋友，不意周善培又急匆匆走来。一看见老师，来不及寒暄，便低声说道："先生要出门吗？请留步，有极其重大的事情，要麻烦先生。"

"哦！"他照规矩皱起眉头笑了笑。回身让学生进到那间将就厢房改为的会客室，"是不是又有关于端陶斋的事？"

"请先生先看这件东西！"周善培从怀中摸出一张折叠起的公文纸，双手送了过去。

周紫庭一怔说："是什么？"先把老花眼镜从挂在马褂衣纽上的搏花盒子里取出，戴上。将公文纸打开，凑着由撑开窗扇的窗口上射进来的余晖，念道："大理院奏为遵旨判拟要案，请饬按名解京，讯取确供，以成信谳，恭折仰祈圣鉴事……"他连忙问站在身畔、几乎比他矮半个头的周善培："大理院的奏折。难道伯英他们的案子又翻了？"

"与伯英他们无关。先生看下去便知其然了。"

"噢！"于是又念了起来，"宣统三年九月二十日，内阁奉上谕：资政院奏，疆臣罔上殃民，违法激变，请明正国法，以遏乱源一折。着将此案交大理院，按照法律判拟具奏！等因，钦此！原来是赵季和的案子啊！"

他遂跨前一步，几乎就靠着窗台，更注意地念道："臣等当以案关激变良民，情节极为重大，自非将在案各该员等，提解来京，严行质讯，不足以折服其心，而伸川民怨愤之气。……哎！闹大了！"他跳了几行，继续念道："查资政院原奏，赵尔丰以外，尚有周善培……有你？孝怀，何以资政院奏劾，也将你牵入了？可惜没有看见资政院的原奏……"

"不用看，"周善培满脸尴尬地苦笑道，"可以想见，他们也是跟着端大臣打和声的。不然，便因受了端大臣的运动，当然所见同，所言亦同的了。"

周紫庭没有理会，接着念道："赵尔丰以外，尚有周善培、王棪、田征葵、饶凤藻等四员，均系案内紧要之犯，相应请旨饬下署四川总督端方。迅派妥员，一并押解来京，送交臣院，讯取确供，再行按律，分别定拟。并由总检察厅电饬该省高等检察长，将激变情形，详细调查，并将全案卷宗检齐送院，俾免狡卸，而重宪典。所有承审要案，请解院质讯缘由，是否有当？理合恭折具陈，伏乞皇上圣鉴！谨奏！宣统三年九月二十五日奉旨：依议。钦此！"

就是这个极有涵养本事的人，在退还这张公文纸和取眼镜时候，也不由两手微颤，眼睛里也表现出一种不安神气，一面问道："这是哪天接到的？"

"就在今天上午，吴璧华去见赵季帅时候，赵季帅递给他说，是刚才由资州电局转来的。"

"那么，京师是无恙的了。外间所传，可见是谣言。"稍微停了停，不等周善培开口，他接着说道，"看来，端陶斋必然来省无疑，或者就在这两天内，也说不定……赵季和对此作何打算呢？这倒是一桩棘手事情！拒之哩，不免抗命之嫌，还恐罪上加罪；从之哩，嗯！危险，危险……"

周善培反而笑了起来道："先生宽心。我们倒要感谢端大臣把这通电谕传来，不然的话，赵季帅还下不了决心，我也不会把邵明叔、陈子立邀约到这里来麻烦先生了！"

八

原来，好几天，吴钟镕都在密切地与赵尔丰商量，怎么样来对付端方？老四、老九、四征葵等只晓得怂恿老头子："兵来将挡，水来土掩。"吴璧华却说："若果真正交起锋来，其名不正，将士未必听命。何况陆军早有表现，对同志军尚不肯认真打，再命他们打陆军，那怎么成呢？"但是到底怎么做才好，吴钟镕还是想不出来。

及至端方派人上省运动绅士欢迎他来省独立，吴钟镕据实报告后，赵尔丰把面前桌子捶得山震地叫道："如何！我在上次电奏中，不是早已料到了吗？哼！哼！端老四想以此来勾结川人，可见他心目中已无朝廷！他是满洲旗人，尚且这样不忠不义，那我这个汉军旗人，何必愚忠到底？与其听端老四来做人情，使四川人倍加恨我，那不如我自己出头来送这份厚礼，还可叫四川人感激我的恩德啊！"

吴钟镕赶快站起来，深鞠一躬道："季帅果能这样做，那便造福无穷了！

好不好我即刻把季帅这个好意传与绅士们,叫他们来与季帅当面一谈?"

"你安排同什么人去讲?"

"川绅我不熟知,这种有大关系的事,也未便胡乱找人。我安排先找周孝怀商量一下。他虽也是浙江省籍,但他生长四川,又中过四川副贡,一向与川绅有来往;到底找何人为宜,他较有把握一些。"

"唉!又是周孝怀。这个人太聪明了!"

"可是对于季帅,倒无二心。"

"当然比尹惺吾好。无论如何,不会依附端老四来害我。"

"季帅是否认为可以找他先做商量?"

赵尔丰沉思了一下,方说:"不忙!等我再思索思索,看除此之外,还有别的良法没有?"

虽然赵尔丰尚自犹豫不决,一面老四、老九、田征葵也在极力反对,但周善培却认为赵尔丰既已自己开了口,可见其机已动,无论早迟终归要走上这条路的。他一面切嘱吴钟镕,密切注意赵尔丰的动静;最好设法把田征葵约束住,使这莽家伙稍知利害,勿再为老四、老九所误。他自己便把一个在绅班法政学堂当教习的世弟陈崇基,约到家里,秘密地从法律上来研究,一旦赵尔丰愿意交出政权,将如何拟具条件?而未来的新政府,将如何组织?尤其是由什么人出来负责?

这个陈崇基,号子立,是大竹县举人。曾经到日本学过三年法政,回国后,被聘到热河省,开办法政讲习所。仅仅一年,便回到成都,一面在绅班法政学堂教书,一面由周善培推荐,兼任督署政务会议六个议绅中的一个。因此,他对于政法,比起一般光啃东洋翻译书本的,当然高明一些。他的父亲曾经当过周善培私塾老师,所以他们是世兄弟;年龄相若,自幼在一处读书,所以他们是老同窗;周善培玲珑透顶,尖酸刻薄,陈崇基忠厚老实,口吃舌钝,所以他们两人又不仅仅是世兄弟,老同窗,而且还以蟹蛬相倚般的可托生死的知心朋友。

到这天上午,吴钟镕正自料理私事,忽见督院卫队营管带陶泽琨奉命来请他即刻到签押房去,说季帅立等,有非常紧要的事面谈。

不到两点钟,吴钟镕就兴高采烈地来到周善培家里。刚进花厅,他忍不住便哈哈大笑道:"孝怀,这下可好了!老头子催我来找你赶快去和绅士们洽商四川独立自治事宜！老头子决心交出政权！还说，越快越好！"

"怎的忽然这样着急起来？发生了什么新事故不成？"

"你猜得对，的确发生了新事故，而且是非常的事故！"

吴钟镕遂将他抄来的那张公文纸递了过去。

周善培初看时，还带着微笑。看到后面，脸上颜色遂变得青黄难定，脸皮紧紧绷在颊骨上，显得又气又怕。

吴钟镕道："老头子起初只满面惶恐地问我如何对付？这时节，老四、老九都像打败了的斗鸡，哭丧着脸，再也不说什么歪话。我本来要叫他两个多受一点作难的。但不忍老头子的苦恼，只好为他仔细筹划了一番。算了几条路子，包括他自己独立在内，都觉得不大好。他说，有朝廷统治时候，他以总督之尊，尚未能把四川敉平。以后没有朝廷可以依赖，加以一个端午桥在肘腋之下，百般捣乱，他纵有三头六臂，也难对付。何况四个月以来，他如处于火炉之上，身体精神都已不能支撑，反而不如脱卸仔肩，得少休息，俟元气恢复，再图报效国家的为善。因此，他才决意听从我们忠告，把政权交与绅士，让四川独立自治。如此，他既不算背叛朝廷，也就可以不遵朝旨。再而，端午桥的诡计，也无从施展。所以求速者，不过防备端午桥乘虚而来故耳！"

周善培因才喜逐颜开道："感谢神天，这下我方得救了……唉，唉，四川百姓也得救了！璧华，你的功劳太大了，将来我一定要写篇文章来纪念你的。"

当下遂吩咐厨房备菜，烫允丰正陈年仿绍酒。一面又命人去请陈崇基赶快来。

及至三个人入席，跟班把三只大瓷盅斟满了橙黄色的允丰正仿绍酒。主人先举起酒盅，郑重其事地向客人说道："这酒，还是今年春天，由重庆用船运省的，据说都是十年以上的陈酿。这一坛，是最后的一坛，好久都不肯开用，兼以事变日亟，也无心于饮食。今天璧华把好消息传来，子立拟稿，大抵也斟酌尽善，姑且不计将来，当前也大可庆贺。这是若干天来一个难得的好日子！我们不可辜负好日子和好酒，来！大家先喝三盅，再慢慢商量下一步的办法。"

三个人都是喝黄酒的能手，又在酒落欢肠的情境下，每人喝一二斤，实在不够。只因商定，下午吴钟镕要去回赵尔丰的话，周善培、陈崇基要去周凤翔公馆决定大事，有了醉意不好。彼此约定，待政权转移之后，再痛痛快快喝一场。

所以周善培同他老师说话时是一丝酒意也没有的。

九

洋油灯刚点亮，陈崇基已偕同邵从恩跨进会客室。邵从恩进门一拱之后，先就冲着周善培笑道："法司大人的妙文，拜读了三遍。我正要……"

周凤翔连忙截断他的话头说："明叔，我们讲正经话要紧！"

周善培跟着说："明叔若是瞧得起我，就不要再这样官称好啦！"

"遵命！遵命！"他还是那样满面春风地道，"听子立说来，赵季帅决心交出政权、军权、财权等一切权力，让川绅出头独立，当真有这样事吗？"

周善培道："现在尚只说到交出政权。当然，政权既已交出，其他自不待言。再而我们现在讲的是自治，不名为独立。"

"二者有区别吗？"

周善培拿眼把陈崇基一瞟，示意叫他说。他刚说了一句："有区别的……"

周凤翔便打断他的话道："我们不必在这些字眼上去费时间，还是研究一下赵季和这样做，到底好吗不好？"

"好吗不好？"邵从恩莫名其妙地问，"紫庭先生的意思是……"

周善培笑道："先生是说季帅现在之愿意交出政权，恐怕是一时愤慨的话，不见得就是诚意。先生还说，政权岂能轻易交出？倘若交出后，季帅打起后悔之时，那才叫不可救药哩。这是说，对季帅那面不好……"

不等周善培说完，邵从恩早已板起面孔，向周凤翔叫了起来："嗨！嗨！嗨！紫庭先生，你怎么会这样说？我这个人，向来不愿得罪人，但我现在却要请教你紫庭先生——你吃的饭，是赵家给你的吗？还是四川人给你的？"

想不到周凤翔依然那样雍容大雅地笑道："明叔的火气还是这么盛！殊不知孝怀尚未毕其词哩。况且孝怀转述我的话，稍有点出入。他把我疑问口气，完全变为全称肯定，听起来恰似我在为赵季和说话。其实，并非如此。我只是想从反面来促使赵季和不要出尔反尔，把这样一件大事，再当作儿戏而已！我最要紧的话，在后面几句，孝怀，你可说下去！"

"是，是。不过……恐怕又把先生的语气变了。还是先生自己说的好。"

"不！你说。以下不多几句，辞义甚明，变不了的。"

"那么，不尽之处，先生补充一下。"周善培略一思索，遂向邵从恩说道，"先生意思，以为四川七千万人口，等于一个日本了。要治理这样一个大地方，非有一批人才不为功；尤其在上面作发踪指示的人，不但要有大才大能，还要有经验阅历，有气魄，有眼光。如其不然，后果是不堪设想的……先生的词意，大概是如此吧？"

"大概如此。我现在却要补充两句，就是目前是个烂摊子。光是收拾这个烂摊子，已不容易，何况国家大局面，尚在动荡之中，将来到底变成一个什么样子，我这个老朽实在看不出来。万一不幸而搞到像法兰西那样的大革命，那时，要保全四川，不为这派洪水淹没，那就更要有一种应变人才。不然，是会'载胥及溺'祸延后代儿孙的。"

邵从恩不由笑了起来道："呵，呵，呵。紫庭先生可谓深思远虑了！好倒很好，但是如公所言，则古人说的穷则变，变则通，通则久，全不可能了。何以呢？必须先有应变全才而后可为。而且这应变全才还该一批一批的，仅有少数几人，还不行哩！像这样的例子，不但在中国的《二十四史》中无法找到，恐即在万国历史中，也一样找不到的！"

陈崇基接着说道："日本明治维新，就不曾是先储人才，而后才尊王废幕。但是……"

但是却被周善培打断了："子立让我说……"他站起来把手一挥，做出一种决然不可移易的样子，"我们现在研究的，并不是赵季帅该不该交出政权？更不是四川该不该自治？简单说吧，赵季帅之欲交出政权，已成定局，不管他是否出自本心，或者为势所迫。总而言之，他目前除了这样办，确实没有自保之方的了。现在我们要研究的，首先是应该找哪几位代表绅士去同季帅当面把这件事情摆到桌面上来说。目前，季帅那面虽由吴璧华传话，绅方我在代表，但这只能算是一种牵针引线工作；必须季帅与川绅公开见面，把事情叫穿，才正式作数。其次，便是绅士方面，应该由什么人出头来接受政权，组织自治政府？这人选太重要了，既要能够为季帅所信任，又要能够为川人所钦仰，才与不才，我看还在其次；何以呢？因为只要辅佐得人，是可以济其不足的。这然后才说到条约如何拟订，新政府如何组织。好在这些，我已与子立略做准备，到时候都容易措手。目前我们亟待研究的，还是我说的前两项，而前两项之中……"

周凤翔接口说道："人选的确要紧。现在形势所趋，我也只好赞成孝怀的话。那么，我们先提一提人吧。你们说，接受政权，负责组织新政府，谁人为宜？"

邵从恩不假思索地道："紫庭先生就最为合适。一则……"

"哈，哈……哈，哈……快别说什么一则二则！"周凤翔笑得八字胡须直打抖，并且挥着两手，活像在与人打架似的，"别和我开这种玩笑吧！我们说正经话。"他掉过头去，很肃然地向着周善培、陈崇基道："希望你二位和我一样的心，为了收拾当前这个烂摊子，以及真正把四川搞成一个自治好地方，切实斟酌一个能干点的人；即使如孝怀所说，才不才姑置勿论，然而精明干练，总不可少。我认为明叔为人，倒可入选……"

邵从恩一跃而起，才高叫一声："刚才还说莫开玩笑，怎么……"

"……当然明叔不会答应。人各有其志，确实不好强勉。我另举一个人，你们看如何？"

停了停，待到三个人都注了意，他才说道："这人就是蒲伯英！"

三人一齐"咦"了声，都说："我们也想到了他。"

邵从恩更拍着两手呼喊道："依道理说也该他！他是咨议局正议长，民意代表的主要人，由他来接受政权，名正言顺，谁曰不宜？"

周善培对陈崇基笑道："果如我们前两天的拟议。可见人同此心，心同此理。"接着他便转向周凤翔，"人选定了。但找什么人去见赵季帅？这人是代表绅士去要求他交出政权，既要会说话，又要会见机；待到话入了港，就该磋商条件，就该提出接受政权的人。我想季帅对于伯英，心头定会感到不是味道。因为两天当中，他们都在见面，但听吴璧华讲来，两个人态度都不那么自然，而说的大抵是一派敷衍应酬的话。所以提到伯英，还必须要费点唇舌。先生看，这去的人，好不好即请明叔担任一角？……"

"怎又点到我？"

周凤翔道："你最为合适！"

"真的，除了明叔，实在找不到第二人，赵季帅佩服你正派，而你又善于言辞。况且不只你一个人去，子立可以同去。谈到条件与组织，子立可以帮忙。子立是督署政务会的议绅，在这个授受场合中，是应该参与的。"

但是邵从恩把头摇得拨浪鼓似的说："不行啊！赵季和这人，喜怒难测得很。况当此内外交逼时候，我怎好去向他要政权？如其他翻脸不承认他说的话，那我这人，还能活着走回来吗？别的什么事，我都可遵命，尤其对人有益，于我无损的事，我更乐为之。但这杀头险事，"他连连拱手，"另请高明的好！"

周善培道："明叔过虑了，何致有此！"

周凤翔道："真是过虑。苟有危险，我们断乎不推举你去了！"

陈崇基道："何况我一路奉陪。邵先生应该晓得，我也是一个谨慎人呀！"

邵从恩犹正推辞。周家的跟班飞跑进来说："有位督练公所的吴大人，来会周大人，已下轿进来。"

吴钟镕打着浙江人的官腔，一路喊着："孝怀在这儿吗？"

周善培连忙把他介绍给其他三个人见了，说："我们已经商定了，绝端赞成季帅交出政权，由四川人出来自治。并也拟定蒲伯英接受政权，组织自治政府。"

"妙极！妙极！季帅今天把一班掌兵权的人，全招呼在五福堂，讲明大局形势，非请四川人出来执政不可。命令军官们，在新政府组成之日起，绝对服从新政府的调遣。会后，季帅叫我给你打电话，要你立刻通知绅士们，赶派几个代表进去同他当面一谈。在电话上，知道你在这儿正与诸公研讨。这儿又没电话，我怕误了时机，季帅不耐烦，只好亲自跑来。"他穿的是便衣，遂举起双手，向众人拱了一遍，"恕我冒昧！想来诸公定已推出代表了。务望赶快派人去请来，同我一道走。"

周善培笑着把邵陈二人一指道："就在眼前，何用去请！"

邵从恩眉头微蹙道："我不了解，赵季和既愿交出政权，那便邀集官绅，正式公布可也。何以一定要与代表面谈一场？这是什么用意？"

吴钟镕笑道："我们本来是这样主张的。但季帅觉得似乎太骤了。因此，商量之下，才作两步进行——第一步，由川绅推举代表数人，先谒季帅，陈明大势所趋，四川不能不出于自治，要求季帅恩准，而后季帅承诺；第二步，全体绅士晋谒，与季帅面订条约。把这两步办完，方定期授受政权。"

邵从恩又问:"为什么一定要这么办?"

"那便不大清楚了。想来,只是防范有人责备,说是季帅自甘失政,并非由于绅民要求,是为不忠于朝廷故耳!"

就这时候,周善培一个兄弟,同着两个身穿便衣,脚上却着了双抓地虎靴子的人,急匆匆向会客室走来。

周善培狐疑地问道:"怎么老三跑了来?"

吴钟镕也从雪亮的灯光中,把来人看清楚了道:"原来是武巡捕蒲祖庚和边藏科参事梅馥羹。一定是奉命来催请代表的。"

果然,梅馥羹一进来,不及和众人打招呼,便向吴钟镕说道:"季帅着急得很,要吴大人立刻把绅士代表约去。时间不早了,面谈之后,季帅好安排就寝。我们先去周大人公馆,生怕找不到这地方,才请这位先生一同坐轿赶来,很费了周折!"

吴钟镕不由分说,挽着邵从恩的袖子往外便走道:"箭已上了弦了,还迟疑什么!"

陈崇基跟在后面。

主人与周善培一道把他们送到大厅上,看见五乘轿子都上了轿夫的肩头,方才高高兴兴退了进去。

周善培一面走,一面喜笑颜开道:"大功告成!四川人从此只有感激我的了!"

他的老师却摇头叹道:"前途如漆,是好事,是坏事,到底难说得很……"

第八章　奇离的独立条件

一

今天早晨这一顿早饭，完全不同于九月十四日那一顿早饭。

摆在桌上的，是昨夜特别留下的一大品碗莴笋红焖鸡，一大品碗芋头煨羊肉。今天早晨现做的，是素炒黄豆芽，素焖小菠菜。并非逢年过节，又不是红白喜事，两荤两素吃早饭，这在陕西街三圣巷中是稀奇事，在吴凤梧家中，当然也不平常！

吴凤梧一手挽着四岁不到的幺娃子，精神饱满的样子，从节孝祠茶铺吃了早茶回来。进门之前，特别给幺娃子擤了一泡浓鼻涕，用自己锁有狗牙边的蓝花布手巾，把一张胖胖的小圆脸揩得一干二净。一面叮咛说："娃儿家第一要学爱干净，第二要学讲卫生！莫跟巷子里那些娃娃学，不管啥子脏东西都要抓一把！也不管吃得吃不得的，捞到了便朝嘴里塞！要不得！不听话的娃儿家，妈妈见不得，我也不再带他进茶铺，也不再买和糖油糕跟他吃了！"

"我听话，明天你再跟我买一个和糖油糕哈！"

刚刚掀开木板门扉，一股油香味直扑鼻端。吴凤梧摔脱幺娃子小手，抢到桌子跟前，只一眼，便欢然叫道："哟！好阔啦！两荤两素……大女子，快拿饭来！"

大女子提起尖嗓子高应一声："就来！"立即从堂屋后面的灶房里，把一只钱花大瓦钵捧出来，放在靠壁一张大茶几上；顺手舀了堆尖尖一大碗糙米饭，端给坐在方桌上首，已经在动筷子的父亲。

"你妈呢？"

"妈还在弄菜。"

"有这么多菜，还要弄，哎！哎！有福不可重享！"他不由想起上次只有一盘臭豆腐乳的光景。

老婆穿着蓝布围腰，双手端了一只海碗出来，翘起厚嘴皮笑道："并没弄啥子菜，只是打了一碗酸辣蛋花汤，你喜欢吃的。"

"哎！难为你啦！"吴凤梧今天会说出这样客气话，足见今天的脾气格外好。

他的老婆也像叫化子中了头彩，喜欢得合不拢口，那只有毛病的眼睛睐得格外起劲。小心翼翼地把海碗放在桌子当中，把两样荤菜尽量挪在上方，然后拉围腰揩着手指笑道："有啥子难为头！只要你多弄些钱回来，东西又像现在这样好买，顿顿做点好菜好饭跟你吃，本是应当的！"并且向大女子说道："我们也好和尚跟着月亮走——沾点光啰！"

"现在城里的东西是不是都好买了？"吴凤梧边吃饭边问。

"比前几天好买多了，要啥有啥，只要包包里有钱。"

大女子也揽嘴说："说起来也怪！四五天以前，多少东西还买不到，买一点葱蒜苗，要跑几个菜摊子，还不说别的。从前天起，忽然一下东西就多了起来，打比说，昨天爹回来那么晏了，我在韦陀堂还买到了鸡、羊肉、莴笋、芋头。并且吃食铺子、酒馆子都开了夜堂，多热闹的！今天简直还原了，我扫地时候，豆芽担子就在巷子门口叫卖起来！真个怪！"

她父亲问："你晓得是啥子缘故？"

"就是不晓得啰！"

他又掉头问他老婆："你哩，晓不晓得？"

会问到老婆名下，也太罕见，等于在成都地方，中秋晚上看见了月华！

老婆立刻露出一排参差不齐、可是刷得还白净的牙齿，笑道："大女子肯在街上跑，耳朵那么长，都不晓得；我这个不出巷子门的人，又哪个晓得呢？"

"难道巷子里那伙尖嘴婆娘都没打听到？都没告诉你吗？"

"你说张婶、王婶这些人吗？她们好多天都没过来找人摆龙门阵了。"

吴凤梧已经在扒第二碗饭。桌上摆的荤菜素菜，他比任何人捡得多，饭仍然扒得很快，仿佛没经咀嚼便落了肚。这是他过人之处：吃得多，吃得快，消化力强，向不积食！当下拿起调羹喝了几口蛋花汤，咂咂嘴皮，用衣袖揩了揩，才问老婆："她们没过来找你，是不是害怕再挨我的骂？"

"那才不是哩！"他老婆又一次露齿笑道，"她们个个歪得像抱鸡婆，连自己男人都不害怕，会撤火你？这一晌，她们成日都在家里拉猫儿头，忙得气都出不赢，哪有空来找人磨嘴皮？"

"为何这么忙法？莫非丝绸业也活动起来了？"

"还怕不是！半边街、烟袋巷好多机房都开了张。"

大女子硬是耳朵长，当下便补充说："听说云南帮来了，定了一大批走阿瓦的货，人家说，赶到十月就要起运。"

吴凤梧因为瘦羊肉卡住了牙齿，习惯地用筷子尖在牙缝里掏。遂断断续续说道："这都因为……赵屠户蔫了……蒲先生、罗先生……都出来了……不再打仗……所以大家才……有心有肠地……过起日子来……"他把牙缝打扫干净，吐了一地的残渣，继续说道："不过也有点奇怪。茶铺里，大家又在传说，城里恐怕会出事。说这两天巡防军进城的不少，东南城一带到处都扎了兵，东丁字街的两湖公所就驻了两营，很像七月十五以前的光景。并且已经有人在搬家……"

大女子不等她父亲说完，又插嘴说道："硬有搬家的！我昨天就亲眼看见，轿子后头搭皮箱，搭铺盖卷，还有使箩筐担的，只是没有八月间那么多。铺子里掌柜指着那些人骂：'世道就是拿跟他们闹糟的！南门朝北门搬，东门朝西门搬，通共九里三分大一片地方，真个闹起事来，你几爷子躲得脱？'"

她父亲用筷子在桌上两戳道："骂得好！本来嘛，军队调动，在这种年成里寻常已极。何况老赵的安民告示，蒲先生他们的文章，连中和场都巴到了，要说还有七月十五日的事情出现，真个是闭着眼睛说瞎话。也只有那些胆小鬼，听见风，就是雨，看见巡防军多进来几营人，就默倒要出事，拿起两口唱猴戏的箱箱，东一搬，西一搬，闹得人心惶惶。其实哩，啥事都没有，只由于几个打鬼钱在荷包里跳！"

讲到这些上头，老婆同女儿只有恭听的了。

早饭吃完，吴凤梧用茶漱了口，从衣袋里摸出一包才买的强盗牌纸烟，抽出一支，擦洋火哑燃，深深嘘了几口，向正在收碗筷的老婆道："把昨夜包好了的十块钱拿来！"

"还黄家的账吗？"

"当然啰。"

"昨夜，我不是已经说过，以前借的那些钱，多少也该还人家一些才好。"

说到钱上，吴凤梧一早晨的好脾气，一下子就不见了。撑起一双圆彪彪眼睛，凶神恶煞般叫道："你大方！你大方！以前借的钱，都该还！要还就完全还，还一些不还一些，成啥名堂？对！把老子的褡裢、裹肚一齐拿来，等老子今天去绷个苏气！话说在前，苏气绷了，全家人饿肚子，可别再跟老子开口啦！"

在平日，老婆起码也要躲到灶房里去抹眼泪。今天却也异样，那么一个天生的受气包，也居然还起嘴来。不过是带着和解笑意在还嘴："哎哟！硬是会发脾气。我又不是估逼你去还账，只是顺便说一句，还不还，全在你嘛！"

吴凤梧瞪眼把他老婆瞅着，心里的气不知怎么竟渐渐平息下去。假装被烟子呛了喉咙，咳了几声嗽，方压低嗓门说道："你又不明白，古人说的'君子赒贫不济富'。像黄澜生那些有钱人，拿出几十块钱，只算在牛身上扯一根毫毛。还他哩，是那么一回事；不还他哩，他也不在乎。若果他像我们一样，挣钱养家，那便不同啦，借一块钱给人，活像肉上划一刀；你不还他，不但下次休想再借；你一辈子不还，他一辈子也记得。可是为啥今天又要拿十块钱去还他呢？只因为上次信上说过，当面也说过，这回回来，必定如数奉还，决不拖延。我们这些人，其所以能够在世道上吃得开，蚴得动，没有别的妙窍，就只是古人说的话'君子言而有信'说了话，硬要作数。唉！你这个人倒有良心，就是不明事理。只晓得借债还钱，却不知道有该还、有不该还，有急须还、也有拖一下再还的道理。我说了这一些，你该听懂了吧？"

老婆不开腔，只是低着头笑。

大女子从灶房门口伸过脑壳说道："爹一张口硬像说圣谕的样，东说东有理，西说西有理！"

"嘿，嘿，倒会挖苦你老子！可是展言子又展错了，人家讲的是，公说公有理，婆说婆有理，哪里是东呀西的？"

全家人都笑了。幺娃子也笑了，只管他还不懂得为什么而笑。

吴凤梧的纸烟已嘘到快烧指头。到底还狠狠嘘了口，才把烟蒂丢在地下。向他老婆道："快去把钱拿来！咴！多拿一块，早晨在茶铺里听装水烟的矮子说，可园开了戏。我好久没看过戏，趁今天手头宽裕，等老子海顽一天去！"

他老婆道："可是对门何四哥昨天看了戏回来说，从今天起，可园又停演了。"

"为啥呢？"

"说是咨议局不准。"

大女子还在洗碗，又伸过脑壳插嘴道："妈弄错了。何四伯说的是警察局不准。警察局告示上才说，是咨议局议员写信去说。世道这么乱法，到处都在死人，开园唱戏不大好，叫警察局禁止。本来昨天就不准唱的，告示去晏了，已经开了戏，看客们不答应，闹得啥样。警察局因才改为从今天起的。"

吴凤梧叹道："这才叫狗咬耗子——多事！戏园、戏班从七月初一罢市起，整整三个月没做生意，好几百人当尽卖绝，还不准人家唱戏，不是安心要饿死人吗？唉！这些议员老爷，枉自称为民意代表，我看，还不是一些只顾自己肚子、不顾别人死活的家伙？如其我当了警察局，像这样的信，根本就不理睬它！"

于是又是一支强盗牌纸烟含在嘴上。

二

吴凤梧在黄家小客厅里，一面作揖，一面回答黄澜生："呃，呃，是的。昨天黄昏时候才进的城……的确没料到蒲先生、罗先生他们一出来，情形果然不同，城门洞也还原到以前样子：五更开城，擦黑才关城了……路上情形也好嘛！比方说，我从仁寿县绕道，沿府河而上，一路都见有拉上水的大半头船；有载木柴的，有载煤炭的，还有一些船只，只见舱面舱底全是箱箱笼笼，不晓得装些啥子东西。一句话，水路是畅通了……当然没人阻挡。同志军嘛，仁寿地界上有些，都不是大股头。大股头在温、郫、崇、新、灌各县，不在这一带。这一带是团防称霸。说是团防，还不是和同志军一样？不讲袍哥，你总之不好走路……真的，一路上都未看见巡防军的踪影。及至回来，才晓得都调到省城。我正要请问你，这到底为了啥？"

罗升端茶出来。同时又提来两根银白铜水烟袋，一根递与主人，一根递与客人。

吴凤梧摇摇头道："难为你！只是你们老爷抽的那种双金兰烟，劲仗太大，我受不了。"

黄澜生呵呵笑道："你看一看再说好了！"

"吰！是福烟……福烟也来啦！那么，长江的运道也完全通啰。"

他接过水烟袋，就像重新会见了多年不见的老朋友那样亲热而恳挚地接连便抽了三袋烟。把一些嫩金色的柔软得活像鹅鸭绒毛的烟丝，不加爱惜地抛撒在衣裳上。

黄澜生瞅着他那样糟蹋烟丝，心里大不痛快，但他的天性毕竟能使他自行克制，而丝毫不表露在容色和语言中。他现在正回答吴凤梧的问话："我也不晓得赵季和为什么要把十几营的巡防军全数调回省城。有人说，因为他要选拔八营或者十营人带进川边去。但是我想，这也不算是主要原因。何以呢？……"

吴凤梧打断了他的话："怎么说老赵要进川边去？"

"你还不知道？哦！你才回省……因为赵季和已经表示：四川的局面，他搞不好，甘愿让跟四川绅士出头来独立自治。他自己哩，仍然到川边去当边务大臣。"

"这是好久的话？"

"闹了三四天了。"

"怎么茶铺里还没听见人说？"

"知道内情的尚只是少数上等社会的人，并且相约过，事情没有成熟之前，不忙传出去，免得发生意外。所以普通人都还在黑暗里头。"

"该不会是谣言吧？老赵这个人谈何容易就'推位让国'。"

"绝不会是谣言。我们幕僚处从前天起，几乎没人去办公事了。虽然尚不像筹防局那样闹到明文撤销，可是十月份的薪水，已经提前致送。并且五福堂连天会议，只等条件商量停妥，这锅盖就会揭开的。换句话说，新政府——他们叫军政府，便会成立。可惜我两天都没进去，不然，定会知道好多事情。"

"你哥子为啥不再进去呢？"

黄澜生微微笑道："我进去作么生？难道还去给它送终不成？嘿，嘿，何况……"

吴凤梧默默地抽了两袋福烟，然后把纸捻闭熄，把水烟袋放下，端起盖碗茶喝了两口，说道："四川都在闹独立，想来，四川以外，更不成名堂！"

"那何消说！恐怕二十一行省中间，四川是最后独立的了。"

吴凤梧猛然省悟道："原来如此！那就无怪乎老赵非'推位让国'不可！老哥，真想不到，我们这些人公然及身看见了改朝换代！只不晓得身登九五的这个新皇帝，是哪一位豪杰？"

黄澜生摇头说道："不知道。想来总是革命党坐天下了。"

"我们这里是哪一个出头来当……怎么说呢？总不会再叫总督吧？这个新的……"

"当然不能再称总督。仿佛叫作什么都督。……"

"总督——都督，只换一个字……这不管它。是哪一个来当都督呢？"

"也还没有定准……"

三

十月初三日这天上午十点钟左右，由赵尔丰许可，由吴钟镕、周善培的牵线、怂恿，一小群半忧半喜、半信半疑的绅士，穿戴着长袍马褂、官靴小帽，来到扎满巡防军、俨然军营一座的制台衙门五福堂。绅士中知名的，有高等学堂总理周凤翔，有通省师范学堂监督徐炯，有绅班法政学堂监督邵从恩，有商务总会总理廖治，有前任协理、现任商董、兼昌福印刷公司总经理樊起洪。此外还有几个在争路风潮中没有沾染过一星半点的绅士，其中就有督署政务会议议绅陈崇基。铁路公司方面，只有一个驻蓉总经理曾培，称为代表民意的咨议局方面，也只有一个罗纶。什么官衔都没有、以纯粹绅士资格来参加的有两个人：一是留学日本，回国后得过法部主事，平生最为服膺梁启超，甚至写起文章来都胎息《新民丛报》的邓孝可；一是被誉为"天下翰林皆后辈，蜀中名士半门生"的八十岁老翰林伍肇龄号崧生的。

等到伍老翰林颤巍巍地右手持杖，左腋被人搀扶着，走到会议桌前时候，赵尔丰也偕同一些重要的文武僚属，滴滴橐橐从侧门上走出。

赵尔丰身穿一件一裹圆袍子，上罩一件对襟马褂，脚蹬方头粉底官靴，头戴青缎硬胎平顶，顶上绽一枚大红橘子的瓜皮小帽。文官，如四司二道（其中于宗潼是成都府知府兼署巡警道，所以这里便不再提成都府），文官而兼任武职，如督练公所里的兵备处、参谋处、教练处三处总办，如管理全省巡防军的全省营务处总办。武官旧制的，如全省提督军门；武官新制的，如陆军十七镇统制官和其下的两个协统、五个标的标统等，也一样的穿戴着长袍马褂、官靴小帽。

光从服制上看，今天这场会议便不寻常。

更不寻常的是，当大家打过招呼，绕着一张铺有白竹布的绝大会议桌坐定后，没等神色抑郁的赵尔丰开口，那个在瘦脸上挂了副鸽蛋大小的钢边近视眼镜，唇上蓄有两撇不浓不淡的黑须的徐炯，先就从座椅上站起，习惯地用着他那向学生讲述《传习录》的音调，向坐在当中的赵尔丰说道："在开会之前，鄙人有几句不知高低的话，要先陈明一番，不知季帅能允准否？"看见赵尔丰点了点头，他便朗朗说道："鄙人要陈明的，首先是，今天来到这里的绅士，无论出自何界，季帅谅都熟知，鄙人可以断言，全是负有乡邦重望的正人君子，其中并无一个如端大臣所申斥的好事生风的青年后生。其次是，这些绅士，大抵爱国爱川，求治心切的分子；有的更是赋性拙直，没有好多涉世经验。所以发言时候，或则声情激越，或则措辞不当，甚至于有不宜言，有不应问的地方。举凡这些，都希望季帅能够曲予谅解，勿遽加以声色。那么，今天这个会议，才不同于往常那些会议，庶几乎有圆满结果。鄙人要陈明的止此二层，想来季帅不以为不然吧？"

未等徐炯坐下，赵尔丰便已和颜悦色地点头说道："徐先生的话，实获我心。今天这个会议，原来就在集思广益；况乎事到而今，还有什么可以顾虑之处？各位先生畅所欲言可也！"

既开了场，于是廖治、罗纶、曾培、樊起洪、邵从恩一班人，都先后起立，单刀直入地提出了好些问题。有的问目前京师情况如何？朝廷是不是尚安然无恙？有的问武昌是否仍为革命盘踞？传说荫大臣兵败，确否？传说袁蔚帅南下，真乎？有的问二十一行省中已有十余省宣告独立，成立了军政府，是谣言，还是实有其事？有的问何以商界方面都有函电传述种种，而督院迄无官报发表，是何情弊？有的人简直露骨地说："据天主教堂，耶稣教堂传出的消息，都说京师已经失守，革命党黄兴已经入了宫门。即因督院过于保守秘密，许久没有京电交出，以致人心惶惑，谣言蜂起。请问季帅，这些流言，哪些是实？哪些是虚？诚如季帅适才所谕：'事到而今，还有什么顾虑？'那么，即请季帅把真相宣布一下，以正视听，可乎？"

所提问题，事前本有洽商。即是说，某些可以当众问，某些不宜当众问，只能在促膝谈心时候再问再答。但是一经发问，大家的情绪就变了，你提一句，我提两句，越提越多，越问越细致，越刁钻，大有打破沙锅问到底之势。直到赵尔丰攒眉蹙额，长叹一声说道："各位所闻，全都实在啊！"而后大家才悚然以惊，默尔而歇了。

赵尔丰继续哆嗦着嘴唇（毋宁说抖颤着须子）说道："不特此也，我现在还可告诉各位一件消息。十天内外，有个朋友从省外拍来一封密电，说摄政王爷由奉天通饬各省，其中有这样几句：'京师失守，余仅以身免。各省督抚，世受国恩，各保疆土，以固国脉可也！'这真是天降鞠凶，我们当臣子的，还有什么话可说！"

赵尔丰满面恓惶，从垮眼角上，居然挂下了两行热泪。只不知道他这泪，是为清朝而垂，还是为他自己而垂？没人问他，他自己也未表白，当然遂成为无从稽考的疑案！

恰恰这一天的天气也坏。从黎明前就下着蒙蒙细雨。五福堂开会时候，雨丝住了，但那灰扑扑的云幕却越发阴沉。本来是上午，光线昏暗得很像黄昏，以致廊广檐深的五福堂内，几乎要点上保险洋灯了。

四下死静，赵尔丰兀自抹着眼泪。那样一个杀人如刈草、连睫毛都不眨一眨的刚强老头子，当着一众绅士和僚属，竟会像小娃儿一样啼啼哭哭，无论什么人看来，都感到不是味道。

与他觌面对坐的伍老翰林，本是一个善哭老人。从五月二十一日保路同志会成立那天起，他差不多每会必哭。经他一哭，许多人都被激动起来。可是此刻看见赵尔丰流泪，他反而无动于衷似的，张开缺牙少齿、而唇上只稀稀有几茎白须的口，白发萧疏的脑袋在瘦而多筋的项脖上不住摇摆，很似铜丝扭的玩具一样。

坐在赵尔丰左边的布政使尹良，虽然勾着头像是在想心事，但红润圆脸上却没有丝毫表现。

坐在他右边的提督军门田振邦，颇不安静，两道浓眉时而撑起，时而放下。

盐运使杨嘉绅轻轻站起来，越过几张椅子，走到赵尔丰身边，凑着耳朵叽喳了几句。

赵尔丰点点头，把摆在面前的一本卷宗展开，拿出一张誊写清楚、字迹颇大的电报纸，递与坐在斜对面的周凤翔道："这是九月二十日接到的上谕，差不多也成为最后一道上谕。大家可以传观一下。"

其实用不着传观，大家早已风闻，就是那道钦命端方于岑春煊未到任前，署理四川总督，赵尔丰毋庸署理；并饬其迅速交卸之后，即回川、滇边务大臣住所，毋得延误的上谕。

等这张电报纸仍回到面前，赵尔丰方咳嗽两声，说道："大家都已知道了吧？我也用不着多说了。可怪的是，端大臣奉到上谕，并不即速来省接事，却滞留在资州州城，一面招收富顺大匪周兴武万余众，一面扣留资属地丁钱粮数万两，不知其意何居？与川省接壤的云南、贵州，在九月间已先后宣布独立，不仅一日数电，迫我表示意向，且已四路出兵，侵扰下川南叙、泸一带。最近陕西也发生了事故。因为川、陕无直接电报，仅知汉中守军有退踞川省之说。至于四川各地情势，也甚纷乱。下川东夔、万各处，已为匪踞，州县官有的逃匿，有的殉难。大川北亦有土匪、革命党揭竿而起。上川南道路梗阻，连我调出的西军，迄今未过大相岭。嘉定府一度陷于大匪胡痰、罗八千岁之手。后经标统叶荃克复，但不旋踵而陆军又哗变了。泸州前数日宣称独立。永宁道刘朝望不但未经禀准，公然出任川南军政府都督，还来电责我不识时务，徒然效忠于朝廷。最重要的还是重庆府，昨夜接到电报，重庆已于昨天独立了！"

只有最后这个消息，大家尚未知道。重庆这个重镇迟早要出事，固然在大众意料之中；不过竟自出了事，似乎又出大众意料之外。因此，大众吃了一惊，都想知道在那里举事的，到底是一些什么样人。

赵尔丰把电报看了两眼，因为光线太暗，尽管戴上了老光眼镜，尽管电报纸上的字迹比蚕豆还大，他仍结结巴巴地说道："川东道朱有基、重庆府纽传善都缴印投降了。并且正式成立了政府，名字叫……蜀军都督府……正都督叫……张……培爵。说是……学界中人。各位知道这个人不？"

不完全知道。只有一二人，恍恍惚惚记得这人是高等学堂开办之初的师范速成班毕业学生，曾在成都几个中学小学教过书；确确实实是同盟会会员，是革命党人。

"……副都督叫……夏之时。我晓得这人就是半个月前在龙泉驿叛变，把司令魏楚藩打死，把我派去欢迎端大臣的教练官林绍泉胁迫同逃的那个陆军排官！这人不用查问，当然是革命党无疑。"

五福堂里又一度沉寂。不过为时不久，赵尔丰继续说道："总而言之，时势危急。川省以内，陷于分崩离析之境；川省以外，也正祸患丛生，形同鱼烂。兄弟力尽智竭，既难于保全疆土，又不能安定黎庶。所以敦请各位来此，以诚相见，庶乎商得一个保川安民的善法！各位先生耆年夙德，博学深谋，兄弟向来佩服……咳！咳……尚望本己饥己溺之心，遂敬恭桑梓之志，各舒伟见，勿吝珠玉，但求能够造福川民，兄弟断无不采纳之理！"

说完了，他还严肃地向大家拱了拱手，表示他的诚恳。

本来事前商妥，在这关键时候，该周凤翔起来说话，并提出绅士们（他们自以为在代表全川七千万人民）的要求的。赵尔丰有所期待地望着他，其他绅士与文武官也都望着他。但他若无其事地静坐着，仿佛忘记了有这么一回事。

僵持有一分钟。赵尔丰连连皱眉，把一部花白胡子理了又理；吴钟镕急得摸鼻子，搔腮巴；好些人竟自在逗耳朵。

邵从恩拿眼把绅士们扫了一遍，无可奈何似的慢慢站起来，说道："适才听了季帅明谕……"

大家早已知道他邵从恩与陈崇基先同赵尔丰面谈过，今天这次会议，他也是主动人之一，会议内容，他是了然的。现在既是自动起代周凤翔发言，当然更能说得明确一些，也更能动听一些。因而大家都凝神聚气，听他如何说。

但邵从恩一开口，还是和往常一样：慢条斯理，一板三眼，这且不说；光是泛论天下大事，顺带称颂季帅公而忘私的美德，就费了不少言辞。

众人好不耐烦。罗纶悄声向邓孝可叽咕道："这叫什么章法！"

邓孝可也悄声回答说："这叫急脉缓受法，又叫回肠荡气法。"

邵从恩正好说到正题："由是观之，独立——或者叫作自治也可以，确已成为潮流，弥漫于全国，大有顺之者昌，逆之者亡之势……所以为四川计，为四川人民计，若不顺应潮流，揭橥独立，实实想不出有别的什么方法可以图存……"

众人都吁了一口气。以为他既已点了题，接下去，自然就要提出要求，磋商条件了。陈崇基已经悄悄密密把他与周善培煞费苦心拟好、用梅红全柬恭楷录出的条件，从皮护书内取出，准备要用时立即捧上。

却不料邵从恩的话才同点水蜻蜓一样，刚在水面上点一点，又展翅飞开了。因他正待下断语之时，忽地拿眼把赵尔丰注视一下，看见他颓然坐在太师椅上，颇有"固一世之雄也，而今安在"的样子，不由心里一动。不知道出于一种什么念头（连他自己也弄不清楚。事后被大家诘责起来，他只好自认糊涂；同时又归罪于碰见了什么妖魔鬼怪使然），总之，违反了初衷，而且也使大众非常吃惊地说出了这样的话来："然而用什么法子来达到独立呢？省以外的情形，尚不知道，若就省以内而言，不是就有两种方法吗？其一，如重庆，完全由学绅出而宣布独立，由学绅出而组织军政府；其二，如泸州，则是官方……想必也有绅方人士参加，独立和组织军政府。二者孰善孰不善？关系都非常之大，稍一不慎，都有无穷之患。区区学疏识浅，不敢妄作主张……季帅服官多年，经验阅历都高人一等……可否还是由季帅自加斟酌？"

赵尔丰目光一闪，露出一种惊异神气。官员中间有几个人都微笑起来，尤其是一直踧踖不安的田振邦和田征葵。

罗纶、徐炯两人不约而同地站了起来。徐炯只说了句："这是邵先生一人之私见……"看见罗纶也要说话，他又坐下，两眼斜注着邵从恩，颇有悻悻之态。

罗纶两手扶在桌子边上，呼着大气（他还是那么肥胖，又正在着急头上）说："若依邵先生的话，季帅根本就不用约我们绅士来开这个会啦……本人窃窥季帅之意，正因为现在政府不敷民望，不足以适合潮流，所以……所以才要改弦更张，另谋良策……本人以为策之善者，莫如除旧布新。质言之，即季帅交由四川人民，另组一个新政府。因为……不管叫自治政府也罢，叫独立政府也罢，总之，都是新的政治，而……而不是专制政体的政治……像这样的新政府，人民耳目一新，心里也才悦服，也才可以把目前这个危机四伏的局面，收拾得好……若不这样，而仍以现在政府改头换面，或者只局部变一变而大体仍旧……那么，恐怕不是季帅本意……因为既说不上改弦更张，更说不上适应潮流……"

他的话尚未完全落音，本已坐下的徐炯和其他几个人，如廖治、邓孝可这些到日本留过学的维新派，都依次起立，说了一番话。大家意思，都与罗纶相同，主张应由赵尔丰俯顺舆情，将政权交出，由四川人民公举贤能，另组一个新政府，实行独立自治。

接着杨嘉绅站了起来，态度从容，首先向赵尔丰弯了弯腰，而后字斟句酌地说道："本人赞成四川绅士的要求，赞成四川独立自治。"他眉头微蹙，略微顿了顿："本来，我们是大清官吏，不应该说这种话的。然而现在大清朝廷已经解纽，我们当官吏的，因而失所凭依，换句话说，我们已经不再成为大清官吏，而只算是中国国民中间的一分子了。"杨嘉绅用他锐利的眼睛，迅速地把会议桌四周一扫，感到他的话在大多数的官员中间已经产生影响，尤其从赵尔丰的脸上，看得出有一种宽慰的神色，"现在本人即以国民一分子的资格，来讲一讲我们对于国家，对于四川，应该做些什么事情，方足以尽我们国民一分子的义务……"

杨嘉绅、这个安徽省举人出身的家伙，向来就以经济才干自负，讲起话来，娓娓动听。当下便尽其平日所习闻于人、习见于书的改良政治、安定民生的新学说，加以孟子的"民为贵，社稷次之，君为轻"的旧学说，反反复复说了一长篇，比邵从恩、罗纶、邓孝可这些人，还说得道理十足，说为四川计，为季帅计，都只能听任川人出来担任治川重任，即独立自治是也。

他的话一说完，绅士们不必说了，个个都为之精神一振；即许多官员也都在点头磕脑，表示同意，连尹良这个旗人，都跃跃欲试地想站起来附和几句。

陈崇基这个世故不深的议绅，以为事情业已定局，剩下来的，只是谈判条件和军政府的组织办法；接着，只要把新政府负责人一确定，看来，明天四川便可独立了。他于是迫不及待地将梅红全束双手捧到赵尔丰跟前，站在太师椅侧，躬身请示：可否便由他来朗诵？

赵尔丰庞眉紧锁，定睛瞅着这一叠红通通仿佛血染的东西，不由打了一个寒颤。正自犹豫，田征葵已经离座，抢到他身边，大声叫道："季帅不可！这等大事，怎便如此仓促定夺！我们还得从长研究一下，看看这样办，于我们利弊如何？若是弊多利少，或者有弊无利，那我们还是不能答应哩！"

五福堂的气氛，着他这么一搅扰，登时起了变化。

吴钟镕好像有点着急样子，远远望着朱庆澜说道："朱统制，我问你，倘若季帅准许四川人出来独立自治，你们陆军方面赞成还是不赞成？"

不等朱庆澜开口，想不到五个标统齐扑扑地站起来回答道："陆军官兵全体赞成！"

田征葵把脚一顿，气势汹汹地叫道："巡防军全体不赞成！"

杨嘉绅仰靠在椅背上冷笑道："不成话！军人以服从为天职，只要季帅决定了，谁能反对！"

田振邦挺然而起道："这等大事，这等重的责任，季帅一人似乎也难做主？何况同城大员，如将军、都统二位，今天都未到会。要是他们二位也不赞成呢……"

几个绅士都开口说道："将军、都统那里，我们已经洽谈过，没有问题。"

赵尔丰举起右手向大家摇了摇，待到都住了口，他才徐徐说道："田军门说得是，如其将军不临场认可，我怎能在条件上签字……就说你们所拟条件，粗看一遍，确乎不易审知其中利弊，到底还应该研究一下……"

赵尔丰态度变了。很多人都为之骇然。有人打算起而争论，但赵尔丰已将梅红全柬接过，向他面前的卷宗内一塞，并坚决地说："稍缓时日，再邀各位会商，今天就毋庸多谈了。"

四

十月初五日是决定四川局面（其实只能说是成都一隅的局面。不过成都毕竟是四川省的省会，它的变动，在那个时候，对于全省，的确比重庆重大得多）的一天。虽然得了一些结果，但在进行当中还是起了些波折。

绅士们在咨议局继续密商了几次，他们的言谈、态度，已经趋于一致，也更坚定了。不但邵从恩变得和罗纶等同一鼻孔出气，就是谨小慎微的周凤翔，也跟着众人之后说："事机危迫，时不我待。设若季帅仍自犹豫不决，恐怕乘机而入者将能得志（他已经知道端方在前几天，公然拍电到省，邀约几个知名绅士命驾到资中去，有要事面商。这电报，被派驻电报局的检查委员呈到院上，赵尔丰毫不客气地用他的名义复了一电说，绅士们不能去！）。

于是，季帅纵欲求卸仔肩，岂不戛戛乎其难哉！"

他有一次尚乘机将赵尔丰邀到一旁，密密劝了一番，竟自坦然地说他起初并不赞成赵尔丰移交政权。以为人之失权，犹鱼之去水，鱼无水则难苟活，人失权则难苟安。但他后来察见形势日非，机构日甚，他方感到为赵尔丰计，与其保此破甑，而为众矢之的，曷若弃兹敝屣，而获福履之绥。况乎绅方所拟条件，寻绎之下，于赵尔丰并无不利。譬如手握重兵，退处关外，既可为国家固疆圉，又可为胜朝保命脉。如此，而尚因循瞻顾，将不免如古人所讥"畏首畏尾，身其余几"了！

两天以来巡防军派与陆军派的分歧又愈益显然。绝大部分巡防军，因为驻扎在制台衙门内外，无异乎连李克昌、沈绍林两个统领，都被把持在田征葵的掌握中。田征葵怎么说，这些人便也只好怎么说。田征葵坚决反对赵尔丰"推位让国"，说季帅一旦交出了权柄，我辈生命财产便属于那些仇人之手，这怎么使得！督院内外的巡防军也哗然表示态度说："我们是大帅栽培出来的。我们只认得大帅，大帅之外，我们不服从任何人，更不答应任何人来接替大帅的事！"

陆军绝大部分驻在凤凰山营房里。他们的态度无从表现。只有在城内的一些中下级军官，无论是本省籍，外省籍，却这样在表示：我们是国防军，并非哪一个人的队伍。我们的责任，在保护国家和人民。对国家有好处，我们就服从；对人民有坏处，我们就反对。至于政权在哪些人手上，我们不管。这好似几年前，日本与俄罗斯在我们东三省地方打仗，而我们当地方主人的政府却宣布严守中立，不为左右袒的样子。但是骨子里，谁也明白，这些军官偏偏都是赞成四川独立，反对赵尔丰继续把持政权的。一班在日本留过学、或者从外省调来的军官，不管三七二十一，就这两天当中，全把发辫剪了，并鼓励兵士们也跟他们学样。还一天几次，要求朱庆澜移住到凤凰山营房。说是就近加紧训练。其实为了防备他被赵尔丰操纵，或者被田征葵等人所挟制。他们不知道朱庆澜到底由于赵尔巽提拔之故，与赵家关系极为密切，当此紧要关头，无论如何他是不能够与赵尔丰分伙的。何况还有一个吴钟镕，将其挽住，要他留在赵尔丰身边，随时以利害说之，免其为老四、老九和田征葵所蛊惑。朱庆澜遂不得不拒绝部下好意，反而移住到制台衙门内。于是陆军中间谣言四起说，他们的统制官着赵大帅拘禁起来了！有几个外省籍军官，不明内情，公然从东校场营房，打电话到制台衙门，用威胁口吻，要求赵尔丰立将他们的统制官释放出来。这把赵尔丰气得暴跳如雷，登时将朱庆澜叫去，不问青红皂白，便狗血喷头地骂一顿。并叫他下令，严饬驻在东校场的一营步兵、两队炮兵、一队骑兵，以及散驻在城内约莫两队步兵、一队宪兵，把所有军械（包括宪兵用的长战刀在内），限于当夜，全部缴到旧贡院的军装库去。这样一来，城内谣言大起，而且离谱很远。说的是：新军反对赵尔丰，已经不听指挥；所以赵尔丰才把朱庆澜扣留在衙门里作人质，所以才令新军缴械，所以才把巡防军全调驻在东南门一带，以防新军攻打。

谣言把许多摸不够底细、听见风便是雨的人们，简直搞糊涂了。他们认为陆军与巡防军既已成了道士的发髻——挽紧了，那么，不管谁是谁非，结果必然是：我一枪打过去——砰呀啪！你一枪打过来——砰呀啪！兵打兵，没来头，怕的是神仙打仗，凡人遭殃，七月十五日死伤一铺缆子，哪一个不是平民百姓！掐指一算，东南门一带巡防军最多，制台衙门四周不说了，稍远一点的东丁字街的两湖公所，便扎了几营。巡防军是五马六道的家伙，光看那样子，便不比陆军文明。北门一带是陆军的天下，巡防军再凶，也打不赢陆军的。因此，城里（当然指城里东南门一带）那些靠手艺营生，靠气力营生，靠小本营生的人们，都不在乎外，而一伙铺盖多一床，衣裳多两件，房子多佃了一间，家具多摆了一件的人们，却害怕得不得了，"千金之子，坐不垂堂。"他们比穷人命贵，他们必须避一避。避到城外去，诸多不便，或许更危险；然而从南门暂时搬到北门的亲友家里，总可以吧？于是相当时间不见的惊惊惶惶、扶老携幼的搬家现象，两天中间，忽又在北打金街、北纱帽街、北暑袜街涌现出来。不过这次搬家避难，到底不似前几回那么声势浩大，几乎上等社会里真正有钱人家，全没有动弹。比如黄澜生这个人，虽不像郝家、葛家完全明了当前情势（只管他在制台衙门出入，一如他自己说的，蹲在灯杆底下的人，所见的光亮，反而不及站在远处的人看得多，看得明），但他却有一种直觉：尽管田征葵与陆军里一些军官在抬杠，若说两方的兵丁因而就会拼命开火，那倒万不至于的。所以他这次不但未曾卷入搬家潮流，反而把罗升从右司胡同喊回来，把已经培修得可以容足的肃大嫂子的那所幽雅小院，用一把牛尾锁锁上；给搬住在斜对门的肃大嫂子每月添二百钱租金，叫她就近照料着，"不许闲杂人翻墙进去偷东西，糟蹋花木。"

真的，田征葵那种横扳顺跳、声势汹汹的举动，看来，才是一种过场。即使出乎他的本意，也只成为赵尔丰用来向绅士们作为讨价还价的资料。因此，初五日这天，五福堂官绅再度会议，方做到把绅方拟定的十一条条件应允之后，还由官方提出补充条件十九条要绅士们答应，绅士们遂也全部答应了。

十月初五日五福堂会议，委实比初三那天会议重要。绅方还是那些人，只增了一个颜楷的父亲颜缉祜号伯勤的这个退休林下的老宦。因他曾与赵尔丰在河南省一同坐过官厅，所以赵尔丰认为他也是四川的大绅之一，指名要他参加，一以表示"重旧谊"（但他在拘捕颜楷时候，却未想到这上头），一以表示"昭慎重"。官方也添了几个人，正印宫中连成都县知县周恂、华阳县知县史九龙，都叫了来"敬陪末座"。而最为人注意的，是另外两人：一是玉昆，一是奎焕。

今天将军玉昆与都统奎焕的穿戴，也和大众一样：长袍马褂，官靴小帽，只玉昆瓜皮帽的当额处，绽了一枚大红宝石。两个旗籍大员，在争路风潮起后，已经把从前的官架子放低了不少，今天更自不同；一走进五福堂，两个人的腰便躬得像虾子；无论见着什么人，都是一揖到地（看得出未习惯请安的人，乍学作揖的那种生疏的架式），连站在红呢夹板门帘旁边、听候差遣的几个武巡捕，都不例外。对于蒲祖庚，因为多见过两次，又在将军衙门延过坐，面熟了，还特别拉了拉手，表示亲热。尽管奎焕胖一些，一张圆盘大脸，玉昆瘦一些，脸上颧骨高耸，腮巴下陷；可是两张脸上都挂满笑容，眼睛也都眯成了缝，牙齿也都嘻出在嘴皮外，两个人若还年轻一些。真像一双和合二神仙了。

经过两天的私下洽谈，又经过吴钟镕、周善培两个人的奔走怂恿；加之一方面是端方的咄咄逼人，一方面是陆军的跃跃欲试，确实到了危机四伏、险象环生的境地；平时作为股肱心腹的一些人，又都明目张胆地在打各人主意，比如王棪就在烧杨维的冷灶，杨嘉绅不仅完全倒向绅士方面，还天天跑到咨议局去向蒲殿俊、罗纶献策献计，图谋独立之后，仍然保住他盐运使的地位；虽有老四、老九、田征葵在壮胆，但两个是浑蛋，一个是莽汉，成事不足，坏事则都有余。于是赵尔丰最后只好当真哭了一场，向吴钟镕说道："好吧！我听你们的筹划。总不要使我上当就好了！"

"不至于！不至于！倘若季帅尚有不放心处，不妨于绅方所提条件之外，再如此如此加上几条，那便更稳妥了。"

"他们能不怀疑吗？"

"已与孝怀研究过。孝怀也认为，一班书生都没有远见的。"

但是临到最后把周凤翔、邵从恩约来，商讨移交政权之后，对于都督人选时，他又要了一次狡狯。他装得极其诚恳地说道："你们要我把政权移交给咨议局接收，这倒可以。本来，咨议局是民意机关，有资格同我办移交。但让伯英做都督，我却觉得不大好。你们看，能不能另觅一个较为妥当的人？"

两人同时问他，心目中以何人为妥？

"我以为明叔就好……"

邵从恩两手直摇道："这怎么使得！这怎么使得！"

"不然！明叔，你的才干比任何人都要强些。现在四川的局面，非有才干的人是不行的。"

邵从恩当然不受他的圈套。周凤翔也说，这样不好。且不说蒲伯英并非无才无能之士，而他赵季和既将政权移交给与了咨议局，又不让正议长出任都督，岂不令人误会他赵季和对蒲伯英始终怀恨于心？这不特不足表示他赵季和大公无私，对于将来协助他赵季和在川边的一切，恐怕也有影响吧？

到什么都在私下说好，蒲殿俊那方面也什么都答应了，因而在十月初五日方又正式开了会议，而且也事先商妥，要将军玉昆在会上表示一下他的意见，免得将来有人议论，又说是他姓赵的一个人在独行独断。

所以大家落座之后，玉昆首先讲起话来。有些片断是这样的："……兄弟与奎都统虽然都是旗人，可是也和赵制军、尹藩司一样，绝端赞成四川人民独立自治。为什么呢？再则，满人入关，将近三百年，不但早与汉人通婚，并且语言文字、风俗习惯也早同化于汉人，可以说，满人汉人早已没有种族之分，实实在在是一家人了……本来中国，确如一班讲维新的人士所说，是中国人之中国，并非爱新觉罗氏一族所得而私有之的。今爱新觉罗氏既然不能统驭，各地人民各各起来自治，又有何不可？兄弟前已说过，对于四川独立自治，兄弟与奎都统绝端赞成。现在还要代表满城同胞说一句：全体赞成！至于旗兵三营，我们也情愿交出来，交给将来政府带兵大员接管。兄弟所渴望于将来政府诸公的，端在不分疆域，和衷共济，使四川同胞得以出水火而登衽席，那么……”

一阵巴掌，拍得雷响。

接着，赵尔丰便含着微笑把绅方所拟的独立条件，亲手送到玉昆面前道："这便是绅士们拟的条件。我在电话上已曾向石翁谈过。不过这到底是一桩非凡事情，仍应请石翁过目后，再决其可否。"

玉昆一面戴老光眼镜，一面谦逊道："季翁研究过就得了，兄弟没话说。"

梅红全柬展开，头一行有拇指大小的正楷字写着"四川独立条件"，"件"字用浓墨涂了，在旁边，用行书体另外写了一个"约"字。

玉昆连忙点头道："这个约字改得妙！咱们大凡同外国缔结的，都叫条约，并不叫条件呀！"

其下简简单单地平列了十一条，全文是：

一、现因时事迫切，请帅出示晓谕人民：川中一切行政事宜，交由川人自办；暂交咨议局代表蒲殿俊管理。

二、督印交藩库封存。由川人择期宣告独立。

三、移交之前，所有一切军队，请帅酌量合并，务求统一。

四、西藏为四川屏蔽，望帅推保全四川之心，仍遵朝命赴边，办理边务事宜。所有兵饷及行政经费，概由川人担任。

五、宣告之后，仍请帅暂缓赴边，以便遇事商求援助、指导。

六、军提都统各宪由绅面述：事后，如愿驻川，仍待以相当敬礼；如愿回籍，需用川资，由川人从厚致送。

七、驻防旗饷，照旧发给；事后，再为妥筹生计。

八、凡行政、司法各官，仍希照常办事；不愿留者，听其自便。

九、凡省中文武官吏，力为保护，不得侵犯自由，不许人民挟愤寻仇。

十、请帅即饬巡警署，不必干涉报馆议论，以便事先开导，免致临时惶骇。

十一、自宣告之后，无论满蒙回，与汉人一律待遇，不分畛域。

附军政府组织之概略

军政府设都督、副都督；分设参谋、军政、司法、财政、民
　　政、学务、实业、交通、外务、盐政十部；军政部又分兵备教练；
　　其余局广，暂仍其旧。

　　玉昆一边念，一边不住点头。比及看完，把玳瑁边眼镜取下，说道："太好了！非常周到！"并用眼镜指着第七条道，"别的不说，只以这条而言，各位先生在凡百维新时候，特别关照到我们旗民生计，这实在是四川同胞莫大恩典！我这里先代我们旗民，向各位先生叩头为谢！"

　　他真个离开太师椅，恭恭敬敬跪到猩猩红地毡上，磕起头来。奎焕不假思索，也连忙匍匐在他屁股后头。

　　两个旗籍大员这种出人意外的举动，感动了一些人，尤其做过京官和在皇帝身边跪着说过话，如周凤翔，如曾培，如伍肇龄老翰林等，都几乎掉下了眼泪；也有人无动于衷，认为不过是理所当然的臭排场，这类人相当多；当然，也有一些人，表面上不说什么，心里却大大不以为然，有的觉得做作多端，有的觉得太失身份，前者于宗潼是代表，后者尹良是代表；赵尔丰则在上说的三种人之外。他开始怔了怔，接着觉得好笑，继而有点惭愧，末了竟自生了气。亲自走去，一把将玉昆拉了起来，并且冷冷地说道："石翁，且等明天设下香案，我们望阙告罪辞圣时候，再屈膝好了！"

　　大家振衣归座之后，赵尔丰方慎重其事地向绅士们宣称："各位先生提出的四川独立条约——你们原来写作条件，是我改为条约。大家没有意见吧？没意见，就好。……我现在诚心告诉各位先生，首先为了顺应潮流，其次为了拯救四川，我代表官方完全答应你们的要求：我明天就出告示，公开宣布把政权移交给咨议局，由你们公举都督，择期独立。我本人也答应你们的要求：在移交政权之后，仍遵朝旨，返回川滇边务大臣原任。不过我原来留在川边的军队不多，不足以固边围，我此次进去，必须多带一些队伍。我已和朱统制商定——因为你们承应在未来政府中，把所有军队都交与朱统制负责管理，所以我得先与他商量——把现驻省城的十余营巡防军，由我指定八营，拨交与李克昌、沈绍林二统领统率，改称边军不交与未来政府。因此，我便尽先在藩库提取了纹银二十五万两，作为我出发到打箭炉以前的兵饷，与一切费用……至于其他几条，我们也都同意。我们官方全体，对于四川独

立，也与适才玉将军说的一样，维愿未来政府负责诸君，本着爱护桑梓之心，不分畛域，和衷共济，公而无私，使四川人民早出水火而登衽席！"

大家正待热烈拍掌。赵尔丰却又挥起手来说道："别忙！我还有几句未尽之辞……"他一面把一叠早已放在跟前的、画有朱丝格子的白宣纸打开，一面看着众人说道："各位先生拟具的独立条约，固然周到。然而在我们研究后，觉得也还有些未尽之处。譬如我刚才说的要带走部分巡防军，和军队统交朱统制管理一层，虽得各位口头承诺，然而不能不见诸文字。再而有些条文也嫌不甚明白，容易引起错误。因此，我们才另提了十九条……"他遂把这叠宣纸转身递与吴钟镕，"就烦吴总办念一念，要求各位先生签字赞成。"

这另提的十九条，是赵尔丰与吴钟镕、朱庆澜、田征葵，以及老四、老九等人，挖空心思想出。有些是赵尔丰坚持必须要那么写，说是才一目了然，界说清晰。头一夜已经拿到咨议局，经蒲殿俊、罗纶几个人看后，认为可以。现在在会上提出，仅只作为一种正式手续而已。

吴钟镕奉命所念的全文是：

一、不排满人。

二、安置旗民生计。

三、不论本省人与外省人视同一律。

四、不准仇官及有他项侮辱言动。

五、保护外国人。

六、保护商界。

七、不准报复。（此次战争日久，官兵民匪皆有伤亡，以后无论何人，不准互相报复。）

八、不准仇杀。（此在军事之外，指个人之私仇而言。）

九、不准劫狱。

十、不准抢掳。

十一、不准烧杀。

以上十一条，违者严行惩办。

十二、万众一心，共维大局。

十三、谨守秩序，实行文明。

十四、旗兵现练三营，统归陆军统制管理。

十五、所有一切军队，除选带边军外，悉交第十七镇朱统制官
接管。

十六、边务常年经费及兵饷共银一百二十万两，由川担任。

十七、边务如需扩充，军备、饷械、子弹，由川协助。

十八、原有边军外，应再选带八营。

十九、藏款仍照旧协济。

傻子也知道，赵尔丰另提的这十九条，其主要目的，一在把军权全部
集中在他亲信的朱庆澜一人手上。（为了这件事，田振邦简直与赵尔丰闹翻
了。因为田振邦这个空头的全省提督军门，自从绿营裁废，改练新军，他手
下无一兵一卒，早已闲得不耐烦。打新津时候，赵尔丰拨过几营巡防给他统
带。他稍稍尝到一点发号施令的味道。于是引起野心，很想乘这改革之际，
希望赵尔丰能把军权交与他。他自己估计，资格官阶都比朱庆澜高。虽然与
赵尔丰不很亲密，但新津战争，他到底给赵尔丰出过力。想不到赵尔丰还是
这样歧视他。他一怒之下，初五日的会议，不但不来参加，并且就在这一
天，收拾行囊，连提督四川全省军务那颗四方银印，也收拾在箱子里，趁着
大家忙乱，带上几名亲兵，就由大川北路，不分昼夜，跑到陕西汉中府。亲
自撰稿，发了一封电奏，揭参赵尔丰居心反叛，泣恳朝廷饬拿治罪。当然，
他的电奏没有下文，他本人也从此没有下文。）一在巩固他在川边的地位，
加强他个人的力量。但是只热心想获得行政权柄的一伙书呆子（尽管他们自
以为有经世之才，有为政之具，纵不能远比俾斯麦，亦可以近仿伊藤博
文），却懵然不懂得赵尔丰所下的这一杀着！

赵尔丰看见与会绅士们那样欢欣鼓舞，那样由他摆布，他心里也宽舒
了，在散会送客之时，便把周凤翔、邵从恩、曾培、伍老翰林等几个道高德
懋的绅士留下。吩咐小厨房特别备办几色精致菜肴，给各位乡贤敬一杯鲁
酒，借此磋商一下他明天将要发表的（当然是委托一个会做文章的高手撰写
的）《宣布四川自治文告》，以及明天封印移交政权的仪式。陪客只两个
人：一是地位崇高的玉昆，一是为他策划奔走、劳苦功高的吴钟镕。（周善
培因无官守言责，只在暗中活动，所以公开会议一直没有他。）

五

黄澜生道："你问王文炳吗？他只在十天以前来过一次，后来便未再来，想必又出省走了。"

吴凤梧颇不乐意地问："他到底住在哪里？留有地址没有？"

"没有。我也忘记问他。"

"唉！这才糟哩。"

"你一定要会王文炳，敢是有什么要紧事情？"

"不怕你哥子见笑，就是那桩顶要紧的事——找饭吃！"

吴凤梧遂将在龙泉驿遇见王文炳，王文炳有意要约他去自流井帮同周鸿勋和一些革命党人打仗的话，从头一二地说了一遍。

黄澜生不由笑道："原来还是到血盆里去抓饭吃。"

"学的是这一行嘛。除了卖命吃饭，还有啥子想头！"

"那也不对。你以前进武学堂，后来带队伍，难道就只为了吃饭？"

"好说！不是为了吃饭，哪个屌头肯去干这些险事。"

黄澜生笑了起来。但跟着叹了一声，感慨似的说道："啊！俗气！俗气！人生一世，只为了吃饭，这叫什么志向哟！唉！你未免把一个人的……什么呢？啊！人格，说得太卑鄙了！"

吴凤梧也嬉皮笑脸地把右手拇指紧搓着中指一弹，弹出一声脆响，同时说道："多承你哥子指教！老实说，那些呵人诳人的面子话，你怕愚下说不来吗？不过说话有真假，听话有高低。要是愚下生有你哥子这样福命，有钱有势，那我随便放个屁，人家也会夸奖说放得好！又响，又香！但目前愚下过的尚是独木桥，唱的尚是凄凉岗，要是不说老实话，人家就不当面抢白你，也难免戳你的背脊骨。至于俗气！俗气！卑鄙！卑鄙！这也只有你黄哥才能如此批评我。如其在我们三圣巷那班挣一天吃一天的朋友们口里，便不这么讲了。他们听了我的真话，准会大拇指一竖说：'嗨！吴管带，你哥子快人快语，硬是说到小弟们心眼里啰！对的！人生一世，不是为了吃饭穿衣，却捞球呀？'哈哈……哈哈……"

黄澜生受不住他那半开玩笑、半认真的报复，正待放下脸来，还他几句。忽然听见短廊上一阵急遽的脚步声。以为是高金山回来，方打算喊他，却又听见一个人在问罗升："小客厅有客吗？"

"啊！是雅堂兄？请进来！请进来！"

孙雅堂笑得弥勒佛似的跨进门来。刚待向黄澜生说什么，看见当地站着一个生人，不由呆了一下："当真有客！"

黄澜生已在给他介绍："这位就是吴凤梧吴管带。"

"噢！久仰！久仰！兄弟我叫孙雅堂……"

"是敝襟兄。"

两个世故都极熟悉的人登时便像老朋友一样"一惊、二诧、三哈哈"地周旋起来。

黄澜生打断他们的周旋，问孙雅堂："你是不是从丈母家来。可曾看见内人？她今天能不能回来？"

"二妹到丈母家去了？"

"你还不晓得？丈母昨晚跌了一跤，几乎中风，今天一早，贺嫂来报信。内人着急得很，草草吃了早点，便带起小儿女，坐上我的轿子去了。直到这时，轿子没有回来，高金山送去，也没有回来。"

"原来如此，我尚不知道。等会儿，倒要去看看她老人家。"

"你怎会不晓得？你府上距丈母家，比我这里近多了！"

"我昨夜并没在家呀！昨夜在皇城里几乎闹了个通夜，累到今天清晨，才在临时摆的床铺上睡了一会。此刻是对直从皇城里来的。"

"你说的什么呢？在皇城里？我不懂得。"

"有啥难懂。皇城就是以前的贡院，离你这里，不过两三条街。"

"我怕不晓得！我不懂的是，里边全是学堂，你怎么会……"

"嘿，嘿，你才两三天不进出衙门，怎便这样孤陋寡闻起来？告诉你，皇城里的学堂完全停办了。咨议局前天议决，把这个地方改成了军政府。"

黄澜生诧异道："何以把军政府设在这里？……"

吴凤梧道："莫非为了这里风水好些？"

孙雅堂笑道："你们想想看，一个堂堂乎新创基业的军政府，不设在规模宏大的地方，那还成个什么名堂？"

吴凤梧道："制台衙门，不就规模宏大吗？"

却是黄澜生在回答他的话："这个，我便知道是不行的。别的不说，光看驻扎了那么多巡防军，就不是新政府能够去得的地方……"

孙雅堂接着说道："不止此哩。按照条约所载，老赵一时尚不去打箭炉。听人说来，他已表示绝对不离开南院，要蒲伯英他们另觅地方去组织军政府。大家商量了许久，觉得所有旧衙门都不合适。咨议局倒宽大，但房屋不多，尤其中间一个圆形会场，不特不中用，反而很碍事。徐子休因才提说不如设在皇城里，一来气象堂皇，派头大方；二来有一道皇城，一条御河围绕着，军政府设在其中，也不怕有什么意外。"

黄澜生接着又问："我也听说官绅两方要订一些条约。你可看见来？"

"没有。同你一样，仅仅看见人家嘴巴蚴。"

"军政府负责的，是不是叫都督？"吴凤梧抢着这样问。

"不错，叫都督，并且是两个。正都督举的是蒲伯英，副都督举的是朱子桥……"

"朱子桥？"

吴凤梧道："这个，我又晓得啦！就是陆军十七镇统制朱庆澜。倒对，一文一武，一正一副。不过为啥这个武的，不举本省人？难道本省武人就没资格么？"

"这却不清楚。现在一切事情正在排头。在皇城里办事的人，大都人生面不熟，多少话，不好问。其实问也枉然，谁也不晓得底细。因为筹划大事的地方，并不在皇城。皇城里刻下只专力在布置明天正副都督就职事情。乱极了，连什么局、什么科，都没有分。"

"那你现在究竟在一个叫什么名称的地方办公事？"

"名称叫秘书局。其实不光是拟稿，什么都一把抓，除了录事、管档、收发、墨笔、朱笔等等之外，还要兼办杂务。人手倒多，中用的太少，一伙学界老酸，只晓得抽烟、喝茶、吃点心、说空话……"

罗升泡茶出来。

"罗二爷，难为你跟老张说一声，将就你们老爷早晨吃下来的剩菜剩饭，给我热一下。我还没吃早饭哩，饿极了！"

黄澜生道："还没吃早饭？现在大概过十二点了。"他随即吩咐罗升，"给老张说，饭倒可以热一下，菜却该另外弄。只是嘱咐他麻利点，孙大老爷立等着在。"

孙雅堂道:"其实,可以不必弄什么菜。如其有鸡蛋,就给我炒一碗金包银,配一盘你们太太的私房泡菜,再冲一碗便汤多加一点香油葱花,就行了!"

"也对,也对。那么,把昨天留下的宣威火腿切一截,另外炒个醋熘莲花白。总之,叫老张搞麻利点!"

老张今天果然麻利。他们这里,才谈说到四川独立之后,又是一种局面,恐怕一般客籍官员都难立脚,腾出那么多空缺,哪里找得出若干有阅历、有资格的人去填补?就这时,罗升便来报称:菜饭已经摆在倒座厅里,请孙大老爷进去用饭。

黄澜生方待陪他同去,吴凤梧忽从后面把他衣袖一拉,低低说道:"请留一步,我有句要紧话……"

黄澜生转身进来,看见他嗫嗫嚅嚅、很难出口的神态,不由笑了笑道:"我明白了。想是这回出去,生意没做好,手边不大方便,还要借几块钱?"

"哈!你哥子真是从门缝里看人,把人看扁了。难道我有求于你的,就只一个钱字?"吴凤梧立即撩起夹衫,伸手去摸裹肚。已经触到用了几层纸包得巴巴实实的、准备践言还债的那十块龙洋了。但念头一转:"既然疑心我生意做得不好,那就老实再拖他一阵,横顺他是不在乎这几块钱的。"因便装作系裤腰带,把夹衫放下,叹口气道:"并不是的。我只是想求求你老哥,跟你这位贵连襟吹嘘吹嘘,趁军政府初成立,需人使用之际,大小给我兄弟搞干一个位子,好不好?"看见黄澜生倒笑不笑、迟迟疑疑的样子,他又赶快苦着脸道:"兄弟我为啥要这样恳求你哥子?因是愚下实在赋闲久了,自从在关外撤差回省,就打起滥仗。虽然天不绝人,也找过一些撮撮钱,可是一来,正如你哥子说的是在血盆里抓饭吃,性命捏在手板心里,危险说不完;二来,就这样也都是短工活路,锅灶安在别人脚背上,别人一动弹,我只好垮杆下台。因为是这种光景,所以把一个人经常搞得六神不得安,五心不做主。如其仰仗你哥子鼎力维持,转托贵连襟,能够代为找得一件长久事情——并不求怎么长久法,只要一年半载里头,不到处去求爹爹,告奶奶,有碗稍为安定的饭吃,那你哥子和你贵连襟就算积了德了!"

他不但说,还一连作了几个揖。满脸可怜之色,早已不是适才说俏皮话的那个吴凤梧,而是初由川边回省、第一次来找黄澜生求事借钱的吴凤梧。

黄澜生一面还揖，一面说道："一定帮忙！一定帮忙……不过，敝襟兄自己也才辗转托人推荐进去，脚跟尚没有站稳，又怎能拉扯你呢？况且听他说来，他们那里需要的，是能够动笔墨的人。凤梧，你我非外，说句老实话……咳！咳！你在动笔墨这一行道上，似乎要欠一点吧？"

"那也不然。说到拟文稿，办公事，固然我不大来得。可是类如写个说帖和寻常尺牍，我还是可以动笔的。我的字，你哥子也看见过，不是我自己吹的话，就放在你们制台衙门的录事中间，不列特等，也列优等。何况听你贵连襟说来，就在秘书局里，也还有什么杂务事情需要人手。说到杂务……"

一语未了，听见外面大厅上有轿夫高声叫喊："提到！"接着，耳门吱呀一声。飞跑进来的是振邦、婉姑儿两个娃娃。一面呼唤："爹爹！爹爹！妈妈回来了！"

黄澜生赶快奔出小客厅。

两个娃娃扑到身边一齐抢着报告："王老师看过病，说外婆不要紧，吃两服药就会好的……"

黄太太也从从容容走到短廊上。后面跟着跑得面红筋涨、满额脑是汗的菊花丫头和高金山。

黄澜生满脸是笑说："丈母好些了？还是找王世仁看的？"

黄太太旋走，旋回答："就因为等王世仁去看病，不然我早回来了。妈是血虚，起床解溲时候，脑壳发晕，跌了一跤。贺嫂胆子太小，就跑来乱报……"

孙雅堂大概吃完了饭，站在堂屋门外的屏风前，高声问道："二姑奶奶回来啦！"

"啊！孙大哥在这里？"

于是大人娃娃都一窝蜂地朝上房走去。

吴凤梧叹了一口气。晓得黄澜生一时不能出来。纵出来，也难于把打断的话说下去；纵能说下去，看他推三阻四的样子，也未必便有结果，"唉！算了吧，东方不亮西方明，文行投靠不着，还是去投靠武行罢了！"

掀帘出去，一头碰见高金山，正揩脸上的汗，在和罗升说些什么。

两个跟班一齐向他打招呼："吴老爷不多坐一下？我们老爷就要出来了。"

"我还要去会个朋友。晏了，恐怕别人不在家。"

高金山笑嘻嘻地说道："吴老爷这时节上街看看也好。"

"为啥这么说？"

"因为赵屠户的退位告示刚刚巴出来。满街都是人，都欢喜得不得了。好多人打算放火爆，挂红灯笼，都说，瘟神走了，大家应该扎扎实实地热闹一下！"

"告示上说些啥？"

"我跟在轿子后面跑，来不及去看。好长一篇东西，一时也看不完。我们西御街靠三桥那头的墙上，就巴有一张，围了好大一堆人，有的在看，有的在念。吴老爷你去看一看，就清楚了。"

"对！我就去看！"

六

下面是辛亥年十月初六日，即公历一九一一年十一月二十六日下午，张贴成都全城的赵尔丰宣布四川自治文：

> 尔丰不德，不能出我四川父老子弟于水火。乃者内乱未宁，外患日逼，朝纲解组，补救无从；若再不筹通变，必至横挑外衅，重益人民之流离荼苦，恻恻此心，良所不忍！特与将军、都统、提督军门、司、道以下各官，绅商学界诸人，协商一致，以四川全省事务，暂交四川咨议局议长蒲殿俊，设法自治。先求救急定乱之方，徐图良善共和政治。尔丰部署军旅就绪，即行遵旨出关。咨议局为通省人才所荟萃，其意思言论，为通省人民所信仰，以尔丰之愧对川人，唯当拭目以观其设施，尚复何颜对于川人别有陈说哉！

> 虽然，尔丰固可指天誓日，此区区爱国家、爱人民之心，自筮仕作令，以至今日，服官数十年，转历十七省，实无一刹那之顷，稍敢变易。此次再来督川，亦无时无事不本上爱国家、下爱人民之初念。不幸智虑有所未周，遂为吾父老子弟所疑怨，往事无足证说，今日以四川全省事务，暂交四川咨议局自治者，嗟乎！尔丰此心，为何心哉！果为爱吾父老子弟与否？计吾父老子弟，必不忍待

尔丰之剖解而亦自了彻也！尔丰不敢曰吾父老子弟前此之不当疑怨我；亦不敢谓吾父老子弟以后逐信用我；但此区区之心，始终唯重爱吾民！四川虽自治，以后困难问题，方如循环之不知所终；尔丰虽将离去，而与吾父老子弟前后周旋，至今已九年矣；桑下三宿，尚有因缘，周旋九年，宁能恝置？因是之故，遂难自默。幸以吾言为然，实为四川将来之福；苟以吾言为非，吾亦聊尽临别之谊！

第一，奉告人民。呜呼！我至亲爱之父老子弟，亦知今日之四川，为破坏之四川乎？亦知今日以后之四川，为四川人自治之四川乎？往日受治于国家，地方而不治，国家之患也；今日四川人自治，地方而不治，四川人之患矣！以今日之大势，即地方已治已安，犹有种种恐怖刺激之事；若益之以内患，四川其能久存乎？尔丰对于四川之将来，良有无穷莫大之希望。然内患而不速宁，恐眼前便难自保。吾父老子弟苟不愿四川之久存，则尔丰无言矣；不然，则愿吾父老子弟辗转告诚，速复向日之秩序，慎守固有之家业，一心合力，视大势之转移，图四川之强固。如此博大之四川，吾父老子弟其信斯言耶？

第二，奉告我军人。呜呼！我至辛苦之新旧军将校士卒，乱起以来，苦我将校士卒至矣！今日以后，四川归四川人自治，军队多为四川子弟，有应保四川全体之责，而为四川全体尽捍卫之义务。乱而速定，我军人其可稍休。如其未能，抑有外侮之来，以四川子弟对于四川人尽当尽之义务，吾恐后此军人之劳，或什佰于今日。既曰义务，知我军人后此必愈劳而愈自乐。统制官朱庆澜，我军人所至敬爱之长官也，四川新旧军将校士卒，即以尊重敬爱之心，谨守朱统制官之命令。今日以后，苟有对于四川境内人民生命财产，有毫发之损者，愿我军人视为切己之私仇，毁家之私敌，捐竭顶踵以击御之，必使四川境内人民，各无烽火盗贼之虞，而后军人无忝报施桑梓之义。我军人其信之耶？

安辑人民，抚恤士卒，则当事诸君子之职责也。于此奉告我当事诸君。呜呼！尔丰不德，愧对四川，其能补尔丰之过，而出四川人民于水火者，唯望诸君矣！以诸君之才之识，吾知内乱不难立定，外侮不难立绝。虽然，以尔丰鳃鳃之虑，当此祸患未已，疮痍未复，凡前此总督所肩至难极大之任，一唯诸君是赖是责；况当多难之顷，吾知设施之难，必倍蓰于曩日；尔丰望治之切，不能不望我当事诸君，一志合力，降心沈识，远观大势，深察乱原，博揽人才，厚积兵备。既与四川共治，党派之见宜蠲；即有谤议之来，消融之量宜广；必使内地百司庶人皆各有安其乡土之心，才士各有发舒能力之地，而后基础可以奠安，事业可以发达。尔丰以可为之四川付之诸君，即以至大之责任委之诸君，今日以后，即自治之日，即诸君担荷之日，尔丰虽去此，属望无穷！知诸君必有以塞尔丰之望，且必有以塞吾四川父老子弟之望也！

呜呼！尔丰去矣！所不能已于言者，唯我当事诸君、我军人、我父老子弟幸听吾言，尔丰有补过之日，身去而心安。如曰非也，尔丰对于四川始终重爱吾民之用心，皇天后土，鉴其无私，他无求矣！虽然，尔丰爱四川者，终望我当事诸君、我军人、我父老子弟幸听吾言也！

特此宣示。

第九章　成都也独立了

一

辛亥年十月初七日，成都果也独立了。这一天，是公历一九一一年十一月二十七日，后于武昌起义一个月又十九天。

你们要知道这一天的成都独立，是一种什么性质吗？你们想知道搞这件大事的人，他们具的是一种什么头脑和什么想法吗？那我介绍两个文件给你们，请你们自己去领会好了。

第一个文件：大汉四川独立军政府宣言：

> 吾汉族苦压制久矣！今一旦脱专制之羁绊，为政治之改革，岂非吾川人日夜所祷求而引以自任者耶？夫川人以争路与政府相抵抗，猛厉进行，万死不顾，不二三月间，天下土崩；各省次第宣告独立；吾川灿烂光华之大汉独立军政府，而于今日告其成；此非吾同胞同心协力，军人之一致进行，而吾入团得以食其果欤？此后，增进人民之幸福，发扬大汉之威灵，当与吾川七千万人共谋之！唯有一言以正告于吾川七千万人者：则大汉四川独立军政府之宗旨，基于世界之公理，人道之主义，组织共和宪法，以巩固我大汉联邦之帝国，而与世罔极，所当与吾川七千万人子子孙孙共守之！
>
> 黄帝纪元四千六百九年十月初七日，军政府告。

第二个文件：大汉四川军政府都督蒲、副都督朱，布告全省各道、府、厅、州、县，陆、防营各军，各局、所官绅商学各界文：

> 现在四川僻省，同时实行独立。省城设立政府，均须取决公

议；事事务持和平，力求宁人息事。外国人及教堂，我省行政官吏，满洲驻防人民，一律照常待遇。省外同志民团，已达圆满目的，急宜释兵归农，大家力图新治；从前损失丧亡，优予抚恤赈济。旧日敝政苛捐，急筹减除废弃。至于社会秩序，务求安静如昔。凡我士农工商，一切各安生业。所颁条件禁令，大众均须注意！从此共享太平，同尽国民天职！

黄帝纪元四千六百九年十月初七日，实贴勿损！

而且这两个文件，除后一个六言韵示形式的文告，系军政府秘书局人员的杰作外，头一个文件，因为太重要了，由一些人草创，由一些人润色，由一些人修饰，用后世的词句说，叫作集体创作是也。这集体中，没有人想得到竟有周善培、杨嘉绅这两个号称大手笔的清朝官吏。（赵尔丰那篇宣布四川自治的，使许多人几乎念不断句，更使许多人不了解说些什么的妙文，据说也是他两个搞的。）

周善培、杨嘉绅、王棪、路广钟这四个人，差不多早点刚罢，便穿戴整齐，周善培一人是长袍短褂，官靴小帽，杨嘉绅、王棪、路广钟三人是没有徽章的军装，不过四个人仍都在脑后拖着一条梳得溜光的发辫，比任何人都早赶到皇城里来。为的是要向正副都督和行将发表的九个部长（因为盐政部部长，已经商定，仍由杨嘉绅继任。这是在磋商条件与组织时候，他就拍了胸膛，声称四川盐政，引案复杂，兼有济楚、济黔的纠纷，非他留任不可。大家想了想，确也想不出一个比他更行的人。所以他尽管是旧官吏、安徽人，还是答应了他）道贺道喜。

时候尽管这么早，都督的会客室里，已经人众济济，议论纷纷。

杨嘉绅头一个掀开门帘进去。几个认识他的人都叫喊起来："哎！这下好啰！智多星来了，可以请他判定一下。"

判定什么？原来关于正副都督就职行礼时候，应该穿着什么衣冠？

有的说，在服制没有颁发前，还是现在通行的便衣小帽就好。

有的说，那怎么成！首先，马褂、瓜皮帽便是清朝的制度。况乎这种伊古未有的大典礼上，穿一身寻常便服，也不慎重。既然两位都督都剪了发辫，不如就穿洋服的好，因为独立自治，本是采自东西洋，精神是舶来品，外表也应当是舶来品。

有的说，倒也可以。不过中国是积弱之邦，自从戊戌变政，举国上下就在倡论振军经武。今日之事，无异革故鼎新，吾人更应该提倡尚武精神。所以两位都督在就职时，最好以身作则，都穿军服佩刀，也使人民耳目一新。

因此有人喊着："彦如！彦如！你来裁判一下，三种办法，何者为是？"

杨嘉绅先与众人打了招呼，有的鞠躬，有的点头，有的甚至拉手，只是免去了作揖。还笑着谦逊了两句："兄弟识见卑下，何敢决此大计！"及至众人再三要求，他方沉吟了一下道："请教诸公，副都督穿什么服装？"

"当然是军服。"

"那么，正都督为何又不穿军服？"

"正都督专管文事，不问军旅，怎好穿军服？"

主张尚武精神的先生连忙插嘴说："这又不然啦！正副都督虽说地位相同，然而正都督到底比副都督大一些，副都督到底要听从正都督的提调，犹之从前总督之能管理巡抚一样。可见正都督还是能够过问军旅之事。仅只是间接过问，而非直接过问罢了。所以鄙见，两位都督都该穿军服。"

杨嘉绅把大拇指竖起向那说话的人一比，并且极为认真地道："有理之至！我还要加一层意思，那就是两位都督行礼时，站在一起，一位穿的是金碧辉煌的军服，佩着金把子指挥刀，挺然而立，既威风，又庄肃。而另一位哩，不管穿什么衣裳，即令是西装吧，相形之下，总要差些。所以就观瞻而论，兄弟以为要穿军服，两位都穿军服，要穿便服，或是西服，两位也该一样。平常可以不如此，然而在今天这场礼节上，实在应该再加研究……"

王棪正在同别两个比较熟悉的人周旋。听见了，特别走过来插嘴说道："杨彦翁之言，确有见地，我们应该多加研究。听说今天行礼时候，英、法、德、日四国领事，平安桥天主教堂大主教和司铎，四圣祠、一洞桥、陕西街各个耶稣教堂的牧师，还有女洋人，还有几个医院里的洋医生和南台寺五会学堂的洋教习，还有高等学堂、陆军小学堂的日本男教习和淑行女子学堂里的那个日本女教习，都要来参观，都要来致贺。大家想想，有那么多东西各国贵宾贲临，这关系多大！若果稍有差池，不但贻笑外人，说不定将来有什么交涉时候，还会出一些岔子哩！"

路广钟一进门来，见人就称"贺喜"；见人就道歉说，来迟了，没有帮上忙，"兄弟我历来就赞成维新，赞成自治。并且历来就衷心钦佩诸位先生的改良手续。想当年，兄弟我在梓潼宫当署员时候……"

不提到梓潼宫倒还罢了，好几位学界名宿一听见梓潼宫，猛然想起他路广钟便是从梓潼宫当警察署署员起，专与学界为仇，借以巴结上司，升官晋级，从一个捐班县丞，保升到即补知县；宣统元年南校场运动会上，他支使巡警教练所警士，用刺刀戳伤学生，闹成流血惨案，他便被委署邛州直隶州知州；保路事起，他更红了，资格已是候补知府，充任着巡警教练所总办，赵尔丰十分信任他，加派他为四城总稽查，手上有一千多训练有素、器械犀利的警士，更是威风凛凛，干了不少罪恶；七月十五日制台衙门流血之际，他叫人到联升巷放火，赵尔丰要蒲、罗等人谋反叛逆罪证，他就通过尹良，制造出"铁道学堂井里捞印信，梓潼宫殿梁上搜盟书"的喜剧。因此一提到梓潼宫，大家心头活像烧起一把烈火。本来在同他应酬的人，都沉下脸，闭着口，有的转过身去，有的走出房门。幸而都是性情和平、涵养有素的读书君子，才没有当面给他下不去。仅仅一个什么学堂监督，年龄不那么大，是非之见尚难泯没，因才冷冷地向他说道："路太尊，这里没有你这等人插得下手的事。你实在闲不惯，不妨到秘书局去。那里正待写文告，还差几个写手。"

路广钟连忙鞠躬应诺道："是极！是极！兄弟我立刻过去。"

今天军政府里任何人都变成了他的上司，他安得不使出通身解数来承奉维谨呢？

路广钟一溜走，王棪觉得气氛不对，借口说到别处去参观，也跟着溜了。

就这时候，蒲殿俊手上拿着一张纸，急匆匆掀开门帘进来道："听说周孝怀先生来了。在哪里？在哪里？"

周善培因为有些人对他招待得并不如其想象那么热情，心里颇不高兴。他自以为今天四川能够闹到独立，差不多从头到尾全是他一个人的功劳。比方说，找吴璧华去劝说赵季和的，是他；在电话上向赵季和剖析利害，使其明白让端午桥联络绅士，宣布独立之害，与夫交出政权，进退自如之利的，是他；鼓舞邵明叔等敢于向赵季和要求政权的，是他；草拟条件，使赵季和放心退让的，是他。他在赵季和心目中，还几乎成为四川独立派的代表。前天夜里，忽然有两个人跑到制台衙门，要面见赵季和。自称是罗梓青派去索取总督关防，并立地要把已经封好，准备次日交去藩库收存的银质关防取去。赵季和莫名其妙，打电话问他如何应付？是他用电话质问蒲伯英、罗梓青。据说，并非罗梓青所派，但答应立即叫人到制台衙门，把那两个自称奉命行事的莽汉抓回去惩办。虽然一点小波折，然而赵季和如其不通知他，而竟自借此翻脸，是可以酿成大故的。由此观之，只这么一丁点，他的功劳也就不小。但是这个时节，似乎大家并不感到他于四川独立有如此大功，相遇之间，仍是那种淡烟暮霭样子，反而不如应酬杨彦如周到亲切，这已有点令人生气了。接着，那一句"这里没有你这等人插得下手的事"，他更疑心说这话的人大有"取瑟而歌"之意，明说路子善，其实在责斥他周孝怀。若果不在今天这个地方，他早已把那个人揪过来，骂他一个狗血喷头，像这样负义忘恩之徒，尚能让他厕身于缙绅之间？即在此地此时，他也敛起了笑容，默默然退坐在一个为人所不注目的角落里。

"听说周孝怀先生来了。在哪里？在哪里？"

周善培不禁又喜笑颜开，连忙起身应道："伯英有什么大事，又要问道于区区了吗？"

"嗬！孝怀在这里！"蒲殿俊的油黄脸上含着笑意，但眉头却锁在一处，走到他跟前，"就是这篇宣言的问题。大家起了几篇稿，我看都不妥当。今天早晨，我自己来动笔。不晓得什么原因，总写不好。这已是第三道稿子了。务必请你斧正一下。"

周善培定睛看了看蒲殿俊，只见他目光散漫，脸色晦滞，神气也不似平日那样安详，而是有些慌张，有些恍惚的情态。遂笑说："伯英，是怎么的？这点小事，也要你亲自动手？你现在不同了，应该谋其大者远者……"

蒲殿俊瞪起带有倦意的眼睛，说道："这宣言，能算小事吗？要对人民讲清我们大汉军政府的政治，既与前朝不同，又与革命有异，而文章又要典雅厚重，不能像写策论那样纵横驰骋！这是大汉军政府第一篇文告，若或稍有毛病，会叫人说话的！"他跟着就把那张文稿递给周善培，"我想来，还是得烦你斧正一下。你到底是大手笔，你给赵季和代笔的那篇东西，就很好！"

"并不是我一个人搞的，杨彦如也与有力焉。"周善培把站在旁边的杨嘉绅瞅了一眼说。

"那好！就请你们两位会同斟酌好了。不过，我的意思，这宣言和其他辩论文章不同，只把我们的政治表白清楚了就行。以往的是非不好措辞，那就不必提它……或者略带一笔也可以……总之，以简单平妥为主。大家拟的几篇，都掌握不住这分寸，所以我才打算自己动笔的……现在托了你们二位，我就放心了……"

说话之间，已经有好几个人来请他过去，说有要紧事商量。尤其重要的，是朱庆澜已将佩有上将徽章的军服取来，要请他去试穿。

周善培拿着那张写满了行书的文稿，把杨嘉绅的膀膊一拍，道："走！我们找个清静一些的房间去。"

两个人走到天井中，看见四下无人，杨嘉绅凑到周善培耳边，把声音压得只有他才听到的程度，问道："孝怀，你看新政府的情况怎么样？"

周孝怀止了步，向四周的房子环顾了一下（这里是贡院时代正副主考垂帘阅卷地方；后来改办留东预备学堂时，是监督办公所在。是个四合院子，庭院虽小，却还雅静），然后转过半身，特意将文稿举在跟前，使得随便从哪个房间的窗口望去，都会认为他两人是在磋商文字似的。这才轻声说道："似乎有点乱。你以为如何？"

"不只有点乱，老实说，是毫无头绪！我适才同那几位先生谈了谈，除我之外，其他几位部长都还没有决定，个个都要出来担任一席，以致伯英到此刻还没安排发照会。我看伯英这个……"

"怎么样？"

杨嘉绅把头摆了两下："名不符其实！"

"我也有此感觉。这位先生，平日多么精明，不光是有口，而且也有手。没想到黄袍尚未加身，他就有点昏了！你看这篇文章，哪里像一个解元公的手笔！口头说得那么有条有理，何以一下笔就完全不同？从这上头，也可看出他脑子的确有点不大对。这真出人意料之外，唉！"

杨嘉绅眼睛几眨道："还有一件事，不知你感觉到吗？房间里的人个个都在欢天喜地，唯独罗梓青一个人冷眉冷眼。说起来，他与伯英的关系，直如四川人说的'一把萝卜难分彼此'，纵然副都督一席，未能如愿以偿，而一个部长，总可到手。在今天这个日子里，也不应当形诸颜色。但他……"

"你还不晓得前天夜里，竟自有两个浑蛋，去向赵季帅逼索总督关防，几乎使季帅翻了脸。据说，那两个浑蛋，就是此君暗地派去，伯英完全不晓得。"

杨嘉绅吃了一惊道:"居然有这样事情发生!那么,以后的问题就多啦!"

周善培仍然表示乐观道:"也不见得。一群书生……"

"嗯!不可小视之。争路风潮,岂非一群书生鼓动起来的?"

"然而若不是依赖同志军、民团、袍哥、土匪的力量,又哪有今天?……"

二

差不多绵延了半个多月的阴沉沉的天气,到今天早晨,算是结束了。早饭时候,薄雾散尽,难得见面的太阳照红了全城,把街头用长竹竿从屋檐口撑出的白布旗,都染成了很好看的粉红色。

傅隆盛在肩头上披了件已在翻红的青羽纱马褂。这是一件光领口、大袖管、对门襟、绽着黄铜圆纽的老式马褂。这马褂,和穿在身上那件又短又阔的酱色斜纹布面薄棉袍,都是前年为了去一个亲戚家吃喜酒,被老婆百般怂恿,才鼓起大劲,邀了一个内行,同到新街估衣铺,和一班极会做生意的老陕,磨了几小时的嘴皮,才买到手的。这两件只有四成新的、款式过时的衣服,穿在老头身上,不但他自己感到很舒服,很合适,就在旁人眼里,十有九个也仿佛觉得硬是他自己缝的,自己穿旧的。

傅隆盛叭着他那根已被烟油浸得通红的叶子烟杆,踱到铺门外;先仰头把天空望了望,又伸长脖子把街的两头望了望。天空是碧澄澄的一片。不稀奇,但凡晴正时候,便这样。街的两头,若只是看见人来人往,也不稀奇,哪一天不是这样?但是今天到底有一些稀奇景致:好多家铺户果都在檐口上挑出了一面比方桌大、也有比方桌小的白布旗。旗在微风中飘荡,虽然素净一些,可是多了,也好看!

一看见旗子,他便回身向铺子内吼叫道:"快点嘛!你们来看,哪一家不是早把旗子挂出来啦?"

小四一面尖声尖气回答他师父:"就搞好了!"一面催他师娘,"几针串起来就完啦,缝那么结实做啥子!"

掌柜娘抽着针道:"龟儿子,晓得啥?不做结实点,风一吹,就会脱线的。"

王师从后面天井里拿了一根竹竿出来道:"只有这一根长点儿,就使这一根吧!"

掌柜娘瞄了一眼,立即叫喊起来:"要不得!这是我晒过裤儿,晾过裹脚布的!"

小四笑说:"一正压百邪。国旗不怕你这些东西铯它。"

傅隆盛与王师都支持小四的见解。其实不支持也不行,因为的确找不到比这根再长一点的竹竿。

国旗样式,是头夜打二更前后,田街正才到皇城领了出来。即刻叫打更匠传锣,在街公所开了个临时紧急会议,把这事情交代给众人说:"军政府吩咐的,都督在明天正午行就职典礼,每街要举代表两人,去皇城道喜。从明天早晨起,各家都要把这旗子悬挂到屋檐口——用一根长竹竿挑到屋檐外头。这叫国旗,不准一家不挂。不挂,就不算大汉人民。"

登时有人发出了声音:"那咋搞得赢!明天一早!现刻是啥时候呀!"

田街正在不大亮的三芯油灯光下大声说道:"搞得赢的!听我说嘛,样式很撇脱,不像黄龙旗那么麻烦……慌个球呀!听我说……只是一幅白布……啥子白布都行。军政府说过,土布也使得,洋布也使得,竹布也使得,只要是白的……还有,还有,听我说!……在白布当中,画个大圆圈,圈子里写个汉字。对!汉字表示汉族,我们独立,就是汉族光复,所以我们称大汉军政府……还有哩,听我说!汉字要用红写。当然,当然,圆圈用墨画。不过,还有呀……听清楚!在中间那个大圆圈外头,还要画十八个……大家记住!是十八个小一点的圆圈!对,对……多半是代表十八行省,所以多一个不好,少一个也不好。大家记得不记得?记不得,我再说一遍!"

其实不止一遍。田街正至少说了三遍。说头一遍时,他自己对于这新国旗的概念,并不十分清楚。说了几遍之后,他几乎觉得那国旗已具体飘拂在眼面前了:一幅白布当中,用墨画个大圆圈,圈内用红写一个汉字,大圈周围,又用墨画十八个小圆圈。就这样,也还发生了一些问题:大圆圈要好大?小圆圈该好小?十八个小圈,如何排列才合适?红汉字,写楷字,还是宋体字?最要紧的是,这幅白布旗该好长?好大?大众一时没想到问。就问,恐怕田街正也没法交代。因为军政府根本便未向他讲到这些。大家是那样忙法,能够及时把全城街正传去,吩咐了派代表,做国旗,这已经是一件了不起的举动!

因此，傅隆盛高高兴兴回到铺子（他高兴，并不是被街众推举出来，明天得以代表资格，同田街正去到皇城观光道喜；也不是由于汉族光复。只是赵屠户垮了台，稍稍出了他心头恶气，至少也算代他徒弟小四报了七月十五日在督院上的一弹之仇），叫老婆把预备做油布伞的、尚未染色的白土布拿出一匹来，正待下剪，王师问："你这国旗，要多长多宽嘛？"

老头猛地把光额脑一拍道："当真，要多长多宽？"

几个人商量之下，本着"谙到做"的原则，用两段窄土布拼成一幅三尺四寸见方旗子。但是画墨圈、写红字这两项工程，不但没把柄搞得周正；而且一块巴掌大的砚台，小半锭九如墨，也磨不够需要的那么多浓墨汁，更找不到写汉字的红。怎么办呢？得亏掌柜娘指点，才拿到顺城街一家旗帜伞扇铺去请人书画。

找旗帜伞扇铺解决问题的，不只傅隆盛一家，抑且不只盐市口一处，又是临时发生的崭新工作。掌柜先不接手，说是不晓得怎么做。有人把在军政府摸来的一张草图交去，掌柜才点了头说："那么，等我们默计好了再动手，破住熬个夜，你们明早来取东西。各人打记号，搞错了，我不管。"

次日清晨，小四前后跑了四趟，旗子倒取回来了，却要自己做穿竿。当然，这是掌柜娘的事，只好等她把早饭弄好，大家草草吃完，王师被派去洗碗刷锅，掌柜娘方慢条斯理来动针线。

国旗悬挂停妥，连掌柜娘都走到铺子外头，仰起头来看了看。不过她只是看了看，什么表示都没有，仍然走进铺子的后进，做她二十几年来永远做不完、也永远感生兴趣的家务事去了。

田街正挂着一根又粗又长的叶子烟杆走了来。

"正好，傅掌柜你还没去耗子洞吃早茶！"尚未走上阶沿，便这样在打招呼。

"有话说吗？好嘛，一起到耗子洞去。"

"不啰！就在你这里商量一下算了。"

两个年纪相差不远的老汉，面对面地靠柜台坐下。小四拿纸捻来，把两支生叶子烟卷都给点燃。

田街正叭着叶子烟，把傅隆盛周身端详了遍，从头上一顶虽不常戴，但已发亮的青洋缎棉瓜皮帽，直到扎脚套裤、白布琢袜和一双老家公样式的青绒棉鞋。于是咧开嘴皮，露出几颗又黑又黄的牙齿，说道："把你这身过新年、吃喜酒的鬼皮，都披挂起来了！"

傅隆盛也笑道："叫化子买米——只有这一升（身）嘛！"

"说是正午才去，你这么早就打扮好了。"

"横顺今天不做活路，早点穿规一，免得走时再换。你晓得，我背心一受冷，胸病就会发作。"

两支叶子烟，你喷一口，我喷一口，半间铺子都充满了刺鼻气味。

"你说找我商量。到底是啥子事情？"

"有人说，大汉光复，就是反满，头一桩紧要事情，应该把帽根儿剪掉……"

"唔！我也听见有人这么说。说帽根儿是清朝入关才兴起的制度，好多人就因为不肯剃头发、梳帽根儿，遭斫了脑壳。那时节，剃头匠都带有圣旨在担子上。违旨者斩！所以剃头匠才叫待诏，剃头担子上也才竖一根带斗的小旗杆。"

"……并且说，今天进皇城去的代表，都该把帽根儿剪掉。若其不然，就有这个东西，也不准进去。"说时，从怀里取出两条宽宽的白竹布带子。一打开，便看出上面用浓墨写着"盐市口街道庆贺代表"九个大楷字。

傅隆盛连忙把布条取过手，问道："是军政府发的吗？咋个用法？"

"军政府只发了个样子，我们自己做的。说是斜挎在左边肩膀上，两头拉在右腰眼处拴个结子。"

傅隆盛点头赞许道："想得好！有这个东西，也才有分别。不然，那么多人晓得哪个是代表？哪个不是代表？"

"可是帽根儿呢？要剪不要剪？我找你商量的，便是这件事。"

傅隆盛叭着叶子烟，一面伸手到脑后，把一条细得与大指头差不多的发辫，从肩头上拉到前面，眯起眼睛看了看：不很乌黑的发辫当中，已经杂有不少银丝！觉得在自己身上生长了六十几年的东西，一下把它去掉，虽然不痒不痛，但心上总有点不大自在……

街上忽然嘈杂起来。正在行走的人，都不由伫了脚。就这时，从锦江桥头拥过来一群从八九岁到十二三岁的男娃娃，一路跑，一路跳，一路又在笑喊："你们看啦！看断尾巴狗……看假洋人……哈，哈，哈……呵，呵，呵！……"

对街铺子上的人都跑到街边看热闹。田街正也站起来要走。

跟在小孩子后面走来一群学生模样的人，全是剪了发辫的。有两个人的头上，各戴一顶有遮阳的方格子呢帽，是洋人常戴的那种样式；一个戴一顶平顶草帽，倒是学生哥的帽子。其余几个，都是光头。走在顶后面的一个又瘦又高的学生，不但剪了发辫，还穿了身浅蓝色洋装。脚上一双又长又大的黄皮鞋，走起来似乎很吃力。衣裳裤子显得又单薄又不合体。看样子，太阳尚未将他晒暖和，使得他瑟瑟缩缩把一双手插在裤袋里，把两个肩头耸过了耳朵，好一种寒乞相！

这一群学生从盐市口一转拐向东御街西头走去。尽管被娃娃们在前头恶意嘲笑，被街上行人和两边铺家户的掌柜、伙计、徒弟们满怀惊异地追着看，逼到身边看，好像已习惯了，不但一个个面不改色，有一两个还故意打着哈哈道："有啥稀奇？等不到好久，大家都一样的！"

田街正看见没有什么事故发生，又退回来坐下，把铜烟斗里的烟蒂在阶沿石上磕下，顺便吐了一泡口水，说道："剪了帽根儿，不大好看，我觉得不忙剪的好。"

傅隆盛叹了声道："好看不好看，这话也难说。现在剪帽根儿的不多，看起来有点不顺眼。刚才那个学生讲得对，等到大家都一样了，你一个人拖了条长帽根儿在背上，人家又会笑你不合众。我的意思，并不在好看不好看上，我想不通的是，独立就独立，却为啥子一定要学洋人，瓜皮帽不戴，要戴遮阳帽？暖暖和和、大大方方的中国衣裳不穿，要穿那绳捆索绑、薄飞飞的洋装？这样搞法，岂不是独立之后，颠转投降了洋人？"

"对！硬是这么的！"田街正把烟杆在石条上一杵，好似加重他说话的力量，"不过我们的帽根儿，今天到底剪掉的好？不剪的好？"

"看光景，这条帽根儿一定保不住。我想等大家都剪掉了，再剪不迟。"

"若果进不去皇城呢？"

傅隆盛沉吟了一下道："我看你的帽根儿，同我的一样，都细得跟耗子尾巴差不多的。我们拿簪子把它撇在脑顶上，用帽子一扣，不是就遮过了别人的耳目？"

"嘿，嘿，你这个老头儿，真会想法子！"

三

说是正午行礼，但从吃早饭时候，各街各巷的人众已一群一浪地向皇城拥来。

好多人都以为这个皇城就是三国时候蜀汉先主刘备即位登基的地方。其实，它和刘备并无丝毫关系。它在唐朝时候，靠西一带，是有名的摩诃池；靠东一小块，是节度使府，大家耳熟能详的诗人杜甫，曾在这里陪严武泛过舟，还作过一首五言律诗。唐末五代，王建、王衍父子的前蜀国，孟知祥、孟昶父子的后蜀国，即就此地大修宫室苑囿，花蕊夫人作了宫词一百首来描写它的繁华盛景。但到南宋诗人陆游来游览时候，已说摩诃池的水门污为平陆，大概经过元朝的破坏荒芜，摩诃池更汗塞干涸了许多。明太祖朱元璋封他第十一爱子朱椿为蜀王，特意派人给修一座极为雄伟的藩王府，据说，正殿所在恰就是从前摩诃池的一角。明朝末年，张献忠在成都建立大西国，藩王府是大西国皇宫。张献忠由于情势不妙，退向川北时，实行焦土政策，藩王府在一夕之间化为乌有；而且十八年之久，成为虎豹巢穴。清朝康熙十几年，四川省会由保宁迁还成都，才披荆斩棘，把这片荒场，划出前面一部分，改为三年一考试的贡院，将就藩王府正殿殿基修成了一座规模不小的至公堂（与藩王府正殿比起来，到底不如远甚。因为摆在旁边未被利用的一些大石础，比至公堂的柱头不知大多少倍，而至公堂的柱头并不小），又将就前殿殿基，修成一座颇为崇宏的明远楼。史书和古人诗词所记载咏叹的摩诃池，更从明藩王府的西池，缩小到一泓之水，不过几亩大的一个死水塘，然而大家仍称之为摩诃池。犹之这个地方尽管发生过这么多的变迁，贡院也有了二百多年历史，而人民还是念念不忘，始终呼之为皇城，还牵强附会，硬说它是三国时候的遗址，都是一样不易解说的事情！

光绪二十八年废止科举，开办学堂，三年才热闹一回的贡院，也改作了弦歌之所。从前使秀才们做过多少噩梦，吃了多少辛苦的木板号子，拆除得干干净净，使明远楼内，至公堂下，顿然开朗，成为一片像样的砖面广场。部分房舍保留下来，其余都改修为讲堂、自习室与宿舍。到辛亥年止，光是贡院的部分，就前后办了这么一些学堂：留东预备学堂，通省师范学堂，优级师范选科学堂，通省补习学堂，甲等工业学堂，绅班法政学堂，通省师范附属高等小学堂，以致巍峨的皇城门洞外，长长短短挂满了吊脚牌。而且就在皇城门洞两边，面临两个广大水池，背负城墙地方，还修建了两列平顶房子——西边的叫作教育研究馆，东边的叫作教育陈列馆。

还没有到正午，傅隆盛到底忍耐不住，拉起田街正，就随着人群向皇城走来。

一过东御街，向北去的那条贡院街上，人更多了。因为由红照壁、韦陀堂、三桥这一路上来的人，比由东、西御街来的人多得多。并且越走越挤，走到皇城坝"为国求贤"石牌坊和横跨御河的小三桥跟前，人挤得更像戏场似的。

皇城坝有三道石牌坊：正中向南一道，是三架头形式，横坊上刻着"为国求贤"四个大字；东边一道，正对着尚未成为街道的东华门，这石坊小些，刻着"腾蛟"两个大字；西边一道，大小与东边的一样，刻着"起凤"两个大字。东边的东华门虽未成为街道，到底还零零星星有几处人家，而且近年还开了一家教门站房，专住由甘肃、陕西而来的回教商旅。而西边的西华门，简直连街的影子都没有，从一片垃圾泥土荒地望去，可以看得见回教的八寺红墙。

皇城坝在没有开办学堂之前，是一个百戏杂陈，无奇不有的场所。有说评书的，有唱金钱板的，有说相声的，有耍大把戏的，有唱小曲子的，有卖打药和狗皮膏药的，有招人看西湖景的，也有拉起布围、招人看娃娃鱼的，有掏牙虫兼拔痛牙的，也有江湖医生和草药医生。但是生意最好的，还是十几处算命、测字、看相，取钱不多而招子上说是能够定人休咎、解人疑难、与人以希望的摊子。不过也就由于这些先生说话不负责任，才使皇城坝得了个诨名，叫扯谎坝，和藩台衙门外面那个坝子一样。

自从开办学堂，在三道牌坊外面加了一道漆成蓝色的木栅栏。御河之内，又东西掘了两方水池，修了两列平房。空地无多，即使不由警察驱逐，这些临时摊子也不能不迁地为良。几年以来，这里已相当清静了。

今天——辛亥年十月初七日，这皇城坝一带，人又挤得像大戏场似的！

田街正虽也六十出头的人，因为有一把气力，人也高一些，瘦一些，还累得不行；遂挤在前头开路，叫傅隆盛紧紧跟在背后。今天皇城的三个门洞都是敞开的，挤进门洞里面，坝子比较宽大；门洞旁边有两道很窄石梯，可以通上城门楼，许多人没法进龙门（就是贡院的二门，门基比较高，从前考试时候，点名领卷在这里，故称为龙门），便跑到门楼上去眺望。不过，向龙门拥去的人还是不少。

龙门的台阶上，站了一排穿青色服装的警察，又一排穿黄色服装的陆军。陆军拿的枪上，没有上刺刀，警察连枪都没拿，仍拿着一根黑漆棍子。拦住拥去人群，不让进去。几个声音喊说："等行了礼后，同胞们再进去参观，现在还没行礼哩！有标记的代表，拿出标记来……可以进去！"

傅隆盛、田街正连忙从怀里把白布条取出，在脑壳上挥着道："我们有！我们有！"

从龙门到明远楼，是一片横比直大得多的坝子；从明远楼到至公堂，是一片横直俱大的四方大坝子。前后坝子下面是青砖面地，上面是红彩天花，不仅堂皇，而且富丽。

到这里的人已不很多。但是举眼一看，把发辫剪了的，十成中间便占了七成。拖着辫子的也有，却很少很少。其余，脑后只管没有发辫，显而易见，都是傅隆盛所发明的办法，不是盘在头上，便是撇在脑顶上。

说到穿戴，更花俏了：有穿短打的，有一件长袍上面套一件窄袖阿侬袋，或一件大袖鹰膀的，甚至还有套一件高领缺襟背心的；有戴瓜皮帽的，有戴遮阳帽的，有类似戏台上家院帽而加一片搭搭的，也有洋人戴的那种有檐的燕毡帽，总而言之，好像开了一个帽子赛会。就中也还有穿洋装而不戴帽子的人。

他们到此，也学着众人，把写了字的白布条拿来，斜系在左肩之上和右胁之下。

人们各自找着熟人，一堆一堆地在广场中游动。傅隆盛在人丛中碰见了商会洋广杂货帮代表之一邓乾元，也碰见了赠送过布伞的吴凤梧。吴凤梧穿一身军装，也佩了一柄指挥刀，头发剪到后脑勺上。他身上并未系有标记，似乎不是代表。他从人丛中经过，步子跨得那么急，以致傅隆盛唤了他两声，他才回过头来，啊了一声，淡淡地点了点头，便一直向至公堂东阶上走去。

傅隆盛很想跟去，可是至公堂露台上站了很多警察与陆军，正在向一群打算上去的代表吆喝："同胞们，这里是礼堂，不要上来了！"

"可是刚才我那个朋友又上来了呢？"

"他是军政府的人，你没看见别个右膀上缠得有出入证吗？"

由明远楼那畔来的人更多了。

至公堂高高的前轩檐口外，撑出两面写有红汉字、画有十八个墨圈的大旗，是白大绸缝制的，在太阳光下闪出缕缕射眼毫光。

至公堂凭中靠前、正对露台上那座雕花的、刻有"旁求俊乂"四个大字的石牌坊处，摆了一张大得出奇的桌子，上面蒙着白布。至于桌上放了些什么东西，便无法知道，因为从桌子到露台下面的石陛，既不算近，而又是从下面看上去的缘故。

由明远楼进来的人，并不全是各街各巷、各行各业以及各界的代表，还有整队而来的学生。学生都意气扬扬地踏着正步，一直走到露台下，排列在代表们的前头，把顶好的地位全占了去。

偌大的广场，已是人众济济。强烈的太阳透过染成粉红布匹（即所谓的天花）射到人身上，使得个个都面带喜色，个个都感到小阳春的暖气。傅隆盛的棉瓜皮帽已经戴不住，但是不便揭下，他深悔早晨不该犹豫，"倒是一剪刀把帽根儿剪掉的好……"

轰隆隆……轰隆隆……轰隆隆！三声震耳欲聋的铁铳，很像就在明远楼那畔响了起来。接着至公堂内一派军乐悠扬。广场上人声立刻嘈杂，不管是不是代表，都争先恐后拥向前来，把列着队的学生都挤乱了。只管有人大喊："文明点！文明点……同胞们，大家维持秩序……"谁管这些？谁不想逼近露台瞻仰一下都督的风采？顿时，至公堂下的广场也变成了大戏场，甚至比大戏场还加倍的热闹！

军乐声中，至公堂背后的屏门洞然大启。一个穿军装的大汉，双手捧着一面三尺见方的红汉字旗子，首先走出。跟在后面走到桌子跟前的，便是正都督蒲殿俊、副都督朱庆澜，两人都穿着深蓝呢军服，戴的是绣有金缘军帽，各人手提一柄挺长的金把子指挥刀。接踵走出的，是三十来个外国人，是上百数的有穿军装、有穿洋装，有穿学生装、也有穿长袍马褂，有剪了发辫、也有未剪发辫，一时看不明白，不知道是一些什么人。

"万岁……万岁！大汉中国万岁！大汉万岁！中国万岁……"先从至公堂上喊起。一霎时，广场中间也雷鸣般响应起来。并且此起彼落，喊了又喊。

在呐喊声中，还有拍巴掌的，有打唿哨的，有揭下帽子在空中挥舞的。傅隆盛、田街正以及邓乾元一班人，却戴着帽子又鞠躬，又作揖。秩序更加凌乱了！

傅隆盛已经挤到石陛脚下，清清楚楚看见两个都督品排站在桌子跟前。朱庆澜身材高大，军装穿得很巴适；蒲殿俊和他一比，不特瘦小委琐，就是穿着也不合身，上装长了些，衣袖更长，几乎连手指头都盖过了。似乎有人在司仪，听不清楚吆喝了一些什么。只见朱庆澜两腿一并，向着国旗，不忙不慢地把手举在帽檐边。蒲殿俊也随着举起手来，可是两只脚仍然站的是八字形，而且五根指头也修得老开，似乎还有点抖颤。

傅隆盛眯起水泡眼看了下，便凑在田街正耳边说道："你觉得吗？正都督仿佛有点诓生的样子。"

田街正也轻声说道："这不叫诓生，这叫怯场。"

"这么大个人，啥子世面没见过，还会怯场，也怪啰！嗯！兆头不好……"

许多人都拥在两个都督身边。有向都督举手的，有作揖打拱的。洋人便一个一个来跟都督拉手。朱庆澜笑容可掬，蒲殿俊不惟不笑，反而一脸不自在。

军乐悠扬。

"万岁！万岁！大汉万岁！中国万岁……"

傅隆盛大为诧异地向田街正说道："你看，那不是路小脚吗？狗日的东西，又有他！"

"我早看见了。还有周秃子，还有王壳子。他们这伙人硬是会钻！"

傅隆盛摇头叹道："我看军政府开张不利，要倒灶！"

田街正忙用手肘在他腰眼里一捅道："莫乱说！"

傅隆盛大不高兴，拉着田街正回身便走。

"你不等到礼完再走？听说正都督还要演说哩。"

两个人从人丛中一直挤到明远楼，回头一看，至公堂前果有一个人在演说。却不是穿军装的都督，而是一个穿长袍马褂的人。要是广场里不那么乱哄哄地，也还可以听得见他说些什么。

傅隆盛气呼呼地站在明远楼高台阶上，向至公堂方面把拳头扬了扬道："老子从此不听你们的球说书！"

田街正看见许多人在注视他们，遂把傅隆盛一推道："走哟！你才在球说书！"

越走越拥挤，挤到贡院街，几乎寸步难移。因为所有的人都朝皇城走，独他两个人走的是相反方向。

挤到卡子房跟前，马回子的卤牛羊杂碎摊尚没有摆出来。傅隆盛跐上檐阶，舒了口气，把棉帽子揭下，也不怕人笑他还没剪帽根儿。一面拿一张布袱子揩额脑上的汗，一面向跟着走上檐阶的田街正叹道："这样就叫改朝换代了，你信不信？"

田街正笑道："你又要说怪话了。"

"不是怪话。光看样子，就不像。"

"难道你看见过改朝换代？"

傅隆盛大张着口，回答不出。就这时，忽然听见街上有人唤他："傅掌柜！"定睛一看，人丛中挤来两个剪短了发辫，没戴帽子的年轻人，"啊！是楚先生！"

楚用身上穿了件崭新的米色线棉袍，也被太阳晒出了汗。跨上檐阶，指着傅隆盛斜挂在胸脯上的白布标记，笑道："你是庆贺代表，怎么不进军政府去，却站在这里看热闹？"

傅隆盛连忙把标记取下，交还给田街正。一边噘起嘴皮，向楚用道："还说庆贺，硬是气人！"不等楚用细问，他已把在至公堂下所看见的一切讲了出来。街上的人流，仍是前呼后拥地在走动，尽管傅隆盛提起嗓子在说，也只站在卡子房檐阶上的几个人才听得清楚。

楚用倒笑不笑地听着他说。

站在楚用身边的彭家骐却开了口道："如何？这些人的话该没错吧？哼，哼，啥子叫独立，简直是在演戏……"

傅隆盛顿然笑了起来："着！着！是在演戏！你这位先生说到我的心坎上了。我就说啰，若果不是演戏，像路小脚、周秃子、王壳子这伙人，为啥不杀了来祭旗？怎还容他们嬉皮笑脸地挤在礼堂上？这伙害人精，说不定二天又官还原职，又来欺压我们良民百姓！我们闹了几个月风潮，死了一铺缆子人，却为何来？唉！唉！老话讲得好：猫儿扳甑子，给狗赶了膳了！"他又摆头，又叹气，"值不得！硬是值不得！"

彭家骐皱起浓眉道："我说的演戏，不只是这一点，我是说赵尔丰……"

傅隆盛又抢着说道："对的！说到赵屠户，更叫人一肚皮不安逸！昨天下午，我看了他的告示，我就不懂得，四川着他害成这般模样，为啥不治他的罪，却还让他溜回打箭炉去？我们四川人都成了屠头！蒲先生、罗先生这些人，搞些啥名堂哟！"

他的喉咙太大，以致街上有些人竟自驻足而听。

田街正到底老练些，把他连搡带拖道："走！走！走！前面吟啸楼吃茶去！"

四

黄澜生同着周宏道从龙家回来时候，孙雅堂在他书房的美人榻上睡了一大觉起来，正在洗脸。

黄太太也正抱着水烟袋，陪他讲说什么。振邦与婉姑儿伏在他们老子的书案上看"耕织图"。

大家打过招呼，黄澜生向孙雅堂道："丈母体贴你，说你既然还要进军政府去熬夜办事，就不必耽搁时候，再去看她老人家了。"

周宏道今天的洋服穿得更周正，雪白的硬领上系了条翠蓝织白花领带，半臂纽孔中除了平常扣的赤金表链外，还特别别了朵小小的宝石花。他脱了呢大衣，把棱角笔挺的厚哔叽西装裤，从膝头上拈着提了提，方叉开两腿，徐徐坐在一张藤心搁臂椅上。刚挺起胸脯，向孙雅堂问了句："真个还要你老哥去熬夜不成？"

黄太太定睛看着他道："宏道妹夫今天这样打扮，好像要到哪家去吃喜酒？"

黄澜生紧接着他太太的话尾说："对！我正想听听这几个人为什么在这个时候，要离开省城？"他又掉向他太太说，"宏道不是去吃喜酒，是去给人送行的。"

这时节，给人送行与接风，都不是寻常事情：被送行与被接风的人，理应衣冠齐楚；送行与接风的人，更该服饰得好一些，若在官场中间，还应戴上有品级的大帽，穿上有补子的大褂哩。

婉姑儿看见周姨爹半臂纽孔中别的那朵小宝石花，便扑到他怀里来，摸那东西说："多好看哟！"

周宏道遂取了下来："你喜欢吗？那就送给你。"

正待给她别在胸前衣襟上，黄太太一把将婉姑儿拉了过去，睖起两眼瞪着婉姑儿道："说不改的小家子气！看见别人的好东西，就眼红！周姨爹不能给她！"

"小玩艺，值不到几个钱的。婉姑儿来拿去！"周宏道还想递与她。

他二姐用手一拦道："不能这样惯着她！东西不在值钱不值钱，由一个娃娃看上了就给，却要不得！"

黄澜生也说："你以后给她都可以。这时候却不要使她有求必应。那不好。"

孙雅堂看见小姑娘垮起嘴角，像是要哭的样子，遂放下洗脸毛巾，向振邦说道："把妹妹领到外面去要。将就喊菊花来收洗脸盆。"

两个娃娃出去了，洗脸盆也出去了。

周宏道不好意思地把小玩艺放在半臂的口袋里，并自行解嘲道："这是我的不对，不该在她称赞之后才送她。"

她二姐回过笑脸道："你岂只这点不对……"

黄澜生连忙断住她的话头，向她使了个眼色道："太太，你……"

"莫对我挤眉眨眼。你默倒我会得罪宏道妹夫？他那没缘没故、动辄就给娃娃的东西，我早就要说他的了。硬是哟！宏道，你这样做，实在不好。虽说你爱娃娃，见回面给点小零小碎。可是这一来，把娃娃的脾气搞坏了，不惟见了你就想伸手要东西，见了别人也会这样；久而久之，岂不把娃娃养成一种眼浅皮薄的脾气？这还算好的哩……"

不等说完，孙雅堂已呵呵笑道："好久以来，没有听见二姑奶奶的正言说论了！宏道襟弟，应当把这些言语书之于绅……呃！我说错了，你那洋装上根本就没有又宽又大的飘带。只好铭之于心吧！"

黄澜生笑道："有那么高的价值吗？"

"当然啰！这是儿童教育里一章。我觉得二姑奶奶讲的，话虽不多，比那位日本儿童教育家张细小露女士却踏实一些。我们宏道襟弟制造小国民的本事很大，大概再两三个月，这个速成班的小国民便将出世。若果他不受点教育，将来惯坏了娃娃，还在其次，恐怕娃娃在十岁上，他当老子的只好卖了裤子去买小玩艺了！"

四个人都大笑起来，快要凝住的气氛立即融和了。

黄澜生用手巾揩着眼角道："莫打岔了！宏道，你谈一谈那几个人……"

然而还是着人打岔了。

罗升急急忙忙走到书房窗根下面，高声呼喊老爷太太说："楚表少爷转来了，在小客厅里。"

黄澜生啊了声，还未说出下文，他太太已止住他道："听我说，你们就在这里摆着你们要紧的龙门阵，我先到小客厅去陪他一下。并且经佑底下人给他收拾客房间。"她从从容容站起来，眉头微微一蹙，"真是哟！早一天晏一天转来不好，偏偏在大家心里都不安定的时候，他会赶了来！"掀门帘时候，她又自言自语地说："也怪啦！一百多里路程，这么早就走拢了，在飞吗？"

掀门帘之前，她那么文静，连眼神都似清澈的止水。但一跨出堂屋门限，脚步一下就匆遽起来，丝毫不理会罗升在向她说什么话。

黄澜生庆幸他太太不再打岔他们，连忙向他襟弟说道："快点讲吧，趁这会儿清静。"

"一定要说清楚他们为了什么，那也不容易。何以呢？因为他们当中，我比较熟悉的，只有老柳；其余的人中，也只有张辑五，曾经在东京见过面，说起来还算认识。但是他出狱后，我并未同他会过，今天去送老柳，才不期而遇，当然谈不到那么深。仅仅晓得他们坐了四年监，出来后，急于想回家去看看罢了。"

孙雅堂问道："是些啥样的人，坐了四年监？"

黄澜生抽了一袋水烟，回答道："就是丁未年在省城闹革命的六君子。"他又问周宏道，"我记得六个人中间，并没有张辑五，只有一个叫张治祥的。"

"对！辑五是张治祥的号。"

"那么，这个张治祥，应该回彭山县才对。我那时在承审局当差，我看过他们的供状。我记得很清楚，张治祥是彭山县人，黎庆余是荣县人，王树槐是乐山县人，江永成是陕西人，不是四川人，黄方、杨维两人是叙永厅人。为什么张治祥、黎庆余、黄方、王树槐都说要下泸州去？"

孙雅堂接着说道："唔！我昨天在秘书局，听见我们那位上司蔡麻子说，六君子释放出来，就不安分，一见人就放肆訾议四川的独立是假的，是赵尔丰搞出来敷衍场面的，是名不符实的。并且谩骂蒲伯英、罗梓青、周紫庭、邵明叔全是康有为、梁启超一路的保皇党。蔡麻子说，蒲伯英、罗梓青本有意思要照会他们到军政府来，给个小差事。一则，就因听见他们还是那样无法无天的暴乱性质，怕他们进来后不好驾驭；二则，一班绅士都反对说，革命党只晓得丢炸弹，闹暴动，并不懂得安邦定国之道。何况现在创业伊始，和平为尚，无论如何，军政府不能有一个捣乱分子。如其安插一个捣乱分子，无异一锅汤里丢入了一只死耗子。就由于这些缘故，所以军政府全是四川省有名望的正派绅士，没有一个革命党。"

黄澜生把水烟袋放下，不住点头磕脑地说道："这样说来，这几个人之走，不用说，是为了不满意军政府的！"

孙雅堂道："决然如此！这样倒好，大家放心些，免得在省城捣乱。"

周宏道搔着他的短发道："不能这样说吧？我晓得革命党人中间，并不完全是暴烈之徒，有学问的人便不少。比如在《民报》上写文章和康梁打笔墨官司的章炳麟，人人都说他比康梁二人强多了。即以你们说到的张治祥、杨维这两人而言，也便不错，文也文得，武也武得……"

黄澜生立即向孙雅堂说道："宏道的话有道理。杨维这个人那么年轻，笔下却好。记得他押到承审局的第二天，给他爱妻写了一篇绝命书，情文备至，高太尊看见，就叹说是个人才。"

"……而且四川今日之得以独立，不能不说受了各省独立的影响。而各省独立，又由于武昌之首义。武昌首义，虽说因为兵变，但据董特生和老柳讲起来，还是得力于革命党人的运动。这样看来，革命党人对于推倒清朝，其功莫大。各处军政府里势必都有一些革命党人，独于我们四川军政府没有一个革命党人，别的不说，只就崇德报功而言，未免不合情理？今晨在牛市口华光寺钱别筵上，他们虽然含蓄，不讲什么，可是辞色之间，到底也还微微露出一些愤懑不平的情绪。可惜那时并不知道雅堂哥所闻于蔡麻子这些话，所以只以为他们真个是回家去的。并且也未想到只老柳与黄方两人才是叙永厅人，其余几人都在泸州上游，何以都要下泸州去？我看他们这一走，对于行将成立的军政府，并不是好事。澜生哥你以为如何？"

黄澜生沉思着道："杨维没有走……"

孙雅堂道："嗨！你不记得我特别来告诉过你，我那同学高泳涵高典狱向我漏的消息吗？"

"记得，王寅伯在烧杨维的冷灶！唔！或许……"

五

临到罗升来打招呼说，午饭已摆好了，老爷他们在倒座厅里等候。

黄太太才露出笑容，向楚用点点头道："随你咋个分辩，总之，说话不作数的是你，不是我。我也体谅你，一个年纪轻轻的人，燕尔新婚里头，哪有不昏几天的？不过日子还长远，你这个人到底变不变，以后看吧！"

楚用也跟着她笑道："当然，当然，日久见人心！"

他又把包袱打开，拿出几件用红纸包着的针黹。

"送你表叔的吗？不忙拿去。连我的那份，都暂时放在你这里……没有别的意思。因为孙大哥、周妹弟都在跟前，你不送一点，说不过去；送哩，你东西带得不够，倒不如都不送，大家免得见怪……并且这几天，大家心头想的，口里说的，都是啥子独立啊！革命啊！这些大事。只要你不提起，人家也不会想到这上头……不过，振邦、婉姑儿两个娃娃，你每人都该给一点拜钱。你们乡坝头不作兴，我们这里却是要的，尽管没给新娘子拜过……不要那么多。多了，颠转不像亲戚。一个人一块钱，尽够了。若是没有红封筒，等会儿我找两个给你。"

两个人刚从门帘高挂的客房走到小客厅，菊花已经带着振邦、婉姑儿奔来，催请吃饭。

两个娃娃跳着笑着，问新媳妇长得好看不好看？问新媳妇是大脚、是小脚？问新媳妇胖吗瘦？高吗矮？所有底下人（尤其是何嫂这个坏婆娘）教他们的问话，他们便没头没脑地向楚用投过来。

楚用通红着脸，只是笑。好在两个娃娃并不一定要他回答，被妈妈吆喝了两声，也就算了。

倒是他们的父亲，一个四十几岁、有修养、有地位、前后讨过两个老婆的人，反而比娃娃们好奇得多。在倒座厅里同楚用对作过揖，道过喜，接着就不断追问他这表侄，花烛之夕，是一种什么滋味？口吻之间，还带一些不应该是长辈们说的话。不但把楚用弄得很狼狈，答应不好，不答应也不好，孙雅堂、周宏道两人也都笑得几乎伸不起腰。直到他的太太从围房里经佑何嫂捞了泡菜进来，才把这台戏结束了。

其实她并没有责备什么人，也没有对什么人生气，仅仅把她那素净面孔上一双几乎能够说话的眼睛，向她丈夫瞅了一下；同时，把微微有点上翘的嘴唇用力地瘪了瘪，轻言细语说道："酒都凉了，为啥还不端杯子呢？"

孙雅堂讨好地笑道："就是专候女主人哩！"

黄澜生赶快举起酒杯，特别向楚用让了让道："一杯素酒，权当致贺！没想到你今天会拢得这么早。"

"若果不在簇桥去约彭家骐，老早就拢了。因为昨天动身得晏，走到双流，就擦黑了。本想赶一程的，听见人说路上不大清静，并且赶拢了也进不了城……"

周宏道表示惊异道："怎么说起的！这种时候，难道路上还有棒客不成？"

孙雅堂看了他一眼道："你默倒现在就天下太平，现在就夜不闭户，路无拾遗了？"

黄澜生一面举箸捡菜，一面点头道："的确没有那么容易！"他又掉头问楚用，省城快要独立的消息，他在新津可曾晓得？

楚用摇头道："一点也不晓得……"

黄太太抿嘴笑道："你想，人家这一晌做的啥子事哟！哪还分得出心思来问这些不相干的独立？"

"表婶又说到这上头来啦！你可以问人的，成都省的许多事情，不说我们新津在百里之外，完全不晓得；就是离省城才四十里的双流县，也要隔上几天方传得过去。"

周宏道问道："那你不是今天进了城，方知道明天要独立？"

"倒是今天方听见说。可不是等到进了城，是在簇桥时候，彭家骐告诉的。不过说得不大清楚，只晓得赵尔丰垮台，四川要独立，咨议局执掌政权，却不晓得就在明天。"

他们这一台酒饭，便这样谈谈讲讲、吃吃喝喝，一直到四点钟左右，彭家骐从学堂来找楚用时候，大家方离了倒座厅，正安排再到书房里去起坐。

楚用刚刚出去，便听小客厅里笑声大震。振邦向上房飞跑来，一边大声喊道："爹爹！大姨爹……你们快来看哟……"

黄太太首先赶到堂屋门限边。婉姑儿也正跑上阶沿，一路尖声尖气地叫喊道："哥哥……哥哥，等我说……"

振邦到底抢先说了。说的是彭家骐脑壳上没有了帽根儿。

黄太太把振邦呸了口，笑道："我默倒出了啥子稀奇事，原来是剪帽根儿！周姨爹不是早就没有帽根儿吗？难道你们没有看见过？这也值得大惊小怪！"

可是妈妈仍然挽着女儿的手，向小客厅走来。

小客厅里不只是楚用与彭家骐，还有罗升，还有高金山，还有伙房老张；当然也有菊花与何嫂。底下人当中，就只没有向来不敢擅离职守的看门老汉。

"原来都会了哨！难怪连隔墙菜园里都听得见小客厅里的笑声！"黄太太虽然笑容未敛，声气却很严厉。

罗升等五人退了出去。但跟着黄太太与两个娃娃后面进来的，却有黄澜生、孙雅堂、周宏道。以人数多寡论，进来的人比退去的人还多一个；以笑声大小论，两个娃娃也不亚于何嫂与菊花。因此，小客厅里依然热闹非常。

黄澜生笑着问彭家骐："听说你足下与舍亲进城并不久，何以骤然就把发辫剪了？"

彭家骐犹自站在小方桌前，指手画脚地说道："全学堂的人都剪了，我一个人能不剪吗？我特别来告诉老楚，他若果今天不赶快剪了，明天进学堂去，准定要受方的。嘿，嘿，老楚，土端公已经受了一方，吓得抱头鼠窜而去。我们还用全体学生名义，巴了一张告示在监督室门上，明白告诫他：倘仍脑垂豚尾，便是甘为满奴，着即斥退出堂，不准再当监督！这是罗鸡公、乔北溟几个人搞的六言韵示。并且抄了一份，叫秦稽查亲自跟他送去了。老楚，你说痛快不痛快？"

当然痛快，连黄太太都放声笑了起来。

孙雅堂把脑壳两摆道："对于你们监督，似乎太不恭敬了一些吧？"

彭家骐一下就火了，睒起眼睛，把孙雅堂一瞥道："你这位先生不晓得屠致平在我们学堂里，简直是一个专制魔王。他接事到现在，不到三学期，着他挂牌斥退，不许转学插班的，有七个人。无故默退，不许继续读书的，有十个人。规则多如牛毛，动辄记过扣分，又不准学生质问。我们早已不安逸他了。现在四川独立，推倒异族专制，大家平等自由。我们身受压迫，不在这时候革他的命，打他的屎罐，已算仁至义尽了，怎么的，还要叫我们恭敬他？呃！你这位先生……"

楚用连忙截住他的话头道："你不认得吗？我跟你介绍，这位是……"

他刚把两个人的姓名介绍完，黄澜生接着说道："我的这位周襟弟，是前几月才从日本回来，在绅班法政学堂教书。这位是我的襟兄，目前正在军政府秘书局里办事。"

黄澜生的意思很明显，想抬出两个人的身份，把这个目中无人的年轻学生压一压。

但这个年轻人并不十分理睬那位洋服穿得笔挺，态度却甚拘谨的东洋留学生。偏偏注意到在军政府秘书局办事的孙雅堂，尤其注意到他瓜皮帽底下那条乌黑的松三把发辫。

"呃！孙先生，你们军政府不作兴剪帽根儿吗？"他不禁冲口而出地这样问了句。

楚用连忙叫道："小彭！你……"

黄太太也脸色一沉，哼了句："好不客气！"

彭家骐满脸通红，几乎红过了耳根，窘得不知道怎样来收回这句话。

孙雅堂反而哈哈笑道："问得对。我们军政府里，到今天上午，确乎剪帽根儿的不见多。为什么呢？因为明天独立，大家都称之为大汉光复。我们军政府也定名为大汉军政府。既曰大汉，那么，这头发的处置，就得加以研究。帽根儿自然不能要。不过一剪刀剪得像你彭君这样白鹤尾巴似的，好呢？还是把辫子拆开，像道士一样，在脑顶上挽上髻子的好？到底那种好些？大家尚在研究。总要等到明天，军政府正式成立，正副都督就了职，方能决定方针。如其决定方针要恢复汉代衣冠，叫大家挽髻子，我们在今天把头发一剪刀剪掉，请教你彭君，那时，却怎么办呢？因此之故，我们就不能不观望一下了。"

周宏道把两手连拍了几下，笑道："理由充足，此案可予成立。不过，大势所趋，复古未必可能！"

黄澜生接着说道："对，自从提倡维新以来，主张改变服制的人就没有说过要复古。"

黄太太也说："我虽不是男人家，我却赞成你们把帽根儿剪了的好。你们看哟，好好一件新衣裳，过不多久，背心上便是一大块又脏又油的腻垢，真不好！光只疼惜衣裳，就该剪！"

孙雅堂道："挽成髻子，也不至于再把衣裳打脏。"

"唉哟！你咋个这样说法？我们挽纂纂的就知道，像你们肯出油汗的人，头发本来就脏，挽成髻子，要是不经常篦着洗着，简直会臭死人。与其这样打麻烦，倒不如剪成短头发还好打整些。"

彭家骐这时恢复了常态。有意巴结地向黄太太把拇指一竖道："黄伯母，你硬是开通！"

楚用乘势说道："好不好就劳表姊的手，把我这条豚尾剪了，免我进学堂受方？"

周宏道道："要剪，我主张老实剪短些，等四围短发长齐了，好梳拿破仑样式。"

黄太太道："老实剪短些更好，我可以拿去长长的扎几绺假发使用。"

第十章　端方的下梢头

一

不管端方与邓成拔、曾广大、董作泉，再加上一个资州知州朱岳宾，如何加紧防范，如何加紧蒙蔽耳目，但是武昌起义，各省响应的消息，到底被他带在身边的湖北陆军知道得一清二楚。

后来有人说，知道是一回事，要是没有川东师范学堂两个学生把鄂军后队寄的三封密信带来资州，那枚响彻全川的炸弹，恐怕不会及时爆发。看来，这三封信是起了导火线的作用。

事实的确是这样的。

当端方尚暂驻在重庆江南馆期间，距离江南馆不远地方，有一间不大不小的茶铺。因为它在城墙上，从后面牛肋巴窗口望出去，恰见浩浩江流，驰于眼底，茶铺招牌因就题上了"望江楼"三个字。湖北陆军中一些下级军官和军士，在休假时候，都爱到这里来喝碗四川毛茶，看看江城风景，借此也同本地人聊聊天。

聊天的人中，有几个就是川东师范学堂学生。他们都是同盟会员，都是被派来做工作的。虽然刚刚入港，端方便率队西上，不过一条细线到底接上了。因此，在九月下旬的一天，同盟会在重庆负责人之一张培爵，遂将一个姓伊、一个姓刘的学生，招呼去说道："有一件危险事情要你们去做，你们有没有这种胆量？"

两个年轻小伙子（都是二十岁以上的成年人了）木讷讷的脸上，看不见一点动静。只两双炯炯有光的眼睛，表示出一种什么都不在乎的神气。

精明干练的负责人，全神贯注地把两个穿一样的灰布棉袍、一样的青洋缎小袖短褂的学生打量了一下，仿佛有了信心似的说道："好！晓得你们不怕冒险，所以我才与你们的监督朱叔痴先生商量，特别派遣你们去走这一趟。"

张列五从开了锁的抽屉中，取出三封信，在他们眼前一扬。

已经看清楚了，都是封了口的普通信封。信封不大。两封面上各写了三个收信人名，一个封面写了四个人名字。下面都只带一个君字，上面也无头衔。信封右上角写着"敬烦面交"四个字，左下角是"名内详"三个字。

"这不是普通信，"张列五把三封信递到刘滋大手上，还用指头慎重地把信封点了点，紧盯着两人眼睛说道，"这是武昌的鄂军同志，写给端方带来四川的鄂军同志的紧要信。信是封牢了，但是其中大意，我可以告诉你们……"

就是不说，刘滋大、伊雨苍这两个学生也完全明白，无非是报道外面革命形势，盼望入川同志从速组织反正这些重要言语。

"……这信，是我们一个同志冒了天大危险，从下面带来。不想迟了几天，以致鄂军随同端方西上。又因那个同志与鄂军没有关系，收信的人他也不认识，不便叫他再去。你们到底比那个同志强些，认识了几个人，只要肯冒险，这信，无疑是可以送到收信人手上的。不过也得处处小心，刻刻留意，若是出了事……"

刘滋大把胸脯一挺，很有把握地短住话头道："张先生，你放心，不会出事的。我与伊雨苍并非不懂人情世故的浑小伙子。这信，包管送到收信人手上就是了。我们此刻就回学堂去请假，收拾收拾，明天一早启程。"

张列五满面是笑地说："能这样，那便好极了！再而，沿途不要住站房。到永川县去找杜香樵先生。到荣昌县去找哪个，杜先生会介绍。这样，一县介绍一县，比较更为妥当。"停了停，他接着又说："此间已有消息，说端方不一定去成都，或者有折而北上的可能。总之，不管他往哪里走，你们都得跟踪追去，设法把信交到。而且必须交到收信人的手上，不能交与其他的任何人。你们办得到吗？"

两个年轻人一齐应声："包管办到！"而后接受三十枚川版龙洋，告辞而去。

二

两个年轻人装作到成都去进学堂的样子。考虑了一下，三封紧要信到底收拾在什么地方，才不会被路上关卡搜出？背在背上的包袱里，当然不行。放在贴身的衣袋，或者肚兜，或者串袋里呢？

刘滋大连连摆头道："也不好！听说关卡上检查，首先就要叫你解开衣裳，由他摸。"

若是放在裤裆里呢？倒对，从没听说叫脱了裤子搜查的。但是除非裤裆里特别缝个口袋才行。自己不是裁缝，请人动针线，漫说会引起旁人怀疑（张列五、朱叔痴乃至参与此事的谢慧生三位先生，都再三再四嘱咐，要秘密行动，不能让任何一个人察觉。引人怀疑，就是使人察觉的根源啊），时间也来不及，此刻便须赶一程，以便明天赶到永川县去找人。由重庆到永川是两个官站，并不短呀！

两个学生想了又想，最后由伊雨苍想到了，把它放下鞋子里，鞋子不会叫脱了检查的。

"要不得！走上几天，岂不把信踩绒了？"

"那么，放在琢袜帮子里，外面拿鸡肠带一扎……嘿，嘿，对！鞋子不检查，袜子当然也不会叫脱了检查。"

刘滋大把两手一拍道："要得！为了走路方便，我们还可用两条裹脚布把裤脚也扎上。也不惹人注意，又格外牢靠。就这么办，妙哉！妙哉！"

其实并不如他们所想象。路上关卡只是盘问一下：哪来？哪去？带有什么应该上厘金的东西没有？并未搜身检查。而且每到一个县城，都有同志照料。所以他们两人只费了六天半的工夫，便一路平安行抵资州。倒是到了资州，他们才感到了一些困难。

头一个困难，是找不到落脚地方。资州州正堂朱岳宾的煌煌告示，在距离资州十来里的腰店墙上就有张贴。说是奉查办大臣端的手谕：无论官商行馆，流差站房，一概不准停宿来历不明、底细不清的过往人等；倘不遵谕故违，查出定予严惩。设若资州也有同志或熟人，当然没有关系。但是重庆的这条线，一过内江就断了。怎么办呢？

两个学生越走近州城，心里越是忐忑。

"难道退回去找个乡场住下，或者多走一程，到前头去落脚？"

"不好。莫说离远了，不好找人，若是多勾留两天，也容易露马脚，倒是大地方，来往人众，还好遮掩一些。"

两个没有世故的学生，起初只在城外较为偏僻的街上，找那"未晚先投宿，鸡鸣早看天"的、近于鸡毛店的下等站房去打交道。前后七八家，都被柜上回绝了，说是"满了号"。

快近黄昏时候，转瞬入夜，如其找不到宿头，那真有不后退便前进的一法。

刘滋大道："管他妈的，格老子进城去试试！"

进东门不远，就是查办大臣的行台。原来的考棚，门面相当堂皇。这时，业已灯火辉煌，大门挑枋上两只巴斗大的红纱灯笼，门扉两侧又一对比巴斗还大的、写有红黑宋体字的伞灯。

进进出出的人很多。穿军服的，比穿普通衣裳的尤其多。

两个学生一路东张西望地走去，走过了资州中学堂，走过了城隍庙，走过了禹王宫，走过了万寿宫，走过了天上宫，来到热闹的什字口，并未看见一家站房。只见那些大庙宇内全驻的军队，在街上走动的也是军队。那么多的军队，看来好似比他们驻在重庆江南馆时候人数还多。

伊雨苍用手肘把刘滋大捞了下，悄声说道："老刘，张先生交代跟我们的事，恐怕不大好办啊！"

"咋个想到这上头？"

"你看，这么多人，晓得哪个是收信的？我们无缘无故，咋好去请问？唉！有个番号和职位，也好找哟！"

刘滋大撑起一双小眼睛，哼了声道："说我个卵！格老子眼前操心的，只有咋个找到宿头才好！"

他的声音大了点，使得两个走在前头的军人回头向他们一望。

伊雨苍不由喊了声："那不是……"

两个军人也欢然转身走来道："你两位，怎么……"

"我们上省去读书的，"伊雨苍连忙说明来意，"路过这里。嘿，嘿，硬没想到……"

刘滋大抢过话头道："硬没想到在这里会找不到投宿的地方！"

这是他们在重庆望江楼茶铺里打上交道的两个军士。这种意外的遭逢，不但当夜给他们解决了住宿问题——由两个军士把他们送到一个中等的、管伙食茶水的旅店，管账先生并没有清查他们的来历，就给写了号，叫幺师把铺盖送到上东厢一间双人床房间里安置。而且还告诉他们说，他们所问的十个人，有四个人是三十一标第三营第一队的头目，这一队已全部开往自流井去了，不在资州。在资州的六个人，有三个人是三十一标第三营各队里的军士，驻在北门外东岳庙。只有两个人是三十二标第一营的上士，其中一个随着端方的卫队驻在查办大臣的行台内，不是休假时候，不能外出；另一个叫邓兴国的，驻在禹王宫，只要不值日，行动很自由；还有一个叫陈正藩，是他们营的见习，同他们驻在天上宫。

刘滋大不等两个军士说完，便高兴得跳了起来道："我们正想会会这几位。请你们就领我们去走一趟，好不好？"

两个军士都笑了笑道："现在我们这里，不比在重庆那样随便了，营规严得很，不是时候，不能会人的。"

"咋个办呢？"

"你们真要会人的话，那只好在这里耽搁一两天。明天，我们准定给你们介绍。旅店里不好起坐，南街上清泉茶楼还清静。我们明天上午十点钟前后，在那里会吧。"

三

在清泉茶楼接信的虽只几个人，可是不到三天，但凡鄂军中参加过革命组织的人，全都知道了湖北同志有信来，希望在四川的同志赶快组织反正。反正后，一面帮助四川独立，一面就结队回鄂，共襄北伐盛举。

而且不两天，连那些未经参加革命组织的下级军官和士兵们，也都知道有这样的信从故乡带来。说到结队回鄂，几乎没一人不高兴赞成，只管对于北伐的见解还不一致。

但是怎么样来实现结队回鄂的愿望呢？大家在暗地里商量了几次，革命派的人主张联络四川的革命党，先在资州，或者在别的地方，比如说在水陆两便的内江县，宣布反正之后，再偕同四川革命军，直向重庆，帮助重庆革命党人独立（这是从送信人的口中，知道重庆已在酝酿独立，其所以未即独立，大约就因为没有武力为后盾的缘故），而后顺流东下。这样，既符合了湖北同志的希望，也壮大了革命的声势。算是不辜负来川一次的辛苦！非革命派的人不赞成这样做，说这样做法，好倒好，却不免稽延了时日。他们主张要走就走，马不停蹄地走；经过地方，只要不遭到阻碍，绝不和人家发生交涉。

两种意见还没有统一，风声传来了，说端方派人到威远县招抚的同志军周兴武一万多人，已向资州这面开来。

　　同志军？说起来是值得同情的一种带有革命性质的义军，若是与之联络一气，倒是一种力量。

　　但是从本地人那种张惶恐惧的样子看来，这般同志军似乎并不像传说中那样受欢迎，却是何故呢？

　　凡被问到的人——无论是住家人户，无论是行商坐贾，无论是地方绅粮，都众口同词说："嗨！周兴武并不是真正同志军。他是威远一带出名的袍哥大爷，并且是浑水袍哥！平日就拖了许多棚子，派出弟兄四路抢劫。提起他来，个个害怕。七月十五以后，他忽然打出了同志军旗号。大家因为他有弟兄伙，有刀刀枪枪，无一个不希望他能够改邪归正，老老实实出来反对赵尔丰，拖起队伍到成都省去同赵屠户干一下。他要钱，大家就出钱；要米粮，大家就出米粮；要人，大家也出人。可是闹了几个月，他的队伍大了，钱多了，米粮吃不完，就只不肯到成都省去！就只不肯同巡防军打仗！还是吃屎狗断不了那条路，更其明目张胆干着他那打家劫舍、横不讲理的旧勾当。像这样的假同志军真棒老二，端大人若是派队伍去把他除销了，那倒大快人心。我们不懂得，端大人为啥还给了他的官？把他招到资州来？我们资州是个富庶地方，多年承平，从蓝大顺造反以后，就未经过刀兵。平日地方清静，也未出过土匪。要是周兴武的滥队伍开来，那我们资州就算背了趸时！唉！唉！端大人与我们资州何仇何怨，为啥要这样害人啊！"

　　"若果周兴武真是这样的匪徒，等他来了，我们打死他，为民除害！"

　　"嘻！说得轻巧，吃根灯草！你们端大人招抚来的人，能让你们去自由处置吗？"

　　"不能那样讲法。也得看端大人做的事对不对？若是不对，我们为什么不能自由处置？"

　　可是说话的人却把眼睛几眨，脸上做出一种难看的怪相，说道："莫把你们自己看得太厉害了！人家周兴武有一万多人，不少是打三个擒五个的歪人，如其进了资州城，你们搞得赢人家？只怕一个啊嗬，你们就下了台了！还说要打死人家，为民除害！"

　　有些人不光是说，而且还表现在行动上。那就是搬箱抬笼、拖儿带女朝乡镇上走，实行了小乱居城，大乱居乡的古训。

这当然会引起一些队伍的怀疑。怀疑他们端大人把周兴武招来资州，是不是为了对付他们？于是在革命派与非革命派的密谈当中，便提出了前此尚未提过的一件新命题，那便是组织反正之时，对于这个老帅，采取什么样的手段？

军队是这样不安，人民也这样不安，自己说，如同踞坐在火炉之上的端方，和他那班幕僚与属下，到底有没有一些感觉？当然有的，而且还甚为有之！如其不然，他也不会忙着要与赵尔丰和解，要想急于把前此认为是他"干城"的湖北陆军摆脱，轻车简从，逃离他自行布下的罗网——资州城了。

端方在打发他的兄弟端锦、总文案夏寿田、营务处提调董作泉、译员管荡之，赍着他亲笔信札和几挑贵重礼品，作为和解代表，向成都去的翌晨，他蓦地想了一个计策，打算趁着大家无备时候，试一试，看能不能溜走？

他沉思了一下。这事不能与任何人商量，更不能人夫轿马地走。必须人不知、鬼不觉地只身独自用脚走出资州城，走到相当远处，再雇代步东西，远走高飞。不过像这样走法，有生以来尚未经历，到底是什么滋味？只能从京戏里的伍子胥身上着想：伍子胥为了逃出昭关，一夜之间，胡子头发都变白了，可见微服而逃，并不是易事。何况伍子胥尚得亏东皋公给他帮了大忙，要是没有东皋公，伍子胥能不能瞒过把关将士的耳目，仍在未定之天。而他端方，今天恰就缺少这样一个东皋公，这是极为不利之处。他摇了摇头，想到《三国演义》上诸葛亮在火烧藤甲兵时候，感叹过的两句话。不过他把上下句颠倒了一下，自言自语道："成事在天，谋事在人。不管结果如何，姑试为之！"

他把刻不离身的小跟班唤来，服侍他换穿了一身不很鲜丽的猞猁狲皮袍和小毛皮马褂，戴了顶没有帽花的普通瓜皮帽，蹬一双云头厚底夫子鞋。之后，叫小跟班到账房师爷处取来一百块龙洋。龙洋是用皮纸封作一包。用手接过。"哦！好沉啊！"本打算把这一封龙洋揣到怀里的，因而临时变计，把皮纸封打开，自己揣了一小半，约莫三十几元，其余，叫小跟班揣了。心里寻思，一个人走，到底不大方便，比如口渴了要买茶喝，腹饥了要买饭吃，尤其是脚走乏了要雇代步东西。举凡这些要紧勾当，自己从未经过手，漫道

873

不知如何付钱，甚至不知如何开口。小跟班虽说在衙门里长大的，但是出身微贱，这些事情，他总比自己在行，"对！就叫福安跟着走吧！"

他并不向福安说什么。只和颜悦色地吩咐："跟我出去走走！不要惊动众人，悄悄走就是了！"

青衣小帽、脱略形骸、到行台外去散步，已经有过两三回。不过往回大人出行台之前，总要传呼卫队伺候。董作泉照例要选派一二十彪形大汉，穿着便装短打，身边暗藏手枪利刃，随在他身后以资保护。今天——而且在清早，大人并不传呼伺候，仅只带着福安，飘然步出行台，大家好生惊异，却又不便请示。

端方步出行台，仍照前两回散步路线，是向东走去，不多远便到了东门。东门外，是他去过的一家资州富户的别墅，一幢形式古怪的假洋房，四周有些树木花坛，名字叫湘园。

他今天并不要去湘园。还未走拢东门，便急忙缘着城墙边一条偏僻小巷走去。脚步开得快，厚鞋底踏在硬泥地上，很像庙里和尚在敲木鱼。

巷子里没一个行人，只有几条长毛瘦狗在打闹。端方平生怕狗，恰恰手上又没拿东西，离狗还有两丈远便站住了，借此也缓口气。

福安搂着沉甸甸的肚子（说错了，并不是肚子，而是怀里的银圆往下坠，腰带系不住，银圆坠到肚子上；他搂的是银圆，并不是肚子），追到端方身边唤道："大人！我们到底往哪儿去呀？"

"什么大人小人！"端方连忙向四周一瞥，低声吆喝道，"已经给你说过了，我姓陶！陶……陶渊明的陶……"

"嚒！嚒！陶老爷！我们到底往哪儿去呀？"福安莫名其妙地仰望着他，口里也出着粗气。

"这条胡同儿出去是什么地方？"

"不知道。"

"能不能走到城外去？"

"不知道。"

"唉！你们这些人，平常日子在干些什么！"端方很不高兴地这样说，比起平日开口就骂人"王八羔子"的态度，那便温和多了。

当下，叫福安走在前头，把狗吆开。转一个大弯出来，想不到还是东街，而且一群身着军服的人们恰恰迎面走来。

一个头目模样的汉子回头喊道："大人在这里！赶快通知那几队，不要寻找了！"

端方不由把淡淡的两个眉头紧蹙在一处，轻轻地咳了一声道："我不过出来散散步，你们便如此兴师动众地寻找，其实何必哩！"

四

使人忧虑的事接二连三地来。

赵尔丰拒绝让绅士们到资州来商量大事的电报先到。

"喏！我早就晓得赵老四会这样干的！"

虽然是意料中事，但是看了电报后，毕竟像喝了碗辣子水似的难过。这因为自从朱山、刘师培、弼良去成都运动绅士的结果，据三人的密电报称，绅士们由于处在赵尔丰恶劣势力之下，没有表白态度的自由。他们建议："最好，由公电邀诸绅莅资面商，庶能如愿以偿。"

他当时便曾向他的僚属说道："绅士们既没有言论自由，又怎能有行动自由呢？"

刘景沂说："然则，电报就不必拍去了。"

"那又不然，电报仍应拍去。"他想了想，提出他的希冀，说道，"设若绅士们居心要推倒赵季和的压制，他们是可以设法潜来资州的。即使光明正大地走，赵季和在这个时节，也未必敢公然阻止。所虑的，只是这通电报，不见得便能送到绅士诸公手上耳！"

接着而来的是重庆独立。

也是令人心惊的大事，因为后退无路了。不过还不算十分了不起的大事，因为在原定计划中，就未把这条后退之路看得很重要。因此，到十月初五日夜里，端方再一次邀集所有僚属，商量最后办法——即是如何离开四川，回京复命？大家依然觉得取道川北，到底稳妥得多！

为什么端方他们还是决定了要离开四川，而不再与赵尔丰斗一斗呢？

首先是，初三初四两天之内，接到尹良、弼良弟兄好几通密电，向他报告，赵尔丰已听从吴钟镕、周善培的引诱，突然改变方针，要把政权移交给咨议局议长蒲殿俊；并且官绅开会，条件业经商定，一两天内，四川便要宣布独立了，同时劝他不要打算再来成都。电文上虽然没有明说他去到成都如何不利，但是可以想象得到，成都对于他，并不是一个好去处了。

其次是，派往成都去做和解工作的代表，刚走了一百四十里路程到达资阳县，也因听说成都方面起了变化，感到去也无益，仍然返回资州。去时是四个人，初五日下午回到资州的才三个人。

不等端锦、夏寿田神气沮丧地把话说完，端方举眼向站在后面的管荡之的身后一望，道："海南呢？"

端锦当下鼻子里哼了一声道："别提这人啦！"

"何以呢？"端方吃了一惊，"出了什么事吗？"

夏寿田接着皱起两眉道："没有出什么事。只是董提调不愿再回资州来与我们同患难，共生死——他回成都省亲去了……"

端锦恨声不绝地叫道："我那么叫他一同转来，向哥把话说明了再走。可他一直不答应，硬说哥这里需要不着他那个人，倒是赶回成都去，找着刘文案、朱文案商量商量，看还有什么挽救办法没有？其实都是一派借口话，只不过如夏总文案所说，他不愿与咱们同生死，共患难罢咧！那时，要不是夏总文案拦住我，我真要赏他两个耳光，叫他回到他成都狗窝时节，还没脸见人哩！"

但是他哥并不欣赏他的愤慨，反而摇头叹道："唉！董海南与我关系不深，何况有家可归。这时候，他不出卖我，而仅悄然以去，已为难得。怎么，你们还以义士仁人要求之？若是我与你们易地而处，我不特不想打他耳光，我还要把那一挑安排送赵季和的礼物，直截了当地送与他哩！"

端锦、夏寿田全懂他的意思。都不禁点头自责道："我们真是浅薄！从未想到这样一来，倒把一个人的心买死了！"

端方把他那熊掌似的大手挥了挥道："你们几天驰驱，都辛苦了，下去休息休息！夜里，把大家全邀约来，切实商量一下下一步该如何办？既然赵季和先我一着，把四川绅士抓到手上，而重庆、泸州又已独立。当此进退维谷之际，总得商量一个办法才行。难道永远坐困在这个资州不成？"

这次会商，只提出了留与走两个题目。

留，当然不可！只管就抚的周兴武那股同志军不日便可到达资州。他有一万多人，大多数是悍不畏死的亡命之徒，凭恃这股武力，似乎可以暂住观变。但是无论何人皆感到这是一种最靠不住，而且最危险的打算。首先，这股同志军之就抚，因为说明了有十万元现金的奖赏，有一个总统、四个统领、二十个管带的官职。发一些当官的执照和木戳记，倒无所谓，目前要筹措十万元现金，便困难了。资属几县的钱粮地丁，早已提尽了，若不向成都藩库提取，这十万元即无着落。再而，周兴武的队伍来到，不特引起百姓们的恐惧，还一定会引起鄂军的不安。主客军处在一城，难免没有磨擦，那时，不管在上者怎样调停处理，处在客军地位上的，一定以为在上者将以主制客，别有用意。军心已经不固，这一来，岂不更惹出了灾难？不若趁着周兴武尚未开到，及时走离资州，既免了履行条约之苦，也免了主客军冲突后患。所以对于留，差不多全体反对，那么，不用说，只有走了！

走是确定了。问题只在向哪条路走。前几天还有人反对走川北这条路。现在重庆已经独立，东下不可，除了向北朝陕西的汉中走外，难道还能翻越天险的大巴山，向湖北的房山、竹县那些荒僻地方走吗？因此，一致决定，取道小川北，再插大川北，据估计，中间只有剑门关险峻一些，其余路程并不难走。

走是确定了，还有一个问题，就是那四营鄂军如何处置？按照道理说，这四营精锐鄂军是端大人带进四川来，当然该端大人带出四川去，断没有端大人独自走了，而将鄂军留在四川，听其自生自灭之理。即使有这种道理，但是就目前形势看来，鄂军也不会听任端大人这样做。很显然，前天端大人只带福安一人出行台散步，已经引起部队怀疑，虽然还未曾弄明端大人的意图（因为端方向福安讲的，只是散步。使人致疑的，只有一百元分揣在身上的一件事。的确奇怪，散步而要带上一百元，并且不走大街，而要去钻没人走的小巷），从此却加紧了防范。行台内外，除了原有的一队卫队，并未由端大人下手谕调遣，而第三十一标第一营第一队的队伍却自动由天上宫移驻过来。标统曾广大发现了情形，叫差遣去查问，回来说，别无他意，仅只为了加强保护。唉！天晓得是一回什么事！

走是确定了，唯一的问题，就是必须将不能不走的理由，以及不能不取道陕西省的理由，先向军队讲清楚，还须取得他们的同意才行。今天，已经不是只由老师下个命令，叫东就东，叫西就西的时候！

邓成拔、曾广大将这种情形禀明，所有参加会议的人都沉默了。

夏寿田向端方请示道:"午帅以为如何?"

端锦悄悄咕噜了一句:"岂不成了太阿倒持?"

端方只是把眉头皱了皱。接着闻了一撮鼻烟,接过福安打来的热毛巾,在鼻孔上捂了半会,才问邓成拔:"难道要我亲自去向他们开口吗?"

"那倒不必劳动大人。只由曾标统召集排官以上的军官,开一个全军会议。会后,曾标统向大人禀报结果就是了。"

"你们揣度一下,他们该无异议吧?"

邓成拔想了想,方迟迟疑疑说道:"或许不至于有异议……这却要看曾标统的口才了。"

"那么,这个会明天就开……曾标统,我一切信赖你啦!"顺手把那只古月轩内画京料鼻烟壶递在曾广大的手上,微笑道,"我晓得你也喜欢此道,这东西送给你吧!"

五

十月初六日上午,在资州东门外湘园召集的鄂军军官会议,开得很不好。

不能怪曾广大的口才不好。他是竭尽了平生说话本事,反反复复地把什么话都说尽了。起初,说到端大人采纳了四川绅民的控诉,不特把劣迹素著、不得民心的官吏,如周善培、王棪、田征葵、饶凤藻等,都奏参了;并且还使身受诬枉、陷于缧绁的蒲殿俊、罗纶等一些四川正绅,得以释放回家。算来,端大人查办川事的使命,已经了结。原来安排到成都小住,而后回京复命。现在听说成都情形不好,端大人决计不再去成都,即此率队出川。他问大家赞成不赞成?

不但声震屋瓦地喊出了赞成,无数只手臂还像森林一样高高举了起来。

但是一说到要取道陕西省汉中府这一主要议题,会场上立即出现了分歧:四个管带和少数几个队官表示同意,绝大多数的队官、排官,都沉默着不发一言,更不要说举手。表示同意的少数人,于是也动摇了,自己说他们的表示不作数,请曾广大再付一次表决。

曾广大非常丧气地把两手一摊道:"还表决什么!大家的意思不是已经很明白了吗?不过诸君不赞成取道陕西,诸君总应指出一条可走的道路,总不能说诸君愿意留在四川吧!"

有一个排官出声回答道："我们同全标弟兄比起来，我们还是少数。究竟取哪条路出川为宜？当然得先问问弟兄们的意见。光是我们表决，万一弟兄们不答应呢……"

"说得对！说得对！"嘈嘈杂杂的声音响应起来，"现在是共和时代，少数应该服从多数……"

曾广大心里又引起了一点希望，不由眉头一舒，问道："那么，怎么办呢？我们是不是把士兵集合起来……"

不等他把话说完，又是那个排官抢着说道："不用你去集合，我们自会分头进行。"

果然，就在初六日的夜里，下级军官与士兵们都忙碌起来：驻扎禹王宫的，朝万寿宫走；驻扎东岳庙的，朝天上宫走。只管你来我往，很是频繁，但他们到底议些什么，不但地位较高的曾广大、邓成拔等不得而知，便是地位较低的管带、督队官以及少数几个队官，都被隔绝得老远，没法探到半点消息。

平常日子，二更过后，全城都入了睡乡。只有一些没人管的野狗，在街上窜，有时还来一个打群架。城门当然都关闭了，非有紧急公事，不开城门，普通百姓是不能随便进出的。但是十月初六夜却不同了，城门一直没关闭，什么人都可随便进出。不过普通百姓也是在半夜以后，感觉城里气氛不好，狗吠得厉害，驻扎城内外的军队，一伙进来，一伙出去，虽然看不见灯笼火把，听不见嘈杂人声，可是凌乱的皮鞋在石板和硬泥地上的那种急遽奔驰，也够引起大家的恐怖；有些人怀疑是周兴武的滥队伍开拢了，鄂军真个要同他们干起来。一般早作了安排的人，才在半夜以后，并不问个清楚，便扶老携幼，像影子一样，在不很黑的夜色中，溜出东门，溜出北门，向不远的乡村中潜藏起来。当然还带去了一些恐慌，也带去了一些谣言。

行台里也一样，平常日子是三更梆敲响后，头门上锁，全院灭灯，只有当值的卫兵室有一盏点洋油的风雨灯，在沉沉的夜中，放出一派刺目亮光。初六这一夜，也是内内外外灯火辉煌。大厅以外驻扎队伍地方不说了，无论军官，无论士兵，全没有睡。并且如临大敌似的，到处都布了岗哨。只有认识的同标弟兄，可以进出，可以被招呼到房间里和某些角落，凑着耳朵说悄悄话。如其不是认识的弟兄，比如说，像福安这样小跟班，岂但不准进头门，甚至不准出头门。标统曾广大几次要到天上宫去问探他们商议的结果，都被部下劝阻说："标统还是莫去的好！在商议没有定局之前，你去了，也枉然。说不定于你标统本身，还有不便地方！"

情形越来越不像样。曾广大先找着邓成拔说道："看样子，军队就要哗变了。我们好不好禀请大人设法避一避？"

邓成拔搓着两手叹道："只好如此了！"

大厅后面的正房两厢，也和大厅以外情形一样，上人没有安息，一些服侍上人的底下人也惊惊惶惶地睡不熟。

端方的面容，从灯光里看去，显然比前两天消瘦了好些，两边鬓角和面颊都下陷了。原来是一个圆盘大脸，现在好像变成一个长方脸形。当然，颜色也不红润，而是有点苍白。眼睑上，还隐隐带了些晦色。不过眼神尚足，比起在房间里坐立不安的端锦来，他的态度还安详如故。

邓成拔、曾广大掀开门帘进来时，端方精神一振，从太师椅上把胸膛一挺，先开口问道："他们商议好了吗？"

两个人一时都不作声，并且勾下头，牢牢看着自己的皮鞋尖。

"哦！一定还在商议，"端方强勉笑了笑，"真所谓筑室道谋了！"

倒是夏寿田看出了端倪，把眉头一皱道："恐怕有什么意外吧？"

邓成拔道："曾标统可以禀报。"

曾广大举眼看着端方，说道："部下的意思，趁这时候，大人最好避一避！"他因为太疲累，太紧张，声音已有点嘶哑。

全房间的人都震惊了，七嘴八舌地问："怎么样？莫非发生了什么非常事故了？"

端方还是那样镇静地说，虽然脸色已由苍白而渐渐转成了青白："诸君稍安勿躁，且静听曾标统的下文好啦！"

曾广大遂把他被兵士阻拦，不要他到天上宫去的经过讲了一遍，道："兵士们目无官长到了这步田地，军纪是说不上的了，据部下推测，恐怕……"

端方接过话头道："结果当然哗变！"

"……所以部下意思，趁他们密谋未定之时，大人最好避一避。"

众人正欲说话，端方已经开了口："怎么避呢？你且说一说！"

邓成拔道："出城去。"

端锦道："不如到州衙门去。"

夏寿田道："那不好，能够找个绅士家住一住，比较稳妥。"

好些人都在出主意。

端方猛地从太师椅上站起来，背负着双手，在房间的空地上踱了几步。然后站在当中，把众人环顾了一遍，徐徐说道："诸公为我安全设想，要我在此刻避一避，用意甚善。但是诸公却未想到，别人可避，如邓协统、曾标统你们二位，因为是直接统率士兵的将领，平日难免没有一些恩怨，如果士兵真个发生异动，确乎有些危险。你二位及时避一避凶锋，倒很必要。其他朋友，避也可，免受无谓惊恐；不避也可，以与士兵无直接关系故也。至于我本人，则万不可避。首先，士兵是否即有异动？尚未确定。我先避之，是示士兵以弱，本来没有异动的，这样一来，倒引起了他们的念头，此其一。再哩，纵令他们果有异动，那也不过骚扰一番，哗然溃散而已，于我本人，不见得便有如何不利之处。我何故要如此说呢？诸公当然知道，湖北武备学堂是我在巡抚任内创办的。现在军中许多中下级军官，大抵都是我所招考训练而成就，不说师生关系，多少总有点香火因缘吧？何况第三十一、三十二标各营，还是在我手上扩充的……"

他越朝这方面说，越觉得对于他个人的危险，并不似众人所想象得那样大。同时自己的心也愈益安定。

"……或许诸公还将如此测度：武昌之事，由于鄂军革命所致，足见革命思想遍于鄂军，我们这里要是兵变，亦必出于革命手段。不错！他们准定会革命的。但是革命有政治革命，有种族革命。武昌之事，并非种族革命，而是政治革命。我们这里倘若只是政治革命，更不足虑。万一种族革命，我看，也不至于闹到流血。何以呢？我们这里都是汉人，而并无满人故也。"他看见大家都有些惊异之色，遂眯起眼睛笑道，"诸公怀疑我这句话吗？殊不知我的家谱载明，我家并非出自满洲，而实实在在是奉天省的汉人。因我上代祖宗被满人掳去为奴，不得已才改了籍贯。我的祖宗，本来姓陶，陶渊明的陶，出自大尧陶唐氏。因为在清朝恶势力压迫之下，我们不便复姓，为了不忘根本，所以我才以陶斋为号。这是一种秘密，平常不便说出，现在当然要宣布了。要是诸公不信，可以问我这个兄弟。"他掉头向端锦说道："你可以给诸公证明一下，看我们是否姓陶的汉人？"

端锦连忙接口道："是，是，我哥前几天就说过，我们是汉人，姓陶，陶渊明的陶！"

众人看见他说得这样稀松寡淡，当然不好再说什么。

端方把金壳怀表摸出一看，道："哦！一点过钟了！还无消息，想来他们一定等到天明才有所表现的啦！管他们密谋结果如何，等他们表现出来，再应付之可也！"他又向大家环顾一遍，"大家安息了吧！养足精神，明天再谋应付之方好啰！"

邓成拔退出房间，就找着曾广大和几个平日比较亲密一些的朋友，悄悄说道："据我揣测，部队十有八九要闹革命。革命，当然要流血。流什么人的血？当然流我们的血。午帅的打算对不对？我不敢保险。总之，留在他身边，凶多吉少，倒是听他的话，趁这时节，设法避一避。要是出了事，我们逃走也容易；不出事，再回来伺候他老人家。你们看如何？"

那还待说！差不多上上下下十几二十个人，都悄悄密密收收拾拾，改了装，拴上包袱，从花厅侧一道短墙上翻出，混在百姓堆中，走到城外，赌咒也不回头向资州多看一眼！

六

这一夜，在资州的鄂军，全部人都没有睡觉。他们很兴奋，很忙。他们做了不少事情，包括做旗子，包括剪发辫，包括罢免队官以上的全部军官、排官以上部分军官，包括推举见习陈正藩为司令，推举其他一些有能力的军士和小兵接任各级军官，也包括一些应该准备的杂七杂八的事情在内。

查办大臣行台内，除部队外，一些人跑了，一些人尽管和衣躺在床上，还是心惊胆战地不能阖眼。

端方睡得很熟。后来小跟班福安向人说，自他睡下之后，便未再唤他起来递夜壶，"往夜嘛，不管他睡得多晏，总要递几次夜壶的。"

到十月初七日（就是成都宣布独立的同一天），东方刚刚露出鱼肚白色时候，几十个身强力大的徒手兵士气势汹汹地拥进查办大臣的卧室。端方才恍然一惊，从湖绉帐子内伸出头来，大声问道："你们要做什么？"

有两个兵士上前，从从容容把帐门挂上铜钩，把盖在他身上的丝棉被掀开，把他扶了起来，带笑说道："我们来请大人到天上宫营部去开会的。"

从微弱的灯光中，看不清房间里来了多少人，更看不清来人的面目和徽章。只感到是一些没规没矩的陌生人。端方一面穿衣裳，一面说道："你们到外面去等候着。等我穿好衣服，洗了脸再走。"

于是一片吆喝声嚷了起来："大家等着你在，别那样闹官派了！"

咦！不是好兆头！端方连忙弓身从床脚边拉出一口扁箱，喘吁吁地对众人说道："我知道你们都很辛苦。这箱内，有一些值钱的东西，也有一些银圆。你们拿去分了吧，也表一表我姓陶的，并不似那些不懂革命道理的满洲人……"

"少卖些狗皮膏药，走啰！"一众兵士丝毫不理睬那口扁箱和他的话。几只有力的手，有的抓住膀膊，有的撑住胳肢窝，有的拊在背上，又推又拉，把端方攘出房门。

就这时，同样一群人，用一样办法，把端锦从对面房间里揪了出来。

端锦哭声哭气地喊了声："哥……"

立刻啪啪两响。必然是手掌与脸巴在冲突！同时，几种愤怒声音在吼骂："没骨气的东西……"

一大群兵士拖着两个半死不活的革命目的物到天上宫时，天色刚刚微明。走到大殿台阶下面，众人把端方、端锦扶来站定。陈正藩坐在大殿檐前一张木椅上，正待启齿问询，突然从人丛中跳出一条大汉，刺刀一举，只听端方大叫一声，胸膛上涌出鲜血。

"你们真要杀我吗？……"这是端方最后一句话。

大殿下面的院坝内，站满了撕去徽章的兵士。有几个人急忙拿过两只盛有石灰的大木匣，把鲜血淋淋的才从两张木凳上斫下的人头，分别放在木匣内，用钉子钉好。又有几个人拖过两具连夜赶工做好的长木匣，从染了血的木凳上，把两个体温犹存，只是没有头的尸体，塞在长木匣内，也用钉子钉好。

然后，陈正藩站起来，举起右手，领头大呼道："我们大汉国民军万岁！革命成功万岁！在川鄂军万岁……"

上千人雄壮的呼声，像怒涛一样，从天上宫传遍全资州城。

天色大明。东方起了红霞，又是一个好天气。

七

天上宫里呼声方歇，资州马上宣布反正。州正堂朱岳宾就在端方被拖出行台时候，带起家眷僚友，不知逃向哪里而去。亏他有良心，没像安岳县知县那样把一颗无足轻重的铜印带走，而是连同点锡印泥盒一道，将其端端正正放在大堂的公案上，以便要使用它的人去接收。

绅士们立刻被陈正藩请出来，组织一个州政维持会，推举一个姓李的绅士做会长。

李会长与一众绅士会商之下，当天就做了两件要紧事。

第一件，叫衙门差役到每条街去，督令各住户、各铺店赶制一面三角白布旗，旗上一定要用朱红写"大汉国民"四个字。

第二件，因为鄂军翌日清晨便将整队出发回湖北。为了酬劳，不能不送一点盘费，不能不备办几百桌筵席（实在不能算正经筵席，只能称之为肉八碗，即是每桌八个大碗内，全是用猪肉或是猪身上的东西，做的各式各样的可口的菜而已）送行。虽然本州的正经税款已被端方提尽，但三费局和别几个理财地方，到底还有一些余款，搜罗搜罗，也有上千数的银两、银圆和制钱。

两件要紧事，居然在下午都弄得齐齐楚楚。全城悬出了白布写红字的三角旗，开夜饭时，三营多鄂军都吃上了丰盛的肉八碗，而且每桌还配备了几斤本地有名的用高粱烧的陈色酒。

恰好鄂军后队里那个革命党人田智亮也从重庆赶到。

田智亮在重庆参加独立典礼的当天，便由蜀军政府的帮助，起身向资州赶来。蜀军政府要求他来运动前队反正。为了加强力量，除了给以作运动使用的五千元外，还派了三百名新兵由他率领西上，因为枪支太少，发了自造的炸弹八十枚作为武器。这支人马却也厉害，八个官站的路程，他们仅费了四天半便赶到了。

陈正藩非常高兴地握住田智亮的双手，说道："你来得恰好！我们正不知道重庆这条路，走得通，走不通？"

田智亮也说："没有料到你们行动会这样迅速！可惜我来迟了半天，未曾亲眼看见端贼斩首时的快事！"

当天下午，他们便发了一个电报到重庆，报告鄂军在资州反正情形。所以距离资州较远的重庆，倒先得到端方、端锦授首的消息，而成都反而在三天以后，才晓得。军政府把这消息交报馆用二号铅字在报纸上一披露，那天报纸便多卖了几百份。全省城的人民，有一小半抚手称快；有一大半莫名其妙，只觉得不是一件小事。还有很小一部分人却吓着了："我说革命不是好玩的，你们看啊，硬是流了血了！而且杀的还是那么大的一个人物！唉！唉！大人物都弄到如此下场，要是临到我们头上，那还能苟免吗？革命真可怕！革命真可怕！"

就是被端方奏参过的周孝怀、王寅伯等，也觉得其人固然可恶，但是这样杀了，总不对，总是革命的罪过。

赵尔丰向着老四、老九叹道："端四爷聪明一世，何以一进四川，便糊涂到这步田地？他若是不勾留在资州，搞那些狡狯，而一直上省来与我商量，即令不如意，但也断断不会闹到这样的结果啊！"

十月初八日的清晨，在资州的全部湖北陆军，果然吹起洋号，打起洋鼓，整队向内江出发。队伍中间，有四名长夫抬了两只木匣。每个木匣上插有一面小白布旗，一面上，写着满贼端方首级；一面上，写着满贼端锦首级。

队伍最前头，有人擎着一面大的红绸旗，用浓墨写了一行大字：大汉国民军鄂军司令陈。

军队开拔之前，各城门和十字街口，都贴出了一张没有盖印，没有过朱的告示：

大汉国民军鄂军司令陈示：

满人酷待汉族，业已二百余龄，今日人心思汉，全国革命功成，满贼端方兄弟，俱予明正典刑，我军长驱回鄂，勿得骚扰人民。

《大波》第三部书后

　　《大波》第三部，费了一年半的工夫，到此，算是写完了。

　　我在《大波》第二部书后中，诚然说过，要以四部篇幅，把辛亥革命在四川这段过程写完。然而我的私心，并不打算果就写那么多，极欲用一种简练手法，"笔则笔，削则削"，还是写三部就可以了。所以然的缘故，无非想快点将这段历史过程交代完了后，好另起炉灶，继续写一部长篇，来反映从袁世凯叛国到五四运动这一时期更为动荡、更为重要的社会生活的变化与新思潮的萌芽。

　　但是第三部写了十章，所费篇幅和前两部差不多，还只写到成都的假独立，到达预定结穴之处，仍然有一段距离。

　　是不是在第三部里，有些情节可以不写？纵写，也不必写得那样细？是不是在剪裁上也有不妥当地方？有些细节写得太多，以致浪费了一些笔墨？

　　不错，这些毛病确都存在。不过发生这些毛病，也有不得不尔的理由。比如说，第四章写龙泉驿兵变和其后一大段行军情形，本可以从侧面去写，或者作一段小插曲，那便费不了许多笔墨；设若放在吴凤梧口里去追叙一下，还可以节省一些篇幅。但是龙泉驿兵变和夏之时到重庆，是一件有关键性的事情，不容许把它随便带过。以第三部整个结构来说，它也是高峰之一，若是不好好写它一番，也不合乎艺术要求。但是为什么又不把夏之时写成一个像样的英雄人物？而且看起来，似还有些苍白无力呢？问题便在龙泉驿兵变，固然是一件值得歌颂的事情，但并不如一般记载所说，是出于夏之时有计划的领导。就是后来夏之时带着这支人马东下重庆，对于重庆反正，似乎起了催生符作用，然而克实考察、研究起来，也只是因缘凑合，并非出于夏之时的预定计划。以此之故，我不能把这个真人写成一个一般小说中应有的虚构出来的英雄。同时，也不能把他在这件不寻常的事情中所起的相应作用，予以抹杀。我觉得按照我的那样写法，似乎妥当一些。当然，我取的这种写法，并不一定十分妥当，若令其他高手来写，必有另外方法，也必写得有声有色得多！

我在《大波》第一部中用过一些取巧手法（也可说是偷懒手法），把某种应该描写的比较有关系的事件或情节，都借用一个人的口，将其扼要叙说一番，便交代过了。这手法，也是一种艺术，偶一为之，未始不可。但我多用了几次，因就引起了朋友的批评。在写《大波》第二部，我已改正了，把有些可以从一个人口中叙述的事情，改为正面描写，例如第七章前三节，陈锦江和一百多名陆军士兵血染三江口一事，就是从头到尾，具体地将其描写出来，而不光借彭家骐的口来说。在第三部里，更是这样。如第二章、第五章、第七章、第十章，对于那个风云人物端方，我便没有放松过一笔，从他的形象，到他的内心，差不多没有借重另一个人的口和另一个人的眼，叙述他，描绘他。虽然我随时注了意，在写这个人的时候，不要写得冗长、臃肿，甚至离开典型活动，而孤独地写他心理变化。但是所费的篇幅到底不少，也像写龙泉驿兵变和行军过程一样，修改了几遍，删却不少过场，涂掉许多闲文，而其结果还是那样不精简。

正面描写每一个人的形象与其活动（包括语言、行为、思想、心情等等），而又把他写得活灵活现，而又把他写得恰如其分（尽管夸张，但夸张得也恰如其分），这是我国许多古典长篇的优点。要汲取这种优点，当然要费点力。对于一个人物与其活动，首先要储备资料，储备丰富的资料；其次研究、探讨、分析、综合，使其如实地复活在脑子里，其人其事，差不多跃跃欲出了，而后加工剪裁，形象化出。这样，写出的人，才是典型人，也才能活，也才能想；每个人也才有每个人的特点，每个人的性格。他们成为作者的伙伴，他们不致成为作者的傀儡。

话便如此，但我用了绝大气力，毕竟实践得不到家。例如在第七章、第八章、第九章中，写周善培这个人与其活动，便感到有些缺欠，虽然也还了他一副本来面目。因为对于辛亥年成都的假独立，周善培辄自以为有大功可居，我的确为他表了功，比他自己在一九五六年写的《辛亥四川争路我所亲历之重要事实》似乎还真实些吧？可惜由于我艺术水平低，不免糟蹋了这样题材，要是高手来写，准定能够继承我国古典长篇的优点而发扬光大之的！

有读者写信给我说，《大波》中出场人物似乎太多。有些是面目不清，"东露一鳞，西露一爪"，使人看后，不大记得明白；更有一些人物，有头无尾，才一露面，便消失得无踪无影。读者问："似这等可有可无的陪场人物，不要写，可不可以？纵然写，不必给以姓名，用个符号代表一下，可不可以？"读者意思是，只需写少数主要人物，作者可以集中笔墨，读者也可少耗一些精神。

我说，一部有相当分量的长篇，只光光生生写几个（或少数）主要人物的活动，这在西欧的文学作品中的确有，而且相当多。如西班牙塞万提斯的《唐·吉诃德》，如法国维克多·雨果的《悲惨世界》，如法国大仲马的《基督山恩仇记》，乃至如法国罗曼·罗兰的《约翰·克里斯朵夫》等等，都是。但题材不同，那些名家可以那样写。同时我们得想想，如英国查尔斯·狄更斯的《大卫·科伯菲尔》和法国写实主义大师爱弥尔·左拉的四大经典作品之一《劳动》等，就不是那样写法。再如老托尔斯泰的《战争与和平》，能不能要求他照他的《复活》那样写呢？不能的。因为题材不同，内容不同的缘故。说到中国的古典长篇，如《三国演义》《水浒传》《红楼梦》《金瓶梅》无论已，就如清末吴趼人的《二十年目睹之怪现状》，因为要把千奇百怪的世相反映出来，若只光光生生写少数几个人物的形象与其活动，这怎么能够呢？何况中国一句常言："牡丹虽好，还要绿叶扶持。"所谓扶持，即陪衬是也，即烘托是也。而且我写《大波》，因为一半是真人，真人局限性大，的确不大好写。为了要写得透彻，写得全面，有时必须要创造几个人来，从旁发挥，笔在于此，而意却在于彼，分而观之，是两人或数人；合而观之，固一人也。比如龙泉驿兵变中，夏之时、林绍泉、魏楚藩几个是真人，其余都是创造的。假使不创造那一些人，不但夏之时"不期然而然"的行为，无法讲清楚，而且兵变的情况，也容易写来落套。再如葛寰中这个人，谁也看得出有一部分就是周善培的影子；吴凤梧这个人，许多熟悉成都故事的朋友，都晓得他身上包含有孙兆鸾的成分（孙兆鸾要在第四部中才露面）。有真人，有创造的人，在一个时期中，要反映各个阶级、各个阶层的动态，真人相当多，创造的人尤其多。每个人不可能都是必须描写得很细致的主角。就是真人，有时也只能当着陪衬人物，只许他偶然露一两次面，提说他一两次姓名。如第八章中间，那个为周善培利用，拟具独立条件的陈崇基，便是一例。这样的手法，在《三国演义》中多得很，只是罗贯中的本事很大，他能够随手拈个人来，无论为了陪衬，或者只是陪场，他总是不多几笔，这个人便活了，使你不觉得那是跑龙套的人物。所以说，一部长篇中的人物，不怕多，只怕写得不好。读者指出《大波》中的许多人物好像是多余的，这可说明是我不及罗贯中太远之处。我感谢读者给我的启示！今后当加倍学习，学习中外古今的作品——尤其是中国现时一些具有定评的优秀作品，"以匡不逮"，而临笔时，再加倍努力！

毕竟因为《大波》第三部未能将预定的内容写完，当然，只好赓续写第四部了。写到可止地方为止。第四部将写多少篇幅呢？现在还不好说。将费多少时间呢？虽也不好说，但我则希望不要拖得太久。因为从《死水微澜》《暴风雨前》到《大波》，只算是我安排写作的第一个三部曲，其下应写的东西还很多、很多……

李劼人1961年12月31日于成都菱窠

第四部

第十一章　不平静的日子

一

还是一身旧式便装。仅只把头发剪短、齐到后颈窝的黄澜生，心事重重地走出皇城门洞。

他进皇城去找颜伯勤颜老太爷商榷他功名大事时，"为国求贤"石牌坊内外的空坝上，已经摆上了不少赌博摊子。这时节，这类摊子更多了；甚至蔓延到东华门的回回商馆门前，西华门的八寺巷口。当中的过道还留得相当宽。因为从外州县整队开进军政府去庆贺的同志军，一直到今天，还时不时地要排成双行，或者四行，挎着刀刀枪枪，拥着高头大马，打从坝子当中通过，虽然没有前几天那样首尾相接的盛况。

每一个赌博摊子跟前，都聚有一大堆人。每一个摊子，除了骰子掷在瓷碗中响得叮叮当当外，照例有呼幺喝六的声音，照例有赢家高兴的哗笑声音，照例有输家不服气的愤恨声音，同时照例有互相争吵，理论曲直的声音。

军政府告示上只说军民休假十日，以资庆贺，并未叫人公开赌博，更没有叫人把赌博摊子摆在观瞻所系的军政府的大门前。但为什么会搞成这种模样呢？叙说起来却也简单。首先，在成立军政府之后，一连几天不安门警，允许人们随意进出参观、游览，表示大汉光复，与民同乐。成都人的脑子里，老早老早就有一个观念，认为皇城硬是刘皇叔和诸葛军师住过的地方。从前是贡院时候，除了三年一试，秀才们得以携着考篮进去外，寻常百姓是难以跨进门洞一步的；后来改成了学堂，城门洞的铁皮门扉尽管大开着，但平常百姓仍然不能进去，门洞两边砖墙上，不是钉有两块粉底大木牌，牌上刻有"学堂重地、闲人免进"八个大字吗？现在既然允许人们进去观光，谁不想利用这个机会，看一看金銮宝殿到底是个什么样子？人来得多，自然而然把皇城内变成一个会场。会场便有会场的成例。要是没有凉粉担子、荞面担子、抄手担子、蒸蒸糕担子、豆腐酪担子、鸡丝油花担子、马蹄糕担子、素面甜水面担子（这些担子，还不只是一根两根，而是相当多的）；要是没有茶汤摊子、鸡酒摊子、油茶摊子、烧腊卤菜摊子、蒜羊血摊子、虾羹汤摊子、鸡丝豆花摊子、牛舌酥锅块摊子（这些摊子，限于条件，虽然数量不如担子之多，但排场不小，占地也大；每个摊子，几乎都竖有一把硕大无朋的大油纸伞）；要是没有更多活动的、在人丛中串来串去的卖瓜子花生的篮子、卖糖酥核桃的篮子、卖橘子青果的篮子、卖糖炒板栗的篮子、卖黄豆米酥芝麻糕的篮子、卖白糖蒸馍的篮子、卖三河场姜糖的篮子、卖红柿子和柿饼的篮子、卖熟油辣子大头菜和红油莴笋片的篮子；尤其重要的，要是没有散布在各个角落的装水烟的简州娃和一些带赌博性的糖饼摊子，以及用三颗骰子掷糖人、糖狮、糖象的摊子，那就不合乎成例，也便不成其为会场。而且没有这一片又嘈杂，又烦嚣，刺得人耳疼的叫卖声音，又怎么显示得出会场的热闹来呢？

两三天后，皇城门洞内换了一番景象。各州县的同志军来了。他们来庆贺军政府，他们尤其要"亲候"一下蒲先生（他们尚不熟习这个崭新的名称：都督）。但是蒲先生忙得很，一刻也难于离开他那间办公事的房间和那一间大会客室。会不到蒲先生，那就"亲候"一下罗先生也罢。罗纶当着交涉局局长，和同志军接洽，正是他的职务，也是他的愿欲。同志军大伙大伙地来，把观光的人同摊、担、提篮全都排挤到皇城门洞之外的空地上。

皇城内没有什么看头，皇城外光是一些管吃喝的摊、担、提篮，也难于满足赶会场的人的心意，因而赌博摊子，应运而生。在警察兴办以前，这也是坝坝会中应有的一种玩意。头两天有不怕事的大爷出来试了试，几张小方桌上尚只悄悄密密跳着三三猴儿，要是警察来干涉，好对付，"跳三三猴儿嘛，小玩意，不算赌博！"不知道什么缘故，自从独立，警察一下"文明"了，在十字街口站岗的警察兵，已经不像争路风潮前那样动辄干涉人；热闹地方，更其看不到他们的影子。两天之后，赌博摊子摆多了，三颗骰子变成六颗骰子时候，他们当中甚至有穿上便衣，挤到赌博摊来凑热闹的哩。

黄澜生行近一个赌博摊子，从几个人的肩背缝隙间望进去。一张黑漆剥落的大方桌上，放了一只青花大品碗。上方的高脚木凳，巍巍然坐着一个流里流气的汉子：一顶崭新的青绒瓜皮帽，歪歪扣在脑壳上；松三把发辫，不是长拖在背后，而是紧紧盘在帽子外面；颧骨高耸的瘦脸，浮了一层油光光的鸦片烟气；尖下巴和陷得老深的脸颊，盖满了青郁郁的胡子碴儿。由于浓黑短眉下一双鹞子眼睛骨碌碌转着，把相貌衬托得越发奸险，越发凶恶。一件细面子黑羔子皮袄，并非好好穿着，却是敞胸亮怀披在肩头上；外面套的雪青摹本缎半臂，大襟上一溜串黄铜纽子，只在胳肢窝里扣上了一个。从汗衣到半臂的几层高领，全然分披在一段又粗又黑的脖子周围。这时，两脚蹬在方桌栓子上，从挽着龙抬头的袖口中，伸出的两只骨节粗大的手掌里，搓着六颗说方不方，说圆不圆的牛骨骰子。

三几个似乎是他手下弟兄的精壮小伙子，也都歪戴帽子斜穿衣地拥在他的身前身后，一个个凝神聚气死盯着那些正在下注的赌客。

一个戴破毡帽，穿旧短袄的装水烟的老头，正给那个摆赌汉子装水烟。

两股灰白烟子从鼻孔里呼出，摆赌的汉子开了口，声音虽然有点嘶哑，但颇威严，俗话说的有煞气："婊子养的，主意打定啦！押天门就押天门，押青龙就押青龙，快点！老子掷啦！"

"我要押穿。"一个岁数不大、土头土脑的赌客，神魂不定地把十个当十紫铜圆在桌子前方摆成一列，一头指着青龙方，一头指着白虎方。两方都胜，摆赌的赔他二百钱；两方都败，他的注，自然一卡子揽了去；一方胜，一方败呢？平过，没输赢。

但是一般认真赌博的人都瞧不起这样赌法。他们宁肯输掉裤子，也要占个独门，这才是赌四门摊的品德。

桌上已经摆了不少独门注，天门最旺，押角的没有，押穿的只那一个年轻人，注也不大。

"婊子养的，又是穿！老子不打你龟儿这注。捡起来，爬开些！"摆赌的把眼睛一眨。

不但几个帮手在助威吆喝："爬开！爬开！"就那一般讲究赌品的人，也气鼓鼓地叫吼道："输不起，就莫来！手气瘟的人，别带行了我们！"

那年轻人却不肯收注。说，大小也是一注。并且说，押穿、押角、押独门，看各人的欢喜，这是场合上的规矩呀。

摆赌的睖起两眼骂道："你欢喜下注，老子不欢喜打你娃娃的注，这也是场合上的规矩！你娃娃还嘴硬……"

已经斗起口来，进一步就该动手。黄澜生大吃一惊，连忙抽身退出，向贡院街南头，加紧脚步便跑。

一个沙嗓子突然在耳朵边猛喊起来："嗨！走路不带眼睛吗？撞翻了老子的东西，你赔得起！"

黄澜生一凝神，才发觉自己的大腿正撞在一只相当大的乌黑瓦盆上。要不是两只大手把瓦盆紧紧掌住，它准定会从一条板凳头上打碎在地。光是瓦盆打碎，倒在其次，说他赔不起，是指的盛在瓦盆内、堆尖冒檐、约摸上千片的牛脑壳皮。这种用五香卤水煮好，又用熟油辣汁和调料拌得红彤彤的牛脑壳皮，每片有半个巴掌大，薄得像明角灯片，半透明的胶质体也很像；吃在口里，又辣、又麻、又香、又有味，不用说了，而且咬得脆砰砰地极为有趣。这是成都皇城坝回民特制的一种有名的小吃，正经名称叫盆盆肉，诨名叫两头望，后世易称为牛肺片的便是。

黄澜生又是一怔，急忙后退一步，偏又撞在一个卖和糖油糕与黄散的菜油浸饱的竹提篮上。卖油糕的老头不比卖盆盆肉的中年汉子火气大，只用没曾揩得很干净的油手，把他攘了下，痰呵呵地叫道："慢点！慢点！打脏了你的狐皮袍子，怪不得我呀！"

其实，黄澜生身上那件豆灰下路缎皮袍面子的后摆上，已着油糕篮子搽上了很宽一条油渍，不过他看得见的，只是前摆当大腿地方的一块熟油痕。

卖盆盆肉的壮年汉子犹然气呼呼地鼓起眼睛在漫骂："妈哟！老子刚摆下来，就遇着这个冒失鬼，几乎买了老子一个趸……红油的，盆盆肉！两个钱三块！三个钱五块……"还将一把计数目用的毛钱，从枣木钱盘上抓到左掌上，右手几根指头非常灵巧地抢着、数着。

黄澜生定睛瞅着那汉子，心里怒气仿佛春潮一样，一股接一股直向上涌，耳根面颊都发起烧来。假使有个底下人——不管是年轻力壮的高金山，或是骨瘦如柴的罗升——在身边仗胆，即令不便再摆出官架子来派骂一番，至少也要开几句教训。眼看围绕在四周的，大抵都是不可理喻的下流社会的人，甚至还有几个打扮得稀奇古怪的巡防兵。这不是较量高低的地方。如其不隐忍一下，准定还会遭到奇耻大辱。他猛然想到圣人的教训："君子犯而不校。"又想到韩信甘受胯下之辱的故事，他于是喟叹了一声，把一伙涌过来吃盆盆肉兼带存心要看吵嘴骂架热闹事情的闲人，环顾一下，一言不发地走了。

二

黄澜生换穿了一件金银狍皮袍，捧着水烟袋，在花格子屏风外的檐阶上，从东头到西头，又从西头到东头，差不多踱了十几个来回。

他在等他的太太。他有满肚皮话，急于要向她倾吐。

阴沉了几天，有两天还落了整半天毛毛雨。今天算是看见了太阳，虽然没有初七日独立那天晴朗，轻绡似的阴云一直散不干净，是小阳春气候。庭院里两株垂丝海棠、一株木本杜鹃，都翻了花。主人亲手移栽的几盆马群芳花园送来的名种菊花，已经蔫得不成其为傲霜枝，在往年，早已连盆子藏过，或者退还给西门外马家花园去了；今年，因为时事不安静，闹得人心惶惶，简直把这些事忘记了。

曲池边一株梧桐，一小半枯败叶子飘落在池水里，有些已经沤烂。

黄澜生停步在西头檐阶，提起烟袋哨子来吹烟蒂，无意间看见曲池里情形，不禁慨叹一声道："唉！罗升也懒得不像样子！一天到黑，躲在门房里追瞌睡，重事做不得，难道收拾一下这些地方，也做不得？沤烂了这么多叶子，池里的金鱼恐都瘆死完喽！"

何嫂正在窗跟前一张方桌上，准备用滑石粉与熨斗来收拾皮袍上的油渍，因就接口说道："老爷说得硬对！罗二爷就是这些地方不逗人爱。本来该他做的活路，总要人嘴喳喳地盯着才动手。"一面说，还窥探着老爷的脸色，"公馆里事情又多，就是抢着做，也经常做不完，哪还偷得懒！"她故意把皮袍子拍了拍，眯起眼睛笑道："讲比说吧，老爷这件打脏的皮袍子，本应该拿出去找江裁缝收拾的。既然老爷说不必，这些人又会收拾，咋好不揽过来？难道自己做得下的活路，也要推三阻四，等主人家生气不成？这些人就是这样本分，要不来奸！"

若非高金山拿着周宏道的信回来，何嫂的话准不会到此就止。

高金山递信时说道："周老爷说他不能来，倒要请老爷去他那里打牌。"

"嗯！"黄澜生顺手将水烟袋交与高金山，接过信封拆开。

是一张石印角花的洋纸笺上，潦潦草草挥洒了几行字。说的是，田老兄、郝又三相约到他那里"看竹寻乐"，盼望他立即命驾，以免伫候云云。

但是太太尚没有回来。

菊花恰从山花过道走出来，手里拿着一叠刚收下的印花手巾。

"太太到底说她什么时候回来？"

菊花说："太太只是说，到劝业场去转一转就回来……"

又是那个何嫂（她把滑石粉敷在皮袍的油渍上，用一张白纸盖着，正用熨斗在纸上熨）抢着说道："我说，老爷就莫要等了。太太难得出门，出去了，哪里不耽搁一会儿？听说这几天，劝业场热闹得很，各家铺子都摆得花花绿绿，跟从前办皇会一样。又有楚表少爷陪着，这里看看，那里走走，几个钟头不是一晃便过了？说不定楚表少爷请去上馆子、看戏……"

"哎呀！何大娘真是哟！"菊花不顾老爷在跟前，竟自反驳起何嫂的话来，"你咋个晓得楚表少爷就要请太太上馆子、看戏？楚表少爷跟你讲过吗？"

"要你鬼女子多嘴！"何嫂猛地生了气，把平常巧于隐蔽的一张狐狸面孔变得像母狼一样凶恶，声音也从大唢呐变成了破响篙，"这些钩子麻搭事情，老娘早就弄得清清楚楚的了，还等人家告诉我？默倒我同你鬼女子一样地蠢……"

"嗨！嗨！何大娘……"高金山失声喊了句。

"你乱嚼些啥子蛆呀！"菊花脸都变黄了。

黄澜生进前一步，逼着何嫂的脸问道："你弄清楚的是些什么事？说！"

这一下，盛怒得什么都忘记了的何嫂不见了，站在方桌跟前的，依然是一个形象猥琐的中年婆子：眼睛与嘴巴大张着，平日滴溜转动得活像走盘珠的眸子，变成了古庙里的佛顶珠——黯然无光地牢嵌在眼眶子当中；凸起在腮巴上的肌肉不特褪了色，还不住地颤动。

"说！是些什么样的事，你弄清楚了？"黄澜生张眉努目，俨同在承审局问案一样，吆喝道，"胡说八道的东西，可相信我立刻把你送到警察局去？"稍微停了下，又慨叹了一声，"唉！简直不成世道了！……"

菊花连忙走去，把那停留在白纸上的熨斗，一把抢了过手道："你安心把老爷的皮袍子烫坏吗？让开，等我来！"

何嫂这才回过神，指着菊花叫道："都怪你个鬼女子不好，惯在太太跟前冲我的柁子，把我气得浑浊浊地，连话都说不来了……"

"怪喃！你自己出了拐，倒怪起我来！"

但何嫂已经转向主人，摆出一脸可怜样子，半认错半申辩地说道："老爷，你看我咋会这样糊涂啊！我说的是有少爷小姐一路，娃儿家嘛，又难得出去转耍，走饿了，要表哥请吃点东西；楚表少爷那么喜欢表弟、妹的，难道他就不请去上个馆子？这些过场，我是晓得的。老爷，是我一时糊涂，把过场说成钩子麻搭，少爷小姐那么小……"

看门老头忽然走进大厅的耳门，高声叫道："高二爷！有客……"

黄澜生立即吩咐高金山说："先去看看，是什么人？"

何嫂看见主人脸色不似刚才那样严厉，正想乘势再申辩几句，可是黄澜生已经进上房穿马褂去了。她忖度了一下，转身把菊花肩膀轻轻按着，咧开嘴巴笑道："菊花，你看我今天活像鬼摸了脑壳……"

"亏你好意思说！"菊花注意在使熨斗。

"我平素那么小心，不晓得今天咧个搞的，会当着老爷，说出带把子的话？亏得老爷宽宏大量，大人不记小人过……只是一会儿太太回来……"

黄澜生穿好马褂出来。

高金山通红着脸，很不好意思的样子，一直奔到屏风跟前，方嗫嗫嚅嚅告诉主人："老爷，是新繁县顾团总……"

老爷"啊"了一声。

菊花"啊"了一声。

何嫂不只是"啊"了一声，若非被老爷喝住，她早已忘其所以朝大厅上跑了。到底在老爷背后向高金山做了个鬼脸，低声俏皮说："跟你道喜呀，老丈人找上门来了！"

三

刚刚走到劝业场的前场门口，振邦与他妹妹都禁不住踢脚拍掌地叫道："好看，好看。妈妈，快看哟，旗子挂得多斩齐，比东大街的还斩齐！"

当然比东大街的斩齐啰！原因是，劝业场街面比较狭窄，两畔又是带走廊的楼房；楼上楼下的铺店一样深，一样宽，每间铺店一面汉字十八圈白旗，差不多一样大小，对撑出来，中间相距都不远；楼下两排，楼上两排，已经好看；今天晴和，旗子被微风吹得飘飘荡荡，使人看去像是活的，更有趣了。

黄太太停着步履，点头微笑道："果然好看。"

"表婶，快看这边。"

黄太太依着楚用嘴势，向左边卖红油水饺子的门口一看，没有什么呀。

"嗯？"恰待问时，忽见从水饺铺子旁边那道极为宽大而阶级又颇舒缓的扶梯上，走下两个穿棉袍、戴方巾的人。

两个都是二十岁上下的年轻人。一个脸长点，一个脸圆点；一个高点，一个矮点；眉目皮色以及穿着，都很平常，只有每人头上一顶青缎做的方巾，最触眼了；而且当额处还居然绽了一块白玉牌子，脑后还居然垂了两条飘带。

"哦！"

"妈妈，你看！"婉姑儿把妈妈的手牵着直摇，生恐妈妈没注意。

"又是两个员外！"振邦放肆地笑了起来。

两个"方巾"，尽管被来来去去的游人注视，甚至讥笑，态度倒颇自如。只是走出场门时，把振邦呸了口。高点的一个已经开口要骂了，看见楚用站在振邦身边，方咽住了，笑了笑，扬长而去。

"是两个啥子样的人？"黄太太问。

楚用笑道："两个活宝，难兄难弟！"

黄太太边走边问："你认得他们吗？我看他们仿佛有点回避你的样子？"

"怎么不认得？是黄胖子的儿子。"

"哪个黄胖子？"

"就是每回到劝业场来，都要碰见的那个常拖一把雨伞的黄胖子呀！"

原来这个黄胖子，还是成都城内有过一点小名气的诗人。此人年轻时候，会作几首香奁体诗；中年时候，在高等学堂教过国文。自从妹夫胡雨岚死后，继任高等学堂总办不聘他，他的嗜好转变了，不再吟诗，不再作赋，而专以看女人为事。恰巧劝业场开办，风气大变，从前深处闺阃、不轻露面的上流社会妇女都开通了，排日里都有一些打扮华贵、仪态万方的老太太、太太、姨太太、小姐、少奶奶，以及什么什么的，一言蔽之，都是和尚庙里、道士观里、尼姑庵里、居士家里、巫师坛里不大看得见的坤道人家，或是偕同家人，或是携带仆妇丫头，到这儿来买东买西。纵不买东买西，也要常来这儿走一遭。上流社会的妇女提倡于前，中流社会的妇女影从于后。几个女学堂的学生更像朝山进香似的，每星期天总要逛一次劝业场。黄胖子转变嗜好以来，劝业场就成为他的行馆，不论晴雨，他每天总有大半天的时候消磨在这个地方。他的品德还好，对于妇女，仅只于看而已矣，没有什么下流举动。妇女们不睬他，他多看两眼；倒是睬了他，他反而不看。

黄太太抿嘴一笑道："是这个人的儿子，那就莫怪了……"

几个穿着华丽、态度很是随便的少年男子，一路高谈阔论着迎面走来。其中一个年纪大些，约摸已过三十的人，身材高大，面孔白净，戴了一副金边眼镜，顾盼之间，自以为非凡样子。几个人擦身走过，都住了口，把眼光向黄太太的脸上射来。其中也只有这个戴金边眼镜的人，射得最毒。并且走过了，还回头把黄太太的背影和她那精心结撰的吊扬州发髻，看了又看。同着别两个少年，交头接耳，喊喊喳喳，一定是在评论黄太太什么。

楚用很不高兴地把黄太太瞅了眼，悄悄说道："真讨厌！"

黄太太笑着问道："你在说哪个？"

"说那个流氓样子的人。你看，他在怎么样地看人！"

"怕他看吗？"黄太太不但不在意下，反而有点得意的神情。

这时游人越多。更多的是巡防兵。几乎十有九人，头上都用青绉纱打一个大包巾，当额扎一枚英雄结子；有一些还从鬓角边拖下两绺长长的水发。灰布军上服的腰间，系的不是皮带，而是各色各样的大绸带，当肚腹处打一个蝴蝶结，带头差不多掸到小腿中间；少数人在白布琢袜上犹然穿一双有绒球的麻耳草鞋，大多数都是密纳的短靿青布靴，而且是新的。

平时便被讥为野骡子野马，使人望而生畏的巡防兵，打扮成戏台上英雄模样之后，更是从头到脚都摆出一种"我是歪人"的气概。从初七日起，放假十天，成百成千这样的人在城里游荡。听说已经发生过几件惊人事情：第一件，是在悦来戏园看川戏，没有等戏唱完，十多个巡防兵猛地闯进后台，硬要把两个刚刚下妆的旦角戏名叫油菜苔、白牡丹的，拉去陪他们吃酒、烧鸦片烟；不管后台的人和戏园管事如何说好话，作揖磕头，甚至把维持秩序、专收戏捐的警察请来交涉，都不行；结果，硬把这两个秀美的旦角估拉走了。过了一夜，两个人才逃了回来。从此躲在一个有势力的绅士家里，过了很久很久，才敢登台露脸。

第二件比头一件进步了，闹到了流血，死了人。起因是有几个巡防兵到某一家监视户去玩耍，恰恰遇着两个陆军小头目也在那里寻欢，因为言语起了冲突，两方动起手来，陆军人少，两个人被打得脸青鼻肿。在旁的地方一些陆军听见了，激于同袍之情，遂纠合了二三十人前来救援。巡防兵方面也搬来相当人数的助手。幸而都来不及拿武器，只凭拳头脚头，以及抓得到手的扁担、板凳、抵门杠，从那个大杂院打到巷道中，打到街道上。据说，两方都是拼了命，一直打到血肉纷飞，有几个人倒了下去，巡防兵还不上手，而后以互骂一阵下台。

就因为巡防兵天天闹事，处处生非，宪兵不敢管，警察不敢问，陆军也受了影响。军政府没法，只好大张告示，劝说"军人资格最高"，希望他们"君子自重，谨守秩序"，"不要扰乱社会，以遗外人口实"。有一家新开张的报馆，本着"言论自由精神"，"有闻必录天职"，而又误信了"一张新闻纸，能抵十万毛瑟枪"的旧说，遂把巡防军、陆军里面这些"嘉言懿行"，毫不隐讳地尽量披露在报纸上；并撰了几条小评，说军人这样不守秩序，非常有害，也损失了文明国家的声誉，要政府及时予以取缔。小评说得很对，也适合人心，但却惹怒了军人。一天上午，这家报馆的发行所，便着上百数的军人——有巡防兵，也有陆军，而且陆军还多些——冲进去打了个稀烂，说是"造谣惑众，损害军人名誉"。这是轰动全城的第三件大事。

自从三件事情发生，一般胆小的，一见军人，尤其留着发辫不剪、打扮得奇奇怪怪的巡防兵，便像遇见瘟神一样，不是远远躲避，便是恭恭敬敬地让开。

虽然劝业场不同于什么偏僻街巷，正经游人又多，可是黄太太看见巡防兵来往得那么繁，到底有点胆怯。抬头一看，楼上走廊游人较少。遂挽着婉姑儿，朝悦来旅馆侧面那道比较陡、比较窄而上下的人又比较少的扶梯走去。

楚用连忙问道："表婶，不到后场章洪源去吗？"

振邦业已欢然跳上扶梯道："楼上好看些……妹妹，快爬呀，看哪个先爬上去！"

"到楼上转一会儿再下来。"黄太太边朝上走，边回答楚用的话。

无怪楼廊上游人不多，原来货色摆得花花绿绿，勾引游人欣赏的那些洋广杂货、苏杭京庄、下路绸缎、金珠首饰等等铺店，都在楼下。楼上卖的，大抵是一些本省出产的手工品。要不亏了前楼头宜春、后楼头怀园这两家新式茶座开设，谁还愿意爬高下低，特为到楼上来？除非像振邦这样一些喜欢登高的小娃娃，那倒可以。

今天的宜春，也和往日一样，不但东西相对两大间普通座里，剩不了几张空桌子，便是当中那西式陈设、眼界很好的特别座，也只空着一张铺有雪白台布的大餐桌。

楚用问黄太太："进去吃碗茶，歇歇脚，好吗？"

中等人家妇女到宜春吃茶，也和到少城公园几处特设茶馆吃茶一样，已经成为风气。不过打扮出众、穿着考究的上等社会的太太奶奶们，还不肯放下身份，在这些地方进出。黄太太比郝家、葛家的太太们开通泼辣，少城公园的茶馆进去过几次，宜春、怀园同劝业场对门的第一楼，几次想进去，还是觉得不好意思。

"特别座不好去。你看，都是男宾，窗口又大敞着，人来人往的。"

"那么，到普通座去，那里就有女宾。"楚用掉头向东边那间人声嗡嗡的大房间看了看，"喏！还不少哩！"

黄太太正在犹豫未定（振邦、婉姑儿倒很想进去，目的不在吃茶，而是瞅见了每张桌上都摆有五香瓜子、盐炒花生米和小个子老贺搭着卖的杏仁饼干、西式蛋糕等等），忽然从靠街角落里站起一个青年小伙子，连向楚用招手唤道："密斯忒楚，康门希儿，这儿有座位。"

"噢！你在这里……"

"是哪个？"黄太太急忙问道。

"林同九，林小胖子。"

"只他一个人吗？"

楚用踮起脚尖朝那面望了望："不止。有他的妹妹林同英，有他的表妹杜暖云。一个老太太，多半是他的姑妈。还有一个背向外的女宾……"

这女宾掉过头来，笑着同他打招呼。

"哦！是他妹妹的同学范淑娟。"

黄太太决计不进去。说是人生面不熟的，那么几个人一堆吃茶，没意思，说话也不方便。

但是林同九已经笑容可掬地走到花格门外来了。

"这位太太是……"林同九一到跟前，把黄太太看了眼，便问楚用。

"是我黄家表婶。你要认识吗？来！我跟你介绍……"

"噢！密昔斯黄，好堵攸堵？"林小胖子敏捷地把一顶灰黄底黑格子花的鸭舌帽从头上揭下，交代给左手之后，长长地将一只又肥又厚的右手向黄太太伸过来。

黄太太笑着摇摇头道："我不懂你说的啥子话！"当然，无意同这个年轻人拉手。

同时，楚用把他的臂膊一压道："闹些啥名堂！显其你会说英文吗？"

"嘿，嘿，真的！"林同九连忙向黄太太鞠了一躬，咧开一张上唇薄薄的口笑道，"黄伯母请别多心，我这几天在南尔生家里加紧补习英语……"

"你硬是不等毕业，就要到外务部去吗？"楚用不等他说完，便这样问道。

小胖子做出莫计奈何的样子说道："杨少泉拉得太紧，只好答应他暂时帮忙。业当然要毕，"他认真地说，"苦读了五年，岂能牺牲这个资格？你毕业之后，打算怎样？读高等学堂吗？还是……"

楚用摇头笑道："现在还没有想到这上头。"

两个人因又说到其他几个同学的前途，说得非常有劲。

黄太太不耐烦了，从旁插嘴道："你们不如到茶座里去说，莫在这儿挡人家的路。"

小胖子连忙接口说："黄伯母说得对，请到里头吃碗茶去。"

"不啰！我还要去买东西，不能陪你们。"

楚用抱歉似的说："果然，我们要下楼去买帽子。"跟着，便问林同九，他头上这样的帽子，章洪源、正大裕、马裕隆这几家洋货店里，有没有？

林同九登时得意扬扬地说道："我戴的这顶帽子嘛，哼！别说在这儿九里三分的地方买不到，你便跑到上海去，也未必买得到。告诉你，这是地地道道才从德国寄来的！"

"好大的壳子，莫把天冲垮了！"

楚用一笑，黄太太和她的子女都笑了起来。

小胖子急得两颊发红道："说我冲壳子，难道南尔生也在冲壳子？是他亲口说的，从德国买了两顶来，把号码搞错了，他的二儿子曼纽儿戴得，大儿子哈尔德就戴不得，因才送跟我的。"

"你买的吧？这个加拿大人谈何容易拿东西送你。"

"不，硬是送跟我的。不过有个交换条件，要我送他一点实用东西，他带回国去作纪念。这东西，还要我们这儿又别致、又新奇的。我正想不起有啥子东西又别致、又新奇……"

黄太太抿嘴笑道："我倒想到了一种东西。"

两个年轻人几乎一齐在问她是什么东西。

"也是帽子。"

"唉？也是帽子？"

"是呀！刚才我们看见的几顶方巾，那不是又别致、又新奇、又实用？若是戴在洋人头上……"

要是不因为在劝业场的楼廊上边，要是不因为害怕别人讥笑他们不雅观，几个人真会捧腹大笑起来。

林同九半晌才伸直了腰，犹然咧着嘴皮说道："得亏黄伯母想得到！但是在今天看来，已经不算新奇，连黄胖子的两个儿子都戴上了。"

"你也看见那两个家伙吗？"

"怎没看见？两兄弟还在这茶座里亮了一阵相才走的。我真不明白，年纪轻轻的人，咋会那样腐败！唉！军政府再不禁止，我看，不几天定有穿着戏装上街的了！"

"巡防兵的打扮，不是只差开花脸吗？"黄太太搀嘴说。

楚用接着问林同九："对这种怪现状，南尔生他们是怎么议论的？"

"说起来，真奇怪！我正待讲跟你听，问问你的见解。"林同九说时，脸上也露出一种惶惑神气。据他说，南尔生只管是文明国家英国人，可他却不赞成中国人改穿西装。他说，中国服装又方便、又舒服，也很好看。他看过中国戏，认为像戏台上的那种华丽衣裳。世界上任何国家都找不出；西洋人身上的东西，尤其不能比拟。西洋女人的衣裳，还讲究颜色花样；至于男人穿的，那就简单极了，除了灰的黑的，还是灰的黑的。像中国男子那种配颜配色、织花丝绸衣裳，根本就看不见。因此，南尔生赞成中国人还是穿中国衣服的好。如其趁着革命，把中国古代衣服，恢复起来，那才真正算是保存了中国国粹。

林同九最后摇了摇头道："真奇怪，西洋人会这样夸奖中国服装！密斯忒楚，你可懂得他抱的是啥子宗旨？"

楚用也把头两摇道："我不打算进外务部，对西洋人没有研究，我当然不懂。"

"黄伯母总该懂得？"

"你在挖苦人！连你们都不懂，我咋个懂呢？"

四

两乘黑油篾篷、在轿铺雇用的小轿，一前一后抬进大厅落下。

黄太太同振邦刚刚跨出轿竿，还没有站定，赶在前头迎出来的何嫂，便急急忙忙向她报道了在公馆里发生的一桩大事。说是高金山的老丈人顾团总来了，高金山的女人高嫂子听到消息，一股风带着儿女跑来，两父女已经认上了。

"太太，你看，才笑人哟！顾团总那么大个人，抱着高嫂子哭得啥样，硬是不避一点嫌疑！"

楚用来不及给轿钱，立即开着小跑道："顾团总来了，我去欢迎他！"

振邦也嘻哈打笑地跟着跑进耳门。

黄太太携着女儿的小手，问道："几时来的？"并吩咐何嫂给轿钱。

"高嫂子来了一会儿了。"

"我问的是顾团总。"

轿夫抬着空轿走了。看门老头在关二门，接口说道："差不多有两顿饭的样子。"

黄太太点了点头。从从容容走到短廊上，碰着高金山满脸是笑地从上房山花过道走出来，她向高金山招了招手。

"你的丈人来了？"

高金山连忙收敛笑容，垂手站得笔端地答说："是的。"

"老爷吩咐备饭没有？"

"吩咐了。顾家的两个长年——两个团丁，正在灶房里吃饭。"

"咋不把饭端到大厅上来待承人家呢？"

"因为是熟人，就是抬过楚表少爷回来的那两个——阿三、阿龙……"

高金山的女人怀里抱着出生才八个月的小女儿，蓦地掀开小客厅门帘，高声唤道："太太……"几步跟到短廊上，冲着女主人跪了下去。

"这做啥子！"黄太太连忙拉起她来，"该我给你道喜才是呀！"

"唉！太太，若不沾了你与老爷的福气……"

高嫂子只管哭得两眼红红，可是喜欢得嘴唇包不住牙齿。

黄澜生站在小客厅门口笑道："太太请进来，顾团总要见你。"

黄太太一只脚刚跨进门，顾天成已经拂着皮袍子的又长又大袖子，一揖到地，跟着他女儿招弟的称呼："太太，我这女儿多承太太的看顾……"

及至高嫂嫂进来，把她七岁大的儿子高明、四岁大的儿子高亮和振邦、婉姑儿都招呼了出去，小客厅的气氛比较安静，楚用才一面敬纸烟，一面问顾天成，为什么接到他的信，直到这时候才到省城来？

"你还说哩！"顾天成大大嘘了两口烟，说道："如其你信上讲明白找到了我的招弟，那我还不丢下队伍就奔来的？"

黄澜生道，"这却不怪子才，是我出的主意。因为顾虑到你那时到省城来，危险太大了。"

"对！那时到省城来，硬是危险。"顾天成闭着眼睛回想了一下，又点头说道："就没有危险，我也不能来。为啥呢？因其我那时入了汉流，本场上的袍皮老儿黄蜡丁正肘着我出来搞公口，让我当个一步登天的坐堂大爷。码头一开，嚯！那才忙啰！跟你们做官人掌着了印把子一样！"

顾天成得意扬扬，一连嘘了三口烟，一支地球牌纸烟便去了一大半。

黄太太不高兴听他这些话，趁他丢下烟蒂去端茶碗之际，问道："顾团总，我莫问你，你既然认了你的女儿，你们以后咋个办呢……"

"是呀！"黄澜生连忙插了句。

"……难道还是等她洗衣裳过日子吗？"

"那怎么成！先把她带回两路口去看看娘家，给她亲生妈上个坟，烧几斤钱纸，然后再打主意。可怜我的招弟，十二岁掉在省城，十三年来苦也吃够了！"他的眼睛又红了，眼眶子里又包上了泪水。声音也有点哽，"我要带她回去，带她回去过几天好日子，连她的儿女一道，可怜的娃儿家，一个个黄皮寡瘦的，简直像他妈的毛猴儿！"

黄太太微微笑道："就不先同她的后娘——你现在这个三奶奶商量一下吗？"

"同她商量？"

"嗯!"她向她丈夫与楚用把眼睛眵了眵,接着说道:"你那奶奶到舍间来过,我和她摆过龙门阵。好能干呀!是一个眼睛里揉不得沙子的人。若不先把话说好了,你能松松活活把前房的女儿带回家去?"

顾天成垂下了头。

"……女人家有女人家的想法。何况她又有儿子……何况你的女儿又失掉十三年,倘若她不认呢?"

"她不认就等她不认,招弟是我亲生女儿,我是一家之主。"顾天成的口气很强勉。

高嫂嫂恰恰提开水出来。大约在窗子外面听得清楚,一进门便正正经经说道:"爹爹,你老人家莫这样说。家,我是很想回去看看,不过眼目下我还不打算回去。我已经在灶房里跟阿三、阿龙讲好了,叫他们回去禀告屋里娘,把我的心表白一番。我只想认认我的娘老子,使你老人家悬了十三年的心放得下来。第一,我不回娘家长住;第二,我不要你老人家给我一文半文;第三,屋里娘的儿子我准定当成同胞兄弟看待,绝无二心。只要屋里娘放心,带个信,我回来住个一夜两夜,拍衣就走,不沾娘家半点灰尘。爹爹,我这些话,并非胡乱诌来怄你,你问太太、老爷……还有楚少爷,他们早就听见过了,你不信,你只管问。"

黄太太笑道:"一点不虚假!高嫂子的确说过。我平日喜欢她,就因为她这个人有骨气,不见小。"

黄澜生也夸奖了一番。

顾天成沉吟了一会才说:"也罢!先把话讲明,免得后来闹闲话。"随即撩起皮袍,从裹肚兜里摸出十块龙洋,递与高嫂嫂:"你拿去!"

高嫂嫂把手背了过去道:"我才说过不要你一文半文。"

"胡闹!拿去给娃儿家买点好吃的。以后我来了,还要给!"

"我不要!"

"长者赐,不敢辞。"黄澜生劝说,"收下好了。"

黄太太也说:"高嫂子也是哟!就不说见面礼,是外爷拿给外孙的赏赐,也该收呀!"

"就是啰!早晓得今天来认女,该多带点钱在身上。你邓家舅舅——呃!就是你现在娘的哥哥,在东大街一家洋广杂货铺当大师,他也叫我多带点钱，说是难免不使用。我想，到皇城去亲候蒲先生、罗先生之后，只是到陕西街去找姜牧师。两处走一走便回了，哪有用钱地方？"

楚用正在递纸烟，遂问道："你要找姜牧师？"

"是啦！因他叫一个教友特为到新繁来请我去。说是夏洋人想烧袍哥，要同我谈谈。"

"你会过夏洋人不曾？"

"本想顺路来拜访了黄老爷就到陕西街去的……既然承黄老爷留饭，那就只好打搅了再去。"

"吃了饭我同你一道去，我也要找这个夏洋人。你给我介绍一下。"

黄太太诧异地问他，为了什么要找这个洋人。

"因为这洋人三个月前在新津城外买了块地皮，说是要修什么礼拜堂。新近我外公的灵柩搬回来了，请阴阳看的葬地，恰好就在夏洋人买的这块地上。外公家四面八方托人找他商量，愿意多出几倍价钱，分他亩把地，一直找不着他。我上省时，二舅又再三托了我。不想一上省，就碰着楚立，把这事忘了。刚才听顾团总说到陕西街夏洋人，才想了起来。顾哥子，这件事，还要你从旁帮个大忙。"

顾天成义形于色地把胸膛一拍道："算我的！"

<h1 style="text-align:center">五</h1>

这一天，也是一个倒阴不晴的天气。说阴哩，阳光很强烈，天上白云层，注视久了眼睛会花；说晴哩，云层不冰口，一直看不见太阳影子。

这一天，又是楚用这一班与下一班共同举行毕业试验的第一天。

这一天试验的科目，是极其轻松的博物学。博物学教习郝又三没有亲自来出题，而是将题纸封来，请教务长代写在黑板上。

当其教务长把题纸拿上讲台时，学生们在下面瞥见那么长一张卷格纸上，写满了密密麻麻的字，便轰然叫道："咦！安心整我们啊！好多道题！"

教务长毫不理会，拿起白墨便写：植物学十道，动物学十道，矿物学十道，生物学十道。

"不行！不行！题太多了，我们答不全！"

教务长仍然不理会，继续写：每题十道作二十五分算，全答一百分。

"硬不行！把郝又三喊来，我们当面问他！怎么的，不讲信用吗？安心考倒我们？不讲信用，我们全交白卷，罢考！"

教务长转身笑道："稍安勿躁！等我把题写完了再吵，好不好？"

"好的，等写完了再说！"学生们同了意，都注目看着那白墨在黑板上飞快地划。

并不等到把题写完，学生们不吵了。岂但不吵，而且还心情愉快地笑起来。原来照写出的题看来，几乎都是郝又三在讲堂上早叫大家注意过，说将来试验的题，或者就在这几节上；并且还示过两次范，说明要这样答才对。除此之外，有些题还异常简单，只须写出一个名词就算答上了。

但是，绰号古字通又号鸡公的罗启先还站起来提议说："题倒松活。只是每道题几乎有二三十个字，四十道题合起来，没有一千字，也有八百字，全写太耽搁时间。我说，大家都不要写题目，只在植物学总题之后，算个一二三四，也就可以了。大家赞不赞成？"

小胖子林同九首先拍掌欢呼道："密斯忒罗的话，正合孤意，鄙人完全赞成！"

"赞成！赞成……"

教务长用一张绸手巾揩着手指笑道："不可以吧？若不把题目全写上，郝先生阅起卷子来，晓得你们答的是哪一道，万一你们把次序弄错了呢？"

绰号冲天炮的彭家骐拍着桌子叫道："大家表决了，有啥不可以！"

教务长还是心气和平地说："我是好意！我说，万一郝先生记不清楚他所出的题目呢？"

楚用遂出了个主意，叫教务长封送卷子时，把郝又三自己写来的题纸封在里面，他看起卷子，不是就可比对了？

事情这样解决了。教务长去后，监堂的监学照规矩站在窗口前，背向学生，全神贯注在院坝中间没有被学生鞋底践踏干净的几丛秋草上。尽管学生们隔着桌子互相研究某一道题该如何答，尽管声音大到每个角落都听得见，但是监学先生始终没有回过脸儿来。

当然，这种情形，只能在革了命以后才许可。要是从前专制时代么？哼！

很快，这一堂博物学试验便完毕了。学生们个个都有把握得一百分。大家收拾墨盒毛笔时笑道："假使数学英文都像这样试验法，那才安逸哩！"

彭家骐把楚用的肩头一拍道:"时候还老早,走!到南校场听演说去。"

林小胖子从旁插嘴道:"听演说,那才没意思!这几天,演说会开起了风,几乎连茶铺里都有人在开演说会……"

乔北溟接着说道:"确是厌烦!听来听去,老是那几句话:文明啦!野蛮啦!国粹啦!秩序啦!其实同我一样,啥也没弄清楚。倒不如到九龙巷茶铺听钟海帆说《水浒》……"

彭家骐眼睛一泛,嘴角一垮道:"你们这些家伙!我问你们,今天在南校场开演说会的,是什么人?"

林同九鼓起小眼睛道:"要你说!昨天街上就出了招贴,出席演说人是董修武。"

楚用道:"董修武这个人,我听见说过,是革命党。"

彭家骐道:"岂止是革命党。招贴上说得明白,中国同盟会会长孙文缺席,副会长董修武代表。他还是同盟会副会长哩,好高的资格!"

楚用道:"不管资格如何,总之,革命党演说,绝对不会很普通。小彭,他们不去听,不勉强,我们两个去好了!"

六

但是他两个急急忙忙赶到南校场,董修武的演说已经接近尾声。

自从六月初旬保路同志会欢送刘声元去京城请愿,欢送另外两个代表去武昌、上海、广州等地联络,南校场开过一次大会(可惜那天下雨缘故,使得会场不如预计的热闹),经历四个多月,南校场方有了第二次大会。欢送会搭了五个演说台,这一次只在场中心靠北搭了一个演说台。这一次,天气凑了趣,半阴半晴,不冷不热。到会场来参加演说会的人,几乎比欢送会时多了一倍,就是到了董修武演说快完,从文庙西街东头来的人,还是成群结队地来。当然,招贴上的号召很有力量。首先是同盟会,谁不晓得同盟会就是革命党的组织?以前是秘密集会,现在蓦地通了天,大家都要看一看革命党人是不是像想象中的青面獠牙、三头六臂?其次是孙文这个像火一样的名字。谁不知道孙文是"四大寇"之一?是革命党首领?大家都想瞻仰一下这位了不起的人的风采。虽然他缺了席,但是看一看代表他出席的董修武,毕竟聊胜于无。因此,可以说,这一天到南校场来的七八百人当中,十之八九是为了眼睛，而非为了耳朵。

也因此，楚用、彭家骐两人奔进南校场的签栏门时，都无法挤近演说台跟前，虽然两个小伙子身强力壮、有一把气力（只是楚用在创伤之后才复了原，比起以前差了一筹），平日挤戏场都算好手，在五月二十一日保路同志会成立那天，铁路公司门口那样挤法，他们都曾挤进去过。

他们几次想用腕力和肩头把人墙壁开一个缺口，几次都失败了。

楚用把额脑一抹，将新买的那顶本城赶制出来的青呢遮阳帽（后来呼为便帽，又采用日本名词呼为"鸟打帽"的便是）取下，向脸上扇着道："好家伙，会这么挤法！"

"你看，台上比着手式在演说的，莫非就是董修武？"彭家骐踮起脚尖望着演说台上说。

演说台上站了许多人。一个穿学生装站在顶外面、不时拍着巴掌（好像在发号施令似的，他一拍掌，台下便响应起来）、头发剃得精光、未戴帽子、鼻梁上架了副镍边的高度近视眼镜的人，他们认得是半日学堂主办人，其实等于私塾老师，一般称为猢狲王的李俊。还有一个穿枣红滚边旗袍，但又梳了一个大髻头的日本女人，站在顶里边，他们也认得是张物理的日本老婆张细小露。同张细小露并肩而立、时不时还在交头接耳、样子显得很为亲热的一个身穿长袍短褂的男子，并非张物理而是他们的博物教习郝又三。

"哦！原来他在这里凑趣！"

但是他们注意的，仍然是那个身材高大、穿一身条纹西服、短头发分梳在两边、面色黄黄、目光四射、正站在台口上比手画脚的、约摸三十年纪的中年男子。

"当然是董修武！"楚用肯定地说。

董修武正在演说。远远地只能看见他那未蓄胡须的口一张一阖，一股劲在提高声音。毕竟坝子太宽敞，不像在屋子里聚音，已经不甚听得清楚，只零零碎碎抓住几句："……我们同盟会……革命……排满……民族……我们孙中山先生……光复中华……创立民国……实行共和……平均地权……我们孙中山先生……我们的主张……"而且挤在台子下的人们又都各自在发言，不晓得是评判董修武的话，抑或在发抒己见？发言的声浪并不比台上演说人的声浪低。何况还由李俊领头，几乎不断地在拍掌。

楚用把彭家骐的膀膊一拉道:"真是革命党的言论!我们转到台子后面去,那里人少些,可以听得更清楚。"

他们循着人墙兜了一个大圈子,走到台后。但是台子上的声音,刚好呼喊到:"像这样不伦不类的军政府……并非我们七千万同胞要求的革命政府……我们同盟会人没一个人参加……无论将来演变到何种程度……我们完全没有责任……除非我们参加了政府……同胞们,这就是同盟会的主张!你们赞不赞成?"

"赞成!"是台子上所有人的声音。接着是鞭炮般的拍掌。

"赞成!赞成!赞成!"是台子下所有人的声音。接着是浪潮般的拍掌,一阵高一阵低,差不多有几分钟。

楚用瞅着彭家骐说道:"怎么的,演说好像完了?"

没有完。不过接着站到台口演说的,不是董修武,而是另外几个人。甚至张细小露也演说了几分钟,虽然还是儿童教育为立国之本那一老套。到底由于是东洋婆子的缘故,在特来参加演说会的人的眼里,感觉很新鲜,还是送给她不少掌声,尽管不大佩服她那"不择地而施"的命题。

七

南校场演说会的新闻,第二天,好多家报纸都登载出来,连最古板的《商务公报》也不例外。

但是大多数报纸都当作普通新闻,用当时最小的四号字钉,排列在不另标题目的杂闻一束,或演说汇志里面。有一家报馆编辑标出了董修武名字,其余的仅说:"昨日南校场亦有演说会,闻系同盟会人所主持,听众不亚于客籍人士在贵州馆所召开之十七省旅川同乡救亡大会云。"

只有两家学界中人组合的报纸,不但当作特别访稿,列在要闻之次,用特号木刻标题:"同盟会人不平之鸣!""请勿轻视同盟会人之言论!"来促起社会注意,而且还用了很长篇幅描写会场情况:"……当是时也,黄童白叟,惨绿少年,翘首企足,骈肩连臂于巍峨之演说台前者,殆逾万人。呜呼!盛哉!诚锦官城内伊古未有之一大会也夫!"当然,董修武的名字特别标出了。可是没有称之为同盟会副会长,却说他奉了孙逸仙先生(当时还只有同盟会人称孙中山先生)之命,回到四川来的。也未说明他奉命回来做什么,是什么目的。他的演说词没有全登。两家报纸所载的"略云"还大同而小异。可以看出，的确是报馆的特别访员的手稿。后来证明，写"当是时也"那篇特稿，果然就是站在台口领导拍掌的半日学堂主办人，也是高等学堂速成师范班背榜毕业、自称教育大家李俊的杰作。据说，李先生足足费了一下午时间，尚熬了半个夜晚，绞尽脑汁，抽了一包纸烟，易了几次稿子，才吟哦而成的哩！

南校场演说会的新闻，不管报纸上登载的详与略，但为社会和军政府诸人所怵目惊心的，到底不是它，而是十七省客籍人士的救亡大会。

清朝制度，但凡本省人都不准许做本省的官。只有各府州县专管秀才、童生的教官，如教授、训导、教谕等（这些官，自从废科举、兴学堂后，已逐步逐步撤销），可以用本省籍的举人、贡生来充任，但也得隔府。旧式的中下级武官，也可用本省人。至于有权有势的文官，不管大至总督、巡抚，小至县丞、典史，那就无论如何，非用外省人不可。

四川独立了。从此以后，四川的官，是不是只许四川人做，而不再许外省人做呢？倒没有明文规定。仅仅因为独立毕竟算是一种和平革命之举，既然革命，那么以前的种种制度，便应该一例废除，另订新章。看来，那些专门到四川来吃四川的饭、拿四川的钱、管四川的人的外省官员，除了收拾宦囊，带着官眷、官亲，或是乘舟东下夔门，或是坐轿北逾剑阁外，好像并无他途。

这样做的人确实有，例如盐运使杨嘉绅便是其中的表表者。

虽然在军政府十个部中，只有他一个人得到照会，叫他担任盐政部部长；并特别允许他在新颁印信之前，暂时使用着盐运使司旧铜印；甚至驻扎在盐道衙门（虽然改了名称叫盐运使，头门门额上的火焰边的木牌也换过了，但一般人还是呼为盐道衙门，街名也还是叫作盐道街）内的百多名盐务巡防兵，也未依照独立条件，叫他拨交与副都督朱庆澜管辖；但他到底聪明过人，不愧有智多星的诨名，当他初七日从军政府帮了忙，致了贺，回到衙门，他便看明白了他应该怎样办才算对得住自己。

他每天还是要到军政府一趟，还是要在都督会客室中，同那些只会发空议论的先生们（大抵是咨议局议员、老绅士，以及学界里头面人物）聊聊天，有时也找忙得昏天黑地的正都督蒲殿俊商量商量改良盐税的办法。不过每次蒲殿俊总是睁着视而不见的眼睛向他吵道:"你是盐政部长,看怎么办就怎么办吧,何必来麻烦我!我这几天真是忙得寝不安席食不甘味了,哪能还管得到你的事情!"

就这几天当中,他使人封了二十号大半头船,停泊在东门外水神祠码头。又在盐库里,从库存现款一百四十万元内,提取了二十万元,连同许多行李,和眷属僚友,一递一递搬到船上。每号船还派了几名巡防兵押着。诸事准备妥帖,他才从从容容,坐着四人大轿,到处拜客。有人说,他从军政府出来后,还特别到制台衙门去过一次。约摸下午两点钟时候,不晓得他从什么地方换穿一身便衣,只带一名随从,改坐一乘从轿行里雇来的篾篷小轿,一直来到水神祠上船。并且立刻吩咐把官衔旗子插在船头上,解缆开船。二十号船首尾相接,驰过九眼桥,驰过望江楼,顺流而东,及至第二天被军政府发觉,他已驰过江口,无法截阻,更无法追赶。

这是一件惊人大事。被报纸一登载后,军政府里首先引起一场大辩论,使得主张四局十部不能再任用一个客籍人员的一派,非常得势。曾经同蒲殿俊、罗纶等一齐被捕,独立后仍然回任电报局长的胡嵘,只管极力说:"这个不好。客籍人中不见得个个都像杨嘉绅,其中也有不少好人,而且他们都有从政经验。别的不说,就是办点例行公事,也比我们妥当。政府正在组织,凡百更新,若是不借重一些有经验的熟手,怕会发生困难的。"

当下就有人驳他说:"现在是平等自由时代,那些老官场的旧经验,有什么可取?你说他们中间有好人,依我们看,所谓好人,也只是会逢迎上司、压制良民而已!"

胡嵘所建议的新旧并用,以新为主,以旧为铺的计划,也因此而根本打消。

消息一传出来,一班依靠做官为生,即依靠薪水俸给为生,而又没有蓄积,而又过惯了呼奴使婢日子,一时没脸放下身份去改行,比如说,改行为商做买卖,改行为工做手艺,改行为农搞耕耘;至于改行到学界去拥皋比、画白墨,改行行医,借口于济世活人,改行卖字鬻画,更可称高人雅致;这也只是极其少数的人有此种能耐,而绝大多数人当然就产生了难于言喻的恐慌。他们基于求生本能,自然而然就串连起来。他们也知道向军政府告哀、说好话没有用处,遂自然而然采取了狗急跳墙、寇急反斗的方式,来向军政府示威。头一天还只几十人在江南馆聚会了一下，作为发起，议定名称为十七省（因为以前只有直隶、河南、山东、山西、甘肃、陕西、湖北、湖南、安徽、江苏、江西、浙江、福建、广东、广西、云南、贵州、四川十八行省，后来建成行省的新疆、奉天、吉林、黑龙江都未算入的缘故）旅川同乡联谊会。第二天在贵州馆正式成立大会时，想不到竟达到了好几百人，名称改为十七省旅川同乡救亡会。参加的人，甚至有山西票号管事，有陕西当铺大师，有江西酱园掌柜，有湖北贩卖匹头杂货行商；就是生长四川、尽管置有产业、但又以原籍报捐、指分在四川做官为宦，一方面又羼入四川绅士之列，如葛寰中、黄澜生这样的人，也闻风而至，争着在名册上写一个名字，争着交纳一块龙洋的入会费。

十七省旅川同乡救亡会声势浩大，果然把军政府里的头脑人物吓了一跳。他们赶快放出话来："军政府绝对没有排外念头。"为了证实此言，遂赶快作出几种决定：一是原在什么局所、什么衙门任事的，只要局所衙门还在，便按照原来职务，重新加发一张照会。比如葛寰中原任机器总局提调，仍然照会他担任机器总局提调。并且因为总办盂道台为人胆小，宦囊又相当充裕，刚一独立，趁着水道已通，便与其他几个宦情淡泊，而又眷怀君上的同乡官，浩然乘舟而去，遗下总办一职，还照会葛寰中兼理。这样，葛寰中就不再参加什么救亡会了。一是局所衙门已有更变，或者迹近撤销了，不可能再回去任事，如黄澜生这样情况的人，那便按照其人资历，安插在其他地方，委一个临时差事。黄澜生被委到接管布政司事务委员蔡镇藩手下当了一名文案。诚如……

八

黄澜生自己说的话："管他怎么样，总比卖抄手的好！"

他太太龙二姑娘抽着水烟，倒笑不笑地问道："一个月有好多钱的薪水？"

"委任状上没批明，大概是尽义务。"

"尽义务？那么，何苦要把三个大班喊回来，每月还要贴几块钱的轿夫工钱？"

"呃……呃……太太你不懂……"

"我有啥不懂？只不过做官做起了瘾，就像鸦片烟瘾一样，一天不吃上几口，就莫奈何了。"

她喷了口淡淡的青烟，又向坐在旁边，正温习心理学课本的楚用说道："真是的，你表叔在反正前几天，从制台衙门回来时候，多高兴地对我说，这下好了，清朝垮了台，我也把这块鸡骨头丢掉了。以后我陪着你清清闲闲过几年，免得你再像七月十五那天样，为我着那么大的急，操那么大的心。你看，才清闲了几天，就闲不惯啦！今天跑颜家，明天跑军政府，脚板跑起了茧疤，我默倒跑出了一个啥子好事，原来还只是一个指头大的小差事，比以前的差事还不如。以前，再说差事不好，每月到底有几十两银子的薪水。现在哩，尽义务！还要自己挖腰包，雇大班。你说，这不是官瘾发起了，是什么？"

黄澜生咳嗽一声，正待为自己辩护，不想楚用倒先替他讲出一番理由。

楚用说："表婶埋怨得固然是。表叔本来是便家，不比那班非找事做不能过活的人。现在独立了，确是应该陪着表婶，享几年逍遥自在清福的。然而表叔之所以急于用世，不嫌小就，甚至尽义务都愿意，我想，表叔也必定有其不得不然的苦衷。表叔没有向我摆谈过，我姑且代他表白一下，看对不对？表叔他老人家虽以客籍在四川做官，但他生在四川，长在四川，到底要算一个完完全全四川人。既是四川人，他就有为桑梓尽力的义务，断没有眼看着大家都在鞠躬尽瘁，而他独袖手旁观之理。何况表叔做了多年官，论资格，一个知县前程，并不算小；只管没有补过缺，摸过印把子，但也办过公事，隔桌子问过案；以阅历经验而言，那就比眼前好多磨拳擦掌准备出山的新人物高明得多。新人物出来，摸头不知脑的，未见得能把事情办好。若是像表叔这样人出来做事情，我敢打包本说，至低限度，不会把事情办坏。不把事情办坏，那就是造福于乡邦。若果像表叔这样人不肯出来，从好的方面说，好似淡于名利，有隐士高风；但从不好方面说，那就未免自私自利，不是新国民所以自处之道。我想，表叔，你心里或许这样在着想，只是没有把它有条有理地说出罢咧，是不是这样的？"

但是黄太太早已露出脸颊上浅浅的两个酒窝和口里一排细白牙齿，哈哈笑道："你是在讲书吗？在说圣谕？"

楚用把手上的心理学课本一扬，也笑道："我是在应用这课本上的一条原理。它说，人之行为未有不受心理所支配。嘿，嘿，只不晓得我对表叔的心理，说准了没有？"

他表婶还是那么巧笑地斜了她丈夫一眼道："我才不相信你是那样在想！"

黄澜生脸上尴尬地笑道："你自然不会相信……"停了一下，他接着说道："即令我没有子才所说的那种抱负，可是也并非如你说的是发了官瘾。我只是想到四川独立自治，但凡面子上的人都争着出来，大小抓个事情在手上。我的身份虽然不很高，但比起吴凤梧这样一个打流的人，总要高一些吧？如今吴凤梧都出了头，露了面，一身新军装，在军政府走进走出，独我还在赋闲，岂不太没面子？大家更会笑我连吴凤梧的资格都不如了哩！"

"可是人家吴凤梧并不依靠啥子十七省救亡会的势力！"他太太把嘴一瘪，"争来的总不香！"

"可是人家吴凤梧的脑壳生得尖，"黄澜生学着他太太的腔调，"会钻嘛！不晓得他怎么一下就钻到尹长子那里去了……"

楚用插嘴问道："可就是孙雅堂姻长前天说的那个大骂朱庆澜不配执掌兵权的尹昌衡？"

"就是这个人。因他身材很高，所以都叫他长子。其实我早认得他，他是颜伯勤未过门的女婿，我到颜家两次，都碰见他，同他摆过龙门阵的。"

他太太问道："既然你早认得这个姓尹的，为啥不就找他好了？为啥要依靠救亡会去争？"

"你呀！你呀！太太，你真是聪明一世，糊涂一时……我去找尹长子？莫非要我弃文就武不成？我再没出息，也不会降格相从到这步田地！"

楚用哈哈笑道："表叔还是从前重文轻武的脑筋！"

黄太太也笑道："总比争的好些。"

"那倒不然，表婶，"楚用把心理学课本放在书桌上，从怀里摸出一支纸烟，用嘴皮噙着，旋擦洋火，旋说道："争是要得的。当今之世。哪里还有等人三征九聘的道理？只看争得到手，争不到手……像表叔这样一争就得……很不错了……董修武他们架了那么大的势……说穿了，还不是争？但是……南校场演说会过了这两天……尚没下文哩。"

黄澜生不由问道："你可晓得这是什么缘故？"

楚用瞪起眼睛，深深嘘了两口烟，末了摆了摆头。

"不晓得吗？我告诉你。因为革命党人全都是些啥也不懂的暴乱分子，确如颜伯勤老太爷批评的话，成事不足，坏事有余。孙雅堂说得更好。他说，这班人很像白降丹，把它敷在疮上，连好肉都会烂掉一大网。听说蒲伯英不敢招惹他们，任凭他们如何耍手段，总之敬鬼神而远之，抵死也不要他们一个人钻进军政府去。就由于软的不行，所以他们才在南校场开演说会，以为像前几月闹同志会一样，把平民百姓鼓动起来，军政府就害怕了。据我从各方面看来，他们越是这样胡闹，军政府倒越发安心不理会。其所以没有下文，大概就是这个缘故了。"

楚用摇头说道："蒲先生他们这样搞法，同盟会的人是不服气的。"

"不服气的人多啰，岂止一伙同盟会的人。"

黄太太道："除了十七省救亡会外，还有哪些人？"

"从颜伯勤口里听说，军队里头好多本省籍军官就不服气。"

"难怪尹昌衡要骂朱庆澜！"

黄太太不由颦眉叹道："这样说起来，独立以后，颠转比从前还不得安静了！"

第十二章　山雨欲来时候

一

今天东大街又在过同志军。

说是东路附省几县挑选出来、作为到军政府去表示庆贺的代表队伍。

他们在牛市口场上约齐，而后排着双行，开进城来。队伍还是不小。队头已经走过臬台衙门照壁，快到暑袜街、青石桥的十字口，队尾才把下东大街走完。

正因是挑选出来的代表队伍，所以挎在肩头上的武器便很像样。有几个小队，差不多一色杂枪：从百年前的单响毛瑟，到最新式的五子马枪，全有；有几个小队，还夹杂有若干支两个人抬着放的土抬炮。当然，在其他一些小队里，更多的还是梭镖、羊角叉这类家伙。你别以为这类家伙过了时，其实在战阵上都曾显过圣，就这时节，但看被打磨得寒光闪闪，也会使你感到，要是不小心碰上一下，那可不得了！

不但武器像样，便是用肩头挎武器的人，也像样。他们的个儿尽管不太高，身胚尽管不太魁梧，可是一个个鸢肩熊背粗膀膊，虬筋虎骨黑皮肤，使人一看，就油然生感："还到哪里去找梁山泊的黑旋风啊！"

这些上千数的"李逵"，穿得都不好。随身旧布棉袄，有的长，有的短，有的在腰间系一条棉板带，把衣襟掖在带里。天气已不算暖，有钱人穿上了皮衣，他们中间还有穿两件单衣的。只有两个地方整齐划一：一在头上，一色新蓝布包头；一在脚下，一色新麻耳草鞋。

代表的队伍股头多，带队伍的头目也多。没有旗子擎在前头，不知道谁是统领，谁是统带。多数坐在一顶破破烂烂的鸭篷轿内，抬轿的虽只两个人，扶轿杆的少也是四个人。轿的前面只挂着麻布脚帘，脚帘边伸出两只穿毡底窝子鞋的脚。人也是一个姿势：两臂压在扶手板上，缠着青纱帕的脑袋几乎伸出了轿门。不管年纪大小，不管鼻尖底下有没有胡子，脸盘子似乎都差不多的是长方型，而且都是紫棠色。有差别的，仅仅在眉眼口鼻这些地方。

也不管是坐鸭篷轿的，或者骑在长毛矮脚马上的，几乎无一个不是普通得不能再普通的样子。脸上全是笑眯眯的。

"把赵尔丰打得莫计奈何的，硬就是这些人吗？"

站在街两边的城里观众，诧异之余，实在不了解这是什么缘故。因为统率同志军打仗的人，就一般人的想象，应该个个是出人头地的英雄好汉，应该个个都有叱咤风云的气概。但是从军政府成立，进城来庆贺的同志军，全都未能符合大家的想象。自然而然，有些人对于同志军，尤其对于素著威名如孙泽沛、吴庆熙、张尊、侯国治、卓笨、秦载赓这班头脑人物，不但失去了敬仰，由于看见他们相貌平庸，打扮得土里土气，反而有点瞧不起，怀疑以前大家传说的同志军如何如何的了得，是不是全属空中楼阁？一些日子过得比较舒展的人，无论商界、绅界、官界、学界，一言蔽之，平日只生活在一个小圈子内，从未和普通人打过交道，对于所谓"乡农"更其隔阂的这种人，甚至还害怕起来。害怕这些没有受过文明教育，没有开过眼界的"乡坝佬儿""袍皮佬儿"，会不会做出比巡防兵更坏的事情？所以有不少人，只要一听见过山号声音，就不由提心吊胆，抱怨罗纶引鬼上门："只打算借同志军的威风来压制巡防兵。我看，恐怕未必。同志军的威风，除了过山号，还有啥？"

似乎是俏皮话，事实到底是事实。就以这个时候东大街的情形为例：队伍尽管比以前若干次的同志军下得去，但是从武器、服装，到走正步、走便步的步伐，又哪能比得过巡防军？自然，更不要说比陆军了！如果要恭维同志军有强过巡防军和陆军的地方，那只是他们每个小队前头所吹的两支或者四支过山号。

金光灿烂的黄铜打造的号筒，拉伸起来足有三尺长，喇叭口比铙钹小不了好多。在执手地方，缠一段鲜艳夺目的红绸；有的还松松挽一个绣球，更为生色。号手都是挺胸凹肚的精壮小伙子。开始吹号时候，喇叭口朝下吹出几声沉着的呜——呜！然后号筒渐渐举平，号音变得雄浑起来，吹的是呜——嘟！呜——嘟！及至喇叭口斜向天空，号手把全部肺气使出来，两边腮巴胀得像猪尿泡。这时节，号音既嘹亮，又威武，接连七八声悠扬的呜——嘟嘟！呜——嘟嘟！真个是高则响遏行云，低则声震屋瓦。

前前后后几十支过山号，一递一递吹将起来，哪能不威风八面！

半条街以外的行人都知道要过同志军了，连忙避向两畔，把街心让出。街两边的铺户，无论是做生意的，或是做手艺的，所有的人也都丢下了手中活路，跑到柜台外面来。那么宽的能够品排走四乘大轿的街面，一霎时便成了一道人巷。

郝又三应了伍平的邀约，要往南打金街他家里去。所坐的小轿走到暑袜街南口，同志军刚好过了一半，街口被看热闹的人封严了。

郝又三向抬前肩的轿夫说道："在过同志军，等过完了再走。"

抬前肩的轿夫抬头望了望道："晓得有多少队伍？半天过不完，也没平仄。"

抬后肩的轿夫既看不见前面的情况，又听不清前面的说话，不由吆吼起来："哪个不走了，伙计？"

"在过队伍！"

"过球他的队伍，走你的不好！"抬后唐的轿夫瓮声瓮气地抱怨着。

"那么，走嘛！"

没法穿过街心，轿子只好顺着左边阶沿，向东转了一个硬拐。抬前肩的轿夫一路高声嚷叫："得罪一下！得罪一下！"

到底不行！仅仅走了十几步，前面就堵住了。

抬前肩的轿夫一面吆喝，一面拿手去推攘那些站着不动、只顾得用眼睛、不顾得使耳朵的人。

一个被他攘了两下的普通人，掉头骂道："龟儿东西，掀个啥？掀你祖宗！掀你先人！"

第二个人也骂了起来："球日瞎了你旱骡子的眼睛！这么挤的地方，你挤得过去？"

第三人、第四人跟着吵道："就是旱骡子，也该懂得走路规矩！哪个不靠右手走，偏偏挤到左边来？"

七八张嘴立刻吵闹成一团。

郝又三觉得确是轿夫亏了理，连连叫他们原路退回去。但是怎么可能呢？轿子已经陷入重围之中。左边的人把它朝右边推，嫌它挡住了视线；右边的人又将它朝左边攘，骂它撞痛了背壳子。轿子在两个轿夫肩头上歪来倒去，恰似一只在风浪中间不能自主的小舟。轿夫吃不住，只顾叫骂。郝又三来不及叫他们把轿子落平，急忙摘去脚帘，往外一跳。

大概几年没有下过体操，尤其没有走过浪轿、跳过木马了吧？仅仅从尺多高的轿门跳出，猛地头一晃，脚一软，那么大个人，竟跌了个狗吃屎！

"哈哈！哈哈……"

好多人都笑起来。

郝又三一跃而起，红着脖子，横起眼睛把四周一扫，气哼哼地喝了声："有啥笑头！"

轿夫慌慌张张把轿子落平到地。抬前肩的那一个，连忙给他把羊皮袍上的尘土拍去，口里连说："没来头！没来头！"

队伍恰好过完，看热闹的人也散开了，只有十来个好奇的人，还笑嘻嘻地留在街边。

二

"喀喂哟！咋个跌得这么凶呀！"伍大嫂惊惶失措地叫道，"你看，磕膝头都跌紫了！"

郝又三坐在矮竹椅上，把两只绸里绸面的薄棉裤管、连同衬在里面的白洋布裤裤管，一齐撩上大腿，自己方才看见，两个膝头果然都跌伤了。幸而没有破皮，仅只膝盖骨处，有汤圆大一块伤痕，左膝轻些，右膝似乎重些，紫了。

他在轿子内，只感到两手腕有点酸疼，两手掌嵌了一些铺街石板上的碎渣，略微有点擦伤。及至在大门外下了轿，付清轿钱，走上台阶，怎么的？两腿都有点衬！跨过高门限时，似乎有点吃力。

推开独院门，迎着他打招呼的是伍大嫂。

"伍管带呢？"

"吴哥子把他约走了，说是耽搁顿把饭的工夫就回来。请你等他一会儿。"

伍大嫂媚笑着瞟了他一眼。

"哟！你的手……"

"唉！说不得，简直是无妄之灾！"

她把他两手握着，很仔细审视那些擦伤地方，关心地问道："咋个搞的嘛？"

"就是我说的无妄之灾……"

他简单地将东大街的经过讲了几句。

"不要紧。舀盆热水来洗一下，把你的林文烟花露水拿来搽上，不到一两个钟头就会好的。"

"擦伤了，还见得水吗？"

"你看，只是伤了一点点油皮……若是有烧开过的热水，更不妨事。"

伍大嫂连忙提高喉咙，叫伍太婆把包壶里的开水倒在洗脸盆里端来。

"妈，麻利点，人家郝大少爷要洗手！"

等她拿着一瓶林文烟花露水（是郝又三新近才买来送她的）从房间里出来时，伍太婆恰也端了一个红漆小木盆走来，正满脸是笑地在向客人打招呼。

木盆放在堂屋正中的方桌上。郝又三刚要伸手下去，伍大嫂连忙挡住他，用指头在水里搅了下："咦！是冷水？"

"是冷水。水缸里旋舀的干净冷水。"

"哪个喊你舀冷水？哪个喊你舀冷水？"眼睛鼓得铜铃大，满脸凶相，鼻梁两边的雀斑，因为鼻翅的颤动，仿佛要跳起来。伍大嫂觌面冲着她的老人婆，恶狠狠地吼叫道，"咋个这样没中对哟！妈，你的耳朵硬是不管事吗？"

伍太婆争辩道："你说舀水来洗手嘛！"

"要开水！要包壶里的开水！人家郝大少爷的手擦破了……"

郝又三不满意她这样对待老太婆，连忙截住她的话头，把两只手掌伸到老太婆跟前，轻言细语说他怎样跌了一跤，手掌虽然没有出血，到底擦破了皮，"沾了生水，怕会灌脓的。"

"噢！原来如此。那硬是沾不得生水的。"她向伍大嫂埋怨道，"又不说清楚，我咋个晓得嗬？"同时，把一只青筋虬结、又枯又瘦、很像一块干瘪的脚板薯上长出五条干豇豆的右手伸出，"拿两个钱来，我去茶铺里倒开水。"

"不是倒过了两个钱的？"伍大嫂的声口也放温和了。

郝又三插嘴道："何必你去呢？叫安生跑一趟不好？"

伍太婆摇摇头道："这个时候，安娃子还会留在家里？不晓得伙着一群浑娃娃到哪里耍去了！"她又掉向她媳妇说："你默倒两个钱的开水有好多吗？安娃子泡了两碗冷饭，剩下来，连半茶碗都不到了。"

说到目前生活情形，伍太婆不禁感慨系之，对着郝又三把两手一摊道："都说独立后，天下就太平了，日子就好过了，我们伍平的欠饷也能够关到了。硬是说得好听哟！可是，大少爷，你看，别的都不要说啦，只说开水吧，自从独立以来，两个钱的，硬没有以前的多；光这一项，一天就要多花几个钱。若是伍平的月饷关得到手，倒也罢了。偏偏一天推一天，莫说前两月欠的没发，这个月的半关，好像也放了漂啰。大少爷，这样拖下去，我们一家人咋了哟！唉！唉！这就是独立的好处！大家欢天喜地闹庆贺，听说大街上天天像过东岳会一样，哼！我看，哭的日子在后头哩！"

伍大嫂从房间里取了两个青铜小钱递给伍太婆，一面接口说道："你光晓得没关到饷银就老火了？你还不晓得巡防军从统领起，都没有换札子。军政府要不要我们，谁也没平仄。如其不要我们了，那才有你哭的日子哩！"

伍太婆惊惶满脸，睐起她那昏花老眼道："真是这样吗？那我还活啥子？我找军政府拼命去！"

郝又三笑着安慰她道："那是你媳妇故意说来吓你的，军政府哪有不要伍平他们的道理。我现在就是来回他的信，我已打听确实，巡防军的欠饷，决定要补发的……"

及至老太婆心神安定，提着锡包壶走后，伍大嫂才含笑问道："你从哪里打听到，我们的欠饷要补发？"

"是家严他们正在向蒲都督疏通，大概没问题。"

"换札子的事情呢？老实说，欠饷补不补，倒没来头，妈不晓得我手上积得有些钱。只怕伍平丢了差事，坐吃山空，那才真叫老火。起先的话，并不是我故意说来吓她的，我硬是有些操心。伍平也是为着这件事焦得来几夜睡不好。你说军政府不会撤他的差，也是你家老太爷讲的吗？"

"家严没有说到这上头。但我却听见有人向蒲都督要求，再招一镇队伍。蒲都督不答应。他说，与其去练新兵，不如把现有的巡防整顿好。既要整顿巡防，当然原班人马不动。大概也就因为这样，所以委任状——现在叫委任状，不叫札子，才一时来不及准备。总而言之，伍平的差事绝对无虑。你不要操心，也叫伍平不要瞎着急。"

"你能写包票吗？"

郝又三毫不思索地把胸膛拍了拍。

伍大嫂似乎太高兴，忘记了她那正在发胖的身躯不比前几年那样轻盈，还是高举两条浑圆的膀膊，蓦地扑在他身上，噘起已不算红的嘴唇，要来亲他。

郝又三没有防备她会这样亲热，一个闪退，朝后跌坐在堂屋门前的矮竹椅上。

"哎哟喂！我的腿呀……"

伍大嫂幸而没有随他扑下去，却也吃了一惊，弓着腰肢问道："咋个的？莫非我……"

"不是你，"他一面撩棉裤裤管，一面说，"大约也由于从轿子上跌伤了，两个磕膝头都有点痛。"

伍大嫂蹲在他跟前，等他将棉裤裤管一撩上大腿，不由惊惊张张地叫唤起来："咯喂哟！咋个跌得这么凶呀！你看，磕膝头都跌紫了！"

郝又三自己也诧异道："轻轻一个扑趴，况且轿子也只有那么高一点儿，怎就四脚四手都受了伤？"

伍大嫂不胜怜惜地用手轻轻抚摩着他那膝头道："痛得很吗？"

"倒不很痛。"他把两脚交换着屈伸了几下，反而是有点青痕迹的左膝，有种火烧火辣的痛觉。看起来，跌紫了的右膝，仅只使劲时候有点衬，倒还不大要紧似的。

伍大嫂仰面瞅着他。在微黄底子上放散一些黑芒的眸子，流露出一种难于言喻的感情。这不是寻常感情，只有关系不同的人，才能于无意间表暴出来；也只有关系不同的人，才能于无言中领会得到。

郝又三握住她两只骨节更其变大、皮肤更其变糙的两手，深为感触道："没来头的。"

"嗯！该不会伤到筋骨吧？"

"嘿，嘿，未免把我看得太娇嫩了！你记不得三年前我还在南校场运动会里跑过一场第一来的？"

三

郝又三对伍大嫂说的有人向蒲都督要求再成立一镇军队，这是实话。不过他没有说明提出这要求的，到底是哪个。

到底是哪个？大家只知道是尹昌衡。却不知道尹昌衡只能算是一个代表人物，而要求再成立一镇军队，也是主客军人之间互相排挤的结果。

在赵尔丰与端方各自为了私人利害，派人拉拢一般绅士，酝酿四川独立时候，陆军十七镇里也涌起了一阵波澜。

这时十七镇正参谋官程潜早已请假回他湖南原籍省亲，代理正参谋官的是直隶省人姜登选，并且这时的总参议是福建省人方声涛。姜登选、方声涛和程潜，都是日本士官学堂学生，都是参加过同盟会的革命党。姜登选到四川较久，在陆军中间也有声望。但八月中旬，陆军在新津与侯保斋、周鸿勋作战，姜登选指挥炮兵；因为陈锦江与一队陆军在崇庆州三江口被孙泽沛的同志军惨杀了的缘故，满心愤怒，遂认真地把炮位安在河边，一连几天的开花炮弹，把新津城内外，打得屋倒墙歪，烟焰冲天，同志军招架不住，方由新津败退。这一仗，南路同志军吃亏得很厉害，侯保斋这个四远驰名的老舵把子，竟因押运辎重退却，在路上被乱兵打死。这一仗，赵尔丰得救了，把摇摇欲坠的局面又延长了将近五十天。但是这一仗，也把姜登选自己的名誉打垮了，使得学界、军界当中平日与之通声气的一些革命党人，都对他起了疑心，怀疑他不是同盟会员，怀疑他不是革命党人。有些人甚至肯定他是赵尔丰的忠臣，是同盟会的汉奸，而不认为他是为陈锦江报仇。这些人从此以后，遂不敢再同他接近，任凭他如何解释，大家只是听着就是，再也不相信他的话了。

方声涛是辛亥年四月才由广西调来四川。论资格，至低可当一个标的统带。因为没有缺额，只好充任了一名教练官。后来虽然调任总参议，毕竟算是一种幕僚，对四川情形，相当生疏。

因此，当六十六标统带、云南省人叶荃，统领着在嘉定府不服他擅自独立而溃散、继在犍为井研地区才又招抚回来、已经不足两营、依然号称一标的队伍，回到成都。等士兵一扎进南门外临时营房，他本人来不及正式报到，便先跑到姜登选、方声涛打伙租佃的一所小公馆，气势汹汹地质问他们：为什么容忍赵尔丰把四川的政权、军权，交与绅士，而陆军竟不自谋独立？"武昌起义，是陆军发起的；我们云南独立，也是陆军发起的。各省独立情形，想来都是这样，可见独立革命，是我们陆军的天职，也是我们同盟会员的义务。为什么四川独立，偏是例外？你们掌着陆军十七镇大权，却搞些什么名堂？”

“你吵什么？刚从外面回来，情况都未并清，就在这儿乱发议论。”姜登选毫不因为叶荃的鲁莽而生气，反而从从容容半开玩笑说：“难道只有你一个人才是同盟会员？只有你一个人才懂得独立革命？你是好角色，为什么又会在嘉定失败呢？”

“唉！提到嘉定失败，怪不得我。只怪那些管带、队官们都是一些饭桶，完全不懂革命真谛的缘故。”

“对啦！你才一标人，尚且掌握不住，弄到不听你的号令。我们这里的情况，比你一标人复杂得多。首先，几个统带的见解便不一致，管带以下，更难说了。何况十几营巡防军完全调住城内。李克昌、沈绍林两个统领，与我们素来隔阂，他们至今尚口口声声称说只服从赵大帅一个人的命令。像这样，只我们少数几个人，能独立革命吗？”

这时，半晌没有开口的方声涛也忍不住插嘴说道：“能是能够，只怕失败得比香石在嘉定还会加倍的惨！因为香石到底还活着回到省垣来。如其我们失败，那只有当烈士的份了。在行将革命成功时候，叫人冒险去当烈士，即使我们少数人愿意，其他的人——尤其是一般四川人，他们断不愿意的。”

叶荃搓着两手，泛起眼睛说道：“难道我们应该坐视老赵把政权、军权交与立宪派人，我们这班革命党只好俯首听命于那些老顽固、老腐败，什么事情都没有我们的份了吗？”

方声涛道：“那也不然。老赵准备交与咨议局绅士的，只是政权。至于军权，不特没有交出，还安排把四川所有的队伍，比如全省的巡防、盐防、边防，完全归到朱子桥一个人手掌中，并且叫他出来担任军政府的副都督，与专管政权的正都督蒲殿俊平分秋色，互不相干。这样一来，四川军权无异于归到我们陆军的手掌中。我们陆军掌握住了军权，可以说掌握住了半个独立的四川，只要四川军人不排外……”

“咹？四川军人排外？”叶荃诧异地打断了方声涛的话。

姜登选笑道：“所以我说，你刚从外面回省，还不知道这儿的情况。四川军人排挤我们外籍军官，就是情况之一，而且是严重的一种情况哩！”

于是姜登选、方声涛遂详细告诉叶荃：当督练公所参谋处总办吴钟镕，先与赵尔丰、朱庆澜等谋划好了，再与周善培密商，把政军两权，分别交与咨议局和陆军，以作将来有回旋余地的时候（讲到回旋余地，姜登选神秘地笑了笑说："老赵他们只是打算借此观望一下四川以外大局面的风色如何。要是京师果真尚未失守，长江各省的革命军果真被北洋陆军打垮，他很可以依赖朱子桥帮忙，再把政权从绅士们手上收回。但我们赞成他这样安排，自然有我们的打算，只要我们真个把全省军权掌握住了，漫道老赵不能利用我们，反而可以达到我们革命排满、实行孙中山先生革命政治的目的。所以说，我们与老赵都有一个回旋余地，只是宗旨不同。老赵的宗旨，我们估料得到；我们的宗旨，就连吴钟镕、朱子桥也未必明了，当然老赵他们更其耳聋目聩了。"），绅士们完全不了解葫芦里卖的是什么药，反而以为自己不懂军旅之事，有朱庆澜出来担任这一职，倒是求之不得的事情。所以在商量条件，将全省军权交与朱庆澜执掌，绅士们个个赞成。但是一班四川籍的军官，却发生了异言。他们公开宣称：在前专制年代，四川人民出钱出人练成的四川陆军的实权，完全被外省军人夺去了。十七镇里的高级军官军佐，找不出一个四川人；中级军官当中，也只有六十五标统带周骏一个是四川人。但是四川军人的人才并不算少，而且资格都高，不是投之闲散，就是屈居下僚。现在要独立了，独立就是革命，革命就是四川军人翻身抬头的时候；四川军人翻身抬头，就是十七镇里所有外省籍的军人，不管是军官，是军佐，全应把实权交出，各自收拾行囊，回到各自原籍老家去！四川的军队，只该四川军官统带，四川的军务，只该四川军人过问！如果赵尔丰硬要把四川军权交给原来那些外省人，那么，不管他们是什么老资格，有多么高的声望，我们四川军人一定反对到底！随便他们什么命令，我们绝对不服从！

末了，方声涛还感慨系之说道："最可怪的是，在这些牢抱着狭隘的省界成见，而不顾革命大义的人中，竟不少有同盟会的同志！"

叶荃问道："是哪些人？"

"差不多都是平日与我们有过联络的，"姜登选蹙着眉头说，"当然，作为他们首领的，还是那个专说大话、不见得就有真才实学的尹长子尹昌衡！"

"又是他！"叶荃摇摇头道，"这家伙好像并非同盟会员？"

"很难说是，很难说不是。"方声涛接口道，"在广西时候，我们曾经设法探问过他，他总是含含糊糊没有明白表示。不过以他那种敢于在上司跟前肆言无忌的态度看来，大家还是承认他有革命精神，纵未入过盟，也没有把他当成盟外人看待。"方声涛接口叹息一声，"哪知他的省界成见，才这样深法！"

"照你们这样说来，四川的军权，老赵到底安排交与哪一个？"

"当然交与朱子桥，这已经写上了独立条件，是不可移易的了。"

"要是四川军人真个不服呢？"

方声涛冷笑了一声道："我在广西，听见有人议论四川人对人的态度有三变：开头是川蛮子，形容他们同人争执时，一味地蛮横不讲理；若你比他强硬，他第二变就变成川猴子，用各种方法来玩弄你，把你看得像猪一样蠢，把他自己看得像猴子一样精灵；要是你仍然不让步，或者给他碰转去后，他们只好变成川耗子，回头一溜，便完结了。我看这议论确有道理，对待四川军人也只有毫不让步，强硬到底之一法。"

姜登选接着说道："也要看情况来应付。总之，复杂得很。最使我们感到苦楚的，是同志太少，而且不齐心。就是应付到现在，已令人心劳力瘁。亏你刚进来时，还那样抱怨我们为什么不由陆军起来革命独立！如其能够的话，难道我与韵松还怯畏什么？我们只是不肯像你那样冒失，搞成一个虎头蛇尾罢了！"

"嗯！你骂我虎头蛇尾？"叶荃登时睬起眼睛，红起项脖，连声音都变得像打闷雷似的，"明明是你们畏首畏尾，顾虑多端，把大好时机放弃了！现在被人家挟制着，弄得来一事无成！我说，目前若还不赶快想个办法挽救，我敢发誓，你们休想留在四川！你们那些什么回旋余地的打算，完全是镜花水月，不然，也等于痴人说梦，说不定宣布独立的一天，便是你们打被盖卷的一天！"他并且指着方声涛说道："你说四川人会三变化身？我是紧邻四川的云南人，在四川也住得久些，我比你清楚四川人的脾气。他们服恶不服善，倒还有之。但你把他们逼得无路可退，他们也会蛮干到底，宁死也不认输的。假使拿你所闻的三变化身来对付四川人，我敢发誓，吃亏失败的，只有你们，而不是他们。嘿！嘿！你们准定不会相信我所说的，你们尽管去试试吧！我这个人却是老粗，不会同人家斗心眼儿，我宁肯干冒失事，不能学你们委曲求全！"

两个人着他批评得哑口无言，面面相视。好一会，方声涛才有意地反问他说："你责备我们委曲求全，你莫非要知难而退了不成？那你也无非以五十步笑百步，算得什么角色！"

叶荃把胸膛一挺，立眉竖眼说道："不要讥讽我知难而退！我们打开窗子说亮话，我硬是不愿意在这鬼蜮社会里混下去，我决定把我的队伍拖回云南，即令中途有变。我一个人也要回去！"说到这里，他从鼻子里哼哼地笑了两声道，"但是我不能偷偷地逃走。我姓叶的，不特要走得光明正大，并且还要帮助你们一臂之力，起码也要让朱子桥安安稳稳得以担任副都督，得以掌握四川军权。你们这些人，也得以……怎么说呢？……哦！和尚跟着月亮走——沾光！沾光……哈，哈，我说，也得以安安稳稳吃一碗闲饭！至于什么回旋余地，那兄弟我却不敢保险！"

他霍地站起来，像要告辞的样子。

姜登选一把抓住他的手腕道："别忙！你准备搞些什么事？说清楚了再走！"

叶荃笑道："天机不可泄漏。"

"可不能冒险啦！"

"或者不会的。"

方声涛定睛瞅着他道："何妨讲出来大家研究研究！一个人的智虑终属有限的啊！"

叶荃还是那样装得神秘莫测似的微笑道："到底怎么搞法，我心里头还未曾起草稿，等我草稿起好了，再来找超六和你研究。当然，当然，三个臭皮匠，顶一个诸葛亮。何况你们两人，就顶了两个诸葛亮还有多……"

四

叶荃所想的办法，其实并不神秘。他自己似乎也觉得这种行为不大体面，所以到他拖起队伍走时，并没有再与姜登选、方声涛见面，当然说不到研究。

叶荃从姜、方伙租的小公馆出来，立刻骑着他的那匹躯体虽然矮小，但脚力甚好的建昌黄骠马，一口气到淳化街来拜会他一个向有来往的同乡。

同乡姓唐，也和黄澜生情形一样，父辈在四川做官，因就在四川落业。虽然广置田产房屋，但本人还是自称流寓，以原籍报捐一个候补道前程，过着半官半绅生活。这个唐大人比黄澜生强的地方，不是官捐得大，而是他不仅能够读书，还会作诗、作文；一笔黑女碑字体写得很脱俗，偶然兴到，也会伸纸吮毫，画几幅枯木竹石，自以为比东坡不足，拟云林差似；也能喝酒；也能调理几色精致着馔。唐大人有这么多能耐，所以他的交游和声望，那便远非黄澜生所能比拟。而与之尤其投契的，当然是西邻的咨议局里一班显赫而又风雅的议绅如蒲殿俊、萧湘、刘声元、江三乘、王昌龄、刘咸荣这些人。

唐大人对同乡也极周到。有人登门造访，不管是做什么事的，只要穿着不太褴褛，样子不太寒酸，总能得到主人又殷勤，又有礼貌，但也有分寸的招待。假如不是不识相的抽丰客，开口就说告帮的话，还能被邀吃一顿像样的便饭。因此，叶荃在成都时候，尽管是个教练官，却早已是唐公馆里的座上客；每次拜会，护兵把梅红名片一交进去，总是很快便看见重门洞启，主人衣冠齐楚地迎了出来。

这一次，叶荃是以统带身份造访。名片传进去还不到半杆叶子烟之久，唐道台便已靴声橐橐，疾趋而出，一面笑容可掬地呼唤道：“啊！香石兄回省了。戎马生活，辛苦！辛苦……”

但是唐大人吃了一惊。因为叶统带并未寒暄，便指着贴邻的那座高耸半空的圆屋顶问道：“请问老兄，那地方，可就是咨议局的会议场？”

“如何不是呢？你早已知道的了。”

“早前固然知道。不过今天，我特别要目测一下远近，看看架在南门城墙上的开花炮，须用好大距离才打得中。怕的是测量得不精密，稍微差错一星半点，使你尊府受到池鱼之殃，那我如何对得住老兄！”

唐道台满脸惶惑道：“我不懂你说话的意思……”

“有什么不好懂的？质言之，我要开炮打咨议局！不光是打房子，还要把所有住在内面的人打成灰烬！也不光打咨议局，还要延长射程打旧贡院——听说那里将改设军政府。我也要把它打得寸草不生！”

唐道台委实吓了一大跳。但他又怀疑叶荃在开玩笑。因他口头说得那么厉害，脸上却不像真要行凶样子，既非横眉吊眼，也未咬牙切齿，虽然容色不好，那是风尘使然，不足为奇的。仅只眉宇之间，隐隐有股杀气，也有股冷气，因才完全改变了平日那副蔼然可亲的面相。

"如何会闹到这步田地！……请到我书斋里坐，慢慢告诉我……"

叶荃走进陈设雅致的客厅，一直站在一张雕花紫檀的大圆桌跟前，这时，反而做出急于要走的样子，把右手一挥道："不啰！我要回去调动队伍了。你不知道我这一标人，是驻扎宁远一府的巡防副右路、巡防副左路、一共六营士兵改编而成。都是百炼成钢的健儿，打起仗来，真是一可敌百，十可敌千。在初到嘉定时候，罗八千岁、胡痰诸人集合的同志军，总有四五万人之多，我只用了两营人，就把他们打得弱弱大败，落荒而逃。这六营人，我已把他们安置在南门外。现在，须得我去调度运炮到城墙上。哦！我还忘记告诉你，我这一标是混合编制的，步兵之外，有骑兵，有炮兵。炮虽然只有几门，可都是威力很大的开花大炮，只须几炮，"他把嘴朝咨议局那面噘了噘，"这地方包管便没事了。老兄，我是特别来给你打个招呼。我们是同乡，又是朋友，无论如何我不能使你吃暗亏。先打一个招呼，也免得你府上担惊受怕。我来，就只这个意思。现在，时候不待，我准备一回去就开炮。"

唐道台早已拦在客厅门口道："你不能走。一定得把原因告诉我。告诉我，到底为了什么缘故，你要把那班身系全省安危的先生置之死地。"

叶荃觌面把唐道台看着，好像正在忖度可不可以把这大事的底细告诉给这个好管闲事的同乡。大约有一分钟之久，他眼睛几眨，决定了，不妨简要地告诉他。

据他说，他是非常不乐意朋友们告诉他的赵尔丰要将政权、军权交与四川绅士，让绅士们出来宣布独立。他举出的理由，仍然是向姜登选、方声涛说过的，独立革命是陆军的天职。四川要独立，应当由陆军发起。赵尔丰能够顺应潮流，甘愿把政权、军权交出，那也可以。但他为什么不交与陆军，而要交与绅士？他反对他这样做。因为时机紧迫，来不及与赵尔丰交涉，叫他变更办法；只好由他发难，先用开花大炮，把咨议局、旧贡院，连同那伙想用手段取得政权、军权的人们，打它个鸡飞狗跳、肝脑涂地；而后纠合东校场营房、凤凰山营房的陆军，公推十七镇统制官朱庆澜出任都督，接收政权、军权，宣布四川独立。他自己哩，毫无为自己私利的打算，决定功成身退，或者回云南去为桑梓服劳，或者率领队伍到四川以外去革命，总之不再留在四川，免得大家多所疑惧。

这一下，唐道台更不能让他走了。并且生拉活扯把他拖到那间窗明几净、图书满架的书斋里。一面吩咐家里人沏普洱茶，用宣腿炒饵块来招待他；一面费尽唇舌，讲明各种利害，劝告他不可轻举妄动。

当然，也和通常情形一样，开始，叶荃的态度坚决异常，确如四川人说的"连水都泼不进去"！开口一个"非这样干一下不可"！闭口一个"非这样干一下不可"！及至家乡茶、家乡点心用过后，好像实在违不过主人情谊，叶统带方慢慢松了口说："商量一下，倒也使得。但谁是相手方呢？"

"现在只好直接找蒲伯英、罗梓青几位能负全责的先生。"

"叫谁去找这些人呢？"

唐道台义形于色地指着自己鼻子道："当然是我了！现在除我外，也找不到更合适的人。"

"你老兄？"叶荃仿佛闻所未闻似的撑起眉头道，"咦！真没想到你老兄与这班人会这么熟识！莫非平时便有往来不成？"他又转出一副笑脸，并且打了个哈哈，"那么。无怪你要为他们说话了！"

叶荃具体提出了他的条件：独立以后，都督必须由朱庆澜担任，全省军权必须由朱庆澜掌管。听说军政府的组织有参谋、军政两部，参谋部长必须由姜登选担任，军政部长必须由方声涛担任。四川绅士也可以参加军政府，但不能与朱庆澜等争权。他本人已申明过了，绝对不再留在四川。现在他的一标人，依然由他统率，将来或是遣散，或是改编为革命军，完全由他做主，任何人不能干涉。一标人的欠饷，同将来三个月的饷项和开拔费等，必须在独立之前，由四川绅士依据他提出的单子，一次发清，"细数，目前当然还不知道，估计也不多，大约总在二十万元左右吧？"

唐道台毕竟是一个更事较多的老宦，等叶荃的话一落脚，他竟毫不犹豫地笑道："这算什么了不起的事情，值得你大动干戈！"接着，便概论了一番目前大势。他也认为赵尔丰把政权交与咨议局一般议绅为失计。一则议绅们都无行政经验；二则收拾四川这个分崩离析的局面，确实非依赖有勇有谋的陆军不可。好在授受两方，都已想到后面这一点，"我昨天会着周紫庭、陈子立几位先生，知道绅方所拟的条件，就规定明白，将来的军政府里，政军两权截然划分。你们朱统制官已经定夺出任副都督，专门执掌军权。这与你所提的前半段完全吻合。"因此，他主张去同蒲殿俊等人谈判时，这一段不必过于坚执。不管名称是正是副，总之既是都督，又执掌着军权，也就行了。

至于两个部,更不必提。这本在军权范围内,用不着去同他们不能过问的人商量。末后那段,尤其不成问题了。何也?就他叶统带说,不愿留在四川任职,足以表示他恬淡为怀、不争名利的好品行,大家只有称赞颂扬之不暇;就议绅们而言,巴不得他能离开四川,免得将来更有别的什么要求。现在值得琢磨的,仅只二十万元这笔款子,"是不是可以减少一些呢?"

"不行,丝毫不能减少!"

"万一他们不答应呢?"

"那我就开炮!"

"要是他们答应了,然而一时之间拿不出来呢?"

叶荃不由呵呵笑道:"老兄,你并非是我的相手方,而是一个愿尽义务的说客。何以先同我讲起价钱来了?"

唐大人也拈着虾米胡子笑道:"这叫作谋定而后动。也是你们的兵法呀!"

据传,在成都宣布独立前夕,这个谁也料不到的小波折,得亏唐道台的居间,大事化为无事,叶荃从大清银行、浚川源官银行、通商银行、裕川银号、天顺祥银号、宝丰银号、新泰厚银号、百川通银号,收到拼凑垫出来的十万银圆(其中有几万两老白锭,是按七钱二分为一枚龙洋,折合成银圆的),硬没有失言,等不到初七天明,果就带起不足两营人的队伍,悠然而逝。

五

陆军里的四川籍军官尽管愤愤不平地抱怨说:专制时代,他们受压制。目前要独立了,为什么政、学、商各界,都能实行自治,唯独他们陆军,仍旧被少数几个外省籍的军官压在头上,连自治的气味都闻不着呢?因而,他们才表示:掌大权的头脑人物,必须是一个四川军官。但是他们的声浪却影响不到绅方官方所拟具的独立条件。迨到条件公布,原来朱庆澜这个赵家奴才,不但高升为副都督,而且全省军权都操纵于他一人之手,俨然又是一个赵尔丰出世,即使不是一整个,也算得半个。

几个中级军官聚在一处,乱叫乱吵:"独立,独立,我们军界就不曾得到独立。这样搞下去,我们还有啥子想头?"

一部分悲观失望的人主张不干了,宁可解甲归田,卖刀买犊;或者改行干别的事情，免再受那些外省人的肮脏气。

一部分不服气的人不赞成，他们说这是没出息的想法。天地间的事原本如此，你越是老实，越是谦退，人家就越不睬你，越不买账。为今之计，只有大家起来同那些外省人事，善争不行，就恶争。使出各种手段，总以争赢为主。

"这么一来，岂不怕人家诽谤我们排外吗？"

"排外就排外，怕他们诽谤？"

"况且是他们先排挤我们。我们只是为了生存竞争，迫不得已才还他们一手。理由充足，无须顾虑他们的诽谤诬蔑，外界人知道，还会赞成我们哩！"

好极了！这叫作"得道者多助"。但是怎样争呢？怎样安排呢？尤其要找一个领头的人才对。找谁才合适呢？这人既要有资格，又要有名望，而且还要有气魄，有担当；办事公道，在关键时候，不专为自己的利害打算。用不着说，彼此一考虑，觉得在眼目下，只有尹昌衡还符合这些条件。

但是有一个参加过同盟会、不为人所知道的管带，迟迟疑疑地提出一些异议道："这个人凡百都好，可是……可是，据我个人看来……短处就在无远见，无大志……"

大家问他从何而知？

他不肯说："何必讲它呢？我只是顺便提一下，以供各位同仁找他说话时，心里有个打米碗罢咧！"

人总是难于永保秘密的。这个管带，当时虽然隐忍不言，但不久，终于泄露出来。原来就是他，这个参加过同盟会的管带，在武昌起义的消息初初传入四川，尚未完全证实之际，他曾悄悄密密找着尹昌衡，试探着问他有没有意思做一件非常人才敢做的非常之事？譬如外间盛传的八月十九那天，在武昌发生的那种事例。

"你是说革命吗？"尹昌衡惊异地问，"在四川？"

"不如说，就在这个九里三分的省城。"

"你入过同盟会吗？"

"这个，你不须问……天下兴亡，匹夫有责。只要有大志的人，不一定要参加什么秘密结社。这话，你赞不赞成？"

"你问我是否赞成一个人参加秘密结社？嘿，嘿，人各有其志，这如何能由旁边的人来做决定？"

"唉！莫把话岔远了！我只请问你有没有意思，趁此大好时机，在成都地方响应武昌的同袍们？"

"噢！这个……"尹昌衡垂着眼皮，默然了半会，方瞬了一眼坐在对面、急切等他回答的这个人，同时把声音放低得像耳语似的问道："莫非只是我们两个人，就……"

对方也放低了声音，并且向前凑了凑，几乎凑在他的耳畔，热情地说道："人倒很多。就只缺少一位掌令箭的豪杰。要是有这样豪杰挺身出来，我敢打包本说，此刻发出号召去，明天就有一支人马出现。"接着，他定睛看着尹昌衡，脸上明摆出一种像在彩票中签表上，查对自己手中号码时的神气，问"你可愿意？……"

这一次，尹昌衡不但垂下了眼皮，并且紧锁起眉峰，当然他在深思熟虑。

客人连忙增加一把火力说："我们都晓得你资格很高，学问很好，眼光很远，志趣很大，所以才要求你来当我们的司令。只要你肯的话，我们……"

"莫忙！"尹昌衡平平静静地截住他的话，"这是一桩何等重大的事情，当然不能立谈之间就可决定的。"他站起来做出送客样子，"等我想好后，我们再碰头。"

把客人送出房间门，临握别时，他忽然郑重其事地问道："你晓得汉朝杨震说过的四知吗？"

"当然晓得啦！天知，地知，尔知，我知。"

"一点不错。我们就用这八个字来做彼此的座右铭罢！"

从此，他们没有再会过面。

这一天，几个人到陆军小学总办室找着他时，情形便有所不同。他热情接待来客。一边与大家一一握手，一边叫护兵泡茶。

大家都是熟识朋友，不用寒暄，不用客套，一个人开口，几个人争着讲了起来。嘈嘈杂杂的人声充满了这间宽大的总办室。

尹昌衡假装掩着两耳，高声叫道："不得了，要炸啦！要炸啦！"

众人一怔，因才闭了嘴。一个人问道："啥东西要炸了？"

"啥东西？我的脑壳！"

"啊哈哈……啊哈哈……"整个房间又充满了哗笑。

尹昌衡把右手一挥，正正经经说道："你们那些牢骚，几天来，我耳里早已灌满。此刻跑来找我，是不是要我替你们出口恶气？或者是要我为你们扎起？"

管带宋学皋首先说道："不是，不是，我们打算推举你出来担任军政府副都督……"

管带龙光连忙接过嘴说："我们绝对不答应朱庆澜这般外省官僚再压制我们……"

管带彭光烈更从座椅上站起来，举着两手道："这是我们十七镇全体官兵的公意……"

统带周骏立即更正道："植先的话带了汤。应当说是十七镇里全体四川官兵的公意。我说，硕权，这是无可推卸的事情，不管怎样，你都得挺身出来把这担子担起才是！"

所有在场的人都噼里啪啦地拍起掌来，仿佛这里就是会场。

笑咧了大嘴，笑眯了两眼，青白色长方型脸上也泛起了红晕的尹昌衡，大刺刺地仰坐在他那又高又大的交椅上，等到大家的巴掌停住不拍了，方用起宏敞的嗓音说道："承你们不弃，想推举我出来担任副都督。不是我耗子趴秤钩——自己称自己的话，这点本领，我并不比朱统制低。但是……但是，你们动手晏了！现在局面已定，各界的绅耆父老已把条件拟好，怎能再由我们军界……不！还得把巡防、巡警等除开，只能说是少数的陆军……怎能由我们少数陆军来破坏？何况我们也破坏不了。第一是，赵季和不放心我们，更其是我。我敢说，假使赵季和听见我的名字，他宁可破脸毁约，也不肯心甘情愿把军权交出。如此一来，四川当然不能独立，七千万同胞岂不要责怪我们？其次，各界绅耆父老向来便没有把我们这些人放在心目中。只看他们在商量条件时候，哪曾想到来征询一下我们的意思？即使现在找到他们理论，他们给你一个不瞅不睬，我们能把他们如何？结果是自讨没趣……"

说来说去，尹昌衡始终不答应争夺副都督这一席。

大家颇为失望地说；"难道我们依旧俯首听命于那班外省人不成？"

"那也不是。我主张一步一步地做。把第一步站稳之后，再谋第二步。而且要做得表面不争，免遭阻碍。"

"那么，请问第一步的办法是怎么样呢？"

"独立条件上的军政府组织，不是包括有参谋部、军政部两个部吗？我的意思，与其争夺人所瞩目，而又未必争取到手的副都督，不如等独立之后，我们正当提出要这两个部的好。你们想想，要是我们把这两个部都拿得到手，我们岂不就有了实权？岂不就可以把四川军官提拔一些起来？岂不在无形中就免却了他们外省人来操纵？这就是我老早想到的第一步办法。你们商量商量，看还可以不？"

大家热烈地商量了一会，结论是"当然要得"。

彭光烈进一步问道："如其这一步办到了，请问，你的第二步呢？"

尹昌衡摇摇头道："我还不曾想到哩。"

"那么，我提一件。到了合适时候，好不好要求军政府再成立一镇陆军？"

周骏一跃而起，大声喊叫道："我也想到了这上头！若不再成立一镇陆军，你说提拔四川军官，那不是一句空话？"

另一个管带孙兆鸾笑道："我说，这倒是一件最为牢靠的事情，何必放到后来才要求？不如连同要求参谋、军政两部时，一齐提出好些。"

大家又轰然喊赞成！赞成！

接着，推定人选：参谋部长由周骏担任，军政部长由尹昌衡担任，新陆军统制官由宋学皋担任，正参谋官由孙兆鸾担任，两个协的统领由彭光烈、龙光担任。其余的人，有的调来新陆军当各标统带，有的填补十七镇的缺额。至于十七镇统制，暂时不管，等到周道刚回来，请他担任。（周道刚原任陆军小学总办，资格比尹昌衡高。保路风潮起后，奉调到北洋参观秋操。武昌起义，秋操取消，周道刚与各省观操人员一样，被阻在京师。但大家期必他一定要回四川的。以他来充当十七镇统制，不但四川军人心服，就连那班外省籍军官，如姜登选、方声涛等等，也不会反对的。）

大家得意扬扬，认为这样一安排，真是妥当之至；既不显然排挤外省军人，也摆脱了他们的手掌，他们决定不会说什么的了。

谁晓得十月初七过了，由尹昌衡出头，一连向军政府提出三次要求，都碰了壁。第一次，蒲殿俊答称，这些都是副都督分内的事情，他不便过问，而且也不懂，要他去找副都督。第二次，朱庆澜答称，目前当务之急，在于如何把驻在省城内外的所有武装队伍，按照条件和四川父老兄弟的希望，合并拢来，加以整顿。巡防十数营、巡警一千余名、驻防八旗练兵二千余名，正分头接洽，已经繁忙的了。而最感头痛的，还有号称十数万的同志军，俱已开驻到附省各地，怎样安置？怎样编遣？和罗纶昼夜磋商，一直得不到头绪。至于再成立一镇新陆军，更其办不到。首先是，没有那么多武器服装；其次，四川队伍正自觉得过多，款项日见支绌，现有的巡防，薪饷已有蒂欠，绅士们业已提出要求，在战争期间所招募的新兵三营，都叫从速遣散，陆军巡防的缺额，不得填补；在这种情形下，怎能再成立一镇陆军？他为四川人民的担负着想，也觉得实在没有一年当中再多开支几百万两军费的必要。倒是参谋、军政两部，可以商量。不过军政府方在着手组织。组织纲领，总参议和正参谋官可以拟具提出，是否准如所拟？或者对人员有无进退？其权仍在正都督。至低限度，恐怕也得交在临时会议上，由军政府的顾问、参议们讨论研究而后决定。所以他仍不敢答应可或是不可。最好，他先与姜登选、方声涛两个负责拟具组织大纲的人谈一谈。因此，又来了一个第三次碰壁，而且这一次碰得更扎实。

据参加过这次会见的人说，这次并非尹昌衡一个人去，同着他去的，有周骏、宋学皋、孙兆鸾、龙光、彭光烈和其他几个人。大家的军服穿得笔挺，还都挂了指挥刀，还都佩了自来得手枪，虽不准备拼命，也有决一死战的气概。

想不到这反而引起了方声涛的反感，认为尹昌衡有挟众威胁之势。心里先就定了计：凭你们怎么要求，总之，给你们一个不答应，看你们要什么手段！

因此，当尹昌衡把三件要求一一提出之后，姜登选瞅了方声涛一眼。正打算同他合计一下。但是方声涛却秋风黑脸地冷笑了一声道："像这样无理要挟，即令副都督点了头，我也不准许！"

这一下，两方真正决裂了。

尹昌衡怒气勃勃，一冲，就奔出房门走了。

彭光烈咬牙切齿，拔出手枪向方声涛就打。幸而保险机没扳开，也不知道手枪里上了子弹没有，总之，手枪没打响，已经被旁边的人（因为太乱，弄不清是哪方的人）夺去，并把他劝住。

周骏把指挥刀鞘子在地板上戳得鼓响，叫号道："岂有此理！岂有此理！"

孙兆鸾尤为激动，捶桌打掌地又哭又嚎道："硬不把我们四川人当人啦！"

主客两方真正决裂。主方人众势盛，一连几天，都有成群结队的陆军军官，全武装跑到军政府，找副都督，找总参议，找正参谋官讲道理、诉委屈。军纪也废弛了，陆军士兵遍街游荡，有些出轨行为，比巡防兵还闹得厉害。平日专在街上稽查陆军军风两纪的、佩戴粉红领章和袖章的宪兵，也躲得无影无踪。客方感到势孤力弱，无法收拾这种局面，也害怕主方有什么不测行动，从朱庆澜起，都不敢再到军政府办公事，使得军政府大半边都瘫痪了，十个部不能急切组织成，应发的照会，不能急切发出去。局外人不晓得内情，自然只有责怪蒲殿俊没有拨乱反正之才，反成治丝益棼之局。大家忧心忡忡，连饭都吃不好。绝大多数人，包括普通人在内，也怀疑蒲都督登上金銮宝殿，是否就昏了君？是否一天到黑睡大觉？

六

其实，蒲都督并没有昏君，也没有睡大觉。反之，全军政府的人都不及他那样公忙。从早晨起来（他在就职的头一天便移住到军政府，从未回家去食宿过），就办公事，就会客，就开会，就到各局去亲自检点人员是否到齐？亲自处理庶务局该不该买那么多保险洋灯，买那么多自鸣钟？还要反复考虑开的价钱，是否公道、真实？经手人有无侵蚀？尤其秘书局里的人，大都来自学堂里的教书先生，例如蔡麻子这个主任是留学日本宏文师范八个月回来，只长于教算学，连写个说帖都有点费劲。虽然也有公事较熟，如孙雅堂一样的人，因为不多，所以秘书局所拟具的文稿，无论大小繁简，他都要亲自核稿。理由极充足：军政府的文告，是开国文献，纵不垂世，却要行远，一字一句都不宜有细微瑕疵。何况许多章则，尤应绵密细致，丝丝入扣，更是大意不得。光是这些东西，几乎就费尽了他的脑力，也表现了他的精明。

而且蒲都督还极能顾及民情，采纳舆论。譬如光复之后，改易服色一件事；当然，事前也商量过，效法日本维新，短发西服，以趋世界大同。也考虑到叫所有的人都穿西服，是一时办不到的。何况日本维新几十年，和服仍然流行，日本没有办到的事，中国安能一蹴而就？但是头发必须剪短。这不但有日本先例，也表示光复了的独立、自由大国民，不再是清朝专制时代的顺民。所以在独立这天，张贴通衢的文告，除了那张古香古色的宣言外，第二张告示，就是叫大家剪掉发辫以示与清朝断绝关系，而复我大汉威仪。殊不知才不几天就有一首民谣从四乡传到城内，从城内传到军政府里，好几个杂役都当作笑话在唱道："复汉就复汉，为何剪帽辫？分明是投洋，你怕我不参！"其他的人听见，并不在意。但是他蒲都督才一听见，便大吃一惊。来不及召开临时会议，便急忙叫秘书局的孙雅堂来，拟了一张六言韵示，即刻核稿，即刻缮写，即刻标朱、过印，即刻发交警察张贴。告示上说得明白：发辫剪与不剪，概听人民自由，无论何人，不得干涉。及至有人当面质问他，为何如此出尔反尔？他回答的是"民之所好好之，民之所恶恶之"，又说："此舆情也，安可过拂？"又问："为何不召集会议，听听大家的意见呢？"他说："一则时机紧迫，不容从容坐议；再则即使开会，众议一定金同，又何必多此一道手续？"

但是遇到真正大事，他又优柔寡断起来。也有充足理由：说是关系太大，岂能仓猝决定？所以必须再思三思。或者是，一个人的独行独断，总不如集思广益，待大家出主意为得！所以他对军政府的组织和人员的任用，就因为顾虑多端，荏荏苒苒地决定不下。他的老友张澜，向他说了几次：目前最可注意的事，倒是陆军里头本省和外省军官的不和。与其叫邵从恩出来调停，反不如因利乘便，把朱庆澜等人的军权夺过来，交与本省军人。张澜尽管赞成过独立条件，但他也和罗纶一样，已经觉察到赵尔丰、吴钟镕、周善培诸人在条件中间，要有一些把戏；顶可致疑的，就在赵尔丰何以坚持要把军权集中到朱庆澜一人手上？可能不只是为了维持外省军人的位置，还可能有沉机观变、待时而动的计谋，虽然不可想象既把政权交出了，哪还可能翻悔？罗纶为了防备万一，遂专心专意于招揽同志军。张澜心心念念在于他故乡川北地方，因而只想说动蒲殿俊，作出一种决策，以弥缝独立条件上那些深可滋疑的漏洞。但是对于张澜的忠告，蒲殿俊并未动念。他非常相信陆军素质很好，服从性强，赵尔丰把军权交出，他便无法指挥军队。朱庆澜哩，宽仁有余，威严不足，本来是个文人底子，是非之见又很明。赵尔丰之所以把军权交他一人，那不过因为他的地位关系。况乎这个人是个老官场，胆小听话，比起那些飞扬浮躁的新军人，实在好处太多。别的不说，只看许多是他权力范围之内尽可以自己做主的事，他都要来请命，不敢自专。只这一层，叫人怎么能不相信？怎么还忍得取消他？像叶荃那家伙那样跋扈，我们尚且容忍将就了，难道便不能够容留一个纯谨可喜的朱庆澜？若要乘势去掉朱庆澜，本如吹灰之易，无如既失信于赵尔丰，使人议论我们口血未干，即便背盟。背盟不祥，古有明训。再而，也不免贻人口实，说我们对本省军人之强，便退让；对外省军人之弱，便不在意下。背盟失信，已非君子，畏强凌弱，实为小人。张澜这人太功利了，也太短见了，当然不能听他的话！

几天之后，尹昌衡还是被照会为军政部长。大家都说，这是军政府高等顾问、也是尹昌衡未婚妻父颜伯勤的力量。蒲殿俊对人解释这事，则力言并非出自私情，而完全是他同邵明叔、徐子休几位先生，就他们在主客军官之间调停后，商量出来，使两方各得其所的公道办法。因为参谋部既给了客方，所以军政部就必得交与主方。

但是四川军官还是没有服气。尹昌衡当了军政部长，只算实现了他们条件之一，而最为重要、最有关系的条件，并不在于参谋、军政两部，却是在于新编陆军一镇。若不再成立一镇陆军，试问那么多人，而且都是不安本分、自以为大材小用、急于要想出人头地的一伙人，如何安顿？

尹昌衡被这些人纠缠着，应付不开，只好耐着性子找朱庆澜商量。朱庆澜态度很好，人家说话时，他总是和颜悦色地连连点头；有时还附和两句："得啦！得啦！我也是这么想的。"可是到末了，他老是一句话："我没有意思，只要蒲都督答应，别说多编一镇，就是多编几镇，我又何乐而不赞成？"大概朱庆澜也已感到大势所趋，他委实无力阻挡。不过要他出头去与蒲殿俊关说，他又不肯，推脱说："你现在是军政部长，这些事，正该你负责，正该你直接去向正都督面禀时候。若是再由我转商，岂不反而多费周折？说不定蒲都督还会疑心我有什么用意，于事更不好了！"

尹昌衡也料得到去与蒲殿俊商量，等于向壁呵气，要是他肯的话，在照会他当军政部长同时，就应该答应的了。然而势逼处此，又不能不找他。这个时候要他答应，平日那些说法，断乎无效，必得另外想种说词，或能使他听得入耳。是一种什么说辞呢？尹昌衡虽然胆气粗豪，勇于担当，可是说到用智，那他就差了。

恰好，就这时候，彭光烈又来看他。

"植先，来得好，我正要找你问计。"

彭光烈果然不愧曾经提过考篮，入过县学；在武备学堂是有名的高材生；在同志军时是两方都能应付得好的支队官。当下听了尹昌衡把为难之处说后，垂头思索了一会，才扬眉说道："你还是应当把众人的要求先提出来……对！蒲都督一定要诿口于军械服装都来不及，以及一年要多开支若干军费。这都由于老朱、老方、老姜等人先入之言，牢锁在他心中，一时难于变更的缘故……你可不要同他辩难……你只要求他，先把人员定夺下来，即是说把全一个镇的各级军官先发表，使大家安了心，然后再筹划这一镇的军需器械……或者简直跟他说明白，我们都可先尽义务。在军需器械没有充分筹好之前，连队伍的饷银都不忙发，只每人每月发一点伙饷，使大家有饭吃便行……再而，你还得说，我们绝对不是为了自己的区区名利。我们是搞国防武备的人，当此内忧外患相逼而来，我们只是要尽国民一分子义务，不惜牺牲身家性命，用以捍卫桑梓而已……你也可以告诉他，老朱等主张整顿队伍，编遣同志军，我们一点不反对。我们只是想到遣散的人绝对不少。那些人，全都甘愿归田吗？不见得吧？如其一百人中有几个人不愿，为数便多啦。与其听任这些人游手好闲，不免于为害社会，不如把他们收编成为队伍，练成劲旅，对社会有益，对国家尤其有利……总之，从这些方面去说他，我想一定可以说动他的。"

不错，确如彭光烈所料，这些话有力地钻进了蒲殿俊的耳朵。但是这件事，到底不似普通人反对剪发辫那样紧迫、严重，须用断然的手段来处理；也考虑到不管怎么说，毕竟是朱庆澜权力范围以内的事情，不先得他同意而竟自答应了，总觉得不对；何况朱庆澜治军有年，比自己内行，军政部长的说法固然头头是道，然而施行后，产不产生不好影响，自己实在没法去设想，其所以必须同朱庆澜磋商磋商者，也是古人"耕问奴，织问婢"的道理，从而也表示了自己不糊涂，也不专制！

因此，他尽管答应了尹昌衡可以可以，但是一直拖到十月十八日早晨，并未发表再成立陆军一镇的正式公事。

七

郝又三用半冷半热的开水洗了手，再由伍大嫂用热水帕子把两个膝头捂着。

伍平带着小护兵皮猴回来，问明原因，仔细把伤处看后，伸起腰来说道："手上不要紧，膝头……也不要紧。不过用热帕子捂，不对头。"他转向他老婆问道："我的那一罐子陈年九分散呢？"

伍大嫂因才恍然道："是呀！那是专治跌打损伤的好药。在我立柜里，等我去找。"但她又顿了一下，"屋头没有烧酒了，赶快叫皮猴到口子上打几两回来！"

郝又三摸出纸烟，自己咂燃一支，又递了支给伍平，一面问道："吴凤梧来找你说些什么？"

伍平紧皱起眉头道："还不是那些空话？还不是跟前天在陆、防、旗、警联欢会上，大家说的那些空话一样？"他仿佛很生气的样子，把纸烟扎实嘘了几口，从鼻孔里喷出两道灰白色浓烟后，才接着说："都默倒我们巡防军是一些瓜娃子，好对付；说些空话，给戴些高帽子，我们就皈依佛法，咋说咋好了。却不晓得吃粮当兵的，还是人嘛，吃不饱饭，拿不到钱，怎怪人家不乱来呢？我说，绅商各界与其劳神费力、包席唱戏，开啥子联欢会，不如把藩库里的银子提出几万来，把欠饷发清。我敢说，这样一来，岂但营规可以立刻整顿，嘿！嘿！说不定……"伍平的油黑麻脸上，忽然露出一种令人不解的奇离的笑意。

皮猴打烧酒回来。一家人连忙将陈年九分散倾在一只土碗里，用烧酒调好，叫郝又三把上层比较清的喝几口，余下的像面糊一样的药浆，伍大嫂用手指挑来，给他敷在两个膝盖上；并用伍平的裹腿缠了又缠，把他两腿缠得弯了就不能伸，伸了又不能弯。

伍太婆说："使不得！你这样缠法，大少爷咋能走路哟？"

她媳妇笑道："就是不要他走！"

郝又三摇头道："不走不行。今天下午，就得到尹硕权家里去找他说话。"

伍平问道："尹硕权？莫非就是尹昌衡？"

"猜对了。我去找他，一则问问他，家严对蒲都督讲的话，是不是生了效？二则趁便向他吹嘘一下，果真要成立一镇新陆军时，首先把你这一营编进去。"

"唉？你说些啥？"

伍大嫂笑着把她丈夫的肩膊重重拍了下道："等我告诉你。看看人家大少爷是怎样在关心我们呀……"

等不及伍大嫂把郝又三起初告诉她的话说完，伍平已经接连冲着郝又三打个两个千（是一种久已废除的礼节，伍平因为习惯了，还没有忘记。并且觉得跪一只腿在地下，确实比作揖打拱恭敬得多），并还握着他伸出来的右手，说道："嘀！……嘀！……郝先生，你真是打救了我……"

他妈接口道："硬是哟，大少爷，你打救了我们一家人！"

郝又三心中很为得意，可是也习惯了不能不假作谦逊道："说到哪里去了！朋友帮忙嘛，能为力地方，怎好不为力呢？不过话说在前，我只能尽我之力去说，到底效果怎样，其权在于尹长子，我是……"

伍大嫂瞟着他道："大少爷，我记得你是拍过胸膛，丢过海誓的呀！"

郝又三绯红着脸笑道："着你点了穴道了，哈！哈……"

皮猴端茶出来。

"不吃茶了。去给我喊乘轿子来。把轿钱讲定，先到沟头巷会人，并且要等半点钟工夫，再回暑袜街我的公馆。"

伍太婆道："忙啥哟，吃了晌午饭去不好？"

她的儿子、媳妇也同样在挽留，还打算叫皮猴去割肉打酒。

郝又三把金壳怀表摸出一看道："不行啦！去晏了，会不着人，岂不耽误了你们的大事？"

八

郝又三的轿子刚回到大门口，看门头张老汉便迎着轿子，大声告诉他："三老爷回来了！"

"咹？三老爷回来了？"

在轿厅下轿后，赏了轿夫两个当十铜圆（几乎比平日的茶钱，多给了三倍半），提起羊皮袍的衣衩，一瘸一瘸地走了进去。

在郝达三卧榻前的当地，满脸风尘色的郝尊三，短短地还了侄儿一个恭而且敬的到地长揖，一面笑着回说："承问，承问。大小三口都还平安。就只晏走一步，吃了不少惊恐，却为不值。"

"你老人家说的，是遇合了杀端方的事情吗？"

"不是，不是，杀端大臣虽则一桩吓人的大事，不过当时我们并没有受到惊恐。为啥呢？因其……"

他哥刚抽完一枚指头大的鸦片烟泡，放下红里透油的竹管烟枪，翻身坐起，打断他的话道："端午桥遭杀的事情，我已听过了，不必再谈。把你适才没有说完的话，继续讲下去好啦。"

端方遭杀的事情，多么重要！三叔从资州来，正好听他仔细摆谈一下，无论如何，他亲眼所见，总比报上登载的既翔实而又有趣。但是父亲却因他已听过，便不让别人听。父亲这种只知有己，不知有人的专横态度由来已久；父亲自己不觉其非，当儿子的若要当面批评他，纠正他，那除非来一个家庭革命。郝又三不是闹家庭革命的人，当然对他父亲的专横引不起什么反感，心里只是寻思着：待三叔空闲时候，再请他补叙一番好啰！

当下郝尊三仍然安坐在大床跟前那张从未变过位置的安乐椅上，摸抚着新近才蓄留起来的小胡子，说道："说句天理良心话，周兴武的同志军，进城以后，并不见得怎么坏。只是五马六道的样子，看起来不大顺眼。不晓得为啥子，资州人却那样怕他，又那样恨他……"

"你不是说他杀过人？"他哥捧着一把宜兴马蹄茶壶，一面凑着壶嘴喝热茶，一面这样问。

"那也因为李会长守住东门，不准他进城，所以才杀他。但也只杀了李会长一个，此外，便未听说再杀第二个人。"

"总之杀人就不对……以后呢？"

"以后就是周星甫带了一队陆军回来，出告示安民，自称都督……"

郝又三插嘴问道："也姓周？名字的字音也差不多。是不是两兄弟？或者一家人？"

"那才不是。周兴武好像是威远人。兴是兴旺的兴，武是威武的武。大家都晓得他是威远一带的大袍哥，同志军统领。周星甫哩，资州人。说是武学堂出身，凤凰山营盘里的一位军官。名字叫星甫，星宿的星，甫……尊章台甫的甫……"

郝达三微微笑道："不如说杜甫的甫，还通俗些。"

"是，是，"郝尊三点了点头，接着说道，"跟着贵州省的队伍也开来了，驻扎在南门外一家大站房里。人不多，不过三几百人。可是和周都督带的一队陆军一样，一色九子快枪。就因为军器好，人又齐心，所以从打二更动手，打到天亮，就把万多同志军打得鸡飞狗跳，打死二百多人，遍街都是死尸……"

他哥叹了一声道："同志军这样不行！"

郝又三道："或者周兴武这面毫无防备的缘故。"

"是的，同志军没有谙到贵州队伍会打他们一个措手不及。因为这天晌午，全城绅粮们还在商会上热热闹闹请了一次客，燕菜鱼翅席好多桌。周都督、周兴武、贵州队伍的军官全到齐了。听说三方面吃喝得很畅快，一直吃到擦黑时候才散席。所以全城百姓都放心了，说，这下，我们资州城该不会出事啦！就连向来虑事周到的林老翁，也找到我房间里来说：'郝三老师，这下，你尽可以脱掉衣裳，舒舒服服睡一夜好觉了！'哎咳！谁料得到就在这夜里，他娘的，一下子便开起枪来。枪打得活像放火爆。我活了一辈子，还是头一次听见那种吓得死人的声音……"

他哥又笑道："你算运气好啰！"

他侄儿也接口道："爹，他老人家说得对。我们这里，从七月十五那天起，却听惯了。"

"说到那时候的省城，我同春姑娘真替你们担心不少。谣言多得很，说得省城里头死人如麻，急切问，又接不到又三的信，我们……"

"喊伯伯！说，小妹妹又来看伯伯来了！"

香荃抱着还不满三岁的小妹妹，一路说着，掀开门帘进房来。

"啊！大哥哥也回来啦！快跟大哥哥作个请请……大哥哥拿点啥东西跟小妹妹吃呢？"

郝又三笑着站起来，用指头把小姑娘的胖脸轻轻揪了一下道："长得越好了，越发像春姨奶奶。"他掉头向他三叔道，"现在该取个名字了，总不能一辈子都叫小妹妹。"

香荃首先应声道："对啊！该取个名字！伯伯说，叫个啥名字的好？"

郝达三正在抽水烟，把嘴向他三弟一支道："应该叫她的爸爸取。"

郝尊三嘻开胡子嘴笑道："大哥哥学问好，请大哥哥取一个就是。"

但是郝又三却说："既然二姐那么喜欢她，就叫二姐取吧。"

香荃叫道："好得很，推来推去，推到我的头上来啦！……没来头，我就跟她取一个……嫂嫂名字叫文婉，哥哥给侄女取名小婉。小妹妹的娘叫春兰，我们叫她小兰，对不对？"

"不对！"她父亲道，"你侄女叫小婉，只算是乳名，将来读书时候，还应取个学名的。现在要给这个女儿取名字，就得考虑考虑，取一个学名好啰，不要待到将来又取。"

"那么，取个啥名字呢？"

郝又三笑道："岂不简单？你同大妹的名字，都有一个香字。香字，等于是你们的行派称呼。现在只在香字下，凑一个带草头的字，不就行了吗？"

香荃恍然若悟道："那么，叫她香兰！"

她父亲道："何必一定要犯她娘的讳呢？另外想个字不可以吗？嘿，嘿，带草头的字多哩！"

"香莲呢？"

她哥笑道："秦香莲闯宫，不吉利！"

"香菱呢？"

郝又三大笑起来道："《红楼梦》上已经有了个薄命香菱了！"

香荃通红着脸，把小妹妹向方桌上一放道："你这个小妹妹才不乖哩！这个名字也不对，那个名字也不对，你说，你该叫个啥名字才好？"

小姑娘似懂非懂地眯起两只小眼睛，对着她二姐傻笑。

郝尊三道："一个小女娃子的名字，犯不着费那么多精神去研究。我说，香兰这个名字就要得。"

郝达三摇摇头道："不然！孔夫子说过'必也正名乎'，可见名字是不能够乱取的。既要取名，就得斟酌一个尽善尽美的才是……怎么样，二女子？想不出了吗？我看，还是得把春英喊来……"

不用喊，春英早已笑盈盈地站在房门边；也不用老爷吩咐，便唤着香荃道："二小姐，你为何不取香芹这个名字呢？《诗经》上不是有一句……"

老爷呵呵笑道："算啦！不要再诗云子曰的喽！"

三老爷拊掌称赞道："太好了！香芹，香芹，不特声音响亮，而且芹者、勤也，也有意思。嘿，嘿，春英这妮子，哪能算是丫头，硬是一个正经女学生啰！"

郝达三忽然向他儿子笑道："真个去给她们学堂陆监督说一声，把春英转成正班学生，看可以不？"

郝又三沉吟着道："不行吧？陆绎之那人是个道学先生……"

香荃抢过话头道："道学先生又咋个哩！春英随班上课，差不多已经是个旁听生了，转一下，有啥要紧？"

"你不懂得，道学先生是最讲名分的。春英作兴是个旁听生，但她到底是丫头呀，陆先生怎能要她同一班姑娘小姐们拉平呢？"

香荃仍不退让，挺起胸脯（就因为动辄挺胸脯这一姿势，不知挨过她娘母多少次的骂，骂她丝毫不带大家闺秀的秀气样子。并且由于生理发育得充分，以致一件紧背心不管怎样紧勒在身上。而那对有弹性的乳房，却始终压不平；只要一挺胸脯，便很触眼地显现出来，这也是她娘母极不高兴的地方）吵说："丫头！丫头！难道丫头便算不得人？文明国就没有丫头这个等级。现在革了命，大家都在喊平等、自由，为啥丫头还不能当正班女学生？哥哥说起来文明进步，依我看，还是一个顽固分子！"

"对！批评得对！那你何不直接去跟你们陆先生讲呢？"

"你赌我不敢去讲吗？别人怕那翘胡子，我偏不怕，肯信他把我斥退了！"

郝达三连忙止住兄妹斗口，说道："我是说的笑话，二女子就认真了……你说革了命，该讲平等。殊不知平等自有平等之道，而尊卑贵贱，这是古先圣王定下的上下伦常，怎么能够不讲？若是不讲，那世道就不堪设想了！"

郝尊三连连点头道："大哥说得真对！若还只讲革命平等，不要伦常道德，别的不说，只怕资州天上宫那样古今少有的事，定会闹到随时随地发生，这……这就可怕极啦……"

高贵在门帘外报说："葛大老爷来了。"

郝达三正好重新横躺在烟盘旁边，遂向他儿子说道："出去陪一下！等我把这两口烧完了就来。"看见儿子走路有点瘸，问知跌了一跤闪了腿，已在一个熟人家里敷了打药。便道："既这样，你就莫忙出去……老三先出去一下倒好。走了几个月才回省，老世交们也该会一会。何况彼此又都身经患难……"

郝又三已唤着香荃，要她同走，道："也对！三叔先出去一步，我同二妹到花园去看看就来……"

九

比及郝又三转到花厅来时，主客之间，恰又把鄂军"正法"端方这一桩最值得听的新闻摆谈完了。葛寰中正慨乎其言地在痛斥鄂军，骂他们作乱犯上，骂他们野蛮至极，骂他们失掉了军人的最高资格。

郝又三想到董修武他们的言论，对于葛寰中深致不满，眉头一蹙，才待答复他几句，不料坐在炕床下手，正捧着水烟袋的父亲，竟先开了口了。

"寰中，拿当前的潮流来说，你这些话，恐怕不大对头吧？"

话说得委婉，似乎是一种商量口吻。但从说话的声调上，与那紧绷绷的容色上看来，即使历来最不善于察言观色的郝尊三（因此，而说他擅长观察风水、地理，是一位负时誉的勘舆家，你信不信）也察觉到他哥锋芒太露，简直不像从前对待这位世兄的态度。

殊不知郝达三对待葛寰中态度的转变，并非始于最近，而是从赵尔丰接任四川总督部堂，和川汉铁路股东会代表、咨议局议绅等冲突时候起，他们两人的见解便发生了分歧的。葛寰中并不十分反对四川人争路，也不十分反对四川人之反对专门以借外债为生涯的盛宣怀，专门以做官为生涯的端方。但也同他的老上司周善培一样，却不赞成四川人一味强硬到底地闹，更不赞成四川人那么认真地罢市、罢课、抗税、抗捐，不给官场一点面子；而主张四川人宁可吃点亏，乖乖地听凭中间人的调处，来一个适可而止。郝达三哩，由于年龄大一些，鸦片烟把身体弄得很差，本不应该像他儿子那样起劲，本不应该不知利害，谁晓得他也如同饮了狂药，公然伙着年轻人口口声声叫喊："宁为玉碎，不为瓦全！"有时比蒲殿俊、罗纶、刘声元、邓孝可、张澜等人还加倍激烈，几乎连头带尾都滚到革命排满那一边去了。

这时节，两个人一碰头，只要谈论到当前大事，便已像斗鸡公一样了。可是葛寰中习惯于平日气派，好比是一头大鸡公，兀自昂头翘尾，自视非凡，根本便未将对手放在眼睛里。郝达三初时确似一头小鸡公，一头刚学叫鸣的小鸡公。按照鸡界惯例，你们一定知道，小鸡公在试鸣之初，总避不了要遭到老鸡公的压制，不是啄它的冠子，便是撕它的羽毛，一心一意要把它打击得甘心去学取阉鸡样子。然而人到底是人，不是鸡。他不可能在身份相当、地位相等时候，永远忍受另一个人的支配。除非他有所求于这另一个人，而这另一个人对于他的生活（仅仅是生活，并不涉及生存。只这生活，须包括精神与物质两者），又确实能够影响。不过影响也还有个极限，超过极限，已将发生问题。何况时移势易，原先的影响或者减弱了，或者消灭了，那另一个人不懂得这种道理，还一味地打算以自己的意识来范围他，教导他，甚至支配他，若果他并非弱者，那便当然不能怪他要起而反击。闹得不好，刎颈之交，也可成为仇雠的。

但是反击也有一定的过程。

郝达三最初与葛寰中的意见不相侔时，尚只马起面孔，沉默不语。其后，蹙额摇头，偶尔发表几句不同的见解，但总敌不住葛寰中的歪歪道理。因此，每每送客进房，老是哼声叹气，对着自己亲人们，大骂这位老世弟是不识时务的官油子。

太太不明白哪一方是，哪一方非，因为不便左右祖，只好笼笼统统地劝道："哎呀，何苦来哩！两个从小在一块的帽根儿朋友，有啥子了不起的，也值得这样争执！其实又不是自己家里事情，便争赢了，又算得啥哟！我说，这不是两个叫化子争门道？争一阵儿，门道是人家的，主人家拿根棍子打出来，叫化子只好卷起破席子走自己的路！"

香荃不像她娘母，却非常同情她父亲："像葛世伯那种人，爹爹不应当同他客气。是我嘛，等不到今天，破住翻脸就是了，有什么顾虑，怕得罪他！"

她嫂嫂叶文婉，几年来学得比以前油滑，当下遂拿小姑打诨道："二妹妹真了得，连葛世伯都敢得罪！"

香荃莫名其妙地问道："为啥子我不敢？"

"就没想到爹爹曾经托过人家做媒人这件事吗？"

说的是周宏道刚从日本回到成都，正当惶惶求偶时候，郝达三因葛寰中说起，果就托他做媒，想把香荃嫁给周宏道。可惜就这当儿，黄太太跟明手快，赶先一步，把妹妹龙幺姑娘介绍过去。这一下，葛寰中的三百杯没吃成，郝达三与他太太一直怄到周宏道、龙竹君新式结婚那天，才原谅了黄太太。

香荃并不红脸，还把嘴角一垮，做出一种不屑样子，说道："稀罕他……"

当下大家一笑，事情才算过去。

但是郝达三被女儿这么一激刺，倒更为坚定，更为猛勇，居然旗鼓相当地与葛寰中口舌交锋起来。这种转变，葛寰中岂能没有感觉？却因做官时间较久，人情世故较深，极不愿意把两代人的交情，牺牲于无干得失的争论上，因才决定少来往，少见面。所以在四川独立形势没有具体化以前，他只到过郝家一次；就是彭荦、曾培借郝家宴请刘师培、朱山、弼良，他偶然"闯酌候光"的那一次。（他与郝达三一直没有察觉到，就因这次的"偶然"，却促成了四川的独立，也决定了端方的命运！）郝达三父子，在前只要发现一点什么风吹草动，必要登门向这位诸葛军师请教的，也从那时候起，绝了迹了。其间只有香荃因与葛世妹同学，两个年龄只差三岁的小姑娘又情投意合，倒时不时地带着春英，步行几条街，来找葛世妹；顺便给世伯、世伯母请安问候，陪着两位长辈谈谈家常，谈谈香芸夫妇在北京的情况。葛郝两家的情谊之所以绝而不绝，断而不断，原因正得力于这一条线。

自然，四川一独立，情形大变。郝达三担任了军政府的参议兼地方自治顾问。虽然卧室连二柜桌上仅摆了一张洋纸写的照会，但照当时的语汇说起来，则是"红起来了"。亲友当中，头一批来给他道喜致贺的，少不了便有葛寰中这个人。不过葛寰中总算有点骨气。比如他宁可利用十七省旅川同乡救亡会的声势，将代理机器局总办争取到手，却未拜托郝达三为他从中为过力。正因为如此，他尽管跟从前一样，隔不一两天，要到郝家来坐谈一会，也只在言谈中有了争执时，略为让步；有时也点头承认郝达三比他想得更周到一些，看得更透辟一些，如斯而已。

郝尊三甫由资州回家，不晓得几个月来的曲折经过，所以这时听见他哥批评老世兄不该那样责备鄂军的说法，因才定睛将客人瞅着，生恐他翻起脸来，大家都下不了台。

但是并不如他所料。这位素性逞强的老世兄，只是沉默了一下，反而启齿说道："对！老哥责备得不错，若不流血，怎么能叫革命呢？哎！哎！适才那些狂言，我也只在你这里才能出口，要是在别的地方，我自然另有一番说法的。"接着他还嘻嘻哈哈大笑几声。

郝又三瞅了他一眼，很有意思地说道："世伯这种处世方法，真可谓随方就圆，无往而不利了。"

葛寰中认真地点点头道："老侄台的意思，我懂得。但为了顺应潮流，当然要见人说人话，见鬼说鬼话才行啊！"

话头一转，又转到端方身上。郝尊三说他在资州会见本地绅粮时候，总要表白他是汉人，姓陶，因为不敢复姓，所以才以姓为号，取个别号叫陶斋，"这恐怕是真的。"

葛寰中又呵呵笑道："如此说来，端午桥倒又死有余辜。何以呢？一个人为了求生，连祖宗都可不认，这还算得人吗？"

郝达三道："莫非他真是旗人？"

"怎能说是假的？我们不须到内务府去查他的籍贯，只看前几年的缙绅录上，在他直隶总督名下，便载得清清楚楚说，托忒克氏、满洲正白旗人、荫生、顺天府举人……"

郝又三也笑道："但是复姓的事，倒不一定怪他不认祖宗。也有特为认祖宗而复姓的。世伯总晓得吧？"

"噢！你是说最近两天，有个什么姓赁的人，登报复姓钟，这件事吗？呃！这姓真怪，姓赁！不知道百家姓上有没有这个姓，该不是旗人吧？"

"不是旗人。这人叫赁书传，高等学堂学生，比我早两年毕业。不过他自己登报说，他祖人并不姓赁，因为反对清朝有罪，遂改姓赁，意思说，暂时赁一个姓来。如今清朝被推翻了，他终于复了姓，所以姓钟。"

"那么，他应该姓终。为什么又姓钟呢？所以我看见报上的启事时，不相信真有其人，真有其事。现在据你老侄讲来，人确有其人；但是事呢？是否确有其事？"

郝又三摇头说道："这个只有赁书传自己明白。我们为了同学之谊之雅，只好信其有，不好信其无。"

"为什么不好信其无？"

"若是信其无的话，照世伯所下朱语，赁书传岂不又是一个死有余辜？"

于是，连不解风趣的郝尊三，也随着大家笑了起来。

葛寰中转面对着郝达三慨然说道："达三哥，不管你如何议论我不合潮流，我却要说，宣布独立以来，这几天，省里的情形实在乱得可以。别的不说，自从杨彦如这位不争气的盐运使卷款潜逃以后，所有衙门局所的员司都造起反来。一天到黑不办公事，光晓得开会演说，包围上司，要求预支薪水三个月到半年。听说邓慕鲁接管盐运使遗缺，几乎挨了员司们一顿好打。后来，将盐务公所的存款全部平分之后，风潮才平息了。又听说蔡东侯去接管布政使，也和徐子休之接管提学使一样，员司们竟自胆敢开会，宣称不承认他们，不许他们接印。我那机器局，幸而处在城门，又幸而我是旧上司，平日彼此尚称融洽，所以未受影响。但是长此下去，也难保不出事情。即令我一个局不出事，其他地方那样乱法，总之不是一个兴国局面。你们当参议、顾问的人，随时在开会商讨当前大事，难道就不能给伯英出个主意，想个办法不成？如其不然，这烂摊子恐怕更不容易收拾的了。"

郝尊三接着说道："葛大哥说得好，硬是一个烂摊子。我今天一进城，就觉得气象不对，奇妆异服怪打扮的巡防兵，成群结队满街走。周兴武的烂队伍就不文明了，可是在资州城里，也不像这样乱。及至贵州兵把他们打跑后，我觉得，资州实在比省城安静。我现在倒有点失悔，不该听春姑娘的话，着着急急奔回省来。"

他哥盹了他一眼，却转面向葛寰中说道："你莫怪我们不出主意，不想办法。糟糕的是，主意办法一大堆，伯英一件也不同意。比如街上秩序那样坏，我们研究之后，向他说，最好把巡防军的欠饷发了，使军心安定，而后重申军纪，严加约束，有不听令者，斩首示众。这样，恩威并用，哪有不能维持秩序之理？"说到此，郝达三皱起双眉叹道，"唉！真不好说！伯英偏偏要吝惜这几万元，说，他既然把这几营的欠饷拨交了赵季和，应该由赵季和发放，他安能给赵季和垫背，让赵季和没名没堂来捡这个顺头……"

他儿子没等他说完，便插起嘴来道："现在蒲先生想通了。刚才尹硕权告诉我，他已发出手谕，命令巡防军明天一早齐集东校场，他同朱子桥要亲去点名发饷。"

郝达三、葛寰中两人不约而同地欢然说道："这就好啰！"

第十三章 难忘的一天——十月十八日

一

今天有两件事使楚用欢喜得走路都像麻雀在跳。

头一件，是英语、英文法合堂考试，一共十六道题，只两个钟头，他居然交了卷，而且全部答对了。

楚用的英文程度，如他自己所说，是有限公司。如其能够专心复习，倒也罢了。但是讨了老婆回省，生恐被表姊娘讥剌他爱情不专一，不能不把全部光阴，一丝不留地耗费于表姊的一颦一笑。所以在考试之前，他自己估计能够得到四五十分，就算万幸了。谁想得到今天调座位时，恰恰调来与林同九坐在一处。林小胖子的英文原本就有根底，近来在南尔生那里加紧补习，又随时同外交部次长杨开甲（号少泉，基督教徒，开办过英文补习学堂）用英语对谈，当然啰，对于本学堂这堂考试题，简直游刃有余。而且和楚用又那么有交情。因此，在他笔不停挥把卷子写好后，不等楚用提出要求，竟十分慷慨拿与楚用去抄。这样，楚用的英语、英文法试卷，纵不与林小胖子的一样同得一百分，然而九十五分是跑不了的。

第二件，是他上午刚刚走进学堂大门，老传事交了一封信给他，说是昨天擦黑时候，一个缠包巾、穿短打、蹬草鞋的小伙子送来的。拆开信封一看，嗨！才是汪子宜叫他队上弟兄特别捎来的一封信。说他带的学生队（大概人不多了，所以才不名为学生军）已同一部分西路同志军开进省城，现驻扎在帘官公所。本欲"立即趋访，面叙离悰"，但因奉命，于明日（当然就是今天，就是十月十八日）上午，集队到东校场听候蒲、朱二都督点名检阅，事极重要，不能离队。逆料下午可以得空到学堂来会他，"特此专函渎听，敬祈留步为要！"

汪子宜，这个曾共生死的朋友，居然回省来了！岂特汪子宜想来会他

953

"面叙离悰",就是他,也非常想找到汪子宜,披襟露怀地谈一谈。无如上午都不闲,自然只得耐心等到下午。

下午? 从十二点以后到擦黑,都可以称为下午。汪子宜光说一个下午,到底是下午什么时节呢? 要等他,那便整整六七个钟头都不能离开学堂。然而这如何成哩! 第一,没有事先关照一声,不即回去,那个人定然见怪,甚至还会乱起疑心;即令后来可以解释清楚,却不知要费多少唇舌! 要赔多少小心! 要受多少委屈! "唉! 太把人箍紧了!"想起来,倒也甜美有趣,可是成为惯例,不免感到有点腻烦,感到没有自由的怅惘! 第二,考试期间,每每上午考完,无论住堂的、通学的,差不多吃了午饭,没有人留在学堂里。不到挑灯夜读时候,是找不到半个人影的。何况今天主要功课考过,大家更需要出外散淡一下了。似这等,他如何能够只身独自守在学堂里?

真是为难极了!

幸而古字通罗启先给他出了一个主意:"你不会留下一张条子在传达室,等老汪来了,叫他到黄家去找你?"

对啊! 怎么会思不及此? 那就这样办吧!

因此,楚用挟着书包一走进黄家大门,即忙向看门老头打了个招呼:"若是有位姓汪的,或者穿短打、像个同志军,或者斯斯文文、戴副近视眼镜的人来找我,老大爷,请你对直把他引到小客厅来,用不着先进来通知我。"

看门老头连忙答应:照办! 照办!

楚用虽以表少爷资格住在黄家,却由于来自田间,而一直又过的是学生生活,尚没有学会拿身份,摆架子。对待黄家底下人,总是客客气气的;说话时,忘记不了搭一个"请"字;再不然,便是"难为你啦!""劳烦你啦!"尤其在底下人挨训时候,他不特没有从旁扇过阴阳扇子,还往往打诨说笑,把话头岔开,使底下人少挨几句骂。因此,底下人对他都有好感,从不在背后打他的叽喳。比如嘴头子那么不稳当的何嫂,竟没有人听见她煮过楚表少爷一句屎,倒过他一句坛子。看门老头还居然把他当作自己人在看待,只要有所闻,有所见,无论有关系,没关系,是公馆内的,是公馆外的,对别人可以不讲,对他则非"细说端详"不可。这个从表面看来,一个循规蹈矩的老头子,几乎成为楚用的义务包打听了!

这时,看见四下无人,遂把楚用衣袖一拉,悄声说道:"有一桩要紧事……"

楚用站住了。

"……刚才老爷从新泰厚银号上带了好多银子回来！"

"你咋个晓得的？"

"嘿，嘿，我咋个不晓得？老爷早晨出门时候，高二爷提着一口小衣箱跟在他身后。轻飘飘的，一看，就晓得是口空箱子。刚才回来，对班轿子加了一名扶轿竿的轿夫，轿子还是很沉，轿竿都压弯了。高二爷空着手先跑回来，急急忙忙把罗二爷喊到大厅上咬耳朵。等到老爷一出轿门，他两个立即从轿子里把那口小衣箱拖出，跌跌绊绊抬进拐门子。老爷亲自开发轿钱——嗨！这是从来没有过的事！我亲眼望见他给每个轿夫添了两个铜圆的茶钱，轿夫们道了十几声谢，走出大门，嘴巴还没有阖拢……"

"嗯哼！你对主人家倒很留心！"楚用淡淡说了句，脸上是倒笑不笑的样子。

看门老头子不很了解他的语意是夸奖还是讥讽，睁起两只眼泡浮肿、睫毛稀得看不见的眼睛，把他瞅着。不见他说什么，因又继续起打断的话："我登时就疑心那衣箱里装的啥，一定不是衣裳，衣裳没那么沉。等到空轿子打出来，我问轿夫：'你们打哪里拾来？''新街。'我心里已经有点模子了。我又故意问：'敢是从哪家估衣铺上肩的？'表少爷，你自然晓得，老陕开的估衣铺，新街里很多。可是我们老爷，说什么也不会闹着去买那些当铺里出字的东西，他的衣裳难道还不够穿？我这样问，无非要套轿夫的口气……"老头子得意已极，嘿嘿嘿笑了起来。

楚用点点头，又皱皱眉，口里说："真看不出。你还有这一手！轿夫的口气，你一定套出来了。"

"套出来了，"老头子咧着半瘪的、没有胡子的嘴笑道："他们说：'哪里是从估衣铺上的肩？是从新泰厚抬来的！'嘿，嘿，新泰厚！表少爷，你可晓得新泰厚？"

楚用怎么会不晓得新泰厚银号？新街北头一所推光黑漆门面极为辉煌的大公馆，八字青砖墙上，每一面都嵌有几块红沙石琢成的、便于把马缰绳系上去的石鼻孔，这就是山西票号的标识。等于把一个小土地堂修砌在二门侧，是陕西人开的大曲酒烧房的标识一样。而且他们几个调皮学生往往打它门前走过，一看见横挂在门枋上那块黑漆金字的招牌时，总要取笑说："新泰厚——心太厚！开票号的人自称心太厚，老实得真可爱！想不到居然有人要找它做生意……"

想不到他的黄表叔就在找这个心太厚！

"……我们老爷每年收的田租银子，总是放在它那里使利钱，说是它出的利息，比别的地方都高些。所以老爷月间也常到它那里去取银子使。不过从来没见过一取就这么多。表少爷，你想想看呀，这么一大皮箱，两个小伙子嗨札嗨札地抬，要装多少银子哟……"

"或者不是银子哩！"

"不是银子，嘿嘿，是银圆！"看门老头子向他把眼睛挤了挤，表示他并非糊涂，"我说，表少爷，老爷这桩事没做对。"

"哪桩事没做对？"

"表少爷，你真个是半天云里挂口袋——会装一个疯（风）哟！"

"并非装疯不懂。因为我想到你们老爷，大概由于手边没钱使用，才到银号去提取一些银子回来。这本是寻常事情，你怎会说他没办对？"

"手边没钱，取些银子回来，咋个不应该呢？只是一皮箱银子，两个小伙子嗨札嗨札地抬进去，不是太多了吗？表少爷，你难道不明白眼目下是个啥子世道？我听说有些有钱人，连金银首饰，值钱衣裳，都害怕放在家里，宁肯一个钱不要，白放在当铺里，说当铺顶稳当，四围防火砖墙，一道铁皮门，水、火、盗贼，啥也不怕。我们街口上的庆余当，说是大小箱子堆得连插脚地方都没有。人家都在打主意，偏偏我们老爷把大捧银子朝屋里搬。也不想想，家中有金银，隔壁有戥秤，若是着人家晓得了，哼！哼……"

楚用短住他的话头，认真向他说道："老大爷，请听我说……你们的公馆，不比那些笆笆户，板板门，床上放个屁，四邻闻到臭的地方，绝对说不上隔壁有戥秤的话……只要你的口紧一点，不要把你们老爷今天的事情，逢人就讲……当然！当然！对我说了，并没关系，我不特不会传扬开去，就连你们主人家，我也绝对不漏半句，你尽管放心……怕的是别个听见了，一定不会像我能够守秘密，万一出了事呢？老大爷，岂不连你也有未便了？"

看门老头子本来是一张打了许多皱褶的绛色脸，这时节简直变紫了；很尴尬的样子，正咕噜着要辩白些什么。高金山急匆匆从二门内走出来，"啊！表少爷回来啦！"

"去买啥子东西吗，这么忙法？"

"是去轿铺里喊轿子。老爷要出门了。"

"不是说你们老爷才回来不久吗？"

"这一回，说是要到藩台衙门去。"

二

楚用放下书包，朝上房走去。

黄澜生夫妇也一路说着话，从堂屋内走到屏风跟前。

黄澜生双手拿一条茶青湖绉腰带，向天蓝花缎狐皮袍上系。他太太站在他背后给他打折子。丫头菊花提了件青素缎短袖马褂在旁边伺候着。婉姑儿坐在一张与她短胖腿极为合适的矮竹椅上，噘起嘴皮，凝神一志在给洋娃娃做枕头——这是周姨爹为了补偿那件宝石撇针，特别买给她的，有尺多长，会眨眼睛，会咿呀咿呀叫唤的洋娃娃。

"表叔要到布政司去？"

黄太太接过嘴去，并且是看着楚用在说："我说，你表叔该把那三名大班叫回来。既是天天要出门，天天要上衙门，有了自己的轿子，自己的大班，既方便，也比从轿铺里喊来的干净些。"

黄澜生一面拴腰带，也对楚用笑道："这时，又该你表婶说嘴了……"

"为啥子说这时？"虽然在同丈夫顶嘴，但黄太太仍然是和颜悦色的样子，"难道那时我就不该说嘴？"因为黄澜生转身去穿马褂，她遂正面对楚用说道，"你恐怕还不明白我们斗嘴的意思吧？"

"不明白。"楚用假装着摇摇头。

"是这样的。你表叔离开制台衙门回来，向我赌咒发愿说，从此不再做官了，安心留在家里，教育子女，享半辈子清福。这样清高，我咋好不赞成呢？我那时硬是作过主张。我说，既然不再做官，三人大轿也就不必再坐。我的意思，倒不在乎省俭几块大班的工钱，只是害怕别人说闲话，说你黄澜生做了几年闲官，就放不下那个臭架子……"

"是啰！是啰！多承太太关照！"黄澜生开着玩笑说，"不过在目前，坐三人大轿还是不大好。"

"有啥子不好？今天不是又做了官，又得到差事，还领了几个月的薪水了？"

"不然！不然！今天的官，不比从前的官。从前专制时代的官，是管百姓的，所以有人讲解这个官字说，官者管也。而今天，百姓不叫百姓，叫人民。官不但不能管人民，还应当服从人民，给人民当底下人，所以名称也改了，不叫官……"

"叫啥子？"

"叫公仆！"

黄太太带着不相信的神气问楚用道："你表叔说的，对不对？"

楚用点头道："报上都是这么说的。"

"报上说的话都作数？"

"太太，我的话并不是从报上得来，是我们这个新上司蔡东侯先生昨天在会上演说的……呃！还没告诉你，太太，我们布政司衙门里，已经不准称呼大人老爷，无上无下，全称先生了。"黄澜生不由呵呵笑了起来，"你先生！我先生！他先生……哈哈！简直平等得太别致！"

他的太太也笑道："太不像样了……难道高金山与你也互相称起先生来了？"

"高金山……"

一语未了，高金山已在短廊中间高声启禀："老爷，轿子喊来了！"

黄太太不由抿着嘴皮笑道："看来，高金山还没有忘本。"

"说不上这么严重。只是他比别一些底下人懂事。自从听了蔡先生演说，他昨天向我说话，就没有称呼过我。"

他已经跨下石阶，走到短廊上了，楚用方唤着他说："今天上午东校场阅兵发饷，表叔不到东校场去参观一下？"

他回头说道："或许要去。等我先到布政司领了津贴再看。"

"又领津贴？"楚用很觉诧异，问他表婶，"听说前天才领了半年的薪水，怎又领起津贴来？"

黄太太微微笑道："想来公仆先生们还在闹，因此又从库里提出一笔钱来。不过，这是我的猜想，你表叔根本就没有对我说。"

"唉！我说，表婶，你应该劝一下表叔。处在眼前这样世道，银子钱够用就行了，何苦要那么多地拿来放在家屋里！"

黄太太立即从清澈的眸子里射出两道光芒，并且像锐剑般，笔直插进楚用的眼睛，哼了声道："你话中有话？"

"不！不！"楚用连忙分辩，"没有别的意思，半点也没有！"

"半点没有，一点总有。小伙子，你不像从前了……"

楚用连忙向她身后努一努嘴。

"不要向我做怪相！你默倒我说的话，菊花就听不得？……菊花，你说，表少爷自从讨了老婆回来，在我跟前还像不像从前那样老诚？"

"再也不像从前了！"菊花毫不犹豫地说，并且样子正经，一点不像开玩笑，"从前，表少爷还敢跟太太顶嘴、赌气。这十天里头不同啦！随便太太说啥子，表少爷总是嘻起嘴皮打和声，不晓得是啷个的？"

楚用生了气，冲着菊花吼了声："你个死女子，有你说的！"

"你骂我的菊花！"婉姑儿不依了，把洋娃娃放进身边一只小木匣内——那便是洋娃娃睡的床。站起来，尖声尖气向她表哥吵道："你骂我的菊花！好歪哟！"

"人家咋个不该歪呢，乖女？短处着菊花道了出来，心里好不难受！是我嘛，哼，哼，怕不揭了菊花的皮！"

"唉！表婶，怎么讲起这种话？我今天并没得罪你啊！"

"你现在还敢得罪我？菊花说得对，你现在不同了，处处在用手段对付我，默倒我蠢得连这点把戏都看不出来？"

楚用很是着急地说："活天冤枉！我今天未必然把鹅卵石踩扁了？你老人家要为难我！"

"鹅卵石倒未踩扁，就只话没说明，含含糊糊，藏头露尾，我不喜欢这种态度！"

"哎哟！好表婶，什么话我没说明？我不懂。"但楚用那两片已经丰腴的脸颊上，慢慢红了起来。

黄太太掉头向菊花冷笑一声："你看，这个人真会装糊涂！"

菊花没有回答，只笑了笑，带起婉姑儿往后院去了。

"好嘛！你不懂，我就给你点出来……你说，处在眼面前这样世道，何苦拿那么多银钱到家里来。我问你，你表叔只不过领了一百二十元的薪水，说是半年，其实比不上从前两个月的，怎能算多？今天去领津贴，还不晓得有没有，即使有，也不过几十元罢了。你为啥会说到那么多银钱？那么多这句话，是咋个说的呢？这难道不算含含糊糊？不算藏头露尾不成？"

"哦！原来如此！"楚用知道话说溜了嘴，既被表婶挑出漏眼，除了据实禀告，实在找不出躲闪之方。他只好故作一声惊叹道，"好表婶，那你又误会了……我打算说的话，尚没出口哩……我说表叔把那么多银子钱拿回家来……当然，绝不是指的薪水与津贴，诚如你老人家说的，那点数目算得啥？我的意思，的的确确是指的从新泰厚取回来的那笔大款子。我为啥没有一口气说出来呢？因其是……"

"别再猫儿盖屎了！"她冷冷地短住他的话头，"小伙子，可见你还很嫩，在你表婶跟前耍花枪，差得还远！告诉你，有话，就该开门见山地说嘛。本来是好话，老实说出来，我倒感激你在关心我们。可是，那样吞吞吐吐的，人家咋会自在呢？和你表婶相处了这么久，莫非还不明白她是一个直性人？喜欢的是啥子？讨厌的是啥子？我说你不像从前，就在这些地方。这下，该不怪我冤枉你了？"不等楚用开口，她又忽然瞋怒起来，咬紧牙齿说道，"不消说，定是那个老不死的东西多的嘴！咦也！我们花钱花米却养了一个奸细在家里！一天到黑，窥探主人家的动静。这样的东西，还使用得？"

"表婶，表婶，莫单怪看门大爷，也有我的不是……"

"你维护他！"黄太太差点顿起她那放得半大不小却颇端正的文明脚来，"他是你的亲人，比我还亲，可是？"

"唉！表婶，何必生这么大的气！听我说一句……"

"不！听我说！"她态度顽固，口气坚定。不过声音已不复像顷间那么急骤，而是一板三眼完全恢复到平日说话的格调，"听我说嘛。你可晓得你表叔为啥要把存在新泰厚的两千元全数提取回来？因为他听见有人说，新泰厚被人拉去了不少款子，恐怕它乘不住，要倒账。你表叔是个穿钉鞋、打雨伞的人，把稳了又把稳。特为同我商量，不如趁老西儿号上还松活，把款子全数提取回来，月间虽是少收二十多元利息，可是钱放在自己手边，到底放心些。我想了想，也是道理。只要抱得自己娃娃不哭，别的也便顾不得了……比及银圆一抬进房间，嚯！那么大一堆，沉甸甸的，我方才心焦起来……我也懂得眼面前是个啥子世道呀，银子钱放在家里，确不是好事情。日防火烛，夜防盗贼，这些已经防不胜防了，还要防我们家里这些嘴巴……刚才，啥子人的嘴我都扎过，就没想到那个老东西。我默倒他一直在外头看门，并未看见抬银圆；又想到他的年纪已大，平日不多言，不多语的；哪晓得这个死老汉才是一个敞口葫芦，比何嫂还老火……听我说！事情哩，原本不想瞒你。我并且说过，等你回来，要跟你商量一个办法，看咋个来把这些硬头货收拾一下。你不信，你一会儿问你表叔，看我向他说过没有？你表叔很赞成我的话。他夸奖你比他心细，比他想得周到……不过是，话总该我亲口向你说，才合道理，谁准许那个死老汉谄肩磨舌地背着主人家向人胡嚼蛆？……不要替他再遮盖！当主人家的再说不知利害，难道连他那点鬼聪明都没有？即使主人家一时油蒙住了心，没有想到，当底下人的恰似跑牙齿咬虼蚤——碰着了，那也该对直来向主人家说，主人家只有高兴的，难道还会责备他不成？我讨厌那个鬼老汉，正因他偏不这样正大光明地做，却要鬼鬼祟祟先对你说！这却为了何来？"

楚用毕竟体会得到他表姐的脾气，趁她发泄已尽，赶快用话一引道："表姐，我看，当前唯一重要的，倒是先研究一下，怎么来收拾那笔款子。其他的话，空了再讲，好不好？"

三

大厅耳门的门扉很大一声碰在壁头上。振邦蹺起一只脚，仿佛在作短栏赛跑，从尺把高的门限上射过，飞一般向上房跑来。

"妈呀！北门上开了红山了……"

堂屋门外的人大吃一惊。

他妈忙问："哪个说的？"

"马回子娃娃说的，"振邦满脸绯红，喘着气说，"我们刚刚放学出来，没有走上半条街，人就跑起来啰！跑得多凶，不是马回子娃娃把我拉上阶沿，我差点儿……"

"马回子娃娃怎么知道北门上开了红山？"楚用没让他说下去。

"我不晓得。"

"你就不问他一声？"他妈追了一句。

"我忘了。"

"哼！真是恍东西！"黄太太举眼向耳门边望了望，"罗升呢？等我问问罗升。"

罗升正好提着振邦的书包，急匆匆走进耳门。没等太太问，老远就高声说道："太太放心，是地皮风！"

据罗升说来，这地皮风不知从哪里扯起来的，不仅满街人跑，还关了好多条街的铺子。大家都不清楚是为了什么，有的人说，北门上出了事，有的人说，出事地点在东校场，"总之，摸不清底实，大家都说是地皮……"

罗升听人说是地皮风，黄太太与楚用也都相信是地皮风。

果真是地皮风吗？不是的！实实在在是出了事情。不过出事地点的确不在北门，而在东校场；虽未闹到如马回子娃娃所说的开红山，但影响所及，却比开红山还大得多！还厉害得多！还可怕得多！

几千巡防军从这天清晨起，就整齐队伍，一队一队，一营一营，由各个驻地进入东校场，按照次序，排列在阅兵台下一片广场的沙土地上。

阅兵台就是原来的演武厅，在广场的尽北一面。再北不远，便是那一道用大青砖砌成、约摸三丈来高、一丈五六尺厚、巍峨壮丽的城墙。

阅兵台也用大青砖和红沙条石砌成，离地面有五尺多高。上面一层翘角重檐大屋顶，支在几根合抱的圆柱上，远远望去，虽像一座大戏台，但那雄伟气势，却非任何庙宇、任何会馆中的戏台所能比拟。台后木屏风上彩画的，也不是天官赐福，而是一虎四彪，象征着四川旧军制的一军四镇。

这地方，在绿营裁废之前，只有霜降节日大操这天最为热闹。这天，连平日深居高拱在提台衙门里的全省提督军门，都要身穿戎服，跨骑高头大马，摆出全堂执事，亲临演武厅来阅操。这天，演武厅的屏风上，一定要挂出一幅半裸体的女形图画，俗名霜降娘娘，有人考证，就是霜神青女。为什么要劳烦青女也来观操？这是什么制度？这制度兴于何时？没有人研究过。百姓们叫这天大操为"打霜降娘娘"，则说，经过火枪抬炮轰击之后，这一年的霜便不会太浓，而霜期也可能短一些。由是观之，这一天大操，虽曰演武，也结合到农产的丰歉。道理好懂，只是儒家学说足兵足食的具体体现！

但在辛亥年十月十八日四川大汉军政府正、副都督来到东校场，却不同于绿营时代的霜降大操，所以陪着他们上阅兵台的，并非画成半裸体的霜降娘娘，乃是军装笔挺、仪态威严的两员大将：一是参谋部长姜登选，一是军政部长尹昌衡。此外，还有一些军职人员，还有几十名荷枪带刀的卫队，而每事必须参预的顾问、参议等，却没一个人来。

　　顾问、参议等不来，表面说是军旅之事，与他们无关，何况今天并非观操，只是点名发饷，"有啥看头？"而暗地里却是和正都督蒲殿俊闹意见。因为他们曾经建议：只须把巡防军的军官们召到军政府，同他们见见面，好言好语抚慰一番也可以了。军饷哩，还是按照花名册子，叫各营管带开具领单来领去分发，何必一定要都督亲去点名，"这不但过于屈尊，也未免不成体统！"

　　但是蒲都督却听不进去。他已经有了先入之言。有人问他说："巡防军为什么会效忠于赵季和？没有别的原因，只是赵季和带了他们多年，几乎每个军官，从最高的统领到最低的哨长，都是他一手提拔起来。他认得清这些人，这些人对他自不免有知恩图报的感情。至于士兵们就不同了。只在阅兵时候，远远看见过大帅，他们没资格与大帅接触，大帅也认不清他们。而且月间饷银由管带发放，士兵们与大帅更其隔膜。士兵们之所以尚能对赵季和效忠者，只是受着军官的压制，不能不尔，何尝出于本心。现在你蒲都督若是亲自点名发饷，这不仅一反专制时代轻视士兵的积习，使士兵们耳目一新，而且进一步还使士兵们既认识了你蒲都督，又明白饷银是出自你蒲都督之手，而绝非出自他人。如此一来，这几千巡防军岂不转眼之间就变成你蒲都督的人了？然后再把军官调动一批，升迁一批，也提醒他们，从今以后他们的前程荣枯并不系于垮了台的旧政府，而实实在在操在你蒲都督一个人的掌握中。那些人没有受过什么教育，头脑都很简单，只要你蒲都督假以颜色，施以恩惠，将来都会为你蒲都督效死而勿去的。若这办法见了效，下一步再施之陆军，施之其他队伍。比及所有军队都服从于你蒲都督，那时候，还愁什么四川秩序不能纳入正轨？还愁什么川南军政府、蜀军政府不俯首听命？（他们不重视，或者还不知道，蜀军政府已出兵来讨伐他们！）还愁什么同盟会人佹张为幻、不听招呼？还愁什么……"

　　不等说话人把话说完，蒲殿俊已经拍案而起，得意扬扬地叫道："有是哉……"

　　也有对他关怀的川北同乡感到不妥，说："几千人啊！挨一挨二地点起名来，你没想想要费好多时候？一整天能行？"

　　蒲殿俊昂起头默想了一下，"当然不是一天能搞完的。然而今天点不完，还有明天，明天点不完，还有后天。"

"能点上几天？"

"能！你只想想从前我们下乡试时节，头天天不见亮，贡院龙门口点名发卷。先从成都府的秀才点起，点到我们顺庆府，已在第二天去了。许多人怕误了点名，不得进场，明明晓得点到自己还早得很，满可睡到第二天，晏晏地起来，喝够了茶，吃饱了饭，缓缓前去应点，绝不会迟。然而一些谨慎朋友总不敢懈怠，宁可背着考篮，挎着考袋，守在贡院门外追瞌睡，不肯稍图安逸。秀才们为什么要这样找苦吃呢？没别的道理，只为了自己功名大事！今天士兵们来应名领饷，其情形也与秀才们应名领卷相似，秀才们且能耐烦，士兵们难道就不能？依我看来，作兴连点三天，也算不了一回事的，你放心好啰！"

蒲殿俊尽管自信甚坚，到底由于反对他这样做的人多，他心里也有点活动。他自以为聪明过人，料事周到，凡事经过再思，差不多找不出破绽的。但他还是把点名发饷这事，从头到尾，按照那个向他建议人所说，反反复复寻思了几番。结果，除了全如建议人所表白的种种好处外，简直想不到有什么歹处。

抱着水烟袋，一个人在房间里走了几转，忽然把脚在地板上一顿，自己咕噜道："真是哟！何不咨询一下朱子桥？他比我内行……而且他管军事，照规矩，他应当同我一道去啊！"

但是朱庆澜，这个世故极深、油滑透顶的老官僚，恭恭敬敬听他说了后，摆出一副假笑面孔说道："好得很啊！伯英，这办法太好了！"他还摇头播脑，口里不住啧啧赞叹。

"子桥，你不要客气。你比我有经验，请你多费一点心思想想，这样做了，到底有没有毛病？"

朱庆澜果然作了一会儿思索。抬起头来，极其严肃地看着对方道："毛病，我委实想不出……但是，伯英，我想把姜超六、尹硕权两位同仁请来共同研究一下，你看好不好？而且这事与他们也有关系，不同他们讲一讲，似乎……"

及至两位部长听正都督简略地把他要在东校场对巡防军点名发饷一事说后，想不到向来性情浮躁、说话抢先的尹昌衡，反而闭着嘴巴，让姜登选先开了腔。

"我仿佛听见有人向都督上过条陈……这样做，当然好。首先，可以清查一下各营的兵员是否实在。因为有人说，巡防积弊很深，凡是当军官的人，十有六七都在吃缺额……以往巡防由全省营务处管理，我们没法代庖。现在正都督亲自点名，确实是个机会，可以查明有无这种陋习；没有，当然好，不幸而果有其事，尽可借以惩办几个人，作为整顿全军的规范，这是一。其次哩……"

"好绝啦！超六，光这一层，我就不曾想到。"蒲都督打断他的话，赓即问尹昌衡，"硕权，你的意思呢？"

尹昌衡迟迟疑疑地说道："好倒好，只是点几千人的名，很不轻巧。依我的愚见，不如多几个人分开几头点，既可为都督一人分劳，也不致把时间拖得太久。"

"嗯！也有道理。"蒲殿俊点了点头，"你说，由哪几个人来分担？"

"当然两位都督之外，再加参谋、军政两部部长。若嫌不够，还可在军政府或十七镇中找几位高等人员……"

"不好！"姜登选和朱庆澜交换了一下眼色，连忙说，"我说，不好。姑且不言副都督与我本人都是外省人，又是陆军方面的人，在巡防尚未就范之前，不好参加点名，即使可以参加，这时节也使不得。因为这样一来，岂徒损害正都督的尊严，使几千军心无所系属；进一步研究，哪些营头该正都督点？哪些营头该副都督点？已经不便轩轾，再降而划归我们点，划归其他的人点，恐怕更会引起纠纷。我说，多费点时间并不要紧，只求于事有济。"

"嗯！也有道理。"蒲殿俊又点了点头，"但是，你们几位都应当同我一道去。尤其你，子桥，你是专管军事的，缺不得席。而且还得把你的军服借给我用一用……"

到十月十八日清晨，蒲殿俊盥洗后，急急忙忙处理了几件日常公事，由朱庆澜派来一名副官服侍着，把金碧辉煌的一身军服穿好。等着朱庆澜来到，慢条斯理地吃完一顿丰盛早饭，而后会齐姜登选、尹昌衡和另外一些军职人员，带上足有两排人之众的卫队，与朱庆澜并马向东校场而来。

两位都督这样威仪棣棣地走出军政府，走过大街小巷，独立十二天以来，尚是第一次。

蒲殿俊骑在一匹高头大马上，前头是步伐走得整齐的卫队，后面是两位部长与十数名军职人员跨马相随。左右一顾盼,汉字十八圈的新国旗全挂出檐口;看热闹的人伫立在街巷两畔,从皇城坝到落虹桥,几乎成了一条没有缝隙的人巷,有些地方,这人巷还不是一重,而是两重,三重,甚至是四重。数不清的眼光,好像都带着一种钦仰而又欢欣的神气,专一注视在他正都督一个人的身上。这因为朱庆澜深知分寸,虽然说是并马而行,实际总是让他的马走在前头,使人一望而知:"哦!看啰!这就是正都督蒲先生,为我们川汉铁路而九死一生的恩人哟……"

人们是不是这样想?谁也不知道。只是他蒲殿俊从马背上瞥见那些眼光时候(对于那些眼光,他到底审视清楚不曾,还是问题),不容他不如此假定。因而他才得意之余,又打失悔。失悔是十二天里头,老是忙着琐屑俗务去了,何以便未出巡一次,让人民瞻仰瞻仰?得意者,虽然这里不是故乡广安州,然而到底是歌哭于斯过的四川省会,父老兄弟亦犹故乡之父老兄弟,今天打马游街,也算得衣锦昼行了!

走入东校场营门时,一排特别从陆军那里调来的鼓手号手,猛一下吹打起三番号来表示欢迎。接着,阅兵台下站得密密麻麻的队伍,也按照旧式办法,几千响亮喉咙,整齐划一地大吼三声:"欢迎都督……欢迎都督……欢迎都督!"

雄壮吼声像炸雷一样震人耳鼓。余音滚向广场四周,历久不歇,又像人们经常喜道的怒涛。

蒲殿俊没有经过这样的场面,走上阅兵台,虽没有显出手足失措样子,但也呆住了。

"怎么样?"朱庆澜向蒲殿俊说道,"就点名吗?或许还得宣布一下?"

场子里静得没有一点音响。几千张黎黑的面孔,毫无表情地望着阅兵台。

李克昌、沈绍林两个统领,也穿着军服,挂着指挥刀,走上台来,向两位都督立正,行了举手礼,报告实到营头若干,实到兵员若干。

蒲殿俊问朱庆澜:"你说宣布,宣布什么?"

"宣布都督今天亲来点名的宗旨。"

蒲殿俊回头向尹昌衡、姜登选二人问道:"你们说呢?"

尹昌衡点点头道:"可以!"

巡防军统领沈绍林也从旁搀言道:"都督与弟兄伙初次见面,实在应该训一番话。"

"那么，子桥，你说几句吧？"

"这个却不便遵命……"

"我赞成由正都督先讲，"尹昌衡拿眼把朱子桥一扫，稍微顿了顿又才说，"副都督后讲。"

"我赞成只由正都督讲。"一直没有开过口的姜登选接着说，"正都督讲了，副都督便用不着再讲……若是正都督实在不愿讲，当然，副都督也可以讲。"

朱子桥连连摇头道："我不能讲。我没有准备。"

"我还不是没有准备。"

"但是，你学富五车，才高八斗，出口成章，文不加点的大名公，我以什么来比你？"

台子上正这样你推我让时候，忽然一声清脆的枪响——噼儿！从广场里飞起，九子枪的粗铅弹头带着凄厉啸声从空中划过。

台上台下的人都为之一惊。

广场排列的队伍，除巡防军外，还有一营陆军，还有几个大队同志军（这中间，就有汪子宜的学生队），说是调来观摩，但很多人却怀疑是特为调来监视巡防军的。巡防军使用的是九子枪，陆军使用的也是九子枪，同志军武器很杂，有梭镖，有抬炮，有各式各样火枪，却也有小部分九子枪。

这意料不到的一枪，是哪方面放的？

广场里登时骚动起来，队形完全乱了。巡防军散到四周，自然而然结成几个栲栳圈，枪尖全挺向陆军与同志军。陆军人数少，但是操练有素，也曾打过仗，有经验，立刻把背囊卸在地上，卧倒在背囊后面，拉得枪栓哗哗响，做出一种瞄准预备放的姿势。只有同志军不行，大部分拖着武器乱跑乱窜，插花在巡防与巡防之间，插花在巡防与陆军之间，口里打着各种各色的呼哨；有的在吵，有的在骂，也有呼兄唤弟，不知闹些什么。只有汪子宜一小队人，还站在原地没有动。汪子宜瞪起未戴眼镜的近视眼，乱挥着两条又长又瘦的手臂在大叫："弟兄们稳住……弟兄们稳住！"

阅兵台上的情形更糟。不管是都督、部长、统领，或其他一些军职和非军职人员，全都呆若木鸡般，你相着我，我相着你；不明白出了什么事，更不明白该如何应付。倒是卫兵们有主意，大部分人涌向台口，排成一道肉屏风；小部分人连忙簇拥着都督们向后面城墙上跑。

就这时候，场子里的枪声已经砰呀嘭地乱响起来；有些子弹低低地从阅兵台檐口飞过，仿佛再下来尺把，便会打着人了。当肉屏风的卫兵一下都卧倒在台上，也噼噼啪啪还了一排枪。得亏枪口都擎得高，子弹只在天空中呼啸，并未伤着人。

枪声！人声！枪在乱放！人在狂吼！东校场里乱得像蜂子朝王。军官们招呼不住，只好各寻方便。兵士们成群结队，呼喊着，吵骂着，像掐了头的苍蝇，一面放枪，一面涌出了东校场。

四

罗升把书包递还与振邦，恰待到灶房去舀水洗脸。

黄太太忽然说了句："不忙走。我还有话说。"

又沉吟了一会，她才眼含笑意，向楚用说道："子才，你是知道我这个人的，你看见我当面夸奖过人没有？该是没有啥？我这个人就是这点古怪，对于人家的好处，我心里尽管明白，背后也爱嘴括括地说，可就是不喜欢当面给人淋米汤，撒葱花……嗯！今天我却要破例了，今天我却要夸奖几句罗二爷了……"

啊也！这是怎么搞起的？敢莫今天太阳从西方出来？不然，太太如何会反常？还那么客气地称呼起"罗二爷"来？

不但罗升愣住了，就是比他精灵得多的楚用也如堕入五里雾里。

"其实也不算夸奖，无非把我在背后说过的话，再当面说跟你听罢咧。"黄太太的声音态度依然那样平平静静，像一池止水，看不见一点涟漪，"我常常对老爷说，我们家里这些底下人，只有罗升顶忠心！顶靠得住！也顶能维护主人家……"

如此之类的米汤，一勺赶一勺，蒙头盖面淋下来，直淋得罗升面红耳赤，又腼腆，又忸怩，几乎满脖子都起了鸡皮疙瘩。但是心里却甜得仿佛吃了一斤泸州特产龙眼蜜。

黄太太接着脸色一转，严肃地说道："可是我们主人家的心里也是有一本账的。底下人好，我们待他便也不同。比方说，七月间你害那场病，好不扎实！你总还记得吧？吃药都要人喂。那时节，好多人向我和老爷说：'罗升病成那样，亏你们还把他容留在家里，还给他请医、检药。万一出了啥子事，你们岂不冤枉花了钱，还得担干系？便是把他医好了，看来也是一个吃得做不得的废人，若是一直复不了原，难道你们供养他一辈子不成？'我和老爷就是不爱听这些刻薄寡恩的话……你前后也帮过几家公馆来的，是不是？你必定清楚，若是你那场病在别人家里害，不是我咒你，真的，恐怕你的骨头硬是打得鼓响了！即使遇着好主人家，也不开销你，也给你请医生看病，可是到你能够下得床，走得路，又哪能像我们一样，会留下你，白白地让你调理将息，白白地按月给你工钱，还另外把高金山雇来帮你跑街，帮你做重活路？嗯！我们这样看待你，莫非我们硬是糍粑心肠？硬是百善奉行的善人居士？啊！不是呀！要是何嫂害了病，还不消说倒床不起的大病，你看看……"

"唉……唉……太太老爷待我这种恩典，我哪能不明白？不感激？"罗升这时确是感动，脸上摆出一种认真神色，不再腼腆，不再忸怩，很诚挚地说："若还昧了良心，不知感激，我罗升硬是猪狗不如了……不瞒太太说，前月我从城隍庙走过时，我曾买了香蜡，到菩萨座下，至诚通禀过菩萨。我祷告说，太太老爷恩德如天，简直是罗升的重生父母。但我又是一个干人，找不出啥子东西来报答他们。只求菩萨在生死簿上，减少我一半寿算，添到他们名下，祝他们没病没痛，白头偕老！再哩，只要他们有用到我罗升之处，火里火里去，水里水里去，若还皱了半点眉头，神天鉴察，叫我下一世休想再披人皮！"

"啊哟！真是发下了宏誓大愿啦！"黄太太抿嘴一笑，连颊上浅浅的酒窝都显露出来，"不管怎样，有这种心就好！眼面前我有一桩紧急事要你做，不晓得你肯不肯？莫忙问我，听我说！……肯哩，没说头，你必定肯的。因为这事，并没危险，也没血海干系，也费不着你多少气力。吃紧的，只看你的嘴稳不稳。如其你也像看门老汉那样，不管你再赌下血淋淋的咒，我还是不敢相信……你可晓得看门老汉向楚表少爷胡嚼些啥子话吗？那么，请楚表少爷告诉你一遍。并且你来评评，看这样胳膊朝外弯的人，还用得用不得？"

当主仆二人唱对口曲子时候，楚用一边注意听，一边咀嚼他们埋伏在言语后面的意思。没等他们讲完，他已弄清楚了他表姊何以在这时节，要自破常例，要面誉这个瘦鬼的用心。他心里不禁既佩服他表婶会用手段，也吃惊她会用手段，"罗升是她用了多年的底下人，何必还要这样用手段对待？唉！这女人也太……"

已不容他多想。表婶要他把看门老头的话再说一遍，他当然要谨遵台命。不过他也效法黄太太，要了一点狡狯。就是说，关于看门老头的失言，只是避重就轻讲了几句，赓即有意将话引开道："表婶，我说，目前最要紧的，并不在于理抹那个老家伙，还是请你急其所急，要罗二爷做些啥子事情，该先吩咐给他，趁着刻下没人来打岔，也免得有人看见……"

"也对！也对！"黄太太连连点头，"那么，罗升，赶快上到假山上去，叫隔墙菜园里的赖大爷借一把大锄头给你。就说我要你掘一棵树子，用完了一定还他。"

原来在研究如何收拾好那一堆体积不大，但重得可以，平时令人嫌其少，今日使人愁其多的皮纸包封时候（其实真不算多，每封一百元，一总才二十个皮纸包封），他们想到许多办法。当然，放在衣柜衣箱里，或者藏在什么角里角落，用东西遮掩住，似乎都不妥当。设若正房有一层楼，倒好，但是没有楼。顶上只有一层薄薄的木望板，即一般书上所说的承尘是也。的确，那木板薄得只能承受灰尘。要是放一点有分量的东西上去，包管连木板、连东西全会坠下来。黄太太想到，藏在地板底下，好虽好，但是地板全是尺把宽、寸把厚、与房间进深一样长的柏木板子，而且用土铁钉密密实实钉死在枕木上，除了有手艺的木匠，任何人无法撬开。便令设法撬开，而全房间都安着又笨重又结实的家具，如其不集合全家人力，你能把这几间房子腾空？纵然能够腾空，也非用整一天的工夫不可。要是这样，那还不闹一个人仰马翻、满城风雨？这怎么使得？

其后，是楚用想到，与其专在房间里打主意，倒不如撒撒脱脱埋在不为人注意的院坝的土地里。他说他们外州县一些土老肥窖藏银子钱财，以免捧客抢劫，多半用此方法。黄太太因而觉得，倘若深深埋藏在假山洞底，那岂不更隐密一些？好极了，就这样决定吧！

但是新问题又来了。家里只有一柄栽花的花锹，是老爷用的。轻巧有余，用来松松泡泥还可以，要拿它来掘开铁实板土，还应掘到尺把深，那便不行了。临时去买一把重大些的锄头呢？只能到荒货铺里去物色；这不特时间来不及，也会引人生疑。想来想去，莫如借，向隔墙做菜园的赖家借。菜园是黄家的，赖老汉是黄家招的佃户，借东借西，已是经常事情。只是叫谁出头去借呢？黄太太本人当然不便，楚用哩，赖家不认识他。底下人中和赖家最熟的，只有火房老张，但这时候……

到此，黄太太才把要在假山洞底埋藏银圆的事，告诉罗升，并且说："现在你要报答我，并不难，只须帮着楚表少爷，把你同高金山抬进来的那一皮箱东西，赶快给我埋在土里。埋完后，要把泥巴刨还原，捶平，不现半点痕迹。这些都还罢了，更要紧的是，要口紧。除我与楚表少爷外，随便对着啥子人，就在高金山跟前，也万万不能泄漏一言半语。你做得到吗？"

罗升当下把胸膛一挺，摆出一副"可以托六尺之孤，可以寄百里之命"的神态，满口承应道："太太尽管放心，我是赌过血咒来的！"

"那么，不耽搁了，赶快到假山上去，叫赖大爷把锄头隔墙递跟你……子才，你经佑着他好了……我到后院去，把两个娃娃、菊花、何嫂、老张等设法绊住，免得他们神谄谄地跑出来……哈！大厅上的拐子门要关严！再嘱咐一下那个死老汉，随便啥子人来，都该先进来报一声，莫要不闻不问，一任人家乱闯……"

五

下午四点钟不到，天色越发阴黯，仿佛就要黑了。而且到南门文庙（成都府、华阳县文庙都在南门，故谓之南门文庙，以别于北门的成都县文庙）、昭忠祠、乡贤祠、江渎庙、名宦祠、梓潼宫、石牛寺等处的郁郁古柏林上栖宿的乌鸦，也一阵一阵的，咿呀咿呀啼唤着，从天空中飞过。

黄家正如成都省城一般居家人家的习惯，在吃晌午饭。

黄太太因为了却一桩心事，很高兴，或者也为了酬劳表侄的辛苦，临到菜已端上桌子，才猛然想起要同表侄喝几杯黄酒。黄府上的允丰正陈年仿绍，和郝府上的云南陈土熬的鸦片烟一样，都是储备着随用随有的。黄太太也打算赏给罗升半壶酒。一来找不到公开借口话，二来只赏罗升一人，会引起大家猜疑；其中，对于伙房老张尤难打发。老张门门都好，听说，听教，又快当，又干净，手艺也还差不多，买东西赚钱也有限度（即所谓爪爪不深，是厨房买办了不起的品德），唯独见了别人吃酒，而自己没有，那等于挖了他的祖坟；脾气一发，比牯牛还难于安顿。因此，黄太太考虑了一下，才将罗升叫到堂屋，悄悄塞了一块银圆给他，不说理由，只言："别叫大家晓得。二天，你自己拿去买酒菜吃！"

酒正饮得欢畅，两个娃娃的饭都吃到第二碗时候，忽然听见前面堂屋门外有人在说话。

娃娃的耳朵尖，婉姑儿停着筷子喊道："妈呀！爹爹回来啰！"

果然是黄澜生的声音，并且调子打得相当高。

"谁敢担保南头子便没事？叫他立刻就关！就闩！就锁……"

黄太太警惕起来，悄悄向楚用说道："有啥子事故吗？"

"太太呢？太太！"黄澜生踏着厚底双梁鞋，走到倒座厅通堂屋的门边，撩起湘妃色夹呢门帘，迎着向他站起来的两人说，"哦！才在吃晌午！告诉你们，出了事，东校场……"

"是不是开了红山？"黄太太脸色陡变。

楚用也不由一怔。

振邦反而高兴得打了一个哈哈。

黄澜生觉察到他刚才不免冒失了一点，连忙作出一种镇静样子，向大家说道："大概不要紧的……"

他太太追着问道："可是东校场兵变了，在杀人？"

"兵是变了，并没有杀人。若果闹到流血，我还能从从容容地走回来？"

"那你为啥叫关大门？还要上闩、加锁？"

"不过以防万一！"

他已在他常坐的那张椅上坐下，并吩咐菊花："把我的杯子拿来！"

却被太太挡住说："到底不是吃酒的时候。我们都不吃了。菊花舀饭来！"

楚用接着问："表叔是从东校场回来的吗？"

黄澜生接过菊花端上的饭，一面用筷子朝嘴里扒，一面回答楚用："非也！我是从江南馆回来的……"

"不管你从哪里回来，"他太太又短住他的话头，"我只问你，街上是不是很乱？是不是满街都是兵？我们南头子一带……告诉你，已经关过一回铺子。邦娃子跑回来说，北门上在杀人，把我扎扎实实吓了一跳……"

"噢！南头子已经传来过一次？"黄澜生倒真正安定下来，用筷子比画着道，"那就更不要紧了……太太，你可愿意听我摆谈摆谈江南馆的情形？"

原来今天是军政府交涉局局长罗纶，同布政司接管委员蔡镇藩，联名在江南馆唱戏设筵，大宴宾客。主要客人是孙泽沛、吴二大王、张瓜瓜、张尊、侯国治、卓笨等几十位同志军赫赫有名的统领，以及较次一等的分统、统带，足有三十桌光景，为十二天以来最大最盛的一次音樽宴会。客多，作为陪客的知宾也多。交涉局人少不够，布政局指派了十人，其中便有文案黄澜生。他向他太太叹了一声："早晓得领津贴是句空话，不去，岂不就躲脱了这趟差事？唉！子才，我今天才算第一遭和同志军见了面。没想到才是那样一伙人，一个个流里流气，连衣冠都没穿周整。而且满口袍哥话，说的不成言，道的不成语，我们当知宾的人，理当每人周旋几句。可是搭不上白。我们讲的，他们不懂；他们讲的，我们也摸不着头脑。煞果是，他们挤着一堆去讲他们的袍哥话，我们团一桌，看我们的戏。戏真好！的确值得看！邓少怀与丁丁娃的《收黑氏》，杨素兰与康二蛮的……"

他太太忙说："不要摆戏了，难为你！是不是在江南馆酒醉饭饱后，你才晓得东校场出了事？"

"活天冤枉！要是摸了筷子，端了酒杯，那又值得啰！不想双发园的厨子正在端中点，忽然有人吼叫起来，说巡防军在街上闹起事情来了。戏台上登时炸了戏。主不顾客，客不顾主，大家一哄而散。比及我带起高金山奔到大科甲巷，才听街上人说，东校场兵变，两位都督翻城墙跑啦，巡防军没人管，正在到处打启发……"

"果然打起启发来喽！汪子宜准定不能来了，不然……"

黄太太问道："啥子叫打启发？"

楚用答说："就是抢人。"

"对的，就是抢人。我走到东大街，才看见街上有人跑，才有人关铺子。说暑袜街大清银行已遭了抢了。"

"光抢大清银行，倒也罢了！"

"嗯！太太，大清银行都抢了，别的银行银号……"

"现在我倒佩服你有先见之明！要不是上午把新泰厚那笔款子取回来……"

"呃！我正在焦心这件事！古人说过'慢藏诲盗'……"

砰！砰！一阵惊人的枪声蓦然震响起来。响得那么近，仿佛那枪就在大门外放的一样。

黄澜生饭碗一丢，朝桌子底下一蹲，嘶声哇气叫道："打启发的来啰！"

婉姑儿哇一声哭道："我怕！"

黄太太连忙把她揽到怀里道："不怕！不怕！"但黄太太自己连嘴唇都吓白了。

菊花拉起离开桌子的振邦，朝卧房里躲。

楚用到底见过阵仗来的，还有主意。急忙从后阶沿跑到灶房，把几个吓得手足无所措的男底下人纠合起来，鼓舞大家说："有我！有我！"一面叫大家拿件家伙，跟他到外面去看动静，"真个抵拢了，步枪没有用的，我有经验！"他自己抓起一柄劈柴的开山斧，就向山花过道上跑了，连一件长棉袍都来不及脱。

刚跑到二门边，又是十多声震耳欲聋的枪声。楚用不知不觉往地上扑倒。停了停，大门外并无声息，他方把二门轻轻打开，伸头一瞧。看门老头子伏在大门门限边，一动不动。大门门扉确是关了，闩了，锁了的。

"老家伙莫非着了？"楚用回头看了看，只有高金山一个人瑟瑟缩缩地跟了来。手上拖了条担水扁担，虽然冒着胆子，有点出于强勉，到底亏了他。

"你去看看老大爷怎么了？"

没等高金山走拢，看门老头已翻身爬起，弓着腰呛咳了一会，才道："我巴着门缝看清楚啦！"

楚用问他："看见些啥？"

"啥也没有。"

高金山呸了他一口道："你才说看清楚了？"

"是嘛！我看得清清楚楚啥都没有，街面上空落落的，连狗都没一条。"

楚用的心才安定了，说："刚才两阵枪声，听来活像在大门外一样。"

看门老头捏起拳头捶着腰杆，一面点头摇脑地道："这个，我也弄清楚啰！头里那阵枪，是三桥这头打的；后来一阵，是满城那头打的。仿佛是这头朝那头打，那头又朝这头打。我们公馆正好夹在中间，两边没有高房大屋，又没有防火墙阻挡，所以两头一打枪，枪声映来，都像在公馆大门外响。这些不忙说它，表少爷，我只问你一句。说是巡防兵变了，在抢人，抢人就抢人，想来也只是要人钱财罢了，他们却为什么要这样放枪？我真不懂！"

高金山接嘴答说："连你都不懂的事，嘿！嘿！哪个还懂呢？"

就这样，一会儿四边清静得好似身处于深山穷谷，一会儿一阵撕裂人心的枪声和打从屋脊树杪呼啸而过的子弹，又吓得人神魂不定。恰如黄澜生抱怨的"像打摆子一样，叫人太难受了"！直到二更时分，许多地方冒出火光之前，黄公馆的人对于这种情形，不但渐渐熟习，还渐渐摸清了打枪的规律，总是三桥这头街口上先响，子弹飞的方向是由东向西，接着满城那头街口上应声而起，子弹是由西向东，从擦黑直到二更，完全没错。

楚用不禁从假山顶上，作为他临时陈望的地方，很有把握地溜下来，趁着朦胧夜色，走到上房卧室的窗根下，轻轻唤道："表叔……表叔！"

在黑魆魆的卧室里，也是轻轻应声，并且问他做什么的，却是他的表婶。

"表婶吗？我说，你们尽管把灯点亮，莫再害怕，巡防兵不会到我们这地方来的。"

"你咋晓得呢？"表婶、表叔几乎同时在问。

楚用遂说，他从东西相应的枪声与子弹交叉的射击估计出来，一定是巡防兵害怕旗兵从满城出来干涉他们，所以每从东头经过，或者已经走到街口，总不免要向满城打几枪，试探一下动静。守在小东门城楼上的旗兵，一定先有防备，所以，巡防兵的枪一响，他们也鸣枪还击。并且听得出来，不管东头的枪是一声，或者几声，而西头还击的枪，总有二三十声。这可证明守在小东门城楼上的旗兵，人数很多。因此可以断定，巡防兵在这样情形底下，他们一定不敢到这一头来了。也因此可以断定，黄公馆所在，实在没有什么危险，不特灯可以点亮，就是人也可以随便走动，用不着再躲到房间里了。

"枪子飞得那么矮，不怕么？"是黄澜生在问。

"在房间里听着矮，其实高得很，不用怕……"

这时，一般躲在灶房里的底下人，忽然一齐涌到后院坝，高声大嗓子地说起话来。何嫂的破响篙声音盖过了菊花的喉咙，一句接一句地叫道："你们看！你们看！红了半边天了，硬是火烧房子……"

"哎！火烧房子！"黄太太已向后半间奔去。

全公馆的人都聚集到后院坝子里，连两个娃娃，连向来最难离开大门的看门老头，也都站在后屋檐下，伸长脖子，向围房的矮屋脊以南那片辽阔的天际望着。

天际果然红了一大片，而且一霎时还从粉红颜色转成绀赤颜色，这表明火势盛了。

黄太太问道："你们看看，离我们这儿，远吗近？"

"远啰！"几个声音都在回答，"看光景，恐怕在南大街。"

"咋个这样红呢？看！看！越发红了。嗯！不见得很远吧？"

伙房老张搭起白来，说："那是疔起的。若是天上没云，不会这么红。"

黄澜生肯定了老张的说法："说得对。若是近的话，倒不光只看见火光，一定看得见火头的。不过这火却是怎么起的呢？"

"包管是巡防兵放的！"不知是哪一个在回答。

好似要证明这个人所说非虚，接着东方天际也红了，北方天际也红了，尤其东方那股火光，红得跟鲜血一样浓。

"哎哟喂！四面八方都放了火啦！"又是何嫂最先打起惊张来，"太太，老爷，这拿来咋了哟！"

大家都惊慌起来，连太太也不由把老爷一攘道："打个主意嘛！"

老爷焦急得胡子眉毛一把抓。仰头望着东方那股几乎看得见火苗的红光道："我有什么主意可打！"他没有掉一下头，也没看清身旁站的是什么人，随口便说，"子才，帮忙打个主意，可好？"

答话的却是高金山，他说："楚表少爷又到假山顶上去了。"

罗升颤呵呵地走过来说："若是没人救火……"

蓦地又是一阵枪声，并且打得比任何时候都近，比任何时候都凶，子弹带着尖锐啸声在天空乱飞。老爷回头就朝房间里跑，还叫太太和儿女："快点进来！快点进来！"

看门老头刚刚出去，又气喘吁吁奔到山花过道上喊道："街上有人在跑，又在喊喊说不照！不照！"

楚用从倒座厅穿出来，接着说："实在的，街上硬有人喊不照，大概是一种什么暗号。"

黄太太一把抓住他的手腕，非常着急说："你看我们该不该躲一下？"她还急得把脚两顿。不想恰恰顿在一块破石板上，若非抓紧了楚用，几乎一只脚插进了阴沟。这时，她顾不得责骂罗升（因为早已叫罗升买块石板来换，罗升老是当面答应，转背便忘得一干二净），只是唉声叹气，深为懊悔没听她丈夫的话，迁到满城租定的那所房子去住，若是迁去了，现在何至于这样担惊受怕的！

"我看，应该躲一下。"楚用现在也有点慌了，"可是往哪里躲呢？兵倒不怕，只是这火……"

罗升忽然插嘴道："隔墙菜园子里，空空阔阔的，不怕火。"

"使得！使得！"黄太太还进一步想到，赖家住的几间破瓦房，街坊上谁不晓得是对穷夫妇，兵也不会打抢他们的。

于是，叫罗升找梯子架到靠假山那面墙头，先过去，给赖大爷、赖大娘说一声。一面转身到卧房里，点燃菜油灯盏，从床上把老爷和儿女喊起来，说明情由。急急忙忙把一些必需穿着的衣服，值钱的首饰和一只装文契的贵州雕漆匣子，杂七杂八塞了两皮箱。凭高金山、老张两人的气力，抬上假山，抬过墙，抬到赖家的破瓦房里。接着是何嫂、菊花来回搬了一些必不可少的东西过去，比如铺盖、枕头、褥子；老爷太太的水烟袋、洗脸铜盆、红漆木盆、洗脸毛巾、牙刷和日本货金钢牌牙粉；连煨春茶的锡灯壶，连两把香牛皮马札子都搬了过墙，如非赖家房子逼窄，恐怕要搬的东西还多哩。

搬东西之际，只管街上零零星星的枪声未断，大家似乎都胆大了。何嫂、菊花一路走——尤其翻过墙头上下梯子时候，不是狠声浪气斗嘴，就是嘻嘻哈哈打闹；男底下人说她们，不听；老爷吆喝她们，也不听；及至太太生气开了口，两个人才强勉忍住。但在经佑少爷、小姐过墙时——振邦背着书包，婉姑儿挟着装洋娃娃的木匣，仍然免不了惊张打失地叫两声，闹两声，笑两声，把两个娃娃也逗得连爹爹、妈妈的慎重嘱咐都抛在九霄云外去了。

全家上下大小，几乎都翻墙躲到菜园里。偌大一所公馆，只留下两个人看守。这两人，一是看门老头，一是伙房老张，虽然都出于自愿，但也为了贪得老爷许过的每人一块银圆的奖赏。

这时节，枪声稀了，火光却越发厉害，不止是疗红了大半边天，甚至院坝里、菜地里，几乎像点了万盏红灯，三尺外的人的须眉，都看得清楚。这样的火，确是吓人，无怪街上人声嘈杂，大约都在搬家逃难。

六

尹昌衡是最后一个从阅兵台上下来的。

当两位都督惊惶万状地向台子后面躲避时，他曾非常激动，拦阻过他们。

他气势汹汹说："你们躲不得！"

朱庆澜默然无言。蒲殿俊全身抖得像筛糠，他是七月十五日在制台衙门大花厅里吓破了胆的。两个人都无意听他的话。

"兵……兵变啰……"

"还是躲不得！我们要镇静，要想法子弹压！"

姜登选从旁将他一攘，横着眼睛道："那你就去弹压吧！晓得你们四川人今天捣些什么鬼？"

尹昌衡脸都气白了，目送着这伙人忙忙乱乱带着卫队走了后，方恨恨地骂了句："一群没出息的胆小鬼！"

这时，广大的东校场上已经乱得不可开交。有些巡防兵，一面放着枪，一面呼啸着跑出营门。原来几营尚列成队伍，虽然情形不安，还未十分凌乱的巡防，也因军官们躲了，没人统率，不晓得怎么办才好。几个人大呼大叫道："大家都散了，我们在这里捞球！弟兄们，我们自便吧！"于是完全解体，队形大乱，大家呼兄唤弟，也纷纷散到街上。当然，一路乱跑，一路也盲目地向天空放着枪。

等到尹昌衡心慌意乱地走下阅兵台，东校场已经空了；连原来列队一旁，名为观摩，实际含有监视之意的陆军和同志军，都不知道在什么时间，跑往什么地方。沙土地面上，七横八竖剩下十多二十具死尸，有几具是穿便衣的同志军，其余都是打包头的巡防兵，大概都是在乱奔乱跑时候，被乱飞的子弹碰上的。

尹昌衡跨着大步奔进陆军营房。

他昏头昏脑，睁起一双视而不见、活像没有眸子的眼睛。脑里并未想着到这里来，究竟为了什么，仅仅本能地觉得，要是把这里两营陆军抓到手上，那就……

一进营房，他脑子清醒了。看见教练官赵康时一身军便装，浑身是血，仰跌在营门旁边；右手还握着一柄自来得手枪；张着大口，仿佛在喊叫什么。但是眼睛半闭，眼珠像死鱼眼珠，定了。胸脯上几个致命枪孔的血，还没有凝结，看来，打死得并不甚久。

尹昌衡哆嗦了一下，正待退出，却见从公事室那面，踉踉跄跄走来几个人。

面无血色的孙兆鸾先奔到跟前，结结巴巴说道："这……这里也出……出了事啦！"

彭光烈比较镇定。但从闪烁不定的眼光上，也表现出是惊魂初定的样子。

"全变了？"尹昌衡的眉头打了一个结。

"全变了！"

"你们没有开导一下？"

"咦！这不是开导的例子？"孙兆鸾把嘴向赵康时的尸身一指，"这个浙江朋友，硬是劝不住！当时我说，正在风头上，哪还有啥子军纪可言？他不听，偏要逞能，仗恃他平日管得住弟兄伙……"

尹昌衡不等他说完，叹道："这些没笼头的马出去后，不晓得事情要闹好大！最可恨是，朱庆澜、姜登选这般东西，听见枪声一响，查也不查清楚，商量也不商量，便吓跑了；还疑心我们四川军人故意捣的鬼。据我判断起来，那阵儿枪，说不定就是他们支使的，就是要在今天给我们摆一些烂摊子出来，使我们难于收拾！"说着，说着，他又激动起来，大呼道，"蒲伯英也太庸懦无能，居然随着他们跑了！我看，以后他有什么脸来收拾这局面！"

"还要他来收拾局面？"彭光烈冷冷地说，"古人早就说过，天命无常，有德者居之，都督不是他姓蒲的包了。尤其在今天这个变局之后，谁的力量大，谁才有资格出来负责！"

孙兆鸾同其他几个军官都欣然附和道："植先的话，一点不差！不如我们现在就开进军政府去？"

"赤手空拳，去有何用！"彭光烈摇摇头。

"不是有一营警卫队和守卫军装库的两个大队吗？"

彭光烈仍然摇着头道："那中什么用！全城的军队恐怕都已叛变了……"

尹昌衡却支持孙兆鸾的主张，说不管将来都督是谁来当，目前当务之急，端在把军政府保住，不能要变兵拥进军政府去。这因为，一则，那里到底是政令、军令所自出的地方；二则，里面除了存储大批军械弹药的军装库外，还有丰裕仓几十仓廒的粮米，都是要紧东西。绝对不能落在叛兵手上，"现在，我只希望兵队的叛变，实是偶然发生，没有人在中间主使，那便好了。不然的话，嗯……"

彭光烈道："不管有没有人主使，总之，你的话很对，保住军政府，是目前最要紧的事情。我看，这样办吧，硕权，你赶紧骑马到凤凰山去，把周吉珊那一整标赶快率领进城，开到皇城。元青也骑马先去皇城，会同吴凤梧，用一大部兵力，守住前门，小部兵力守住厚载门。皇城虽然不及大城那么巍峨，但比起好多外州县的城墙，便坚固得多，只要兵队没有叛变，把城门一关，就有千把人攻打，想来，在硕权的援军开到之前，是不怕的……至于我，"他把旁边几个人一指，"我们立刻换上便衣，到城内各处跑跑，看那班哗变出去的家伙，究竟搞些什么名堂。也调查一下，其中到底有没有人支使？硕权疑心是老朱他们在捣鬼，我看，倒不尽然，或者另有其人，也未可知。"

临到要分手时，尹昌衡又问彭光烈，什么时候在军政府会面，以便商量下一步办法？

"这颇不容易预约。我们总要把情形调查清楚，如其可以招回一些队伍，我们就将其带到皇城。算来，总不会在你率队到皇城之前吧？"

他们把通过有守卫地方的口令约定后，再一次把赵康时的尸首看了眼。

尹昌衡叹了声道："这位外省同袍，到底不错！明天来收殓他时，应该给他弄一副上好棺材！"

第十四章 "启发"以后

一

半天一夜的暴动，使得四川省会成都的面貌全非了！

十一营巡防军带头哗变，四营才由雅州开到不久的边防军继起哗变；跟着哗变的是几营陆军，是千多名武装巡警，是全城维持治安的警察。黄昏时候，连散驻在各庙宇、各公共场所的同志军，也有不少人卷入了这场风暴。

暴动后首先遭殃的，是大清银行、浚川源银行、通商惠工银行、铁道银行这几家略具规模的新式金融机构，以及天顺祥、宝丰隆、百川通、金盛元、日升昌、新泰厚、天成亨、协同庆等三十七家银号、捐号、票号。

接着遭殃最烈，给予军政府致命损害的，是由陆军守卫的藩库，是由盐务巡防营守卫的盐库，这两个为政府赖以存在的旧式金库。后来查明，藩库损失的现金为五百多万元，盐库损失的现金将近二百万元，连同各银行、各银号、各捐号、各票号，公私共损失的现金，达八百多万元，还不计入十余家金号的金叶子、金条子、金锭子，以及正待熔铸的若干袋沙金。剩下来，只有一个四川造币厂，不知由于什么原因（有人研究，大概一则，它处于城墙东南隅，那地方是一个死角，左近除了一座东岳庙外，很少居民；二则，是没有派军警守卫），免于浩劫，为政府保存了白银十余万两，已铸好的旧版大清龙纹银圆数万元。

接着遭殃有轻有重的，是东大街、劝业场、大什字、小什字、暑袜街、总府街、湖广馆街、棉花街，这十多条街道上素称繁华的商家。也有街道并不怎么繁华，比如金河边上的半边街，但因这里全是机房与绸缎铺，这时，成都丝织业很发达，绸缎铺都很殷实，光看推光漆门面、金字招牌、过年时朱砂笺纸对联、苏州格式挂灯，都是名家写的字，高手绘的画，那气派并不亚于东大街的商店。所以半边街"在劫难逃"，一些绸缎铺，被抢得还格外严重。只有像傅隆盛伞铺这类的手艺铺子，本钱有限，货不值价，赚得的一些盈利，谁也知道只够掌柜、伙计、徒弟的极为菲薄的吃缴；要是一个月没生意，老本吃光，只有关门倒灶一条路。尽管这类铺子开在十字要口上，却是保了险，请人去打启发，也没人肯干。不过在启发打得起劲时候，傅掌柜还是吓慌了，随着左邻右舍，连喊王师、小四丢下活路，赶快上铺板，关铺门，巴在门隙边，睁只眼闭只眼窥察街上动静，枪声一响，心里就紧得出不赢气。后来，他向人说，因为七月十五那天，在制台衙门吓伤了，"妈哟！早晓得兵变了只是抢人，我还害怕个啥！"

在下午头几个小时内，打启发的队伍是清一色的兵。曾经有个在茶铺里担河水的汉子，同着许多闲人，挤在大清银行门外看热闹。三个巡防兵先走出来。才到街上，不知从哪一个兵的身上，叽嗒一声，掉下一封银圆。皮纸封迸裂了，白晃晃的银圆遍街滚。三个兵连忙去捡。因为左手拿着枪，三个人只使用三只右手，不大来得及。担水汉子不知出于什么动机，红不说白不说，他也弯下腰去捡。刚刚捡了几个，忽然重重的一枪托打在背上，打了他一个狗抢屎。

一个兵骂了起来："好狗日的，胆敢捡老子们的颡头！"

第二个兵接口骂："老子们拼命得来的财喜，有你婊子养的来捡！"

第三个更歪，一手抓住担水汉子的衣领，凶声恶气吼道："走！不把你龟儿扎实整治一下，老子们倒成了屠头了！"

三个兵横拖顺扯地把担水汉子向北头弄走了。一路走，一路骂，一路拿枪托打他。担水汉子只办得哎哟哎哟呻唤，连"副爷，担待一下"都说不出口，脸上颜色灰得像泥土。

街石板上还剩有十多个未捡完的白晃晃的银圆，那么十几个看热闹的闲人都没胆子再捡，虽然三个兵押着担水汉子已经走出街口，在银行里的兵还没有出来。

但是到陆军抢劫藩库时候，情形就不同了。

当守卫兵士被队官和几个头目的花言巧语煽动了心，把铁桶般的库门一打开，一声喊："哟！好家伙！这么多呀！"银子是白的，眼睛是黑的，原来一点怯畏，此时没有了；原来一点犹豫，此时也化为云烟。现在个个犯了愁。愁什么？愁的是财宝太多，气力太小——比方说，一锭银子重十两，十六锭银子合老秤十斤，驮上一百二十八锭，不过八十斤；若以五十两一锭的元宝而言，那么，只需二十六锭，便超过了八十斤；再就银圆来计算，一块银圆折合库平七钱二分，一百块银圆合老秤四斤半，驮上十九封银圆，也只八十五斤五两，都不为多。但是银子钱，硬头货，能驮一百斤别的东西走长路的人，只要驮上八十来斤硬头货，几乎走不动。这样，兵士们满足自己的欲壑后，不能不默许挤在门内外看得眼睛出火、口角垂涎的差役等人，也尽量拿一些。

等到兵士、差役们都满足时候，消息传了开去，首先是一伙游手好闲、掌红吃黑、茶坊出、酒馆进、打条骗人、专捡颟头的这类的流痞和哥老会的弟兄，像嗅到腥气的苍蝇，成群结队涌了进来。一面高声大嗓子打着招呼说："沿山打猎，见者有份！弟兄，你们财发够了，也让我们沾光！沾光！"一面便不由分说动起手来。这伙人之后，跟踪而来的是数也数不清的穷苦人：不光是男的，而且有女的；不光是精壮汉子，而且有龙钟老人；不光是成年人，而且有大孩子、小孩子；到末了，连一些疲癃残疾和卧病在床的男女，都带起宁可不要命的架势，拖着两腿爬了来。

队官和头目的初意，原只打算趁着浑水，自伙子捞他娘的一把，将来追查起来，再想办法应付。他们绝对没想到，闸门一开，水会流得那么汹涌，要想再把闸门关上，不但无此本事，即使强勉把水堵住，但损失已经不小，将来政府追查责任，无论如何，是躲不了斫头示众。因此，趁着混乱，这一些人先就溜了。兵士们看见头目溜了，也便学样，有的饱载一身财宝，蹒跚而去；有的找着安顿地方，将身上东西卸下，还带着人返回藩库，再捞一把。事后，军政府派人安抚，尽管担保不咎既往，但是却无一人去归队。

藩库是这样被抢精光，盐库也是这样被抢精光。打启发的队伍由之而扩大，打启发的范围也从繁华街道扩展到寻常街道，从商号扩展到大公馆、大住宅。及至启发打到当铺，才算登峰造极。

葛寰中家被抢得最惨。因为带头进门的，是他的旧属下，声称要找他算旧账。账未算成（因他见机而作，早便躲开了），只好在东西上出气。能拿走的，一件不留；不能拿走，如穿衣镜、楠木家具等，便用石头砸碎，用马刀斫破，连壁上悬挂的时贤字画，也撕成很多片。

郝达三家所受损失最轻，几乎可以说没有受到损失。原因是，东校场出事后，伍平慌慌张张跑到郝家来找郝又三。恰好郝家正吃晌午饭，郝又三留他在书房外间，临时叫伙房骆师添了一样木樨蛋，陪他吃便饭。

开始，伍平很是烦忧，端着饭碗，吃得不起劲。口里不住叹气说："真没想到今天会出这么大个乱子。婊子养的些，简直不听招呼，像喝了迷魂汤样。唉！明天都督吆喝下来，我看怎么得了！"

郝又三宽慰他说："那么多营头都出了事，不光只你一营，说到受责罚，你不过其中之一。家严已经答应，等到秩序恢复之后，立即去找蒲都督，特别为你说几句好话。家严平日是不容易给别人说话的，既答应了你，他必不失信……"

正说之间，忽然听见上房堂屋门外人声嘈杂，有男的、有女的，接着是郝达三、郝尊三两老兄弟步履急促，走到蜈蚣架的侧门边，一齐声唤："又三快点出来，巡防兵在街上抢人啦！"

但是掀开门帘，一冲而出的，却是身穿军服，满脸红胀的伍平。来不及与老主人周旋，只说了声："等我去看看……"

郝又三追到大门口问道："你转不转来？"

"要转来！"

伍平果不食言，仅仅经历了两个多点钟头，便在紧闭的、黑漆门扉上画有比活人还高大得多的五彩兼金线的门神的大门外，高叫开门。而且还不只是他一个人，跟随他进门的，尚有五个执枪在手的巡防兵。若非他赶快声明是他特别带来的保镖，差不多把惊惶万状的、拥挤在大厅上的一大群人都吓死了。

伍平一进门，就指挥那五个兵："你们就在这长凳上待着，我叫主人家把烟茶拿出来。大门莫关严，有人要进来，先看清楚，是自伙子，让他吃袋烟。说我说的，愿意收刀检卦的，赶快回营归队。书记长晁念祖、三哨官马占彪都在营里等着造册子。若是别个营的弟兄，或者新军那面的，就说，这里是我们营的财喜，叫他们让一手。不听上服，只管开火，我负责！来的若是街坊上的滥友儿，那就莫说头，叫他们爬开！"

到了大厅上，他才向郝达三、郝尊三脱帽鞠躬（女的和小娃娃等早已避到上房和大花园去了），经郝又三从旁介绍后，他含着笑意，对郝达三恭恭敬敬说道："老太爷只管放心！弟兄伙虽是野蛮点，但我在这里，可以保险!"

"噢! 全仗大力了!"

郝又三单独陪伴他时，问到他外面情形。

"乱得很!"他满脸忧郁地摇头说道，"婊子养的些，都发了疯啦! 我带来的这五个，得亏良心发现，打了两回启发，就收手回营，要求三哨官——一哨官石敬武、二哨官高占魁还没回去。我奔回沂水庙，只看见马占彪正被十来个弟兄围着，要求他收容，要求他担保将来从轻发落，不要搜查他们的财喜。等军政府下令遣散——他们料定会遭遣散。我揣想来，都督也只好这样办，不然的话，这兵谁能再带，这么样地目无王法! 他们说，吃了半辈子粮，还是一个光杆儿，现在捞点财喜，等遣散回外州县去，也好安分守己，做个小生意为生。马占彪怎敢答应? 我才拍胸膛答应了。看来，启发正打到风头上，啥时候收手，不能说。你们公馆这么显眼，又在这样的街道上，所以我只回家去了一头，把三个弟兄安在孙家大门口，由我老婆统带着，尽义务保个镖。然后，特别挑了这五个看起来还老实一点的宁远府棒棰，到你们这里来……自然! 自然! 今夜我是不回去的了……"

那一夜，郝家全家大小仍然不敢脱衣解带。他们因为有伍平保镖，并不怕抢（除了当夜饮食招待外，次日，到底由主人家捧出二百块龙洋，说是全家凑集的，以一百元酬劳五个兵，一百元酬劳伍平。伍平抵死不收，结果，一并给了那五个兵。郝家的损失，就只这一点），他们害怕的是火。

火是怎么烧起来的? 没人说得出。只晓得先从几家当铺烧起，其后烧得顶凶、顶吓人的是藩库。这夜，又是阴天，浓云低压，当火势旺时，硬是疹得全城都红了。得亏起火地方，四周围都是高高的防火砖墙，平时只为了防备外火内延，这时，倒非常好，确实防备了内火外延。若其不然，起火后谁顾得救火? 连消防队都打启发去了!

巡防兵开始打启发时，一则股头甚多，互不相识; 二则也有一些戒心，生怕受到干涉——怕陆军、巡警、同志军的干涉。因此，当彼此相遇时候，喊出一声: "弟兄，不照!"不照者，互不相干，各干各的是也。本是一句普通招呼，顿然成为了口号，也顿然成为纷扰当中的有效通行证。说它有效，也得看在什么时地。如其你把东西启发得过多，而又碰着没有拿到东西，比你更其强梁的人，那你纵然"不照! 不照!"喊到喉咙嘶哑，也保不住险，要是不把东西留下，你还是"走不倒路"！更其是，那夜守卫满城的旗兵，听见大城兵变，摸不着底实，生怕有什么灾祸飞到本旗头上。一千多名手执武器的男子，听从将军、都统的吩咐，牢守住五道城门（一道是大西门；四道是通宁夏街的小北门、通羊市街的小东门、通西御街的小东门、通君平街的小南门），只要有人走近城门不远，他们就放枪示威。如其发现持枪队伍，他们的枪放得更凶。这时节，任谁的"不照"，都不中用。因此之故，小东门城边的庆余当保住了，不特未遭焚毁，抑且未遭启发。黄澜生家环境那么特殊，巡防兵与警察率领不少的流氓地痞，三番两次想来惠顾，也得亏旗兵彻夜放着枪，方得临难苟免。

二

半天一夜的暴动，也使得强勉成立十二天的大汉军政府，发生了根本变化！

东校场出事之时，军政府里毫无所闻。比及消息传到，街上已在关铺子，会议厅里的一班身负重责的先生们犹然不予重视，有几个竟自断定是谣言。

秘书局的蔡麻子从会议厅回来，立刻找到孙雅堂，瓮声瓮气说："孙先生，又是你的事了！"

"拟什么文稿不是？"

孙雅堂抱着一根鲨鱼皮套子的广东黄铜水烟袋，跷起二郎腿坐在一张藤心太师椅上，面前签押桌上摊开一叠公事，他正挎着一副老光眼镜，一边抽烟，一边凝神聚气地在看。

"……你看我怎么抽得出手来！"他依然俯首在公事上，并不举眼看一看与他说话的人，只是皱起眉头，做出一种很不乐意的样子说，"局里还有那么多朋友，何必专找我一个呢？"

蔡麻子丝毫不感到这位师爷出身的科员如此无礼貌，如此不尊重他的身份，依然面不改色，还近于请求般说道："难为你嘛，孙先生！这是一件最紧要的公事，是会议厅各位先生特别吩咐的，而且限定半点钟就要缮写过印……"

"什么公事这样紧急？难道不等都督画行就过印？"

"就是等不及都督画行啰！徐子休先生以为当此非常时候，不画行也要得。"

"哈哈……哈哈……真是没有做过官的外行话啊!"孙雅堂忍不住大笑起来。因把老光眼镜取下,眯缝着两眼,向蔡麻子问道,"说说看,到底是一桩什么紧急事呀?"

"谣言又起来了,说东校场兵变……"

"东校场兵变?今天两位都督不是特别到东校场去点兵吗?"

"正因为这样,所以会议厅各位先生才主张赶快写几张告示出去辟谣。"

"啊!原来如此,那么……"

六言韵示稿子经会议厅几位有学问、有文才的先生逐字逐句斟酌、润色、修饰后,正待缮写,正确消息接连飞入军政府,证明东校场兵变并非谣言,而系事实。这一下,全皇城的人们都惊慌起来。

会议厅里先生们到底老成持重,不像别的那些人没主意。他们说:"镇静……镇静!凡事总得等两位都督回来才能定夺!"有些人想走,被劝住了,说是军政府的人一走动,必然影响市面,"我们观瞻所系,轻举妄动不得的。"

但是等呀等呀,都督一直没回来,卫队也没一个回来。谣言反而从皇城里发生:"都督说不定遭了什么意外啦!""不会吧?还有参谋长,还有军政部长,还有……""怎么会闹到兵变?这中间,恐怕有人在主使?""嗯!硬是有人在主使!""谁在主使呢?"

不管谁在主使,总之,兵变了,下一步必定要来攻打军政府。军政府是个危险地方。虽然有几百兵在任保卫之责,但是,首先不忙估计兵力多寡,敌得住那些亡命之徒不,只须想想:兵是一个模子铸出的,东校场的兵在两位都督眼皮下都变了,何况他两位又未在这里。看来,十有八九,只要变兵一打来,这里的兵定会响应无疑。

不推敲还则罢了,一推敲,皇城硬似一个大火坑,"啊哟!这怎么还能一朝居呢?"

大家正待一哄而散,恰巧孙兆鸾已经飞马来到;奔进会议厅,气呼呼地叫道:"诸位先生走不得,外头乱得很,我是特来报信的……"

孙兆鸾站在当地,他身边站满了人,都是他平日非常尊重而又无法亲近的一班大人先生。

"……眼目下只有军政府这地方顶保险了!第一,守卫军政府和军装库的都是陆军……呃!陆军并没有变啊!我们现在正等凤凰山的陆军开进城来。尹硕权亲自去的，大约几个钟头便见分晓了……"

但凡知道尹昌衡这个人的先生，如徐炯，如罗纶等，都不由如释重负地冲口喊了声："有他，我们就不怕了！"

别一些人尚在追问孙兆鸾："两位都督到底躲到哪里去了？"

"不晓得！"

"巡防兵是怎样哗变的？"

"不晓得！"

"是不是有人在暗中支使？"

"更不晓得！"

有人生了气，大声吆喝道："你是干啥子的？这也不晓得！那也不晓得！嗨！岂有此理！"

孙兆鸾微微笑道："我干啥子？你先生总该晓得，第一，我不是侦探……"

一阵繁密枪声骤然响了起来。只是隔得远一点，还不那么惊人。

孙兆鸾车身就走。

罗纶一把拉住他道："你不能走开！"

其他十余个年高德劭、向来不把武行道放在眼里的绅士，也纷纷拥在孙兆鸾的跟前，七嘴八舌要求他留下来。甚至还有"不耻下问"的先生，居然屈着筲箕背，非常客气地请教他的尊姓大名，以及"台甫是哪两个字"？别人向他介绍后，便赶忙称呼起孙兆鸾的表字说："哦！原来就是元青先生！久仰！久仰！"其实他并不知道孙兆鸾是何如人也，现在到底是"干啥子的"，只是"如怨如慕"说："哎！哎！你先生怎么走得哟！"

孙兆鸾这时得意已极。用手把皮带紧了紧，又把摘去领章的直领提了提，然后笑容可掬地向罗纶说道："罗先生，你放心，我并不走。"他把嗓音提得更高一些，以便大家都听得见，"我怎么能走开呢？尹硕权部长特别叫我来保护军政府——当然，也就是保护诸位先生。我辈军人，只要上司有所差遣，便得服从到底！若是擅自行动，岂不违背了军人天职？也不够军人资格！我孙某平生别无所长，只是服从上司差遣一层，自信尚不后人！这因其是……"

若非吴凤梧跑来打岔，他这篇突然而发的即兴演说，恐怕再半点钟还完不了哩！

吴凤梧气急败坏地分开听众，高声唤他道："孙管带，你是咋个搞起的？事机这样紧迫，东北角已经开了火，你不去指挥布置，却跑进来摆摊子卖狗皮膏药！你安心把我姓吴的摆干不成？"

"吵什么，你这个脏舅子！"孙兆鸾也气呼呼地还起嘴来，"我卖的不是狗皮膏药，是定心丸！你懂吗？"

两个高长汉子出到至公堂外还在开玩笑。

孙兆鸾演说后，许多人果都安心留在军政府里，受他和吴凤梧的保护。只有孙雅堂几个少数搞笔墨的人不敢相信军政府是太平缸。他们私下会商说："三十六计，走为上计。与其在这里悬心吊胆，倒是守着自己家里人还安稳些。况且我们又不是维新革命党，军政府并非我们的，老呆在这里，于我们有啥好处？万一出了大祸事把我们这些找饭吃的人牵累在内，那才值不得哩！"

于是几个人躲躲闪闪溜出军政府，溜下至公堂，溜过大青砖面地的空坝和明远楼。但是溜到龙门的穿堂，却被兵士们拦住。

"你们往哪里走？"

"各自回家去嘛！"

"不能走！"

"为啥不能走，我们是军政府的人？"

"不管你们是啥子人，就是不能走，这是命令！"

"哪个的命令？"

"吴管带的。"

"咦！吴管带有这样歪吗？连我们这些师爷都管住了？"孙雅堂不由勃然大怒，瞪起一双眼珠吼叫道，"我才不信哩！"

他刚待举步冲出去，不料十多支擦得亮闪闪的九子枪一下平平举起，所有枪口正正对准他们的胸脯。

那个同他们唱对口曲子的头目敞开嘶哑喉咙，像喊操似的吆喝道："各自转去！没有放行命令，管你啥子人，就是都督，也不准通过！"

其他几个斯文人脸都吓白了，一句话没说，回身便走。

唯独孙雅堂仗恃与吴凤梧见过几面，自居于熟人之列，不甘心他的部下这样对他不客气。他要找他理落，要他赔不是，要他亲身送出皇城，甚至要当着他的面，把那个野蛮的头目扎实教训一顿。

他依然气昂昂地问道:"吴管带在哪里?我要去会他!"

"在明远楼上,"头目冷笑一声,"你只管去。"

孙雅堂还未走上明远楼,他的那把无名火已着守在楼梯口的一个小护兵给他消了一半。

小护兵的年纪顶多不过十六岁,满脸孩子气,皮肤尽管晒得油黑油黑,肌理并不粗糙。大眼眶里一双乌黑眼珠,确实像两颗才剥出来的榛子。只是鼻梁塌得几乎只现出一点鼻梁形式,因而鼻胆显得特别宽大,压在一张嘴唇极厚的大口上。

小护兵人小气力大,从背后抓住孙雅堂的青缎马褂,把他由两步很陡的楼梯梯级上拖下来,一面恶狠狠地叫喊道:"嗨!你是做啥子的?简直不懂规矩!腔也不开……埋起脑壳乱蹿!"正在变童的声音,活像刚刚开鸣的小公鸡,叫得非常刺耳。

这种出其不意的袭击,使孙雅堂大吃一惊。站稳后,看见是个小护兵,正待气而派焉地训他两句,小护兵犹然横眉竖目,使着一种破铜烂铁的嗓音,责备他为什么不向他这个奉命把关的副爷讲说清楚,就随意胡行?"硬是哟!看你这把年纪,吃饭都不长了的人,咋个不晓得规矩!噢!你要见我们管带,那你该先告诉我,等我去禀报过,要你上楼,你才能够上楼。连这种规矩都不懂……你姓啥?"

不要以为小护兵气势汹汹,硬要讲个手续,孙雅堂毕竟是个师爷,打了几句官腔,还是气而派之上楼去了。

明远楼上是个通间。四周用花格子连窗门扇隔出一道不太宽的走廊。窗棂上糊的白纸已经翻黄,并且破碎了。到处灰尘扑扑,不消说,是很久很久没有打扫过的。

当时四川省会成都的建筑,尽管已有新式洋房,已有打破限制的崇楼杰阁,但是除了陕西街教堂的钟楼外,旧贡院的明远楼到底要算最高地方,比起可以陈望四城的明代遗留下来的老鼓楼还高。从前,在这里举行秋闱考试时候,至公堂与明远楼之间,全是按照千字文编号的号棚。每当中秋之夕,秀才们大多交了卷,心情舒畅,不管有无雅兴,都要呼朋唤友,走出高仅及顶的号棚,跑上明远楼来,眺望月夜景致。当然,搞杂学的朋友定要吟诗一首,不搞杂学的朋友也不免要学马二先生在城隍山顶上俯瞰西湖与钱塘江时候所为,虽不一定背诵几句《大学》《中庸》，却也要念几句《千家诗》以寄兴的。

所以孙雅堂一到楼上，便情不自禁地循着走廊，向四下眺望起来。南面被皇城门楼挡住，看不出去，仅能从门楼的右侧，窥见陕西街的教堂钟楼。西面是满城，呀！好一片郁郁苍苍的树林！满城外面的人家也不太多；东面恰恰相反，一眼看去，万瓦鳞鳞，房屋非常之密，只稀稀落落有些大树，像硕大无朋的绿伞撑向天空。北面有两处高地，远一点的，是有名古迹五担山，近在跟前的，是从前铸制钱的宝川局（从辛亥前一年，即宣统二年起，已改为了劝业道衙门）的煤渣堆积起来，为人称道的煤山；除这两处光秃秃的名实太不相称的所谓的山外，还有两座相当高的建筑，正北的是皇城厚载门洞上破破烂烂、久已失修的门楼，偏东的，便是建筑在一个颇似城门洞上的、尚未十分颓败、也算得是成都古迹之一的鼓楼。可惜天色阴沉，密云四合，东南的龙泉山、北面的天彭山、西面的玉垒山，连一点影子都没有。而且时候也晚了，城内说不上有暮霭，但薄雾迷蒙，准定是数万人家的炊烟了。（这时，成都人家烧煤的非常少，绝大多数都烧的是木柴，因此，发出的烟，不浓而淡，不聚而散，很似雾。）

就这样，也使他忘记到明远楼上到底为了何来，要不是从东南方的街上，一阵听得逼真的枪声把他惊醒。

他慌慌张张跨进花格子门，几乎与迎面走出的吴凤梧撞个满怀。孙雅堂连忙让在旁边，满脸是笑地打了个招呼："吴管带！"

"唔！"吴凤梧瞅了他一眼，仿佛点了点头，便同着孙兆鸾和另外七八个军官模样的年轻人，急匆匆走到向东那面走廊，依在半人高的栏杆上，彼此指手画脚，不知说些什么。接着，一群人向楼梯口走去。

孙雅堂目送着他们在楼梯口消失，听见皮靴敲着梯级木板的声音，像擂小鼓似的，一直响到楼下。这时，他的火气业已全消。寻思找吴凤梧理论，不但不合时宜，说不定反会遭他几句不好听的言语。他感到现在的吴凤梧，岂特迥非宣布四川独立前夕在黄澜生家所见的那个见人矮一头的落魄人，就比起前几天在秘书局，在会议厅，偶尔碰头时候也大不相同，脑袋格外昂得高些，腰板格外挺得直些。

他叹息一声，也朝楼梯口走去，心里想道："刚刚走了一点毛毛运，便忘乎其形，连这些人都不在眼里。哼！我才相信你从此就青云得了……"

接着，是尹昌衡亲自率领两营陆军来到皇城。（后来才晓得，他由凤凰山营地带来的，本是周骏的一标。不想才走到北门大桥，有一个营的兵士忽然自由行动起来。他留下周骏去招抚，自己赶快把未变的两营带进皇城。三天之久，不放一队人出去作弹压之用，原因就是害怕军心不固，再受影响。）接着，是周骏、彭光烈几个军官带着在街上招回来的一队散兵，也来到皇城。保卫军政府的武力增强，大家放了一半心，慌着要走的也不走了。及至弄明白兵变真相，似乎目的只在打启发，抢财喜，并非造反，并没有什么异图，大家又放了一半心。

但是局面不能听其这样烂下去，治安总应该赶快恢复呀！凡是留在军政府的人，都已想到。

三

在不期然而集合的会议席上，徐炯首先发言说，军政府现在无人负责，本身已陷于群龙无首的危险境地，"我主张，应即设法把两位都督至少找一位回来之后，再议其他。"

原任咨议局秘书长姚弼宪大声欢呼说："我完完全全赞成子休先生的主张！伯英是正都督，无论如何，非找他回来不可！为啥呢？……"

不等他阐明理由，已有四五个人喊说不赞成。

姚弼宪正眯起眼睛，从保险灯光照射不及的阴影中，找寻那喊称不赞成的人时，一个坐在大餐桌侧面的人向他叫道："这个时候不见踪影，晓得他逃往哪里去了？你去找他嘛！"

姚弼宪认得那人是陈希曾，在咨议局中便爱唱反调，也常被蒲殿俊批评得哑口无言的。这时，摸着小胡子，洋洋自得地继续说："找他回来也可以。然而不是找他回来当都督，是要治他处事无方之罪。老实说，今天这场祸害，全是蒲殿俊他一个人搞出来的。本来是个不懂军机的书生，偏要去阅兵，而且不纳善言，我那么劝了他两回，他不特不理会，还反唇讥刺我鼠目寸光。好！我这个川耗子，现在倒要以寸光之目，看看他以什么脸回来见人！"

姚弼宪火了，一拳打在大餐桌面上，红着脖子，瞪着这个唱反调的人吼叫道："你有好高资格，敢诽谤都督……"

原任铁道学堂监督的王铭新立刻站起来，挥着两手道："不要吵！不要吵……"

好多声音一齐在叫喊："啥子叫诽谤？都督是我们推举的……我们七千万同胞都有资格批评他……"

彭光烈从角落里挤到大餐桌边，也当着姚弼宪一拳打在桌面上，嘶声叫道："岂特有资格批评他，我们还有资格开除他！即是说，不要他再当都督……"

所有在这间广大厅子里——甚至拥挤在门边和窗下的军官们，好像商量好了似的，全应声喊道："要得！我们不要蒲殿俊当都督！也不要朱庆澜当副都督！今天东校场事情，是朱庆澜、姜登选、方声涛这些人下的烂药……这班外省军人，都是赵尔丰的死党……都是我们四川同胞的对头……"

一霎时，这厅子竟变了样，充满了狂呼大喊的人声，连悬在正中的那盏保险洋灯都动荡起来。多数人在喊："不要这个！不要那个！"但也有少数人在喊："不行！不行！要维持原状！"

徐炯急得脸都黄了，把钢边眼镜取下来，擦了又擦。站在大餐桌横头，迸着声音叫喊道："诸君，诸君，少安毋躁，请听鄙人一言！请听鄙人一言！"

到底他是全省教育总会会长，在江南馆讲学多年，又曾到日本考察过教育，又曾在陕西省办过学堂，素负乡邦重望，大家都知道他是一个讲维新的道学家。在军政府虽只担任了一名高等顾问，但每每一开会议，他总是无形中充当了临时会长，来主持会议。由于这种习惯，所以这时，他一呼吁，就连一些年轻浮躁的军官，因为看见尹昌衡、周骏、彭光烈这些人的肃静神色，也渐渐停止了喧哗。

"说起道理来，四川军政府都督，并非由于我们公推的。"徐炯觉得有人要说话，赶快伸起右手一挥道，"假使我说得不对，也请听我说完了，再驳我。"又拿眼把众人一扫，才慢慢说了下去，"可以说，是绅士们与赵季和所议订的独立条约上规定的。假使我们不承认那项条约，那么，由条约而产生的正副都督，当然无效，也就无庸争论要他们或者不要他们。所以我的愚见，要不要蒲伯英、朱子桥续任正副都督，这尚有个前提。前提是，我们还承不承认那项独立条约？我没有学过法政，不知道我这见解对与不对。不过就人情物理而论，大概所差不远。可惜邵明叔先生、周紫庭先生都不在这里，无从请教。但是罗梓青先生当过咨议局副议长，深通法理，可否就请罗

993

先生起来讨论讨论？"

说毕，他微微鞠了一躬。想不到居然有人拍了几下巴掌。

罗纶站起来，先把头上戴的青缎瓜皮小帽揭下，用一张大手巾，把剃得溜光的和尚脑袋擦了擦，才比着手式说道："诸君，说到四川独立条约，昨天我接到重庆一家报纸，上面登了一长篇革命党人的驳议。虽然把我牵扯在内，口口声声说这项条约的拟订，似乎出自我与蒲伯英先生的意思。其实，诸君当然知道，条约拟订，不特我一根笋未曾参预，而且我私下尚曾反对过。"说着，把坐在身旁的张澜一指，"张表方先生可以为证。"他把喉咙打扫了一下，又继续说道，"虽然驳议上还歪歪曲曲，把我与蒲先生说成是保皇党——我趁此机会，申明一句，我与蒲伯英先生、张表方先生，还有很多先生，连同邵明叔先生在内，主张立宪……"他顿了顿，把"君主"两个字从嘴皮上咽回到喉咙里，"则有之，绝对不主张保皇。诸君，你们须知，立宪也是革命。所以满清朝廷把革命视为叛逆，把立宪也一律视为叛逆，杀立宪派与革命党，并无二致的！但是重庆革命党人的驳议书上，有些地方却说得很好……"

一些人大声问道："说些什么？要点在哪里？"

一些人却吆喝说："莫要牵藤藤，扯草草，越扯越远！到底你打算说些啥？撇脱点说吧！"

罗纶光眼望着那些吵闹的人，翻起厚嘴皮笑道："你们存心打岔我吗？"

徐炯、王铭新、彭光烈，连同陈希曾，都纷纷起而干涉，会场秩序又渐渐恢复。

"我目前没有时间来回答你们那驳议上的要点。报纸在我房间里，歇会儿，你们自己去看。至于说我扯远了，那不对。因为要讲到条约可遵守可不遵守，不能不理落一下这条约是否合法……依我看来，这项条约是不合法的！是赵尔丰、周善培、吴钟镕几个人，别有用意的一种东西！只怪我们一些朋友，当时没有研究，被周善培这个人蒙蔽了，因而上了赵尔丰诸人大当。重庆革命党人旁观者清，所以一眼就看出了漏洞，比之我们……"

陈希曾站起来短住他的话道："莫说那么多，直截了当地说吧！你主不主张把这条约废了？"

罗纶毫不思索，举起他那浑圆的肉多骨少的拳头在桌上一捶道："废约！废约！如不废约，我们就无法改组军政府！就无法依据民意，推举正副都督！我再说一句，今天兵变，有人以为是外省军人在支使。依我看，原动力还不在于外省军人，而是……而一定是那个流连不忍去的赵尔丰！"

"好呀！讲得好呀……"

"那么，我们现在就决定改组军政府……"

"莫忙！莫忙！先推定正副都督要紧……"

彭光烈、周骏、宋学皋、龙光、孙兆鸾、吴凤梧，还有其他一些年轻军官，都一齐站起来，同声大呼道："我们代表……全省七千万同胞，公推尹昌衡担任……都督……"

一班身穿长袍短褂的绅士，大为骇然，只有姚弼宪提了一个问题说："是副都督吗？"

彭光烈听见了，连忙吆喝道："什么副都督？既然叫都督，那便是正都督！硕权，你应当起来发表一下意见啊！"

尹昌衡霍地从座位上站起来。身材本来就比任何人都高，这时，全身戎装，显得更比平常穿便衣时昂藏威武。保险洋灯的灯光恰恰照着他那未戴军帽的光头。看来，那颗额宽顶平的脑袋，也比任何人的大。一张马脸，一副宽厚下巴，配上一条长鼻，一双剑眉，一对大眼眶，的的确确是天生的一员大将的仪表！唯一缺点，就只眼睛的神气不充足，尤其在他不经意时，眼睛活像是空的。另一个缺点是嗓子尽管大，声音尽管宏，在平常随意言谈时，尚不感到有什么别扭，但是当他一提劲，你就听得出不但声无后音，而且音无腔调。

"各位先生！"猛吼了这么一声后，他那苍白的脸上，突然露出一种茫然若失的样子。

他的朋友们晓得他向能说话，不管在什么场合，只要他起立发言，有时虽嫌文不对题，毕竟可以敷衍成篇。谁也没料到，在今夜这个小局面上，当着这些绅士，他会怯起场来；而且又正值必须说话时候！

吴凤梧连忙把茶碗送到尹昌衡面前，低低说道："请润润喉咙再讲。莫着急！"

他掉头看了吴凤梧一眼，似乎没有听懂他说的什么话。忽又提起嗓子大叫道："承大家不弃……嗯！推举昌衡出来担任都督职务……嗯……"

就这样若断若续讲了二十几句，表明他虽然才薄能鲜，但为了拯救父母之邦，只好不顾牺牲，勉为其难这类的话。

但是当全场拍着巴掌，高呼欢迎时候，他又突然补了两句谦虚辞说，此时担任都督，到底只算暂时维持，等到秩序恢复后，他一定要辞职以让贤路的。

又是一阵巴掌，一阵欢呼。

有人问，正都督举出来了，副都督呢？

尹昌衡又站了起来高声喊道："副都督，我公举罗梓青先生担任！"

"好啊！好啊！我们欢迎罗先生当副都督！"

"太合适了！既叫军政府，照理，应该武的当正都督，文的当副都督。独立时候，大家搞反了，所以出了事……"

"两位都督都公举定了，什么时候请他们就职？"

孙雅堂在窗子跟前，也忘乎其形地把蔡麻子的肩头一拍，道："这篇就职文告，你得早点找人，别临时又逼得寡母子生儿，那才叫老火哩！"

临时会长徐炯宣布说："就职嘛，恐怕还要经过一番手续。今夜这会儿，只能叫作预备会。为了慎重起见，明天应当开一个大会，把各法团召集来，本着今夜的决定，正式通过改组军政府，正式通过推举都督……当然，不许可有异议提出的，大家尽管放心！因为不经过正式手续，不足表示合法，首先重庆那方面的革命党人就会反对……"

这时节，城内枪声四起，启发打得正热闹，藩库与十来家当铺的火光疖红了天空，全城秩序陷于极度紊乱。二十多万从未遭过兵燹的人民吓得不知死活。新举出的两位都督面面相视，想不出用什么办法来收拾这个似乎是不可救药的局面。彼此研究后，得的结论是："挨到明天再看吧！"

四

明天，这是一个难堪的日子！

经过半天整夜的兵变与洗劫，这个在中国历史上就有富庶乐安之称的锦官城，简直彻头彻尾变了一个样子。

全城三百多条街巷全都关门闭户。虽说有一些人家的门户被打得稀烂，无法关闭，但在门框上，也纵横钉上些木条木板。许多商店，许多住宅，还在最显著之处，贴上一张告白纸。是商店，大都写着："本号损失甚重，请勿入内！"是住宅，措辞便来得露骨一些："本宅被人照顾多次，所有衣物，无论值钱与否，得用与否，全被搬走一空。倘再惠临，必定大失所望，如若不信，欢迎入内参观，此白！"

街上来往奔走的人还是不少。绝大多数是兵，是形容憔悴、精神萎靡的兵。有的仍然穿着不周不整的军服，有的已改穿一身便装短打——各色各式的细料子棉紧身，或者狐皮阿依袋，九子枪，有的挎着，有的横拿在手上。几乎每个人身上都挎有一个大包袱，几乎每个包袱都沉甸甸地把那些筋强骨壮的汉子压得弓腰驼背。他们三五成群地朝背街小巷走，朝南、东、北三门走。

但是也有一些神魂不定的兵，好像迷失路途似的，刚由东头走向西头，走不上几条街，又忽而突之来个大转弯，依然向东头走去。几乎走了半天，还未打定主意到底向哪里走的好。

街道上也有轿马。轿全是轿铺里的小轿，没一顶是三丁拐、四人抬的官轿。轿里装的不是人，是绳捆索绑的东西，都很重，两个轿夫抬走，显然很吃力。并且看得出，轿夫都不是出于自愿，若非被前后左右拿着九子枪、面带凶相的兵押着，他们可能走不多远就会丢下轿子跑掉的。

马全是军马，没有一头官马与民马。这倒不稀奇，成都省的交通工具，除了人抬的轿子，还是人抬的轿子，没有车（无论是牲口驾的车，或是人拉的、当时风行一时的所谓东洋车，全没有），更没有马（各大衙门里偶尔养几头给跟班大爷骑上作仪注的官马，自从大讲维新，裁撤执事，已经不多。私人养来摆门面的走马，那更绝无仅有了）。骑着马在街上走的只有骑兵，纵非骑兵，也是有军职的人。

东方发白时候，全城才不再听见枪声，也才不再听见"不照！不照！"的口号，启发完全停止了！夜来趁浑水捡财喜的人们，因为劳累了一夜，都已关门睡觉。夜来心惊胆战、吓得通宵未闭眼睛的人们，因为要确实明白一下家门之外到底成了一个什么世界，是不是如他们所揣想的"烧了一坝房子，死了一坝人"，反而轻启双扉，溜上街来。

由于余悸犹存的缘故，大家还不敢昂头阔步地在街心里走。并且远远一看见有拿枪的兵走来，便急忙停步在人家的屋檐下，或者墙脚边，低眉垂眼，连呼吸都几乎屏住，生怕有什么不测之祸，一下就飞到自己身上；只管那些蹒跚而行的兵，已经没有一点昨夜以前的雄赳赳样子，倒是正颜厉色多看他两眼，他反而会怯生生地躲开你的。

一言蔽之，全城还被恐怖的阴影笼罩着，尤其当赵尔丰的告示张贴出来之时。

赵尔丰居然以卸任四川总督、现任川滇边务大臣名义，出了一通六言韵示，令叛兵们——不论是陆军，是巡防军，速速到制台衙门投到受抚，申明"不究既往，一概从宽"。告示上没有盖印（不是故意不盖印，实因四川总督关防已经交出，川滇边务大臣关防尚远在雅州府他的代理人、也是他心腹师爷、四川叙永厅贡生傅华封的手上），只用朱笔标了一个很潦草的印字。

告示是写的。大概因为时间仓促，书手不多，全城一共只贴了二十来张。就这样，已经使得许多人在恐怖之外，又增加了一种恐怖，因为告示末尾写的是宣统三年十月十九日。

"嗨！赵屠户又出来啦！"傅隆盛站在锦江桥木栅贴告示地方，把告示一念完，气得项脖都粗了，浮肿而打皱的脸由红而紫，几乎变成猪肝颜色。忘记了夜来迄今的恐怖，忘记了正有一群巡防兵慌慌张张打从锦江桥上走过，竟大声武气向拥在身边的一些街坊邻舍叫道："看！看！看！还是宣统年号哩……我早晓得四川独立是一个假过场，是诳我们的，是……他龟儿赵屠户耍的把戏……咦！他又出来了！把些巡防兵喊回去……"

田街正连忙短住他的喊声，撑了他一下，低低说道："叫唤啥子，老东西？你眼睛放亮点，好不好？"

"咋个要放亮点？"傅隆盛莫名其妙地问。

比田街正、傅隆盛两人年龄稍大的曾板鸭，向巡防兵背影努了努嘴，咕噜道："歪人才过去！"

"歪人？咳！昨天夜里没有摸清底实，被他们几爷子的乱枪吓糊涂了。可是今天，白日清光地，看哪个还敢歪？"看见巡防兵走远了，傅隆盛不由嘴角一瘪，把叶子烟杆从嘴上拿开，重重地朝石板上吐了一泡口水道："杂种们总没有赵屠户歪嘛！老子们连赵屠户都没有放在眼里，还惧怯你这些强盗……"

田街正皱起两道有长毫的眉头叹道："赵尔丰翻了身，我们的军政府不就垮了台了？唉！算起来独立才十二天，闹些啥子鬼名堂！"

但是傅隆盛却把眼睛一泛，很固执地说道："那你又不能这样说喽！你说军政府垮台，我就不信！刚才不是有人到皇城坝去看了回来说，皇城门洞两边仍然挂的是那两面大汉国旗？里里外外数不清的新军？还有好多三丁拐轿子赶进皇城去？军政府一定不会垮！哪怕他赵屠户诡计多端，哪怕他会支使巡防兵闹事……"

没等他说完，就有人插嘴问他，巡防兵闹事，怎么知道是赵尔丰在支使？

"何消问呢？"傅隆盛拿起叶子烟杆，向栅子上糨糊未干的告示一戳，"这就是凭据呀！若果不是他在支使，他为啥急急忙忙出起告示来招安？可见他生怕杂种们打了启发不再归队。他没有这些杂种们当护脚毛，管他是四川总督也罢，川滇边务大臣也罢，他就端把虎皮交椅坐在制台衙门辕门外，见人打招呼，人家不屑理睬，看他有好大本事，能把宣统皇帝再捧出来？"

登时几个声音附和道："傅掌柜说得对，大家真个不球理睬他，看他能不能翻身？"

有人说："若是他把巡防兵招了回去，也不是好事呀！"

田街正摇摇头道："巡防兵这时候还有心肠看告示？"

傅隆盛猛一举手，那张贴得并不太高的告示，突然从栅子上转到老头子的手上；而且没等大家从惊诧中回过神，他已把它揉成一团，由桥栏上面丢入了金河。这时，金河的流水虽已清浅得载不起一只小划子，但漂流一个纸团，急急将其送出水窗门，送入九眼桥下的府河，倒还是可能之至。

曾板鸭抱怨道："你扯了它为啥哟！"

傅隆盛扬扬得意道："这叫作眼不见，心不烦！二来，也免得杂种们看见了起歹心！"

五

赵尔丰那张没盖印的招安告示，确实引起了不少人的惶恐。

恰恰这两天街上又有谣言发生。说的是，甘肃回军奉了摄政王载沣之命，从陕西西部打到咸阳；另·股骑兵，则从潼关打过华阴，西安已成危城一座，起义的民军抵敌不住，已从汉中府逃入四川。回军、旗兵跟踪追击，看来，不久也会打到四川来的。

谣言也不是完全没有影子。十天之前，确有一二百全武装队伍，由陕西开进四川。但那并不是什么溃败的陕西起义民军，而是开办在西安的陆军中学堂的四川籍学生。他们在陕西独立之后，因为学堂停办，一方面风闻故乡官民冲突，地方糜烂，要回来促成四川的独立。

恰巧，被拿问进京的王人文，因对头盛宣怀已经被黜，清廷威信全失，而且为革命潮流冲击，自身且如泥菩萨过河，正在难保，哪还有力量来办理他的参案？（王人文是被端方奏参为讨好川民，故违铁路国有政策，以致民乱四起，难于收拾的罪名，当他进京陛见请训，刚到西安，便由清廷降旨拿问的。）他正想乘机逃离西安，于是派人与这些四川学生联络，说他对四川极有感情。当铁路国有政策刚刚颁布，他就确定他的生死荣辱和四川人分不开了，四川人之利，便是他的利；四川人之害，便是他的害。他离开四川时候，四川的父老兄弟尚正奔走呼号，与国贼盛宣怀、端方做生死之争。不意赵尔丰接任，一反他王人文所为，不惟不支持四川绅民，转而听从盛、端指使，不惜专制压迫。一路上，每一听见四川乱事，他真心如刀绞，恨不能逃回成都，匍匐于赵尔丰之前，刀锯鼎镬，甘以一身任之，但求四川七千万同胞能出水火而登衽席。现在革命潮流遍于中国，岂容四川一省，自居化外？

"诸君既有志于乡邦，鄙人愿以衰朽之身，从诸君之后，为革命大业，为川人幸福，稍效犬马之劳，略为毫末之助，幸能许我，至感！至感！"

四川学生当然非常欢迎他同行，并还至诚表白说，他们虽有革命热忱，不怕牺牲，但是既无军事经验，更无政法阅历，愿意拥戴他作为援川革命军统领，等到打拢成都，宣布四川独立，就推举他为都督。王人文并不推辞，一口便答应了。

一支小小的，但是生气勃勃的革命队伍，就这样，保护着王人文一家老幼男女（学生与王人文的几十名卫队都排着行列步行，王人文一家坐的轿，还有几匹骡马和几个杠担抬运着他的行李），离开西安，走完平原，越过险峻秦岭。虽然沿途无阻，可是风餐露宿，手胼脚胝，坐轿的没有什么，走路的，尤其初走长途的学生们，却够苦了！

他们经过陕西汉中府时，稍稍犯了一点险。因为这里驻有两营尚未反正的防军。这里的文武官吏也尚奉着宣统正朔，也尚穿着花衣补褂，也尚拖着油光水滑发辫，学生们因都剪掉了发辫，不敢进城，住在城外，也戒备森严。王人文却进了城，不知他说了些什么话，用了些什么方法，一宿无恙，次日，仍然人夫轿马地带着学生们上了路。

但是一到四川第一个县份广元，王人文就变了卦。他向学生们表示，他从知县衙门得到确息，四川许多地方都已独立，都已成立军政府，形势所趋，赵尔丰一定会见风转舵（这时广元地方尚不知道成都已经独立），他已用不着再去川西，去也无用。因他精力衰惫，才智俱竭，对此分崩离析的局面，实不知如何措手。再而，他到底做过清室的臣子，吃过朝廷的俸禄，即使天命已去，国步当移，他纵不能守节尽忠，也不可公然革命。何况他幼读孔孟之书，长究性理之学，小德出入无妨，但这关乎人伦大道，是万万通融不得的。

学生们上了老官僚一个大当！明明知道被他利用来脱离险恶的陕西，但也感谢他在汉中的一场掩护；且也确实知道四川各地都已反正，做事的机会是有的。于是大家商量一下，遂就各人的兴趣，各人的关系，分投各地而去。

王人文在广元歇脚几天，也便水陆兼进，绕道来到重庆。蜀军政府念他在争路风潮之初，毕竟帮助过四川人，不但有礼貌地招待他小作勾留，而且当他要顺流东下，去上海作寓公时，还送了他几千元的路费。不多时候，曾经满手染过人血的田征葵，从成都携眷潜逃，路过重庆，被蜀军政府缉获，经军法处正式审讯，判处死刑，押至通远门外斩首示众。这两件事，很得大众称许，都说蜀军政府处理得当，表示了四川人对于善善恶恶是一点不含糊的。

回到成都的一小部分学生，恰恰在打启发的第二天抵达北门，还来得及亲眼看见不少兵士，三三五五，背着大包袱，提着九子枪，取道大小川北而去。

因为有了这种谣言，所以军政府里无论来自哪个法团的人士，一说到赵尔丰为什么要赶在今天上午发出那样的招安告示，大家也都一致肯定是他想趁军政府风雨飘摇时候，把队伍抓到手上，来重振他的总督权力，也就是要取消四川独立自治，依然实行清朝的专制政体。就在这种忧惧惊疑的气氛中，大家完全赞成昨夜临时会所做的决定，一致举手推举尹昌衡为正都督，罗纶为副都督。并且希望他们立时立刻拿出办法来，首先抵制住赵尔丰，不能任他把叛兵招去；其次恢复全城秩序。

所以这天下午，好些街口贴告示地方，都贴出了盖有大汉军政府印信的告示，告诉人民，军政府旧的正副都督辞了职，新的正副都督就了职。告示上虽没提说新旧交替的原因，也没提说新都督要办些什么好事，仅这样一来，有些人到底安了心，都不禁长长叹息一声说："我的菩萨，军政府还没有垮哟……管你啥子人出来当都督，只要军政府没垮……只要赵屠户不再出来，就谢天谢地！"

并且有些未遭骚扰的街上，也发现了从昨天下午以来就失了踪的汉字十八圈国旗。它由竹竿挑在几家矮檐下，被寒风吹得飘飘荡荡。旗的幅面不大，中间的红色汉字写得不周整，周遭的黑色圆圈排列不匀称，但它在这个时候，不知为了什么倒非常受到重视，但凡从它下面走过的人，几乎没有一个不仰起头来，脸色严肃地向它行一个注目礼。

接着，有些街道也发现了这种情形：一个普通人拿着一面打更小铜锣，走几步敲两三声；随后是一个全武装的骑士，背上背一支短管马枪，左手持一杆红旗，右手揽着缰绳，使所骑的马一步一停地跟在后面。只要遇有身穿军服的人，不管是巡防，是陆军，或是其他什么队伍，打锣的必定大声呼喊道："弟兄们，莫走！尹都督有命令！"骑士也便停马说道："弟兄们，听我告诉大家一个好消息，军政府大都督，已由军政部尹部长担任！尹都督是我们四川军界里头资格最高的人！他命令你们，不要再在街上生事！命令你们赶快回营盘去！你们有什么意见，尽管选派代表去见他！你们没有代表，就自己去找他也要得！他明天就要派人到你们营盘里来接头的了！命令你们，在今天擦黑时候，一定要归队！若是无队可归，就到军政府去投到，担保你们没有危险！弟兄们，尹都督是我们军界里头最讲信实的人。"于是来了一句袍哥话道："只要言语拿得顺，啥也可以搁平的……"

从那些听众的神气看来，骑士的口头宣传，似乎生了效，有些疑虑而惶惑的脸色，都一下舒展起来。有几个甚至走到骑士身边，诚诚恳恳问他，要是带着财喜去投到，是否不理抹他们的财喜？

接着，驻扎在城外各乡场上的同志军奉到罗纶的急信，一队一队地开进城来。

接着，距城不远的各州县的同志军也奉到罗纶的急信，连更晓夜把队伍集合起来，向省城开来。

接着，附省各地的民团也奉到军政府的密谕，叫它们会合同志军把守要道，严查奸宄，要是有单身军人通过，准其拦阻，不听，则捆送来省。

有了这些紧急处理，所以到兵变的第三天，城内的混乱情况渐渐转变，铺子开张的多了，卖菜蔬的挑担上了街，茶坊、酒店、饭铺的生意热闹起来，油盐柴米的交易也全部恢复。及至这天下午，尹昌衡只身跨马走入东丁字街的两湖公所，把几营叛变过的巡防军招安之后，城内的乱象和危机，才算完全消失，人民也才真正放了心，尹都督的威名也因而四播。

后　记

　　《大波》第四部未竟稿和读者见面了。它反映了辛亥年（一九一一年）四川假独立后，立宪派对反动派的妥协投降，对混乱局面的束手无策；封建政客大肆活动，浑水摸鱼；赵尔丰复辟阴谋开始暴露，激起了人民群众的不满；尹昌衡乘机攫取政权，改组军政府，自任都督等等。

　　《大波》旧版曾于一九三七年由中华书局出版，凡三部。解放后，在党的无微不至的关怀下，在党的百花齐放、百家争鸣方针和文艺政策的鼓舞下，劼人先生在担任成都市副市长之余，有更多的时间重新整理有关《大波》的资料，旁搜博采，在旧版的基础上，再次酝酿，发展为四部。第四部原决定写四十多万字，还将涉及的史实是：同志军开进成都维持秩序，镇压了叛军；赵尔丰复辟阴谋继续暴露，在同志军和群众的压力下，尹昌衡杀了赵尔丰；同时期，重庆蜀军政府在吴玉章同志主持下，镇压了极其危险的复辟活动，成渝两军政府合流；反动政客胡景伊篡夺了四川的军政大权，给窃国大盗袁世凯造成复辟声势等等。不幸的是，劼人先生仅写了四章，约十二万字，就在这色彩斑斓、紧锣密鼓的历史场景面前辍笔了，永远辍笔了！

　　这第四部，劼人先生计划在一九六三年底完成。他对待写作勤奋而严肃，以古稀之年，在病倒的前一天，还坚持写了三十一行，每行约四十八字；就是躺在病床上的那些日子里，也一再叨念着这部未写完的三十万字。他曾说，只有解放以后，他的创作才达到新的青春时期，他要写到八十五岁才封笔。不幸壮志未酬，坏血性肠炎夺去了他宝贵的生命。一九六二年十二月二十四日，他与世长辞了。这是文学界一个重大的损失！

　　《大波》这部小说，在相当幅度上，真实而生动地反映了清末的历史风暴，对民主革命初期各阶层的动态、投机分子的阴谋、反动派的嘴脸，运用提炼生动的四川方言，做了较深刻地描绘。在写作上，劼人先生汲收了中国文学的优秀传统，表现了中国气派对小说创作民族化做出了重要贡献。

我们对着劼人先生的遗稿，读完它的最后一个字，想到他没有写完的三十万字，想到他那宏大的写作计划：《大波》完稿后，还将写反映"五四"前后知识分子动态的长篇《激湍之下》；还将改写反映抗战时期买办、官僚、奸商三位一体，进行投机活动的长篇《天魔舞》，不觉怅然。我们对劼人先生忠于文学事业的雄心大志，对他勤奋而严肃的写作态度，怀着深深的敬意，对他的逝世，谨致以衷心的哀悼。

李劼人先生遗著整理小组

一九六三年七月十日

大　波

（中）

李劼人　著

泰山出版社 · 济南 ·

第二部

第一章　流血前后

一

就在阴历辛亥年七月十五日这一天，黄澜生又因有一点小耽搁，他的三丁拐轿子在制台衙门的仪门内空地上落平时，差不多已是上午十点半钟光景。仪门以内四人抬的绿呢大轿、蓝呢大轿、硬三丁拐轿、软三丁拐轿，业已摆了一大坝，几乎一直摆到大堂上。

毫不稀奇，平常就是这样！

刚一转过大堂，情形就有些不同。各处过道，各处官厅，各处转弯抹角地方，都是人，都是执刀拿枪的巡防兵和卫队，还夹杂着不少穿着便衣的随从人员。大花厅那面檐阶上下，人更多。

他下意识地觉得朝大花厅那面走有些不便，遂转身从侧面一条夹道上绕去。

夹道中也是兵，肩挨肩地站了一长列，一直拖到后院。

他诧异了。正想找个熟人问一问，恰好一个时常碰头、彼此知道姓名的武巡捕从对面匆匆走来。

"蒲老爷！"他站在一处窗子跟前，先向这个武巡捕打了个招呼说，"大花厅上有客吗？"

"有！好几位。"蒲祖庚摆出满脸笑容，一面用手巾揩着油汗，一面回答说，"黄大老爷才来吗？你看院上今天样子，似乎有点不大对头吧？"

"就是啰！为啥摆了这么多兵，又是卫队，又是巡防？"

"我还是不大明白。只晓得营务处田大人昨夜就没有回去，大约从半夜起，队伍就调来了。"

"唉？……"

"嗯！……"

两个人觌着面，都有点茫然。

黄澜生不经意地问道："花厅上的客，是些什么人？"

"哈！说到这些客，真把我们几个人跑够了！"蒲祖庚很神气地说道，"东南西北跑了个遍，煞果还是在两个近处请到。稀奇的是，我们人困马乏地把客请到，差不多半个多时辰，还让别个坐在花厅里，又不急切传见。大概要等来齐了，才传见？"

黄澜生笑道："虽是苦差，足见功劳不小！只不晓得是些何等样的客，要这样寻找？"

"并不是什么稀客显客，横顺是常到院上走动的那几位大绅士：蒲殿俊、罗纶、邓孝可、江三乘、王铭新、叶茂林、张澜、彭兰菜这班人。现在还没有到的一位是颜翰林颜楷，一位是卸任电报局总办胡嶸。"

"哦！"黄澜生心里一震，连忙问道，"昨夜调进衙门的队伍，难道是为了这些人吗？"

蒲祖庚用右手指甲在头发里搔了几下，皱着眉头说道："这很难说啦！……"

"确乎难说！"黄澜生不由也把眉头皱了起来。

分手后，黄澜生连忙走到东后院他们幕僚办公的地方。各科各室的人们虽未聚在一处交头接耳，但是从各道门口所悬的门帘空隙间，看得见各房间的人全不像平时坐在各人的签押桌前埋头办理公事，而是有的衔着叶子烟杆，有的捧着水烟袋，也有的在手指间挟着一支纸烟，一堆一堆地低声谈说些什么。

他们的民政科也不例外。当他掀开门帘进去的时候，那个即用同知、民政科助理、贵州人蹇小湖和一个民政科委员，安徽人韩同书，也是知县班子候补人员，正对面站着，说得有劲。

蹇小湖见他进来，连忙转身问道："黄澜翁才来，你觉不觉得今天衙门里有些异样？"

"唔！怎么不觉得？只不知道埋伏下这么多队伍到底要做什么？"

"谁知道呢？韩同翁认为是用来压制铁路风潮的。"

韩同书点头磕脑地说道："当然啰！老头子既然听了赵次帅的话，要改变态度，要严重对付铁路风潮，怎么不要使用武力呢？何况老头子又是打仗出身的人！"

黄澜生莫名其妙地问道："赵季帅听了赵次帅的话，要改变态度？……"

蹇小湖道："是的，这是我们科饶观察昨天下来核稿时，对我们说的。……哦！你昨天供饭，告了假没来，所以不晓得。……现在，我只能很简单告诉你两句。饶观察说，次帅一连来过几封密码电报，都是赵老四交他代译的。话都差不多，除了责备季帅优柔寡断，中了王采臣的圈套，姑息养奸外，便叫他疾速省悟，不要再与盛杏荪、端午桥立异，要与他们协力同心，将四川的铁路风潮压制下去，使国有政策得以贯彻。若四川人仍旧反抗，可即严重对付，朝廷定会嘉奖之的。……然而饶观察却未断言季帅的态度就改变了。他只是说，季帅这几天心情很是恶劣。外面的压力那么大，四川绅士还要和他为难，罢市罢课之外，现在花样越来越多，居然闹到不纳捐税，不缴地丁钱粮，甚至商量起独立自保，不知道这局面会糟到何种田地！我也问过饶观察，难道就听其如此糟下去吗？季帅总有一点打算吧？饶观察也只紧锁眉头，一声不响。所以我对韩同翁的估量，实是不敢苟同。"

韩同书道："理有必至，事有固然，你老兄苟同也罢，不苟同也罢，总之，我的估量也如孔夫子所说，虽不中，不远矣！"

黄澜生沉思着道："韩同翁或者估量得不错。只是有一点，我还要请教。季帅既是要用兵力来对付争路风潮，那么，不把队伍开往铁路公司，而调到衙门内来埋伏，却是何故？"

蹇小湖走到他的签押桌前坐下，拿指节敲着桌边道："着，着，着！黄澜翁之言，实获我心！"

黄澜生摇摇头道："小湖兄且慢这样说。同翁估量，好像确有道理。若其不然，武巡捕老蒲他们为啥又会跑得人困马乏地将蒲伯英、罗梓青、颜雍耆、张表方、邓慕鲁、叶秉诚这一班人邀请到大花厅上来呢？……"

韩同书本来也已坐到他的签押桌前扶手椅上去了的，当下一跃而起，两手按着桌子说道："真有此事吗？"

蹇小湖也像吃惊似的说道："那你为何不早说呢？"

"我以为你们都晓得了。"

"我们如何晓得？"蹇小湖说，"我和韩同翁差不多同时来到，并未听说有这件事。我们的底下人又有事情到外面去了，还没有进来。我们只看见到处是巡防兵、卫兵。宅门上也不准人进出，说是四少大人的口谕。只有营务处田梦卿田大人、兵备处王寅伯王大人、藩台尹惺吾尹大人，还有新委四城总巡查、那位宝贝太尊路子善几位红得烫手的大人是例外。就连我们科参事饶大人还不能够自由进出哩！"

黄澜生也吃了一惊道："啊！还有这等严重的事情，你们为何也不早说呢？"

"韩同翁，你再估量一下，季帅把蒲议长他们请来后，将如何对付？"

韩同书搔着头皮道："这……这可不容易估量啊！想来总是先礼而后兵的！……"

仍然是蹇小湖在问："你的意思是……"

"难道还不明白么！把这班人邀请来，就是要他们将这次争路风潮设法了结。起码也得开市开课，并且把抗粮抗税的话收回去。先是好说好讲，以礼相待。这班人如其懂得利害，俯首承诺了，自然好。如其不然，那么……"

黄澜生连连点头道："那么，就要摆点威风给他们看了！……不错，不错，这倒是好办法。"

韩同书反而把手一挥道："办法也不见得顶好。"

"为什么这样说？"

"为什么？因为老头子举棋不定，刚上任时硬一下，继而又软了。不几天好像正由软转硬，但是临到颜楷、张澜代表股东会呈请暂时休会，静候查办，他又劝慰起人家说，该会长等既经任事于前，仍当确切研究，以善其后，表示得和王采帅一样的软。如其那时打定主意，趁他们呈请休会，便老实批答，先将股东会停会，跟着再把同志会解散，一味硬下去，我看，这争路风潮定然趋于平息。何致现在又来这一手，反而叫人议论反复不定，不像一位封疆大员的举措。"

黄澜生向蹇小湖说道："韩同翁谈得很精辟，不愧是官场老手，佩服！佩服！"

蹇小湖眯起眼睛一笑道："我不相信季帅的见识就浅薄到连这点道理也看不清楚，何况他身边还有那么多军师！"他跟着又将话头一转道，"说不定季帅硬就见不及此。这叫作当事者迷。可惜的是，韩同翁为什么不把你这番话写成一个条陈递上去？"

"递条陈？你就不记得那天五福堂会议，楼藜然楼观察才说几句请老头子周咨博访，内断于心的话，就碰了老头子一个硬钉子的事吗？现在衙门里的情形还是少开口的为妙！"

黄澜生道："但是你老兄这时便宣讲得不少啊！"

"私下议论，怕什么！"

就这时，院子外面不很远处忽然发生了一阵嘈杂的人声。

民政科头一间公事房里的三个人，依然热情洋溢地讲着他们自以为高明的言论，没有注意到院子外面的闹声。约摸咂完一竿叶子烟的时候，还是蹇小湖的耳朵尖些，听见隔壁房间——是民政科第二间公事房，只有两个录事一个核对在那里抄写公事和整理卷宗。——有人朝房外跑走的脚步声，他才抬头一看：

"什么事？……"

黄澜生也接着向窗子外面望了望。果然，挺宽的一条明一柱檐阶上站了好些人——各科的同僚们，都侧着头，凝精聚神地在听什么。

他们住下嘴来一留神，用不着走出去，从敞开的窗口上已经隐隐约约听得见那嘈杂声音，一阵低，一阵高；并且听见了这样几声呐喊，好像许多喉咙全呐喊着同一样的字句，真吓人！

"绑起来！绑起来！……"

黄澜生全身一震，两只眼睛不由大大睁了开来。一看，蹇小湖似乎比他还吃惊，连鼻翅都翕动不止，并且连连说道："绑什么人？绑什么人？"

吓人的呐喊继续传来："传宰把手！……九名！九名……传号令预备！……"

蹇小湖惨白着脸说道："杀人啦！……杀谁？"

韩同书比较镇定，但是说起话来，声音还是不大自然。他说："当然是杀大花厅上那些请来的人。"

"你该没有估量到这一着？"

"委实估量不到！……不过也难说，或许由于蒲议长他们太硬了，把老头子顶撞得转不过弯，因而才决裂了，也是有之的。"

忽然一个非常熟悉的声音在门帘边问道："饶大人在吗？"

韩同书说："是徐保生。"随即大声喊道，"保翁先生，请进来谈一谈！"

徐保生名字叫徐琯，是陆军科参事兼法科参事。以一个知县班子人员，充当着两个道台差事，就足见他的资格。

他掀开门帘进来时尚在问："饶大人今天下来过不曾？"

三个人都恭恭敬敬站起来向他打招呼。

虽说是浙江人，却生得身材高大，只须不开口，谁不把他认为北方汉子！其次面色红润，又没有胡子，一双炯炯有光的眼睛非常灵活，要不是眼角已牵了鱼尾，额头皮已生了皱纹，下眼睑又已泡了起来的话，谁也不会相信他比老头子赵季和还大两岁，即是说业已六十又二了！

此刻却是两眼茫昧，又粗又短的眉头在眉心中间蹙成一个大结。不等人家问询，先就像和人吵架似的叫道："季帅这一着棋下得太差，简直可以说是屎棋，又不知道是哪位狗头军师给出的主意！不管怎么说法，他，季帅，总算干过大事，见过大阵仗来的，为什么这一回偏如此其瘟？莫非当真老糊涂了吗？唉！你们饶大人又不在，却找谁进去劝一劝呢？"

韩同书道："保翁先生訾议的，可是指目前的事情？"

"就是啰！你们看，这算哪一条律例，哪一项章程的办法？把人礼请前来，说是有要事面商。一两个辰光不传见，也不派人代见。并不宣布罪犯何条，忽而突之，只叫绑了！而且要砍头！无怪张澜破口大骂，口口声声叫把朱语写出来看！哼！这朱语却如何写，你们说？……"

蹇小湖接着说道："的而且确，季帅的枪法太乱了。保生先生好不好赶进宅门去禀见一下，把这不可乱杀的道理讲一讲？……"

"现在还有道理可讲吗？只能讲利害了！比如说，这班人都是民望所归的绅士，都有功名在身，而且有的是钦派人员，有的是请假回籍的侍读学士，不先奏准，已经不可以非礼相加，即令诸人犯了十恶不赦之罪，就在专制黑暗时代，一省的总督也没有擅行诛戮之权呀，何况而今预备立宪，新法刚刚颁布，这怎么乱来得！一乱来，自身先就犯了罪，而且这罪还不算小！你们可还记得本省东乡县的案子不？所杀不过一些平民百姓，而末了，错下札子的总督部堂丢了官，奉行上命的提督军门斫了头！而今是在自己衙门内，杀的又非寻常人，所以我倒要问一问季帅，是否奉有圣旨？拿我所得的消息来说，就没有这样严重的上谕或内阁的廷寄发来。那么，今天胡行乱为之后，难免不为人所控告。将来查究起来，你们想一想，比起东乡县的案子孰轻孰重？那时，季帅才叫悔之晚矣！"

黄澜生颇为着急地说："是呀！徐老先生说得一点不错！曾记丁未年，我在成都府发审局当差的时候，季帅护院，王寅伯观察正在华阳县任上，破获一批革命乱党。按照王观察的主张，不知要杀多少人，要逮多少人。幸而成都府高增爵高大人、成绵龙茂道贺纶夔贺大人力主从轻。季帅起初很听信王观察的话，几乎弄成大案，后来改听了贺、高两位大人的言辞，没杀一人结案，因而得了一个很好名声。这就是季帅本身成例。徐老先生假若拿这个例去说他，他一定听的。若再援引一下东乡县案子，那便更有力量。"

徐珣背负着两手，在房间里踱了几个圈子；一面低头沉思，一面嘴唇不住动弹，好像在说话，却又没有声音。寒小湖正待说什么，却见韩同书在向他使眼色。他知道韩同书是徐珣的老朋友，当然懂得徐珣的脾气，因就把打算说的话咽了回去。徐珣恰像思考停当，举眼瞪着黄澜生说道："好得很，你老兄的话正好说在筋节上！倘若有人能够当面向季帅谈一谈，定有不可思议的效果的。"

"徐老先生就好去谈，我知道季帅很敬重你的。"

"唉！老兄，你只知其一，不知其二。你以为季帅敬重我，就能听我的话吗？若果如此，首先，他就不会有眼前这种荒唐事情；其次，我此刻也用不着特特来找你们科的饶大人了！……不过，承你们瞧得起我，鼓舞我有进无退，好！圣人说过，知其不可为而为之，我也何妨一试。同书兄，走！陪我走到宅门！"

三个人都非常激动，一齐迈步。刚掀门帘，韩同书的跟班，湖南人尤安突然出现在房门口。

尤安揩着脑上汗珠说道："老爷们莫出去！夹道上走不通。好几位老爷都着挡了回来，一分钟也不准在那里逗留！"

几位老爷几乎同声在问："为什么？"

黄澜生还更添了一句："莫非打整杀场，安排把人斫在那儿吗？"

"不，不……因为大帅在五福堂开会。大花厅里着捆绑上的那几位老爷都松了绑，请到五福堂来啦！"

徐珣大为诧异道："有这回事！是你亲眼看见的，还是听人说的？"

"怎么会是听人说的！"尤安摆出一脸不高兴的神色，噘起嘴唇说道，"徐大老爷不肯相信的话，你就亲自去瞧一瞧。"他又冷笑一声说："可是那些丘八副爷不见得就认识你徐大老爷，就能通融让你徐大老爷撞过去！"

他的主人是摸得够他这个管家二爷的蛮脾气的，当下便截住他的话头说道："这些话不用再谈了。我们要知道的，只是大花厅里那些老爷们，怎么一下着捆绑起来，怎么一下又松了绑，又着请到五福堂开会。说起来真叫人奇怪。个把钟头内，忽而从座上客变为阶下囚，忽而又从阶下囚变为座上客。你既然眼见，你就得说出个所以然来。"

尤安红涨着脖子说道："老爷安心考我！我又不是赵大帅签押房的二爷，我怎么晓得那些疙里疙瘩的原委？我只能把我眼见的实情给老爷们回禀一番。……"

二

尤安为他的主人到学道街二酉山房去取新到的《国粹学报》。出去时，正碰见罗纶、邓孝可一班人由提法使周善培、巡警道徐樾、劝业道胡嗣芬、提学使刘嘉琛陪伴着，前前后后走入辕门。他在二酉山房没有取到《国粹学报》，据说，还未寄到。但《神州国光集》却到了几本。他上过私塾，读过经书，国文程度能够看得懂《聊斋》，又能画几笔，临过《芥子园画谱》；和二酉山房的伙计徒弟又熟识。他们把《神州国光集》摊在柜台上请他观赏，还送给他一杯香茶解渴，这下，就使尤安勾留了几乎两小时。

当他重新走进制台衙门，情形就与前两个钟头不同了。辕门和仪门内外已有好些巡防兵站了队。大堂上除了巡防兵还有卫队。转到大花厅，情形完全大变。四周围都是队伍，花厅门前的台阶上下拉成了一个簸箕阵，外几层是拿步枪的人，内两层和台阶上是拿手枪和鬼头大刀的人，尤其那鬼头大刀都打磨得毫光闪闪，一望而知刀锋是风快的，要是双手举起来劈头一下……

"怎么！这个地方会跑出宰把手来？难道……"

簸箕阵的当中，就在台阶石下面，好像当真捆绑了几个犯人，因为大家都朝那地方在看。尤安也习惯地要挤上前去。但是今天偏和往常不同，丘八副爷们一个个都那样不客气，不但把他攘了出来，还凶神恶煞地呼叱他。

尤安也毛了，睒起眼睛说道："看不得嘛！"

他那湖南口音登时就引起卫队中间几个湖南人的注意，便转变口吻和他打起乡谈。及至晓得他也是吃衙门饭的人，而后才告诉他：今天的事情真特别！一班绅士老爷由巡捕老爷们邀请到大花厅，等了个多时辰，那个带卫队的山东人张麻子就从内里传出口谕，叫绑了！叫传宰把手伺候！说这班绅士都是谋反叛逆的头子。等大帅亲笔在标子上过了朱，就行刑。说不定就斫在辕门内。并且那几个卫队还格外要好，让尤安挤到簸箕阵的边沿去看一看那一些所谓谋反叛逆的头子。

九个穿长衫的老爷，其中一个还穿了一件开裰纱袍子的，尤安认得是颜翰林。也一样的两只膀膊被一根指头粗的四八股麻绳背綳着。九个人都是光头，在从密布的云幕隙中漏下的强烈阳光之下，很清楚地看见每个人脸上，不但没有一点血色，甚至还灰扑扑地硬像敷了一层尘土。只有一两个人还昂着头，气势汹汹地在吵闹。但也听得出那声音又嘶又哑，好像生了锈的两件铁器互相磨擦出来的一种怪不好听的响声。有几个人硬像在哭，脸颊上挂着泪痕，说不定也是汗。虽然天上已经起了阴云，在露天底下到底没有室内凉爽。

从大花厅到宅门的道上人来人往，看不清是谁，有穿开裰袍子的，也有身穿便服，头上却戴着有品级帽顶的凉帽的。就中只穿着军装的张麻子最为触眼：一则他身材格外高大，格外壮实——但是行动之间又极轻捷，不愧绰号叫草上飞！二则他总在喊叫："准备好啦！大帅的电话快打完啦！"一会儿又是："大帅已在传见官厅上的各位大人了，只等端茶送客，咱们就好动手啦！"

形势紧急得很。拿鬼头大刀的人不住从腰带上取下一块粗白布，把光芒乍乍的刀锋擦了又擦；并看得出他们膊子上的筋全努了起来。尤安吃了几年衙门饭，许多惨无人理的私刑倒看见过，就只没有看见宰人。听说，要练胆量，必须多看几次人头落地。平时没有机会，想看不得看。目前机会来了，偏偏又害怕起来。首先，还只觉得心紧；接着，身上起了鸡皮疙瘩；张麻子一吼叫，他看得出老爷们全身打抖，如其他不把牙关咬紧，他也掌不住要像老爷们了。

尤安咽着唾液想道："看杀人都这么难受吗？……倒是快点杀了吧！"

就这时，一伙人涌出来，有营务处田大人，有四少大人，有九少大人，有兵备处王大人，远远地呼唤着："赶快把绑松了！把颜大人、蒲大人和各位大老爷的衣帽送上！请各位大人、各位大老爷到五福堂开会！大帅已到五福堂去了！"

尤安又把汗脸揩了一回道："老爷说得好，一顷时间，座上客变为阶下囚，阶下囚又变为座上客。要不是我亲眼所见，谁能相信是今天制台衙门里一桩实实在在的事情呢？这其间耍的什么把戏。只有请老爷们自己去详察，我委实说不上来。"

塞小湖不由叹息一声道："大人们的文章太深奥了，我辈浅学岂能窥其门径！"

徐珰把头两摆道："这也算深奥吗？只能说章法太乱，理路不清。这等人不会做出好文章来的！"

黄澜生道："说不定这么一恐吓，伯英、梓青他们吓破了胆，争路风潮因而平息，也未可知。"

韩同书道："如此说来，今天这种忽阴忽晴的办法，或者是谋定后动的一种手段？保翁先生，你看如何？"

徐珰正在低头沉吟，忽然又是一片呼号声音从远处传来。

大家一怔。

徐珰仰起头来，望着越来越阴黯的天空道："是什么声响？很像海宁的秋潮！"

黄澜生映着眼睛道："莫非五福堂的会又发生了变卦，又把座上客当作阶下囚捆绑了起来？"

徐珰道："绝非，绝非。这声响好像从遥远的空中传来，而且好像是成百成千的人在吼叫。"

塞小湖接着唔了一声说："保生先生的话一点不差。你们听，声音多雄壮！多洪大！当然不在近处，也不是少数人的喉咙所能凑成的。"

这一次大家都奔出房门来了。一条漫长的走廊全是人，是各科同寅。每个人都张张致致地你问我，我问你："老哥，又出了什么事啦？……不要紧吧？……这号叫声音在衙门内？还是在衙门外？……"

起初的确像在衙门外。有人说："这里离衙门外有多远，还隔了多少重房屋。如果人在衙门外叫喊，声音传在这里，那可得多少人呀！""就是人多啰！准定是成群结队的。""成群结队的人聚在衙门外面叫喊，却是为何呢？""谁知道？"

到后来那吼叫声越高了，越近了，反而听不出节奏，只是乱糟糟地一片，哪里像海宁秋潮，简直是洪水时候川江里的滩声！

黄澜生凑着蹇小湖的耳边说道："小翁，你阅历多些，可晓得这……这是什么……"

"成群结队的人在叫唤嘛！"

"何用再说。人在叫唤……这，我早知道！我要请教的，只是他们为什么要……要这样叫唤？"

"听啰！这会儿很像闹进衙门来了！"

可不是！硬是闹进衙门来了！

"到底是什么事啦？出去看看！"

"别出去，危险！叫底下人出去打听一下好啰！"

连尤安在内，底下人早已不见人影。

几位老爷实在忍耐不住，都蒙着胆子，捏紧两只空手——有的捏着一柄折扇，便向夹道走去。

猛的一阵震撼心魄的声音：砰——砰！好像就在前头院子里响了起来。紧接着是尖锐得非常刺耳的怪声：嘶——儿！嘶——儿！遍空中乱飞。

黄澜生从没听见过这种声响，正自惊疑：既然是在放火爆，如何又拖上那种怪难听的像把什么东西撕破了的尾音？

蹇小湖不由一手蒙着脑顶，一手挽起黄澜生，屈着腰腿回头就朝房里跑道："快快躲进来，洋枪开火啦！"

幕僚当中晓得洋枪厉害的人都躲进房里去了。仅只不多几个在兵营里当过文职差事的人，还巍然留在走廊上，侧着耳朵在留心那枪声的方向。直到有几颗乱飞的子弹，带着呼啸声低低地打从檐口边飞过，他们才抱着头奔进房去。这里面，就有那个陆军科参事兼法科参事徐琯。

三

洋枪声一响，人的吼叫登时就听不见了。

洋枪声继续砰——砰、砰——砰了好一会儿，方没有适才那样繁密。但是历历落落地东响一下，西响一下，还延长很久。并且听得出来，近处枪声少些，远处枪声多些。

尤安又气嘘嘘地出现在房门口。这一回和前一回完全不同。前一回是一脸扬扬得意的神态。这一回，不但面无人色，两只眼睛还大睁着没一点光彩；上下嘴唇白得像两片纸，没有阖严，并且不住地抖颤。站在房门口，很像一个被炸雷震憨的人。

韩同书大为惊诧道："尤安怎么了？"

"老……爷！"眼珠转动了几下，好像鼓足大劲，尤安方结结巴巴地说道，"我看见……打死人！"

房间里的三个人全像安有弹簧似的，一下都从各人的座位上惊跳起来道："唉？……在哪儿？……是谁打死谁？"

蹇小湖看见尤安连连舔着嘴唇，还一时说不成话，遂把自己斟满了没有喝的一杯新毛茶递与他道："莫着急，定定神，把嘴润一润再说。……唉！我那蒋福呢？本来同你一道出去买东西的。你回来这么久，他连人影都不见，真靠不住喽！"

黄澜生摇头叹道："不管怎样，蒋福到底还在服侍你。我那罗升，却糟糕透啦！从罢市那天病倒，恰好到今天半个月还起不得床，不惟不能服侍人，还要人去服侍他，这又如何说哩！"

不等尤安把茶喝完，他接着又说："尤二爷，这下该可摆谈了吧？到底是一回什么事，会把你吓成这样？"

尤安把茶杯用开水涮了涮，然后恭恭敬敬捧去放在蹇小湖的签押桌上。舒了口气，脸颊已经泛上红色，嘴唇也不再哆嗦了，说道："怎么不吓人呢？黄大老爷你想嘛，好端端的一伙年轻小伙子，还正活活泼泼、有声有气的，突然一排枪子打去，哪里还像人，简直就是江边上的芦苇草！……也不像。芦苇草虽然被波浪冲倒了，它还能竖立起来，只要波浪一过。……人，实在连芦苇草都不如。这边的枪声一响，那边……其实还不到五丈远，黄大老爷，蹇大老爷，你们闭着眼睛想一想，对面的人，哪一个你没看清楚？眼睛是眼睛，鼻子是鼻子，张开口，连牙齿连舌头都看得一清二楚。……就是这样的活人，一下就应声倒下！……倒下就倒下，连跳动的影子都没有！……就算作死啦！……哎哟！哎哟！我真想不通，看起来那么结实的人，铁棒都禁得住的，怎么！一颗连小指头还不够大的枪子刚一钻进身体去，便一声不哼地倒啦！……死啦！血也不多，只那么一小摊，不过一只鸡的血。"

蹇小湖道："尤二爷，你到底在讲故事呢，还是在讲死生之理？"韩同书道："尤安就是有这么迂！老爷们着急要晓得的事，你偏不说，说了一长篇，全是大而无当的道理。其实谁要听这些道理？谁又不明白这些道理？不要再说这些空话了，老老实实把你刚才看见的，扼要讲一讲好喽！"

尤安红着脸皮应了几声"是"，说道："是这样的。我一听见人声呐喊，老爷们还在研究，我就跑了出去。因为要躲开去五福堂的过道，便绕了一个大圈。等我走到大堂，嚯！一片那么宽大的地方，几乎挤得插不下脚。一看，全是丘八副爷，赶外面排队的是巡防营，里面是卫队，四角四隅、边头边脑才是像我们这些闲杂人。公案的前后左右是穿靴顶帽的大人们，一大群，赵大帅好像也在里面。营务处田大人、兵备处王大人、参谋处吴大人、臬台周大人、巡警道徐大人都站在两边。藩台尹大人、陆军统制朱大人、劝业道胡大人，还有衙门内的一些大人，都伴着四少大人站在公案前头。光看那阵势，就叫人感到眼前的事情不比寻常。……那时节，远远地看见仪门外面一大堆人要朝里走。一队丘八副爷，不晓得是巡防营，是陆军营？——有陆军，大堂下面两廊和空坝里便是两列陆军。总之，丘八副爷横着枪杆不要那堆人进来。到底人多势众，稀稀落落的一排丘八副爷是阻拦不住的。……人涌了进来。一大群，一大群，密密麻麻，谁数得清！看看涌过了圣谕牌坊……大堂上好多声音也在叫唤：'大帅口谕，不准向前拥挤！你们有什么要求，赶快推几个代表出来代你们讲！'大堂上的喊声不管喊得多么大，也压不住那些平民百姓的吼叫。……怎会不晓得是平民百姓？我还敢打赌说，差不多还是做手艺的、卖气力的下流社会的人哩！没一个穿长衫子，没一个穿鞋袜。就是短汗褂也敞胸亮怀，并没把纽子扣周整。大脚裤管都高高掖在大腿边。毛辫子全都盘在额脑上。就是这样的平民百姓！但是每一个人都拿着一片黄纸。一定是各家巴贴在铺门上的先皇牌位。因为看起来，全是那么长，那么宽，又印有黑字，有些人还两手捧着高高举在头上。……上百数的人，哼！一定不止，少哩，也有好几百人，都敞开喉咙在叫唤：'把蒲先生、罗先生放出来！……把蒲先生、罗先生放出来……'异口同声就是这么喊……"

三位老爷不约而同地打断尤安的话头道："哦！原来叫唤的才是这么一桩事！"

蹇小湖向韩同书道："看来季帅的锦囊妙计早已泄漏出来了。如其不然，百姓们焉能一下就鸠众到成千的人？"

黄澜生插口道："却也怪。连我们在衙门里的人尚不晓得一点风声，外边又怎样知道的？"

韩同书道："正因为我们未曾参预密勿，所以不知道这些机要。唉！岂但我们这般小幕僚不配与闻机要，就老资格如徐保翁，善于谋划如楼观察，大约也是备员幕内而其实远在幕外的。目前谁能走内线，谁才是谋臣。谋臣都是外边人，自然机密该外边先知道。道理原本如是，也说不上泄漏。"他又向尤安说道，"你的话，似乎还没有说完吧？"

"是！还有一些。百姓们通过圣谕牌坊，喊叫得更其厉害。是些什么样人，也更看得清楚，原来十有七八都是年轻小伙子。也有几个老头儿和一些未成年的小娃儿，大家脸上都带着笑容。我看得清楚，敢说没一个人像是来生事的。大堂上有人在喊：'传话下去，叫这班东西赶快退出仪门，举代表出来说话！若再向前一步，就开枪打！打死无论！'但是凭天理良心说，这喊声漫道百姓们没有听见，——百姓们的呼声那么高，怎会听见大堂上有人说话？就听见也没用，百姓是那样散散漫漫地好像没有人统率。看样子，百姓们除了拿着先皇牌位，——这时看清楚了，确是先皇牌位。除了翻来覆去喊着那两声：'把蒲先生放出来！''把罗先生放出来！'似乎也没有别的打算。不过看样子，要立刻挡住百姓们不准他们向前拥挤，那也是不容易的事情。百姓们涌到大堂的台阶下面了。大堂上也嘈杂起来。有人刚喊了一声：'再不听吩咐，只好开枪啦！'啪！接着就很尖地响了一枪。我身边一个人说是四少大人的手枪开了火，另一个人说是田大人的。那时又紧急，又乱，到底谁开的火，实在没法弄清楚。手枪一响，登时大堂上的长枪全响了。我来不及防备，把耳朵几乎震聋。举眼一看，我的妈！……"

尤安的脸色又青了，只嘴唇没有白，也没有抖颤。缓了两口气，又才说道："人就是那样连芦苇草都不如！几百人都像变哑了，也变憨了。有一些，不声不响扑倒在地上。突然，大家又像从睡梦中才惊醒似的，也不声不响回转头就跑。"

尤安住了口，三个老爷也沉默着没一个人想说话。

隔壁房里一个录事在喊："啊呀！火烧房子，好近喽！"

一抬头，从后面窗口望出去，果见北向天边一派浓黑烟子直冲霄汉，已经变得阴沉的天色更觉黯然无光，显现出一种令人恐怖的气象。

断不是一顷时之前才起的火。这时，黑烟当中已经闪出了赤褐色的火光，隔了无数重房子，——幸而都是不敢违制的不很高的平房，尚看得见几尺高的火尾，像巨蟒的舌头一伸一缩。

当然，大家更其惊惶起来。

黄澜生首先就慨叹一声道："这才叫灾难重叠哩！又是兵灾，又是火灾，这日子太不好过了！"

韩同书向尤安说道："这却要你出去打听一下了。……发火地方离衙门有好远？离公馆有好远？……是如何起的火？是由于不慎吗？或有别的缘故？快点回来！……这倒是不可轻视的一件事！"

蹇小湖的寓所就在南打金街的北头。拿起火方向来估量，好像正在燃烧的便是他租佃的房子。即使不是，离他的公馆也一定不远。他的家里，虽不似韩同书家有七十多岁的老太太，有十九岁还不到的新姨太太，但他家恰就没有多余的人，一个多病的太太，一个十二岁的儿子，也只雇用了一个仆妇。——服侍他的，是一个不可靠的蒋福。衣物用具那么多，书籍字画也不少，万一火烧起来，他和蒋福还有三个抬轿的大班都不在家，这却怎么办？韩同书的公馆远在东门红布街，尚那样担心，他蹇小湖安能不着急得猫儿抓心？

如其在平常日子里，蹇小湖当然早带着蒋福，坐上三丁拐轿子跑了。纵然不走，也不会像现在这样起坐不宁：时而跑到后院，恨不得爬上假山去了解一下火头到底在哪个地方；时而奔到房里，搓着手问人："你们看，这火该不会像那年烧青石桥、学道街一样，蔓延到几条街吧？"因为在平常日子里，警察局的消防很得力，只要火头一上房顶，各处的水龙就出动了，救火的人又多又有经验，不管白昼黑夜，火是不会成灾的。但今天恰恰又出了事，制台衙门在开枪打人，街上当然更乱得难以设想，起了火，谁还顾得去救？那么，起火地方即使离他寓所尚远，也还能够延烧去的。

大约耐磨有一顿饭之久，蹇小湖下定决心，咬着牙龈说道："不管是刀山剑林，我也要走了！"

黄澜生道："小翁何必忙在一时。等尤二爷打听清楚了，再做计较不迟。"

"即令打听清楚，总之是要走的。难道今天还要墨守成规，坐候时候到了才退公吗？"

韩同书也站了起来道："蹇兄的话说得对，我和你一道走。"

黄澜生略微有点慌张道："你们都走了，我呢？……也罢！我陪你们走出衙门去。"

他们也顾不得各人随身所带的东西。只把挂在衣钩上的马褂取来穿上。抓起各自的皮护书便向夹道走来。

才走到夹道口，好几个已经走出去的同寅吵吵嚷嚷走了回来道："走不通，但凡侧门、过厅，都扎了兵，不准通行。"

"难道不准我们回家吗？"

"看光景，我们全体幕僚也被拘留了，和五福堂上的绅士老爷们一样。"

蹇小湖急得抓耳搔腮地道："这如何使得！这如何使得！……"

就是黄澜生也心慌起来。他一下想到他的太太，他的儿女，乃至他家的每个人。要是他今天不能回去，这些人一定会着急死了。制台衙门出了事，他家的人难免不知道，难免不恐怖，他不回去安慰一下，他还配当一家之主吗？

正乱之际，徐珸匆匆走来大声说道："各位仁兄，各位大人，大家真个不想留在衙门内过夜，真个安心回府的话，我告诉各位一条捷路……我已和王寅伯说好了，他也点了头。大家可以打从督练公所穿出去！……"

"是啰！那是可以走的！穿出去，便是督院东街了。"

徐珸继续说道："今天督练公所也扎了兵。王寅伯说，四点钟以后要锁门。各位要走，必须这时候就走！……"

"当然即刻就走，谁还想留恋下来呢？"

徐珸继续说："还有。最好是三三五五地、从从容容地走，不要成群结队，不要吆吆喝喝！若是被队伍拦阻盘问，大家必须服从，大人老爷的架子千万别拿出来自讨没趣！……"

"这成什么话！这儿并非营盘，怎么行起军法来了？"

徐珸继续说："走出督练公所大门，可就不要折身回来，因为情势不同，准出不准进！……还有，还有，今天衙门外面秩序很乱，不说官兵的队伍庞杂，并且还有不少匪徒借故生风。要是碰着冲突起来，枪弹是没有眼睛的，带了伤，或竟被打死了，这冤枉的责任只好各自去负！"

"啊！这倒是可虑了。看来，还是不要去冒险的好哟！"

不敢冒险的还有一些人，连民政科的两个录事一个核对在内。

塞小湖、黄澜生毫不迟疑，立即偕同三四个人转过夹道，向督练公所的后门走去。韩同书犹豫了一下，不再等待尤安，也追随着他们跨进督练公所后门。故意放缓脚步，做出一种若无事然的态度。

但是刚走到第三进的穿堂，——果然每进房屋都有一些戴制帽、穿制服、系皮带、打裹腿、蹬皮鞋、负背囊、执洋枪的新式陆军在那里站哨起坐，却没有要阻拦和盘问他们的意思。——忽然看见尤安急急忙忙从外面走入。他身后还跟了一个人，正是塞小湖盼了半天的蒋福。

"尤安！……怎么会打从这里进来？……"韩同书才问了这么一句。

塞小湖已经向着蒋福骂了起来："混账东西！简直不能使用你了！只要一离开我，便看不见你的影子。你晓得今天是一个什么日子？老半天找不着你，你奔到哪里去了？"

"老爷，你还要骂咧。起先不是为了送老朱去红石柱军医学堂，我还不能走出仪门哩！"

"哎！送老朱去军医学堂？"

"嘿！老爷，你咋个晓得哟！大堂上一开枪，那枪子就朝着仪门这边飞。我同着那一大伙拿先皇牌位到衙门来请愿的人刚挤进仪门，看那阵仗实在走不过大堂，我只好闪到那伙大班堆里去躲了下。得亏我是蹲在老爷们的轿子中间，大堂上开枪后，才没被大家拖走。好些大班挤在人丛中看热闹。有的被逃跑的人裹走了，有好几个就着枪子打伤。老朱就在这时带的伤。"

"打伤在哪里？不重吧？"塞小湖在问。

韩同书也同时问道："蒋二爷，我的大班有没有带伤的？"

"这倒不清楚。伤的死的一大坝。大堂上、两边走道上，就连仪门内外，都在放枪。有的朝着天打，有的朝着人打……"

尤安插嘴说："我们的大班没有伤，没有死，就只不能出来，连轿子都一齐扣留在仪门内。我刚走出仪门，就不准再进去。凭你怎么说，全不中用。所以我才打从督练公所走。好在陆军副爷通商量，我只说了声衙门里的人……"

黄澜生问道："尤二爷，我们的轿子大班都不放出来，那我们怎么搞呢？"

塞小湖仍在问他的跟丁："你又怎么晓得走这一条路呢？"

"我把老朱搀扶到军医学堂——他龟儿，不过大腿上穿一个洞，比别一些人就轻多了，他却哭得比啥子人都凶。所以陆军副爷才叫我先把他弄走。他龟儿汉仗又大，背不动，只好搀着走。把他送到后，我就跑回公馆去……"

他们已快走到头门。

蹇小湖立即站住说道："公馆没事吧？火没烧着吧？我最不放心的就是火！到底哪里起的火？"

"哪里起的火，还没打听准确。现在已经萎下去了，离公馆大约还有条把街远。太太倒不愁火，太太只愁的是老爷。我连气都没喘过，就立逼我来接老爷回去。刚走到这里，恰巧碰见尤二爷。"

已经走出督练公所大门。蹇小湖来不及和大家告别，遂带着蒋福赶先走了。

韩同书和其他两三人都住在东门这一头，而且很近，相距总不过两条街，不坐轿子，仅只被人讥消为有失官体而已。在目前这种形势下，即是说满街是兵，没有一个普通百姓，你便穿上袍褂官靴，戴上翎顶大帽，你走你的阳关大道，谁来管你，更没有人会笑你，何况大家都穿的便服、薄底靴？因此，大家一走到督院东街，不由长吁了一口气，不约而同地都向东头的南打金街南口走去。

四

大家都走远了，黄澜生一个人还站在督练公所大门边踟蹰不定。手上一只皮护书，由于没有拿惯，不晓得如何拿才合式。

天上阴云密布，看来像个下雨天。要是步行回去，一定会遇雨。既无轿子，又没有雨伞，难道光着头皮去淋吗？那么，仍然回衙门去，——徐保生说不能退回去，当然是王寅伯恐吓大家的话。尤安、蒋福不是声明一声，就大摇大摆地走了进去吗？——更不好。自己在公事房熬个夜倒不要紧，不走的人有那么多，说不上寂寞。但是一想到家，一想到从未无缘无故与自己分别过一宵半夕的太太，再一想到绕膝索笑的小儿小女，恨不得一气就跑回，即令白雨倾盆，也无所谓了。决定走！好在自己也常常步行，今天步行一趟也算不得纤尊降贵。

门口一个站哨的陆军军人见他像要向西辕门走去的模样，便和颜悦色地对他说："你这位老爷为啥不朝那头走呢？"

"我住在西御街，是应该向西走的。"

"我劝你老爷多走几步路，绕过去的好。"

"却是为了啥？"

"我晓得辕门内外都布了岗，不准通过。学道街、走马街那一带已有命令叫阻断交通。除非你有特许状才能走。"那军人还在嘴角边露出一丝笑意说，"若是我们陆军布的防哨，又好通融了，只要你说清楚，哪里来，哪里去。……"

一个军帽上有一条金线标记的军官走出来，站哨军人连忙立正举枪。

黄澜生只好打定主意，也向东头的南打金街走去。

果然满街是兵，而且是青布包头、麻耳草鞋，两个肩头上各沉甸甸地斜挂一条也和所穿衣裤一样的灰布做的子弹带、手上一支九子枪并不好生拿着的巡防兵，一个个立眉竖眼，好像满脸都生的是横肉。光看外表，已和陆军不同。黄澜生捧着皮护书，小心翼翼地从行列中穿出，一直走到丁字口上。

向北一条就是南打金街，通出去是东大街。照路线说，黄澜生是应该打从这里走的。他本也安排从这里走。但是举眼一望，也和督院东街情形一样，在街上站成队的全是兵，全是那些令人望而生畏的巡防兵，没一个普通人在走路。

向南一条是向来就不当道的丝绵街。这时，更显得冷清清地，没有兵，也没有普通人。跨在金河上的古卧龙桥的重檐翘角的桥亭，更其巍然。虽是一条好像生气很少的街，但在黄澜生看来，反而感觉平安得多。他于是就取道丝绵街，过了古卧龙桥，走入更为偏僻、只有不多几家公馆门道而无一间铺面的光大巷，沿着汤汤流水的金河，静悄悄地一直走到一洞桥街。

有兵的街道走起来固然有点使人胆怯。但是没有人迹的街道走起来却也有点令人心惊。看来，还是该选那些有人无兵的街道才是办法。黄澜生站下来估量了一下，他目前走的是金河南岸的街道，过了一洞桥向西，便是金河北岸的街道。第一条是半边街，差不多都是绸缎铺和机房，街道不冷僻，并且有几家绸缎铺他还常有往来。像这样的街当然入选，但是也不对。因为半边街向西出去，是青石桥，那个陆军军人不是说过青石桥就有巡防兵吗？

走去被阻拦住了，反而不美。他想了想，遂向街的南口走去，再向西是东丁字街。

　　这条街倒不算怎么冷僻。街中还有一院大房屋，是湖北、湖南两省在四川做官的人，因嫌湖广会馆陈旧了，而且首事们大都是已在四川落了业的小绅士、小商人，做起会来，一同起居时，和他们的身份不相称，于是在湖广会馆之外，另自集资修建了一所堂皇富丽的两湖公所，用作他们聚会游燕的地方。里面布置有一个"音樽候教"即是说请客坐席看戏的座落，黄澜生曾经应他湖南同寅之请，来坐过席，看过戏。这时，两湖公所也和这条街中其他一些公馆、门道、院落一样，两扇黑漆门扉关得死紧。

　　走到西丁字街才看见了人。黄澜生放缓脚步，吁了口气。不但感到头上背上全是汗，并且两只脚胫也确乎觉得有些疲软。尤其讨厌的是那个皮护书。穿着马褂靴子，而手上抱着一个皮护书，这成什么名堂！再向上一望：天更阴沉，雨好像等不到一顿饭的时候便要下了。"唉！如其有乘轿子坐上，多好哟！"

　　留心一看，一家铺面虽也阖上了铺板，但也敞开着两扇铺门。门外也有两个人，一个年轻些的站着，一个业已中年的衔了一根短叶子烟杆蹲在檐阶边。就人的模样而言，很像轿夫。再看屋檐口一块不很触目的吊牌，标题着"易洪顺花轿执事行"，岂不就是轿铺啦？

　　"轿子，打一乘出来！西御街！"

　　两个人都不开口。只那年轻一些的人泛起红沙眼瞅了他一下。

　　黄澜生再把吊牌看一遍，没有错；又进前两步走到铺门口，伸长脖子向里面一望，不是轿铺是什么？三面靠壁的通铺上还横七竖八地睡了几个人，架子高处，一排六乘小轿一乘不少，屋角上一个小行灶一个大炉子，两个人正在那里做菜，做饭。

　　"轿子，只要一乘，到西御街！"

　　毫无动静。一会儿才有一个苍老声音懒洋洋地答说："没人抬。"

　　"开玩笑的话！铺里铺外，睡着坐着的不都是人吗？"

　　另一个声音："就是不抬！"

　　"路不远，充其量五条街嘛，多给几十个钱，好不好？"黄澜生的话不是商量，已经近乎恳求了。平常日子，不会有这种声口的！

"钱是小事，性命要紧啰！……"

就是那苍老声音接着说道："硬对！人无贵贱，性命都只有一条。今天不挣钱，明天还可以挣，今天丢了命，明天就找不回啦！"

黄澜生故意笑了笑道："何至于就要命！"

"你没有看见罢咧！文庙前街的口子上打死两个在那里摆着的，不就是云台司吗？"

这时已有四五人，大概都是左右几家做家具出卖的木匠师傅，也在街边闲望，便围拢来看。其中一个就搭起话来道："今天真是个大日子，成都省从来没有过的大日子！好端端地会开起红山来。我才从北门上回来，他妈的，大什字那头，听说打死三个。东大街、走马街、院门口，没一处没死人……"

另一个人抢着说道："制台衙门更多，死了一大坝，满地是血！"

"开红山？到底为了啥？"一个人这样问。

"他妈赵屠户杀人，还和你讲道理吗？只能说今天大家背时，碰上了！"

一个老年人叭着叶子烟叹道："也是现在的世道哟！从前制台衙门杀一个人，谈何容易！写公事的纸都要几捆。人命关天的事，好不慎重。今天不讲究这些了。管你啥子人，管你啥子事，红不说白不说，噼里啪啦一阵枪，成个啥名堂！说起来，总怪百姓不好，总怪百姓爱闹事，他们做官人总有理。今天呢？百姓不曾造反，做官人倒胡行非为起来，你们看，这是啥子世道！"

话一说开，听的人越多，登时就是一堆。

黄澜生晓得坐不成轿子，又怕下雨，遂耐住热汗和疲乏，取了条比较短些的路线，急张忙忙向西御街走去。

五

离大门还有几丈远，两个孩子便像飞鸟似的，从门旁石狮边跳出，对直向他跑来，一路喊着："爹爹！……爹爹！……"

黄澜生顾不得在街上被人看见会议论他有失体统，他已蹲了下去，把皮护书放在衣襟兜里，张开两手，让婉姑儿扑进怀来；一把抱起，在她红得像花红似的小脸蛋上连亲几下。只管做出笑脸在说："闹山雀儿！爹爹的闹山雀儿！爹爹的小乖女！"可是眼睛已经又酸又涩。

又伸手去把振邦的肩膀拍两拍道："你们怎么跑上街来了！……妈妈呢？"

两个孩子争着说道:"妈妈急得啥样……尽等你不回来。……街上人乱跑……楚表哥也没回来,他在学堂里。……妈妈说,叫哪个人来找你呢?……全街闹震了,又不晓得啥子事。……后来,听说制台衙门的兵开炮火打死多少人。……你咋个这时候才回来?……妈妈在轿厅上等你。……"

皮护书交给振邦拿着,两手挽着孩子,还没走拢,看门老头已经满脸是笑地在大门外迎着道:"菩萨保佑,老爷回来啦!"

罗升也病体支离地扶着一根竹棍站在门房旁边,带着苦笑,呻吟道:"哎哟,老爷回来啰!……真莫把人急死!……"

黄澜生今天不晓得为啥缘故,一看见家里人,不管是哪个,都感到一种说不出的亲切。他既恳恳切切回答了看门老头的欢迎,还站下来问了罗升的病况,好像今天才知道罗升病倒了似的,要不是他的太太在轿厅上大声呼唤他,大约再五分钟他的慰问辞还说不完哩!

当然,一看见太太,情况又有所不同,即是说什么都不顾了。站在旁边并嘻开嘴巴向他打招呼的何嫂、菊花,全未挤进他的眼睛。他这时的眼睛里只装了他太太一个人和遏制不住的两泡泪水。

他甚至还伸出两手,要去捉握太太的手。

黄太太眼睛四下一溜,登时飞红两颊,装作要生气的样子,把身子一侧,说道:"你也学上周宏道的好模样了,动不动就和人家拉手。……"

振邦抱着皮护书又跳又笑道:"看啰!爹爹要和妈妈行握手礼啰!"

婉姑儿一下抱住她爹爹的膝头叫道:"先跟我握一个,爹!……先跟我握一个嘛!"

于是笑声充满了轿厅。

菊花伸手向振邦道:"把皮护书拿给我!……为啥轿子还不打进来?老爷的烟口袋、铜脸盆呢?"

这一下老爷也才想起了:原来自己是走回来的!

就这时,密密麻麻的秋雨恰像无数条细绳从天上直挂下来。"得亏我奔拢了,不然的话,真不免要淋得跟水鸡儿一样!"

黄澜生一肚皮要倾吐的话便从这里开始。一直到一顿饭吃完,——虽然来不及叫火房老张准备新鲜菜,为了给老爷压惊,也为了安慰自己,黄太太还是把昨天吃供饭没有喝完的允丰正仿绍酒叫何嫂烫了一壶,同老爷对饮了几杯。——他才粗略地说了一遍。

正洗脸漱口的时候，看门老头进来报说："郝大少爷来了，在小客厅里。"

黄太太道："一定来打听今天消息的。"

"说不定也有些消息要告诉我。"

"那么，我也要出去听听。"

"当然可以的。两个娃娃却不能出去。叫菊花带去扮姑姑筵儿……哦！我书柜里还有几本《点石斋画报》，拿去看。"

果然，当主人夫妇一到小客厅，郝又三已像有点等不得的样子，连女主人都忘记周旋，便冲着黄澜生叫道："想不到九里三分的成都公然闹到了流血程度！澜生先生，请你赶先告诉我一句，蒲先生他们几个人可还无恙吗？"

及至听说几个人都被捆绑起来几乎弄到斫头，他更脸色惨白地喊叫一声："啊也！竟有这样的事吗？那么，不出家严所料，倒是躲避了还要好些！"

他更搓着两手道："这也怪伯英、梓青、雍耆、表方几位先生太仗恃自己的地位和声望了，总认为老赵不敢犯天下之大不韪。也太把预备立宪一句话信真了，以为新法一实行，我们立刻就是文明国家，以前那些专制黑暗，便不会再有。现在看来，伯英他们，诚如葛世伯所议论的——太书生了。唉！这一个筋斗栽得不轻啊！"

到此，他才从衣袋里摸出他的孔雀牌纸烟，就主人递过去的纸捻吸了两口道："澜生先生，大约你昨天也就晓得了吧？"

"什么事，我晓得？"

"就是今天擒拿蒲先生他们这件事。"

黄太太插嘴道："昨天舍间供饭，烧袱子。他告了假，没进衙门去。可是孙雅堂大哥来舍间吃饭时节，也没有说啥……"

黄澜生不等她说完，已向郝又三问道："难道你昨天就已晓得了？"

"岂止晓得，我还同家严一道特特跑到蒲先生家里，并把罗先生、张先生和颜世叔都请了去，把消息告诉了他们。家严还再三劝他们暂时回避一下，免遭老赵毒手。道理讲了一长篇，罗先生、张先生都答应了，我也准备去姜牧师那里找夏洋人去了的，偏偏蒲先生几句话又将局面翻了过来，大家竟决计不打躲避主意。听说昨夜打更时候，一个奉教的铁道学堂学生也因从洋人口中听见消息，赶着去劝告大家，并且把长途轿子都给他们包好了。但是他们还是一笑置之，认为是谣言。蒲先生甚至还认为是老赵故意用的诡计……"

黄澜生拿着点水烟的纸捻向他一摇道："请你莫忙说下去。我先问一句，你这消息从何得来？是洋人告诉你的吗？洋人又怎么知道呢？"

"我倒不是直接从洋人那里听得。说起来，是得之无意，但也太巧了。我认识一个土粮户，是新繁县的一个团总叫顾天成，他是一个挂名的耶稣教徒，也是一个热心的同志会员。他有时进城来，总要到铁路公司找我谈谈这样，说说那样，和我很要好。昨天下午，我在东珠市巷李家吃了饭回家。刚走到新开寺，恰巧碰着这个顾天成，匆匆忙忙像开小跑似的，向北门城门洞飞走。我唤住他，还没问他为啥要这样跑，他便把我拉到街边，悄悄告诉我，是住在陕西街的那个姜牧师叫他赶快回去，说成都要出大事情，说不定城里秩序要大乱。原因是上午洋务局用公事通知现在城里的各国洋人，尤其是传教士们，叫他们无论男女老幼，限定下午六点钟以前，一律迁到四圣祠教堂里去，以便赵制台派兵保护。如不依限迁去，那么，发生非常事故之时，赵制台兵力有限，就无法尽他保护之责了。夏洋人向姜牧师说，拿目下中国文明进步的程度来看，中国百姓已经没有仇教的心意，要说有什么非常事故发生，一定是中国自己的事情。中国自己事情，在目前成都，自然就是争路风潮。看来，罢市罢课闹得太久，赵制台没法叫四川的绅士听话，他就没法管理四川百姓。赵制台要管理好四川百姓，必然就要四川绅士服从他的意思。他现在一定要用武力来压制这场风潮。首先，一定要拘捕主持争路的绅士们。如其这样一搞，你们四川又会陷入黑暗时代。我们是不赞成赵制台这种专制压迫的。姜牧师偶然说了句，既然你们不赞成赵制台，如其有些绅士到教堂来躲避时，你们肯保护他们吗？据顾天成说，姜牧师告诉他，夏洋人是点了头的。因此，顾天成才托我赶快给罗先生报信，要梓青先生也搬到四圣祠教堂去，或者到陕西街教堂去躲几天。我得了这消息，便先回家和家严一说。我还在将信将疑，他老人家倒全信了。他老人家这几天本来不大舒服，轻易不出房门的，居然强撑起来，叫我跟着，一直步行到蒲先生家。不料伯英先生才那么固执，一口咬定这是不可靠的谣言，颠转来还取笑家严，说他老人家没有主见。"

黄澜生道："你也应该从旁劝说劝说啊！"

"岂有不说之理！不然罗先生、张先生怎能动心呢？"

"伯英说了几句啥子话？何以竟能使梓青、表方，不听你们的劝告？"

"话不太长，但在昨天那个时候听来，确有道理。所以把家严和我都说得哑口无言。伯英先生说：'说不定也是老赵用的诡计。不然的话，我试问，他既是要以专制手段来压迫我们，或者对我们有什么大不利，他为何要事前通知外国人，甚至说得那么迫不及待？难道他不知道我们争路事起，就再三再四告诉人民，这与外国人无干，几个月来，人民毫无仇外举动，而且还有外国人来向我们表示同情，甚至如周孝怀所说，连英国领事都愿为我们打电报到北京使馆去说话？他为何要故意使外国人晓得他要动我们的手？这中间就有文章啦。我揣想老赵的意思，就是要使我们知道他要变卦了，好叫我们让步，自行取消抗捐、抗税的议案，自行劝告商界开市、学界开课。……'伯英先生因而叹息说：'老赵何尝知道现在是太阿倒持，我们还被人民牵着鼻子在走哩！'伯英接着说：'其次，就是要使我们闻风潜逃。我们一躲开，自然，争路事情立刻解体，他就好用武力来强迫商界开市、学界开课。但是你们没有思考一下，我们在他未动手压迫之前就自行躲开，人民岂不骂我们软弱无能？岂不骂我们欺骗了人民？商学各界损害那么重大，到头来一无所得，他们能够不责备我们害了他们？将来还能听我们的话？还要我们代表他们吗？不！不！从此以后，民意机关没有我们！法政这方面当然也没有我们！我们的名誉扫地！宇宙再大，将无我们立脚之点！你们想一想，可是这样？'伯英先生的话确有道理，所以张表方先生首先就拍掌赞成。颜世叔还泰然自若地说：'季和服官几十年，利害是懂得的。现在国家正在预备立宪，民智大开，非复戊戌时候局面，季和也不敢把我们如何！假使季和存心横决，则我们日前联名申请暂停股东会议，静待查办，他正好批准，何必还亲笔慰留，多此一举呢？'因此，一班书生真相信老赵充其量只能虚声恫喝，谁晓得老赵才当了真啊！"

黄太太不由眼珠两转道："这叫作聪明反被聪明误。可见人太聪明了，也不好。"

郝又三仍然在问黄澜生道："澜生先生，依你看，蒲先生他们今后会有杀身的危险吗？"

黄澜生想了一想才说："照常理言，今天不死，以后就不容易再死了。

不过也难说。设若季帅真个奉有上谕的话，那么，随便哪一天他都可以杀人的。"

"他奉有上谕没有？"

"依徐保生大令同我们研究来，似乎没有。"

他太太问道："总督杀人还要有上谕吗？"

"自然啰！总督再大，也不过封疆大吏，这生死之权，皇上还不能轻易赐给他哩，除非在打仗时候。"

太太又问："那么，今天打死那么多人，并未奉有上谕，又不在打仗时候，这咋个办呢？"

郝又三这才注意到黄太太眼流眉动，颇带一种愤愤不平的样子。心想："看不出这女人倒还有些锋芒！却也问得对！"

黄澜生蹙起眉头道："这就不能讲道理了，只能说那些人死得冤枉而已！"他又掉向郝又三道，"我至今还想不通，那班百姓怎么晓得那样快？这消息是哪个传播的？是不是铁路公司的人搞出来的？"

"恐怕不是的。我已听说，铁路公司从早就被巡防军和警察包围了，不准一个人出入，现在还没撤围哩。"接着他把纸烟蒂向屏门外一丢，站了起来道："澜生先生，你今天受惊够了，好生静一静。趁天色还没有黑，我打算到铁道学堂去看一看。"

"我在路上听说，文庙前街不准通过。并且说，打死有几个人。恐怕铁道学堂也被兵围了吧？"

"文庙前街也打死有人？……大什字大清银行门前也打死有人！听说还是一个街正。就因为那里的枪放得密，声音很大，才把家严吓了一跳，硬不准许一个人出大门。所以直到这时，我才冒雨出来打探一下消息。"

黄澜生才注意到郝又三脚上是一双旧皮鞋，已溅了好些泥浆。

"我以为你坐轿子来的。正待问你下了雨后，街上还好走吗？"

"雨不住点，街上行人当然不多。不过坐轿子太惹人注意了，不好，并且好几处大街街口都扎有巡防兵，关着栅子不准通过。我是打着雨伞，专找那些偏街僻巷，没有栅子，没有兵的地方钻来的。"

黄澜生笑道："我还不是这样回来的？可谓英雄所见，大略相同！"

六

主客已经来到大门外，郝又三已经把雨伞撑开，已经在向主人告别，溅有泥浆的旧皮鞋已经步到石板铺的台阶边了，突然一个年轻人从密雨中一溜一滑地走来。他那样会走烂泥路：高高挽起的毛蓝布裤脚下面露出来的白白净净的小腿肚上虽也溅了一些泥巴点子，但是不多；甚至光脚上穿的那双草鞋也未着泥浆糊得眉眼不清。也打了把雨伞，因为顶着风雨，伞打得很低，几乎把头部完全遮住；一丈内外，还只看得见项脖以下披在身上的一件旧得快要化丝、变得不知本来是何颜色、大得更不合身的绸里缎面夹小袄。

但是郝又三就从那件原来并非夹小袄而是他穿过好几年的阿侬袋上面，认出了来人。

"这样会走烂泥路！我默倒是哪个，原来才是你——高升！"

高金山跨上台阶，旋收雨伞，旋向郝又三打着招呼道："今天大少爷可受了惊啦……"

"你是高升吗？"黄澜生怔了一怔才问。

"是的，黄老爷。我已经替楚先生送过一次信……"

"你也是高金山！"

"现在名字是叫的这个。"他已从汗衣荷包里取出一封信，交与黄澜生道，"这信，也是楚先生特别叫送来的。"

黄澜生一面接信，一面在问："楚先生呢？"

"走了，在下雨之前，就同着五六个人背包打伞走了。……"

黄澜生来不及看信，便问郝又三道："高金山就是高升，你一定老早就晓得了的？"

"不管老早，也是今年春天才在学堂里碰见的。这件夹紧身便是那时送他的。"

"那么。一件事同你私下谈一谈。"黄澜生又掉向高金山说道："你到门房里去坐一下。说不定看了信后，我还有话要说。"而后他才放低声音，凑在郝又三耳边说道："我今天从制台衙门走回来，才懂得没一个底下人跟随着，不特诸凡不方便，甚而走到有些僻静地方，像金河边、一洞桥那一带，鬼都不生蛋的，孤单单一人走着，实在有些胆寒。目下罗升的病还没有好，就好了，我看他那个痨病框框，也只能留在家里做点小活路。所以楚用曾经举荐高金山来帮我，不知道你意下如何？"

"用人不用人，是你的权利，怎么问起我的意见来？"

"如其高金山不是高升，那我就用不着问你了。"

"你的意思，是否以为高升曾经拐走我家丫头，你现在使用了他，怕我说你收藏奸究吗？哈！哈！如果这样，澜生先生，那你还是一副腐败脑筋，算不得维新人物啊！"

"我不晓得你早已知道了他，并赐过他衣服。但还有一点，你倒是维新人物，恐怕你府上的人未必人人如你。我担心用了他后，将来带到你府上来，该不会惹出啥子闲话吧？"

"决然不会的！再告诉你一件事，你就可以大放其心了。……高升和春秀——你晓得的，就是他拐走的那个丫头。在今年三月里一天，还特别带上他们的三个娃娃，买起点心，到舍间去过一次。……当然，事前由我疏通好了。他一家去，作为归门请罪，我们全家哩，一字不提，作为既往不咎。两夫妇倒也伶俐，不到半天工夫，居然把老爷、太太、少奶奶巴适得眉花眼笑。二小姐当然不用说了，临到擦黑走时，二小姐给的东西格外多。我想，三叔和春兰要是在家里，也会送些衣物的。……"

黄澜生不等说完，已嘻开嘴唇笑道："早知如此，我今天也不致担惊受怕。今天不是得亏两个同寅的家人跑进跑出，就连衙门里那些惊人消息还未必知道哩。你说身边没一个得力的家人，怎么行啦！"

郝又三再一次把雨伞撑开道："就为了这一宗，我也赞成你把高升用上。只有一点：他现在有老婆、有娃娃的人，要供家养口，若果按照我们已往用人的工钱，只怕紧了点。"

"老弟，你放心！我虽然脑筋腐败，这点儿人情世故，我还懂得！"

郝又三忽又把雨伞收上道："高金山刚才说，楚用走了。还说，同着一伙人背包打伞走的。你看看他信上是咋个说的。我想，这些学生们之走，该不会和今天的事情有干吧？"

"当真，我还忘记了看信！"

及至把信纸抽出，却因写的字太小，老光眼镜又未在身边，只好递与郝又三道："你代看吧，我这双眼睛喽！……"

"好潦草的字！……哦！是这样的。楚用告诉你，前两天在各处散发的那种《川人自保商榷书》原来是高等学堂一个学生叫阎一士这人搞的。他今天在正午时候，听见蒲伯英、罗梓青诸人被邀入制台衙门，便直接打了两次电话给老赵自首。到下午，果被一名军官带人到学堂抓了去。于是学堂里便传遍了。说，但凡与争路风潮有干系的学生，都要被逮。他们学堂里的谣言更凶。说，屠致平把几个参加同志会人的名单已开送到制台衙门去了。并且听说街上很乱，死的人不少，走的人也不少。他们几个人只好出城暂时躲避。请你二老原谅他没有赶回来和你们告辞。……真没有想到，《川人自保商榷书》是阎一士搞的！我还是不敢相信，或者楚用听见的仍不免是谣言。"

黄澜生无意识地把手一挥道："这个人好不胆小！为啥不到我家来躲，却跑出城去躲？"

郝又三猛然想起丁未年尤铁民躲在他家，使他一家人提心吊胆的情形，便道："以我家的经验来说，你倒是不要存这希望的好些！"

"信上只说了这一桩吗？"

"只这一桩。信末批了一笔是：'高金山事，请表叔速决。闻屠监督已决心开除之矣。'我看，你此刻就和高升说明白，明天就叫他来上工，于你不是也方便些吗？"

第二章　同志军——学生军

一

大平原上快要成熟的迟种的稻，嫩黄得一望无涯。有人形容说：很像一片翻着浊浪的海。——是一片海，不过是浅海。它很浅很浅，浅得足以容人在它的浪涛里自在游行。

这段稻海中心，涌现出一簇青郁郁的瓦屋顶；而且还有很高峻的扳鳌抓角的屋檐，还有枝叶纷披、老干横拿的皂角树，柏树和到处都有的桢楠树。这是处在成都之西的郫县和崇宁县交界地方一个大场：安德铺。

今天是赶场日子。大路小路，在连天阴雨后，一溜一滑不好走。但是赶场的人，从二簸簸粮户到庄稼佬，从抱着公鸡、提着鸡蛋的老太婆，到背上背一匹家机土布、拿着一大把鸡肠棉线带的中年妇女，仍然牵线似的向场街上走来。

晌午以后场散了。场上的茶铺、酒铺、烧腊铺、面食铺的生意更加兴旺。

出名的老牛筋何幺爷，戴一顶几乎要脱圈的旧草帽，脚上草鞋是捡他长年穿得不要了的，挂一根可以当拐杖用的粗叶子烟杆，挺着胸脯，一路东张西望着向场口走去。

有几个年轻小伙子，也有两个中年汉子，正围坐在一家茶铺的临街安放的大方桌上吃茶。

大家都在打招呼："喂！何幺爷，吃碗茶去。"

一看，都是左邻右舍的熟人，何幺爷开心笑了起来，露出缺了几颗牙齿的牙床，上唇上的不多几茎很像黄鼠狼的又硬又棕的胡子，也在皱脸两边颤抖了几下。走上台阶，大声喊着："茶钱！茶钱！"叶子烟杆交代给左手，空出满是筋疙瘩的僵硬的右手，虚张声势地伸到裹肚兜里，直等有人把茶钱给了。——乡场上吃茶，还是百年以来的老价钱：三个制钱一碗；还是可以搭一个毛钱，如其你找得出毛钱来的话。——才抓了几十个制钱出来，叠在自己面前桌边上做样子。

何幺爷裹着叶子烟——是他自己地头上出产的柳叶烟，问道："今天又听了些啥子新闻？"

"还不是那些。"

"有同志军的没有？"

"啷个没有呢？"

"正要讲给你听，张莽子也出来啦，带了好几百人。"

何幺爷把眼睛一眯道："张莽子？哪个张莽子？"

"就是灌县山沟里的张熙呀！"

这果然是一件使人注意的新闻。张熙是灌县山沟里的袍哥，手下管着成千上万的挖矿的矿夫子，就由于矿夫子当中有一些犯过案子的亡命之徒，在邻近几个处在平坝的州县里的人们，几乎都把他们看作是梁山泊上朋友，张熙是这班人的头脑，当然啰，他不算及时雨宋江，也算托塔天王晁盖。因此，张熙带领队伍走出山沟这件新闻，就够大家议论了。何幺爷问到谁有那么大的本领，公然把张莽子也都请出了山沟。

一个人答说："还不是由于张大爷的一个字样打了去。"

"哪个张大爷？……是崇义铺的张瓜瓜，还是新场码头上的张尊？"

"何消问得！自然是我们新场上的张大爷才有那么大的神通！"

"那也不见得。难道张瓜瓜的神通还小了吗？"

"说到神通大，还有哩。比如温江县的吴二大王、崇庆州的孙泽沛，哪个不是三头六臂的龙头大爷？"

何幺爷把草帽揭下，一面吧嗒着叶子烟道："我说，张莽子的队伍，莫非也拖到新场来了？"

"就是啰！"

"会把新场挤爆的。"

"啷个不挤爆咧？屁股大一个小场份，一下挤球几千人。"

"光是些同志军也罢了，还有一伙学生军。"

何幺爷很是同意地说道："我也这么说，一伙学生娃娃懂个球，也打起伙地跑出学堂来凑热闹。"

一个年轻人正从身旁一个中年人手上把水烟棒接过来。遂哼了一声道："你莫那么挖苦人哟，何幺爷。你到新场去看看，学生军硬是比好多朽杆儿同志军还行哩。"

"我信你的话。"但是从他那眯起的已经有点昏浊的眼色上看得出来，他就是不相信这些话。

年轻人是他的老邻居，每年农忙季节，父子兄弟总要到何幺爷家帮几天忙，做几天短工。何幺爷的损人利己的脾气，他比别人知道得清楚，也比别人更讨厌何幺爷那种表面一套心里一套的态度。当下把黑油油的脸色一沉道："你何幺爷信也罢，不信也罢，人家学生军硬是了得。好多人都跑到新场去看他们站队操练，嚯！好齐整！……"

不等说完，另一个人插嘴问道："学生伙，斯斯文文的读书娃娃，要得动家伙吗？"

"哼！斯斯文文？平头十几二十岁的小伙子，个个壮得像牯牛！莫说要得动家伙，有人看见过，都说要得好，有路数哩。"

年轻人有意地把学生伙夸了又夸，奖了又奖，甚至说到学生军里面有一尊牛儿炮，已经打磨得雪亮，"除了他们读过洋学堂的人，别的人哪个放得来？"

何幺爷越是在熟人跟前，越是争胜。这个年轻人，不但熟，拿行辈、拿地位来说，何幺爷更不能让他占上风的。因此，他把叶子烟灰弹了弹，遂带笑说道："莫再冲壳子啦！说到放牛儿炮，我比你知道得深沉。曾记得打李短搭搭、蓝大顺时节，我家兴顺叔在团练里头，就是放牛儿炮得的军功。他能放联珠炮，一炮接一炮，还不算稀奇。别人放牛儿炮，只讲究打得远，打得高，打得响声震耳朵。我家兴顺叔不光是有这些能耐，他还打得准。比方说，半里路外，在树枝上挂个斗篷，要他打下斗篷，不伤树枝。你看，他只歪起脑壳一眇，轰隆！一炮打去，硬是只把斗篷打下，不伤树枝一点皮。大家说他的六品军功，就因为放牛儿炮的准头好得来的。……嘿嘿！啷个能说只有读过洋学堂的学生才会放？我家兴顺叔就不是学生，就没读过洋学堂。嘿嘿！他……"

年轻人毫不让步地问："你家兴顺叔还在不在？"

"他的骨头早已打得鼓响了。你想嘛，我都五十多岁啦，他当团练时，我还是个娃儿哩。"

"你家眼下还有没有像兴顺大爷一样会放牛儿炮的人？"

"唔！那倒没有。"

"好道！别个说眼下只有读过洋学堂的学生会放，并没说差呀，你为啥吊起嘴巴说别个冲壳子呢？"

这却把何幺爷问住了，很像一块石头顶住他的心口。年轻人得了胜利，当然得意，其余的人毫不担心何幺爷怄气，也都哈哈笑了起来。

何幺爷是粮户，肚量到底不同，他并不怄气。叭着叶子烟，把白蒙蒙的天空望了望，有意无意地叹了一声道："天老爷也该晴得啦！今后扎实来几天红火大太阳，我们才有饱饭吃啰！"

一个中年人随口答应道："啊！何幺爷，你啷个这么说？便是天年差点，你还不是有饱饭吃的。为啥这么说呢？首先，你自己有那么多田，收多少，算多少，全是你的。何况你今年的叶子烟比去年还收得好。再说，你承佃倒石桥那一股田的主人家又厚道，从没有到县里来理抹过你，天干水涝，全凭你一句话，收十成报七成，收八成报五成，钱粮赋税由主人家上，管他天年怎么样，你名下的总够得还有多！"

"哎哟！哎哟！你把郝家说得那么厚道！"何幺爷故意皱起他那张活像干梨子的脸，还连连摇着那颗头发业已花白的脑袋。"世上真有那么厚道的主人家，狗都不吃屎了！"他浓浓地喷了一口青烟，面向众人，"告诉你们，就是上个月的事，主人家的儿子郝又三又打发人来加了一回押金。通共几十亩田，眼下押金已经加到九八纹银三百四十两。咳！你们算一算，厚道不厚道？咳！银子钱，硬头货，三百四十两啊，就是拿黄泥巴来捏，也会把手指捏肿的呀！你们想想看，这么重的押，有几个人撑得住。听说，郝又三这个年轻人，又是他妈一个不成器的花花公子，今年到过年时，难保不再来向老子伸手，老子一想到他，脑壳皮都痛了！"

几个人看见他那种故意做作的样子，都笑着说道："难道郝家光加押，就不减你的租谷吗？莫要蒙诓我们啦，我们都是佃客，哪个心上没有一个打米碗？如果郝家今年再加一次押，那才是你何幺爷的喜哩！"

何幺爷低声咕噜道："喜？说是忧还差不多。"

"真会装疯！我莫问你，如其郝家把押金给你加到田价的八成，你要不要把他这股田宰过手来？"

何幺爷用指头把叶子烟蒂抠脱之后，说道："宰过手来？倒说得撇脱！你们默倒我这二簸簸粮户的担子还不够重吗？唉！告诉你们，当了粮户，别个只算你的入，不算你的出。我只算几笔大账跟你们听：正经的地丁钱粮，"他把左手的指头屈一根；"常年捐输，"又屈一根；"庚子赔款，"又屈一根；"新政附加，"又屈一根；"铁路租股，"左手捏成一个拳头，并且把拳头扬了扬。"一句话归总，田里出一担，就要括掉你七斗，出不上一担，也要你凑够七斗，好不老火哟！"

因为他的话有一多半是真的，大家才不再向他取攻势，有一个人甚至缓缓说道："眼下不是说同志会已经打了传单，从今年秋收起，啥子捐，啥子税，啥子附加，啥子地丁钱粮，都不缴纳了吗？"

"那是同志会的传单。好倒好，只可惜同志会、铁路公司都遭赵屠户封了。现在又是赵屠户的天下啦，他杂种不加几倍整你，就算他的德政，你还想他给你啥子好处！"

当下五六张口都争先恐后地讲了起来：

"我们现今有了同志军，怕他赵屠户再歪！"

"狗日的赵屠户，也只欺软怕硬，同志会都是一伙斯文老酸，才遭了他的欺压。"

"他杂种默倒我们四川百姓都是些蛮子，好欺负！"

"把同志军开到成都省去，先问他一个岂有此理！"

"吆走他狗日的，天下才得太平。"

"光吆走赵屠户一个人还不够……"

另一个常到成都走动、号称见多识广的中年人抢着说道："对！还有周秃子、田莽子、王壳子这一伙哩。"

何幺爷道："周秃子这个害人精，我晓得他的，该吆走。田莽子、王壳子，是做啥子事的人呢？"

"啷个？你连这两个人都不晓得吗？田莽子就是田征葵，王壳子就是王棪呀！"

好几个人又都不约而同叫了起来："是这两个宝贝吗？该吆走！该吆走！"

何幺爷接着说道："四川的赃官多得很，光吆走这几个人，还是搞不好的，一句话归总，四川人该背时，才遇合上了赵家两个杂种。你们总该记得吧？自从赵尔巽开办经征局以来，我们四川人哪一个不遭他的剐剥。我说剐剥，一点也不冤枉他，硬是剥了人的皮，还要剐人的油。他妈的，这日子越过越难过了！"

又是那个见多识广的中年人，一面在板凳头上敲着水烟棒，一面说道："提到经征局，我又想起这个月初七，彭县出的那件案子。……你们可晓得彭县人为啥子事把经征局打了？"

"哪个不晓得！就因为你说的那个田莽子的女人，在戏场里卖妖娆，惹出来的祸事。"

中年人把那根磨擦得已经上了油汗的竹根水烟棒转到别人手上去后，喝了口茶，才摇着头道："调戏那滥婊子，只算是个由头。其实，就由于那狗日的经征局太可恶啦！……"

大众不等说完，都一齐应起声来："就是啰，太可恶了！……"

何幺爷尤其气愤地说："以前做官人也要钱，就没有像经征局要得无边无款的。比如说，从前的常年捐输，藩台的公事下到县，知县大老爷一定要掏腰包备办一台油大，把全县乡绅请去吃了，还要说些好听话，才说到捐款头上。这其间，还由得乡绅们讲价钱，一万两银子，可以讲到八千。讲好了，才由知县按粮册摊下来。可是他妈经征局是这样的吗？那才不是哩！他妈的，油大没有了。咳！油大倒不稀奇，说老实话，顿把油大，哪个又没吃过？说起来，那原是一种礼行呀！官家向我们要钱，就得讲礼行。讲了礼行，人家拿出钱来才没话说。他妈经征局只晓得要钱，要钱。今天一张告示说，要收哪种税，限你十天缴清，逾限不清，局丁就派到你家坐催。这笔税才缴清，他妈第二张告示又巴了出来，自古以来都没听说过的啥子捐、啥子税，都要你出；不出，就逮人，逮到局上关起，连多余的都出了。我活了挨边六十年，像这样剐剥百姓的事，在赵尔巽以前，我硬没有听说过。他妈的，四川人该背时，才遇合了赵家这两个杂种东西！"

那个中年人道："何幺爷，你说在赵尔巽以前没听说过有剐剥百姓的事，这不对，光绪元年东乡县那回民变，不就是因为剐剥百姓闹起来的吗？"

"是呀！那么大一回事，我哪个忘记了呢？"何幺爷不由把自己的脑门一拍，把一条盘在脑顶上的小发辫都拍落下来，弯弯曲曲拖在背上，很像一条菜花蛇。

几个年轻人都争着说道："是一件大案子，我们都听见老人们说过。还说全省提督军门李有恒就因为这件案子，把脑壳都耍脱了，可是真的？"

"嘟个不是真的！"

"那么，几十年前的东乡县百姓都可以闹事，我们今天嘟个不可以来一下，偏偏要受经征局的剐剥呢？"

那个见多识广的中年人接口说道："彭县经征局就是为了那个狗日的唐豫桐横不讲理，只晓得要钱，百姓们气不过，才借了他老婆在戏场里卖妖娆的由头，把经征局打了的。"

何幺爷道："哦！原来如此。难怪，我说赵屠户那么歪的人，这回为啥没有派粮子到彭县去抓人？呃！他才是怕百姓齐心闹事哟！"

"不见得他就怕百姓。若说他害怕，十五那天他就不会在院门口开红山啦。"

"开红山那天，一半也怪成都百姓太炮了。若果那天有我们西路人在场，怕不把他制台衙门打个稀烂！"

"硬对，我们西路人就是水性硬。"

"所以我说，我们西路同志军一开去，只要打一个啊嗬，包管就会把他杂种吆出四川去的。"

何幺爷嘻开嘴，又一次把缺牙少齿的牙床露了出来，笑道："说得真对！但愿把赵屠户吆走，别的不说，硬要盛宣怀、端方这两个卖国奸臣，把我们铁路款子退还给我们。铁路不修都可以，银子却要他们吐出来。好松活的事！我们一分一厘攒起来的血汗钱，他两个就那么轻轻巧巧地吞了吗？"

大家就这样谈得又热闹又融洽。各人面前的毛尖茶已经淡得成了一碗白开水。茶铺里吃茶的人更其走得稀稀落落，已是吃晌午饭的时候。

忽然一个年轻人向何幺爷问道："我莫问你，何幺爷，同志军的口粮，你乐捐了好多？"

何幺爷登时就像摸着了蕲麻似的，一身神经都紧张得生疼。一面把叠在面前桌边上的几十个制钱抓起，向裹肚兜里塞，一面谨谨慎慎地转问道："你嘟个问到这上头来？"

"嘟个不问呢？几千张嘴要吃饭啰！"

"对啊！要靠人家去拼命，难道连饭都不供应人家吗？"

"并且少一顿都不行。"

"我晓得大家都在乐捐。我们那一保的桑寡母，连留着割谷子吃的陈腊肉都捐了出来。就只不晓得你何幺爷捐了好多。昨天就要到你家里来问的，因为担米到新场去了，来不及。"

何幺爷理直气壮地把胸膛一挺，瞪起眼睛说道："我已向保正说过，我一定捐，捐白米——五——斗！"

几个人都故意打着惊张道："喂！你们看，何幺爷也出了白米五斗哟！"

何幺爷也感到众人有些心怀不满，遂笑道："五个老斗，差不多二百斤有多啦！"

"是啊！五老斗白米，在你何幺爷眼睛里，自然不算少啰……"

"唉！听我说，我还没说完哩。我说，眼下快打谷子了。我的谷仓里是存有一些米粮的，不过算来也只够打谷子时长工短工的吃嚼，等到谷子下树，看收成怎样，好呢，我再捐白米一担——十个老斗的一担呀！……"

"还差不多！不过，同我们这些小佃客比起来，一老担总嫌少些。"

那个中年人笑道："你们不晓得，何幺爷又热心，又大方，眼下暂时乐捐白米五老斗又一老担……大家听清楚呀，五老斗外又一老担……我敢说，等到谷子下树，何幺爷还要再乐捐一老担又五老斗哩！"

"嘿嘿嘿！……嗨嗨嗨！……"

何幺爷霍地站了起来，顺手把脱圈草帽向头上一盖，满脸不自在地说道："不同你们磨嘴皮了，我要回家去啦。"

他那个邻居年轻人笑道："莫着急。我们还要到新场去看同志军哩。"

"今天让你们去，第二天他们开拔时，我再去看。"

二

新场在安德铺正东五华里，即是说，由郫县到灌县去的几十华里的平原大道上，先过了新场，而后才是安德铺。

新场比安德铺小得多，总共只有一条街，——但是在场外的大院子却不少，还有许多大祠堂。——因为张尊的码头在这里，所以新近才公开成立的正西路同志军也就设在这里。

正西路同志军的组织是这样的：它的总头脑，有一个很别致的名称，叫大总统。为何取这个名称呢？张尊并不说是从他所熟读的《新民丛报》上套来，而只是讲解说，这个人既然要总管他属下的五路统领，所以该称总统，加一个"大"字，只不过使人听起来更威风些。但是大总统并不是张尊。在发表之前，即是说在场上乡公所大门外的红报张贴之前，已经商量停当，由崇义铺的张捷先——绰号"张瓜瓜"的来担任。理由是张捷先也是哥老会仁字号的龙头大爷，行辈还稍高一点；年纪哩，张捷先四十三岁，比张尊大一岁；资格当然更高了，张捷先是堂堂乎一个公立小学堂监督，张尊只是一个开当铺的老板，虽然后者是个武秀才，可是前者提过考篮，文童身份，无论如何比武秀才高得多；最后还有一个理由，那便是张尊是东道主人，主不僭客，这是哥老会海底上的一条铁定的规矩。因此，当张捷先的名字一宣布，全个院子——张尊住家的那个大院子——大约二百多人齐声欢呼起来，并且一串千子响的鞭炮就从正院坝子里点燃，一直噼里啪啦地响过前院，响过梃门，在打谷场上还继续响了一会儿。张捷先当下就走到祭天的悬着红呢桌围的大方桌前头，高举两手，向四方打着拱道："承蒙众家哥弟抬举，委以大任，兄弟不便虚辞了！不过兄弟才疏学浅，不对地方，还望众家哥弟该方圆的方圆，该褒贬的褒贬！……"

接着就由大总统宣布——当然也是早经商量停妥了的——第一路统领由张尊担任。又是一阵惊天动地的欢呼，又是一串千子响的鞭炮。第二路统领由大总统兼，也欢呼了一阵，也放了一串鞭炮。第三路统领是才从灌县山沟里出来的张熙担任。这一次欢呼声中还夹杂了一些善意的笑谈：

"嘿嘿！正西路同志军，简直成为张家军啰！"

"我们这回事情，包管马到成功。"

"为啥这么说？"

"嗨，你不记得剿四川的大王就是姓张的？"

"哪个张？"

"张献忠嘛！"

"呸！不吉利。哪个不拿桓侯三爷来打比呢？"

第四路统领是刘荫西，灌县地方一个赫赫有名的舵把子。第五路统领姚宝山，是灌县山里伐木工人的总头脑，和张熙同为灌县大山里两条镇山虎；

不知道为了何事，答应带一千人出来，却一直没有下山。这些统领的名字宣布时，都受到欢呼，都放了串千子响。

最后宣布的是学生军统领杨黉赓。众人只听说这人是学界中人，曾在成都一个什么中学当过监督。大概由于隔行如隔山的缘故，二百多人当中，只有蒋淳风、汪子宜、楚用少数二十几人在使劲欢呼，那些大爷、二爷、三爷、大老五、小老五等却只照例呐喊一声，声音里头听不出一丁点热烈感情。倒是放的鞭炮，和前几串一样，噼里啪啦响得很热闹。

五路统领之下，编了二十几个大队，队长全是各个码头上的舵把子。

学生军最特别。比如张熙由山里带出来不过七百多名矿夫子，他就编了四个大队，每一大队还拉扯不上二百人。学生军五百零几人只编了一个大队，而且学生军统领几乎只成为一个虚名，杨黉赓这个人根本就没露过面，大队长蒋淳风，实际上就是统领。

说起来，蒋淳风只是成都蚕桑学堂一名学生，在那个处处都讲究资格出身的时代，他怎能得到众人的认可，居然充当了学生军的大队长呢？据汪子宜解释起来，还是有原因的：首先，他是同盟会会员，又参加了哥老会，张尊、张捷先都是栽培过他的恩拜兄；同时，张尊、张捷先之加入同盟会，他又是联络人之一。其次，他为人活动，富有冒险精神，平日就敢于在凤凰山的陆军公园进进出出。和新军当中、弁目队当中那些革命分子打得火热，当朱之洪——就是朱叔痴——到成都来开股东大会，暗中约集在成都的会员商量大事时候，他曾跟着他学堂监督曹笃参加过一次。再其次，成都刚刚罢市罢课，他已看出一些苗头，并不和其他会员商量，甚至连曹监督也未告诉，便单人独骑跑到新场和崇义铺找着张尊、张捷先，做了些利用时机的部署。

汪子宜说："如其不然，这个正西路同志军怎会成立得这么快，三几天工夫，就集合到几千人，并且井井有条？"

后来证明，川西、川南以及川北一角的一些同志军，虽不完全由于得到张尊、张捷先的字样，才纷起响应，但是的确可以说，正西路同志军是为其他各路同志军开了一条先路，立了一个榜样。蒋淳风在这中间，当然起了些作用，别人不知，张尊、张捷先当然明白。因此，学生军成立之后，便特别找他来担任大队长。

学生军大队之下，一下能够编成四个中队，也出乎一般人意料之外。

当其正在筹划成立正西路同志军，用来代替一班斯文先生所组织的业已显出软弱无力的同志会的时候，都没有想到风声一传出，便从郫县、崇宁县、灌县、崇庆州、大邑县、蒲江县、温江县、双流县、新都县、新繁县、新津县、汉州、简州、成都县、华阳县这些川西坝和其边缘地方的中小学堂，跑来了好几百学生，吵着闹着：他们也是国民一分子，他们要投军，他们要拿起家伙来反对专制魔王赵尔丰，反对卖国贼盛宣怀、端方，反对出卖故乡的不肖川人李稷勋、甘大璋、宋育仁，他们不惜牺牲流血！

张尊、张捷先商量了好半天。起初倒很称赞这些年轻人热情和勇慨。后来一考虑怎样来安顿这班人，却成了问题。

张尊把他那胖墩墩的身躯塞在一张老式太师椅上，两只短腿屈起来蹲在椅边上，用右手食指——像一根小红萝卜的指头——抠着鼻孔，说道："你说咋个搞嘛！一概编到你的队伍中去，好不好？横顺有你的学生在里头。"

张捷先用牙齿咬着一根长叶子烟杆的烟嘴，靠在方桌角上，五根指头不住搔着瘦脸颊上永远剃不干净的络腮胡子的碴儿，沉思了一会儿道："还是不好。我晓得学生娃娃的脾气的。……和我们那些弟兄伙一定合不拢……弟兄伙听说听教，只要哥子们开了腔，等于一道圣旨，叫做啥就做啥，不会有第二句话说的。学生娃娃……咳！……那便淘气啦！随你讲什么，他们都要问你个所以然。……合在一起，难免不起冲突……反而要发生多少事情。"

"那么，招呼两天闲饭，打发他们各自回家吧。"

张捷先朝地板上吐了泡口水，眼睛还是望着院坝里一株瘦仃伶的枇杷树，徐徐摇头道："不行！他们不会答应你的。……他们的热情那么高……你绝对压制不下。……我想，还是顺着毛毛抹的好。"

张尊很有兴趣地把那抠鼻孔的指头瞅了瞅，又向地上一弹，说道："怎么顺着毛毛抹呢？"

"我想这么办吧……"

商量结果，因才决定在五路同志军之外，把所有投军的学生团在一起，另自成立一支学生军。大队之下编了四个中队，每一中队编三个分队，每一分队编三个小队，每一小队是十三人到十七人不等。

为什么会有个"不等"？因为学生们都喜欢找自己的同学，或找自己的同乡、同里去打堆，他们不听大队长按名册来编队，他们吵着说："不能再照学堂里分班的办法，那样，太不自由了！"他们投军的第一个目的，就为的争自由。他们非常熟悉当时流行的一句话："不自由，毋宁死！"

由成都来的学生十个人，只管没有两个人同处一个学堂，只管各人的籍贯也不同，就因为都从成都而来，彼此投合，自然而然就挤拢了，拒绝把他们分开。但是十个人实在不能编成一个小队。没奈何，才把一个华阳县立潜溪祠小学学生、一个公立石羊场小学学生、一个私立石板滩廖氏小学学生费了很大气力抓来，凑成一个小队。在这小队中间，汪子宜资格最高，通省师范学堂学生，同盟会会员；年纪也最大，已经满了二十二岁。因此，才被推为第一中队第一分队第一小队队长，并且众意金同，勒逼他把戴了几年的近视眼镜取了，收拾在包袱里。据说，从古至今都没听说有戴眼镜的军人。

学生军在正西路同志军当中人数既少，平均年龄又顶轻，其中二十四岁的只一个人，就是大队长蒋淳风；二十岁以上的，不过五六十人；十六岁到十九岁的，最多；年轻到十四岁甚至到十三岁的，也有几十人。拿的家伙，不比其他队伍强。除了十七支明火枪和一尊生铁铸造、不知从什么地方找来的牛儿炮外，还是梭镖最多——梭镖，是一种新武器。大约从旧武器的矛、稍、槊、枪、投枪等混合演变而成。形式是在一根长约四尺左右、粗约酒杯大小的青桐木棒头上，安一柄又像匕首、又像矛头的铁器。这铁器，不过六七寸长短，尖头、阔身、厚肚、两边是风快的锋刃。据说崇庆州打的钢火最好，学生使的梭镖，一半是崇庆州打造的。——其次是刀。刀的种类也多，有加有把子的南阳刀，有没加把子的斫刀，有腰刀，有马刀。此外，还有少数羊角叉，还有些铁鞭、铁锏、铜锤之类的短兵器。大队长蒋淳风使用的是一柄青锋宝剑。小队长汪子宜使一根梭镖，操练起来很不方便，因为不戴眼镜，十几丈远就没法看得清楚。学生军的服装，也和其他队伍一样，全是随身衣服。只有很少部分人穿的操衣裤，戴的遮阳帽，蹬的青布朝元鞋。

学生军耍起武器来并不行，吃亏的是个儿小，气力不够大。但是丢下家伙来走点步伐，却又值得称赞。因为不论从何处来的学生，都学过体操，下到操场，不需费多大的劲，四个中队——十二个分队——三十六个小队，自然而然就肩并肩地站得整整齐齐。只要一声"立——正！""向右看——齐！"几乎可以用墨线弹。就是把三个小队列成一排，"开步——走！"从这头，嗒嗒嗒地走到那头，也还显不出多大参差。曾经下过两回操，把周围几里都轰动了，说学生军硬是正西路同志军当中的胆。

开拔那天，天还没有大亮，新场街上和向郫县城关去的大路两边的田埂上、溪沟上，已经闹哄哄地挤满了人。何幺爷果然也从五里外赶了来欢送同志军，主要是欢送学生军。

学生军排在第二路同志军之后，第三路同志军之前；打先锋的是第一路同志军，打合后的是第四路同志军。——姚宝山的第五路同志军，这时还没有出山。因为等他这一支人马，才多耽搁了几天。——第一中队第一分队第一小队又排列在学生军的前头。小队长汪子宜穿着操衣裤，戴着遮阳帽，蹬着朝元鞋，左肩头挎一个小包袱，右肩头拖一根梭镖，鼓起一双眼珠分外突出的眼睛，摆出一脸庄严样子，茫茫然直瞪着前面，走在第一分队的楚用旁边。

楚用还是那身衣裳，只在腰里系了条棉线板带，把夹衫的前后摆拉起来扎在腰带里。左肩同样挎了一个小包袱。因只裹了一身从罗启先那里借来的汗衣裤和自己一件元青布小袖短外褂，所以包袱比汪子宜的还小巧。当然，右肩上也拖了一根梭镖。

他排在队伍里走着，不像汪子宜他们那样目不旁瞬地认真，他因此也才把拥在街上、拥在路边的那些欢送他们的男女老少看清楚了。一个个都摆出一张热情洋溢的面孔，有的嘻着嘴只是笑，有的大张开口不知喊些什么。虽然还没学会城里人拍巴掌，呼喊什么欢送，到底禁不住手也在舞，足也在蹈。小孩子们还跟着队伍一边跑，一边叫喊："我也去一个！我也去一个！……"若不是被大人们吓唬着拉了回去，真有不少娃儿会一直跟到郫县城去的。

楚用高兴起来，掉头向汪子宜说道："真是哟，没有想到，即使找不到洋鼓洋号，也该学张捷先他们搞几支过山号来吹几声呜嘟嘟才是。"

"为啥呢？"

"何消问得，还不是以壮军容啊！"

三

七月十五日那天早晨，住在铁道学堂招待所的股东代表们，吃过早饭，有些人已经起身往铁路公司去了。朱之洪——他的号叫叔痴——在后阶沿漱口洗脸完毕，刚刚折身走进寝室，一个姓邬的绵州代表问他道："你今天还是要去开会吗？"

"自然啰。"

姓邬的代表笑了笑道："我已告了假了。"

"为啥要缺席？"

"我的胆子素来小，我怕危险。"

"危险，有什么危险？莫非你听见啥子消息，有人要捣乱会场吗？"

"就是听见有人说，昨天赵季和已叫洋务局照会各国洋人，要他们连夜连晚迁到四圣祠教堂去，以便他派兵保护。据说，今天城里要出事。说不定就要在会场上逮人哩。"

朱之洪心头一紧，连忙追问道："你听哪个人说的，可不可靠？"

"一个川北代表说的。他说，昨夜有人来向张表方告密，叫表方他们赶快逃走的好。"

"他们逃了不曾？"

"他们不信赵季和会翻脸。"

"他们为啥不把这消息转告给众人呢？"

"那就不知道了。"

"你估定赵季和会在会场逮人吗？"

"我不敢估定。不过我宁可信其有。"

"你决定缺席了？"

"假都告了，我为啥还去出席？"姓邬的代表又笑了笑，问道，"你真个要去开会吗？依我愚见，莫去吧。"

"自然不去啦！只是今天不去，以后又如何喃？"

"我倒没有想到以后的事。今天我决计找朋友打一天麻将，消遣消遣。"

"对，我也找朋友去。"

朱之洪找的朋友，就是劝业道办的蚕桑学堂监督曹笃表字叔实的。

他挥着一把广东大蒲葵扇，绕着旧皇城西边御河，走进旧皇城的厚载门，来到蚕桑学堂门口时，身上的汗水已把白麻布长衫的背心全浸湿了。蚕桑学堂内内外外一片桑林很是茂盛，原来就是前几年周善培所培植的湖桑。这时，火辣辣的太阳晒下来，使人感到湖桑益发绿肥得可爱。学堂侧就是那座有名的煤山。——煤山，不如叫作煤渣山，本是铸造制钱的宝川局烧剩的煤炭渣子，日积月累，二百多年来竟自在旧皇城的东北角空地上堆成这么一座圆锥形的小山，几乎比北校场的五担山还高，在平坦的成都城内真要算是唯一高地。宝川局废了，局址已改建为劝业道衙门，煤渣山的四周也被青草装饰起来，渐渐改变了那副可厌的面貌。

朱之洪一直走到绿荫深处监督室，把门帘一掀。曹笃正在房间里，穿了件白洋纱汗衣，一条细发辫盘在头上，提着笔，伏在书案上写什么东西。

"写些什么？一定是见不得人的东西！"朱之洪故意提起嗓子一嚷。

曹笃连忙把写的东西向抽屉里一塞，惊惊张张回头看了看，方嘻开阔嘴一笑："是你！"又把写的东西从抽屉里取出，向桌上一放道，"猜得对，硬是见不得人的东西。"

"是什么？"朱之洪一面把白麻布长衫脱下，撂在靠壁一间行床上。并且拿起桌上的瓷茶壶就向一只茶杯里斟。

"没有茶了，等我叫小工去冲了来。"曹笃果就朝着大开的窗子，提起嗓子大喊小工。

"你这里真清静。我一直走进来，除了传事室一个传事在那里扫地外，就没碰见一个人。"

"若是不罢课，你来试试看。"他把茶壶递给走来的小工，嘱咐加一些茶叶，而后问坐在窗前椅上的客人，"你们今天休会吗？怎么这会儿跑到我这里来？"

"因为有事和你商量。……说不定还要搬到你这清静地方来住几天哩。"

朱之洪把那姓邬的代表所说的话重诉一遍后，道："我不知道你这里有没有这类的消息？"

曹笃一面注意地听，一面搔着油晃晃的绛色脸巴上的络腮胡子碴儿道："我这里是城市山林，哪有什么消息！"他沉吟了一会儿，"张表方他们不信老赵会翻脸，这是他们没有吃过专制政府的亏，仗恃他们是绅粮，是议员。在我们革命党人看来，老赵不但会翻脸，还一定会杀人哩。"

"你这样看，可有什么根据？"

曹笃回身把适才从抽屉里重新取出、放在书案上的那张纸取来，递给朱之洪，道："你看看这是什么。"

朱之洪一看第一行上的四个字"普告汉人"，立刻就跳了起来道："是不是《民报》特刊'天讨'里面的那篇文章？"

"怎么不是？"他还补足一句，"自然是的。"

"你抄下来做啥？"

"不是为了散发出去，唤起黄帝魂，高揭革命旗，难道还为了别的？"

"你一个人在搞吗？"

"那倒不止。第二小学那班朋友听说都在散发。"

"是不是也像朱国琛搞的《川人自保商榷书》那样到处散发？"

"那倒不像。朱国琛的那篇东西，只商量四川人怎样才能自由、独立，没有一句革命、排满的话，所以印刷公司还敢接手代印。一印儿百份，自然可以到处散发，甚至可以散到各衙门去。《普告汉人》这篇东西，哪个敢出头拿去印？就敢拿去印，印刷公司也不敢接手的。记得有人说过，只卢师谛前年借第二小学的油印机偷偷印刷了一批，也不过十来本，不够散发。我们才来抄写。抄多少，散发多少，为数有限，拿效力说，自然不会有朱国琛的《川人自保商榷书》一下来得那么大。"

朱之洪把《普告汉人》交还给曹笃，一面点着头道："不错。所以我很疑心老赵今天若是有什么举动，或者就为了朱国琛的那篇《川人自保商榷书》。"

"嗯！十有七八。……"他忽然若有所悟地问道，"他们君主立宪派对于朱国琛这篇东西，是怎么样的看法？是不是疑心到我们革命党人搞的？你直接探询过他们没有？"

"我怎么好直接探询他们呢？看样子，他们并不疑心是同盟会人搞的。听到彭兰菜向别人议论，他们认为是官场中的维新派搞的，意思还说是为他们张了目了。"

曹笃又嘻开那张海口，发出一种真诚笑声道："啊哈哈！那么，人家说蒲伯英聪明绝顶，罗梓青伶俐过人，看起来也不见得啰！"

他们就这样潇潇洒洒地谈说到吃了午饭，又喝了几杯热茶。朱之洪把脱下的白麻布长衫重新穿上。

曹笃随着也站了起来道："我说，不如再坐一会儿，谈谈我们在目前究竟该做些什么事。"

"不用再谈了。成都这方面没有我们的势力。既然很多盟员都散而之四方，倒不如去外州县发动的好。如其成都有了什么变动，那更是机不可失。"

这时，天色已变，原先火辣辣的太阳已经被灰扑扑的云幕遮住；灰云上面还腾起一堆一堆的乌云。

曹笃把朱之洪送到学堂门口。两个人还没有握别，忽然极远地方传来一阵刚能听得见的响声，声音不大，却是很异样，而且是陆陆续续响一阵又一阵。两个人都怔了怔。

"是打瓮雷的声音吗？"

"不像，倒像在放鞭炮。"

"哦！是的。今天是中元节……"

本学堂的传事同着几个住堂学生慌慌张张从厚载门那面飞跑过来。只管被监督拦住问话，都顾不得平日的监督尊严和他们应有的礼貌，每个人都脸色苍白地乱喊着："快把大门关了……制台衙门开了红山！……巡防兵杀出来了……见人就打……满街都是打死的人！……"

两个人也就伙着奔回来的人跨进学堂，把大门紧紧关上。

但是在监督室面对面地坐了一会儿后，朱之洪头一个开了口说："这会儿又无声无响的，该不会是谣言吧？"

曹笃也点了点头："人心这样浮动，是谣言也说不定。"

"即使老赵在会场逮人，也不会闹到流血呀！"

"自然啰！不管怎样，也没有叫巡防兵遍街杀人的道理。"

"坐在这里，耳目太闭塞了，不如亲自到街上去看看。若果不是谣言，我们也好打主意啊。"

曹笃同意了，也穿上一件白麻布长衫，顺手把钱包向衣袋里一塞。两个人不顾传事、学生们的劝阻，走出绿荫四合的学堂。但是在走到西顺城街，遇见陈锦江之前，他们还是同街上的普通百姓一样，并不晓得事情的真相，只是惊惊惶惶地捏了两把汗。

曹笃像获得至宝似的，一把将身体长得颇为结实的陈锦江从满街奔走的行人行列中拉到街边，问道："说是巡防兵遍街杀人，可是真事情？"

"没有的事，"陈锦江呼着热气，并用手巾擦着额上的汗珠道，"只听说制台衙门把一些去请愿的百姓打死了不少。"

朱之洪插嘴问道："请愿？"

曹笃连忙介绍说："这位是朱叔痴先生，铁路公司的股东代表，从重庆来开会的。"又凑着陈锦江的耳朵说道，"也是盟员。"赓即转向朱之洪说道："这位是陈锦江，陆军里一位督队官，也是……"

朱之洪在曹笃暗示之下，忙把右手的四个手指屈着伸过去。陈锦江也照样把右手递来。两个人的手指互相钩连着摇了摇，在不懂暗号的人看来，只觉得两人在行握手礼。

客气之后，陈锦江四面看了看，街上急匆匆、闹嚷嚷的行人已经稀少了。遂低声说道："朱先生，我劝你立刻回重庆的好。"

"立刻？"

"嗯！是的。赵大人已经把蒲议长、罗副议长以及几位议员、几位学堂监督都逮去了。听说铁路公司、铁道学堂两处都派巡防兵围得水泄不通，大约是股东代表都跑不脱。看光景，赵大人是安心办人的。"

曹笃问道："你说百姓们请愿，为了什么事去请愿？"

"就是为了请愿释放蒲议长他们。"

"为啥又打死人呢？"

"那便不晓得了。我正在小淖坝我母舅家吃供饭，听见院门口枪声很密，跑去一打听，才晓得是那回事。"

"难怪你穿上了便衣。……此刻到哪里去？"

"回凤凰山营盘。"

这时，东边天际又涌起一阵乌云。但又不像是云，因为下面还现出一派殷红色影。陈锦江说，恐怕是下东大街火烧房子。大家相信成都的消防办得好，这火绝不会成灾，也就不去注意。

曹笃接着问道："你们陆军里头还是跟以前一样吗？"

"是的，还是赞成同志会的人多。这情形，朱统制很清楚，所以赵大人一直没有调动我们陆军。"

"巡防兵的人数多，还是你们陆军的人数多？"朱之洪很有意思地问了这么两句。

"我们陆军人数多。"

"能不能发动一下？"

陈锦江皱起眉头沉吟道:"不行,我们的盟员既少,又都是下级官兵。一些得力朋友不是清查出来杀了,就是跑了。何况队伍当中,人心又不很齐。不用说管带以上多数是外省人,就是本省人,存心升官晋级的,大概十分有九,其余一分,也没有啥子大志,如其同他们说到什么非常举动,包得定他们会去告发的。"

朱之洪道:"假使有了机会呢?"

陈锦江立刻很严肃地说:"自然,决不放过!"

等到陈锦江告别向北门走后,朱之洪用嘴朝他背影一努,问曹笃道:"这个人怎么样?"

"不很清楚。仅只由我的学生蒋淳风介绍谈过一次,看来还是个热血男子。"

朱之洪不由叹了一声道:"你们成都盟员真是一盘散沙!学界的朋友简直就不和军界的朋友联络联络。"

曹笃强勉笑道:"岂止不和军界的联络,就是同一学界的人,也是素不相侔的。这都吃亏四川的支部,自从黄理君、谢慧生两人逃走后,一直没再成立的缘故。唉!目前不说这些了,陈锦江劝你立刻回重庆,你意下如何?"

"自然三十六计,走为上计。难道还回铁道学堂去自投罗网吗?"

"有盘缠没有?"曹笃已把衣袋里的钱包取出。

"有的,裹肚兜里银圆铜圆都有。"

"一定不够,十二站路程,够远啰!"

朱之洪接过他分来的五块银圆,一面向裹肚兜里塞,一面低声说道:"不管怎样,老赵既然下了手,四川一定不会安定的了。这倒是我们的好时机。重庆那方面我们人多,我回去一联络,绝对有办法。你,留在成都呢?还是照我起先所说,到外州县去发动?"

"成都是一塘死水,周孝怀先生早已说过,何况老赵大兵坐镇,要搞也搞不出个名堂,我一定走。下川南是我熟游之地,同盟会还剩有一些根基,我决计到下川南去发动。不过在成都住了一年,就这样轻手轻脚地走了,未免对不住老赵。我此刻就到农事试验场去找朱国琛做个商量。"

朱之洪疑心他要去行刺赵尔丰,遂定睛看着他道:"你莫非……"

"绝对不是的,你放心!我只想利用他逮人这件事,帮他把声威远播一下罢咧！"

"那么，祝你马到功成，我们就这样分手吧！……请你告诉朱国琛，叫他赶快到重庆来，不然就回他荣县原籍去躲一躲。我非常疑心老赵今天逮人，导火线就是他的那篇东西。成都耳目众多，目前虽没人晓得，将来难免不会败露的。……"

曹笃折转身，打从旧皇城的东边御河，绕到皇城坝，经由三桥、红照壁，走入南门大街，一直朝南门走去。

越走，街上的情形越是不好。走在街心的人都在开着小跑。有的披着一件布汗衣，有的穿一件蓝麻布背心，每个人脸上都带一副惊魂不定的样子，连站在两边铺门外看热闹的男女老少都一样。

曹笃起初还从从容容在走，及至走过上南大街，听说文庙前街已经有人被守街口的巡防兵打死了，生怕碰上了巡防兵，不知不觉便随着一伙要赶出城去的乡下人放开两腿跑起来。

挤出城门洞，挤过南门大桥，行人没有那么慌张，曹笃才放缓了脚步。

农事试验场里高高低低的植物很多。两个工人正拿着铁锹蹲在一列香樟树下不知搞些什么。

曹笃还未走拢，便大声问道："喂！你们的场长呢？"

两个工人都认得他。其中一个站了起来说道："是曹先生。场长才进里头拿药品去了，你要找他吗？"

"就是要找他。"

刚一进房门，曹笃便叫了起来："大祸临头了，亏你还有心情搞这些事情！"

本来满面带笑预备欢迎他的朱国琛——因为从窗玻璃上已经看见他了——猛地脸皮就绷紧了，并且变得惨白，张大口把他盯着。

曹笃一面挥着一把黑纸折扇，一面向椅上坐下，说道："朱叔痴先生讥诮我的学堂是'别有天地非人间'。我说，你这里倒配得上这一句李太白的诗。我问你，今日今时，城里头正在杀人流血，难道你一点消息都不晓得吗？"

朱国琛虽然还是站在当地，可是显而易见他的两条腿已经有点抖了。

"杀人？……杀的什么人？……是不是……"

"莫把你吓坏了，坐下说吧。杀的是一些百姓，倒与我们无关。但是蒲殿俊、罗纶一班人却被赵尔丰逮了去。……"

"啊哟！原来如此！这怎么说得上大祸临头？"朱国琛才舒了一口气，脸上也有血色，"你真会散谈子，委实吓了我一大跳，我黩倒是我的什么事情发作了。"

曹笃认真地说道："正是由于你的事情发作，所以我才赶来报信的。"

"唉！又在散谈子啦！何必哩！"朱国琛却不相信了，反而露出一丝笑意在没有合拢的嘴角上。

"不是散谈子。告诉你，蒲殿俊他们之落难，就由于你的那篇妙文《川人自保商榷书》惹的祸。现在逮了人、杀了人不算事，还要清查那篇煽动革命的主犯到底是哪个。想想看，这算不算是你的事情？"

朱国琛的眼神又闪动不安起来。抓起桌上茶杯，喝了一口。鼻翅两旁沁出很多微汗。结结呐呐地说道："真是这样，我就跑他娘的，看他杂种到哪里清查！"

曹笃嘻开大嘴笑道："你还是相信了！……我说的话也并非全是虚谎。朱叔痴先生已经出东门走了，走之前，就再三托我转达你。说你的事情迟早总要败露的，与其坐等拘囚，甚至变为刀下之鬼，不如趁早丢官，即时回荣县吃老米饭去。"

朱国琛蹙起两道淡得几乎看不见的眉头道："一个区区场长算是什么官啰，我有什么舍不得丢的！只是……唉！我那东西还有些没有散完。……"

"赶快拿出来烧毁它。难道你还想捎起走吗？"

"要是放在身边就好啰！"朱国琛更焦愁起来，"偏偏放在陕西街一位姓刘的朋友家里。"

"也不要紧，明早进城去把它烧了再走。"

朱国琛站了起来道："为什么明天去？此刻去，不好吗？"

"还是明天一早去的好。一则，现在城内乱得很，只有出城的人，没有进城的人；二则，我还有点事情和你商量……"

曹笃这才把他早在心头想到的一些事，正正经经地说道："我真没想到蒲殿俊、罗纶他们会这样地得人心。听说制台衙门开枪流血，就因为去请愿的百姓多得数不清，并且声势汹汹，大有不立刻放人便要和老赵拼命的样子。老赵害怕得要命，才叫开枪打人的。因此，我想到，不如就利用这种人心，把各处同志会发动起来，给老赵一个遍地开花，使他坐困成都。十根指头按不住十个虼蚤的时候，我们就到各州县去揭起革命旗帜，截留赋税，招兵买马，堂堂正正闹他一个天翻地覆。只要占领几个重要城池，我们就把军政府成立起来，你说好不好？"

朱国琛定睛看着曹笃那副自信甚坚的神态，不由点头说道："好倒好，但你现在怎样发动呢？"

"就是这点要商量啦。"

"电报是打不出去的。"

"岂只打不出去。就打得出去，又怎样打呢？那么多同志会，难道每一处都打一封电报吗？"

"当然不能。有些州县就不通电报。"

"还有乡镇。重要的是乡镇上的同志会。我晓得乡镇上的同志会都是和团防局在一起的，一发动，人就多了。"

"那么，写张传单，用邮政寄出去，每封信才两分钱，比打电报又妥当，又省俭。"

"哼！你还不晓得，就是省内邮政也不通啦！老赵早已手谕邮政局停止收发一切函件。"曹笃连连搔着络腮胡子碴儿，显得有点着急的样子。

这时，进来一个小工，把左腋下搂着的一大抱同样长、同样宽、同样厚、全都刨得光光生生的木片，和右手端的一个盛满墨汁的陶土盘，向长案上放下道："场长写吧，都弄归一了。"

朱国琛挥着两手说道："拿出去！拿出去！这时候不写。……咳！以后都不写了。"

那小工好像受了什么委屈似的，当下鼓起眼睛，满脸不自在地抱怨道："你说的今天一定要，催得人扑趴跟斗地弄好了，又不写啦！"

"不写就不写，怎么样？"

"我敢怎么样！现在你是场长，该你歪！"

曹笃知道这个小工就是朱国琛的一个亲戚，大概行辈比朱国琛还高，所以才敢于这样顶嘴。遂问道："预备写什么用的？"

"地上那些植物品种名牌已经被雨淋坏了，打算换一换。"

曹笃把木片看了一眼，估计一下，约摸有四寸多宽、两尺多长、三分多厚，每片下面又钉了一根细竹片作为插在泥土中的脚子。

这时，那个小工的态度已经和缓了，转向着曹笃说道："曹先生，劳累你代为写一写吧。白丢了，也太可惜。别的不说，单是刨光打磨，就累了我一整天。"

"你亲手做的吗？"

"我本来是做木匠活路的。"

"你一共做了好多？"

"七十三片。还有二十来片没把脚子钉好。"他又回头向朱国琛说道，"钉子没有了，买不买？"

"我已说过不写。——不写就是不用了，还买钉子做什么！"

做过木匠活路的人一下又冒起火来，叫道："硬是不写吗？那我拿去丢在河里，等球它漂到东洋大海，有我卵相干！"

曹笃好像摸着了蕬麻似的，一下跳了起来道："有办法了，老朱！"又急忙问那小工："你担保这些木片在水里能漂走吗？"

"杉木板子镴的，多轻巧哟！河水这么大，这么急，只要一丢下去，眨个眼睛就是十来丈远。"

曹笃很为高兴地笑道："那就好！……既然你要朝河里丢，不如送给我。……我帮你朝河里丢。不过我要在上面写一些字，你认识字吗？"

朱国琛懂得了他的用意，也笑了笑道："用这个来代替电报、邮政，委实好，比邮政快，比电报省，包你二十四小时内沿河百里的乡镇全会知道。……不过木片窄了点，短了点，写不了好多字。"

"我还嫌它长了。字不宜多，写上一二十个大字，就可以了。"他向那个小工说道，"劳累你把所有木片上的脚子都撬下来。你这木片有多长？……二尺四寸。那好，一改三，每块长八寸。……七十多片可以改二百多块，够啦！"

那小工迟迟疑疑地问道："曹先生，你要搞些啥名堂？"

"你认识字吗？不妨先告诉我。"

"就是吃了两眼墨黑的亏啰！"

"那么，你先去改一些木片来，等我们写好了，告诉你。"

等那小工搂起木片走后，曹笃才向朱国琛笑道："真是无意得之！……不过二百多块东西，我一个人写不过来，你得帮帮忙。……我们还必须模仿周孝怀先生的字体，笔画要粗肥，才不怕被水冲模糊。"

"你先把这道搬兵檄文拟出来看了再说。"

"容易，我就写。"

口说容易，其实提起笔来，才感到很不容易。因为要说明今天的事变，又要有鼓舞力量，又要像一篇传单样子，当然，《古文观止》上骆宾王讨武则天的檄文，骈四俪六的体裁来不得，就是《唐宋八大家文钞》上王安石《读孟尝君传》书后，也嫌其冗长了。起初，曹笃沉思再沉思，还闭着眼睛口中念念有词，好半会儿，写出来却有五十多个字。

朱国琛看了道："你说一二十个字嘛，怎会这么长！"

而后，两个人琢磨了三四遍，及至改木片的那个小工快要进来时，才算拟好了，恰恰二十一个字，是："赵尔丰先捕蒲罗，后剿四川，各地同志速起自救自保！"

四

也是七月十五日那天，汪子宜到楚用他们学堂来找王文炳。

陆学绅哈哈大笑道："老汪，我看你既没有长耳朵，也没有长脑筋。这些天找人，不拿耳朵打听，也该用脑筋想想啊！"

"莫动辄开教训！我当然晓得王文炳这一晌都在铁路公司，我就是打从那里跑来的。告诉你们，而今铁路公司已着巡防兵包围得铁桶一般，里头人出不来，外头人进不去。……我默倒像老王那样精灵人，一定想方法溜回学堂来啦！"

楚用、谭志和、乔北溟、罗启先几个人都抢着问道："巡防兵包围了铁路公司，是咋个说起的？"

汪子宜瞪起眼睛，从近视眼镜后面把大家瞧了瞧道："怎么，你们当真充耳不闻窗外事吗？"

"我们今天还没有人出过学堂哩。"

"那么，告诉你们，蒲伯英、罗梓青、邓慕鲁、颜雍耆、张表方、王又新、叶秉诚、彭兰村、江叙伦、胡雪村，还有蒙功甫那个老头，都在今天上午着赵尔丰按名捉拿了去，没有跑脱一个，而今……"

大家都跳了起来，好像每个人的脚腕上都着香头烧了一下似的。

"……而今，大半城的百姓正商量着要聚集到制台衙门去救人。亏你们居然不晓得！"

楚用抢着问道："你从哪里听来的，这么详细？"

"当然从铁路公司啰。"

"你不是说进不去吗？"

"本来进不去。但我却碰见一个警官，仁寿县人，算是资州大同乡，他悄悄告诉我的。还把名单给我看了一遍。"

陆学绅把他斜挂在肩头上的包袱、雨伞拍了拍道："背上这些做啥？"

"当然为了上路……"

突然间小胖子林同九面色苍黄地奔进这间自习室，——也是他们同志协会会址——嘶哑着声音叫道："不好了！高等学堂的阎一士着一伙丘八儿绳捆索绑像逮朝廷皇犯样逮走了！"

这一次真叫大家吃了一惊。

谭志和抖颤着嘴唇问："你……你亲眼看……看见的吗？"

"那还消说。"林同九向楚用伸手过去，"给我一杯茶！"

"在哪里看见的？"楚用顺便问了句。

"就在高等学堂。"他接过茶杯，一伸脖子便倒了下去，"我原是去找程鸿钧要家父所辑的《成都楹联集锦》那个抄本的。刚走到稽查处，就看见一大群人，吆吆喝喝从三门上冲出来，前头一个手提指挥刀的军官，四周围是端着快枪的丘八儿，阎一士就押在中间走。后面跟了一大群学生，没一个人敢挨近队伍的边。"

他嘘了一口气，圆圆的胖脸上尽是细微汗珠。又向楚用伸过手去："给我一根纸烟！"

罗鸡公尖声尖气地问："你可问过是啥子罪名？"

汪子宜插口道："莫非为了在铁路公司发表过激烈演说？"

"不是，不是。我问过文稽查那老头儿，原来是阎一士自寻烦恼。……你们该不晓得《川人自保商榷书》才是他搞的哈？"

"哎！是他搞的？……不见得吧？……"大家都不相信。

汪子宜摇着头道："我敢全称否定是老阎搞的！如其是他搞的，还有不亲自拿到股东会上去宣扬吗？"

楚用呎着纸烟道："我昨天在舍亲处亲耳听说尹藩台非常注意这篇东西，说不定有人去诬告了他。"

林小胖子没有抽纸烟的习惯，才呎了两口，便呛咳得面红筋涨，连忙把大半截纸烟递给乔北溟。一面吐口水，一面叫道："你们这些炮毛鬼，真是性急，也不听我把话说完就胡乱发起言来！"

"说嘛！说嘛！快一点。"罗鸡公还把他推了一掌。

林同九又吐了一泡口水才说："原来是他自首的！文老头儿说，蒲先生、罗先生被逮去的消息刚刚传进学堂，老阎就像发了疯了，从这间自习室跑到那间自习室，又搓手，又顿脚，逢人便说，一定要想方法打救蒲先生、罗先生。说，这两个人是中国的伟人，死不得的。也不晓得哪个人对他说蒲先生、罗先生因为有造反嫌疑，证据就是《川人自保商榷书》，逮了去，一定凶多吉少。这一下，老阎便红不说、白不说地跑到总理室，抓起电话就喊说，《川人自保商榷书》是他阎一士做的、印的、散发的。又叫喊说，蒲先生、罗先生无罪。恳求把蒲先生、罗先生放了，把他逮去治罪。文老头儿说，那时节，老阎简直像被鬼祟起了，连周紫庭都把他阻拦不住。……"

汪子宜不等说完，就把眼镜一耸道："而今，更可证明《川人自保商榷书》不是老阎搞的了。"

陆学绅也点头说："确实不像。不过老阎能够这样舍身救人，也算得是一代豪杰！"

小胖子把手一挥，叫道："他配！文老头儿就讥讽说，他倒出了名，却把几十个同学害得四散逃奔！"

原来高等学堂总理周紫庭是个非常小心、非常谨慎的人，他既阻拦不住阎一士，便立刻把几个监学、舍监邀到竹园总办室，轻言细语说道："阎生如此轻率，我担心学堂定会受其连累的……"

一个监学不等总理说完，就给他顶了转去道："怎么会呢？"

但是今天的周总理却坚持了他的意见说："一定会！因为赵季和这个人疑心极重，他安能一下子就相信那篇悖逆文字是阎生所为？即使相信了，也会推测学堂里面必有同谋的人，或者真正主稿的人。那时，他向学堂要人，我们该怎么办呢？"他住了口，把坐在四周默默无言的先生们看了看。

还是那个监学说道："这也不难。只要他指出姓名，我们捆送给他就完啦！"

立刻就有两个人发言反对说："这成什么话！岂不把我们学堂尊严视同无物！"

周总理把八字胡须摸了摸道："学堂尊严，着阎生这一自首，已自扫地而尽，倒不必再管它。我顾虑的是赵季和并不指名要人，而要的却是那些参加了同志会的人，这又怎么办？"

那个向来爱抢先说话的监学也两眼望着窗外一片青翠竹林，紧闭了嘴唇。

周紫庭仍然安安详详地说道："我知道大抵参加了同志会的学生，多多少少都有一点革命嫌疑，然而也是学生当中较为优秀的人物。这些人，若是着官厅要了去，不惟学堂元气有所亏损，抑且还会使全川学界指摘我们不知爱惜人才。固然，兄弟我声望气魄不逮胡雨岚先生远甚，不过要我逢迎权势、蹂躏青年，区区不才还是有所不为的。……"当下一个姓龚的监学遂接着说："这样好啰！不如趁督院尚未派人来传阎生之前，就由我们几人私下通知，但凡参加过同志会的，平日言行有越乎轨道的，乃至一些在报章上投过稿的，叫他们立即告假离堂，万一将来督院要人，我们也有推卸之据了。这样做，先生看还可以不？"

周紫庭连连点头道："好！就如此办吧！"

因此，在阎一士尚未被军队押走前，高等学堂里告病假，告事假，托词婚丧大故告假走的，几乎达到四十多人。

林同九说道："文老头儿告诉我，高等学堂里连同志协会的招牌都取消了。稍稍有一点关系的人都四散逃奔了。这全是老阎一个人惹出的灾害，亏陆学绅还凑合他是一代豪杰哩。"

谭志和依旧焦眉愁眼地说道："这一下，学界同志协会就叫垮啰！"

乔北溟迟迟疑疑地道："小胖子是成都儿的脾气，向来有点言过其实……"

林同九一掌拍在桌上，撑起两只小眼睛骂道："你龟儿放屁！"

汪子宜连忙说道："莫闹，莫闹，现在而今不是斗口的时候。依我看，你们还是商量着躲避一下的好。"

陆学绅道："我们这里不是高等学堂，也没有像阎一士那样的人，何必躲？"

汪子宜道："不然其说。学堂虽有不同，学界同志会却是一母所生。设若赵尔丰要清查学界同志会，那就无分乎高等学堂与你们的学堂。……"

楚用三心二意，倒想借此离开成都一下，但又有点舍不得。

陆学绅因为钱已用光，要走，必须找当铺通融。偏偏罢市以来，当铺也勒坑起人来了，老陕们只接手贵重东西，若是寻常衣物，根本就不要。那么，只好向人借了。举眼一看，大家的经济情况似乎都差不多。林同九倒是便家，但这个成都儿又鄙吝非凡，比当铺里的老陕还不如。

汪子宜继续说道："听说赵尔丰也和他哥赵尔巽一样，都是把学界恨入骨髓了的。逮去的人中，学界就不少，比如王又新、叶秉诚这些先生，在股东会和同志会当中，并不比其他一些先生激烈，为啥别的人不逮，偏偏要逮他们？这就看得出赵尔丰的用意啦！所以我在铁路公司一听见消息，就下了决心，跑回学堂收拾收拾，便……"

一片人的嘈嘈杂杂的声音、一片几乎把砖墙都震撼得动的脚步声音，从墙外街道上传进来。

"听！这是啥子声音？"

"人在叫喊，人又在跑，为了啥？"

"去看！去看！该不是赵尔丰的兵在逮人吧！"

砰！——砰！——砰！一连响了几十下，响得非常刺耳。

"枪声！"

"嗯！是枪声。"

汪子宜叫道："大家不要犹豫了，赶快跑吧！现在而今火已烧到眉毛上来啦！"

果都慌慌张张地一齐奔出自习室。但他们迟了一步，大门二门都已上了闩、落了锁。

几十个学生正挤在二门旁边吵闹。秦稽查秋风黑脸地拿着一把鸡毛帚，只顾掸他那几件已无纤尘的桌椅。

罗启先拍着门扉道："开门！开门！"

几个学生气愤愤地叫道："就是秦稽查嘛，喊他开，他硬不开。"

秦稽查泛起眼睛说："我有啥子不愿开门的！你们去找屠监督，只要他答应了，骂哪个舅子才不开！"

林同九又跳又叫道："我们不管这些那些，总之要你开门！"

"你吵啥？莫非要比声气不成？我赌你到屠监督跟前去比！……"

又是哑着喉咙的嘶叫声，又是光脚板打在石板上面的一种肉墩墩的声音，隔两道门扉比隔一道砖墙听得更清楚。

"好大的火哟！……哪里在火烧房子？……"

大家急忙从二门边跑到院坝当中，翘起头向四边天际眺望，仅只东北角有点黑烟，在阴沉沉的天幕下，也没人敢断定那是烟还是云。

秦稽查和老传事都有点焦急不安的样子。两个人头挨头咬了一下耳朵，秦稽查便溜到陆学绅身边说道："外头这样乱法，把门关锁着不许人出去，硬是不大对。我们又不好找屠监督讲得，你们是学生，可以去讲一讲。"

陆学绅有点幸灾乐祸的神态说："开了门，你好回家去吗？真会捡颊头，我才懒去说哩！"

楚用忽然挺身而出道："我去说！"

林同九也说："我跟你一道去！"

立刻就有七八个学生随在他们身后。

刚刚走到监督室门外，从门帘缝里看见屠致平双手捧着电话筒，正恭恭敬敬地说道："是，是，知道了。……是，是，一切遵命。……哦！查封了，真的吗？……怎么，还逮走了一些人！……是，是，尊见是极！……好！一会儿我就到尊处来面谈吧。"

把电话挂上，一回头看见楚用、林同九几个人站在门边，犹然挂在眉梢眼角边的诌媚笑容，登时就从屠致平的颧骨高耸、两腮下陷的脸上抹掉了。瞬息之间，又恢复了他那凶狠顽固的监督面目。

屠致平并不问众人来意，也不等学生开口，便气势汹汹地吼叫起来："来得好！我正要告诉你们，从目前起，再也不是你们的天下了！你们的同志会，赶快给我收拾起来，否则的话，哼！……"

也不管学生们懂不懂得他所说的是什么，只顾背剪着双手，在房间里走来走去，想他的心思。

楚用才说了一句："我们来要求……"

屠致平怔了怔，赓即冲到楚用眼前，颤动着两撇八字胡子，像对仇人泄愤似的吼道："要求，要求，你们同志会也要求够啰！……你们可晓得铁道学堂已着赵制台封了，还逮了几十个不安本分的学生？你们可晓得高等学堂也逮了几十个坏人？……"

楚用忍不住了，也提高嗓音叫道："这才是胡说！高等学堂明明只逮走了一个人。"

屠致平起初还像在向他做解释说："周总理的电话难道还错了！"但是一转眼，就生了大气，气得满脸发青，鼓起一双圆彪彪的眼睛逼视着楚用，咬牙切齿地道："胆敢侮辱师长……你！"

"我没有侮辱你。"

"你还敢强辩……我非惩办你不可！"

"惩办我？你没有这种权力。"

楚用回头一看，林同九已经不在身边。可是陆学绅、乔北溟几个人却来了。

但是屠致平今天却像疯子一样，不管什么人同他理论，一开口都要着他一顿臭骂；还一定要拉去和同志会搅在一起，好像他曾经赞成成立的同志会却是一个谋反叛逆的秘密组织，今天被赵制台破获之后，所有参加过同志会的人都有被逮去斫头的可能；而这班人已经落在他的掌中，还不服服帖帖向他求饶，居然和他顶撞起来，他怎能不生气呢？

他最后还撇开众人，伸出一根比干豇豆还瘦一些的手指，指着楚用的鼻梁叫道："我晓得你胆敢这样无理，胆敢领起头来胡作非为，无非仗恃你有个做官的亲戚。……我是不害怕官势的，我偏要从你头上开刀！……我现在只需到制台衙门去走动一下，哼！你等着吧！……看你那个做官亲戚能不能维护得了你？……"

当陆学绅、乔北溟一伙把楚用拉到后院寝室的时候，林同九又惊惊张张奔了进来道："土端公气哼哼地走了。我很担心是去整我们的……尤其对于老楚。"

楚用还没有平下气去，瞅着林同九问道："你怎么晓得？"

"我在稽查室亲眼看见他走的。"

"大门开了吗？"众人争着这样问。

"问得古怪，不开大门，难道叫土端公翻墙不成？不过大门只管打开了，还是不准我们出去。我亲耳听见他嘱咐秦稽查，不准放一个人走。并且说，有人来找他，就说他到学务公所去了。"

罗启先道："他妈的，土端公这时节到学务公所去，一定不怀好意。"

陆学绅道："看来，我们非走不可了。"他又向楚用问道："你身边有没有多余的钱？"

楚用摇摇头道："只有一块半钱和几个铜圆。"

"糟糕！连回家的盘缠都没有，咋个走呢？"

乔北溟说："和我一道走吧！"

谭志和眉毛皱成一团，满脸愁苦的样子，望着大家道："你们当真都要走吗？"

"不走，难道等着土端公下我们的毒手？"

"土端公下毒手，也只整楚用一个人罢咧。"

林同九一下就生了气，叫道："你龟儿真是自私自利到顶了！"

陆学绅掐着脸上的红疙瘩道："小胖子也是啰！你完全不明白谭志和的好意。他担心我们都走了，土端公回来查究起同志会的时候，谁出头顶缸呢？没人出头顶缸，土端公不是气死，便是气疯，那不成了天大祸事了吗？"

大家都不由笑了起来，只管心里正不舒服。

汪子宜忽然跨进房门说道："害得我在大门口老等你们，想不到你们还在摆龙门阵、散谈子。"

罗启先道："你等我们做啥？"

"城里情形越来越乱，你们不打算走吗？"

林同九道："他们正商量着卷堂大散，各自回家哩。"

"为啥都要回家？何不跟我一路走？"

林同九道："跟你回资阳县吗？"

"没那么远，只在郫县境内，出西门几十里。"

"是你亲戚家？还是朋友家？"

"都不是，是一个鼎鼎有名的袍哥大爷家。"

陆学绅看着汪子宜说道："原来你烧过袍哥。是第几排？"

汪子宜笑道："将来总有这一天，现在而今还不曾哩。因为蒋淳风住在这袍哥大爷家里，我只是去找蒋淳风。……"接着，他把蒋淳风这个人讲了几句，"他走时，曾向我说过，说新场张尊那地方，倒是很好一个通逃数，大家去了，说不定还可搞些事情。我今天本只打算约王文炳去的，而今，如其你们都愿去的话，我包管蒋淳风欢迎你们的。"

罗启先摇着头道："与其跟着你去当跑滩匠，不如回家守老婆的好。"

陆学绅、乔北溟也表示要回家。并且表示：回家之后，一定投身到同志会中，"设若争路事情失败，便不再上省读书了。"

楚用这时心乱如麻。他非常懊悔刚才为什么要和屠致平冲突。他到这时渐渐明白了屠致平今天这样横暴，原因就在于本学堂同志协会成立那天，他受了学生们的气，今天机会到来，他当然要连本带利地捞回去。这场祸，应该让陆学绅、乔北溟他们去承担的，哪里想到会落在他的头上！……凭屠致平怎样整他，他并不害怕，他现在最顾虑的就是牵涉到黄家这一层。……当然他绝对没有留在成都等候屠致平下手的道理，但也不像陆学绅他们有回新津老家的愿欲。那么，他到底何去何从？

恰好汪子宜说道："都要回家！老楚，你呢？"

"同你一道！"

五

麻雀才在檐角间叽叽喳喳开朝会，一院子人也都起来了。

楚用醒了，脑子有点糊涂，骤然间弄不清楚自己睡在哪里。眼睛酸涩得仿佛点了醋。眼皮儿眨，定了定神，才恍然自己睡在一通地铺上。厚厚的稻草上面铺的新晒簟，在疲软的身躯下，不但感到比学堂的木板床舒服，就比黄家客房里那张藤绷子床也更有弹性。

上面是没有望板，也没有顶棚的瓦屋顶，天光从瓦隙间漏下，望去很像一些溜圆的小眼睛。

秋蚊子真馋嘴！吸了半夜的人血，似乎还没有饱，大天大亮还在人耳边嗡呀嗡的。

楚用按照平日习惯，很想腰板一挺，一个鲤鱼翻身便翻将起来。今天却不行了，腰板挺不动，稍微使一下劲儿，便有一种酸楚感觉从脚胫到腿肚，到大腿，简直使人禁受不住。

"这是咋个的？"

想起来啦，原来昨天把烂泥路走多了，半天半晚竟走了六十多里。

昨天他们刚出西门，天就下起雨来。起初还好，久久干渴的土地，雨一落下，立刻被吸得一干二净。但是走不上几里，即是说才走到五里墩，路上的浮泥便渐渐变成浆糊，一粘在新草鞋上，就非用竹片不能刮脱；而且泥浆越粘越厚，已经不大好走，大约走过土桥，一条大路遂已变成上面稀、下面硬、一步一溜的硬头滑。擦黑以后，总算奔波了五十里，走到郫县。

听说距离新场还有十七里，楚用主张在郫县住一夜，汪子宜不肯，说："不如走拢再休息的好。"

好在是七月十五夜，虽然还在下雨，可是夜色迷蒙，依然像黄昏时候，弯弯曲曲时隐时现在稻田里面的泥路，不用十分留意也还看得清楚。仅只走到有横沟、有缺口、有坡坎地方，楚用才小小心心架着汪子宜的瘦膀膊，将他半拖半拉地搀过去。二更以后走到新场，两个人不但稀泥糊上脚腕，甚至累得通身骨头都像给抽了似的。及至勉勉强强在一家茶铺里舀热水洗了脚，抹了汗，把成都发生的事情约略说了一遍，跟随蒋淳风走进胡家大院一间小厢房的地铺上，连借来的铺盖都没展开，一倒下去便都呼呼地睡得人事不知。

楚用伸起两条还算壮实的手膀，大大打了个呵欠，这才发现两膀上好多红点，是夜来蚊子叮了后的成绩。用手把两腿搂住，下巴放在膝盖上，眯着眼睛一寻思，记起昨夜蒋淳风在茶铺里说的一句话："啊！成都果然出了事喽。这下，我们学生军应该同正西路同志军一齐宣布成立了。"

"学生军？原来他们在这里搞学生军哟！"

天是大亮了。打从一垛没有糊纸的牛肋巴窗上看出去，天色阴沉得很。雨已住了，只瓦沟上还偶尔有几滴檐溜。

不由自己问了一句："学生军搞起来做啥呢？"

这句话问得自己都好笑起来。昨天在路上，汪子宜不是已经向他说过了，说他们革命党人从争路风潮发生就同宪政派人的见解有所不同吗？革命党人一开始便认定出卖川汉铁路，勾结英、法、德、美四国银行团，虽然由盛宣怀出的头，但是仔细研究起来，盛宣怀不过是满清政府支使出来的一名奴才，光是反对奴才，有什么用？设若不把清朝政府推翻，即令现在把盛宣怀撵下政治舞台，谁能担保没有第二个、第三个像盛宣怀一样的人不继续被任用上台？这样，岂但川汉铁路无法永久保全，即偌大一个中国也只好眼睁睁地看着被那些毫无人心的亲贵们零打碎敲出卖个一干二净。可是宪政派这班人，他们是不敢取激烈手段的，他们把革命排满当作洪水猛兽，他们一心想着君主立宪，总以为立了宪，亲贵们就不敢胡作非为，政治就上了轨道；他们自居于温和派，口口声声说不为已甚，所以这次争路，闹了几个月，政府方面才毫无顾忌地越来越强硬。赵尔丰之逮人杀人，可以说自从赵尔丰走马上任那天起，革命党人早已料定；若不是革命党人的股东会、同志会中间煽动人心，恐怕连七月初一日的罢市罢课也不能闹起来，就闹起来也不会坚持到半月之久的。革命党人也因为看透了宪政派的弱点，因此，在争路期间，他们就不谋而合地实行了孙中山所手定的办法，一面加入各地同志会，一面极力联络哥老会，暗暗地把光用口舌相争的同志会改成一种有武力的同志军，时机一到，就光明正大扯起革命旗帜来排满。现在温江、郫县、崇宁、崇庆州、灌县一带的袍哥都联络好了，听说各路的同志军也成立起来。……

同志军成立为了革命。学生军宣布成立难道不也是为了革命？

革命，这是多么伟大的一种事情！……

但是汪子宜为什么不直截了当地对他说清楚约他到这里来就是为了革命？

楚用习惯地从衣袋里把绿颜色纸包的地球牌纸烟摸出。手指一掏，却是空的。记得还有半包烟，怎会没有了？

"哦！敬了人了！"光是张尊手下那位外堂管事邝五哥，他前后就敬了两支。

手一攥，纸烟包变成一个皱纸团，连上面那个满身筋骨弩出、一腿蹲着、一腿跪着、把一个浑圆地球拖在肩头上的老汉，也皱得不成人形。顺手一撂，恰好纸团落在汪子宜的头发上。

汪子宜翻了一个身，张手张脚仰卧在地铺上。好难看啊！一张又瘦、又长、又黄、又油汗的脸，高耸着两个颧骨，长鼻子下面是一张上唇略有一些胡子影的海口。脑后毛虫似的发辫弯弯曲曲盘在肩头边。

"嗨！天大亮了，还没睡醒吗？"

汪子宜仍然紧闭着两眼，只把低低偃在眼眶上的很浓的眉毛蹙了起来。

一边在衣袋里摸眼镜盒，一边咂着嘴唇说道："你默倒我还在睡吗？其实不然，我早已醒了。因为全身骨节都有点痛，多躺一会儿，舒服些罢了。"

"老汪，告诉你，我打算走啦！"

汪子宜咬着牙翻身坐起，眼镜已经戴上，很惊异地把楚用盯着，问道："真的？还是说着玩的？"

"为啥要说着玩？"

汪子宜搔着手膀和腿道："这是啥子意思？"

"没有别的意思，只是不想同你们在这里闹革命罢了。"

"而今你打算回新津吗？不错，新津也快闹起来啦，蒋淳风说，他们已接到侯保斋打来的字样。"

楚用把头两摆道："我为啥非回新津不可？"

"那你到哪里去？"

"回成都。"他怕汪子宜没听清楚，又加重口气说道，"当然回成都去！"

"昨天，你不是因为成都已难安身才走的？而今，莫非成都平安无事了？"

楚用也将眉头蹙了起来："没办法了，只好冒险啦！"

"那我又不懂啰！既肯回成都去冒险，为啥不在此地同大家一起搞革命？"

"我没加入过同盟会，我也不是革命党，我为啥要闹革命？"

"那又不然。同志军这么多，有几个人加入过同盟会？又有几个人是革命党？大家还不是闻风而起，说革命就革命。"

楚用勾着头，虽不再说什么，但看得出他还是犹豫未定。

汪子宜又进一步说道："你这人哟！平日看起你来，倒还像条汉子，王文炳也常夸奖你志趣高尚，却怎么而今会说起不革命的话来？你这个在成都读中学的学生，难道连那些在外州县读小学的人都不如吗？我真替你不好意思！"

楚用果然感到脸上有些发烧。想了想，才说："你莫这么挖苦人！还不是由于你昨天不把话说明白。设若你昨天开门见山地说，到这里来是为了参加同志军、学生军，是为了闹革命，我又答应了来，我今天当然不好打退堂鼓了。因为你先没把话交代明白，只说到这里来找人，我又没答应过什么，今天我当然有行动自由的。"

汪子宜眯起眼睛一笑道："对！又怪我没有把话说明白。那么，蒋淳风却向你说得明白，你也答应过，你总不能不先跟蒋淳风讲清楚了，就自自由由地走啰！"

"蒋淳风向我讲过？我也答应过？"

"哼！莫非睡一夜便啥也忘了不成？现在仔细想想看。"

楚用又将下巴放在膝盖上，半闭起眼睛一寻思：嗯！不错，当蒋淳风满面热情说了一番欢迎他们参加学生军的话后，他确实回答过几句，记得是这样说的："好！天下兴亡，匹夫有责，只要你哥子不见外，我来当一名马前小卒好了！"

是不是这样说的，到底不十分记得真实。说话时候，桌上坐了不少的人，四周围也挤得水泄不通，都争着在探听成都逮人和打死人的情形。汪子宜在回答，他也在回答。人已非常困乏，又这样在分心，有些话是说了就忘。现在汪子宜既然特别提出来，足见这几句本不应该他说的应酬话，一定是他说的了。

楚用不由展开巴掌把额脑一拍，心里很是埋怨自己："昨天准是碰了鬼，不然的话，我平日说话总要想一想的，为啥昨天竟自两回两回地冲口而出？"又呸了自己一口，"是非只为多开口，烦恼皆因强出头，真倒霉！"他又想了起来：昨天和土端公吵嘴后，为什么不出南门到簌桥彭家骑家里去住一个时期？岂不比跟汪子宜跑到这里来革命更妥当些？为什么那时就没想到？再不然，就躲到林小胖子家住几天也好。"糊涂！糊涂！聪明一世，糊涂一时！"他不由引用了黄太太说过的这样两句话。

一阵焦躁，感到有些烦热，便将穿在身上的、向陆学绅借来的那件灰布夹衫脱下，向身边一丢。因才察觉汪子宜业已开门出去，大概到后院洗脸去了。

这一天，蒋淳风还把他们介绍去和张尊见了面。虽然张尊那里像赶场一样热闹：内堂管事、外堂管事、本码头的哥弟、外码头的大爷大五哥，数不清的人进进出出；他间公事房——就是他的卧室兼书斋——也无异于茶铺，随时随地都挤满了人，叶子烟的青烟和臭味熏得人发呕。但张尊仍亲亲切切地让他们坐在床沿上，抽时候和他们谈了半点多钟，很仔细地问了昨天在成都发生的事情。蒋淳风除了招待从各地跑来投军的学生，亲自书写名册外，也陪他们到场街上去遢了一遭，买了纸烟，还同他们坐了很久茶铺。

这一天，一直到夜里睡觉的时候，楚用没再提说回成都的话。就是同汪子宜单独在一处，也讲的是温江县吴庆熙吴二大王、崇庆州孙泽沛这两路同志军在什么时候开到郫县来会师，杀奔成都；也讲的是学生军怎样编制，怎样在同志军中独树一帜；也讲的是张尊这个人和蒋淳风这个人。甚至也像别一些学生、别一些人一样，讲得甚为热情。

但是楚用心里却怀了一个很结实的疙瘩。他不相信，由哥老、团防组织起来的同志军和中学生、小学生组织起来的学生军，能够革命成功。他认为革命是非常事情，搞非常事情的，必待非常之人。什么是非常之人呢？至低限度，也得像报纸所传的孙文、黄兴、吴樾、徐锡麟之流。再不然，也得是跑过江湖，到过日本、西洋那些豪杰。比如本年三月二十九日在广州起事的人，想来绝不会像他眼前所看见的张尊、张捷先、蒋淳风、汪子宜这些寻常得不能再寻常的人。至于那些不知天高、不知地厚的袍哥们、学生们，当然更不够资格了。

他也细细问过蒋淳风学生军成立之后，下一步如何搞法？蒋淳风回答是："刻下，我们还是本着同志会的宗旨，以争路权、保四川为主；其次，就是反对赵尔丰，营救被他逮去的那些人。等到我们开抵成都，和凤凰山的陆军联络之后，就可达到我们的目的了。"蒋淳风很有把握地说他早与陆军十七镇三十四协六十八标督队官陈锦江有过紧密接洽。陈锦江负责同陆军当中的革命党人做好安排，学生军要是和他们一碰上，两方面就携手反正。他们有的是枪炮，我们有的是人，这一来，取成都，杀赵尔丰，成立军政府，革命当然就成功了。蒋淳风还嘻开大嘴笑道："革命成功，你我都是革命伟人。那时，把孙中山迎到四川，推他为主，大家的前程大得很哩！"

尽管蒋淳风、汪子宜把革命大事说得那么不费吹灰之力，到底解不开他心里的疙瘩。他虽然写了名字加入学生军，但是在编队时，却生死不肯到第二分队去当中队长。借口是："我说过愿当一名马前小卒，我就绝不能食言！"他还说了很长一篇君子一言既出，驷马难追的道理。其实他的打算是：少负一点责任，到了成都城外，才好自由自在地开小差。

六

楚用说得对，几百人的学生军夹在这样一个庞大队伍、像一条人的洪流当中，别的队伍虽然零乱嘈杂，不整齐，不严肃，——也有很整齐划一的地方，那便是连发辫一并裹在里面的布包头，一律是白布，只有新旧之判，却没有第二种颜色，也没有光着脑袋不打包头的。——而且每队前头都有几支五尺来长的黄铜过山号，一路上前头也在呜嘟嘟，后头也在呜嘟嘟，一两里外都能应过去，光听声音就使人心雄气壮。独有学生军，排成四纵队在行进，尽管走着便步，尽管脑壳上不那么划一——有的打着包头，有的戴着操帽，有的什么也没戴，只把一条又黑又粗的发辫盘在额脑上。——但是比起那些同志军，实在精神得多。就由于在队伍前头既没有洋鼓洋号，也没有响彻四野的过山号，相形之下，反而不如同志军威武，沿途成群结队跑到大路旁边来看过队伍的人，对学生军好像不大重视似的。

和楚用并肩走着的那个身材也还高、也还壮、就只眼眶太细、皮肤太糙的成都县中学学生银光明，伸起他那细长得真像吊颈鬼的脖子，向前前后后的人流望了望，叹了口气道："莫说那些吹得响的家伙喽，就有两面旗子擎在前头，也气派得多啦！"

楚用不由向汪子宜说道："当真，为何就没有想到这上头来？"

"好忙哟，怎会想到这上头！"汪子宜把凸出的近视眼睛眯了眯，又摇了摇头道，"就想到了，也枉然。因为旗子上面应该搞点什么名堂才对啊。试问，谁有这样脑筋去想，看没看过，听没听过的？"

另一个新都县籍却跑到叙属中学读书的学生陈树森，秀声秀气接口说："搞几面现成旗子也可以的。"

"哪来的现成旗子呢？除非向戏班子上去借，现在而今，又哪来的戏班子呢？"

"不然！不然！"陈树森斯斯文文地咳了一声说，"团防局门口不就有两面现成的吗？"

"哝！团防局门口的旗子？那是啥样的旗子哟！"

一个正谊学堂的学生闵祖仁叫道："对啊！团防局的那两面旗！……"

"又一个……"汪子宜很是生气的样子，"你们真就没想到那是龙旗呀！"

有几个学生都诧异起来。就中一个自称在红布街私立法政学堂住过一学期的纪道隆，悄悄地说："为啥龙旗便不好用呢？团防局都用了。……"

汪子宜掉头找着纪道隆，大声问道："纪道隆，是你说的龙旗用得吗？"

纪道隆红着脸巴，仍然是轻言细语地说："我并没说过龙旗用得，我只是说团防局在用它。"

银光明很不服气，叫道："我不懂得龙旗为啥就不可以用？"他特别把头伸向汪子宜，"我倒要问问你！"

楚用笑着用手肘把他一拐道："这也不懂吗？我告诉你好喽！"

楚用尽量把他从日本教习须滕那里听来的，关于龙的说法讲了一大篇：先说龙是一种古代爬虫，大约在古代是最为人类害怕的一种凶猛动物，后世因才拿这东西来象征帝王，表示帝王力量极大，不同于凡人；同时又把龙的形象采用为帝王的标识图志，比如把它雕刻在金銮宝殿的柱头上，就叫作龙庭；把它绣在衣服上，就叫作龙袍；把它画在旗子上，那便是近来到处悬挂的龙旗了。

银光明还是摇头拨脑地说："你的话也只有一些道理。打比说，龙庭、龙袍只有皇帝才配坐，才配穿，平民百姓是不准的。但龙旗并不是皇帝才能悬挂，而是任何人都可悬挂。请问你，这又是咋个的吗？"

"嗯！是咋个的？……"楚用当真有点茫然了，便向汪子宜问道，"老汪，你该晓得吧？"

汪子宜把手上的梭镖从肩头上举起，向天空中一抢，同时笑了笑道："这有啥子不明白的？因为在维新以后，拉那氏应了出使各国大臣之请，才把龙旗定为大清帝国的国旗。既是国旗，所以自甘居于大清国的臣民的都能悬挂。而今话说明白了，我们学生军并非清朝的顺民，我们为什么还要用它的龙旗？"

这时队伍当中忽然听见有人放开嗓子唱起当时很流行的《八愿军歌》来。第一、二句，还只一两个人唱，嗓音非常清脆嘹亮，又很协调，一听，就知道是两个很会唱歌的人。

一愿军人志气强，
人无志气铁无钢。

汪子宜一下就蹙起眉心，向楚用叽咕道："讨厌！讨厌！是哪个带头唱起来的？"

"一定是第二分队里的人。"

　　　堂堂七尺男儿壮，
　　　要到军前战一场。

这时，任凭汪子宜再说讨厌，就在第一分队里，已经有不少的年轻人跟着大家唱了起来。

　　　荣父母，耀家乡，
　　　畏首畏尾最无光。

唱的人一多，嗓音都不那么好，有些嗓音又粗、又嘎、又莽、又沙，有些却也非常尖、非常细，很像女音。单从嗓音中间，就分辨得出学生军的年龄真个非常悬殊，那些类似女音的嗓子，不消说，还是一些未变童声的嗓子哩。

"一愿军歌"大家都很熟，有人一开始，自然而然许多人都跟上了。到"二愿军歌"，刚有人唱：

　　　二愿军人要敬君，
　　　皇恩浩荡海样深。

不等汪子宜开口叽咕讨厌，已经有好些人在大喊："不要！……不要！……"

"不要二愿，唱三愿四愿好啦！"

"哪个记得三愿四愿的，起个头嘛！"

但是三愿四愿就起了头，也不像唱一愿军人那样熟练有劲，而且也合不上走正步的拍子了。

蒋淳风气喘吁吁，离开大路，在田埂上一纵一跳地跑着，一面挥手，一面吼叫："全队注意！……郫县就在前头！……各人的家伙拿好，谨防冲突！……枪队集合到前头来！……快！快！……"

立刻全队都紧张起来。十七个高矮不齐的明火枪手，便从各个小队中分出，抢到队伍的最前面。

第一中队第一分队第一小队里只有一个明火枪手，是石板滩廖克忠。虽然才读了两年小学，年纪已经过了二十岁，而且讨了老婆三年半，已给他的家庭添了两个男丁，据说，目前老婆的肚子又大了。他读书的天资不行，但是打猎的本事很大，小至麻雀，大至野獾，一遇到他，几乎没有半个能够逃生。他对明火枪，不但百发百中，而且火药子弹都装得快，他的绰号就叫联珠枪。

银光明大声问道："牛儿炮呢？"

蒋淳风已把青锋剑从挎在左腰上的剑鞘中拔出，笨拙而吃力地将剑尖在空气中画了个圆圈，喊道："牛儿炮预备！"汪子宜接着喊道："牛儿炮预备！"

四个人连忙从肩头上把一条四脚朝天的又宽、又大、又结实的白木板凳放在路心。一尊大约二尺来长、生铁铸的大肚短颈牛儿炮恰就用了很多条棕绳，捆绑在凳脚中间；牛儿炮头，刚好夹在前两脚的横杠中。本来为服务屁股而设的一条板凳，想不到被廖克忠的堂弟廖克义一翻过来，就变成一个很合适的炮架子。

廖克义本来也只会用明火枪打猎，因为全学生军就只有明火枪十七支，五百多小伙子中起码有二百多人想当枪手，考验之下，打得上靶的便有八十多人，好容易才选拔了十七名正枪手，十七名副枪手。副枪手的职务，是必须等到正枪手放枪放得不爱放时，——因为大家从未意识到打仗，更未意识到打起仗来会有伤亡！——再接过来放。这样，不管廖克义如何如何夸口说他的枪法并不下于他的堂兄，并且亮出两只已经生有一些黑绒毛的膀膊，证实他的臂力还大过他的堂兄，大家为了爱惜人才，商量之下，将他编到八个人的牛儿炮队中，充当一名炮手。由于廖克忠绰号联珠枪，遂也给他一个绰号叫联珠炮，虽然他们八个人都还是生手。

当下，几个炮手都忙乱着把火药包、铁砂、铁珠、铁钉什么的向炮膛里填塞，才把引线装好，还没把火绳点燃，廖克义还蹲在大路边擦红头火柴，——大概受了潮，已经擦坏二十几根了。就这时，忽然一阵噼里啪啦声音和人的喊声、狗的吠声，越过几处竹木森森、很像小山似的大林盘，越过一片黄澄澄的、有些已经倒伏了的稻田，从前面城关地方传了过来。

"咦也！当真冲突起来了！"廖克义越发慌忙了。

但是走在前头的同志军并没停步，队形还是以前那样，虽不格外整齐，也未格外混乱；各人的梭镖还是挢在肩头上，仍像一顺风的芭茅似的。

银光明首先嘘了一口气道："噢！放火爆哟！"

前面真实消息传来，果然是郫县城里的绅士粮户们上百数的人都穿戴得整整齐齐地具备了无数的花红火爆，堵在城门洞来欢迎同志军。据说，昨天就欢迎过两回，今天上午也欢迎过一次。噼里啪啦的火爆，是他们放的；喊声，是城里城外看热闹的百姓们冲着队伍自然而然发出来的欢呼。

学生军走到城门洞，也同样受到欢迎。

蒋淳风身不由己地被一伙生有胡须的绅粮们短住，问明他是大队长之后，很有礼貌地将他拉在街中，于是一杯烧酒端在唇边，一道几尺长的红绸从左肩斜披到右肋，一串百子鞭炮在城头上燃放起来；第二杯烧酒才端来，第二道红绸又从右肩披到左肋……"哈哈！倒像讨老婆时候的花俏了！"蒋淳风几乎喊了出来，要不是邝管事从人丛中挤过来，凑在他耳畔说："跟我走！张哥找你到城隍庙去开会。"

"等我把队伍安顿了再去。"

"怕没有人打招呼么！……"

街面并不宽，普通行人和拿着家伙的同志军是那么拥挤，而且都是生面孔，没有挤上半条街，几乎连同在一个队伍的人，都有点难于辨识。没有人来向学生军打招呼，学生军也想不到找打招呼的人。队伍走到十字街口，自然而然就停了下来。

大家都乱嘈嘈在询问："我们开到哪里去呢？"

"大队长呢？"

"我看见他被邝管事拉着走了。"

"那么，中队长呢？"

"找中队长做啥？莫非要中队长带你去找茅房吗？"

"不是为了屙，倒是为了喝。口渴喽，咋个搞法？"

"委实的，也走累啰！找个地方休息休息，喝碗茶，抽袋烟，也才像个名堂！"

四个中队长会在一处，商量不出一个好办法。

第一中队长梁宝针搔着头皮道："等我找大队长去。"

第三中队长包汝为道："大家总不能老站在这里哟！"

围在四周的小伙子们吵闹得更像麻雀闹林。来往行人不能不从队伍中挤过去。队形更凌乱得不能维持了。

第四中队长还不到十八岁，是崇庆州洪举人的儿子洪善言，急得满头是汗道："赶快想个办法呀！"

旁边香蜡钱纸铺里，一个须发斑白的老头子，叭着叶子烟，很是沉着地说道："弟兄伙，你们为啥不去找李大老爷？"

洪善言瞟了他一眼道："李大老爷，他是啥子人？"

"就是我们郫县知县大老爷李远榮啊！"

第二中队长姚中翔回头问道："为啥要找他？"

"为啥不找他？你们是过路客，他是一县之主，该接待你们的。"

梁宝针看见汪子宜走了过来，连忙唤住他道："老汪，老汪，这个掌柜说知县大老爷该接待我们……"

银光明从旁接过嘴去道："那好，我们就找知县去。……弟兄们，走啊！到县衙门去找茶吃，找地方休息！"

姚中翔、包汝为尽管很无意思去找知县，可是看见学生军都闹闹嚷嚷地向前涌去，他们也只好跟在后头。

衙门的两扇大门扉已经关闭得很严密。学生军像蚂蚁似的拥挤在衙门外一片相当大的空坝上，有的在哗笑，有的在喊开门："我们来告状，来打官司的，你妈哟！关上牢门，不做生意了吗？"

"不开门欢迎老子们，莫非把老子们当成了棒客！"

"啥子赃官喽！拿闭门羹招待我们。你不要我们进来，我们偏要进来！……开门！开门！是角色，就快快开门！"

"他不开门？好杂种！……擂烂它！擂烂它！"

越是闹声沸腾，门关得越紧。刀斫上去，梭镖戳上去，只好把门扉上业已陈旧不堪、还依稀看得出一些彩绘痕迹的、两个比活人高大得多的门神，刻划得遍体鳞伤，对于那又厚、又重、又高、又大的门扉，却奈何不得。

洪善言和一个崇义铺小学学生绰号黑蛮牛的葛理顺，不知在哪里抬来一根大木桩，足足有四五把粗，丈许长。

葛理顺一张黝黑方脸挣得又红又涨。一面凶声恶气叫道："让开！让开！大家伙来啰！"

"好啦！拿这家伙去撞，包管撞得开。"

登时就上来七八个人对面站着，各用双手捧住木桩，还有一个人吼着哨子："幺儿哟……朝后退！"一齐朝后退有五步光景，"幺儿嗨嗨哟！……使劲……撞哟！"便都飞步向前，并吆喝一声，让木桩乘势向门扉上撞去，很大一声——咚！

第二中队长姚中翔，是温江县立中学学生，年纪较大，懂一些世故，胆子也便小些。当下慌慌张张挤到前头，挥着两手喊道："莫再撞了！莫再撞了！听我一句话好不好？"

"你打算做啥？"葛理顺睐起一双单眼皮眼眶，一面揩额头上的汗。

"我觉得这样闹法不大像话。"

陈树森从旁说道："你要卫护赃官吗？"

"并非卫护。像这样破门而入，到底为了啥？"

"莫听他的，弟兄们！"银光明也吼了起来，"破门而入，不过要他狗日的晓得一点厉害，好招待我们！"他又把手臂一扬："预备！……再来几下。……幺儿嗬嗬嗨！……幺儿哟！……"

木桩一下一下朝门扉上撞，响声洪大，老远都听得见。

就这样有韵律地撞几下，又停几分钟来换人。换到第五轮人，门扉已经在动摇，要不是里面有人用木杠、用石条、用什么东西把门扉抵死的话，它早该倒下了。

小伙子们笑着，跳着，正在呐喊助威，——早已没有人感到口渴，也没有人感到又热又累！——毫不觉得忽由衙门旁边一条窄窄的小巷里面，冲出一伙同志军来：块头都大，面孔都是黑糁糁的。前头几个还把一条青筋虬结的右膀亮了出来，个个手上都提了一柄敞刀。一出巷口，便吆吆喝喝把围在衙门外的学生军，像吆叫化儿似的，随手推攘；来不及让路的，肩膀手臂还不免着上几刀背，痛得啊呀连声。这群莽汉一抢到门前，红不说白不说，把木桩夺到手上，高高举起，一声大喊，往人丛中一摚。幸亏大家闪得快，没有砸伤人。这一来，在小伙子和莽汉之间，却空出了一段一两丈宽的隙地，木桩恰好横在当中，成为此疆彼界的一个标记。

大家都莫名其妙地瞪着眼睛把这伙莽汉呆看着。

纪道隆头一个跳了起来，红涨着一张汗湿的大脸，吵道："你们凭了何种权力，来干涉我们！"

莽汉们都杀气腾腾地把手上雪亮的钢刀挺着,样子是,只要喊声动手,那些雪亮钢刀就会咔嚓咔嚓朝人头上斫将下来的。

一个打着青绉纱包头——其余有打蓝布包头,有打白布包头——粗眉大眼、满脸横肉、身材特别高大的汉子,把手上的刀向空中一劈,瓮着声音像狼一样嗥叫道:"跟老子爬开些!……你们这些洋学堂的新调门儿老子不懂!……孙哥的言语是:……不准你们这伙娃娃撒豪、造反……如若不听上服,明年今天是你们的死忌!"看他说话的派头,当然是这群人的头儿了。

姚中翔、包汝为、汪子宜,还同别的两个中队长,一面急急忙忙招呼着那些横吵乱叫的小伙子,一面便争着去向那头儿理论。头儿侔瞅不睬地,仍然威骇着叫:"娃娃些快给老子爬开!"

楚用把洪善言拉到一边说道:"袍哥的脾气是服恶不服善的,同他们善说,就把太阳拴住也未必说得伸抖。"

"那么……"

"先把我们的阵势摆好,再说下文。"

楚用不再同其他的中队长、分队长、小队长商量,遂挺身而出,喊起口令来。

小伙子们果就依着口令,很迅速地摆了一个月牙形的密集阵势:前面一排人半蹲半跪在地上,把梭镖一齐挺向半人高处;后面一排梭镖夹刀,梭镖正从前排人的头上挺出,刀则扬在各自的脑顶边。

阵势还未摆好,人丛背后又是闹嚷嚷的声音:"让开!让开!莫挡住我们!"

"啊哈哈!欢迎!欢迎!有了你们这家伙,包得行!……"

原来廖克义八个人把填满了火药铁渣的牛儿炮也抬了来。廖克义手上还拿着一根点燃的火绳,耀武扬威地吼道:"怕他们是铜铸的金刚、铁打的罗汉,只要我把药线一引燃,哼!……好!就摆在这里。妈哟!比一比嘛!看谁的威风大些!"

不用比,牛儿炮的威风果然要大些。小伙子们的阵势才一摆起,那群横闯进来的汉子已经在估量彼此之间的力量了,及至牛儿炮一上阵,那个开口老子闭口老子的头儿蓦地嘻开嘴皮,和气一团地向汪子宜问道:"弟兄,弟兄,这算啥子哟?"

汪子宜眯着眼睛说:"不算啥子,只是要请你说清楚,为什么要来干涉我们的行动？"

这时，头儿连新名词——即是他所称为的新调门儿——也懂了，连忙分辩："你哥子言重了！我们只不过斗胆来奉劝你们走开一步罢咧，怎么说得上'干涉'二字？……"

恰这时，又从那条小巷中间飞奔出一伙人来；刚出巷口，就都摆着两手喊道："弟兄！弟兄！都是一家人，动不得手哟！"

其中一个是大家认得的邝管事，跑过来一把抓住梁宝针笑道："正要找你！……你们的大队长蒋哥子有言语交代给你，叫你立刻把全队拖出城去，开到八里桥去吃饭。……字样早已派人拿去了。"

汪子宜、姚中翔、包汝为、洪善言好几人，都围上前去说道："邝五爷，你来得好，我们正要找你来评一评……"

邝管事嘻开嘴、满脸是笑道："事情首尾，我们都清楚了，完全误会，兄弟敢说一百个完全误会！"

围拢过来的学生军更多了，都七嘴八舌在说："好野蛮的样子哟！……叫他们把话说清楚了才准走！……"

邝管事气势汹汹地道："当然要说清楚呀！……岂有此理！举动不文明也够了，还经得住再搭上一个野蛮！……"

"溜啦！溜啦！夹起尾巴蔫萚萚地溜啦！"四下里一片哗笑声音。

大家回头一看，只看得见几个蓝布包头的影子在小巷子中间晃动。

邝管事脸色一舒，接着说道："输了理，当然会蔫萚萚地溜啰！等我回去告诉他们孙统领。如其不扎实医治他们一下，真对不住你们。……好啰！刻下话明气散，请你们赶快开到八里桥去吃午饭。……道理只管要评，肚子饿了，还是该吃饭。"

梁宝针道："到底因为啥子事，才引起了这场误会？"

"刻下用不着再讲了，你们蒋大队长会到八里桥来跟大家说的。"

七

郫县城隍庙，照这一天的情形看来，可以说首先背了时的是两廊十王殿上的鬼神，但凡有一点空隙地方，都给人占去，即是说，着崇庆州一带开来的同志军占去了。大殿上那么尊严的城隍爷也背了时，除了过道而外，到处都是地铺，到处都是蹲着、坐着、睡着、抽叶子烟、吸水烟、摆龙门阵、打纸牌的人。不过城隍爷的香案到底还原封原样地保存着，香炉、蜡台、铁磬和香案前头的棕蒲团、签筒也原封原样地陈设着。看样子，要是有善男信女去烧香、礼拜、求签、许愿，同志军弟兄伙并不干涉，因为同志军弟兄伙都是敬神、信神的善士啊！

大殿后面隔一个天井，是城隍爷的寝殿。寝殿比大殿小一些，但也比大殿精致，窗棂户槅都雕了花、贴了金的。内容也和许多县份的城隍庙寝殿一样：当中坐着的是城隍爷的木雕行身。——每年三月二十八日，城隍爷出驾时候，就把它的这具行身抬放在四人大轿内。至于大殿上的坐身是泥塑的，又大又重，根本就移不动。——行身左右，还各坐着一具也是木雕的女像，据说是城隍爷的两位不分大小的太太，大家称之为城隍娘娘。这时候，大约为了不要亵渎城隍爷和城隍娘娘，神龛前面悬了一张篾席，刚好把三尊神像遮得严严密密。香案业已移过一边。放香案地方，放了一张二号雕花架子床，虽然只有八成新，但打抹得很干净，看起来仍然金光灿烂。床上悬了笼白麻布蚊帐，帐门上端悬了幅红缎绣五彩花的帐檐，都是崭新的东西。床连同当地摆的一张黑漆雕花大八仙桌和一堂黑漆雕花高背椅，原来都是孙泽沛统领到后，才由一个绅粮家搬来使用的。孙统领并非不喜欢到一些绅粮家的大院子去驻扎，因为来迟了一步，许多大院子和其他一些庙宇、柯堂、会馆，都被别的队伍住满了，莫奈何，才挤到城隍庙来。

孙泽沛的声光到底要大些。鸦片烟行头刚刚摆好，但凡到了郫县来的同志军头脑和一些带团防的团总，都不约而同跑到城隍庙来。大家已经得到七月十七日，成都东门外牛市口、南门外红牌楼两处开火的实在消息，都急于要商量一下目前的行止，主要的是要听听这位崇庆州同志军统领的高见；一个不成形式的军事会议便是这样不召而开起来。

孙泽沛很客气地和来到的人打招呼。是哥老会中的大爷，在对识之后，他总亲亲热热拍着人家肩膀，好像是多年的老相知。有些不是袍哥大爷的人们，如像郫县同志会会长同时又是郫县商会会长巫发祥、郫县议会会董同时又是郫县劝学公所学董骆安泰、郫县团防总局团总同时又是郫县路股董事局局董贺明钦，以及从新繁赶来的顾天成、从温江赶来的曾少卿这些人，在介绍之后，他也满脸是笑地打着拱说："久仰！久仰！"

他还让大家躺到床上去烧鸦片烟，张捷先遂拦住道："莫周旋了，我们先来商量一下正经事情。"

孙泽沛拿眼睛四下一溜道："吴庆熙吴哥还没到吗？"

温江县同志会会长兼团防总局团总曾少卿连忙应声说："吴统领大概不来了。"

张尊插嘴问道："为啥不来？我默倒他只是来迟一步罢咧！"

曾少卿摇着头说："原因不知道。"

孙泽沛一面让大家围着大八仙桌子坐下；高背椅不够，临时由手下的弟兄伙端来几张大方凳；一面向顾天成说道："顾哥也到红牌楼去接过仗吗？"

"没有。"顾天成和这些有名大爷们平起平坐来开会，在他平生，算是第一次。他虽然为了闹同志会曾在省城铁路公司进出过，也曾参加过铁路公司的会议，也曾和郝又三等人吃过茶、喝过酒，一句话没完，他顾天成只管见过世面，上过台盘，但今天和这么多袍哥大爷坐在一起，到底感到一些拘束。因此，他顿了一顿，才接说下去，"因其同志总会给我的紧急传单是叫我到东门外去的。"

张捷先正长伸手臂用一根纸捻把叶子烟咂燃，便道："好啰！你哥子既是到东门那头，我们就先听听牛市口开火情形。听说牛市口打得比红牌楼还糟，你们团防丢的人不少呀！"

曾少卿抢着说道："不，红牌楼比牛市口糟。他们牛市口的团丁着官兵逮走的，才几个人，到底还把官兵打退了……"

孙泽沛把点水烟的纸捻在自己眼面前摆了摆道："曾哥子，等一下你再细谈好啦。"他随即用下巴向顾天成一指："还是你先来吧。"

顾天成用手指把坐在上首的秦载赓一指道："接仗的事，你们问秦会长。我因其要避开凤凰山，绕了一点路，比及带起团丁走到赖家店，听说牛市口的仗已打过了，我便没有前去，只算跑了一趟冤枉路。"

众人的眼睛又转到秦载赓身上。

秦载赓是华阳县中兴场的粮户。这时还没人晓得他是同盟会会员，只知道他在中兴场办团，同时也和顾天成一样兼着中兴场上保路同志协会会长。七月十五日省城逮人杀人的消息，在夜里下大雨时候，他已经知道。那时，他还不晓得该如何办。到十六日，忽然从河里捞到曹笃放下去的木牌。

再一打听，上游的中和场、旁边的石羊场几处的团防局同志会，都接到紧急传单，叫把团丁带由东门进城去救援被逮去的蒲先生、罗先生。他想了想，借此闹起事来，未尝不是一个机会。当夜便叫传锣齐团，天明前，就沿河而上。走到中和场，又会同中和场的团防，一直走到琉璃厂。听说前面机器总局有兵驻守，他和中和场带队首人一商量，从小路绕到牛市口，不想大面铺一带正东路和西河场、赖家店一带北东路的团防已同城内开去的官兵开了火，而且败下阵来。

这时，他挺起胸脯，比画着手势说道："我才走过关帝庙，就远远听见牛市口那一头闹震了，土枪洋枪打成一片。我催着弟兄伙开小跑冲去。离牛市口还有半里光景，枪声没有了……"

贺明钦首先嗯了一声。巫发祥把抹着小胡子的手朝膝头上一按，惊惊张张抢着问道："枪声咋会没有了？"

刘荫西不由笑了起来，黑糁糁的宽皮大脸上显得满是皱纹，说道："有啥稀奇，仗火打煞果了嘛！"他又掉向秦载赓问道："枪声响有好久，你估计过没有？"

"我估计过，大约不到半竿叶子烟。"

顾天成插嘴道："噢！才这么一点时候。那么，赖家店的人咋个说是打了两三顿饭？……"

孙泽沛正抽出水烟哨来吹烟蒂，遂把烟哨在桌边上啵啵啵地磕了几下，说道："大家不要打岔他！……秦哥子，你讲下去好了。"

秦载赓把瞪得圆圆的眼睛眯了眯，说道："我那时也狐疑了一下，并不懂得是仗火打煞果的情形，我还是带着弟兄伙朝前跑。大约才跑有十几丈远，就见牛市口那头奔出无匹其多的人来，吵吵闹闹，活像散了戏的样子。有的手上还拖着家伙，有的人就只捏起两个锭子。看见我们，又插手，又喊叫：'去不得！粮子上的炮火扎实得很！我们林团总都带了花了！'跑得像潮水一样，抓不住一个人问话，冲也冲不过去，颠转把我的弟兄伙冲散了不少。我只好把我的弟兄伙团在一块干田里，等奔跑的人稀疏一点，我又才督着我的弟兄伙冲进场去。"

也是一张黑脸、并且眉毛很浓、眼角业已牵线、皮肤比任何人都粗糙的张熙，听得很是出神，猛地把一只拳头在自己大腿上捶了一下道："好的！叫我来，我也要冲他娘的一阵的！"

顾天成道："秦团总，那么，你是接了仗的了。"

秦载赓笑了笑道："接啥子仗哟！……等我走到上场口，上千数的人都差不多跑光了。他们街道很熟，四面八方地跑，一些羊角叉、梭镖、杆子倒丢了一街。上场口的栅子也关上了，不见一个官兵。我问了问场上的人，说是官兵才走到大田坎，这边就把明火枪啦，抬炮啦，不管打得着打不着，就一齐掀了出去。官兵那边也还了几阵枪，都是九子快枪，说是若不得亏房子墙壁挡一手，不晓得要打死好多人。就这样，也打伤了几个人，听说官兵扑到场口上，还逮了几个拿刀叉的团丁。……不过，我那时毫不撤火，拨开栅门就朝大田坎跑。仍旧没见一个官兵，空落落的一片大田坝，只有一条石板路。牛王庙的街栅已经关闭。我只好对紧牛王庙那头放了几抬炮，又放了几响明火枪。好久，那头都没动静，想来官兵已经退过紫东楼。这时节，牛市口场上只剩下我的弟兄不到一百人，中和场的团丁早已跟着别地方的团丁跑走了！"他叹了一声："唉！这样的乌合之众，咋能真正用来打仗呢？"他又掉向曾少卿说道："你说红牌楼打得比牛市口还糟，不见得吧？"

曾少卿摸着红通通的油汗脸道："唔！照你这样讲来，两边好像差不多啦。但是红牌楼这面的损失，到底要重些，他们昨天告诉我，光是着巡防兵打死的便有二十多人，伤的三十几，逮去的是十三个。你感叹我们的团防是乌合之众，打不得仗，我也是这样想法。所以我一听见孙大爷和几位郫县、灌县的大爷们都约定今天在这里聚会，等不得我们县中的吴庆熙大爷，我便先赶了来，把我们的经历跟他们谈一谈。一则，你们的弟兄伙都是练过武的，动过真刀真枪来的，有胆量，有气力；二则，你们大爷们又都见过阵仗，懂得兵法调度；这回上省同赵制台对敌，援救蒲、罗几位先生，依我的愚见，只有依靠你们各位大爷的了。"他跟着又向郫县几个绅士，尤其面对着团防总局团总贺明钦说道："各位看我这样说法，对么不对？"他又扯过来对顾天成、秦载赓说："你们二位的见解恐怕同我差不多吧？……嗯！一定差不多的！不然的话，为啥也在这个时候奔到这里来呢？"

孙泽沛抬起头把大家看了看，正待说什么，蒋淳风恰好跟着邝管事跨门而入。

张尊将他向众人介绍后，单独对孙泽沛说道："孙哥，刚才曾会长那番话，你哥子有何高见？"

孙泽沛把一双暴鼓鼓的金鱼眼睛转了几转道："高见低见，刻下还不忙说。莫问曾哥，红牌楼那一仗，你在不在场？"

"哪有不在场的！因为双流县同志会会长向迪璋专人飞函来要我去，温江各场团防几乎全都开去了，我咋个不去呢？不去，岂不叫大家见笑？"

"那么，红牌楼的情形请你讲一讲。"

"对！我讲。……"

七月十六日夜里，双流县半个县的团防，和邻近双流几县如温江、新津、华阳、郫县、崇庆州的部分场镇上的团防，差不多有两三千人，都拿着刀、叉、梭镖、明火枪、抬炮等武器，从四面八方、大路小路，集中到双流县城和簇桥。双流县知县得到消息，自知没法抑止，只好写上告急禀帖，漏夜专差上省禀告给藩台和制台。四十里距离，不到三小时，尹良和赵尔丰已经晓得双流境内聚集不逞之徒数万人，将有扑向省垣之势。

到十七日清晨，天才蒙蒙亮，夜来下的小雨还正霏霏微微没有全停，在双流县城内外过夜的团防，已经成群结队，随着带队的首人，——不管是乡约、保正，不管是团总、团正以及队长，一般都叫作首人。——向前移到簇桥；在簇桥过夜的，就向前移到红牌楼。其中一队簇桥本场的团防，更前进了七里，作为全队的先行，一直撑到武侯祠。

这一小队的队长是双流擦耳崖的袍哥曾黑骡子。这人在簇桥做了几年蚕丝生意，不但在簇桥落了户，并且暗暗地在簇桥立了码头。因他为人豪爽，又有气力，给人帮忙，除了口还有手，人缘很好，当簇桥开办团防，他便被推为队长。

一到武侯祠，黑骡子把手下二百多人分成两部：一部扎在大路上，一部扎在武侯祠的山门内外。另外派了两个人，什么家伙都没带，装成普通人样子，背包打伞，到前头街上去做探子。

武侯祠的山门虽然照常开着，可是道士都躲在庙子里头，没一个人影。庙子外面几家卖茶、卖酒、卖糕饼的茅棚，也都静静悄悄没人开门做生意。

黑骡子穿了件墨青布棉紧身，腰上系了条茶色湖绉带，挨近屁股处，撇了柄风快的牛耳尖刀。这是他十多年来，从未离过身的武器。以前在擦耳崖撒豪充霸的时候，这刀曾见过几次人血来的。脚上一双麻耳草鞋，从脚胫到小腿是一条好几尺长的蓝布裹缠，把每一只腿缠得圆圆地像一段柱头。这是黑骡子的特色。据他自己说，裹缠越打得厚、越打得紧，他跑起路来才越有劲。

这时，他抄着两只手，一个人在大路中间荡来荡去。路上泥巴虽然不像昨天泞滑，但也很湿润，还十分贴脚。

团丁们蹲着、站着在大路两边。有几个人喊着黑骡子问道："队长，今天的早饭，有方向没有？"

"妈哟！昨天夜里每人还塞了三个黑面锅块，难道就饿了不成？"

"这阵子还熬得住，再半天呢？"

黑骡子举眼把天色一看，一片灰白色的云层阴黯黯的。再向来路上望去，除了黄熟得可以开镰的稻田外，只有一丛丛青苍浓郁的林盘。他道："哪里还会等上半天！我估计，再两竿叶子烟，大队一定开到。大队一到，我们就杀进城去了。"

"进城去吃晌午饭，倒差不多。"

另一个人笑着说道："进城去，队长请我们到饭馆子里，每人消缴他三个帽儿头，外搭咸菜二碟，那才安逸哩！"

黑骡子也笑道："对！我还准备两样好菜来请你，一只熊掌，一只火腿，只要你婊子养的吃得落！"

就这时候，驻扎在武侯祠山门上的团丁，有几个人一齐大声喊道："队长！凉水井街口上有队伍来了！"

黑骡子一下就跳了起来道："是粮子上的队伍吗？我们的探子呢？他妈哟，跑到卵上去了！"

用不着跑到山门台阶上去，就在大路上已望得见有几个骑马的骑兵，在弯弯曲曲的大路上，——大路两旁除了几个土坡、几处乱葬坟外，便是大粪塘子和水稻田。——一颠一顿地向这边跑来。

黑骡子一面从生牛皮鞘子里抽出他那防身利器牛耳尖刀，一面大声吼叫："快来堵住！"于是二百来人就像一垛活动墙似的一个紧挨一个，堵在大路上，一头接到武侯祠山门，一头接到社稷坛大门。

黑骡子到底是刀刀客出身，胆量包天。这时他不但面不改色，非常镇定，还思考着当前这一仗火要怎样打法才好。等到九个骑兵相距半里远近，他已把阵势摆好了，把两杆土抬炮摆在大路当中，把四支明火枪摆到一处卖茶的茅棚跟前，一面吩咐大家不要慌张，待马队冲过来，只几丈远时，一齐吆喝放枪，惊他们的马；抵拢了，才用刀斫，用梭镖、杆子去扎。

可是没有料到骑兵们还距有十丈远近，就在一个大土坡侧，把马勒住了。只有一个骑兵，把缰绳一抖，缓缓走来。并且和颜悦色地高举右手，一面摇动，一面高声喊道："同胞们！……同胞们！……我们是新军！……我们……"

黑骡子不耐烦地咆哮道："管你新军旧军，过来，老子们就杀死你！……"

他还没有落声，两杆抬炮、四支明火枪便轰隆一下，打了过去。同时，二百来人也齐声呐喊起来。

一大团抬炮的浓烟，恰恰由那骑兵身旁射过去。那马惊得猛地朝上一跳，几乎把背上的武士摔下来；武士来不及紧勒嚼铁，那马已抹头便跑，并且把停留在土坡侧的其余八骑马，也引得放开四蹄，直朝凉水井街上跑回去。

团丁们都呵呵大笑，并且乱哄哄地吵说："他娘的，原来才是不经吓的脓包哟！"

放出去当探子的两个人，忽然从乱葬坟坝跑出来，大喊大叫说："巡防兵开来了，有好几百人，都是九子硬火！"

黑骡子瞪起一对大眼睛，吼道："是真？是假？"

两个人都气吁吁地争着说道："我们亲眼看见，都在西巷子街上。"

"你们碰见马队没有？"

"咋会没碰见？我们才走出凉水井，他们就从后面跑来，我们只好从乱坟坝里钻。你们把他们打回去后，巡防兵包管要赶来的。"

团丁们都胆大起来，乱七八糟地喊叫道："不怕他巡防兵！"

黑骡子沉吟了一下，挥着手臂道："不怕！不过打巡防兵就不能像刚才打马队那样了。巡防兵的九子硬火越远越凶。我们一定要埋伏起来，不露一点形迹，等到他们走到邻近，才一涌而出。那时节，我们的梭镖、杆子就比他们的硬火强了！……弟兄们，我们眼下就赶快埋伏起来！快点！快点！"

一下，二百来人就凭黑骡子指挥着，有的埋伏在武侯祠的山门里面，有的埋伏在社稷坛围墙底下，黑骡子带了七八个胆子更大的，埋伏在几家卖茶、卖酒的茅棚后侧和几丛七八尺高的芭茅林内。刚刚埋伏停妥，就听见凉水井那面，呜嘟嘟的过山号不住声地吹响起来。

黑骡子蹲在地上，抓了把沙土把牛耳尖刀擦了一擦。同时，额角上的青筋已一条条地暴起。睐着眼睛从一张破席做的夹壁中朝路上紧觑着。

过山号停了吹，约摸一竿叶子烟工夫，在半里路外一处转弯地方，就出现了黑压压一大群人形。

黑骡子咬着牙齿向身边蹲着的胡老幺说道："果然是巡防兵！"

"咋个晓得？"胡老幺正害着火巴眼，不大看得清楚。

"都穿的青灰军装，头上青布包头……"

砰！——砰！——砰！

立刻，子弹便非常低地从头上飞过。那种怪刺耳的尖利响声，很像吹得快要破了的哨子似的。

埋伏的团丁全惊惶了。第二次枪声过后，差不多一半的人都从各个埋伏的地方跳出。

胡老幺、张金山一齐喊道："队长，他们都跑出来了！"

"婊子养的东西！还隔半打半里远，就慌了！"黑骡子很着急，以为团丁们要跑去同巡防兵接仗。

他回头一看，登时就怒吼起来："婊子养的……逃啦！"提起牛耳尖刀，从后面就追，一面骂着："婊子养的……给老子站住！……给老子站住！"

逃的跑得越快。还没有逃跑的人看见队长跑了，也都跟在后面飞跑。

事后，任凭黑骡子如何解释，并引出胡老幺、张金山来做证，证明他之跑转红牌楼，实是由于想追回逃丁去抵挡头阵的。但大家议论起来，却总说黑骡子虚有刀刀客之名，原来才是没有见过阵仗的草包。甚至连轰走骑兵一件功劳，也几乎予以否认了。

不过大家也还感激他跑转得快，第一，他未曾丢一个人，没累簇桥团防局出一文钱的烧埋费；第二，使正在红牌楼吃早饭的队伍得以早一刻做了准备，等到巡防兵开来，接仗以后少损失一些人。

曾少卿接着深为感叹地说道："那时，真就乱极了，有些队伍有得力的人统带着，还好，巡防兵打到场口，到底还抵挡了一下，虽伤了几人，总算把人弄走了。文家场的团防就这样。可是很多地方的团防便不是这样了，一上了阵，兵不顾将，将不顾兵，巡防兵还隔得老远，他们便像掐了头的苍蝇一样，乱窜起来；一个人带伤，一百人跑个精光。枉自聚集了那么多人，实在连一百人都抵不上用。如今，我可以当着各位大爷、各位仁兄说句漏底漏面的话，不管是哪种队伍，团防也罢，不是团防也罢，如其不在平日好好地操练一番，不管你人数再多，总归硬碰不得的。……"

顾天成插嘴说道："还有使用的家伙哩。我们团防顶吃亏的，就是没有硬火。人家军队里用的不是九子快，便是五子快，隔他妈的一帽子远，噼里啪啦就给你递拢了，你没有硬火抵住，咋不叫你心虚呢？"

张熙气哼哼地睖了他一眼道："光靠硬火跟人家拼，那还叫啥子本事哟！"

张尊也点头说道："是啦！九子快、五子快这些硬火，倒不完全靠得住。书本上就说过，冯子材当年在安南把法国人打败的时候，他的兵用的是藤牌短刀，并不是啥子毛瑟枪。前几年，日本同俄国在我们东三省对敌，日本人取胜，也全靠他们的柔术和击剑。总之，我赞成曾会长那句话，队伍得用不得用，不在人多人少，只看平日训练如何。如其平日训练得好，不特能够以少胜众，甚至还能够用刀剑抵挡枪炮。如其平日训练不好，或者没有经过训练的，用起来当然要像红牌楼、牛市口的团防那样了。"

张捷先微微笑道："古人说的不教而战，就是这个道理。"

秦载赓又把胸脯一挺，意气昂昂地站了起来道："列位，我觉得你们都把话说得太远了！我只请教一句，你们今天聚会在这里，到底为了啥？"他又睁起眼睛把众人扫了一遍，"总不是只为了听我们摆谈那些使人丧气的事情吧？说到操练，当然要紧，但也不是今天聚会的目的和宗旨。依我区区愚见想来，大家所要研究的，恐怕还是在怎样把你们上万的大队伍开到省城，胁迫赵尔丰放人，第二步再说保路保川，救家救国的啰！……"

蒋淳风紧接着就是一阵巴掌。虽只他一个人在拍，倒也使得大家精神一振。他同时还兴奋地提起嗓音喝道："好极啦！我们现在除了即时即刻开到省城同赵尔丰拼个死活外，再没有第二个目的了，我十二分赞成曾会长的意思！"

蒋淳风只觉得曾少卿的话很合他的心眼，他并不知道曾少卿也是加入过同盟会的。

孙泽沛眯着眼睛笑说道："开上省去打赵尔丰，不消说是公意了。目前我要请大家研究一下，啥子时候开去，对我们才算合适一些？"

张捷先和张尊两人很有深意地互相看了一眼。张捷先把叶子烟杆向地上一敲，正待说什么，忽然一个绅士模样的人慌慌张张闯将进来，直着脖子喊道："反了！反了！……"

八仙方桌四周的人都大吃一惊。

巫发祥、骆安泰、贺明钦几个人连忙离开坐位，围着那人说道："兰陔兄，啥子事？"

方兰陔还是那样上气不接下气地喊叫着说："严重得很！如其你们不立时立刻发救兵去的话，李大老爷全家人的性命都会保不住的！"

"李大老爷？可就是李远榮？啥子事会闹到这么严重？"

"李大老爷亲自翻墙跳到我舍下告急，说是有人攻打他的衙门，声称要打抢他家财，杀害他全家大小。他没计奈何，才磕头作揖求我赶到这里来找孙统领做主。……哪位是孙统领？你们赶快给我介绍一下。"

每个同志军统领当下都感到一种不安的心情，谁也不敢打包本说他手下的弟兄伙进到县城，全是循规蹈矩的人。但是大家也非常诧异，即使有些弟兄行为不好，普通也只是打堂倌、骂水烟，在买卖上捡点小便宜罢了，不会有那么大的胆量，公然去找父母官生事的。

大家不敢说出心上的疙瘩，只是面面相觑，互相询问："是哪个人的队伍，敢这样无法无天？"

孙泽沛更是气得脸色橘青，捶着桌子吵道："不成世道了！不成世道了！"

巫发祥胆怯怯地说道："好不好就派一伙弟兄去……"

张捷先道："总得打听一下，到底是哪一位哥子的队伍？"

方兰陔看见孙统领发了话，才定下了心，仍然站在当地说道："我已问清楚了，说是啥子学生军。"

张尊、张捷先都一下掉过头来，把蒋淳风看着道："是学生军！"

蒋淳风起初也吃了一惊，继后想了想，便站起来昂着头说道："我们学生不会做出这些事情的！"

张捷先也点头说道："或者不是学生军。"

贺明钦问方兰陔："是哪个人说的？"

"街上人都这么说，说学生军要找李大老爷要茶吃，要饭吃。不晓得怎么一下，就起了冲突。李大老爷不许学生军进衙门，学生军偏要进衙门……"

大家登时就哗然大笑起来。"噢！闹了这一阵，原来才是为了这个！"

蒋淳风非常恼怒地走去，一把抓住方兰陔的发辫道："好狗日的，红口白牙地诬枉人！……"

贺明钦、骆安泰赶来劝解。张尊也用力把蒋淳风拉开。但是吵闹的局面还一时平静不了。方兰陔高一声、低一声争辩说，要抢人、要杀人的话，是李远荣说的，并非他的捏造。蒋淳风哩，却红脖子赤面孔地要他赔偿名誉，说名誉是人的第二生命。

其余的人都在责备方兰陔不对，不应该把一点不要紧的小事，就张扬到硬像有人造反似的。

乃至把方兰陔轰走，孙泽沛才又招呼众人重新坐下，说道："那个姓方的固然不对，可是学生伙也太胡搞堂了，要吃茶，要吃饭，为啥偏要去找父母官呢？"他并不征求众人意见，遂叫他的外堂管事先带几个人赶去，把学生吆走。

蒋淳风立刻反对道："你这样对待学生吗？"

孙泽沛把脸色一沉道："不这样，要怎样呢？莫非当真要父母官欢迎他们进衙门去吗？"

秦载赓好像有点袒护蒋淳风似的，鼓着眼睛说道："也该有个安顿的地方才对！"

巫发祥赶快说道："城内实在没有地方了，连大街上的铺子都住了人。"

张捷先、张尊都说学生军有几百人，没有一个地方安顿下来吃茶吃饭，这如何行呢？

贺明钦道："那只好到八里桥去了。"

张熙道："我的弟兄伙就在八里桥。"

"挤得下的，那里有好几个大院子。"

蒋淳风问道："八里桥可是在朝上省路上的那一头？"乃至听说果是在那一头，他遂同意了，"吃了饭就开拔，倒也便当。"

"开拔？朝哪里开拔？"孙泽沛又把水烟袋抓到手上，"莫非朝省上开拔？"

"难道今天就不走了？"蒋淳风满脸狐疑的神情。

孙泽沛把几个带队伍的人看了看道："大家的意思怎样？是即刻开上成都省去，同赵尔丰硬碰的好呢？还是等两天，等吴庆熙吴哥、侯国治侯哥以及新津侯保斋侯大爷来齐了，大家从长商量之后，再定办法的好？"

这一问题提出，会场上立即形成了三派。

蒋淳风是主张即刻向省城开去的一派。他的理由很简单，那就是趁着现在人人愤恨赵尔丰，人人都要和赵尔丰拼命的时候，冲进省城去，省城百姓一定会群起响应。这样一来，蒲先生、罗先生这班志士们保全了，万恶屠户赵尔丰要是不赶快逃跑，就逮来斫下脑袋以平民愤。他面红筋涨地说得那样容易，说得那样有把握，以致张熙、刘荫西都毫不迟疑，满心赞成他的意见说："对呀！就像蒸饭一样，若果不趁上气时候加一把火，便会成为夹生饭的。"

孙泽沛咳嗽两声，泛起眼睛把蒋淳风瞟了一眼道："好倒好，可惜成都省城并非赵尔丰一个人坐在里头。"他回头问张捷先、张尊道："你二位哥子的意思呢？"

张捷先、张尊显然同孙泽沛是一派的。两个人彼此对看了一下，才由张尊慢慢回答道："孙哥的话很不错。如其成都省城没有官兵，恐怕十七那天，秦会长、曾团总、顾团总我们，已经带着团丁打进制台衙门，早把赵尔丰生擒活捉了。既然十七那天他们都吃了碰，可见要打进成都省城，就不那么容易啰……"

张捷先插上来道："十七那天，东南两路的团防，合算起来不下两万人……说少，也有一万三四千人，还碰得头破血流。我们现在才这么一点人……"

秦载赓打断他的话道："我们起先已研究过了，兵在精不在多……"

"是啰！"张捷先不让他说下去，"我也说过不教而战的话。但是你们不知道，我们从各码头纠合起来的弟兄伙，还不是同你们的团丁差不多。……固然，我们的弟兄伙要剽悍些，要胆大些，其中有一些人还要过刀，杀过人。不过平日几十百把人的阵仗，还来得，如其摆起阵势同官兵硬碰硬，就不行啦！一句话说完，袍哥弟兄并未像军队那样训练过，算不得精。如今叫他们去硬碰，还是我说过的那句话：不教而战，岂不和你们团丁一样，一碰就垮吗？"

蒋淳风看见大家神色不对，便气愤愤地提高声音说道："张哥，你咋个这样胆小、观望起来了？"

孙泽沛察言观色，知道张捷先已把大家的心打动，不但干系不深的几个郫县绅士和曾少卿、顾天成——这些人也即是不做主张，顺风摇摆的第三派——都点头磕脑表示赞同，就是原先好像站在蒋淳风一边的秦载赓，也皱紧眉毛垂下了头；甚至连刚才说过话的刘荫西、张熙两人，也有点惶惑不定的样子。他便赶快加了一把劲道："并非张哥胆小，也莫怪他哥子观望。打仗事情，不比别的，若不首先把对手和自己两方弄清楚，便糊里糊涂找人厮杀，这就是十七那天团防吃大亏的根由。张哥也是读书人，又多吃了几十年的饭，这些利害，他哥子比我们看得明白。我是很拱服他的。"他的烟瘾已经上来，一连两个呵欠，鼻涕口水也收纳不住。他便起身往床上一躺道："我们商量的时候也久了，大家讲了不少的话，都累了。我哩，我是决计要等到吴哥他们来了再定。若是有人不赞成，各行其是也好。我不阻拦，我也不跟着去跳崖坠坎。……"

张尊站起来向蒋淳风道："我已叫邝管事去通知那班学生，叫他们开到八里桥吃饭。此刻，你到我的下处去，我再和你研究研究。"

蒋淳风摇摇头，声音不大，可是口气很坚决，说道："没啥子研究的，我走啦！"

八

学生军的前队已经走过距离郫县几里的一处仅有几间瓦房和草房的腰店子，约摸一箭之远，听见后面人声喧哗。

汪子宜叫大家立定。回头望去，后面的人全没跟来。有许多人还向他们招手，叫他们转去。

"怎么？莫非这个腰店子就是八里桥吗？"

楚用点头道："或者是的。"

银光明扭着细长脖子再一瞭望道："一定是。你们看，站在高处演说的，不就是蒋哥吗？"

果然，当第一小队疾速转回到腰店子前，蒋淳风已经站在一条借来的板凳上，左手撑在腰里，右手比画着，正向围绕在四周的听众讲开了。

"……衙门口的事情，比芝麻还小，已经过去，就值不得再理落。现在我要告诉大家的，是……"

他简单扼要地把城隍庙会商情形大略讲了讲。十七那天团防和军队打仗情形，他没有听完全，也恐讲了出来，影响大家锐气，因此，他就把这一节隐瞒了。只是说，有些人顾虑重重，迟回观望，"他们胆怯得很！他们生怕开到西门去会碰上赵尔丰的军队。他们就不晓得赵尔丰的军队并不多。第十七镇陆军，不但不受赵尔丰的提调，并且队伍里头就有很多人加入过同志会，还有很多人是革命党。这些人，只要与我们一碰上，立刻就会掉头，立刻就会和我们一起共同反对赵尔丰的……"

听众已经在潮动了。

楚用轻轻凑着汪子宜的耳畔说道："他对于新军，似乎很熟悉的样子。"

汪子宜眯着没戴眼镜的近视眼，点了点头说："何消说哩！"

"因此，我们就该快点开去打赵尔丰一个措手不及，不管前途多么危险，不管我们人数多么少，我们还是无所畏惧！从前岳飞只用五百名拐子马就打败了金兀术十万大兵，我们现在正好也是五百人，难道我们就怕了他赵尔丰！……"

四周围一下就像怒涛似的齐声呐喊起来："不怕！不怕！"

"那么，现在天气还早，我们鼓个劲，赶它四十里……一口气跑到成都去会合十七镇的革命同胞去。"蒋淳风最后把声带提高到快要嘶哑的程度，"好不好？"

"好呀！……好呀！"几百张口一齐咆哮，真有点山崩地裂之势。

汪子宜不等蒋淳风跳下板凳，便把梭镖举起来在空中摇了摇，——他本要挥出一个花头，却没有那么大的气力。——一面大声吆喝道："第一中队、第一分队、第一小队的弟兄，随定我来！我们还是头队，开步——走！"

"莫忙走！莫忙走！先生们，饭抬来啦，吃了饭走！"八里桥的乡约连忙四面张罗。他又重言声明说："城里打来的字样，原说你们在这里过夜，我们腾了三个大院子，比那些同志军驻扎的院子还大。却不晓得你们才是过路的，只好赶忙把饭菜给你们送来。"

果然，庄稼佬抬来了好多只盛满白米饭的箩筐，以及放着小菜、饭碗、筷子的弶箦。还担来了装着米汤的水桶。

老头子、老大娘、中年大娘、大嫂们，还有十一二岁的娃娃们，都跟了来盛饭散筷子；殷殷勤勤招呼大家在大路中间铺着的晒簟上坐下吃。晒簟只有三张，不够用，许多人便散开蹲踞在大路上、田埂上、水沟边上。

无论男女老少都像待客似的，满脸带笑劝大家吃饱。“你们这些读洋学堂的先生伙，也替我们去吆赵屠户，我们哪个不感激你们！狗日的赵屠户，自从他两兄弟做了制台以来，把我们四川百姓也算整够了！如今又搭上一个啥子盛宣怀同端方，要把我们四川卖给洋鬼子去修铁路，你们看，这天杀的赵屠户多寡毒呀！不把他狗日的吆回老家，我们四川人哪个过日子哟！听说到处都兴起了同志军，阿弥陀佛，这下就好啰！你们这些先生伙，敢是当先行，打前站的？”回头看见那些年纪很轻的小学生，又不禁大惊小怪起来，“咳喂呀！这点年纪就跑出来打仗火！你家大人晓得不？你家娘老子放心吗？”

亲热得真像一家人。几个大嫂要给小学生梳发辫，小学生们不肯，都红着脸跑开了，很不好意思。

汪子宜端着碗喝米汤，旋喝旋向蒋淳风说道：“《孟子》说的‘箪食壶浆，以迎王师’怕就是这样的吧？”

蒋淳风点头叹道：“有这样的民心，还怕把赵尔丰撵不动吗？”

楚用走到蒋淳风身边悄悄问道：“你主张今天就开去成都，莫非成都那面有了啥子变化吗？”

蒋淳风笑了笑道：“变化倒没有，只是听说，陆军六十八标要开到西门一带。我想早一点去和他们接起头来，我们学生军就有实在力量了。”

楚用还想问什么，汪子宜又已扬动梭镖，大声武气地吆喝起来：“吃了饭，就整队走呀！快点！快点！现在而今已经正午过啦！”

五百人又各自拿起家伙，结成队伍，在一群庄稼佬、老头子、老太婆、中年大娘、大嫂和娃娃们的欢呼相送声中，循着逶迤在稻海中间的泥路向东出发。

不冷不热的天气，连日阴天，夜里时不时地总有一阵小雨。所以就在正午之后不多久，泥路上仍然相当滋润，几百双脚步蹴踏着，也看不见有尘土扬起。

队伍就这样清清爽爽，洒洒脱脱走了十五六里，老远看见竹木森森之处，有很大一片房屋，绝大多数都是瓦顶。

走在前面的人都不由欢然喊道：“啊！犀浦！”

陈树森秀声秀气地说道："快啰！再二十多里就抵拢成都西门啦！"

全队人也欢腾起来，都在叨念这名字："哈！犀浦！……哈！犀浦！"

这是成都县与郫县交界处的一个大场。大家的脚步更其轻捷了，看看不到半里便要进入场口，说不定又有成群结队的百姓跑来欢迎。这里是出鲢鱼、鲤鱼的地方，场上饭馆都会做鱼，大家肚子是饱的，饭不能吃了，喝碗酽茶倒可以。

果然，活像变戏法一样，场口间一下便涌出一群人来。

大家都呆住了。闪出场口来的，并非想象中的百姓，却是兵！

是兵！……是兵！每个兵的头上都打着青布大包头。每个兵都是一张黑黝黝、黄焦焦的脸，仿佛都是一个型的阔脸巴、高颧骨、低额脑、塌鼻梁、方牙腮、吊嘴角的模样。而且每个兵的眼睛也都那么眯缝着，使人看不出由眼珠所表达的神情。每个兵的手上还端着一支洋枪，——不消说，那是杀人利器九子快枪！

兵静静悄悄地连口令都听不见，一出场口，立即向左右两翼展开。黄熟了，还未收割的稻秆，打齐他们的腰。这下，也才看清了，他们大约有两哨人。每翼一个拿着东洋指挥刀的，一定是哨官、哨长之流。

蒋淳风脸色铁青，牙巴骨咬得咕咕地响，掉头问汪子宜道："你看，是陆军吗？是巡防？"

楚用抢着嘴说道："打包头的，是巡防兵。"

"坏事！"

第一中队长梁宝针一张脸惨白得没一丝血华，眼睛朝四下溜着说："咋个搞呢？我们回头走吧！"

"来不及了！"蒋淳风慌慌张张地把青锋宝剑拔出来。他忘记了去调动明火枪、牛儿炮，却嘶声喊道，"拼了吧！弟兄们。队形散开！……下腰！……冲！"

其实不等他发口令，全队已经散得很开。顶年轻的小学生都把梭镖挺向跟前，借半人高的稻秆略微遮掩，开着小跑地朝前在冲。没一个人迟疑，也没一个人出声，只管大家都变脸变色，可是没一个人想到害怕。

楚用这时什么思想都没有了，他的脑子仿佛硬化成了石头。他本能地把全身力量都聚集在两眼上，要在对面选择一个结实的胸膛、肚子，以便他的梭镖不偏不倚地戳进去。同时，把全身力量聚集在两手上，——不！是聚集在十根粗指头上，他几乎把那条酒杯粗的青桐木柄捏出了水。同时，还把全身力量聚集在两腿上。——也不！是聚集在两只又长又阔的脚板上，他每一脚伸出去，都踏得稳稳当当，由于腿长，还跑得十分快，在稻丛中，在还很稀稠的泥田里，不过二三十步，他已经冲在壮得像小牯牛似的银光明的前头，几乎是全队的最前头。

他弓着腰，目不旁瞬地越朝前奔跑，对面那片应该被他梭镖戳进去的、蒙在青灰厚布底下的胸膛，从纷披着的稻秆稻穗隙间看去，越发清晰，也比刚才看见的大了些。可恶的是具有胸膛的这家伙，牢牢站在田里，好像生了根。他为啥不像自己那样向前跑动？他非常希望这家伙能够跑动。那么，他与他也好快一点——哪怕只是快那么一点儿接近、挨拢。他本能地觉得若果他与他挨拢之后，便一定得胜，只需一梭镖，——崇庆州铁匠打的钢火最好的梭镖一戳去，准会从前胸透到后背，他是有那么大的气力的。快了！快了！大约只有几十步远了，蒙在那片横阔胸膛上的布纹都数得出了。他的心突突地连连往胸口上跳，气也喘得更紧。他偶然把鼓得发疼的眼睛稍微向上移了移，嗨！坏事！——就是刚才蒋淳风所喊出的那一声："坏事！"一个乌黑的指头大的圆孔，正正对着自己的脑壳。圆孔后面露出半边脸，半只眼睛，又冷酷、又凶恶地把自己死死盯着，他从来没有看见过这样的眼睛。他吓了一跳，脚下一软，本能地向旁边躲了躲！就这时，身前身后忽地响起了一阵震耳的炸雷——轰隆！砰砰！左膀似乎有个东西撞了下，左膀登时就麻木了。砰砰！又是一阵震耳雷声。他已经看不见面前那片横阔胸膛，他跑拢了。——凭着全身力量，咬紧牙巴，闭住喘息的口，一梭镖戳去！……

这一场文武交锋——学生与大兵性命相搏的恶战，便是这样开的头，差不多也是这样收的尾。楚用后来回忆起来，真正接仗时间，大约不过几分钟，这几分钟，却是人生经历上感到无匹其长的一段时间。

可恶的巡防兵，他们在打箭炉以外同藏人作战久了，他们的经验是，如其杀伤不要太重，仅只把敌人吓走，那就取远距离射击，即是说在一里半里之外，便放枪。子弹只管嘘嘘乱飞，可是碰到人身上的机会并不太多，甚至打上一两个钟头，只有几个人被打死打伤。如其安心多多杀伤敌人，那就取近距离射击，即是说像今天犀浦这场战争，不等到对手扑到跟前几十步远近，瞄得很准，期必一枪打出必得一枪的效果，他们断不开枪的。今天的射击，说起来尚不符合他们的要求，要不是廖克义等人的牛儿炮先打了出去，公然把一个巡防兵打得丢了九子快枪在地上乱滚——放高了一点，一群散子从人头顶飞过，仅有几颗铁砂触到那兵的脸上——他们还要坚持几秒钟哩。

还有出乎他们意料之外的事。他们做梦也没有想到今天和他们接仗的，并不是团防、同志会，却是一群毫无经验的学生。这伙人被热情激动起来，根本就不怕流血牺牲。他们看见巡防兵持枪不发，还认为那是打不响的枪。同时，也藐视巡防兵的人数不多，几个拼一个，也不会输。所以到巡防兵第一次枪响后，看见前后左右有一些人把手一扬就摔了下去，不再起来。虽然意识到那是打死了，但也丝毫没有想到害怕。还是照前弓着腰，呼着气，像赛跑一样，朝可以被杀死的前面冲去。并且在枪声响了之后，大家还不约而同地吼叫起来："杀！……冲！……"

巡防兵也惊慌起来。第三次枪已不能瞄准。等不到再扳机柄，等不到上刺刀，这伙面无人色、瞪着眼、咬着牙、凶猛得和带伤了的虎豹差不多的学生已经扑拢。

顷刻间，学生和兵就搅作一团——不是一团，而是若干堆。

楚用的梭镖本朝着一个横阔胸膛戳去的。但由于气喘吁吁，由于左手麻木得掌不住梭镖，那七寸来长、锋利无匹的尖刃，猛然垂下，却戳进那家伙的大腿。还没把梭镖拔出，不知怎么一下，会本能地向旁边一闪。一柄沉重枪柄恰从肩头边落下。他丢开梭镖，用右手一捞，抓住枪托，使劲往怀里拖。只有右手得力，不能一下把它拖过来。

这时，他也抬头把那家伙一看，是一个三十年纪的汉子，一双血红眼睛，虽然凶神恶煞样子，却又带着恐怖神气。脸上肌肉不住掣动，鼻子上、脸颊上、鬓角边，挂着一粒粒豆大汗珠，想来大腿上那一伤并不轻。

"跟老子放开手，你这娃娃！"

这怎么能放？他知道一放手，就没命。但只凭一只右手，无论如何是拖不赢那家伙的两条粗壮有力的两手的。

楚用喘着气，咬紧牙关吼道："狗日的，你放手……"

陈树森满脸是血，从旁边稻丛中跟跟跄跄跑过来，空着双手要帮楚用拖。

"快拿梭镖戳他狗日的！"

陈树森刚从地上把梭镖抓到手，那家伙已把枪托从楚用右手上扭脱。

"赶快戳他狗日的！"

可那家伙已经一瘸一瘸地朝旁边跑了。

陈树森挺起梭镖要追，楚用猛然觉得情形有些不对，连忙拖住他道："莫追！有变化！……"

原来闹哄哄的一片战场一下就静了下来。巡防兵提着枪正向场口退走，学生军只有很少几个人在追——后来许久才打听到，跟着巡防兵追进场口的十八个学生，都着巡防兵逮去，从此下落不明。其中有一个，就是满口新名词、自称在红布街法政学堂住过一学期的纪道隆——大伙学生都向后转了。

学生军一退下来，简直收不住队，田坝里、大路上到处都有人在走，也有跑的。梁宝针、汪子宜两人很吃力地把全身是血、也全身是泥的蒋淳风，从稻田里抬到大路上。一群学生围了上来，纷纷问道："受了伤吗？"

汪子宜痴呆呆地站着，只顾摇头；睁得大大的近视眼中，汪满了眼泪。

梁宝针哭丧着脸道："死啦！"

很多声音都询问："大队长打死了，我们咋个搞呢？"

"而今，只好把人队长尸首抬回郫县去，再做商量了。"

"打死了好几个人，那些尸首呢？"

"以后再来收殓吧！"梁宝针要镇静些，他又是第一中队长，在这个时候，除了他拿主意，别的人是没有资格的。他遂指定几个人把蒋淳风尸首抬起，先走一步。接着便催促聚集在大路上和几块干稻田中的一些又疲乏、又颓丧的学生赶快走，"若是巡防兵追了下来，我们还要吃大亏哩！"

"我们这些受了伤的呢？"

"跟得上来，就跟；跟不上来，各人自找门路，我们没有红十字队。"

但是那些受了重伤的，已经由同队熟人背的背，抬的抬，随着蒋淳风尸首走了不少。

汪子宜模模糊糊看见溪沟边几株桤木底下有两个人在那里做什么，其中一个很像是楚用。他连忙走过去，眯起双眼一看，"噢！果然是老楚，你蹲在那里做啥？"

楚用和陈树森回头走了几步，才感到左膀火烧火辣，痛得出奇。低头一看，血已把夹袄袖子浸透。他遂呻唤了一声："哎哟，原来受了伤了。"

陈树森把额角摸着道："我还不是？……一颗子弹打在这里！准定把脑壳打破了。"

"脑壳打破了，你还能活？我这手膀才叫老火，痛得要命，多半把骨头打断了。"

两个人遂相搀相扶，在踩得不成名堂的稻田烂泥里，偏偏倒倒走了好一会儿，才随着脚迹，走到一道流水潺潺的溪沟边。楚用摸着草皮坐下来道："痛得有点撑不住啦！"

陈树森帮他把拴在肩头上的小包袱卸下，解开夹袄和内面的汗褂，好容易把左袖褪了下来，只见左膀垂肉，连皮带肉被子弹扯去一大块，血还在涌。是不是伤到骨头，却看不出，用手指轻轻把骨头捏了一下，楚用登时就叫喊起来，并且满头满脸都痛出了大汗。

"准定把骨头打破了。"陈树森好像一个外科医生似的，皱起两道又短又淡的眉毛道，"找点啥子东西包一包，把血先止住了才好。"

楚用呻吟着道："包袱皮上不是有张洗脸帕？"

"不行，"陈树森忽然指着包袱皮道，"把这撕开，我们两个人都够用啦。"

一张白布包袱皮撕了好多条，除了一条扭成绳子，把包袱里的东西拴成一个小卷外，所有的布条，几乎全叫陈树森给楚用缠在左膀上。而且在缠布之前，陈树森还凭了他幺舅爷治刀伤的经验，把大路上的千脚泥抓了几把，不管楚用怎样呻吟撑拒，还是给他把伤处敷了一个遍。

这时，汪子宜跑了过来。

陈树森正在包他自己的脑壳——不过一点擦伤，只管流了些血，痛得并不像楚用那么厉害——遂站了起来说道："楚用同我都带了重伤了。"

"都带了重伤？"汪子宜一直走到沟边，蹲了下来。

"不是吗？楚用的左膀打断了，我的额头打破了。"

汪子宜满脸焦愁地说道："现在，蒋淳风也打死了，我们学生军能不能维持下去，丝毫没把柄。带伤的不少，又没有红十字队，又没有军医，到郫县后，咋个搞嘛，梁宝针也说不出。"

楚用呻吟着道："这下，该让我回成都去了？"

"当然！当然！应该回成都去找外科医生。不过，现在犀浦着巡防兵占着，想来，一直到西门都不通了。这路……"

陈树森道:"我要回新都木兰寺养伤。我把他带到崇义桥,再雇轿子送他进北门,就把西路避开了。"

"到崇义桥的路,你熟悉吗?"

"走过来的,咋个不熟悉?不过,目前不能从犀浦走,只好打着方向,由小路抄去吧。"

汪子宜从裹肚兜里摸了一块龙洋递给楚用道:"要走,就快点走。现在,天气不早,你两个又带伤……"

从田埂,从沟边,绕来绕去约摸走有两里上下,方抄到去崇义桥的那条土路。

刚刚走到一家腰店子上,楚用已经不能走了。现在不仅感到左膀疼痛,甚至感到头脑都昏痛起来。而且胃上阵阵发呕,很想吐。陈树森没有办法,只好说些空话来安慰他。

腰店子有三家人户,都关上门,没个人影。陈树森扶他坐在一家阶沿边。

楚用歪扭着脖子道:"找碗热水喝喝也好,口干得很!"

"哪里找热水?我的口还不是干得出火?"

就这时,一小群人从他们走过的路上快步走来。只看那雄赳赳的模样,便晓得不是平常的行路人。这群人走过他们跟前,都掉头看了他们几眼。走在顶前头的一个打着青绉纱包头,敞胸亮怀披着一件褐色摹本缎夹袄的汉子,忽然收住脚步,啊了一声道:"好像是楚先生?……"

楚用凝神一看,也啊了一声:"你是顾……"

"认对了,顾天成。……你怎么这个样子?这一位是……"

"我们学生军同队的朋友,陈树森。"

"哦!你原来加入了学生军,那就不用再说。受伤了吗?……嗨!那还了得!这么重的伤。唉!你们学生军这一仗火,打倒打得好,吃亏也不小。刻下不谈这些。你们二位打算到哪里去?"

"他回新都木兰寺老家,我回成都去就医。"

"回成都?你倒休想!"

"咋个的?"

"八个的,脯子面!告诉你,成都四城门从十六日起就关闭了,只有雁飞得过,人却不能进出!"

　　楚用非常失望，感到原可忍耐的痛楚，好像一下便加剧到不堪忍耐。不住打着干呕说道："这就完了，我这条命啊！"

　　陈树森道："没相干。回不了成都，就到我家去。我幺舅爷是专治跌打损伤的外科医生，包把你医好。"

　　顾天成忽然醒悟，把胸膛一拍，道："好说！与其打搅陈先生，不如到我舍下去。陈先生若只是在学生军里才和你认识，那么，我们不特交情在前，说起同志会来，我们还同过大门进出，更该有福同享，有难同当啰！"

　　楚用抬起头来，很有希望地看着顾天成道："但是你府上却没有外科医生。"

　　"哈！哈！你要找洋医生，倒费事。若只是找外科医生嘛，上面斑竹园，下面崇义桥，只要我打发阿龙去喊一声，十个没有，五个总会喊来。"他回头去向着一个三十年纪、敦敦笃笃的汉子说："阿龙，你说是不是？"

　　阿龙一张又肥又大的嘴巴嘻开得像只小饭碗，露出两排黄牙齿，一面点头磕脑说："是嘛！是嘛！"

　　既这样，楚用就放下心来，由几个精壮团丁交换背起，一口气就跑到崇义桥。当他与陈树森分手时，遂把汪子宜的一块龙洋，生死塞在陈树森的衣袋里说："顾团总是便家，我要使钱，会找他借。你今天一定走不到家了，路上歇店吃饭，都要用钱……你一定要还，等仗火打平息了，你直接还给汪子宜好啦……"

第三章　又是一盘棋

一

七月十五日下午，制台衙门流血之后，巡警道徐樾就奉到督院发下的一大卷四言八句韵示。来不及刻板，是用墨笔写的碗口大的字，已经过了朱，用了胭脂关防。饬令"该道即发交四门警局张贴，以安人心"。

告示很简略，只说："朝廷旨意：只拿数人，均系首要，不问平民。首要诸人，业已就擒，即速开市，守分营生。聚众入署，格杀勿论！切切此谕，其各懔遵！"

好端端的一个四川省咨议局议长蒲殿俊，好端端的一个四川咨议局副议长、四川省保路同志会会长罗纶，怎么会忽而突之变成首要？什么首要？当然匪的首要。匪，那又是什么样的匪呢？不说明白，人民怎不惊惶？又怎能安宁？

十六日起再把四城门一关闭。接着东门外牛市口一伐火，南门外红牌楼一伐火。这一来，在周围二十二里又八分的城墙以内，岂止二十几万平民百姓发生了天来大的恐慌，就是上千的官员绅士以及更多的服侍官员绅士的人们，也日夕彷徨，不晓得还要酿出什么样的大祸事。

因此，几天之后，赵尔丰才又贴出一通详明告示来。

钦命头品顶戴、尚书衔、都察院都御史、会办盐政大臣、署理四川总督部堂、兼理粮饷、管巡抚事、武勇巴图鲁赵为晓谕事：

照得此次所拿的首要，并非为争路的事，实因他们借争路的名目，阴谋不轨的事。若论争路的事，乃是我们四川好百姓迫于一片爱国的愚忱，本督部堂是极赞成的。所以本督部堂下车的时候，即为我们四川百姓代奏，又会同将军各司道代奏，又联络官民一齐代奏。本督部堂至再至三，哪一回不是为我们四川百姓争路？争路是极正当的事，并不犯罪，何至拿办？更何至拿办有官职的绅士？

若论此次拿办的事，是因他们这几个人要想做犯上作乱的事，故意借争路的名目煽惑全省的人；煽惑既多，竟敢抗捐抗粮，明目张胆反抗朝廷；并分布各州县设办事处，胆敢收地方粮税，胁迫我们百姓，不准为我们皇上纳税，偏要为他们乱党纳税；且于省外州县解来的地丁钱粮，扣住不准上库；更要造枪造炮，练兵练勇，自作自由；种种悖逆行为，我们百姓皆于报告中共见共闻者，此尤悖逆之显见者也！他们包藏祸心，偏要借那路事，说好听的话。试问抗粮税，造枪炮，练兵勇，这于铁路什么相干？明是要背叛朝廷，又怕我们百姓不肯，故借争路为名，哄弄大众；说的是一片爱国爱川的热忱，上等社会的人自然亦为其所惑，随声附和起来；故此，愚民百姓更容易哄骗了！他们并勾结外匪，定期十六日举事，作谋反的举动。十六日四处便来围城了。若不是城关得早，城内进来这些乱人，早就乱杀抢劫起来，不知闹成什么样子了！尔等乡愚无知，受其愚弄，实堪矜悯！所以前日扑城抗拒官兵的人犯，虽是无知妄作，自犯死罪，本督部堂念其皆是朝廷赤子，受人煽惑，情实可怜！前日所拿数十人，亲讯明白，从宽释放；复与以饮食之资，则是本督部堂不忍之心所见端者也。况省中省外的百姓皆为其胁迫，实不得已。但能各安本分，照常营业，皆是善良子民，岂有株连究办之理？总之，此次所拿首要，非为争路的事，实系悖逆朝廷的事，本督部堂系奉密旨办理的。我们百姓要听明白，切勿误会，不但不株连我们的百姓，并且不妨害我们争路的事。就是误入该会的人，只要能立刻改过自新，也便不追问了。本督部堂爱民如子，疾恶如仇，从前护院的时候，并未妄杀一个人，想为尔四川百姓所共见。为此，再行明白晓谕，凡尔士农工商人等，务须善体此意，不必妄生猜疑，切切特示！

这告示，虽是费了文案师爷的心思，还经赵尔丰亲自斟酌过两遍，但它的效果，不特未如制台签押房所拟想的能够安定人心，反之，它还引起了全城百姓的愤怒。

告示贴出之后，围着看的人确实多，来一伙，去一伙，大家除了冷笑，倒不说什么。过了一夜，但凡通衢要道，有军警逡巡地方，告示还像昨天那样：白纸，黑字，胭脂关防。其他一些偏僻街道的告示，或者被人撕得七零八落，或者告示上面遭上土红桴炭什么的批得一塌糊涂。有些是："该赵屠户造谣生事，白肉生疔，着打大板四十，充军打箭炉外，永不放回！"有些是："人说赵尔丰是员大官，我说赵尔丰是名讼棍。何以知其然欤？因他深知无诬不成词之妙窍故也！"最多是一派谩骂："放屁！放狗屁！放你赵屠户娘的狗臭屁！"

二

葛寰中自从得了机器工厂差事，他差不多每天都要到东门外石牛堰下游的机器工厂——大家所称的新机器局，去走一趟。纵然没有好多公事待办，他也要在那间为他专设的提调室里，坐上点把两点钟，同员司们讲讲闲话，喝上几道河水香茶——有时遇合着总办孟道台来厂，还可喝上特别派工到望江楼去挑回来的薛涛井水哩。而后吩咐提轿子，带着小跟班何喜，又匆匆打道回城。但是七月十五以后这几天没去了。从总办大人到稽查师爷，都知道这并非葛提调大人躲懒，实是由于城门不时启闭，若非武职人员，出入到底不便。何况自从东门外打了一次仗火之后，连日谣言繁兴，把机器工厂同它紧邻的进化纸厂这一带说成是危险区域，不去，更有充分理由。

葛寰中同蒲伯英、罗梓青、邓慕鲁、颜雍耆、张表方这班绅士虽是接近；对于争路风潮，因为他的老上司周孝怀赞成的缘故，也表示过愿意帮忙；但从特别股东会开幕，眼见官绅之间已起冲突，情形一天一天不妙，摸着脑袋一想，他既无官守，又无言责，若再插身其间，难免不遭挂误。遂借口机器工厂公忙，不但远远撇开了这班人，甚至连老朋友郝达三也因而生疏了一些时候。

今天他到总办公馆去谈了要公出来，软四抬的大轿正风驰电闪般走得起劲，忽然街上一个地皮风扯起，一些今天早晨才开门的铺子——得亏新成立的筹防处委员们挨家挨户、诓哄吓诈说了两天，把一些生意人和做手艺的人说得无法躲闪，今天早晨才开了门的铺子，又叮叮咚咚把铺板关上；正在街上走路的人，也发疯似的奔跑起来。

轿夫登时把轿子放下。

葛寰中走出轿门问道："什么事？"

何喜气呼呼说道："有人说，同志会按进东门来啦！"

"胡说！哪有这回事！"

但这时从东向西的人们跑得那样凶猛，他的轿子要从西向东，必得在这股洪流中力辟一条通道。轿夫们看了看，都咕噜着不愿意去拼。

葛寰中不好过于强勉轿夫们。左右一望，恰好离郝达三家不远，遂道："好吧，到郝大老爷家去吧。"

一进客厅，他便迎着主人哈哈大笑道："达三哥，想不到红灯教扑城那年，我从半路到你府上来躲避。今天，又从半路上走来，你说怪不怪？"

"莫非今天又是红灯教扑城吗？"

"当然不是！好笑极了，说是同志会按进了东门。"

"真的吗？"

"哪里会是真的！我刚才在孟观察公馆里，还和机器工厂通过电话，据说，城外比前两天还清静些。"

"这几天你没出城吗？"

"没有。出入太不方便，不管什么人都要盘问。借此在家休息几天，也好。"

"城外当真还清静吗？不是说东南门外还在打仗吗？"

郝达三说这话，一点没错。只管牛市口、红牌楼两处的仗火就只打了那么一下，而且打输的是团防、同志会方面。但是城里人在茶铺酒馆、街头巷尾传播的，恰恰相反。他们偏偏要说牛市口打胜仗的，是团防，是同志会。巡防兵抵不住，把新军开出去，两边说好了，团防、同志会才退了两里。现在正等简州、仁寿县的人马开来。人马一齐，他们就要扑城的。说到南门外的仗火，更其有声有色。他们夸奖黑骡子："嗬！这个人嘛，有万夫不挡之勇，一把单刀耍圆了，水都泼不进，怕他巡防兵再歪，一碰上黑骡子，便只有背时的！"夸奖团防的抬炮："这是他们顶厉害的家伙，比啥子快枪都厉害。你们想嘛！快枪是独子儿，作兴每枪都打中了，那也只能打倒一个人；打上一里，就没有准头。抬炮便不同啦。把火药灌饱，足可打一里半远，一打出来，火药有簸筐大一团，它是群子儿不是独子儿，一抬炮，总要碰上好几个人。"因此，他们一直相信武侯祠与红牌楼之间，不知打死打伤了多少巡防兵。这一股人马大约随时都可按进城的。

葛寰中却摇头说道："也是谣言，同刚才扯的地皮风一样。"他又感叹了一声，"总之，人心浮动极了，稍微一点风吹草动。就会相惊伯有的！"

"寰中，你评一评老赵这回的举措对不对？"

"你是说哪方面的举措？最近几天老把城门关着，不但弄得人心不安，甚至粪便出不去，河水、小菜进不来，这样的举措当然不对！"

"关城门是小事。我问的是他十五那天的举措。"

葛寰中把雪茄烟取出，擦洋火咂燃，浓浓吐了几口青烟，说道："依我的见解嘛，嗯！我要批评他也对也不对。这话如何说的呢？讲解起来，当然不是三言两语可以讲得清楚，我现在只略略谈一谈。首先我说他做得对的一面。"他含着微笑把郝达三瞟了两眼，"他是封疆大吏，负有地方安危全责，眼睁睁看着争路风潮一天比一天汹涌；半个月里，罢市罢课，抗粮抗税，民气嚣张可以说达到极点。若再放任下去，则滔天大祸，将不知伊于胡底。他为了收拾危局，不得不取壮士断腕手段，把伯英他们拘捕，正是擒贼擒王，挽狂澜于既倒的办法。这样做，我以为一点也没错。"

郝达三大为骇然，弩起两只微微浮肿的眼睛道："咹！你完全在替他说话嘛！"

葛寰中把烟灰一弹，笑道："我还没说完哩。现在，我要说他不对的地方了。"

郝达三脸色一舒，把吹燃的纸捻重又吹熄。凝神一志地望着他那神光闪烁、令人难于捉摸的三角眼睛。

"季帅不对的地方，就在于把伯英他们逮去后，没有狠一下，一刀斫下他们的脑袋！"

"唉！太不成话了！"郝达三泛起眼睛像要生气的样子，"你和伯英他们，即使没有很深交情，也不应该这样说啊！"

葛寰中一阵哈哈大笑道："我的仁兄，你如何这样老实，竟自把我说的反话信以为真了！哈哈！哈哈！……本来你问得就没道理。季帅这次的举措，简直瘟透顶了，谁不批评他不对，你还以对不对问我，莫非疑心我是赵党，把我看成路子善一流人物了吗？……讲到这位宝贝太尊，我倒要告诉你一件秘闻……你可晓得十五那天，正当督院上开枪流血之际，北打金街联升巷忽然起火，到底是怎么一回事吗？"

"想来是失慎所致。不过也巧合得很。……这与路广钟有啥关系？"

"当然有啰！那时，就有很多谣言，说这火是同志会放的。"

郝达三连忙分辩道："绝无此事！"

"但是不亏徐季桐把真相公开出来，其中的真假，谁又分辨得出呢？因为火起之后，消防队立即赶去，看见几个巡警教练所的警士，慌慌张张从那起火地方跑出。起始，消防队员还不注意，及至把火头扑灭，才发现烧去的三间房子，不但是久无人住的空房，而且地上还留有一只洋油桶，是新的，并有一些没有烧完的柴草。显而易见，这火是有人放的，并非居民失慎。消防队员和警察分局责有攸归，不能不加紧调查了。不到半天，就调查明白，确是巡警教练所的人把锁扭开，进去放的火。他们赶快禀报给徐季桐。徐季桐第二天在司道官厅上，就把这真相公开了。说同志会放火的谣言，因而才不攻自破。"

"怎么就与路广钟发生了干系？"

"你也不想想，路子善现正当着巡警教练所总办，新兼四门总巡查。土地不开口，老虎敢吃人？不是总办支使，巡警教练所的警士焉敢出头犯法？甚至徐季桐尚不敢倡言是巡警教练所的人所为，也便可想而知了。"

"这秘闻，是徐观察告诉你的吗？"

"不！是警察分局委员，我旧日的僚属，特特来向我说的。"

郝达三点头说道："这确是有价值的秘闻，但是十五那天，老赵把伯英他们业已上了绑，为何又未狠一下把他们杀了呢？你可知道这内中的缘故吗？"

"据我所闻，是盐运使杨彦如这位智多星献的计，即是先临之以威，而后示之以德。要伯英他们不再倔强，俯首就范而已。莫非这其间也有所谓秘闻吗？"

"不算秘闻，知道人已经不少了。大约还未传到你的耳中。"

"也许是的。我这一晌很少应酬，仅只到孟总办公馆走走。……请你谈一谈你这不算秘闻的秘闻。"

"是这样的。老赵那天已把全城文武大员邀到院上，伯英他们上绑后，便请众人签名认可。却没有料到将军玉昆先开了口，他问老赵：'这班人都是在籍绅士，并非寻常百姓，他们争路，只是由于政见不合，与谋反叛逆迥异。季翁要杀他们，可曾请过圣旨？'老赵说：'出奏过了，尚未奉到朱批。'将军说：'既然没有批回，可见朝廷是郑重其事的，我们当臣子的人，那就不宜轻举妄动，还是应该请旨定夺为是。'老赵碰了钉子，只好说时机危迫，为大臣的原可权宜从事。但将军仍然不同意说：'现在不是用兵之际，责任太大，安能孟浪杀人？'说完，竟与都统奎焕联袂告辞而去。四司二道看见将军如此，据说，提学使刘嘉琛、劝业道胡嗣芬、巡警道徐樾三人首先就表示玉将军理由充分，他们完全赞成还是请旨定夺的好，因而不肯签名认可。当场签名认可的，是布政使尹良，盐运使杨嘉绅……"他说到这里，又把葛寰中看了一眼，稍为停顿了一下，然后说了下去："毕竟反对的人多一些，又有将军、都统两个旗籍大员在内。因此，老赵才狠不下去，自行转圜，把伯英他们全体松了绑的。"

葛寰中扳着指头道："四司里面，有了布政使、盐运使、提学使，然何没有提法使呢？"

"周孝怀吗？……嗯！是你的老上司，又提拔过你的，不提了吧！"

"何妨提一下哩。西哲有言：吾爱吾师，吾尤爱真理。设若周法司有什么不对的地方，我断不因为我的老上司提拔过我就袒护他。不！绝对不！我这个人只论是非，不讲恩怨的。你只管说，用不着顾虑。"

郝达三迟疑了一下，才徐徐说道："周孝怀原来是这样一种人！据说，当场他倒和刘提学三人一样，没有签名认可。但是梓青、慕鲁、表方等人已经上了绑，他还承奉老赵之命，再三打电话把伯英邀到院上去。伯英本不至于身陷缧绁的，因为相信他是好朋友，相信他担保说没有危险，才跑了去。一去，不但当了阶下囚，还背上一个罪魁祸首的名色。所以无论如何说法，周孝怀这个人委实没有以前正派了！"

他又把坐在炕床上手的老朋友，并且是平生最为钦佩的老朋友，瞟了一眼。觉得老朋友仅只两眉微蹙，脸上并无愠恼之色。因又继续说了下去："外间对他的舆论还更坏哩。甚至说诱捕梓青等人，全是他出的主意。大家说，他自从升署提法使以后，就变了一个人，油滑取巧，各方讨好，你和他关系不同，最近可曾听他说过些什么？"

"我先问你一句。刚才所说的这个秘闻，到底从哪里听来的，可不可靠？"

"是颜雍耆的太翁伯勤先生告诉我的。十分可靠不见得，七八分或者……"

"周大人那里，我许久没去了，现在还不好证实颜伯勤的话到底有几分可靠，或者完全不可靠，我只能把我在孟观察处听来的谈一谈。有一些同颜伯勤所说的倒能吻合，比方说，赞成季帅逮人，赞成季帅采取强硬手段来严重对付股东会与同志会诸人的，确乎有藩台尹惺吾、盐运使杨彦如两位宪台。但也有一些同颜伯勤所说，以及同外间所传，就大相径庭。首先，将军玉昆拒绝签名那回事，他就完全没有提说。假若真有这事，官场中还有不传遍之理？哪里会只有你们知道，连与督院关系那样亲密的孟观察，都毫无所闻？再说到周大人出主意，外间好多人还牵扯到王寅伯、饶介卿诸位观察大人，好像说，季帅身边的军师，就只周善培、王棪、饶凤藻，外搭一个田征葵而已。其实，据孟观察细剖起来，真正称得赵季帅军师的，内边只有一位四少大人，外边只有一位杨彦如宪台，其余诸人，随声附和，添盐搭醋，则有之；要说能替他出主意，能左右他，倒未必有此本事。"

"既然杨嘉绅在给他运筹帷幄，你怎么又说他这回的举措瘟透顶了呢？难道绰号活吴用的杨嘉绅，原来名不副实，才是个活蒋干吗？"

"不然！据我所闻，杨彦如给他划的策，本叫他盘马弯弓、持满不发，等伯英、梓青听命之后，便自行转圜的。却不料季帅偏偏三心二意，没有定盘星，尹藩台向他说什么，他也听，田征葵向他说什么，他也听；甚至连路子善的鬼话，比如联升巷放火这种毫无道理的事情，他也点了头。当然，更没有料到伯英他们才被拘捕，风声就传遍全城，百姓们就奔去要人；更没料到衙门里打死几个人，城外的民团与同志会就公然动起武来。越闹越糟，季帅越是手忙脚乱，下不了台。比如说，城外冲突了一下，既把民团与同志会打跑了，为何还把四城门紧紧关闭，弄得人心惶惶呢？"

两个人都沉默了，只各人抽各人的烟。

好半晌，郝达三才捧着水烟袋，抖着二郎腿，问道："寰中，你看老赵将怎样来收拾眼前这个局面？总不能糊里糊涂，长此下去吧！"

"他第二次的告示，你可看见过？"

"街上张贴的没去看，登载《成都日报》上的，倒看过了。"

"那么，你当然懂得季帅要怎样来收拾这个局面的。"

"我不懂。我只觉得他一味强词夺理。黄澜生已经说过，他并未奉过什么上谕，他偏咬着牙巴说奉有密旨。你说气不气人？"

"你不能这样一笔抹杀。他那告示还是有些道理，也说出了他今后的办法，你们绅士们若是要同他打官司，他这篇告示倒不可不仔细研究。"

"噢！还这么深刻吗？"

郝达三赓即大声叫高贵到上房去，把昨天的《成都日报》找来。

葛寰中道："告诉你，季帅现在是把一桩事情分成两橛，一橛是说争路，他认为正当；一橛是说造反，当然就不应该。正当的，他赞成；不应该的，他便要干涉。你说他强词夺理吗？但是有两件事，偏偏又被他抓住了。说来也太巧，十五那天，伯英、梓青等才被邀请到院上，本没有说是拘捕，为什么全城百姓登时就晓得了？一下就成千上万涌进衙门去要人？要说完全没有人布置、支使，无论如何是说不过去的，这是一；还有，就在当天夜里，河下便漂流出几百块木牌，叫同志会速起自保。……真的，真有这种木牌，不特水上警察捞获了几块，就连我们机器工厂也捞到一块，曾送到孟观察公馆，我亲眼看见过。并且为什么第二天夜晚，百里内外的民团、同志会，就都拿起兵器，到成都来围城？这中间，又是谁传的消息，下的命令？总不能说是季帅自买自卖吧？这两件意外事情，不管你们如何辩解，总之，是被季帅抓住了。好啦！《成都日报》来啰，你仔细看吧！"

郝达三当下用心用意把《成都日报》上这篇告示重新看了一遍，扬起头来说道："对！老赵确是这样在用意。……我昨天看了它后，真不明白，老赵既是翻了脸，人也逮去了，会所也封了，为什么还说争路是正当的事？……嗯！他原来有意把一件事情分成了两截！……不过，总不能服人。普天下谁不知道蒲殿俊、罗纶、张澜是咨议局议长、副议长、议员？颜楷不但是堂堂正正的股东会会长，还是告假回籍的翰林学士。其余，不是学界中知名之士，便是出仕有年的老宦。拿谋反叛逆来诬枉这班人，也不像得很呀！我说看了令人生气的地方，就是这些。"

葛寰中笑道："管你生气不生气，为季帅设想，不这么说却不行。他这么一说，他才有个下手办法，不然的话，你叫他怎样来转这个硬拐呢？"

"我又要请教你啦。你看，老赵既是安心强硬下去，我们这方该怎样去对付才好？"

"我先要知道在十五出事以后，你们股东会同咨议局，可曾商量过对付的方法？"

"少数人商量过。就因为看不清楚老赵的方针，所以大家都拿不定主意。"

"现在可以拿定主意了。一方面，在这里撩住他，同他讲道理。他既然未奉上谕……这一点，必须找黄澜生打听确实。如其真无上谕，那就逼迫他把所奉密旨宣布。他若宣布不出，他就输了。但是一方面，也得派人出去到处宣扬他蒙蔽圣聪，专权肆杀。最好到北京去找四川京官，同他打京控。总而言之，季帅虽把事情分为两橛，你们却不能分，一分，就上了当。"

郝达三连连点头道："自然！自然！本来是他耍的迷人把戏，我们怎能自迷其目呢？不过，伯英等人落在他手上，我们同他理落起来，他该不会加害他们吧？"

"这点，你们倒可放心。我记得宣统二年宪政编审馆奏定的死罪施行细则，曾规定：凡谋反叛逆犯大不道者，属大理院特别权限。你们可以引出这条条文去同他理落。即令伯英他们造反是实，不经大理院判决，他也不能擅自处理。如其你们同他打起京控来，季帅就更无法加害伯英他们了。好在又关在他衙门里，不能暗地谋死，捏造痩毙的。"

郝达三登时眉开眼笑地说道："嘿，嘿，寰中，你真是双料诸葛亮！经你这一指点，我们还害怕什么？"

高贵出来请示：是不是要叫厨房添菜。

葛寰中把手一摆道："我可要告辞了。"

"便饭嘛，不要客气。又三也快回来了，等他回来，你再切实同他谈一谈。我年来多病，脑力很不行，许多要紧话，说后总不大记得清楚。"

"真的，我也忘了问，又三到哪里去了？"

"他到一个认识的巡防兵管带处去了。"

葛寰中笑道："又三的交游越宽啦！也好，当今之世，交游宽点，未始没有好处。不过，不要学傅樵村，过滥了，也不好。"

三

不错，郝又三果然到督院街沂水庙伍平驻扎的地方去了。他去，主要是探听伍大嫂到底什么时候才回省，同时顺便和伍平谈一谈帮他置备家具的情形。

郝又三自从知道伍平家眷由打箭炉起身之日起，几乎天天扳着指头在算，算来算去，至迟七月十九日该拢了。但是过了两天，依然没有音信。他每天都要到伍平那里走一遭，每天都是愁眉苦脸走出沂水庙。因为从七月十六日四城门紧闭，十七日团防、同志会麇集双流县，虽然红牌楼一仗，巡防兵打胜，可是也只追到簇桥就退回成都，双流县上下道路，从此不通。但凡由南路运省的柴炭油米，以及其他东西，全被同志会和团防节节拦断。听说空手行人倒不拦，但盘问得很严，要是同官府军队有点关系的人，管你男女老少，立将脑壳斫下，挂在树上示众。

他越打听心里越焦："天啰！她该不会遇到啥子祸害吧？"

倒是伍平本人反而不像郝又三那样操心，他满有把握地说："得到确实消息，周鸿勋一营人已经开到了新津。我的老娘同屋里人既是和他一路，必定也在新津歇脚了。周鸿勋这人，是个仗义疏财的汉子，与我同事几年，彼此都很投合。我把家眷托了他，是非常放心的。"说到双流县上下道路不通，伍平更不在乎，"同志会与团防嘛，这些乌合之众，不管他们多少人，若是遇上周鸿勋，不打他们一个落花流水，那才怪哩！"

伍平现在不操心。在半月以前，还是操过心的。他操心是家眷一旦到省，落脚在何处的问题。他已经反复想过几次：这次家眷回省，应该在省城长住下来，不管他本人将来行踪如何，老娘是六十多岁的人，常常闹病，万难再像以往那样跟着他东奔西走；儿子已经十五岁，倒大不小，本来应该送去学徒弟的，老婆偏偏坚决主张还是进学堂念书。比及到成都同郝又三谈起，郝先生满口赞成，并认为去考陆军小学，他还可以帮忙。上一代下一代既该住在成都，老婆自然不能跟他走了。那么，一家人回来，要是不先把房子佃妥，怎么行呢？伍平是在成都生长的人，虽然离开成都有年，但对成都情形仍很熟悉。他知道，在成都买卖房子，尽可以找房贩子，尤其要置备一所高房大厦，乃至带有花园的大公馆，极容易。倒是要租佃一间两间适合中下人家身份的住宅，那只好成天到街巷里走动，看各家门道、各家院落的门枋上，有没有吉房出租的帖子巴出来。自己一天到晚不能离开沂水庙，为的是非常时期，随时有军令到来，要是耽误了，前程与性命当不得耍的。手下人又都是初次来省的外州县人，不但对成都情形不熟悉，甚至连街道都不认得。恰巧，郝先生有空，又是热心人，只好作揖磕头，把找房子的要事拜托给郝又三。

为伍大嫂找房子，在郝又三，当然乐于承当。不过自家从未办过这种琐事，承应了之后，却不晓得怎样措手。这时，他才想到吴金廷这个人，"如其有他在这里，可多么方便！"

他最初也不十分着急。他心里已经盘算到他家大花园内那几间空房子的头上。

他三叔郝尊三应了资州林家重聘，带着姨太太春兰与小妹子到资州为林家看龙脉地去了。

郝尊三这种无师自通的本事，只管为侄儿侄女所讥笑，可是在远亲疏戚以及没有见过面的朋友之间，他的声名倒越来越大。他曾经为红薯坡廖七爷看过一块阴地，在黄龙溪左近。山、水、沙、案当然没有弹驳，还担保若果照他所点穴道开土，其间定有一些名堂。果然，挖土不到三尺，就发现下面平铺了一层五色细泥，手指拈起，嫩如薯粉；但是四周五尺以外，又没有了。这已使廖七爷惊异得目瞪口呆。他还肯定说，就这子山午向的穴道葬下，六十年内，包廖七爷家出三个八抬八座，而且不出期年，便要添人进口。六十年的期票出得太远，应验与否，谁也没平仄。但是不到九个月，廖七爷的二儿媳妇真个头一胎便添了个双生。顶使廖七爷欢喜得说不完的，还是两个又肥又胖的男娃娃。廖七爷叫家里人染红蛋时，就连连叹息说："得亏郝三爷的风水好！得亏郝三爷的风水好！"自此，郝尊三便由廖七爷捧着挤进了成都名地师之列。

资州林家是廖七爷的至亲，也是康熙二十几年由广东嘉应州移川的客家。入川以来，人财两旺，由他这一房分出去的亲支，已经计数不清。大家归功于他这一房的祖坟风水好，他这一房的子若孙也确实相信是由于祖坟风水好的缘故。最近几年间闹着要修铁路，从宜昌起，果已凿山通道了。有人向林家这一房的当家老头说，将来铁路修过资州，说不定要由他们祖坟上通过。起初林家人尚不把这番话摆在心上。其后，公然有当公事的人拿起丈尺仪器，在祖坟四周东量西量。问着他们，老不搭话。而且一个个秋风黑脸，很像借了他谷子还他糠的样子。有人担心说，看来，林家这一房的祖坟是在劫难逃了。纵然祖坟不被挖毁，龙脉总是要伤的。龙脉伤了，岂止祖宗在地下不安，林家这一房子孙还能像眼下这样兴旺吗？还能年年置备田产房屋吗？

这番悠悠之论，把林家这房当家老头子害得食不甘味、寝不安席者，足有几个月。

今年春天，林老头上省赶花会，同廖七爷谈到此事。廖七爷劝他，与其等着人家挖龙脉，不如另看一块好地，先把祖坟迁走，免得坐受其殃，并且就举荐了郝尊三这位地理名师。除了以本身添人进口为例之外，还把郝尊三夸说得不数第一，也算第二。林老头当下便偕同廖七爷先来郝家竭诚拜访了郝尊三一次，送了不少土仪，还请到花会上吃了一次聚丰园。然后正式提说，要聘他到资州去看地。

郝尊三倒没有同时代那些名地师的臭架子，即是说，你不找到我，我是臭狗屎；你找到我，那我便是金不换。不，郝尊三并非靠艺养家的人，还说不上这种坏气习。他不过忙一点，而且近年来上了岁数，——其实才四十五岁！——身体发了福，跑山撵地，不大累得；干一天，得休息几天。又想到为人迁葬祖坟，那责任多大！设若潦潦草草看个地方，这不惟对不住活人，也同样对不住死人。他也不说谢绝的话，因为人情不同了，不便谢绝，仅只软软地同说："等一下再定吧！"

及至争路风潮起来，林老头再三写信托廖七爷促驾，说明请把家眷带去做数月勾留，慢慢看，免他过劳。实在托不过人情，只好接下聘金和盘费。郝尊三是在罢市前走的。说过只有几个月耽搁，只带了两口大皮箱，一只大网篮，其他用动东西全没带。仅仅一只会说"客来了，请坐下，叫丫鬟装烟倒茶"的红嘴鹦哥，因为留在家里没人照料，才连铁架子一并带走。临走时，把房门钥匙交与嫂嫂即是扶正了几年的刘姨太太——以便李嫂、吴嫂等有空时，好开门打扫。

空着几间房子，家具什么都齐全，若果伍大嫂一家回省，一时找不到房子，岂不可以利用一下？郝又三倒不怕三叔将来说闲话，也不怕父亲和娘母不答应。他只顾虑到家里的佣人一大堆，哪一个不是嘴尖舌长的家伙？哪一个又不是各个主人的耳报神？伍家婆媳二人的言谈举止，大约不会有多大更改，万一有点破绽地方被他少奶奶叶文婉知道了，恭喜发财，若不闹个文王不安，武王不宁，那才怪哩！因此，虽说不怎么着急，还是放松了同志会的事情，每天总要挪出好几个钟头，到大街小巷去闲步。并非闲步，是去找合适于伍大嫂一家人住的房子。

　　到制台衙门流血的头一天，王念玉同他约在科甲巷香泉居茶馆吃茶的时候，无意间谈到南打金街十三号外厢房那个独院。最近佃住的一家粮户，因家里死了人，退佃搬回二江沱老家。房东孙家正托他家介绍稳妥的熟人去住。

　　"啊！太巧了！"郝又三不由叫了起来，"就是你家对门那个独院，两年前伍大嫂……不，现在应该说伍管带的家眷，住过的房子吗？……空了半个多月吗？……没巴招租帖子，难怪我不晓得！走！小玉，同我到孙家去立刻租过来。"

　　王念玉微觉诧异道："你要到外面租房子？莫非干了啥子怪事，着老太爷撵了出来不成？"

　　"莫胡说！并非我要租来住，我不过帮别人租的。"

　　郝又三脸上摆出一副尴尬神情，倒笑不笑地瞅着王念玉道："你猜我帮哪个人租的？"

　　王念玉大睁起那对呼灵得像滚盘黑珍珠似的眼睛，把郝又三逼视了半会儿。而后微露皓齿，从眉毛尖上笑了起来道："这还用猜，吃屎狗断不了那条路的！……若不是帮那个骚婊子、滥舍物租的话，你敢当天赌个血淋淋的咒！……哼！我倒要劝你当心一点儿。……别个的男人，不管是文是武，总之是个官，管一营人，也不为小；并且就守在眼皮底下，你不要脸皮，别个却要声名。……再说，损阴德，还罢了；损阳德，只怕要出事。……即使不出事，大家都已半世年纪，儿大女成人的，再像从前那样不顾羞耻地搞下去，自己想想，也难过嘛！"

　　说到后来，王念玉仿佛认了真，不是闹醋劲儿，简直是在开教训了。

　　郝又三虽则感到不大好受，在王念玉跟前，又发作不起来。只好涎着脸皮，抓过他一只很像姑娘小姐的纤手，捏在手掌中，笑着说道："老弟说得很对！真的，我转瞬就是三十年纪，已算中年人啦，还能像从前那样荒唐不成！……说老实话，这一次找房子，硬是伍管带重托了我，我才给他帮忙的；一则也因伍安生要在省城读书的缘故。你不信，将来都可质证的。……好在你同伍家是老邻居。若果这次再住在一起，也算前世因缘。就这一点，你也该帮帮忙啊！"

　　"噢！不谙郝大少爷还是这么一个大公无私的君子哟！"王念玉侧着头瞟

了他一眼，"说到因缘上头，我只好帮忙了。其实，你不这样说，我也要帮忙的。为啥呢？因为我们又对门对户住下了，将来你的一举一动，都逃不出我的监督。如其老马不死、旧性仍在的话，别多心，你，郝大少爷，不给你一点厉害尝尝，我不姓王了！"

房子租好了。这回，倒不要郝又三再借押金，再出月租。只是想到伍大嫂回省，总不可以住在光光几间空房子里。比如睡觉的床，该不该要？做饭的锅灶，该不该要？再说，使用的桌椅板凳，要得；捡衣物的立柜屉笼，要得；吃饭盛菜的盆盘碗钵，要得；喝茶饮酒的瓶壶杯盏，要得；还有说不完的日常生活所必需的若干东西，哪一样缺得？伍平说："跑起滩来，倒不觉得，有时住栈房，有时住在百姓家里，用动东西全有。如今安排回省长住，想不到一针一线，都要从头置办起来，好不麻烦！"

伍平都在嫌麻烦，受了伍平重托的郝又三，更不待言了。好得有个王念玉帮大忙，有些东西借，有些东西租，有些东西买，有些东西只好将就了。闹到七月二十三日，大致看来已是差不多。郝又三还特特怂恿王念玉把他妈妈请过来代为看一下，是否还有必需补充的东西。

王念玉笑道："妈早已看过，并且还出过主意来的。……说真话，要不是妈的指点，我咋个想得到婆娘家那些过场：洗脸的盆子不洗手，洗手的盆子不洗脚呢？"

"啊！你妈真热心。大概也为了旧邻居的情分吧？"

"那倒难说。"

郝又三还要问时，王念玉笑嘻嘻地把他直向门外推走道："莫耽搁了！再去沂水庙打听一下，你的心上人到底哪天回来？别说你等得心焦，连我这个不相干的人也望眼欲穿了！"

四

沂水庙是郝又三这许多天来走熟了的地方，虽然大门内外到处是巡防兵，他也毫不在意，一直向他所熟悉的伍管带住的那间房子走去。

往天，这间房子很热闹，老远便听得见人声鼎沸，有说有笑。今天很奇怪，静静悄悄，连最常听到的伍平那片又粗又嘎的嗓声也没有了。"莫非伍平不在吗？"却又看见伍平的几个护兵蹲坐在房门外的阶沿石上。还有一个未成年的小护兵叫皮猴的，歪着肩头，提了把红铜开水壶，打从房里出来。"看来，又像没有出门的样子。"

伍平果然没出门，而且三个哨官、一个书记长还齐扑扑地坐在那里。但是都闭着口，沉着脸，每个人的眼睛都集中在管带脸上，似乎有什么非常重大事情要等伍平拿主意。

伍平站起来，迎着郝又三说道："来得好，正有一桩坏消息要告诉你。"

"什么坏消息？"郝又三已经心情紧张起来。

书记长晁念祖是个最喜欢说话的人，当下就抢着说道："新津出了事！……周管带在新津加入了同志军！……"

伍平两眼一睐道："何尝是他加入同志军？就是他掉了头，自称起南路同志军统领来的。"

"周鸿勋掉了头？"郝又三有点莫名其妙地问，"是不是叛变了？"

第一哨哨官石敬武不由笑了一声。觉得不适合眼前情况，急忙把笑容收起，做出一张很难看的面孔。启了一下唇，却又忍住了没有开腔。

"何消说得！"还是伍平回答了，"就是叛变，我们叫掉头。……他妈的，真对不住朋友！……"

"那么，你的宝眷呢？"

"自然也顿在新津回不来了！我说老周对不住朋友，就在这里。你要掉头，为啥不把人家的家眷先送回省？就说你不便咧，带个信，我派人去接，也早到了。"

伍平越说越高声，并且一对圆彪彪的眼睛越发鼓得像爆栗子，仿佛周鸿勋就站在他跟前一般。

郝又三回头问晁念祖道："周管带叛变的消息，从哪里得来的？该不会是谣言吧？"

书记长摇着他那短发剃得老高、两腮瘦得像猴脸的头道："营务处传出来的话，怎会是谣言。而且还特别叫我们各营提防，怕他阴悄悄地派人来营里煽惑。"

第三哨哨官马占彪也和伍平一样，行伍出身，不过还年轻，才三十来岁。红着脸皮说道："管带，我刚才提说的那个主意，并不错嘛。"

"你那啥子瘟主意哟！……"

晁念祖对着第二哨哨官高占魁道："我也认为不对。"

郝又三为了掩饰他的不安，连忙把一个玳瑁纸烟盒摸出，照往天老例，每人敬一支。自己衔一支在嘴唇上，正擦洋火，遂接着问道："马哨官提说的，是啥样主意？"

伍平喷出一口浓烟道："叫他自己说吧。"

原来马占彪建议，由他们这营直向赵尔丰递个禀帖，自告奋勇去打新津。他估量周鸿勋本人虽很猛勇，但他营里的三个哨官、三个哨长，以及几个什长，彼此很熟，当了面，把言语交代明白，是很可以把他的人拉过来。只要把弟兄伙拉垮，周鸿勋光棍一条，若不伙着过来，就让他去跑滩。那时，不但把伍管带的家眷接了回省，并且立了这个大功，说不定还有好处。

郝又三立刻眉飞色舞地说道："好啊！这主意并不坏嘛！"

"就是不好啰！"伍平把头摇得同拨浪鼓一样，"郝先生，你是学界中人，摸不够我们这一行道的命脉。告诉你，我们赵大人的军令严得很，队伍调动，只有他一个人能拿主意，我们当部下的，除了服从，断不准许有啥子主张的。……"

来不及等他把话说完，郝又三便抢着说道："上禀帖请求，准不准还在他呀！"

"请求也是主张嘛！……"

晁念祖插嘴道："周管带是赵大人最赏识的一个人，现在都掉了头，还放心再调我们去吗？所以我说，即令递了禀帖，也不会批准；或者还会引起大人疑心，疑心伍管带同周管带有啥子勾扯。……"

伍平连连点头道："着呀！赵大人一定会疑心的。为啥呢？因为现摆在省城的十一营人，别人都不请求，偏偏我们一营人着了急，这其间难免没有弊窦。"

矮个子高占魁也开了口说："就不说这些。老马默倒我们队伍一开拢，彼此都是熟人，交代交代，便把人家拉了过来。却不曾想到，你能拉人家的弟兄，人家难道不会拉我们的弟兄？不要偷鸡不着蚀把米，没有把周管带拉垮，自己倒搞成了光棍，那才报不出奏销来哩！"

说到这里，连郝又三都点头说道："确有这种道理。"他又问到周鸿勋既是老粮子，为什么会叛变了呢？

伍平蹙起浓眉说道："什么原因，还不晓得。我猜想，说不定是侯大爷的吹功。"

"侯大爷是什么人，能有这大的本事，把你们官兵都吹得动？"

"侯保斋嘛！本来已经洗了手的，不晓得为了啥，这回会重新出山当起同志会会长。我们巡防新军里好多人都是他太爷栽培过的，他这位恩拜兄的资格老咧！"

郝又三猛然想起吴凤梧就是为了要使他说动侯保斋出山，才由同志会托付到新津县去的那回事。他又想起吴凤梧也在打箭炉外的川边巡防新军里当过管带，和伍平有交情，他自己说，曾向伍平借过盘费。遂不由冲口说道："伍管带，你可认得一个人叫吴凤梧的？"

"认得，"伍平略微有点愕然，"你咋个忽然提到他？"

"因为我晓得吴凤梧目前正在新津帮助侯保斋办同志会哩！"

房间内的人都一齐哦了一声："他在那里！"

伍平向晁念祖几个人点了点头道："不用说了，老周的掉头，包管是他打的条。"又回过头来向郝又三说道："吴凤梧这个人，狡猾是狡猾，可也有些鬼八卦；若他真个同老周搞到一块，我看新津这事可就闹大了，大人准定要发大兵的。"

马占彪又插嘴道："有我们就好啰！"

伍平只是摇头，其余几人都不开口。

郝又三向伍平说道："若果吴凤梧真还在新津的话，只要托他照管照管，我看你的宝眷更可保险，他这个人或者是有良心的。"

"难说啊！连周鸿勋这个讲交情的朋友都不可靠。"伍平沉思了半晌，"托他一下也好，只怕是一场空事！说不定一两天内这仗火便要打起来。老周即使厉害得像飞天蜈蚣，他手下也不过三百来人，比我这一营的名额宽一些。不管怎样，大人的大兵一到，无异泰山压卵，迟则三天，快则半日，老周就会垮的。我倒盼望真像马占彪所说，大人能够调到我们这几营，那便好啰，公私两利！如其大人调动别一些营头去，城破之后，大家逃奔，谁顾得了谁？……"

因此，郝又三这一次从沂水庙出来，心里简直像搁了一块石头了。

五

伍平猜得很准，赵尔丰在他签押房里果正商量用兵大事。

这一天，在签押房里的，依旧是往天那几个重要人。即是说，除了胡子头发俱已花白、身体仍然结实肥腴的赵尔丰本人外，还有那个形态与他相似，只是瘦一些、高一些，年纪已近四十岁的四少大人；也有年纪刚过三十，又瘦又矮，一双眼皮随时搭拉着颇难看出他的眼神，脸色永远苍白而少血华的九少大人。赵老四照常坐在签押桌侧，一面就桌上翻着一大叠说帖纸，一面向坐在旁边的日行派办处道员、督院民政科参事饶凤藻问道："真有这些人吗？有没有遗漏的？"

饶凤藻小小心心地答应道："有案可据的，现在只有这一批，其他一些，尚在调查中。等几天，恐怕还可拖得出一张长单子来的。"

赵老九衔着一支三炮台纸烟，在当地走了几个来回，走到坐在一张靠背椅上的兵备处总办、候补道王棪跟前站住道："是你对我说的军心不固吗？"

坐在王棪旁边另一张靠背椅上的营务处总办、候补道、挂名松潘镇总兵，一脸横肉又黑又红，两撇墨黑八字胡须的田征葵抢着说道："岂止寅伯这样说，我也是这个意思。不过说的是陆军。"

赵老九像是不大相信的样子，摇摇头道："陆军，还不是朝廷饷银养出来的。难道他们敢怀二意吗？要是真个如此，那干脆叫他们把枪械缴出来，给咱们滚开好啦！"

赵尔丰瞪了赵老九一眼道："莫胡说！"接着向田征葵、王棪二人问道："饶介卿拖的那些同志军匪首的名单，你们可曾看见过？"

赵老四不等他二人回答，立即把桌上那迭说帖纸拈起来一扬道："就是这个。不必看，我念给你们听吧。不过我很诧异，怎么忽然就钻出来这么多的袍哥和革命党。平日这些东西在哪儿呢？何以一个都未抓住？……真奇怪！……"

单子上开着：在郫县、灌县、崇宁县、彭县的，有张尊、张捷先、张熙、姚宝山、刘荫西、杨靖中；在崇庆州的，有孙泽沛、周朴斋；在温江县的，有吴庆熙即吴二大王、李树勋、冯时雨；在绵竹县的，有侯国治；在成都、华阳两县的，有卓笨、秦载赓；在双流县的，有向迪璋；在仁寿县的，有王子哲、丘志云；在彭山县的，有方少卿、田华山；在眉州的，有赵子和；在荣县、威远县的，有王天杰、王少南。

赵老四念到这里，把名单向桌上一搁道："这个王天杰，委实是个革命党徒。我们早已接有地方详文。我记得，还有一名叫李难，一名叫吴玉章，一名叫吴景熙的，公然借名争路，率领一批乱党，扑进荣县，把征收局委员都拘留了起来。……这股革命匪党，可恶已极，听说，他们还纠合不少匪徒，同犍、乐盐场上一班不安分的学生、哥老，希图乘机作乱。这带地方，也是四川财富之区，你们要留心啊！……"

不等他说完，赵尔丰已仰靠在太师椅背上，先把右手举起，向他侄儿挥了挥；接着拿眼睛把众人扫了一遍，才向坐在迎面不远的盐运使杨嘉绅说道："我说，这些都是癣疥之疾，倒不要过于重视。彦如，你老兄意思如何？"

杨嘉绅的长方形红润脸上，嵌了双狡猾透顶的三角眼睛。当下把嘴一咧，两撇小胡子便随着这一咧而活动起来。说道："是极！大人的高见，半点不差。当前心腹之患，并不在荣、威、犍、乐那班革命党人，也不在温、郫、崇、灌这些哥老土匪，确确实实只在于新津一隅。一则，新津是省垣西南门户，地当冲要，地形又甚险恶，所以次帅才将陆军营房建立在那里；目前正值洪水季节，它三面环水，易守难攻。其次，新津有事，通川边道路显被遮断，大人所调的西兵已难到达省垣，万一持之既久，邛雅几属还会受其影响。而且最可注意的，更在于周营的叛变……"

赵尔丰把手在桌边上一拍，连连点头道："着！这一点，你老兄看清楚了。周鸿勋这东西，是我一手提拔起来的，所带的，又是我训练了几年，身经数十次战阵的精兵。他这一叛变，不惟伤了我的心，也丢尽了我的脸，叫我今后怎好再督责朱子桥啊！"

他紧闭着嘴，两眼呛得很大，两手不住理抹那越来越白的大胡子。这是他要发气的先兆。

但他的儿子赵老九还是那样潇潇洒洒地在铺有猩猩红的地毯上踱来踱去。最后踱到签押桌前面，把纸烟蒂向旁边瓷痰盂里一掷，看着他父亲说道："爸，你老人家用不着生气。周鸿勋既是忘恩负义，那就不要再顾惜他。我看，为了整饬纲纪起见，开几营防军去把他逮来砍了，不就结了吗？"

赵尔丰平日对他这儿子，几乎是言听计从，有时还颇颇赞赏他聪明绝顶，认为才气虽然不及老四，而智计则过之。今天听了他的献计，却把眉头皱了起来，一言不发。

赵老四微微咳了一声，正准备把他想起的话说出，他叔父已经拿眼望着杨嘉绅，意思是要杨嘉绅说话。

杨嘉绅先把走到房门口去的赵老九瞟了一眼，然后昂起脑袋，正视着赵尔丰说道："适才九哥说的话，理由确乎充分。周鸿勋叛降匪党，辜负大人天高地厚之恩，按照军纪国法，确应大张挞伐，拘捕归案，处以殛刑的。但是须得研究之处，该派何种军队前去，方为合宜。依职司愚见，大人由川边带出来的防军，千万不可派去。……"

他委委婉婉地说出了几种理由。主要的是巡防军人数不多，目前在省城的通共三千多人，这三千多人的任务，都很重大。因为田征葵早已把这些任务详细告诉过他，他心里明白，即令要调动，老头子和田莽子都是不愿意的。

原来赵尔丰带出来的巡防军的重大任务，就在保护制台衙门。比如从东西辕门直到大堂以内各级官厅和文武巡捕房的前后左右，几乎无一处不有巡防兵。拘留蒲殿俊、罗纶等人的来喜轩，四周内外看守的兵更其多。宅门以内是穿号褂子的卫兵和不穿号褂子而手不离武器的家人们。大堂上还架了十几挺新式机关枪和两尊管退炮。督院东西街上，不管是居民，是官廨，全驻了巡防兵。东侧的南打金街，西侧的走马街，因为这两条街都比邻着制台衙门，虽然不像东西督院街那样挨家挨户地扎兵，可是南北街口上驻扎的队伍，总有好几百人。而且从黄昏到天明，还有不断线的巡逻队在周围十多条街巷间来往巡查。算来，光为了保护大帅衙门的兵力，就占了八营，合计官兵足有二千二百一十六人。但摆在将近三十万心怀二意的百姓中间，这数目不但不多，在赵尔丰、田征葵等人看来，还觉得太单薄了。

剩下来的三个营，官兵一共才八百三十多人，任务也重。又要把守通衢大道的街栅，又要把守东南北三道城门，——西城门一向是由将军、都统所统率的八旗兵把守，汉兵是绝对不准开进满城去的。——新成立的筹防处和四城总巡查都感觉兵力太少，还把巡警教练所的几百名训练有素的武装警士全部调来，做了补充。以前几天，为了出击四城门外的同志会、团防和同志军，三营巡防还零零星星调了几哨人出去打仗。固然凭借武器犀利，又有作战经验，把百姓们打退，还俘虏了一些人回城献功，但是自己也有死伤。就中以在犀浦与学生军的一次冲突，损失最大，着学生军的牛儿炮、明火枪、梭镖、单刀放翻的约有二十几人，至今还有十多个带伤的睡在军医局里。因为巡防兵不比百姓，百姓太多，死一批，有一批，甚至越是死伤，越是蜂屯蚁聚，这与川边情形大不相同。而巡防兵则死一个，少一个。最近两天，田征葵已下了一道非常严厉的军令：城内巡防军，非奉到大帅手令和营务处公事，不管城外匪情如何，一律不准擅自出城迎战和要击，如违严惩！

情形如此，杨嘉绅怎好主张抽调巡防兵去讨伐周鸿勋？同时，他也想到川边巡防新军只管说是老头子一手训练出来，在川边卓有战功，到底都是乡愚之辈，只知私情，不知公义的。周鸿勋都能叛变，其他那些开到新津去，难免不被周鸿勋裹胁，这一来，倒是为虎添翼了！

杨嘉绅不能这样说，他只是说："依职司愚见，这个克复新津的重任，大人最好是交给朱统制，并且给他一个限期，在限期之内克复，允许他的保案，违了限，就揭参他。朱统制既是次帅奏调到川，去年改协成镇，又以道员奏准改任统制官。新军的统制官，差不多便是旧制的提督军门。朱统制受了次帅这样不次提拔，正好为大人效力，只要大人吃紧他，为公为私，想来朱统制都是不好推诿的。"

"你说他不好推诿，他目前正在借口推诿哩！"赵尔丰把胡子抹了抹，带着满脸不舒服的神气，问王棪道："吴璧华说要把行李迁进参谋处来。到底是一句话，还真个迁了来？"

王棪坐得笔直地说道："吴大人前天就搬进来了。他的公事房就在职道的公事房对面。大人要传见他吗？"

"现在还不。我只问你，陆军调遣条例，他同你商量好了不曾？"

"商量好了。现在步兵六十六标统带叶荃，正在宁远府改编防军，大约还需几个月才能成事。这一标除外，在成都的，有步兵三标、炮兵一标、工兵一营、辎重一营、宪兵一营。目前已经使用的，是六十五标两个营，放在新都、新繁一带，由统带周骏亲自率领。另一个营，正向东路进剿，昨天得到禀报，前锋已由大面铺推进到龙泉驿。六十八标全标负责清剿温江县、郫县、崇宁县、灌县、崇庆州、彭县的任务，由统带王铸人率领。还由骑兵标拨交了骑兵一队，以资辅助。因此，陆军目前可以调动使用的，只有步兵第六十七标、炮兵一标、骑兵两队……"

赵尔丰截住王棪的话，面向众人说道："就这样，陆军的力量还是比巡防强多了！何以朱子桥老是说他的陆军不甚可用，其理由安在？"

田征葵、王棪几乎同时说道："就是因为军士们的脑筋不纯正……"

赵老四插嘴道："听说有不少的维新分子。"

"有没有乱党分子？"

"朱子桥说，以前颇不少，清了一些出来正法了。现在清查得紧，还不曾发觉，就只维新分子无法肃清。所以才闹到士气不扬，公然赞成争路风潮，公然声言不打同志会。"

"那还了得！"赵尔丰怒容满面地喊叫起来，"这样的坏军队，还可用吗？"

杨嘉绅看见众人都不敢开口，他才缓缓说道："这是一种流言，倒不见得十分可靠。大人带兵多年，当然明悉军队情形，兵丁们见识有限，主要还是在带兵的军官。只要军官可靠，不管兵丁再糟，还是一样用得的。"

"嗯！彦如的话不错。"赵尔丰脸色一舒，回头问王棪道，"考察过没有，军官这方面情形如何？四川人不多吧？"

"四川人不算多，两位协统、五个标的统带以及镇的正参谋，都是客籍。据吴大人考察后说，都还可靠。"

"到底是哪些人，你可知道？"

"知道的。"王棪登时从靴鞝中摸出一只小小手折，打开念道，"陆军第十七镇统制官朱庆澜……这不用说了。下面是：第三十三协统领施承志，浙江人。所辖六十五标统带周骏……该员虽是四川人，但职道可以保其无他。这次特别调其负责北路剿压，也因信得过该员忠诚无二的缘故。六十六标统带叶荃，云南人。……已经禀明过，这标尚未成立，该员正在宁远府西昌县，就巡防副右路、副左路改编。三十四协统领陈德麟，湖北人。所辖六十七标统带孙绍基，浙江人；六十八标统带王铸人，湖北人。……调赴西路剿匪的，就是该员。骑兵标统带蒋隆菜，湖南人；炮兵标统带陈桃，浙江人；正参谋程潜，湖南人……"

"哦！"赵尔丰截住他的话头说道，"还好，客籍人不少。各营的管带呢？"

"四川人多一些。但是督练官、教练官，四川人便少了。督队官，川客籍参半。"

赵尔丰眼睛两转，好像忽然记起了什么似的，问道："听说有个很是飞扬浮躁的四川军官姓尹的，叫什么名字？还在你兵备处当会办吗？"

"是尹昌衡。现因陆军小学堂总办周道刚奉派到北洋参观秋操，尹昌衡便派去陆军小学堂暂行代理总办职务。该员少年狂妄，与职道相处一段时间，还未看出有什么别的劣迹。"

"既这样，克复新津这件事，准定交与陆军。并且把留驻省中尚未调用过的队伍，连宪兵一营在内，全部开出去。"

王棪道："叛弁周鸿勋才一营人呀！"

赵尔丰叹了一声道："你莫看轻这一营人。倘若不用狮子搏兔的气力，你不会收拾得了他的！"

田征葵道："既然调了将近三标人去，这指挥的人呢？"

赵老四站了起来道："当然派朱子桥去指挥了。……我打电话把他叫来。四叔，你老人家当面吩咐他吧。"

"可以。不过先到参谋处把吴璧华叫来，我再同他商量一下。他是军咨府直接派到我处来当差，不完全算是我的僚属，不先同他说好，他可以同我调皮的。"

田征葵道："刚才杨运使讲的限期，大人也得先斟酌一下。"

赵尔丰眉头一蹙，脸上皱纹全现出来，看来，似乎顿然老了十岁似的。沉吟着道："十天该可以了？"

田征葵摇摇头道："大人未免限宽了一点。"

"宽了？只怕朱子桥嫌窄了哩！……唉！这一回事情，每出意外，把我都弄糊涂了！……来喜轩里那些人，这两天可安静了些？……谁去打电话问一问尹惺吾，他叫路广钟弄的证据呢？怎么还不呈来？趁上谕没有下，我这里还可上两个奏折，把那些人的罪证更坐实一点，岂不好吗？"

第四章　像鸥鹑一样的人

一

今夜该三姨太太当班。

说起这个三姨太太，她并不比大姨太太、二姨太太生得妖娆；身材又瘦又小，尚未充分发育。就因为年轻——今年还没有届满十六岁哩！——会撒娇，会卖痴，倒非常博得路广钟的宠爱。每逢三姨太太当班这一夜，路广钟总是无比高兴。一进房间，除了大呼小叫吩咐贴身服侍三姨太太的那个老鸨气十足的张妈，赶快烫绍兴酒，安排消夜外，还往往要从怀袖中取出一些小东西，比如刚刚流行到成都、只能从章洪源、正大裕、马裕隆、庆协泰几家大洋广杂货店才买得到的水红洋绸汗衣啦，东洋珠穿的鬓花啦，或是小女孩顶喜欢的西洋景啦，据说上海匠人都做不出来的眼睛能眨、嘴巴能张、会做哭声、也会做笑声的洋囡囡啦。这些东西，他绝不痛痛快快、老老实实拿给她。总是先拿出来，在她鼻子底下一晃，然后又藏起来，逗得她嘻哈打笑地来抢来夺；甚至当着丫头、老妈、跟班一伙人的面，两个男女竟自无顾忌地滚在一张豆木藤心榻上，闹得鬼声怪气、披头散发而后已。

今夜，还在黄昏时候，三姨太太早由张妈服侍着梳好了一个高耸脑后的爱司头，两边水鬓拖过了耳垂，头发被刨花水捯得光滑如镜。前刘海像一个发面大馒头，高高拱在画得有一指粗细、有棱有角的眉毛上，虽把一片生得太低太窄的额脑显得高了二寸，宽了三寸，但是配上一双单眼皮眼睛，一条塌得看不见鼻梁的鼻子，两片像是被斧头斫成的寡骨脸，一张连龅牙齿都掩不住的、上唇极短的口，到底不算美丽。本来是青春焕发、红白自然的容颜，也着张妈给敷了很厚一层南粉，涂了很浓两片胭脂。粉是一直搽到后颈窝，胭脂是一直抹到太阳穴，白的地方白得不能再白，红的地方红得不能再红。三姨太太不会审美，自己从千秋镜中看来都觉有点刺眼，但张妈偏偏赞不绝口，说，这才是时兴打扮哩。张妈帮过多少大公馆，伺候过多少姨太太，见多识广，能干非凡，由她调摆出来，据说才讨得路大人的欢喜。

可是路大人今夜进来，并不见得欢喜。拿眼角挂了她一眼，脸上一点笑容都没有。

三姨太太经张妈用嘴一支，连忙把一根银白铜水烟袋从丫头手上接过，装着小脚走路的样子，——其实她那双未经缠过裹脚布的天足，比她的路大人的脚还大；路广钟绰号路小脚，就因为脚小，走起路来很像跷工不好的小旦。——忸忸怩怩端到路广钟跟前，把烟袋嘴向他唇边一碰，腻声腻气说道："我乖乖地跟你装袋烟，好不好？"

"今天晚上别跟我烦，我心里有事。"一把将水烟袋抓过去，险些把她那无名指和小指所蓄的长指甲碰断。

三姨太太并未感到有什么难过。反而是张妈嘟起嘴巴咕哝道："也是哟！人家三姨太太低声下气想来巴结一下大人的，不想捧了一个倒栽葱不算，还跌了一个狗抢屎。得亏三姨太太脾气好，才受下了。掉成别一个嘛！哼！我看这根水烟袋多半要长翅膀！……"

路广钟眼皮一翻，沉着脸色说道："张妈，莫在那里讨好卖乖，挑弄是非。我只是不要你们来烦我，我心里有事。"

三姨太太嘻开那张短上唇、垮嘴角的口，把一排龅牙齿全露了出来笑道："你这个人好没样啊！开口心里有事，闭口心里有事，到底啥子事嘛！说出来给人家听听不好吗？"

"我的心事，岂是你们听的！"

"自然啰！"张妈把嘴一瘪，接口就说，"大人的心事就说出来，我们这些人也不配懂呀！大人的心事，想来总是啥子忧国忧民啦，升官发财啦。"又狡猾地笑了笑，"哪里会像我们这些人！我们这些人。心里不摆事情便罢，若是摆了事情，不是为了要整人，便是为了要害人。嘿嘿，凭你盘问，我们还不是不肯说的。"

路广钟瞪起一双小三角眼，定定地把张妈盯着。那神态，极像一头正待向一只抱鸡婆扑去的黄鼠狼。

张妈略微有点吃惊。赶快摆出一副谄媚面孔，嘻笑道："你是大人大量，千记不要因为我把话说拐了，多我的心哟！"

"并非多心。我看你说话很在行，倒想同你商量一件事情。"

"同我商量事情？"张妈哈着腰、拍着手地笑道，"莫非你路大人又看上了哪家寡妇，哪家姑娘，要我拉皮条不成？"

"莫胡说，商量的是正经事。"

"正经事？"

"呃，是啦！因为藩台尹大人吩咐下来，说，赵制台要我再找几桩谋反叛逆的证据呈缴上去。我扎扎实实想了两天，倒想得有几桩可以作为证据的东西；就只没把握哪一桩才投合得上赵制台的心眼。这种事，又不好同别一些没相干的人去商量，所以心里不大宁静。"

"谋反叛逆的证据？……"

"咦？你难道不晓得十五那天逮到制台衙门去关起的那些人吗？"

"咋个不晓得闹得天乌地暗的事情？不过大家都说蒲先生、罗先生是好人，都说赵制台冤枉了好人。"

"好人，好人，好人又不会造反了！"

"蒲先生他们当真造过反吗？"

"只要赵制台认为是造反，就算是真事不虚。"

"那么，还要证据做啥？"

"因为有些绅士吵得凶，一连递了几张呈文，逼着赵制台把证据拿出来给大家看。摄政王也在要证据，赵制台虽指出一些证据，总觉得不大够。可惜联升巷的火，又着消防队扑灭得太快，没有成灾。"他不便说出被巡警道徐樾派人调查清楚之后，露出马脚这一层，"所以赵制台才要我另外找几桩得力证据去，他好出奏。"

"出奏以后呢？"

"嗨！连这都不懂。当然就要办人啦！"

三姨太太插嘴问道："咋个办？"

"咋个办？"路广钟不由打起唱戏腔调，还比着手势道，"当堂五花大绑，推出辕门斩首示众！"

三姨太太惊叫了一声道："哎哟！这是没天良的事，不做也罢了！"

路广钟和张妈互相看了一眼，彼此都发出一种会心的微笑。

路广钟伸手把三姨太太拉到自己坐的逍遥椅前，把她放在自己膝头上，一只手搂着她那窄窄的肩膊，撑起眉毛说道："你也胡说八道起来了！什么叫没天良？什么叫有天良？年纪轻轻的，谅你也不懂。等我告诉你：我们做官人的本事，就在巴结上司，能把上司巴结得好，就算有天良，有天良的人，就能升官晋级，并且比那些没天良、不会巴结上司的人来得快。拿我来说吧，我从安徽省老家捐了小小一个县丞功名，指分到四川来，原指望得几次差事，混碗饭吃完事。谁知那时开办警察学堂，我头一个禀请入堂学习。毕业出来，不是及时巴结上周观察周总办，我怎能一下便当上南六区分署的巡官？可见我初入仕途，我就是有天良的。嗣后，在皇城坝破获一桩俄国商人被窃案子，这中间曲曲折折的情节不必说了，可也因为我有天良，才被贺观察赏识，一下就保升到即用知县，并得了巡警教练所提调差事。前年南校场学界运动会上，我炮毛了一下，险些出了大拐。谁知凭了我的天良，反转巴结上了赵次帅，赏识我能替官场争气，是个能员，超次提升我署理邛州直隶州。任满后，连保带捐过班到候补知府，又立刻得了巡警道警务公所提调、总稽核兼巡警教练所总办差事。这且不算，现在赵制台一接事，又立即委我兼任四门总巡查。权柄大得很！虽然巡警道徐观察是我顶头上司，可是赵制台却时不时地把我叫到签押房问话，把东南北三门的保安责任完全交给我，吩咐我有什么事情，直接禀到签押房，不必再由巡警道转。说句不客气的话，巡警道徐观察只管坐在道台衙门里，其实早已是一个管不了事的官儿。拿最近一件事情来看，——许多人还不晓得哩，我现在一并告诉你吧。上前天督院街照壁后面龙须巷失火，烧了一间房子。事情不大，但地方在制台衙门门口，不能不说情节严重。是我把火头——是一个穷苦老头子，靠收荒为活的——已经锁拿到警务公所，安排追究一下，是不是被奸人买通故意纵火？不想督院街百姓竟自跑到巡警道衙门具保要求放人。并唬吓说，若不放人，但凡挨近衙门住的百姓都要搬家，都要巡警道给他们找合适的房子。徐观察原本就懦弱，这回又太疏忽了，没有向赵制台请示，便把人提去放了。放了，又不禀报经过。我为了天良难安，一则也要洗清我的责任，只好到签押房去把事情的前后面禀给赵制台。赵制台很生气，立刻打电话把徐观察叫去骂了一顿说：'好，好，好！你们现在都要当好人，只我姓赵的一个人当屠头！'并且当着徐观察的面，吩咐我：'以后有事，不得我的口谕，任何人不准干涉！'并叫我传谕各分署一体照办。这一来，徐观察这个筋斗是栽定了。设若我不趁这时机多多巴结一下，岂不眼见伸手就得的这个道缺，飞到别人头上去了吗？那我的天良何存？所以我今天要想方设计找出谋反叛逆的证据，自然为了天良驱遣，要替赵制台解忧，答报他知遇之恩；其次，也想多立一次功，及时高升一下，也不辜负在宦海中翻腾了这几年。哈哈！我这番话你该听懂了？什么有天良，什么没天良的道理，必须这样讲才对头！"

末了，他还掉头向站在旁边、听得出神的张妈问道："你是在行的人，评一评，我的话可对吗？"

"你大人随便放个屁都对，何况讲的是有道理的话哩！"

三姨太太偎着他的瘦脸道："那么，你找到的又是一些啥子证据呢？"

"等我同张妈商量，你就会知道的。"

<h2 style="text-align:center">二</h2>

尹良从制台衙门回来，刚刚由两个大丫头服侍着把纬帽揭去，袍褂脱下，还没有换官靴，小跟班就拿着一幅梅红纸手本进来。

"又是什么人来了？"尹良很不舒服地问那小跟班。

"路大人禀见，说有要紧公事。"

"哦！是他。"尹良顿时就有了笑容。

大丫头乌珍很懂事，立刻把叠折起来的袍褂又打开，提到手上。

尹良摆了摆头，并向小跟班说道："请路大人便衣到小花厅说话。"

小跟班刚转身。

"站着！吩咐出去，不要茶房伺候，到里边来泡好茶。"并回头向另一个大丫头东珠说道，"去给小厨房打个招呼，一会儿端点心时，多端一份出来。"

尹良这样安排，只以为路广钟有什么密事相商。不料步入小花厅，却见路广钟依然头戴纬帽、花翎，身穿团花蓝宁绸开楔袍，腰间系一条扣带，仅只没有穿补褂，戴朝珠。手上捧着两个朱红漆木匣，恭恭敬敬地站在当地。

"啊！这是……"

"大人吩咐的。"他把那两个木匣轻轻地放在小木炕的炕几上，请了个安，才挺着腰板遵命坐下。

"老兄真有能耐，说五天交差，果然五天就交了差。哈哈！哈哈！"尹良笑得连漆黑的两撇八字胡须都随着脸上肌肉的掣动而颤抖起来。又举眼把路广钟看了看道："我已说过便章相见，何以老兄还这样冠带齐楚呢？……来呀！"并向应声而入的小跟班说道："去叫路大人的家人把路大人的衣包拿进来!"

及至衣服换好，谢过大人优礼，路广钟才理着刚才打断的话头说道:"并非卑职有能耐，实是大人开导有方。……不过还求大人过一下目，看这几件东西可否呈缴上去? 设有不合，卑职再作其他去处。"

他就着炕几，先把一个四方木匣打开，从中取出一颗三寸见方、黄杨木刻的东西，双手捧着，隔炕几递与尹良。

"是印!"尹良接去一看，还是篆文，念道，"大岷西顾受天之宝。"连连点头，"妙，妙，大岷正指的是四川，西顾又是他们所办的报纸名字，连起来成一个名称，既新颖，又核实，足见老兄高才。"

他反反复复把这黄杨木的印看了两遍，又沉吟着说道:"可惜季帅限期太紧了。如其稍稍宽裕一点，把这东西用黄铜铸出来，跟咱们用的印一样，岂不更足取信了!"他又拿眼把另外一个长方木匣一瞥道:"这里面又是什么呢?"

"一件是盟单。"路广钟跟着从长方木匣内取出一幅织有龙纹的杏黄绫子，正待展开。

"盟单?"尹良带着狐疑神色问道，"为何又来件盟单?"

"卑职的愚见，觉得光有印信没有盟单，似乎有点不像。因为书上……"他已经把黄绫展开。

尹良伸着脖子一看，大约有几十个字，用浓墨写得黑大圆光，开头是:"为反清结盟事，缘清室无道，虐我下民……"

"是你的手笔吗?"

"卑职做不出来，是找一位心腹朋友拟的。求大人指教!"

"当然可以。"

"出言似乎不逊了一点。"

"那倒没什么要紧。既是代反叛立言，越不逊才越像，逊了反而不妙。"

路广钟指着末一行说道:"年月日是这样写法的，大人看，还使得不?"

尹良眯眼一看，原来写的是:大岷西顾开基之始，岁在辛亥，月建乙未，朔日丁酉，即订于铁道学堂。"当然使得，难道反叛还能写宣统三年七月初一日? 一定要这样写法，才可证明他们是存心不奉咱们大清朝的正朔的。"

"还有一件，"路广钟又取出一幅黄缎子，说道，"是十路统领的名单。"

尹良不由拿手指把紫檀炕几一拍道："着！我正心里寻思，如其没有这件东西，印与盟单如何安得到那班人的头上？原来老兄已经想到这上头了！哈哈！"

十路统领的名次是：第一路统领王，第二路统领周，第三路统领蒲，第四路统领罗，第五路统领邓，第六路统领阎，第七路统领张，第八路统领叶，第九路统领程，第十路统领王。

"为什么有姓无名？这又是什么意思？"

路广钟只是摆出一副笑脸把尹良相着。

"从第三路起，倒用不着提名，一望而知就是那班首要。只是第一路统领，不免令人有点迷惑。这个王，是谁呢？难道是铁道学堂监督王铭新吗？"

"王铭新排在第十路。因为王铭新虽是一个举人，但声望资格都不比蒲殿俊、罗纶高。"

"那么，这个王？……"

"大人明鉴！"路广钟做出一种奇怪样子，欲笑不笑地说，"卑职不便禀明，也不敢禀明。就因为关系太大，所以名单上只能写姓，不好把名字提出来。"

"哦！我知道了，敢莫是王采臣王大人？"尹良定睛把路广钟瞅着，不懂得他为什么有此胆量，竟敢把王人文拉上，而且还作为逆首？

"不是卑职的意思。卑职纵然糊涂，也不敢如此妄为。实因四少大人有口风……"

"是四少大人的意思吗？"尹良思索了一下，遂慨然说道，"本来，我们设若追究起四川这次争路风潮，王采帅确乎是个罪魁祸首。因为在他护院期间，如不那样姑息养奸，保路同志会怎么能够成立？临时股东大会又怎么能够召开？明明是他不满意朝廷派他去当川滇边务大臣，而把赵季帅升署了四川总督，所以他才借着反对铁路国有政策纵容绅民出头叫嚣，安心把太太平平的四川搅成一塘浑水，使赵季帅知难而退，好叫四川绅民挽留他。殊不知朝廷早已洞察了他的奸谋，连下严谕令其进京陛见，一面催促赵季帅迅速到任，收拾残局。然而祸根已经种下了，不管赵季帅有好大本事，这场祸事始终是要发作的。……"

他猛然觉得话说得多了些，也过于明显了。路广钟到底是个下属。以体制而言，在下属面前，是不许议论上司的，即令上司已经迁了官。他连忙住了口，重新把名单看了遍道："这个第二路统领周，当然不是叛弁周鸿勋？"

"不是。"

尹良把眼睛两眨，笑道："一定是周法司了。"

说到周善培，尹良又忍不住议论起来。一则因为周善培虽也是四司之一，但以藩、臬的官阶而言，臬台比起藩台，到底在品级上要低一些；二则尹良升署布政司在前，周善培升署提法司不过才两个多月，尹良资格老些，按照体制，他是可以议论这个人；三则尹良对周善培的为人，心里早就不舒服，背后已经打过他的叽喳，现在路广钟既是把他拉上了，他更乐得议论一番，不怕路广钟把话张扬出去。

他说："周法司这人，本是康梁同党，要不是岑云阶岑宫保在两广总督任上提拔了他，并保荐他以道员回川开办新政，又得了锡清弼锡制军重用，他怎么能够得到朝廷信任，从警察局总办调商务局总办，实授劝业道，现在又升署提法司？朝廷给他的恩典，不为不大，但是你看周大人之报答朝廷，却是如何的呢？平时就和绅士们打得火热，听说咨议局那班劣绅个个都同他拜过把子，往来甚密。这已经有玷我们官箴了。而这次王采帅之辜负圣恩，周法司还的的确确是个谋主。不特此也，当其初一罢市罢课之后，赵季帅累次叫他去劝告绅民，从速开市，不要走向极端。但周大人反而从中鼓动，要大家反对到底，朝廷一天不收回国有成命，就一天不开市；还怂恿那些糊涂东西，到院上请愿；倡言赵季帅不顺舆情，就抗粮抗税；——这绝不是冤枉他的话，同志会、股东会那班东西公然提出以正经钱粮扣还股息，通电全省，不准百姓缴纳捐税，的而且确是周法司的主意。他为什么要这样胡闹，并且明目张胆地胡闹呢？当然，借事生风，反对朝廷，是他的本意；其次，也因赵季帅曾经当面骂他：方方讨好，是小人之尤。他受不了，才立意与赵季帅为难。其实，赵季帅初接事时，还被他蒙蔽过，后来逐渐看穿了他的伎俩，方提防了他的。所以十五那天，把那班首要拘捕之后，赵季帅指名叫他代拟奏稿，就是有意为难他。……现在把他列入叛逆名单，并不亏负他。……是不是也是四少大人的意思？"

"倒不是，是卑职揣摩出来的。"路广钟一本正经地说，"也就是十五那天，卑职赶到院上，正见九少大人翻检蒲罗诸人的护书，其中就有周大人的护书。卑职从这上头一揣摩，才知道院上早已把周大人当作蒲罗诸人一伙了。至于周大人讨好四川绅士，卑职从前年学界运动会上，周大人把幼孩工厂的幼孩撤出南校场一事，就窥见其微了。不过，周大人只管讨好四川绅士，到底没有得到什么好处。即如这次争路风潮，一直到目前为止，大人可曾听见外间的议论没有？百姓们对周大人，还是骂得很厉害哩。"

尹良很感兴趣地说："这倒要听听了。"

接着，高声呼唤小跟班把杂拌烟杆拿来。

路广钟看见藩司大人这样好兴致，遂也眉开眼笑地说道："就在周大人到雅州府去迎接季帅大人时候，街道上便已发生了一种流言，说周秃子献计去了……"

尹良连忙截住他的话头问道："那时到雅州府去迎接赵大人的官员多哩（因为尹良本人就曾迎接到清溪县，还在雅州府以南的两站），省城流言，何以只注意到周法司？"

"什么缘故，卑职也不知道。据卑职所知，街道上确实只注意了周大人一个人。"

"或许周法司太得民心了！"尹良叭着杂拌烟笑道，"本来周法司自从开办警政以来，已经口碑载道，人人一提到周秃子，谁不恨之入骨？不久前，端大人来信询问四川争路风潮，我回信上，就扎扎实实列举了他一些德政的了。……好！百姓们还恭维了他一些什么？"

"多啦！据卑职记得的，一次同志会开会，一次股东会开会，周大人登台演说，两次都着一些暴烈分子轰下台来，当面讥笑他是申公豹。……"

"这是什么意思呢？申公豹，好像是小说书《封神榜》上的一个坏人，是不是？"

"《封神榜》，卑职没看过。不过申公豹确实是个坏人，诚如大人所说。大概这个人专一说白道黑，搬是弄非，使人上了当，自己也沾不到什么便宜。……这些都是十五以前的话了，说的人虽多，似乎还无多大妨碍。据卑职看来，最为妨碍周大人的，莫过十五以后那些流言了。"他顿了顿，看见尹良凝神一志在听，遂接着说道："首先，说拘捕蒲罗等人，是周大人给季帅大人打的条；其次，说制台衙门大堂上开枪，也是周大人给季帅大人打的条；再次，说停拍电报，停止邮递，使成都消息传不出去，省外消息传不进来，以便季帅大人放手杀人，都是周大人给季帅大人打的条。所以现在百姓们已经不再叫周大人为周秃子……”

“叫什么呢？莫非官称他为周法司？或者直呼其名周善培吗？”

“都不是。是另外给周大人取了个歪号，叫周条师。甚至说，《川人自保商榷书》同河下那些发动同志会的油牌，都是周大人故意做出来，陷害蒲罗诸人的哩。”

尹良不由哈哈大笑道：“如此看来，周大人倒是众恶所归了，我真要为他大呼冤枉！……周大人本意也只想两面讨好而已，谁知其终也，两面都讨不到好，反而两面挨骂！不过百姓们如此恨他骂他，倒是我始料所不及。……老兄把他拉上名单，并把他位置在王采帅之下，是不是也为了顺应舆情？”

“除此之外，卑职还有一点不得已的苦衷。”

“什么苦衷？”

路广钟故意把眉头一攒道：“难道大人不知道卑职受过周大人的提拔吗？如其卑职不把周大人检举出来，大人可以想得到，政界中将会如何议论卑职？窃思卑职做的是朝廷的官，吃的是朝廷俸禄，卑职除了竭力报效朝廷，伺候各位上宪而外，卑职还能有别的什么心思？正因如此，所以卑职就万万不能任人议论卑职是徇私忘公的小人。……”

不等他结结巴巴说完，尹良已经大声赞好道：“老兄说得很好！本来，我们做官人吃皇上俸禄，受上宪栽培，就不应该再讲私人恩情的。老兄这番举动，在古人就叫作大义灭亲，真值得表彰，兄弟一定要向赵季帅禀明。”他又微微一笑，“将来的保案上，老兄名字不在第一，总不会落在第三以后。”

路广钟急忙走下地来，冲着尹良又是一个膘劲十足的大安，一面逼着喉咙说道：“总求大人栽培！”

及至点心之后，跟班绞上洗脸帕，尹良揩着脸，才想起问道：“我莫问你，这几件东西，是弄好了就拿到我这里来的吗？抑或还做过一些过场？”

“不是做过场，确是当着许多百姓的面，印在铁道学堂一口水井中湿漉漉捞起来的，盟单和名单在文庙西街梓潼宫正殿梁上搭起长梯取下来的。”

“铁道学堂做过股东招待地方，印在这里搜出，还说得去。何以盟单和名单又放在梓潼宫？”

“因为文庙西街差不多是学堂荟萃之区，梓潼宫既清静又方便，老酸们把这些东西藏在这里再好不过了。”

"搜查时候在场的百姓多吗?"

"不少,两处合计,总有百多人。"

尹良笑道:"没有人疑心你在演戏吗?"

路广钟也嘻开嘴唇笑道:"这很难说!……"

三

楚用左膀上的伤,由于九子枪弹把肌肉撕掉了一大块,虽然不如陈树森所断言骨头被打断了,但流血过多,伤势到底不轻。比及阿龙和几个精壮园丁交替着把他背拢顾家院子时,他几乎晕昏了几头,脸上白得像张纸。

不知是斑竹园那个外科医生果然高明呢,还是得亏楚用本身生命力强?他仅仅喊娘唤爷地嗥叫了两天两夜,后来就慢慢忍受得住。只在医生来换药的时候,不免还要咬着牙齿呻吟,甚至痛得通身汗湿,连头发都似水洗过的一般。但是不多几天,由顾三奶奶同她的儿子金生搀着,却渐渐能够从床上坐起,渐渐能够下床,渐渐能够走得几步,到屋角尿桶中去撒小便了。

顾三奶奶因为自己遭过毒打,带过重伤,——她那次在天回镇受的伤,是遍体鳞伤,比楚用重得多!——所以服侍起楚用,不但体贴入微,还非常可怜他,说他也同样是遭了兵的毒手。她给楚用洗脸,抹澡,还给他通头发,打发辫。帮他换衣裳,又给他洗衣裳。楚用要喝水时,不是她便是金生喂他的水。楚用吃得下饭时,她又特别为他煨肉汤,焖炝饭。一句话说完,她与楚用尽管非亲非戚,仅仅是她丈夫认识的一个学生,就因为她同情他,才巴幸不得他几天工夫脱离痛苦。

就当楚用在顾天成家养伤期间,正是陆军三十四协进攻正西路同志军的时候。

照一般人的传说,郫县城外当然经过几场恶战,陆军也曾遭受很大损失。但后来汪子宜告诉人,事实并非如此。郫县根本就没有正正经经打过一次像学生军在犀浦那样的硬铮仗火。因为还没等到陆军进攻,孙泽沛先就退回了崇庆州的元通场。学生军没人统率,把蒋淳风棺殓埋葬后,追悼会都没开,学生就走了一大半,剩下不肯走的,遂分散编入第一、第二两路同志军。张尊、张捷先、张熙、刘荫西几个人都没有打仗经验,统着几千人,不晓得如何调度。但也估定到陆军来势凶猛,力量又大,他们人数再多,决然不是敌手。学生军在犀浦的那种惨败，倒为他们作了有益的殷鉴。四个统领会同一班队长毛焦火辣地会商了一天两夜，居然被他们找到一个缝隙。那便是趁陆军地理不熟，耳目不周，同它来一个走马灯战法：若是拖得过，就拖；若是拖不过，就躲进彭县、灌县那些大山里去。

商定之后，四个统领立即应允郫县知县李远荣、郫县绅士巫发祥、骆安泰、贺明钦、方兰陔等人的要求，不在郫县城关与陆军交锋，冠冕堂皇的话是："以免地方糜烂。"略为部署，张捷先、张熙、刘荫西三路首先撤退出城，向崇宁县、彭县、灌县开去。并且就在这三县联络民团，发动各码头哥老，分头涌进三县县城，成立起每一县的同志军；把经征局、厘金局所收的地丁钱粮，捐税厘金，全部提取了之外，还把这班民怨所归的经征局委员、厘金局委员，连同各分卡的师爷局丁，关的关，打的打，撵的撵。虽然没有干涉到知县官的行政和审断，可是堂堂的知县官也差不多降为某一统领手下一个当公事的僚属，有事传帖召来，无事挥手令去；直把知县官吓得发烧打抖，莫计奈何。除了用鸡毛文书向省城告变外，只好终日躲在衙门里，听候命运支配。

郫县城内只剩下张尊一路了。但他并不愿意不声不响地就退走。他采纳了手下几个队长的建议：把四城门楼上原有的几尊号称大将军二将军的旧铁炮——都是太平天国时代，蓝朝鼎、李永和攻到川西，清朝官吏铸造来做城守之用的废物——一起搬运到东北一角城墙上，把积年铁锈土花打磨干净，装上火药铁渣。临到三十四协统领官陈德麟亲自带领两营陆军士兵，懵里懵懂走到距城还有里把路远近，几尊大铁炮便先后轰震起来。响声大得吓人，火药烟子像云阵一样笼罩在郫县城头，顿饭之久还没散尽。虽不似传说得那样厉害，一下就把陆军士兵打死打伤上百数的人；可是走在顶前头的一班尖兵，毕竟被打伤了几人，委实也把陈德麟猛吓一跳，把整两营尚未经过战阵的陆军士兵惊退了几里，直到高店子才收住队伍。这时候，张尊一路人才撤出西门，一口气开到崇宁县城。

接着，陈德麟就进攻崇宁县，进攻彭县，进攻灌县，进攻被孙泽沛手下另一支队伍占领了的崇庆州。每一处，都几乎是旗开得胜，马到功成；甚至像郫县城头那种吓人的大铁炮，都没有再遇到过。但是轮到他转攻霸占在温江县城的吴二大王吴庆熙时，不想刚被收复几天的郫县、崇宁县、彭县、灌县、崇庆州，又被退走的同志军占去了，经征局、厘金局委员又遭了殃，知州知县又纷纷打禀帖告急告变。于是总督部堂的朱单、督练公所兵备处总办的札子，又雨点似的洒到陈德麟头上。申斥他用兵无方，辜负宪眷；命令他收复失地，殄平匪患。陈德麟尚未学会打这样仗火，尤其所带的几营孤单单放在这一大片已经约束不住的人海当中，四面八方好像都是可疑的敌人，但又找不到一个可以用武力对付的真正敌人；要他在很短期内又战又守，把这无形的敌人肃清，把这破坏的秩序恢复，真不是一件容易的事情啊！最后，得亏督练公所参谋处总办吴璧华给了他一个明确指示，叫他把几营人集中在几个城池内镇守，哪里告警，再向哪里出兵，别再跟着同志军的屁股去兜圈子了。这样，陈德麟在跑得筋疲力尽之余，才算把郫县、崇庆州、温江县三处城池，暂时守牢。

就是守牢的三处，也只是守牢了一个城墙圈子，城墙圈子外面的大小场镇，依然是同志军和一些不服调遣、倡言反对官府的团防的势力。因此，每夜都听得见过山号吹得呜嘟嘟响彻四野的声音，有时，土枪抬炮又像放火爆似的打成一片。是同志军要来攻城吗？是过路队伍故意示威吗？当然弄不明白。驻扎在城内的官兵只好枕戈待旦了。

陆军士兵大都在推行新政时候招考来的，素质已比巡防军高了，平日三操两讲又非常认真，更非巡防军可比。当其赵尔丰一班人决计调陆军来打同志军与团防的时候，队伍中间就打起了一种叽喳，大意是："我们陆军，据说本是为保护国家疆土而练的。调我们到边疆上同外国人打仗，是我们的本等，上了战阵，我们当然要告奋勇，打死打伤，我们决不哼一声。如今调我们来打同志军，打团防，却是为了何来？漫道这些都是爱国同胞，并非什么为害国家的土匪，不应该拿武力去对付。即令是土匪，该打，这也是他们巡防军的职责，与我们陆军又有什么相干？十一营巡防军放在省城保护他姓赵的一家人，却差遣我们来和百姓们拼死生。把百姓打死了，良心上过不去，把我们打死了，才叫报不出奏销哩！"这已不是好现象，再加上陈锦江那样一些下级军官，有意无意散布一些革命理论，大家哪里还肯当真去和同志军、团防打呢？因此，每逢下令要他们到某一处剿匪，一排人总是借口人少了，不敢走，增调一排，甚至增调到整整一队，才勉强奉命。要是当真与所谓的土匪碰上，总是老远老远打起枪来，子弹尽量地放，横竖空气是打不伤的。土匪退走了，子弹也放得差不多了，立即收队回城。报告战绩是打死匪徒若干名，打伤匪徒若干名，"只以匪众我寡，而匪又皆亡命之徒，愍不畏死，未便穷追，致遭损失"云云。纵然没有碰上什么匪徒——十有九回都碰不上——他们也要做够过场，像打野操一样，向着漠漠荒野放上一阵枪才收队回城。报告战绩，依然是"只以匪众我寡，而匪又皆亡命之徒，愍不畏死，未便穷追，致遭损失"云云。

陈德麟是外省人，又是不常和部队接触的高级军官，他当然摸不清底实，下面怎样禀报给他，他也便怎样禀报给赵尔丰和王棪。同时，还要禀请补充一些军火，还要照例把匪势张大几倍，明明知道省里的陆军所留无几，偏又一再恳求增援，这是从前封建军队遗留下来的积习，叫作预为之地，作用是胜固有功可居，败亦有过可卸。

说起来，赵尔丰是打仗起家的一个有资格大官，而且头发胡子都已斑白，业经活满六十岁的老人，对于陈德麟这样诳报的军情，何以会信以为真呢？当然是有理由的。理由是：

首先，把他自己处以监禁。用了十一营之众的巡防军把自己监禁在制台衙门的签押房与上房内面。——到后来，即使从签押房回到上房，或由上房去到签押房，都要张麻子率领一众亲信卫兵，拿着大刀手枪，在前后保镖，生恐有刺客行刺。赵尔丰枉自歪号屠户，他的胆子，已着造反的百姓吓破了！——而所寄托的神经，是赵老四，是杨嘉绅；所寄托的心腹，是饶凤藻，是余大鸿；所寄托的股肱，是王棪，是田征葵；所寄托的耳目，是尹良，是路广钟；这已非使他糊涂不可了。其次，诳报军情，虚张匪势的，又并非陈德麟一人，比如差遣到东南路去打团防的六十五标一个营，也因带兵的教练官姜登选是一个革命党，一天几里路的行军，好容易走到秦皇寺，竟自牢牢地驻扎下来。一次禀报，是匪众我寡，不能冒进；二次禀报，是匪势甚盛，前进堪虞。又如六十五标另一个营，差遣到德阳县、罗江县、绵州、安县、绵竹县、什邡县一带去剿办这一路同志军统领侯国治，因为有一个排押送军装，路过汉州向阳场，兵丁们正架着枪吃饭的时候，忽然被一百多个袍哥围住，四十五名兵丁同一个姓易的排长立遭乱刀斫死；军装损失了，四十几支快枪和每个兵身上所配发的子弹全被抢去。这一意外，不仅增加了市面上的谣言，增加了官场中的恐怖，也使开去剿匪的管带、督队官等不得不加倍小心。就因小心过分，一进入山区，仅只一点风吹草动，也觉得到处是匪，不敢深入了，当然要借口。最方便的借口，恰好又是匪众我寡、匪势甚盛这一类话。四面八方的禀报都像一个板子印出来似的。古人说过，一连三个人来告诉你说，市上有虎，不由你不相信市上当真有了一头老虎；一连三个人去向曾母报告说，她的好德行儿子曾参杀了人，也不由曾母不相信她的儿子果然杀人犯罪。像自处监禁的赵尔丰已经糊涂得可以了——何况还吓破了胆——再被这同样的情报一蒙，要他不信以为真，那简直是说不过去的事！

也因这个缘故，开了三四千人去攻打周鸿勋三百多人，——若把侯保斋等的同志军计入，在新津城内的还是有好几千人啊！——而且负责指挥的尚是第十七镇统制官朱庆澜，逾限已久，还未打到新津城下，赵尔丰每次在专用电话上催问，总被朱庆澜一阵"部署尚未周到，未便冒昧挺进"的话抵住，而他也只好叹息两声，硬相信困难是很多的。

省外地方不安靖，新津急切攻打不下，倒也不完全虚假。新津的事姑且不说，地方不安靖一层，确乎又是事实。比如陆军六十六标统带周骏——这个四川籍军官，就是王棪向赵尔丰力保其为忠诚可靠的人。——亲率一营之众，赶到新繁县城，打了半天硬铮仗火，把所谓劫夺县城的匪徒完全打退，恢复了县城秩序，使那个被匪徒撵走的知县官余慎，又得安然回任，再做民之父母，这就是并非虚假的一例！

四

新繁县城在成都之北六十五里，也是川西大平原上一座富庶县城。因它位置偏在北大路之西，虽属疲难，还不算冲烦。知县官余慎，在官场中混了十多年，资格相当老。就是不谙民情，不识时务，现在已是辛亥年了，而且闹过铁路风潮，官民尚正冲突，但在余慎心中，好像与他刚从吏部领照出京，到省禀到候缺时候，并无不同。因此，他不仅确认知县官仍旧是民之父母，还诚心相信县大老爷依然应该凭个人喜怒，来对百姓作威作福。

这一天，是新繁县城赶场的日子，四乡进城的人很多，街上人来人往，生意很为兴隆。余慎本来好端端地在他签押房里批阅公牍，不知由于什么，忽然心血来潮，想到邻封州县都在剿匪闹事，独有他新繁县还算清静，为什么能清静呢？当然是他防患于未然的劳绩。他已有几个场期未出去弹压，听说今天又是什么神会日子，人来得更多，如不及时防范，万一混些匪人进来，发生一点小事故，那么，他今年的考成又没有卓异希望了。他头上一发烧，来不及像往常一样先共刑名老夫子商量一下，遂青衣小帽，带了几名新招募的堂勇、几名皂隶差人、两名跟班随从，拿着前膛枪、皮马扎、打人的刑具、杂拌烟杆、鼻烟壶、朝扇等等物事，出来巡查弹压。

余慎一众，刚威威风风步出衙门，还未走上街道，忽闻很近之处，砰砰——一声震耳爆响。他猛吃一惊，心想："不好，这准定是匪人的什么暗号！"他的胆子果然不小。立地督着堂勇、差人，分头向乱作一团的人丛中去清查。不一会儿，便从人丛中逮到一个约摸十二岁的、又脏又烂的调皮娃娃。

这娃娃是衙门口钟刀儿匠的一个独生子钟小娃，自小就被父母惯失得顽劣异常，成日吃饱了肚子，便在城内城外伙着一班年龄相仿的孩子们，出奇地想着方法来整人的冤枉。今天是他从火爆铺里偷了人家几个红纸大爆竹，告诉同伴说，在人堆中放起来，多吓人！多好耍！已经在东湖外面放了两个，把一些赶场的、摆摊子的大爷、大娘都惊吓得来追打他。他与同伴们简直说不出的高兴，又笑又跑。跑到衙门门前，看见坝子里拥挤的人更多，他们商量了一下，在这里放他几个，更有意思。

爆竹一响，人们果然大乱。正在吵骂之际，堂勇、差人跑来清查。孩子们都跑了，钟小娃还一心一意蹲在地上安放第二个爆竹，登时着堂勇发现，像老鹰抓小鸡儿一样，抓到余知县跟前跪下。手上的爆竹和一根点燃的神香，做了凭证。

余大老爷坐在皮马扎上，满脸煞气叱骂道："你个小杂种，从实招供！是哪些匪人叫你进城来放号炮的？"

钟小娃时常在衙门里溜进溜出，大老爷坐二堂问案的样子，他已看惯了。这时只管跪在地上，一点不晓得害怕，还是嘻哈打笑地把大老爷瞅着，也不大明白大老爷问的什么。

一个有年纪的差人从旁代为回明了钟小娃姓甚名谁，家住哪里，父母是干什么营生的。几句平淡无奇的话，恰好说明了大老爷所怀疑的全非事实。充其量，钟小娃是个没教育的孩子罢了，那样大的罪名，当然不好安得。

但这一来，反将余慎的脾气逗发了。他之怀疑钟小娃，实实因为钟小娃自有可疑之处。他是民之父母，古人就说过：天下无不是的父母。现在当着这么多看热闹的子民，要叫他把说出口的话吞回去，还要改口判定钟小娃只是出于儿戏，并无大不是之处，这岂不是要父母官当众认错？认错是丢面子的事呀！子民们倒是应该，父母官的面子可是丢得的？他猛然想起四川人的话："有理三扁担，无理扁担三，打了再说。"遂不管钟小娃的年纪是否达到大清律例应予笞责的规定——新刑律根本就不在他的意下——只一味呛着两眼吆喝道："现在正自人心浮动，谣言孔兴之时，你个小杂种竟敢故意扰乱安宁，不打你个半死，你不知道本县的王法厉害！——来呀！给我拉下去打！——结实打！"

执刑的差人都是钟小娃平日喊惯了的伯伯叔叔，虽然横拉顺扯把钟小娃按在地上，剥下裤子；虽然打在那两片尚未发育的大腿股上的竹板尽管响得噼噼啪啪，钟小娃也尽管学着那些挨打人的腔调，哼声不绝地喊着："哎哟喂！大老爷开恩呀！"但是打了四五十板，被打的肌肤并未露出一点红肿的样子。余慎知道差人在卖人情，他更冒了火。大声把执刑差人叱开，叫他前不久才从省城招来，与本地人尚不稔熟的堂勇来代替了差人。

堂勇一执刑，钟小娃哪还有不吃大亏的道理？不到二十板，两条瘦小的大腿股立即肉绽皮开，冒出鲜血。钟小娃不再像唱歌般地哼着"大老爷开恩呀"，而是真正地痛得大哭大叫，喊起妈呀来了。

这时节，钟刀儿匠夫妇已从人丛中慌慌张张奔了出来，一齐跪在大老爷跟前，为儿子求饶。钟刀儿匠的老婆心疼儿子，儿子哭叫一声"妈呀！"她便冲着余慎磕一个头，泪流满面地哀求道："大老爷，我那娃儿还小，啷个受得了你的刑法？求你积点阴德，饶了他吧！"钟刀儿匠也不住磕头道："娃儿家不懂厉害，犯了大老爷王法，求大老爷高抬贵手，饶他这一遭，大老爷实在要打人，就打我一顿好了！"

余慎还是气哼哼地一面哑着跟班递来的杂拌烟，一面撇起官腔叱骂道："混账王八蛋，你可晓得养女不教如养猪，养子不教如养驴？……养些禽兽出来，扰乱社会安宁……自己说，该当何罪！……你还怕本县不打你两个吗？……本县历来执法如山……犯了本县王法……本县断不姑息养奸的，等把小杂种打够了，自会打你两个，你倒不要着慌！"

板子沉重地打到五六十下，余慎还在叫喊"加劲打！"钟小娃一边的大腿股已经打烂有巴掌大一片，娃儿哭叫声音已不像先前那样有劲。

看热闹的人们打起叽喳来了。一些愤然不平的言语传到县大老爷的耳里，很清楚的是：

"妈的，太毒辣了！娃儿家惹烦，打个知道好啰，为啥就朝死处整？"

"打娃儿是过场，不过借此摆摆他的臭架子。"

"臭架子摆跟哪个看？妈哟，这些人就看不上眼！"

"借娃儿的屁股来摆臭架子，他妈算个啥东西！"

钟刀儿匠的老婆好像也听见了，便扯过身去，冲着大众旋磕头，旋哭诉道："是啰，这样扎实打下去，还不把娃儿打死吗？造孽哟！我半世年纪，就只养了这一个娃儿。求你们帮忙说说好话，大老爷不开天恩，死一个就是两条命啊！……"

余慎瞪着双眼才待开口骂人，人丛中已经一片声吆喝起来：

"不许再打了！"

"不许再打了！"

"打死人要你抵命！"

"对，对，硬要他抵命！——硬要他狗日的抵命！"

"咹？要本县抵命？"余慎把手一挥，杂拌烟杆撂有几尺远。两只穿着青缎粉底官靴的脚在土地上连连顿着道："真是无法无天了！当着父母官的面，胆敢口出不逊之言！……谁在放这等狗屁？敢给本县站出来吗？"

他估定没人敢站出来。他已准备要叫人去清查那些说话的人了。但是出乎意料之外，只听人丛中一阵嘈杂，一个中年汉子居然朝前跨了一步，算是站出来了。

这人，个儿不高，肩膊相当宽，一张圆圆的、被太阳晒得红中透黑的脸。酒糟鼻子底下有一些胡子碴儿。身上穿的一件藕合色湖绉单衫，显然是十年前的旧东西，周身尺码大得出奇；袖口在手背上挽了个龙抬头；胸前纽子没有扣上，衣襟搭拉下来，露出黑黑的一段项脖；一条牛绳粗的发辫，在脖子上缠了两圈。一顶满是灰尘的纱瓜皮帽，歪歪地戴在头上。一双青筋虬结的大手，握了根酒杯粗细、格楞包拱、不知什么材料做的叶子烟杆。这人一站出来，就瞪起那一对满布红丝的眼珠，盯住余慎，从牙齿缝里迸出了一种沙哑声音吼道："老子站出来了，肯信你把老子的卵包咬下来！"

这一来，真把余慎气昏了，使他来不及把这个人多多端详一下，更没有想到这个人如此大胆，是不是有所仗恃？他还是把他当成一般的子民在看待。立即把一根气得打抖的手指指着这人道："是你！是你！……来呀！给我拿进衙门去！……等本县重办他！……"

那个上年纪的差人赶快凑在余慎耳边，刚说了一句："大老爷，使不得，这是……"

只听见一片人声，像炸雷一样发作起来："还了得！敢捞动我们的舵把子！……打死这狗日的！……打死他……打死他，莫让他跑了！"

几十个壮汉凶神恶煞般扑了过来。差人先跑，几个摆样子、吓百姓的堂勇，除了那三个在地上按人打人的，早丢下钟小娃，混着差人跑了外，其余几个，因在大老爷跟前站班，全被抓住，打得鬼哭神号。有两个因为保护余慎，把扑过来的人推攮了几下，立被牛耳尖刀捅了几个鲜血淋漓的窟窿。十支没有子弹的前膛枪也转了手。街上的百姓们都跟着动手的袍哥们，从衙门外一直打到二堂，——到底有点顾忌，尚未打进内宅去。——见人打人，见东西打东西，就只没有打着县大老爷余慎。因他眼明脚快，在堂勇挨打之际，已经溜了。

知县一溜，其余的官员都溜了。动手生事的那个袍哥大爷，乐得把字样拿出来，将几个尚未公开的公口上的龙头大爷约齐，商量了一下，一不做，二不休，当天夜里就把同志军的招牌抬了出来，乘势招兵买马，霸占了城池。

新繁县的乱子，几乎同好多州县的乱子一样，都是由于一二桩小事情闹起来的。

第五章　城乡之间

一

新繁县城的消息刚一传播，各个乡镇也便动摇起来。平日潜伏着的袍哥全出了头，这里设了公口，那里建立码头。大一点的地方，还组织起了义军——别于同志军，又不与同志军取联络的一种纯粹袍哥武力——大至二三百人，小至四五十人，舵把子一律自封队长。队长一登台，但凡地方上当公事的人就背了时，事权剥夺了，还被某大爷某队长唤去要米粮，要银子，说是为了公益，不出不行。大爷同队长势力所及地方，也立刻变了样：赌博，不消说是公开了；看看快要禁绝的鸦片烟，也把红灯烟馆恢复起来；本已隐藏了的私娼，也公然打扮得妖妖娆娆招摇过市。连带而及的茶坊、酒店、饭馆、生意都好。

年轻小伙子们，尤其家里有钱有田、平日吃惯喝惯的子弟们，差不多都跑出了家，追随在某大爷某队长的屁股后头，不问昼夜地在场街上耍得昏天黑地。有时高兴起来，还要执刀弄杖打群架，不是打伤了人，叫娘老子出钱给人敷汤药，便是自己被人打伤，抬回家来，叫老子娘给自己找医生。至于估吃霸赊，逞强压善，那更不在话下。因此，不过几天工夫，便把好多平平静静的乡镇变成一种又热闹、又恐怖的世界。

这股风当然也吹到顾天成办团的那个乡镇。

这一天，楚用更好了些。尽管脸上瘦得只见骨头，两只眼睛深深陷在眼窝里，鼻子显得更高更尖，两只耳朵薄得像张纸，可是左膀创伤已不像前几天那样痛得火烧火辣。把左臂用带子络在胸前，右手拄一根棍子，居然不要人搀，可以慢慢走到堂屋门外，半躺半坐在一张用过多年、业已泛红的竹睡椅上。

顾家院坝也与许多粮户人家的院坝一样，用处不少。其中最大用处，便是收了麦、收了稻以后做晒场。最近顾天成自雇长年做的三十亩稻田的稻，一共打了二百多挑湿漉漉的谷子，就在这里晒干收的仓。所以院坝里没一根树，地面的红沙石板的缝隙中也不容长一茎草。

这一天依然是个阴天。但是强烈的太阳影子从薄薄的灰色云层上逼下来，由于没有荫蔽，由于红沙石板的反射，就在堂屋门外的阶沿上，还是感到热烘烘的。

顾三奶奶也比前一晌经佑收割时候清闲多了。坐在一张矮木椅上做活路——是她儿子金生的一双漂白竹布袜子———面同楚用摆谈着成都学堂情形。

"我也晓得省里学堂比乡坝里办得好，我哥哥早就跟我说过。我也想到把金娃子送到省里去读书，到底要好些。"

"为啥又不送去呢？"

"就是他那老子嘛，总不放心叫娃儿离开。"

"金生今年十几岁了？"

"再五个月就满十四岁。"

"并不小喽，还有啥不放心的？"

顾三奶奶放下活路，抬头把问话的人望了一眼道："有原因的。他前房有一个女儿，他带到省里走人户，不晓得咋个会走掉了，这么多年，都没有找到。他吓伤了心，所以连娃儿都害怕送去。我每回进省去看哥哥，或是到幺伯家去走走，有他一路，才把娃儿带在身边，没他一路，随你咋个说，咋个吵，他硬扣住娃儿不放，好像金娃子硬就是他亲生儿子……"

话未落脚，顾三奶奶的两颊突然红了起来，一直红到耳根。她还忙着拿手背把嘴唇捂了捂。大约也明白那句话是捂不回去的了，才埋下头去，笑了起来。

这样一来，倒引起了楚用的注意。把她那句没有说完的话一寻思，果然有点怪。不由眯着眼睛问道："难道金生是你们抱来的娃娃吗？"

"哪是抱来的？硬是我十月怀胎的亲生子！……不过，不是他顾家的骨血罢了。……"

这话更怪了。楚用心里想道："莫非她年轻时候也偷过人，养过汉不成？"再留心把这个中年妇人一相度，虽然被乡坝里的风霜侵蚀，肌肤不似城里太太奶奶们那等细腻嫩膄，可也不像一般乡坝妇女那样又黑、又黄、又粗、又糙。除了两只手由于天天做着吃重活路，不但变得骨节粗大、手掌宽阔，而且手上还有很多老茧。但是眉梢眼角风韵犹存，长脖细腰苗条如故，

"唔！多半没猜错。黄家表婶不是说过：女人生标致了，都不大安分的？"

还是顾三奶奶自己把这疑团打破了，她说："楚先生莫见笑。我是二婚嫂，我头一嫁姓蔡，金娃子是他蔡家老子生的。"

"啊！原来如此。"楚用不得不正正经经地加以解释道，"妇女们死了丈夫再醮，男人们死了老婆再娶，原本平常已极，何况现在风气又已开通。你不晓得，省城里头好多讲新学的人正在提倡男女平等。啥子叫男女平等？就是说，男女都是一样的人，为啥男人就应该高一点，女人就应该低一点，男人死了老婆不守鳏，女人死了丈夫就该守寡？现在只有一些老腐败还在反对，他们还在讲男尊女卑的旧道学，还在主张女子守贞，寡妇守节。他们还硬说现在世道不好，都是由于讲新学的人把风俗败坏了的缘故。不过这些老腐败到底是不合潮流的人，风气到底开通了，别的不说，比方寡妇再醮这件事，就没有人觉得稀奇了。"

"噢！省城里头竟这样风气开通起来？"

"不是吗？女子已经能够进学堂读书了。"

"这个，我早晓得。"

"女子已经能够进戏园看戏了。"

"这个我也晓得。"

"女子还能开会演说。这回争路风潮，就出现过女界保路同志会。"

"有这样的事？"

"女界同志会还不止一个哩。"

"看来，我们妇女真个要出头了！……"

一句话未完，顾天成带着他儿子金生，忽然推开枕门进来。一条又高又大、样子非常威猛的看家狗小花和那头养了十多年眼睛已经半瞎、皮毛已经擀毡的老母狗黑宝，都跟在后面，一边摇头摆尾，一边呜呜咽咽地向主人身上扑跳。

顾天成今天脾气似乎很不好，不像往日一样，伸手去摸抚小花的耳朵鼻子，反而一脚头把它踢了一个滚。两条狗都汪汪吠着，夹起尾巴朝门外跑了。

顾三奶奶唤着金生问道："这么早就放了学吗？"

顾天成高声大嗓说道："是我叫他回来的！"

他跨上台阶看见堂屋门外两个人都莫名其妙地把他望着。他摘下草帽说道："县城里头出了事了！"

顾三奶奶尖起嘴唇笑道："县城里出事，出它的事，你把娃儿喊回来做啥？"

"唉！你这个人才老火哟！全场上闹得文王不安，武王不宁。老师蹲在茶铺里球说书，学生娃儿满街跑也没人喊一声；我不带他回来，等他伙着那些浑娃娃去造反吗？"

楚用等他拉了条板凳坐下，才问道："县城里出了啥子事？"

顾天成扇着他那柄尺二长的黑纸折扇，一面夹七夹八地把在场上听来的城内消息，说了一个大概。

他老婆不等他说完，便已喊了起来道："真是不成世道了，做官人就该这么毒辣吗？十一二岁的小娃娃，懂得啥子厉害，亏他狠得下心。这样的人真该打！我在城里，我都要揍他两锭子的。"

"对！你能干，你有本事，"顾天成瞟了他老婆一眼，"只可惜你今天没在场上……"

"正要问你。说的是县城里出了事，本场上咋又闹到文王不安、武王不宁呢？"

金生把书包拿进房里去后，没等他老子吩咐，就顺手把一根黄铜水烟袋给他带出，并且把纸捻也点燃了，一齐递到他老子的手上。

顾天成登时就笑逐颜开。对楚用说道："你看这娃儿多懂事！多伶俐！他妈总抱怨我溺爱他。像这样懂事的娃儿，怎怪当老子的不喜欢呢？"

顾三奶奶口里打着啧啧道："够啦！够啦！要是当真喜欢娃儿的话，就该早点送他到省里去读书。老是留在乡坝里头，不是颠转把他耽误了？我说你溺爱，就是说你爱得不在正道上。刚才还同楚先生摆到这上头。"

"是吗？"

楚用点头说道："话是说过的，以后再研究好了。"他把右手伸了出来："托你买的纸烟呢？"

"啊！纸烟。场上已经卖断庄了。我叫阿三到崇义桥给你找去。如果崇义桥也没有，那便没地方买啦。"

金生插嘴说道："哪个没地方买？沈掌柜不是说省里就有吗？"

"我怕不晓得省里有！可是哪个敢去贩来呢？不说路上不清静，就本场上那么乱法，哪个有心肠再做买卖？"

顾三奶奶道："实在没有纸烟，楚先生将就吃你的水烟。再不然，就吃阿三他们的叶子烟也一样。现在你把场上的事情讲一讲，好吗？"

"场上事情嘛，没别的，就只一个乱。他妈的，啥子人都出了头，啥子人都在出主意。……有些人打算把黄蜡丁找回来，在场上设立一个公口，好同县城里段矮哥段舵把子联络。有些人赞成黄蜡丁回来，却不主张设立公口。主张成立一支义军，就推黄蜡丁当队长。他妈的，简直是九头虫当家了，闹来闹去，就没有我的事。"

顾三奶奶连忙问道："莫非不要你当团总了？"

"口头没说出来，意思很明显。你想嘛，成立公口，我不是袍哥，我自然挤不进去。成立义军哩，团防本是就口馍馍，又有钱，又有人，我是现堂堂的团总，不提说推举我当队长，却另自推人，推的又是一个袍哥。不消说了，有义军，就不要团防，义军一成立，我这团总就喊垮杆歇台！"

"许你不赞成就完啦！"

"你倒说得好！赞成不赞成，总得有人来同你商量，你才好点头说赞成，也好摇头说不赞成。平日在公所里要议事，我是懂得这些过场的。今天他们一直就不同我商量。他们只是热热闹闹讲他们的话，我憨痴痴坐在旁边，他们不理睬我，我也插不下嘴去。他妈的，看样子，硬像要把我摆干。我一肚皮的气，所以就走他妈的，等他们儿爷子去鬼闹！"

"唉！你不该走。"

"为啥不该走？莫非要等到人家彰明较著喊了出来：'呔！顾某人，我们今后不再要你办团了。'我才走吗？"

"我的意思，就是这样。"

顾天成泛起眼睛把她望着道："那我又不懂了。你平日总说我这个人不知趣，今天我不走，才真是不知趣哩！"

"简直说得不成话！"顾三奶奶不由眉骨一撑，"我平日说你不知趣，是说你不晓得事情的轻重。今天，人家并没有彰明较著说是不要你，你冲走了，只算糊涂，好意思说是知趣！"

楚用看见顾天成勾着头只顾吃烟，样子很是尴尬，遂插嘴说道："依我说，顾哥子这一冲走，或者也有一点好处。"

"倒要听听你说的好处。"顾三奶奶又把手上活路放下。

"是的，是有好处的。因为那些人既然没有彰明较著说出来不要顾哥子当团总，顾哥子自己也未提说要把团防改成义军，这件事情就算根本没有成议。顾哥子再一冲走，他们说不定也就不好意思再朝这方面讲了。"

"不见得，"顾三奶奶摇了摇头说，"你不晓得我们场上那些人，十有九个都是踩倒趴的。你若果软一点，你就吃不完他们的亏。比方说今天的事情，他不冲走的话，他们硬就不敢说出不要顾某人当团总。但是他现在走了，阿弥陀佛，人家还有啥子顾忌呢？恐怕他前脚一走，人家后脚就要光明正大提说了。总之，一句话，这一走，别的不说，团总一定是出脱了。"

顾天成的头低得越发厉害。

楚用对于顾三奶奶只管感激、佩服，但是看见顾天成在老婆跟前那样懦弱，那样像打败了的牯牛似的，心里又是笑他，又有点为之不平，因即说道："顾哥子真个把团总出脱，或者还是你们的幸事，我说，顾嫂子倒要看开一些。"

他这一说，连顾天成都感到稀奇，不由抬头问道："是咋个的呢？"

"咋个的？我只问你，你们场上今天闹着要找啥子黄蜡丁出来设立公口，要找他出来成立义军，是不是因为新繁县城出了事，他们才想乘机响应呢？"

"自然是这样的，我不是已经说过了？"

"那么，如其新繁县城一旦平静了呢？"

顾天成略微有点愕然。他的老婆又把活路放下，瞅着楚用问道："怎么就说到平静？"

"难道你们真就没有想到赵尔丰会派队伍来吗？"

"场上的人都说，赵尔丰的兵已经调完了。光是调去打你们新津的就上万数，到今天，尚没捞到周鸿勋一兵一卒，哪还抽得出兵来打我们新繁？即使抽得出兵来，他也未必把新繁打得下，你们新津的仗火就是例子。"

"我们新津，根本就与你们新繁不一样。光说那三渡水，就险得很！凡是走过南路的人，哪个不说：'走尽天下路，难过新津渡！'何况你说过，周鸿勋带的又是巡防军里头顶精悍的一标人马，用的也是快枪快炮。此外，还有我外公侯保斋的同志军。你还不晓得我外公的声望哩！他既然出了山，去给他凑摆的，光拿邛、蒲、大那儿州县的哥弟伙来说，就不晓得有好多。像这样又得地利，又有人和，赵尔丰那一点陆军，当然没有多大用处。但是说他就抽不出兵来打你们新繁，我看却未必然。依照我的想法，无论如何，新繁，他准定要打下来的。因为你们新繁离省城这么近，又无险可据，在县城里的那个舵把子，不说没有周鸿勋同我外公那种力量，恐怕连西路的张尊、张捷先、孙泽沛、吴庆熙这班人都未必赶得上。张尊他们尚守不住一座郫县县城，你们县的这个舵把子便能守住新繁县城，这不是冲壳子吗？哪个能相信？"

一时之间大家都没有话说。

末了，还是楚用打破岑寂，他用右手撑住，把身体在躺椅上摆得更舒服了点，然后说道："还有哩，县城打下之后，说不定军队就会分头下乡来的。到那时，各乡场上的袍哥大爷，你们想，还有不赶快收刀捡卦、脚底擦油的吗？袍哥大爷一跑，乡场的情况当然就不再像眼前这样乱了。"

"一点不差。"顾天成不住地点头。

"那时，袍哥大爷倒跑了，你们这些当团总的却怎么搞呢？军队下来没抓拿，难免不把你们当帽根儿抓的。"

顾天成把水烟袋向土地上一顿道："是呀！我们都是有身家、有性命的粮户们，却怎么搞呢？又不比那些没脚蟹，要跑，也没处投奔。"

顾三奶奶想了想道："团防不比袍哥大爷的公口，也不像别地方的同志军，开办时候，还立过案，报过县，得过县大老爷的札子。团总哩，向来就是地方上一个当公事的人。我看，军队就下了乡，也没啥来头。"

她的丈夫白了她一眼，咕哝道："倒不要这么说。自从十六以来，哪一县的团防没同军队打过仗？他们早已把我们团防当成同志军看待了。除非不遇合，若果遇合上了，总是说不脱的。"

楚用道："所以我才说，你们场上的人若是真个不要你再当团总，对于你并不算啥子坏事，你们又何必怄气呢？"

又是一阵沉静。

顾三奶奶把手上的活路放在一只竹丝编的针黹篮内，一面将取手指上的黄铜顶针，一面点头磕脑地说："是咧倒是，团总出脱了，不当地方上公事，免得人家当帽根儿抓。可是另外一层，我们当家人若是把团总丢了，也有许多不便处，你楚先生就没有想到。”

“是不是说，叫化子丢了打狗棍，便会着狗咬吗？”

顾天成抢着说道：“倒不为这个。她的意思只是说，我奉了洋教以来，亲
朋地邻都很讨厌我，如不戴上一顶公事人的帽子，地方上设或有啥子事情，
第一个炸雷就会打到我的头上的。其实这是她多余的操心。我奉我的洋教，
我又不曾仗教欺负过人。地方上的公益捐，只要摊到我的头上，从没有说过
我是教民，不出。真的，我奉我的洋教，有人家屁相干！”

“咋个不相干？人人家里都在敬祖宗，敬菩萨，偏你一家堂屋里供的
啥？”顾三奶奶一根指头指着堂屋后壁，原先悬挂天地君亲师神榜和顾三小房
三代神主牌位地方，而现在只空荡荡地挂着尺把长一只黑色木质的十字架，
上面嵌了一具好像是铜铸的耶稣受难像，“这东西看着就不顺眼！不说逢年过
节，就在平时，到你家来走动的人，一进堂屋门，哪个不摇头？哪个背后不
骂你忘本？若不是这些人引着客人到厢房去，看你顾家祖宗牌位还好好供在
神案上，观音菩萨、文武财神、本宅土地神龛前，还是香蜡钱马一样不缺，
怕人家不早把你这二毛子的窝巢打个稀烂？”

把丈夫排揎一顿之后，顾三奶奶又回头向楚用说道：“我想，场上今天，
大家不瞅睬他顾三贡爷，倒不因为他没有把团防办好。大原因，就由于他是
奉洋教的。你楚先生总该晓得嘛，袍哥大爷同奉洋教的，根本就合不来。”

二

过不了两天，楚用所猜测的事情果然实现。

新繁县，确实因为处在平原大坝上，既无山川险阻，而与省城相距又
那么近。所以赵尔丰一接到禀报，登时就面谕王棪，把正在新都唐家寺剿
匪的陆军六十五标统带周骏调去，收复县城，肃清匪类。

周骏是一个效忠清廷的年轻军官，又是金堂县人，对于川西坝的情形很
熟悉。奉命之下，遂抽出步兵两队，骑兵一队，亲自率领，一口气杀到新繁
城下。经过三个钟头密击，把据守在城头上的、只有少数前膛枪的同志军打
死打伤了几十人，便把县城夺回，还几乎把段矮哥生擒活捉到手。

消息一传播，一些乡场上袍哥大爷都大吃一惊，虽未全部脚底擦油，可
也做到了“得缩头时且缩头”；什么公口，什么义军，也都烟消火灭；原先

一班当公事的人又阴悄悄地从各个角落里爬了出来。

顾天成的团总位置得以保全，当然高兴，但是高兴得并不久。接着是知县官余慎的公事下来，要把几个乡镇上有力团防调进城去。理由是会同军队，增强城守。

顾天成从场上一回来，先到灶房找着顾三奶奶谈了一番。两口子跟即一前一后进房间里来找楚用。

顾天成首先搔着新剃了短发的头皮道："嘿嘿，一波未平，一波又起。这一回，真要劳你的神代我看看火色了。"

楚用从竹席上撑起半截身子，靠在床栏杆上。顾三奶奶连忙走去，把一床薄棉褥子——其实就是她儿子金生早年用过的被盖——拉来，给他垫在背后，一面说："就这么躺着不好吗？何必要坐起来哩！"

顾天成面对楚用坐在床边上说道："余大老爷在公事上限我三天，定要把册子上有名字的团丁全部带进城去，不准缺少一人，不准违限半天。少了人，违了限，都要以我是问……"

顾三奶奶没等她丈夫说完，就接过嘴去道："我说这是余慎的鬼八卦，你信不信？明明是不放心我们团防，所以要把我们调进城去，免得我们在四乡跟他出事……"

"我们在公所里研究过，"她丈夫也是不等她说完，便把话头抢了过去。"为啥要把团丁一个不留地都调进城呢？包管是要把团丁编成军队，开到新都或者汉州那些地方去帮赵屠户打同志军……"

"这更可恶了！……"

顾天成连忙短住她的话头道："唉！等我说完了，你再说，好不好？就这么打岔，也叫楚先生听不出一个头绪，人家咋好打主意呢？"

楚用道："大概的情形已晓得了。……你要我打个啥主意？"

"就是说，我该不该听从余大老爷的调遣，把二百多名团丁全部带进城去？"

楚用一面伸出右手，向床前柜桌上去拿纸烟——是阿三从崇义桥给他买回来的孔雀牌纸烟——一面迟迟疑疑地说道："这确是一桩使人为难的事。……照道理讲，知县调团防，你这个团总怎好不受调遣？……但是从大势上看来，听从了调遣也不好。……就不说照你们所研究的，要把你们编成军队去打别地方的同志军……这点，或者不至于。……顾嫂子说得有道理，他未必放心你们。……但是把你们夹在军队中间，就用你们在本县清乡，倒是有之。……不过，我们不是那个姓余的肚子里的蛔虫，这些揣测，也同押红黑宝一样，还是没准则的。"

顾天成道："这些空话不讲也罢。你只说应该去不应该去？"

"已经把那些毛病都研究出来了，你难道还不懂得？"

"就是不懂得喽！"

顾三奶奶接着说道："我懂得。楚先生的意思，叫你莫去。我也是这么想的，与其去了自投罗网，不如不去的好。"

"那么，不去就完了，横顺大家都不愿去的。"

楚用吹了两口烟子，想了想道："光说不去也不对。你总该有个借口话，等他催你时，才好拿去搪塞。不然，他可以办你的罪，打发差人来拿问你的。"

"打发差狗来拿我吗？"顾天成笑了起来道，"那倒休想动得我一根头发。那些差狗，哪个不晓得我顾三贡爷是教民？嘿，嘿，三奶奶尽管讨厌堂屋里的十字架，可是用处还是很大很大的！"

"但是他把军队请来呢？"

顾天成不开口了，并且脸上的笑意也消失了。

"所以我说，还是该准备几句借口话的好。"

顾三奶奶也点头说道："应该有两句借口话。不过拿啥子来借口呢？"

"就说我得了急病。"

"不对。你病了，难道二百多名团丁也病了？是不是只你不去，团丁们另自找人带去呢？"

顾天成摆了摆头道："做不到的。我不去，团丁哪个想去？并且余大老爷公事上，已经说明，以我是问的。"

好久时间都没有人说话。只是很浓的烟子一股一股从楚用口里吹出。

几个花脚蚊子没声没响地从麻布帐角间飞出。顾三奶奶拿手去扑打，一个也没打着。

楚用忽然想起什么似的，问顾天成道："你们县大老爷既然调了几个地方的团防，你可曾打发人到那几处去探问过，看看人家的意思怎么样，都不去吗，还是有人去？"

顾三奶奶把巴掌一拍道："是呀！这倒应该去探听探听……不光是去探听，恐怕顶好还是约一下，不去，就大家都不要去。"

"对！顾嫂子想得对。如其约好了大家都不奉命，你们县大老爷也就不能单怪你一个人了。"

顾天成点头说道："同他们约一下，确是一个办法。不过我们这个县大老爷诡计多端，一计不行，二计又来。若不想个长治久安的方法，老像这样癞疙疤躲端午，躲得过初五，躲不过十五的，总不好。"

楚用道："现在这个世道，一天不知要变多少回数，哪里去找长治久安的方法！依我想，不如到省里去找人问谈问谈，研究一下这个世道到底要变成一个啥样子，再想方子对付，倒比眼前这样瞎摸好得多。"

顾天成道："硬是这样。他妈的，半个月没进省去跑一趟，好像啥子事都有点不清楚了。"

顾三奶奶道："进省去跑一趟倒好。只是去找哪个呢？"

"怕没有人！就找你哥哥也行的。"

"不行，"顾三奶奶把头两摆道，"他是做生意的，不懂得这些事。"

"你莫从门缝里看人，把人看扁了。你哥哥自从加入同志会，简直不像以前了。演说起来，满口新名词，好多人还说不赢他哩。"

楚用微微一笑道："倒不要那么说。满口新名词的人，不见得就懂天下大事。比方说，我们同学里头，能说会道的就不少。但是说到懂得一点天下大事的，我看，也只有一个王文炳……"

顾天成一下就从床边上站了起来道："你这个同学，我随时在铁路公司碰见他，不错，是个能干的家伙。找他问谈问谈，就行。"他又伸手把额脑一拍："我想起来，铁路公司里还有一个郝又三，我更熟，我还到他公馆里去亲候过，也同郝大老爷会过一面。……嘿嘿，对啰！一理起来，就有这么几个人，都是可以问谈的。"

"要照这么理法，我那黄澜生表叔不也可以问谈吗？尽管他是一个做官的人，可他就不赞成赵尔丰。并且他正在制台衙门当差事，他的消息比啥子人都灵通。你认得的那个郝又三，便经常到他那里打听消息。……"

一提到黄澜生，不由楚用不想到黄太太。自从左膀创伤不很疼以来，这个女人的声音笑貌又时不时地钻进他的脑里。每逢闭上眼皮，只要没有睡着，总觉得这个俏丽影子，好像就在身边似的。他有时想到，怎么能够躺在她的家里，让她像顾三奶奶这样经佑一下自己，别的不说，只要她那十指尖尖的手给他摸抚摸抚，说不定他还会少些苦楚哩！他就从没有想到家，更没有设想到他母亲、他姐姐，要是这两人服侍起他来，会如何地怜惜他，心疼他！

因此，他便把进城找人一桩事，说得分外要紧，活像要是不进城一趟，顾天成就不可能在乡间一朝居的光景。他的意思，只是想借此晓得一点从十五以来，黄家是不是还像以前那样。也让表姊晓得他这个人是怎样地像英雄一样流过血。

进城跑一趟，决定了。可是谁去呢？听说北门倒打开了，也准人进去。可又听说，从城外老远起，便设有卡子房，沿途盘查，凡是打空手的乡下人，盘查得更严。若是稍有形迹可疑，便认为是同志军、团防、义军派去的奸细，不是抓住斫脑壳示众，就是丢到监牢里受罪。像顾天成这样一个打眼的人，而十六那天，又带了一二百人到城外去过，如其被人认出来，那还了得！顾天成当然不能去了，那么，谁去呢？

打发长年去跑一趟，对不对？本来像阿三那么老练，阿龙那么朴实，是可以打发去的。还有几个常到省城跑路的团丁，也都和自家雇用的长年一样可靠。但这又不是带个口信可以弄得清楚的事情，信哩，那是不敢写的，万一搜了出来，没一个逃得脱。

三个人面面相觑，沉默了好一会儿。

顾三奶奶突然叹了一声道："只好我去了！"

三

"阿龙，路上还是清清静静的嘛，咋个大家都说得那么不好走？"

顾三奶奶坐在一架毫无声响的叽咕车上，——因为木轴心上特别涂抹了一些菜油脚子；也因为顾三奶奶一直是那样苗条秀气，年年夏至称人时，她总未超过天平称九十斤。因此，叽咕车才变成了哑巴车——尽管很不放心地东张西望，但沿途并未看见有什么挎着刀刀枪枪、据说逢人便要动粗的军队。并且绕过崇义桥以后，甚至连普通的行人也没有遇见一个。四下里全是静悄悄的，只有一派懒蝉噪声从树荫中间传出。

今天也是一个难逢难遇的大好晴天。早晨起过一阵蒙蒙薄雾，雾未散尽，一个小斗笠大的太阳便红通通地跳了出来。不多一刻，天边虽也生了云，而且朵朵云花虽也像平常一样，总想挤拢来结成一道灰色天幔，把太阳包起来。但今天到底不行，天空中有风。云幔刚一展开，风便把它撕出许多破孔，太阳的发光金箭立即从破孔中射出。早饭之后，到行人上路时，那片千疮百孔的云幔已被微风吹裂成一片片，一缕缕，像棉花，像轻绡的东西。太阳得了势，不惜把半月以来蕴藏在云层上面的热，尽情尽量向川西平原放下来。

阿龙被太阳烤得通身发躁，连身上披的一件土布大襟汗褂都感到有点多余。大颗大颗的汗珠，从草帽底下的鬓角边一直挂到下巴。叽咕车并不比平日载粪桶的高架车吃力，就因为热，就因为走得太快，竟自有点气息咻咻起来。

"嗯！因为我们走的是小路。"

阿龙也才抬起眼皮向四周望了望。平原上还是那个样子：东一处西一处的庄稼人户，有的是大瓦房院子，还带着一大片青郁郁的林盘；有的土墙草顶，连篱栅都没有，只屋前屋后种上几笼竹、几株树。黄金色的稻田里倒有几顶草帽的影子在中间蠕动，但那曲曲折折、像一条随便抛在田亩间的小路上，果然就只他一架叽咕车在走。

"你这话不对，"顾三奶奶不同意地说道，"真个不好走的话，大路小路又有啥子分别？"

"哪个没分别。你不晓得，军队开差是光拣大路走的。"

"为啥要这样？"

"因其小路太窄，队伍摆不开。还有的是岔路多，走得不对，要吃亏。"

"你想的呢，还是有凭有据？"

"没凭没据的事，能想得出吗？"

砰砰——砰——砰砰。一阵稻秆打在拌桶上的响声，从远处田间应过来。

顾三奶奶才注意到田里的庄稼：一大片熟得透顶的稻谷，都倒伏在烂泥里，掉在泥里的谷粒，已经在发芽了。

"可惜了！这么好的庄稼，不赶快收，几天阴雨，这一坝的收成就喊

大 波

完了！"

"赶快收，也要人手来得及嘛！你默倒都像我们那里，活路忙时，喊一声，佃客伙都来啦。"

"是咧倒是。没有短工，田里头活路是抢不起来的。"

"今年就是短工不好请，听说资阳的短工都没过山。"

"一定因为东大路也不清静。"

"可不是么！"

"真是哟！偏偏今年风调雨顺，偏偏今年世道不清平。"顾三奶奶不由叹了一声，"怪只怪赵屠户不该到我们四川来做制台！"

"他龟儿明年来都不要紧，偏偏今年跑来，活该我们四川背时。"

"咋个这么说？"

"你莫听见场上胡铁嘴说吗？今年辛亥，亥属猪，猪碰着屠户，哪个不背时？"

"我就不信这些迷信话。……哎哟！你这背时鬼，是咋个搞的？……"

拦路一道过水沟，不宽，只有几寸。叽咕车要过去，应该把车轮比得端端正正，推上一块非常之窄的木条。阿龙只顾说话去了，不当心车轮歪了一丝，一下就从木条上滑进了水沟，把顾三奶奶从车拱背上颠有几寸高。车拱背的木头光滑得仿佛上过推光漆，顾三奶奶一落下来，屁股没摆牢，向旁边一歪，势不由己地把一只右脚放下来，恰好踩在沟边，糊了半鞋帮的稀泥。

"哟！你这背时鬼，顿了我这一下！"顾三奶奶站稳后，把掌在头上遮太阳的纸壳扇，顺手向阿龙汗淋淋的粗膀膊上就是一敲。当然敲不出半点痛痒，只算是一种表示惩罚的象征，"争一点儿把肠子都跟我顿断了。你这背时鬼，老是这么恍兮惚兮的吗？还好一点嘛！"

"莫吵，莫吵，你又不是怀身大肚的少娘，顿一下算个啥。"阿龙嘻开他那大得出奇的嘴，赔着笑脸，把空车子朝上一提，轻轻地提过水沟，"坐上来好走。"

"还坐咧，你看我这只脚啊！"她已发现糊了半帮子稀泥的鞋。那是一双扎五彩花的雪青摹本缎文明鞋。说起来倒也寻常，在目前成都社会上，大约已不大时兴的了。不过总是自己一针一线做出来，又是今天才上脚的东西，顾三奶奶当然感到非常痛惜。不由眉头一扬，嘴唇一噘，两颗黑白分明的眼

448

珠，在长睫毛当中，像流星一样滚动起来，"糊成这个鬼样子，叫我咋个进城去嘛！你这挨刀的背时鬼，真气人！"

十多年来同一屋顶底下相处的经验，阿龙已把顾三奶奶的脾气摸得一清二楚。要是出了大拐，那倒没甚要紧。比如有一次，在灶房里帮着做菜。一失手，锅铲碰在锅底上，"奇怪，油会钻到灶肚里去了！"登时满灶头都是火，几乎把灶门前一堆柴草引燃。阿龙吓得只差没有哭爹喊娘。三奶奶又利索，又沉着，把灶肚里火打熄，一头一身的灰全不在意，反而轻言细语向阿龙说："打都打破了，再着急也没用。趁三贡爷没回来，快比个尺寸，到场上买口新锅。我这里拿钱去。"还有一次，他在屋后大林盘里斫柴。三贡爷、三奶奶、金生和一个煮饭洗衣的葛老娘都帮着在打柴捆。金生指着一株大皂角树上的一只喜鹊窝，悄悄向阿龙说："阿龙哥，窝里有几个小喜鹊，多爱人的。""想要吗？""要。""爬上去掏下来嘛。""妈会骂我。""我上去给你掏。""好嘛。"等到顾天成夫妇刚刚抬起一大捆柴走开，阿龙向金生做了个鬼眨眼，把腰带一紧，果就很溜刷地爬上树去。看看攀到离喜鹊窝很近的那根横杈枝上了，不料脚下踏的是一段半朽树干，使劲一蹬，哗啦！折断下来，连枝带叶把后披屋瓦扫掉一大片不算，还打断几条瓦桷，屋内东西当然遭了一些损失。阿龙横担在杈枝上，幸而没有坠下。顾天成跑到树子跟前，暴跳如雷，一面日妈捣娘地浑骂，一面抄起根硬头黄竹竿，便要来挥打阿龙的下半截。金生吓得号啕大哭。葛老娘连忙躲进灶房。三奶奶赶来，把顾天成手臂拖住，吆喝道："你要行凶！""我……要打死他……莫挡我！……你看……我的房子……我的家什，全着他婊子养的打烂了。""这能怪阿龙吗？不是金娃子要他掏喜鹊窝，咋会有这些事……"结果，是金生挨了一顿臭骂。顾天成拿梯子把他接下来，到底挥了他两拳头了事。出了大拐，每每是这样下台，连重话都不会说一句；但是小拐却出不得，越是小地方，她反而越认真，一个钉子一个眼，非给她赔了不是，非等她吵闹够了，事情不会了结的。

阿龙这时站在路旁，把草帽揭下当扇子扇着。她咒骂的时候，他只是傻笑。直到看见她变成倒八字的两条细眉慢慢还原到弯幽幽的样子，红得像搽了胭脂的两颊也慢慢回复到本来的米黄颜色，——她老早就没有搽过胭脂水粉了。只在过年过节打扮一下。今天连鬏头都没梳，漆黑头发一齐拢在脑后，挽了个牛屎篡。耳朵上也只戴了对白银的韭菜叶耳环。其他首饰一件没戴。头上顶了幅白丝线挑花、白丝线锁狗牙的蓝布帕子，用一根长银针别在牛屎篆上，既可以遮太阳，又可以遮灰尘。——他暗暗舒了口气，明白三奶奶的气性已在平息。

"还是坐上车来，"阿龙把一条车绊向脖子上一搭，两手挽住车把，说道，"你把脚蹬在前头横杠子上，包你不到马家桥，鞋上的泥巴就干了。指甲一抠，啥都会抠脱的。"

"碰你妈的鬼！你当真想把我送过万福桥去吗？"

"嘟个不呢？"

"你硬是胆大啦！"

"我才不信那头就是鬼门关！"

"不要乱绷好汉。《增广》上说得好：'宁可信其有，不可信其无。'喊声遭着了，还不是就遭着了！"

四

顾三奶奶一手掌着纸壳扇，一手提了一只有盖子的竹篮，顶着红火大太阳，足足走了挨边十里，累倒不累，只是热得通身是汗；一件半新旧、滚有宽驼肩、窄腰袖的二蓝竹布衫的背心上，几乎浸透了巴掌大的一片汗渍。

从城壕与府河岸边的一派高高矮矮的竹木之外，已可望得见城墙上面、排列得非常整齐的雉堞。有人说那样子像锯子齿。远远望去，的确像一张硕大无匹的锯子，这时，正静静地锯着碧蓝的天空。三三五五的茅草房，虽然散处在田野上，但已有一点街道的雏形。万福桥是一道跨在府河上面、不算长、却相当宽的木桥。两边有高栏杆，上面是扳鳌抓角的桥亭，已经多年没有修理，金碧彩画全被尘土糊得没眉没眼。过桥到南岸，房屋更多更密，空地还是不少。河边水漈也长有一丛丛的芦竹。芦竹近旁，是渣滓堆，是露天粪坑，经太阳烘烤后，什么臭气都蒸发出来，城内讲卫生的人们走过，难免不皱起眉毛呸一口，连忙掏出手巾来掩鼻子。所谓街道，还是跟桥北岸的大路一样，是"晴天一炉香，雨天一缸浆"的泥巴路，尚不似正经街道面有红沙石板。

顾三奶奶在马家桥那头很远便下了叽咕车，伫脚看着阿龙推起空车回头走得不见影子了，方理着路向城边走来。一路留着神，看有没有大家所说的卡子房？没有；看有没有大家所说的把守在路口上盘查过往行人的队伍？还是没有。一直走过万福桥，甚至连一个行人都未碰见。只有一群穿得破破烂烂、打着光脚的小娃娃，闹闹嚷嚷在阴凉地里玩蜘蛛抱蛋。还有几条长毛瘦狗，都半闭着眼睛卧伏在各家屋角边，长伸着舌头喘气。还有两头不很大的黑猪儿，一边哼着鼻子，一边摇头摆尾在渣滓堆上，和一群公鸡母鸡找什么吃的。

几家住家的小铺子，有的铺门虚掩着，有的铺门不但紧紧关闭，还在门扣子上落了一把牛尾铁锁。就中只有两家开了门，并下了一半多的铺板。一家是卖草鞋、麻绳、草纸、叶子烟、洋火以及纸糊的气不闷灯笼等等东西的杂货铺，一家是以做猪肉豆腐出了名的陈麻婆饭铺。

顾三奶奶看见这样清静荒凉，倒狐疑起来："这是咋个的？该不会出啥子事情吧！"想打探一下，同时也要歇歇脚。因就走到饭铺跟前一张傍街安放的大方桌边，顺手拉了条高脚板凳坐下，并向铺子里一个将近三十年纪的女人打了个招呼："掌柜娘，沾个光坐一会儿，要得不？"

"没来头的，尽管坐。"掌柜娘坐在一把矮竹椅上纳鞋底，身畔一只竹摇篮中，仰枝爬权睡了个又白又胖的男娃娃，看样子，还不到一周岁。

顾三奶奶把头上帕子揭下，抖落好多干灰。一边扇着扇子道："秋分都快来了，晒上半天太阳，还热得像三伏天。"

掌柜娘抬头把她看了眼，唇角动了动，却没说什么。

"掌柜娘，你们这条街上没有卡子房吗？"

"啥子卡子房？"

"比方就像街公所，盘查过往行人的。"

掌柜娘把头两摇道："那就没有。"

"城外没有驻扎军队吗？"

"咋个没有？凤凰山有新兵，接官厅有巡警。"

"你们这一带呢？"

"听说没有。"

"那么，还清静啰。"

"清静就说不上。讲比前几天夜里，就闹过一场虚惊，真吓人。"

原来凤凰山一队新兵奉命出来巡查。打从双林盘经过，月黑头里，恍恍惚惚见有好几个人影在树丛中间闪来闪去，问了两声，没人答应，巡查队向林盘里开了一排枪。不想惊动了青龙场的民团，当下噔噔噔锣声一响，四面八方都打起啊嗬来了，四面八方都是土枪抬炮的轰鸣。驻在接官厅的一营武装巡警疑心同志军按拢了，赶快迎上去开火。三方面便在黑夜里头混打了半夜，大概没有死亡，只是把城内城外百姓吓得心惊胆战，一夜没有闭眼。

"……第二天，连城门都又关了半天才开。"

"有人说，进城出城都要盘查，可是真的？"

"大家都在说，恐怕不会假。我的掌柜随时进出，倒没遭过盘查。大约也是看人说话的。"

顾三奶奶因才完全放了心。停了一停，换个话头问道："掌柜娘，你们的生意还好吗？"

掌柜娘把嘴一瘪道："好啥子，冷秋泊淡的。"

"咋个会呢？你们这地方又在气口上，你们做的豆腐又远近驰名的。"

"你这大嫂倒说得好，就只不晓得那是去年的皇历，过了时的。"

据掌柜娘说起来，这条通崇义桥，又通郫县的要道，好多天来都路断人稀了。过去成天不断线的推油、推米、推猪的高架车，从关城第二天起，就绝了迹。最近几天才有油米车子经过，但是少得出奇，并且还多半有做生意的人押着，走过时，总是急急忙忙地，哪像从前太平世道，脚子大哥们打从这里经过，总要歇下来喝阵茶，吃顿饭。

掌柜娘一说到从前的好光景，话就像涌泉一样，沛然而出了："你大嫂还不晓得我们铺子上的肉焯豆腐，就是那时节做出名。那时节，我妈在掌柜。她老人家是个好脾气人，那些推油车的脚子大哥来铺子吃饭，总喜欢带起肉来打牙祭。车上有的现成清油，我们铺子有的现成豆腐。我妈懂得那些大哥是出气力的人，吃得辣，吃得麻，吃得咸，也吃得烫。因此，做出豆腐来，总是红通通几大碗，又烫，又麻，又辣，味道又大。我妈并不在菜上赚钱，你有好多材料，就给你做好多东西。她只图多卖几升米的饭。这一来，我们的肉焯豆腐便做出了名。我妈脸上有几颗麻子，大家喊不出我们的招牌——我们本叫陈兴盛饭铺。——却口口声声叫陈麻婆豆腐，活像我们光卖豆腐，就不卖饭。直到眼前，我妈骨头都打得鼓响了，还有好多人——顶多是城里的一些斯文人——割起肉来，硬要找陈麻婆给他做肉焯豆腐，真是又笑人，又气人。"

顾三奶奶不禁笑得咯咯咯地道："得亏你讲清楚了，起先，我真疑心陈麻婆就是你掌柜娘。记得去年，同我当家人照顾你肉焯豆腐时候，我当家人就奇怪你脸上没有麻子，悄悄问我说：'我们该不会把地方找错了？'我说：'不会的。陈麻婆是歪号，倒不一定当真就有麻子。'嘿嘿，原来才不是你哟！"

掌柜娘也笑道："你们就不想想，陈麻婆会这样年轻，那她不是没出世，就在卖肉焯豆腐了？"

"是呀，就是没想到这一层。记得我还是十四五岁当小姑娘的时候，就在文家场听说北门万福桥陈麻婆豆腐的名声了，如今算来，至少也有二十年啦！"

"你这大嫂是从文家场来的吗？"

"不是。从文家场进城，该走南门。我是从斑竹园那条路上来的。"

"斑竹园归哪县管？"

"新繁县。"

"啊哟！好烦的地方哟！听说一路到头都在打仗，又是同志军，又是棒客。同志军还好一点，棒客顶歪了，有钱抢钱，没钱杀人。亏你胆子大，一个人就走了来。"

"哪里有这些事情！还不是跟你们这里一样，清清静静的。"

掌柜娘睁起一双金鱼似的眼睛，诧异地问道："难道没有同志军吗？"

"同志军是有的，可不是遍地都有。前几天新繁县城里就有，还同军队打过仗。不过仗一打完，同志军就开走了，现在新繁地方就没听说有同志军。"

"那么，棒客呢？"

"我不晓得你说的是哪一种棒客。"

"棒客还有好多种吗？"

"咋个不是呢？有开花脸，点起火把抢人的；也有躲在沟边河边，拦路要劫的。"

"不管哪一种棒客，你们新繁总该有。"

"嘿嘿，掌柜娘，有没有我不敢说。不过我们住家那一带，并未听见哪家遭过抢。我今天走来，还是走的小路，就没有碰见一个人。我倒很稀奇，说是乱世道嘛，为啥比以前承平时候还清静？那些歪戴帽子斜穿衣的流氓痞子，都不晓得跑到哪里去了。你说怪不怪？"

两个人再将各人听来的话一对证，都不禁笑了起来道："噢！真是远信难凭！"

顾三奶奶接着说道："这么看起来，有人说城里饿死人，也是没有的事。那我又不犯着带这一篮子米同豆子来了。"

"你大嫂是去走人户的？"

"不是走人户，是回娘家。听说城里人没饭吃，没菜吃，进城的人都得捎点米粮，守城门的兵才放你进去。"

"没饭吃，饿死人，没听见说。开仓发米，倒是真的。其实哩，打仓米吃的，都是那些买升升米，买把把柴，挣一天吃一天的穷苦人。这些人，就不关城，早已是有上顿没下顿的了。大户人家饿不到，哪一家不是几大缸米吃对年？你大嫂的娘家，总不是那些穷苦人吧？米不见得稀奇，他们稀奇的，是我们住在城外的人顶不稀奇的东西：小菜，河水。我的掌柜，近几天来，因为生意清淡，就改行卖小菜。硬是卖得，见天垒尖尖担一挑进城，不等吃晌午饭就卖完了。唉！就只累得很，天不见亮便得摸黑奔到石灰街去短菜贩子，稍为晏一点，就抢不到手。"

"石灰街在哪里，要那么早去？"

"在西门外，远啰！"

"那么，来回两趟也够啦，还要进城转街？"

"光是去，并不回来。在那里把菜称好了，挑到饮马河，把泥巴洗掉，打去边叶，洒上水，就进西门，从满城转到大城，省多少路哟！"

"满城里走得吗？满巴儿不把我们汉人欺负死啦！"

"过去硬是这样，卖葱卖蒜的人哪个敢进满城去？走不上两三条胡同，东西跟你拿完，不给钱，还要吐你口水，打你耳巴子。大人歪，娃娃更歪；男人歪，女人也歪；个个出来都是领爷、太太、少爷、小姐。只管穷得拖一片挂一片，架子总要绷够，动辄就夸口是皇帝家的人，是皇亲贵戚，我们惹不起。可是不晓得是咋个的，从今年起，都变了。满巴儿都不像过去那样歪了，大城里的汉人竟自有进去做生意的了。我掌柜说，近来还有好些人搬到满城去住的。说玉将军这个人很开通，很文明，同志会的人个个都说他好。本来也好，光说西城门，就开得早，关得晏，随你进进出出，再没人管你……"

睡在摇篮中的胖娃娃大概着蚊子叮痛了，忽然呱呀呱呀地哭叫起来，小手在打，小脚在蹬。掌柜娘连忙丢下鞋底，把胖娃娃抱起来喂奶，拍着哐着，龙门阵当然就摆不下去。

五

顾三奶奶跟着几个担河水的挑夫走进北门。虽然瓮城门洞和大城门洞都有几个巡防兵同警察站在那里，也只因为她是个女人，看了她几眼，并没有盘问什么，就让她过去。

城里街道看来还是同平常一样。就只行人寥寥，一眼望去看不到几个人。

本来北门这一带，原就不如东南门热闹。好多街道，不但公馆多，大院多，——有些公馆、院子的围墙一扯便是十几二十丈。——纵然有些铺面，也是住家的多，做生意的少。生意也都是小生意。

热天搭的过街凉棚，今年拆得早一些。像今天这样大的太阳，从早晒到晌午，面街的红沙石板已经热得烫脚。街道都不宽，又没有一株树，顾三奶奶感到比城外热多了。

大约帘官公所这条街已走过了。街面上做生意和做手艺的铺子多了起来。来往行人已不那样稀疏，三丁拐轿子、对班轿子也渐渐出现。顾三奶奶又热、又渴、又累，很想找家茶铺吃碗茶，歇歇脚。

还没有走到街口，只见一垛风火砖墙的跟前，围了一大群人，几乎挤满了半边街；并且人声嘈杂，好像在议论什么。

"啥子事？"她一面加紧脚步，一面寻思，"难道在开演说会？"因为听顾天成说过，罢市以来，街上烦得很，到处都在开演说会。

但是不像。几十个人都站在一个方向，几十张脸都对着那垛砖墙，并且都昂着头，仰着面，在看什么。

"哦！原来在看告示。……一定是的……还有些人在念哩。"

只管围在告示跟前的尽是男子们，有穿长衫的，也有只穿一件汗褂、把发辫盘在额脑上的生意人、手艺人，但顾三奶奶还是走了过去，站在人堆后面把砖墙一看：嗨！硬是告示。一定刚刚贴出，糨糊还是湿的。一大张白纸上面印着酒杯大的黑字，老远都看得清楚，就只不认得。

好几个人都在念。尖起耳朵一听，念的是文章，却不明白说了些啥。

"多半是赵屠户的鬼话！"

她正待走开，忽然一片声从人丛中涌起："前头那几位仁兄，你们光是念，也讲一讲嘛！""对！我赞成讲一讲。""有些话硬是深奥，比《聊斋》还难懂！"

顾三奶奶没有开口，心里非常同意。她不走了，并朝前挤了一步，躲在风火墙的阴影里等着。

前面一个苍老声音说："这么长的东西，咋个讲得完？"

几个声音一齐说："懂得的你就莫讲。"

"哪些你们懂，哪些你们不懂，又咋个晓得呢？"

"你只管念，懂得的我们不打岔你；不懂得的，我们说出来，再劳烦你讲一下。"

又是几个声音一齐喊了起来："就这样！就这样！……"

"那么，念，算我的。哪位来讲？"

"请你一脚带了不好？"

"不行！……"

另一个年轻声音说道："我来献丑吧！你老兄就念下去。"

苍老声音刚念了一句："苟不为耳目之所闻见……"

顾三奶奶忍不住喊了声："咋个不从头念起呢？"

因为是女人声音，大家都回过头来，争着看她。

"是个乡下大嫂！"几个人似乎有点诧异。

"管人家是乡下大嫂，是城里大嫂，这样好的告示，多听一遍也安逸！"旁边一个老头在支持她。

那个年轻声音接着说道："莫吵！莫吵！从头再念一遍也要得。我来念吧。……'春煊与吾蜀父老子弟别九年矣……'"

顾三奶奶心想："春煊？……是哪个？"

旁边那个老头好像懂得她的心意似的，凑着她耳朵，低低咕哝道："岑宫保是好官！你听他的告示，简直不是告示，简直就是一封家信！"

"'……未知吾蜀父老子弟尚念及春煊与否？春煊则固未尝一日忘吾父老

子弟也！……'这几句很浅显，不要讲吧？"

"这几句我们都懂。你自己不要打岔好啦。"

"那么，我就一直念下去了。'……乃者，于此不幸之事，使春煊再与吾父老子弟相见，频年契阔之情，竟不胜其握手唏嘘之苦，引领西望，不知涕之何从！吾父老子弟试一思之，春煊此时方寸中，当作何状耳！……'"

"不忙，不忙，这一段请讲一讲。"有人这样说。

但也有人说："懂得，不要讲。"

在顾三奶奶旁边的那个老头高声说道："说不懂，又像懂；说懂，又不像很懂。大致讲一下，倒好！"

顾三奶奶看着他，连连点头。

是那个苍老声音说："只能大致讲一下。当然不能像讲书那样讲法。老兄请讲嘛！"

"我讲？不是一脚带了吗？"

大家都说："随便哪个讲，都使得。莫再耽搁时候。我们要听他后头说些啥子要紧话。"

还是那个年轻声音说："前头这一段，并没啥子意思。只是说，他想不到为了现在这件事，同我们见面，他心里难过得要哭。下面一段说，他本不打算来的，因为想着我们正在受苦，他所以奉了上谕，便动身来了……"

"他告示上说过上谕叫他来做啥？"

"没说明白。你们听嘛，他只是说，'……春煊衰病侵寻，久无用世之志。然念及蜀事麇沸，吾父老子弟正在颠连困苦之中，不能不投袂而起。是以一朝奉命，不暇再计，刻日治行，匍匐奔赴。……'"

登时就有人议论起来："只是说奉命，到底奉的啥子命，也不说清楚。"

在顾三奶奶旁边的老头又发话道："你着啥子急啊！前面没说，后面他总会说的。……莫打岔了！那位先生请念下去好啰！"

于是那个人又摇声摆气，打起调子念道："'第沪蜀相距六千里而遥，断非旦夕可至；邮电梗塞，传闻异辞；苟不为耳目之所闻见，何能遽加断决？则此旬日间，吾父老子弟所身受者，又当如何？此春煊所以寝不安席，食不甘味者也！……'"

念的人刚一住声，就有人喊道："讲一下。"

是那个苍老声音说:"我说,这些都是空话,不大懂也不要紧。下面才是正经文章,要讲,倒是从下面讲起的好。"

"对,对,这一段不讲也可以。"

顾三奶奶不同意这样做。她明白岑春煊这一来,关系很大。说不定就关系到她新繁乡间,当然也关系到顾天成的前程。她今天运气好,一进城就碰见这张告示,她怎么不想把告示上的一字一句全弄清楚?至少,她回到乡间去摆谈起来,也才更有平仄。不过大家都急于要听下面所说的要紧话,她也不好再出头主张,只把旁边那个老头瞅了眼,便凝神静气地听那念告示的人念道:

"'今与父老子弟约:自得此电之日始,士农工商各安其业,勿生疑虑。其一切未决之事,春煊一至,即当进吾父老子弟于庭,开诚布公,共筹所以维持挽救之策。父老子弟苟有不能自白于朝廷之苦衷,但属事理可行,无论若何艰巨,皆当委曲上陈,必得当而后已。倘有已往冤抑,亦必力任申雪,不复有所瞻徇……'"

当下懂得文义的人都一齐欢呼起来道:"好呀!岑大人真是好官!……照这样办下去,大家还有啥子话说!……又找我们善言商量,又把我们苦衷表白出来,还能不顾情面,替我们伸冤,这还有啥子说的哩!……岑宫保硬是好官!"

这样一来,连顾三奶奶都懂得说的什么了。大家不再要求讲解,却要求再念一遍。

念告示的人也像高兴了,念的声音越高,越有腔调,越能帮助大家对文义的了解。

"'父老子弟果幸听吾言,春煊必当为民请命,决不妄戮一人,朝廷爱民如子,断断无不得请。如其不然,祸变相寻,日以纷挐,是非黑白,何以辨别?春煊虽厚爱吾父老子弟,亦无术以处之。吾父老子弟其三思吾言,勿重取祸,以增益春煊之罪戾!……'"

"岑大人的话,我们咋个不听?不过'朝廷爱民如子'这句话,却没有说对。"

"岑宫保是做官的人,他咋能说朝廷的坏话呢?我们倒得原谅他。只看他来了后,是不是照他说过的话做。"

"别的不管，光听他父老子弟、父老子弟的，真喊得亲热。他妈的赵屠户，就连这点假故事，都不肯做。你们说，可不可恶！"

"你们还是摆龙门阵呢？还是要听下去？要听下去，就莫再讲话了！'……即有一二顽梗不化之徒，仍复造谣生事，不特王法所不容，当为吾父老子弟所共弃，宜屏弗与通，使不得施其煽惑之技，而春煊亦将执法以随其后矣！……'"

念告示的声音停了下来，因为没有人说话，大概对这种官腔，大家都没有什么兴趣吧，于是那声音又继续念道：

"'至蜀中地方官吏，已电嘱其极力劝导，勿许生事邀功，以重累吾父老子弟。……'"

又是一片喊好的欢呼声。

顾三奶奶特别把身旁那个老头捞了一下，悄悄说道："老大爷，岑大人是不是说，他已经打电给地方官，不准他们乱逮人，乱搞堂？但煞果一句话，又是啥子意思？"

那老头腰有点弓，背有点驼，右手无名指上戴了一枚黄铜顶针，汗褂胸襟上撇了两根一大一小的洋针，都带着线脚。不消说，是个能够挂帐、能够写飞子的裁缝师傅。他眯着眼囊有点浮肿的眼睛，把顾三奶奶瞄了一下道："你这大嫂猜得对。煞果一句嘛，大约是说，不要再害我们百姓了。……听啰，莫打岔！"

"'春煊生性拙直，言必由衷，苟有欺饰，神明殛之！……'哈哈，岑官保赌起咒来了。'……吾父老子弟幸听吾言乎？企予望之！'"

"完了吗？"好多人都在问。

"咒都赌了，还不完？"

"告示倒作得好，就只没说明白，他到底是放了四川总督而来，还是专门为了查办目前的事情？"

"当然是查办赵屠户的。所以才说，一切事情都等他来了解决。要不是钦差查办大臣，他有这大的权柄吗？"

"若果岑大人来了，赵屠户包管要背时。"

"背时的，恐怕不只一个姓赵的吧？"

"说得对。还有周秃子、田莽子、王壳子这伙狗头军师哩。"

"难道路小脚这个害人精，就跑得脱吗？"

太阳已经偏了西，热气觉得更逼人。前头一伙看告示、听告示的人还没有散，两头街上又跑来了不少的人，都向着砖墙涌去。还一面吵吵嚷嚷地问道："当真是岑宫保的告示吗？""岑宫保当真要回四川来了吗？""狗日的赵屠户也歪够了！岑宫保来了，看他狗日的还敢不敢歪？"

就这时候，一乘小轿走来。轿夫几乎喊破喉咙，才喊开一条路，挤过了人丛。

顾三奶奶一看，是轿门向后抬着的空轿，便抓住轿竿，要他们把她抬到中东大街她哥哥的铺子上。

轿夫起初不肯，说是不顺路。经看告示的人骂了个狗血淋头——因为顾三奶奶是个不讨厌的女人，大家才义愤起来，帮了这个大忙——又经那个老裁缝做好做歹，讲成四十个制钱，连茶钱在内，顾三奶奶还先把轿钱付清楚了，是四枚紫铜的当十铜圆，并不是掺有毛钱的小钱。轿夫方把轿子打了个颠倒放下来，让顾三奶奶坐进轿去。

一路上，轿子还经过三处贴告示的地方，都很挤。

轿夫抱怨说："哪个人的鬼告示，会招了偌么多人来看！"

顾三奶奶在轿子内笑道："是岑大人的告示呀！"

"哪个岑大人？"

"岑春煊岑制台。现在是钦差大人，要来四川查办赵屠户的。"

"这么的！……伙计，快走几步，把生意交了，我们也去看一眼。"

第六章 新的冲突面

一

尹良亲手捧着两只朱红漆木匣，随定一个年轻标致小跟班，走进制台签押房的时候，赵尔丰好像正在同人生气的样子，不特须眉开张，目光闪闪，并且不是安安详详像平常一样坐在那张有扶手的太师椅上，而是背负着双手，在猩猩红地毡上打磨旋。

尹良原先揣想的是，赵尔丰一看见这几件证据，定然等不到他把话说完，便会面带笑容，点头称好；甚至对于十路统领名单，或许还要加以研讨，如同昨暮他与路广钟研讨过的一般。因为上次面交路广钟假造的豫州梅柳氏写给罗纶那封附逆的信时，赵尔丰就是这样的态度；并且还甚为称赞信内所说"如举大事，甘愿资助快枪一千支，子弹三万颗，劲党二千人"为有巧思。但今天赵尔丰态度大变，放在签押桌上的两只鲜艳夺目的朱红漆木匣，连看也不看，只是乱理着花白胡须，恶狠狠地说道："这就是路守特别用心的劳绩吗？……真是笑话！……从前，我还以为此人仅只不学无术而已，而今看来，实是胸无点墨了。……这样的人，能办什么事！……唉！能办什么事！"

尹良深为惊异地把他呆呆望着，不则一声。

"他怎么会想出这种蠢方法来！"赵尔丰又冷笑了一声，"他何以不再加一顶皇帽，一件龙袍呢？"

尹良越发不敢开口了，只觉得耳根底下略微有点发烧。

"惺吾，烦你转告路守。叫他别再这样丢我的脸，纵然来不及多读几本正经书，就找高明人叨教叨教也好。"

风色这样不对，尹良当然明白其中定有缘故。他一出签押房，遂赶忙转到日行派办处，找着饶凤藻问道："今天季帅为什么会生这样大的气？"

饶凤藻一边起身让坐，一边含笑说道："是谁又碰了钉子了？"

尹良把路广钟的事略微说了一遍道："依我愚见，子善办的事，虽然不算顶妥，可也不如季帅说得那样不堪。本来嘛，谋反叛逆证据，除了印信盟单这些而外，还想得出什么来？季帅又不明白指示，只是叫人多找证据，而又要得急。比及证据拿来了，看也不看就骂人，我真不了然季帅为了什么，会变成这样一种古怪脾气！"

"方伯大人敢是要知道此中原因吗？"

"所以才特别来找你老哥。你老哥随侍季帅身边，参预密勿，这些事，胸中定然了了。"

"倒也不十分清楚，"饶凤藻谦逊地说，"不过最近两天连接几道廷寄，还有岑云帅由上海打来的几通电文。老头子看后，都叫压下，不忙发交收发处去披露。老头子的怪脾气，或者与这些不无关系。"

"怪哉！岑云阶怎么会有电报打来？……老哥所说的廷寄电文，都在手边吗？"

"有一通在老头子那里，准备批下去刊刷张贴。方伯大人要看，请先看这道廷寄。"

饶凤藻亲自打开卷宗柜的抽屉，在一叠秘密卷宗中间，找出几张粘在一处的电报纸，看了看，便递与尹良道："这是准备明天发交收发处去的。还是恳求大人看后，暂时不忙张扬开去。"

尹良忙从眼镜盒内，把一副玳瑁边老光眼镜取出戴上。然后拈起电报纸，用一根指头点着，逐字逐字看下去：

前因四川逆党勾结为乱，当饬赵尔丰分别剿抚，并饬端方带队入川。现据武昌及重庆等处电陈：四川省城城外聚有乱党数万人，四面围攻，势甚危急等语。成都电报，现已数日不通，附近各府州县亦复有乱党煽惑鼓动，川省大局岌岌可危，朝廷殊深焦虑。昨已电饬端方克期前进，迅速到川。开缺两广总督岑春煊，威望素著；前任四川总督，熟悉该省情形。该督病势日已就痊，着即前往四川，会同赵尔丰办理剿抚事宜。岑春煊向来勇于任事，不辞劳瘁，着即由上海乘轮，即刻启程，毋稍迟延。此次川民滋事，本系不逞之徒借端诱惑，迫胁愚氓，以致酿成此变。现在办法，自应分别良莠，剿抚兼施。其倡乱匪徒，亟须从严惩办；所有被胁之人，均系无辜赤子，要在善为解散，不得少有株累，以期地方早就敉平。岑春煊未能立刻到川，端方计已行抵川境，着先行设法，速解城围，俾免久困。并沿途妥为布置，毋任滋蔓。该大臣等其各懔遵谕旨，迅赴事机，以纾朝廷西顾之忧，而免川民涂炭之苦。钦此！监国摄政王钤章。内阁总理大臣奕劻（假）副大臣那桐、徐世昌署名。

尹良看后，不由眉头一皱，慢慢把老光眼镜取下，瞅着饶凤藻道："果然是一桩糟糕的事情，难怪季帅心里那样不舒服。固然，在十八九那几天，季帅不免张皇了些，奏折上措辞稍为过分了一点。但是朝廷处置，也有点乱。譬如说，既已饬令端午帅带队入川，就该待端午帅行抵四川之后，听他的回奏如何，再定措施好了。何以端午帅尚在途中，又凭武昌、重庆的一纸电告，复派一个岑云阶会同剿办？且不说一国三公，事权不一，办起事来多少不便；即就用人一层而言，也有点用而不信，信而不专的意思。再说，端午帅是钦命的铁路督办，派他会同季帅办理川事，倒是事理之宜。而岑云阶哩，仅仅因他做过一任四川总督，与现在川事风马牛不相及，何以也把他派来？如说在四川的官声好，那么，与其派岑云阶，倒不如派锡清弼，还为合宜一些。首先，岑云阶太锋利，我听四川绅士说，他办理红灯教案子时，曾杀过很多不必杀的人，而锡清弼则仁惠爱民，口碑载道。其次，锡清弼又是奏定川汉铁路改归商办的第一人，而岑云阶是锡清弼的前任，所以说到路事，锡清弼也比岑云阶清楚得多。况且今日的川事，渊源还是路事，只管季帅现在将其分成两橛，我看将来解决，仍不免要返到路事上面去的。由此观之。朝廷既然派了端午帅，委实不应再派别人，纵然要派，也应多加斟酌才对啊！"

他想了一想，又摸着他那漆黑的八字胡须道："我想，检派岑云帅来川，未必是朝廷的意思。说不定又是哪一位大人物的主张。朝廷只是为了敉平川事，有点急不暇择，因才稍欠斟酌。不过岑云帅连两广总督都奏请开了缺，可见此公心胸都还恬淡，以我愚见测之，他不见得就肯牵入川事的旋涡。老哥说他有电报打来，可是说他不能奉旨的苦衷吗？"

饶凤藻狡狯地笑了笑道："据职道看来，似乎并不如此。电文在这里，方伯大人看了就明白。"

"又是电报纸，又是横起写的字！我看不惯。烦老哥念一遍，我以耳代目好了。"

饶凤藻遂将电报纸展开，念道："七月二十六日，由上海发递成都及四川各属，全省府厅州县武营知悉……"

"且慢，且慢，这并非打给季帅的电报，而是……"

"是的，打给老头子的电报，尚在四少大人手上。这是一封附电，是普告四川全省文武官员的。"

"哦！……那么，他是奉了旨了！他真个要到四川来啦！"

"方伯大人猜得不差，电文可以不念了吧？"

"不然，更要烦你老哥念下去了。"

饶凤藻又念道："春煊奉命入蜀，会同督院办理剿抚事宜。现在撰《告蜀中父老子弟文》，专电传布。地方文武应即印刷多张，加盖印信，张贴城镇乡村，使人民共喻春煊之情。其有不通电报处所，即由邻封专人递送，一体办理。……"

"老哥停一下！我先请教一声，他这篇《告蜀中父老子弟文》，老哥必定看过，上面说了些什么？像不像季帅最近几篇辟谣安民的告示？"

"丝毫不像。其实说来，就是一篇古文，一点不合公事格式。说的也是一派开导百姓的话。"

"没有涉及季帅的话吗？"

"没有。"

"没有涉及我们文武官吏的地方吗？"

"也没有。"饶凤藻略微思索了一下道，"不过有几句话似乎不大妥当。那几句，记得是：'倘有已往冤抑，亦必力任申雪，不复有所瞻徇。'这么一说，百姓当然喜欢。恐怕将来岑大人来后，什么事都会打成翻案，不冤抑的，也一定变成了冤抑，岑大人要是一味偏听，官场里必有一番大混乱的。末后尚有几句是：'至蜀中地方官吏，已电嘱其极力劝导，勿许生事邀功，以重累吾父老子弟。'从此以后，地方官还能管百姓们吗？因为'生事邀功'这四个字宽泛得很，稍微管一点事，都可加上这句朱语的。"

"既这样，不如禀明季帅，简直压下不发好了。不然，一定会闹到火上加油的。岑云阶别无长处，讨好百姓，摧残官吏，委实是他拿手好戏。"

"不能再压了。一则，重庆、泸州已经奉命刊刷张贴，唯独成都不办，说不过去。二则，听说岑大人已由上海乘轮西上，若不在武昌勾留，入川是很迅速的。"

尹良把眼睛一眯，颇有神气地说道："难道季帅一点打算没有，就老老实实听凭岑云阶长驱而入吗？不见得吧？"

在这种重要关节上，饶凤藻当然不便有所泄漏。他晓得尹良与端方有亲戚关系，自从端方奉命入川会办川事，尹良差不多隔几天便有一通密电打给端方。制台衙门的人，一大半都晓得尹良就是端方在成都的坐探，大家防范他，有时也想利用他。所以饶凤藻也把眼睛一眯，只是说，这通附电还有一半之多，请方伯大人的示，念还是不念？及至得到尹良首肯，他便念了下去："地方文武官吏有维持治安之责，务即切实劝导，并选公正士绅讲演，以期早日解散。自此电到后，地方人民苟非实行倡乱，不得妄加捕治。其因乱事拘拿在先者，苟其地业已安靖，应择情节较轻者量予保释，以省系累；即情节严重必不可原，只许暂行羁留，候春煊到后，再行判决，不得擅行杀戮。但望上下共释猜嫌，庶或于春煊未到之前，即致敉平，国家之福！地方之幸！出力官绅，自应择尤请奖。如奉行不力，或贪功生事，一经查觉，立予严惩！此电到后，即将办理情形随时报告，勿得隐饰！……'全电就是这些。"

"好气派！"尹良把没戴纬帽的头摇了摇道，"单就这电报的最后几句而论，无异在开季帅的教训。就说是对地方文武官吏而言，然而季帅到底是现任总督，岑云阶纵然钦差来此，也不过是军务会办而已，何况会办当中，还有一位奉旨在前的端午帅。为什么电文中间，就不把现任总督和另外一位会办大臣提一提？俨然四川事情，就该他一个人大权独揽，独断独行了。孔夫子说过，是可忍也，孰不可忍也？设若季帅不及时设法的话，哼！我看，四川总督这个位置，难免没人觊觎的！"

饶凤藻不由心里暗笑道："难道端午桥不就在觊觎吗？不然的话，他也不至于同瑞莘儒联名参了赵季和一折子，逼得赵季和取了强硬手段，闹出事来，又由瑞莘儒保他入川查办，并拨了一标湖北新军保护着他来。这真所谓司马昭之心，路人皆知的了！"但饶凤藻表面却故意装得老老实实地道："按照方伯大人的意思，这法该如何设呢？"

"真个要设法的话，只有向京城方面去设了。好在赵次帅近在奉天，想必季帅已有电报去了。"

"老头子有没有电报去奉天，不知道。不过听四少大人说来，赵次帅日前确有电报通知老头子，说瑞莘帅曾电约次帅联名奏派岑大人来川会办。适才方伯大人所猜测的朝廷之所以出此，实缘有大人物主张一层，真可谓目光如炬了！"

几句似乎出之无心的话，使尹良大吃一惊，摸着胡子，好半会儿没有话说。

饶凤藻眼睛挤眨，倒笑不笑地说："依职道一得之愚，如其要设法的话，老头子似乎未便出头，倒是方伯大人容易为力些。"

"我反而容易为力？"

"呃，是啦！解铃还是系铃人。瑞莘帅既然能够出面约人奏派，只要明白此间情形，等到岑大人行抵武昌，他也能够留他多多盘旋几天。这时节，再有人向京城那面斡旋一下，我看，岑大人很可以再回上海去养疴了。以后端大人一人来川，既办路事，又办军事，与老头子和衷共济，岂不比夹杂一位目无余子的岑大人在内，方便得多吗？"

"这，确乎方便一些，也才于事有济。……只是，请谁去游说瑞莘帅呢？"

"方伯大人可否打封电报去？"

"我没有那么大的面子能够说动瑞莘帅。"

"那么，打封密电给端大人，把岑大人的态度谈一谈。或者，简直说明此公若来，不免大权独揽，四川事情，将无他人置喙余地。请端大人速商瑞莘帅，可否劝阻岑大人暂勿西上。如此，不是也同样有效吗？"

"京城那面呢？"

"还是要仰赖端大人和方伯大人的。自然，赵次帅也可为力。不过瑞莘帅这面，仍是要着。如其岑大人一过武昌，那便全局动摇了。"

"我已有好多天未同端午帅通电，不知他还在不在宜昌？若他已经离开宜昌，这就不好办啦。"

"端大人多半还驻节宜昌。若已启节，必有电报告知老头子的。"

尹良想了想道："也罢！姑试为之。不过，总该先向季帅请一下示。叫你老哥的管家过去看一看，看季帅还在签押房不？"

二

岑春煊《告蜀中父老子弟文》张贴全城这一天，恰是周宏道同龙幺姑娘竹君举行新式结婚典礼的好日子。

按照龙老太太的本意，龙幺姑娘的婚事，最快也得在明年二月才能办理。因为老规矩是这样的：一个姑娘从受聘到出嫁，就是中等人家，不十分讲究置办多少陪奁，最快也该经过十个月。若然过早了，亲戚当中的闲话可受不了，不是批评当父母的太不慎重，便是非笑你把尊贵的女儿当成丫头子在看待。

但是龙老太太毕竟答应了，又是什么缘故？缘故就在她的二女儿黄澜生太太……

黄太太被周宏道今天请求，明天请求，说了几弶箍话，做了多少丑样子，要这位精明干练而又通情达理的二姨姐设个法，把那老顽固丈母娘说得回心转意，让他早一点儿享受家庭幸福。

黄太太抿着嘴皮笑道："光顾你一个人的幸福，我倒难得劳神……"

"嘿嘿！二姐，当然也有幺姑娘的份的。"

"既有她的份，不如就叫幺妹亲自去跟妈说。"

"幺姑娘怎么好启齿呢？二姐，还是你当姐姐的人说话方便些。何况你又是媒人。"

"你这个人才老火哟！我们做媒人的，把你们两个拉到一起，也就够之极矣。莫非一定要拉上了床，等你们生了娃娃，才脱得了手不成？"她并且尽情尽兴地大笑起来。

周宏道的一张宽皮大脸，刷地一下就红了一半。连忙摸摸领带，鞠了一躬，又顺便作了半揖道："二姐真爱取笑人。无论如何，总要劳烦你这冰上人的。……等幺姑娘结婚之后，不消说，三百杯之外，定要重重酬谢。"

"酬谢？"黄太太把嘴一瘪，"新人上了床，媒人撂过墙，你怕我不晓得？"

周宏道几乎赌咒发誓地说："绝不至于！绝不至于！"

黄太太允诺后，想了想，便坐轿子到南打金街孙家，会着她大姐，商量如何去向龙老太太进言。

孙师奶奶不住摇着头道："莫再找我去跟妈说了！再去说，担心会把我肚子气炸！"

"未必然就看着幺妹的姻亲破败完事？"

"咋个会说破败呢？聘定已经下了，两个人你来我往又那样亲密，并且还一同出名字请过客。只不过推缓几个月结婚，难道捏在手里的鹌鹑，还怕它飞走了？"

黄太太的两颗黑绒花的眼珠滴溜溜几转道："我就是担心它会飞走哩！你不晓得周宏道这个人，虽说年纪大了点，人又委委琐琐不很气派。可是人家资格高，是留洋学生；家底好，是中江县粮户；在成都又是个单身汉，上无父母伯叔，下无兄弟姊妹，元配太太一过门，便是一家之主。这样好的女婿，有姑娘的人家，哪个看了不眼红？凭我晓得要下手收揽他的，就有郝家、葛家。葛家哩，姑娘稍为年轻一点，不是当家时候，葛大嫂不大愿意的，还在于行辈不同。但是郝家的香荃却合适呀：女学生；十八岁的大姑娘，长得泡酥酥的，嫩闪闪的，比她大姐还受看；又能料理家务。要是那时我不先下手，赶快叫澜生出头把幺妹介绍给他，哼！……"

黄太太本来想说：周宏道为什么经黄澜生一提说，便立刻答应了呢？因为周宏道第一次到她家来赴宴的时候，她出去陪过男客。周宏道那时就注意了她，称赞过她又标致，又大方，比日本婆子还好。所以一说到幺姑娘，周宏道以为一母所生，姐姐是这个样子，妹妹一定也是这个样子，因才毫无犹豫。老实说起来，幺姑娘这头姻亲，确确实实得亏她这位二姐打了样，无异于沾了二姐的光。要是周宏道不先见过她，而先会见了郝香荃，恐怕黄澜生开口之后，他未必便那样眉花眼笑地连连称谢啦！不过这番话只在黄太太脑里闪过，她用了很大的力才忍住了没有说出口来。她非常清楚，如其这么一说，孙师奶奶必然要多她的心，必然会当面鼓、当面锣地讥消她是耗子爬秤钩，自称自哩。她们姊妹间的情感有时固然很好，但是彼此的嫉妒却也不弱。黄太太还比较蕴藉、含蓄，孙师奶奶一旦发作起来，却是无敌于天下的。

黄太太顿了一顿，才接着说道："也算他们前世有缘，周宏道对幺妹，居然一下就投合了口味。……不过，我总有点担心。一则，幺妹的人才只有那个样子，中中平平的，说不上歹，也说不上好；二则，文墨只比我们高一点，说来到底有限，又不是个时髦女学生。这些不说它了。人又生得本分，并不像我们遇事有抓拿。……所以我常想，若是打铁趁热，趁着周宏道正在红纱罩眼的时候，赶快给幺妹把姻亲完了，两个人同床睡过觉，就不怕再有啥子大变动。……妈又不懂得这些道理，偏偏抱着一本老皇历不丢手。跟她说，又不听。万一事情拖得过久，周宏道眼睛一亮，看出了幺妹的一些扁毛儿，来一个翻悔退聘，现在是维新时代，凡事讲开通，你有啥子法宝能把人家制住呢？姐姐，你说该是哈？”

孙师奶奶让她说完之后，才扑哧一笑道：“二妹，枉自你聪明一世，原来你才糊涂得可笑！”

“咹？……”

“莫非你才红纱罩眼，真个看不出来吗？”孙师奶奶还是那样挑逗地笑着。

“啥子事？”

“哼！幺妹同周宏道已经上过床了。”

“咦！真的吗？”

“还是幺妹亲口向我招的供状。连雅堂那个老好人都有一点察觉了。”

黄太太颇为惆怅地说：“这个鬼丫头！……”

“你莫怪她。她说来，虽是出于周宏道的估逼，她也存心要把这条光棍拴住，才肯了的。”

黄太太要笑不笑地说：“看不出来，她从哪里学来的这一手！”

“你还认为她本分，不像你我遇事有抓拿。……嘿嘿！告诉你，风气变了，现世的成人姑娘，你默倒还像十几年前你我当姑娘时候那样蠢吗？现世的姑娘硬是厉害得很！”

“嗯！不错，这一晌，幺妹的眼神体态，果真有些异样，笑起来也比以前野多了。我因为这一晌心里不空闲，便没留神去考察她。”黄太太忽然眉梢骨一睖，怒气满脸地说，“可这鬼丫头，为啥对你招了供，却又瞒着我呢？”

“因为害怕你。”

“为啥要怕我？我又不是老腐败，老顽固。”

“幺妹说来：二姐嘴尖舌利，又是好强的人，晓得了，包管会骂她丢了媒人的脸，还会耻笑她贞节女怕遇囚皮汉。嗯！说到那些囚皮花脸的汉子，真是我们妇女家的命宫磨蝎！他不把你纠缠到手，硬不甘心。幺妹口说是她为了要拴住周宏道的心，才肯了的。我说，不见得，还是她自己说的，遇合上了囚皮汉，没奈何了。"

黄太太觉得耳根有点发烧，连忙笑说道："啧啧啧！你就把囚皮汉说得那样凶。我这个人，就不怕遇见囚皮汉。"

"不要把弓拉得那样满。"

"为啥不呢？我是有儿有女的人了，还会花心吗？"

"就是会花心啰！你说句真心话，你遇见过囚皮汉没有？"

"你才怪呢，为啥要拷问起我来？"黄太太半生气半开玩笑地说，"老姐子，莫非你着囚皮汉纠缠过吗？唔！一定是的，你刚才不是说过来？"

"嘿嘿，我倒想有人来纠缠我，只是我老了，没有这资格了。"

"我还不是老了，没有资格了？"

"并不！你的资格正够哩！……"

黄太太不等她把话说完，便正正经经说道："不扯这些无干得失的话了。我想起来，周宏道为啥一连几天独自一人跑来找我去当说客，并且那样猴急？说不定，鬼丫头的肚子里已经有了东西，没法想，才支使周宏道出头的。"

孙师奶奶点头道："怕不是那样的吗？"

"既这样，倒不如对直把这桩事情对妈说了吧。"

"这咋使得！"孙师奶奶眉头微蹙道，"岂不要了她的老命？她一辈子不放心的，就怕我们姊妹们做了啥子出乖弄丑的事，败了她龙家的门风。何况幺妹又是她的心肝宝贝，现在搞出这种先奸后娶的事来，她咋个受得了？"

黄太太两手扭绞着一张雪白的、绣有角花的细麻纱手巾——这是龙幺姑娘新近才从马裕隆洋广杂货店买来送她的礼品之一——低头寻思了半会儿，方抬起头来向孙师奶奶说道："我想来，妈这个人的脾气，是吃硬不吃软的。你若低声下气好好跟她商量，她准会顽固得像爆炒鹅卵石——不进油盐的。设若你进门就给她一个烹缸，使她回不到神，她反而会巴巴结结地请你做主张。你说，妈的脾气可是这样？"

"嗯！好像是这样的。"

"所以我们去说幺妹事情的时候，最好是这么办：一开口，就怪她为啥让一个大成人的女子，单身独自地去同一个讲新学的男人你来我往？光是来往也罢了，还听从两个人无明无夜混搅在一起。听说，周宏道一到家里来，从没有陪伴老人家摆过几分钟的龙门阵，总是一头就钻在幺姑娘的绣房里，有说有笑，只管说两人订了婚，讲开通，但男女之间，也该有个分寸呀。老人家眼睁睁看着为啥就不提防一点？老人家难道没有想到干柴近烈火这个譬比不成？好喽，如今两个人竟自搞出怪事来了。不但辱没了龙家门户，连我们姊妹脸上，也没有光彩，况且我还是媒人。要是这丑事张扬开去，别人不责备你当娘的人糊涂，一定要疑心我这个当姐姐的人，做了媒，还带拉皮条。你被别人耻笑，倒千该万该，我背了冤枉，却是跳到黄河洗不清。我现在别无二法，只求你老人家赶快想个方子，把这件伤风败俗的丑事遮掩下去。要不然，就照今天大家说的话：赔偿我的名誉！名誉就是生命！……"

孙师奶奶早已咯咯咯地笑了起来道："好了，好了，莫再演说下去了！你这张利嘴哟，真可以到衙门去滚案子啦！黑的能够说成白的，没理的事能够说得天花乱坠。"

黄太太也笑道："莫讲这些空话。你只评一评，我这样去开口，妈该不会哭起来？"

"还有不哭的？不过也好，你这样跟她一逼，说不定妈果真会将就你，叫你出主意的。"

"我想来，她也只好听我的话，答应男家早点把幺妹娶过去，好遮丑。她要是不答应，我还有话说哩……"

正这时候，孙雅堂从筹防局回来。两姊妹交头接耳商量了一下，趁着孙雅堂独自一人在堂屋外吃饭，便来找着他，把黄太太所想的办法大略说了一遍。请教他，是不是可以这样去逼迫龙老太太，使她答应把幺姑娘的喜期提前办理。

孙雅堂非常热情地赞成说："该这样！该这样！"

而后放下碗筷，叹息了一声，说道："目前世道如此不好，当父母的也应把儿女婚姻早了了为宜。若果将来偶有差错，遭怪之处还更多哩！"

三

龙幺姑娘的花轿在左邻右舍、男女老少的好奇眼光之下，热热闹闹地、吹吹打打地、吆吆喝喝地、凭着八个头戴喜帽，身穿绿布短褂，前后心各绽一幅约摸冰盘大小、自洋布圆补子上有飞马图案的轿夫，四抬四扶，出了龙家大门。

按照新郎周宏道同一伙维新朋友所拟定的、带有革命性的新式结婚礼单，原本没有坐花轿这一项。他们准备借一顶蓝呢四轿，用两匹红绸从轿顶交叉垂下，在轿的四角打上四朵大绣球，来代替那种外表只管花哨，其实密不通风、有如囚笼的旧式花轿的。但是龙老太太坚决不答应，她气愤愤说："我啥子都让步了。说是世道不好，怕招惹是非，叫不用抬盒过礼，就不过礼。又说，新式结婚，男的不穿袍褂，女的也就不再穿戴凤冠霞帔，我也依了。可是花轿一定要坐！全堂执事一定要用！老实话，我一个正经女儿出阁，连这点面子都不要了吗？"经大家研究之后，认为于大体无碍，才由大宾——这一天的新名词叫介绍人——田老兄出头，代表男家承诺了。只在全堂执事上略有修改。即是说，男女两家都没有做官的，官衔牌就不必再向亲友借用。既不用官衔牌，那么，肃静回避牌也可以不用。肃静回避牌不用，那么，开锣喝道当然也该淘汰。所谓全堂执事，经田老兄这样一修正，结果只剩下了两面飞凤旗，两面飞龙旗，花轿前一柄红日照，花轿后一把黑油掌扇；此外，还剩下一个必不可少的乐队。这乐队也只由五个身披破烂红布短衫的可怜乐工组成：两支唢呐，一面手鼓，一只七星盏，一具包包锣。就这样，也算遂了龙老太太的意，也才热热闹闹地、吹吹打打地、吆吆喝喝地把花轿拥出了龙家大门。

花轿大约已走有两条街之远，看热闹的邻居街坊也散尽了，龙老太太犹然流眼抹泪地站在红烛高烧、香烟缭绕的堂屋内，定睛望着业已关好的二门。她还是舍不得骤然离开身边的幺女啊！

黄太太和孙师奶奶本来应该随着花轿送亲前去的，因为新式礼单上没有这一项，她们遂暂时留在龙家，帮着女工贺嫂把幺姑娘的房间收拾干净，而后一同洗了手，重新扑了一次南粉，捆了一次头发，走到堂屋跟前来向龙老太太告别。

看见龙老太太满脸凄苦神色，黄太太心里感到有些难过，遂说道："妈，你一个人留在家里，不如还是同我们一道到幺妹家去，看看他们的新式礼。到底咋个搞的，你心里也宽舒一点呀！"

龙老太太沉着脸，只是摇头道："我说了不去，就不去。新式礼嘛，我早晓得，你向我哈哈腰，我跟你拉拉手，上下不分，成个啥子名堂！一个女儿家的终身大事，我从没见过这样不慎重的，连天地祖宗都不敬了，还理睬到我这个老娘子？我不相信一个人到东洋走了一趟，就连祖宗都不要了！我已说过，今天在他周家办喜事，好歹由他姓周的做主。可是三天回门，那便要由我做主啦。我当丈母娘的，倒不争他那几个狗头，磕也使得，哈哈腰也使得。我龙家的祖宗，却要受他新女婿三跪九叩首的大礼的。我是中国人，我不怕人家骂我腐败，若还像今天这样耍洋把戏，不问是谁，一齐不准进我龙家大门！我在祖宗神位跟前咒死他……"她赶快住了口。深悔不该在幺女的这个大日子里头，说出了个不吉祥的字——死。

她的大女，孙师奶奶业已像炒豆子似的，向她吵了起来道："人家是新学家，不迷信，才不怕你咒，你爱咒，我赌你今天就咒！我倒说话在前，回门那天，你硬要这样耍怪脾气的话，我们都不来，让你孤家寡人关上大门去守老规矩！"

黄太太把孙师奶奶拉了一把道："你也是哟！……妈，你放心，三天回门，包你新女婿会跟你磕头的。……"

把龙老太太安顿好了后，两姊妹才坐着各人丈夫的三丁拐轿子，飞跑到南门二巷子周宏道所佃的新居来。

这所新居，是一家大公馆的别院，而且是从花园中间拦出，另外添修了几间房子。院子不大，却颇颇有些花木。正房三间，显然是一座大花厅改的。中间作为堂屋，非常宽敞，前后都是冰梅花格门。明一柱的宽阶梯，还带有卍不断矮栏杆。这时，堂屋内外，甚至连院子中间的一堆假石山上，都站满了人。田老兄的一种半沙半哑的声音，正从堂屋里传出。

黄太太忙向堂屋台级步去，一面向孙师奶奶说道："来迟了一步。……"

孙雅堂同几个不认识的男客站在花格门边，便迎上前来说道："还不算很迟，介绍人才在演说。"

"澜生演说过了吗？"黄太太很好奇地问。

"他再三不肯，大约还不大搞得来。……你们两位请到后面去，女客都在后面。"

一阵欢笑声，又一阵巴掌声。原来田老兄已经说完了。黄太太只听清楚最后两句："恪尽你们天职，努力制造新国民吧！"不由呸了一口，低低笑道："真是狗嘴里不长象牙！"

人声稍静，充当礼生的郝又三把一张梅红全柬举起来，看着念道："男宾致贺词!"

站在下面人丛中的葛寰中说道:"怎么!又三,你看错了行吧?我记得下面是新郎演说哩。"

"没有错,是世伯记差了。新郎演说这一项,勾在后面,作为对来宾的答词去了。"

已经从堂屋当中摆设的礼案上方退走下来的田老兄,登时拍着两手道:"就请葛太尊演一个说好喽!大家赞成吗?"

当然没有人肯出头说不赞成。

葛寰中今天却也特别,既没有戴纬帽,也没有穿补褂。穿的、戴的、佩的,就是当蜀通轮船到万县时,上岸去拜会陆知县的那一套。当下转身对着众人一拱道:"诸公在此,区区怎好占先哩!"

比及大家都要他先说,他才迈步走到那张铺有白布、上面摆了一只满插鲜花的花瓶的长案上端站着,然后面对分站在长案下方的新郎新娘笑道:"我不会像田伯行老兄那样引古证今、长篇大论。我还是老一套来个《诗经》集锦,祝贺你二位。"说着话,已从马褂内襟袋里,摸出一张什样锦花笺,展开来,捧在手上,干咳了两声,方打起调子,朗朗念道:"君子偕老,如鼓瑟琴;予唯音哓哓,而有遐心。——上第一章。君子偕老,其命维新;吁嗟乎驺虞,宜尔子孙!——上第二章。君子偕老,文定厥祥;继序其皇之,载弄之璋。——上第三章。君子偕老,凤凰于飞;我从事独贤,不醉无归!——上第四章。这四章,是祝贺新郎的。……"

男客中间已有几个人大声喊起好来。女宾中间,看得出,葛太太、葛小姐都异常高兴。葛太太两只眼睛,笑得眯成了缝,葛小姐两只眼睛却像晴夜天空中的陪月星似的光芒乍乍。

"……下面四章是祝贺新娘的。第一章:——之子于归,见此良人,鼓瑟鼓琴,则不我闻。第二章:——之子于归,宜其家室,无使君劳,靡有朝夕!"

男客中间又发出哈哈笑声,还听见有人带着笑声说:"这不是祝贺,是告诫。告诫新娘子莫要把新郎弄得早晨黑夜都疲劳不堪。"经过这一解释,女客中间好多人也捂着嘴笑了。

葛寰中挥着一只手道:"鄙意并非如此,是诸公曲解了。下面两章,容兄弟念完好喽。"

　　下面两章是：之子于归，宜其家人，终温且惠，既安且宁。之子于归，以御宾客，庭燎有辉，其仪不忒。

　　念完后，葛寰中又向新郎新娘拱了拱手，才退了下来。

　　郝达三满脸是笑地迎着他道："老弟的书本还这么熟，佩服，佩服！"

　　葛寰中顺手把他拉到花格门外，附着他耳朵说道："老哥不要见笑，并不是我搞的。滥套四六我还来得两篇，五经、我早已一多半还跟老师了。这东西，是昨天找傅樵村杀的枪。"

　　"哦！难怪才那样地口齿轻薄啊！"

　　这时，堂屋里面，董修武正大讲其移风易俗，必自家庭革命开端的大道理。

　　郝达三尖起耳朵听了听，遂问葛寰中："这个姓董的，可就是同周宏道一起，被邵明叔聘回来教书的那人？"

　　葛寰中正从何喜手上接过一支切了尖的雪茄烟，一面就着何喜递过来的纸捻咂烟，一面点着头道："唔！……便是此人。……你看怎么样？……"

　　"大概也是一个暴烈分子吧？"

　　"大凡新从日本回来的，都带一点这种习气。"

　　"我看也不尽然。周宏道这个人，就颇纯谨。"

　　"唔！……"

　　"还有那个讨日本婆子的。"

　　"你说那个姓张的吗？"

　　"正是。"

　　"这个人同那个姓柳的我都不大熟悉。……嘿嘿，老哥，到底隔了行啦！"

　　两个人又谈了一些别的话。葛寰中仿佛想起了什么似的，从嘴上把雪茄烟拿开，问道："我听说，邵明叔回来了？"

　　"回来了几天，星煌还托他捎了封信来。"

　　"说了些什么？"

　　"星煌的信嘛，没说什么。除了家常话外，只问了问四川争路的情形。"

　　"我问邵明叔回来说过些什么。"他又补充了一句，"关于京城方面的？"

　　"也没说什么。只是说，京城里的一班大佬都不注意四川的事，刘声元尽管奔走号呼，却没有好多效果。他走的时候，听说刘声元正安排叩阍哩。"

　　"明叔是什么时候离京的？"

"早啰！大概在闰六月下旬。"

"那么，七月初一的事情，他在京城时候还不晓得啰。"

"他说，到了宜昌，会见李瑶琴，才晓得的。因此，他才雇了两班轿夫，从陆路赶了回来。"

葛寰中不禁大为诧异道："由宜昌起旱吗？真了不起呀！那样的羊肠小道，怎么能走？……"

这时，堂屋里很热闹。大概男宾致词已经完了。

果然，只听见郝又三的声音又高唱起来："请女宾致词！"

葛寰中向堂屋里瞭望了一眼道："听！女宾要讲话了。"

郝达三瘦得只见骨头的脸颊上，挂出一种不大好看的笑意，说道："你们的新鲜玩意儿闹得真有趣！"

"老哥不以为然吗？"

"我没有什么意思。只怕还不大找得出这种女演说家吧？"

"你不要目中无人。革命党中间就出过秋瑾，你该晓得？"

"那是早已开通的浙江，此地却是四塞之邦的成都。……"

真的，当礼生唱了那句"请女宾致词"，堂屋内外一众男客都带着笑脸，伸起颈子，朝堂屋后半间女客丛中定睛瞅着，要看走出来的是哪一个。差不多有半袋叶子烟的时候，只见女客们一多半都捂着嘴笑，有一些都凑着耳朵打叽喳。

新郎虽然笑容满面，似乎有点不耐烦的样子，摸摸领带，又摸摸挂在西服胸前的那朵大红绫子做的像生花。不住抬起他那双单层眼皮的眼睛在女客当中逡巡。

郝又三从长案档头回过身去，恰好看见黄太太正和孙师奶奶站在一起，两个人都含着笑在咬耳朵。他遂向他的老婆叶文婉递了个眼色，同时拿嘴朝黄太太那面一支。

叶文婉立刻就在她娘母——郝达三扶正的老婆——耳边咕噜了几句。两个人又回头找着葛太太，低低商量了一下。于是葛太太就开口说道："就请女冰媒演说好了！"

叶文婉立刻接了上来："很对！很对！黄太太最会说话的。"

郝达三太太也笑嘻嘻地说道："况且是姐姐，咋个不该说呢？"

郝达三在堂屋外面听见了，眯起眼睛，悄悄向身边的葛寰中说道："想不到她们竟自点起名来。"

葛寰中把眉头一皱道："敝内真是多事，不应该这样方人！"

"听内人她们说来，这位太太一向就是健谈的，怎么说是方人？"

"嗯！你老哥却没有研究。平日健谈是一回事，登台演说又是一回事。黄澜生尚且推脱了……我看，要想法子解围才好，不然，事情要弄僵。"

这时，黄太太正在为难。大家越是嘻嘻哈哈，甚至拍起巴掌催促她，她心里越是发慌，脸上越是发烧；平日积了一肚皮的话，此刻半句都想不起来。到大家催得紧时，她不由冲口喊道："莫逼我！……我不会说话！"一开了口，她反而能用心思了，连忙接下去道："要说是至亲姐姐，该说话，我还有个大姐在这里，咋个要指名叫我出头？要说是女冰媒，该说话，田大嫂才是真正的女冰媒哩！何况年纪也比我大些，我咋好僭她？大家与其叫我说，不如请田大嫂说！……好不好就请田大嫂说几句？"她已经架了一个式子，如其大家再逼她，她真个要去把田老兄的那位只知道烧茶煮饭、生男育女的令正拉了出来。

刚好，葛寰中从手足无措的黄澜生身边挤出来，高声说道："请各位雅静，听我说一句……"

登时就有一些人哗然笑道："好呀！好呀！葛大人要代表女宾说话了！"

"嘿嘿，我倒很想代表，只恨没有资格……"

这一下，连一众女客都呵呵呵、咯咯咯地哄笑起来。

"……我可以介绍一位有资格，而且资格很够的代表。……我说，各位来宾，你们怎会忘记了一个人？这人，在今天这个场合里，真是太合拍了！……我们新郎周仁兄手订的新式结婚礼，据说是向日本模仿而来。……何以你们竟自忘记了女宾中间正有一位日本女宾，要请女宾演说，怎么不请这位贵宾呢？"

立刻全堂屋都是巴掌声。显而易见，黄太太拍得更为起劲。同时，还向葛寰中这面投出了一种感谢眼光。

立刻全堂屋的视线都集中在那个发髻高耸、脂粉满脸，说不出怎么好看，也说不出怎么不好看，约摸二十七八岁的日本女人张细小露身上。

张细小露穿了一件时兴的、在成都尚不多见的翠蓝软缎旗袍。两片圆角高领，高得几乎把脸巴都掩了一半。通身滚了一道鹅黄缎边，比成都女满巴儿身上穿的，窄一些，长一些，袖口也小些。不但样式受看，并且把穿衣服的人也显窈窕了。脚上是一双高跟尖头乳色皮鞋，一望而知，这鞋不是东洋货，也是西洋货。

张细小露到底在本国受过女子学堂教育，当过幼儿园保姆，当过初等小学教习，有点口才；自从同丈夫张物理回到成都，曾经参加过两次高台讲演，每次，一篇幼儿教育为强国之本说，已经讲得溜熟。当下，看见大家拍手欢呼要她演说，她只是溜着眼皮地笑，一点也不害臊。及至张物理远远向她示了个意，方徐徐走到长案的上方，把握着的两手放在小腹地方，向新郎新娘鞠了一个九十度躬；——新郎也毕恭且敬地还了一个九十度鞠躬；新娘却巍然不动，两目低垂，好像没有看见似的。——又朝男宾这面和女宾那面，各鞠了一躬。而后才不忙不慢，以一种纯熟的中国话，又把她的幼儿教育为强国之本说，讲了十几分钟。到底连合现实，最后说了几句祝贺新娘成为一个贤妻良母的模范。

张细小露演说甫毕，巴掌声又像偏东雨一样响了起来。也显而易见，张物理的巴掌拍得更为起劲。

按照礼单所列，下面该新郎致答词了。

四

典礼结束，男女宾客依旧分开了。女客全部盘踞在三间正房内，款待女客的三桌海参席，在堂屋里安成一个品字形。

筵席是复义园承包的。为了包席，黄澜生还劳了很大的神。因为复义园开始不敢承包。说是海味蔬果还现成，唯有鸡鸭鱼肉不好买。要哩，必得到乡场上去设法。怕的是，城外不清静，到时关了城，拿不进来，怎么办？后来，由于黄澜生担了保，托人向营务处弄了一个准予通行的字样；又由孙雅堂在筹防局打了招呼；并且每席加银六钱，喜封赏号在外；这样，复义园托不过人情，才答应了。

大一点的男女孩子都跟着妈妈在堂屋里坐席，小一点的便由女仆丫头带着，在假山后面树荫底下吃中席。中席又名肉八碗，大抵红肉、烧白、膀、笋子、海带汤之类的菜肴，是专门用来款待底下人或次一等客人的。

男客在新添的一列厢房内起居，筵席也安在这里。虽然两桌，但每桌只坐了七个人，比女客少多了。

婚礼是前所未有的新式礼，坐席的时候，也便没有那些繁文缛节，仅只由新郎恭让两位介绍人坐到两桌的首座。余客都不要新郎安座，新郎也颇洒脱，就不安座。而且不等举筷，便让客人宽衣，说是吃得舒服些，自己首先脱去西服上衣，只在雪白衬衣上套了件半臂。

葛寰中脱去马褂，并把扣带也解了下来，交与何喜拿去收在轿衣箱里。举起酒杯——当然是那个时候时兴的允丰正仿绍酒了！——向同桌的黄澜生说道："澜生兄为我们新郎婚事，委实费了心，劳了神，又出了力。我们新郎今天是单枪匹马，照应不能周到。我以老友资格，权且代表他来敬三杯——请干！"

"哈哈，葛太尊，这代表敬酒的事，我以为不该是你。"田老兄在隔桌首座上笑说，"苟以疏不间亲而言，理应颠倒过来，叫黄澜翁来敬你才对啊！"

"今天此刻，澜生兄是大宾。我代表敬的，乃大宾而非襟兄。且等敬了这位大宾，当然还要敬老兄的。"

黄澜生已经高举酒杯道："我们对饮吧。不必俗套，闹什么你敬我，我敬你。"

其实还是在你敬我，我敬你。四热吃还未上席，将就十三巧小冷碟，便轰饮起来。

这时，高金山忽然从院坝里跑进厢房，向周宏道说道："邵监督来了。"

接着便听见院坝里一个人旋走旋说："来晏了，来晏了。没赶上观礼，实在对不住！"

周宏道业已把上衣重新穿好，抢到门外，恭恭敬敬说道："邵先生真个动了步……不敢当！不敢当！……"

孙雅堂悄悄问郝又三："这是什么人，宏道如此殷勤他？"

"就是绅班法政学堂监督邵从恩号明叔的。"

"哦！原来是宏道的东家。我也该去周旋一下。"

但是他刚站起来，邵从恩已被好些人包围着，都在打招呼。

"明叔，我才打算过一会儿到你府上找你哩！"这是郝达三的声音。

"邵先生，是否去谒见过赵制军来？"这是董修武的声音。

"明叔先生久违了！听说回来不久。这一次的旅途，可辛苦啦！"这是葛寰中的声音，特别响亮。

"邵明翁，这里坐。虚位待久了！"这是黄澜生的声音。

"邵先生才来吗？""邵先生好嘛？"分辨不清是谁的声音。

邵从恩却安安详详地先向周宏道作了三揖，道喜道贺。然后才回头对每一个打招呼的人，拱手周旋。就连刚刚离座的孙雅堂跟前，他也走到了。还笑容满脸，很亲切地请教了贵姓尊章。经郝又三介绍说是周宏道的襟兄，他连忙作了一揖。

比及坐定——就坐在黄澜生的右手——才向郝达三、葛寰中说道："两兄可晓得朝廷又钦差了一位大员到四川来查办川事，并且会办军务？"

"是哪一个！"

"是岑云阶岑宫保。"

两个人——也可以说是两张桌上的人，都大为诧异地说："咦！有这等事！"

黄澜生登时用两根指头在方桌边沿上一敲道："嗯！昨天在院上就听见说了。但不知道确实不确实。"

"怎会不确实？我在院上，赵季和亲口告诉我，我到这里来时，已见贴告示地方，围观的人颇不少，而且都兴高采烈。我来不及下轿子去看。想来，定然是赵季和所说的、岑云阶用电报拍来的告蜀中父老书了。"

葛寰中举起酒杯，深深喝了一口道："这确是一件非常重要的消息！此公一来，四川局面必然会大变的。"

田老兄在隔桌上大声说道："有没有人去把他那篇文字抄一通来看看？"

没有一个人应声。

邵从恩道："何用着急哩。此间散了席，到处都看得见的。"

郝达三用筷子头把邵从恩的手臂一触道："我问你，老赵可曾问到京城的事？"

"没有谈到那上头。我今天去会他，重要的是谈伯英、梓青、表方诸人的事情。……"

立刻，两桌的人全都住口了。这时，也才听见堂屋里女客们又说又笑的声音，热闹极了。各自的女仆、丫头、小娃娃一定都挤进堂屋闹新娘子去了。

"……想不到赵季和果然不服输。我刚刚问他为何闹到捕人？他便盛气凌人地力言伯英诸人对不住他，不惟辜负了他的维护之意，反而妄事生非，着着逼人，以致他不得已才取了严重手段来对付诸人。……他说，现在四川人都在反对他，似乎四川乱事，是他一手造成，而伯英诸人反而受了冤屈。他说这全系不知底里的话，是不足为据的。……他又说，四川乱事并不如外间所传之盛，假以时日，他一定能够敉平。他举了川边的乡城、稻城为证，表示他具有平乱的经验。……谈到后来，我据理与他争论了一番，他的声口才渐渐缓和了。说目前局面，已经不是分辨是非的时候，而是如何收拾这个乱摊子。因而才说到朝廷偏信一面之词，既差了端午桥来，又加派了岑云阶来。他不相信事权分到三个人手上，而能弭乱，他恶狠狠地笑说：'但恐治丝益棼耳！'……我乘机劝他正本清源，解铃系铃，不如把拘捕诸人放了，或许可以早得解纷。他却摇头不肯说，假使伯英诸人真有本事，能放能收，他未始不可奏明朝廷，酌情减罪，戴罪图功。怕的是伯英诸人并无此种本领，放了后，反而增加罪戾，不若让他们在来喜轩中饮酒赋诗，逍遥自在，倒还好些。……一句话说完，他是不肯放人的！"

坐在方桌下端第四位上的董修武，颇有用意地笑了笑道："赵制军最后一番言语，依我看来，倒是实情。何以呢？因为拿现在情况来研究，若说把蒲先生等人放了，乱事就能平息，嗯！恐怕未必！"

葛寰中点头说道："有道理。"

郝达三气愤愤地道："不然！现在各地同志军、义军、民团纷纷起事，完全是为了营救伯英、梓青他们而然。如果把伯英、梓青他们放了，大家达到了目的，当然就会释兵解甲，各归各业，岂不就天下太平了吗？"

董修武把剪光头发的脑顶摸了摸，还是那样笑道："这是郝老先生知其一而不知其二的话……"

邵从恩插口说道："董先生的话固然有道理。可是伯英诸人出来以后，假使各地的同志军犹然猖獗不听安抚，那就足以证明这班人之号称营救蒲罗只是一种借口，而其目的，不过在于造乱，使民生不得安宁。这样一来，泾渭分明，不特政府可以放手用兵，无所用其顾忌，就是社会人士也不会再受其欺罔的了。"

董修武光着眼睛把说话的人瞅着，颇想反驳他几句。但是一看，十几个人中间，有一多半的人都在点头磕脑，表示同意。新郎虽没有点头，看样子也没有反对的意思。他只好冷冷一笑，拿起筷子去捡四热吃中的冰糖蒸火腿。

郝达三还不住口地称赞道:"好极了!明叔见解真个高人一等!这道理,应该向老赵谈谈。"

"谈过的,"邵从恩得意扬扬地说,"所以到末后,他才不那么固执了,晓得四川绅士到底不完全是他的仇人。"

郝达三叹了一声道:"那么,或者有点转机,也说不定。"

"还不行哩。因为赵季和又慨然说:'明叔,若是你早回来几天,这事倒好商量。现在四川的事,已不是我一个人可以为政的了。'他接着就问我过宜昌时,可曾去会过端午桥。我告诉他,本想去同端午桥谈谈川汉铁路情形的,却因我到宜昌的当天,端午桥就由于朝命再三督促,已决计由陆路绕道施南入川,启程走了,不再等待蜀通轮船出险。"

周宏道在主位上忙着让大家吃菜喝酒,便接口问道:"蜀通出险?这是怎么说起的?"

"你们还不晓得蜀通上月在忠州石堡寨地方搁了浅吗?"

"我们怎会晓得?一则不见报载;二则那时都闹争路事情去了,也注意不到这种小事上。"

"其实蜀通就不搁浅,端午桥还是会迟迟其行的。因为蜀通体积很小,我问过,充其量,一次只能装载二百多人。端午桥带的湖北新军有一标之众,加上军需、军械、军粮,蜀通也委实载不完,仍然要用民船载运。川江的上水船,你们大概都知道,从宜昌到重庆,不走二十天,也要走半个月,而且凶滩恶水,危险万分。……"

葛寰中连忙点头道:"是的,坐民船走这条路,确是危险。所以明叔先生才宁可走崎岖的山径了。"

"我这次起旱,倒不完全为了避免水路危险。老实说,山路也非常难走。原因是起早到底快一些。"

郝达三喝了半口酒,又趁热吃了两筷子蹄花红烧海参,然后从高贵手上接过水烟袋,一面夹烟丝,一面说道:"我不解端方来川,为啥子要带上那么多军队,他怕的是谁呢?明叔,我莫问你,沿途上可曾听说这个人到四川来,到底持的啥子宗旨?是听四川绅士的控诉呢?还是真如外间所传,是来给老赵撑腰子的?"

这问题一提出,在隔桌上吃酒、吃菜、摆龙门阵的人都注了意。张细小露的丈夫张物理，因为与郝又三坐在一排，遂把郝又三的膊子一拐道："老伯这几句话问得很对。端方这个人的宗旨，确是值得研究。"

另一个在各中学堂教外史外地，并在高等学堂给一个日本教习当翻译，也是新由日本留学回来的姓柳的小胡子——这人也和张物理一样，一回到上海，便全身换穿了中国衣服，并且还戴上一片头发网子，脑后拖一条油光水滑的假发辫，生怕被人讥讽为染了革命党的恶习气。——接着说道："这并值不得研究。依鄙人见解，端方的宗旨，百分之百便是赵制台的宗旨。"

这人去日本留学之前，和田老兄很熟，田老兄当下便歪过头去问道："何以见得呢？"

柳小胡子摇头摆脑地说道："这是事理之常呀！因为端方是满洲旗人，赵制台是汉军旗人，都是旗人，当然所抱宗旨便无二致了。"

田老兄把眼镜朝鼻梁上一耸，正待驳他，郝又三忙拦住道："莫尽管打岔，听邵先生说吧。"

邵从恩早已一板三眼地说了一会儿了，"……京城里几乎是众口同声，连苏星煌、萧恕秋都是这么说的。都说，端午桥这次之所以由一个革职永不叙用人员，居然不到两年之久，便开复功名，钦差督办川汉、粤汉铁路大臣，原来是花了一笔很大运动费的。有的说是四十万两，有的说是四十万元，总之，数目都不小。……然而按照借款合同看来，两路上的用钱、用人大权，都操于洋稽核之手，所谓督办大臣，只算一个傀儡。以今日情况而言，傀儡还说不上，简直是一面挡箭牌……因此，京城朋友一致怀疑，以端午桥之精于打算，何至于花了那么大笔数目，仅只充当一个无实权、无油水的督办大臣而已哉？当然，督办大臣只能算是过渡，最后目的还是想当总督部堂的……我对这种假定，起初还不大相信。比及路过武昌，才证明了京城朋友们的话，确有来历，真所谓"夫人不言，言必有中"了！……原来端午桥的目的，就在两湖总督这个位子上！我在武昌时，有人告诉我，端午桥一到武昌，瑞莘儒便感到芒利在背。两个人表面很融洽，其实彼此都在勾心斗角。到底由于瑞莘儒在内里的背膊大，才逼得端午桥不能不西上宜昌来接管了川汉铁路。……然而临到伯英诸人被捕，四川事情越来越糟，成都电报邮政中断，省外传说纷纭，中枢不能不派遣大员来查办之时，端午桥还又要了一次狡狯，联翩函电，密保瑞莘儒就近带兵入川。不消说，瑞莘儒一动之后，无论如何是难于回任的了。……"

葛寰中不待他说完,便插口说道:"呃!端午帅确乎有这种本领。不过这种机密事情,明叔先生从何而知之的?"

席桌上的八大菜已陆陆续续端上又撤下。罗升、高金山、高贵、何喜、张禄,以及周宏道临时在绅班法政学堂要来的两名小工,不断地在斟热酒,换凉酒,端席点,递水烟袋,递今天特备的铁筒三炮台纸烟,递雨前茶,递春茶,忙得不堪。

邵从恩一面应主人邀请,端酒杯,举筷子,一面回答说:"是宜昌铁路公司里一位管文案的朋友秘密告诉我的。"

葛寰中向着周宏道点了点头道:"定是我们在蜀通上碰见的那个委员。你还记得他姓什么?"

"叫尹希贤的吧?"

"着!就是尹希贤。……此人是朱云石的亲戚。许多关于端瑞二人的秘密,都是朱云石向他摆谈的。"

黄澜生接着道:"朱云石?……这个名字很熟。是个什么样的人?何以他能知道两个大脑壳的机密大事?"

郝又三在隔桌说道:"朱云石就是朱山,五月二十一日在同志会上慷慨陈词,把指头划破流血的那个人。……邵先生,我也要问,朱云石咋个会晓得这些秘密?"

"朱云石在端午桥幕中当的是文案一席,许多密函密电都经过他的眼睛,如何会不知道?"

郝又三不由圆睁两眼高叫道:"朱云石竟自跑到端方那里去了!……唉!好无廉耻!他还是同志会推举的代表哩!"

田老兄笑道:"你这话就怪了。难道当了同志会代表,就不许改行去当师爷吗?"

邵从恩摇摇头道:"不然,读书人的出处,到底慎重些好。不过端午桥网罗人才的手段也忒高明。你们请想,连那个在日本与章炳麟并称民党二俊、曾在《民报》上写过文章的革命党人刘光汉,都被他网罗在幕中,还保举了个道员功名哩。"

董修武、周宏道、田伯行、郝又三、柳小胡子几个向来倾佩章太炎、刘师培的人，几乎同时愕然称怪道："咦！有这等事！"

郝达三却蹙起眉头道："我说，明叔，这些话不忙说它，还是请你继续谈谈端瑞二人的事。"

"没有了。现在端午桥已经奉命入川查办，可见瑞莘儒的道行毕竟高些。至于瑞莘儒之甘愿拨调精兵一标交其率领，并另调一协之众布置在川鄂边境，不惜把武昌重镇，搞成一座空城，我看是有深意存焉的。……"

黄澜生道："是什么深意呢？"

"这是我揣测之词，不足为据。或者，为端午桥助声势，对赵季和示威力耳！"

葛寰中正伸着象牙筷子去捡菜，遂顺手用筷子在海碗上一敲道："如此说来，端午帅的目的，又从两湖总督那面转到四川总督这面来了。"

邵从恩点头笑道："我看是这样的吧？"

董修武也笑着说道："那么，端赵二人又会短兵相接了。"

郝达三道："明叔，你这番话绝非揣测。你何妨稍微漏点机关给老赵，看看他的意思如何？"

"何用我去漏机关，想来赵季和比我还清楚些，他的耳目长哩。因此，一提到端午桥，他才那样满腹牢骚。不过从他口吻间听来，他对端午桥的牢骚，似乎还不及对岑云阶的大。对于岑云阶，他简直不客气地说：'岑云帅比我强得多，你们四川绅士应当竭诚欢迎才对呀！'这样一说，倒把我的嘴封住了。"

郝达三今天支撑了很久，这时已经不大对了。强勉咽下一口呵欠说道："明叔，朝廷加派岑宫保来川，你看是不是出于我们代表刘声元在京的搞干？"

邵从恩还是那么轻言细语地说道："不见得。不特我们四川代表无此力量，就是我们的四川京官，像赵尧生、乔茂萱诸公，也无此力量……"

最后的四座菜和尖刀圆子汤业已端上桌子。周宏道还在两桌之间，来回劝酒，但大家已一迭声在催饭了。因为都想散席后，赶快到街上去看一看岑春煊的那张告蜀中父老文，到底说了些什么。

五

岑春煊那篇《告蜀中父老子弟文》，和四川人民见面之后，由于它不像一个钦差大臣的煌煌文告，口口声声是春煊春煊、父老父老，的而且确很像一个出门已久的子弟，在离乱时候写回来的一封慰劳家里人的家信。因此，有人说，他这篇文章，无异于在一塘静止的臭腐的水中，投下了一块大石，虽不石破天惊，却也水花四溅。也有人比喻是在闷热天气中，大家正闷得头昏脑涨，透不赢气的时候，突然一声霹雳，一阵大雨，不特使人感到通身爽快，而且也使人的精神大为振奋起来。

果然，几天以来，那篇文告跟前——不只是一处，而是每一处——从早到晚，都有许多人围在那里。有的人念一遍又一遍，一直念到背诵得出；有的人拿着铅笔、或在小墨盒里蘸墨的毛笔，在抄写；不认识字的人和文墨不很深沉、对于那篇古文还不大懂得彻底的，就尖起耳朵听人家念，听人家一遍二遍的讲解，也把这篇文义相当深奥的东西，理解得很清楚。几乎每条街上的百姓，高一点的，像顾天成的舅子、洋广杂货店的二师邓乾元；低一点的，像盐市口伞铺掌柜傅隆盛，都一样兴高采烈地蹲在茶铺的板凳上，大声武气说："岑宫保要来了，该我们百姓抬头了！他妈的，这一晌他们做官的人也歪透了，也把我们压制狠了！……"

绅士们也忙了起来。连日之间，不是你找我，便是我找你，甚至几个人、十多人，不期而遇地聚在一起，研究着对于岑春煊之来，他们要不要拍发几封电报去，表示绅民闻讯，不胜欢腾；兼之预为之地，把赵尔丰等人控诉几句？好多人都认为应该这样做，并且拍着胸膛说："我出一个名字！"

但是高等学堂总办周凤翔、通省师范学堂监督徐炯、前任四川财政监理官蔡镇藩，和一个老翰林伍肇龄、一个老宦场颜缉祜（就是现正关在制台衙门来喜轩、华阳翰林、铁路股东会会长颜楷的父亲号伯勤的），一班阅历深、世故熟的老成绅士，却认为万万不可以这样冒昧。与其虚文取祸，不若推举几个有声望的人，悄悄赶赴宜昌，代表川人出境欢迎，见了岑春煊，再面控一切。当下，邵从恩便挺身而出道："鄙人刚由宜昌回来不久，路上情形比较熟悉，最好是我去。并且鄙人日前谒见赵季和的时候，便曾说过，重庆那面，我还有些事情要去清理。现在正好要他办个护照，从东大路走。对官兵，有护照为凭，不致有所留难。对同志军和民团，我们可以实情相告，更不致有什么意外。只是须要诸公领衔，具一个公禀，方见区区代表，果是公意。"大家研究了一番，极为赞成，并加推了一个代表，就是徐炯。并且说：

"这公禀，就由子休、明叔你们二位亲自拟办，我们只是盖章好了。"

一伙年轻气盛的绅士，非常不满周凤翔等人的顾虑，坚决认为直接派代表去欢迎外，未尝不可用法团名义再去一封欢迎电报，双管并下，也使岑春煊多注一点意，因而兼程前进，也未可知。年老人拗不过他们，只好说："你们一定要这样搞，也可以。只是电文上，千万不可透露我们有代表欢迎这一层。"

商量到夜，由高从龙与几个办文案的高手，挖空心思，拟出了几通稿子。经众人看后，都摇头不以为然。因为不是内容太空洞，就是措辞太露骨。后来还是由前任商会协理、现任昌福公司总理、秀才出身的樊启洪号孔周的这人，提笔拟了四个字："望公速来。"大家才认为既有"徯我后，后来其苏"的意思，而又无伤于当道。但就这样，电报局仍把电稿退回来说："赵制台有特别公事发下，凡非官电，一概不准拍发。倘有不遵，决予严惩不贷！贵处电稿，理合退回，请烦查照为荷！"

大家这才恍然大悟，岑春煊的文告虽被代刊张贴，但岑春煊真个要来，还怕不大容易哩！

可不是吗？在尹良同饶凤藻谈话之前，即是说当赵尔丰接到内阁的电报、岑春煊由上海打来的电报、他二哥赵尔巽由奉天打来的电报这一天，他已是雷霆火炮地生了大气，无论在上房，在签押房，无论在老婆面前，在儿子面前，甚至在宠爱的大丫头来龙面前，老是气哼哼地骂人。起初是无的放矢地乱骂，渐渐就骂到端方头上，骂他是阴险小人，"把我姓赵的当成了孱头，现在还好意思来查办我！好吧！就让你来，看你能把我奈何得了，奈何不了！"又骂瑞澄，只知讨好载泽、盛宣怀，不惜牺牲他姓赵的，"口口声声说我无能，难道老岑真个就比我强吗？"接着就骂岑春煊老而无耻，行将就木的人了，还这样热衷，"什么会办查办，明明是来排挤我。哼！你会收买民心，你会要结绅士，你以为一帆风顺，马到功成吗？试试看，中原逐鹿，还不知鹿死谁手哩！"

骂够了，仍不得不把老四、老九叫到跟前，密密磋商了一番，赓即给奉天赵尔巽拍了几通密电去。一面是请教今后如何对付正在演变的时势；一面恳求二哥就近向京城、向武昌两方面，设法阻止岑春煊西进；并限制端方事权，要使端方来川之后，只能查办路事，不得过问川局。待到第一步布置停妥，接着便在签押房召开了一个小圈子亲密会议，商量赶在岑春煊万一来到之前，对于眼前的四川局面，先做一番怎么样的安排，方为妥当。这一天，应召到签押房来的，仍是几个心腹人员：杨嘉绅、饶凤藻、官报书局总办候补道余大鸿，以及两个掌兵权的田征葵、王棪，至于老四、老九这两个宝贝，不特在场，而且还是要角。

赵尔丰坐定后，先叫老四把内阁转来的上谕和岑春煊的几封电报，通通交与众人传观了一遍。他方摸摸白得更多了一些的胡子，沉着脸色，徐徐说道："朝廷又加派岑云帅来川会办川事……岑云帅业已奉命，大概不日将由上海启行。……岑云帅在四川威信素著，四川百姓也非常爱戴他……朝廷特别检派他来，足证朝廷对于川事是很关切的……我们希望岑云帅不要像端大臣那样，刚到半途便迟徊瞻顾起来……不过岑云帅拍来的这两封电文，好倒是好……只是在目前社会或许要发生一些影响……所以找各位来商量商量。各位有何见地，不妨谈一谈。"

他的话刚刚说完，在他身旁的老四已经血脉贲张地屈起指头，在签押桌上敲得一片声响，说道："有影响！而且是恶劣已极的影响！老岑这两封电文，尤其是那封……对！就是这封《告蜀中父老子弟文》……呃！你们须知，重庆、泸州、叙府、资州、顺庆等地俱有电禀说，他们业经照刊张贴……我们这里也只好刊发出去。可这一来，就无异于因风纵火，火上加油……几天当中，省外民匪越是猖獗，省内劣绅也有跃跃欲试之势，你们看，这怎么好！"

老九也挽起袖口，气势汹汹地说："老岑的告示，名为安抚，其实是把匪徒鼓动起来，反对咱们罢了！"

田征葵接嘴说道："水路完全不通了，从华阳县中兴场以下，节节是匪。"

饶凤藻跟着说："昨天据报，雅安府大匪罗八千岁纠合了上万匪众，沿雅河而下，已经窜到犍为县盐场五通桥，同犍为匪首胡重义合股，也拉起了义军旗号，大有上窥嘉定府之势。"

余大鸿附和道："小川北各地也不安靖。据说，是一班革命党人在那些地方煽动，差不多与富顺、荣县、威远这一带相仿。"

王棪最后斟酌着词句说道："依职道看来，各地情形都由于兵力不敷所致。请大人示下，日前所议的，除已募新兵三营外，可否再募数营以资调遣？"

"怎么不可以？"赵尔丰两眼一睖，露出一派煞气道："还该札知各府厅州县，尤其是成都府属的十六州县，各视情形，准其就地招募练勇一百人到三百人，饷杂各费，作正报销……哼！你们莫以为岑云帅要来，我当真就不用兵了。"

老九颇有用意地哈哈一笑道："你们只管放心，老岑能不能来，还未敢必哩！"

大家登即明白这话的后面大有文章。都不由互相看着，有的眼睛挤眨，有的嘴角儿翘。

赵尔丰长叹一声道："总之，遍地疮痍，民生疾苦，不论谁来，这兵终是要用的……彦如，你替我想一想，有什么好办法，能在岑云帅来川之前，或者端大臣进入川境之前，把眼前这个乱摊子收拾收拾。"

杨嘉绅举眼把众人一溜，而后笔直对赵尔丰说道："诚如大人所论，兵确实要用，乱摊子确实要收拾，看似二事，其实是一事。只要兵用得好，不惟乱摊子容易收拾，而且进一步，岑大人也大可以不来。"他顿了顿，觉得赵尔丰全神贯注地在听他说，他便接着说了下去："朝廷之所以差遣端岑两位大人来川，当然出于京城各大位不知四川真相，把匪势看得过于嚣张（他本想说，也由于赵尔丰前此不听他的话，只图夸张匪势，掩饰自己用兵无方的结果。不过他很谨慎，知道说出来没有好处，才忍住了没说），也把大人的力量看得过于脆弱所致。所以除了调动陕军、黔军，令其背道驰川解围外，还令端岑两位大人多带劲旅……设若大人能在数日内把乱事敉平，一面奏报肃清，一面电告各省，则朝廷定可解忧，各省视听也必为之一转，庶几陕、黔客军可以撤回，庶几岑大人也毋庸带队来，而端大人纵来，亦庶几除了专办路事，更无所借口来干涉大人的事权了。"

老四、老九都一齐称赞道："好得很！杨运司真个是诸葛复生，吴用再世。而且咱们这里奏报肃清，二伯、他老人家那里，也更易于为力。真是一举数得，妙不可圈！"

但赵尔丰却眉头一皱道："数日之内就要奏报肃清。只是在奏折上说说呢？还是应见诸事实？"

"当然要见诸事实，方免人议其后。"

"老兄听见田道、饶道适才所谈过的匪情没有？"

"听见的。"杨嘉绅的四方形白净脸皮上摆出一种得意笑容道,"但依职司揣度起来,不管省外匪情如何猖獗,只要加紧剿办,还是容易扑灭。目前最关紧要的,仍旧是职司上次面禀过的,是新津这一处。这一处的匪徒聚集得最多,背后有邛州、蒲江、大邑各地散匪为其后盾,左方有崇庆州与温江的孙匪泽沛、吴匪庆熙相与犄角,而彭山、眉州、丹棱、青神诸匪又遥与呼应,所以区区一城,就把大人可用之兵全部牵住。大人所定的克复限期已届,听说陆军不但未把城池攻下,甚至连城外的二渡水都未曾抢渡过去,不知是否属实?……"

老九垮着嘴角轻蔑地一笑道:"你不知道在花桥子还打过两次败仗,伤亡不少的人哩!"

王棪连忙说:"一共只死伤了几十人,不算多。但是据报,叛弁周鸿勋那面的死伤更重。"

杨嘉绅道:"用兵,哪里没有伤亡。伤亡多寡,倒在其次,只是旷日持久,影响太大。各种谣言,因而风起,都把新津一地说得像梁山泊那样不可侵犯。各地匪徒也才因利乘势,四处骚扰。譬如西路匪徒竟敢于两次围攻崇宁县城,两度盘踞灌县县城。侯国治匪出入安县、什邡,游行自在。以前怯畏官兵,闻风即溃的,现在竟敢与官兵接仗,竟敢与官兵周旋进退,不把官兵瞧在眼里。其原因,都在于未把新津攻下。为今之计,还是要仰赖大人威信,督促朱统制克期将新津克复。新津一下,即可抽出兵力,扫荡西北两路。同时,也使匪徒胆寒,官兵气壮。这时,奏报肃清,谁曰不宜?这是职司一孔之见,仍候大人钧裁。"

赵尔丰点头说道:"彦如所言与鄙见极合。只是朱子桥这人太不中用。昨天尚在电话上,向我报称匪情严重,兵力太薄,意思似乎要我增兵。你老兄已晓得他带去的兵已经不少了,还在要求增兵。我不解朱子桥这人何以如此无勇?"

"倒也不怪朱统制无勇。或者陆军里面确有一些思想不纯正的人从中鼓煽,以致士气不扬,朱统制难于驾御,而又未便明言,也未可知。"

"那么,以何方法才能使陆军可用呢?"

杨嘉绅沉思一会儿,遂献了一计。就是趁朱庆澜请求增兵机会,拨出得力巡防军三营,交与现任全省提督军门田振邦率领(他为什么不提说叫田征葵去呢?因为他知道赵尔丰不会让田征葵离开自己身边。并且审度了一下,田征葵虽然以松潘镇总兵虚衔当着全省营务处总办差事，以官阶来说，毕竟只是一个候补道员，官不算大。而全省提督军门，固然出于绿营已裁，有名无实。但在旧制武官中，却要算总督以下全省最高的一员，与新制的陆军十七镇统制官比起来，或许还要略高一级。以田振邦带队前去，虽不能管辖朱庆澜，但至少朱庆澜得客气三分，有话也可与之商量。而且田振邦脾气随和，能够与人共事，更不像田征葵恃宠而骄，动辄盛气凌人，要是叫他去，说不定还会引起两军冲突哩！）开到双流，名义给朱庆澜增援，实即监督陆军作战。设若陆军当中某营某队不听指挥，或作战不力，就撤下来，饬令缴械，听候处分。有心腹巡防军从而监视，陆军士兵便不敢有什么二心了。

对！杨嘉绅给赵尔丰献的计，确是一个杀着。但是各地的同志军、团防和一般班出头的所谓义军——就是不与同志军合流，而又与团防立异的袍哥组织——却也不谋而合，要趁赵尔丰尚未攻下新津之前，给他一个全面开花，安心要把他的统治系统，打得粉碎，使得赵尔丰只管伸出十根指头，却按不到一个虼蚤。

他们的办法——当然不是经过会商而来，也不是由某某军师代他们定下的策略。——大概是这样的：同志军攻打一些州县城池和大市镇，打得下，便霸踞着发号施令；并向州县官和大绅粮要钱，要粮，要枪械。若果有兵防守，攻打不下，便拉个长围围住，断绝城乡交易，使城市困惫不堪，自然投降。守兵倘或出击，那便看情形而定了，人数不多，就硬拼，死伤多少不在意下，只要缴获得到一些硬火，也便心满意足；兵的人数多，便分头撤退。兵一收队，他们又跟踪合围。总之，把有限官兵全纠缠在若干据点中，动弹不得。

团防哩，只管散漫，但是它却可以通风报信，遮断交通。有时，团防与同志军又几乎难于分辨。比如攻打某一城市的大队伍，有同志军，也有团防。一旦形势不利，同志军进了山，团防便散回故里，喊起保卫乡里治安的口号。官兵不去惹它，地方官也调它不动。

义军比如是一种填充料，但凡同志军和团防力所不及之处，便是他们活动的地方。这伙人，说不上什么宗旨，也没有什么明显目的。反对赵尔丰、周善培，因为大家都在反对；反对官府绅粮，因为官府绅粮从不把他们当作好人看待。在乡坝里头，他们是霸王，二三十人结成一体，就没人敢惹。其实并未抢过人，也难得打人，更没有杀过人。但是稍有身家的二簸簸粮户，一提起义军，却无一人不害怕，把他们全看成混世魔王。

距省较远的上下川南、大小川北、上下川东，因为都只有少数巡防军分散驻扎，便是革命党人活动起事地方。赵尔丰每逢接到这些州县的告急文书，先前还只是浩叹。到后来他想了个一箭双雕的妙计（说不定也是杨嘉绅献的计），那便是把下川南指与黔军驻防，把下川东指与陕军驻防，并预备小川北一隅，作为不久端方带来的鄂军驻防处所。川西腹地，他是决计不让的。

这时，成都省城的人民生活已比半个月前更为恐慌起来。首先，依靠河道从眉州、青神、彭山、乐山、犍为等处运省的柴炭，已被江口上下的同志军和团防遮断，东门外柴炭商存货不丰，便趁此机会，几天一次、后来竟自一天一次地涨起价来。食盐也一样，成都二三十万人不可一日或缺的盐，也全靠五通桥、牛华溪两处盐场的引案运济。没有柴炭做饭，还可设法，成都城外虽没有煤矿，然而林木却有的是；而且满城里面更是树木葱茏，若是斫来当柴烧，三年也够。但是没有盐吃，那就严重了。因此，本来谣言便多的季节，这一来，谣言更多了。及至岑春煊的文告一发表，谣言就像长了翅膀似的，无一个角落不飞到：

“老已，听见说吗，东南西北四路的同志军都要杀进城来了？”

“啥时候？”

“八月初八日。”

“队伍不小吧？”

“总有几万人。”

“不是又要开红山了？那才怕人哩！”

“有啥害怕头！人家同志军都是仁义之师，一进城来，先杀祸首赵尔丰，次杀条师周秃子，但凡那些欺压良民百姓的，像田莽子、王壳子、路小脚等等，都要拉出来一个一个地过刀！”

“那么，做官的都跑不脱了？”

“不是的。官也分好歹，歹的才杀，好的像玉将军、刘提学这些人，不但不杀，还要叫他们出来维持秩序哩。”

“还要维持秩序？”

“咋个不呢？同志军并不想同宣统皇帝争江山。他们只是反对盛宣怀、赵屠户，等把这些奸臣杀了，把蒲先生、罗先生救出来，还要欢迎岑宫保来做四川制台哩。"

谣言越传越广，也越传越具体，甚至有些人赌咒发誓说，四城门洞硬已看见同志军的告示，和七月十五日下午赵尔丰出的告示一样，也有那么大，也是有韵的四言八句，其中两句是"只杀周赵，不问平民"。

六

静静的庭院。连经常在檐角屋牙间斗嘴的麻雀都不知飞往哪里去了。只有隔墙菜园里两株麻柳树上的懒蝉，还那样拖起一片声音不知疲倦地在叫。天空和往日一样倒阴不晴。说是晴吧，却满天白云，无一丝缝隙；是阴哩，而朦朦胧胧的日影又淡淡地从空罩下，仍然可以把晾在竹竿上的湿衣服晒干。庭院里的树子，花树多些，都不高大。曲池旁边靠着假山，是几株名贵的梅花：有铁干朱砂，有绿萼，有大红宫春，每当初春繁花盛开时，差不多一院子都香了。这时节，满院子也是香馥馥的。原来三株金桂已经开到七分花了，如其再有三个像今天这样的日子，那么，今年的桂花就算走了运。

菊花带着婉姑儿在短廊的"亚"字阑干上并排坐着。菊花拿了一幅白洋纱在给自己做抽纱手巾。婉姑儿也温顺地勾着小脖子，用两根牛骨头签子和一团粉红洋头绳，学着编织一个装铜圆的荷包。

隔墙菜园里大概又在给莲花白、冬寒菜、菠菜、苋菜饮清粪了。一阵微风吹来，连金桂的香气都被掩住了。

婉姑儿连呸了两声说："好臭哟！……赖大爷硬是不听招呼，妈妈都跟他说过几回啦，叫他白天不要饮粪水，他偏要饮。"

"你们的话真不好说。又叫赖大爷把菜做好，又不要人家随时饮粪，嫌臭……嫌臭吗？那就不要吃小菜。"

"我就不想吃。这一晌，顿顿小菜，把我都吃伤了！"

"真是哟，人不宜好，狗不宜饱！你们守着一个菜园子，顿顿吃新鲜小菜，还说不爱吃。人家在街上买不到小菜——连小菜脚脚都买不到，顿顿吃鼓眼白饭的，才造孽哩！"

婉姑儿把手上的活路停住，抬着头问道："哪个吃鼓眼白饭？"

"就忘了。昨天高婶婶不是在灶房里摆谈过，说她们住的那条街上，好多天都没和小菜见过面，太太不是喊高二爷在赖大爷那里买了两捆菠菜送她吗？"

婉姑儿眼睛挤眨道："嗯！对。妈妈还说过，二天叫高二爷再跟她拿些回去。……菊花，小菜多不好吃，为啥子大家又离不得它，你说，是咋个的？"

"是咋个的？因为它是个下饭的。"

"我说它就不下饭。"

"我说它就下饭。"

婉姑儿很不自在，觉得菊花故意顶了她的嘴。又勾下脖子，笨脚笨手打起荷包来。歇了一会儿，还是她先开了口说："菊花，你说，高婶婶长得好看些吗？还是前天那个顾姆姆好看些？"

"你说呢？"

"我就是不晓得喽。"

菊花咧开嘴巴笑道："真是蠢东西！这么大了，连好看不好看都不晓得。"

"你才是蠢东西。人家说不晓得，是不晓得哪一个更好看些。"

"这样吗？我说，高金山的女人，比那个顾奶奶更逗人爱，人又年轻，又长得白白净净，说起话来眉花眼笑的。"

婉姑儿点着小脑袋道："我也觉得高婶婶要好看些。妈妈偏说高婶婶赶不上顾姆姆。"

"顾奶奶长得本不错。身材眉眼，确实要些人比。就只岁数大了，没有年轻人嫩腯。"

"妈妈的岁数也大啰，咋个还是那么嫩腯呢？"

菊花又笑了起来道："真是个蠢东西！……"

婉姑儿把嘴巴一嘟道："又骂我。……我要去告你！"

菊花并不惧怯，反而气愤愤地给她轰了转去道："话都听不来，动辄就要告人。去告嘛！我再也不跟你说话了。"

于是短廊间又静静悄悄了一会儿。一对喜鹊飞到曲池里洗澡，没有人去吆它，高兴得旋洗旋叫。

菊花扑哧一笑，低头把婉姑儿睃了一眼道："咋个搞的，变成哑巴姑娘了？"

"你说不再跟人家说话了哩！"

"我不跟你说话，你自己就不说话了？真是这样听说听教，那才乖哩。"

"我不乖！"

"你乖！"

两个人又对看着哈哈地笑了。

"菊花，我问你一句话。那天顾姆姆来，说到楚表哥受了伤，为啥子妈妈就哭了？"

菊花连忙回头向堂屋门外一看，雕花屏风跟前的藤椅子还是空的。才压低声音说道："也不留心看太太在不在，就这么乱开口，若是叫太太听见了……"

婉姑儿也不由把舌头一伸。

"……才不撕你的嘴哩！"

喜鹊飞到大厅屋脊上用嘴壳子修理洗干净的羽毛。麻柳树上的懒蝉也住了声。假山缝隙中的蟋蟀反而一递一声吟叫起来。

菊花凑下头去，附着婉姑儿耳边问道："你晓得太太为啥哭了吗？"

"我就是不晓得，才问你的嘛。"

菊花笑嘻嘻地把自己胸襟上的一个纽子指着道："因为你楚表哥正是太太的这个。"

"啥子？是妈妈的纽子吗？"

菊花捂着嘴笑得前仰后合道："我又要说你是蠢东西了，连这个都不晓得！……嘿嘿，这是纽子吗？不是的，这个叫打心槌槌。"

"打心槌槌？……我还是不懂得。"

"心上人呀！就是说，太太喜欢你的楚表哥。"

"妈妈喜欢楚表哥。我还不是喜欢楚表哥？哥哥也喜欢楚表哥。爹爹也喜欢楚表哥。我们为啥又不哭？"

"你们自己不哭嘛，哪个禁止你们不要哭的？"

"你也不哭。"

"我没有资格。"菊花还把嘴唇一瘪，"你楚表哥那个苕果儿样子，还够不上我哭他！……"

婉姑儿睁起一双晶莹透彻的大眼睛，定定把菊花看着。正待追问下去，忽然大厅屏门訇地一响，是门扇被人掀得过猛，碰在木裙板上的声音。接着，振邦一个虎跳，从大厅上跳了进来。青绒朝元鞋在门限上一绊，几乎跌了个狗抢屎。

婉姑儿惊叫一声，本能地把手上活路朝背后一藏。但又说道："哥哥，我都学会了打洋头绳的钱袋子。你不抢我的，我才拿跟你看。"

振邦背着手走过来说:"我不抢,拿跟我看。"但荷包刚一露面,他劈手便夺了过去。

婉姑儿扭着两只小手,刚要叫喊,菊花业已乘其不备,从振邦手上又把荷包夺过来道:"你就是这么讨人厌!人家好心好肠拿跟你看,你出手就抢,这叫啥子名堂!"

"啥子好东西!我逗她耍的。你死丫头又开腔了!"他又上前一步道,"妹妹,吃不吃糖豌豆?我有。"

罗升提着一个花布做的书包,气吁吁地跨进屏门道:"你默倒你就跑脱了……人家还不是撵到大门上来了?有本事的,赶快出去抵住……莫躲在屋里充门限汉儿!"

菊花诧异道:"又出了啥子拐啦?硬是哟!见天放学,总要生点事才安逸!"

罗升揩着汗脸——他算是复元了,就只不大跑得路,不大累得。因才留在公馆里做些不吃力的事情,例如振邦去上私馆读书,他便代替何嫂送去,放学时接回——说道:"叫他自己说嘛!"

振邦一只手插在衣袋里,立眉竖眼地说:"是他龟儿子先吐的口水……"

原来和振邦在私馆读书的同学中间,有一个姓马的回回娃娃,年纪与振邦相仿,但身体比他壮,气力比他大。两个娃娃很投合,差不多每天放学,总要同走一段路,而后马回回才回头向三桥南街走去。今天刚走到西御街口,碰巧那个卖糖豌豆的老汉又叮叮当当敲着小马锣走来。黄振邦掏出一个当十铜圆,买了五包,顺手递了两包给马回回。不料马回回却背着手不接。说他上回吃了他的红糖饼儿,回去,着他做过游击武官的爷爷一顿好骂。骂他馋嘴好吃,吃了外人的东西,晓得那些东西干不干净?但振邦既拿出了手,不好意思收回去,偏要他拿去吃。两个都是犟脾气,一个硬要送,一个硬不接。末了,黄振邦一生气,把两包糖豌豆朝地上一丢道:"又不是啥子毒药哩,猪嫌狗不爱的!"马回回遂说振邦骂了他,先吐了振邦一口口水。振邦登时一拳头打去,正正打在马回回的胸脯上。马回回才伸手去揪他的帽根儿,罗升业已走到跟前,连忙把马回回的双手封住。振邦乘隙又揍了一拳头,回身便跑了。

婉姑儿立即跳到地上叫道:"我去骂马回回一顿,他敢欺人!"

菊花一把将她拉住道:"你还要去惹事!"

罗升笑道："真是一个窝里抱出的鸟儿！告诉你，马回回已着我劝走了。不过人家说了，要去告老师。我看，有个人的屁股，明天总会贴膏药的。"

振邦还是那样气昂昂地说道："不睬！老师敢打我？"

这时，听见外面二门的门枢咿呀一响。接着，是轿夫一呼一应地喊道："照高！……下腰！"

振邦晓得是父亲回来了。遂从罗升手上把书包夺去，一抹头便朝他父亲的书房那面跑了。

黄澜生满脸忧色。一进大厅腰门，遂问婉姑儿道："妈妈呢？乖女。"

菊花站起来说道："刚才还在堂屋门外……"

黄澜生急急忙忙走入上房，一面解着马褂纽子。黄太太好像刚才方便已毕，洗了手，拿着一张湿葛巾，一面揩手，一面从卧房后间走出。看见丈夫神色有异，遂问道："今天又听了啥子谣言吗？"

"不是谣言，却系事实。"他已把马褂脱下，递给他太太，"九少大人左膀受了伤，军医院的医官全都传到制台衙门去了。"

黄太太也吃了一惊，连马褂都来不及折叠，连忙问道："咋个受的伤？莫非到城外去打了仗来？"

"倒不是打仗受的伤，是练习自来得手枪，不知怎么一下，一颗枪子会打在自家的膀子上。"

"哦！自不小心。"黄太太已把马褂折好，放进立柜，一面说道，"那也值不得忧虑嘛。"

黄澜生自己脱了青缎靴，找旧鞋换上。说道："太太，你倒不要轻视这件事。要晓得，九少大人都赶着练起手枪来，可见同志军扑城就不完全是谣言了。"

菊花把高金山送进来的一应东西，照常收检之后，把水烟袋给老爷太太递到手上，仍然带着婉姑儿退了出去。

"还有一个新闻告诉你。周孝怀周大人害怕得很，前两天已把老太太、太太、小姐都安置在一处亲戚家里，值钱东西向各家寄顿。自己搬到桌台衙门住下，出门连大轿都不敢坐，坐的是一个属员的小轿。"

"哪个说的？"

"葛寰中说的。"

"对于城里的一些谣言，你问过葛大哥没有？他比你们一伙人都精明。

他该不像你们成天地忧得好像天都要垮下来了吧？"

"唔！他吗？已经把公馆外面的官衔条子都取下来了。"

黄太太惊异地说道："葛大哥也这么胆小起来！"

"他还算胆大的，没有搬家哩。"

"搬家的多吗？"

"岂少也哉！几乎府道班子的人，无论有缺没缺，有差事没差事，都搬了家了。大街大道大房子都空了，越是偏街僻巷的小房子越挤。连我们幕僚中那些同寅——凡不是在四川生长的，哪一个不在打算搬家？有些人认为满城可以保险，听说同志军对玉将军的舆论还好，所以都想朝满城里搬。"

黄太太一连抽了两袋烟，方才问道："依你看，同志军到底会不会按进城来？"

黄澜生沉吟着道："我怎么敢决定。"

"我说就不会。"

"你？……"

"你想嘛，那个顾团总的老婆不是说过，她到城里来的时候，走了几十里，并没碰见一个同志军，也没碰见一个棒客，到处都是清清静静地？这才几天工夫，咋个就说有好多万人要来扑城！这么多人，从哪里来的？难道从天空中飞了来？就是飞咧，也该有点影子，也没有这样快的！"

"呃！太太，不能这样说。顾奶奶眼界有限，耳朵也不长，她就是不能周知尽晓，所以才进城来向人请教。何况现在的事情变得也真快，早晨是这个样子，说不定等不到吃晌午饭，就大大变得不同了。总之，现在世道，不像从前，朝好处着想，倒不见得对，从坏处着想，嗯！差不多十拿九稳。"

他太太定定把他看着道："莫非你也想到搬家吗？"

黄澜生焦眉愁眼地说："大家都在做万一的防备……"

"告诉你，我包你城里没事。我已仔细想了两天，我决计要把楚子才接回来养伤……"

黄澜生抬起头来，也把她定睛瞅着。

"……虽说伤在好了，我到底不放心。……人家既是把一个子弟托给我们，拿道理说，就算我们家的人了……他的家乡还在打仗……晓得将来是好是歹……他楚家只这一根苗。把他放出去搞啥子同志军学生军，已经是我们的罪过……设或因为医药不善……将息得不好，有个三长两短的话……"

不等她说完，黄澜生便短住她的话头道："太太，我想了一个法子。倒还两便，既可以照料子才，于我们也有好处，你看要得要不得？"

"啥子法子有这样好？"

"我说，与其把子才接回来，不如你带着两个娃娃到顾家去……听我说！我觉得城里总不大平安。纵然同志军不扑城，像这样搞下去，城里总不免要乱一下的。一乱起来，杀人放火，全不能逆料。古人说，大乱居乡，确有道理。既然子才与顾家相熟，顾奶奶那天来又会邀约过我们，不如我们就趁这机会，到她家去借住一段时间，等待时局定了，再回到城里。"

"光是我带着两个娃娃去吗？你呢？"

"我一个人好办。人夫轿马是现成的，若果形势不对，我立刻就走。你们先走了，我一个人就少了许多牵挂。"

"那么，家里这些东西呢？"

"贵重的东西和衣服，检几口箱子带去。"

黄太太想了想，不住摇头道："不对，不对。你一个人留下，我也不放心。屋里还有这么一摊子底下人，不能个个带走，留在屋里，哪个管得下？何况这么多东西，都是得用的，也带不了许多，留在屋里，一定会着糟蹋干净。我想来，还是不走得好。"

"万一乱起来了呢？"

"我说不会就不会。"

"那么……"

"你不要再三心二意的。我决计把子才接回来。他在外头跑了这一遭，总还有些经验，等他回来，再跟他谈谈，看城里到底住得住不得。若是真个住不得，那时再打主意也不迟。"

黄澜生深知太太的脾气，只要她安了心，就是一碗镪水，她也有本事喝下去的。他遂转口问道："光说接回来，叫哪个去接？这样乱的世道！"

"叫高金山去。"

"他？"

"昨天，我已试手问过他，他说，只要我们打发他去，他准定保得将军去，保得将军回的。"

第七章 变

一

一条不到二尺宽的泥路，下雨时候，被笨重的水牛蹄子踩出许多又深又大的蹄印。随后又被秋天太阳晒了几天，泥巴干透了，蹄印牢牢嵌在路面上，把一条泥路弄得坎坷不平。从成都到温江县的道路是这样，从温江县到崇庆州的道路又何尝不是这样？

说起来，在一坦平的川西坝子上，道路原本可以开得宽宽的，并像绳子一样拉得笔伸。谁想得到道路既是那样窄，这弯环曲折夹在坨亩中间，从高处看去，硬似盘了一条不见首尾的长蛇。说似蛇也有问题，蛇只管蜿蜒，毕竟有规则，向左是几曲，向右也是几曲，而且曲折度也不太大；哪像现在说到的这条路，本来朝西去的，但弯来弯去，有时向北一个大弯，可以弯回来一二百步，再朝西弯转去？

学过历史的人说，古时候西蜀的道路，也是挺宽、挺平、挺直的，因为要走兵车，要走驿站上的旅行车，不能不把道路修造得像二十世纪二十年代前后可以行驶汽车的公路一样。证据是，除了书本上的记载，成都北门外尚有一处古迹就叫作驷马桥哩。

不管古迹的真实性有多大，四川的道路到底还是在古时候就变得不好走了。因为魏蜀吴三国分立，蜀汉丞相诸葛亮六次伐魏，都因军粮运输困难，不能不敛兵而退。军粮运输的困难，当然由于道路崎岖，不能使用几头牛、几头马拉的大车作为运输工具的缘故。只管诸葛亮发明木牛流马，比起肩挑背负进了一步，想来还是不很顶事的吧？我们川西坝的人到底感谢诸葛亮先生，他的遗制木牛至今尚在为我们服务，不过改了一个名字叫叽咕车。

就在这条道路上，有五百多人拉成一条单行列的长线，在向西进行。

这条单行列的线，一眼分明，是两种人组成。第一种人数目最大，足有四百二三十人，全是穿草鞋，戴草帽，小腿上打着蓝布裹缠，大脚蓝布裤管拽在腿弯上面的挑夫。每个人的肩上，都压着一根挑子。挑子一定不太重。

其中几十人，年纪都在五十上下，闪着扁担，走得并不怎么吃力。除了零头挑子看得出是一些简单行李与炊爨家什外，整整四百挑，全是不很大的长方形白木匣。白木匣上都刷有黑字，烙有火印，标明四川机器局制造的九子枪用的子弹。每匣五百颗，每人挑两匣，四百挑是八百匣，共计子弹四十万颗，在这个时代说起来，真是一笔大数！

第二种人是夹杂在挑夫中间走着的陆军第十七镇第三十四协第六十七标第一营第二队全队官兵，一共是一百三十五人。全穿着草黄色咔叽布军装，九子枪扛在肩头，甩手甩脚地走得很随便。

在这条线的末尾，是两个骑马的人。后面一个是本队队官周启检，前头一个是六十八标督队官、特别调来带队的大个子陈锦江。

今年有闰六月，所以现在八月初，等于不闰年的九月初，天气是凉定了。虽然上午的太阳时不时地从云隙中射下来，那些扛着枪杆、踏着便步的全武装官兵，却一点热意都不感觉。倒是那些挑夫，大概由于在温江县把早饭吃得过饱，热茶也灌多了些，担子并不太重，又才走了五里多路，好些小伙子还是出了汗。

越接近崇庆州地界，冬水田越多。今年雨水充足，到处的冬水田都已灌得满咚咚的。这一带的冬水田也和灌县地方相似，很多田埂上都种有树。有一把多粗的四川特有的桤木，有饭碗粗再几年便可成材的杉木。这两种树都不大长横枝，叶子又稀又细，不大遮荫，无伤于禾稼的成长；树根盘结，可以使田埂加固。由于有树木陪衬，水田不像水田，倒很像一些鱼塘。事实上，水田里确有不少的鲫鱼、乌鱼、窜鲦子和泥鳅。

陈锦江跨在一匹并不高大，可是脚力颇强的青马上。到底由于人大马小，人壮马瘦，看起来实在不如周启检人小马小，人瘦马瘦受看。不过陈锦江自从受命出发，一直是高高兴兴的，红而润的脸上随时挂着笑容，骑在马上左顾右盼，态度那么悠闲，看起来，却又比低垂脑袋、高耸肩头、满脸忧郁样子的周启检，受看得多。

忽然，三只白鹭从一处高坡背后飞出来。缓缓闪着两翅，一条又长又细的颈脖笔端地伸在前面。本来沿着道路向东北方飞去的，或许看见路上走的队伍太长，有点吃惊，飞不到多远。不知是哪一只白鹭呱呀呱呀叫了两声，一个急转，直朝队伍前头飞回。其余两只也跟着打个转身，并皆低低地几乎擦着两个骑马人的头顶，一直飞向路右方相距不到十丈远的水田当中。起初，它们尚把两只乌黑长脚紧贴在尾巴两侧，掠着水面飞了一程，似乎要飞开了，但两脚猛地垂下，立即站在一块浅水田中；还一齐昂着头向四周瞅了会儿，才把一个灵巧的、带有黑色长嘴的小脑袋朝田里勾下去找小鱼吃。

这时，一片深灰色云翳从天边挤拢来，把原有的一些云隙全糊住了，太阳光漏不下来，四周围的景象顿时变得阴沉异常。映着天光的冬水田反而明晃晃地更像无数块形式各殊的镜子。

镜子当中点缀上三只白鹭，倒也有趣。

陈锦江不由回头向周启检说道："看见了吗，周队官？"

"什么，你问的？"

"那畔找鱼吃的鹭鸶。"

"嗯！有什么呢？"

"你不注意吗？"

自从奉命押送子弹四十万发到崇庆州接济守城军队急需，周启检就感到是一桩颇不轻松的差事。由成都省到崇庆州虽然只有九十里的平路，一天可以赶到。但他已经知道西路同志军统领孙泽沛正统着万数的人在围攻州城。守城的是陆军十七镇第三十三协第六十五标第三营全营，管带林德轩支持了七天，据说已有死伤，联翩向省城告急求援。因这缘故，才派了周启检一队押运子弹前去，同时就作为增援队伍，参加林德轩守城。

周启检迟迟疑疑地对本营管带胡光新诉说道："可否要求标统再调拨一队人同行？"

"为什么还要一队人？"

"因为崇庆州是孙泽沛的老窝子。他的人不见得全在州城外作战。万一在路上来腰劫，只我一百多人，如何抵敌？"

胡光新把手一挥道："笑话！一百多训练有素的新军，还会畏惧那些乌合之众！你把我们新军资格说得连他们巡防军都不如了吗？"

周启检红着脸皮争辩道："若是不押运四十万发子弹，那又不同了。"

"有啥不同，横顺只有九十里远近。"

"听说崇庆州交界处的三渡水要过渡。若是渡船不多，一定有耽搁的。"

"那么，分作两天走：头一天走五十里，在温江歇宿；第二天只有四十里，即使过渡有耽搁，也不过大半天路程。"

周启检强勉同了意道："只好这样办了。"

临到出发，上面又把六十八标一个督队官调来帮同押运。到了崇庆州，连林德轩都得听他的指挥。据说，陈锦江对这一带情形，比什么人都熟悉。而且陈锦江对于分成两天走，也极表赞成，说是到底稳当一些，他对三渡水过渡情形是知道的。

头一天从成都出发，因为在旧皇城里的军装库耽搁了许久，虽然只有五十里路，但是走到温江时候，还是已经临近黄昏。这一天，路上很清静。到温江一探听，说是吴二大王的队伍前好多天便拖往别处去了。

第二天由温江出发，周启检便紧张起来。他不要大家走得太早。并不主张渡过三渡水，在羊马场吃早饭。他已经探听清楚，由三渡水到羊马场十二里，由羊马场到崇庆州二十里。但是由羊马场分路，到孙泽沛的老窝子廖场，也才二十里。算来，羊马场恰处在温江县、崇庆州、廖场这三个地方的中心点。这是一个烦地方，不但不能在这里耽搁下来吃早饭，就连歇一口气，吃碗茶都是危险的；必须在三渡水过渡之后，一口气跑完三十二里，才能太太平平地把这趟差事完成。他这意思，陈锦江也认为对。因此，在起身之前，官兵与挑夫们既吃饱了饭，也灌够了茶。

但是出温江才走得六七里，道路显得越窄，路线显得越弯曲，冬水田越多，田埂上的树木越密，景象显得越清幽，周启检的疑心也越来越重。他向陈锦江提议，把全队士兵分为两组，集中在一头一尾；四百三十多根担子排成双行，缩短距离，加快速度，赶到河边去。

陈锦江几次回答他的，都是一阵哈哈大笑。

"你太小心了！"

"不是太小心，像这些可疑地方，总不可不提防。"

"提防什么？"

"督队官，你真个不信会有同志军匪徒拦路腰劫吗？"

"就在这个地方吗？"

"那怎么知道不在这些地方？"

"我说，即使同志军要腰劫我们，也不会在这个地方的。"

"怎么不在这些地方？"

"嘿，嘿，周队官，你四面看看吧：既无山岭，又无丛林，人家这么稀少，连一个大点的院子都没有；一派田畴，不是水田，便是旱地，一条狗都藏不住，还说人？"

不过周启检依旧是狐疑不安的，一路上不住唉声叹气。因此，陈锦江这时才用马鞭把白鹭一指道："还是得注意的，不要把它忽略了。"

"莫非有埋伏吗？"周启检已把马鞭交给左手，用右手去摸着腰间东洋指挥刀的把子。

"呵哈哈！周队官，你又错会了我的意思。我只是叫你注意那三只鹭鸶，这是值钱东西。"

"原来……唉……"

"你以为我说着耍的不是？那你只需到成都省东丁字街去看一看那个法国医官的老婆，你就懂得我说话的意思所在了。"

"督队官你真是会唱十八扯。"周启检也不由开了句玩笑。

"一点也不是十八扯。告诉你，我每回到小淖坝去，都要碰见那个洋婆子，妖妖娆娆地坐在一匹黄骠马上——硬是坐，是两条腿并在一起，侧身坐在马鞍子上。亏她有本事，马跑得那么快，皮鞍子又滑，不晓得她怎么会坐得那样稳法，我至今还想不通。——啊！我说到哪里去啦！嘿嘿，真是有点十八扯啰！"他自己都忍不住嘲笑了一声，"我是说，我每回碰见她，都见她帽子上插了匹鹭鸶毛，被风吹得一飘一飘地很好看。大约因为洋婆子都喜欢鹭鸶毛，不惜高价收买，我们向来不注意的鹭鸶也才值了钱，听说一只毛片好的，可以卖上几块钱。……我也才想到你，周队官，听说你的枪法很准，每次打靶，几乎你把头名包下了。嗨！不如显一手，打只鹭鸶送我！"

这一挑逗，使得周启检兴奋了一下，真打算从跟随在马屁股后面的一个年轻勤务兵手上，把步枪拿过来试一试他的特技。他已经把距离目测了一下，满有把握地相信，只需一颗子弹，纵然不打到两只鹭鸶，一只是跑不了的。但他把四周的景色看了看，还是把头一摇，叹了口气道："不要乱动得好！"

这时，道路又宽了些，水田逐渐少了，路线的弯度也没有适才走过的大，而且地势也有一点向西南倾斜。

周启检把马鞭一挥道："这八里路，多半要走完了！"

不错，周启检估计得很准确，再一个弯，便看得见金马河了。

从灌县并排流下的三道河，几乎是到这里便汇成了一条比较大的河水。它的主流叫金马河，汇为一水之后更没有别的名称。单是金马河的水量已经不小，再会合上羊马河与金水河，不特水量增加，河身也顿然扩大了好几丈。浩浩荡荡的水，挟着泥沙鹅卵石一泻而下。水是那么浑浊，又那么湍急，没有渡船，是没有方法过去的。

河的这岸，一片相当广阔的碛坝。上渡船的地方，用几块大石头放在浅水里，作成七八步跳蹬。但是上渡船的人宁可脱去鞋袜，踩几步冷水，也不愿去尝试那些滑得要命的大石头。

这样一条大河，想不到只有两只渡船。船都不大，估计两船同渡，一次只能载五十到六十人。

周启检已经下了马，正在相度形势。

陈锦江从马背上把河对岸一望，是一带陡坡，坡上有三株老黄桷树，浓荫四布，足足有亩多宽窄。距黄桷树不远，有两间草房，与这岸的两间草房一样，是为待渡人躲避风雨而设的。以前，一定有人利用这地方做点小生意，看得出门前那块石板铺面的土柜台，和一些腰店子上的冷酒店搭卖一点小杂货的形式一般无二。不晓得什么缘故，这岸的草房已是寂无人影，土柜台脚下和草房里面的土墙根都长了青苔。遥望对岸的草房，似也同样荒凉。

周启检急急忙忙走到陈锦江身边说道："督队官，这简直是我们没有料到的。"

陈锦江翻身从马背上跳下，把马缰顺手交与跟在身边的勤务兵，然后转身问道："你说的是……"

"我说，没有料到金马河会这么宽，渡船又这么少，这么小，大约一个来回，总要点把钟的时候。"

陈锦江瞅着河面说道："嗯！对的。……"

这时，两只渡船经河这边的人声吆喝，已一齐离开陡岸，船头冲着流水，向这面划来。但是每只船的尾梢上只有一个人，一手掌舵，一手划船。离岸不远，划船力量已敌不住流水的冲击，船头不是平平地指向这边，而是掉向下流流去。

"……但是像这样划法，需要的时候还要多些哩。"

"那么，怎么办呢？我们这样多的人和挑子，要渡完，不是要等到半夜去了？"

"也不会。只要命令我们的人，上了船，大家一齐动手帮着划。"

"没有划船的家伙呢？"

"扁担不也可以用吗？再不然，手也行的。"

周启检大为得意道："再好也没有了，督队官，你真会想方法……像这样，顶多三个钟头可以把我们渡完……现在，我带着第一排弟兄押运二十根挑子过去。督队官，请你带着第三排最后过渡，你看可以不？"

"当然可以。不过两匹马也该尽先渡过去。"

二

及至最后一船把陈锦江和第三排士兵渡到对岸崇庆州地界，已是夕阳西下的时候。到底由于河面宽，水流湍急，渡船一开出去，总要被浑浊的激流冲下里把路，然后才搭得上洄水，才能依赖洄水力量，斜斜地靠近对岸岸脚。到这里，船上的人也才得以使用气力，靠着竹篙、扁担，把船一寸一寸地撑到渡口。这与在岸上估计的大有出入，所费的时间，当然超过得很远很远。

崇庆州地带果然不像温江县那样平衍，刚一渡河，就显得丘陵起伏；田畴也不及温江县治理得那么好，长茅灌木弥望都是。

陈锦江才登上陡坡，周启检已经满脸焦急地走到跟前说道："想不到时间耽搁这久。督队官，我们只好不在羊马场歇脚了。"

"难道不叫大家吃饭吗？"

"还有三十二里路程。一顿饭又要耽搁一些时候。不如赶拢了，再说。"

"好吧，就照你的话做。"

士兵们倒没有什么，叫准备起身，大家便站了起来。只有那四百多名挑夫，因为过了渡，不准他们乱走，只许散坐在黄桷树周围吃叶子烟，他们已经不自在了，听说不叫吃饭，还要赶三十二里路程，于是好多人都打起叽喳来了：

"饿起肚皮，咋能跑路哟？人是铁，饭是钢嘛！"

"光是跑路吗？日他的妈，肩头上还要压他妈的一根重担子哩！"

"莫吵，莫吵，到前面羊马场，大家放下来，硬要吃了饭才走。"

"周队官不准呢？"

"管他准不准，到时候，倒由不得他！"

士兵们正四面八方在催促挑夫赶快摸着自家的挑担。就这时候，忽然一片惊人的过山号：呜嘟！——呜嘟！——呜嘟嘟！从好几处非常之近的地方吹响起来。紧接着是一片翻江倒海的呼啸声：啊嗬！——啊嗬！紧接着是密密麻麻的、打着蓝布包头、穿着各色各样短衣、有的登着草鞋、有的打着赤脚的人，像从地下冒出来一样，争先恐后向他们扑过来。

不等吃惊的人回过神，挑夫们已呼喊连天，向四下里奔逃，把一多半的士兵冲得五零四散。

周启检慌慌张张地把四围扫了一眼，跟即拔出指挥刀，大声吆喝道："弟兄伙！快快集合！……"

跟前恰好有两只子弹箱叠放在一处。他一脚踏了上去，挥着指挥刀向冲近前来的人群吆喝道："你们要抢劫吗……"

密密麻麻的同志军，跑在前头的，居然着他这一吆喝，迟疑了一下。但是砰砰——砰砰！连响了两声。周启检立刻高举两臂，打了个磨旋，连人连指挥刀一齐摔在地上，从此就没见他再动弹过。原来一颗指头大的前膛枪铅子恰恰打进他的脑壳，打得脑浆四溅。

士兵们也乱了。有的在跑，有的在上刺刀，就没有一个想到把子弹推上红槽去开枪。

陈锦江这时也慌了，不过心里还稍微有点主意。周启检刚倒下，他跟即跳到子弹箱上，挥着双手，尽自己嗓子所能提高，尽自己肺部所能扩大，拼命地嘶叫道："同胞们……我们和平交涉……和平交涉……我是督队官陈锦江……我是陈锦江……我是革命党……革命党……"

几十根梭镖已经逼近他的身体，上百张凶狠可怕、流着汗水的脸呆呆相着他。有些人大张着嘴巴在喘气。

陈锦江毫不气馁，还是那么大声吆喝道："哪个是你们的头脑……"

"是我！"一个身材高大的汉子，虽然也打着包头，登着草鞋，可是气概非凡；一手提了支左轮手枪，一手推攘着拥在跟前的同志军，从最后面一直挤向前来。

陈锦江把他端详了一眼，不由心头一震，声音自然而然就低了许多，问道："我们好像在哪里见过的？"

"大约起初在北校场，后来在凤凰山吧？我姓李。"

"哦！你是李树勋？"

李树勋铁板似的脸上仿佛闪过一丝笑意。但也只是两只朝下垮的大嘴角微微掣动了一下。他把左轮枪的保险关上，朝腰带上一插，瞪着两眼说道："你说和平交涉，就依你和平交涉。不过有个条件，你的部下得把武器全部交出来，连你的指挥刀在内，一件不留！"

陈锦江强勉做出一点笑容道："这如何得行！你难道不晓得武器是军人的第二生命吗？"

"这个我晓得。可是你也得明白，军人投降的时候，武器应该交出。"

"噢！原来要我们投降！"

这时，包围在陆军士兵和挑夫们三面的（靠河岸那面没有包围，可是两只渡船已撑往下流头去了）上千数的同志军，都已逼近到每个人的身边。短兵已经相接，九子快枪的威力已经让位给了梭镖、马刀。兵士们大都面带土色，虽有少数枪尖上了刺刀，也摆着姿式把枪刺挺在跟前，但看得出，也只是一种姿式，只要同志军认真一攻击，什么都会完的。陈锦江一瞥之下，原来所存的一点喊价还价妄想——即是说和平交涉，登时破灭得无影无踪，"唉！都是没有作战经验的新毛猴儿啊！"

"如其你再犹豫不决，只要我一个口哨，你那几百人就叫没命！"

"投降可以，生命总该保全。"

"这我保险。"

陈锦江心里一动，接着说道："如其投降之后，我们还愿意同你们一道打赵尔丰呢？"

李树勋眉毛一闪，欣然笑道："当然欢迎嗖！"

"那么，武器可以发还给我们了？"

"发还不发还，我做不了主。"

"哪个做主？"

"孙哥孙统领。"

"帮忙方圆几句，也算你的人情嗖！"

得到李树勋的允诺后，陈锦江略微放了一点心。便回过身去，向着那些处在包围圈中勇气全失的伙伴高声喊叫道："弟兄们，我们投降了！把武器交出去！他们保全我们的生命！"跟着，他便把指挥刀从腰间解下。跳下子弹箱，三步走到李树勋跟前，不知不觉两脚一并，恭恭敬敬把指挥刀连鞘子举了起来。

李树勋一手把指挥刀接去，呵呵笑道："我接受你的投降！"

他也跳上子弹箱，举起指挥刀，向他的人大声吼叫道："他们的督队官投降了！……兄弟伙，解除他们的武器！……把他们看好，不准他们自由行动！……"

李树勋说一句，他的人吆喝一声，说到第三句，连大路上都有人吆喝起来。原来第二队同志军又开到了，也是一千多人，一条挺宽的河岸顿时就显得窄了。

这时，有三个人从人丛中挤过来。其中一个短小精悍的中年人，黑油油圆脸上生了一双随时带着笑意的豆角眼。虽没有蓄须，但络腮胡子碴儿却像两把硬毛刷子。他走到跟前，把陈锦江上下一看，两手一拍道："原来是你哟！"

不等陈锦江说什么，他已掉向李树勋说道："孙哥也来了。在毛家祠堂等你说话。你去吧，这里的事交跟我。……自然啰，诸凡事情凭孙哥做主。……这位督队官，我们也是熟人。放心，放心，我会招待他的。"跟着，他四面一望道："这里连个坐场都没有。走！前头我有个熟人家，到那里去找条板凳坐下好说话。"

陈锦江不由自主地跟着他走。临走时，再把周启检的尸首看了眼。已经有一大堆穿得很褴褛的同志军围着尸首蹲了一圈，大概一定在打他那身染了血斑的军服的主意吧？他的指挥刀早已着人捡去了。

他们循着向羊马场去的道路，走了不到半里。一路上来来去去、挎着梭镖、抬炮的同志军数不清。大家看见陈锦江，都不禁有些诧异；幸而有那中年人同路，并且同他有说有笑，这就等于给他保了镖。

离开大路，跨过三块芋子田，便来到一处有黄土围墙，有成笼慈竹的农家。

路上，陈锦江也才记起了这个中年人，原来叫冯时雨。据说是温江县一个没占码头的白棚大爷，在地方上也还有点势力。曾经跟着蒋淳风到凤凰山陆军公园来找过两次彭家珍，他们在真武宫吃过茶，讲过革命。陈锦江记清了是他，心里一下就开朗起来，觉得和平交涉的机会还是没有完全损失，虽然他已经不够资格的了。

一进农家桄门子，迎上来的是一条瘦得只见骨头的草黄狗，看见人多，虚吠了几声，便颠转屁股，夹起尾巴跑开了。

冯时雨接着尚未说完的话，继续说道："你能弃暗投明，加入我们同志军打赵尔丰，当然欢迎。只是你说这话，是真心呢，还是假意？"

一个六十多岁还很健康的老太婆，已经走到檐阶前，满脸是笑地喊道："啊哟！冯大爷来啦！堂屋里坐。我叫张女跟你们烧开水去。"

"不进来了。把你的板凳摔几根出来，我们就在院坝里坐。"

陈锦江拉了他一把，说道："你哥子怎么会问起我是真心，是假意？难道不晓得我也是革命党吗？"

冯时雨依旧是那样倒笑不笑地说道："革命党又哪个，还不是要打我们同志军的！"

陈锦江很不好意思地通红着脸，只好笑道："哪个愿意干戈相见呢？还不是干着了这一行！"

"嘿嘿，莫这么说！巡防军里的周鸿勋，不也是你们同行同道的人吗？可人家一开头就扯起了反旗！……"

"冯哥，你不晓得，周鸿勋的机缘好。如其我早遇合你们，我也早就反正了。"

"反正？这是啥子意思？"

"就是扯起反旗，排满革命啰！"

冯时雨从怀里摸出一个生牛皮做的小盒，打开盒盖，拈出一支卷好的叶子烟。坐在他身边的那个模样长得很是浑噩，年纪不到二十岁的小伙子——这是他的胞侄冯继祖——连忙把一根尺多长的短烟杆递了过去。他一面擦洋火咂烟，一面嘻开嘴皮笑道："管你真心也罢，假意也罢，总之光杆一个，就放你回去，赵尔丰还不是要请你吃过刀面的？"

"说得对。所以，你不该再疑心我了。"

老太婆带着一个蓬头乱发、头发焦黄得像玉麦须的中年妇人，各人手上端了两只青花土碗出来。

老太婆说道："大家喝碗开水，旋烧的。"

中年妇人插嘴道："冯大爷，说是你们今天捡了很大一笔财喜。"

"哪是捡的？是人家送来的，就是这位陈督队官亲自送来的。"

两个妇人一齐啊了声，四只眼睛怔怔地把陈锦江盯着。

陈锦江觉得这倒给了他一个和平交涉的机会，遂道："我有两句正经话跟你谈。"

冯时雨把嘴一支，两个妇人转身走了。他点点头道："有啥子见教的？"

"我说，"陈锦江略微有点迟疑道，"我说，我既安心参加到你们这面，是不是还要我带队伍？"

冯时雨叭着叶子烟，说道："包管是的。"

"我的那些兄弟伙，可不可以仍旧交给我带？"

"也可以吧？"

"我们的那些武器呢？"

"这却要看孙哥的意思了，"他眯起眼睛想了想道，"我看多半不能归还。我们正用得着。"

"你们队伍里的枪支已经不少。"

"倒有一些。不过杂得很，从明火枪到四瓣火，样啥都有，同你那些九子硬火比起来，就差远啰。"

"没有武器，岂不是要我们赤手空拳去打仗吗？"

"赤手空拳，也不至于。如其你们使不来梭镖，我可以要求孙哥找一些明火枪给你们。"

陈锦江很不满意。当下不免带着一种抱怨口气说道："其实我也不想你们完全发还给我们。比方说，一排人发还十来支也才对得住人。既然你知道我送了你们那笔大财喜，你们一丁点损失没有，天理人情，也不该吃整笼心肺呀！……"

冯时雨双眼一瞪，不过还是那么带着笑容地说道："好说了！你这人真叫作下水思命，上坎思财。嘿嘿，我倒要说，你送的这财喜，我们并不跟你道谢。如其我们不早半天得到消息，赶到这里来埋伏着打你个措手不及，你就心甘情愿送给我们？我们不受损失，也不是你的人情。只怪你们平日操练得不好，弟兄伙的枪支揽上了子弹，却没把保险机关扳开。”

"哎！有这回事？"

"就是有这回事啰！所以说千说万，我们并不道谢你。如其要我们道谢，我们倒应该道谢这位彭老弟。"他把坐在另一根板凳上，正捧着土碗喝开水的一个粗眉大眼的年轻人指着道，"得亏他的脚步快，不过半天多一点，就跑了七十几里！"

这一来，陈锦江才注意了这个年轻人。虽也打着蓝布包头，蹬着麻耳草鞋，腰带上插了柄四指宽、磨得雪亮的杀猪刀，但样子却没有袍哥的那种流气。这时，也正撑起一双黑多白少的眼孔，定定看着自己。一张四方海口半开半闭，像要打招呼的神气。

冯时雨已经在给他们介绍了："这是彭家珍的老弟，叫彭家骐的，是位学生哥哩。"

陈锦江瞅着彭家骐道："原来是你送的消息！"

彭家骐把开水碗放在板凳上，挺起他那结实的胸脯，老老实实说道："呃！是我。"

"你怎么打听到的？噢！莫非兵备处有熟人吗？"

冯时雨插嘴道："你以为他从成都省来的吗？那才不是哩。他是打双流跑来的，是向迪璋向大爷特别托他的。"

"啊！是向迪璋向团总！他又怎么知道的，他在双流？"

"咋会不知道？因为你们押运的子弹，原说有一半是发给双流巡防军的，后来又不发了，说是崇庆州新军全要。巡防军老不高兴，到处煮屎说兵备处存私心。告诉你，若不是田提台压住，他们已经开到温江来短你们的了。"

"所以向团总便打听到了。"

"也不是有意打听到，是一个巡防军管带在私烟馆里，正大光明告诉他的。"

冯时雨又插嘴道："也是天缘凑巧。争一点儿，你们就溜脱了，彭老弟几乎枉自跑了一趟。"

陈锦江啊了一声问道："是咋个的？"

"咋个的？因我跑到温江，你们已经落了栈房。我着急万分，生怕你们赶到这里来过渡。你们若是把渡船封了，我就没法投奔到廖场，只好眼睁睁看着你们把那么多的子弹运到崇庆州去。那时，我连一口水都来不及喝，就一个跑步跑了八里，要抢在你们前头，渡过这条金马河。河倒渡过了，但是跑到羊马场，我又打起失悔来。失悔没有和当地码头上的弟兄联络一下，把两只渡船放到下流头去。心想这样一来，你们就只好待在河那边等到孙哥他们的队伍开来，收拾你们。"

冯时雨呵呵笑道："幸而你没有那么搞！"

"对！那样一搞，又捡不着眼面前这种颠头啰！"

陈锦江不由长长叹了一声道："总而言之，该我姓陈的走上这条路！……"

一句话未了，只听见一派凶恶的吼声，像炸雷一样从四下里迸发出来。

四个人都霍地站起来，吃惊地问道："啥子事？"

冯继祖把插在皮鞘里的一柄风快短刀抽出，向枕门外面跑去，一面说道："我去看！"

喊声益发震耳，还夹杂着一阵阵凄厉的呼号。

彭家骐从未经过这种阵仗，觉得心房一紧，全身汗毛好像都森立起来。

陈锦江面色惨白，站在那里像一尊石像，手里的开水碗也忘记放下。

冯时雨两眼茫然地向外面瞪着，叶子烟杆捏在手上，嘴巴张得很大，鼻翅两边露出两条纹路，又像笑，又像哭。

三

月还没有十分圆，可是一派清光已把秋夜景色作弄得无匹凄冷。远远近近的笼竹丛林映画在苍蓝天光下，很像一些有生命、有呼吸的巨人，当其习习凉风从竹梢树杪间吹拂过去的时候，你们以为月明星稀，旷野间不免岑寂吗？那你们所幻想的，绝非我们川西坝的夜景。在我们川西坝，月明秋夜，不但不岑寂，反而还很热闹。在白昼，诚然有鸟啼，有蝉噪，有牛鸣，有犬吠，甚至还有人歌哭笑语。但是一到夜，光是草根石隙的虫声，就可把你的两耳闹震，沟边田边还有那么多的蛤蟆、青蛙，这里咯咯咯，那里哇哇哇，这岂止当得一部鼓吹？说它当得千部万部，不为过哩。

彭家骐正在一条从温江到双流的小路上，高一脚，低一脚，走得像个梦游人，又像一个洪醉未醒的醉汉。

他的一双眼睛蒙蒙眬眬地望着前面。这样好的秋夜景色，他简直视而不见。留在他眼帘上的，还是三渡水河岸边那幅残酷的景象：三株老黄桷树的四周，几乎遍地都是用马刀，用腰刀，用各种刀，斫得血骨令当的死尸。绝大多数的死尸都被剥光衣服，有的尚穿着黄咔叽布的军裤，有的却是把裤脚拽到腿弯上的大裤管蓝布裤。而且都是用各种找得到的绳子——麻的、棕的、裹腿布一破两开扭成的，把两只手臂结结实实反鄋在背上。就这样，也看得出临死时的那种挣扎斗争的痕迹。因为每个死尸都不是一刀丧命的，从致命的脑壳、肚腹、两胁、腰眼这些地方，无一具死尸不可数出十几处刀伤，或者梭镖戳的窟窿。因此，流的血也多，到处都看得出一洼一洼尚未凝结的鲜红的人血。

三渡水的河岸，简直变成了一片惨绝人寰的屠宰场！

彭家骐虽然也看见过簇桥场外、双流城边两处战场上一些被打死的团丁。但那是枪弹送的命，有的仰着，有的仆着，都不太难看；而且东一个，西一个，既不集中在一处，也不像三渡水这样多法！

本来，孙泽沛在毛家祠堂鸦片烟铺上决定斫杀的，仅只陆军官兵一百三十七人。但在混乱之际，却多杀了五十多名挑子弹匣和挑行李的精壮小伙子。甚至一群杀得眼红的弟兄，提着敌刀，蜂拥朝农民家去杀陈锦江时，竟自把飞跑出去的冯继祖，也不由分说，两刀斫死在枞门子边。冯时雨挥起短烟杆（以为是刀！）去格斗，手膊上也着了一刀背，（幸而是刀背！）把一只膀膊敲得弹下来，几天都不能拿筷子和裹叶子烟。事后解释，不过说几句："你哥子莫多心！人在忙里，眼睛是花的，失了手了！"

陈锦江死得很豪爽，一点不拉稀。当他被几个人挽住两膀时，（可惜把一个土碗打得粉碎！）他毫不抵抗，只是鼓着两只大眼，恶狠狠地瞪着冯时雨叫道："你们这样对待朋友吗？……"

冯时雨一点摸不着头脑，不晓得为什么要杀投降过来人。人是那样乱法，抓不住一个人来问，也阻拦不住。及至挨了一刀背，跳起脚又吵又骂，他身边的弟兄拥进院子来保护他（彭家骐记得清清楚楚，要不是这样，他也几乎不免），那伙行凶的凶手才提着染了血的凶器，呼啸而去。李树勋就在这时带了一群人赶来。一进枞门，就高声喊道："刀下留人！"但是迟了，陈锦江的脑壳被劈成两片，横倒在院坝里，也和半点钟之前的周启检一样，脑浆四溅。

李树勋橘青一张脸，连连踢脚道："糟了！糟了！"

冯时雨摸着膀膊呻唤道："这是哪个搞起的？"

李树勋瞅着陈锦江的尸首叹道："唉！不过为了那一百多支硬火罢咧！"

"把枪提了也够啦，为啥要斩尽杀绝，拉这么多命债？"

"不晓得听了哪个人的话，硬说，只要是官兵，管他是陆军，是巡防，都是我们的仇人，既杀过我们一些兄弟伙，落到我们手上，不趁此报仇，岂不违背了同志军的宗旨了？"

冯时雨蹙起眉头道："这话本来也对，常言道得好，水火不相容嘛！"

李树勋更冒起火来叫道："你说我个球！你就不想到人家投降时候，我是丢过海誓，跟人家保过险来的！"

"那你该跟孙哥说清楚。"

"还有不说的！几乎拍桌打掌吵了起来。我说，你哥子顾不顾信用，不打紧，我们这些人却不能说了话不作数呀！所以闹到煞果，才答应我，只饶陈锦江一个人的性命。"

"唉！到底还是拉了命债！"

"我真没想到会有这样乱法！"

"太乱了！我那侄儿死得才冤枉，叫我哪个去向家里人说！"

"死得冤枉的，岂止你侄儿一个？你到河岸边去看看，多哩！"

两个人互相看着，好半天不说一句话。

彭家骐记得他之决计要回双流，也在这时节向他们两人提出。两个人都赞成说，倒是赶快离开的好。因为他们也要在擦黑之前，拔队回廖场去了。

"几十万颗子弹，这是我们的本钱，须好好安顿哩！"

李树勋亲自带着几个弟兄，把他送上渡船。因为河岸上还乱得很，有些人把夺得的九子枪横放在膝头上，正叫懂得使枪的人教他怎样拉机柄，怎样掼子弹，怎样端枪瞄准。他们全心全意都放在极为难得而非常可贵的九子枪上，要是走了火随便打死人，只能怪被打死的人该死，为啥他要挡住弹道呢？

他们绕过杀人地方，绕到下流头上渡船时，李树勋还慨然说道："我们这回事，硬是没有做对。不过老弟，你是见证，我同冯大爷都不应该背这过失，尤其冯大爷，还没名没堂贴出一条人命。当然，说起来要怪孙哥。可是设身处地想一想，孙哥要这样下黄手，也有他的道理，那就是冯大爷说过的水火不相容。这事准定要张扬开去。你老弟碰着机会，必须代我们洗刷洗刷！"

彭家骐这时被清冷的月光照着，感到头脑还有点昏眩，舌根还有点涩苦，把李树勋前前后后的话一思索，他不禁自言自语说道："他们只晓得找理由来给自己洗刷，却就没有想到新军那面，会发生什么影响……"

四

彭家骐虽然还是一个没有世故的学生，但他偶然想到的那句话，却非常合乎事实。

三渡水河岸边屠杀情形，不到半夜，便由温江传到成都。由于西路同志军匆匆开走，没有想到把那将近二百具斫杀的死尸掩埋——杀死在农家院坝里的陈锦江，也被那婆媳二人乘夜抬出丢在河岸边黄桷树下，恰巧就在周启检的旁边。所以到第二天下午，温江县知县奉到制台和兵备处公事，叫具备棺材前来收殓尸首时，查点陆军官兵，恰是一百三十七具，一具不多，一具不少。——因此，这种残酷场景便毫无掩饰地暴露在众目睽睽之下。并且因了文字的渲染，还有声有色地传遍了陆军和巡防军。

巡防军只管与陆军不侔，但因兔死狐悲，物伤其类的缘故，听到这消息，也非常悲愤。比如在中秋节前的一天，伍平因为公事回省，与郝又三、王念玉两人在一家茶铺吃茶的时候，谈到这件事，伍平本来心平气和地在重托王念玉代他照料一下他所租佃的那所独院房子，登时就秋风黑脸，使得满脸麻瘢愈为难看，捏起一只钵大的拳头在空中一扬道："他妈哟！这哪里有一点人理大道！两百来人完全拿马刀斫死，好伤惨哟！我们从前在大凉山打夷人，后来在关外打蛮子，尽管杀人，就没有一回斫到两百之多。叫我们弟兄伙来行凶，他们包定下不得这种手的！"他并且恶狠狠地盯着郝又三说道："你口口声声夸奖同志军举动文明，罢市那么久，从未闹过一点事情。对的，没有闹过事情，文明，文明！开通，开通！可现在，像三渡水这种凄惨事情……嘿嘿！文明呢，还是野蛮？"

像伍平这样放肆的声口，郝又三在朋友面前尚不曾受过。他脸上一阵红，一阵白，心里说不出的冒火。若非顾虑到伍大嫂见面之后的种种，他很可以同伍平吵一架的。幸而懂事的王念玉插了进来。

王念玉闪着两只明如秋水的眼睛，向伍平一笑；跟着，又拿他那柔得好似没有骨头的白手，把伍平还在挥动的拳头抓住，使劲按在桌上道："你要做啥子，手不停，脚不住的？别个杀人带过，有你姓伍的卵相干，要你生这么大的气！人家郝大少爷说的话，我记得是说同志会，并非说的同志军。是你自己着干饭把脑壳涨糊涂了，同志军搞成同志会，却把一泡屎朝人家脸上糊，是你的不对，还是人家的不对？说呀！"

经王念玉这样一搅，伍平定了定神，感到自己冒失。连忙赔着笑脸向郝又三说道："我这一晌不晓得啥子毛病，肝经火旺，得罪了朋友，连自己都不感觉。"

王念玉还是那样打诨道："你的毛病我晓得。包管为了婆娘在新津，怕遭周鸿勋霸占后，婆娘变了心。即使新津打下来，婆娘却改了姓，所以你才肝经火旺的，可是不是？"

伍平不由笑着伸手把他那有红有白的脸蛋一揪道："我把你这个婐子娃娃……告诉你，我的老婆见多识广，周鸿勋那个莽家伙，未必打得动她的心……"

郝又三怕这样斗口下去，会下不了台，因即插嘴道："这些空话，不说也罢。我只问你一句要紧话，伍管带，你说，新津到底打得下来打不下来？"

"有啥打不下来的？你默倒那地方当真像川边的乡城稻城那些铜墙铁壁的喇嘛寺吗？就是喇嘛寺，也经不住我们的攻打哩。"

"但是我记得，从七月二十四日起，陆军动手进攻，算到目前十七八天了，听说才打到花桥子，离新津旧县河边，还有十打十里，这是啥子缘故？"

"没有别的，只是他们不认真打，说同志军是同胞弟兄，他们讲文明，不肯打同胞弟兄。"

"那么，新津是打不下来的了！"

"那又不然其说。三渡水的事情一发生，我听说陆军全都激动起来，好多营头都告了奋勇。我昨天来省路上，就碰见有十几只小船抬过了簇桥。你等着吧，只要船一抬到，新津就喊没事。"

"你不跟着到新津去吗？"

"去干啥？"

"接你的宝眷呀！"

伍平瞟了王念玉一眼，呵呵笑道："你当真默倒她会跟着周鸿勋去跑滩吗？……"

<h1 style="text-align:center">五</h1>

伍平是老军人，对于陆军的心情和作战态度估计得一点不错。新津周围的仗火，的而且确从三渡水屠杀消息传播后，遂一变半月以来停滞不前的状况，从军官到士兵都挟着一种愤怒情绪，认认真真作起战来。不但从花桥子到旧县河边这一带正面战场，打得异常激烈，致令周鸿勋的主力——四百多名使用九子枪的巡防兵，五百多名从各地搜集拢来、使用劈耳子、单响毛瑟、前膛枪等的团丁与袍哥——屡有伤亡，节节败退，一直退到宽广河岸的那面，把上下游所有船只都集合到新津城外，不使陆军有渡河工具，以便死守县城；侯保斋手下那些队长，由吴凤梧指挥着，分张两翼，从双流的彭家场一直拉到彭山的青龙场，作为牵制之师的同志军队伍——这是一支极其庞大的队伍，有两万人上下；也是一支极其复杂的队伍，有新津、大邑、蒲江、邛州、双流、成都、华阳、彭山等州县的哥老和民团。但是实力却不行，第一是使用的武器，百分之九十几是梭镖、刀、叉，此外就是明火枪与抬炮；第二是没有组织，号令颇难统一——也被分道合围的陆军打得头破血流，一路退，一路散。结果，吴凤梧只拢了一千人不到，也退回到新津县城，帮同周鸿勋死守。

作战形势一转，赵尔丰凭了田振邦、朱庆澜分别在双流县城与黄水河的军用电话上的报告后，不禁捻须微笑道："是真所谓福兮祸所倚，祸兮福所伏了！日前三渡水之役，我甚恐陆军士气受挫之后，殆将一蹶不振矣。不图出人意料，军心反因之而奋，此激之之功也！"于是官报书局总办余大鸿遂进一步献策道："现在一般愚民往往把同志军匪徒说成一种仁义之师，把官军诬枉成无恶不作的匪徒，是非颠倒，至于此极，大抵由于同志军劣迹，未能表暴于世之故。三渡水惨杀局面，既然能够激起官军同仇敌忾，设若公诸报章，岂不也可转移庶民视听？视听一正，黑白自分。庶几自今造谣之徒，无所施其伎俩，即军旅所至，百姓亦将夹道以迎了。"

赵尔丰喜得用手指敲着桌子道："妙！妙！我想来，只在你那《成都日报》上登载，似乎还不普遍，我这面再刊布几张告示，那便众所周知了！"

得亏这样一搞，三渡水的事情才在九里三分的成都闹开了。有一部分人对同志军这种残暴举动，确乎起了戒心，生怕同志军成了气候之后，会变成张献忠。但是也有一部分人，却又非常同情，认为对付官军，理应这样斩草除根地杀，要是放一个生，反而不是好事。盐市口伞铺掌柜傅隆盛便是这种人。

傅隆盛自从七月十五日在制台衙门遭受那场惊吓，虽未受伤，可是一场大病，比他那受了枪伤的徒弟小四还为扎实。西顺城街铜人堂的陶老师外科很行，不过七天，果然把小四医得活泼泼地复了原。因为不懂内科，只管经傅隆盛再三请求说："你胡乱给我开个方子，就把我医死了，我也不会找你要命。"但陶老师到底胆小，害怕拉命债，遂说："我看你还撑得住，不如喊乘轿子，坐到皇华馆街去找满林春的王世仁王老师好些。"比及傅掌柜头上缠了一条白布腰带，哼哼唧唧，由掌柜娘与王师搀扶着，出到铺子门前上轿时，陶老师又特特跑来叮咛道："记住我的话。无论王老师咋个忙法，你务必把病情多说几道，一定要等他翘起胡子快生气了，他开的方子才有效，包你吃一服药就好。"

"咋个要这样搞呢？"

"这是王老师的毛病。他不翘胡子不生气，就没有把你的话听到耳里。开出的方子分量那么重，医不好病，还会出大拐哩！"

王世仁的本事实在不错，看准了傅隆盛的病情是七情不调，怒气伤肝。只一服药，果就把他从床上医了起来，可以坐在柜台外面一张矮竹椅上咂叶子烟了。田街正又来劝他："你这样一把年纪，那些与自己不相干的事情，还是少管的好。年轻小伙子本钱足，吃点亏不算啥。你我都是埋了半截在土里的人，本钱有限，是吃得补药，吃不得泻药的。"

头几天，傅隆盛倒也听劝，遇事不闻不问，连城外打仗的事，他听见了，好像也不曾动过感情。但是一听见曾板鸭无缘无故被筹防局一个姓田的委员逮到营务处酷刑拷打，他又像发了疯似的，一天几次找着田街正出名字去保。田街正不肯，说道："你晓不晓得逮曾板鸭的是啥子人？告诉你，是田征葵田莽子的侄子，好大的势力，我们咋个惹得起哟！"

傅隆盛挺起一个溜圆肚子，简直是一个涨满了气的癫格疱。提起嗓子吼叫道："势力大，就该目无王法地乱逮人！"

"你咋晓得他是乱逮人呢？曾板鸭当真犯了啥子事，也说不定的。"

"不会，不会，曾板鸭是我的老庚，我们常常在耗子洞同堆吃茶。跟我一样，只是爱说一点空话。若说他犯了啥子别的事，我敢具斫头甘结，担保他没有。"

"嘿嘿，对啰！大约就因为爱在茶铺里说空话，才着人逮走的。"

"说空话都算犯法吗？我们从未听见说过！"

"傅掌柜，你又糊涂了，从前是啥子世道？眼面前又是啥子世道？从前，城里出个刀案，一府两县都要出来验尸。而今，随便打死一铺缆子人，不说官府不验尸，连尸亲领尸，还要找人担保哩！眼面前是乱世道，遭冤枉的多喽。比如前几天龙须巷陆收荒失慎，自己东西烧光，还着路广钟逮到巡警道去，说他存心放火，要烧制台衙门，这不就是一个好例子吗？"

傅隆盛一下跳了起来道："好得很，我正要跟你讲这桩事。你晓得不，陆收荒是咋个放出来的？"

"我自然晓得是四街街民保出来的。可是你也该晓得那是巡警道衙门，这是营务处，地方就不同。"

"管它同不同，总之都是官府，都是管百姓的地方，都该讲道理。没有那道衙门行得通的事，这道衙门会打杵。"

"就说衙门一样也要看人说话。巡警道衙门坐的是徐道台，这人原本就是好官，比周秃子好多了，所以百姓们不怕他。眼面前坐在营务处的，可是田莽子呀！……"

但是田街正说不服傅隆盛，没办法，只好凭傅隆盛邀约了二十来家街坊，请人做了一张公禀递到营务处去，力保曾板鸭是无辜受累。"合无仰恳大人明镜高悬，恩准小民等具结保释，设若所言是虚，查出实据，小民等情甘同罪！"公禀头一名，就是傅隆盛。

六

筹防局的田委员叫田辅国。官职不大，仅只一个候选同知。因为是田征葵的侄子，能在制台衙门的宅门内闯进闯出，能陪伴九少大人打麻将，闹小旦，因此，人就红了，势力就大了，对于同僚眼睛也长在额脑上去了。人人讨厌他，遂取了《书经·禹贡》篇上一句"厥田惟下下"，讥讽他这块田是一种最下等的田，就叫他为下田。下田又是一个最爱讨小便宜的人，无论在大商店小商店买东西，总于讲定价钱之后，再打一个七折。因这缘故，曾板鸭这个不通世故的倔老头子早已成为他的仇人之一。恰巧成都谣言繁兴，说同志军与四乡民团都派有不少奸细到城内来当内应。筹防局也负有防范奸宄责任，几十个委员时常到街市上明察暗访，也逮过一些形迹可疑的人。但是只要分给院派承审官武镳一审讯，每每提起朱笔判上"讯无实据，准予保释"八个字，就放了。

这天，下田亲自把曾板鸭押来，当面托付武镳："这个人的确是个坏人，的确是同志军匪徒的同党，做生意是过场，其实是个很厉害的坐山虎。这一次，务必烦你老哥秉公严讯，纵不禀请帅令立地正法，也该判他一个永远监禁，方足以寒匪胆而保地方安宁。"

那个时候的制度：若要判处一个罪人的刑事，必须取得罪人口供，没有口供，不管罪证如山，还是不能判刑。当其武镳坐上公案，点名提到曾板鸭。刚刚照例问了姓名职业，曾板鸭就极口喊起冤枉来，说他是有身家有姓名的好人。

提讯到第三次，武镳确实相信是下田公报私仇。不由叹道："只因三只板鸭，六十文钱的扣头，就要借我的手杀人，天地间哪有这等便宜可图！"于是饱蘸朱笔，就在口供单上判道："所讯曾板鸭一名，委系安分良民，断不能以匪类治罪；且年老体衰，不能久羁囹圄；应予当堂省释，以为慎刑之举！"他还没有写完，忽然身边钻出一个麻脸人把他拦住道："君扬寅翁，你怎能这样轻率地就将人犯省释了？岂不怕田老大人见怪吗？"

这麻子叫汪承第，也是一个候补知县。因为官运欠亨，从湖北老家到四川，坐了几年冷板凳，没有得过一次像样的优差，最近巴结上了下田，和下田拜了把，走通内线方得个制台衙门幕僚差事，也被派到营务处来当承审官。他知道这是一个进身之阶，设若老田下田再一垂青，当然还有意想不到的好处的。

武镳当下把朱笔一搁，颇不自在地瞅着他道："照你的意思呢？"

"我没有别的意思，我只觉得四川百姓都是刁狡非凡的，照你寅翁蔼然仁者的讯问法，是万万问不出实情来的，此是一……"

武镳即刻短住他的话头道："别说了。总之，老哥是摸过印把的人，到底有阅历，兄弟只好佩服。这案子就劳老哥去问吧！"

这番话，对汪承第说来真比刀剑还利。他知道武镰是刑幕出身，报捐知县，在四川有十年的资格，署过几次县缺，最近实授了名山县知县，正因为新津、邛州都被巡防叛军和同志军占据，不能到任；而且他又是赵制台最赏识的一个人，每逢五福堂有什么大会议，知县班子能够说话的，除了徐珏就是他。得亏这些原因，汪承第才把他这番刻骨讽刺话强忍了下去。

　　他把这一包子气到底都发泄到曾板鸭这个倔老头子身上。同时他更打算借曾板鸭的口供，向武镰作一种报复，表示他对四川民情，的的确确比老资格武镰高明。当然，借曾板鸭的老命来见好老田，报答下田，更不待言了。

　　因此，他一坐上公案，不问青红皂白，只是把块惊堂木拍得山响，直起脖子叫道："从实招来！从实招来！从实招来！"

　　接着，不再听曾板鸭诉冤，便满脸煞气，吩咐站堂差役动刑。足足把曾板鸭吊了两个钟头的鸭儿泅水，痛得曾板鸭呼天唤地，死去活来。放下来时，不但躺在地上不能动弹，甚至只有出气没有进气，但是口供哩，依然没有。

　　这时节，傅隆盛的联名公禀恰好呈来。

　　这时节，岑春煊通电全省文武官员的文告恰好也由制台衙门收发处发出，营务处也奉到了。

　　武镰笑眯了两眼，把这两件东西一直递到汪承第的眼皮下，毫不客气说："汪麻子，你做的好事，恭喜你大祸临头！"

　　汪承第起初很是茫然。先把傅隆盛联名公禀接来看了遍，冷笑了声道："这算什么，恐怕都是同伙当内应的莠民。……"但岑春煊的电文刚接过手，他那黑黔黔的容色猛地就变灰白了。电文还没看完，武镰已经注意到他脸上麻瘢颗颗发暗，而且满额脑出汗，两只手发抖得好像在筛糠。

　　"这……这是从哪里说起的事！"

　　武镰哈哈笑道："想来，断不会是从三皇五帝时候说起，最早最早，也只是从大清朝宣统三年七月说起罢了。"

　　汪承第额脑上重重叠叠起着无数皱痕道："老哥真爱说笑话。"

　　"并非笑话。岑宫保前在四川，后在广西，委实揭参过不少大帽子，还杀过一些酷吏，为百姓伸冤。所以他的电报一到，满城百姓都欢喜若狂。像这样的人，这样的事，怎么会是笑话？"

　　"唉！我只说我的事情呀！"

"嘿嘿，你汪麻子的事情嘛，那太好办了！你坐上公案，再一次非刑，把曾老头儿弄死，等那具公禀的傅隆盛去纠合曾老头儿家属，告到岑宫保台前，岑宫保自会同你算账。"

"老哥，你尽这样幸灾乐祸，却不知道兄弟的苦处！"

"你汪麻子也有苦处吗？倒是奇闻。"

汪承第抹着眼泪道："要不是下田逼迫我，我如何会下此毒手？现在设计奈何，总求老哥念在同寅面上，替兄弟想个办法，使兄弟得以自新，那便感戴不尽了！"说完，还作了三个长揖，请了两个大安。

武镰摸着八字胡须道："你一定要我设法，我想来，只有烦你自己到拘留所去，向曾老头儿赔个不是，使他稍得安慰，不致因伤致命。而后赶快把具公禀人傅隆盛等找来，你再委屈一下，给他们下个全礼，要求他们及时把曾老头儿领回医治。这汤药费，似乎还是你出了的好。这样，即令曾老头儿医治不好，成为残废，他的家属和街邻大概也不告你了。"

汪承第并没有向具公禀人下礼。也没有出汤药费。只是于曾板鸭抬走后，赶紧借个故，把差事辞了。并且逢人就申说他断然不是下田的同党，他之与下田拜把，完全是下田仰攀他，而非出于他的巴结云云。

七

汪麻子扎实摔了一跤，傅隆盛在盐市口一带更为人所称道。大家称赞他正派，又称赞他急公好义。傅隆盛两耳装满了谀词。前两天，口头只管谦逊说，曾板鸭之得以死里逃生，全是曾板鸭的福大命壮，并不完全是他的功劳。不过心里还是很自负地认为，若果不是他担了斫头干系，曾板鸭到底不会这么快便释放出来，看来他的功劳，确是值得众人称赞。

及至岑春煊《告蜀中父老子弟文》刊贴出来，众人不说，傅隆盛毕竟明白了：曾板鸭之得以死里逃生，原来是岑宫保的德政，他的公禀只算碰巧碰上了，实在说不上是他的功劳。

他也好，并不因此就嫉妒岑春煊。不惟不嫉妒，反而证实岑春煊若来，四川一伙压制良民的瘟官，大至赵尔丰、周善培，小至田辅国、汪承第，"一个二个都会遭整的！"只要把这伙人整了，还怕百姓不抬头？还怕蒲先生、罗先生不出来？还怕盛宣怀、端方不垮杆？还怕天下不太平？

一个时候，他硬像许多人一样，从早到晚都在打听岑春煊的消息。消息得不到，就四处问人，由上海坐轮船到宜昌，要几天几夜？由宜昌坐民船到重庆，又要多久？（虽然蜀通小火轮已在川江行驶了两个年头，但一般人尚未把它摆在脑子里，只要说到川江交通，大家首先想到的，依然是靠纤绳牵挽着逆流而上的木船。）而后扳着指头计算："现在他该到了宜昌吧……现在他该到了万县吧……"

有一天，全城几乎轰动了，都说，有一排外省兵从东大路开来，驻在东门外河坝街锦官驿内，自称是钦差大臣带的卫队的前站。"该不是岑宫保的前站吧！""恐怕是的？""当然是！""硬是！硬是！"

恰恰赵尔丰派遣委员到中兴场培修岑公祠这件事又被众人听见，大家更确实相信岑春煊快要来了，驻扎在锦官驿的那排外省兵真是他的前站。

但是不几天，这传说便破灭了。原来这一排人，才是端方带的湖北新军的一个排，由重庆护卫端方所派的两名随员来省，同赵尔丰面商什么公事；而且随员公毕，依然护卫着随员回到重庆去了。

不但传说破灭，甚至大家的希望也破灭了。因为制台衙门又已传出一种消息，据说，岑春煊到了武昌之后，京城里的一些当权亲贵向他开口要四十万两银子，他不肯报效这笔钱，所以内阁总理大臣奕劻便传了一道圣旨，叫岑春煊暂住武昌，听候后命。"啥子后命哟？就是不要他到四川来罢了！"

希望破灭，大家并不甘心，因而谣言就四播起来。这时节的谣言只有两种：一是同志军要来扑城，一是官兵专打败仗。

同志军扑城改了三回期。头一回，也就是大家最为相信的一回，确定在八月初八日。

头一天，傅隆盛就高兴得不得了。下午，刚收了工，关上铺板，他就把王师的肩膀一拍道："走！我们到温鸭子那里照水碗去。"

"好嘛，"王师却又把眼睛一眨道，"打平伙吗？还是你请？"

"你才说得怪哩，打平伙！难道这些掌柜，连几碗老酒都请不起吗？"

"莫要乱绷苏气！我晓得，你这一个月才做了几笔小生意。"

"嘿嘿，你简直门缝里看人，把人看扁了。生意再不好，这几个酒钱还出得起。"

到初八日一起床，叫小四到茶铺买了一文钱的热水，匆匆洗脸后，等不到掌柜娘把饭起锅，便拖起那根长叶子烟杆，直向北门走去。

为什么向北门去？因为谣言说，初八日，有精悍同志军三万人，要会同凤凰山一部分新军，由接官厅、迎恩楼、簸箕街一路堂堂正正杀入北门故也。

傅隆盛气端吁吁走到青果街，心里非常奇怪，街面上为什么这样清静，两方的铺面，来往的行人，一切都和平常一样。城门洞前面倒拥挤了上百数的人。走近一看，原来都是等候开城的。几个武装巡警正提着嗓子在骂："狗日的，叫你们莫挤，偏要挤……日你妈哟！一夜都过了，偏这两竿叶子烟工夫等不得……妈的！又不是老子们故意湾酸，天天都是吃过早饭才开城，你龟儿见天在出城，难道还摸不够吗？"

城门打开一扇，出城的人吵吵嚷嚷拼命朝外面挤，二十几根担河水的挑子挤得更凶。守城巡警还在骂，也没人瞅睬。

傅隆盛也混在人群中，走出瓮城，走过大桥，把长长一条簸箕街走了一多半，看不出半点要打仗的情景。挨近金绳寺，一家很大饭铺，是北门外有名的卖十二象的地方，生意正好。临街一个砖砌的连二灶上，安了两只大毛边铁锅，翻煎倒滚煮着两大锅猪肉和猪的内脏。阵阵香气，从那好像奶汁的汤内溢出，老远就向行人鼻端扑来。掌瓢师傅面前摆了一块尺许厚的木砧，足有斗笠那么大小。不停手地用铁抓子从锅内把一些肉啦、肺啦、肝啦、大小肠啦抓来，放在木砧上，几刀切碎，用手抓在斗碗里，添上奶汁似的酽汤。堂倌便川流不息地从木砧边端向各张桌子上，一面吆吆喝喝喊着堂："中二一份靠上；东三续一份靠下；西一添汤，就来啰！"

傅隆盛也和其他城内人一样，好久没有打过牙祭，看见毛边锅，就止不住口馋。几乎要朝饭铺举步了，才猛地发觉没有带钱褡裢。这一下，连茶铺都没资格进去了，漫道吃饭吃肉。

八月初八日毕竟清清静静地过去了。

谣言说，初八日因为同志军没有预备好，扑城日期已改在八月十二日。

这一天，傅隆盛虽也朝城门洞跑了一趟，但已不像头一次那样匆忙。早饭之后，吃了一袋叶子烟，在钱褡裢里放上几个当十的、当二十的铜圆和几十个黄铜制钱。不是往北门，而是往南门，并且不到城外，就在挨近城门洞一家茶铺里坐下。但是一碗很酽的毛茶足足冲成白开水，而且解了三回小溲，街面上、城门边还是同几点钟以前的情景一样，听不见一点枪炮声，喊杀声。

"唉！大概又靠不住啦！"

谣言又说，中秋节这一天，准定要扑城的。因为元朝末年，杀老鞑子起义就在这一天。这是一个好日子，随便你如何说法，同志军都不会放过这一天。也就由于这缘故，制台衙门还特别戒了严，全城很多人家都是惊惊惶惶地一直过到半夜。

倒是傅隆盛反而不像初八和十二那两天兴奋了。是受过两度刺激之后，不免有一些麻痹之感呢？抑或有了两次蹈空经验，到第三次就自然而然有了预见呢？总而言之，中秋节这一天，他是到了下午很晚，才挂着叶子烟杆，缓缓走到南门大街去。

这一天，当然也和前两次一样，谣言终于是谣言，连一点同志军的气息都没有闻见。不过对傅隆盛说来，却有很大收获，那便是他亲眼看见有几抬担架和两乘鸭篷轿子从城外进城。看得出，担架上是七个带了重伤的兵，鸭篷轿内，据说是两名带轻伤的军官。茶铺里好些人都在叹息说："为了四两八钱月饷，便去替赵屠户拼命，真值不得！"

打听之下，才晓得是从新津一带战场上抬回来的。几天里头，都有伤兵进城，据说，新津仗火打得很凶，陆军方面伤亡极大。到底每天伤亡人数有多少呢？别个说："倒没计算过。"但他傅隆盛同几个专门在这里吃茶的人却估计为："总有好几百，至少至少也有一百三十多人吧？"

一百三十多人就是在三渡水被西路同志军杀死的数目啊！

"这就是真凭实据，连赵屠户都不敢隐瞒的。同志军好不厉害！只一仗火，就叫一队新军全军覆没，杀得他们一个不留。嗨！老己，你想嘛，这还是孙泽沛一个人的队伍！新津这面，光是一个侯保斋就比孙泽沛凶得多。听说，他手下的弟兄伙，一大半都是邛蒲大山里的刀刀客，一把泼风刀耍圆了，几十人近不了身，怕你新军的快枪再快，他们只要就地一滚，便到了身边，何况还有一个周鸿勋。周鸿勋手下练出的队伍，那又不是刀刀客比得上的，他们能够左右开弓地打枪，枪又打得准，里把路远百发百中。新军哩，就是那个样子。虽然比巡防军好，可是打起仗来，未必比巡防军行。三渡水他们都败得那么惨，那么，同侯保斋、周鸿勋这样的人对敌，怎么会一天不伤亡到好几百呢？"

傅隆盛还扳着指头算道："一天伤亡一百三十来人，十天就是一千三百来人。嗨! 赵屠户的人马再多，看他经得住好几天这样伤亡?"

但是从八月十六日起，南门城门洞再也看不见什么伤兵进城。不好听的消息，也不断传来。这个说，新军已经打到河边了；新军已把修在旧县的营房夺回来了；新军的炮队已经向着新津城开炮了。那个人又说，新军已把好多只船运到河下，一渡水已经抢渡过去，目前正在抢渡二渡水；新军统制朱庆澜也从双流黄水河亲自到新津花桥子督战；河这岸已经看不见一个同志军的影子。

恶消息使得一茶铺的人都垂头丧气。只有傅隆盛还不肯相信，坚持说道："哪里会有这些事情? 明明是新军支持不住了，故意造些谣言来摇惑人心。你们只管长起眼睛看吧，不出三天，侯保斋、周鸿勋的队伍，便要进城来了。"

傅隆盛的信念，到底被事实粉碎了。新津方面的战争，自从陆军把旧县河岸肃清，胜负之势便成定局。比及炮队督队官方声涛把几门管退炮推进到二渡水的沙滩，决心为陈锦江报仇，测准新津县城四城门楼，和几处耸立在民房之上的高大房屋，一连轰击了一百多炮。炮声一息，便见新津城内几处冲天火光，同时人声鼎沸，显然那面已经有了变化。朱庆澜恰恰由花桥子来到旧县，便下令已经准备好了的一标步兵抢渡进攻。就在这天正午，陆军进入了新津县城，朱庆澜立由军用电话向赵尔丰报告克复。

这一天，是辛亥年阴历八月十九日，就是公历一九一一年十月十日，也正是武昌起义的一天。

第八章 "悲欢离合一杯酒"

一

天气越发阴黯。浅灰色的云层漫得无一丝缝，而且低垂下来，似乎离地面只有几丈高。

黄太太坐在堂屋门外那张常坐的矮竹椅上。水烟袋捧在手中，老半天没抽一袋，一根纸捻有半根变成灰。她木然不动地望着天空，生恐又下雨。

黄澜生只穿了件虾青缎夹紧身，下面是扎脚的雪青宁绸套裤；一条搭着丝绦的发辫盘在剃了短发的额脑上；因为亲手种了一阵菊花，鬓角和鼻子尖上都沁出了微汗。这时扬着一双粘满泥巴的手，走上台阶问道："太太，洗手水呢？"

她用嘴朝窗根下一努。

他一边洗手，一边向他太太说道："老马今年送来的菊花，好种还是不多。只两棵玉手挑脂，几棵粉绣球同火炼金丹还可以，其余都太寻常了。你可曾叫他赶明天再送几棵好的来？"

"我倒叫他不要再送了。"

"咦！这是怎样的呢？"

"你不是闹着要搬家吗？"

"是啰！要搬家。但也不过在紧要关头上暂时搬一搬。"

"你就料得定搬走了还能搬回来？"

"怎么不搬回来呢？如其世道清平了，还怕什么！"

"世道还有清平的日子吗？"她吹燃纸捻抽了一口水烟道，"我才不信哩！"

黄澜生拿一张旧葛巾揩着手道："一定有清平日子的。你总听见说过，长毛造反的时候，兵荒马乱，遍及十几省，长达十几年，那样乱法，煞果还不是平定了？还不是过了四五十年的清平日子？眼前的局面，不管怎样总不会闹到长毛时候那样乱法，充其量也不过像壬寅年的红灯教罢了。噢！太太，壬寅年……"

壬寅年，即光绪二十八年，是龙二姑娘过门到黄家改称呼为黄太太的那年，算到现在，已是十个年头。以前只要黄澜生一提到这年的四月，他们结褵的喜庆日子，她总不禁有一种温馨感觉从心坎直升到脸际。但是今天却有点异样，当她丈夫刚刚说到壬寅年，她便蹙起眉头，哼了一声道："红灯教也闹够了！不过那时，城里好像还清静，只管城外在打仗。"

"因为那时，做四川制台的是岑云阶岑宫保。"

"这回，恐怕也要等他来了后，这个烂摊子才能够收拾吧。"

"唔！他来了才算事。听我们科的饶大人说，十之九是不能来的了，因为有人在北京运动不要他来。"

"那么，四川的事情，不是还要乱一些时候？"

"自然啰！红灯教是在壬寅年扑进省城之后，才衰下去的。现在的同志军刚刚闹着要扑城，拿物极必反的道理来说，我倒希望他们早一点扑城。"

"我不希望。一则我不想搬家，"她又微微笑道，"二则我看菊花里有几棵玉女拳，已经散嘴了，再过几天，弄尾大鱼来，正好吃菊花锅子。"

黄澜生倒真个开口笑了起来。自从顾三奶奶把楚用受伤消息捎来那一晚起，他太太就像挨了闷棒似的，一直没有露过笑脸。有时逗她笑，反而惹她生气。想不到这时候她居然启了齿，开了颜，他安得而不高兴呢？

并且连忙抓住话头道："说到菊花锅子，我倒想起来了。我们科的那个蹇小湖请假回籍省亲，业已获准，就这几天便要走了。我们几个要好同寅决定给他祖饯一场。原先打算叫小王做一席鱼翅便饭，开到贵州馆花园，再叫李莲生、杨耗子唱几折洋琴，大家乐半天的。后来有人说，赵季帅忧得来连中秋节都不叫过，若是晓得我们这样快活，难免不雷霆火炮打到我们头上。不如简单从事，就在劝业场的一品香里点几样好菜，打个小平伙算啦。它那里的菊花锅子很别致，不仅材料选得好，光是那一锅汤便非其他馆子能够调得出。我的意思是，等我先去试一下，若果要得的话，待子才回来，我们二天便邀他到一品香去吃一抬，想来比自己家里做得一定好些。太太，你说对不对？"

太太把眼睛一瞅说："对倒对，只是子才今天还没有回来，我很不放心，该不会出事吧？"

"不会，不会。高金山不是笨人，又带得有那张兵备处、营务处的会衔护照在身边。（就为办这张特别护照，劳了黄澜生大神，又因之耽搁了五天。）遇见同志军、团防，子才会应付，遇见队伍，有护照，说尽头也不会出事的。"

"那么，今天是第三个日子，为啥还不回来？"

"或者起身晚一点，或者因为别的缘故，都说不定。"

黄太太又举眼把阴沉沉的天空望了望。只有几只野画眉扑腾腾朝菜园飞去。归林乌鸦好像还没有影响。

"城门关得很早，若是这时候尚没有进城，嗯！……"

"这时候并不算晏，寻常人家不过才吃完晌午饭。"

"到底啥子时候了，看看你的表。"

"我那表是摆样子的，不快就慢。等我去看那老挂钟，它的时刻还靠得住。"

"不要你去！"她扭过粉颈，向假山曲池那畔高声唤道，"邦娃子，不要尽在那里耍泥巴了！过来！到我后半间屋去看挂钟上是啥子时候啦！"

振邦拿着一柄小花锹，正专心专意在菊畦边刨泥巴。只管诺诺连声答应："就来！就来！"但一直没有丢下花锹的样子。婉姑儿本来也蹲在旁边，用小铲把泥巴铲到菊根下。当下遂站起来跑向台阶跟前，一面尖着喉咙喊道："哥哥不去，等我去，等我去看。"

她父亲在阶沿上一把拉住她的臂膊道："凡事都有你！你又不认得钟上的洋码子……"

一言未了，远远地猛然传来一声门枢响：吱咯！不消说了，这是大厅外面二门门扉被打开的声音。

黄太太像触电一样，突地从矮竹椅上站起来。

振邦也是不待人喊，便横过花径，直向大厅侧门跑去："楚表哥回来啰！楚表哥回来啰！"

黄澜生挽着婉姑儿，刚才步到小客厅外面，高金山已紧随着楚用，从大厅上跨门进来。

两个孩子同时喊叫道："楚表哥，你好瘦呀！"

楚用在顾家将息了这么多天，算是十愈七八，到底还没有复原：长方脸上，唯有两道短而浓的眉毛犹是原来样子，眉骨却突了出来；下巴也变尖

了；额脑显得更广阔了些；由于太阳穴和腮巴的下陷，本来就有点耸的颧骨
更像高丘似的越发刺眼；眼眶深得像两个岩洞；一排长牙齿露在嘴唇外面，
笑吗？倒像在哭。

黄澜生很感动地伸着两手去欢迎。

楚用身子微侧，把右手递过来同他把握，一面说："我这左膀还不大方
便哩！"

"唉，唉，你这回的灾难真不小啊！……"

都进了小客厅。高金山回了几句话后，说轿子里还有一些东西，刚刚出
去，何嫂、菊花便接踵而至。一个端了盆洗脸热水，一个端了碗旋泡的龙井
盖碗茶。菊花有点吃惊的样子，可是没有开腔，仅仅嘻起厚嘴皮向楚用笑了
笑。何嫂却忘了规矩，白铜盆没放下，便失惊打张地喊道："喀喂哟！楚表少
爷，你是咋个搞的嘛！简直不是你先前那个人啦！……"若不是黄澜生马起
面孔叫她们出去，何嫂的话匣子断不会这样就戛然而止的。

楚用举眼四下一看，急忙问道："表婶没在家吗？"

婉姑儿接嘴道："咋个会不在家？妈妈等了你两天，好着急哟。"

她父亲把她的脑顶一按道："哈！当真，她怎地还不出来……乖女，去把
妈妈找来。"

不用找，黄太太正在山花过道上同高金山说话哩。

"我计算你们昨天就该回来，不晓得今天才回来。路上可还清静？城门
洞的兵该没有打啥子麻烦吧？老爷办的护照看过没有？"

"我们进的是西门城门洞。守城的旗兵松活得很，只问了声轿子里抬的
什么人。我说，是院上黄大老爷的亲戚上省看病的。护照根本就没看……路
上还好。去的时候，遇见好几处团防盘问了几句。回来，得力阿三、阿龙把
他们家乡话一讲，问都不问便让我们走了……"

"阿三、阿龙？这是啥子人？"

"是呀，我还没回明。阿三、阿龙是顾团总家里的长年。因为昨天闹了
一天，硬雇不到轿子。楚表少爷又很着急，口口声声不要轿子，叫人拿叽咕
车把他推到万福桥，慢慢走回来。顾家又不肯。闹到下午，才打定主意，在
斑竹园借了乘小轿，叫阿三、阿龙对付着抬一趟。今天吃了早饭起身，估计
等不到响午就拢的。想不到这两人气力倒有，就是不会抬轿子；没走上十

里，便喊肩头压痛了；每到一个腰店子，都要歇下来。耽耽搁搁，急死人！因为要进西门，又转了好几里路，若是不加劲催，真会在饮马河过夜。"

"平平安安地到了，也就亏了人家。今晚上留人家在公馆住下，明天过节，好生待承一天，后天打发人家走。顾家又送了那么多东西，我们也该想方子买点好东西回人家，今天来不及，只好明天去办了。"

高金山迟迟疑疑地说道："太太说，留他两人住在公馆里吗？"

"是啦，你们门房里不是有三张床？"

"床倒有三张……"

"哦！我晓得，看门老头和罗升的床都是单间铺，挤不下。那么，你让一下，你回家去歇两夜。明天顺便把你女人娃娃都带到公馆里来过节。"她又笑了笑道，"其实今年过节，不比往年，啥子都买不出来。不亏老张、罗升在皇城坝抢了十多斤牛肉，明天还要吃素菜哩。你女人该不是不吃牛肉的善人嘛……"

临到两个孩子跑来找到她时，她还吩咐了几句说："叫老张给人家打一斤陈色酒，把我们上的饭菜分一些款待人家。不管人家是长年短年，来到我们家，就该当客待，何况人家帮了这么大的忙。要吃叶子烟，叫罗升立刻去买；要吃水烟，叫菊花进来抓我小瓷坛里的双金兰。"

黄太太又站了站，微微咳了两声，才安安详详走进小客厅。

楚用立即冲到跟前，深深鞠了一躬，"表姊……"声音给什么堵住了，再也说不下去。

黄太太也把腰肢弯了一下。赶紧掉头问她丈夫："子才是上个月哪一天走的？"

楚用抢着说道："七月十五。就是制台衙门开红山那天。唉！说起来，我那天太慌张了……"

黄澜生插嘴道："今天是八月十四。你走了正好一个整月。"

楚用还是两眼盯住他表姊在说："……却没有想到从学堂赶回来，商量一下，再定行止……"

黄澜生又插嘴说道："只能说你命中注定，该遇这场灾难。"

"……想必是鬼摸了脑壳！"

黄太太淡然一笑道："若不亏那位顾奶奶送个口信时，我们至今还不晓得你在哪一方哩！"

她丈夫又连忙接口道："是呀！在顾家的时候，就应该寄封信给我们。"

楚用很是焦急地说："怎么不想写信？只因为写了也没法带。县里邮政局早不收信，乡下又不容易找到送信的人。"

由于心情躁急，楚用原本白得像纸的脸上，反而晕上了薄薄一层血华。

黄太太注意看他一眼，问道："你脑壳上也受了伤吗？"

"没有呀！"

"那么，天气并不算冷，你脑壳上打了那么大一个包头，却为啥呢？"

"噢！倒忘记了！"楚用连忙把一幅青绉纱揭下，露出梳得溜光的一条粗发辫。

黄澜生拍手笑道："女人家的心思到底要细些！你看，我同你讲了这一会话，竟没察觉你脑壳上还包了一条纱帕子。当真的，天气又不冷，把脑壳包着，却为何来？"

"因为护照上载明我身患伤寒重病，所以顾嫂子把我打扮起来，说定要包张纱帕才像病人。"他又把身上那件异常宽大、还没有带高领的古铜摹本夹袍子一指道："得亏顾天成还有这件古板衣服，才把我左膀遮住了。不然，真说不过去，害伤寒病的人为啥膀子上又捆绑着绷带呢？"

黄澜生笑道："现在可以把这件'道袍'脱下了。休息一下，我们好吃饭。"

楚用拿右手把衣纽解开，很吃力地去褪左手的袖子。

他表婶走过去帮忙。衣袖褪下，她把缚在伤处的白布轻轻抚摸着道："就在这里吗？"声音略微有点抖颤。并且趁着罗升进来调摆桌凳杯筷，她丈夫同儿女们都走到另一边的时候，顺手把楚用的手腕一捏，悄悄抱怨道："你受了伤倒不要紧，叫人听见了多难过！从今以后，不准再这样荒唐，好生记住！"

二

下酒菜摆好之时，楚用已把犀浦战况约略说了一番。

黄澜生不禁慨然叹道："也是你们这般年轻学生，才有这种莽劲！明明晓得军队是久练之师，又有利器在手，仍然要去拼命。古人说的以卵击石，莫非没有想到吗？"

他太太不以为然道："你这是事后说的风凉话。那时候，他们已和军队对了面，不拼命也得拼命。这么紧急关头，谁还有心思想到古人？"

楚用把吸得快完的一段纸烟蒂朝痰盂里一掷，连忙接着说道："表姊说得对极了！那时候除了拼命，若说脑子里还有啥子思想，也只是死中求活罢咧！"

菊花捧着一把点锡酒壶进来。

黄澜生站起来，一面叫大家入座，一面笑道："现在学生们热血盈腔，闹革命，闹流血，好像是他们的天职。也好，你这一次流了血，也算尝到了革命的滋味。"他接着又把手一挥，"算了，不谈这些费精神的话，还是喝我们的酒吧！这一晌来，被时局搅得不曾好好喝过一场！"

两个孩子，还是老规矩，一上桌子就吃饭。

黄澜生将斟满黄酒的酒杯举起，先呷了一大口，又用舌尖把嘴皮舔了一下道："今天零沽的酒还不错，硬是缸面清酒，允丰正对得住老买主。子才，你可以多喝几杯，黄酒是医治跌打损伤的妙药。你在顾家，也喝过的吧？"

"酒倒常常喝，是他们自家造的窨酒，劲仗大，见风醉。这种仿绍酒，乡坝里头是不作兴的。"

黄太太一面经佑两个孩子吃饭，给他们撺菜，不许他们乱动筷子；一面也陪着楚用干了几杯。大概是酒落欢肠吧，许多天来，她腮边很少看见的那对浅浅酒窝，现在又不知不觉出现在口辅旁边。谈到楚用在顾家养伤情形时，她眼珠几转，忽然向楚用问道："你在顾家时候，想过家没有？"那个"家"字，好像格外念得响一些。

当然，这点小过场谁也不会去注意，连站在旁边斟酒的那个鬼灵精丫头，也没有察觉。

楚用领会到了，所以才眯缝起两眼道："咋会不想呢？尤其在夜静更深，伤处痛得睡不着的时候，想得更扎实。"

"恐怕心里还会叮咚叮咚地跳吧？"她的两眼也眯缝起来。

"不只是跳，还难过得像空肚子喝了一碗楝子水一样。"

黄太太抿着嘴皮笑道："可见人是不宜好的。在家时候，总是百般不自在，想朝外面跑。当真离了家，又想家。"

"所以有人把家比方是一面枷，一旦戴到颈子上，再也取不脱。"

"你有心要取脱它吗？"

楚用微叹一声道："别人是咋个想的，我不敢说。是我嘛，我倒乐得戴它一辈子，只求这面枷不要自行脱卸。"

"唔！这才是有良心的好子弟哩！不然的话，人饶得了你，鬼神却不饶你！"

天已擦黑，何嫂把一盏保险洋灯掌来。

黄太太问道："顾家的两个长年吃了饭不曾？"

"早就酒醉饭饱了。不是那个叫啥子阿龙的小伙子还撩着罗二爷、张师，摆谈他们顾团总咋样带起团丁去打仗，又咋样打败了，筋斗扑爬地跑回去，越摆越起劲，恐怕都已挺尸去了。"

振邦已经放下饭碗，叫了"慢请"，遂说道："在摆打仗。我听去。"

婉姑儿也跟着溜下方凳道："哥哥等倒。我也去。"

桌子上的话题，遂又从楚用本身转到顾家，并且转到顾三奶奶身上。

黄澜生对顾三奶奶颇有好感，因说："这位奶奶，能言会道，态度也大方；虽在中年，其实丰韵犹存；只要打扮入时一点，说她是乡坝里的女人很不像。"

一番话引起黄太太的不平："你们男人家真没伴！只要看见一个女人稍微长得伸抖一点，便夸奖得不得了，一点扁毛儿都没有了。你们的眼睛，到底是猪眼睛，还是人眼睛？"

黄澜生呵呵笑道："太太的话里似乎有酸味。"

"说我吃醋吗？真没意思！我说的是公道话！论起顾家那个女人，不错，肢干、眉眼都还下得去。可是拿年纪说，才大我几岁，你看，额头上已有了皱纹，眼角上也牵了鱼尾；头发哩，还好，还不大像玉麦须子；但那一双手，哎哟！简直比青枫皮还粗！这也不说了，在乡坝里头做粗活路的手，自然不会像城里奶奶们的手那样嫩腼。说到态度，我就不满意！哪里见过和人家才会头一面，便那样随便的人？你恭维她大方，我说她带流气，看那言谈举动，很像一架女光棍。子才，顾家这家人，是不是都烧过袍哥来的？"

"不是袍哥，是奉耶稣教的。"

"难怪！不是光棍，怎会吃洋教！"

"嘿，嘿，太太，吃洋教的，倒不见得是光棍呀！"

楚用也忍不住地说道："奉耶稣教的也只是顾天成一个人，顾三奶奶倒时常在讥讽他……"

正说得热闹,高金山蓦地掀开帘子进来。不但没有按照规矩先在门外咳嗽一声,脸色也有点不对;身上一件短紧身,连长衫都没有穿。

黄太太定睛瞧着他道:"你还没有回去?"

"回太太的话,我女人来了,"他又补充一句,"同我一道来的。"

湘妃竹帘第二次动了一下。一个中等身材、穿了身旧布衣服的年轻女人低着头走了进来。

先给太太请了安,又给老爷请安。举眼把楚用望了望,高金山说:"这位就是楚表少爷。"也请了个安。

黄澜生莫名其妙半抬着身子问道:"有什么事吗?"

高金山对他老婆道:"你说嘛!"

"不忙。不晓得老爷太太还不曾吃饭。我们出去等一下,等老爷太太吃罢饭再说。"

黄太太道:"不,有话就说的好。"她的眉头微微皱了一下,"高嫂嫂,我先交代一声:是喜话,你尽管说,不妨事;是忧话,那便请你明天来说。我家也与你们郝家一样,吃饭时候,不听忧话,不见忧事的。你不信,问一问罗升他们就知道。"

高金山又向他老婆道:"该是哈,我原本叫你明天来,你硬是等不得,生怕过了今夜,就说不成话了。"

他老婆翘起一片薄薄的嘴皮,一双微微有点外突、但看起来也还俊俏的眼睛眨了两眨,对着黄太太说道:"太太,你尽管放心,我只是来求太太你和老爷给我拿个主张的。我听了高金山一摆谈,我心里乱得不开交。不晓得立刻认了的好,还是缓一下的好。本来嘛,十三年啦,日子这么长,又不晓得高金山摆谈的靠得住靠不住……"

黄澜生摸着酒杯道:"这个人好怪喽!平日那么精灵的,何以此刻连话都说不清了!"

他太太反而笑了起来说:"我懂得……这样好啰,高嫂嫂,那边椅子上坐下来歇口气,叫高金山代你说一遍好啦。"

"还是等我说吧。太太,是这样的。我是一个好人家的女子,十三年前我才十二岁,跟爹爹进省来看花灯,在一条热闹街道上挤掉了,着一个老娘子捡去，卖跟郝家当丫头的……"

她顿了顿，仿佛东大街耍刀的一场情景，下莲池草房里一个尖脸猴腮的老娘子和一个病体支离的少妇，连骗带诓叫她上床睡觉的往事，又朦朦胧胧在她脑际浮起。不过这些旧影，也同悬挂多年的照相片一样，已被时间消磨得只剩了一点轮廓，不用力追忆，是不容易弄清楚的。

"……我那时尽管有十二岁，因为在乡坝里头长大，遇啥都是恍兮惚兮的，连我们住的地方，连爹爹的名字，全弄不明白。只糊里糊涂晓得我们姓古。不过一些小地方，小事情，说起来无干得失，倒记得很牢。这么多年，只要闭上眼睛一想，还像昨天一样那么新鲜，比方说……"

黄太太已经听出了味道，便忙说道："不要打比方了，说下去就是啦！"

"太太，直到今天，我才晓得我并不姓古，我姓顾，我的家，就是高金山去接楚表少爷的那个顾家，我是顾家屋里的女子！老爷，太太，我没有说一句假话。我敢当着灯神菩萨赌咒：若有一字虚假，叫我不得好死！"

这女人激动得两颊通红，嘴唇不住打哆嗦，亮晶晶的泪珠在眼眶里直滚。

楚用拿手把黄太太手臂一拍，悄悄说道："表姊，你问她，为什么直到今天她才晓得？"

那女人已经听见了。当即把两只又宽大、又粗糙的手掌（她虽然算城里人，却非奶奶之流，也做粗活路，所以她的手便不可能如黄太太所说那么嫩腼。因为几年以来，她都在给人家浆洗衣服，光靠高金山帮人的工钱，是养活不起她和他们两个儿子与一个才出生半年多的女儿的）拍了拍道："说来也怪！这回高金山刚被老爷差他到新繁去，我不晓得啥子原因，心里就动了动。一连两夜，总是神魂颠倒，老是梦见从前小时候在家里的事情。连花豹子、黑宝这两条狗，都像十三年前样，一点没变。高金山今夜一摆谈到顾家有条老母狗，名字叫黑宝，我便越发相信，包管是我从前一天到黑都在一块玩耍过的那狗……"

楚用也觉诧异道："顾家真有这条狗，真个老得眼也瞎了，毛也擀了毡了。"

黄澜生道："难道只因为一条狗，你就……"

高金山看他老婆太激动了，以致语无伦次，方开了口代她把事情首尾说明，并带着谈了谈他对这事情的见解。

大　波

　　原来高金山在灶房里提前吃完饭，回到汪家拐自己家里（是佃的一个大杂院里的半间厢房）。正拿起一只小木桶，要去街口茶铺买热水洗脚。他老婆便撩住他，要他摆谈一番来回路上和顾团总家的情形。他从前挑起杂货担子赶场过县，一去几天，每次回来，她也曾东问西问。但从不像今天晚上问得这样钻，大去处问，小去处也问，不细细摆谈不行。摆谈到顾家，她神色就不大对。及至说到抬轿回来的两个长年叫阿三、阿龙，她就跳起来，像疯子一样，也不怕隔壁邻居见笑，也不管二娃子同小秀被吵醒，就是那么直着脖子叫喊："阿三、阿龙吗？对！就是这两个人！一个是长年，一个是放牛娃儿。噢！这下才搞明白了。我原来姓顾！我是顾家女子，我名字叫招弟，不叫春秀！我的女儿，从今以后，不要叫她小秀，要改个名字！要改个名字！"高金山挡不住她，只好陪着她朝公馆里跑。她要来找阿三、阿龙，要叫阿三、阿龙回去报信，要叫顾天成来认她。高金山好不容易才劝住她，叫她多想想，把稳一点，不要闹出笑话来。

　　高金山的意思是：起初，他很疑心他老婆"该不是遇了邪"或者犯了什么病？日子过得好好的，为什么会一下触到十三年前的旧疮疤上去？甚至疑心这桩事不见得会是真的。因为她自从卖到郝家，他便同她在一块，一直没听她说过以前的经历。如其当面鼓、当面锣同阿三、阿龙讲起来，万一不是那么一回事，"那咋个下得了台！"后来一想，事情或许不假。他老婆从没有神经病的根根，而且又说得那么有来龙有去脉。但是事隔多年，顾团总心上还有没有这个女儿，已在未定之天。何况顾团总是个有根有柢的绅粮，现又当着一乡团总，是场面上的人。场面上人谁能不顾脸面，来认一个当过丫头、现又是一个当跟班二爷的老婆做自己亲生女？戏上没有，世上怎么会有？再一想，说不定顾团总竟有父女之情，听见女儿还在，不管旁人如何议论，公然跑来认她，这样的事，有些传子书、唱本书也载过，但总该由顾团总自己去定夺。或者明认，或者暗认，到底如何做才好，都不能由她这个人代为做主的。总之，据高金山意思，这不是寻常事情，也颇颇有点干系，搞对了头，两来都好；若是搞反了，他老婆当然会弄成神经病，顾团总也定会疑心到他高金山在搞什么鬼。如此双枪并举，前后夹攻，他高金山再狠，也是无法抵挡的。因此，才留下七岁大娃子看着门，他们跑到公馆来，向老爷太太禀明缘由，求老爷太太给拿一个主张。他老婆当然头脑昏乱，不消说

538

了，就是他高金山也着他老婆闹得糊里糊涂，简直"摸不着火门了"。

高金山的话刚落脚，楚用毫不思索地便开了口。他说："何必这样东想西想的？想过于多了，反而一步也走不动。依我说，不如简简单单地叫阿三他们把顾哥子找来，等他父女见了面，一台戏不就唱完啦……"

他因为心里快活，多喝了几杯酒，说话时已经是满口酒气。

黄太太嗯了一声。

黄澜生也有点醺然，但他到底当过承审委员，懂得一点人情世故，当下沉吟了一下，才说："那倒不然！高金山所思虑的，不能说他不对……还有一层，他似乎没有虑到……就是目前那位顾奶奶，听你们说来，并不是她亲生母哩……"

"哈！硬是的，"不等黄澜生说完，他太太便接口说了起来，"我正打算说，有了后娘，就有后老子。不管顾团总这个人咋样有良心，咋样有父女情分，若不先把后娘的话说好，我看这事情，嗯……"

高嫂嫂这时已不似起初那么激动，不过从她脸色上，看得出仍然有些固执，她说："太太，不是亲娘，也没来头。我只想看看爹爹，他这个人，从前多欢喜我的，妈妈死后，半步也没离过我。想到那年我挤掉了，不晓得他咋样在找我，咋样的伤心哟！如今见一见，叫他晓得我还好好地活在世上，并没被猪拉狗扯，他也不会再心疼了。一句话说完，我并不想破费他一文半文来补报我的嫁妆，也不想回屋里去争啥子产业，就有后娘，怕也不会讨厌我到连爹爹的面都不许我见一见吧？"

楚用道："提起顾嫂子，我倒赞成表姊的话，先说通了的好。我在他们家住的时间不长，已经觉得男主人的权柄没有女主人的大。后来听到人说……嘿嘿！"他把头掉向高嫂嫂，"说，她简直是你顾家屋里的慈禧太后，专制得很！又说，你爹爹讨了她后也变了，再也不是从前豪霸子的样子，周围十几里的人都晓得顾三贡爷是出名的炮耳朵！"

黄澜生哈哈笑道："这叫作家有贤妻，男儿不遭横事。又道是，有出息的人才当炮耳朵！"

他太太呛了他一眼道："所以你才没出息嗬！"

黄澜生与楚用又都笑了起来。高金山不敢笑，他老婆倒笑不笑地说："这样说来，我再也见不到爹爹了！"

黄澜生道："怎么会见不到？只是得想一个好方法。"

　　"那么，等我先跟阿三哥、阿龙哥摆谈一下，好不好？"

　　说话间，菊花端着一个瓷饭钵进来。一眼看见高金山夫妇脸色都不好看的样子站在当地（因为这两人进来之先，她已到灶房去了），觉得很诧异。饭钵放下，尚在呆呆地看。

　　黄澜生摇摇头道："我想，也可不必。"

　　这下，连他太太都不懂了，问道："为啥不必呢？"

　　"我想来，这件事，在她亲生老子晓得之前，断乎不能走漏一点风声的。高金山虑得是，即使顾团总尚有父女情分，但应不应该就认？或许暂时秘密一下的好？不管目前和未来，认了后发不发生枝节？该如何对付？这些，都得等她老子自己去思想。我们外人，第一，不能处置别个的家务事；第二，我们尚不认识顾团总，他这个人气性如何，见解如何，全不知道，也难于代为做主呀。这个时节，若令她同那两个长年见了面，我敢说，无论你们怎么样嘱咐，只要他们一回去，包管会先告诉她后娘的。常言道得好，坛子口易封，人口难封，何况这些庄稼汉更是守不住秘密的。这一来，倒恰如高金山所虑，事情也许会搞得很糟。所以我主张子才明天写一封信给顾团总……"

　　黄太太猛一眼看见菊花憨痴痴地站在旁边，遂一声断喝道："你几时进来的？"

　　"刚刚端饭进来。"

　　"为啥不声不响？大家的话，又该你拿去当龙门阵见人就摆了！"

　　"我没有听见。我向哪个摆？"菊花嘟着嘴，很不服气的样子。

　　"只要我听见有第二个人说，我先撕破你这张嘴……"

　　楚用接着说道："别人跟前说说倒不要紧。老爷刚才说过，顾家两个长年跟前，是一丝风也漏不得。"

　　"顾家长年吗？已经到门房里睡觉去了。他们说，明天一早，都要到大墙后街跟啥子么公拜节去。拜了节，还要转街。罗二爷告诉他们，公园关了门，只好去转文殊院，看和尚的大锅大灶……"

　　黄澜生笑道："真是快嘴丫头！又没人问你这些。"

　　这时，高嫂嫂完全平静了，便忙拿碗给桌上三个人盛饭。

黄太太回头向高金山说道："我原说招呼高嫂嫂明天来公馆过节的。现在有了这些牵绊，明天倒不要来了。"

"要来的！"高嫂嫂装着笑脸说，"要来跟太太、跟老爷拜节。我们吃过早饭来，拜了节，我就走。"

高金山也说："对！也不怕碰见阿三哥他们。"

黄澜生旋吃饭旋说："这样年成，还拜什么节哟！赵制台都免了贺节，衙门里已有告谕，放假一天，各自回家休沐，号房里连号都无庸去挂了。"

又谈了会儿，三个人的饭快吃完了，高金山示意他老婆，告辞退出。

临走，高嫂嫂还再三说，劳老爷太太金神替她做主。并向楚表少爷道谢，要求他务必把信写好交阿三、阿龙带回去。

黄澜生道："你可不能着急。我先明白告诉你，这信，我打算请楚表少爷这样写法，说我有重要事情要同你老子当面磋商，请他相机到省一行。为啥要这样写呢？一来是，我说过不便事先泄漏，使你老子为难，甚至于发生障碍，不惟无益，反而有害。二来是，你老子现正同官军对敌，能不能冒险进省，要他加意斟酌。所以信只管带去，他何时能来，却要看时局如何而定的了。你们父女十几年的暌离都过了，算是菩萨保佑你，叫你在无意之中找到了父亲。因此，你就无须着急，静心等候菩萨的安排。菩萨一定不会令你失望的。"

黄太太并且叫菊花到卧房后半间立柜里取了一封淡香斋月饼、一封芝麻薄脆，交与她，说是给她小孩子们过节的东西，"今年这个节，真不成节，核桃、石榴、板栗、雪梨这些应景果品，一样都买不到。幸而我们龙家同桂林轩李家二房有点瓜葛亲，前半月，交钱托李二爷在淡香斋订了几斤点心。要不然，连月饼、麻饼都没有呷！"

当其高嫂嫂提着月饼、薄脆，跟丈夫走到二门，罗升、何嫂正一同站在过道的纱灯笼底下，叽叽咙咙不知说些什么。

看见他们走来，何嫂先就嘻哩哈啦地拍着巴掌笑道："哎哟！跟你道喜呀，顾家大姑娘！"又顺手攘了高金山一把道，"你这小伙儿，想不到一下就爬上台盘去了！嘿嘿！团总老爷的娇客呀！以后该不会拿眼角扫人吧？"

两口子大为惊异道："这些事，哪个告诉你的？"

"若要人不知，除非己莫为，我要哪个告诉……"

罗升轻声吆喝道:"何大娘也是哟! 这么大声破嗓地喊,不怕把人家吵醒吗?"回头向两口子笑道,"是这样的,何大娘把少爷小姐经佑睡了,刚刚走到小客厅窗子外,恰恰碰见你们在要求老爷给打主意。你们只顾在屋子里头大说大讲,该不谙有人在外面听墙根哈?《增广》上原本就说过:墙有缝,壁有耳。我们何大娘又是听墙根的好角色,怎么不把你们的秘密听一个全呢?"

"哎哟! 你这龟儿子、挨刀的! 人家好心好肠来告诉你一点新闻,你就编排人家听墙根! 人家是走去碰着的,哪个安心去听他们那些卖儿卖女的伤心话! 哼! 听墙根! 你龟儿子才爱听墙根! 你的妈才爱听墙根! ……"

高金山急忙拦住她道:"算了吧,何大娘,求你少吵一句,好不好? 老爷再三吩咐我们,事前泄漏不得一言半语,你大娘自必也听见的。若是吵得人众皆知,老爷只会责备我们,说我们嘴不稳哩!"

"对,对,对! 你们的嘴都稳,就只老娘一个人嘴不稳,连那个鬼丫头的嘴都是稳的……咳! 我现在当着你们两口子说明白哈,今天夜晚,我只向这个姓罗的说了几句……若果到明天早晨全公馆都晓得时,不要只怪我一个人的嘴不稳,别人的嘴都稳……"

最后还性骂了两句,实在找不到什么说的,才怒气冲冲地冲进大厅去了。

罗升这才笑道:"这个鬼婆娘,简直是他妈的一个泼妇! 幸而你们的客睡得雷都打不醒……"

高嫂嫂忽然间啥也不说,噔噔噔直朝门房奔去。

等到高金山跟身跨进门限,她已站在高金山平日睡觉的那张连二铺前,映着靠壁条桌上的菜油灯光,俯着背,勾着头,先朝阿三脸上看了会儿,又移到床的那头,把阿龙看得更久更仔细。

两个人都仰面睡着,嘴巴张得很大,几乎看得见舌根。虽然没有打鼾,出气都很粗,两尺以外就感到酒气扑鼻。

高金山使劲把他老婆拉到门外。

高嫂嫂已经咽咽哽哽哭了起来,并且不管罗升和看门老头正如何在看她,她就像疯子似的轻声喊道:"咋个不是他们呢? 咋个不是他们呢? 唉唉! 我的天! ……"

三

今天是星期日，本来可以多睡一会儿的。但连二柜桌上那只三方亮东洋座钟的指针刚刚指到七点三刻，郝又三不但习惯地清醒了，也习惯地一掀薄棉被翻身坐起。

耳朵里明明白白听见有两个人在堂屋里一声高、一声低地在说话，隔着一层薄薄裙板听来，一个似乎是娘母，那一个男的，却是谁呢？

"多半是向昝老陕收房钱的事，娘母在吩咐高贵。"

大门外四间铺子，租与昝老陕开成衣铺，出售几家当铺里业已死了当的衣服。十几二十年的主客，从未因收房钱打过麻烦。有时，刚到月底，昝老陕便自动找高贵进来向太太要收租折子，准备交下月的房钱。

不道今年却变了，五月的房钱拖延了半个月；六月的房钱催了几回，到七月底才收清；七月的房钱哩，昝老陕不说不交，总是说等生意稍微好点准交。生意不好，原系实情，全城生意，没有几家好；甚至那些大绸缎铺、大洋广杂货铺都在呻唤说生意不好，恐怕今年要吃老本。但以昝老陕的经济情形而论，他的底子却比那些表面辉煌的大铺子结实，这每月八两银子的房钱（因为押金很轻，所以月租似乎高一点，也是昝老陕的算盘之一），并非拿不出；其所以要一拖再拖，据几个专在门口打听外事的奶妈、老婆子的报告，是昝老陕把钱挪去放了大利，八两银子放出去，他每月至少也要收一两到三两的利息。现在借钱过日子的人很多，不仅是穷苦小民，还有做官的，还有收租吃饭的绅粮们，随便利息好大，不愁没人借；而且没有硬保，没有红契作抵押，还借不到哩。也因为全城三十二家注册当铺，一多半已止当候赎；一小半虽未止当，可是不是很贵重的东西，那些老陕伙计根本就不让你递到高柜台上。一些私营的小押当哩，不但利重期短，并且价值一两银子的东西，每每只当得钱把银子，几乎等于是抢人；反而不如找昝老陕这等重利盘剥的商人，只要你能月利月清，偿还期限尽可延长，两害相权之下，毕竟还要轻些，说起来，也比进出当铺光彩得多。

两个人尚在堂屋里叽叽咙咙，中间还夹杂有一些隐隐的笑声。

"娘母同哪个人在说话？难道她这么早就起来了？"

最后，那女人的声音高了点，这才听清楚了，原来是李嫂在说话，"……

夜里都睡得晏……今天又该他们睡早觉的日子……我咋好去喊醒他呢……"

郝又三已经把两双白色洋袜子穿好了。（当时成都乍穿洋线袜子的风尚，是两双同穿。即是说，一双之外，再套穿一双。据说，洋袜子的底子太薄，不如布琢袜的底厚，两双套上穿，经事一些。当时对袜子的选色，也仿佛有一种不成文法的规定。即男袜只能是白色，女袜只能是粉红色或绯色，此外便无别的颜色，当然更不作兴花花绿绿的了！）也扣好了二蓝大绸夹紧身纽子，也系好了湖色花缎夹裤裤腰，正站在踏脚板上，穿那件深灰天津布面、甘蔗颜色绸里，也是当时学界最时兴名为草盖瓦的夹衫。

又听见那个男子的声音——这下，可确定了是看门头张老汉。而不是高贵。高贵的嗓音要响亮些，只有张老汉才这么痰呵呵的——说："去回一声嘛……大少爷的脾气是……又要怪人不赶快进来通报了。"

"莫非有什么事情不成？莫非红布街法政学堂那位教务长来了？嗯！多半是的。只有学界朋友才专拣星期天早晨来找人！看来，这两小时的国文课非加上去不可了！真焦人！"

回头一看，叶文婉面朝床里，正睡得鼻息咻咻。这倒不怪，因为女儿小婉才满过周岁不久，当妈妈的不忍心便交给陈奶妈带领着睡，说女娃儿不比男孩子散漫，自家带着睡，放心些。这当然很好，却不想吃奶的孩子尿多，叶文婉爱干净，生怕来了尿把被盖打脏，不惜随时留着心，孩子一扭动，便抱起来搣尿，一夜两三次，当然睡眠不足。天亮，孩子醒了，陈奶妈蹑手蹑脚进来抱走后，当妈妈的才能熟睡几个钟头。

母亲带儿女的劳苦，直到现在，郝又三才真正省得了一点。心官、华官这两个男孩子，都是满月之后，便完全交给奶妈带去了，当妈妈的，仅只一天喂几次奶，得空时，才喊到身边抱一抱，实在看不出有什么劬劳。因此，对于结婚八九年的老婆，一直相处得平淡无奇的，这时，倒确实发生了几分怜惜感情。

李嫂已从后半间悄悄地溜了进来。

郝又三赶忙把右手五根指头对着她捏了捏，并轻声问道："有人来会我吗？"

李嫂点了点头，也轻声答道："在大门边等着你。张大爷说，再三让他，都不肯进来。"

郝又三狐疑起来："这是谁呢？又不像是红布街法政学堂的教务长了。"

但他扔掀开帐门，将薄棉被拉过去，把叶文婉肩头塞好，才踮起脚尖，也打从后半间绕了出去，生怕做弄出半点声响，将可怜的小妈妈搅醒。

一出二门，便见王念玉站在那里。

"是你……"

趁着张老汉在灶房里舀热水还没出来；趁着铺子上的伙计徒弟正忙于下铺板、扫阶沿，全没有注意；郝又三挽起王念玉的手腕便走。

"你要拉我到哪里去？"

奔有半条街远，郝又三方喘息着道："有什么要紧事情，这么早来找我？"

王念玉抿嘴笑道："昨夜没有消夜就睡了，今早起来，肚子饿得咕咕叫。特为找你请我到钟汤圆那里去吃早点。"

"我才不信你这些鬼话！"

"不信就算啦，别再问我。"

郝又三把王念玉那张白白净净倒笑不笑的嫩脸定睛瞧了瞧，忽然省悟道："哦！是啦，她回来了！"

把王念玉的手一摔，撒腿便朝街口跑去。

王念玉在后面叫道："不是的，别慌里慌张哟，人家并未回来！"

"哎！当真吗？"郝又三又止了步，回头去问王念玉。

王念玉慢慢走到他跟前笑道："你看你哟，头发蓬蓬松松像个烂鸡窝，眼角上糊满了眼屎，牙齿上沾满了牙垢，当然是同老婆睡了觉来。难道头不梳，脸不洗，牙不刷，口不漱，好意思就这样去见人家吗？尽管说老相好不拘这些，可是别过三年，见头一面，总应该有点礼貌，鞋子也不换，马褂也不穿，流里流气的，像个啥名堂！"

"我把你这张油嘴！"郝又三正待伸手揪他的脸，猛然想到是在大街上，已有行人来往，急忙收回手来，"你刚才说她没有回来呢？"

"亏你这样问！若不诳你一句，你还收得住脚？"

郝又三心神定了定，也才感到自己确实太慌张了。不说别的，脚上还趿了双皮拖鞋，身上一文钱也没带。他不由抱怨王念玉道："你也不对呀！这样一件重大事情，为啥不等我一出来就告诉我？害得我天冤地枉跑了这一段路！"

王念玉泛起一双俊俏眼睛把他瞅住道："你准定是昨天夜里遭老婆缠糊

涂了，才这样无缘无故地睁起眼睛说瞎话！你想想看，是我故意不告诉你呢？还是你问也不问，拉起人家就跑？你刚才好慌张哟，生怕人家走进你的公馆，玷辱了你什么似的！好嘛，以后别再理睬我了，我也再不到你公馆找你了！"

郝又三连忙笑道："好兄弟，又多了做哥子的心了，我跟你赔个不是吧！"当下捏住他一双小手，说了许多好话，直到王念玉有了笑容，方道："我现在只好回去收拾一下。你在哪里等我？"

"等你做啥？说真话，硬是有朋友约我到钟汤圆老号去吃早点。要不是那婊子婆娘攥出来拜了又拜，再三再四劳烦我顺路捎个信给你，难道这些人还像三年前那样，巴结你们，有啥子贪图不成？"王念玉又嫣然一笑道，"却也要怪你！前一晌，明明晓得人家陷在新津一时不能回省，倒隔不两天就跑来探问。最近新津的仗火打完，晓得人家就会回来的，偏你连人影都不见。人家昨夜擦黑时候走拢，一进门便问郝大少爷呢？为啥不来欢迎我？我说，郝大少爷嘛，现在已经归了正，不再理会你这样的老相好了……"

"简直胡说！现在是学堂开了课，我接了几个学堂的聘，东跑西跑，当然不像以前那样空闲。嘿，嘿，好兄弟，别再说笑话，请你作古正经告诉我一句，伍大嫂……唉！不！现在该官称为伍太太啦！这位伍太太还像不像三年前的样子？"

"啥子样子？"王念玉收了笑容，一本正经地说道，"规规矩矩的，硬像一位正派人家的内眷，一点也没有三年前的风骚味儿了……"

"我问的是模样儿。"

"啊！那可老得怪像，"王念玉又呵呵笑道，"你见了，包管会大吓一跳。但是也好，免得你有儿有女的人再花心！"

四

郝又三趁着两个男孩子都在二妹妹香荃房间里玩耍，得有时间，一个人躲在后半间，着意地刷牙、漱口；并叫丫头春喜舀了两盆热水来，把一张脸洗了又洗，还搓了两回香皂去洗项脖和手腕。

在镜子里一照，容光焕发，心里很高兴。但是把头侧了一下，发现一条发辫，像毛虫似的拖在脑后，觉得太不像样。遂问春喜："你会梳辫子吗？"

"我不会，春英才会。"

"怪啦！春英会，你不会？"

"春英天天给二小姐打辫子，她咋个不会？你的辫子，是少奶奶在打，从没叫我打过，我咋个会？"

"哼！梳辫子不会，顶嘴倒会。"

春喜嘟着嘴把一件青哗叽小袖马褂伺候他穿好，鞋子也换了。郝又三再朝镜子里一看，好刺眼睛的乱鸡窝哟！

春喜似乎懂得他的心情，便道："我去叫春英来……"

"快不要去！把大孙少爷招惹过来，我又走不成了。"

"那么，把少奶奶请起来。"

"使不得，打诧了少奶奶的瞌睡，她要生气的。"

"咋个搞呢？"这个十七岁的少女替他发起愁来。

"只好到街上去找剃头匠梳了。"

把一顶软胎青缎瓜皮帽朝脑壳上一戴，郝又三又第二次轻脚轻手绕出上房走了。

本来打算到街口上那家剃头厂子去擫个盘子。但是一想及那样的洗脸帕，那样的木盆，那样的蓝布围巾，那样的木梳、竹箆，别的不说，光是气味就会令人受不了。（平日擫盘子，剃头发，都是把剃头匠叫到公馆里来，除了剃刀和蘸水抿子外，一切用具都是自家的，所以不觉得脏。当时的风尚本来如此：不但官绅人家轻易不进剃头厂子，就是稍大一点的生意铺户，也有包月的剃头匠，到时，剃头匠自会登门将就顾客，只是取费稍贵。这种剃头方法，叫作出包。）

只有悦来旅馆内新开的那家卫生理发馆（好新鲜的名称）还可以，但是剃头匠的手艺却不行。箆头发、修脸，下手都很重；掏耳朵也粗糙，不管你耳朵如何发痒，有多少耳屎，总是用绞刀随随便便地绞两转，扫耳扫一下完事，至于其他剃头匠都具备齐全的家伙如挖耳啦、弹耳啦、启子啦、镊子啦，不但没有，就有也不使用；捶背、搬打更糟，好多顾客等不到这种活路做完，便连连摇手，要求豁免了吧。

奇怪的是，这个卫生理发馆的生意偏好，不少上等人都愿意心情不宁地坐候老半天，轮到自己去受罪。

郝又三曾因别人吹嘘，去尝试了一次，事后赌咒说，即令全成都的剃头匠死绝了，他宁可违制蓄发，也不再到卫生理发馆来受活罪。他此刻决心不去这个地方，倒不为了怕犯咒神，实因想见伍大嫂的情切，觉得多耽搁一分钟都像遭受了什么损失，安能由于弥补这点不足，而竟耗费他老半天时间？"这有什么价值！"

郝又三怀着一颗又喜欢又不安舒的心，甚至连一点见面礼物都忘记买，便跨进南打金街的独院门。

听见独院门响，从堂屋后面奔出来迎接他的，正是三年当中老在心上丢不开的伍大嫂！

两人刚一觌面，伍大嫂先就一个很响亮的哈哈笑喊道："啊哟！猜你要来的，当真就来了！"

但是当郝又三笑嘻嘻地伸出一双手去时，她却并不像意想中所描绘的样子：一下子扑到怀抱中来，搂着脖子，说些麻筋麻肉的亲热话，而是连退几步，退到相当距离地方，牵着才从手弯上抹下来的衣袖，向他深深拜了下去。一面客客气气地问好，一面诚诚恳恳地道劳。

这一来，不但把郝又三方住了，也使他深为惊异。做梦都未想到，离别三年，再相逢时，她会这样对待他！

"是什么缘故呢？"还没有问出口，伍太婆已经像抱鸡婆样，扇着一双湿漉漉的手，从灶房里赶来。光是这老婆子倒还罢了，接踵而至的，更有一个最为碍事的伍安生。

伍太婆变了。似乎比以前更枯瘦，更干瘪，更龙钟。若非一双昏花老眼里尚含有几分生气，你真会把她当成一具风干的木乃伊。

她媳妇也变了。肌肤比以前润泽，而且发了福：不但脸颊丰腴，口辅饱满，就连被衣服遮掩着的背膊，也看得出又宽又厚；尤其是从前比什么都要纤细一些的腰肢，现在粗得几乎像水桶。眼眶觉得小了些，眼珠却还跟从前一样的呼灵；眉毛没有变，从前是那样又长又淡，现在仍是那样又长又淡。鼻梁两边的雀斑越多了；以前怪桃圆粉搽久了，中了铅毒使然，据说三年来只搽过几回粉，脸色倒转白净了，只有讨厌的雀斑依旧生生不已。

伍安生当然变得顶厉害。才满十五岁的孩子，居然长得比娘还高一个脑顶。身体尚未完全发育，可是大手大脚大骨骼，看样子，不出三五年定然又是一条雄赳赳汉子，或者比他老子从前还要壮些。只是眉眼神态仍然是个大娃娃样子。已经在变童声，说起话来，难听得真像一只开鸣的小鸡公。一见郝先生，不等阿婆和妈妈吩咐，他便趴在地上磕了一个头。

郝又三连忙拉住道："作个揖就是了，怎么行起这样大礼来了！"

他阿婆说："让他给先生磕个头！跟手还要费先生的金神，看咋个说人情，送他进武学堂去哩。"

他妈也说："硬是这样。大少爷，若不是你跟他老子出主意，叫这小杂种进武学堂图个前程，他老子还不会想到接我们回省。以后娃儿的事，硬要靠你大少爷了！"

"自然，自然，这是我的责任。只是暑假过了这么久，陆军小学又没有招考，这期间，倒要等伍管带回省后，研究，研究。"

"他恐怕一时还回不了省，"伍大嫂回说道，"我们在黄水河碰见他，刚好住了两晚，他这一营，便奉到营务处的札子，调往新都打同志军队伍去了。"

"到新都打同志军队伍？难道新都又着同志军占领了？"

"不是吗？听说同志军占领的，还有好多县。从南路调走的，也不只我们管带一营。咋个的，北路闹得这样凶，你们住在成都省的人会不晓得？"

"不是完全不晓得。只因一晌以来都在闹谣言，一会儿说哪些州县失守了，一会儿又说哪些州县收复了，天天听的都是这些新闻。以前还要打听一下，确实不确实？后来，听厌烦了，因就不再留心了。"

郝又三非常希望同伍大嫂谈几句体己话。但两婆孙对他偏偏那么亲热，陪坐在堂屋里，一步不肯离开。他满肚皮不自在，又不能不极力忍耐。只好把纸烟咽燃，问他们几时同周鸿勋到的新津？打仗时候，可曾受过惊恐？

伍太婆把手一拍，抢先说道："嗬！再莫提到打仗了，吓死人喽！从前闹蓝大顺、李短搭搭，后来闹余蛮子，闹红灯教，从没听过那样凶的大炮！大少爷，说来你也不信。炮弹从房顶上飞过去，矮得就像从脑壳上飞过的一样，光是那轰隆隆的声音，便把你耳朵震得聋……"说话的时候，她那灰蓝瞳仁里犹然流露出一种恐怖神情。

但她坐在门限上的孙儿，却歪着脑袋，很感兴趣地把她盯着。她的话还

没说完，伍安生便已咧开大口，发生小鸡公的喉音咯咯笑道："阿婆的胆子也
忒小了！炮声一响，她就吓得猫儿攒蹄，脑壳都要钻到胯裆底下去了！"

他阿婆立即向他吼叫道："都像你个小杂种浑胆大！啥也不怕！"又掉头
向郝又三说道，"你这个学生，硬是他娘的一个武棒棒材料。后几天炮火打
得那样凶，大家躲在屋里连房门都不敢出，他偏要跑到城墙上去，他妈同
我把喉咙都要喊破了，他小杂种硬不听话！"

伍大嫂道："你两个真是宝贝！人家大少爷在关心我们几时同周大哥到的
新津，你不好好回答人家，却在一边斗嘴劲。"

两个人都不做声了。

"说嘛！该说的，咋个又不说了？"

听她那不高兴的声口，就是不要他们再多嘴。

郝又三看了她一眼道："还是你说好了。"

她笑道："都不说，自然该我说……"

伍大嫂他们原来并未同周鸿勋一道到的新津。因为伍太婆岁数大了，身
体不结实，在路上中了暑热，一到邛州，就病了。头痛，肚痛，周身痛。不
能支持，只好住在栈房里，找医生，吃药，将息。等到伍太婆病体痊愈，便
听见周鸿勋同侯保斋在新津闹起同志军来。起初，他们并不省得闹同志军便
是造反；又听说他们只为了争啥子铁路，要赵制台替他们伸冤，并未杀官劫
府；新津知县官丁孝虎依然住在衙门里坐堂、问案；经征局委员依然在收钱
粮赋税。因此，他们才盘短来到新津。

"……哪里晓得才背了蚩时！一落栈房，便陷住了。若不是拖着老娘一
路，我倒安心听人的话，绕一点路，从彭山县转回省的。因为老娘病后走不
得长路，由新津到彭山倒方便，有下水船。可是由彭山沿府河上来，就难
了。你还不晓得，我们带的盘缠不多，彭山又是没有走过的生地方，设若陷
在彭山，举目无亲，颠转不如陷在新津还有方法。我已想到了，实在弄不起
走时，只好去找周大哥了。"

"你没有找过他吗？最初伍管带同我谈起，还以为周鸿勋会照料你
们哩。"

她说，若果找到周鸿勋，他当然要照料的。恰巧有一天，在栈房门外茶
铺里碰见吴凤梧吴哥，所以不再去找周大哥了。

"你们果然碰见了吴凤梧！"郝又三喜笑颜开地说了一句。

而且不出他所料，吴凤梧确实有良心，问了伍大嫂情形后，立即送了她五串钱；还千叮咛、万嘱咐，叫他们安心住在新津不要妄动。据他说，侯保斋的上服业经拿了出去，驻扎在雅州的一营巡防已响应了，正向邛州开拔；其他十几州县的团防和袍哥们也都起了事，有两万多人向新津四周集合。不出十天，他们便将杀奔省城。他们计算了一下，赵制台手里虽有一些军队，但是都不稳当。凤凰山的新军同他们一鼻孔出气，巡防营哩，他们早有联络，只要他们打到双流这头，赵制台的十一营巡防，起码有八个营会投向他们。

她抿嘴笑道："连我们伍管带都算在里头去了，你说怪不怪？"

郝又三不由想到那天在沂水庙里高哨官说的话，遂点头说道："一点不怪，吴凤梧说的并非假话。"

"莫非我们伍管带真会伙着同志军造反吗？"伍大嫂有点惊奇，问话时眼睛睁得挺大。这一来，才审视清楚她那原就不算很黑的瞳仁，更淡了，除了当中有粟米大一点黑的外，其余全变成棕褐色。

"当军官的或者不会……"

话头一转，又谈到新津打仗上头。

伍大嫂忍不住笑道："真是远信难凭呀！昨天夜晚，对门王奶奶过来欢迎我们，摆谈起成都街上把新津的仗火说得多么凶险，几乎是一天到黑，人些都在拼命，杀得来更像唱本书上说的，尸骨堆山，血流成河，不晓得死了多少人。其实哩，并没有这些事。我们住在城里，就不曾看见过打死的人是啥样子，更不消说有啥子危险。说到底，不过街上人多些，拿着家伙的弟兄伙，一伙过去，一伙过来……"

"可是刚才伍太婆不是讲过大炮打得那么凶吗？"

"那只是后来几天的事情。前一晌，只听说同志军打到了双流，打到了府河边上，新军是没等同志军抵拢就朝后退。全城的人多高兴，天天办招待，绅粮们大捧银子拿出来。不晓得咋个一下，忽然变了，巡防队伍全退进城，同志军也纷纷后退，说新军炮火打凶了，人也增加了……等我想想看……对！就是十八那天，我们正在门口茶铺里吃茶，毫不提防，只听见震天震地响了几声，街上人乱跑乱闹，说是新军在河那边开炮啦！……"

伍太婆又插进嘴来说道："十八的炮虽说吓人，幸而打得高，炮弹没有落在城里。只有十九的几炮，打得真矮，有两炮打中禹王宫，把大殿同戏台都打得稀烂。"

她媳妇接着说道："周大哥本人就驻扎在禹王宫，当天下午，他就把队伍拖出了城。周大哥一走，同志军也都离开了。听说侯大爷、吴哥，还有一些绅粮都走了，新津城一下就清静起来。百姓们都捏了一把汗，生怕新军进城放火抢人。"

郝又三道："新军是有军纪的，怎敢做这些犯法事情？"

"嘿嘿，新军有军纪！这只是你们住在成都省的人听见人家嘴巴扭！我们跟着队伍跑的人，难道还不清楚？告诉你，大少爷，军队不管是啥子军队，在操练时候都好，听说听教的；可是一到打仗，再好的军队都有点乱。就拿周大哥带的那一营队伍来说，他的军纪，在邛、雅、宁几属的巡防营里，都算顶好的。这次开到新津，吃饭给饭钱，吃茶给茶钱，随便走到哪里，从不乱拿别人一针一线，这该好吧！可是十九夜里开走时候，就变了样，一点军纪也没有了。有一哨人，还乘势打了几家大绅粮、大铺子的启发哩！……"

"打启发？"郝又三完全不懂得这名称的含义。

伍安生解释道："打启发，就是抢人。"

"那么，叫抢劫好了，为啥叫作打启发呢？"

"不晓得。"学生被先生问得脸都红了。

好在他妈已继续说了下去："就因为周大哥的队伍打了启发，大家才提心吊胆地过了三天。这三天里头，多少人连饭都吃不下！"

"新军到底是哪一天进的城？"

"新军一直就没进城。到二十三，丁大老爷才亲自过河，把朱统制朱大人从旧县接进城来。朱大人进城，只带了几十名护兵，又把赵制台的安民告示贴出，大家方才放了心。我们是二十六过河到黄水河的。"

"你们为啥不早几天就走？"郝又三哑着纸烟（是第二支了），略微有点抱怨的声口。

伍大嫂眯起眼睛笑道："我的大少爷，莫怪我说，像你这样靠着米囤子长大的，真不懂得出门的苦楚啊！你想嘛，朱大人没有进城以前，渡口是封了的，哪个人能过渡？二十三以后，准许普通人过渡，可是又雇不到一个挑夫。我们有一口大木箱、一个网篮、两个大铺盖卷，没有挑夫，咋个弄走？安生倒有一把蛮力，担上百把斤也不行，一路上还要他经佑阿婆。百多里路，你默倒像在成都省穿街过巷，几步就跻拢了吗？"

郝又三的耳根也被伍大嫂说得发了烧。正想换个话题，恰好他学生开了口："二天，我再也不经佑阿婆走了，急死人！三里一歇，五里一歇，不背她，那天硬走不拢黄水河！"

伍太婆张起缺牙少齿的口呵呵笑道："又该你个小杂种说嘴了！你不晓得阿婆害过病，脚是玭的？"

第二支纸烟也抽完了，伍安生给倒来的一杯淡得与开水差不多的茶也凉透了心，而这两婆孙还没有让他单独同伍大嫂说几句只有他们自己才应该知道的话的征象，看来，这两婆孙不陪到他起身告辞，是决计不甘心的。

再仔细审度一下伍大嫂的神态，好像也没有从前那样热。不然的话，她早应该把这死老娘子骂到灶房里去，早应该把儿子支使到街上做这样做那样去了。

"好嘛，你既然要变心，那我何必再痴迷下去！"他心里这样想，当然不能再留连，便起身说道，"你们昨夜才拢，想必不得空，我不多耽搁你们时候，过两天再来看你们。"

伍太婆做了一番照例挽留。

伍大嫂才说了真话道："大少爷你真会体谅人哟……"

原来他们昨夜拢了之后，虽然承郝又三之情，把家具给他们布置得一样不少。但是不仅关于开门七件事：油、盐、柴、米、酱、醋、茶要啥没啥，甚至水缸里连一勺水都没有。水倒容易解决，出门不远，就是茶铺，买十个钱热水，就够全家人洗脸洗脚，泡一壶茶，也够解渴。可是肚子饿了，怎么办？他们知道成都省的规矩，到下午三四点钟以后，饭铺都收了堂。只好找到一家素面馆，每人吃两碗素面，伍安生还另外搭了三个油旋子锅块。花了四十六文钱，不但没吃饱（因为自从城外打仗以来，十二个钱两碗素面，其实比从前六个钱一碗的分量还少；锅块哩，也太秀气，三个只能顶从前一个），而且熟油辣子里不知掺了什么东西，吃了之后，辣得心慌。得亏王奶奶王念玉母子买了两封甜点心过来欢迎他们，每人又吃了几个槽子糕，才把肚皮打发饱了。并且从王奶奶口里,也才知道现在成都省的生活,哪里还似从前?东西的价钱涨得多高不说了,有时还买不到。比如今天,他们三个人在街上跑了一早晨,花了那么多钱,到郝又三进门时候,才算把早饭弄到口,但说:"不怕你大少爷笑,还是一顿没油没盐没小菜的白眼饭哩!所以现在就不虚留你了。等两天,把这穷家务打整得有点头绪,定要请你过来耍半天,我还有多少话要跟你说的。"

郝又三心里一下开朗了。忙说:"噢!这倒要怪我办得不周到,为啥就没想到你们回来以后的生活……"

不等他说完,婆媳二人都没口子给他道劳。说是早听伍平说过,要是不得亏他,他们回来连窝场都没有,那才惨哩!

他高高兴兴地已经走到独院门前,伍大嫂忽然啊呀一声道:"该死哟,你看我这记性!……大少爷,莫忙走,有封信,劳烦你叫人送一送。"

"哪个人的信?"

伍太婆道:"当真,连我也忘记了。这是吴管带走前交跟我们的,说拢省之后,叫安娃子立刻送去,要紧得很……"

她媳妇从房间里把一封封得极为牢实、粘有红签的皮纸军机信筒拿出,递与郝又三道:"本来要叫安娃子送去的,一来,他才回省,街道不熟;二来,这娃娃恍得很,莫把信搞掉了,才对不住吴哥哩!"

郝又三将信接过手一看道:"是写给黄澜生的。等我回家吃了饭,梳了辫子,亲自送去好了。我横顺有点事要找他的……"

五

郝又三又走到黄家,刚跨二门,那个看门老头便从门房里满脸是笑地走出来道:"郝大少爷来会老爷吗?老爷今天出门后,还没回来哩。"

郝又三犹豫了一下,问道:"太太总在家?"

"带着少爷小姐出门了。"

"太太也不在!"

正待转身,忽然从大厅上走出一个人,远远地便打着招呼道:"郝先生吗?请里头坐。"

"咦!你是……"

"我是楚用。"

"咹，你是楚君？"郝又三走上大厅把他审视了一下，"怎么这样瘦法！害过什么大病吗？"随着楚用往小客厅去时，郝又三继续说道："噢！难怪上星期我去你们学堂上课，没看见你。我以为你也同别的几个人一样，回家去了，不知道学堂业已复课，一时没法赶来。殊不知你才病了。"

楚用在让座之前，把一支纸烟递过来，一边擦洋火，一边忸忸怩怩地笑道："不是害病……咳！带了一次枪伤。"

郝又三吃了一惊，睁大两眼定定瞧着他那张已有血色的脸皮道："带了一次枪伤？哦！想起了，七月十五那天，你是同着几个同学跑出城去，莫非……"

"郝先生怎么晓得我那天出城？"

"以后再讲吧。我只问你，可就是那天受的伤？"

"不是。那天，我只是跟着一个通省师范学堂的学生到郫县去。"

"那么，你参加了同志军！"郝又三已经激动起来。

"也不是。我参加的是学生军。"

"没听说过哩。"

"本来是属于正西路同志军下面的一个大队，在犀浦打垮之后。大概就不再有这个队伍了。"

"在犀浦打仗的就是学生军吗？真了不起呀！全省都晓得这一仗打得很激烈，巡防军伤亡不小。不图这一仗才是你们学生打的，了不起！实在了不起！"郝又三不住口地赞叹，接着又定睛瞧着他道，"你这枪伤当然是在犀浦带的？嘿嘿，看你不出喃，一个循规蹈矩的人，竟然投身枪林弹雨之间，不惜流血牺牲以保障公益，高尚极了！高尚极了！"

郝又三简直忘记了自己是教习先生，几乎用着以前对待尤铁民的那种敬仰心情在对待这个向不放在心上的学生。在这班学生中，只有和他调过皮的王文炳，他才注了意。

楚用起初觉得有点拘束，他还不习惯一个资格比他高的人这样平等而又热情地恭维他。他想起回省以后，表姊对他固然不同，但也只是百般疼惜而已。至于表叔，大概因为是长辈关系，对他这次流血，口吻间总不免带几分教训的意思，比如说："到底是年轻人不知厉害！"有时还这样说："《孝经》

上说过，身体发肤，受之父母，不敢毁伤。看你受了这样重的伤，几乎性命不保，怎么对得住你家两位老人！"

在顾天成家的时候，听见的话又不同。他们根本就不觉得这回打仗的事有什么重大意义，打仗而受伤流血，他们也认为理所当然，他们说："这本是两抢的事，人不打死你，你便打死人，仅只受了点伤，算得什么。只求好了起来不带残疾，那便算是你的点子高啦！"

可是现在郝又三却前一个了不起，后一个高尚极了，仿佛他流了这点血，他便是十足的革命伟人了。虽然觉得郝先生夸奖得有点过分，但是听起来到底很舒服。因又敬了郝先生一支纸烟，还要起身到后院去亲自给郝先生泡一碗好茶。

郝又三到此才想起他来黄家的目的，遂挡住楚用道："不吃茶了。我本来有点小事要找澜生先生一谈，不料他不在家，他太太也出了门。你可晓得他们什么时候回来？"

"多半要等到二更左右去了。听说是龙家老太爷七十冥寿，幺娘同周先生送了一台洋琴，孙雅堂姻伯与黄表叔两家打伙送的席桌。这样热闹，当然不会早散的。"

郝又三摇摇头道："周宏道是日本留学生，也这等腐败起来，给老丈人做冥寿。人死了，还有寿，不通！不通！"

楚用笑道："听黄表叔说起来，主张做冥寿的并非周先生，他也不过同黄表叔、孙姻伯一样，莫计奈何，只好随声附和罢了。"

"谁主张的呢？"

楚用只是笑。

郝又三眼睛挤眨，若有所悟地笑道："既然三个女婿都没有主张，可见主张的必是把三个女婿都管得住的人。"

"郝先生说得对。不过绝对不是龙老太太。"

"我何尝说是这位丈母娘呢？我只是说是各人家里的那个武松。"

"怎么说是武松？"

"你不晓得吗？有个笑话说，一个怕老婆的汉子，在外人跟前，偏自绷他歪得像一头老虎。有人遂说，不错，他是老虎，但他家里却有个武松，专门打老虎……"

两个人一齐大笑起来。

"龙家三位姑太太，我最近都见过。嫁跟孙雅堂的那位，倒是很本色的。黄府上这位同周家新娘子，看样子，都很文明开通，为啥脑筋这样腐败，还在为死人做整生？"

楚用不知不觉遂为他的表姊做起辩护道："黄表姊的脑经并不腐败。她也说过，啥子叫作冥寿？不过大家借此快快乐乐地耍一天。她还打了个比喻，说是叫化子卖蛐蛐，借此遮手罢了！"

郝又三"唔"了一声，正打算说什么。

有人在湘妃竹帘外闪了一下。

楚用抬头从窗台上向外一望道："哪个在外头？"

"是我！"原来罗升买东西回来，"表少爷有客吗？"

"是郝先生，来会你们老爷的。坐了多阵了，还没人泡茶哩。"

郝又三还又拦住道："不吃茶了。"一面从怀里把吴凤梧的信摸出递与楚用："这是吴凤梧寄给澜生先生的信，烦你转交一下好了。"

"他打从哪里寄的？……"

军机信筒正面是这样写的：内封要件，敬烦伍管带德配清平吉省之便，袖至西御街，问明黄公馆，面交黄大老爷官篆涛，台甫澜生查收升启。愚弟吴桐号凤梧百拜奉托。信筒背面，在皮纸的三角封口处各画一个花押，花押上面又各盖了颗印文模糊的图章。当中一行是：宣统三年辛亥秋八月十七日午正封于新津县城。

"……哦！从新津寄的。我正在打听新津消息哩！"

嗤！封得那样牢固、写得那样慎重的皮纸军机信筒，还是经不住楚用手指的一撕。

郝又三看见他擅自拆人信函，并不觉得稀奇，仅只淡淡地说道："澜生先生问到，得说是你代拆的。"

一张白纸上，写满了胡豆大字。字写得不好，却规规矩矩，几乎连破笔都没有。看来，写信时候，吴凤梧心情很好。

楚用匆匆把信看完，递与郝又三道："一点也没提到新津的真实消息！"

原来吴凤梧在信上除上套着尺牍的四六句说了一长篇废话外，后面只是说一时难于回省，手头又颇拮据，因向黄澜生借贷一笔小款，"祈交拙荆暂救眉急，下月返蓉，定当如数奉璧……"

所以楚用才焦眉愁眼地说："新津打了二十几天的仗，又打得那么凶法。赵尔丰告示上说，周鸿勋溃退时候，杀人放火，全城遭殃。就是打听不到真消息，不晓得舍下在劫不在劫？"

郝又三道："这个，你倒只管放心，告示上的话照例是诳人的，你怎么去相信它？"他遂把在伍家听来的情形，约略说了一遍，"这是那位管带太太亲口所说，当然不会虚假。"

"到底还是可虑……既然路上通了好走，我倒想回家去了！"

"你回去，你不想毕业吗？"

"毕业还早嘛，要到明年暑假去了。"

"噢！你还不晓得你们屠监督的牌告吗？"

"啥子牌告？不晓得哩！"

屠致平的牌告是说，要将他们这一班学生提前一学期，混合到上一班里，于今年十月一齐毕业。因此，他们这班的课程便应加时间赶，每天八堂课，星期六下午也不放假。

郝又三接着说："我晓得，你们这学期的功课全没有上够。光赶这学期的功课，已经费劲，再加上一学期的，一天八堂，未必得行。真要赶完的话，恐怕夜里还要加上两堂。功课这样紧法，你哪有时间回新津去？"

楚用垂头想了想道："倒是不能回去了！……但是，郝先生，你可知道屠监督为什么要把我们这班人提前毕业？"

"你们屠监督的心思比黄河九曲还多一曲，除非专门研究过心理学的人才摸得清楚。"他又微微一笑，"或者为了你们的好，使你们早点毕业，好读高等学堂；不然，就是有个资格，好到社会上做事。"

楚用把头摇了两摇："我才不信土端公会有这么好的心肠。"

"我也有点稀奇。不过我与他交情不深，未便去请教他。等有机会，到学务公所一探听，就明白了。我想，把一班学生提前一学期毕业，其间必有讲究，若是不经提学大人首肯，屠致平纵然有周总办撑腰，还是不敢这样自专的。"

楚用不住唉声叹气道："别的不说，只他这么一来，却把我整到注了！"

"何以这样说？"

"何以不这样说？郝先生，你想嘛。我还没有十分复原，别说八堂十堂课学起来老火，光叫我连坐半天，就喊支持不住。况且一个多月没有摸过课本，学过的都丢生了，不温习熟，新的功课咋个赶得起走？别一些功课还容易温习，像你郝先生的生物，多看一遍，就摸得到火门。但是数学英文……"

罗升用茶盘端出两碗盖碗茶来。连连告罪说，因为老爷太太都不在家，茶炉子不现成，旋烧开水，耽搁了一些时候。跟着又向楚用说道："高嫂嫂来了……"

楚用眉头一皱道："她硬是着急！"

"听说郝大少爷在这里，她要出来……"

"哪个高嫂嫂？"

"高金山的女人。"

"哦！是春秀大姐。叫她出来好了。"

楚用道："她多半要告诉郝先生……"

"莫非有什么特别事情？"

"就是有啰！郝先生，说来你或者不信，高嫂嫂原来才是顾天成顾团总的女儿！"

"咹，有这等事！"郝又三果然大为惊异。

高嫂嫂掀开竹帘进来，冲着郝又三便是一个大安道："大少爷，我……"

郝又三连忙站起来，笑嘻嘻把手一拱道："我晓得，该给你道喜呀！你莫忘记，我们公馆到底算你半个娘家，你有这样大的喜事，为啥不先回来告诉我们一声？为啥要瞒着我们？老爷太太晓得，看他们怪不怪你？还有少奶奶二小姐……"

高嫂嫂红通通一张脸，虽然带着笑，却又瞅起双眼似乎有点焦心的样子，说道："大少爷再莫这样说，我这几天心里难过得像油煎一样！新繁一直没音信，晓得事情是咋个的，该不会有啥子变动吧。"

"嗯？还有什么问题吗？"郝又三莫名其妙地问。

春秀把事情的首尾详详细细说了一遍，摆出满脸忧虑说道："我很失悔那天夜里没有同阿三、阿龙当面讲一番话，不明白我们顾家目前到底是个啥光景？爹爹咋个会吃了洋教？又咋个讨了这个后娘，还带个弟弟来？我现在担心的是，爹爹当真不是从前的爹爹，像我这个不争气的女子，当真没有放在心上；将来不特不会认我，说不定还会疑心我冒认粮户做老子，存心不良，有啥子希图。那时事情闹僵，叫我拿啥子脸见人？大少爷，你晓得我这个人的。我的命只管不好，志气却是有的。从前离开公馆那几年，多苦啊，衣服当得只剩一身，对时饭吃了多久，就是没有低头向人告过哀。目前比起从前好多啦，够吃够穿，我为啥要折志气，冒认父母，叫人家议论我没出息？细想起来，那天夜里我确实炮毛了一点，没有把事情搞清楚，就闹得人众皆知。若是听了高金山的劝，暂时闷在心头，不忙闹出来，等以后爹爹来省——不管早迟，他横顺要来的——再亲自去找他。认哩，自然好，不认哩，也没人晓得这回事，这多好呀！不过事已至此，悔也悔不过来。现在只愿爹爹能够来省，认与不认，早点决定，免得人这样牵肠挂肚，真是难过。大少爷，你这个人向来细心，看事看得明，请你告诉我，阿三、阿龙回去这么几天了，爹爹一直没来，该不会有啥子变动吧！”

郝又三摸着光光生生的下巴，细细听她说完，才认真地说道：“因为你是事中人，所以有这些想法。若果按照人情物理讲起来，只要你父亲没有忘记——我想，也不会忘记的——当然要认你。要是真个不认，我们都不答应他。至于他尚没有来省，那倒没怪。首先，楚君写去的信，并未告诉他说失掉了十三年的女儿现在找到了，而是请他上省来商量事情，他自然不那么着急。其次是，他确实不能来，说不定目前他正带起团防在打仗哩。”

打仗？这不但春秀不明白，楚用也不懂了。

“你们不晓得新繁的同志军又闹起来了吗？”

春秀问：“当真吗？”

楚用说：“还没听见有人说哩。”

“我说的当然不假。因为我有个熟人，是巡防军里一位管带。他这一营，已于前两天从双流调过北路打同志军去了。并且说，新都、新繁、彭县、郫县闹得很凶，县城又都被同志军占领了。”

楚用道：“这倒不怪。我离开新繁时候，就有消息说，各路的同志军都有了准备，只等官军朝南路东路一调，他们就要动手。当时我尚疑心靠不住，才打了败仗的同志军，哪还鼓得起勇气？不料他们竟自不服输。既然如此，顾天成当然不能来，说不定还真个在打仗哩。”他又向春秀说道：“这下，你该可以放心了？”

春秀的眉头蹙得更紧道:"我倒更不放心了!打仗是要死人的。楚表少爷,你就打过仗来,你能保险我爹爹太平无事吗?……"

郝又三接着说道:"这又是你的多虑。我说你父亲打仗,不过是一种揣测之词,他不是同志军,不见得定要打仗。只是他身为团总,有维持地方的责任,地方上在打仗,他总之是不能走开的,这倒不必再去研究。"

安慰的话说了一大堆,还再三招呼春秀到公馆去给老爷太太谈谈,等到春秀答应明天去,这番谈话才告结束。

六

八月二十三日,克复新津的煌煌告示一公布,制台衙门里真是喜气洋溢。从布政使尹良起,所有实缺官员,以及得有差事的候缺人员如路广钟、葛寰中这一班人,都纷纷穿着吉服,拿起手本,到五福堂来贺喜。十有八九的人都这样贡谀说:"新津克复,全仗大人调度有方,将士用命。从兹宪威远播,匪胆已寒,干戈所指,宵小潜踪,全川底定,当在不远了!"

赵尔丰本人固然满心欢喜,更因为心爱的儿子老九日前试放手枪不慎所受的轻伤,由于法国总领事馆的医官穆里雅细心医治,已经全好。可是欢喜之余,终不免引起不少忧虑。

原来赵尔丰的计划是:新津打下之后,立即分兵两路,一路进攻邛、雅,将南路打通,使他驻扎在打箭炉的队伍可以随时调动;一路由彭山、眉州、青神,攻到嘉定,把这一路肃清之后,再转向荣县、威远、井研、仁寿,来消灭盘踞在这几县的革命党同志会,而后出师资州,以巩固东大路的交通。但是新津方下,朱庆澜便由电话上禀报,作战过久,士兵已经疲惫了,若不得到一段相当时间的休息,实在难于驱遣。这当然是朱庆澜的借口话,明明是陆军不肯再为他出力,即令逼迫,未必奉命。而且周鸿勋虽然退出新津,队伍损失很小,一到邛州,不但重振了旗鼓,还把由雅州开来的一营巡防收编到部下,实力比以前更雄厚;并因邛州知州文德龙筹款不力,挨了一手枪,不几天就因伤毙命。另一方面,则是川西平原和西北边缘山区内几十州县的同志军、袍哥、团防,确因军队调动之后,又纷纷乘机而起,占领县城,夺取粮税;害得一些州县官,有的带着印信逃到省城来自请参处,有的躲在衙门里形同囚拘。郫县知县李远荣鉴于上次学生军攻打衙门的声势，这次同志军再度进城，他本来有病，闻听之下，竟自一病身亡。他的一个老婆，一个未出嫁的女儿，也都莫名其妙地在他灵前双双吊死，表面上是殉夫殉父，其实是吓得不想活了。风声一播，许多当地方官的固然为之寒心，就是高高在上、手握生死大权，本以人血把帽顶染红的赵尔丰，也不由打了两个寒噤。

赵尔丰还有另外一种为别人所不及知道的忧虑，那便是八月十九日武昌起义的重大事情。

这封密码电报，是他派去迎接端方的候补道谢廷麒，于八月二十二日，端方由万县乘坐蜀通轮船到达重庆的这天，他探闻之后，立即打出的。

电报由赵老四亲自译出，送到赵尔丰跟前来时，老四还从容不迫地说："武昌革党起事。"

赵尔丰像被蛇咬了一口似的，一只盛着燕窝的小瓷碗，不由失手坠地，啪嗒一声，打成几片。大丫头来龙不动声色地弯腰拾了出去。

"你老人家何用着这么大的急！我想武昌纵然失守几天，现在恐已收复了。"

赵尔丰从他手上把电报夺去，来不及戴上老光眼镜，眯起两眼看了看，到底不行。仍把电报交还给老四道："你念！"

老四如命念道："大帅钧鉴：八月十九日夜，武昌革党勾结新军作乱。瑞莘帅亲上兵舰指挥开炮，叛军还击，战争甚烈，闻北洋练军数镇，已由陆军部荫大臣统率，由京汉铁路南下矣。特禀。职道廷麒。……"

"如此重大的变故，还叫我不要着急！"赵尔丰又急又气。

"是啦，想也不过如今春广州的乱事罢了。"

"唔！广州只是革党围攻督署，人少势弱，所以容易扑灭。而今武昌，却是兵变。形势若不严重，瑞莘儒何致亲自到兵舰上去指挥开炮？"

赵老四搔着头发道："怪就怪在这里。瑞莘帅何以不在武昌城内指挥，偏偏要跑上兵舰去？"

"有什么奇怪！一定是兵变之后，全城沦陷，瑞莘儒不能留驻城内，因才到兵舰上去的。"

老四点头说道："果真如你老人家所说，事情确实严重了。"

这时，赵尔丰反而沉着起来。接过来龙递去的热面巾，一边揩他两撇下垂着的花白胡须，一边闪着两个眼珠说道："情形固然有些严重，不过也容易敉平的。武昌本来是四战之地，无险可守，昔年官军与发贼作战，都曾数得数失。现在京汉铁路又已通车，荫大臣的北洋练军更可朝发夕至，这已于革党不利。何况汉口又有列强租界，长江又有列强兵舰，是一个最易引起外交的地方。即令革党猖獗一时，但对列强终怀怯畏，只要英、法、德、俄、美、日等国出头干涉，朝廷不必用兵，革党也会烟销火灭的。"

"万一列强左袒了革党呢？"

赵尔丰摸着胡子说道："天地间万无此理！"

"但也不可不防。听说革党中间就有不少日本人。今春广州乱事，革党的军火全从香港运去。可见列强对我，还是别有用心的。"

"不然！你说的日本人，叫作浪人，是日本国的莠民；从香港运军火，也只是偷运，犹之我国之私烟私盐，皆亡命徒所为，皆非列强政府有意支使。不过外交是另一套学问，我们姑置勿论，还是说说武昌的事情吧。武昌到底是我国腹地，又与四川毗连，那里出了事，不管大小，四川都会被波及的。你即刻拍几通急电出去，叫在外人员随时探报消息……还有，确探一下岑云阶的行止。现在武昌出了事，此老或竟借故西来，不再静待朝命也未可知。若果如此，那才糟透了！"

"这确可虑。不过我们通报肃清的电报已经拍出去了。"

"又胡说！武昌乱事出在八月十九日夜，岑云阶要走，岂能在二十以后？我们肃清电报是哪天拍出的？……二十二日吗？那他已过沙市了，中什么用！"

"好不好再和端大臣商量一下？即使岑云帅到达宜昌，总可想法阻止他的。"

赵尔丰登即眉宇黯淡，脸色阴沉，好一会儿，方摇头微叹道："别再说傻话了！端午桥自到万县，便与我函电生疏起来。日前谢道密电，不是说省绅邵明叔、徐子休二人，会同渝绅朱之洪、刘祖荫等数人，一直迎到万县去了？这中间定有文章。"

"莫非端午帅也和咱们立异起来了？他敢如此，咱们就不准他来省！"

赵尔丰眼睛一泛道："你以为他同岑云阶一样，是轻车简从而来的吗？他手上有兵！而且此公狡诈多端，变化莫测，对付他倒要多费一番伎俩哩……打电话把杨彦如请来，我们得先研究研究。"

赵老四走了几步，又回头问道："尹惺吾呢？要不要也把他叫来？"

赵尔丰把右手举起直摇道："不，不，不！此人是端午桥的亲戚，他的兄弟弼良现在充当着端午桥的随员，他们早已通同一气。我们避之尚恐不及，你反而引鬼入宅吗？倒是余大鸿、饶凤藻二人还纯谨可靠，也有智计，可以一并叫来！"

七

这时，赵尔丰似乎尚不知道摄政王载沣在手忙脚乱之际，已曾下了两道谕旨。

一道是八月二十三日下的，原文是："谕内阁：湖广总督着袁世凯补授，并督办剿抚事宜。四川总督着岑春煊补授，并督办剿抚事宜。均着迅速赴任，毋庸来京陛见。该督等世受国恩，当此事机紧迫，自当力顾大局，勉任其难，毋得固辞，以副委任！俟袁世凯、岑春煊到任后，瑞澂、赵尔丰再行交卸。"

一道是八月二十四日下的，原文是："谕内阁：王人文着撤去侍郎衔，开去川滇边务大臣。赵尔丰着仍充川滇边务大臣。四川总督岑春煊未到任以前，所有川中剿抚事宜，仍着赵尔丰懔遵迭次谕旨，督饬各军迅速办理，不得意存诿卸，致误事机！"

这时，或许他已经知道了这两道谕旨。但他并不担心岑春煊来接他的任。因为他已从旁知道，岑春煊在八月十九日夜武昌出事之时，已匆匆忙忙搭上一条正要启碇下驶的招商局轮船，溜到上海避难去了。就是对于官还原职，从尚书阶级的署理总督部堂，降回到侍郎阶级的边务大臣，他也毫不气馁。他看准了四川这个赵家省，除了岑春煊这个妄人敢来觊觎外，其他的人漫道无此资格，抑且无此胆量。岑春煊一天不来，他这位置是一天不会动摇的。（岑春煊既然回到上海，怎么还能来呢？说他能来，那简直不可思议了！）目前只有端方这个人是个肘腋之患。不过对付他，也不太难。因为端方到四川来，毕竟为了铁路问题，如其釜底抽薪，在端方来省之前，使铁路问题得到解决，或者使其不再成为问题，那么，四川事情便无所谓争路，而剩下来的，不过是与铁路毫不相干的匪患。这样，端方纵然留在四川，也就没有喧宾夺主之嫌了。

因此，与一班心腹谋臣密切商量之后，赵尔丰便一连给盛宣怀去了几封电报，提出两个解决四川争路风潮的方案，非常坚决地要盛宣怀择一施行，并要求从速见诸明文，"借以收揽既失人心，而省朝廷西顾烦忧。"一个方案是：宜昌到夔府一段铁路，可以划为国有。但从订约之日起，四川人民所筹之款，分文不得挪用；已用者，如数归还，照章付息。订约前所有四川人民的款项，无论是否用于路事，概照原额以七成退现，交由四川人民自行处理；其余三成，换发国家股票，一律照章付息，不再查账；并且此项应退应付本息银两，概由邮传部筹措，不能以四川财政抵借外债。他的这一方案，比较特别股东会和保路同志会后来所提的折衷办法，还为优厚。他认为只要盛宣怀一答应，四川人一定满意，争路保款目的既达，一班附和匪乱的人便无所借口，既可收揽部分人心，而最关紧要的，是铁路督办大臣便应退驻宜昌，或者退驻到汉口去方为合理。他的另一方案更为彻底了。他听见京城有人主张，把国有川汉路线改由洛阳至成都，谓之西线，把现在成为争执焦点的宜夔一段铁路，仍然划归商办，由四川人继前修建。说是如此，则国信民利俱可保全。他以前对于此议，不甚注意，现在看来，倒是非常有利。解决争路风潮还在其次，最妙的，莫过于这样一改，而铁路督办大臣更可远离川境了。

把四川事情分为路事乱事两截办理，本是赵尔丰在七月十五日以后同他的谋臣们研究出来的。不过在八月半以前说只管这么说，无论在文告上，在批答上，总说争路保款是正当事情，他历来赞成，现在也不反对；至于假借争路，蓄谋作乱造反，那他有维持治安之责，就不能不用严重手段来对付。直到中秋以后，看见川西乱事越来越兴盛，急切之间，无法收束。同志会以前派到北京去的请愿代表刘声元，虽然被盛宣怀、载泽等逼得只好拦住摄政王载沣的乘舆喊冤，要求收回国有成命，罢免盛宣怀以谢四川人民，而被清廷斥为冒犯宸严，拿交顺天府尹，押解回籍看管，这时大约已解到武昌。但是一班四川籍的京官到底动了公愤，从前附和盛宣怀的甘大璋、宋育仁、顾鳌、施愚这班人，已经不敢出头说话，而素来同情保路同志会的如赵熙、曾鉴等，就纠合起一些非川籍的京官，联翩奏参盛宣怀、赵尔丰祸国殃民，诬陷正绅，几乎在北京政界造成一股罡风。及至清廷前后派遣端方、岑春煊入川查办、会办，表示对赵尔丰不大信任，而在外省做封疆大吏的，如江苏巡抚四川人程德全，如广西巡抚，虽非四川人却在四川做官多年，对四川颇有感情的沈秉堃等，也都响应了在上海、广州活动的四川代表的宣传，纷纷奏请清廷，对川事处理务须出以慎重，即是说不要偏听赵尔丰一面之词；并且致函给岑春煊，一方面促其从速入川，以解川人倒悬之苦，一方面也请他主张公道，开释被捕的无辜绅士。一句话说完，这时节，赵尔丰已经感到不特四川人整个在反对他，就是京城和外省舆论也在批评他，不特京城里的言官在奏参他，就是外省的有力疆吏也在议论他。有时他也稍稍动了一下脑筋，怀疑七月十五这一天的事，是不是听了左右人，尤其是尹良的怂恿，做差错了一点？然而事已至此，即令做错了，只好错到底，堂堂总督部堂，如其公然表示后悔，不但有失威信，朝廷也会降罪，这罪，尚不只于贬一两级官职便了事的。那么，如何办呢？当然要想方法来把这个搞乱了的摊子结束它。但又如何结束呢？想来想去，与其另辟途径，不如仍走那条老路——把一桩事情分为路事乱事来办理的老路，似乎还有些把握。以前说了没有做，不能取信于人，现就做几桩出来，大家当然会相信，事情至少有一半可以顺利结束。因此，在打电报给盛宣怀，极力为四川人争取权利外，还把认为只与路事有关的几个人（虽然在路广钟捏造的龙绫盟书上都有嫌疑，幸而只有姓而无名。天下同姓的人多喽！到底还可蒙混过去），如彭兰萦、张澜、胡嵘、江三乘，都前一个后一个从来喜轩中释放出来。到九月，又陆陆续续释放了三个人，两个看守在来喜轩中的，是叶茂林、王铭新；一个看守在成都府衙门的，是须发皓然的蒙裁成；剩下来的，那便是与路事无关的首要：蒲殿俊、罗纶、颜楷、邓孝可四个人，依然看守在来喜轩；还有一个抓屎糊脸的阎一士，没有放，押在巡警道衙门里。

并且在八月下旬，新津取得之后，还贴了好几次白话告示来说明路事乱事之所以不同，叫百姓们同他一样看法，免受奸人蛊惑，致陷法网。除此之外，还在当时的四川官报、成都日报，以及七月下旬余大鸿特为上宪作喉舌而办的正俗白话报上，登载了一篇《督宪通饬各属，详细演说守秩序以保治安》的札文。这是借批答洪雅县详文，而说明他对路事乱事的态度。虽是官样文章，倒也比他许多告示还说得明白。札文是：

为通饬事：案据洪雅县详，据保路同志协会会员严道尊等以并力拒款，保存路权，吁请转详代奏，免蹈危机，而固邦本等情，具详前来。当经本督部堂批："据禀已悉。该县绅民爱国争路，出于热诚，措辞又极纯正，实属可喜！惟于合同之解释，既未研究，而于同志会之用意，更未能深测。本督部堂于闰六月初九日接篆，于初十日即莅铁路公司股东会场，见各股东演说纷纭，语多激刺。然皆实为争路目的，言虽过当，而意实无他。本督部堂颇深谅之！故请电则代发，请奏则代陈。本督部堂且专奏数次，又与将军司道联衔奏恳。其所以如此者，不过欲以中正和平之要求，将此段铁路，作为完全川路而已！嗣接奉电旨，饬部妥为筹议，是已微有转机，自应静候。如部议未尽妥协，不妨再行奏恳。乃该逆绅遽怒詈此旨为无用，本督部堂并允其再为代奏，益复不听，遂有七月初一日罢市罢课之举。乃自罢市后，该逆绅等情形桀骜，语言荒谬，所论不惟出乎路事之外，且直不在伦理之中，悖逆情状，不禁流露。本督部堂犹为教诫，期其改悔；而外间风声四起，皆言该逆绅等十六日起事；然犹疑不至如此之甚。七月十三日而商榷书出，竟明言抗粮抗税，练兵练团，造枪造炮，无非悖逆之言。不惟言之，且竟实行，省城所收肉厘货厘，一概不纳！尤可骇者：外县解来藩库银两，胆敢阻拦，不准交纳；并分嘱各栈房，凡有外县解来银两，一律不准上库，应候彼等命令拨用。此种谬妄行为，递迹既已昭著，本督部堂若再姑容，将贻全川无穷之害！且闻该逆绅等定于十六日起事，是以一面奏闻，于十五日将该逆绅等拿获；乃当日夜间，即有团匪麇集城下，幸我有备在先，当即击败。而十六、七、八、九，二十，二十一、二、三、四、五日。纷纷来围城者，不下万余人，幸皆是每日分起而至，随到即随为我兵击败，拿获甚多，解辕讯问。有因十六日大雨失期者；有因农事未毕，拟稍迟延，嗣于河内接获同志会调兵木签，来救罗纶者；情形不同，而其为叛则一也。然讯时皆系乡愚无知之人，悉由保正派出，而保正又多为罗纶等同志保路一语所愚，而误入圈套，其情尚有可原。是以本督部堂于拿获之人，讯明实系愚民，全行释放，团保一概不究，此所谓略迹原心也。惟各处团保皆有匪徒溷迹其中，且有挟制团保，勒令

齐团来攻省城，沿途烧杀掳掠，实行叛逆之事。此等匪徒是否罗纶
之党勾结而来，固不可知；而所获者，则大半系救罗纶而来。盖阴
谋秘密，不惟非省外人所能知，即在省同志会中人亦未必尽知；更
非外县绅民所得而知。总之拿获罗纶等，系因其假保路之名，实行
叛逆之事，实与路事绝无干涉。路事现正多方商量，朝廷垂念民
艰，将来或如所愿。第恐省外州县传闻失实，特于来详明白批示。
该县可遇事详细演说，俾阖县皆知其中理由。省中现已安谧如常，
仰仍遵照迭次所发告示，妥为劝谕，并督饬誓练，严密防范为要！
此缴。"等因印发外。查罗纶等假保路之名，行叛逆之实，其阴谋
实迹，非外州县绅民所知。本督部堂为宣布逆谋，保全地方起见，
合亟通饬周知，以免各该绅民始终受其愚惑。札到，该州县立即遵
照，凡遇城乡绅商，随时随事，详细演说，俾知其中理由，共守秩
序，以保治安，切切特札！

　　不管路事能否照他的计划实现，总之他对路事是着手在做了。至于乱
事哩，赵尔丰原以为同志军不过是乌合之众，只要把军队开出去，漫说当
真打，包管一排空枪，便可以吓散的；像后来这样越打越棘手，甚至打出
一个叛弁周鸿勋，用尽狮子搏兔力量，仅仅把城池收复了，不惟未损周鸿
勋一根毫毛，反而弄得川西遍地又一度成为战场，这倒实实在在出乎他的
意外。因此，他在前口口声声的剿办，到后来他竟咬着舌头反说是别人在
造谣；而他这个有名赵屠户，原来竟是一个心慈面善的活菩萨！比如他在
一次所出的白话告示上，一开头便这样说："为剀切晓谕事：照得新津克
复之后，一切安抚情形，士民人等想尽都知道了。现在新津附近数十里百
姓，纷纷来请告示，四乡张贴。其实前后所出告示，谆谆劝诫，何止十数
次，无奈人民受了匪人愚惑，皆不肯下细看看。新津蒙祸最深，始从睡梦
中醒悟，方知本督部堂从前所说，皆是真实的好话，爱护百姓的实意。"
一些假话废话之后，又说："你们想，新津踞城烧毁营房，抗拒官兵，这
等凶恶的罪人，论说本难轻恕。然而本督部堂终是怜念他们被人煽惑糊涂
了，又为匪人胁迫，弄到这步地位，想到可怜之处，令我惨伤不已！一面
仍是剀切告谕，令其缴械投诚，保全生命。自投诚之后，不但矜全百姓，

就是为匪作乱之人，一经革面洗心，也都不追既往。并且还要安辑流亡，赈贷孤弱，本督部堂一片爱民苦心，当可共白共见！"又是几句空话假话之后，才说到他的本意："至于乱党捏造一概剿办的话，是有意骗哄你们的，断无其事！你们不信，只看本督部堂拿去那几个首要逆绅，他们要背叛朝廷，贻祸百姓，皆是确有证据的，本督部堂因欲保全你们大众，不得不将他们拘获。其所以拘留至今，原欲将来奏请办理，或是交大理院判决，总遵朝旨处断，本督部堂无一毫成见于其间。岂有对于百姓，反不保全的吗？……"

这是赵尔丰自知专赖武力不行，而想出的软化手段。但也看得出，他之不敢杀害蒲殿俊、罗纶等，而昌言要在将来交去大理院裁判（曾经有人上呈文求他这样办，还挨过他一顿臭骂哩），正是他有意转圜，希望大家不要再打他了。

除此之外，也想借此拖一拖，拖到他所奏调的贵州、云南、陕西、湖北、湖南五省大军到齐之后，再来一个彻底剿办。

但是他的对头们既不让他转圜，也不容他延宕，就在新津仗火刚要结束的时候，又给他来一个遍地开花。同时，也因罗八千岁从雅河顺流而下，会合犍为县的胡痰（就是胡重义的绰号，罗八千岁是罗子舟的绰号）夺据了嘉定府，把下川南的十营巡防军和三营才调入川的贵州兵全牵制在叙州府、泸州、富顺县、自流井、犍为县一带，不能动弹，趁着赵尔丰无兵可调，打他一个措手不及。因此，吴庆熙突然占领了温江县；孙泽沛突然占领了崇庆州；侯国治突然占领了汉州、德阳县；张尊、张捷先、张熙、刘荫西这些统领，也都分头杀向郫县、崇宁县、彭县、新繁县而来。还未曾出山活动过的姚宝山，也带起几千弟兄把灌县、汶川县占领。华阳县的团总秦载赓被陆军六十八标统带王铸人带着一营人在中兴场打败之后，退到仁寿地界，打出东路同志军旗号，自称统领，声势反而更大了。

甚至于距离省城北门还不到四十里的新都，也不知被哪一路同志军占领了两回。头一回占领了三天，闹到天回镇这头都断绝了行人。一些流氓痞子便乘机而起，公然宣称为同志军借粮借饷，挨家挨户地搜米派款，一次未了，二次又来，把一班二簸簸粮户吓得都朝省城内搬。省城人心起了恐慌，谣言更多，搬家的也越多了。赵尔丰迫不得已，将保护衙门的巡防军抽出一营，配合驻扎凤凰山的陆军一队，前去攻打。打了一天多，同志军不退，巡防军在东门放一把火，从城关外烧到城关内，烧得百姓们哭的哭，叫的叫，同志军方退走了，让百姓们出来救火。但是已经整整烧了一条街。官军报了克复，即被调到汉州去打侯国治。不到十天，同志军又扑进城去。第二回去攻城的巡防军，便是从双流经温江，经郫县，经新繁，一路打一路走的伍平这一营。这一营人损失不算大，只在郫县着孙泽沛的使用九子快枪的队伍（就是陈锦江那一队的武器）打丢了七个弟兄，伤了九个。这一营走到距新都不远，已经看得见宝光寺的白塔，城内同志军并不接仗，忽然撤到不知什么地方去了。伍平仍然照例报了克复，照例申诉了一番激战情况，因而得了一笔奖赏外，还蒙营务处田总办特准，即在新都暂驻休息。

同志军就是这样来去飘忽，见缝即钻，已经把个兵力不敷的赵尔丰闹得头疼。没有想到同志军神出鬼没、胆大妄为竟到了这种程度：青天白日之下，公然在武侯祠不远地方，抢走了他的两尊炮！

炮，是陆军才在军械局领到的两尊小磅炮。每尊炮扎了一副杠架，抬夫八人，两副杠架，抬夫一十六人。另外炮弹挑子二十根，挑夫二十人。由排官一人，徒手炮兵二十人押着，在太阳偏西时候，出的南门。

武侯祠距离南门并不远，站在城墙高处，不仅望得见它那郁郁苍苍的林盘，还可望得见缭绕在林盘外面的红墙。由于道路弯曲，说是从城门洞去有五里，其实不过三里光景。清平时候，每天都有游人。不仅庙内荷花池边有茶座，大殿神龛背后有鸡酒摊子，甚至庙子外面，临着大路还搭盖了几间茅棚，卖茶，卖酒，卖糕饼，准备行路人歇脚。自从七月十五以后，这里开过火，城门又不常启闭，游人稀少了。不过也不能说就成为一个荒凉地方，或是背静地方，因为来往行人毕竟还是相当多的。所以两副杠架、二十根挑子、五十多人，走过武侯祠山门，远远望见高升桥前后，立着蹲着一大群庄稼汉，也不大注意。只一个走在顶前头的挑夫说了句："唧个的，开坝坝会吗，这么多人？"

距离高升桥只有一二十步，蓦地一声刺耳的口哨，这一大群、约摸有一百来个庄稼汉，忽然变了相，一个个手里都亮出了家伙：明晃晃的杀刀；还有几支劈耳枪和弯拐子短枪。同时，炸雷般齐声吆喝："要命的，放下走！"

在这样情景下，不管是抬夫，是挑夫，是排官，是炮兵，当然只好把应该放下的东西如命放下，回头便跑；跑到兵备处把经过禀报，再由王总办打电话到南门，吩咐守城兵丁前往追击时，庄稼汉失了踪，炮与炮弹也失了踪。

这是何等使人吃惊的事！并且可以想到，若是城里没有和同志军勾结一气的人到处潜伏着，他们怎么知道今天有两尊炮运走？这百来个莽汉是从何处来的？怎么一下又走得无踪无影？说不定附城一带就有他们的窝子。看来，漫道平定川西并非易事，便是要守牢这座周围二十四里的孤城，也很难哩！

这件事发生后，四门的城守更紧了。新近兼署巡警道的成都府知府于宗潼、四城总稽查警务处提调路广钟，以及筹防局的六十几个委员，都奉到制台朱谕，叫他们不分昼夜，严密巡查，倘有违误，定予严处不贷。城门启闭时间也恢复到二十天以前情形，即是一天只有三四个钟头开城，让人进出；并且城门洞盘查加严，稍有嫌疑，便有坐看守所和坐班房的可能。

全城因此更加恐慌，搬家的人更络绎不绝。奇怪的是有从城外朝城内搬的，有从城内朝城外搬的，都觉得自己住的地方不大保险。

八

就这几天当中，黄澜生已向太太说过三次了："太太，到底搬不搬一下呢？这一晌风声实在不好。今天，学科参事孙锵也苦苦辞了差。前后不过四天，连同农商科参事楼藜然、陆军科参事徐琯，辞差的便有三人。这些人都是世故深沉、人情练达的老官场，他们俱辞了差，可见时局不妙得很。"

"你这样担心，不如也辞差回来吃老米饭。"

"差事迟早要辞的。"他搓着两手，很是不安的样子，"就辞了差，还是得搬一搬家。"

"我至今不明白你为啥一定要搬家？"黄太太仍旧洗着她那双已经很干净的手，只是拿眼睛望着他说，"葛大哥搬家有说头，他的官大一些，差事也阔一些，从前当过警察总局委员，得罪的人不少，听说那些下等人把他恨得同周大人一样，自然喽，在眼前这样世道，躲避一下倒应该。我们哩，一个闲官，你从没有红过一天，既不招怨，也不遭忌，说起来，同郝家不差多远，他们都未闹到搬家，偏你这样胆怯，我不懂你胆怯些啥？"

"唉！太太，你又不晓得啦。郝家虽也半官半绅，但他一当上了咨议局议员，情形就大不相同。何况暑袜街是热闹街道，他家公馆外面一排十二间铺子，只要把大门上的那块"大夫第"匾额一取下，两扇大门一关，不是熟人，走过时硬察觉不到。我们这里就不同啦！这么长一条街，只我们一家大公馆，匾额门联尽管收检了起来，可是大门外那对石狮子和两边的水磨砖墙，你总没法遮掩呀！……"

黄澜生这话有原因的。就在新都打仗，全城发生惊恐，活像同志军、袍哥、棒客都要按进城来，乱杀乱抢时候，高金山回家换衣服，趁着天未黑尽，打从半边桥走回公馆；刚走下石拱桥的梯级，看见两个歪戴帽子斜穿衣的、流氓气十足的小伙子，从西御街口迎面走来，一路叽叽咙咙说着话。高金山擦身走过，不提防几句话钻到耳里："老己，这条街真他妈的穷得心慌！看起来，只有一家大门道有点油气。""你是说……""对的！门外一对石狮子，两边水磨砖墙……"高金山非常疑心，又不好跟去尽听。回头看了看，两个人已经走得老远。他觉得这两个流氓的话一定不是随便说的，回到公馆就向老爷太太说了一遍。老爷立刻慌张起来，连叫罗升出去，吩咐看门老头把大门关了，加上一根抵门闩，"从今天起，每天断黑之前就关门上锁，有人来，必须问清了，进来请了示，才准开门！"但太太并不以高金山的话为然，她说："我不相信那两个痞子就说的是我们这条街，我们这家公馆。讲比就说对了，又有啥子奇怪？这么大个省城，还有这么多兵，这么多警察，岂有连这点秩序都保不住的……"

接连又出了两件惊人事情：一件便是武侯祠抢炮的事；一件是土桥缉私队溃逃回省报警的事。

土桥距离西门不到十五里远，场不很大，但它是一个要口，所以才驻了一个缉私队。这一夜，一个缉私队的队丁在场上喝烧酒醉了，和一个本场上的流痞因一句不要紧的话，先是口角，后来就动武。队丁依仗平日威风，要拉这流痞到队上去，说他是贩私盐、贩私烟的积犯。这流痞不由一拳挥去，大声吃喝道："你敢惹老子！老子是同志军！"那醉鬼撒腿便跑，一路吵闹："不得了啦！场上出了同志军啦！"一班看热闹的人拍脚打掌地喊道："跑快些！硬是同志军打来了！"这个小玩笑，登时就惊了场。男人们在跑，妇人们在喊，小娃儿们在哭。四十几名缉私队丁，只有少数几个人在队里赌钱，其余的都散在茶坊酒馆，和有土娼的私烟馆里，找各人所喜悦的事情做。惊场之后，这班人连各自的武器行囊都顾不得了，顶着朦胧夜色，一趟子就跑进西门报告："同志军大队杀到土桥来了……"

虽然到第二天，由路广钟贴出告示，证明是谣言。但是全城的人还是"宁可信其有，不可信其无"。因为有武侯祠的事情在前，也因为四城门还是关闭了大半天，要叫大家莫惊惶，谈何容易！

黄澜生又向太太谈起搬家的事来。

黄太太这时也动了念，她说："光是同志军按进城来，我倒不怕。怕的就是那些坏东西趁火打劫，警察管不到事，同志军照顾不及，在这两不接气时候，搬一下家倒也可以。不过搬到哪里去的好？幺妹那里哩，你嫌左右团转都是大公馆大门道太打眼。大姐那里哩，你又嫌挨近制台衙门。妈那里倒好，她老人家也愿意我们搬去，可惜太窄了，大哥大嫂又要回来，还有几个娃娃，我看咋个挤得下！"

"太太，你怎么老在丈母、大姐、幺妹这几家头上盘算？就没想到子才介绍的那个体育学生奎家……"

"你还是舍不得那个满城吗？"黄太太很不高兴的样子。虽然她也曾到少城公园去过几次，在静观楼上吃过茶，在聚丰园里吃过酒，但她一直记得十四年前那一回可恶事情。那时，她还是一个未出闺门的大姑娘，同着大哥到万佛寺去上坟，轿夫希图走捷路，不出北门而是去出西门。她同幺妹坐在一乘对班轿里，才走进羊市街小东门不远，便碰着几个掌雀笼的旗人，故意站在路心，不让轿子过去。轿夫再三打招呼，一个年轻旗人还说轿夫撞了他，顺手一掌，打得轿夫站不住脚。她大哥连忙下轿，赔笑脸，说好话。几个旗人竟自横跳一丈，顺跳八尺，连大哥挨了几下不算，还揭开她们的轿帘，硬要她两姊妹出来请安陪礼。四周围挤了一二十个旗下的男女老少，不但没一个人为他们说一句好话，或者斯劝两句，反而打起和声，骂他们王八羔子，惹了他们皇家贵族。娃娃们更狠，一个去扯幺妹的长辫子，一个还没有她肩头高的男娃娃竟劈脸吐了她一口口水。这种无端的污辱，黄太太一辈子也忘记不了，每每一提起满人，她总是咬牙切齿地说："这些满巴儿！……这些满巴儿！……"要她搬进满城，同这些人住在一起，她真正不大愿意。

黄澜生皱起一双眉毛说道："太太，并非我对满城有啥子特别好感，不过是因为同志会、同志军都在说将军玉昆是个好官，你总记得，前天我抄回来的那十四首竹枝词里，不是就有这么两句'除却将军学巡外，满城都是赵家官'吗？这里说的满城是指全个省城，学是提学使刘嘉琛，巡是已经辞了差的巡警道徐樾。并且同志军到处贴的通告，也说进城之后，要保护将军，要保护满城。所以现在好些官员都朝满城里搬，就因为满城能够保险。"他也知道他太太的宿憾所在，因又补充说："你别以为现在的旗人还是从前那么穷凶极恶的样子。太太，不同了！近年以来，一则由于满汉通婚，大家有了来往，旗人的顽固性情已经改得不少；二则玉将军、奎都统非常通达，一到任，就把满城开放，招徕汉人到满城去做生意，住家，鼓励旗人出租房屋地皮，学手艺，做买卖；今年修了公园，满城里渐渐繁盛，一般穷苦旗人得了好处，因此，现在的旗人完全变了。就拿奎家这个学生来说，便是一个例子。那天，我同子才去找他，见头一面，便那样亲切，不但没一点旗下气，甚至也没一点学生气，子才刚开口说到找房子，你看，他毫不迟疑就答应说，一定办到。他那老太太也非常和蔼，委实是位见过世面的县太太，大排大调，一点也不像你常说的那些要汤圆水喝的穷家样子……"

"嗬！现在的满巴儿，就这样好啦！"她抿嘴笑了笑，"那么，就依你，先去看一看房子吧。不过子才是介绍人，同他一道去才对。"

"子才怎么能同我们一道去？你没听他说，从上个星期起，连星期日都在上课，平日赶功课要赶到打二更？这样忙，我们怎好叫他请假？好在奎家我已去过，那学生说，这一晌他每天下午都在家，不必等子才一道，他会招待我们的。"

黄太太勉强同意了。商量之后，决定把振邦兄妹都留在家里，只叫高金山跟随。特为要避人耳目，连自己的三丁拐轿子都不坐，在三桥南街叫了两乘对班小轿，同着丈夫笔直朝君平胡同奎家走来。

七月十五以后，少城公园关闭了。由西御街小东门进来，所必由的那条喇嘛胡同，几乎还原了从前的荒凉面目。因为开辟公园而及时修建的那一排小铺子、小木棚，俱已双扉紧闭；有些建筑物还因材料不合格，工程过于取巧，仅仅经过几场风雨，都已东倒西歪。所不同于以前的，只管秋风凄紧，落叶纷飞，泥道上毕竟还有一些行人。

奎家是正红旗旗人，老爷子是考中的翻译举人，分发贵州省，做了一任知县官，死了。宦囊似乎不很充裕，因才回到成都满城来居住；宦囊似乎也还充裕，因才能够违背祖制，暗地使钱，把左邻右舍的地皮兼并了些，并且把房子也改造了一番。表面上看来，还是率由旧章的、矮矮的一明两暗，但配了两间耳房，这就变成长五间正房；加上推窗亮槅的前后间，算来，连堂屋后面的倒座在内，足足是十大间，而灶房、厕所尚在外。院坝也还宽敞，屋前屋后的花木也多，靠西墙几畦菊花，开得很精神，似乎比老马花圃培养的还好。

黄太太四面看了看，仍感到有些不大满意的地方。比如枨门太矮小，三丁拐大轿进出不方便；没有大厅，轿子没放处；因而一进拐门子，所有房屋都一览无余；院坝地基也低一点，似乎没有出水沟，到处都长了青苔；三面土墙不过一人高矮，只可防君子，不能防小人。不过打扫得还洁白，也还清幽，但闻鸟语（屋檐下悬挂了一排雀笼，有白燕，有乌翎，有画眉，有百灵子），不闻人声，住哩，尚可暂时住得。

老太太将近六十岁的人，脸上已布满了细细皱纹。还是按照旗下人规矩，光光生生梳了一个把子头，略已花白的头发上，插了两朵鲜花，胭脂水粉打扮得像个中年妇人。身上衣服是刚才换的，一件大花硬面料子、略有镶滚的阔袖长袍。天然脚上，漂白洋布袜子绷得没一丝皱褶，登一双米色宁绸镶青绒云头的厚底鞋，鞋跟是拔上了的。满脸是笑地迎接着男女客人，让到堂屋坐定，奉水烟袋，递盖碗茶。态度大方，但又客气地说："黄太太，你是住惯高房大屋的人，看不来我们这些矮房子，不要见笑啰！"

她的儿子，就是楚用特别介绍过的那个尚未毕业的体育学堂学生，有二十二三岁年纪，满脸精灵样子，身体结实，举动溜刷；对人态度很是恭顺。当时同他妈妈陪着客人寒暄之后，他就清楚看出，黄澜生虽说是一家之主，但暗地还有一根线掌在女主人的手指上，因而说起话来，对黄澜生不过对答如仪，而对黄太太，则是眼到心到。一眼瞥见黄太太接过那根很久没人用过的黄铜水烟袋——老太太至今叭惯了杂拌烟，一根挺长挺长的烟杆子上，坠一只平金荷包。水烟袋只作为待客之用，客不常来，水烟袋当然不那么干净——眉毛稍微动了一下，这学生登就笑吟吟地说："黄太太别用那种腐败东西，我这里有纸烟。"立即从衣袋里摸出一盒孔雀牌纸烟，毕恭且敬地奉了一支过来。当然也顺便奉了一支给黄澜生。

难得有这样懂事的一个年轻人，似乎比那个大孩子楚用还有眼色。因此，这个体育学生一提说陪他们去看房子，黄太太便欣然允诺。老太太送到门外，正待按照规矩送轿，她儿子却说："由这儿去右司胡同并不远，从帅府旁边西肋街过去一点儿就是。地方很幽静，天气不冷不热，不晓得黄老爷黄太太肯不肯答应我奉陪几步，也好闲谈闲谈？"

话说得巧妙，其实黄家夫妇也明白，叫别个跟着轿子走，在道理上是说不通的。于是遂叫高金山带着两乘轿子跟在后面，他们果就像散步一样，一路谈天说地向帅府后墙走来。

将军帅府的前身，是从唐朝就有了的一座大丛林石牛寺。几经沧桑，兴废不常，到清朝乾隆四十一年设置将军，在这里修建衙门时候，业已荒芜不堪，仅仅残余一座大殿殿址，和古代遗留下的一头石牛。现在隔着短墙，犹然可以望见花园里古木盘空，郁郁苍苍，确比别的衙门不同一些。

右司胡同东口有很大一片野塘，塘边一丛丛芦花红蓼，水面全是绿萍。向胡同里一望，杂树成林，荫蔽天日，只稀稀落落几个院子，却也但见繁枝密叶，不见屋宇，这里比奎家所在的君平胡同还偏僻，还清静。

黄澜生首先称赞起来："好幽雅！真是名符其实的城市山林了！"

体育学生侧着脑袋笑道："地方不错。比起大城的烦嚣来，满城里面实在幽静得多。就只街面没有石板，下雨之后，走起来有点溜滑。"接着自己又下一转语，"像黄老爷你们坐轿子的人，倒不在乎这些的。"

黄太太没有她丈夫的那种雅兴，她感觉到的只是又荒凉，又凄清。心里寻思："还到哪里去找鬼不生蛋的地方哟！"又想到，"若是碰见一个歹人，那咋个得了，喊破喉咙也喊不出半个人影来的。"她不便把心里话说出，只是摇着头道："太背静了，住家不大方便。"

黄澜生瞧了她一眼，问道："哪些地方不方便？"

"多喽！比方说，买点啥子小东小西都要朝大城跑，你说方便不？"她也眈了她丈夫一眼，深怪他何以连这点都不懂。

体育学生已经接口在说："这儿到大城顶近了，绕个小弯儿，过永济桥，出小南门，就是君平街。要是多走一段路，打从喇嘛胡同出小东门，就是西御街。你们府上不就在西御街吗？"

黄澜生颇觉诧异道："这么近？"

"是喽，就是不远啦。"

说话间，已经走到一所非常破败的院子门外。

"就是这里了。"体育学生把院门指了指。

"咹！就是这里？"黄太太吃了一惊。

两扇大洞小眼的木板门扉，一扇虚掩着，一扇已经离开门枢，斜倚在门框上。门的宽度不到三尺，高不到五尺，顶上的瓦已没有几片。门枋门柱俱向东边歪着，得亏一垛土墙支住，才不会躺下去。

"好烂哟！"

体育学生连忙说道："请进去瞧瞧，里边还可以。"

其实里边也并不见得可以。几面围墙已被无情风雨作弄出许多缺口，原本也只高仅及肩，目前是连哈巴狗都可以跳过。院门的台阶已经低了，院坝比院门台阶更低，想到大雨一来，这里又会变成一片小塘。现在还好，没有积水，仅只湿漉漉地，脚踩上去绵软得颇似踩在一片厚地毡上。倒有几株老桂和两株品碗粗的玉兰。后院一大笼黄竹，翠森森的柔筱从屋脊上耸出来。除此之外，到处是尺把高的野蒿、蕺麻、胭脂花。同时发出一种植物沤腐了的气味。

当中靠后一点有三间明一柱的矮房子。光看外表，已可断定它是康熙五十七年初建满城时的建筑物。快达二百年的高龄，由于历代主人尽管使用它，而无力保养它，它之尚能支撑住一层薄薄的瓦顶而没有扑倒下去——它真要扑倒，比那同年龄的院子门似乎还容易，因为院子门尚有土墙顶住，它是四无依傍的——真是一桩了不起的业绩。但也要归功于当时的制度好，没有把它修造得稍为高大，不然的话，它也早已寿终正寝了。

三间房子的中间一间最坏了，六扇长格子门，现在只剩下两扇，而且都在东边。后面壁子，上半截的三垛泥壁，两边各一垛已无踪影；下半截的木裙板，也七零八落了。东西头两间房子的窗棂，也稀稀落落，只剩下几根残骨。不过还看得出是豆腐块加冰梅格子的。

黄太太一进院子，眉毛就打成一个结，头也像拨浪鼓样，不住地摇。她本想立即唤着黄澜生便走的，却不料体育学生已在东头一间窗下唤道："肃大嫂子，我说，黄家老爷太太瞧房子来了，你支撑着出来一下。"

所谓肃大嫂子，懒懒应了一声，一阵鞋底拖得地板响，出来了。

是一个中年妇人。那样地瘦，那样地黄，那样地病，枯草般的头发纷披在额前脑后；眼皮耷拉着有神无气；眼珠不知道是什么料子做的，该白的不白，该黑的不黑；鼻梁倒没有十分塌，鼻头却高翘在半空中；一句话说完，哪还有一点儿女人模样！乌黑一双脚鞔两只没后跟的破鞋，一件长袍，破败到难于掩体。并且人还没到，一股不好闻的气息就向鼻端扑来。

她还咧开大嘴，露出一口黄腻牙齿，笑得令人怪不好受的样子，给大家请了安；冲着黄太太满不舒服的面孔，夸说她这院房子如何如何地好，"半月前桂花正开时，连胡同口都闻得着香。就只没有钱雇匠人来培修，房子有点儿不顺眼。如其你太太搬来，叫几个人把房子拾掇一下，再叫花儿匠好好生生服侍几天，你瞧，这地方包管就清清爽爽，比那些大员们佃住的还要好些哩！太太，你几时搬来？定个日子，我好腾房子。"

黄太太瞅着眼睛连往后退。

体育学生力证她的话没错："好一点的院子，都是自己住的，非弄到不得已的时候，哪个肯不顾名誉把房子腾出来租人？所以拿房子租人的，都是白水不上锅的人家，平日没力量培修，房子当然不会好了。"

黄太太问："说是别处还有一院，比起这院来呢……"

"都差不多远。此外，我还代黄太太黄老爷看了几处，比这里更不如。围墙倒光了，屋顶上的瓦都没有铺满，几乎只剩下一个屋架子。院坝里哩，全是野草，几株花树都变了柴，烧了。就这样，还是租了出去。一处租与机器工厂总办孟大人，住他的老太太和姑太太；一处租与首府兼署巡警道于大人，住他的一位姨太太；都是搬去住下了，才叫人来培修打扫，老实说，实在赶不上这院子幽雅。"

黄澜生绕着院子走了一转，问他太太到底决定几时搬。

她气哼哼地说："这样着急做啥？回去商量好了再定夺。"

把脸一扬，仅向体育学生略微点了一下头，竟令高金山出去叫轿夫提轿子；她走得那样慌张，生怕肃大嫂子伸出鸡爪似的手把她抓住。

黄澜生就这时候，连忙递了一块银圆给体育学生，轻声说道："烦你转交肃大嫂子。"

"是定钱吗？"

"送她的。"

肃大嫂子一下就精神起来。把银圆夺过攥在手心里，一连给黄澜生请了两个大安道："谢你老爷的重赏！我一定把房子给你老爷留下，就是赵制台、尹藩台来租，我也不租的。"

黄澜生已同着体育学生走下阶沿，回头说道："我看，房子不用留了。"走了两步，又回头道，"留一下也可以。要与不要，几天内我打发人来回信。"

九

黄太太下了轿，等着轿夫把轿子倒抬出二门，才转身向她丈夫问道："你给了那满巴儿婆娘好多钱？"

"一块钱。"黄澜生故意一笑，"看那穷样子，简直是个叫化婆，也可怜。"

他太太把嘴一瘪道："好吃懒做的人，咋个不该受穷？赏个块把钱倒不为奇。不过为啥要背着我给她？叫人看见，岂不疑心我是个啬家子？噢！只有你黄老爷才大方！"

"啧啧啧！怎么学得这样小心眼儿！"

黄太太的眉骨已经高撑起来，振邦、婉姑儿飞似的从侧门奔出，一齐高叫道："当真回来了！"

婉姑儿直扑到黄澜生身边，真似一个闹山雀，尖声尖气说道："你去看，楚表哥也是刚才回来的……"

"等我说！"振邦不让他妹妹说下去，"楚表哥害了病，他的同学送他回来的……"

婉姑儿也不弱，立刻又把话头接了过去："就是那个姓彭的，还在楚表哥房间里……"

黄太太一言不发，举步朝小客厅走去。

黄澜生挽住婉姑儿小手跟在后面，一面问他女儿："楚表哥病得扎实不扎实？"

"我不晓得。"

振邦说："那不扎实？才下轿子，就是一个趔趄。"

黄太太脚步更加紧了。奔进客房，连同站在当地的彭家骐都没有打招呼，便向床前扑去。白麻布蚊帐并未放下，一眼就见楚用好端端地躺卧在卧单上，仅只脸色有些苍白，也比才移到学堂住宿时候瘦了些，眼窝又有点下陷，颧骨又有点突出。

楚用连忙坐了起来，带笑说道："表婶回来啦！房子看好了不曾？"

"邦娃子说你病得很扎实哩！"黄太太缓了一口气，心里才安定了。

"没有啥子，只是才下轿子，头还有点晕，脚还有点炽……"

黄澜生也同子女走进来，问楚用的病状。

彭家骐一旁笑道："这阵又像好了。在讲堂上一头昏倒时，确很扎实，所以土端公才特别找我送他回来。"

黄太太伸出手掌，放在楚用额头上摸抚了一下："并未发烧嘛！"

她丈夫道："多半由于血虚所致，倒不要紧。"

黄太太严肃地点了点头道："功课也太紧了！你想嘛，受伤才好的人，咋受得住从早到黑地上课。这样搞法，好人也会拖病的。"

彭家骐说道："确实太紧了，一点自习时候没有，光凭教习在讲堂上卖嘴巴，作兴毕了业，我看，学的一点点东西，只好原封原样还跟教习去。"

楚用笑道："本来学的东西便没用，还跟教习去，也没有啥子可惜。"

黄澜生也笑道："那你们怎能算是毕其业呢？"

他太太似乎倒认真了，说道："真的，子才就不要再进学堂去了。"

因为罗升、菊花拿烟拿茶出来，大家遂从这间小房间里移到小客厅来起坐。

黄太太又理着刚才说过的话，对楚用说道："你说对不对，不要再进学堂去了？"

楚用微笑着把表叔看了眼，却不作声。

黄澜生摇摇头道："不对吧？不再进学堂，就是不叫子才毕业。太太，你要晓得，现在住学堂毕业，等于从前科举时代考试及第。你不要他毕业，岂不误了他的功名大事？"

"你没有听懂我的话。"他太太瞟了他一眼，又回过脸来对着楚用说道，"我说不进学堂，只是说现在不要去拼命毕业。过了这学期，等身体完全复了原再进学堂，不是一样吗？"

彭家骐道："并不一样。这时候不毕业，便要降到下班。下班毕业时期，在后年暑假，算来就要延迟一年半。"

黄太太眼睛挤眨道："你们一班人全都在这时候毕业，就没有一个人漏掉吗？"

彭家骐、楚用一齐说道："咋个没有？有啰……"

他们扳起指头一算，尽管有同学分头写信去了（直到八月十三日，成都地区的邮政局才恢复了收递信件。但是来去的信，都须经过赵制台派去的委员检查，稍有涉及时局的言语，都要扣留的），但至今还没有从家乡来上课的，就有陆学绅、乔北滨、罗启先这几个人。这几个人来迟一点，也未可知。独有王文炳却成为一个没脚螃蟹，从七月十五日以后，就没有人知道他的踪迹了。要是他不自己赶来，起码，他这个人就会漏掉。

楚用并且若有所悟地向彭家骐喊道："嗨！老彭，土端公搞的这场把戏，该不会设下计策，安心不要我们这些人回学堂，等于无形之间把我们斥退了？"

两个人一研究，确乎很像。因为他们这些人都是屠致平最憎恨的学生，成立学生同志会那一天，彼此仇怨结得更深。七月十五日，几个人与他冲突后，离开学堂，都未按照学堂规则请假。所以他趁着大家未在时候提前毕业，而且只在学堂里面出一面牌告。显而易见，就是希望这些学生不能来。不能来又不请假，毕业试验又未参加，那无疑是自甘退学了。按照规则讲来，但凡自甘退学者，等于记满三大过被学堂斥退，是不许再来肄业。若还有志读书的，只有到别的学堂投考新班，重新再读五年。如其要考插班，必须取得原住学堂肄业已满若干学期的证书。那么，你这个人只好投在屠致平的脚下，俯首认罪之余，还要听他的摆布。但是像彭家骐、楚用这两人，从旁得到消息，赶来上了课呢？他暂时不问，功课加得这么扎实，只要你赶得上；再像陆学绅班般人来得越晏，当然越发老火，恐怕连睡觉时间都得牺牲。等到毕业试验，他才想些古怪方法来整治你，把你整得一佛出世、二佛涅槃之后，还要扣你的分数，不准你毕业。

彭家骐越研究越气愤，不由握起拳头向身旁茶几上一捶，直着脖子骂道："老狗日的胆敢跟老子为难，老子硬要……"猛然察觉这里原来是黄家，是讲礼貌的官宦人家，而面前坐的这位太太，又是才见一两面的生人，他很不好意思，觉得脸巴、耳根全都发起烧来。

黄太太倒不注意他的窘态，只是瞅着眼睛叹道："唉！莫非子才还是得去上课不成？"

"当然啰！"楚用把胸膛一挺，"我现在并不觉得哪里不舒服，休息一夜，明天决定进学堂去。"他也不知不觉骂了句粗话："妈哟！仗都打过，还输这口气，非把毕业文凭拿到手不可！"

这一来，倒使他的表婶大为高兴。心想："这小伙儿到底还有气概。"本来微含焦灼的眼色，也转露出一丝笑意。但口里仍在劝他，叫他要留心身体，"留得青山在，何愁没柴烧。若是真个把身体拖坏了，讲比说，拖起了痨病，就把文凭拿到手，又有啥子好处？"

黄澜生一直沉默着在抽水烟，这时方才说道："算了吧，我们来谈一谈搬家的事情，好不？"

楚用登时接口说："对的。我正要问表婶，奎熙介绍的房子，还可以住吗？"

黄太太瞟了丈夫一眼，倒笑不笑地说："咋个不可以住，那么好的公馆！只看你表叔合不合意？"

"嘿，嘿，子才，这是你表婶的反话。我说，房子是坏一点，不过……"

"坏啥子！连猪都住下的！"她定睛看着楚用，两手比画着，"可惜你没有同去，你看哟！屁股大三间破房子，这么点点矮，有门框，没门扇，这都不说了。上头没有望板，也没有顶棚，瓦片稀得看得见天。一间房子有地板，可是大洞小眼，一不当心就会踩到地板底下去。我也看过些破烂房子，就没有看过这样又破又烂。嗨！光是破烂也罢了，还脏得要死！……"

彭家骐哈哈笑道："一点不错！满城，我倒熟悉，要找一所像你们这样的公馆，那倒休想。但是也有可取的地方，首先是树木多，其次是清静……"

黄澜生连忙接口道："我也是这意思。那位奎君介绍的地方，确是幽雅得很。至于房子哩，培修一下，也还将就住得。"

"那么，你是安心要我去受罪的了？"

"又不要你长住下去，暂时住几天，我想总比无端受惊受怕的好些。"

彭家骐插嘴说道："原来，黄老伯，你们并不是搬家啰？"

"不是，不是，仅仅为了同志军按进省城来时，秩序不好，免得遭受池鱼之灾，找个背静地方躲避一下而已。"

黄太太立即对彭家骐说道："彭先生，我看你这个人很爽直，比我们这位表侄儿说话有斩杀。现在就请你评一评看，同志军若是按进城来，到底会不会有骚扰？会不会骚扰到像我们这些人的头上来？"

彭家骐吃了一惊。他虽然也是二十岁以上的一个小伙子，但还没有被一个场面上人如此恭维过，何况是一位太太，是同学楚用经常称为精明能干的一位太太。他有点慌张，黄褐色的脸上也泛起一层红晕。本来说话不起草稿的，这时反而思索起来。他首先谦逊了一番："我这么一个年轻乡坝老，还没有本事来评判这样事情！"他脑筋忽然一闪，想起三渡水那桩事情，这是他受激刺最深、至今耿耿于怀的一桩大事。他遂沉下脸色，徐徐说道："我只把亲身经历的一回事给大家谈一谈……"

他讲得非常详细。因为反反复复讲过多次，事情的首尾，他不但记得透熟，并且也有了剪裁，也有了轻重，到关键地方，还能一边叙说，一边描绘。虽然还赶不上当时说评书的钟小舫，可是连听了两次的楚用仍觉像听头一次似的，心酸得要哭；两个小孩不等听完，业已蒙住耳朵说："好怕人呀！"都跑了出去。

小客厅里寂然了一会儿，黄太太才低低说道："硬有这回事吗？……哼！……真忍得下手……百多人……活生生的呀！……"软弱女性的眼泪毕竟夺眶而出，以致喉咙都有一点哽咽。

黄澜生强健一点，把眼泪忍住了，叹息一声道："这能算文明举动吗？"

楚用道："当然不算，实在野蛮已极！那天彭家骐在学堂里刚刚摆完，我就说，从此我再不想附和同志军了。"

彭家骐回复了他原来的态度道："孙泽沛、吴庆熙这班袍哥，到底不是革命党。所以这班人要是得了势，当然不会有啥子文明举动的。不过老楚的想法，我也不以为然。因为同志军里面分子很复杂，孙泽沛、吴庆熙之外，也有真想革命的，比如老楚所说的张尊、张捷先这些人，他们就文明得多。难道这样的同志军，你也不附和它？"

黄太太道："这些那些都不忙说了。我只请问你，同志军真个按进城来，不是硬就会乱来吗，比方杀人、放火、抢东西这些事情？"

黄澜生把手一挥道："不用再问了。总之，现在是乱世道，我看，还是预备一下为妙。太太，我打算明天就叫高金山去把肃大嫂子的房子租定，多雇一些泥木匠人收拾，安置一些笨重家具，打发罗升先去住着。局面实在不好时，我们再去躲几天，稳定了，又回来，决不长久住下去。"他又启齿一笑道，"也算狡兔三窟之计。太太，只好这样办吧，你看对不对？"

"当然由你了！唉！这样乱世道，哪天才清平哟！"

"清平？……乱才动手哩。真正乱的时候，恐怕不久就会来的。"

《大波》第二部书后

按照原先计划，《大波》只打算写成上下二卷的。但当上卷出版后，有朋友亲切地批评说："看完《大波》上卷，酷似看了一出编排得不大好的大戏。但见人物满台，进进出出，看不清哪是主角，哪是配角。甚至完场了，也没看见一点缓歌慢舞，令人悠然神往的片段。"也有人批评："不是戏，倒像是辛亥年四川革命的一本纪事本末。人物既缺乏血肉生气，而当时社会的真实情形也反映得不够充分。说它是小说，还该努力加工。"第三类朋友则说："小说倒是小说，只是散漫得很，结构得不好。"

朋友们的批评非常中肯，我无任感谢！

我犯下这些毛病，总原因在于素材太多，剪裁排比上不得其法；人物抒写，几乎分不出主从，情节发展，也有层次不明地方；有些不该描绘之处，描绘了，有些该形象化之处，又没有形象化。例如在上半部，尚不慌不忙，反映了一些当时社会生活，多写了一些细节（也有朋友批评细节写得过多，不免有点自然主义的臭味）。但是到下半部，进入主流的同志会运动，却完全从正面去写会场争论，只用了很少笔墨写到会场以外的社会活动。本已安排要将妇女同志会、优伶同志会、儿童同志会的种种活动，写一些以增加气氛，就因了要节省篇幅，把许多烘托手法（这是中国古典小说最值得学习的一种手法），一例省去；甚至引起同志会分歧的革命党与立宪派、维新派的斗争，也没有用力去描写（在第二部中才补叙了一些），以致干巴巴地凑成一副骨头架子，而缺乏生人气。

因此，在一九五八年三月初，开始谋写下卷，便深深感到了困难。设若再照上卷下半部那样写法，失败当然更厉害，结果必是一部不像样子的记事文。设若放开手当成一部小说写，那么，就写上三四十万字，也不见得能够写到成都独立，大汉军政府组成，尹昌衡把赵尔丰的脑袋斫下；更何能写到四川统一前后，那些错综复杂，阴谋诡计，十足表现资产阶级旧民主主义革命之难于彻底的真相？而且上卷末的制台衙门流血，既写得不够全面，那件事，还只算四川乱事的开始。必到川西坝民众起来了，同志军因利乘势，与赵尔丰的军队不断冲突，使得清朝统治阶级手忙足乱，不能不派遣端方统率一标湖北新军入川，又不能不叫瑞澂多调劲旅到川鄂边境布防，以致武昌空虚，革命党人振臂一呼，而于十月十日打出革命第一枪，这才算得"轩然大波"，也才是《大波》的主题。这是一种有关键性的政治运动，它当然要影响到当时的社会生活和当时的人们思潮。你写政治上的变革，你能不写生活上、思想上的变革吗？你写生活上、思想上的脉动，你又能不写当时政治、经济的脉动吗？必须尽力写出时代的全貌，别人也才能由你的笔，了解到当时历史的真实。我是这样的理解，我对下卷的写法，才另作了打算。

　　碰巧，一九五八年从五月起，我又病了一场。病得扎实时候，医生切嘱不要工作，只许游公园、静坐。游公园，不便；静坐，搞不来；借此机会，便把以前曾经看过的若干部中外古今大部头小说，搬出来温习。从这中间，得到很大启发，懂得细节应该如何处理。方不嫌其累赘、讨厌；插叙应该如何摆法，有时候顺理成章地小小插一段，接着便回顾到正文，有时占一章或几节，看来似乎不连贯，但比较在正文中顺带几笔，反更显得光彩动人。而铺叙也应该看情形而定，有时宜兔起鹘落，起迄屹然；有时也宜故用拙笔，平铺直叙；还有，该长的不应求短，该短的也不要将其展长。上面所说，虽然只是关乎写作技巧，关乎表达方法，但它却帮助我把下卷的轮廓构成。默计一下，再写一部与上卷差不多长短的下册，但仍只能写到端方带兵入川，与赵尔丰发生斗争；同志军、革命党正如野火燎原，由争路风潮转到革命流血。以时计之，正当十月十日武昌起义不久。距离成都独立，重庆蜀军政府组成，资州鄂军杀端方，成都尹昌衡杀赵尔丰，直到四川统一，资产阶级旧民主主义革命失败，仍然还有相当远的程途，仍然还需要若干多的篇页。难道在前说过只写上下两卷，"息壤在彼""一言为定"，以下的题材便听其截然而断了吗？这样做，漫道我不以为然，恐怕亲爱的读者也会不以为然吧？因而，我才商之作家出版社，将现写的下卷，改为中卷，以下再写一部下卷了之。不意到今年十月间，作家出版社来信说，按照我的材料看来，一部下卷能否容纳，大是问题。不如将现写的一部，作为上卷的第二部，那么，下卷也就不限于一部了。接着，他们又来信说，不如干脆不要分卷，就这样分为第一部、第二部、第三部，乃至第四部；而且准备《大波》上卷重印时，就改为第一部。啊也！这提议太聪明了！我这个笨家伙，何以就一直思不及此呢？

再说，这本《大波》第二部，本应该在一九五八年年底写成的。即因为害病，脑力不健康，七个多月内也写了十多万字，但是一多半都成了废品。到今年一月继续开笔以后，只整理出不到八万余字，其余一十八万余字，都是今年赶出来的。说赶，一点不错，有时硬赶到夜深人静，头昏脑涨。说是为国庆献礼，希望八月底能全部交稿。我自己也下了决心，要向党与国家贡献出这区区力量。无如我的写作水平不高，每一章稿子，起码要写两道，有时还写上三四道。而写作能力也不强，集中力量，连写上五六天，纵然不因事耽搁，自己也得借口休息一下。所以到十一月下旬，全稿固然赶起了，还是一部不大像样的半成品；仍然希望亲爱的读者们，本着批评第一部的热情，不惜扎扎实实加以指教，使我着笔写第三部时，有所改进。这绝非照例的谦词，实是我的由衷之言。是为记！

李劼人

1959年12月于成都菱窠